HEYNE

*Das Buch*
Die Vereinigten Staaten von Amerika sind von einer politischen Katastrophe ungeahnten Ausmaßes betroffen worden: Eine japanische Boeing 747 hat das Kapitol in Washington zerstört. Alles, was in der amerikanischen Politik Rang und Namen hatte, ist tot; der Präsident und die First Lady, die Mitglieder des Obersten Gerichtshofes und fast alle Senatoren und Abgeordneten.

Der Sicherheitsmann Jack Ryan, der kurz zuvor zum Vizepräsidenten ernannt worden war, steht vor einer prekären politischen Situation. Sein Vorgänger, der über einen Sexskandal gestolpert war, und die Presse greifen ihn heftig an. Außenpolitisch ist die Lage von allerhöchster Brisanz. China und Taiwan sind in eine militärische Auseinandersetzung verwickelt. Der Iran will, nachdem die USA offensichtlich schwer angeschlagen sind, die Vorherrschaft in der Welt übernehmen. Dazu ist den Ayatollahs in Teheran jedes Mittel recht. Die iranische Armee befindet sich auf einem Eroberungsfeldzug gegen Saudi-Arabien, doch ist dies nur ein regionaler Konflikt im Vergleich zu dem, was Ayatollah Daryaei international vorhat: Er will einige der bedeutendsten amerikanischen Städte dadurch vernichten, daß er ihre Bevölkerung mit dem durch die Luft übertragbaren Ebola-Virus infiziert.

Jack Ryan muß seine ganze Klugheit und Erfahrung einsetzen, um der Lage Herr zu werden.

*Der Autor*
Tom Clancy, 1948 geboren, war lange Jahre als Versicherungsagent tätig. Nebenbei hatte er sich schon immer sehr stark für rüstungstechnische Probleme und für die Tätigkeit des amerikanischen Geheimdienstes interessiert.

Ein Zwischenfall auf einem sowjetischen Zerstörer brachte ihn auf die Idee für sein erstes Buch, *Jagd auf Roter Oktober.* Damit gelang ihm auf Anhieb ein Bestseller, den Hollywood auch mit großem Erfolg verfilmte. Seitdem ist jeder neue Roman von Tom Clancy, wie zum Beispiel *Gnadenlos* (01/9863) oder *Ehrenschuld* (01/10377), ein sicherer Kandidat für die Bestsellerlisten. Clancy, ein Kenner der technischen militärischen Ausrüstung, hat auch ein Buch über U-Boote verfaßt: *Atom-U-Boot* (19/254).

Clancy lebt im US-Bundesstaat Maryland, nicht weit von Washington, D.C.

TOM CLANCY

# BEFEHL VON OBEN

*Roman*

Aus dem Amerikanischen
von Ulli Benedikt, Götz Burghardt
und »The Doc«

WILHELM HEYNE VERLAG
MÜNCHEN

HEYNE ALLGEMEINE REIHE
Nr. 01/12466

Titel der Originalausgabe
EXECUTIVE ORDERS
erschienen bei G.P. Putnam´s Sons, New York

*Umwelthinweis:*
Dieses Buch wurde auf
chlor- und säurefreiem Papier gedruckt.

Taschenbuchausgabe 09/2002

Printed in Germany 2002
Umschlagillustration: Picture Press/Corbis/Kelly Mooney
Umschlaggestaltung: Nele Schütz Design, München
Druck und Bindung: Elsnerdruck, Berlin

ISBN: 3-453-86179-5

http://www.heyne.de

Für
Ronald Wilson Reagan,
vierzigster Präsident der Vereinigten Staaten:
der Mann, der den Krieg gewann

In der Originalausgabe von »Without Remorse« (deutsch: Gnadenlos) zitierte ich ein Gedicht, auf das ich zufällig gestoßen war, dessen Titel und Verfasser ich aber nicht ermitteln konnte. In ihm war mir das perfekte Andenken an meinen »kleinen Kumpel« Kyle Haydock begegnet, der im Alter von acht Jahren und sechsundzwanzig Tagen an Krebs gestorben ist. – Für mich wird er nie wirklich fortgegangen sein.

Später erfuhr ich, daß dieses Gedicht »Ascension« (deutsch: Himmelfahrt) heißt und die Verfasserin der prächtigen Worte Colleen Hitchcock, eine selten talentierte Dichterin, die in Minnesota lebt. Ich möchte die Gelegenheit nutzen, ihr Werk allen anzuempfehlen, die sich mit Lyrik befassen. So wie ihre Worte meine Aufmerksamkeit in Bann geschlagen und mich aufgewühlt haben, hoffe ich, daß sie bei anderen die gleiche Wirkung erzielen.

Himmelfahrt

*Und sollt ich gehn,*
*solange du noch hier . . .*
*So wisse, daß ich weiterlebe,*
*nur tanz ich dann zu einer andren Weise*
*– und hinter einem Schleier, der mich dir verbirgt.*
*Sehen wirst du mich nicht,*
*jedoch, hab nur Vertraun.*
*Ich warte auf die Zeit, da wir gemeinsam neue Höhn erklimmen*
*– einer des anderen wahrhaftig.*
*Bis dorthin leere du den Becher deines Lebens*
*bis zur Neige, und wenn du mich einst brauchst,*
*laß nur dein Herz mich leise rufen*
*. . . ich werde da sein.*


Spirit Art International, Inc.
P.O. Box 39082
Edina, Minnesota 55439
USA

Ich bete zum Himmel, daß er den besten aller Segen herabsenden möge auf dieses Haus und auf alle, die es fürderhin bewohnen. Mögen stets nur ehrliche und weise Männer unter diesem Dach regieren.

*John Adams, zweiter Präsident der Vereinigten Staaten,*
*Brief an Abigail, 2. November 1800*
*anläßlich seines Einzuges ins White House*

Danksagung

Wieder habe ich viel Hilfe benötigt:
Peggy, für manche wertvolle Einsicht;
Mike, Dave, John, Janet, Curt und Pat vom Johns Hopkins Hospital;
Fred und seinen Kameraden vom USSS;
Pat, Darrell und Bill, allesamt Wiederholungstäter beim FBI;
Fred und Sam, Männer, die der Uniform mit ihrem Dienst Ehre erwiesen;
H. R., Joe, Dan und Doug, die es noch tun.
Amerika gibt es durch Leute wie sie.

# Prolog

Es lag wohl am momentanen Schock, dachte Ryan. Er kam sich vor wie zwei Personen zugleich. Ein Teil von ihm sah aus dem Kantinenfenster des Washingtoner CNN-Büros aufs Fanal, das aus den Trümmern des Capitol emporwuchs – aus orangefarbenem Glühen sprangen gelbe Punkte hervor: wie eine Art grausames Blumenarrangement. Über tausend Leben verkörperten sie, ausgelöscht vor kaum einer Stunde. Benommenheit hielt die Trauer zurück, doch er wußte, sie würde kommen, wie dem Schlag ins Gesicht stets der Schmerz folgt. Wieder einmal hatte der Tod die Hand nach ihm ausgestreckt. Er hatte ihn kommen, innehalten und sich wieder zurückziehen sehen; und das einzig Gute daran war, daß seine Kinder nicht ahnten, wie nah sie einem vorzeitigen Ende gewesen waren. Für sie war das Ganze einfach ein Unglück gewesen, das sie nicht begriffen. Jetzt waren sie bei ihrer Mutter und fühlten sich in deren Obhut sicher, während ihr Vater hier war. Das war leider eine Situation, in die sowohl sie als auch er sich längst hatten fügen müssen. Und so starrte John Patrick Ryan auf die Hinterlassenschaft des Todes, und der eine Teil von ihm fühlte noch immer nichts.

Der andere Teil von ihm sah dasselbe und wußte, daß er etwas *tun* mußte, und wenn er sich auch die größte Mühe gab, logisch zu denken, gewann Logik nicht die Oberhand, denn sie *wußte* nicht, was zu tun war oder wo man anfangen sollte.

»Mr. President.« Die Stimme von Special Agent Andrea Price.

»Ja?« erwiderte Ryan, ohne sich vom Fenster abzuwenden. Hinter ihm – er konnte ihre Spiegelung in der Fensterscheibe sehen – standen sechs weitere Agenten vom Secret Service mit den Waffen in der Hand, um andere fernzuhalten. Bestimmt zwanzig CNN-Angestellte waren vor der Tür versammelt, teils aus beruflichem – immerhin waren sie Journalisten – Interesse, hauptsächlich aber aus rein menschlicher Neugier angesichts eines historischen Augenblicks. Sie fragten sich, wie es wäre, hier zu stehen, und erkannten nicht, daß solche Ereignisse für jeden dasselbe sind. Ob mit einem Autounfall konfrontiert oder mit einer plötzlichen schlimmen Krankheit: Unvorbereitet setzt der menschliche Verstand einfach aus und versucht, dem Sinnlosen einen Sinn abzuringen – und je ernster die Prüfung, desto schwieriger die Erholungsphase. Aber Leute, die für Krisensituationen trainiert hatten, hatten wenigstens eingeübte Vorgangsweisen als Rückhalt.

»Sir, wir müssen Sie dahin bringen, wo Sie in ...«

»Wohin? In Sicherheit? Wo wäre denn das?« fuhr Jack dazwischen. Dann warf er sich im stillen die Grobheit seiner Frage vor. Mindestens zwanzig Agenten waren Teil des Scheiterhaufens eine Meile vor ihnen, allesamt Freunde der Männer und Frauen, die hier in der CNN-Kantine bei ihrem neuen Präsidenten standen. Er hatte nicht das Recht, sein Unbehagen auf sie zu übertragen. »Meine Familie?« erkundigte er sich nach einer Weile.

»In der Marines-Kaserne, Ecke Eighth und First Street, wie Sie befohlen haben, Sir.«

Ja, für sie war es gut, berichten zu können, daß sie Befehle ausgeführt hatten, gestand sich Ryan langsam nickend ein. Und für ihn war es auch gut zu wissen, daß seine Anweisungen ausgeführt wurden. Eine Sache hatte er nun schon mal richtig gemacht. War das etwas, auf dem man aufbauen konnte?

»Sir, wenn das Teil eines organisierten ...«

»War es nicht. Das ist es nie, Andrea, nicht wahr?« fragte Präsident Ryan. Es überraschte ihn, wie müde seine Stimme klang, und er erinnerte sich, daß Schock und Streß einen mehr auslaugten als größte körperliche Anstrengung. Es schien ihm sogar die Energie zu fehlen, den Kopf zu schütteln und dadurch wieder klar zu bekommen.

»Es könnte aber sein«, gab Special Agent Price zu bedenken.

*Ja, vermutlich hat sie recht.* »Also, wie ist hier zu verfahren?«

»Kneecap«, erwiderte Price und meinte damit NEACP, die fliegende Kommandozentrale für den nationalen Notstand, eine umgebaute 747, die auf Andrews Air Force Base stationiert war. Einen Augenblick dachte Jack über den Vorschlag nach und runzelte dann die Stirn.

»Nein, ich kann nicht weglaufen. Ich glaube, ich muß dorthin zurück.« Präsident Ryan zeigte zur Glut. *Ja, dort gehöre ich hin, nicht wahr?*

»Nein, Sir, das wäre zu gefährlich.«

»Dort ist mein Platz, Andrea!«

*Er denkt auch schon wie ein Politiker,* dachte Price enttäuscht.

Ryan sah ihren Ausdruck und wußte, daß er dies erläutern mußte. Er hatte einmal etwas gelernt, vielleicht das einzig Passende in diesem Moment, und es kam ihm jetzt so klar in den Sinn wie eine blinkende Warntafel an der Autobahn. »Es ist die Führungsrolle. Das hat man mir in Quantico beigebracht. Die Truppe muß sehen, daß man seinen Job tut. Sie müssen Gewißheit haben, daß man für sie da ist.« *Und ich muß mich vergewissern, daß das alles Wirklichkeit ist, daß ich tatsächlich der Präsident bin.*

War er es?

Der Secret Service hielt ihn dafür. Ryan hatte den Amtseid geleistet, die Worte gesprochen, Gott angerufen, seine Mühen zu segnen; doch war all das zu bald und zu schnell geschehen. Nicht zum erstenmal in seinem Leben schloß John Patrick Ryan die Augen und wollte sich zwingen, aus einem Traum zu erwachen, der zu unwahrscheinlich war, um wahr zu sein; und doch, als er die Augen wieder öffnete, war das orangefarbene Glühen noch da und die auflodernden gelben Flammen. Er wußte, er hatte die Eidesformel gesprochen – sogar eine kleine Ansprache hatte er gehalten. Doch an kein einziges Wort konnte er sich jetzt noch erinnern.

*Machen wir uns an die Arbeit,* hatte er eine Minute zuvor gesagt. Daran erinnerte er sich doch noch. Eine automatische Äußerung – ob sie überhaupt etwas bedeutete?

Jack Ryan schüttelte den Kopf – allein das bedurfte gewaltiger Anstrengung –, dann wandte er sich vom Fenster ab und sah die Agenten im Raum direkt an.

»Okay. Was ist noch übrig?«

»Die Minister für Handel und für Inneres«, antwortete Special Agent Price, die gerade über Funk den neuesten Stand erfahren hatte. »Handel ist in San Francisco. Inneres in New Mexico. Sie sind bereits benachrichtigt worden; die Air Force wird sie herbringen. Alle anderen Minister haben wir verloren, Direktor Shaw, alle neun Richter vom Supreme Court, die Vereinigten Stabschefs. Wir wissen nicht genau, wie viele Kongreßmitglieder abwesend waren, als es geschah.«

»Mrs. Durling?«

Price schüttelte den Kopf. »Sie hat's nicht geschafft, Sir. Die Kinder sind im White House.«

Jack nickte nur und preßte die Lippen zusammen beim Gedanken an etwas, das er höchstpersönlich erledigen mußte. Für die Kinder von Roger und Anne Durling war es kein öffentliches Ereignis. Für sie war die Sache unmittelbar und auf tragische Art einfach: Mom und Dad waren tot, und sie waren jetzt Waisen. Jack war ihnen begegnet, hatte mit ihnen gesprochen – zwar nicht mehr als das übliche Lächeln und ein »Hallo«, aber sie waren echte Kinder mit Gesichtern und Namen –, nur, daß jetzt ihr Familienname alles war, was ihnen blieb, und ihre Gesichter würden vor Schock und Unglauben verzerrt sein. Wie Jack würden sie versuchen, den nicht verscheuchbaren Alptraum wegzublinzeln, und für sie würden Jugend und Verletzlichkeit alles schlimmer machen. »Wissen sie es?«

»Ja, Mr. President«, sagte Andrea. »Sie schauten gerade fern, und die Agenten mußten es ihnen sagen. Sie haben noch Großeltern und andere Verwandte. Die lassen wir ebenfalls herbringen.« Sie fügte nicht hinzu, daß der Drill hierfür klar war, daß es in der Leitzentrale des Secret Service, nur ein paar Blocks westlich vom White House, einen ganz speziellen Aktentresor mit verschlossenen Umschlägen gab, in denen sich Operativpläne für alle möglichen Eventualitäten und obszönen Krisen befanden; das hier war nur eine davon.

Doch es waren jetzt Hunderte, nein, Tausende von Kindern ihrer Eltern beraubt. Jack mußte die Gedanken an die Durling-Kinder zurückstellen. So schwer ihm das fiel, war es auch erleichternd, sich dieser Aufgabe zu entziehen – für den Augenblick. Wiederum sah er Agent Price an.

»Sie sagen, daß ich gegenwärtig die gesamte Regierung darstelle?«

»Genau den Anschein hat es, Mr. President. Deshalb müssen wir ...«

»Deshalb muß *ich* die Dinge tun, die ich zu tun habe!« Jack wandte sich zur Tür, schreckte damit die Secret-Service-Agenten auf und versetzte sie in Aktion. Auf dem Flur gab es Kameras. An denen schritt Ryan einfach vorüber, hinter der Vorhut aus zwei Agenten, die einen Weg durch die Herde bahnten – Nachrichtenleute, die so geschockt waren, daß sie gerade mal ihre Kameras in Gang setzen konnten. Keine einzige Frage. Das, dachte Jack ohne Lächeln, war wohl einzigartig. Ihm kam gar nicht in den Sinn, wie wohl sein Gesicht aussehen mochte. Ein Fahrstuhl stand bereit, und dreißig Sekunden später tauchte er in der geräumigen Vorhalle auf. Sie war von Menschen geräumt worden, außer natürlich von Agenten, von denen die Hälfte Maschinenpistolen trug, die Läufe zur Decke gerichtet. Dann erblickte er die Marines, die draußen standen, die meisten in unvollständiger Uniform. Einige bibberten in ihren roten T-Shirts über tarnfarbenen ›Mehrzweck‹-Hosen.

»Wir wollten zusätzliche Sicherheit«, erklärte Price. »Ich habe die Kaserne um Unterstützung gebeten.«

»Yeah.« Ryan nickte. Niemand würde es unziemlich finden, daß der Präsident der Vereinigten Staaten in einer solchen Zeit von Marineinfanteristen umgeben war. Sie waren fast Kinder, die meisten von ihnen. Ihre glatten, jungen Gesichter ließen nicht die geringste Regung erkennen – ein gefährlicher Zustand für bewaffnete Leute. Wie Wachhunde hatten sie den Parkplatz ständig im Blick, und ihre Gewehre hielten sie fest umklammert. Als Ryan hinaustrat, nahmen sie Haltung an und salutierten. *Also halten auch sie es für wirklich.* Den Gruß erwidernd, nickte Ryan und winkte dann den nächststehenden Wagen heran, einen HMMWV.

»Capitol Hill«, befahl Präsident John Patrick Ryan knapp.

Die Fahrt ging schneller, als er erwartet hatte. Die Polizei hatte alle Hauptstraßen gesperrt, und die Feuerwehrautos waren bereits da. Vermutlich war allgemeiner Alarm ausgegeben worden, was auch immer das brachte. Der Suburban des Secret Service – die Kreuzung von einem Kombi mit einem Kleinlaster – fuhr mit Blaulicht und heulender Sirene voraus, während die Schutztruppe schwitzte und vermutlich heimlich fluchte ob der Dummheit von ihrem neuen »Boß« – interne Bezeichnung für den Präsidenten.

Das Heck der 747 war noch bemerkenswert intakt – zumindest das Seitenruder war noch als solches zu erkennen, wie die Befiederung eines Pfeiles, der tief in der Seite eines getöteten Tieres steckte. Das überraschende für Ryan war, daß das Feuer immer noch brannte. Das Capitol war ein Gebäude aus Stein gewesen, doch innen gab es Schreibtische aus Holz, Unmengen von Papier, und Gott allein wußte, was sonst noch, das der Hitze und dem Sauerstoff anheimfiel. In der Luft kreisten Militärhubschrauber, umschwirrten die Szene wie Motten; ihre Rotoren reflektierten das orangefarbene Licht zum Boden zurück. Rotweiße Fahrzeuge der Feuerwehr waren überall, ihre Lichter blinkten auch rot und weiß und verliehen dem aufsteigenden Qualm und Dampf zusätzliche Farbe. Feuerwehrleute hetzten umher, und auf dem Boden schlängelte sich zu jedem Hydranten der Umgebung ein Gewirr aus Schläuchen, die den Pumpfahrzeugen Wasser zuführten. Viele Schlauchkupplungen waren nicht ganz dicht, so daß Wasser herausspritzte und schnell in der kalten Nachtluft gefror.

Der Südflügel des Capitol war verwüstet. Die Stufen waren noch erkennbar, aber Säulen und Dach waren weg, und der Plenarsaal selbst war ein Krater, verborgen hinter dem rechteckigen Rand aus Steinen, deren weiße Farbe verbrannt und rußgeschwärzt war. Im Norden war die Kuppel eingefallen; sie war während des Bürgerkrieges aus Schmiedeeisen errichtet worden, und einige der tortenstückähnlichen Abschnitte hatten sich irgendwie ihre Form bewahrt. Die Feuerbekämpfungsmaßnahmen richteten sich vor allem hierhin, wo das Zentrum des Gebäudes gewesen war. Aus zahllosen Wasserkanonen, manche am Boden, andere auf Schiebeleitern oder Hebebühnen, wurde Wasser gespritzt, in der Hoffnung, ein weiteres Ausbreiten des Feuers zu verhindern.

Doch das wirkliche Drama der Szenerie brachten die zahlreichen Krankenwagen zum Ausdruck, die Rettungsmannschaften zu bitterer Untätigkeit verdammt. Bei leeren Tragbahren standen sie da und konnten nichts tun, als auf die weiße Seitenflosse zu starren mit dem von Feuer geschwärzten, aber noch deutlich erkennbaren roten Kranich. Japan Air Lines. Der Krieg mit Japan war doch beendet, glaubte jeder. War das hier ein einzelner, letzter Akt von Widerstand oder Rache? Oder nur ein abscheulich ironischer Unfall? Auf Jack wirkte die Szenerie wie ein Autounfall, wenn auch in viel, viel größeren Dimensionen, und für die Männer und Frauen der Notdienste war es dieselbe Geschichte wie so oft – sie kamen zu spät. Zu spät, um das Feuer rechtzeitig zu löschen. Zu spät, um Leben zu retten, wie sie es geschworen hatten. Zu spät, um überhaupt etwas ausrichten zu können.

Der HMMWV fuhr dicht an die südöstliche Ecke des Gebäudes heran und hielt unmittelbar vor den vielen Feuerwehrautos, und noch ehe Ryan überhaupt aussteigen konnte, war er wieder von einem Trupp Marines umgeben. Einer von ihnen, der Captain, öffnete dem neuen Präsidenten die Tür.

»Also, wer hat hier das Kommando?« fragte Jack Agent Price. Zum erstenmal bemerkte er jetzt, wie bitter kalt die Nachtluft war.

»Ich nehme an, einer von den Feuerwehrleuten.«

»Suchen wir ihn.« Jack ging auf die Löschfahrzeuge zu. In seinem leichten Anzug fing er bereits an zu frösteln. Die Kommandeure waren gewiß die mit den weißen Helmen, richtig? Und mit normalen Wagen, fiel ihm aus seiner Jugend ein. Kommandeure fuhren nicht auf Löschfahrzeugen mit. Er erspähte drei rotlackierte Pkws und machte sich auf den Weg dorthin.

»Verdammt, Mr. President!« Andrea Price schrie ihn fast an. Andere Agenten rannten, um ihn zu überholen, und die Marines waren sich nicht einig, ob sie die Gruppe anführen oder ihr folgen sollten. Für einen solchen Fall stand nichts in den Handbüchern, und was für Vorschriften der Secret Service auch hatte – ihr Boß hob gerade deren Gültigkeit auf. Dann hatte einer von ihnen eine Idee, sprintete zum nächststehenden Drehleiterfahrzeug und kam mit einem wasserfesten Schutzmantel zurück.

»Das wird Sie warm halten, Sir«, versprach Special Agent Raman, half Ryan hinein und verwandelte ihn damit zu einem von Hunderten umherlaufender Feuerwehrleute. Special Agent Price nickte ihm billigend zu. Dies war der erste fast witzige Augenblick, seitdem die 747 zum Capitol gelangt war. Um so besser, wenn Präsident Ryan den wahren Grund für die schwere Montur nicht mitbekam, dachte sie. Dieser Moment würde der Leibwache in Erinnerung bleiben als Beginn des Wettkampfs um Weisungsbefugnis: Spielstand jetzt Secret Service 1, Präsident der Vereinigten Staaten o; allgemein ein Wettrennen zwischen Ego und Fingerspitzengefühl.

Der erste Kommandeur, den Ryan fand, sprach gerade ins Sprechfunkgerät, im Bemühen seine Leute dichter an die Flammen heranzudirigieren. Unmittelbar neben ihm hielt jemand in Zivil einen großen Bogen Papier auf einer Motorhaube ausgerollt. Vermutlich ein Gebäudeplan, dachte sich Jack. Ein paar Schritte entfernt, wartete er, während die beiden mit den Händen über die Pläne fuhren und der Kommandeur im Staccato Instruktionen ins Funkgerät sprach.

»Und gebt mir um Gottes willen auf all die losen Steine acht!« schloß Chief Paul Magill sein letztes Kommando. Dann drehte er sich um und rieb sich die Augen. »Wer zum Teufel sind denn Sie?«

»Das ist der Präsident«, setzte ihn Price in Kenntnis.

Magill blinzelte, warf einen Blick auf die Schar Bewaffneter und sah dann wieder Ryan an. »Dies hier ist verflucht schlimm«, sagte er schließlich.

»Hat es irgend jemand herausgeschafft?«

Magill schüttelte den Kopf. »Nicht auf dieser Seite. Drei auf der anderen Seite, alle drei übel zugerichtet. Wir vermuten, daß sie im Vorzimmer des Speaker oder da in der Nähe waren und daß die Explosion sie durchs Fenster gepustet hat. Zwei Pagen und ein Mann vom Secret Service, schlimme Verbrennungen und Knochenbrüche. Wir suchen schon, das heißt, wir versuchen's. Aber bisher – wer nicht gebraten wurde, dem hat's den Sauerstoff weggesaugt, und an Asphyxie stirbt man genauso.« Paul Magill war von Ryans Größe, aber schwarz und ein ziemlicher Schrank. Auf seinen Händen zeugten große, blasse Flächen von einem recht intimen Kampf mit dem Feuer, irgendwann in seiner beruflichen Vergangenheit. Jetzt ließ sein markantes Gesicht nur Traurigkeit erkennen, denn Feuer war kein Feind des Menschen, nur etwas Unbeseeltes, das die Glücklicheren fürs Leben zeichnete und die übrigen umbrachte. »Vielleicht haben wir noch Glück. Leute in kleinen Zimmern, Türen verschlossen und so, Sir. Verdammt, da gibt's 'ne Million Zimmer da drin nach diesen Plänen hier. Wenigstens ein paar Leute müßten wir da doch lebend herausholen können. Ich hab' so was schon mal erlebt. Aber die meisten von ihnen...« Magill schüttelte kurz den Kopf. »Im Moment haben wir's Feuer unter Kontrolle, es wird sich wohl nicht mehr ausbreiten.«

»Niemand aus dem Plenarsaal?« fragte Agent Raman. In Wirklichkeit hätte er gerne den Namen des Agenten erfahren, den es nach draußen geschleudert hatte, doch es wäre unprofessionell gewesen, direkt danach zu fragen. Magill verneinte ohnehin.

»Nein«, sagte er, in das nachlassende Glühen starrend, und fügte hinzu: »Es muß wirklich schnell gegangen sein.« Dann schüttelte Magill noch einmal den Kopf.

»Ich will es sehen«, verlangte Jack spontan.

»Nein«, lehnte Magill auf der Stelle ab. »Ist zu gefährlich. Sir, dies ist mein Feuer und mein Kommando, okay?«

»Ich *muß* es mir ansehen«, wiederholte Ryan, nun ruhiger. Ihre Blikke begegneten sich, und die beiden Augenpaare tauschten sich aus. Magill war es noch immer nicht recht. Dann fiel sein Blick wieder auf die Bewaffneten, und er kam zum irrigen Schluß, daß sie diesen neuen Präsidenten unterstützen würden, wenn er das tatsächlich war. Magill hatte nicht ferngesehen, als der Alarm einging.

»Hübsch wird's nicht sein, Sir.«

Auf Hawaii war die Sonne gerade untergegangen. Konteradmiral Robert Jackson landete auf dem Marineflugplatz Barber's Point. Aus dem Augenwinkel nahm er am südöstlichen Strand der Insel Oahu die hellerleuchteten Hotels wahr; da ging ihm die Frage durch den Kopf, was es wohl jetzt kosten würde, in einem von ihnen abzusteigen. Das hatte er nicht mehr getan, seit er Anfang Zwanzig gewesen war, als er mit drei anderen Marinefliegern zusammenhauste, um Geld zu sparen und damit lieber in den Bars auf den Putz zu hauen oder die einheimischen Frauen zu beeindrucken. Seine Tomcat setzte sanft auf, trotz des langen Fluges und des dreimaligen Auftankens in der Luft, denn Robby hielt sich immer noch für einen Jagdflieger und somit für eine Art Künstler. Auf der Landebahn bremste er sauber sein Flugzeug und bog nach rechts auf die Rollbahn ab.

»Tomcat fünf-null-null, rollen Sie langsam bis zum Ende …«

»Ich bin schon mal hiergewesen, Miß«, erwiderte Jackson mit einem Lächeln und gegen die Vorschriften. Immerhin war er Admiral. Jagdflieger *und* Admiral. Wer scherte sich da um Vorschriften?

»Fünf-null-null, auf Sie wartet ein Wagen.«

»Danke!« Robby konnte ihn sehen, dort beim hintersten Hangar.

»Nicht schlecht für einen alten Knacker«, sagte sein Hintermann, während er die Karten und die anderen unnötigen, doch äußerst wichtigen Papiere zusammenfaltete.

»Ihre Anerkennung wird registriert.« *Ich bin noch nie so steif gewesen*, gestand Jackson sich ein. Er stemmte sich ein wenig vom Sitz hoch. Sein Hintern war völlig taub. Wie konnte nur alles Gefühl weg sein, der Schmerz aber immer noch da? fragte er sich mit einem reuigen Lächeln.

*Zu alt*, waren die Worte, mit denen sein Verstand die Frage beantwortete. Dann meldete sich sein Bein wieder. *Arthritis, verdammt noch mal!* Er hatte *befehlen* müssen, daß ihm Sanchez den Jäger überließ. Es wäre viel zu weit gewesen, ihn per COD von der USS *John C. Stennis* nach Pearl zurückzuholen, und seine Order war ja klar und deutlich genug gewesen: *unverzügliche Rückkehr*. Aufgrund dessen hatte er sich eine Tom ausgeliehen, deren Feuerleitsystem nicht funktionierte und die darum ohnehin nicht zum Einsatz kam. Die Air Force hatte die Tankflugzeuge zur Verfügung gestellt. Und so war er in sieben Stunden gesegneter Stille mit einem Jagdflugzeug über den halben Pazifik geflogen – zweifellos zum letztenmal. Jackson hob sich noch mal vom Sitz hoch, als er den Jäger zum Stellplatz lenkte, und wurde mit einem Rückenkrampf belohnt.

»Ist das CINCPAC?« fragte Jackson, als er die weißgekleidete Gestalt am blauen Navy-Wagen erblickte.

Admiral David Seaton war es, und er stand nicht aufrecht, sondern lehnte am Auto und blätterte Meldungen durch, während Robby die Triebwerke abschaltete und die Kuppel öffnete. Ein Matrose rollte eine Trittleiter heran, um Robby den Ausstieg zu erleichtern. Ein anderer Soldat – genauer, eine Soldatin – zog die Tasche des ankommenden Admirals aus dem Gepäckfach unter der Kanzel. Jemand hatte es eilig.

»Gibt Ärger«, sagte Seaton in dem Augenblick, in dem Robby beide Füße auf dem Boden hatte.

»Ich dachte, wir hätten gewonnen«, erwiderte Jackson und blieb auf der Stelle stehen, auf dem heißen Beton. Auch sein Hirn war müde. Es würde schon ein paar Minuten dauern, bis sein Denken wieder im gewohnten Tempo ablief, doch sein Instinkt sagte ihm bereits, daß etwas Ungewöhnliches im Gange sein mußte.

»Der Präsident ist tot – und wir haben einen neuen.« Seaton übergab das Klemmbrett. »Freund von dir. Augenblicklich haben wir wieder DEFCON III.«

»Was zum Teufel...«, sagte Admiral Jackson, als er die erste Seite der Berichte las. Dann sah er auf. »Jack ist der neue ...?«

»Hast du denn nicht gewußt, daß er Vize geworden war?«

Jackson schüttelte den Kopf. »Ich war mit anderen Dingen sehr beschäftigt, bevor ich heute morgen gestartet bin. Gott im Himmel!« schloß Robby mit einem weiteren Kopfschütteln.

Seaton nickte. Ed Kealty war wegen dieses Sexskandals zurückgetreten, der Präsident überredete Ryan, die Vizepräsidentschaft zu übernehmen, bis zu den Wahlen im nächsten Jahr, der Kongreß bestätigte ihn, doch bevor er zur Annahmezeremonie eintreten konnte – man sieht ja, was passiert ist. Ein Flugzeug, mitten hinein. »Die ganzen JCS sind hin. Die Stellvertreter rücken nach. Mickey Moore« – Army General Michael Moore, stellvertretender Chef des Generalstabs – »hat alle Oberkommandierenden aufgefordert, nach Washington zu kommen, und zwar so schnell wie möglich. Eine KC-10 erwartet uns auf Hickam AFB.«

»Akutbedrohung?« wollte Jackson wissen. Seine permanente Stellung – soweit irgendeine Stellung für Uniformierte permanent war – war Deputy J-3, was bedeutete: Planungsoffizier Nummer zwei für den Vereinigten Generalstab.

Seaton zuckte die Achseln. »Theoretisch nichts. Im IO ist Ruhe eingekehrt. Die Japaner sind aus dem Kriegsgeschäft raus ...«

Jackson beendete den Satz: »Aber Amerika ist noch nie so hart getroffen worden.«

»Das Flugzeug wartet. Sie können sich an Bord umziehen. Korrekte Uniform zählt im Augenblick nicht, Robby.«

Wenn ihr – selten genug – Zeit zur Überlegung geblieben wäre, hätte sie daran gedacht, daß die Welt durch Zeit und Raum, vor allem Zeit, unterteilt wird. Sie war jetzt über sechzig, ihre kleine Figur durch Jahre der selbstlosen Arbeit gebeugt, und das Schlimme war, daß es sowenig Jüngere gab, die sie ablösen konnten. Wirklich, fair war es nicht, aber für sie gab es keine Ablösung. Sie bemühte sich, den Gedanken beiseite zu tun. Unwürdig – für sie wie auch für ihre Stellung, gewiß auch für die Versprechen, die sie vor mehr als vierzig Jahren vor Gott abgegeben hatte. Wenn ihr jetzt Zweifel über jene Versprechen kamen, sprach sie sie nicht aus, nicht mal in der Beichte. Das belastete ihr Gewissen mehr als die Zweifel selbst, obwohl sie wußte, daß ihr Beichtvater diese ihre Sünde – wenn es denn eine war – mit Milde ansprechen würde. Er würde sie deswegen nur sanft tadeln, denn wahrscheinlich hegte auch er seine Zweifel im Alter wie sie, wo man zurückblickt auf das, was ist und was hätte sein können, allen Erfolgen eines produktiven und nützlichen Lebens zum Trotz.

Ihre Schwester, keinen Deut weniger religiös als sie, war der häufigsten aller Berufungen gefolgt und jetzt Großmutter; Schwester M. Jean Baptiste fragte sich nun, wie das war. Die eigene Entscheidung hatte sie vor langem gefällt, in einer Jugend, an die sie sich noch erinnern konnte, und wie jede solche Entscheidung war sie unüberlegt, wenn auch richtig. Den Damen in Schwarz brachte man Achtung entgegen. Aus der fernen Jugend erinnerte sie sich, daß ihnen deutsche Truppen höflich zunickten, denn auch wenn man vermutete, daß die Nonnen alliierten Fliegern oder gar flüchtenden Juden halfen, so wußte man, daß sie jedermann unterschiedslos fair behandelten, weil Gott es so wollte. Außerdem brauchten auch die Deutschen das Krankenhaus, wenn sie verwundet waren, weil die Chancen dort besser waren als irgendwo anders. Es war eine stolze Tradition, und wenn auch Stolz eine Sünde war, wurde sie von den Damen in Schwarz gelassen begangen, denn sie sagten sich, Er würde es verstehen, weil die Tradition in Seinem Heiligen Namen entstanden war. Und so hatte sie zur rechten Zeit ihre Entscheidung getroffen, und damit hatte es sich. Manche waren gegangen, aber als für sie die kritische Zeit gekommen war, sprachen der Zustand des Landes nach einem Krieg und der Bedarf für ihre Fähigkeiten und eine Welt, die sich noch nicht genug geändert hatte, dagegen. So hatte sie kurz darüber nachgedacht, zu gehen, hatte den Gedanken verworfen und war bei ihrer Arbeit geblieben.

Schwester M. Jean Baptiste war eine erfahrene und tüchtige Krankenschwester. An diesen Ort gekommen war sie, als er noch zu ihrem Heimatland gehörte, und sie war geblieben, nachdem sich der Status geändert hatte. In all dieser Zeit hatte sie ihre Arbeit immer auf die gleiche Art verrichtet, mit derselben Hingabe, trotz der stürmischen politischen Veränderungen, die sich um sie herum vollzogen hatten, ganz gleich, ob ihre Patienten Afrikaner oder Europäer waren. Doch vierzig Jahre, mehr als dreißig davon hier an ein und demselben Ort, sie hatten ihren Tribut gefordert.

Nicht, daß sie es satt gehabt hätte. Das war es ganz gewiß nicht. Es war nur, daß sie mittlerweile fast fünfundsechzig war, und das war einfach zu alt, um als Krankenschwester, so gut wie ohne Hilfen, meistens vierzehn Stunden am Tag zu arbeiten, mit ein paar wenigen Stunden dazwischen zum Beten, was zwar gut für ihre Seele sein mochte, für den Rest aber sehr ermüdend war. In jüngeren Jahren war ihr Körper sehr robust – um nicht zu sagen, derb – und gesund gewesen, und mehr als einer der Ärzte hatte sie damals Schwester Fels genannt, doch die Ärzte waren wieder gegangen, und sie war geblieben und geblieben und geblieben, und selbst Felsen können sich abnutzen. Und mit der Erschöpfung schlichen sich Fehler ein.

Sie wußte, worauf man zu achten hatte. Man konnte in Afrika nicht Gesundheitsexperte sein und nicht wissen, daß man vorsichtig sein mußte, wenn man überleben wollte. Jahrhundertelang hatte das Christentum sich bemüht, sich hier zu etablieren, doch während es sich auf einigen Gebieten durchgesetzt hatte, war ihm das auf anderen nicht gelungen. Eines der diesbezüglichen Probleme war die sexuelle Promiskuität, die hier gang und gäbe war und Schwester Jean Baptiste bei ihrer Ankunft vor etwa zwei Generationen aufs äußerste entsetzt hatte, jetzt aber einfach... normal war. Jedoch allzuoft mit tödlichen Folgen. Ein volles Drittel aller Patienten, die im Hospital lagen, hatten, wie es hier hieß, ›die Auszehrung‹, und woanders, AIDS. Schutzvorkehrungen gegen diese Krankheit waren in Stein gemeißelt, und Schwester Jean Baptiste trug sie immer wieder im Unterricht vor. Doch die traurige Wahrheit in bezug auf diesen modernen Fluch war, wie bei Seuchen des Altertums, daß sich das Wirken des Gesundheitspersonals im Grunde auf den Selbstschutz beschränkte.

Glücklicherweise war das bei diesem Patienten kein Thema. Der Junge war erst acht, zu jung, um sexuell aktiv zu sein. Ein hübscher Junge, wohl gewachsen und aufgeweckt, er war Stipendiat an der nahe gelegenen katholischen Schule und Akoluth. Vielleicht würde er eines Tages den Ruf vernehmen, Priester zu werden – für Afrikaner war das leichter als für Europäer, denn die Kirche erlaubte hier, in stillschweigender Verbeugung vor afrikanischen Sitten, den Priestern zu heiraten, ein Geheimnis, das in der übrigen Welt nicht breitgetreten wurde. Doch der Junge war krank. Er war gerade erst vor ein paar Stunden eingeliefert worden, um Mitternacht, von seinem Vater hergebracht, ein feiner Mensch, höherer Beamter der hiesigen Regierung, der ein eigenes Auto besaß. Der diensthabende Arzt hatte zerebrale Malaria diagnostiziert, doch die Bestätigung durch den üblichen Labortest fehlte in der Akte. Vermutlich war die Blutprobe verlorengegangen. Heftige Kopf- und Gliederschmerzen, Erbrechen, Desorientierung, hohe Fieberzacken. Zerebrale Malaria oder Malaria tropica. Sie hoffte, *die* Krankheit war nicht wieder im Vormarsch. Sie konnte behandelt werden; das Problem war nur, die Leute der Behandelung *zu*zuführen.

Sonst war es ruhig auf der Station, so spät am, nein, so früh am Morgen, eigentlich – in diesem Teil der Welt eine angenehme Zeit. Die Luft war kühl und ruhig und still – wie die Patienten auch. Was dem Jungen im Augenblick am meisten zu schaffen machte, war das Fieber, und so zog sie ihm die Zudecke weg und befeuchtete seine Haut mit dem Schwamm. Das schien seinem aufgewühlten jungen Körper gut zu tun, und so nahm sie sich Zeit, auf weitere Symptome zu achten. Die Ärzte waren Ärzte und sie nur eine Krankenschwester – doch war sie immerhin schon sehr lange hier und wußte, worauf man achten mußte. Eigentlich war da nicht viel, außer einem alten Verband an seiner linken Hand. Wie hatte der Doktor den nur übersehen können? Schwester Jean Baptiste ging zum Schwesternzimmer, wo ihre beiden Gehilfen vor sich hin dösten. Was sie jetzt vorhatte, war eigentlich deren Aufgabe, doch warum sollte sie sie extra aufwecken? Mit frischem Verbandszeug und einem Desinfektionsmittel kehrte sie zu ihrem Patienten zurück. Gerade hier mußte man sich bei Infektionen besonders vorsehen. Behutsam, langsam löste sie den alten Verband. Ein Biß, sah sie, wie von einem kleinen Hund... oder einem Affen. So etwas konnte gefährlich sein. Eigentlich hätte sie sich jetzt noch im Schwesternzimmer Gummihandschuhe holen sollen, doch dorthin waren es vierzig Meter, und ihre Beine waren müde, und der Patient lag ruhig, die Hand bewegte sich nicht. Sie schraubte das Fläschchen mit Desinfektionsmittel auf, drehte dem Jungen dann langsam und sanft die Hand um, so daß die Verletzung freilag. Als sie mit der anderen Hand die Flasche schüttelte, spritzte dem Patienten etwas Flüssigkeit ins Gesicht. Er hob den Kopf und nieste im Schlaf, und es ergossen sich die üblichen Tröpfchen in die Luft. Schwester Jean Baptiste erschrak, machte aber weiter; sie goß etwas Desinfektionsmittel auf einen Wattebausch und tupfte damit sorgsam die Wunde ab. Sie legte dem Jungen den neuen Verband an, und erst dann wischte sie sich mit dem Handrücken übers Gesicht, ohne zu wissen, daß, als der Patient nieste, sich seine Hand in ihrer bewegte und sie dabei etwas Blut abbekam und daß das Blut noch immer an ihrer Hand war, als sie sich damit über die Augen fuhr. Die Gummihandschuhe, wenn sie sie geholt hätte, hätten in diesem Falle wohl gar nichts genützt, was nur ein schwacher Trost gewesen wäre, wenn sie sich drei Tage später überhaupt noch daran erinnert hätte.

Hätte bleiben sollen, wo ich war, sagte sich Jack. Zwei Sanitäter hatten ihn einen freien Gang die Osttreppe hinaufgeführt, mitsamt seiner Rotte aus Marines und Secret-Service-Leuten, alle noch mit gezückten Waffen, eine auf makabre Weise ulkige Szene, denn keiner wußte so recht, was er tun sollte. Dann stießen sie auf eine ziemlich geschlossene Linie von Feuerwehrleuten, die mit ihren Strahlrohren den Flammenherd bespritzten. Massenhaft wehte Wasser zurück und ihnen ins Gesicht. Durch den Wassernebel war das Feuer hier eingedämmt, und da man nicht aufhörte, alles einzuweichen, war es für die Bergungsmannschaften verhältnismäßig sicher, in die Überreste vom Plenarsaal hinabzusteigen. Man mußte kein Experte sein, um zu wissen, was sie vorfanden. Keine gehobenen Köpfe, kein heftiges Gestikulieren, keine Schreie. Die Männer – und Frauen, auch wenn man sie aus dieser Entfernung nicht unterscheiden konnte – bahnten sich vorsichtig ihren Weg, mehr auf die eigene Sicherheit bedacht als auf alles andere, denn es gab offenkundig keinen Grund, das eigene Leben für Tote aufs Spiel zu setzen.

*Lieber Gott*, dachte er. Jack konnte sehen, wo ein ganzer Abschnitt der Galerie in den Plenarsaal hinabgestürzt war. Die Diplomatengalerie, wenn er sich recht erinnerte. Leute von Rang und Namen, von denen er viele gekannt hatte, waren mit ihren Angehörigen ins Capitol gekommen, um zu sehen, wie er vereidigt wurde. War er damit schuld an ihrem Tod?

Ryan hatte das CNN-Gebäude verlassen, weil er meinte, etwas tun zu müssen. Jetzt war er sich dessen nicht mehr so sicher. Hatte er nur den Ortswechsel gebraucht? Oder hatte ihn der Schauplatz nur ebenso angezogen wie all die anderen Leute, die ums Capitol herumstanden, genauso schweigsam wie er, nur schauend und nichts tuend wie er? Seine Benommenheit war immer noch nicht weg. Er war in der Erwartung hergekommen, etwas zu sehen und zu fühlen und dann zu tun zu finden, entdeckte aber nur etwas, vor dem seine Seele noch mehr erschrak.

»Es ist kalt hier, Mr. President. Gehen Sie zumindest aus diesem verdammten Sprühregen weg«, drängte Price.

»Okay.« Ryan nickte und ging wieder die Treppe hinunter. Der Feuerwehrmantel, fand er, war auch nicht gerade sehr warm. Er erschauerte erneut und hoffte, daß es wirklich nur an der Kälte lag.

Es hatte gedauert, die Kameras in Position zu bringen, aber jetzt waren sie da, sah Ryan. Die kleinen, tragbaren – alles japanische, wie er mit einem Grunzen feststellte – mit ihren kleinen, aber starken Leuchten. Irgendwie war es ihnen gelungen, an den Polizeisperren und den Feuerwehrkommandeuren vorbeizukommen. Vor jeder von ihnen stand ein Reporter – die drei, die er sehen konnte, waren alles Männer – mit Mikrofon in der Hand und bemühte sich, so zu klingen, als wüßte er mehr als jeder andere. Einige Lampen waren auch auf ihn gerichtet, bemerkte Jack. Im ganzen Land und der ganzen Welt sahen Leute auf ihn und erwarteten, daß er wußte, was zu tun war. Wieso geben sich Leute immer der Illusion hin, die in der Regierung seien klüger als etwa ihr Hausarzt, ihr Rechtsanwalt oder ihr Steuerberater? Seine Gedanken schweiften zurück zu seiner ersten Woche als Second Lieutenant im Marine Corps, als in ähnlicher Weise erwartet wurde, daß er ganz genau wußte, wie man einen Zug führt – und wie ein Sergeant, zehn Jahre älter als er, mit einem Familienproblem zu ihm kam, in der Erwartung, daß der ›ElTih‹, selbst ohne Frau und Kinder, ihn, der mit beiden Probleme hatte, gut beraten könnte. Heute, erinnerte sich Jack, wurde eine solche

Situation »Gelegenheit zum Nachweis der Führungsqualität« genannt, was bedeutete, daß man nicht die geringste Ahnung hatte, wie's weiterging. Doch dort liefen die Kameras, und er mußte etwas tun.

Nur, daß er noch immer keine Ahnung hatte, was. Er war in der Hoffnung hierher gekommen, einen Handlungskatalysator zu finden, und hatte nur eine Intensivierung seines Gefühls der Hilflosigkeit erfahren. Und vielleicht eine Frage gefunden.

»Arnie van Damm?« Er brauchte Arnie, das stand fest.

»Im House, Sir«, antwortete Price und meinte damit das White House.

»Okay, fahren wir dorthin«, befahl Ryan.

»Sir«, wandte Price ein, nachdem sie einen Augenblick nachgedacht hatte, »da ist es vielleicht nicht sicher. Wenn ...«

»Ich kann doch nicht weglaufen, verdammt noch mal! Ich kann nicht nach Kneecap davonfliegen! Ich kann nicht nach Camp David wegschleichen! Ich kann mich nicht in irgendeinem verdammten Loch verkriechen! Sehen Sie das denn nicht ein?« Er war mehr frustriert als wütend. Mit dem rechten Arm zeigte er auf die Überreste des Capitol. »Die Leute da sind tot, und ich bin jetzt die Regierung, Gott steh mir bei, und die Regierung läuft nicht davon!«

»Das sieht doch dort aus wie Präsident Ryan«, sagte ein Nachrichtenmoderator in seinem warmen, trockenen Studio. »Er schaut vermutlich nach den Rettungsmaßnahmen. Wie wir alle wissen, ist Ryan ein Mann, für den Krisensituationen nichts Ungewohntes sind.«

»Ich kenne Ryan nun seit sechs Jahren«, gab der dienstältere Kommentator von sich und schaute dabei bewußt nicht in die Kamera, so als instruiere er den höher bezahlten Moderator, der sich bemühte, über das Ereignis zu berichten. Ins Studio waren beide gekommen, um Präsident Durlings Rede zu kommentieren, und hatten natürlich auch alles verfügbare Material über Ryan gelesen, den der Kommentator in Wirklichkeit gar nicht kannte, obwohl er ihm in den letzten Jahren ein paarmal beim Dinner begegnet war. »Er ist ein bemerkenswert zurückhaltender Mensch, aber zweifelsohne einer der klügsten Köpfe in der Regierung.« Eine solche Bemerkung konnte man nicht unangefochten durchgehen lassen. Tom, der Moderator, beugte sich vor und schaute halb zu seinem Kollegen, halb in die Kameras.

»Aber, John, er ist kein Politiker. Er hat weder einen politischen Hintergrund noch Erfahrung. Er ist Spezialist für nationale Sicherheit und das zu einer Zeit, da nationale Sicherheit nicht mehr den Stellenwert hat, wie das einmal der Fall war«, dozierte er.

John, der Kommentator, unterdrückte mit Mühe die Antwort, die diese Bemerkung so reichlich verdient hätte. Ein anderer tat das nicht.

»Yeah«, brummte Chavez. »Und die Maschine, die das Gebäude geplättet hat, war wohl ein Flug von Delta auf Irrwegen. Jesu Christo!«

»Es ist ein großes Land, dem wir dienen, Ding. Wo sonst kriegt jemand für Dummheit fünf Mill' im Jahr geboten?« John Clark beschloß, sein Bier auszutrinken. Es hatte keinen Sinn, nach Washington zurückzufahren, ehe Mary Pat anrief. Er war eine Arbeitsbiene, und jetzt würden dort die obersten CIA-Typen herumschwirren. Vollbringen würden sie nicht viel, aber zu solchen Zeiten vollbrachte man ohnehin *nicht* sehr viel, man sah nur gehetzt und wichtig aus... und für die Arbeitsbienen, ineffektiv.

Da es nicht viel zu zeigen gab, ließ der Sender noch einmal das Band mit Präsident Durlings Rede laufen. Die C-SPAN-Kameras im Plenarsaal waren ferngesteuert gewesen, und die Techniker im Kontrollraum hielten verschiedene Bilder für eine Weile an, um so alle jetzt toten Regierungsmitglieder zu katalogisieren, die in der vordersten Reihe gesessen hatten: bis auf zwei alle Minister, den gesamten Vereinigten Generalstab, Direktoren aus verschiedenen Behörden, den Vorsitzenden des Zentralbankrats, FBI-Direktor Bill Shaw, den Direktor von OMB, den Administrator der NASA, alle neun Richter des Supreme Court. Die Stimme des Moderators listete die Namen und Positionen auf, die sie innegehabt hatten, und das Band lief Bild für Bild weiter bis zur Stelle, wo man Secret-Service-Agenten in den Plenarsaal stürmen sah, die Präsident Durling erschreckten und für kurze Verwirrung sorgten. Köpfe drehten sich, um zu sehen, von wo Gefahr drohte, und diejenigen unter ihnen, die etwas schneller von Begriff waren, fragten sich vielleicht noch, ob auf der Galerie ein Attentäter lauerte. Doch dann kamen drei Bilder von einer Weitwinkelkamera, die verschwommen erkennen ließen, wie sich die hintere Mauer verschob, und dann Dunkelheit. Moderator und Kommentator waren wieder im Bild, zunächst, wie sie ihre Desktop-Monitore und dann einander anstarrten, und erst jetzt begann ihnen die ganze Tragweite der Katastrophe aufzugehen wie dem neuen Präsidenten.

»Präsident Ryans vornehmlichste Aufgabe wird es sein, die Regierung neu aufzubauen, wenn er das schafft«, sagte John, der Kommentator, nach einer langen Pause. »Mein Gott, so viele hervorragende Männer und Frauen... tot...« Ihm war gerade in den Sinn gekommen, daß er noch vor ein paar Jahren, bevor er Chefkommentator des Senders geworden war, ebenfalls im Plenarsaal gewesen wäre, zusammen mit so vielen seiner Berufskollegen und Freunde; seine Hände begannen unter der Tischplatte zu zittern. Ein erfahrener Profi wie er, der seiner Stimme nicht erlaubte zu beben, vermochte er doch nicht ganz, die Kontrolle über seinen Gesichtsausdruck zu behalten, der plötzlich entsetzliche Trauer zeigte.

»Gottes Urteil«, murmelte Mahmoud Haji Daryaei über sechstausend Meilen entfernt vor sich hin, griff zur Fernbedienung und stellte den Ton ab, um das unnütze Geschwafel auszublenden.

Strafe Gottes. Das ergab doch Sinn? Amerika. Der Koloß, der so vielen einen Strich durch die Rechnung gemacht hatte, gottloses Land eines gottlosen Volkes, am Gipfel seiner Macht, Sieger eines neuerlichen Waffenganges – jetzt schmerzlich getroffen. Wie, außer durch Gottes Wille, hätte so etwas geschehen können? Und was sonst könnte es bedeuten als Gottes Strafe und Gottes Segen? Segen, mit welchem Ziel? fragte er sich. Nun, das würde sich wohl nach einiger Überlegung erweisen.

Ryan war er schon einmal begegnet, hatte ihn als nachtragend und arrogant empfunden – typisch amerikanisch –, jetzt aber nicht. Für einen Augenblick zoomten die Kameras ihr Objekt näher heran und zeigten einen Mann in Feuerwehrmontur, der seinen Kopf nach links und rechts drehte, den Mund etwas geöffnet. Nein, arrogant nicht. Fassungslos, sich nicht einmal gewahr genug, um ängstlich zu sein. Das war ein Gesichtsausdruck, den er schon öfter gesehen hatte. Wie interessant.

Dieselben Worte und dieselben Bilder überfluteten jetzt die Welt, übertragen von Satelliten zu über einer Milliarde Augenpaare, die gerade die Nachrichtensendung gesehen oder vom Vorfall gehört hatten. Es wurde Geschichte geschrieben, und das mußte man verfolgen.

Insbesondere traf das für die Mächtigen zu, für die Information der Rohstoff ihrer Macht war. An einem anderen Ort schaute einer auf die elektronische Uhr, die neben seinem Fernseher stand, und beschäftigte sich mit einfacher Arithmetik. In Amerika ging ein schrecklicher Tag zu Ende, während der Morgen, dort wo er saß, gerade angebrochen war. Durchs Fenster hinter seinem Schreibtisch sah man auf einen riesigen Platz, den Menschen überquerten, die hauptsächlich mit dem Fahrrad unterwegs waren, obgleich die Anzahl der Autos jetzt auch schon beträchtlich war – hatte sie sich doch in den letzten Jahren verzehnfacht. Dennoch war das Fahrrad immer noch das Hauptverkehrsmittel, und das war nicht fair, oder?

Er hatte sich einst vorgenommen, das zu ändern, rasch und entschlossen, und die Amerikaner hatten sein Vorhaben im Keim erstickt. An Gott glaubte er nicht, hatte es nie getan und würde es nie tun. Aber er glaubte an das Schicksal, und Schicksal war es, was sich da vor seinen Augen ereignete, auf dem Bildschirm eines in Japan hergestellten Fernsehapparates. Das Schicksal war ein launenhaftes Weib, sagte er sich, während er nach einer Schale grünen Tees griff. Erst vor wenigen Tagen hatte sie die Amerikaner mit Glück begünstigt und jetzt das... Was mochte die Dame Schicksal wohl vorhaben? Doch seine eigenen Intentionen, seine Bedürfnisse und sein Wille gingen vor, entschied er und griff fast nach dem Telefon, bis er sich eines Besseren besann. Es würde schon zeitig genug klingeln, und dann würden andere nach seiner Meinung fragen, und er würde etwas antworten müssen, und darum war es Zeit, weiter nachzudenken. Er nippte an seinem Tee. Das heiße Wasser brannte an seinen Lippen, und das war gut. Er mußte hellwach sein, und der Schmerz lenkte sein Denken nach innen, wo wichtige Gedanken stets ihren Ursprung hatten.

Erfolgreich oder nicht, sein Plan war nicht schlecht gewesen. Mangelhaft ausgeführt durch unwissende Agenten, hauptsächlich weil die Dame Schicksal einen Augenblick lang Amerika begünstigt hatte – aber es war ein guter Plan gewesen, sagte er sich noch einmal. Und das zu beweisen, würde er wieder Gelegenheit bekommen. Durch die Dame Schicksal. Der Gedanke verursachte ein schmales Lächeln und einen Blick in die Ferne, als er in Gedanken die Zukunft sondierte und ihm gefiel, was er sah. Er hoffte, das Telefon würde nicht gleich klingeln, denn er mußte noch ein Stück weiter sehen, und das geschah am besten ohne Störung. Als er weiter überlegte, fiel ihm ein, daß das Ziel seines Plans ja eigentlich erreicht worden war. Gewünscht hatte er, Amerika zu schwächen, und geschwächt war es jetzt. Nicht so, wie er geplant hatte, aber immerhin geschwächt. *Um so besser?* fragte er sich.

Ja.

Und so konnte das Spiel doch weitergehen.

Das ganze Auf und Ab der Geschichte, wie Ebbe und Flut, war nichts als ein Spiel der Dame Schicksal. Sie war wirklich keines Menschen Freund oder Feind – oder doch? Er prustete lachend. Vielleicht hatte sie bloß Sinn für Humor.

Das Gefühl einer anderen Person war nichts als Wut. Erst ein paar Tage zuvor hatte sie eine Demütigung erfahren, die bittere Demütigung, sich von einem Ausländer – simpler ehemaliger Provinzchef! – sagen lassen zu müssen, was ihr souveränes Land zu tun hatte. Natürlich war sie vorsichtig gewesen. Alles war mit großem Geschick erledigt worden. Die Regierung selbst war nicht involviert gewesen, außer in ausgedehnte Seemanöver auf offenem Meer, außerhalb jeglicher Hoheitsgebiete. Keine Noten mit Gewaltandrohung waren übergeben worden, keine offizielle Demarche unternommen, keine Position bezogen, und die Amerikaner ihrerseits hatten nicht mehr getan als – wie sie es arrogant nannten – ›am Käfig zu rütteln‹ und eine Sitzung des UN-Sicherheitsrats zu verlangen, auf der eigentlich nichts zu sagen war, da ja nichts Offizielles stattgefunden hatte und ihr Land nichts hatte verlautbaren lassen. Was sie getan hatten, waren doch lediglich *Übungen* gewesen. *Friedliche* Übungen. Gewiß hatten die Übungen dazu beigetragen, einen Teil der amerikanischen Kräfte zu binden und so gegenüber Japan zu schwächen – aber das hatte sie ja nicht vorhersehen können, oder? Natürlich nicht!

Genau in diesem Augenblick hatte sie das Dokument auf ihrem Schreibtisch: die erforderliche Zeit, die Flotte wieder instand zu setzen. Doch nein, sie schüttelte den Kopf, das würde nicht genügen. Weder sie noch ihr Land konnten jetzt allein handeln. Dazu würde es einiger Zeit bedürfen und Freunde und Pläne, doch ihr Land hatte Bedürfnisse, und es war ihre Aufgabe, sich um diese Bedürfnisse zu kümmern. Jedenfalls war es nicht ihre Aufgabe, von anderen Befehle entgegenzunehmen, nicht wahr?

Nein.

Auch sie trank Tee, aus einer hübschen Porzellantasse, mit Zucker und ein wenig Milch, auf englische Art, was ein Ergebnis ihrer Geburt, ihrer Herkunft und ihrer Erziehung war. Und all das, in Verbindung mit viel Geduld, hatte sie in dieses Amt gebracht. Von allen Leuten auf der ganzen Welt, die jetzt über Satelliten dieselben Bilder sahen, verstand sie vielleicht am besten, welche Gelegenheit sich hier bot. Dies war doch viel zu schön, um ungenutzt verstreichen zu dürfen, oder?

Ja.

»Es kann einem angst machen, Mr. C.« Domingo Chavez rieb sich die Augen – er war schon etliche Stunden länger wach, als sein vom Jetlag beeinträchtigtes Gehirn berechnen konnte – und versuchte, seine Gedanken zu ordnen. Er lümmelte auf der Wohnzimmercouch, hatte die Schuhe ausgezogen und die Füße auf den Couchtisch gelegt. Das Frauenvolk im Haus war bereits zu Bett gegangen.

»Sag mir, wieso, Ding«, befahl John Clark. Für ihn war die Zeit, über die relativen Fähigkeiten diverser Fernsehgrößen bekümmert zu sein, vorbei, aber sein junger Partner strebte immerhin einen Magister im Fach Internationale Beziehungen an.

Chavez antwortete, ohne die Augen zu öffnen. »Ich glaube nicht, daß sich in Friedenszeiten schon so etwas abgespielt hat. Die Welt ist ja nicht soviel anders als vorige Woche, John. Vorige Woche war's wirklich kompliziert. Wir gewannen wohl den kleinen Krieg, den wir hatten, aber die Welt hat sich kaum verändert, und wir sind auch jetzt nicht stärker als vorher, oder?«

»Die Natur verabscheut ein Vakuum?« fragte John ruhig.

»Oder so ähnlich.« Chavez gähnte. »Verdammich, wenn wir nicht hier und jetzt eines haben.«

»Ich schaffe nicht gerade sehr viel, oder?« fragte Jack mit ruhiger Stimme, in der öde Düsternis mitschwang. Ein Glühen war noch vorhanden, obwohl das, was jetzt in den Himmel stieg, mehr Dampf war als Rauch. Was ins Gebäude gelangte, war der deprimierendste Anblick. Leichensäcke. Gummierter Stoff mit Tragschlaufen an den Enden und langem Reißverschluß in der Mitte. Viele kamen schon wieder heraus, getragen von jeweils zwei Feuerwehrleuten, die zwischen den Brocken zerstörten Mauerwerks die Treppe herabstiegen. Das fing gerade an und würde so schnell nicht aufhören. In den paar Minuten da oben hatte er eigentlich gar keine Leiche gesehen. Die ersten dieser Säcke zu sehen war sogar irgendwie schlimmer.

»Nein, Sir«, erwiderte Price, deren Gesichtsausdruck seinem glich. »Dies ist nicht gut für Sie.«

»Ich weiß.« Ryan nickte und schaute weg.

*Ich weiß nicht, was ich* tun *soll,* sagte er zu sich selber. *Wo ist das Handbuch, der Trainingkurs für diesen Job? Wen kann ich fragen? Wohin soll ich gehen?*

*Ich* will *diesen Job nicht!* schrie es in seinem Innern. Ryan warf sich die Eigennützigkeit des Gedankens vor, aber er war an diesen schrecklichen Ort gekommen, um seine Führungsrolle irgendwie vorzuführen, vor den Fernsehkameras zu paradieren, als wüßte er, was er tat – und das war gelogen. Vielleicht nicht aus bösem Willen. Nur dumm. *Geh zum Feuerwehrhauptmann hin und frag ihn, wie's läuft, als ob das nicht jeder mit Augen und mehr als zwei Jahren Schulbildung von selbst erkennen würde!*

»Ich bin für Vorschläge offen«, sagte er schließlich.

Special Agent Andrea Price atmete tief durch und tat das, wovon jeder Special Agent des United States Secret Service, bis Pinkerton zurück, geträumt hatte: »Mr. President, Sie sollten wirklich zusehen, daß Sie, äh, Ihr Zeugs« – *so* weit durfte sie nun doch nicht gehen – »auf die Reihe kriegen. Manches können Sie selbst tun, manches aber nicht. Sie haben Leute, die für Sie arbeiten. Für den Anfang, Sir, finden Sie raus, wer die sind, und lassen sie ihre jeweiligen Jobs tun. Dann können Sie sich vielleicht dranmachen, Ihren zu tun.«

»Zurück zum Haus?«

»Dort sind die Telefone, Mr. President.«

»Wer ist Leiter des Detail?« Ryan meinte die Schutztruppe des White House.

»Das war Andy Walker.« Price müßte nicht hinzufügen, wo der sich jetzt befand. Ryan musterte sie und traf seinen ersten Präsidialentscheid.

»Sie sind gerade befördert worden.«

Price nickte. »Folgen Sie mir, Sir.« Es freute die Agentin zu sehen, daß dieser Präsident, wie alle anderen auch, lernen konnte, Befehlen zu folgen. Manchmal zumindest. Kaum drei Meter weiter, rutschte Ryan auf Glatteis aus und ging zu Boden. Zwei andere Agenten halfen ihm wieder auf die Beine. Die Szene ließ ihn nur noch verletzlicher aussehen. Ein Fotograf hatte dies festgehalten und lieferte *Newsweek* damit das Titelfoto für die folgende Woche.

»Wie Sie sehen, verläßt Präsident Ryan jetzt Capitol Hill in einem, wie es aussieht, Militärfahrzeug statt in einem Secret-Service-Wagen. Was meinen Sie, was hat er jetzt vor?« fragte der Moderator.

»Bei aller Fairneß dem Mann gegenüber«, sagte John, der Kommentator, »ist kaum anzunehmen, daß er selbst es im Augenblick weiß.«

Den Bruchteil einer Sekunde später hatte diese Meinung den ganzen Erdball erreicht und traf auf die Zustimmung aller Arten von Menschen, Freund und Feind gleichermaßen.

Manche Dinge müssen rasch getan werden. Er wußte nicht, ob es die richtigen Dinge waren – nun, das wußte er schon, und sie waren es nicht –, doch ab einer gewissen Wichtigkeitsstufe geraten ja die Regeln ein bißchen durcheinander, nicht wahr? Als Sproß einer politischen Familie, die seit ein paar Generationen im Dienst der Öffentlichkeit tätig war, stand er praktisch seit Erhalt seines Juradiploms im öffentlichen Leben, was nur auf andere Art ausdrückte, daß er sein ganzes Leben lang keinen echten Job gehabt hatte. Mochte er nur wenig praktische Erfahrung in der Wirtschaft haben, außer als ihr Nutznießer – für seine Familie führten Finanzexperten diverse Anlagen- und Wertpapiergeschäfte so geschickt, daß er sich fast nie mit ihnen treffen mußte, nur mal zum Ausfüllen der Steuererklärung. Mochte er auch nie als Jurist praktiziert haben – so war doch seine Hand bei der Verabschiedung von buchstäblich Tausenden von Gesetzen im Spiel gewesen. Mochte er auch seinem Land nie in Uniform gedient haben – er hielt sich für einen Experten in Sachen nationaler Sicherheit. Mochte auch vieles dagegen sprechen, daß man irgend etwas unternahm. Doch im Regieren wußte er Bescheid, denn im ganzen aktiven Leben – um nicht ›Arbeitsleben‹ zu sagen – war das sein Beruf, und in Zeiten wie dieser brauchte das Land einen, der wirklich regieren konnte. Das Land bedurfte der Heilung, dachte Ed Kealty, und darin kannte er sich aus.

Also griff er zum Telefon und tätigte einen Anruf. »Cliff, hier ist Ed...«

# 1 / Neubeginn

Die FBI-Einsatzzentrale für den Krisenfall ist im vierten Stock des Hoover Building, ein seltsam geformter Raum, etwa dreieckig und überraschend klein. Nummer sechzehn traf gerade ohne Krawatte und in Freizeitkleidung ein: Deputy Assistant Director Daniel E. Murray. Leitender Wachoffizier war sein alter Freund, Inspektor Pat O'Day. Ein großer, vierschrötiger Mann, der zu Hause im Norden von Virginia als Hobby Schlachtrinder züchtete – der ›Cowboy‹ war in New Hampshire geboren und zur Schule gegangen, doch seine Stiefel waren maßgefertigt –, hatte einen Telefonhörer am Ohr, und im Raum war es seltsam ruhig für einen Krisenraum während einer echten Krise. Mit einem knappen Nikken und einer erhobenen Hand gab er zu verstehen, daß er Murrays Ankunft bemerkt hatte. Der dienstältere Agent wartete, bis O'Day sein Telefonat beendet hatte.

»Was ist los, Pat?«

»Ich hab' gerade mit Andrews telefoniert. Sie haben dort Bandaufzeichnungen vom Radar und so. Habe Beamte vom Washington Field Office hingeschickt, um mit den Leuten im Tower zu sprechen. Auch das National Transportation Safety Board hat zur Unterstützung Leute geschickt. Ausgangspunkt: Eine 747 der Japan Air Lines hat beim Capitol Kamikaze gespielt. Die Andrews-Leute sagen, der Pilot meldete als außerplanmäßiger KLM-Flug einen Notfall, fuhr direkt über ihre Landebahnen hinweg, bog etwas nach links ab, und ... ja ...« O'Day zuckte die Schultern. »Das WFO hat jetzt auch Leute auf Capitol Hill, die mit Ermittlungen anfangen. Ich gehe von einem Terroristenanschlag aus, somit sind wir zuständig.«

»Wo ist der ADIC?« fragte Murray und meinte damit den Assistant Director in Charge des Washingtoner FBI-Büros, das sich auf Buzzard's Point am Flußufer des Potomac befindet.

»Mit Angie auf St. Lucia im Urlaub. Pech für Tony«, brummte der Inspektor. Tony Caruso war gerade erst drei Tage weg. »Ist für viele ein schwerer Tag. Die Zahl der Toten ist ungeheuer hoch, Dan, viel schlimmer als in Oklahoma. Für Gerichtsmediziner habe ich allgemeinen Alarm gegeben. Nach dem Einschlag werden wir viele Leichen nur durch ihr DNA identifizieren können. Ach, und die Leute vom Fernsehen fragen immerzu, wie die Air Force es nur zulassen konnte, daß so was passierte.« Den letzten Satz fügte er mit einem Kopfschütteln hinzu. O'Day brauchte jemanden, den er niedermachen konnte, und im Augenblick waren die Fernsehkommentatoren das geeignete Objekt.

Andere würden noch folgen; beide hofften, das FBI würde nicht mit dazugehören.

»Wissen wir sonst noch was?«

Pat schüttelte den Kopf. »Nein. Das braucht seine Zeit, Dan.«

»Ryan?«

»War auf dem Hill; sollte jetzt auf dem Weg ins White House sein. Sie haben ihn im Fernsehen gezeigt. Sieht ein bißchen mitgenommen aus. Für unsere Brüder und Schwestern vom Secret Service ist es auch eine schlimme Nacht. Es kommt vielleicht noch zum Kompetenzstreit darüber, wer die Ermittlungen leitet.«

»Großartig!« schnaubte Murray. »Das lassen wir vom AG aussortie...« Doch es gab keinen Attorney General und keinen SecTreas, den der anrufen konnte.

Inspektor O'Day war klar: Ein Bundesgesetz ermächtigte den US Secret Service, im Falle eines Angriffs auf den Präsidenten die Leitung der Ermittlungen zu übernehmen. Aber in Terrorismusfällen erklärte ein anderes Bundesgesetz das FBI für zuständig. Die Statuten der Stadt brachten natürlich die Washington Metropolitan Police mit ins Spiel. Wirf noch die Nationale Verkehrssicherheitsbehörde NTSB in den Topf – solange nichts anderes bewiesen war, konnte es ja auch nur ein schreckliches Flugzeugunglück sein. Jede Behörde besaß Autorität und Fachkompetenz. Der Secret Service, kleiner als das FBI und mit geringeren Ressourcen, hatte hervorragende Ermittlungsbeamte und die besten technischen Experten. Das National Transportation Safety Board wußte mehr über Flugzeugabstürze als sonst jemand auf der Welt. Doch das Bureau mußte bei dieser Ermittlung die Führung haben, sagte sich Murray. Nur, daß Director Shaw tot war, und ohne dessen Gewicht hinterm Autoritätsknüppel...

*Mein Gott!* dachte Murray. Er und Bill hatten zusammen die Academy besucht. Dann waren sie zusammen frischgebackene Bordkantenlatscher in Philadelphia gewesen, auf Bankräuberjagd...

Pat sah sein Gesicht und nickte. »Ich weiß, Dan, es dauert, bis es einen einholt, nicht? Hat uns das Eingeweide rausgerissen, Mann.« Er reichte ihm ein handgeschriebenes Blatt mit der Liste der bisher bekannten Toten.

*Ein Atomschlag hätte uns auch nicht schlimmer treffen können,* mußte sich Murray eingestehen, als er die Namen durchging. Eine sich entwickelnde Krise hätte genügend Zeit gelassen, sich darauf einzustellen, und nach und nach, in aller Stille, hätten die wichtigsten Leute Washington verlassen und sich an verschiedenen Orten in Sicherheit gebracht. Dadurch hätten viele überlebt, und nach der Katastrophe hätte es noch eine einigermaßen funktionsfähige Regierung gegeben, um die Scherben wieder zusammenzuklauben. Jetzt aber nicht.

Ryan war schon tausendmal im White House gewesen: zu Besuch, für Einweisungen, zu wichtigen und anderen Besprechungen und erst seit kurzem, um im eigenen Büro als Nationaler Sicherheitsberater zu arbeiten. Dies war das erstemal, daß er keinen Ausweis zeigen und nicht durch den Metalldetektor gehen mußte – doch aus Gewohnheit ging er direkt durch einen hindurch, aber als es piepste, einfach weiter, ohne seine Schlüssel aus der Tasche zu nehmen und zu zeigen. Die Veränderung im Auftreten der Beamten vom Secret Service war frappierend. Wie jeder andere auch fühlten sie sich in vertrauter Umgebung wohl, und obwohl das ganze Land gerade wieder hatte erkennen müssen, wie illusorisch ›Sicherheit‹ war, genügte selbst absoluten Profis die Illusion von Sicherheit, um sich wohler zu fühlen. Waffen wurden gehalftert, Knöpfe geschlossen, und alle atmeten auf, als die Meute durch den Osteingang hereinkam.

Eine innere Stimme sagte Jack, daß dies jetzt sein Haus wäre, doch er hatte kein rechtes Verlangen danach, dies zu glauben. Präsidenten nannten es gerne das Haus des Volkes, benutzten die politische Stimme falscher Bescheidenheit zur Beschreibung eines Ortes, den zu erreichen so mancher von ihnen die eigenen Kinder überfahren hätte, und sagten dann, daß es keine so große Sache wäre. Würden Lügen die Mauern färben, dachte Jack, hätte der Bau einen ganz anderen Namen. Aber auch Größe gab es hier. Hier hatte James Monroe seine Doktrin verkündet und sein Land zum erstenmal in die strategische Welt gestoßen. Hier hatte Lincoln sein Land durch reine Willenskraft zusammengehalten. Hier hatte Teddy Roosevelt Amerika zum globalen Mitspieler gemacht und seine Große Weiße Flotte in der Welt herumgeschickt, um das kundzutun. Hier hatte sein Cousin x-ten Grades das Land aus innerem Chaos und Verzweiflung geholt, mit wenig mehr als der näselnden Stimme und dem hochgestellten Zigarettenhalter. Hier hatte Eisenhower seine Macht so gekonnt ausgeübt, daß kaum einer bemerkte, daß er überhaupt etwas tat. Von hier hatte Kennedy Chruschtschow niedergestarrt, und keiner scherte sich drum, daß dabei eine Vielzahl grober Schnitzer verdeckt wurden. Hier hatte Reagan die Zerstörung von Amerikas gefährlichstem Feind geplant, nur um zu hören, daß er ständig schlafe. Was zählte am Ende mehr – die Errungenschaften oder dreckige kleine Geheimnisse der unvollkommenen Menschen, die hier gelegentlich doch über ihre Schwächen hinauswuchsen? Waren es doch solche kurzen, verhaltenen Schritte, die Geschichte ausmachten, wenn der Rest längst vergessen war, außer für revisionistische Historiker, denen nicht einleuchten wollte, daß Menschen nicht perfekt sein müssen.

Nichtsdestotrotz – sein Haus war es nicht.

Der Eingang war eine Art Tunnel unter den Ostflügel, wo die First Lady – bis vor neunzig Minuten Anne Durling – ihre Räume hatte. Nach dem Gesetz war die First Lady – für jemanden mit bezahltem Stab eine merkwürdige Fiktion – ein Privatbürger, doch ihre Funktionen waren in Wahrheit, so inoffiziell sie auch sein mochten, immens wichtig. Die Wände hier waren die eines Museums, nicht eines Heims, als sie am kleinen Theater vorbeigingen, wo der Präsident privat mit ein paar – hundert oder so – Freunden Filme betrachten konnte. Es gab Skulpturen, viele von Frederic Remington, und der Haupttenor sollte ›rein‹ amerikanisch sein. Von Gemälden sahen leblose Augen vergangener Präsidenten – Ryan meinte, mit Argwohn und Zweifel – auf ihn herab. All die Vorgänger, gut oder schlecht, von Historikern wohlwollend oder kritisch beurteilt, sahen ihn an ...

*Ich* bin *Historiker,* sagte sich Ryan. *Habe einige Bücher geschrieben, die Handlungen anderer aus der Entfernung von Raum und von Zeit beurteilt. Warum sah der* dies *nicht? Weshalb tat er nicht* das*?* Jetzt, zu spät, wußte er's besser. Jetzt war er *hier,* und von innen her sah's ganz anders aus. Von außen konnte man reinsehen, sich umschauen, all die vorbeiziehende Information sichten und analysieren, anhalten, wenn nötig, sogar zurückgehen, um alles besser zu verstehen, sich Zeit nehmen, bis alles perfekt war.

Aber von innen war es überhaupt nicht mehr so. Hier kam alles wie ein Haufen Züge aus allen Richtungen zugleich angebraust, die alle den eigenen Zeitplan einhielten und einem für Manöver oder Reflexion wenig Zeit ließen. Und die Leute auf den Porträts waren meist hierhergelangt mit dem Luxus, den Aufstieg sich überlegt zu haben, mit dem Luxus der vertrauten Berater, des guten Willens. Diese Vorteile hatte er nicht. Den Historikern aber wäre das nur einen knappen Absatz wert, bevor sie gnadenlos analysierend weiterschrieben.

Was immer er sagte oder tat, wußte Jack, es würde mit der perfekten Sehkraft des Rückblicks beschaut – und nicht erst ab jetzt. Leute würden seine Vergangenheit nach Informationen durchforsten über seinen Charakter, seinen Glauben, seine Taten, gut oder schlecht. Vom Augenblick an, als der Flieger aufs Capitol traf, war er Präsident, und man würde fortan *jeden* seiner Atemzüge im neuen und unbarmherzigen Licht betrachten. Sein tägliches Leben verlor die Privatsphäre, sogar im Tode würde er nicht vor der Musterung sicher sein, durch Menschen, die keine Ahnung hatten, wie es war, bloß in dieses zu groß geratene Heim/Büro/Museum hineinzugehen, und zu wissen, daß es einem in aller Ewigkeit ein Gefängnis sein würde. Mochten die Gitter auch unsichtbar sein, real waren sie trotzdem.

So viele hatten nach diesem Job gegiert, nur um festzustellen, wie grausam und frustrierend er war. Das wußte Jack von eigenen Geschichtsstudien und von der Beobachtung dreier Inhaber des Oval Office aus kurzer Distanz. Die waren zumindest mit angeblich offenen Augen hergekommen; man konnte ihnen allenfalls vorwerfen, daß ihre Hirne nicht mit ihren Egos mithalten konnten. Wieviel schlimmer wäre es für einen, der es nie angestrebt hatte? Würden Historiker deshalb mit Ryan sanfter umgehen? Da mußte er ironisch lächeln. Nein, er übernahm dieses Haus in einem Moment, da sein Land in *Not* war, und wenn er dieser Not nicht entgegentrat, würde ihm künftig für immer der Makel des Versagers anhaften, obwohl er den Job nur durch Zufall erwarb.

Für den Secret Service war dies ein Augenblick, in dem sie etwas ausspannen konnten. Die Glücklichen, dachte Ryan. Ihr Job war es, ihn und seine Familie zu schützen. Seiner war es jetzt, sie und die Ihren und Millionen anderer Menschen zu schützen.

»Hier entlang, Mr. President.« Price bog nach links in den Korridor ab. Hier sah Ryan zum erstenmal die Leute vom White-House-Stab, die dastanden, um ihren neuen Schutzbefohlenen zu sehen, den Mann, dem sie von nun an nach besten Kräften zu Diensten sein würden. Dort standen sie alle und schauten, wußten nichts zu sagen. Ihre Augen musterten ihn, ohne ihre Gedanken preiszugeben; sicherlich aber würden sie bald ihre Eindrücke austauschen, in ihren Umkleiden und Kantinen. Jacks Schlips hing immer noch schief, auch hatte er noch den Feuerwehrmantel an. Das Wasser, das ihm ins Haar gesprüht, dort gefroren war und ihn unverdient grau aussehen ließ, taute jetzt langsam. Plötzlich verschwand einer vom Hauspersonal, tauchte gleich wieder auf, schlüpfte an den Sicherheitsleuten vorbei und reichte Ryan ein Handtuch.

»Danke!« sagte Jack überrascht, blieb einen Augenblick stehen und begann, sich das Haar abzutrocknen. Und schon sah er vor sich einen Fotografen im Rückwärtsgang, Kamera im Anschlag, fleißig knipsend. Der Secret Service hinderte ihn nicht daran. Das, dachte Ryan, machte ihn zum Teil des Stabes; mußte der offizielle Fotograf des White House sein, dessen Aufgabe es war, alles auf Film zu bannen. *Großartig, meine eigenen Leute spionieren mich aus!* Doch jetzt war nicht die Zeit, dazwischenzufahren, oder?

»Wohin gehen wir denn überhaupt, Andrea?« erkundigte sich Jack, als sie an immer weiteren Porträts von Präsidenten und First Ladies vorüberkamen, die ihn alle anstarrten...

»Zum Oval Office. Ich dachte...«

»Nein. Lagebesprechungsraum.« Ryan blieb abrupt stehen, sich immer noch abtrocknend. »Für jenen Raum bin ich noch nicht bereit, okay?«

»Gewiß, Mr. President.« Am Ende des breiten Korridors wandten sie sich nach links in ein kleines Foyer, und dann nach rechts, wieder ins Freie, denn vom White House zum Westflügel gab es keinen Korridor. Darum also hatte ihm noch niemand diesen Mantel abgenommen, wurde Jack klar.

»Kaffee«, verlangte er. Wenigstens die Küche hier würde gut sein. Die Messe des White House wurde von Navy-Stewards geführt, und seine erste präsidiale Tasse Kaffee wurde ihm aus einer Silberkanne in eine prachtvolle Tasse eingeschenkt von einem Matrosen, dessen Lächeln ebenso professionell war wie echt und den, wie die anderen auch, die Neugier auf seinen neuen Boß gepackt hatte. Ryan kam sich vor wie ein Tier im Zoo. Interessant, faszinierend – und wie würde er sich wohl mit dem neuen Käfig abfinden?

Der Raum war bekannt, der Platz neu. Der Präsident saß in der Mitte vom Tisch, so daß sich Berater zu beiden Seiten versammeln konnten. Ryan ging zu diesem Platz und setzte sich halbwegs natürlich. Schließlich war's nur ein Stuhl. Die sogenannten Insignien der Macht waren bloß Gegenstände, die Macht selbst nur eine Illusion, denn begleitet wurde sie stets von noch größeren Verpflichtungen. Erstere konnte man sehen und ausüben, letztere konnte man nur spüren. Jack nippte an seinem Kaffee und warf einen Blick in die Runde. Auf der Uhr an der Wand war es 23.14 Uhr. Er war Präsident seit... wie lange? Neunzig Minuten? Etwa die Zeit, die er benötigte, von seinem Zuhause zu... seinem neuen Zuhause... zu fahren – je nach Verkehr.

»Wo ist Arnie?«

»Hier, Mr. President«, sagte Arnold van Damm, während er gerade ins Zimmer trat. Er war bereits Stabschef von zwei Präsidenten gewesen und stellte gerade einen ewigen Rekord auf als Stabschef für einen dritten. Sein erster Präsident war in Schande zurückgetreten. Sein zweiter war tot. Würde der dritte der Glücksbringer sein – oder sind aller bösen

Dinge stets drei? Ryans Augen durchbohrten ihn schier mit der Frage, die er nicht offen aussprechen konnte: *Was mach' ich jetzt bloß?*

»Gutes Statement im Fernsehen.« Der Stabschef setzte sich an die andere Seite des Tisches. Sein Auftreten war wie immer ruhig und kompetent, und Ryan dachte nicht darüber nach, welches Maß an Beherrschung dies einem abverlangte, der noch mehr Freunde verloren hatte als Ryan selbst.

»Ich weiß nicht einmal mehr, was zum Teufel ich überhaupt sagte«, erwiderte Jack und durchkämmte sein Hirn nach entflohener Erinnerung.

»Für 'ne Stegreifrede ist das normal«, beruhigte ihn van Damm. »Es war jedenfalls ganz gut. Ich war ja immer der Meinung, Ihre Instinkte sind okay. Sie werden sie brauchen.«

»Das Wichtigste?« fragte Jack

»Banken, Börsen, sämtliche Bundesbehörden bleiben geschlossen, sagen wir bis Ende der Woche, vielleicht länger. Für Roger und Anne müssen wir ein Staatsbegräbnis vorbereiten. Eine Woche Staatstrauer, Flaggen einen Monat auf Halbmast. Auch etliche Botschafter waren im Plenarsaal. Das bedeutet, zu allem anderen, tonnenweise diplomatische Aktivität. Haushaltsarbeit nennen wir das... ich weiß!« sagte Arnie und hob die Hand. »Sorry. Muß ja irgendwie heißen.«

»Wer...«

»Wir haben hier eine Protokollstelle, Jack.« Darauf wies van Damm ihn hin. »Die sitzen bereits in ihren Kabuffs und arbeiten dran. Wir haben hier ein Team von Redenschreibern, die bereiten Ihre Reden und offiziellen Verlautbarungen vor. Die Medienleute werden Sie sehen wollen – damit meine ich, Sie müssen sich in der Öffentlichkeit zeigen. Die Leute beruhigen. Sie müssen Vertrauen einflößen...«

»Wann?«

»Beim Frühstücksfernsehen spätestens, CNN und alle anderen Gesellschaften. Mir wär's ja am liebsten, wir würden in einer Stunde vor die Kamera gehen, aber das müssen wir nicht unbedingt. Wir können ja sagen, Sie sind beschäftigt. Bevor Sie auf Sendung gehen, müssen wir Sie instruieren, was Sie sagen können oder nicht. Den Reportern müssen wir klarmachen, was sie fragen dürfen und was nicht, und in so einem Fall werden die kooperieren. Rechnen Sie mal mit 'ner Woche netter Behandlung. Die Presse wird Ihnen keine längere Schonzeit geben.«

»Und dann?« wollte Jack wissen.

»Und dann sind Sie bei Gott der Präsident und müssen sich entsprechend aufführen, Jack«, sagte van Damm geradeheraus. »Es hat Sie ja keiner gezwungen, den Eid abzulegen, oder?«

Bei dieser Bemerkung riß Ryan den Kopf zurück, als ihm die versteinerten Blicke der anderen im Raum auffielen – alles Beamte vom Secret Service. Er war jetzt der neue Boß, und ihre Augen unterschieden sich jetzt gar nicht so sehr von denen auf den Porträts, die ihn auf dem Weg vom Ostflügel hierher angeschaut hatten. Man *erwartete* von ihm, daß er das Richtige tat. Sie würden ihn unterstützen, ihn vor anderen und vor sich selbst schützen, aber er hatte den Job zu tun. Und sie würden ihn auch nicht weglaufen lassen. Der Secret Service war ermächtigt, ihn vor physischer Gefahr zu schützen. Arnie van Damm würde sich bemühen, ihn vor politischer Gefahr zu schützen. Noch andere würden ihren entsprechenden Dienst zu seinem Schutz verrichten. Das Hauspersonal würde sich um sein Essen kümmern, seine Hemden bügeln, ihm Kaffee bringen. Aber keiner würde Ryan gestatten davonzulaufen, weder von seinem Platz noch von seinen Pflichten.

Es *war* ein Gefängnis.

Doch was Arnie soeben gesagt hatte, stimmte. Er hätte ja den Eid nicht abzulegen brauchen – nein, dachte Ryan, während er auf die polierte Eichentischplatte sah. Dann wäre er für alle Ewigkeit als Feigling gebrandmarkt – schlimmer noch. Ich würde ihn als einen solchen verdammen, denn sein Gewissen konnte ihm ein schlimmerer Feind sein als jeder Außenstehende. Es lag in seinem Wesen, im Spiegel die Mängel zu sehen. So gut er auch sein mochte, ihm reichte es nie – angetrieben, wovon? Von Werten, gelernt von seinen Eltern, den Lehrern, dem Marine Corps, den vielen Menschen, denen er begegnet war, den Gefahren, denen er getrotzt hatte? Alles abstrakte Werte – nützten sie ihm, oder nützte er ihnen? Was hatte ihn bis hierher gebracht? Was hatte ihn zu dem gemacht – und was, wirklich, war John Patrick Ryan? Er blickte herum, fragte sich, was die anderen von ihm hielten, doch die wußten es wohl auch nicht. Nun war er Präsident: der, von dem die Befehle kamen, die sie ausführen würden; der die Reden hielt, deren Bedeutung und Richtigkeit andere analysieren würden; der entschied, was die Vereinigten Staaten tun würden, um wieder von anderen beurteilt und kritisiert zu werden – andere, die nie recht wußten, wie das, was sie kritisierten, wirklich zu tun war. Aber das war keine Personen-, es war eine Jobbeschreibung. Die mußte ausgefüllt werden von einem Mann – oder bald einmal einer Frau –, der nachdachte und das Richtige in Angriff nahm. Und für Ryan, vor weniger als eineinhalb Stunden, war das Richtige gewesen, den Eid zu leisten. Und sich zu bemühen, sein Bestes zu geben. Das Urteil der Geschichte war für ihn weniger wichtig, als das, was er von sich selbst hielt, wenn er morgens im Spiegel den Unzulänglichen sah. Das wirkliche Gefängnis war und würde immer sein: er selbst. Verdammt!

Das Feuer war jetzt aus, sah Chief Magill. Seine Leute mußten achtgeben. Immer noch gab es Herde, Stellen, wo das Feuer ausgegangen war, nicht aber vom Wasser gelöscht, sondern aus Mangel an Sauerstoff, und die warteten nur darauf, wieder aufzuflammen, um Unachtsame zu überraschen und zu töten. Doch seine Leute waren umsichtig, und dieses gelegentliche kleine Aufflackern würde im großen Rahmen dieses Brandes nicht ins Gewicht fallen. Schläuche wurden bereits eingerollt, und einige seiner Leute brachten schon ihre Fahrzeuge zu den Stützpunkten zurück. Aus der ganzen Stadt hatte er alles verfügbare Gerät herbeigerufen, und den Großteil mußte er zurückschicken, damit nicht irgendwo ein neuer Brand unbekämpft blieb und unnötigerweise weitere Menschen starben.

Jetzt war er von anderen umringt. Sie trugen alle Vinyljacken mit großen gelben Buchstaben darauf, die verkündeten, wer sie waren. Es waren Trupps vom FBI, vom Secret Service, von der Washington Metropolitan Police, vom NTSB, vom Bureau of Alcohol, Tobacco and Firearms des Finanzministeriums und seine eigenen Ermittler von Brandursachen. Alle erwarteten einen Hauptverantwortlichen, damit sie den eigenen Zuständigkeitsbereich abstecken konnten. Statt sich informell zu beraten und eine vorläufige Befehlskette einzurichten, standen sie in überwiegend homogenen kleinen Gruppen herum und warteten vermutlich darauf, daß ihnen jemand sagte, wer was zu tun hatte. Magill konnte nur den Kopf schütteln. Aber er sah so etwas nicht zum erstenmal.

»Chief?« sprach ihn jemand von hinten an. Magill drehte sich um.

»Ja?«

»NTSB. Können wir mit der Bergung des Flugdatenschreibers beginnen?« Der Mann zeigte dabei auf die Seitenflosse. Wenn auch das Heck des Flugzeugs alles andere als intakt war, konnte man zumindest noch erkennen, was es einmal gewesen war, und die sogenannte Black Box – die in Wirklichkeit fluoreszierend orange ist – mußte jedenfalls da irgendwo sein. Tatsächlich war die Umgebung ziemlich frei. Die Trümmer waren größtenteils nach Westen geschleudert worden, und die NTSB-Leute mochten tatsächlich eine Chance haben, sie rasch zu bergen.

»Okay.« Magill nickte und zeigte auf ein paar Feuerwehrleute, die sie begleiten könnten.

»Würden Sie außerdem Ihre Leute anweisen, die Überreste des Flugzeugs möglichst nicht von der Stelle zu bewegen? Wir möchten den Hergang der Katastrophe rekonstruieren, und da ist es sehr hilfreich, wenn alles an seinem Platz bleibt.«

»Die Menschen ... die Leichen haben Vorrang«, brummte Magill. Der Bundesbeamte verzog das Gesicht. Niemand war zum Vergnügen hier.

»Ich verstehe.« Er hielt inne. »Wenn Sie die Flugmannschaft finden, bitte bewegen Sie sie nicht von der Stelle. Rufen Sie uns, okay?«

»Wie werden wir sie erkennen?«

»Weiße Hemden, Schulterklappen mit Streifen drauf, und es sind vermutlich Japaner.«

Dies hätte eigentlich verrückt klingen sollen, doch das war es nicht. Magill wußte, daß menschliche Körper Flugzeugabstürze oft in unglaublicher äußerer Verfassung überstanden, so intakt, daß auf den ersten Blick nur ein geschultes Auge die Anzeichen tödlicher Verletzungen erkannte. Häufig entnervte das die Zivilisten, die gewöhnlich als erste an einer Unglücksstelle waren. Seltsam, daß der menschliche Körper anscheinend viel robuster war als das Leben darin. Eine Barmherzigkeit war es für Hinterbliebene, denen die höllische Qual erspart wurde, ein Stück zerfetztes, verbranntes Fleisch zu identifizieren, doch die Grausamkeit, jemanden wiederzuerkennen, der einem nicht mehr antworten konnte, blieb. Magill schüttelte den Kopf und übertrug einem seiner dienstälteren Leute den Sonderbefehl.

Die Feuerwehrleute da unten hatten davon schon genug am Hut. Der erste Sonderbefehl betraf natürlich die Ortung und Bergung der Leiche des Präsidenten Roger Durling. Alles andere war dieser Aufgabe gegenüber zweitrangig, und speziell für diese Leiche stand ein gesonderter Wagen bereit. Selbst die First Lady, Anne Durling, würde ein bißchen auf ihren Mann warten müssen, ein letztes Mal. Auf der gegenüberliegenden Seite wurde ein Mobilkran ans Gebäude manövriert, um die Steinblöcke herauszuheben, die das Podium und den Bereich drum herum bedeckten, als wären sie aus einem übergroßen Kinderbaukasten dahin geschüttet worden.

Leute strömten in alle Ministerien, insbesondere höhere Chargen. Es war sonst nicht üblich, daß sich die VIP-Parkplätze um Mitternacht füllten. Auch Sicherheitspersonal wurde herbeordert, denn ein Angriff auf eine Regierungsstelle war ein Angriff auf alle, auch wenn die Art des Angriffs den Sinn in Frage stellte, Leute mit Faustfeuerwaffen hereinzurufen. Wenn A geschah, hatte das B zur Folge, weil irgendwo geschrieben stand, daß B das war, was man zu tun hatte. Die Leute mit den Faustfeuerwaffen sahen einander an und schüttelten den Kopf im Bewußtsein, daß ihre Überstunden bezahlt würden, was sie den hohen Tieren voraushatten, die jetzt aus Chevy Chase und den Vororten in Virginia hergerast kamen, in die oberen Stockwerke stürmten, bloß um dort miteinander zu palavern.

Eine solche Person erreichte den Parkplatz in der Tiefgarage und benutzte eine Keycard, um den VIP-Fahrstuhl in den sechsten Stock zu aktivieren. Was den Mann von anderen unterschied, war, daß er für den Abend einen echten Auftrag hatte, allerdings einen, über den er den ganzen Weg von Great Falls hierher gegrübelt hatte. Es schien ihm eine Mutprobe, doch das Wort paßte hier eigentlich nicht. Was sollte er denn sonst tun? Er verdankte Ed Kealty alles, seine Stellung in der Washingtoner Gesellschaft, seine Karriere beim Staat, so viele andere Dinge. Das Land brauchte jetzt jemanden wie Ed. Das hatte ihm jedenfalls Ed gesagt; was er selbst dabei tat, war ... ja, was? Im Wagen hatte es eine leise Stimme Verrat genannt, aber nein, das war es nicht, denn ›Verrat‹ ist das einzige Verbrechen, das in der Verfassung definiert ist, und zwar als Hilfe für Feinde des Landes ›mit Rat und Tat‹; und was auch immer Ed Kealty vorhatte, das tat er doch ganz gewiß nicht.

Es war eine Frage der Loyalität. Er war Ed Kealtys Mann. Das Verhältnis hatte schon in Harvard begonnen, mit Bier, Doppelrendezvous und Wochenenden im Haus von dessen Eltern am Wasser, die herrliche Zeit einer ungestümen Jugend. Er war der Arbeiterklassengast einer der bedeutendsten Familien Amerikas ... Warum? Weil Eds jugendliches Auge auf ihn gefallen war. Aber wieso das? Er wußte es nicht, hatte nie danach gefragt und würde auch nie dahintersteigen. So war eben Freundschaft. Sie ergab sich einfach, und nur in Amerika konnte ein Kind aus der Arbeiterklasse, mittels Stipendium nach Harvard gelangt, befreundet sein mit dem großen Sohn einer großen Familie. Vermutlich wäre er auch allein vorwärtsgekommen. Niemand außer Gott hatte ihm seine Intelligenz verliehen. Niemand außer seinen Eltern hatte ihn ermutigt, diese Gabe zu entwickeln, ihm Manieren und ... Wertvorstellungen beigebracht. Bei diesem Gedanken schloß er die Augen, während die Fahrstuhltür aufging. Werte. Nun, Loyalität war doch einer dieser Werte. Ohne Eds Patronat hätte er es wohl nur bis zum DASS, Deputy Assistant Secretary of State, gebracht, zum stellvertretenden Ministerialdirektor. Das erste Wort war schon lange von der Amtsbezeichnung entfernt, die in goldenen Lettern an seiner Bürotür glänzte. In einer gerechten Welt wäre er in der engeren Auswahl dafür, das nächste Wort aus dem Titel zu streichen, schließlich war er doch mindestens ebenso gut in der Außenpolitik wie alle anderen hier im sechsten Stock. Und das wäre nicht so gekommen, wenn er nicht Ed Kealtys Mann gewesen wäre. Ohne die Partys, wo er die anderen Macher kennengelernt und sich nach oben geredet hatte. Und das Geld. Er hatte sich nie in irgendeiner Form bestechen lassen, aber sein Freund hatte ihn bezüglich Investments gut beraten, wodurch er in die Lage versetzt wurde, sich seine finanzielle Unabhängigkeit zu sichern, sich nebenbei in Great Falls ein fünfhundert Quadratmeter großes Haus zu kaufen und seinen Sohn nach Harvard zu schicken, ohne Stipendium, denn Clifton Rutledge III. war jetzt der Sohn eines *Jemand*s und nicht bloß ein Produkt der Lenden eines Arbeiters. Durch eigene Anstrengung allein hätte er es nicht soweit gebracht, und daher war er die Loyalität schuldig.

Das erleichterte etwas die Sache für Clifton Rutledge II. (in seiner Geburtsurkunde hieß es zwar Clifton Rutledge, Junior, doch ›Jr.‹ war nicht gerade die richtige Bezeichnung für einen Mann seiner Stellung), Under Secretary of State for Political Affairs.

Der sechste Stock war immer bewacht und jetzt ganz besonders. Doch die Sicherheitsleute kannten ihn alle, und er mußte sich nur so verhalten, als wüßte er, was er tat. Doch verflucht, wenn es nun schiefging, sagte sich Rutledge, und das mochte vielleicht der beste Ausgang sein: »Tut mir leid, Ed, es war nicht dort...« Er fragte sich, ob das ein unwürdiger Gedanke war, während er an der Bürotür stand und auf Schritte hörte, deren Tempo recht gut zu seinem Herzschlag paßte. Zwei Wachtposten mußten jetzt auf dem Flur sein und in verschiedene Richtungen gehen. Normalerweise waren die Sicherheitsmaßnahmen hier im Gebäude nicht so streng. Ohne Grund kam schon niemand herein. Selbst am Tage, wenn Besucher kamen, wurden sie stets dorthin begleitet, wo sie zu tun hatten. Zu dieser Nachtzeit war alles noch strikter. Dann waren nicht alle Fahrstühle in Betrieb. Man brauchte eine Keycard, um überhaupt zum Oberstock zu gelangen, und vor der Fahrstuhltür stand noch ein dritter Wachtposten. Also war richtiges Timing alles. Rutledge hörte auf die Schritte und schaute auf die Uhr. Er stellte fest, daß die Intervalle zwischen den Runden auf zehn Sekunden genau gleich blieben. Gut. Jetzt brauchte er nur noch auf den nächsten zu warten.

»Hi, Wally!«

»Guten Abend, Sir«, erwiderte der Wachtposten. »Schlimme Nacht.«

»Tun Sie uns einen Gefallen?«

»Und der wäre, Sir?«

»Kaffee. Es sind keine Sekretärinnen da, die die Maschinen in Gang setzen würden. Könnten Sie mal schnell in die Cafeteria springen und jemanden eine Kaffeemaschine heraufbringen lassen? Sie sollen sie in den Konferenzraum stellen. In ein paar Minuten haben wir dort eine Besprechung.«

»Aber selbstverständlich. Sofort?«

»Wenn es möglich wäre, Wally.«

»Bin in fünf Minuten zurück, Mr. Rutledge.« Zielstrebig schritt der Wachtmann aus, bog nach zwanzig Metern nach rechts ab und verschwand.

Rutledge zählte bis zehn und eilte in die andere Richtung. Die beiden Türen zum Büro des Ministers waren nicht abgeschlossen. Schnurstracks ging Rutledge durch die erste, dann durch die zweite und schaltete dabei das Licht an. Drei Minuten hatte er Zeit. Einerseits hoffte Rutledge, das Dokument wäre in Brett Hansons Tresor weggeschlossen. In diesem Falle würde sich nichts machen lassen, denn nur Brett, zwei seiner Mitarbeiter und der Sicherheitschef hatten die Kombination. Außerdem war er durch eine Alarmanlage gesichert. Doch Brett war stets ein Gentleman gewesen und ein leichtsinniger obendrein, immer so arglos und so vergeßlich, einer von denen, die nie ihr Auto abschlossen, ja nicht einmal ihr Haus, wenn ihre Frau nicht darauf bestand. Wenn es nicht weggeschlossen war, dann gab es nur zwei Stellen, wo es sein konnte. Rutledge zog die Schublade in der Mitte des Schreibtisches auf und fand die übliche Ansammlung von Bleistiften, billigen Kulis und Heftklammern. Eine Minute verging. Nichts. Fast eine Erleichterung, bis er auf dem Schreibtisch nachsah, und da mußte er fast lachen. Direkt auf der Schreibunterlage, in den Lederrand geklemmt, lag ein glatter weißer Briefumschlag, unfrankiert, adressiert an den Außenminister. Rutledge nahm ihn in die Hand und faßte den Umschlag nur am Rand an. Unverschlossen. Er schlug die Klappe auf und nahm den Inhalt heraus. Ein einzelnes Blatt Papier, zwei getippte Absätze. An diesem Punkt erschauerte Cliff Rutledge. Bis jetzt war die Übung theoretisch gewesen. Er könnte den Brief wieder hinlegen, einfach vergessen, daß er hiergewesen war, den Anruf vergessen, alles vergessen. Zwei Minuten.

Ob Brett den Empfang bestätigt hatte? Vermutlich nicht. Wiederum würde er Gentleman gewesen sein. Auf diese Weise hätte er Ed nicht gedemütigt. Ed hatte ehrenwert gehandelt und war zurückgetreten, und Brett hätte ehrenwert darauf reagiert, ihm zweifellos die Hand geschüttelt, mit einem bedauernden Ausdruck im Gesicht, und das wär's gewesen. Zwei Minuten fünfzehn.

Entscheidung. Rutledge steckte den Brief in seine Jackentasche, eilte zur Tür, machte das Licht aus, trat wieder auf den Flur und blieb vor der eigenen Bürotür stehen. Dort wartete er eine halbe Minute.

»Hi, George.«

»Hello, Mr. Rutledge.«

»Ich habe gerade Wally hinuntergeschickt, Kaffee heraufbringen lassen.«

»Gute Idee, Sir. Schlimme Nacht. Ist es wahr, daß ...«

»Ich fürchte, ja. Brett ist wahrscheinlich mit umgekommen.«

»Verdammt.«

»Wäre gut, sein Büro abzuschließen. Ich habe gerade mal probiert und ...«

»Jawohl, Sir.« George Armitage zog seinen Ring Schlüssel hervor und fand auch den passenden. »Er ist immer so ...«

»Ich weiß.« Rutledge nickte.

»Wissen Sie, vor zwei Wochen fand ich sogar mal seinen Safe unverschlossen. Das heißt, er hatte ihn schon zugeklinkt, dann aber nicht das Zahlenschloß betätigt.« Ein Kopfschütteln. »Ich glaube, er ist bestimmt noch nie ausgeraubt worden.«

»Das ist das Problem mit der Sicherheit«, erklärte der künftige Staatssekretär mitfühlend. »Die hohen Herrschaften scheinen nie richtig aufzupassen, stimmt's?«

Wie schön es war. Wer mochte es wohl getan haben? Die Frage selbst enthielt eine flüchtige Antwort. Die Fernsehreporter, die nichts anderes zu tun hatten, ließen ihre Kameras auf das Seitenruder richten. An das Logo konnte er sich recht gut erinnern, war er doch vor langer Zeit einmal an einer Operation beteiligt gewesen, bei der ein Flugzeug mit dem roten Kranich auf dem Seitenruder gesprengt worden war. Jetzt bedauerte er das beinahe, doch Neid hielt ihn davon ab. Es war eine Frage der Schicklichkeit. Als einer der führenden Terroristen der Welt – er gebrauchte das Wort in Gedanken und genoß den somit privaten Klang des Wortes, das er anderswo nicht verwenden konnte – wäre es *ihm* zugekommen, dieses Werk zu vollbringen, nicht irgendeinem Amateur. Und so einer mußte es gewesen sein. Ein Amateur, dessen Namen er zu gegebener Zeit erfahren würde wie jeder andere auf der Welt – aus dem Fernsehen. Wie ironisch. Seit seiner Pubertät hatte er sich dem Studium und der Praxis der politischen Gewalt hingegeben, hatte gelernt, überlegt, geplant – und solche Aktionen ausgeführt, erst als Teilnehmer, dann als Anführer. Und jetzt? So ein *Amateur* hatte ihn abgehängt; die ganze Untergrundbewegung, der er angehörte, aus dem Feld geschlagen. Das wäre peinlich, wenn die Tat nicht so schön wäre.

Mit geschultem Scharfsinn ging er die Möglichkeiten durch und hatte schnell die Analyse parat. Ein einzelner. Vielleicht zwei. Eher aber nur einer. Wie immer, dachte er, preßte dabei die Lippen zusammen und nickte. Ein einzelner, der gewillt war zu sterben, sich für die Sache zu opfern – was immer die Sache sein mochte, der er diente –, konnte manchmal mehr ausrichten als eine ganze Armee. In diesem speziellen Fall hatte der Betreffende besondere Fähigkeiten besessen und Zugang zu besonderen Mitteln gehabt, und beides war der Sache hervorragend zugute gekommen.

Das war Glück, wie es eben nur ein Einzelakteur haben konnte. Für einen einzelnen war es leicht, ein Geheimnis zu bewahren. Er brummte vor sich hin. Das war ja das Problem, das er stets gehabt hatte. Der wirklich schwierige Teil war immer, die richtigen Leute zu finden, Leute, auf die er sich verlassen konnte, die nicht gegenüber anderen prahlten oder sich ihnen anvertrauten, die dasselbe Sendungsbewußtsein besaßen wie er, das gleiche Kampfziel, die Disziplin kannten und bereit waren, ihr Leben zu riskieren. Dieses letzte Kriterium war der Eintrittspreis, früher leicht zu erheben, heute aber, in der sich rapide verändernden Welt, immer schwieriger. Die Quelle, aus der er schöpfte, trocknete allmählich aus, und es hatte keinen Zweck, das zu leugnen. Ihm gingen die wirklich der Sache ergebenen Jünger aus.

Stets gewiefter und weitsichtiger als seine Mitstreiter, hatte er nur an drei echten Operationen teilgenommen, und obwohl er Manns genug war zu tun, was getan werden mußte, war er nicht süchtig danach. Immerhin war es ja äußerst gefährlich. Nicht, daß er sich vor den Konsequenzen seines Tuns gefürchtet hätte – aber ein toter Terrorist war eben genauso tot wie seine Opfer, und ein Toter konnte keine weiteren Aktionen unternehmen. Den Tod zu riskieren, war er bereit, nicht aber, ihn direkt anzustreben. Immerhin wollte er gewinnen, die Früchte seines Tuns ernten, gefeiert werden als Sieger, Befreier, Eroberer; in den Büchern, die künftige Generationen lasen, mehr sein als nur eine Fußnote. Das erfolgreiche Unternehmen, das man jetzt im Fernsehen zeigte, würde den meisten als eine fürchterlich *Sache* in Erinnerung bleiben. Nicht als die Tat eines Menschen, sondern als etwas Ähnliches wie eine Naturkatastrophe, denn es diente, elegant wie es war, keinem politischen Zweck. Und genau das war das Problem, das der Wahnsinnstat eines entschlossenen Märtyrers innewohnte. Glück allein genügte nicht. Es mußte eine Ursache geben und ein Resultat. So eine erfolgreiche Tat war eigentlich erst dann erfolgreich, wenn damit etwas erreicht wurde. Diese hier tat das gewiß nicht. Und das war zu schade. Es geschah nicht oft, daß …

Nein, er griff nach seinem Orangensaft und trank ihn aus, ehe er seine Gedanken weiterspann. Nicht oft? Noch nie hatte es das gegeben. Das Ganze war in erster Linie eine philosophische Frage. Es stimmte zwar, wenn er in die Geschichte zurückblickte, daß die Assassinen Regierungen hatten stürzen oder enthaupten können, aber damals erforderte dies nur die Eliminierung einer einzelnen Person, und trotz aller Bravour, die Gesandte jener Bergfestung damals aufbrachten, die moderne Welt war viel zu komplex. Töte einen Präsidenten oder einen Premierminister – oder einen dieser Überbleibsel von Königen, an denen manche Länder noch festhielten –, und es tritt ein anderer an die freigewordene Stelle. Wie in diesem Fall geschehen. Doch hier lag der Fall etwas anders. Es gab kein Kabinett, das hinter dem Neuen stand, das mit wütenden Blicken Solidarität und Entschlossenheit und Kontinuität demonstrierte. Wenn nur etwas anderes, etwas Größeres und Bedeutenderes bereitgestanden hätte, als das Flugzeug aufschlug, dann hätte diese herrliche Sache noch viel schöner werden können. Daß das nicht der Fall gewesen war, ließ sich nun nicht mehr ändern. Aber wie bei jedem derartigen Ereignis ließ sich viel daraus lernen, aus dem Erfolg wie auch dem Mißerfolg, und die Nachwehen, geplant oder nicht, waren sehr, sehr wirklich.

In diesem Sinne war die Sache tragisch. Eine günstige Gelegenheit verpaßt. Wenn er nur davon gewußt hätte! Wenn der, der das Flugzeug zu seinem letzten Ziel, seinem endgültigen Bestimmungsort geflogen hatte, nur jemanden hätte *wissen* lassen, was er vorhatte! Aber so waren sie, diese Märtyrer. Diese Schwachköpfe mußten eben allein denken, allein handeln, allein sterben; und ihr persönlicher Erfolg barg zugleich grundlegendes Versagen. Oder doch nicht? Immerhin waren die Nachwehen ja längst nicht zu Ende …

»Mr. President?« Ein Beamter vom Secret Service hatte den Hörer abgenommen. Normalerweise wäre das eine Navy-Charge gewesen, doch das Sicherheitskommando des White House stand einfach noch zu sehr unter Schock, um einen jeden in den Lagebesprechungsraum zu lassen. »FBI, Sir.«

Ryan zog das Telefon aus der Halterung unter der Tischplatte. »Ja?«

»Hier Dan Murray.« Vor Freude, eine vertraute Stimme zu hören und eine freundliche obendrein, mußte Jack fast lächeln. Er und Murray kannten sich schon eine Ewigkeit. Am anderen Ende hätte Murray sicher am liebsten ›Hi, Jack!‹ sagen mögen, doch er tat es nicht, und selbst wenn ihn Jack dazu aufgefordert hätte, wäre ihm sicher nicht ganz wohl dabei gewesen, und er hätte sich dem Risiko ausgesetzt, in der eigenen Organisation für einen Arschkriecher gehalten zu werden. Noch ein Hindernis gegen die Normalität, sagte sich Jack. Selbst seine Freunde gingen jetzt auf Distanz.

»Was gibt's denn, Dan?«

»Tut mir leid, stören zu müssen, aber wir hätten gern gewußt, wer die Ermittlungen leiten soll. Im Augenblick rennt ein Haufen Leute ziellos auf dem Hill herum, und...«

»Eigenes Kommando«, bemerkte Jack sauer. Er mußte nicht danach fragen, warum Murray ihn anrief. Jeder, der diese Frage auf einer niedrigeren Ebene hätte entscheiden können, war tot. »Was sagt das Gesetz für diesen Fall?«

»Im Grunde nichts«, erwiderte Murray. Das Unbehagen in seiner Stimme war unverkennbar. Er wollte den Mann nicht belästigen, der einmal sein Freund gewesen und vielleicht auch noch war, unter weniger offiziellen Umständen. Aber dies war Firmensache und mußte erledigt werden.

»Mehrfachzuständigkeit?«

»Bis zum Abwinken«, bestätigte Murray mit ungesehenem Nicken.

»Ich glaube, dies ist als terroristischer Anschlag zu bezeichnen. Damit kennen wir uns doch aus, du und ich, nicht wahr?« fragte Jack.

»Das tun wir, Sir.«

*Sir,* dachte Ryan. *Verdammt.* Doch er hatte eine Entscheidung zu treffen. Jack warf einen Blick in die Runde, ehe er antwortete.

»Das Bureau ist dafür die zuständige Behörde. Jeder ist dir berichtspflichtig. Such dir als Leiter einen guten Mann aus.«

»Ja, Sir.«

»Dan?«

»Ja, Mr. President?«

»Wer ist Ranghöchster beim FBI?«

»Der Associate Director ist Chuck Floyd. Er befindet sich gerade in Atlanta, um einen Vortrag zu halten, und...« Dann gab es da noch die Assistant Directors, alle dienstälter als Murray...

»Den kenn' ich nicht. Dich schon. Du bist kommissarischer Direktor, bis ich etwas anderes bestimme.« Ryan spürte sofort die Erschütterung am anderen Ende der Leitung.

»Uh, Jack, ich...«

»Ich habe Shaw auch gemocht, Dan. Den Job hast jetzt du.«

»Ja, Mr. President.«

Ryan legte den Hörer auf und erklärte, was er gerade getan hatte.

Price widersprach als erste: »Sir, ein Angriff auf den Präsidenten fällt in die Zuständigkeit von...«

Ryan unterbrach sie: »Die haben mehr Ressourcen, und jemand muß das Kommando führen. Ich möchte diese Angelegenheit so schnell wie möglich geklärt haben.«

»Wir brauchen eine Sonderkommission.« Es war Arnie van Damm, der das sagte.

»Von wem geleitet?« fragte Präsident Ryan. »Einem Richter des Supreme Court? Ein paar Senatoren und Kongreßabgeordneten? Murray ist ein echter Profi. Ein guter... Der Ranghöchste in der Kriminalabteilung des Justizministeriums soll die Ermittlungen beaufsichtigen. Andrea, machen Sie mir den besten Ermittlungsbeamten vom Service ausfindig: Er soll Murrays Hauptassistent sein. Auf irgendwelche Leute von außen sind wir doch nicht angewiesen, oder? Das erledigen wir selbst. Wir wählen dafür die besten Leute aus. Vertrauen wir doch den Behörden, die den Fall aufklären sollen.« Er hielt inne. »Ich will, daß die Ermittlung flott läuft, Okay?«

»Jawohl, Mr. President.« Agent Price nickte, und Ryan erhaschte auch von Arnie van Damm ein zustimmendes Nicken. Doch die Zufriedenheit währte nur kurz. Vor der hinteren Wand stand eine Reihe von Fernsehgeräten. Alle zeigten weitgehend das gleiche Bild, und das Gleißen vom Blitz eines Fotografen auf allen vier Bildschirmen zog den Blick des Präsidenten an. Er schaute hin und sah viermal, wie ein Leichensack am Westflügel des Capitol die Treppe herabgeschleppt wurde. Wieder eine Leiche zur Identifikation – groß oder klein, männlich oder weiblich, wichtig oder nicht: Durch den vulkanisierten Stoff des Sackes ließ sich das nicht unterscheiden. Da waren nur die erschöpften, traurigen Gesichter der Feuerwehrleute, die das verdammte Ding trugen; die davon angezogene Aufmerksamkeit eines namenlosen Pressefotografen, seiner Kamera und seines Blitzgerätes holte jetzt den Präsidenten in die Realität zurück, vor der er doch wieder zurückschreckte. Die Fernsehkameras folgten dem Trio, zwei lebend, einer tot, die Stufen hinab bis zur Ambulanz, durch deren offene Türen ein Stapel solcher Säcke erkennbar war. Die Träger reichten den neuen sanft herüber, Profis, die dem Körper, dem die Welt der Lebenden keinen Beistand mehr gab, Erbarmen und Mitgefühl zeigten. Dann zogen sie wieder die Stufen hinauf, um den nächsten zu holen. Im Lagebesprechungsraum war es still geworden, da aller Augen dasselbe Bild in sich aufnahmen. Ein paar tiefe Atemzüge wurden getan, und die Augen, für Tränen noch zu stählern oder schockiert, wandten sich paarweise ab, um die polierte Tischplatte anzustarren.

»Was ist jetzt sonst noch zu tun?« fragte Jack. Mit einemmal war er völlig erschöpft. Das frühere Rasen seines Herzens im Angesicht des Todes und aus Sorge um seine Angehörigen und vor Schmerz um den Verlust forderte jetzt seinen Tribut. Er fühlte sich ausgelaugt, die Arme hingen an ihm herab, als wären die Ärmel aus Blei, und plötzlich konnte er auch kaum noch den Kopf hoch halten. Es war jetzt 23.35 Uhr, nach einem Tag, der um 4.10 Uhr begonnen hatte, angefüllt mit Interviews über ein Amt, das er gerade mal acht Minuten innehatte, bis zur abrupten Beförderung. Der Adrenalinrausch war nun vorbei; daß er zwei Stunden gedauert hatte, verstärkte jetzt nur die Erschöpfung. Er blickte mit einer Frage in die Runde, die wichtig erschien:

»Wo schlafe ich heute?« Nicht hier, entschied er augenblicklich. Nicht im Bett eines Toten, auf dem Laken eines Toten, nur wenige Schritte entfernt von den Kindern eines Toten. Er mußte bei seiner eigenen Familie sein. Er mußte seine eigenen Kinder ansehen, wie sie schliefen, denn Kinder durchschliefen alles; dann mußte er die Arme seiner Frau um sich spüren, denn das war die eine Konstante in Ryans Welt, die eine Sache, die sich nie ändern durfte, allen gewaltigen Ereignissen zum Trotz, die über ein Leben hereingebrochen waren, das er weder angestrebt noch erwartet hatte.

Die Secret-Service-Agenten blickten einander in gegenseitiger Verwirrung an, ehe Andrea Price sprach und das Kommando übernahm, was ihrer Natur entsprach und jetzt ihr Job war.

»Marines-Kaserne? Eighth, Ecke First?«

Ryan nickte. »Im Moment das Richtige.«

Price sprach ins Funkmikrofon, das am Kragen ihres Jacketts steckte. »SWORDSMAN in Bewegung. Bringt die Wagen zum Westeingang.«

Die Agenten vom Detail standen auf. Wie eine Person knöpften sie die Mäntel auf, und als sie durch die Tür nach draußen kamen, griffen ihre Hände nach ihren Pistolen.

»Wir schmeißen Sie um fünf wieder raus«, versprach van Damm und fügte hinzu: »Sehen Sie zu, daß Sie den Schlaf bekommen, den Sie brauchen.« Die Antwort war ein kurzes, leeres Starren, als Ryan den Raum verließ. Dort legte ihm ein White-House-Pförtner einen Mantel um – zu fragen, wem er gehörte oder woher er war, kam Jack nicht in den Sinn. Er stieg hinten im Chevy Suburban ein, der sofort losfuhr, ein gleicher Wagen voraus und drei weitere hinterher. Dem Ausblick hätte Jack sich entziehen können, nicht aber den Geräuschen, denn das Heulen der Sirenen durchdrang selbst das Panzerglas, und wegzusehen wäre ohnehin Feigheit gewesen. Das Leuchten des Feuers war abgeklungen, ersetzt durch das Warnlicht-Gefunkel zahlloser Einsatzfahrzeuge, viele davon unterwegs, die meisten aber im Stillstand auf und um den Hill herum. Die Fahrzeugkolonne eilte zügig nach Osten und kam zehn Minuten später bei der Marines-Kaserne an. Hier war jetzt jedermann auf, korrekt in Uniform, und jeder Marine in Sichtweite trug offen ein Gewehr oder eine Pistole. Zackig wurde salutiert.

Das Haus des Marine-Corps-Kommandanten stammte vom Anfang des neunzehnten Jahrhunderts – eines der wenigen Amtsgebäude, die von den Briten nach der Eroberung von Washington 1814 nicht niedergebrannt worden waren. Der Kommandant aber war tot. Der Witwer, dessen Kinder erwachsenen waren, hatte hier bis zu diesem letzten Tag allein gelebt. Jetzt stand auf der Veranda ein Colonel in gebügeltem Kampfanzug, Pistolengurt um die Hüften, und ein ganzer Zug war ums Haus verteilt.

»Mr. President, Ihre Familie ist oben, alles gesichert«, meldete Colonel Mark Porter sofort. »Wir haben eine volle Schützenkompanie zum Geländeschutz eingesetzt, und eine weitere ist unterwegs.«

»Medien?« wollte Price wissen.

»Diesbezüglich hatte ich keinen Befehl. Meine Order lautete nur, unsere Gäste zu beschützen. Im Umkreis von zweihundert Metern halten sich nur Leute auf, die hierhergehören.«

»Danke, Colonel«, sagte Ryan, dem die Medien egal waren, und ging zur Tür. Ein Sergeant hielt sie auf und salutierte. Drinnen geleitete ihn ein etwas höherer NCO zur Treppe. Jetzt war es Ryan klar, daß er nirgendwohin allein gehen konnte. Price, ein weiterer Agent und zwei Marines folgten ihm die Treppe hinauf. Auf dem Korridor im ersten Stock waren zwei Secret-Service-Agenten und fünf weitere Marines. Um 23.54 Uhr schließlich kam er in ein Schlafzimmer und fand dort seine Frau sitzend vor.

»Hi.«

»Jack.« Sie wandte den Kopf. »Ist das alles wahr?«

Er nickte, dann zögerte er einen Moment, ehe er sich neben Cathy setzte. »Die Kinder?«

»Schlafen.« Eine kurze Pause. »Sie wissen gar nicht so recht, was überhaupt los ist. Da sind wir wohl vier, denen es so geht«, fügte sie hinzu.

»Fünf.«

»Der Präsident, ist er tot?« Cathy schaute ihren Mann an und sah ihn nicken. »Ich hatte ihn noch gar nicht richtig kennengelernt.«

»Guter Kerl gewesen. Die Kinder sind im House. Schlafen. Ich wußte nicht, ob man von mir noch irgend etwas erwartet hätte. Also kam ich hierher.« Ryan langte an seinen Kragen und zog den Schlips ab. Das schien ihn einige Anstrengung zu kosten. Lieber die Kinder nicht stören, entschloß er sich. Es wäre ihm überhaupt schwergefallen, noch so weit zu laufen.

»Und jetzt?«

»Ich muß schlafen. Um fünf holen sie mich wieder raus.«

»Was werden wir tun?«

»Ich weiß es nicht.« Jack gelang es irgendwie, aus den Sachen zu kommen, und er hoffte, der nächste Tag würde einige Antworten bringen, die die Nacht nur verbarg.

## 2 / Vor Tagesanbruch

Es war zu erwarten, daß sie exakt so pünktlich sein würden, wie es ihnen elektronische Uhren erlaubten. Ryan kam vor, als hätte er die Augen kaum geschlossen, als ihn das sanfteste Türklopfen vom Kissen aufschreckte. Die kurze Verwirrung im Augenblick des Erwachens irgendwoanders als im eigenen Bett war normal: *Wo bin ich?* Der erste klare Gedanke sagte ihm, daß er viel geträumt hatte, und vielleicht... Doch diesem dicht auf den Fersen folgte die innere Verkündigung, daß das Schlimmste kein Traum war. Er befand sich an einem fremden Ort, und dafür gab es keine andere Erklärung. Noch das Beste, was er nach fünf oder zehn Sekunden Orientierung feststellen konnte, war, daß Kopfschmerzen, mit denen er wegen des Schlafentzugs gerechnet hatte, sich nicht eingestellt hatten und daß er nicht mehr so müde war. Er schlüpfte unter der Decke hervor. Seine Füße fanden den Boden, und er machte sich auf zur Tür.

»Okay, ich bin auf«, teilte er der hölzernen Tür mit. Dann stellte er fest, daß zu diesem Zimmer kein Bad gehörte und daß er die Tür würde öffnen müssen. Das tat er.

»Guten Morgen, Mr. President!« Ein junger, recht ernst dreinblikkender Agent reichte ihm einen Bademantel. Jack fragte sich, ob es in der Nacht wieder zum Revierkampf zwischen Marine Corps und Secret

Service gekommen war um den Vorrang bei der Bewachung ihres neuen Oberbefehlshabers. Dann fiel es ihm wie Schuppen von den Augen, daß der Bademantel sein eigener war.

»Wir haben in der Nacht für Sie ein paar Sachen besorgt«, erklärte der Agent im Flüsterton. Ein zweiter Agent überreichte Cathys ziemlich ramponierten rehbraunen Morgenrock. Jemand war also nachts in ihr Haus eingedrungen – mußte sein, war Jack klar, denn er hatte ja keinem die Schlüssel gegeben – und hatte die Alarmanlage überwunden, die er vor ein paar Jahren installiert hatte. Jack tappte zum Bett zurück und legte den Morgenrock dort ab, bevor er das Schlafzimmer verließ. Ein dritter Agent führte ihn dann den Korridor hinab zu einem nichtbelegten Schlafzimmer. Am Bettrahmen hingen vier Anzüge, dazu vier Hemden, frisch gebügelt, wie es aussah, ein Dutzend Krawatten und was sonst noch dazu gehörte. Der Stab wußte oder hatte zumindest eine Ahnung davon, was er durchmachte, und jede winzige Kleinigkeit, mit der sie es ihm erleichtern konnten, wurde mit höchster Perfektion erledigt. Jemand hatte sogar seine drei Paar schwarzen Schuhe nach Art der Marines auf Hochglanz gebracht. Sie hatten noch nie so gut ausgesehen, stellte Ryan fest und ging dann ins Bad – wo er natürlich alle seine Utensilien vorfand, sogar sein übliches Stück Zest-Seife. Und daneben das hautfreundliche Zeugs, das Cathy benutzte. Niemand war der Meinung, Präsident zu sein wäre leicht, aber jetzt war er von Leuten umgeben, welche verbissen die Ausmerzung jeder *kleinen* Sorge, die er haben mochte, betrieben.

Eine warme Dusche half, seine Muskeln zu lockern, und der beschlagene Spiegel machte den Anblick beim Rasieren erträglicher. Bis 5.20 Uhr war die übliche Morgenprozedur beendet, und Ryan ging die Treppe hinab. Draußen auf dem Hof stand eine Phalanx von Marines im Tarnanzug Wache. Ihr Atmen erzeugte kleine weiße Hauchwölkchen. Die drinnen nahmen Haltung an, als er vorbeiging. Vermutlich hatten nur er und seine Familie ein paar Stunden Schlaf gehabt, sonst niemand. Das durfte er nicht vergessen, sagte er sich, während er den Düften aus der Küche nachging.

»Achtung!« Aus Rücksicht auf schlafende Kinder ein Stock höher war die Stimme des Sergeant-Major vom Marine Corps etwas gedämpft, und erstmals seit dem Dinner am Vorabend gelang Ryan ein Lächeln.

»Der Stab ist im Speisesaal, Sir«, sagte ihm der Sergeant-Major.

»Danke.« President Ryan ging dorthin.

Sie alle sahen recht mitgenommen aus, und Jack fühlte sich einen

Augenblick schuldig ob seines duschfrischen Gesichts. Dann sah er den Stoß Dokumente, den sie vorbereitet hatten.

»Guten Morgen, Mr. President«, begrüßte ihn Andrea Price, und alle wollten sich erheben. Ryan winkte ab und zeigte auf Murray.

»Dan«, begann der Präsident. »Was wissen wir inzwischen?«

»Vor etwa zwei Stunden haben wir die Leiche des Piloten gefunden. Eindeutige ID. Sein Name war Sato, wie erwartet. Sehr erfahrener Flugzeugführer. Den Kopiloten suchen wir noch.« Murray machte eine kurze Pause. »Die Leiche des Piloten wird auf Drogen untersucht. Es wäre aber eine große Überraschung, wenn was nachgewiesen wird. NTSB hat den Flugschreiber gegen vier Uhr aufgestöbert, und die Aufzeichnungen werden gerade ausgewertet. Über zweihundert Leichen haben wir geborgen ...«

»Präsident Durling?«

Auf die Frage antwortete Price mit einem Kopfschütteln. »Noch nicht. Der Teil des Gebäudes – nun, ein wüstes Durcheinander, und es wurde beschlossen, abzuwarten und bei Tageslicht weiterzusuchen.«

»Überlebende?«

»Nur die drei, von denen wir schon wußten.«

»Okay.« Ryan schüttelte ebenfalls den Kopf. Diese Information war zwar wichtig, aber irrelevant. »Noch etwas Wichtiges, das wir wissen?«

Murray konsultierte seine Notizen. »Das Flugzeug startete in Vancouver. Sie hatten einen falschen Flugplan nach London Heathrow eingereicht, flogen Richtung Osten, verließen den kanadischen Luftraum 19.51 Uhr Ortszeit. Ganz routinemäßig. Wir vermuten, daß er noch ein Stückchen so weiterflog, den Kurs änderte und in südwestlicher Richtung Washington ansteuerte. Danach hat er sich durch die Flugsicherung geblufft.«

»Wie?«

Murray nickte jemandem zu, den Ryan nicht kannte. »Mr. President, ich bin Ed Hutchins, NTSB. Es war nicht schwer. Er hat vorgegeben, ein KLM-Charterflug nach Orlando zu sein. Dann hat er einen Notfall gemeldet. Wenn es zum Luftnotfall kommt, sind unsere Leute angehalten, das betreffende Flugzeug ASAP auf den Boden zu holen. Wir hatten es mit einem absoluten Experten zu tun, der alle richtigen Knöpfe zu drükken wußte. Keiner hätte diese Katastrophe abwenden können«, schloß er abwehrend.

»Nur eine Stimme auf dem Band«, bemerkte Murray.

»Wie auch immer«, fuhr Hutchins fort, »Bandaufzeichnungen zur gesamten Radarüberwachung liegen vor. Er hat Probleme mit der

Steuerung vorgetäuscht, um Notlandeerlaubnis auf Andrews gebeten und bekommen. Von Andrews zum Hill ist die Flugzeit kaum eine Minute.«

»Einer unserer Leute hat eine Stinger auf ihn losgelassen«, sagte Price mit niedergeschlagenem Stolz.

Hutchins schüttelte nur den Kopf. Das war heute in Washington die Geste des Tages. »Gegen so was Großes hätte sie genausogut eine Papierkugel sein können.«

»Irgend etwas aus Japan?«

»Das ganze Land steht unter Schock.« Das kam von Scott Adler, dienstältester Beamter im State Department und einer von Ryans Freunden. »Unmittelbar nachdem Sie sich zurückgezogen hatten, kam einen Anruf vom Premierminister. Er hat selbst eine harte Woche hinter sich, klingt aber froh, wieder im Amt zu sein. Er möchte herkommen und sich persönlich bei uns entschuldigen. Ich sagte ihm, wir würden zurück...«

»Sagen Sie ihm, ja.«

»Sind Sie sicher, Jack?« fragte Arnie van Damm.

»Ist jemand der Ansicht, es sei ein geplanter Akt gewesen?« konterte Ryan.

»Wir wissen es nicht«, erwiderte Price als erste.

»Es waren keine Explosivstoffe an Bord der Maschine«, bemerkte Dan Murray. »Wenn es welche gegeben hätte...«

»... wär' ich nicht hier«, beendete Ryan Murrays Satz und trank dann seinen Kaffee aus. Augenblicklich schenkte der Corporal wieder ein. »Am Ende stellt sich heraus, daß es ein oder zwei Irre waren, wie immer.«

Hutchins nickte vorsichtige Zustimmung. »Explosivstoffe sind ziemlich leicht. Bei der Zuladung einer 747–400 wären auch ein paar Tonnen kein Hindernis gewesen, und die Wirkung wäre enorm. Das hier war ein einfacher, direkter Aufprall. Die zusätzliche Zerstörung kam von rund einer halben Ladung Treibstoff – etwas mehr als achtzig Tonnen. Das hat mehr als gereicht«, schloß er. Hutchins untersuchte Flugzeugunfälle jetzt seit fast dreißig Jahren.

»Es ist noch viel zu früh, um Schlüsse zu ziehen«, warnte Price.

»Scott?«

»Wenn das ein ... zum Teufel!« Adler schüttelte den Kopf. »Das war kein Akt ihrer Regierung. Sie sind außer sich da drüben. Die Zeitungen fordern die Köpfe der Leute, die damals die Regierung unterminiert haben, und Premierminister Koga war am Telefon den Tränen nahe.

Sehen wir's so: Wenn jemand da drüben dies geplant hat, werden sie's für uns herausfinden.«

»Deren Vorstellungen von einem ordnungsgemäßen Verfahren sind nicht so streng«, fügte Murray hinzu. »Andrea hat recht. Es ist zu früh, um Schlüsse zu ziehen, aber alle Anzeichen sprechen bisher dafür, daß es eher eine Kurzschlußhandlung war als eine gründlich geplante.« Murray hielt inne. »Was das angeht, wissen wir, daß die andere Seite Atomwaffen hat, erinnern Sie sich?« Bei der Bemerkung wurde sogar der Kaffee kalt.

Ihn fand er unter einem Busch, als er an der Westfassade eine Leiter verrücken wollte. Der Feuerwehrmann war seit sieben Stunden ununterbrochen im Dienst. Er war schon wie betäubt. Nach so viel Horror fängt der Verstand an, Leichen oder Leichenteile nur als bloße Dinge anzusehen. Die Überreste eines Kindes hätten ihn noch erschüttert, doch die Leiche, auf die er zufällig trat, war ein Torso ohne Kopf, auch beide Beine unvollständig; es war eindeutig ein Mann, mit zerfetzten Überresten eines weißen Hemds an, Epauletten an den Schultern. Jeweils drei Streifen waren drauf. Er fragte sich, was sie wohl bedeuteten. Der Feuerwehrmann drehte sich um und winkte seinem Lieutenant, der wiederum tippte einer Frau an den Arm, die eine FBI-Windjacke trug.

Die Agentin kam herüber, dabei trank sie aus einem Plastikbecher und wünschte, sich eine Zigarette anstecken zu können – immer noch zu viele Treibstoffdämpfe in der Luft, grummelte sie.

»Habe gerade das hier gefunden. Seltsame Lage, aber ...«

»Ja, seltsam.« Die Agentin nahm ihre Kamera zur Hand und machte ein paar Fotos, auf denen die exakte Zeit elektronisch eingeprägt sein würde. Dann zog sie einen Block aus der Tasche und notierte den genauen Fundort und die Lage von Leiche Nummer vier auf ihrer persönlichen Liste. In ihrem Verantwortungsbereich hatte es noch nicht viele gegeben. Ein paar Plastikstangen und gelbes Band würden dann diese Stelle markieren; das entsprechende Schildchen füllte sie jetzt aus. »Sie können ihn jetzt umdrehen.«

Unter der Leiche sahen sie ein unregelmäßig geformtes Stück flaches Glas – oder glasartiges Plastik. Die Agentin machte noch eine Aufnahme. Ein Blick nach oben zeigte eine Lücke in der Marmorbalustrade. Ein Blick in die Runde ließ eine Menge kleiner Metallobjekte erkennen, die sie eine Stunde zuvor für Flugzeugteile gehalten hatte, was die Aufmerksamkeit eines NTSB-Beamten erregt hatte, der jetzt mit demselben

Feuerwehrmann sprach wie sie eine Minute zuvor. Dreimal mußte die Agentin winken, ehe er's sah.

»Was gibt's denn?« Der NTSB-Ermittler putzte sich mit einem Taschentuch die Brille.

Die Agentin zeigte auf die Leiche. »Sehen Sie sich das Hemd an!«

»Crew«, sagte der Mann, nachdem er die Brille wieder aufgesetzt hatte. »Möglicherweise ein Pilot. Was ist denn das?« Nun zeigte er auf etwas.

Es hatte etwas Delikates an sich. Das weiße Uniformhemd hatte gleich rechts neben der Brusttasche ein Loch. Das Loch war umgeben von einem rostroten Fleck. Die FBI-Agentin hielt ihre Taschenlampe dran und sah, daß der Fleck trocken war. Die Temperatur lag unter minus fünf Grad. Der Körper war beim Aufprall des Fleugzeugs in diese frostige Umgebung geschleudert worden, und das Blut am Hals war gefroren. Sie sah, daß das Blut am Hemd schon eingetrocknet gewesen sein mußte, ehe es gefrieren konnte.

»Rühren Sie diese Leiche auf gar keinen Fall mehr an«, sagte sie dem Feuerwehrmann. Wie die meisten FBI-Agenten war sie Polizistin gewesen, ehe sie sich für die Bundesbehörde beworben hatte. Daß ihr Gesicht bleich wurde, lag an der Kälte.

»Erste Absturzuntersuchung?« fragte der NTSB-Mann, der die Blässe in ihrem Gesicht mißdeutete.

Sie nickte. »Ja, aber nicht mein erster Mord.« Und damit schaltete sie ihr Sprechfunkgerät ein und rief ihren Vorgesetzten. Für diese Leiche wollte sie ein Tatortteam mit allem gerichtsmedizinischen Drum und Dran.

Von allen Regierungen der Welt trafen Telegramme ein. Die meisten waren lang, und alle mußten gelesen werden – nun, zumindest die von bedeutenden Ländern. Togo konnte warten.

»Die Minister für Inneres und für Handel sind in der Stadt und halten sich mit all den Stellvertretern für eine Kabinettssitzung bereit«, sagte van Damm, während Ryan die Kondolenzschreiben durchblätterte und versuchte, gleichzeitig zu lesen und zuzuhören. »Die JCS – alles Stellvertreter – und die Oberbefehlshaber für die einzelnen Regionen sind zusammengekommen, um die nationale Sicherheit zu erörtern ...«

»Stand der Akutbedrohung?« fragte Jack, ohne aufzuschauen. Bis zum vorherigen Tag war er Präsident Durlings Sicherheitsberater gewesen, und es schien nicht wahrscheinlich, daß sich die übrige Welt binnen vierundzwanzig Stunden arg verändert hätte.

Die Antwort gab Scott Adler: »Frei.«

»Washington ist ziemlich dichtgemacht«, sagte Murray. »Aufforderung im Radio und Fernsehen, zu Hause zu bleiben, außer für essentielle Dienstleistungen. Die D.C. National Guard ist im Einsatz. Wir brauchen die frischen Kräfte am Hill, und die D.C. Guard ist eine Militärpolizeibrigade. Die könnte sich wirklich nützlich machen. Die Feuerwehrleute müssen ja inzwischen völlig erschöpft sein.«

»Wie lange dauert es noch, bis die Ermittlungen konkrete Erkenntnisse liefern?« fragte der Präsident.

»Das kann man nicht sagen, Jac…, Mister…«

Ryan blickte vom belgischen Telegramm auf. »Wie lange kennen wir uns schon, Dan? Ich bin nicht Gott, okay? Wenn du mich ab und zu mit Namen ansprichst, wird dich deswegen keiner erschießen.«

Jetzt war es an Murray, zu lächeln. »Okay. Ohne gründliche Ermittlungen läßt sich nichts sagen. Der Durchbruch kommt, früher oder später, aber er kommt«, versprach Dan. »Wir haben ein sehr gutes Ermittlungsteam da draußen.«

»Was sage ich den Medien?« Jack rieb sich die Augen, jetzt schon müde vom Lesen. Vielleicht brauchte er doch eine Brille. Vor ihm lag die schriftliche Aufstellung seiner morgendlichen Fernsehauftritte, die ausgelost worden waren. CNN um 7.08 Uhr, CBS um 7.20, NBC um 7.37, ABC um 7.50, Fox um 8.08. Alle vom Roosevelt-Zimmer im White House, wo die Kameras bereits aufgestellt waren. Jemand hatte entschieden, daß eine förmliche Ansprache zuviel für ihn wäre und der Situation auch nicht angemessen, bis er wirklich etwas Substantielles zu sagen hätte. Bloß eine ruhige, würdige und vor allem intime Vorstellung seiner Person für Leute, die ihre Zeitung lasen und ihren Morgenkaffee tranken.

»Lockere Fragen. Das ist schon geklärt«, versicherte ihm van Damm. »Beantworten Sie sie. Sprechen Sie langsam und deutlich, so entspannt, wie Sie können. Nichts Dramatisches. Das erwarten die Leute nicht. Sie wollen nur wissen, daß jemand da ist, der ans Telefon geht, was auch immer. Sie wissen, es ist noch zu früh für Sie, etwas Entscheidendes zu sagen oder zu tun.«

»Rogers Kinder?«

»Schlafen noch, nehme ich an. Wir haben die Angehörigen hergeholt. Die sind jetzt im White House.«

Präsident Ryan nickte, ohne aufzublicken. Es war schwer, den Augen der Leute am Frühstückstisch zu begegnen, besonders wenn's um so was ging. Auch hierfür gab es einen Plan. Die Möbelpacker hatten gewiß mit ihrer Arbeit begonnen. Die Familie Durling – was von ihr übrig war – würde so schnell wie möglich aus dem White House ausziehen müssen, denn es war nicht mehr ihr Haus. Das Land brauchte dort jemand anderen, und dieser jemand sollte es dort möglichst behaglich haben, also mußte alles, was an den vorherigen Bewohner erinnerte, entfernt werden. Das war notwendig. Zweifellos stand den Familienangehörigen in ihrem Schmerz ein Psychologe bei, um sie nach besten Kräften und medizinischen Erkenntnissen da ›durchzuschleusen‹. Doch an erster Stelle kam das Land. Wenn es an Ryan war, das White House wieder zu verlassen, so oder so, würde es genauso sein. So lang war's nicht her, daß der Expräsident direkt von der feierlichen Amtseinführung seines Nachfolgers zum Bahnhof ging, um die Fahrkarte nach Hause zu lösen. Jetzt wurden Spediteure eingesetzt, und zweifellos würde die Familie von der Air Force ausgeflogen, doch mit dem Auszug würden die Kinder die Schule zurücklassen und die hiesigen Freunde, nach Kalifornien zurückkehren zum Leben, soweit es ihnen ihre Angehörigen wiederaufbauen konnten. Busineß hin, Busineß her, es war gefühllos, dachte Ryan, während er gedankenversunken auf das belgische Telegramm starrte.

Darüber hinaus war Jack selten dazu aufgefordert worden, die Kinder eines Mannes zu trösten, den er gekannt hatte, und verdammt sicher hätte er ihnen niemals ihr Zuhause weggenommen. Er schüttelte den Kopf. Das alles war nicht seine Schuld, aber dies war sein Job.

Das Telegramm, dem er sich jetzt wieder zuwandte, betonte, daß Amerika in knapp dreißig Jahren gleich zweimal geholfen habe, das kleine Land zu retten, es dann durch die NATO-Allianz beschützt habe und daß zwischen Amerika und dem Land, das die meisten Amerikaner auf dem Globus nur mit Mühe orten könnten, ein Band des Blutes und der Freundschaft bestehe. Und das stimmte: Amerika hatte meistens das Richtige getan – und die Welt war dadurch viel besser.

Inspektor Patrick O'Day war froh über die Kälte. Seine Karriere als Ermittlungsbeamter erstreckte sich nun über knapp dreißig Jahre, und dies war nicht das erstemal, daß er es mit vielen Leichen und deren Teilen zu tun hatte. Das erstemal war an einem Maitag in Mississippi gewesen, eine Bombe vom Ku-Klux-Klan in eine Sonntagsschule – elf Opfer. Hier verhinderte die Kälte zumindest den schauderhaften Leichengeruch. Er hatte nie hohes Tier im Bureau werden wollen – ›Inspektor‹ war ein Titel von unterschiedlicher Bedeutung im Sinne des Dienstalters. O'Day fungierte, etwa wie Dan Murray, als Troubleshooter, als Vermittler, der von

Washington oft zu heiklen Fällen abkommandiert wurde. Weithin anerkannt als hervorragender Praktiker, konnte er sich mit echten Fällen befassen, großen und kleinen, statt die Arbeit anderer von oben aus zu beaufsichtigen, was er langweilig fand.

Assistant Director Tony Caruso hatte eine andere Laufbahn hinter sich. Zweimal war er Special Agent in Charge eines Field Office gewesen, war zum Leiter der FBI-Ausbildungsabteilung aufgestiegen, dann Chef des Washington Field Office geworden, das groß genug war, daß ihr Leiter den Dienstgrad ›AD‹ trug, aber auch einen der schlimmsten Bürostandorte in ganz Nordamerika belegte. Caruso genoß die Macht, das Prestige, die hohe Bezahlung und den reservierten Parkplatz, den ihm sein Status bescherte, aber oft neidete er seinem alten Freund Pat die meist schmutzige Praxis.

»Was stellen Sie fest?« fragte Caruso, während er auf die Leiche starrte.

»Vor Gericht geh' ich damit noch nicht, aber der Mann hier war schon Stunden tot, bevor der Vogel runterkam.«

Beide sahen einem grauhaarigen Gerichtsmediziner zu, der an der Leiche werkelte. Alle möglichen Tests mußten vorgenommen werden. Einmal Auswertung der inneren Körpertemperatur – mit computergestützter Berücksichtigung der Umweltbedingungen –, und wenn auch die Daten den Ansprüchen beider Führungsbeamten kaum genügten, würde ihnen jeder Zeitpunkt vor 21.46 Uhr des Vorabends zur Todeszeit sagen, was sie wissen mußten.

»Messerstich ins Herz«, sagte Caruso und erschauerte. Die Brutalität eines Mordes nahm einen immer noch mit. »Wir haben den Piloten.«

O'Day nickte. »Hab's schon gehört. Drei Streifen bedeutet, daß dieser der Kopilot war, und er wurde ermordet. Damit war's wahrscheinlich nur einer.«

»Woraus besteht die Crew bei so einem Flugzeug?« fragte Caruso den NTSB-Beamten.

»Zwei. Auf den älteren gab es noch einen Bordingenieur, aber die neueren brauchen keinen. Auf echten Langstreckenflügen ist manchmal noch ein dritter Pilot dabei, aber die Vögel sind ja heute dermaßen automatisiert, und die Motoren gehen kaum je kaputt.«

Der Gerichtsmediziner stand auf und winkte die Helfer mit dem Leichensack heran, ehe er sich den anderen zuwandte. »Sie möchten das vorläufige Ergebnis?«

»Darauf können Sie wetten«, erwiderte Caruso.

»Definitiv tot vor dem Absturz. Keine Blutergüsse durch den Aufschlag. Die Brustwunde ist relativ alt. Im Gurtverlauf müßten Prellungen sein, gibt's aber nicht, nur ein paar Kratzer und verdammt wenig Blut. Nicht einmal, wo der Kopf abgetrennt wurde, ist viel Blut ausgetreten. Im Grunde viel zuwenig Blut in den Überresten hier. Nehmen wir an, er wurde auf seinem Sitz im Flugzeug ermordet. Die Gurte hielten ihn in Sitzposition. Nach Einsetzen des Todes sackt alles Blut in die unteren Extremitäten, und die Beine wurden abgerissen, als der Vogel am Gebäude aufschlug – darum gibt es in den Überresten hier sowenig Blut. Mir bleiben reichlich Hausaufgaben, aber auf die Schnelle: Er war mindestens schon drei Stunden tot, als das Flugzeug hier ankam.« Will Gettys übergab die Brieftasche. »Hier ist sein Ausweis. Armer Kerl. Ich bin sicher, er war an der Sache hier nicht beteiligt.«

»Inwieweit könnten Sie sich in dieser Sache auch irren?« O'Day mußte das fragen.

»Ich wäre sehr überrascht, Pat. Eine Stunde oder zwei bezüglich des Todeszeitpunkts – aber eher früher als später – yeah, das wär' möglich. Aber hier gibt's nicht annähernd so viel Blut, daß er zum Zeitpunkt des Aufschlags gelebt haben könnte. Nein, er war schon lange vor dem Absturz tot. Das können Sie auf die Bank tragen«, sagte Gettys den beiden Agenten, wohlwissend, daß davon seine Karriere abhängen konnte.

»Gott sei Dank dafür«, stöhnte Caruso. Dies war mehr als nur eine Erleichterung der Ermittlungen. Mindestens zwanzig Jahre lang würden immer neue Verschwörungstheorien aufkommen, und das Bureau würde jeder davon nachgehen, unterstützt, dessen waren sie sich sicher, von der japanischen Polizei. Aber nun hatte einer allein dieses Flugzeug ins Capitol gebohrt, und damit stand so gut wie fest, daß dieses Grand-mal-Attentat, wie die meisten anderen auch, das Werk eines einzelnen war, wahnsinnig oder nicht, erfahren oder nicht, auf alle Fälle aber allein. Auch wenn sich nicht jeder *davon* überzeugen ließ.

»Überbringen Sie Murray diese Information!« befahl Caruso. »Er ist beim Präsidenten.«

»Ja, Sir.« O'Day ging rüber zu seinem geparkten Diesel-Pick-up. So was gab man nicht über Funk durch, nicht mal verschlüsselt.

Konteradmiral Jackson zog seine blaue Affenjacke etwa neunzig Minuten vor dem Eintreffen in Andrews an. Die Uniform hatte in seiner Reisetasche gelitten. Nicht, daß das etwas ausmachte, und die marineblaue Wolle war auch nicht sehr knitterempfindlich. Die Blicke würden eh von seinen fünf Streifen und goldenen Flügeln angezogen. Diesen

Morgen kam der Wind wohl von Osten, denn die KC-10 flog von Virginia her ein, und ein gemurmeltes »Jesus, seht euch das an!« von ein paar Reihen weiter hinten veranlaßte alle im vorderen Teil des Flugzeugs, sich an die Fenster zu kleben wie Touristen, die sie nicht waren – der Pilot mußte nachtrimmen. Erhellt vom beginnenden Morgengrauen und der riesigen Ansammlung von Lichtern am Boden, war deutlich zu sehen, daß das Capitol, Herzstück der ersten Stadt ihres Landes, nicht mehr so war wie zuvor. Irgendwie war dieser Anblick unmittelbarer und realer als die Fernsehbilder, die viele von ihnen vorm Abflug in Hawaii gesehen hatten. Fünf Minuten später landete das Flugzeug auf Andrews Air Force Base. Auf die höheren Offiziere wartete schon eine Maschine vom Ersten Heli-Geschwader der Air Force, um sie zum Landeplatz beim Pentagon zu bringen. Dieser Flug, niedriger und langsamer, bot ihnen einen noch intensiveren Blick auf die Zerstörungen des Gebäudes.

»Jesus«, fragte Dave Seaton über die Bordsprechanlage. »Ist da jemand lebend rausgekommen?«

Robby nahm sich Zeit, ehe er erwiderte: »Ich frage mich, wo Jack gewesen ist, als das passierte...« Ihm fiel ein Trinkspruch der britischen Armee ein – ›Auf blutige Kriege und seuchenreiche Zeiten!‹ –, der sich auf zwei sichere Wege für Offiziere bezog, auf vakante Stellen befördert zu werden. Gewiß würde das Ereignis einige in den Flottenrang heben, aber auf diese Art und Weise wünschte sich sicher keiner ein Vorwärtskommen, am allerwenigsten sein engster Freund, irgendwo da unten in der verwundeten Stadt.

Die Marines sahen zappelig aus, stellte Inspektor O'Day fest. Er parkte seinen Pick-up in der Eighth Street, S.E. Die Marine Barracks waren gründlich abgeriegelt. Er stieg aus seinem Wagen und ging auf einen Unteroffizier zu, hatte seine FBI-Windjacke an und hielt seinen Ausweis in der Hand.

»Ich habe drinnen zu tun, Sergeant.«

»Mit wem, Sir?« fragte der Marine und verglich das Foto mit dem Gesicht.

»Mr. Murray.«

»Sie haben doch sicher nichts dagegen, Ihre Waffe hier bei uns zu lassen, Sir? Anweisung«, erklärte der Sergeant.

»Gewiß.« O'Day übergab seine Hüfttasche mit der Smith & Wesson 1076 und zwei Magazinen. Beim Dienst in der Zentrale trug er keine Reservekanone. »Wie viele Leute habt ihr denn hier?«

»Rund zwei Kompanien. Eine weitere bezieht gerade am White House Stellung.«

Die beste Zeit, die Scheunentür zu verriegeln – wenn der Gaul schon durchgegangen ist, das war Pat klar. Um so bitterer, denn er brachte Nachricht, daß dies unnötig war, aber keiner würde das sehr hoch bewerten. Der Sergeant winkte einen Lieutenant herbei, der nichts Besseres zu tun hatte – bei so was führen NCOs das Heft –, als Besucher über den Hof zu führen. Der Lieutenant salutierte – er war halt ein Marine.

»Möchte zu Daniel Murray. Er erwartet mich.«

»Bitte folgen Sie mir, Sir.«

An den inneren Ecken des Gebäudekarrees war ein zweiter Trupp Marines postiert und ein dritter direkt auf dem Hof, ergänzt durch ein schweres Maschinengewehr. Zwei Kompanien beliefen sich auf mehr als dreihundert Gewehre. Yeah, Präsident Ryan war hier ziemlich sicher, sagte sich Inspektor O'Day, solange nicht ein zweiter Wahnsinniger mit dem Flugzeug rumkutschierte. Unterwegs wollte ein Captain noch einmal das Gesicht mit dem Ausweisfoto vergleichen. Das Ganze war ein bißchen übertrieben, fand er.

Murray kam auf die Veranda heraus, um ihn zu treffen. »Wie steht's?«

»Ziemlich gut«, erwiderte der Inspektor.

»Komm mit.« Murray winkte seinen Freund herein und führte ihn in den Frühstücksraum. »Das ist Inspektor O'Day. Pat, ich glaube, Sie wissen, wer diese Leute sind.«

»Guten Morgen. Ich komme gerade vom Hill. Wir haben dort vor einer Weile etwas gefunden, das Sie wissen sollten«, begann er seinen Bericht.

»Wie solide ist das?« fragte Andrea Price.

»Den Ablauf kennen Sie«, erwiderte O'Day. »Es ist vorläufig, aber für mich sieht es sehr solide aus, und die Laborresultate haben wir nach dem Lunch. ID wird überprüft; da mag's noch ein bißchen wacklig sein, weil wir den Kopf nicht haben und die Hände zerfetzt sind. Wir sagen nicht, der Fall wäre abgeschlossen. Wir sagen, wir haben einen vorläufige Anhaltspunkt, der andere Fakten stützt.«

»Kann ich das im Fernsehen erwähnen?« fragte Ryan.

»Definitiv nein!« sagte van Damm. »Erstens ist es noch nicht bestätigt. Zweitens ist es für alle zu früh, das zu glauben.«

Murray und O'Day tauschten einen Blick aus. Keiner von ihnen war Politiker. Arnie van Damm war es. Für sie bedeutete Nachrichtenkontrolle, Beweismittel zu schützen, um sie den Geschworenen sauber vorzuführen. Für Arnie bedeutete Nachrichtenkontrolle, Leute vor Dingen zu schützen, wenn er meinte, die würden sie nicht verstehen, bis alles zur häppchenweisen Verfütterung vorgekaut war.

Die sogenannte Black Box ist eigentlich bloß ein Mehrspur-Bandgerät mit Leitungen bis zum Cockpit. Darüber gingen Daten zu Triebwerks- und anderen Flugparametern und von den Crew-Mikrofonen ein. Japan Airlines ist eine staatliche Fluggesellschaft, und ihre Maschinen bekommen stets von allem das neueste. Dieser Flugdatenschreiber war voll digitalisiert. Das stellte rasche und klare Datenübertragung sicher. Zuallererst zog der Techniker eine saubere Hochgeschwindigkeitskopie vom originalen Metallband, das in einen Tresor kam, während er mit der Kopie weiterarbeitete. Jemand hatte daran gedacht, auch einen Beamten mitzubringen, der Japanisch verstand.

»Auf den ersten Blick sehen diese Flugdaten aus wie reine Sahne. Nichts war defekt an dem Flugzeug«, berichtete ein Analytiker, der die Daten auf seinem Computermonitor betrachtete. »Sanfte Wenden, Triebwerksleistung gleichmäßig. Bilderbuchflug ... bis hier« – er tippte auf den Bildschirm – »da machte er eine radikale Wende von null-sechs-sieben auf eins-neun-sechs ... dann wieder ganz ruhige Fluglage bis zum Eindringen in den Luftraum.«

»Keinerlei Cockpit-Gespräche.« Ein anderer Techniker spulte die Tonspur vor und zurück, fand aber nur Routinegespräche zwischen dem Flugzeug und diversen Flugleitstellen. »Ich geh' mal zum Anfang zurück.« In Wirklichkeit hatte das Band gar keinen Anfang. Es lief vielmehr ein Endlosband; bei der 747, die routinemäßig Langstreckenflüge über Wasser absolvierte, auf vierzig Stunden ausgelegt. Der Techniker brauchte ein paar Minuten, um das Ende des vorangegangenen Fluges zu finden. Da gab es normalen Informationsaustausch zwischen Pilot und Kopilot und zwischen dem Flugzeug und der Leitstelle, ersteres in Japanisch und letzteres in Englisch, der internationalen Verkehrssprache der Luftfahrt.

Das endete, bald nachdem das Flugzeug den designierten Stellplatz erreichte. Zwei Bandminuten waren absolut leer, dann ging die Aufzeichnung weiter, als die Bordinstrumente für die Kontrollen vor dem Abflug wieder eingeschaltet wurden. Der Experte für Japanisch – ein Army-Offizier in Zivil – kam von der National Security Agency.

Die Tonwiedergabe war ausgezeichnet. Sie konnten das Klicken von Schaltern hören, die betätigt wurden, und das Hintergrundsurren verschiedener Instrumente, doch das lauteste Geräusch war das Atmen des Kopiloten, dessen Identität durch den Aufzeichnungskanal feststand.

»Stop!« sagte der Army-Offizier. »Noch mal ein Stück zurück. Da ist noch eine Stimme, kann nicht ganz... Oh, okay. ›Alles klar?‹ Muß der Pilot sein. Ja, dá ging die Tür zu, Pilot kam gerade herein. ›Preflight-Checkliste abgehakt, bereit für die Before-Start-Checkliste...‹ O... o Gott. Er hat ihn umgebracht. Noch mal zurück!« Dem Offizier, einem Major, entging, daß der FBI-Agent ein zweites Paar Kopfhörer aufsetzte. Es war für beide das erstemal. Der FBI-Agent hatte schon einen Mord gesehen, auf der Videoaufzeichnung einer Bank, aber weder er noch der Geheimdienst-Offizier hatten je einen gehört, das Grunzen von einem Stoß, ein Keuchen, das von Überraschung und Schmerz zeugte, ein Gurgeln, vielleicht ein Versuch zu sprechen, gefolgt von einer anderen Stimme.

»Was war das?« fragte der Agent.

»Noch mal zurück, bitte!« Der Offizier starrte die Wand an. »›Es tut mir sehr leid, daß ich das tun muß.‹« Darauf folgten noch ein paar mühsame Atemzüge, dann ein langer Seufzer. »Jesus!« Die zweite Stimme kam kaum eine Minute später über einen anderen Kanal, sie meldete dem Tower, daß die 747 ihre Triebwerke starte.

»Das ist der Pilot, Sato«, verkündete der NTSB-Analytiker. »Die andere Stimme muß der Kopilot sein.«

»Nicht mehr.« Auf dem Kanal des Kopiloten waren nur noch Überlauf- und Hintergrundgeräusche zu hören.

»Hat ihn ermordet«, stimmte der FBI-Agent zu. Sie würden das Band noch hundertmal laufen lassen, für sich und für andere, doch der Schluß würde stets derselbe sein. Obgleich die offiziellen Ermittlungen noch Monate andauern würden, war der Fall im Grunde genommen, weniger als neun Stunden nachdem er begonnen hatte, gelöst.

Die Straßen von Washington waren auf unheimliche Weise leer. Zu dieser Tageszeit war die Hauptstadt der Nation normalerweise verstopft mit Wagen der Bundesbediensteten, Lobbyisten, Kongreßabgeordneten und deren Mitarbeitern, fünfzigtausend Anwälte und deren Sekretärinnen und all den privaten Dienstleistern, die sich um all die anderen kümmerten. Heute nicht. Da jede Kreuzung besetzt war von Funkstreifenwagen der Stadtpolizei oder tarnfarbenen Fahrzeugen der Nationalgarde, sah es eher wie ein Urlaubswochenende aus.

Der Konvoi des Präsidenten fuhr die Pennsylvania hinauf. Jack saß wieder im Chevy Suburban, und noch immer wurde die Ansammlung von Secret-Service-Fahrzeugen angeführt und gefolgt von Marines. Die Sonne war jetzt aufgegangen. Der Himmel war überwiegend klar, und es dauerte einen Augenblick, um zu erkennen, daß mit der Skyline etwas nicht stimmte.

Die 747 hatte nicht mal den Bäumen Schaden zugefügt, stellte Ryan fest. Sie hatte ihre Energie auf nichts anderes verschwendet als auf ihr Ziel. Ein halbes Dutzend Kräne waren jetzt im Einsatz. Sie hoben Steinblöcke aus dem Krater, der einmal der Plenarsaal gewesen war, und luden sie auf Lkws, die sie irgendwohin fuhren. Nur einige wenige Löschfahrzeuge waren noch da. Der dramatische Teil war vorüber. Der grausame Teil blieb.

Der Rest der Stadt schien noch soweit intakt um 06.40 Uhr. Durch die verdunkelten Scheiben warf Ryan noch einen Blick aufs Capitol, während sein Auto die Constitution Avenue hinabfuhr. Die Autos wurden umgeleitet, die morgendlichen Jogger nicht. Vermutlich gehörte der Lauf zum Mall zu ihrem normalen Morgenritual, dort aber blieben sie stehen. Einige von ihnen unterhielten sich in kleinen Gruppen, zeigten mit den Fingern und schüttelten die Köpfe. Jack bemerkte, daß die Secret-Service-Agenten, die bei ihm im Suburban saßen, die Jogger genau musterten, als befürchteten sie, daß einer von ihnen plötzlich eine Bazooka unter seinem Sweatshirt hervorziehen könnte.

Es war etwas Neues, in Washington so schnell zu fahren. Teils geschah es, weil ein sich schnell bewegendes Ziel schwerer zu treffen war, teils, weil Ryans Zeit jetzt viel kostbarer war und nicht vergeudet werden durfte. Mehr als alles andere bedeutete es aber, daß er auf etwas zueilte, das er am liebsten gemieden hätte. Erst ein paar Tage zuvor hatte er Roger Durlings Einladung zur Vizepräsidentschaft angenommen, und das hauptsächlich als Mittel, sich dann ein für allemal aus dem Staatsdienst zurückziehen zu können. Warum war es nur so, daß er nie vor etwas weglaufen konnte? Gewiß sah das nicht nach Mut aus. Ganz im Gegenteil. Er hatte sich so oft gefürchtet, gefürchtet, nein zu sagen, weil Leute ihn für einen Feigling halten könnten. Gefürchtet, etwas zu tun, was nicht seinem Gewissen entsprach, und so oft war das, was es ihm auftrug, etwas, das zu tun er haßte oder sich fürchtete, aber es gab nie eine ehrenvolle Alternative, die er hätte wählen können.

»Es wird schon in Ordnung gehen«, sagte van Damm zu ihm, als er den Gesichtsausdruck sah und wußte, was der neue Präsident denken mußte.

*Nein, wird es nicht,* konnte Jack nicht erwidern.

# 3 / Musterung

Der Roosevelt Room ist benannt nach Teddy, und an der Ostwand hängt die Urkunde seines Friedensnobelpreises für die ›erfolgreiche‹ Vermittlung im Russisch-Japanischen Krieg. Jetzt konnten Historiker sagen, daß diese Leistung die Japaner nur im Großmachtstreben bestärkt und die russische Seele so sehr verletzt hatte, daß Stalin – wohl kaum als Freund der Romanow-Dynastie zu bezeichnen – das Bedürfnis verspürt hatte, die Demütigung seines Landes zu rächen. Der Raum wurde für mittelgroße Essen und Treffen genutzt und lag günstig nahe beim Oval Office. Dahin zu gelangen erwies sich als schwieriger, als Jack erwartete. Für ein so bedeutendes Gebäude sind die Korridore des White House ziemlich eng, und der Secret Service war zahlenmäßig stark vertreten, wenn auch die Waffen verstaut waren. Das war eine willkommene Erleichterung. Ryan kam an zehn neuen Agenten vorbei, zusätzlich zu denen, die seine mobile Leibwache bildeten, was SWORDSMAN einen Seufzer der Verzweiflung abrang. Alles war jetzt neu und anders, und das Detail, das sonst einen recht geschäftigen Eindruck vermittelte, bisweilen sogar einen amüsanten, war jetzt bloß noch etwas, das ihn daran gemahnte, wie traumatisch sich sein Leben verändert hatte.

»Was nun?« fragte Jack.

»Hier entlang!« Ein Agent öffnete eine Tür, und dahinter fand Ryan die Vigasistin des Präsidenten. Es ging formlos zu, und die Künstlerin, eine Frau Mitte Fünfzig, hatte alle Utensilien in einem Kunstlederkoffer bei sich. So oft er auch im Fernsehen gewesen war – ziemlich häufig in seiner vorherigen Stellung als Nationaler Sicherheitsberater –, diese Prozedur hatte er nie schätzen gelernt und mußte seine ganze Beherrschung aufbringen, nicht zu zappeln, während die flüssige Grundlage mittels Schwamm aufgetragen wurde, gefolgt von Puder und Haarspray und dem übrigen Aufhebens. Und das alles geschah ohne ein Wort der Frau, die aussah, als würde sie jeden Moment in Tränen ausbrechen.

»Ich habe ihn auch sehr gemocht«, sagte ihr Jack. Ihre Hände hielten inne, und ihre Blicke begegneten sich.

»Er war immer so nett. Er hat das gehaßt, wie Sie auch, hat sich aber nie beklagt, und meistens erzählte er Witze. Manchmal hab' ich die Kinder gemacht, so zum Spaß. Die mochten das, auch der Junge. Sie spielten dann vor dem Fernseher und bekamen Bänder von den Aufnahmeteams ...«

»Ist okay.« Ryan nahm ihre Hand. Jetzt war er doch jemandem vom

Stab begegnet, die nicht ganz Geschäftigkeit war und die ihm nicht das Gefühl gab, ein Tier im Zoo zu sein. »Wie ist Ihr Name?«

»Mary Abbot.« Jetzt liefen ihr die Augen über, und sie wollte sich entschuldigen.

»Wie lange sind Sie schon hier?«

»Seit kurz bevor Mr. Carter das Haus verließ.« Mrs. Abbot wischte sich die Tränen ab und fing sich wieder.

»Nun, vielleicht sollte ich Sie dann ab und zu um Rat fragen«, sagte er sanft.

»Oh, nein, davon verstehe ich doch nichts.« Sie rang sich ein verlegenes Lächeln ab.

»Ich auch nicht. Ich glaube, ich muß es einfach lernen.« Ryan sah in den Spiegel. »Fertig?«

»Jawohl, Mr. President.«

»Danke, Mrs. Abbot!«

Er wurde auf einen hölzernen Lehnstuhl gesetzt. Die Scheinwerfer standen schon, was den Raum, wie es schien, bis fünfundzwanzig Grad aufheizte. Ein Techniker klemmte ihm ein Stereomikrofon an den Schlips und war dabei ebenso behutsam wie Mrs. Abbot, denn über jedes einzelne Mitglied des Aufnahmeteams wachte ein Secret-Service-Agent, und Andrea Price wachte von der Tür her über alle. Mit verengtem, argwöhnischem Blick schaute sie in die Runde, obwohl jedwedes Stück der Gerätschaften im Raum eingehend inspiziert worden war, jede Person mit chirurgischer Gründlichkeit gemustert wurde. Gewiß konnte man eine Pistole aus nichtmetallischem Material herstellen, aber unförmig waren Pistolen trotzdem. Die spürbare Spannung der Sicherheitsleute übertrug sich auf das Fernsehteam. Die hielten die Hände stets im Freien und bewegten sie nur ganz langsam. Die ständige Wachsamkeit des Secret Service brachte beinahe jeden aus der Fassung.

»Noch zwei Minuten«, sagte der Aufnahmeleiter, der über Kopfhörer das Zeichen bekommen hatte. »Werbung ist angelaufen.«

»Haben Sie letzte Nacht ein wenig Schlaf bekommen können?« fragte der CNN-Chefkorrespondent im White House. Wie alle anderen auch wollte er ein rasches und prägnantes Bild vom neuen Präsidenten vermitteln.

»Nicht genug«, erwiderte Jack, plötzlich angespannt. Zwei Kameras liefen. Er schlug die Beine übereinander, faltete die Hände auf dem Schoß, um nervöse Bewegungen zu vermeiden. Wie ... ja, genau ... wie wollte er eigentlich erscheinen? Ernst? Traurig? Ruhig und zuversichtlich? Überwältigt? Jetzt war es ein bißchen spät, darüber nachzudenken. Warum hatte er Arnie nicht gefragt?

»Dreißig Sekunden«, sagte der Produzent.

Jack versuchte, sich zu sammeln. *Beantworte einfach die Fragen. Das machst du doch schon lange genug.*

»Es ist jetzt genau 7.08 Uhr«, sagte der Korrespondent direkt in die Kamera hinter Jack. »Wir befinden uns im White House bei Präsident John Ryan – Mr. President, für Sie war es eine lange Nacht, nicht wahr?«

»Leider schon«, stimmte Ryan zu.

»Was können Sie uns sagen?«

»Bergungsarbeiten sind im Gange, wie Sie wissen. Präsident Durlings Leichnam konnte noch nicht geborgen werden. Die laufenden Ermittlungen werden vom FBI koordiniert.«

»Haben sie schon etwas herausgefunden?«

»In ein paar Stunden werden wir vielleicht etwas sagen können, aber jetzt ist es noch zu früh.« Trotz der Tatsache, daß dieses Thema mit dem Korrespondenten genau abgesprochen worden war, konnte Ryan die Enttäuschung in seinen Augen sehen.

»Weshalb das FBI? Ist denn nicht der Secret Service ermächtigt, zu ...«

»Dies ist nicht die Zeit für einen Kompetenzstreit. Ermittlungen in so einem Fall müssen sofort erfolgen. Darum habe ich entschieden, daß das FBI die Leitung übernimmt – dem Justizministerium unterstellt und unter Mitwirkung anderer Bundesbehörden. Wir wollen Antworten, und wir wollen sie rasch, und das scheint die beste Möglichkeit, sie zu bekommen.«

»Es wird berichtet, Sie hätten einen neuen FBI-Direktor ernannt.«

»Ja, Barry, das habe ich. Für den Augenblick habe ich Daniel E. Murray gebeten, amtierender Direktor zu sein. Dan ist langjähriger FBI-Beamter, der zuletzt Special Assistant für Direktor Shaw war. Wir kennen uns schon viele Jahre. Mr. Murray ist einer der besten Cops im Staatsdienst.«

»Murray?«

»Ein Polizist, der als Experte für Terrorismus und Spionage gilt«, erwiderte der Nachrichtendienst-Offizier.

»Hmm.« Er wandte sich wieder seinem bittersüßen Kaffee zu.

»Was können Sie uns sagen über die Vorbereitungen auf ... Ich meine, auf die kommenden Tage?« fragte der Korrespondent als nächstes.

»Barry, an diesen Plänen wird gearbeitet. Zunächst und vor allem müssen wir das FBI und die anderen Behörden ihre Arbeit tun lassen. Im Laufe des Tages bekommen wir mehr Information, aber für viele ist es eine lange und anstrengende Nacht gewesen.« Der Korrespondent nickte dazu und entschied, daß jetzt eine Frage zum menschlichen Aspekt fällig war.

»Wo haben Sie und Ihre Angehörigen geschlafen? Ich weiß, daß es nicht hier war.«

»Bei den Marines in der Kaserne, Eighth, Ecke First Street«, antwortete Ryan.

»Oh, *Scheiße*, Boß!« murmelte Andrea Price an der Tür. Ein paar Medienleute hatten das herausgefunden, aber der Service hatte es niemandem bestätigt, und die meisten Nachrichtensender hatten berichtet, daß sich die Familie Ryan an einem ›unbestimmten Ort‹ befand. Na ja, die kommende Nacht würden sie woanders schlafen. Verdammt.

»Wieso dort?«

»Nun, irgendwo mußte es ja sein, und da schien mir das ganz passend. Ich war ja selber mal bei den Marines, Barry«, sagte Jack ruhig.

»Wissen Sie noch, wie wir sie in die Luft gejagt haben?«

»Eine prachtvolle Nacht.« Der Nachrichtendienst-Offizier erinnerte sich, wie er durchs Fernglas von der obersten Etage des Beirut Holiday Inn aus zugeschaut hatte. Schwierig war nur die Wahl des richtigen Fahrers gewesen. Den amerikanischen Marines haftete ein seltsames Gepräge an, etwas Mystisches, an dem Ryans Volk sich wärmte. Aber sie starben so wie jeder andere Ungläubige. Belustigt fragte er sich, ob wohl einer seiner Leute in Washington einen großen Lkw kaufen oder leasen könnte... Den amüsanten Gedanken schob er beiseite – es gab anderes zu tun. Und praktisch war es ohnehin nicht. Er war schon mehr als einmal in Washington gewesen und hatte auch die Marines-Kaserne ausgekundschaftet. Sie war zu leicht zu verteidigen. Wirklich zu schade. Machte doch ihre politische Bedeutung dieses Ziel höchst attraktiv.

»Nicht sehr clever«, sagte Ding in seinen Morgenkaffee.

»Meinste, der versteckt sich?« wollte Clark wissen.

»Du kennst ihn, Daddy?« fragte Patricia.

»Ja, tatsächlich. Ding und ich haben auf ihn aufgepaßt, als wir noch SPOs waren. Ich kannte seinen Vater, einmal ...«, fügte John hinzu, ohne zu überlegen, was eigentlich gar nicht seine Art war.

»Wie ist er denn so?« fragte Patsy ihren Verlobten. Der Ring an ihrem Finger war noch ganz neu.

»Ganz schön clever«, meinte Chavez. »Bißchen ruhig. Netter Kerl, immer ein gutes Wort. Na ja, meistens.«

»Kann hart sein, wenn er muß«, stellte John fest und warf dabei einen Blick auf seinen Partner und baldigen Schwiegersohn. Beim Gedanken daran lief es ihm beinahe kalt über den Rücken. Dann sah er den Blick seiner Tochter, und der Schauer wurde Wirklichkeit. Verdammt.

»Tatsache«, stimmte der Jüngere zu.

Die Scheinwerfer ließen Ryan unter seinem Make-up schwitzen, und er kämpfte dagegen an, sich des Juckens wegen im Gesicht zu kratzen. Die Hände konnte er ruhig halten, aber die Gesichtsmuskeln begannen zu zucken, und er hoffte, die Kameras fingen das nicht ein.

»Ich fürchte, mehr kann ich nicht sagen, Barry«, fuhr er fort, die Hände immer noch fest gefaltet. »Es ist noch zu früh, um auf manche Fragen substantiell zu antworten. Wenn wir handfeste Antworten geben können, werden wir es tun. Vorher nicht.«

»Sie haben einen langen und schweren Tag vor sich«, sagte der CNN-Reporter mitfühlend.

»Barry, das haben wir alle.«

»Vielen Dank, Mr. President.« Er wartete, bis die Scheinwerfer ausgingen und er aus der Sendezentrale in Atlanta einen Off-Kommentar hörte, ehe er sagte: »War gut. Danke!«

Da kam van Damm herein und stieß dabei Andrea Price beiseite. Kaum einer konnte sich erlauben, einen Secret-Service-Agenten zu berühren, geschweige denn herumzustoßen, ohne schwerwiegende Folgen, doch Arnie gehörte dazu.

»Ganz gut. Weiter so! Die Fragen beantworten. Und die Antworten kurz halten.«

Als nächste kam Mrs. Abbot Ryans Make-up kontrollieren. Eine sanfte Hand berührte seine Stirn, während die andere ihm mit einer kleine Bürste das Haar richtete. Nicht einmal zu seinem High-School-Ball – wie *hieß* sie noch gleich? fragte sich Ryan – hatte jemand so viel Aufhebens um sein störrisches schwarzes Haar gemacht. Unter anderen Umständen wäre das zum Lachen gewesen.

Die CBS-Moderatorin war Mitte Dreißig und ein positiver Beweis dafür, daß sich Verstand und Aussehen nicht gegenseitig ausschließen müssen.

»Mr. President, was ist von der Regierung noch übrig?« fragte sie nach einer Reihe der üblichen Kennenlern-Fragen.

»Maria« – Ryan war instruiert worden, jeden Reporter mit dem Vornamen anzusprechen; er hatte zwar keine Ahnung, warum, es schien aber vernünftig –, »so schlimm die letzten zwölf Stunden für uns alle gewesen sind, möchte ich Sie an eine kürzliche Rede President Durlings erinnern: Amerika ist immer noch Amerika. Alle Ministerien arbeiten heute unter der Leitung der stellvertretenden Minister, und ...«

»Aber Washington ...«

»Aus Gründen der öffentlichen Sicherheit ist Washington ziemlich abgeriegelt worden, richtig ...« Sie unterbrach ihn wieder, nicht so sehr aus schlechtem Benehmen, sondern wegen der vier verfügbaren Minuten:

»Die Truppen in den Straßen ...?«

»Maria, Polizei und Feuerwehr von Washington haben von allen die schlimmste Nacht hinter sich. Für diese Leute war es eine lange, kalte Nacht. Die Nationalgarde von Washington, D.C., ist mobilisiert worden, um die zivilen Behörden zu unterstützen, wie nach Hurrikans und Tornados. Im Grunde ist das eine kommunale Aufgabe. Das FBI arbeitet mit dem Bürgermeister zusammen, um die Sache in den Griff zu bekommen.« Das war Ryans längstes Statement an diesem Morgen, und ihm ging fast die Puste aus, so sehr hatte er sich erregt. Da merkte er auch, daß seine Hände sich so verkrampften, daß die Finger ganz weiß wurden. Sie zu lockern erforderte Mühe.

»Sehen Sie sich seine Arme an!« bemerkte die Premierministerin. »Was wissen wir über diesen Ryan?«

Der Chef des Geheimdienstes ihres Landes hatte einen Aktenordner auf dem Schoß, dessen Inhalt er sich eingeprägt hatte. Er hatte einen ganzen Arbeitstag gehabt, um sich mit dem neuen Staatschef vertraut zu machen.

»Er ist hoher Nachrichtenoffizier. Sie wissen vom Vorfall in London vor einigen Jahren und später in den Staaten ...«

»Ach ja«, sagte sie, trank vom Tee und legte das Stückchen Geschichte beiseite. »Also ein Spion ...«

»Ein sehr geschätzter. Unsere russischen Freunde halten sehr viel von ihm. Ebenso Century House«, sagte der Armeegeneral, dessen Ausbildung auf britische Traditionen zurückging. Wie seine Premierministerin hatte er in Oxford studiert und, in seinem Fall, in Sandhurst. »Er ist hoch intelligent. Wir haben Grund zur Annahme, er führte als Durlings Sicherheitsberater die amerikanischen Operationen gegen Japan ...«

»Und gegen uns?« fragte sie, den Blick fest auf den Bildschirm gerichtet. Wie bequem doch Kommunikationssatelliten waren – und die amerikanischen Fernsehgesellschaften waren jetzt alle global zu empfangen. Jetzt mußte man nicht einen ganzen Tag im Flugzeug verbringen, um einen anderen Staatschef sehen zu können – unter kontrollierten Bedingungen. Jetzt konnte sie den Mann unter Druck erleben und abschätzen, wie er darauf reagierte. Hoher Beamter im Nachrichtendienst oder nicht, jetzt sah er unbehaglich aus. Jeder hat seine Grenzen.

»Zweifellos, Frau Premierministerin.«

»So hervorragend, wie Ihre Informationen vermuten lassen, ist er nicht.« Sagte sie zu ihrem Berater. *Zögerlich, verlegen, nervös... überfordert.*

»Wann rechnen Sie damit, uns mehr darüber sagen zu können, was geschehen ist?« fragte Maria.

»Das kann ich jetzt wirklich nicht sagen. Es ist noch zu früh. Man kann nicht alles übers Knie brechen, fürchte ich«, sagte Ryan. Ihn beschlich das Gefühl, er verliere die Kontrolle über das Interview, so kurz es war, wußte aber nicht, wieso. Ihm ging nicht auf, daß die Fernsehreporter vor dem Roosevelt Room Schlange standen wie Kunden an der Supermarktkasse; daß jeder was Neues und anderes – nach den ersten paar Fragen – bringen wollte, daß jeder beeindrucken wollte, nicht den neuen Präsidenten, sondern die Zuschauer, die unsichtbaren Leute hinter den Kameras, die keine Frühstücksshow ausließen, eine Treue,welche die Reporter, so oft möglich, festigen mußten. So schlimm das Land auch getroffen war, Berichte zu bringen war das Geschäft, mit dem sie ihre Familie ernährten, und Ryan war nur ein weiteres Objekt des Geschäftes. Und darum war Arnies vorheriger Hinweis darauf, welche Fragen als zulässig galten, zu optimistisch, obwohl er von einem so erfahrenen Politprofi kam. Glücklicherweise waren die Interviews alle zeitlich begrenzt – in diesem Fall durch Lokalnachrichten, welche diverse Netzwerktöchter um Soundsoviel-Uhr-fünfundzwanzig zu bringen hatten. Welche Tragödie auch Washington treffen mochte, für ihr tägliches Leben mußten Leute die lokalen Wetter- und Verkehrsbedingungen erfahren. Die Tatsache war vielleicht denen innerhalb des D.C. Beltway entgangen, nicht aber den lokalen Fernsehstationen draußen im Lande. Maria tat liebenswürdiger, als sie sich fühlte, als ihr der Programmkoordinator das Zeitsignal gab. Sie lächelte in die Kamera...

»Wir melden uns zurück.«

Ryan hatte zwölf Minuten, bis NBC ihn bekam. Der zum Frühstück getrunkene Kaffee trieb jetzt, und er mußte zur Toilette, doch beim Aufstehen brachte ihn das Mikrofonkabel fast zu Fall.

»Hier entlang, Mr. President«, Price zeigte nach links, den Korridor entlang, dann rechts zum Oval Office, erkannte Jack zu spät. Mitten im Schritt hielt er inne. In seinen Gedanken gehörte es noch immer jemand anderem, doch Toilette war Toilette, und diese war Teil einer kleinen Zimmerflucht mit Salon, die vom Office abging. Es war wenigstens privat, sogar vor der Prätorianergarde, die ihm sonst überallhin folgte wie ein Rudel Schäferhunde, das ein besonders wertvolles Lamm zu beschützen hatte. Was Jack nicht wußte: Über der Tür ging ein Licht an, wenn jemand dieses spezielle Örtchen aufsuchte, und ein Guckloch in der Tür zum Office erlaubte dem Secret Service, selbst diesen Aspekt vom täglichen Leben ihres Präsidenten zu verfolgen.

Beim Händewaschen schaute Ryan in den Spiegel, stets ein Fehler in solchen Momenten. Das Make-up ließ ihn jünger erscheinen, als er war, das ging ja noch, aber auch unecht: eine falsche Röte, die seine Haut noch niemals hatte. Er bekämpfte den Zwang, das Ganze wegzuwischen, bevor er für NBC zurückkam. Dieser Moderator war ein Schwarzer, und beim Händeschütteln im Roosevelt Room stellte Jack zu seinem Trost fest, daß dessen Make-up noch viel grotesker schien als sein eigenes. Jack bedachte nicht, daß Fernsehbeleuchtung den menschlichen Teint so verändert, daß man für normales Aussehen auf dem Bildschirm dem nichtelektronischen Auge als Clown vorkommen muß.

»Was werden Sie heute tun, Mr. President?« war Nathans vierte Frage.

»Ich werde ein weiteres Gespräch mit dem amtierenden FBI-Direktor Murray führen – genaugenommen werden wir eine Zeitlang zweimal pro Tag zusammenkommen. Ich habe auch eine anberaumte Sitzung mit den für nationale Sicherheit zuständigen Gremien, dann mit einigen überlebenden Kongreßmitgliedern. Nachmittags haben wir eine Kabinettssitzung.«

»Beisetzungsvorbereitungen?« Der Reporter hakte eine weitere Frage von der Liste in seinem Laptop ab.

Ryan schüttelte den Kopf. »Zu früh. Ich weiß, es ist frustrierend für uns alle, aber diese Dinge brauchen Zeit.« Er sagte nicht, daß das White-House-Protokollbüro fünfzehn Minuten seines Nachmittags bekommen hatte, um ihm den Planungsstand zu erläutern.

»Es war ein japanisches Flugzeug, von einer staatlichen Gesellschaft. Haben wir Grund zur Annahme, daß ...«

Um darauf zu antworten, beugte sich Ryan etwas nach vorn. »Nein, Nathan, haben wir nicht. Wir haben mit der japanischen Regierung Verbindung aufgenommen. Premierminister Koga hat absolute Kooperation zugesagt, und wir nehmen ihn beim Wort. Ich möchte betonen, daß die Feindseligkeiten mit Japan gänzlich beigelegt sind. Was geschah, war ein schreckliches Mißverständnis. Jenes Land wird sich darum bemühen, diejenigen vor Gericht zu bringen, die schuld am Konflikt waren. Noch wissen wir nicht, wie dies passiert ist – gestern abend, meine ich –, und ›weiß nicht‹ heißt *weiß nicht*. Solange wir es nicht wissen, möchte ich Spekulationen entgegentreten. Sie helfen nicht, sie schaden allenfalls, und Wunden haben wir für eine Weile genug. Jetzt müssen wir übers Heilen nachdenken.«

»*Domo arigato*«, murmelte der japanische Premierminister. Es war das erstemal, daß er Ryans Gesicht gesehen und seine Stimme gehört hatte. Beide waren jünger, als er erwartet hatte, obwohl er über Ryan schon in allen Einzelheiten unterrichtet war. Koga bemerkte Anspannung und Unbehagen des Mannes, wenn er aber etwas anderes zu sagen hatte als eine offensichtliche Antwort auf eine geistlose Frage – wieso tolerierten die Amerikaner nur die Unverschämtheit ihrer Medien? –, dann veränderte sich die Stimme ein wenig, wie auch die Augen. Der Unterschied war nur gering, doch Koga war es gewohnt, auch nur den Hauch einer Nuance zu bemerken. Es war sein Vorteil, in Japan aufgewachsen zu sein, und noch mehr, sein ganzes Leben als Erwachsener in der Politik zugebracht zu haben.

»Er war ein vorzüglicher Feind«, bemerkte ein Mitarbeiter des Außenministeriums. »Und in der Vergangenheit hat er sich auch als Mann mit Courage erwiesen.«

Koga dachte über die Akte nach, die er zwei Stunden zuvor gelesen hatte. Dieser Ryan hatte Gewalt angewandt, die der japanische Premierminister verabscheute. Doch er selbst hatte von zwei schemenhaften Amerikanern, die ihm vermutlich vor seinen Landsleuten das Leben gerettet hatten, gelernt, daß Gewalt ihren Platz hat wie die Chirurgie, und Ryan hatte Gewalt angewandt, um andere zu schützen, hatte dabei selber leiden müssen, dann wiederum Gewalt angewandt, ehe er sich schließlich dem Frieden zuwenden konnte. Und genauso zweigleisig war er gegen Kogas Land vorgegangen, hatte erst geschickt und unermüdlich gekämpft und dann Gnade und Rücksicht walten lassen. Ein Mann von Mut und Tapferkeit...

»Und Ehre, glaube ich.« Koga hielt einen Augenblick inne. Seltsam, daß es zwischen zwei Männern bereits Freundschaft gab, die sich noch nie begegnet waren und noch vor einer Woche gegeneinander Krieg geführt hatten. »Er ist Samurai.«

Die ABC-Korrespondentin war blond und hörte auf den Namen Joy, was Freude bedeutet und Ryan an diesem Tag unangebracht vorkam, aber den Namen hatten ihr wohl ihre Eltern gegeben und damit basta. War Maria von CBS hübsch, dann war Joy atemberaubend – vermutlich ein Grund dafür, daß das ABC-Frühstücksfernsehen an der Spitze der Einschaltquoten lag. Ihr Handschlag war warmherzig und freundlich – und hatte noch etwas an sich, das Jack fast das Herz stocken ließ.

»Guten Morgen, Mr. President«, sagte sie sanft und mit einer Stimme, die besser auf eine Dinnerparty paßte als zur morgendlichen Nachrichtensendung.

»Bitte.« Ryan winkte sie zum Stuhl gegenüber.

»Es ist zehn Minuten vor der vollen Stunde. Wir befinden uns hier im Roosevelt Room im White House und sprechen mit Präsident John Patrick Ryan«, gurrte sie zur Kamera. »Mr. President, das war eine lange und schwere Nacht für unser Land. Was können Sie uns sagen?«

Ryan hatte die Antwort so drauf, daß er sie ohne Nachdenken hersagen konnte. Seine Stimme klang ruhig und ein wenig mechanisch, und seine Augen schauten auf ihre, wie man es ihm eingetrichtert hatte. Es fiel nicht schwer, sich auf ihre feuchten braunen Augen zu konzentrieren, war aber beunruhigend, zu so früher Stunde so tief in sie zu schauen. Er hoffte, es fiel nicht zu sehr auf.

»Mr. President, die letzten Monate sind für uns alle sehr traumatisch gewesen und die letzte Nacht ganz besonders. In wenigen Minuten werden Sie sich mit Ihrem Stab für nationale Sicherheit beraten. Was sind Ihre größten Sorgen?«

»Joy, vor langer Zeit hat ein amerikanischer Präsident einmal gesagt, das einzige, das wir fürchten müssen, ist die Furcht selbst. Unser Land ist heute genauso stark wie gestern ...«

»Ja, das ist wahr.« Daryaei war Ryan einmal begegnet. Damals war er arrogant und herausfordernd gewesen wie ein Hund, der vor seinem Herren steht, knurrend und tapfer – zumindest dem Anschein nach. Doch nun existierte der Herr nicht mehr, und hier war der Hund, die Augen auf eine hübsche, doch verworfene Frau gerichtet, und es überraschte Daryaei, daß ihm nicht die Zunge sabbernd heraushing. Es hatte mit Erschöpfung zu tun. Ryan war müde; deutlich zu sehen. Was war er noch? Er war wie sein Land, entschied der Ajatollah. Nach außen hin stark, vielleicht. Ryan war noch ein junger Mann, breite Schultern, aufrechte Haltung. Seine Augen waren klar und seine Stimme fest, doch nach der Stärke seines Landes gefragt, sprach er von Furcht und von Furcht vor der Furcht. Interessant.

Daryaei wußte sehr wohl, daß Stärke und Macht eher Dinge des Verstandes waren als des Körpers, und das galt für ein Land genauso wie für einen Menschen. Amerika war für ihn ein Rätsel wie seine Führer. Wieviel aber mußte er darüber wissen? Amerika war ein gottloses Land. Und deshalb sprach dieser Ryan-Knabe von Furcht. Ohne Gott mangelte es sowohl dem Land als auch dem Mann an Führung. Manche hatten gesagt, das treffe auch auf Daryaeis Land zu, wenn das aber stimmen sollte, dann aus anderem Grunde, sagte er sich.

Wie Leute in aller Welt konzentrierte sich Daryaei auf Ryans Gesicht und Stimme. Die Antwort auf die erste Frage war offenkundig rein mechanisch. Was Amerika über dieses glorreiche Ereignis auch wissen mochte, wurde nicht verraten. Vielleicht wußten sie auch nicht viel, aber das wäre verständlich. Daryaei hatte einen langen Tag gehabt und hatte ihn genutzt. Er hatte sein Außenministerium angerufen und den Chef des Amerika-Referats (eigentlich ein ganzes Stockwerk im Bürogebäude in Teheran) ein Dossier erstellen lassen über die Arbeitsweise der amerikanischen Regierung. Die Situation war sogar besser, als Daryaei gehofft hatte. Sie konnten keine neuen Gesetze erlassen, keine neuen Steuern erheben, keine neuen Gelder ausgeben, bis ihr Kongreß neu konstituiert war, und das dauerte seine Zeit. Nahezu alle ihrer Ministerien hatten keinen Leiter. Dieser Ryan-Knabe allein – Daryaei war zweiundsiebzig – war die amerikanische Regierung, und Daryaei war nicht beeindruckt von dem, was er sah.

Die Vereinigten Staaten von Amerika hatten ihm jahrelang den Weg verstellt. So viel Macht. Selbst nach der Verringerung ihrer Kräfte nach dem Zusammenbruch der Sowjetunion – des ›minderen Satans‹ – war Amerika zu Dingen imstande, die anderen Ländern unmöglich waren. Es erforderte nur politische Entschlossenheit, und wenn es die auch selten genug gab, war die Drohung allein schon entmutigend. Gelegentlich klemmte sich das Land fest hinter etwas, wie vor nicht so langer Zeit gegen den Irak, mit so erschreckend entschiedenen Konsequenzen im Vergleich zu dem, was sein eigenes Land in einem heißen Krieg, der fast eine Jahrzehnt gedauert hatte, erreichen konnte. Darin lag die Gefahr Amerikas. Doch jetzt war Amerika ein schwankendes Rohr – oder vielmehr war es, wenn nicht ganz, so doch nahezu kopflos. Dieser kräftigste Körper konnte zum Krüppel und nutzlos werden, durch eine Verletzung am Hals, besser noch am Kopf...

Ein einziger Mann, dachte Daryaei und hörte nicht mehr auf das, was aus dem Fernseher kam. Die Worte zählten jetzt nicht. Ryan sagte nichts Substantielles, verriet aber dem Mann, eine halbe Erde weit entfernt, viel durch seine Haltung. Das neue Haupt des Landes hatte einen Hals, und auf den konzentrierte sich Daryaeis Blick. Die Symbolik war eindeutig. Es war nur noch eine technische Aufgabe, die Trennung des Kopfes vom Körper zu vollenden, und alles, was sich zwischen den beiden befand, war der Hals.

»Zehn Minuten bis zum nächsten«, sagte Arnie, nachdem Joy gegangen war, um zum Flughafen zu fahren. Der Fox-Reporter war noch in der Maske.

»Wie mache ich mich?« Diesmal klemmte Jack das Mikrofon ab, bevor er aufstand. Er mußte sich die Beine vertreten.

»Nicht schlecht«, schätzte van Damm großzügig. Einem Berufspolitiker hätte er vielleicht was anderes gesagt, aber ein echter Politiko wäre wohl mit echt harten Fragen konfrontiert worden. Hier war es als spiele ein Golfer gegen sein Handicap statt gegen einen Tour-Pro-Partner, und das war ja in Ordnung. Wichtig war, daß Ryans Selbstvertrauen aufgebaut wurde, damit er überhaupt funktionierte. Die Präsidentschaft war schon in besten Zeiten schwer genug, und wo jeder Inhaber dieses Amtes oft genug den Kongreß und die anderen Institutionen zur Hölle gewünscht hatte, Ryan mußte lernen, wie unverzichtbar jeder einzelne Teil des ganzen Regierungssystems war – und zwar auf die harte Tour.

»Ich muß mich an einiges gewöhnen, nicht wahr?« Jack lehnte vor dem Roosevelt Room an der Wand und blickte den Korridor auf und ab.

»Das werden Sie«, versprach ihm sein Stabschef.

»Vielleicht.« Jack lächelte. Er war sich nicht bewußt, daß diese morgendliche Aktivität ihm Gelegenheit gegeben hatte, die anderen anstehenden Sachverhalte für eine Weile außer acht zu lassen. Dann reichte ihm ein Agent des Secret Service einen Zettel.

War es auch unfair anderen Familien gegenüber, mußte man verstehen, daß dem Leichnam Präsident Durlings oberste Priorität gebührte. Nicht weniger als vier mobile Kräne waren an der Westfront des Gebäudes aufgestellt und arbeiteten nach Anweisung der Fachleute, die mit anderen Arbeitern auf dem Boden des Plenarsaals standen; viel zu nahe, aber es war ja heute keiner von OSHA in der Nähe. Die einzigen staatlichen Inspektoren, die etwas zu sagen gehabt hätten, waren vom Secret Service – FBI hatte zwar die Gesamtleitung der Ermittlungen, aber keiner hätte sich zwischen die Leute und ihre traurige Suche gestellt. Auch ein

Arzt und ein Team Sanitäter war mit hier unten für den Fall, daß doch jemand überlebt hatte, obwohl alles dagegen sprach. Eine echte Leistung war es, die Aktionen der Kräne zu koordinieren, die in den Krater tauchten wie ein Quartett Giraffen, die aus demselben Wasserloch tranken, und sie stießen durchs Geschick der Kranführer nie zusammen.

»Seht hier!« Der Oberaufseher zeigte auf etwas. Eine verkohlte Hand hielt eine Maschinenpistole umklammert. Das mußte Andy Walker gewesen sein, Chef von Roger Durlings Leibwache. Das letzte Bild im Fernsehen hatte ihn einen Meter vom Präsidenten gezeigt. Er war hingestürmt, um ihn vom Podium zu reißen, aber zu spät, um mehr zu erreichen, als in Ausübung seiner Pflicht zu sterben.

Das nächste Eintauchen des nächsten Kranes. Ein Sandsteinblock wurde am Seil befestigt, dann langsam gehoben und drehte sich etwas. Der Rest von Walkers Leiche kam zum Vorschein, zusammen mit den Beinen von jemand anderem. Um sie herum lagen zersplitterte und verfärbte Eichenholzteile des Podiums, sogar ein paar angekohlte Blätter Papier. Durch den Haufen Steine in diesem Teil des zerstörten Gebäudes war das Feuer nicht stark eingedrungen. Dazu hatte es zu schnell gebrannt.

»Halt!« Der Mann vom Bau packte den Secret-Service-Agenten am Arm und ließ nicht wieder los. »Die spazieren nicht davon. Lohnt nicht, sich dafür umzubringen. Nur noch ein paar Minuten.« Er wartete, bis ein Kran Platz machte für den nächsten und wedelte mit den Armen, um dem Kranführer das Schwenken und Senken und Halten anzuzeigen. Arbeiter legten das Seilpaar um den nächsten Steinblock, und der Vorarbeiter zwirbelte mit der Hand. Der Stein hob sich.

»Wir haben JUMPER«, sagte der Agent in sein Mikrofon. Sofort kam das Sanitätsteam gelaufen, trotz warnender Rufe der Bauleute, doch schon aus fünf Meter Entfernung war klar, daß sie ihre Zeit vergeudeten. Die linke Hand hielt die Mappe mit seiner letzten Rede. Herabstürzende Steine hatten ihn wohl getötet, bevor das Feuer eindrang und sein Haar versengte. Die Leiche war durch Quetschung stark verformt, doch der Anzug, die präsidiale Schlipsklemme und die goldene Armbanduhr identifizierten sie eindeutig als Präsident Roger Durling. Alles stoppte. Die Kräne standen still, ihre Motoren liefen leer, während die Kranführer Kaffee tranken oder sich eine Zigarette anzündeten. Ein paar Gerichtsfotografen kamen herein und verknipsten Filmrollen aus allen möglichen Blickwinkeln.

Man nahm sich jetzt Zeit. An anderer Stelle auf dem Boden des Plenarsaals war die National Guard damit beschäftigt, Leichen – die Aufgabe hatten sie zwei Stunden zuvor von den Feuerwehrleuten übernommen – einzusacken und wegzutragen, hier im Umkreis von fünfzig Fuß befanden sich aber nur Secret-Service-Leute und erfüllten ihre letzte berufliche Pflicht gegenüber JUMPER, wie sie den Präsidenten zu Ehren seines Dienstes als Lieutenant in der 82. Luftlandedivision nannten. Als die Sanitäter gingen und auch die Fotografen fertig waren, bahnten sich vier Agenten in Secret-Service-Windjacken den Weg über verbleibende Steinblöcke. Zuerst hoben sie den Leichnam von Andy Walker an, der bis zuletzt seinen ›Prinzipalen‹ beschützte, und legten ihn sachte in den Leichensack. Sie reichten ihn an ein paar Kameraden, die ihn weiterbeförderten. Dann kam Präsident Durling dran. Das erwies sich als schwierig. Der Leichnam war schief und durch die Kälte gefroren. Ein Arm stand im rechten Winkel ab und paßte nicht in den Sack. Die Agenten sahen einander an und wußten nicht, was sie tun sollten. Die Leiche war Beweismaterial und durfte nicht verändert werden. Schlimmer noch war ihr Entsetzen davor, jemandem weh zu tun, der bereits tot war, und so wurde Präsident Durling verstaut mit ausgestrecktem Arm, wie Captain Ahab. Zu viert trugen sie ihn fort, aus dem Plenarsaal heraus und hinab zum Fahrzeug, das zu diesem einen Zweck wartete. Es war der Fingerzeig für die Pressefotografen, nah und fern, die losknipsten oder mit Fernsehkameras ranzoomten, um den Augenblick festzuhalten.

Der Augenblick unterbrach Ryans Fox-Interview, und er verfolgte die Szene im Monitor vor ihm auf dem Tisch. Irgendwie war es für ihn somit offiziell. Durling war wirklich tot, jetzt war er wirklich Präsident und damit basta. Die Kamera im Raum hielt fest, wie sich Ryans Gesichtsausdruck veränderte und er sich daran erinnerte, wie Durling ihn zu sich geholt, ihm vertraut, sich auf ihn verlassen, ihn geführt hatte...

Das war es, erkannte Jack. Bisher hatte er immer jemanden gehabt, bei dem er sich anlehnen konnte. Sicher, andere hatten sich an ihn gelehnt, nach seiner Meinung gefragt, ihn in Krisensituationen machen lassen, doch da war immer noch jemand gewesen, zu dem er kommen konnte, der ihm sagte, ob er das Richtige getan hatte. Was er nun zu hören bekam, wären nur Ansichten, keine Urteile. Das Urteilen lag jetzt bei ihm. Alles mögliche würde er hören. Seine Berater würden wie Anwälte sein, mal in diese Richtung argumentierend, mal in jene, ihm zeigend, daß er gleichzeitig recht hatte und im Unrecht war, doch zum Schluß blieb die Entscheidung seine allein.

Präsident Ryan fuhr sich mit der Hand ins Gesicht, ungeachtet des Make-ups, und verschmierte es. Er wußte nicht, daß das Bild, das Fox und die anderen Sender jetzt ausstrahlten, geteilt war, denn alle hatten Zugriff auf das gepoolte Signal aus dem Roosevelt Room. Er schüttelte den Kopf ein wenig in der Art eines Mannes, der ungern etwas akzeptieren mußte, sein Gesicht eher starr als traurig.

»Wo geht es jetzt lang?« fragte der Fox-Reporter. Die Frage stand nicht auf seiner Liste, war bloß menschliche Reaktion auf eine menschliche Szene. Die Blende hin zum Hill hatte viel von der vorgesehenen Zeit für das Interview aufgezehrt, doch die White-House-Regeln waren unumstößlich.

»Es liegt eine Menge Arbeit an«, gab Ryan zur Antwort.

»Vielen Dank, Mr. President. Es ist jetzt vierzehn Minuten nach.«

Jack sah das Licht an der Kamera ausgehen. Der Aufnahmeleiter wartete ein paar Sekunden, bis er abwinkte, und der Präsident befreite sich von Mikrofon und Kabel. Sein erster Pressemarathon war vorbei. Bevor er den Raum verließ, betrachtete er eingehender die Kameras. Früher hatte er Geschichtsvorlesungen gehalten, in letzter Zeit Einweisungsreden, aber immer vor lebenden Zuhörern, denen er an den Augen die Reaktionen ablesen konnte und schneller oder langsamer sprechen, vielleicht einen kleinen Scherz einbauen, wenn die Umstände es erlaubten, oder etwas durch Wiederholung verdeutlichen. Jetzt mußte er sich im vertrauten Gespräch an ein *Ding* wenden. Wieder was Unerquickliches. Ryan verließ den Raum, während in aller Welt Leute abschätzten, was man vom neuen Präsidenten der USA gesehen und gehört hatte. In fünfzig oder mehr Ländern diskutierten Fernsehkommentatoren über ihn, während er erneut das Badezimmer aufsuchte.

»Das ist das Beste, was unserem Land passiert ist, seit Jefferson.« Der ältere hielt sich für einen ernsthaften Studenten der Geschichte. Er mochte Thomas Jefferson wegen der Äußerung, daß ein Land am besten regiert war, das am wenigsten regiert wurde – von den Aphorismen des Weisen von Monticello wohl der einzige, den er kannte.

»Und 's sieht aus, als mußte dazu erst ein Japs daherkommen.« Der Bemerkung folgte ein ironisches Prusten. So was könnte sogar den eingefleischten Rassismus in Frage stellen – das ging nun *gar nicht*.

Sie waren die ganze Nacht aufgewesen – es war 5.20 Uhr Ortszeit – und hatten Nachrichten geguckt, die nicht aufhörten. Die Fernsehfritzen sahen, so stellten sie fest, noch mitgenommener aus als der Ryan-Typ. Zeitzonen hatten ihr Gutes. Sie hatten gegen Mitternacht aufgehört, Bier zu trinken, und waren zwei Stunden später zu Kaffee übergegangen, als sie einzudösen anfingen. Durfte nicht sein. Was sie beim

Kanalhüpfen sahen, über die große Satellitenschüssel neben der Hütte reingeholt, war wie eine fantastische Mammutsendung, nur ging diese nicht um Geld für verkrüppelte Kinder oder AIDS-Opfer oder Nigger-Schulen. Diese war echt geil. All die Bastards in Washington mußten verkohlt worden sein, wenigstens die meisten.

»Bürokraten-Barbecue«, sagte Peter Holbrook schon zum siebzehntenmal seit 23.30 Uhr, als er fürs Ereignis seinen Ausdruck fand. Er war schon immer der Kreative in der Bewegung gewesen.

»Oh, *Scheiße*, Pete!« japste Ernest Brown und verschüttete Kaffee in seinen Schoß.

»Ist 'ne lange Nacht gewesen«, gab Holbrook zu, selber lachend. Präsident Durlings Rede hatten sie sich aus mehreren Gründen angehört. Einmal, weil alle Sender ihre Programme dafür unterbrochen hatten, wie gewöhnlich bei wichtigen Ereignissen; aber um der Wahrheit die Ehre zu geben, ihre Satellitenanlage gab ihnen Zugang zu hundertsiebzehn Sendern, und sie hätten nicht mal den Apparat abschalten müssen, um ›Input‹ zu vermeiden von der Regierung, die sie und ihre Freunde verabscheuten. Der tiefere Grund war, daß sie ihre Wut auf die Regierung hegten und meistens – beide Männer zogen sich täglich mindestens eine Stunde C-SPAN-1 oder -2 rein – solche Reden verfolgten, um diesem Gefühl Nahrung zu geben und Präsidentenreden unentwegt mit abfälligen Bemerkungen zu würzen.

»Also, wer ist dieser Ryan-Typ denn wirklich?« Brown gähnte.

»Wieder so eine 'kratte, glaub' ich. Bürokrat, der Bürokacke schwätzt.«

»Yeah«, stimmte Brown zu. »Jetzt ohne Stütze, Pete.«

Holbrook sah zu seinem Freund. »Sagen*haft*, oder?« Mit der Feststellung stand er auf und ging zum Bücherregal. Sein Exemplar der Verfassung war eine recht zerfledderte Broschurausgabe, in der er so oft las, wie's ging, um sein Verständnis von den *Intentionen* der Verfasser zu vertiefen. »Weißt du, hier drin steht nichts zu 'ner Situation wie dieser.«

»Wirklich?«

Holbrook nickte. »Wirklich.«

»Kein Scheiß.« Darüber mußte man ja ein Weilchen nachdenken.

»Ermordet?« fragte Ryan, der sich immer noch Make-up vom Gesicht wischte, mit feuchten Tüchern der Art, die er früher für Babypopos verwendete. Wenigstens fühlte sich sein Gesicht sauber an, als er fertig war.

»Vorläufige Einschätzung, sowohl durch erste Untersuchung der

Leiche als auch durch flüchtige Auswertung der Cockpit-Bänder.« Murray blätterte in den Notizen, die ihm erst vor zwanzig Minuten zugefaxt worden waren.

Ryan lehnte sich im Stuhl zurück. Wie so vieles im Oval Office war er neu. Von der Kredenz hinter ihm waren alle Familien- und sonstige Durling-Fotos entfernt worden. Die Papiere vom Schreibtisch waren zur Überprüfung ins Sekretariat des Präsidenten gegeben worden. Was übrigblieb oder ausgetauscht worden war, waren Requisiten aus dem Fundus des White House. Der Sessel jedenfalls war gut, teuer entworfen, um den Rücken des Insassen zu schonen, doch bald würde er ausgetauscht gegen einen, der individuell seinem Rücken angepaßt war von einem Hersteller, der diesen Dienst kostenlos und – man höre – ohne öffentliche Fanfare erbrachte. Früher oder später mußte dies sein Arbeitsplatz werden, hatte Jack ein paar Minuten zuvor entschieden. Die Sekretärinnen waren hier, und es wäre unfair, sie zu zwingen, durchs ganze Gebäude zu wandern, treppauf, treppab. In diesem Bau zu schlafen war etwas anderes – für den Augenblick; doch sicher würde auch das sich ändern. *So*, dachte er, während er Murray über den Schreibtisch hinweg anstarrte: *Mord*.

»Erschossen?«

Dan schüttelte den Kopf. »Messerstich direkt ins Herz, nur ein Einstich. Die Wunde sah unserem Agenten nach einer schmalen Klinge aus, wie ein Steakmesser. Nach den Aufzeichnungen scheint es vorm Start passiert zu sein. Den Zeitpunkt können wir wohl ziemlich exakt bestimmen. Von kurz vor dem Start der Triebwerke bis zum Zeitpunkt des Aufschlags ist allein die Stimme des Piloten auf Band. Sein Name war Sato, ein sehr erfahrener Flugkapitän. Die Polizei Japans hat uns einen Haufen Daten geschickt. Dem Anschein nach hat er im Krieg einen Bruder und einen Sohn verloren. Der Bruder befehligte einen Zerstörer, der mit Mann und Maus unterging. Der Sohn war Jagdflieger, der nach einem Einsatz eine Bruchlandung baute. Etwa am gleichen Tag. Also war's persönlich. Gelegenheit und Motiv, Jack«, erlaubte sich Murray, denn sie waren fast allein im Büro. Andrea Price war ebenfalls da. Ganz recht war's ihr nicht; ihr war noch unbekannt, wie lang das mit den beiden zurückging.

»Ziemlich flott mit dem ID«, bemerkte Price.

»Muß noch erhärtet werden«, gab Murray ihr recht. »Das stellen wir noch durch DNA-Tests sicher. Die Tonaufnahme reicht für definitive Stimmenanalyse aus, hat man unserem Agenten gesagt. Die Kanadier haben Radaraufzeichnungen, die dem Flugzeug bis zum Verlassen ihres

Luftraums nachspürten, also läßt sich das Timing genau bestätigen. Wir haben das Flugzeug solide identifiziert von Guam nach Japan nach Vancouver und bis zum Capitol. Es ist, wie man sagt, bis aufs Geschrei gelaufen, Mr. President« – so war's Andrea Price lieber –, »und Geschrei wird es geben. Es wird noch mindestens zwei Monate dauern, bis wir alles festgenagelt haben, und vielleicht könnten wir uns geirrt haben, doch für alle praktischen Zwecke meine ich, mit den leitenden Ermittlern vor Ort, daß dieser Fall so gut wie gelöst ist.«

»Worin könntet ihr euch noch irren?« wollte Ryan wissen.

»Potentiell einiges, aber es gibt praktische Erwägungen. Wenn's was anderes gewesen sein soll als die Tat eines einzelnen Fanatikers – nein, das ist nicht fair, oder? Eines sehr wütenden Mannes. Wie auch immer, für eine Verschwörung müßten wir detaillierte Planung annehmen, und das ist kaum zu erhärten. Woher sollten sie gewußt haben, daß der Krieg verloren würde? Woher von der gemeinsamen Plenarsitzung gewußt haben? Und bei einer geplanten Kriegshandlung, verdammt, dann wär's einfach gewesen, wie der NTSB-Typ sagte, zehn Tonnen Hochexplosives an Bord zu geben.«

»Oder 'ne Kernwaffe«, warf Jack ein.

»Oder eine Kernwaffe.« Murray nickte. »Da fällt mir ein: Der Air-Force-Attaché besichtigt heute ihre Anlage zur Herstellung von Atomwaffen. Die Japaner haben einige Tage gebraucht, den Ort herauszufinden. Einer unserer Männer, der sich mit den Dingern auskennt, fliegt rüber.« Murray sah in seinen Notizen nach. »Dr. Woodrow Lowell – oh, den kenne ich. Er leitet den Laden in Lawrence Livermore. Premierminister Koga hat unseren Botschafter wissen lassen, daß er die verdammten Dinger PDQ übergeben möchte und zur Hölle noch mal aus seinem Land heraushaben will.«

Ryan drehte sich mitsamt Sessel. Durch die Fenster hinter ihm war das Washington Monument zu sehen. Der Obelisk war umgeben von einem Kreis Fahnenstangen,Flaggen alle auf Halbmast gesetzt. Und er sah Leute anstehen, um mit dem Fahrstuhl hinaufzufahren. Touristen, die nach Washington kamen, um die Sehenswürdigkeiten zu sehen. Nun, sie bekamen eine Art Sonderangebot, nicht wahr? Die Fenster vom Oval Office waren, wie er sehen konnte, unglaublich dick, bloß für den Fall, daß einer dieser Touristen ein Scharfschützengewehr unter dem Mantel versteckt hätte...

»Wieviel davon können wir preisgeben?« fragte Präsident Ryan.

»Ich könnte es vertreten, ein paar Dinge preiszugeben«, erwiderte Murray.

»Sind Sie sicher?« hakte Price nach.

»Es ist ja nicht so, daß wir Beweismaterial für ein Strafverfahren schützen müßten. Der Täter ist tot. Jede Möglichkeit, daß es Mitverschwörer gegeben hätte, verfolgen wir, doch der Beweis, den wir heute offenlegen, würde das in keiner Weise kompromittieren. Ich bin nicht gerade ein Fan davon, kriminalistisches Beweismaterial zu veröffentlichen, aber die Leute da draußen möchten etwas wissen, und in so einem Fall gibt man's preis.«

*Außerdem,* dachte Price, *läßt es das Bureau gut aussehen.* Mit dieser stillen Betrachtung begann wenigstens eine Behörde, wieder zur Normalität zurückzukehren.

»Wer führt das im Justizministerium?« fragte sie statt dessen.

»Pat Martin.«

»Oh? Wer hat denn ihn ausgesucht?« fragte sie. Ryan wandte sich den beiden zu, um diesen Diskurs zu verfolgen.

Murray wurde beinahe rot. »Das war ich. Der Präsident gab den Auftrag, den besten Staatsanwalt auszuwählen, das ist Pat. Seit neun Monaten ist er Leiter der Abteilung Strafrecht. Davor Spionage. Kommt vom Bureau. Er ist ein ganz ausgezeichneter Anwalt, seit fast dreißig Jahren. Bill Shaw wollte, daß er Richter würde. Erst vorige Woche hat er mit dem AG darüber gesprochen.«

»Du bist sicher, daß er gut genug ist?« fragte Jack. Price entschloß sich, selbst zu antworten.

»Wir haben auch mit ihm zusammengearbeitet. Ist ein echter Profi, und Dan hat recht, er ist echtes Richtermaterial, verdammt zäh, aber auch äußerst fair. Hat einen Cosa-Fälschungsfall behandelt, den mein ehemaliger Partner in New Orleans aufgezogen hat.«

»Okay, laßt ihn entscheiden, was man rauslassen kann. Gleich nach dem Lunch kann er mit der Presse sprechen.« Ryan sah auf die Uhr. Jetzt war er seit genau zwölf Stunden Präsident.

Colonel Pierre Alexandre, US-Army im Ruhestand, sah immer noch aus wie ein Soldat, groß, schlank und fit, und das war dem Dekan ganz recht. Dave James gefiel auf den ersten Blick, was er sah, als sein Besucher sich setzte, mochte ihn noch mehr wegen dem, was er im Lebenslauf gelesen hatte, und noch mehr wegen dem, was er per Telefon erfahren hatte. Colonel Aleandre – »Alex« für seine Freunde, wovon er recht viele hatte – war Experte für Infektionskrankheiten, der zwanzig produktive Jahre in staatlichen Diensten zugebracht hatte, hauptsächlich im Walter Reed Army Hospital in Washington und auf Fort Detrick in Maryland, mit zahlreichen Exkursionen zwischendurch. Absolvent von West Point und der University of Chicago Medical School, wie Dr. James nachlesen konnte. Gut, er überflog noch einmal die Einträge bezüglich der Assistenzzeit und sonstiger beruflicher Erfahrungen. Die Liste der veröffentlichten Artikel belief sich auf acht einzeilige Seiten. War für einige bedeutende Preise nominiert worden, dann hatte ihm aber stets das Quentchen Glück gefehlt. Nun, vielleicht konnte Hopkins das ändern. Im Augenblick wirkten seine dunklen Augen nicht besonders leidenschaftlich. Nicht im mindesten arrogant, wußte Alexandre aber doch, wer und was er war – und besser noch, er wußte auch, daß Dekan James es wußte.

»Ich kenne Gus Lorenz«, sagte Dekan James mit einem Lächeln. »Wir waren in Peter Bent Brigham zusammen Assistenten.« Längst von Harvard zu Brigham and Women's zusammengefaßt.

»Brillanter Kerl«, stimmte Alexandre in seinem breitesten Kreolendialekt zu. Es war allgemein die Rede davon, daß Lorenz wegen seiner Arbeit über Lassa- und Q-Fieber Anwärter für den Nobelpreis war. »Und ein hervorragender Arzt.«

»So, und warum wollen Sie dann nicht mit ihm in Atlanta zusammenarbeiten? Wie Gus mir sagt, hätte er Sie gern bei sich gehabt.«

»Dekan James ...«

»Dave«, sagte der Dekan.

»Alex«, erwiderte der Colonel. Das Zivilleben hatte doch was für sich. Den Dekan schätzte Alexandre auf drei Sterne ein. Vielleicht vier – Johns Hopkins genoß ein sehr hohes Ansehen. »Dave, ich habe fast mein ganzes Leben in einem verdammten Labor gearbeitet. Ich möchte wieder Patienten behandeln. Bei der CDC wäre es wieder genau dasselbe. So sehr ich Gus auch mag – wir haben 1987 zusammen in Brasilien gearbeitet und verstehen uns gut«, versicherte er dem Dekan. »Ich habe keine *Lust* mehr, bloß etwas unterm Mikroskop anzusehen oder Computerausdrucke.« Und aus dem gleichen Grund hatte er auch ein verdammt tolles Angebot von Pfizer Pharmaceuticals ausgeschlagen. Eines ihrer neuen Laboratorien. Infektionskrankheiten gewannen immer mehr an Bedeutung in der Medizin, und beide Männer hofften, daß es noch nicht zu spät war. Warum, zum Teufel, fragte sich James, war dieser Bursche nicht längst Offizier im Generalsrang? Höhere Politik vielleicht, dachte sich der Dekan. Die Army hatte dasselbe Problem, genau wie Hopkins. Doch deren Verlust ...

»Gestern abend habe ich mit Gus über Sie gesprochen.«

»Ach?« Nicht, daß ihn das überrascht hätte. Auf dieser medizinischen Ebene kannte jeder jeden.

»Er sagt, ich soll Sie auf der Stelle einstellen ...«

»Nett von ihm.« Alexandre gluckste.

»... bevor Harry Tuttle von Yale Sie für sein Labor wegschnappt.«

»Sie kennen Harry?« *Jo,* und jeder wußte, was der andere gerade unternahm.

»Waren Studienkollegen hier«, erklärte der Dekan. »Beide haben wir Wendy den Hof gemacht. Er hat gewonnen. Wissen Sie, Alex, ich hab' Sie eigentlich nicht viel zu fragen.«

»Ich hoffe, das ist ein gutes Zeichen.«

»Ist es. Sie könnten bei uns als außerordentlicher Professor anfangen, unter Ralph Forster. Sie hätten viel im Laboratorium zu tun – hervorragendes Mitarbeiterteam. Ralph hat über die letzten zehn Jahre eine dufte Truppe zusammenbekommen. Doch wir haben auch damit begonnen, umfangreiche Verbindungen zu Kliniken herzustellen. Und Ralph wird allmählich ein bißchen alt für das viele Reisen, so können Sie damit rechnen, ein bißchen in der Welt herumzukommen. Sie werden auch für die klinische Seite verantwortlich sein, in, sagen wir, sechs Monaten.«

Der pensionierte Colonel nickte gedankenvoll. »Ist mir nur recht. Ich muß erst ein paar Sachen wieder auffrischen. Zur Hölle, wann hört das Lernen je auf?«

»Wenn Sie nicht aufpassen und versehentlich Verwaltungsbeamter werden.«

»Yeah, also wissen Sie jetzt, warum ich den Ehrenrock ausgezogen habe. Die wollten, daß ich ein Lazarett kommandiere, verstehen Sie, Papierkram und so. Verdammt noch mal, ich weiß, ich bin gut im Labor, okay? Bin sehr gut im Labor. Möchte mich aber ab und an auch mit Leuten beschäftigen – und lehren, gewiß, aber ich möchte eben gern Kranke behandeln und sie gesund wieder nach Hause schicken. In Chicago hat mir einst jemand gesagt, daß der Job eigentlich darin besteht.«

Wenn das hier Schauspielerei war, dachte sich Dekan James, dann hatte der bei Olivier gelernt. Yale hatte nahezu denselben Posten zu bieten, aber dieser hier brächte Alexandre näher an Fort Detrick, und neunzig Flugminuten bis Atlanta, dicht an der Chesapeake Bay – im Lebenslauf hieß es, Alexandre ginge gern fischen. Nun, schließlich war er an den Bayous von Louisiana aufgewachsen. Und das bedeutete, daß Yale Pech hatte. Professor Harold Tuttle war genauso gut wie Ralph Forster, vielleicht sogar einen Hauch besser, doch in fünf Jahren etwa ging Ralph in den Ruhestand, und Alexandre hier sah aus wie ein Star. Mehr noch, Dekan James hatte die Aufgabe, künftige Stars zu rekrutieren. In einer anderen Realität wäre er Managerer eines siegreichen Baseballteams gewesen. Das wäre also erledigt. James klappte den Ordner auf seinem Schreibtisch zu.

»Doktor, willkommen in der Johns Hopkins University School of Medicine.«

»Danke, Sir.«

## 4 / OJT

Der Rest des Tages verging im Fluge. Schon als er ihn durchlebte, wußte Ryan, daß er sich später nur an Bruchstücke erinnern würde. Die ersten Erfahrungen mit Computern hatte er als Student am Boston College gemacht. Noch vorm Zeitalter des Personalcomputers hatte er sich des simpelsten aller simplen Terminals bedient – des Fernschreibers –, um irgendwo einen Hauptrechner mit anderen Studenten an seinem College und anderen Hochschulen anzusprechen. Bezeichnet wurde das Ganze als ›Zeitscheibenbetrieb‹ – auch so ein Ausdruck aus vergangener Zeit, als Computer noch Millionen Dollar kosteten, für eine Leistung, die mittlerweile jede vernünftige Armbanduhr erbrachte. Der Begriff traf allerdings auch, wie Jack feststellte, auf die amerikanische Präsidentschaft zu, wo es seltenster Luxus war, einem Gedanken von Anfang bis Ende nachgehen zu können; die eigentliche Anstrengung bestand darin, von einer Besprechung bis zur nächsten verschiedene intellektuelle Fäden nicht aus dem Auge zu verlieren, etwa so, als würde man mehrere Fernsehserien gleichzeitig verfolgen und versuchen, von Folge zu Folge im Bilde zu bleiben, die verschiedenen Serien nicht durcheinanderzubringen und ganz genau zu wissen, daß dabei Fehler unvermeidbar waren.

Als er Murray und Price aus dem Raum entlassen hatte, ging es erst richtig los.

Ryans eigentliche Einführung begann mit einer Lagebesprechung zur nationalen Sicherheit, vorgetragen vom National Intelligence Officer, der dem White House zugeteilt war. In langen sechsundzwanzig Minuten erfuhr er, was er bereits wußte, denn bis zum Vortag war das ja *sein* Job. Aber er mußte es erdulden, schon deshalb, um ein Gefühl für den Mann zu bekommen, der von nun an zu seinem täglichen Besprechungsteam gehörte. Sie waren alle verschieden. Jeder hatte spezielle Ansichten und Sichtweisen, und Ryan mußte Nuancen heraushören, die typisch waren für die einzelnen Stimmen, die auf ihn einwirken würden.

»Momentan zeichnet sich also nichts Besonderes ab?« erkundigte sich Jack.

»Im Nationalen Sicherheitsrat erkennen wir momentan nichts, Mr. President. Sie kennen ja die potentiellen Gefahrenherde so gut wie ich, und die können sich täglich ändern.« Der Mann sicherte sich so gekonnt ab, als tanze er seit Jahren zu dieser speziellen Art Musik. Ryan verzog keine Miene, da er es kannte. Ein echter Geheimdienstler fürchtete sich nicht vor dem Tod und nicht davor, seine Frau mit dem besten Freund im Bett aufzufinden, vor keiner Laune des Schicksals. *Aber* ein Nachrichtenoffizier fürchtete sich davor, sich bei irgendwas, das er in Ausübung des Amtes sagte, zu irren. Das zu vermeiden war einfach: Man bezog nie einen echten Standpunkt, bei keiner Sache. Die Krankheit beschränkte sich also nicht auf gewählte Funktionäre. Nur mußte der Präsident einen festen Standpunkt vertreten; da war es doch ein Glück, so geübte Experten zu haben, die ihn mit den Informationen versorgten, die er benötigte, oder?

»Lassen Sie mich Ihnen etwas sagen«, sagte Ryan nach kurzer Überlegung.

»Und das wäre, Sir?« fragte der NIO vorsichtig.

»Ich möchte nicht nur hören, was Sie wissen. Ich möchte hören, was Sie und Ihre Leute *denken*. Sie sind verantwortlich für das, was Sie wissen, ich aber stehe gerade dafür, wenn ich danach handle, was Sie denken. Ich kenne den Posten und die Vorgänge, okay?«

»Gewiß, Mr. President.« Der Mann rang sich ein Lächeln ab, das sein Entsetzen verbarg. »Ich werde das an meine Leute weitergeben.«

»Danke.« Ryan entließ den Mann, sich dessen bewußt, daß er einen Nationalen Sicherheitsberater brauchte, auf den er sich verlassen konnte, und fragte sich, wo er den herbekommen würde.

Wie von Geisterhand ging die Tür auf, um den NIO hinauszulassen – das tat ein Secret-Service-Agent, der fast die ganze Zeit durchs Guckloch geschaut hatte. Als nächstes trat ein DOD-Team ein.

Der Ranghöchste, ein Zwei-Sterne-General, übergab eine Plastikkarte.

»Mr. President, die müssen Sie stets bei sich tragen.«

Jack nickte: Noch ehe seine Hände den orangefarbenen Kunststoff berührten, wußte er, was es war. Es sah aus wie eine Kreditkarte, doch hier war eine Serie Zahlengruppen drauf…

»Welche?« fragte Ryan.

»Das entscheiden Sie, Sir.«

Das tat Ryan, indem er die dritte dieser Gruppen zweimal vorlas. Der

General war in Begleitung von zwei Offizieren, einem Colonel und einem Major. Beide schrieben die Zahlenkombination auf, die er wählte, und wiederholten sie ihm noch zweimal. Jetzt war Präsident Ryan in der Lage, den Einsatz strategischer Atomwaffen auszulösen.

»Wozu das?« fragte er. »Wir haben doch voriges Jahr die letzten ballistischen Raketen verschrottet.«

»Mr. President, es gibt noch Cruise-Missiles, die mit W-80-Sprengköpfen bestückt werden können und B-61-Bomben für unsere Bomberflotte. Wir benötigen Ihre Ermächtigung, die Permissible Action Links – die PALs – in Kraft zu setzen, und zwar so zeitig wie möglich, für den Fall...«

»...daß ich frühzeitig ausfalle«, vervollständigte Ryan den Satz.

*Du bist jetzt wirklich wichtig, Jack,* flüsterte in ihm eine böse Stimme. *Jetzt kannst du einen Nuklearangriff starten.* »Ich hasse die gottverdammten Dinger. Seit eh und je.«

»Es wird ja auch nicht erwartet, daß Sie sie mögen, Sir«, sagte der General verständnisvoll. »Noch etwas: Wie Sie wissen, steht die Hubschrauberstaffel VMH-1 der Marines ständig bereit, Sie hier augenblicklich rauszufliegen und an einen sicheren Ort zu bringen, und...«

Während Ryan sich den Rest anhörte, überlegte er sich, ob er hier dasselbe tun sollte wie Jimmy Carter seinerzeit: *Okay, sehen wir mal. Geben Sie durch, die sollen mich* jetzt *abholen.* Der Präsidentenbefehl hatte eine Menge Marines blamiert. Aber er konnte das jetzt kaum tun. Herauskommen würde, Ryan leide an Verfolgungswahn, nicht, daß er mal feststellen wollte, ob das System auch wirklich so funktionierte, wie man behauptete. Außerdem würde VMH-1 heute bestimmt auf Zack sein, oder?

Das vierte Mitglied des Einweisungsteams war ein Stabsunteroffizier der Army in Zivil, der eine ziemlich gewöhnlich aussehende Aktentasche – bekannt als ›der Football‹ – bei sich hatte. Darin war ein Ordner, der den Angriffsplan beinhaltete – tatsächlich einen ganzen Satz davon.

»Lassen Sie sehen«, sagte Ryan. Der Stabs-Uffzi zögerte, schloß die Aktentasche auf und händigte den marineblauen Ordner aus, den Ryan durchblätterte.

»Sir, wir haben ihn nicht geändert seit...«

Der erste Abschnitt trug die Aufschrift ›Major Attack Option‹. Dazu gehörte eine Karte von Japan, darauf waren viele Städte mit verschiedenfarbigen Punkten markiert. Die Legende am Fuß des Blattes gab an, wie viele Megatonnen die einzelnen Farben bedeuteten; auf einer der nächsten Seiten war vermutlich die voraussichtliche Anzahl der Toten angegeben. Ryan öffnete die Ringe des Ordners und nahm den ganzen Teil heraus. »Diese Seiten werden verbrannt. Diese MAO ist sofort zu eliminieren.« Das bedeutete nur, daß sie im Pentagon in einer anderen Schublade für Kriegspläne verschwand, wie in Omaha auch. Völlig vernichtet wurden solche Dinge nie.

»Sir, wir haben noch keine Bestätigung, daß die Japaner alle ihre Abschußrampen zerstört hätten, ebensowenig haben wir Bestätigung, daß sie ihre Waffen vernichtet hätten. Sehen Sie...«

»General, das ist ein Befehl«, sagte Ryan ruhig. »Dazu bin ich befugt, wissen Sie.«

Der Rücken des Mannes straffte sich zur Hab-acht-Stellung. »Jawohl, Mr. President!«

Ryan blätterte den Rest des Ordners durch. Trotz seines vorherigen Jobs war das, was er fand, eine Enthüllung. Zu genaue Kenntnis der verfluchten Dinger hatte Jack stets vermieden. Er hatte nie damit gerechnet, daß sie mal angewandt würden. Nach dem Terroranschlag von Denver und dem Schrecken, der danach die Welt ergriffen hatte, hatten Politiker aller Kontinente und jeder Couleur gemeinsam über die Waffen unter ihrer Kontrolle nachgedacht. Selbst während des Krieges mit Japan, der eben erst zu Ende war, hatte Ryan gewußt, daß irgendwo ein Team von Experten einen Plan für einen nuklearen Vergeltungsschlag ausbrütete, hatte aber seine Bemühungen darauf konzentriert, ihn unnötig zu machen, und es war für den neuen Präsidenten eine Quelle des Stolzes, daß er niemals auch nur dran dachte, den Plan umzusetzen, den er jetzt in der linken Hand hielt. LONG RIFLE war der Deckname. Warum bekamen sie nur solche Namen, männlich und aufregend, als wären sie etwas, auf das man stolz sein könnte?

»Was ist das hier? LIGHT SWITCH ...?«

»Mr. President«, gab der General zur Antwort, »das ist eine Methode, einen Schlag durch EMP, eh, elektromagnetischen Puls zu führen. Läßt man eine Waffe in großer Höhe explodieren, gibt es nichts – nicht mal Luft –, das die Initialenergie der Detonation absorbiert und in mechanische Energie wandelt, das heißt keine Druckwelle. So wird die gesamte Energie in elektromagnetischer Form ausgestrahlt. Das schadet Strom- und Telefonleitungen. Einige in großer Höhe detonierende Atomwaffen hatten wir stets in unsere integrierten Operationspläne für die Sowjetunion einbezogen. Deren Telefonsystem war ja so primitiv, daß es einfach zu zerstören wäre. Bei einem solchen Einsatz wäre nicht einmal jemand am Boden verletzt worden.«

»Verstehe.« Ryan schloß den Ordner und gab ihn dem Unteroffizier zurück, der das nun etwas leichtere Dokument sofort wieder wegschloß. »So wie ich es sehe, gibt es im Augenblick nichts, das einen Atomschlag irgendwelcher Art erfordern würde?«

»Korrekt, Mr. President.«

»Wozu also muß dann die ganze Zeit dieser Mann draußen vor meinem Büro sitzen?«

»Sie können gewiß auch nicht alle Eventualitäten vorhersehen, Sir?« fragte der General. Es mußte ihm schwergefallen sein, diesen Satz mit unbewegter Miene herauszubringen, gestand sich Präsident Ryan nach dem ersten Schock ein.

»Vermutlich nicht«, erwiderte der gescholtene Präsident.

Dem Protokollbüro des White House stand eine Dame namens Judy Simmons vor, die vier Monate zuvor vom State Department zum White House abkommandiert worden war. In ihrem Büro im Erdgeschoß ging es seit kurz nach Mitternacht, als sie von zu Hause in Burke, Virginia, angekommen war, heiß her. Ihr undankbares Pensum war die Vorbereitung für das wohl größte Staatsbegräbnis in der Geschichte Amerikas, eine Aufgabe, zu der ihr schon über hundert Leute kluge Ratschläge erteilt hatten, und es war noch nicht mal Mittag.

Die Liste der Toten mußte erst zusammengestellt werden, doch anhand der Videobänder ließ sich weitgehend feststellen, wer im Plenarsaal gewesen war, und von allen gab es genügend persönliche Informationen – verheiratet oder ledig, Religion etc. –, aus denen sich erste, nötige Schritte ableiten ließen. Was immer entschieden wurde, Jack war in dieser grausigen Sache Zeremonienmeister und mußte über jeden Schritt der Vorbereitungen auf dem laufenden gehalten werden. Ein Begräbnis für Tausende, dachte Ryan, von denen er die meisten gar nicht kannte und von denen viele, deren Leichen noch nicht einmal alle geborgen waren, Frauen oder Männer und Kinder hinterließen.

»National Cathedral«, las er beim Umblättern. Es mußte ungefähr ermittelt werden, wie viele welcher Religion angehörten. Davon hing ab, wie die einzelnen Funktionen im ökumenischen Gottesdienst besetzt wurden.

»Dort finden solche Zeremonien gewöhnlich statt, Mr. President«, bestätigte die stark belastete Beamtin. »Aber der Platz dort wird nicht genügen für die sterblichen Überreste aller Toten.« – Sie sagte nicht, daß jemand vom White-House-Stab vorschlug, den Trauergottesdienst im RFK-Stadion abzuhalten, um allen Opfern Platz zu bieten. – »Für die des Präsidenten und von Mrs. Durling wird es aber auf jeden Fall reichen, und eine repräsentative Auswahl der Abgeordneten. Mit den Regierungen von elf Ländern haben wir Kontakt aufgenommen zur Frage der Diplomaten, die im Capitol waren. Wir haben auch eine vorläufige Liste von Vertretern ausländischer Regierungen, die an der Zeremonie teilnehmen wollen.« Auch dieses Blatt reichte sie ihm.

Ryan warf darauf einen raschen Blick. Es bedeutete, daß er am Rand der Trauerfeier Gelegenheit zu ›informellen‹ Gesprächen mit etlichen Staatschefs haben würde. Auf jede dieser Begegnungen mußte er sich vorbereiten; neben dem, was sie ihn fragen oder von ihm wünschen würden, würde jeder von ihnen sich ein Bild von ihm machen wollen. Überall auf der Welt würden jetzt Präsidenten, Ministerpräsidenten und die paar überdauernden Diktatoren eigene Dossiers über ihn lesen – wer ist dieser John Patrick Ryan, und was ist von ihm zu erwarten? Er fragte sich, ob sie wohl eine bessere Antwort hätten als er. Vermutlich nicht. Und so würden etliche von ihnen mit Regierungsmaschinen herfliegen, teils um Präsident Durling und der amerikanischen Regierung Ehre zu erweisen, teils um den neuen amerikanischen Präsidenten aus nächster Nähe kennenzulernen, teils zur Stützung der Politik zu Hause und teils, weil es so von ihnen erwartet wurde. Und somit wäre dieses Ereignis, so schrecklich es für Unzählige auch sein mochte, in der Welt der Politik auch nur eine Pflichtübung. Aber was konnte man tun? Die Toten waren tot, und all sein Schmerz brachte sie nicht wieder zurück, und das Leben in seinem Land ging ebenso weiter wie anderswo.

»Lassen Sie Scott Adler das durchgehen.« Jemand mußte festlegen, wieviel Zeit er sich für jeden der Besucher nehmen konnte.

»Jawohl, Mr. President.«

»Was für Reden werde ich zu halten haben?« fragte Jack.

»Unsere Leute arbeiten bereits daran. Bis morgen nachmittag haben Sie vorläufige Entwürfe«, antwortete Mrs. Simmons.

Präsident Ryan nickte und legte die Papiere beiseite. Als die Protokollchefin gegangen war, kam eine Sekretärin – wie diese Dame hieß, wußte er nicht – mit einem Stoß Telegramme herein, teils die, die er in der Kaserne nicht mehr geschafft hatte, und mit einem weiteren Blatt, dem Terminplan für den Tag, der ohne seine Angaben oder Mitwirkung erstellt worden war. Er wollte schon zu murren anfangen, doch sie kam ihm zuvor.

»Wir haben über zehntausend Telegramme und E-Mails erhalten – aus der Bevölkerung«, teilte sie ihm mit.

»Und die besagen?«

»Hauptsächlich, daß man für Sie betet.«

»Ach.« Das war auch eine Art Überraschung – eine zurechtweisende. Ob Gott aber zuhörte?

Jack fuhr damit fort, offizielle Botschaften zu lesen, und der erste Tag nahm seinen weiteren Lauf.

Das Land war im wesentlichen zum Stillstand gekommen, selbst während der neue Präsident sich bemühte, mit dem neuen Amt zu Rande zu kommen. Banken und Börsen waren geschlossen, Schulen und viele Geschäfte auch. Die Fernsehgesellschaften hatten ihre Hauptquartiere nach Washington verlegt, ein Machwerk, das Zusammenarbeit erforderte. Um das Capitol war eine Horde Kameras verteilt und verfolgte die Aufräumarbeiten, während Reporter unablässig redeten, aus Furcht, der Äther könnte zur Ruhe kommen. Gegen elf Uhr zog ein Kran das Heck der 747 aus den Trümmern; es kam auf einen Tieflader für den Abtransport zur Andrews Air Force Base. Dort sollten weitere – mangels besseren Begriffs so genannte – ›Absturzermittlungen‹ erfolgen. Kameras verfolgten den gewundenen Weg des Fahrzeugs. Kurz danach wurden zwei Triebwerke geborgen und ebenso abtransportiert.

Verschiedene ›Experten‹ trugen dazu bei, die Stille auszufüllen, indem sie darüber spekulierten, was geschehen war und wie. Das wurde erschwert durch den Mangel an Lecks – die, die ermittelten, waren zu sehr beschäftigt, um sich zitieren oder nicht zitieren zu lassen, und die Journalisten konnten es zwar nicht zugeben, aber ihre Hauptquelle war die Ruine vor vierunddreißig Kameras. Damit hatten die Experten wenig zu sagen. Augenzeugen wurden interviewt – erstaunlicherweise gab es kein Video vom Anflug. Die Hecknummer des Flugzeugs war bekannt – konnte ja kaum übersehen werden, so deutlich, wie sie aufgemalt war – und konnte von den Reportern gleich schnell überprüft werden, wie von den zuständigen Behörden. Umgehend wurde bestätigt, daß es eine Maschine der Japan Air Lines war, gleichzeitig der Tag, an dem sie die Montagehallen von Boeing bei Seattle verließ. Sprecher der Herstellerfirma mußten sich interviewen lassen, dabei wurde bekannt, daß eine 747-400 (PIP) ein Leergewicht von über zweihundert Tonnen besaß und diese Zahl bei voller Zuladung mit Treibstoff, Passagieren und Gepäck verdoppelt wurde. Ein Pilot von United Airlines, dem der Typ vertraut war, sagte den Kameras von zwei Fernsehgesellschaften, wie sich ein Pilot Washington nähern und den Todessturz ausführen konnte, während ein Kollege von Delta dasselbe für die anderen Kameras tat. In einigen unbedeutenden Details irrten beide.

»Der Secret Service hat doch Flugabwehrraketen?« fragte ein Reporter.

»Wenn ein Sattelschlepper mit hundert Stundenkilometern auf Sie zugerast kommt, und Sie schießen ihm einen Reifen vom Auflieger kaputt, bringt das den Laster auch nicht zum Stehen, oder?« erwiderte der Pilot. »Dreihundert Tonnen Flugzeug stoppen nicht einfach in der Luft, okay?«

»Es gab also keine Möglichkeit, ihn aufzuhalten?« fragte der Moderator und verzog die Miene.

»Nicht im geringsten.« Dem Piloten war klar, daß der Reporter dies nicht verstand, wußte aber nicht, wie er es ihm noch besser verdeutlichen könnte.

Der Aufnahmeleiter im Kontrollraum an der Nebraska Avenue stellte auf eine andere Kamera um: zwei Nationalgardisten beim Herabtragen einer weiteren Leiche. Ein Assistent behielt alle Kameras im Auge, bemüht, die geborgenen Leichen mitzuzählen. Inzwischen war bekannt, daß die Leichen von Präsident und Mrs. Durling geborgen waren und sich zur Autopsie – die im Falle gewaltsamer Tötung vom Gesetz vorgeschrieben ist – im Walter Reed Army Medical Center befanden. In der New Yorker Zentrale wurde jeder Meter Videoband über Durling herausgesucht und zusammengeschnitten, um im Laufe des Tages gezeigt zu werden. Politische Kollegen wurden ausgewählt und interviewt. Psychologen sollten erklären, wie Durlings Kinder mit dem Trauma fertig würden, dehnten ihre Betrachtungen aus auf die Auswirkungen des Ereignisses aufs Land insgesamt und wie die Leute damit fertig würden. Nahezu das einzige, was im Fernsehen nicht untersucht wurde, war der geistliche Aspekt; daß viele der Opfer an Gott geglaubt und von Zeit zu Zeit die Kirche besucht hatten, war keine Sendezeit wert, aber die Anwesenheit vieler Menschen in Gotteshäusern erhielt bei einem Sender drei Minuten – und da die einen die anderen ständig auf der Suche nach Ideen beäugten, wurde das Segment von den übrigen kopiert und in den nächsten Stunden immer wieder gezeigt.

Es lief echt alles darauf hinaus, wußte Jack. Die Zahlen fügten nur immer neue Einzelbeispiele hinzu. Er hatte es so lange wie möglich hinausgezögert, doch schließlich mußte er seine Feigheit aufgeben.

Die Durling-Kinder schwebten zwischen der Benommenheit des Nicht-wahrhaben-Wollens und dem Schrecken, die Zerstörung ihrer Welt miterlebt zu haben, als sie ihrem Vater im Fernsehen zugeschaut hatten. Mom und Dad würden sie nie wiedersehen. Die Körper waren zu sehr zerschmettert, als daß die Särge hätten geöffnet sein dürfen. Kein letztes Good-bye, keine Worte, nur die traumatische Entfernung des Fundaments, auf dem ihr junges Leben gebaut hatte. Und wie sollten Kinder verstehen können, daß Mom und Dad nicht bloß Mom und Dad, sondern für andere auch noch etwas anderes – gewesen – waren und daß ihr Tod darum für jemanden erforderlich schien, der die Kinder nicht kannte und sich um sie nicht geschert hätte?

Angehörige waren nach Washington gekommen, die meisten von der Air Force aus Kalifornien hergeflogen. Ebenso geschockt, mußten sie sich in Gegenwart der Kinder zusammennehmen, um es ihnen etwas leichter zu machen. Die Secret-Service-Agenten, die JUNIPER und JUNIOR zugeteilt waren, hatten am meisten gelitten. Darauf trainiert, jeden ›Prinzipalen‹ verbissen zu schützen, trugen die Agenten, die sich um die Durling-Kinder kümmerten – mehr als die Hälfte davon Frauen –, die zusätzliche Bürde normaler Besorgnis, die jeder Mensch für Kinder empfindet, und alle hätten keine Mikrosekunde gezögert, ihr Leben zu opfern, um damit das der Kinder zu retten. Die Bodyguards hatten mit den Kindern gespielt, für sie Weihnachts- und Geburtstagsgeschenke besorgt und bei den Hausaufgaben geholfen. Jetzt mußten sie Lebewohl sagen, den Kindern, deren Eltern und den gefallenen Kollegen. Ryan sah den Ausdruck auf ihren Gesichtern und nahm sich vor, Andrea zu fragen, ob sich ein Psychologe vom Service um sie kümmern könnte.

»Nein, es hat nicht weh getan.« Jack hatte sich hingesetzt, damit ihm die Kinder aus gleicher Höhe in die Augen sehen konnten. »Es hat überhaupt nicht weh getan.«

»Okay«, sagte Mark Durling. Die Kinder waren piekfein gekleidet. Einer der Angehörigen hatte es für wichtig gehalten, daß sie ordentlich aussahen, wenn sie dem Amtsnachfolger ihres Vaters begegneten. Jack hörte, wie jemand nach Atem rang, und sah am Rand seines Blickfeldes das Gesicht – männlich – eines Agenten, der dabei war, es zu schmeißen. Price packte den an den Armen und hatte ihn zur Tür raus, noch ehe die Kinder etwas davon merken konnten.

»Bleiben wir hier?«

»Ja«, versicherte Jack ihm. Das war zwar eine Lüge, aber nicht von der Sorte, die jemandem weh tat. »Und wenn ihr etwas braucht, egal was, kommt ihr zu mir, okay?«

Der Junge nickte. Er tat sein Bestes, tapfer zu bleiben, und nun wurde es Zeit, ihn seinen Angehörigen zu überlassen. Ryan drückte ihm die Hand wie einem Mann, der zu werden er eigentlich noch etliche Jahre Zeit haben sollte, für den die Mannespflichten nun aber viel zu schnell kamen. Dem Jungen war zum Weinen zumute, und Ryan meinte, das sollte er jetzt allein tun dürfen.

Jack ging durch die Tür auf den übergroßen Korridor hinaus. Der Agent, der zuvor das Zimmer verlassen hatte, ein großer, kräftiger Schwarzer, weinte zehn Fuß entfernt. Ryan ging zu ihm hin.

»Sind Sie okay?«

»*Scheiße* – Verzeihung – ich meine – verflucht!« Der Agent schüttelte den Kopf, beschämt, daß er sich hatte gehenlassen. Als Special Agent Tony Wills zwölf Jahre alt war, hatte er seinen Vater verloren, wie Price wußte, durch einen Übungsunfall bei der Army. Er hatte in Grambling Football gespielt, ehe er zum Service kam, und war außergewöhnlich gut zu Kindern. Bei Gelegenheiten wie diesen schlägt Stärke bisweilen in Schwäche um.

»Sie müssen sich nicht entschuldigen. Auch ich habe Vater und Mutter verloren. Etwa zur gleichen Zeit«, fuhr Ryan fort, die Stimme aus Erschöpfung verträumt und zittrig. »Midway Airport, eine 737 setzte im Schneetreiben zu kurz auf. Aber ich wurde ganz erwachsen, als es passierte.«

»Ich weiß, Sir.« Der Agent wischte sich die Tränen ab, schüttelte sich und richtete sich auf. »Bin schon wieder in Ordnung.«

Ryan klopfte ihm auf die Schulter und ging zum Fahrstuhl. Zu Andrea Price. »Bringen Sie mich hier zum Teufel noch mal raus.«

Der Suburban fuhr nach Norden und bog nach links in die Massachusetts Avenue ab, die zum Naval Observatory führte und zum übergroßen viktorianischen Pfefferkuchenhaus, welches das Land dem amtierenden Vizepräsidenten zur Verfügung stellte. Auch hier stellten Marines die Wache. Sie ließen den Konvoi durch. Jack ging ins Haus. Cathy empfing ihn am Eingang. Ihr genügte ein einziger Blick.

»Sehr schlimm?«

Ryan konnte nur nicken. Er hielt sie fest im Arm, wußte, daß er die Tränen nicht mehr lange zurückhalten konnte. Sein Blick erfaßte die Ansammlung von Agenten, die um die Eingangshalle des Hauses herum standen, und da wurde ihm klar, daß er sich an sie würde gewöhnen müssen, dastehend wie regungslose Statuen, anwesend auch in privatesten Augenblicken.

*Ich hasse diesen Job.*

Brigadier General Marion Diggs aber liebte seinen. Nicht jeder trat weg. Wie die Marines in Washington bis zum letzten Mann im Einsatz waren und dann vom weitläufigen Stützpunkt in Quantico, Virginia, verstärkt wurden, gab es auch für andere Organisationen jede Menge zu tun, Leute, denen nicht erlaubt war zu schlafen – zumindest nicht allen auf einmal. Eine dieser Einheiten war in Fort Irwin, California. Der Stützpunkt lag in der Mojavewüste und erstreckte sich über ein Gebiet, das größer war als der ganze Staat Rhode Island. Die Landschaft war so trostlos, daß Ökologen Mühe hatten, im bißchen dürren Gestrüpp überhaupt eine Ökologie zu finden, und wenn sie etwas getrunken hatten, gestanden sogar die Idealisten, daß die Oberfläche des Mondes interessanter wäre. Doch das konnte ihm das Leben nicht vermiesen, sagte sich Diggs und griff nach dem Fernglas. Es gab hier eine spezielle Art Wüstenschildkröte, die sich irgendwie von anderen Schildkröten unterschied (der General hatte keine Ahnung, wodurch) und die sie zu schützen hatten. Um das zu gewährleisten, hatten die Soldaten sämtliche Schildkröten, die sie finden konnten, eingesammelt und in einem Gehege wieder ausgesetzt, das so groß war, daß die Reptilien sicher den Zaun nicht merkten. Man bezeichnete dies als das größte Schildkrötenbordell der Welt. Was es in Fort Irwin sonst noch an Getier gab, konnte gewiß auf sich selber aufpassen. Gelegentlich tauchte ein Kojote auf und verschwand wieder, und das war's. Im übrigen waren Kojoten keine gefährdete Art.

Die Besucher waren es. In Fort Irwin war das National Training Center – NTC – der Army beheimatet. Ständige Insassen stellte der gegnerische Verband – OpFor, ›Opposing Force‹. Ursprünglich zwei Bataillone, eine Panzertruppe, das andere motorisierte Infanterie, hatte sich OpFor einst selbst den Namen 32. Garde-Mot-Schützenregiment gegeben, eine *sowjetische* Bezeichnung, denn das NTC wurde 1980 zum Zweck gegründet, Soldaten der U.S. Army beizubringen, wie man auf europäischem Boden in einer Schlacht gegen die Rote Armee kämpfte, überlebte und obsiegte. Die Soldaten des ›32.‹ trugen Uniformen nach russischem Muster, fuhren sowjetmäßiges Gerät (echte russische Fahrzeuge hatten sich als zu schwierig zu warten erwiesen, und so hatte man amerikanischen Fahrzeugen sowjetische Formen verpaßt), gingen nach sowjetischer Taktik vor und setzten ihren ganzen Stolz daran, mit den Einheiten, die kamen, um in ihrem Garten zu spielen, den Boden zu düngen. Das war zwar nicht fair. OpFor lebte hier und trainierte hier und beherbergte reguläre Einheiten bis zu vierzehnmal im Jahr, und das besuchende Team hatte Glück, wenn es einmal im Jahr herdurfte. Aber wer behauptet schon, Krieg wäre fair.

Mit dem Untergang der Sowjetunion hatten sich die Zeiten geändert, die Mission des NTC aber nicht. Erst unlängst war OpFor auf drei Bataillone vergrößert worden – jetzt als ›Schwadronen‹ bezeichnet, denn die Einheit trug nun die Insignien des 11th Armored Cavalry Regiment (ACR), der Blackhorse Cav – und stellte Brigaden oder noch größere Feindformationen dar. Einzige Konzession an die neue politische Lage war, daß sie sich nicht mehr als Russen bezeichneten. Jetzt waren sie »Krasnowier«, ein Wort jedoch, das sich von *krasny* herleitete, dem russischen Wort für »rot«.

Generalleutnant Gennadi Josefowitsch Bondarenko kannte das meiste hier – das Schildkrötenbordell war etwas, über das er keine Vorinformation mitbrachte, was bei seiner Besichtigungstour des Geländes behoben worden war – und war so gespannt wie niemals zuvor.

»Sie haben bei den Fernmeldern begonnen?« fragte Diggs. Der Stützpunktkommandeur war kurz und bündig in seiner Rede, rationell in seinen Bewegungen und trug einen wegen des Musters ›Chocolate Chip‹ genannten Tarnanzug. Auch er war genauestens vorinformiert, tat aber wie sein Besucher so, als wäre das nicht der Fall.

»Korrekt.« Bondarenko nickte. »Aber ich bin immer wieder in Ärger geraten. Erst Afghanistan, dann als die Mudschaheddin in die Sowjetunion einfielen. Sie griffen eine Verteidigungsanlage in Tadschikistan an, als ich gerade dort war. Tapfere Kämpfer, aber schlecht geführt. Wir konnten sie abwehren«, berichtete der Russe bewußt monoton. Diggs sah auf die Auszeichnungen, die er dafür bekommen hatte; er selbst hatte 1991 das führende Panzerbataillon kommandiert von Barry McCaffreys 24th Mechanized Infantry Division, im wilden Ritt auf der amerikanischen Linken in DESERT STORM, dann das Kommando des 10th ›Buffalo‹ ACR übernommen, das als sichtbarer Ausdruck amerikanischer Sicherheitsgarantien für Israel jetzt noch in der Negevwüste stationiert war. Beide Männer waren neunundvierzig. Beide hatten schon Pulverdampf gerochen. Beide waren sie auf dem Weg nach oben.

»Sie haben Land wie dieses zu Hause?« fragte Diggs.

»Wir haben jede Art von Gelände, das Sie sich vorstellen können. Da wird jedes Training zur echten Herausforderung, zumal heutzutage. Da«, sagte er, »es beginnt.«

Die erste Gruppe von Panzern kam einen breiten, U-förmigen Paß, Tal des Todes genannt, herunter. Hinter braunen Bergen ging die Sonne unter, und es wurde rasch finster. Überall fuhren auch HMMWVs der Beobachter-Kontrolleure (OCs) herum, der Götter des NTC, die alles sahen und bewerteten, was sie sahen, so nüchtern wie der Tod selbst. Das NTC war die aufregendste Schule der Welt. Die beiden Generäle hätten die Schlacht vom Hauptquartier des Stützpunktes aus beobachten können, vom Ort aus, der Star Wars Room genannt wurde. Jedes Fahrzeug war mit einem Sender ausgestattet, der den genauen Standort und jede Bewegung übermittelte und, wenn es soweit war, wohin es schoß und ob es traf oder nicht. Aufgrund dieser Daten sandten die Computer im Star Wars Room ebenfalls Signale aus, mit denen sie den Leuten mitteilten, wann sie gestorben waren, allerdings kaum, wieso. Das erfuhren sie später von den Beobachter-Kontrolleuren. Die Generäle wollten jedoch nicht auf Monitore starren – das besorgten Bondarenkos Stabsoffiziere. Der Platz der Generäle war hier. Jedes Schlachtfeld hatte seinen speziellen Geruch, und Generäle mußten eine Nase dafür haben.

»Sie sind ausgestattet wie in einem Science-fiction-Film.«

Diggs zuckte die Achseln. »In den letzten fünfzehn Jahren hat sich da nicht viel verändert. Haben jetzt allerdings ein paar Fernsehkameras mehr, oben auf den Bergen.« Demnächst wollten die Amerikaner den Russen viel solcher Technologie verkaufen. Für Diggs war das nur schwer zu verstehen. Für Vietnam war er noch zu jung gewesen. Er gehörte zur ersten Generation der Flaggoffiziere, denen das erspart blieb. Aber mit einer festen Überzeugung war er groß geworden: in Deutschland gegen die Russen kämpfen zu müssen. Seine gesamte Laufbahn als Panzeroffizier hindurch wurde er darauf trainiert, mit einem der Vorhutregimente – genaugenommen verstärkte Brigaden – als einer der ersten auf den Feind zu stoßen. Diggs konnte sich noch gut daran erinnern, daß es ein paarmal verdammt so aussah, als würde er im Fuldatal den Tod finden, einem Mann gegenüber wie dem, der jetzt neben ihm stand, mit dem er am Abend zuvor ein Sechserpack vernichtet hatte, bei Geschichten darüber, wie sich Schildkröten vermehren.

»Rein«, sagte Bondarenko mit einem verschmitzten Grinsen. Irgendwie hielten Amerikaner die Russen für humorlos. Diesen falschen Eindruck *mußte* er korrigieren, ehe er wieder ging.

Diggs zählte bis zehn, bevor er ganz trocken erwiderte: »Raus.«

Weitere zehn Sekunden: »Rein.« Dann mußten beide lachen. Als Bondarenko den hier sehr beliebten Scherz zum erstenmal gehört hatte, hatte es eine halbe Minute gedauert, bis er's kapierte. Dann hatte sein Lachen ihm Bauchschmerzen beschert. Jetzt fing er sich wieder und zeigte hin. »So sollte der Krieg immer sein.«

»Wird schon noch spannend. Warten Sie nur.«

»Sie bedienen sich *unserer* Taktik!« Es war leicht daran zu erkennen, wie der Spähtrupp auf der anderen Talseite Stellung bezog.

Diggs erwiderte: »Warum nicht? Im Irak bin ich damit gut gefahren.«

Das Szenario für diese Nacht – erstes Gefecht in diesem Turnus – war kniffelig: Rote Streitmacht im Angriff, Vorstoß und Vernichtung des Spähtrupps der Blauen. Die Blaue Streitmacht war hier eine Brigade der 5th Mechanized Division, die sich hastig verteidigte. Insgesamt sollte hier eine sehr unklare taktische Situation vorliegen. Das 11. ACR simulierte einen Divisionsangriff auf neu eingetroffene Streitkräfte. Das war echt die beste Art und Weise, Leute in der Wüste zu begrüßen: sie Dreck fressen lassen.

»Fahren wir weiter!« Diggs sprang wieder in sein HMMWV, und der Fahrer fuhr los zu einem etwas erhöhten Platz, Eisernes Dreieck genannt. Der kurze Funkspruch eines OC ließ den amerikanischen General böse knurren: »Gottverdammt!«

»Ein Problem?«

General Diggs ergriff eine Karte. »Dieser Hügel ist der wichtigste strategische Punkt im Tal, und sie haben ihn nicht gesehen. Nun, dafür werden sie büßen. Passiert jedesmal.« OpFor-Leute waren bereits zum unbesetzten Gipfel unterwegs.

»So schnell so weit vorzustoßen, ist das klug für Blau?«

»General, todsicher ist's unklug, das nicht zu tun, wie Sie sehen werden.«

»Warum hat er nicht mehr gesprochen, sich nicht öfter in der Öffentlichkeit gezeigt?«

Der Chef des Nachrichtendienstes hätte hier vieles sagen können. Präsident Ryan war zweifellos sehr beschäftigt. So vieles zu tun. Das Regierungssystem seines Landes in Scherben, und ehe er sprechen könnte, mußte er wieder aufbauen. Ein Staatsbegräbnis organisieren. Er hatte mit Regierungen zahlreicher Länder zu sprechen, ihnen die üblichen Zusicherungen zu geben. Er hatte einiges sicherzustellen, nicht zuletzt seinen persönlichen Schutz. Das amerikanische Kabinett, die wichtigsten Berater des Präsidenten, existierte nicht mehr und mußte neu gebildet werden ... Doch das war gewiß nicht, was der Fragende von ihm hören wollte.

»Über diesen Ryan haben wir Nachforschungen angestellt«, war die Antwort, die er gab. Hauptsächlich anhand von Zeitungsartikeln – sehr vielen –, die die UN-Vertretung seines Landes gefaxt hatte. »Bis heute hat er nur wenige öffentliche Reden gehalten, und dann auch nur, um die Gedanken seiner Chefs zu präsentieren. Er ist Geheimdienstler gewesen – genaugenommen im Innendienst, ein Analytiker. Offensichtlich ein sehr guter, aber eben ein Innendienstler.«

»So? Weshalb hat ihn Durling dann berufen?«

»Das stand gestern in amerikanischen Zeitungen. Ihre Regierung benötigt das Amt eines Vizepräsidenten. Und Durling wollte jemanden, der seine Mannschaft für internationale Beziehungen verstärkt: Darin hatte Ryan Erfahrung. Im Konflikt mit Japan hat er sich gut bewährt. Erinnern Sie sich?«

»Ein Assistent also, kein Führer.«

»Richtig. Er hat nie ein höheres Amt angestrebt. Unseren Informationen zufolge hat er diesen Vize-Posten nur als Amtierender auf Zeit angenommen, für weniger als ein Jahr.«

»Das überrascht mich nicht.« Daryaei sah die Notizen an: *Assistent* von Vizeadmiral James Greer, DDI/CIA, kurz *amtierender* DDI, dann *stellvertretender* Direktor, dann Sicherheits*berater* von Präsident Durling, und schließlich hatte er den *zeitweiligen* Posten des *Vize*präsidenten angenommen. Sein Eindruck von diesem Ryan war von Anfang an richtig: ein Gehilfe. Sicher ein sehr fähiger, wie auch er fähige Assistenten hatte, von denen allerdings keiner *seine* Position einnehmen könnte. Er hatte also nicht mit einem Ebenbürtigen zu tun. Gut. »Weiter?«

»Als Geheimdienstspezialist wird er bezüglich auswärtiger Angelegenheiten ungewöhnlich gut informiert sein. Genauer, sein Wissen darüber mag das beste sein, was Amerika in den letzten Jahren gehabt hat, dafür hat er von Innenpolitik so gut wie keine Ahnung«, führte der Beamte seinen Bericht fort. Dieser Leckerbissen stammte von der *New York Times*.

»Aha.« Und mit dieser Information begann die Planung. Bis dahin war es nur ein Gedankenspiel gewesen, doch das würde sich bald ändern.

»Na, wie sieht's denn in Ihrer Armee aus?« fragte Diggs. Die beiden Generäle standen allein auf dem erhöhten Terrain und verfolgten mit Nachtsichtgläsern die Schlacht, die sich unter ihnen abspielte. Wie vorhergesagt, hatte das 32. – so nannte Bondarenko sie *sicher* in Gedanken – den Spähtrupp der Blauen überwältigt, war nach links geschwenkt und jetzt dabei, die ›feindliche‹ Brigade aufzurollen.

Ohne echte Opfer war es ganz nett anzusehen, wie die blinkend gelben ›Tot‹-Lichter nach und nach aufleuchteten. Dann mußte er die Frage beantworten. »Schrecklich. Wir stehen vor der Aufgabe, alles von Grund auf neu aufzubauen.«

Diggs sah ihn an. »Nun, Sir, so ging es mir auch mal.« *Zumindest habt ihr nicht mit Drogen zu tun,* dachte der Amerikaner. Er konnte sich noch erinnern, wie er als junger Second Lieutenant Angst davor hatte, die Kaserne ohne Pistole zu betreten. Wenn die Russen Anfang der siebziger Jahre losgeschlagen hätten ... »Sie wollen tatsächlich unser Modell übernehmen?«

»Vielleicht.« Das einzige, was die Amerikaner falsch machten – und damit richtig –, war die taktische Selbständigkeit, die den Untereinheitskommandeuren der Roten Streitmacht gestattet war, was es in der Sowjetarmee niemals gegeben hätte. Doch die Ergebnisse, in Verbindung mit der Doktrin der Woroschilow Akademie, waren ja deutlich zu sehen. Das sollte man nicht vergessen, und Bondarenko hatte in taktischen Begegnungen selbst schon die Regeln verletzt, ein Grund dafür, daß er jetzt lebender General statt ein toter Oberst war. Außerdem war er der neuernannte Planungschef der russischen Armee. »Das Problem ist natürlich Geld.«

»Das Lied kenn' ich irgendwoher, General.« Diggs erlaubte sich ein reuiges Glucksen.

Bondarenko hatte einen Plan. Die Größe seiner Armee um fünfzig Prozent verringern und das eingesparte Geld gleich in die Ausbildung der verbliebenen Hälfte pumpen. Das Ergebnis des Plans hatte er deutlich vor Augen. Die Sowjetarmee setzte von jeher auf Masse, die Amerikaner bewiesen aber, hier wie im Irak, daß gute Ausbildung den Meister des Schlachtfeldes kürt. So gut ihre Ausrüstung war – Einzelheiten würde er morgen erfahren –, noch mehr beneidete er Diggs um sein Personal. Ein Beweis dafür traf ein, noch bevor der Gedanke verklang.

»General?« Der Neuankömmling salutierte. »Blackhorse! Denen bleiben nur noch Kniestrümpfe.«

»Dies ist Colonel Al Hamm, CO des 11. Seine zweite Tour hier. War mal OpFor-Planungsoffizier. Lassen Sie sich bloß auf kein Kartenspiel mit ihm ein«, warnte Diggs.

»Der General ist doch *zu* freundlich. Willkommen in der Wüste, General Bondarenko.« Hamm streckte eine große Hand aus.

»Ihr Angriff war sauber ausgeführt, Colonel.« Der Russe musterte ihn.

»Danke, Sir. Großartige Burschen, die mit mir arbeiten. Blauen waren zu zögerlich. Wir haben sie zwischen zwei Stühlen erwischt«, erklärte Hamm. Er sah aus wie ein Russe, dachte sich Bondarenko, groß und markig mit etwas blasser, doch gesunder Gesichtsfarbe und funkelnden blauen Augen. Zu dieser Gelegenheit trug Hamm wieder seine ›russische‹ Uniform, komplett mit rotem Stern am Panzertruppen-Barett und Pistolengurt um das überlange Hemd. Nicht, daß der Russe sich dadurch wie zu Hause fühlte, aber er wußte den Respekt zu schätzen, den die Amerikaner ihm erwiesen.

»Diggs, Sie hatten recht. Die Blauen hätten alles daransetzen müssen, als erste hierher zu gelangen. Aber Sie ließen sie so weit hinten starten: Die Option erschien ihnen nicht attraktiv.«

»Das ist das Problem mit Schlachtfeldern«, antwortete Hamm. »Lektion Nummer eins für die Jungens von 5th Mech. Wenn man jemand anders die Schlachtbedingungen festlegen läßt, nun, dann macht's nicht mehr viel Spaß.«

## 5 / Anordnungen

Es zeigte sich, daß sowohl Sato als auch sein Kopilot Blut gespendet hatten, um Opfern des unseligen Krieges gegen Amerika zu helfen, und durch die zum Glück niedrige Zahl Verwundeter war dieses Blut noch verfügbar. Mit Computerhilfe fand das Rote Kreuz Japans die Konserven, die Polizei holte Proben ab, schickte sie per Boten nach Washington, via Vancouver, und – japanischen Fliegern war es aus verständlichen Gründen noch verboten, die Vereinigten Staaten oder auch Alaska anzusteuern – eine VC-20 der Air Force brachte sie weiter nach Washington. Der Kurier war ein hoher Polizeibeamter, der Aluminiumkoffer mit Handschellen am linken Handgelenk befestigt. Ein Trio FBI-Agenten holte ihn auf Andrews ab und brachte ihn ins Hoover-Gebäude, Ecke Zehnte und Pennsylvania. Des FBIs DNA-Labor verglich dann diese Proben mit Blut- und Gewebsproben von den beiden Leichen. Die schon vorliegende Blutgruppenübereinstimmung ließ die Testergebnisse vorausahnen. Dennoch würden sie so ausgeführt, als wäre es der einzige, vage Hinweis in einem verwirrenden Fall. Dan Murray, amtierender Direktor, hielt sich sonst bei Ermittlungen nicht immer sklavisch an die Vorschriften, doch sie waren Heilige Schrift bei diesem Fall. Ihn unterstützte Tony Caruso, zurück aus dem Urlaub und mit der Leitung des FBI-Teils der Ermittlung betraut, rund um die Uhr bei der Arbeit, außerdem Pat O'Day als Springer-Inspektor, dazu Hunderte ›Nebendarsteller‹. Murray empfing den japanischen Kollegen im Besprechungszimmer des Direktors. Auch er hatte Probleme damit, gleich Bill Shaws Büro zu beziehen.

»Wir führen auch eigene Tests durch«, sagte Chefinspektor Tanaka Jisaburo und schaute auf seine Uhren – er hatte beschlossen, zwei zu tragen, eine mit Tokio- und eine mit Washington-Zeit. »Sowie sie vorliegen, werden Ihnen die Ergebnisse zugefaxt.« Dann öffnete er die Aktentasche erneut. »Dies ist unsere Rekonstruktion vom Ablauf Kapitän Satos letzter Woche, Notizen über Gespräche mit Verwandten und Kollegen, Hintergrundinformationen zu seinem Leben.«

»Prompte Arbeit. Vielen Dank!« Murray nahm die Blätter entgegen und war unsicher, was er als nächstes tun sollte. Offensichtlich wollte sein Besucher noch etwas sagen. Murray war Tanaka noch nie begegnet, doch was man über ihn sagte, war beeindruckend. Ein sehr erfahrener Ermittler, hatte sich Tanaka auf Politkorruptionsfälle spezialisiert, ein Gebiet, das ihn stark beschäftigte. Sein Beruf hatte ihn zu einem Priester von der Art gemacht, der sich Spanien zu Zeiten der Inquisition bediente. Damit war er bestens geeignet für diesen Fall.

»Sie bekommen unsere volle Unterstützung. Wenn Ihr Amt einen hohen Beamten zur Beaufsichtigung unserer Ermittlungen hinschicken will, bin ich autorisiert, Ihnen mitzuteilen, daß man es willkommen heißen wird.« Er schwieg einige Sekunden mit gesenktem Blick, ehe er fortfuhr: »Dies ist eine Schande für mein Land. Wie jene Leute uns alle *benutzt* haben...« Als Abgesandter eines Landes, das dafür bekannt war, keine Emotionen zu zeigen, war Tanaka eine Überraschung. Er ballte die Fäuste, und seine dunklen Augen brannten vor Wut. Vom Besprechungsraum aus konnten die beiden zum entstellten Capitol Hill hinaufsehen, der vor der Morgendämmerung noch durch Hunderte Arbeitsscheinwerfer leuchtete.

»Der Kopilot wurde ermordet«, sagte Murray.

»Ach?«

Dan nickte. »Erstochen und dem Anschein nach noch vor dem Start. Im Augenblick scheint es, als habe Sato allein gehandelt – soweit es das Fliegen der Maschine betrifft.« Zur Tatwaffe hatte sich das Labor auf ein Steakmesser mit schmaler Klinge und Sägerand festgelegt, die übliche Art bei der Fluggesellschaft. Auch als so alter Hase im Ermittlungsberuf erstaunte es Murray immer wieder, was die Laborexperten alles ausmachten.

»Ich verstehe. Das ergibt einen Sinn«, bemerkte Tanaka. »Des Kopiloten Frau ist schwanger, mit Zwillingen. Sie ist jetzt im Krankenhaus unter strenger Beobachtung. Was wir über ihn erfahren haben, läßt ihn als liebevollen Ehemann ohne politisches Interesse erscheinen. Meinen Leuten scheint kaum denkbar, daß er sein Leben so beenden würde.«

»Hatte Sato irgendwelche Verbindungen zu...«

Kopfschütteln. »Wir haben keine gefunden. Einen Verschwörer hat er nach Saipan geflogen, sie unterhielten sich kurz. Sonst war Sato einfach internationaler Pilot. Seine Freunde waren seine Kollegen. Er lebte ruhig im bescheidenen Haus nahe Narita International. Doch sein Bruder war hoher Offizier bei den Seestreitkräften, und sein Sohn war Jagdflieger. Beide sind bei den Feindseligkeiten ums Leben gekommen.«

Das wußte Murray bereits. *Motiv und Gelegenheit.* Er schrieb ein Memo, den Rechtsattaché in Tokio das Angebot annehmen und an den japanischen Ermittlungen teilnehmen zu lassen – doch dazu bräuchte er erst grünes Licht von Justice und State. Verdammt noch mal, das Angebot schien wirklich aufrichtig zu sein. Gut.

»Verkehr, wie ich's liebe!« stellte Chavez fest. Sie kamen die I-95 herein, am Springfield Mall vorbei. Zu dieser Zeit – es war noch immer finster – war der Highway normalerweise mit Bürokraten und Lobbyisten vollgepflastert. Heute nicht, aber John und Ding waren hereinbeordert, was ihren ›Essentiell‹-Status bestätigte, falls den jemand anzweifelte. Clark antwortete nicht, also fuhr der Untergebene fort: »Was, meinst du, wird Dr. Ryan tun?«

John zuckte die Achseln und brummte: »Nimmt's, wie's kommt, schätz' ich. Besser er als ich.«

»Roger, Mr. C. Bei meinen Freunden am George Mason wird's bald rundgehen.«

»Glaubst du?«

»John, er hat eine Regierung neu aufzubauen. Wird ein wahrhaftiger Bilderbuchfall. Hat noch keiner vorher getan. Du weißt, was wir jetzt rausfinden?«

Ein Nicken. »Ja, ob die Kiste wirklich funktioniert.« *Besser er als ich,* dachte John erneut. Sie kamen rein, um über die Operation in Japan zu berichten. Das war heikel. Clark war schon lang im Geschäft, aber nicht lang genug, um sehr glücklich zu sein, anderen sagen zu müssen, was er getan hatte. Er und Ding hatten getötet – nicht zum erstenmal –, und das sollten sie jetzt detailliert schildern für Leute, die zumeist nie eine Waffe gehalten, geschweige denn im Ernstfall geschossen hatten. Geheimhaltungseid hin oder her, eines Tages könnten einige reden, und die geringste Folge wären peinliche Presseenthüllungen. Als nächstes käme Befragung unter Eid – nun, so bald nicht, korrigierte sich John – vorm Untersuchungsausschuß; Fragen von Leuten beantworten, die von so was nicht mehr Ahnung hätten als die CIA-Pimpfe, die dafür bezahlt wurden, von ihren Schreibtischen aus über Leute im Feld zu richten. Schlimmstenfalls käm's zur Anklage, weil die Dinge, die er getan hatte, zwar nicht direkt illegal waren, legal aber auch nicht. Irgendwie waren die Verfassung und der United States Code nie so recht dem angepaßt worden, was die Regierung zwar tat, aber ungern öffentlich zugab. Sein Gewissen war zwar rein, seine Ansichten über taktische Moral würden aber nicht jedermann angemessen erscheinen. Ryan würde sie aber vermutlich verstehen – immerhin etwas.

»Was Neues heut morgen?« erkundigte sich Jack.

»Wir rechnen damit, daß die Bergungsarbeiten am Abend fertig sind, Sir.« Pat O'Day war heute für FBI bei der morgendlichen Lagebesprechung. Er erklärte, Murray sei zu beschäftigt. Der Inspektor übergab eine Mappe mit Listen geborgener Leichen. Ryan überflog sie kurz und fragte sich, wie zum Teufel er bei so etwas noch frühstücken könnte? Zum Glück gab es im Moment nur Kaffee.

»Was noch?«

»Das Bild festigt sich langsam. Wir haben, meinen wir, die Leiche des Kopiloten geborgen. Er wurde ermordet, schon Stunden vorm Absturz, was die Annahme stützt, der Pilot habe allein gehandelt. Wir führen DNA-Tests durch, um die Identitäten zu bestätigen.« Der Inspektor blätterte in seinen Notizen, um sein Gedächtnis aufzufrischen. »Tests auf Drogen und Alkohol waren bei beiden Leichen negativ. Auswertung des Flugdatenschreibers, der Bänder mit Funkverkehr und Radaraufzeichnungen, was wir gesammelt haben, führt alles zum selben Ergebnis: ein Täter, der allein vorging.«

»Nächster Schritt?«

»Wird ein Ermittlungsprozeß wie im Lehrbuch. Wir rekonstruieren alles, was Sato – so hieß der Pilot – im Laufe des letzten Monats getan hat, und verfolgen die Spuren. Telefongespräche, wo er war, wen er traf, Freunde, Kollegen, Tagebuch, wenn's eins gibt, alles, was uns in die Hände fällt. Der Gedanke dahinter ist, den Mann vollständig zu rekonstruieren und festzustellen, ob er Teil einer möglichen Verschwörung war. Das dauert – ein ziemlich umfassender Vorgang.«

»Vorläufige Einschätzung?« fragte Jack.

»Einzeltäter«, sagte O'Day diesmal mit noch mehr Überzeugung.

»Ist noch verdammt früh für 'ne Schlußfolgerung«, wandte Andrea Price ein. O'Day drehte sich um.

»Das ist keine Schlußfolgerung. Mr. Ryan hat um vorläufige Einschätzung gebeten. Ich bin eine ganze Weile im Ermittlungsgeschäft, und dies sieht nach einem sorgfältig ausgearbeiteten Spontanverbrechen aus. Beim Mord am Kopiloten, zum Beispiel. Er hat die Leiche nicht mal aus dem Cockpit entfernt. Hat sich laut Tonband beim Opfer *entschuldigt* nach dem Zustechen.«

»*Sorgfältig ausgearbeitetes* Spontanverbrechen?« zweifelte Andrea.

»Flugkapitäne sind durchorganisierte Leute«, erwiderte O'Day. »Was für den Laien höchst kompliziert wäre, ist für die so einfach wie ein Reißverschluß. Die meisten Mordanschläge erfolgen durch gestörte Individuen, die zufällig Glück haben. In diesem Fall hatten wir leider einen sehr fähigen Täter, der sein Glück selbst gestalten konnte. Wie auch immer, das ist, was wir im Augenblick haben.«

»Noch mal zur Verschwörungstheorie: Wonach würden Sie suchen?« fragte Jack.

»Sir, erfolgreiche Verschwörungen sind auch unter besten Voraussetzungen schwer durchzuziehen.« Inspektor O'Day fuhr fort: »Das liegt an der Natur des Menschen. Prahlerei ist normal; wir teilen gern Geheimnisse, um uns hervorzutun. So oder so reden sich Kriminelle regelrecht ins Gefängnis. Okay, in diesem Fall geht's nicht um den gewöhnlichen Räuber, aber das Prinzip gilt. Für 'ne Verschwörung braucht man Zeit und Gespräche, das ergibt undichte Stellen. Dann gibt's das Problem, den ›Shooter‹, mir fällt kein besseres Wort ein, auszuwählen. Dazu blieb keine Zeit. Die gemeinschaftliche Sitzung war viel zu spät angesetzt für Diskussionen irgendwelcher Art. Der Mord am Kopiloten sieht stark nach Spontanverbrechen aus. Ein Messer ist unsicherer als eine Pistole, und ein Steakmesser ist keine gute Waffe: biegt oder bricht zu leicht an einer Rippe.«

»Bei wie vielen Morden haben Sie schon ermittelt?« fragte Price.

»Genug. Habe bei zahlreichen Fällen der lokalen Polizei assistiert, besonders hier in D.C. Das Washington Field Office unterstützt die D.C.-Polizei seit Jahren. Wie auch immer, damit Sato der ›Shooter‹ einer Verschwörung würde, hätte er Leute treffen müssen. Wir werden seine Freizeit zurückverfolgen, mit den Japanern zusammen. Bis jetzt aber gibt's nicht *einen* Hinweis in der Richtung. Im Gegenteil, alle Umstände zeigen auf jemanden, der eine einzigartige Gelegenheit erkannte und spontan Gebrauch davon machte.«

»Wenn der Pilot nun nicht ...«

»Ms. Price, die Cockpit-Bänder reichen zurück bis vor den Start in Vancouver. In unserem Labor haben wir Stimmspektrogramme erstellt – es ist ein digitales Band, mit hervorragender Aufnahmequalität. Derselbe Typ, der von Narita startete, hat das Flugzeug hier in den Boden gebohrt. Nun, wenn es nicht Sato war, wieso hat der Kopilot – sie flogen als ein Team – nichts gemerkt? Andersrum, wenn Pilot und Kopilot ausgetauscht waren, dann gehörten beide von Anfang an zur Verschwörung. Warum dann den Kopiloten vorm Start in Vancouver ermorden?

Die Kanadier vernehmen für uns den Rest der Crew, und das gesamte Servicepersonal sagt, daß die Crew genau die waren, die sie sein sollten. Die DNA-Tests werden das alles noch genau bestätigen.«

»Inspektor, Sie sind sehr überzeugend«, stellte Ryan fest.

»Sir, diese Ermittlung wird kompliziert mit all den Tatsachen, denen nachzugehen ist, aber im Kern sehr einfach. Verdammt schwer, einen Tatort zu fälschen – gibt zuviel, das wir tun könnten. Ließe sich theoretisch etwas aufstellen, das unsere Leute täuscht? Ja, vielleicht, aber das müßte man vorbereiten, über Monate, die man nicht hatte. Am Ende läuft's auf eins hinaus: Die Entscheidung zur Abhaltung der gemeinschaftlichen Sitzung fiel, als die Maschine mitten über dem Pazifik war.«

Sosehr ihr das mißfiel, konnte Price dem Argument nichts entgegnen. Sie hatte Patrick O'Day kurz überprüfen lassen. Emil Jacobs hatte Jahre vorher den Posten des Springer-Inspektors wiedereingeführt und mit Leuten, die Ermittlungsarbeit der Verwaltung vorzogen, besetzt. O'Day war ein Inspektor, dem die Führung eines Field Office wenig gefiel. Er war Teil einer kleinen Mannschaft erfahrener Ermittler, die dem Direktor unterstanden, inoffizielles Inspektorat, das im Feld die Sachen im Auge behielt, hauptsächlich empfindliche Fälle. Er war ein guter Cop, der Schreibtischkram haßte, und Price mußte zugeben, er konnte eine Ermittlung führen, besser noch, er stand außerhalb der Befehlskette und würde keine Show abziehen, um befördert zu werden. Hergefahren war er mit einem Allrad-Pick-up – Cowboystiefel trug er! – und mochte wohl Publicity so wie die Pocken. AD Tony Caruso also würde als nomineller Leiter dem Justizministerium Bericht erstatten, aber Patrick O'Day würde die Kette umgehen und Murray direkt berichten – der wiederum als persönlichen Gefallen dem Präsidenten O'Day zuschanzen würde. Sie hielt Murray für einen ganz Gewieften – immerhin hatte ihn Bill Shaw als persönlichen Entstördienst eingesetzt. Und Murrays Treue galt der Institution FBI. Es gab Schlechteres, mußte sie zugeben. Für O'Day war's noch einfacher – der war mit Leib und Seele Ermittler, und wenn er auch zu eilig Schlüsse zog, dieser verpflanzte Cowboy ging nach dem Textbuch vor. Auf die alten Kumpels mußte man ein Auge haben – sie versteckten ihre Intelligenz zu gut. Er hätt's aber nie bis ins Detail geschafft, tröstete sie sich.

»Schönen Urlaub gehabt?« Mary Pat Foley war entweder schon sehr früh oder noch sehr spät da, sah Clark. Wieder dachte er, daß von allen führenden Leuten in der Regierung Präsident Ryan wohl den meisten

Schlaf bekam, sowenig das auch war. Gute Art, eine Bahngesellschaft in die Hölle zu führen – die Leistung ließ nach, wenn man nicht ausgeruht war, das war ihm aus leidvoller Erfahrung im Feld bewußt. Setzte man einen aufs hohe Roß, vergaß der's sofort – der Faktor Mensch verschwand im Nebel. Kurz drauf fragten die sich, wie sie solchen Mist hätten bauen können. Aber bis dahin hatte meist ein armes Schwein im Feld dran glauben müssen.

»MP, wann zum Teufel hast du das letztemal geschlafen?« So konnten nicht viele mit ihr reden, John aber war mal ihr Ausbildungsoffizier gewesen.

Ein mattes Lächeln. »John, du bist nicht Jude, und du bist auch nicht meine Mutter.«

Clark sah sich um. »Wo ist Ed denn?«

»Auf dem Weg zurück vom Golf. Konferenz mit den Saudis«, erklärte sie. Mrs. Foley stand zwar im Rang über Mr. Foley, aber die Saudi-Kultur war noch nicht soweit, mit einem weiblichen König Spook – einer Queen Spook, korrigierte sich John lächelnd – zu verhandeln, und Ed war bei Konferenzen sowieso besser.

»Etwas, das ich wissen sollte?«

Sie schüttelte den Kopf. »Routine. So, Domingo, hast du sie gefragt?«

»Du spielst aber hart heut morgen«, stellte Clark fest, noch ehe sein Partner etwas sagen konnte.

Chavez grinste nur. Das Land mochte in Aufruhr sein, aber es gab Wichtigeres. »Könnte schlimmer sein, Mr. C. Ich bin ja kein Anwalt, oder?«

»Latino. So geht die Nachbarschaft zum Teufel«, grummelte John und fuhr ernsthafter fort. »Wie geht's denn Jack?«

»Planmäßig soll ich ihn nach dem Lunch sehen, aber es würde mich nicht wundern, wenn's gestrichen wird. Der arme Bastard wird wohl lebendig begraben.«

»Wie er da hineingeraten ist – stimmt's, was die Zeitungen schreiben?«

»Ja. So haben wir nun ein Kelly-Girl als Präsident«, scherzte die DDO, stellvertretende CIA-Direktorin, Hauptabteilung Operations. »Wir nehmen eine umfassende Bedrohungseinschätzung vor. Und ich möchte euch beide dabeihaben.«

»Wieso uns?« fragte Chavez.

»Weil ich's satt habe, das alles von der Hauptabteilung Intelligence tun zu lassen. Ich will euch mal eins sagen: Wir haben jetzt einen Präsidenten, der versteht, was wir hier machen. Wir werden Operations aufmotzen, bis ich das Telefon nehmen und eine Frage stellen kann und die Antwort verstehe.«

»Plan Blau?« fragte Clark und erhielt ein willkommenes Nicken. ›Blau‹ war seine letzte Funktion gewesen, bevor er das CIA-Trainingslager, bekannt als die ›Farm‹, in der Nähe des Navy-Kernwaffendepots Yorktown, Virginia, verließ. Statt Intellektuelle von der Ivy League – wenigstens rauchten sie nicht mehr Pfeife – einzustellen, hatte er vorgeschlagen, die Agency solle Cops rekrutieren, Polizisten direkt von der Straße. Cops, meinte er, wußten, wie man mit Informanten umging, sich auf der Straße verhält und in gefährlichen Gegenden überlebt. Das alles ließ Ausbildungsdollars einsparen und brachte vermutlich bessere Feldoffiziere hervor. Der Vorschlag wurde von zwei DDOs in Folge zur Akte 13 gelegt, Mary Pat aber hatte von Anfang an davon gewußt und das Konzept gutgeheißen. »Kannst du's durchdrücken?«

»John, du wirst mir helfen, es zu verkaufen. Sieh doch, wie gut sich Domingo gemacht hat.«

»Heißt das, ich bin nicht mehr ›Affirmative Action‹?« fragte Chavez.

»Nein, Ding, nur bei seiner Tochter«, sagte Mrs. Foley. »Ryan wird's umsetzen. Er ist nicht begeistert vom Direktor. Wie auch immer, im Moment möchte ich, daß ihr beiden über SANDALWOOD Bericht erstattet.«

»Was ist mit unserer Deckung?« wollte Clark wissen. Er mußte nichts erklären. Mary Pat hatte sich nie die Hände im Feld schmutzig gemacht – sie hatte zur Espionage gehört, nicht zur paramilitärischen Seite von Operations –, doch sie verstand ganz gut.

»John, ihr habt auf Befehl des Präsidenten gehandelt. Schriftlich niedergelegt und archiviert. Keiner wird hinterfragen, was ihr getan habt, vor allem, wo ihr Koga gerettet habt. Der Intelligence Star wartet auf euch. Präsident Durling wollte euch in Camp David die Medaillen selbst überreichen. Ich nehme an, Jack wird das jetzt tun.«

*Mensch!* sagte sich Chavez hinter starren Augen, doch so nett der Gedanke auch war, er hatte auf der dreistündigen Fahrt von Yorktown hierher an was anderes gedacht. »Wann beginnt die Bedrohungsanalyse?«

»Morgen, was unseren Teil betrifft. Weshalb?« wollte MP wissen.

»Ma'am, ich glaube, da kommt Arbeit auf uns zu.«

»Ich hoffe, du irrst«, erwiderte sie, nachdem sie genickt hatte.

»Ich habe heute zwei OPs«, sagte Cathy beim Blick aufs Frühstücksbüffet. Da der Stab noch nicht wußte, was die Ryans morgens gern aßen, hatten sie von allem etwas – besser gesagt, recht viel – zubereitet. Sally und Klein Jack fanden es großartig – noch besser, daß die Schulen geschlossen waren. Katie, erst seit kurzem für feste Nahrung zugelassen, nagte am Stück Speck in der Hand und meditierte über gebutterten Toast. Für Kinder hat das Unmittelbare stets Vorrang. Sally, gerade fünfzehn (fast dreißig, wie ihr Vater mal klagte), überlegte am längsten von den dreien, was sie nehmen sollte, doch dann dachte sie nach, wie sich ihr Leben wohl verändern würde. Für sie alle war Daddy immer noch Daddy, was für einen Job er im Augenblick auch haben mochte. Sie würden es schon noch anders erleben, war Jack sich im klaren, doch eins nach dem anderen.

»Das haben wir noch nicht ausgeknobelt«, erwiderte ihr Mann, während er sich Rührei und Schinken nahm. Heute würde er reichlich Energie benötigen.

»Jack, wir haben ausgemacht, daß ich meiner Arbeit weiter nachgehe, richtig?«

»Mrs. Ryan?« Das war Andrea Price, die immerzu da war, wie ein Schutzengel, aber mit Maschinenpistole. »Wir arbeiten noch die einzelnen Sicherheitsmaßnahmen aus, und ...«

»Meine Patienten brauchen mich. Jack, Bernie Katz und Hal Marsh können manches übernehmen, ein Patient aber braucht heute unbedingt *mich*. Ich muß auch die Lehrvisite vorbereiten«, sie sah auf die Uhr, »in vier Stunden.« Das stimmte, wußte Ryan. Professorin Caroline Ryan, MD, FACS, war Top-Gun in der Laser-Augenchirurgie. Aus aller Welt kamen Leute, um ihr bei der Arbeit zuzusehen.

»Schulen sind aber doch ...« Mitten im Satz brach Price ab, ihr war eingefallen, daß sie es besser wußte.

»Medizinische Fakultäten nicht. Wir können Patienten nicht einfach heimschicken. Tut mir leid. Ich weiß, wie kompliziert das ist, aber auf mich sind Leute angewiesen, und ich muß für sie dasein.« Cathy blickte auf die Gesichter der Erwachsenen in der Küche und erhoffte sich eine Entscheidung in ihrem Sinne. Das Küchenpersonal – alles Matrosen – kam rein und ging raus wie bewegliche Statuen und tat, als hörte es nichts. Die Secret-Service-Leute zogen ein anders nichtssagendes Gesicht, mit etwas mehr Unbehagen drin.

Von der First Lady wurde erwartet, unbezahlte Gehilfin des Mannes zu sein. Ein Zustand, der der Änderung bedurfte. Irgendwann würde es auch eine Präsidentin geben, und *das* würde alles übern Haufen werfen – offensichtlich, aber bisher bewußt ignoriert. Die politische Gattin trat an der Seite des Mannes auf, mit entzückendem Lächeln und wenigen, ausgesucht reizenden Worten, ertrug die Langeweile vom Wahlkampf und die überraschend brutalen Händedrücke – *dem* durfte Cathy Ryan ihre Chirurgenhände gewiß nicht aussetzen, fiel Price ein. *Diese* First Lady hatte einen eigenen Job. Mehr noch, sie war Ärztin, der gerade der Lasker Memorial Public Service Award zugesprochen wurde. Und wenn Price eines über Cathy Ryan wußte, dann, daß sie dem Beruf ergeben war und nicht nur ihrem Mann. So bewundernswert das auch war, dem Service würde es kaiserlichen Kopfschmerz bereiten, dessen war sich Price sicher. Schlimmer noch, der Agent, der *Mrs.* Dr. Ryan zugeteilt war, war Roy Altman, ein stattlicher ehemaliger Fallschirmjäger, der sie noch nicht kannte. Die Wahl ging ebenso auf Roys Körpergröße zurück wie auf seinen Verstand. Es schadete nie, einen offensichtlichen Bodyguard dicht dabei zu halten; die First Lady schien vielen als leichtes Ziel, da war's eine von Roys Funktionen, den potentiellen Täter schon durch seine Anwesenheit abzuschrecken. Andere Mitglieder des Detail wären so gut wie unsichtbar. Eine andere Funktion Altmans war es, mit seiner Masse eventuelle Geschosse abzufangen, etwas, mit dem sich Agenten im Training, nicht aber in Gedanken aufhielten.

Auch jedes von Ryans Kindern mußte beschützt werden. Die Wahl von Katies Bodyguard war am schwierigsten, denn um diesen Job hatten Agenten gekämpft. Boß wurde das älteste Mitglied des Teams, ein Großvater namens Don Russel. Klein Jack bekam einen jungen Mann, einen echten Sportsfan, und Sally Ryan erhielt eine Agentin, die knapp dreißig, ledig und hip war, klug in der Art junger Männer und gern in Einkaufszentren unterwegs. Die Familie Ryan sollte sich so behaglich fühlen wie nur möglich angesichts der Tatsache, daß ihnen ständig, außer auf die Toilette, jemand mit geladener Schußwaffe und Funkgerät folgte. Am Ende war's natürlich hoffnungslos. Präsident Ryan wußte Bescheid, und seine Familie müßte sich daran gewöhnen.

»Dr. Ryan, wann müssen Sie aufbrechen?« fragte Price.

»Rund vierzig Minuten. Das hängt vom Verkehr ...«

»Nicht mehr«, korrigierte Price die First Lady. Der Tag würde noch schlimm. Ursprünglich sollte der vorige Tag dazu genutzt werden, des *Vize*präsidenten Familie ins Nötigste einzuweisen, doch der Plan war zerballert worden. Altman befand sich im anderen Raum, studierte die Karte. Es gab drei Strecken nach Baltimore: die I-95, den Baltimore-Washington Parkway und die US-Route 1, alle morgens vom Berufsverkehr verstopft, dem ein Secret-Service-Konvoi den Gnadenstoß geben würde; ganz abgesehen davon, daß alle drei Strecken potentiellen Attentätern gelegen kämen, so schmal, wie sie nahe Baltimore wurden.

Johns Hopkins Hospital hatte auf dem Pädiatrie-Gebäude einen Hubschrauberlandeplatz, aber keiner hatte die politischen Auswirkungen durchdacht, wenn die First Lady täglich mit einem VH-60 des Marine Corps zur Arbeit flog. Vielleicht wäre das doch eine realisierbare Option, entschied Price. Sie verließ das Zimmer, um mit Altmann darüber zu sprechen, und plötzlich war die Familie Ryan allein und konnte frühstücken, als wären sie immer noch ganz normale Leute.

»Mein Gott, Jack«, atmete Cathy auf.

»Ich weiß.« Statt zu sprechen, genossen sie die Stille eine ganze Minute, schauten auf ihr Frühstück herab und stocherten mit der Gabel darin herum.

»Die Kinder brauchen Sachen für das Begräbnis«, sagte Cathy schließlich.

»Andrea sagen?«

»Okay... Weißt du schon, wann's stattfinden wird?«

»Müßte ich heute erfahren.«

»Ich werde doch noch arbeiten können, oder?« Da Price abwesend war, konnte sie ihre Besorgnis zeigen.

Jack hob den Blick. »Ja. Schau, ich versuche mein Bestes, daß wir so normal bleiben, wie's geht, und ich weiß, wie wichtig deine Arbeit ist. Übrigens hab' ich noch keine Gelegenheit gehabt, dir zu sagen, wie ich über den Preis denke, den du da gerade eingeheimst hast.« Er lächelte. »Ich bin verdammt stolz auf dich, Schatz.«

Price kam wieder herein. »Dr. Ryan?« sagte sie. Und natürlich wandten sich beide Köpfe ihr zu. Sie konnten es an ihrem Gesicht ablesen. Die grundlegendsten Fragen waren noch ungeklärt. Sollte sie sie *Doctor* Ryan nennen, *Missis* Ryan oder...

»Machen wir's einfacher für alle, okay? Nennen Sie mich Cathy.«

*Das* konnte Price nicht, doch sie ließ es für den Augenblick im Raum stehen. »Bis wir's besser hinbekommen, fliegen wir Sie dorthin. Die Marines sind mit einem Helikopter hierher unterwegs.«

»Ist denn das nicht teuer?« fragte Cathy.

»Doch, aber Vorgangsweisen müssen erst festgelegt werden, und im Moment ist's so am einfachsten. Und« – ein sehr großer Mann betrat den Raum – »das ist Roy Altman. Er ist fürs erste Ihr Hauptagent.«

»Ach«, war alles, was Cathy im Augenblick sagen konnte. Ein Meter neunzig und einhundert Kilogramm Roy Altman kamen herein. Er hatte schütteres blondes Haar, einen blassen Teint und einen verlegenen Gesichtsausdruck, wohl wegen des kräftigen Körpers. Wie bei allen Secret-Service-Agenten war sein Anzug weit geschnitten, um eine Waffe zu kaschieren. Altman kam herüber, um ihr die Hand zu geben, was er mit erstaunlicher Zartheit tat.

»Ma'am, Sie wissen, was mein Job ist. Ich werde mich bemühen, Ihnen so gut aus dem Weg zu bleiben wie möglich.« Zwei weitere Leute kamen herein. Altman stellte sie vor als den Rest ihrer heutigen Leibwache. Alle waren sie nur vorläufig zugeteilt. Sie alle mußten mit den Schützlingen auskommen, und ob das klappte, war oft schwer vorherzusagen, auch wenn es so liebenswerte Prinzipale waren, wie die Ryans zu sein schienen.

Cathy war versucht zu fragen, ob das nötig wäre, doch besann sich eines Besseren. Sie wechselte einen Blick mit Jack und erinnerte sich, daß sie nicht in dieser Lage wäre, wenn sie nicht Jacks Ernennung zum Vizepräsidenten zugestimmt hätte, die wie lang? – fünf Minuten? – gedauert hatte. Dann war das Dröhnen des Sikorsky Black Hawk Helicopter zu hören, der auf der kleinen Anhöhe nebenan landete und dort, wo einmal ein kleines astronomisches Observatorium gewesen war, einen kleinen Schneesturm entfachte. Jack sah auf die Uhr und stellte fest, die Marines von VMH-1 brannten tatsächlich auf kurzer Lunte. Er fragte sich, wie lange es wohl dauern würde, bis die überbordende Aufmerksamkeit sie alle erdrückte.

»Diese Aufnahme kommt *live* vom Gelände des Naval Observatory in der Massachusetts Avenue«, sagte der NBC-Reporter nach Freigabe vom Aufnahmeleiter. »Sieht wie ein Hubschrauber der Marines aus. Ich vermute, der Präsident fliegt irgendwohin.« Als die Schneewolke sich ein wenig setzte, zoomte die Kamera ran.

»Eine amerikanische Black Hawk, mit einigen Rafinessen ausgestattet«, sagte der Nachrichtendienstler. »Sehen Sie? Das ist ein ›Black-Hole‹-Infrarot-Unterdrückungssystem, Schutz vor Boden-Luft-Raketen, die der Wärmespur eines Motors folgen.«

»Wie effektiv?«

»Sehr, aber nicht gegen lasergeführte Waffen«, fügte er hinzu. »Und bringt auch nichts gegen Gewehre.« Kaum war der Hauptrotor zum Stehen gekommen, war der Hubschrauber auch schon von Marines umgeben. »Ich brauche eine Karte der Gegend. Wo immer die Kamera sich befindet, es würde ein Mörser genügen. Das trifft natürlich auch auf das White-House-Gelände zu.« Und jeder, das wußten sie, konnte mit einem Mörser umgehen, um so eher mit neuen lasergelenkten Granaten, die die Briten entwickelt hatten und bald danach von der übrigen Welt kopiert worden waren. Es waren ja Amerikaner gewesen, die den Weg wiesen. Einer ihrer Aphorismen besagte: *Was man sehen kann, kann man treffen. Und was man treffen kann, kann man töten.* Und jeden darin, was immer dieses »was« auch sein mochte.

Mit diesem Gedanken begann ein Plan zu entstehen. Er schaute auf die Uhr, die auch eine Stoppuhrfunktion besaß, drückte auf den entsprechenden Knopf und wartete. Der TV-Aufnahmeleiter, sechstausend Meilen entfernt, hatte sonst nichts zu tun, als die Tele-Einstellung zu halten. Nicht lang, da näherte sich ein großes Fahrzeug, und vier Personen stiegen aus. Sie gingen direkt auf den Helikopter zu, von dessen Besatzung einer die Tür aufhielt.

»Das ist Mrs. Ryan«, sagte der Kommentator. »Sie ist Ärztin im Johns Hopkins Hospital in Baltimore.«

»Meinen Sie, sie fliegt zur Arbeit?« fragte der Reporter.

»In einer Minute werden wir's wissen.«

Womit er recht hatte. Der Geheimdienstler drückte auf den Knopf seiner Uhr, als die Tür sich schloß. Ein paar Sekunden später begann sich der Rotor wieder zu drehen, die beiden Turbinentriebwerke liefen hoch, und der Hubschrauber hob ab, mit der Nase nach unten, gewann an Höhe und flog davon, vermutlich nach Norden. Er schaute auf die Uhr, um zu sehen, wieviel Zeit verstrichen war vom Schließen der Tür bis zum Abheben. Der Hubschrauber hatte eine militärische Besatzung, und die würde Wert darauf legen, alles genauso zu machen wie immer. Zeit genug für eine Mörsergranate, die erforderliche Entfernung mehr als dreimal zurückzulegen, schätzte er.

Sie flog zum erstenmal in einem Hubschrauber. Sie ließen Cathy auf dem Notsitz hinter den Piloten sitzen. Die Zelle des Black Hawk ist so konstruiert, daß sie bei einem Aufprall volle vierzehn G absorbiert, und dieser Platz war, statistisch gesehen, der sicherste im Vogel. Der Vierflügelrotor sorgte für ruhigen Flug, und die einzige Unannehmlichkeit, die sie in Kauf nehmen mußte, war die Kälte. Niemand hatte je ein Militärflugzeug mit effizienter Heizung entwickelt. Der Flug hätte sogar interessant sein können, wenn die Secret-Service-Agenten nicht ständig zu den Türen hinausgespäht und nach irgendwelcher Gefahr Ausschau gehalten hätten. Ihr wurde langsam klar, daß sie einem an allem den Spaß nehmen konnten.

»Ich schätze, sie ist unter die Pendler gegangen«, entschied der Reporter. Die Kamera war dem VH-60 gefolgt, bis er hinter Bäumen verschwand. Endlich was zum Schmunzeln. Alle Fernsehgesellschaften taten dasselbe, wie nach dem Attentat auf John F. Kennedy. Das gesamte normale Programm war gestrichen, während man sich – heute rund um die Uhr, was 1963 nicht der Fall war – genüßlich der Katastrophe und den Nachwirkungen hingab. In Wahrheit ging es um die Goldgrube für die Kabelkanäle, wie diverse Quotenwächter zeigten, aber den Fernsehgesellschaften kam eine gewisse Verantwortlichkeit zu, und dies *war* verantwortlicher Journalismus.

»Nun, sie ist ja Ärztin. Man vergißt so leicht, daß trotz der Katastrophe, die über die Regierung hereingebrochen ist, die Leute außerhalb des Beltway ihrer normalen Arbeit nachgehen. Kinder werden geboren. Das Leben geht weiter«, dozierte der Kommentator, wie es sein Job war.

»Und das Land ebenso.« Der Reporter sah direkt in die Kamera, bis auf Werbung umgeschaltet wurde. Die Stimme aus so weiter Ferne hörte er nicht.

»Für den Augenblick.«

Um die Kinder kümmerten sich ihre Bodyguards, und die echte Arbeit des Tages begann. Arnie van Damm sah aus wie Hulle. Der knallt gleich an die Wand, stellte Jack fest; die zermürbende Arbeit und der Kummer haben ihn gleich geschafft. Gut und schön, daß vom Präsidenten soviel wie möglich ferngehalten wurde, wußte Ryan, aber doch nicht auf Kosten der Leute, auf die er so sehr angewiesen war.

»Teil aufsagen, Arnie, dann ab und 'ne Weile hinlegen!«

»Sie wissen, daß ich das nicht...«

»Andrea?«

»Ja, Mr. President?«

»Wenn wir hier fertig sind, lassen Sie Arnie nach Hause fahren. Vor sechzehn Uhr lassen Sie ihn nicht wieder ins Haus!« Ryan wandte den Blick. »Arnie, Sie werden mir *nicht* kaputtgehen. Ich brauche Sie zu sehr.«

Der Stabschef war viel zu müde, um Dankbarkeit zu zeigen. Er übergab einen Ordner. »Hier sind die Pläne für die Trauerfeier, übermorgen.«

Ryan schlug den Ordner auf. Wer immer den Plan aufgestellt hatte, es war mit viel Geschick und Gefühl geschehen. Vielleicht gab es einen Eventualplan für diesen Fall, eine Frage, die Ryan nie stellen würde. Wie auch immer, jemand hatte gute Arbeit geleistet. Roger und Anne Durling würden im White House feierlich aufgebahrt, da die Rotunde des Capitol nicht zur Verfügung stand, und die Menschen hätten vierundzwanzig Stunden Gelegenheit, ihnen die letzte Ehre zu erweisen, durch den Vordereingang herein und über den Ostflügel wieder hinaus. Am

Morgen darauf würden die Durlings mit Leichenwagen zur National Cathedral gefahren, zusammen mit drei Mitgliedern des Kongresses, einem Juden, einem Protestanten und einem Katholiken, zur interkonfessionellen Trauerfeier. Ryan hatte zwei Reden zu halten. Die Texte von beiden befanden sich hinten im Ordner.

»Wofür ist der da?« Cathy trug einen Schutzhelm mit Anschluß an die Gegensprechanlage. Sie zeigte auf einen anderen Hubschrauber, der etwa fünfzig Meter rechts hinter ihnen flog.

»Bei uns fliegt immer eine Ersatzmaschine mit, Ma'am. Falls was ausfällt und wir landen müssen«, erklärte der Pilot auf dem Vordersitz, »Sie sollen nicht unnötigerweise zu spät kommen.« Er sagte nicht, daß im anderen Helikopter weitere vier Secret-Service-Agenten waren, mit schwereren Waffen.

»Wie oft passiert den so etwas, Colonel?«

»Solange ich dabei bin nicht, Ma'am.« Er sagte auch nicht, daß 1993 ein Black Hawk der Marines in den Potomac abgestürzt war, mit Verlust aller Insassen – das war ja lang her. Aufmerksam suchte der Pilot mit seinen Blicken die Luft ab. Bei VMH-1 wurde die Erinnerung daran wachgehalten, was wie ein versuchter Zusammenstoß über dem Wohnsitz Präsident Reagans in Kalifornien ausgesehen hatte. In Wirklichkeit hatte die Unachtsamkeit eines Privatpiloten ihn etwas vom Kurs abkommen lassen. Nach seinem Gespräch mit dem Secret Service hat der arme Kerl das Fliegen wohl ganz aufgegeben. Sie waren die humorlosesten Menschen, wußte Colonel Hank Goodman aus langer Erfahrung. Die Luft war klar und kalt, aber ruhig. Den Steuerknüppel führte er mit den Fingerspitzen, während sie der I-95 nach Nordosten folgten. Baltimore war schon in Sicht, und den Anflug zum Hopkins kannte er aus der Dienstzeit bei der Patuxent River NAS, die gelegentlich mit Navy- und Marine-Helos aushalf, Unfallopfer zu transportieren. Hopkins, erinnerte er sich, bekam die pädriatischen Traumafälle.

Fast dasselbe ging Cathy durch den Kopf, als sie am Schocktrauma-Gebäude der University of Maryland vorbeiflogen. Das jetzt war doch nicht ihr erster Flug in einem Hubschrauber. Nur, daß sie beim anderen bewußtlos gewesen war. Jemand hatte versucht, sie und Sally umzubringen, und all die Leute um sie herum waren in Gefahr, wenn es wieder jemand versuchte – warum? Wegen dem, was ihr Mann war.

»Mr. Altman?« hörte Cathy über die Bordsprechanlage.

»Ja, Colonel?«

»Sie haben doch vorher angerufen?«

»Ja, sie wissen, daß wir kommen, Colonel«, versicherte Altman ihm.
»Nein, ich meine, ist das Dach gecheckt für einen VH-60?«
»Wie meinen Sie?«
»Das bedeutet, daß dieser Vogel hier schwerer ist als der, den die Polizei benutzt. Ist ihre Rampe zugelassen für uns?« Schweigen war auch eine Antwort. Colonel Goodman sah seinen Kopiloten an und verzog das Gesicht. »Okay, diesmal kommen wir auch so zurecht.«
»Links frei.«
»Rechts frei«, erwiderte Goodman. Er kreiste einmal, Augen auf der Windsocke. Lediglich kleine Stöße aus Nordwesten. Sie sanken ruhig, und der Colonel behielt die Funkantennen zur Rechten im Auge. Er setzte weich auf und hielt etwas Collective, damit der Flieger nicht mit vollem Gewicht auf das Stahlbetondach drückte. Vermutlich nicht nötig – Bauingenieure geben den Gebäuden immer Reservestabilität. Doch Goodman hatte es nicht zum Voll-Colonel gebracht, indem er unnötige Risiken einging. Der Chef seiner Mannschaft öffnete die Tür. Die Secret-Service-Agenten stiegen als erste aus und suchten das Gebäude mit Blicken ab, während Goodman die Hand am Hubkrafthebel hielt, bereit, ihn hochzureißen und vom Gebäude davonzuschießen. Dann halfen sie Mrs. Ryan heraus, und sein Tag konnte weitergehen.
»Wenn wir zurück sind, rufen Sie selber hier an und fragen nach der Tragkraft des Daches. Dann bitten Sie um Pläne für unsere Unterlagen.«
»Jawohl, Sir. Es ging einfach zu schnell, Sir.«
»Brauchen Sie mir nicht zu sagen.« Er schaltete auf Funk. »Marine Three, Marine Two.«
»Two.« Der kreisende Begleithubschrauber antwortete sofort.
»Geht los.« Goodman zog den Hubkrafthebel, hob ab und drehte nach Süden. »Sie scheint ganz nett zu sein.«
»Wurde kurz vor der Landung nervös«, stellte der Crew-Chef fest.
»Ich auch«, sagte Goodman. »*Ich* rufe an, wenn wir zurückkommen.«

Der Secret Service *hatte* natürlich angerufen, bei Dr. Katz, der drinnen wartete, zusammen mit drei Hopkins-Sicherheitsleuten. Man machte sich gegenseitig bekannt. Namensschilder wurden ausgegeben und die drei Agenten zu angeblichen Mitgliedern der Medizinischen Fakultät gemacht, und der Tag von Associate Professor Caroline M. Ryan, MD, FACS, begann.
»Wie geht's Mrs. Hart?«
»Ich habe sie vor zwanzig Minuten gesehen, Cathy. Sie ist eigentlich stolz darauf, von der First Lady operiert zu werden.«

# 6 / Beurteilung

Es war schon allerhand nötig, um Andrews Air Force Base vollzustopfen. Die Sicherheitskräfte hatten aber jetzt eine Ansammlung von Flugzeugen dort zu überwachen, die genauso dicht und verschiedenartig war wie drüben in der Wüste Arizonas, wo eingemottete Maschinen geparkt wurden. Mehr noch, die einzelnen Vögel hatten eigene Schutztruppen, die sich alle in einer Atmosphäre institutionellen Argwohns mit den Amerikanern abstimmen mußten, weil Sicherheitskräfte überall trainiert waren, jedem mit Mißtrauen zu begegnen. Es waren zwei Concordes hier, eine britische und eine französische, die den Sex-Appeal beisteuerten. Die übrigen waren in erster Linie Großraumflugzeuge verschiedenen Typs, zumeist im Livree staatlicher Fluggesellschaften der jeweiligen Länder. Sabena, KLM und Lufthansa bildeten den Anfang in der Reihe der NATO-Länder. Die Delegationen der drei skandinavischen Länder waren mit SAS gekommen, jede mit eigener 747. Staatsoberhäupter reisten eben in großem Stil, und nicht eines der Flugzeuge, groß oder klein, war mehr als zu einem Drittel besetzt angekommen. Die Delegationen zu empfangen war eine Aufgabe, die sowohl Fähigkeiten als auch Geduld der Hand in Hand arbeitenden Protokollabteilungen vom White House und State Department auf eine harte Probe stellten, und über die Botschaften war verbreitet worden, daß Präsident Ryan schlicht und einfach nicht Zeit genug blieb, jedem die Aufmerksamkeit zu widmen, die ihm gebührte. Aber die Ehrenformation der Air Force begrüßte sie alle, mit Aufstellung, Wegtreten und neuerlicher Aufstellung, während der rote Teppich liegenblieb und die Großen dieser Welt sich ablösten – bisweilen so schnell nacheinander, wie ein Flugzeug zum Stellplatz ab- und das nächste zum Ankunftspunkt mit Tribüne und Musikkapelle anrollen konnte. Die Begrüßungsreden waren kurz und für die Kameras ernst gehalten, und dann ging es forsch zu bereitstehenden Wagenreihen.

Die Gäste nach Washington hereinzubringen war die nächste Hürde. Jeder Wagen des Diplomatic Protection Service befand sich im Einsatz, mit vier verschiedenen Eskortgruppen, die zur Begleitung der Botschaftslimousinen eilig pendelten und die I-395 und den Suitland Parkway dichtmachten. Das erstaunlichste war vielleicht, daß Präsidenten, Premierminister, sogar Könige und erlauchte Prinzen zur jeweils richtigen Botschaft gelangten – die meisten zum Glück auf Massachusetts Avenue. Das Ganze erwies sich am Ende als Triumph improvisierter Organisation.

Die Botschaften selbst hielten ruhige, private Empfänge ab. Da sie schon alle am selben Ort waren, mußten sich die Staatsmänner natürlich zu Geschäft oder Plauderei treffen. Der britische Botschafter zum Beispiel, dienstältester Repräsentant der NATO-Staaten und des Commonwealth, hatte für den Abend zweiundzwanzig Staatschefs zum ›informellen‹ Dinner geladen.

»Okay, *dieser* hat's Fahrgestell unten«, sagte der Air Force Captain bei einkehrender Dämmerung.

Die Tower-Besatzung auf Andrews war ausgerechnet dieselbe, die auch ›Jene Nacht‹, wie die Leute sie nannten, Dienst gehabt hatte. Sie sahen zu, wie die JAL 747 auf Landebahn Null-Eins rechts einschwebte. Die Crew mochte bemerkt haben, daß sich im großen Hangar auf der Air-Base-Ostseite die Überreste der Schwestermaschine befanden – gerade brachte ein Laster ein verformtes Triebwerk, das man vor kurzem aus dem Keller des Capitol gezogen hatte –, doch der Jumbo rollte aus, bog folgsam nach links ab und rollte dem Lotsen bis zur Stelle nach, wo die Passagiere von Bord sollten. Der Pilot bemerkte die Kameras und das Bodenpersonal, das aus der relativen Wärme eines Gebäudes zur Ausrüstung ging für die letzte und interessanteste Ankunft. Er überlegte, ob er seinem Kopiloten etwas sagen sollte, entschied sich aber dagegen. Kapitän Sato Torajiro war, nun, wenn nicht gerade ein enger Freund, so doch ein Kollege gewesen, ein netter obendrein, doch an der Schande, die er seinem Land, seiner Fluggesellschaft und seinem Berufsstand angetan hatte, würden sie Jahre zu tragen haben. Schlimmer wäre es nur noch gewesen, wenn er Passagiere an Bord gehabt hätte, denn sie zu schützen war höchste Pflicht ihres Lebens, und wenn seine Kultur auch Selbstmord für einen bestimmten Zweck als ehrenhaft ansah – sogar Status für besonders dramatischen Abschied vom Leben verlieh –, hatte dieses Beispiel sein Land mehr erschüttert und bekümmert als alles seit Menschengedenken. Der Pilot hatte seine Uniform stets voller Stolz getragen. Nun aber zog er sie immer schnellstmöglich aus, im Ausland wie zu Hause. Der Pilot schüttelte den Gedanken von sich und bremste sanft so ab, daß das Flugzeug mit der vorderen Tür exakt neben der altmodischen rollbaren Treppe anhielt. Dann wechselten Pilot und Kopilot Blicke voller Ironie und Scham darüber, daß sie ihre Arbeit so gekonnt ausgeführt hatten. Sonst in Mittelklassehotels in Washington einquartiert, würden sie diesmal in der Offiziersunterkunft auf dem Stützpunkt einkehren und vermutlich von jemandem überwacht werden. Jemandem unter Waffen.

Die Flugzeugtür gehorchte den zarten Händen der Chefstewardeß und öffnete sich. Premierminister Koga Mogataru, Mantel zugeknöpft und Schlips zurechtgerückt, stand kurz in der Tür und kam dann die Treppe herab. Die Air-Force-Kapelle intonierte ›Ruffles and Flourishes‹.

Unten wartete der amtierende Secretary of State, Scott Adler. Die beiden waren sich noch nie begegnet, waren aber ausführlich instruiert. Koga sah aus wie auf den Bildern. Der Mann schien eigentlich recht gewöhnlich, einsachtundsechzig, mittleres Alter und hatte volles, schwarzes Haar. Die dunklen Augen waren unbewegt – oder gaben es vor, wie Adler bei genauerem Hinsehen erkannte. Es war Traurigkeit darin. Kaum eine Überraschung, sagte sich der Diplomat, als er die Hand ausstreckte.

»Willkommen, Herr Premierminister.«

»Danke, Mr. Adler.« Die beiden Männer schritten zum Podium. Adler sagte ein paar ruhig gehaltene Begrüßungsworte – diese Rede, in Foggy Bottom eine Stunde lang ausformuliert, bis sie saß, dauerte für die Außenwelt kaum eine Minute. Dann trat Koga ans Mikrofon.

»Zuallererst muß ich Ihnen danken, Mr. Adler, und Ihrem Land, daß Sie mir gestattet haben, heute herzukommen. So überraschend die Geste auch ist, begreife ich nun, daß solches in Ihrem weiten und weitherzigen Land Tradition hat. Ich komme heute, um mein Land bei einer traurigen, doch notwendigen Aufgabe zu vertreten. Ich hoffe, es wird eine Mission der Heilung für Ihr Land und für meines. Ich hoffe, daß Ihr Volk und meines in dieser Tragödie eine Brücke zu einer friedlichen Zukunft erkennen.« Koga trat zurück, Adler geleitete ihn den roten Teppich entlang, und die Kapelle spielte ›Kimagajo‹, die kurze japanische Hymne, die tatsächlich ein Engländer komponiert hatte, vor hundert Jahren. Der Premierminister blickte zur Ehrenformation und wollte in den jungen Gesichtern lesen, Haß oder Abscheu entdecken. Er konnte aber nur Unbewegtheit erkennen. Er stieg in den wartenden Wagen, von Adler gefolgt.

»Wie fühlen Sie sich, Sir?« fragte SecState.

»Danke, gut. Ich habe während des Fluges geschlafen.«

»Wenn Sie möchten, können wir auf dem Weg zur Botschaft Präsident Ryan aufsuchen. Der Präsident hat mich beauftragt, Ihnen zu sagen, wenn Sie das lieber nicht möchten, wegen des langen Fluges oder aus anderen Gründen, wäre er keinesfalls beleidigt.« Scott war überrascht, daß Koga nicht einen Augenblick zögerte.

»Dankbar nehme ich diese Ehre an.«

Der amtierende Außenminister zog ein Sprechfunkgerät aus der Tasche. »EAGLE an SWORDBASE. Zustimmung.« Adler hatte lächeln müssen, als er vor ein paar Tagen dieses Secret-Service-Funkkürzel erfuhr. ›Eagle‹ war das englische Gegenstück seines deutsch-jüdischen Familiennamens.

»SWORDBASE bestätigt Zustimmung«, krächzte das chiffrierte Funkgerät.

»EAGLE, Ende.«

Die Wagenkolonne auf Suitland Parkway ignorierte die Höchstgeschwindigkeit. Unter anderen Umständen hätte sie ein Pressehubschrauber mit laufender Kamera verfolgt, doch im Augenblick war der Luftraum über Washington voll gesperrt. Sogar der National Airport war geschlossen, die Flüge nach Dulles und Baltimore-Washington International verlegt. Koga bemerkt erst jetzt den Fahrer, der Amerikaner war. Der Wagen verließ den Parkway nach rechts und nahm einen Häuserblock weiter die Auffahrt zur I-295, die gleich darauf in I-395 überging, eine holprige Durchgangsstraße über den Anacostia-Fluß direkt ins Zentrum von Washington. Als sie auf der Hauptverkehrsader eintrafen, scherte der gestreckte Lexus, in dem er saß, nach rechts aus. Ein identisches Auto fuhr an seinen Platz, während sich seines mit drei Suburbans vom Secret Service formierte, in einem Manöver, das kaum mehr als fünf Sekunden dauerte. Die leeren Straßen erleichterten die restliche Fahrt, und nach wenigen Minuten bog der Wagen in den West Executive Drive ein.

»Sie kommen, Sir«, sagte Price, die vom uniformierten Posten am Einfahrtstor benachrichtigt worden war.

Jack trat hinaus, gerade in dem Augenblick, als das Auto anhielt, nicht sicher, was das Protokoll für diesen Fall vorsah – noch etwas, das er mit Bezug auf seinen neuen Job herauszufinden hatte.

»Mr. President«, sagte Koga, nachdem er sich aufgerichtet hatte.

»Herr Premierminister, bitte kommen Sie hier entlang.« Ryan wies mit der Hand hin.

Koga war noch nie im White House gewesen, und es kam ihm sofort wieder in den Sinn, daß er – wann? vor drei Monaten – hier herübergekommen war, um über Handelsprobleme zu sprechen, die schließlich zu einer militärischen Auseinandersetzung geführt hatten... ein weiteres schändliches Versagen. Dann wurde ihm allmählich Ryans Verhalten klar. Er hatte mal gelesen, daß hier das volle Staatsprotokoll bei der Ankunft nicht unbedingt Wertschätzung zeigte – nun, das wäre ohnehin nicht möglich oder angemessen, sagte sich Koga. Doch Ryan hatte allein an der Tür gestanden, und das mußte etwas bedeuten, sagte sich der japanische Premierminister, während er die Stufen hinaufschritt. Eine Minute später befand er sich mit Ryan allein im Oval Office.

»Vielen Dank«, sagte Koga schlicht und einfach.

»Wir mußten uns treffen«, erwiderte Präsident Ryan. »Zu jeder anderen Zeit würden andere dabeisein, die uns beobachten und abschätzen und versuchen würden, unsere Lippen zu lesen.« Er schenkte seinem Gast und sich Kaffee ein.

»*Hai*, die Presse in Tokio ist in den letzten Tagen viel aufdringlicher geworden.« Koga hob seine Tasse, hielt aber inne. »Wem habe ich meine Errettung vor Yamata zu verdanken?«

Jack hob den Blick. »Die Entscheidung wurde hier getroffen. Die beiden Beamten sind in der Nähe, falls Sie sie gern nochmal persönlich sehen möchten.«

»Wenn es sich machen läßt.« Koga nippte an seinem Kaffee. Er hätte zwar lieber Tee gehabt, aber Ryan tat wohl sein Bestes, ein guter Gastgeber zu sein, und schon der gute Wille beeindruckte den Gast. »Vielen Dank, daß Sie mich überhaupt haben kommen lassen, Präsident Ryan.«

»Ich hatte versucht, mit Roger über das Handelsproblem zu sprechen, aber... war aber nicht überzeugend genug. Dann war ich besorgt, daß Goto was anstellt, handelte aber nicht schnell genug, durch die Rußlandreise und so. Das Ganze war ein schwerer Unglücksfall. Ich denke, das sind Kriege immer. Wie auch immer, es ist an uns beiden, diese Wunde zu heilen. Und ich möchte, daß das so schnell wie möglich geschieht.«

»Die Verschwörer befinden sich alle in Gewahrsam. Sie werden wegen Landesverrats vor Gericht gestellt«, versprach Koga.

»Das ist Ihre Angelegenheit«, erwiderte der Präsident. Was aber nicht ganz stimmte. Das japanische Rechtssystem war seltsam, weil die Gerichte häufig gegen die Landesverfassung verstießen, zugunsten von weitgefaßten, aber ungeschriebenen kulturellen Mores, etwas, das für Amerikaner unvorstellbar wäre. Ryan und Amerika erwarteten, daß die Prozeßführung gesetzeskonform sein werde. Koga verstand das vollkommen. Die Aussöhnung zwischen Amerika und Japan hing völlig davon ab und von einer Vielzahl weiterer Einvernehmen, die hier unerwähnt blieben, zumindest auf dieser Ebene. Für seinen Teil hatte Koga bereits sichergestellt, daß die für die einzelnen Prozesse ausgewählten Richter diese Regeln absolut verstanden.

»Ich habe es nie für möglich gehalten, daß so etwas geschehen könnte, und dann Sato, dieser verrückte... Mein Land und mein Volk schämen sich zutiefst dafür. Ich habe so viel zu tun, Mr. Ryan.«

Jack nickte. »Wir beide. Aber es wird getan.« Eine kurze Pause. »Die technischen Fragen können auf Ministerebene behandelt werden. Was uns betrifft, will ich nur sichergehen, daß wir uns verstehen. Ich vertraue auf Ihren guten Willen.«

»Danke, Mr. President.« Koga setzte seine Tasse ab, um den Mann gegenüber genauer zu betrachten. Er war jung für einen solchen Posten, wenngleich nicht der jüngste Präsident. *Die* Auszeichnung würde wohl in alle Ewigkeit Theodore Roosevelt halten. Auf dem langen Flug von Tokio hierher hatte er einiges über John Patrick Ryan gelesen. Der Mann hatte mehr als einmal von eigener Hand getötet, war dem eigenen Tod und dem seiner Angehörigen entgegengetreten und hatte manch anderes getan, über das seine Geheimdienstberater nur spekulieren konnten. Für die Spanne weniger Sekunden sein Gesicht erforschend, versuchte Koga zu verstehen, wie so ein Mensch auch Mann des Friedens sein könnte, doch er konnte nichts erkennen, und er fragte sich, ob es im amerikanischen Charakter etwas gäbe, das er nie ganz verstehen würde. Er sah Intelligenz und Neugier, das eine zu messen und das andere zu ergründen. Er sah Müdigkeit und Traurigkeit. Die letzten Tage mußten die reinste Marter gewesen sein, da war sich Koga sicher. Irgendwo in diesem Gebäude waren wohl die Kinder von Roger und Anne Durling, und auch das war eine schwere Last, die der Mann zu tragen hatte. Plötzlich ging dem Premierminister auf, daß Ryan, wie die meisten Westlichen, nicht viel Geschick im Verbergen der inneren Gedanken hatte. Doch das stimmte wiederum nicht. Hinter diesen blauen Augen spielten sich noch andere Dinge ab, und die trug er nicht zu Markte. Sie waren in keiner Weise bedrohlich, aber sie waren da. Dieser Ryan war tatsächlich ein Samurai, wie er ein paar Tage zuvor in seinem Büro sagte, aber darunter gab es schwer faßbar noch eine Lage. Koga stellte dies erst mal zurück. So wichtig war es nicht, und er hatte etwas zu fragen.

»Ich habe eine Bitte, wenn es erlaubt ist.«

»Und die wäre, Sir?«

»Mr. President, das ist keine gute Idee«, protestierte Price ein paar Minuten später.

»Gut oder nicht. Leiten Sie's in die Wege«, trug Ryan ihr auf.

»Ja, Sir.« Andrea Price zog sich aus dem Raum zurück.

Koga beobachtete diese Übung und erfuhr etwas Neues. Ryan war ein Mann, der Entscheidungen treffen und Anweisungen geben konnte, ganz ohne theatralisches Getue.

Die Autos standen noch am Westeingang, und es ging nur darum, sich Mäntel anzuziehen und einzusteigen. Insgesamt vier Suburbans machten eine Kehrtwendung auf dem Parkplatz und fuhren erst südlich, dann nach Osten, zum Hill. Diesmal fuhr der Konvoi ohne Sirenen und Warnlichter, sondern hielt sich an die Verkehrsregeln – fast. Die leeren Straßen erlaubten es, Ampeln zu mißachten, und sie konnten bald nach links in die Capitol Street einbiegen, noch einmal nach links zum Gebäude hin. Jetzt waren weniger Lichter zu sehen. Die Treppen waren von Schutt geräumt, so daß es ein leichtes war, hinaufzusteigen, nachdem die Autos geparkt waren und die Secret-Service-Agenten Posten bezogen hatten. Ryan geleitete Koga hinauf, und unversehens standen beide da und schauten hinab in die jetzt leere Höhlung, die einst der Plenarsaal gewesen war.

Der japanische Premierminister stand erst ganz aufrecht. Er klatschte einmal laut in die Hände, um die Aufmerksamkeit der Geister zu erregen, die seinem Glauben gemäß noch hier waren. Dann verbeugte er sich förmlich und sprach seine Gebete für sie. Ergriffen tat es ihm Ryan nach. Fernsehkameras gab es nicht, die den Augenblick festhielten – das heißt, es standen schon noch welche da, aber die Abendnachrichten waren vorüber, und sie waren abgeschaltet, die Mannschaften saßen in den Ü-Wagen, tranken Kaffee und ahnten nicht, was hundert Meter entfernt geschah. Es dauerte ohnehin nur ein, zwei Minuten. Als es vorüber war, wurde eine amerikanische Hand ausgestreckt, und eine japanische ergriff sie, und zwei Augenpaare gelangten zum Einvernehmen, das Minister und Verträge so nie hätten erzielen können, und im rauhen Februarwind wurde zwischen den beiden Ländern endgültig und vollständig Frieden geschlossen. In zehn Fuß Entfernung stand Andrea Price und war froh, daß der Fotograf des White House mitgekommen war, und die Tränen, die sie wegzwinkerte, rührten nicht vom Wind her. Dann geleitete sie die beiden Männer wieder die Treppe hinab.

»Warum haben die so stark überreagiert?« fragte die Premierministerin und nippte ihren Sherry.

»Nun, wie Sie wissen, bin ich nicht voll instruiert«, erwiderte der Prince of Wales, zunächst einmal erläuternd, denn er sprach nicht direkt für die Regierung Ihrer Majestät. »Ihr Flottenmanöver hatte aber wirklich den Anschein einer Drohgebärde.«

»Sri Lanka muß mit den Tamilen zu einer Einigung kommen. Sie haben einen bedauerlichen Widerwillen an den Tag gelegt, in substantielle Verhandlungen einzutreten, und wir haben versucht, sie zu beeinflussen. Immerhin haben wir Soldaten dort als Friedenstruppe und möchten keinesfalls, daß sie zu Geiseln der allgemeinen Lage werden.«

»Ganz recht, aber warum ziehen Sie Ihre Friedenstruppe nicht zurück, wie es die dortige Regierung verlangt?«

Die indische Premierministerin seufzte erschöpft – auch für sie war es ein langer Flug gewesen, und unter den Umständen war etwas Verdrossenheit gestattet. »Königliche Hoheit, ziehen wir unsere Truppe zurück und die Situation eskaliert wieder einmal, bekommen wir mit unseren eigenen tamilischen Einwohnern Schwierigkeiten. Es ist wirklich eine äußerst unglückliche Lage. Wir versuchten, in einer nahezu ausweglosen politischen Lage zu helfen, ganz auf unsere eigenen Kosten, doch dann sieht sich die Regierung von Sri Lanka außerstande, notwendige Maßnahmen zu ergreifen, um eine Peinlichkeit meinem Land gegenüber und die fortdauernde Rebellion in ihrem eigenen zu verhindern. *Daraufhin* mischt sich Amerika ohne echten Grund ein und stützt damit die Unnachgiebigkeit der Srilanker.«

»Wann wird deren Premierminister eintreffen?« fragte der Prinz.

»Wir hatten angeboten, gemeinsam herüberzufliegen, um unterwegs die Lage diskutieren zu können, doch er hat bedauerlicherweise abgelehnt. Morgen, denke ich. Wenn seine Maschine keine Fehlfunktion entwickelt«, fügte sie hinzu. Die Fluggesellschaft des Landes hatte verschiedene technischen Problemen, vom anhaltenden Sicherheitsrisiko ganz abgesehen.

»Wenn Sie wünschen, könnte der Botschafter wohl eine ungestörte Begegnung arrangieren.«

»Vielleicht wäre das nicht ganz zwecklos«, räumte die Premierministerin ein. »Ich wünschte mir, die Amerikaner würden hierzu die korrekte Betrachtungsweise entwickeln. Sie haben sich in unserem Teil der Welt immer so ungeschickt angestellt.«

Und das war Zweck der Übung, wie der Prinz verstand. Er und Präsident Ryan waren schon seit Jahren befreundet, und Indien wollte, daß er Vermittler spiele. Er würde diese Rolle kaum das erstemal spielen, aber in allen solchen Fällen war der Thronfolger angehalten, sich mit der Regierung zu beraten, in diesem Falle mit dem Botschafter. Jemand in Whitehall hatte entschieden, daß die Freundschaft Seiner Königlichen Hoheit mit dem neuen Präsidenten Amerikas wichtiger sei als der Kontakt von Regierung zu Regierung, außerdem würde sie der Monarchie gut stehen, jetzt, wo solcher Anschein nützlich und notwendig wäre. Auch bot sie Seiner Hoheit eine Ausrede für den Besuch von Ländereien in Wyoming, die in aller Stille der Royal Family oder der ›Firma‹, wie sie von Insidern bisweilen genannt wurde, gehörten.

»Ich verstehe«, war die verbindlichste Antwort, die er geben konnte, denn Großbritannien hatte ein Ersuchen von Indien ernst zu nehmen. Einst das strahlendste Diadem in einer weltumspannenden Krone, war dieses Land immer noch ein bedeutender Handelspartner, lästige Plage, die es allerdings oft sein konnte. Ein direkter Kontakt zwischen den beiden Regierungschefs könnte peinlich sein. Die amerikanische Inkommodation der indischen Flotte war kaum publik, da sie gegen Ende der Feindseligkeiten zwischen Amerika und Japan vorgefallen war, und es lag im gegenseitigen Interesse, daß es so blieb. Präsident Ryan hatte genug am Halse, wie sein alter Freund wußte. Der Prinz hoffte, daß Ryan sich ein wenig ausruhen konnte. Für die Leute beim Empfang war Schlaf bloß ein Mittel gegen Jetlag. Für Ryan war er notwendiger Treibstoff, und in den nächsten zwei Tagen würde er viel benötigen.

Die Schlange war endlos, das typische Klischee. Sie erstreckte sich ein ganzes Stück am Gebäude des Finanzministeriums vorbei, und ihr Anfang sah aus wie das ausgefranste Ende eines Seiles, wo immer neue Leute dazukamen und sich just zu diesem Seil verdichteten, so daß es den Anschein hatte, als entwickle es sich selbst aus dem Nichts und ergänze sich immer wieder. Sie betraten das Gebäude in Gruppen zu etwa fünfzig, und das Öffnen und Schließen der Türen wurde von jemandem mit einer Uhr oder der langsam zählte, geregelt. Je ein Soldat der verschiedenen Waffengattungen hielt Ehrenwache, im Moment unter Befehl eines Air Force Captain. Sie und die Särge standen still, während die Leute vorüberzogen.

Ryan betrachtete kurz nach seiner Ankunft ihre Gesichter auf dem Bürofernseher. Es war wieder vor Sonnenaufgang, und fragte sich, was sie wohl dachten und warum sie gekommen waren. Nur wenige hatten tatsächlich für Roger Durling gestimmt. Immerhin war er nur Mitbewerber gewesen, zweiter Listenplatz, und nur durch Bob Fowlers Rückzug Präsident geworden. Doch Amerika schloß seine Präsidenten in die Arme, und im Tod empfing Roger so viel Liebe und Verehrung, wie er zu Lebzeiten nie erfahren hätte. Einige der Trauernden traten vom Sarg etwas zurück und sahen sich in der Eingangshalle des Gebäudes um, die viele von ihnen zuvor nie betreten hatten. Sie nutzten ihre paar Sekunden dort und ließen ihre Blicke von der Ursache ihres Kommens abschweifen, ehe sie dann die Treppen hinuntergingen und das Gebäude durch den Osteingang verließen, jetzt in Gruppen von Freunden oder Verwandten oder auch allein, um wieder die Stadt zu verlassen und ihren Geschäften nachzugehen. Dann wurde es Zeit für ihn, dasselbe zu tun – genauer, zu seiner Familie zurückzukehren und sich auf die Aufgaben des folgenden Tages vorzubereiten.

Warum nicht? hatten sie bei ihrer Ankunft auf dem Dulles International Airport entschieden. Glücklicherweise hatten sie an der Endstation von Metros Yellow Line ein billiges Motel gefunden, waren mit der U-Bahn in die Stadt gefahren und an der Station Farragut Square ausgestiegen, da waren es nur ein paar Blocks bis zum White House. Für beide war das das erstemal – keiner von beiden war schon in Washington gewesen, dieser verfluchten Stadt am kleinen Fluß, die das ganze Land verpestete, von dem sie Blut und Schätze saugte – das war so ein Lieblingssatz der Mountain Men. Es dauerte, bis sie das Ende der Schlange fanden, und weitere Stunden, sich mit ihr vorwärts zu bewegen. Dabei waren sie froh, daß sie wenigstens wußten, wie man sich bei Kälte anzog, was man von den Ostküstenidioten bei ihnen in der Schlange nicht sagen konnte, mit ihren dünnen Mänteln und bloßen Köpfen. Es fiel ihnen schwer, keine Witze darüber zu reißen, was geschehen war. Statt dessen hörten Pete Holbrook und Ernest Brown sich an, was andere in der Schlange so von sich gaben. Das aber war enttäuschend. Vielleicht waren viele von ihnen Bundesangestellte, dachten die beiden. Manche jammerten sogar, wie traurig das alles war, was Roger Durling doch für ein netter Mensch gewesen sei, wie attraktiv seine Frau gewesen und wie niedlich die Kinder waren und wie schlimm es für sie sein mußte.

Gewiß, die beiden Mitglieder der Mountain Men mußten dem zustimmen, yeah, sicher war's schlimm für die Kids – und wer hatte Kids nicht gern? –, aber Rührei war sicher auch was, das Mama Huhn nicht gern sah, stimmt's? Und wieviel Leid hatte ihr Vater über ehrliche Bürger gebracht, die nur ihr verfassungsmäßiges Recht haben wollten, in Ruhe gelassen zu werden von all den nutzlosen Wichsern Washingtons? Doch das sagten sie nicht. Sie hielten die meiste Zeit den Mund, während die Schlange sich dahinwand. Beide kannten die Story vom Schatzamt, das ihnen für 'ne Weile Schutz vorm Wind bot; wie Andy Jackson entschieden hatte, es genau dahin zu bauen, damit er vom White House nicht das Capitol anschauen mußte (in der Dunkelheit konnten sie selbst nicht viel sehen), und so Pennsylvania Avenue den berühmten und ärgerlichen Knick verpaßte – nicht, daß das noch was ausmachte, denn sie war ja vorm White House sowieso abgesperrt worden. Und warum? Um den Präsidenten vor den *Bürgern* zu schützen! Konnten den Bürgern nicht trauen, dem großen Wichtigtuer zu nahe zu kommen. Das konnten sie natürlich auch nicht sagen. Man konnte ja nie wissen, wie viele Regierungstypen rumspionierten, gerade hier in der Schlange zum White House. Diesen Namen fürs Gebäude akzeptierten sie nur, weil er angeblich von Davy Crockett stammte. Holbrook wußte das noch von 'nem Film aus'm Fernsehen, aber nicht mehr, welcher Film, und Ol' Davy war ohne Zweifel ihre Art von Amerikaner, ein Mann, der seinem Lieblingsgewehr 'nen Namen gegeben hatte. Yeah.

Das House sah nicht gerade schlecht aus, und es hatten auch ein paar gute Leute drin gewohnt. Andy Jackson, der dem Supreme Court gesagt hatte, wo's langging. Lincoln, der zähe alte Bastard. Schade, daß er abgeknallt wurde, bevor er den Plan in die Tat umsetzen konnte, die Nigger nach Afrika zurückzuschaffen oder nach Lateinamerika... (Beide mochten auch James Monroe sehr, weil er als Mitbegründer von Liberien anfing, diese Idee umzusetzen und ehemalige Sklaven dorthin zu bringen; nur schade, daß dann keiner damit weitermachte.) Teddy Roosevelt, der viel Gutes an sich hatte, ein Jäger und Soldat, der ein bißchen weit gegangen war bei der ›Reform‹ der Regierung. Danach aber nicht mehr viel, meinten die beiden, aber es war nicht die Schuld vom Bau, daß dort in letzter Zeit nur noch Leute hausten, die sie nicht mochten. Das war's Problem mit den Bauten Washingtons. Im Capitol waren immerhin mal Leute wie Henry Clay und Dan'l Webster zu Hause gewesen. Patrioten, nicht wie der Haufen, der vom Japs-Piloten verschmurgelt wurde.

Alles wurde 'n bißchen unheimlich, als sie aufs White-House-Gelände kamen, wie auf feindliches Gebiet. Am Torhaus standen Wachtposten, von den Uniformierten des Secret Service, und drinnen waren Marines. War das keine Schande? Marines. Echte Amerikaner, sogar die Farbigen, gingen sie ja durch dieselbe Ausbildung wie die Weißen, und einige von ihnen waren wohl sogar Patrioten. Schade, daß sie Nigger waren, doch da ließ sich nichts machen. Und die Marines taten alle, was ihnen die Bürohengste sagten. Schwer zu verstehen. Waren ja fast noch Kinder, und vielleicht kämen sie noch dahinter. Schließlich hatten die Mountain Men auch einige ehemalige Militärs in ihren Reihen. Die Marines bibberten in ihren Mänteln und weißen Homo-Handschuhen, und schließlich öffnete einer von ihnen, nach seinen Streifen ein Sergeant, die Tür.

Tolle Bude, dachten Holbrook und Brown, während sie sich in der hohen Eingangshalle umsahen. Leicht zu erkennen, daß jemand, der hier wohnte, sich für 'n Top-Scheißer hielt. Da mußte man schon aufpassen. Lincoln war in 'ner Blockhütte aufgewachsen, und Teddy hatte im Zelt gewohnt, wenn er in den Bergen auf Jagd war, aber wer heutzutage hier wohnte, war auch bloß so 'n verdammter Sesselfurzer. Drinnen waren auch wieder Marines und die Ehrenwache um die zwei Kisten und, am beunruhigendsten von allen, Leute in Zivil mit kleinen geringelten Plastikdingern, die vom Kragen zu 'n Ohren gingen. Secret Service. Bundespolypen. Das Gesicht des Feindes: kamen vom selben Ministerium, wie 's Bureau of Alcohol, Tobacco and Firearms. Klar. Der erste Fall von Aufbegehren der Bürger gegen die Regierung war wegen Alkohol gewesen, die Whiskey-Rebellion – darum waren die Mountain Men auch verhalten in ihrer Bewunderung für George Washington. Die Liberaleren unter ihnen sagten, daß selbst ein guter Mann mal einen schlechten Tag haben konnte, und George war keiner gewesen, mit dem man rumfurzen konnte. Brown und Holbrook guckten die Kotzbrocken vom Secret Service nicht direkt an. Auch bei denen mußte man vorsichtig sein.

Special Agent Price kam in die Eingangshalle. Ihr Prinzipaler saß sicher in seinem Büro, und ihre Verantwortung als Kommandeurin des White House Detail erstreckte sich aufs gesamte Gebäude. Die Prozession war keine Bedrohung für die Sicherheit vom House. In den Augen der Sicherheitsleute war es eigentlich bloß ein Ärgernis. Selbst wenn sich eine Bande mit versteckten Schußwaffen unter die trauernde Menge gemischt hätten, hinter geschlossenen Türen hielten sich zwanzig bewaffnete Agenten bereit, und zwar mit Uzi-Maschinenpistolen in ihren Schnellreaktionstaschen, den sogenannten FAG-Bags. Im Eingang versteckte Metalldetektoren zeigten den Sicherheitskräften an, auf wen sie sich besonders zu konzentrieren hatten, und wieder andere Agenten hielten Fotos in den Händen wie Packen von Spielkarten und blätterten sie ständig durch, bis jedes Gesicht, das durch die Tür kam, mit den abgebildeten bekannten oder mutmaßlichen Unruhestiftern verglichen war. Zuletzt bauten sie noch auf Instinkt und ihre Ausbildung, und das lief auf Leute hinaus, die ›komisch‹ aussahen, typischer Ausdruck für unpassendes Verhalten. Das Problem dabei war die Kälte draußen. Viele Leute kamen rein, die komisch aussahen. Einige trampelten mit den Füßen. Andere rammten Hände in Taschen oder rückten Mäntel zurecht oder zitterten oder sahen sich einfach seltsam um – und all das zog die besondere Aufmerksamkeit des Detail auf sich. Schlug bei jemandem der Metalldetektor an, hob ein Agent die Hand, als wolle er sich etwa an der Nase kratzen, und sprach dabei in ein Mikrofon. »Blauer Mantel, männlich, eins achtzig« zum Beispiel sorgte dafür, daß sich vier, fünf Köpfe dem Betreffenden zuwandten, um ihn näher in Augenschein zu nehmen, hier einen Zahnarzt aus Richmond, der gerade seinen Taschen-Handwärmer von einer Seite zur anderen wechselte. Seine äußere Erscheinung wurde eingehend mit den einschlägigen Fotos verglichen, aber keine Ähnlichkeiten festgestellt – dennoch wurde er weiter im

Auge behalten, und für alle Fälle zoomte eine Kamera auf sein Gesicht und nahm es auf. In extremeren Fällen mischte sich ein Agent unter Trauernde und folgte dem Betreffenden bis zum Wagen, um das Kennzeichen festzustellen. Das inzwischen längst aufgelöste Strategic Air Command hatte sich als Motto FRIEDEN IST UNSERE BERUFUNG gewählt. Für den Secret Service war die Berufung Paranoia, und die Notwendigkeit dafür belegt durch die zwei Särge in der White-House-Eingangshalle.

Brown und Holbrook hatten ihre fünf Sekunden direkter Ansicht. Zwei teure Kisten, sicher auf Kosten der Staatskasse angeschafft und frevlerisch, dachten sie, mit den Stars and Stripes geschmückt. Na, vielleicht nicht bei der Frau. Immerhin, Frauen sollten sich ja ihren Männern gegenüber loyal verhalten, das war nun mal so. Der Strom der Menge schob sie nach links, und Seile aus Samt führten sie die Treppe hinab. Sie spürten die Veränderung in den anderen. Ein kollektiver Seufzer und leichtes Schniefen von Leuten, die sich Tränen aus den Augen wischten – meist Frauen. Die beiden Mountain Men zeigten sich stoisch wie die meisten Männer. Die Remington-Skulpturen auf dem Weg hinaus ließen beide noch einmal kurz bewundernd stehenbleiben, und dann waren sie wieder draußen im Freien, und die frische Luft war eine Wohltat nach den paar Minuten in der Dampfheizungswärme des Bundesgebäudes. Sie sprachen kein Wort, bis sie das Gelände des White House verlassen hatten und weit genug weg von anderen waren.

»Hübsche Kisten, die wir ihnen gekauft haben«, brachte Holbrook als erster heraus.

»Schade, daß sie nicht offen waren.« Brown sah sich um. Es war niemand in der Nähe, der ihn hätte hören können.

»Sie hinterlassen Kinder«, erwähnte Pete. Er ging etwas nach Süden, so daß sie die Pennsylvania Avenue überblicken konnten.

»Ja, ja, ja. Und die werden groß und werden dann auch solche Bürokraten.« Sie gingen ein paar Meter. »Verdammt noch mal!«

Da war nichts weiter zu sagen, außer höchstens: »Scheißdreck«, dachte Holbrook, und er mochte nicht immer wiederholen, was Ernie sagte.

Die Sonne ging auf, und da es zum Hill hin nach Osten kein hohes Gebäude mehr gab, zeichnete sich die Silhouette des weißen Gebäudes sehr schön ab. Obgleich es für beide der erste Besuch in Washington war, hätte jeder von ihnen eine einigermaßen akkurate Skizze des Gebäudes aus dem Gedächtnis zeichnen können, und was mit der Skyline nicht stimmte, hätte nicht deutlicher zutage treten können. Pete war froh, daß Ernie ihn überredet hatte mitzukommen. Allein dieser Anblick war die Reise wert gewesen. Diesmal brachte Holbrook seinen ersten kollektiven Gedanken zustande: »Ernie«, sagte er voller Ehrfurcht, »das is' inspirierend.«

»Ja.«

Ein Problem mit der Krankheit war, daß die ersten Anzeichen nicht eindeutig waren. Ihr Hauptaugenmerk richtete sich auf einen ihrer kleinen Patienten. Er war so ein hübscher Junge, aber er war schwerkrank. Schwester M. Jean Baptiste sah jetzt, daß sein Fieber auf 40,4 Grad gestiegen war, und das allein war schlimm genug, aber die anderen Anzeichen waren noch schlimmer. Die Desorientierung hatte sich verstärkt. Das Erbrechen wurde immer häufiger, und jetzt war auch Blut darin. Anzeichen für innere Blutungen. All das, wußte sie, konnte verschiedenes bedeuten – doch das, was sie fürchtete, wurde Ebola-Fieber genannt. Im Dschungel dieses Landes – an das sie gelegentlich immer noch als Belgisch-Kongo dachte – gab es viele Krankheiten, und während der Wettlauf darum, die schlimmste zu sein, härter war, als man vielleicht dachte, ließ Ebola alle anderen doch weit hinter sich. Für eine weitere Untersuchung mußte Schwester Jean Baptiste Blut entnehmen, und dies tat sie mit äußerster Sorgfalt. Die erste Probe war irgendwie abhanden gekommen. Die jüngeren Mitarbeiter nahmen es eben nicht so genau, wie sie sollten... Seine Eltern hielten den Arm, während sie Blut entnahm, die Hände jetzt mit Gummihandschuhen geschützt. Es ging reibungslos – der Junge war im Augenblick nicht bei Bewußtsein. Sie zog die Nadel wieder heraus und legte sie sofort in eine Plastikschachtel. Die Blutampulle war ungefährlich, doch auch sie kam in einen Behälter. Ihre unmittelbare Sorge betraf die Nadel. Zu viele vom Personal versuchten, dem Hospital Geld zu sparen, indem sie Instrumente mehrfach benutzten, und das trotz AIDS und anderer Krankheiten, die durch Blut übertragen wurden. Sie mußte sich selbst darum kümmern, um sicherzugehen.

Sie hatte keine Zeit, noch länger beim Patienten zu bleiben. Sie verließ die Station und begab sich ins nächste Gebäude. Das Hospital hatte eine lange, ehrenvolle Geschichte und war den örtlichen Gegebenheiten entsprechend gebaut worden. Die vielen kleinen Gebäude waren durch überdachte Laufstege miteinander verbunden. Das Labor war nur fünfzig Meter entfernt. Die Einrichtung war segensreich; erst unlängst hatte die Weltgesundheitsorganisation hier einen Stützpunkt errichtet und dabei moderne Gerätschaften und sechs junge Ärzte mitgebracht – aber leider keine Krankenschwestern. Alle waren in Großbritannien oder Amerika ausgebildet.

Dr. Mohammed Moudi befand sich im Labor. Groß, schlank, dunkelhäutig, war er etwas reserviert im Auftreten, doch er war tüchtig. Er wandte sich um, als er sie kommen sah, und bemerkte, wie sie die Nadel hielt.

»Was gibt es, Schwester?«

»Patient Mkusa. Benedict Mkusa, Afrikaner, männlich, acht Jahre alt.« Sie übergab ihm das Krankenblatt. Moudi klappte den Ordner auf und überflog die Aufzeichnungen. Für die Schwester – Christin oder nicht, sie war eine heilige Frau und eine hervorragende Krankenschwester – kamen die Symptome nacheinander. Die Aufzeichnungen sagten dem Arzt viel mehr. Kopfschmerzen, Schüttelfrost, hohes Fieber, Desorientierung, allgemeine körperliche Unruhe und jetzt Anzeichen innerer Blutungen. Als er vom Bericht wieder aufschaute, war sein Blick verschleiert. Wenn sich als nächstes Petechien auf der Haut zeigten...

»Er ist auf der allgemeinen Station?«

»Ja, Herr Doktor.«

»Lassen Sie ihn sofort ins Isoliergebäude bringen. In einer halben Stunde werde ich dort sein.«

»Ja, Herr Doktor.« Auf dem Weg nach draußen rieb sie sich die Stirn. Es mußte an der Hitze liegen. Man gewöhnt sich eben nie daran, nicht wenn man aus Nordeuropa kommt. Vielleicht half ein Aspirin – nachdem sie sich um den Patienten gekümmert hatte.

## 7 / Öffentliches Ansehen

Es begann zeitig, als zwei E-3B-Sentry-Flugzeuge aus Tinker AFB in Oklahoma, jetzt auf Pope AFB in North Carolina verlegt, dort um 8.00 Uhr Ortszeit aufstiegen und in Richtung Norden flogen. Es war entschieden worden, nicht alle örtlichen Flughäfen zu schließen. Washington National blieb geschlossen und auf den anderen beiden, Dulles und Baltimore-Washington International, hatten die Fluglotsen präzise Instruktionen. Alle Flüge hatten ums White House einen Radius von über 30 Kilometer zu meiden. Steuerte ein Flugzeug diesen Kreis an, würde es sofort aufgefordert, abzudrehen. Wer die Aufforderung ignorierte, hätte gleich einen Abfangjäger zur Seite. Wenn das nichts half, der dritte

Schritt wäre spektakulär. Zwei Rotten aus je vier F-16 umkreisten gestaffelt die Stadt, auf Höhen von 6000 bzw. 7000 Metern. Die Flughöhe hielt den Lärmpegel niedrig (außerdem ermöglichte sie ihnen, abzukippen und fast sofort Überschallgeschwindigkeit zu erreichen), aber die weißen Kondensstreifen zeichneten Muster ins Blau, wie weiland die 8th Air Force über Deutschland.

Etwa gleichzeitig übernahm die 260th Military Police Brigade, Nationalgarde von Washington, D.C., die ›Verkehrskontrolle‹. Mehr als hundert HMMWVs, mit je einem Polizei- oder FBI-Fahrzeug in dichter Begleitung, regelten den Verkehr, indem sie Straßen einfach blockierten. Eine Ehrengarde aus allen Waffengattungen säumte die Straßen der vorgesehenen Route. Und keiner könnte sagen, welche der präsentierten Gewehre nicht vielleicht scharf geladen wären.

Manche hatten gemeint, daß die Sicherheitsvorkehrungen geheimgehalten werden sollten, weil auf Panzerfahrzeuge verzichtet worden war.

Es waren zusammen einundsechzig Staatsoberhäupter in der Stadt; Sicherheit würde an diesem Tag für alle die Hölle sein, und die Medien sorgten dafür, daß jeder an der Erfahrung teilhaben konnte.

Beim letztenmal hatte Jacqueline Kennedy auf Morgenanzug entschieden, doch inzwischen waren fünfunddreißig Jahre vergangen, und heute würde dunkle Geschäftskleidung genügen, außer für diejenigen, die Uniformen verschiedenster Art trugen, oder für Gäste aus tropischen Ländern. Einige würden in ihrer Nationaltracht kommen und im Namen ihrer nationalen Würde die Konsequenzen erleiden. Sie alle durch die Stadt und zum White House zu bringen war ein Alptraum. Dann kam die Frage der Reihenfolge in der Prozession. Alphabetisch nach Ländern? Oder nach Namen? Nach Dienstalter? Das wäre zuviel der Ehre für einige Diktatoren, die auf oberer diplomatischer Ebene eine gewisse Legitimität erlangt hatten – und würden den Status von Ländern und Regierungen stärken, mit denen Amerika zwar freundliche Beziehungen hegte, für die es aber wenig Liebe empfand. Sie kamen alle zum White House, schritten an den Särgen vorüber, hielten inne, um den Toten die letzte Ehre zu erweisen, und gingen weiter zum East Room, wo sich Mitarbeiter des State Department abmühten, bei Kaffee und Gebäck alles im Griff zu behalten.

Ryan war mit seiner Familie oben. Sie legten letzte Hand an die dunklen Kleider, unterstützt von Mitgliedern des White-House-Stabs. Die Kinder kamen am besten zurecht. Sie waren es gewohnt, daß ihnen Mom und Dad auf dem Weg aus der Tür das Haar kämmten, und jetzt amüsierte es sie, zu sehen, wie man mit Mom und Dad genauso verfuhr. Jack hielt ein Exemplar der ersten Rede in der Hand. Die Zeit war vorbei, die Augen zu schließen und sich zu wünschen, das alles wäre nicht wahr. Mary Abbot vollführte die letzten Handgriffe an seinem Haar und bannte dann alles mit Spray an seinen Platz, etwas, das Ryan in seinem ganzen Leben nie freiwillig getan hätte.

»Sie warten schon, Mr. President«, sagte Arnie.

»Ja.« Jack drückte einem Secret-Service-Agenten seine Rede in die Hand und verließ das Zimmer, gefolgt von Cathy, die Katie hielt. Sally nahm Klein Jack bei der Hand und folgte ihnen in den Korridor und die Treppe hinunter. Präsident Ryan ging langsam die Treppe hinab und links in den East Room. Als er den Raum betrat, wandten sich alle Köpfe ihm zu. Aller Augen sahen ihn an, und keiner dieser Blicke drückte Gleichgültigkeit aus, manche waren sogar mitfühlend. Nahezu jedes Augenpaar war das eines Staats- beziehungsweise Regierungschefs und wenn nicht, dann das eines Botschafters, von denen ein jeder noch am selben Abend einen Bericht über den amerikanischen Präsidenten abgeben würde. Es war Ryans Glück, daß der erste, der ihm entgegentrat, einer war, der nichts dergleichen tun mußte.

»Mr. President«, sagte der Mann in der Royal-Navy-Uniform. Im ganzen gesehen, war London mit der neuen Vereinbarung recht zufrieden. Das »spezielle Verhältnis« würde noch spezieller werden, da Präsident Ryan (Ehren-)Komtur des Victoriaordens war.

»Eure Hoheit.« Jack hielt inne und gestattete sich ein Lächeln, während er die dargebotene Hand schüttelte. »Lange her seit damals in London, Freund.«

»In der Tat.«

Die Sonne war nicht so warm wie erwartet, und die scharfen Schatten ließen alles noch kälter erscheinen. Die D.C.-Polizei fuhr mit einer Motorradstaffel voraus, dann kamen drei Trommler, gefolgt von marschierenden Soldaten – ein Trupp des 3. Zugs, Bravo Kompanie, Erstes Bataillon, 501. Infanterieregiment, 82. Luftlandedivision, dem Roger Durling selbst angehört hatte –, dann das reiterlose Pferd, mit Stiefeln verkehrt in den Steigbügeln, und die Lafetten, nebeneinander in diesem Fall, für Ehemann und Frau. Dann die Reihen der Wagen. Während die Prozession nach Nordwesten zog, präsentierten Soldaten, Matrosen, Marines die Gewehre, zuerst für den alten Präsidenten, dann für den neuen. Für ersteren nahmen Männer die Kopfbedeckung herunter (manche vergaßen es auch).

Brown und Holbrook vergaßen es nicht. Durling war vielleicht so 'ne Bürokratte gewesen, aber die Flagge war die Flagge und konnte nichts dafür, daß sie da drapiert war. Die Soldaten hoben sich in ihren Kampfanzügen mit roten Baretts und Springerstiefeln deutlich ab, denn, wie der Radiokommentator sagte, Roger Durling war einer der ihren gewesen. Vor den Lafetten marschierten zwei weitere Soldaten, einer trug die Präsidentenflagge, der zweite eine Ordensplatte, auf der Durlings Kampfabzeichen prangten. Eine Medaille hatte der verstorbene Präsident dafür erhalten, daß er unter Beschuß einen Soldaten gerettet hatte. Der ehemalige Soldat befand sich irgendwo in der Prozession und war wohl ein dutzendmal interviewt worden, hatte ernst den Tag geschildert, an dem ein zukünftiger Präsident ihm das Leben rettete. Schade, daß er auf Abwege geriet, reflektierten die Mountain Men, aber er war schon immer Politiker gewesen.

Bald erschien der neue Präsident, sein Automobil an vier Secret-Service-Agenten erkennbar, die nebenherschritten. Der Neue war beiden Mountain Men ein Rätsel. Sie wußten von ihm, was sie im TV gesehen und in Zeitungen gelesen hatten. Ein Shooter. Hatte echt zwei Menschen umgenietet, einen mit der Pistole, den anderen mit 'ner Uzi. Ex-Marine sogar – mußte man irgendwie bewundern. Andere TV-Sendungen hatten ihn wiederholt bei Sonntags-Talk-Shows und bei Verlautbarungen gezeigt. In ersteren machte er einen kompetenten Eindruck. In letzteren zeigte er oft Unbehagen.

Die meisten der Autofenster in der Prozession waren dick beschichtet, damit keiner sehen konnte, wer darin saß, das Präsidentenauto aber natürlich nicht. Seine drei Kinder saßen vor ihm, rückwärts, und seine Frau an seiner Seite. Vom Bürgersteig aus war Präsident John Ryan ganz deutlich zu sehen.

»Was wissen wir wirklich über Mr. Ryan?«

»Nicht viel«, gab der Kommentator zu. »Sein Staatsdienst ist fast ausschließlich beim CIA gewesen. Er besitzt den Respekt des Kongresses, und zwar zu beiden Seiten des Ganges. Er hat jahrelang mit Alan Trent und Sam Fellows gearbeitet – das ist einer der Gründe, wieso die beiden Abgeordneten noch leben. Wir haben alle die Geschichte gehört von den Terroristen, die ihn angegriffen haben ...«

»Wie etwas aus dem wilden Westen«, warf der Moderator dazwischen. »Was halten Sie davon, einen Präsidenten zu haben, der ...«

»Menschen getötet hat?« gab der Kommentator zurück. Er war müde vom langen Tag im Dienst und auch ein bißchen müde von diesem aufgetakelten Hohlkopf. »Mal sehen. George Washington war General. Andy Jackson ebenfalls. William Henry Harrison war Soldat. Grant und die meisten Präsidenten nach dem Bürgerkrieg. Teddy Roosevelt natürlich. Truman war Soldat. Eisenhower. Jack Kennedy war in der Navy, Nixon auch und Jimmy Carter *und* George Bush ...«

»Aber das Vizepräsidentenamt ist ihm doch nur als Übergangslösung übertragen worden und als Belohnung für seine Handhabung des Konflikts« – niemand nannte ihn wirklich ›Krieg‹ –, »mit dem, was sich als japanische Wirtschaftsinteressen herausstellte.« Da, dachte der Moderator, damit hätte er diesen überalterten Auslandskorrespondenten zurechtgewiesen. Wer hat behauptet, der Präsident habe ein *Anrecht* auf eine Schonfrist?

Ryan wollte seine Rede noch einmal durchgehen, doch er fand, daß er das nicht konnte. Es war ziemlich kalt da draußen. Auch im Wagen war es nicht gerade warm, aber Tausende Leute standen da draußen bei minus zwei Grad in Fünfer- bis Zehnerreihen am Gehsteig und schauten ihm nach, als er vorüberfuhr. Sie waren nahe genug, daß er die Gesichtsausdrücke erkennen konnte. Viele zeigten auf ihn und sprachen zu Leuten neben ihnen – *da ist er, das ist der Neue*. Einige winkten: kleine, verlegene Gesten von Leuten, die nicht wußten, ob das okay war, aber irgendwie ihr Mitgefühl ausdrücken wollten. Mehrere nickten Respekt, mit dem schmalen Lächeln, das man von Beisetzungen kannte – *hoffe, Sie sind okay*. Jack fragte sich, ob es sich schickte, zurückzuwinken, entschied sich aber dagegen. Und so sah er sie nur an, sein Gesicht, dachte er, neutral, und sagte nichts, denn er hätte auch nicht gewußt, was er sagen könnte. Nun, das würde seine Rede besorgen müssen, dachte Ryan, frustriert mit sich selber.

»Kein lustiger Camper«, flüsterte Brown Holbrook zu. Sie warteten kurz, daß sich die Menge verlief. Nicht alle Zuschauer waren an der Prozession ausländischer Würdenträger interessiert. Man konnte ja nicht in die Wagen reinsehen, und all die Flaggen verfolgen zu wollen rief nur verschiedene Varianten von »Welche ist das?« hervor – oft mit falschen Antworten. So bahnten sich die beiden Mountain Men, wie viele andere auch, den Rückzug von der Bordsteinkante in einen Park.

»Ist auch nicht der Richtige«, erwiderte Holbrook schließlich.

»Der is' auch bloß so 'ne Bürokratte. Erinnerst du dich an das Peter-Prinzip?« Das Buch, meinten beide, war geschrieben worden, um den öffentlichen Dienst zu erklären. In jeder Hierarchie würden die Leute dazu neigen, bis zum Niveau ihrer Inkompetenz aufzusteigen. »Ich glaub', mir gefällt das hier.«

Sein Kamerad schaute zurück zur Straße und den Wagen mit kleinen, flatternden Fähnchen. »Du könntest recht haben.«

Die Sicherheit in der National Cathedral war luftdicht. Im Innersten waren die Secret-Service-Agenten davon überzeugt; wußten, daß kein Attentäter – die Vorstellung professioneller Attentäter war weitgehend eine Erfindung von Hollywood – unter diesen Umständen sein Leben riskieren würde. Auf jedem Gebäude mit direkter Sicht auf die in neugotischem Stil erbaute Kirche waren mehrere Polizisten, Soldaten oder Spezialagenten vom Secret Service postiert, viele mit Gewehren; dazu das Team ihrer eigenen Heckenschützenabwehr, ausgestattet mit dem Besten von allem, 10000 Dollar teuren, handgefertigten Präzisionsgeräten, die noch aus achthundert Metern einen Kopfschuß garantierten – das Team, welches Wettbewerbe mit der Regelmäßigkeit von Gezeiten gewann, war wohl die beste Ansammlung von Scharfschützen, die die Welt je gesehen hatte, und trainierte täglich, damit es so blieb. Wer etwas Übles vorhaben mochte, würde das alles wissen und sich fernhalten, oder falls es ein verrückter Laie wäre, die massiven Verteidigungsmaßnahmen sehen und entscheiden, daß es kein guter Tag zum Sterben wäre.

Aber angespannt war die Lage doch, und selbst als der Leichenzug in der Ferne auftauchte, eilten die Agenten nervös umher. Einer von ihnen, erschöpft von dreißig Stunden ununterbrochenem Dienst, trank gerade Kaffee, als er auf der Steintreppe stolperte und den Kaffee verschüttete. Mürrisch zerdrückte er den Schaumbecher, steckte ihn ein und sagte ins Mikrofon am Revers, daß auf seinem Posten alles in Ordnung war. Auf dem im Schatten liegenden Granit gefror der Kaffee auf der Stelle.

In der Kathedrale kontrollierte ein weiteres Agententeam nochmals jeden Winkel, ehe sie sich postierten und den Protokollbeamten gestatteten, letzte Vorbereitungen zu treffen, die zugefaxte Sitzanweisung zu prüfen, die sie erst seit Minuten hatten, und sich zu fragen, was denn noch schiefgehen würde.

Die Lafetten hielten vor dem Gebäude, dann fuhren die Wagen nacheinander vor, um ihre Passagiere abzusetzen. Ryan stieg aus, seine Frau und Kinder hinter ihm, und sie begaben sich zu den Durlings. Die beiden Kinder standen immer noch unter Schock. Er legte dem Sohn die Hand auf die Schulter, während die Autos kamen, ihre Fahrgäste entließen und zügig wieder abfuhren. Andere Trauernde – die ranghöheren –

stellten sich hinter ihm auf. Weniger hohe betraten die Kirche durch Seiteneingänge und transportable Metalldetektoren, während die Kirchenleute und der Chor, die das schon hinter sich hatten, ihre Plätze einnahmen.

Roger mußte sich mit Stolz an den Dienst in der 82. erinnert haben, dachte Jack. Die Soldaten, die die Prozession angeführt hatten, stellten die Gewehre zusammen und bereiteten sich auf ihre Pflicht vor. Sie sahen alle so jung aus, selbst die Sergeants, mit nahezu kahlgeschoreren Köpfen unter den Baretts. Dann erinnerte er sich, daß sein Vater mehr als fünfzig Jahre zuvor beim Rivalen, der 101. LuLaDiv, gedient hatte und sicher genauso ausgesehen hatte wie diese Burschen, vielleicht mit etwas mehr Haar, denn in den vierziger Jahren war der kahle Look nicht Mode gewesen. Aber dieselbe Zähigkeit, derselbe glühende Stolz und dieselbe Entschlossenheit, den Job zu tun, was immer auch anlag. Es zog sich in die Länge. Wie die Soldaten auch konnte Ryan den Kopf nicht wenden. Er hatte Haltung angenommen, wie beim eigenen Dienst im Marine Corps: Nur seine Augen blickten umher. Seine Kinder drehten die Köpfe und traten vor Kälte von einem Fuß auf den andern, während Cathy sie im Auge behielt und sich wie ihr Mann darum sorgte, daß sie froren, doch sie war in einer Lage gefangen, wo selbst elterliche Sorge etwas anderem unterzuordnen war.

Schließlich hatten die letzten die Wagen verlassen und ihre Plätze eingenommen. Einer zählte bis fünf, dann begaben sich die Soldaten zu den Lafetten, je zu siebt. Der Offizier, unter dessen Befehl sie standen, schraubte eine Klemme auf, dann die andere, die Särge wurden angehoben und in roboterhaftem Seitenschritt heruntergenommen. Der Soldat, der die Präsidentenflagge trug, ging auf den Stufen voraus, gefolgt von den Särgen. Der des Präsidenten kam zuerst, geführt vom Captain und gefolgt von einem der beiden Sergeants.

Es konnte keiner etwas dafür. Auf jeder Seite waren drei Soldaten. Sie marschierten in langsamem Gleichschritt, der Sergeant skandierte. Sie waren steif von fünfzehn Minuten Paradehaltung nach dem gesunden morgendlichen Marsch die Massachusetts Avenue herauf. Der mittlere auf der rechten Seite rutschte auf dem gefrorenen Kaffee aus, nach innen, nicht nach außen, und während er stürzte, schlug er dem Soldaten hinter sich die Beine weg. Das Gesamtgewicht von etwa zweihundert Kilogramm Holz, Metall und Leichnam fiel auf den Soldaten, der als erster gestürzt war, und brach ihm auf den Granitstufen beide Beine.

Ein kollektives Stöhnen kam von den Tausenden, die das Geschehen beobachteten. Secret-Service-Agenten stürmten heran in der Angst, ein

Schuß habe den Soldaten niedergestreckt. Im Nu stand Andrea Price vor Ryan, eine Hand unterm Mantel, offensichtlich die Automatik im Griff, bereit, sie zu ziehen, während andere Agenten sprungbereit waren, die Ryans und die Durlings wegzuzerren. Die Soldaten hoben den Sarg vom gestürzten Kameraden, der vor Schmerz erbleicht war.

»Eis«, sagte er dem Sergeant durch zusammengepreßte Zähne. »Bin ausgerutscht.« Der Soldat besaß sogar die Selbstbeherrschung, sich den Fluch zu verkneifen, den ihm Scham und Wut über die Peinlichkeit durch den Geist jagten. Ein Agent musterte die Treppe und sah den weißbraunen Fleck, der das Licht reflektierte. Mit einer Geste gab er Price zu verstehen, daß sie sich zurückziehen konnte. Sofort wurde das Kommando an alle Agenten in Sichtweite weitergegeben.

»Nur ausgerutscht, nur ausgerutscht.«

Ryan war beim Vorfall zusammengezuckt. Roger Durling hat es nicht gespürt, sagte er sich in Gedanken, doch der Affront gegen ihn war ein Affront gegen seine Kinder, die sich wanden und den Kopf wegdrehten, als ihr Vater auf die Treppe krachte. Der Sohn sah als erster wieder hin und nahm das alles in sich auf. Der kindliche Teil in ihm fragte sich, wieso der Sturz seinen Vater nicht geweckt hatte. Erst ein paar Stunden zuvor war er in der Nacht aufgestanden und an die Tür seines Zimmers gegangen, hatte sie öffnen, über den Korridor gehen und bei den Eltern an die Tür klopfen wollen, um zu sehen, ob sie nicht doch wieder da wären.

»Oh, Gott!« stöhnte der Kommentator.

Die Kameras zoomten näher heran, als zwei vom 3. Zug den verletzten Fallschirmjäger wegzogen. Der Sergeant trat an seinen Platz. Rasch wurde der Sarg wieder aufgenommen, dessen polierte Eiche durch den Aufschlag offensichtlich zerschrammt und entstellt war.

»Okay, Soldaten«, sagte der Sergeant von seinem neuen Platz aus. »Auf links.«

»Daddy«, wimmerte Mark Durling, neun Jahre alt. »Daddy.« Jeder, der dicht dabei stand, hörte es in der Stille, die sich nach dem Unfall breitgemacht hatte. Die Soldaten bissen sich auf die Lippen. Die Secret-Service-Agenten, vom Verlust eines Präsidenten schon angeschlagen, sahen einander hilflos an. Jack schlang instinktiv die Arme um den Jungen, wußte aber immer noch nicht, was er sagen sollte. Was würde wohl noch schiefgehen? fragte er sich, als Mrs. Durling ihrem Mann die Treppe hinauf und nach drinnen folgte.

»Okay, Mark.« Ryan, immer noch den Arm um dessen Schulter, führte ihn zur Tür. Ohne darüber nachzudenken, nahm er damit für einige Schritte den Platz eines Lieblingsonkels ein. Wenn es bloß einen Weg gäbe, ihr Leid von ihnen zu nehmen, bloß für ein paar Sekunden.

Drinnen war es wärmer. Flatterige Protokollbeamte nahmen ihre Plätze ein. Ryan und seine Angehörigen gingen zur ersten Reihe rechts. Die Verwandtschaft der Durlings nahm links Platz. Die Särge standen Seite an Seite auf Katafalken in der Sakristei, und dahinter waren noch drei, der eines Senators und zwei von Mitgliedern des Repräsentantenhauses, die nun zum letztenmal ›repräsentierten‹. Die Orgel spielte etwas, das Ryan schon einmal gehört hatte, aber nicht mehr einordnen konnte. Die Geistlichen hatten sich vorn aufgestellt, die Gesichter professionell beherrscht. Vor Ryan, wo sonst das Gesangbuch steckte, war ein weiteres Exemplar seiner Rede.

Die Szene auf dem Fernsehschirm war so, daß sie jemandem in seinem Gewerbe entweder Übelkeit bescheren oder ihn auf eine Art erregen konnte, die über Sex weit hinausging. Wenn doch nur... aber Gelegenheiten wie diese ergaben sich nur zufällig, boten einem keine Zeit, sich vorzubereiten. Nicht, daß es technisch schwierig gewesen wäre, und er ließ seine Gedanken Methodik erwägen. Ein Mörser vielleicht. Den könnte man auf einen ganz gewöhnlichen Lieferwagen montieren, so wie man ihn in jeder Stadt der Welt findet. Durch das Dach des Gebäudes die Ziele darunter eindecken. Mindestens zehn würde man erwischen, vielleicht sogar fünfzehn oder zwanzig, auch wenn die Auswahl dem Zufall überlassen bliebe, ein Ziel war ein Ziel, und Terror war Terror, und das war sein Gewerbe.

»Sieh sie bloß alle an!« keuchte er. Die Kameras fuhren durch die Reihen. Zumeist Männer, einige Frauen, keine für ihn erkennbare Sitzordnung. Einige flüsterten miteinander. Dann die Kinder des toten amerikanischen Präsidenten, ein Sohn und eine Tochter mit dem geschlagenen Gesichtsausdruck derjenigen, die die Realität des Lebens berührt hatte. Kinder trugen doch ihre Bürde überraschend leicht. Sie würden überleben, um so eher, da sie jetzt ohne politische Bedeutung waren, und daher war sein Interesse an ihnen so nüchtern wie mitleidlos. Dann war die Kamera wieder auf Ryan gerichtet und holte sein Gesicht so nah heran, daß man es ganz genau studieren konnte.

Von Roger Durling hatte sich Jack noch nicht verabschiedet. Er hatte noch keine Zeit gehabt, den Gedanken in den Vordergrund zu holen, so beschäftigt war er die ganze Woche gewesen, und nun war sein Blick von diesem einen Sarg gefesselt. Anne hatte er kaum gekannt, und die drei anderen in der Sakristei waren Fremde für ihn, ohnehin nach der Religionszugehörigkeit zufällig ausgewählt. Roger war aber ein Freund gewesen, hatte ihn aus dem Privatleben zurückgeholt, ihm einen wichtigen Job gegeben, meistens seinen Rat angenommen, ihm Offenheit erwiesen, ihn gelegentlich gerügt oder zurechtgewiesen, stets aber als Freund. Der Posten war schwierig gewesen, um so mehr durch den Konflikt mit Japan – selbst für Jack war er jetzt, da er vorüber war, kein ›Krieg‹ mehr, denn Krieg war etwas, das der Vergangenheit angehörte. Gehörte nicht mehr in die reale Welt, die sich über die Barbarei hinausentwickelte. Durling und Ryan waren durch sie hindurchgegangen, und während der erstere weitermachen wollte, um die Sache auf andere Weise zu Ende zu bringen, hatte er auch erkannt, daß für Ryan die Geschichte zu Ende war. Und so hatte er, als Freund, Jack eine goldene Brücke zurück ins Privatleben geboten, einen Schlußstein auf eine Karriere im Dienst der Öffentlichkeit, der sich in eine Falle verwandelt hatte.

*Wenn er den Posten jemand anders angeboten hätte, wo wäre ich in Jener Nacht gewesen?* fragte sich Jack. Die Antwort war einfach. Er hätte in der ersten Reihe im Plenarsaal gesessen und wäre jetzt tot. *Roger hat mir das Leben gerettet.* Vermutlich nicht nur sein eigenes. Cathy und vermutlich auch die Kinder wären auf der Besuchertribüne gewesen, zusammen mit Anne Durling... War das Leben denn so zerbrechlich, daß es von solchen Kleinigkeiten abhing? Überall in der Stadt lagen jetzt weitere Leichen in weiteren Särgen bei weiteren Beisetzungen, meist für Erwachsene, aber auch für ein paar Kinder anderer Opfer, die an jenem Abend entschieden hatten, ihre Familien zur Gemeinsamen Sitzung mitzunehmen.

Mark Durling wimmerte wieder. Seine ältere Schwester, Amy, zog seinen Kopf zu sich heran. Jack drehte den Kopf ein wenig, bis er die beiden im Blickfeld hatte. *Sie sind doch noch Kinder, lieber Gott, warum müssen* Kinder *so was durchmachen?* Der Gedanke setzte sich sofort fest. Jack biß sich auf die Lippe und sah zu Boden. Es gab niemanden, auf den seine Wut hätte zielen können. Der dieses Verbrechen begangen hatte, war selbst tot; die Leiche war im Leichenschauhaus von Washington, D.C., und einige tausend Meilen entfernt hatte die vom Mann hinterlassene Familie die Bürde, Schande und Schuld zu tragen. Deshalb bezeichneten Menschen jegliche Gewalt als sinnlos. Nichts ergaben solche Taten als nachhallendes Übel verlorener und zerstörter Leben. Wie Krebs oder andere schlimme Krankheiten schlug diese Art Gewalt ohne erkennbaren Plan zu, und Schutz davor gab es nicht – ein Mann hatte einfach beschlossen, nicht allein in das Jenseits zu gehen, an das er geglaubt haben mochte. Was zum Teufel sollte man daraus lernen? Ryan, der lange menschliches Verhalten studiert hatte, verzog die Miene und blickte weiter zu Boden, die Ohren konzentriert auf Töne, die ein zur Waise gewordenes Kind im dumpfen Widerhall einer steinernen Kirche von sich gab.

Er ist schwach. Es war ihm deutlich anzusehen. Dieser angebliche Mann, dieser Präsident, mußte kämpfen, Tränen zurückzudrängen. Wußte er nicht, der Tod ist Teil des Lebens? Hatte er nicht selbst getötet? Wußte er nicht, was Tod bedeutet? Mußte er das erst lernen? Die anderen nicht, das war zu sehen. Sie waren ernst, der Trauerfeier gemäß, doch alles Leben geht mal zu Ende. Ryan sollte es wissen. Er hatte Gefahren bestanden – doch das war lang her, erinnerte er sich, und Menschen vergessen mit der Zeit. Ryan hatte die Verletzlichkeit des Lebens als beschütztes Regierungsmitglied vergessen. Es amüsierte den Mann, wieviel man doch in wenigen Sekunden vom Gesicht eines Menschen ablesen konnte.

Das machte die Sache einfacher, nicht wahr?

Die Premierministerin Indiens saß fünf Reihen weiter hinten, aber am Gang, und obwohl sie Präsident Ryans Kopf nur von hinten sah, war auch sie eine Studentin des menschlichen Verhaltens. So durfte kein Staatsoberhaupt handeln. Ein Staatsoberhaupt war schließlich Akteur auf der bedeutendsten Bühne der Welt und hatte zu lernen, was man tat und wie man sich verhielt. Sie hatte an Beerdigungen verschiedenster Art teilgenommen, ihr ganzes Leben lang, denn politische Führer hatten Kollegen – nicht immer Freunde –, jung und alt, und man mußte ihnen Respekt erweisen durch sein Erscheinen, selbst gegenüber jenen, die man verabscheut hatte. Bei letzteren konnte es amüsant sein. In ihrem Land wurden ja die Toten oft verbrannt, und sie konnte sich vorstellen, daß der Körper noch lebte, als er verbrannte. Beim Gedanken zuckten ihre Augenbrauen vor privater Belustigung. *Besonders bei denen, die du verabscheut hast.* Es war eine *so* gute Übung, betrübt zu erscheinen. *Ja, wir hatten Differenzen, doch er war stets jemand, den man respektierte, jemand, mit dem man arbeiten konnte, jemand, dessen Gedanken immer ernsthafte Aufmerksamkeit verdienten.* Mit Übung wurde man über die Jahre so gut, daß die Hinterbliebenen die Lügen glaubten – zum Teil, weil sie sie glauben wollten. Man lernte, genau *so* zu lächeln und

Gram genau *so* zu zeigen und genau *so* zu sprechen. Man mußte es. Ein politischer Führer konnte sich kaum erlauben, echte Gefühle zu zeigen. Echte Gefühle verrieten anderen, wo die eigenen Schwächen lagen, und es gab immer welche, die sie gegen einen nutzten – deshalb verbarg man sie im Laufe der Jahre mehr und mehr, bis man schließlich kaum noch, wenn überhaupt, echte Gefühle hatte. Und das war gut so, denn in der Politik ging es nicht um Gefühle.

Eindeutig wußte dieser Ryan nichts davon, sagte sich die Premierministerin der ›größten Demokratie der Welt‹. Und deshalb zeigte er, was er wirklich war; schlimmer noch für ihn, er tat es vor einem Drittel der höchsten politischen Führer der Welt, Leuten, die es sahen und daraus lernten und ihre Gedanken zur späteren Verwendung speicherten. Genau wie sie. Vorzüglich, dachte sie, hielt ihr Gesicht düster und traurig zu Ehren von jemandem, den sie gründlich verabscheut hatte. Als die Orgel das erste Lied einleitete, nahm sie das Gesangbuch, schlug die Seite auf und sang wie alle anderen mit.

Der Rabbi machte den Anfang. Jeder der Geistlichen hatte zehn Minuten, und jeder von ihnen war ein Experte – genauer, ein echter Gelehrter, über die Berufung als Mann Gottes hinaus. Rabbi Benjamin Fleischman sprach aus dem Talmud und der Thora, von Pflicht und Ehre und Glauben, von einem barmherzigen Gott. Dann kam Reverend Frederick Ralston, Kaplan des Senats – der an jenem Abend verreist gewesen und so der stilleren Teilnahme an den Ereignissen des Tages entkommen war. Als Baptist aus dem Süden und verehrter Experte für das Neue Testament, sprach Ralston vom Leidensweg Christi, von seinem Freund, Senator Richard Eastman aus Oregon, von allen geschätzt als ehrenvolles Kongreßmitglied, und leitete über zum Lob auf den gefallenen Präsidenten als hingebungsvollen Familienvater, wie alle wußten ...

Es gab keinen ›richtigen‹ Weg, solche Dinge anzugehen, dachte Ryan. Vielleicht wäre es leichter, wenn der Pfarrer/Priester/Rabbi Zeit hätte, mit den Leidtragenden zu reden, aber das war in diesem Fall nicht geschehen, und er fragte sich ...

*Nein, dies ist nicht richtig!* sagte sich Jack. Dies war Theater. Und so sollte es nicht sein. Wenige Schritte entfernt, über den Gang hinweg, saßen Kinder, für die es überhaupt kein Theater war. Für sie war es viel einfacher. Es waren *Mom* und *Dad*, aus dem Leben gerissen durch eine sinnlose Tat, die ihnen eine Zukunft versagte, welche ihnen das Leben doch gewährleisten sollte: Liebe und Anleitung, eine Chance, auf normale Art zu normalen Menschen heranzuwachsen. Wichtig waren hier

Mark und Amy, aber die Predigten dieser Andacht, die ihnen eigentlich helfen sollten, wurden statt dessen an andere gerichtet. Dies ganze Ereignis war eine politische Übung, um dem Land ein Gefühl von Sicherheit zu geben, um Leuten den Glauben an Gott und die Welt und das Land zu erneuern, und vielleicht brauchten das die auf der anderen Seite der dreiundzwanzig Kameras in der Kirche, aber es gab Leute, die größere Not litten, die Kinder von Roger und Anne Durling, die erwachsenen Söhne Dick Eastmans, die Witwe von David Kohn aus Rhode Island und die Familie von Marissa Henrik aus Texas. Das waren wirkliche Menschen, und ihr persönliches Leid wurde den Bedürfnissen des Landes untergeordnet. *Nun, zum Teufel mit dem Land!* dachte Jack, plötzlich wütend auf das, was hier vor sich ging, und auf sich selbst, weil er's nicht eher begriffen hatte, um die Dinge ändern zu können. Nun, das Land mochte Bedürfnisse haben, aber diese Nöte konnten nicht so groß sein, daß sie den Schrecken überdeckten, den das Schicksal den Kindern versetzt hatte. Wer sprach für sie? Wer sprach *mit* ihnen?

Am schlimmsten für Ryan: Der Katholik, Michael Kardinal O'Leary, Erzbischof von Washington, war auch nicht besser. »Gesegnet seien die Friedfertigen, denn sie ...« Für Mark und Amy, wütete Jacks Geist, war ihr Vater kein Friedfertiger. Er war Dad, und Dad war tot, und das war nichts Abstraktes. Drei distinguierte, gelehrte, sehr aufrechte Mitglieder der Geistlichkeit predigten einer Nation, doch direkt vor ihnen waren die Kinder, die ein paar geheuchelt nette Worte bekamen, das war alles. Jemand mußte mit ihnen sprechen, für sie, über ihre Eltern. Jemand mußte versuchen, es ihnen leichterzumachen. Das war zwar unmöglich, aber jemand mußte es versuchen, verdammt noch mal! Vielleicht war er Präsident der Vereinigten Staaten. Vielleicht hatte er eine Pflicht gegenüber den Millionen hinter den Fernsehkameras, doch er erinnerte sich an die Zeit, da seine Frau und seine Tochter im Schocktrauma-Zentrum von Baltimore gelegen hatten, zwischen Leben und Tod schwebend, und das war auch keine verdammte Abstraktion gewesen. *Da* lag das Problem. *Das* war es, warum man seine Familie attackiert hatte. *Das* war es, weshalb all diese Leute hier hatten sterben müssen – weil irgend so ein irregeleiteter Fanatiker sie nur als *Abstraktionen* betrachtete, nicht als Menschen mit Leben, Hoffnungen und Träumen – und Kindern. Jacks Aufgabe war es, eine Nation zu beschützen. Er hatte geschworen, die Verfassung der Vereinigten Staaten zu erhalten, zu schützen und zu verteidigen, und das wollte er nach besten Kräften tun. Doch die Absicht der *Verfassung* war recht einfach – den Segen der Freiheit für das Volk zu sichern, und dazu gehörten die Kinder. Der Staat, dem er diente, und die Regierung, die er zu leiten versuchte, waren nicht mehr und nicht weniger als Instrumente zum Schutz einzelner Menschen. *Die* Pflicht war keine Abstraktion. Die Realität dieser Pflicht saß zehn Fuß zu seiner Linken, mühten sich nach besten Kräften, die Tränen zurückzuhalten, während Mike O'Leary zu einem Land sprach statt zu einer Familie. Das Theater hatte lang genug gedauert. Es wurde gesungen, und dann war Ryan an der Reihe, sich zu erheben und auf die Kanzel zu gehen.

Secret-Service-Agenten drehten sich um und nahmen wieder das ganze Kirchenschiff in Augenschein, denn jetzt war SWORDSMAN ein ideales Ziel. Beim Pult angekommen, sah er, daß Kardinal O'Leary getan hatte, wie ihm aufgetragen worden war, und den präsidialen Ordner hergelegt hatte. Nein, entschied Jack. Nein. Mit den Händen ergriff er die Seitenränder des Pultes, um sich Halt zu geben. Seine Blicke ließ er kurz über alle Versammelten schweifen und schaute dann zu den Kindern von Roger und Anne Durling hinab. Der Schmerz in ihren Augen brach ihm das Herz. Sie hatten die Last getragen, die ihnen eine Pflicht auferlegt hatte, die sie niemals hätten haben sollen. Von irgendwelchen namenlosen »Freunden« war ihnen eingeredet worden, tapferer zu sein, als es in einer solchen Situation je von einem Marine verlangt worden wäre, wohl mit der Begründung, daß »Mom und Dad es so gewollt hätten«. Doch Schmerz in stiller Ergebenheit zu ertragen gehörte nicht zu den Pflichten von Kindern. Das wurde von Erwachsenen erwartet, so gut sie es konnten. Genug, sagte sich Jack, meine Pflicht beginnt hier. Die erste Pflicht der Starken war es stets, die Schwachen zu schützen. Er preßte die Hände fest auf die polierte Eiche, und der selbstzugefügte Schmerz half, seinen Gedanken Ausdruck zu verleihen.

»Mark, Amy, euer Vater war mein Freund«, sagte er mit sanfter Stimme. »Es war mir eine Ehre, für ihn zu arbeiten und ihm zu helfen, so gut ich konnte – aber, wißt ihr, er war wohl viel mehr eine Hilfe für mich. Ich weiß, ihr habt immer verstehen müssen, daß Dad und Mom wichtige Aufgaben hatten und daß ihnen nicht immer Zeit für die wirklich wichtigen Dinge im Leben blieb, aber ich kann euch sagen, daß euer Vater alles getan hat, was er konnte, um mit euch zusammenzusein, denn er liebte euch mehr als alles andere in der Welt, mehr, als Präsident zu sein, mehr als alles – außer vielleicht eure Mom. Auch sie hat er sehr geliebt...«

So ein Unrat! Ja, man kümmerte sich um Kinder. Daryaei tat das auch, aber Kinder wuchsen heran zu Erwachsenen, unaufhaltsam. Ihre Aufgabe war es zu lernen und zu dienen und eines Tages die Aufgaben

Erwachsener zu übernehmen. Bis dahin waren sie Kinder; die Welt sagte ihnen, was sein mußte. Das Schicksal. Allah. Allah war gnädig, selbst wenn das Leben hart war. Er mußte zugeben, daß der Jude gut gesprochen und die Schrift zitiert hatte, wo sie in ihrer Thora und in seinem Heiligen Koran völlig übereinstimmte. Zwar hätte er eine andere Stelle ausgewählt, aber das war eine Frage des Geschmacks. Eine unnütze Übung war es gewesen, aber das hatten diese Anlässe so an sich. Ryan, dieser Narr, vergab hier die Chance, sein Volk zu versammeln, stark und sicher aufzutreten und so seine Regierung zu festigen. Bei solcher Gelegenheit zu Kindern zu sprechen!

Seine politischen Berater erlitten wohl einen kollektiven Herzschlag, sagte sich die Premierministerin, und es bedurfte aller Selbstbeherrschung, die sie in ihrem politischen Leben antrainiert hatte, um ihre Miene gelassen zu halten. Da beschloß sie, ihren Ausdruck zu ändern und Mitgefühl zu zeigen. Schließlich könnte es sein, daß er sie beobachtete, und immerhin war sie Frau und Mutter und würde an diesem Tage noch mit ihm zusammentreffen. Sie neigte ihren Kopf ein wenig nach rechts, wie, um so den Mann besser sehen zu können. Vielleicht gefiel ihm das auch. In ein, zwei Minuten würde sie ein Tuch aus ihrer Handtasche nehmen und sich die Augen abwischen.

»Ich wünsche, ich hätte Gelegenheit gehabt, eure Mom besser kennenzulernen. Cathy und ich hatten uns darauf gefreut. Ich wollte, daß Sally, Jack und Katie und ihr Freunde würdet. Euer Dad und ich haben ein bißchen darüber gesprochen. Ich schätze, das wird jetzt nicht mehr geschehen, wie wir es wollten.« Der Stegreifgedanke ließ Jacks Magen einen Satz tun. Sie weinten jetzt, denn er hatte ihnen ohne Worte gesagt, daß es jetzt okay war, zu weinen. Aber sich selbst konnte es Jack nicht gestatten. Um ihretwillen mußte er jetzt stark sein, und so ergriff er das Pult noch fester, bis ihm die Hände richtig weh taten, weil es ihm Kontrolle verlieh.

»Ihr wollt vermutlich wissen, wieso dies geschehen mußte. Ich weiß es nicht, Kinder. Ich wünsche, ich wüßte es. Ich wünsche, *irgend* jemand wüßte es, damit ich zu ihm gehen und ihn fragen könnte. Aber diesen Menschen habe ich noch nie gefunden«, fuhr Jack fort.

»Jesus«, brachte Clark heraus, mit der brummelnden Stimme, mit der Männer ein Schluchzen niederringen. In seinem Büro stand, wie bei allen höheren Beamten, ein Fernsehapparat, und jeder Kanal brachte dasselbe. »Ja, ich hab' den auch schon gesucht, Mann.«

»Weißt du was, John?« Chavez hatte sich mehr unter Kontrolle. Dem Mann kam es zu, in solchen Situationen die Ruhe zu bewahren, damit Frauen und Kinder sich bei ihm anlehnen konnten. Das hatte ihm seine Kultur gesagt. Mr. C. hingegen war voller Überraschungen. Wie immer.

»Und das wäre, Domingo?«

»Der hat's. Wir arbeiten für jemanden, der's draufhat.«

John wandte sich ihm zu. Wer würde das glauben? Zwei CIA-Beamte aus dem paramilitärischen Bereich dachten dasselbe wie ihr Präsident. Es war schön zu wissen, daß er Ryan vom ersten Augenblick an richtig verstanden hatte. *Teufel noch mal, genau wie der Vater.* Ein Schicksalsschlag hatte ihm die Chance versagt, jenen Ryan besser kennenzulernen. Als nächstes fragte er sich, ob Jack als Präsident Erfolg haben würde. Er handelte nicht wie die anderen. Er handelte wie ein echter Mensch. Und warum sollte denn das so schlecht sein? fragte Clark sich.

»Ihr sollt wissen, daß ihr zu Cathy und zu mir kommen könnt, wann immer ihr wollt. Ihr seid nicht allein. Ihr werdet *nie* allein sein. Ihr habt eure Familie bei euch, und jetzt habt ihr meine Familie dazu«, versprach er ihnen von der Kanzel herab. Er hatte das sagen müssen, was er gerade gesagt hatte. Roger war ein Freund gewesen, und man kümmerte sich um deren Kinder, wenn es sein mußte. Das hatte er für Buck Zimmers Familie getan, und nun würde er es für Rogers tun.

»Ich möchte, daß ihr stolz seid auf Mom und Dad. Euer Vater war ein feiner Mann, ein guter Freund. Er hat sehr hart gearbeitet, damit es den Leuten bessergehen sollte. Es war eine große Aufgabe, und sie hinderte ihn, viel Zeit mit euch zu verbringen, aber euer Vater war ein großer Mann, und große Männer leisten große Dinge. Auch eure Mutter hat große Dinge vollbracht. Kinder, ihr werdet eure Eltern in euren Herzen bewahren. Erinnert euch an all die Dinge, die sie euch gesagt und beigebracht haben, all die kleinen Dinge, die Spiele, die Tricks und die Scherze. Das wird euch nie verlorengehen. Niemals«, versicherte Jack ihnen und hoffte auf etwas, das er sagen könnte, was ihnen den Schlag, den ihnen das Schicksal versetzt hatte, etwas abmildern würde. Ihm fiel aber nichts ein. Es wurde Zeit zu schließen.

»Mark, Amy, Gott hat beschlossen, eure Mom und euern Dad wieder zu sich zu nehmen. Er erklärt nicht, warum, so daß wir leicht verstehen könnten, und wir können nicht... wir können nicht dagegen an, wenn es geschieht. Das können wir einfach nicht...« Schließlich versagte Ryan die Stimme.

Wie mutig von dem Mann, dachte Koga, seine Emotionen ohne Scham zu zeigen. Jeder hätte sich dahin stellen und das übliche politische Gefasel von sich geben können, und die meisten – aus jedem beliebigen Land – hätten dies auch getan. Aber dieser Ryan war überhaupt nicht so. So zu den Kindern zu sprechen war brillant – dachte er zunächst. Doch das war es gar nicht. Innerlich war dieser Präsident ein Mann, kein Schauspieler. Er kümmerte sich nicht darum, Stärke und Entschlußkraft zu zeigen. Und Koga wußte, warum. Mehr als jeder andere in der Kirche wußte Koga, woraus dieser Ryan geschnitzt war. Er hatte schon recht gehabt, vor ein paar Tagen in seinem Büro. Ryan war Samurai, wenn nicht noch mehr. Er tat, was er tat, scherte sich nicht darum, was andere dachten. Der japanische Premierminister hoffte, daß dies kein Fehler war, als er den Präsidenten der Vereinigten Staaten die Stufen herunterkommen und zu den Durling-Kindern hingehen sah. Ryan nahm sie fest in den Arm, und es wallten in seinem Gesicht Tränen auf, wie die Zuschauer sahen. Wo die Staatsoberhäupter saßen, waren Schluchzer zu hören, doch Koga wußte, daß die meisten von ihnen geheuchelt waren – oder wenn nicht, dann nur flüchtige Augenblicke gerade noch vorhandener Reste von Menschlichkeit und bald wieder vergessen. Er bedauerte, daß er nicht beipflichten konnte, doch die Konventionen seiner Kultur waren streng, und dazu kam, daß er die Schande tragen mußte, daß ein Bürger seines Landes diese gewaltige Tragödie verursacht hatte. Er mußte das politische Spiel spielen, wenn er sich auch am liebsten anders entschieden hätte, und es war nicht so sehr, daß Ryan das Spiel nicht spielen mußte, als daß er sich darum nicht scherte. Koga fragte sich, ob Amerika dieses Glück erkannte.

»Er hat die vorbereitete Rede gar nicht gehalten«, stellte der Moderator fest. Diese war allen Nachrichtensendern vorab zur Verfügung gestellt worden. Und alle Kopien waren an wichtigen Stellen schon angestrichen und hervorgehoben, damit die Reporter sie bedarfsweise wiederholen konnten, um Wichtiges zu vertiefen, das der Präsident fürs Publikum gesagt haben mochte. Statt dessen war der Moderator gezwungen, sich Notizen zu machen, was ihm schwerfiel, denn seine Zeit als Reporter im Dienst war lange vorbei.

»Sie haben recht«, stimmte der Kommentator widerwillig zu. So machte man das einfach nicht. Auf seinem Monitor hielt Ryan immer noch die Durling-Kinder im Arm, und auch das dauerte schon zu lang. »Ich nehme an, der Präsident hat das für einen wichtigen Augenblick in ihrem Leben erachtet ...«

»Und das ist es mit Sicherheit auch«, warf der Moderator ein.

»Mr. Ryans Aufgabe ist aber, ein Land zu regieren.« Der Kommentator schüttelte den Kopf. Offensichtlich dachte er etwas, das noch nicht gesagt werden durfte: *nicht präsidial.*

Jack mußte schließlich loslassen. Jetzt war nur noch Schmerz in ihren Augen. Der objektive Teil in ihm meinte, daß das – den mußten sie herauslassen – vermutlich gut war, doch das machte es nicht leichter, sie anzusehen, denn Kinder in dem Alter sollten solche Dinge überhaupt nicht erfahren. Aber diesen Kinder war es passiert, und man konnte nichts anderes tun, als irgendwie versuchen, ihre Qual zu mildern. Jack warf einen Blick auf die Onkel und Tanten, die die Kinder begleiteten. Auch sie weinten, aber durch ihre Tränen hindurch sah er dankbare Blicke, und das zumindest sagte ihm, daß er etwas getan hatte. Er nickte ihnen zu und begab sich wieder auf seinen Platz. Cathy sah ihn an, auch in ihren Augen waren Tränen, und obwohl sie nicht sprechen konnte, ergriff sie seine Hand. Und wieder bekam Jack ein Beispiel für die Intelligenz seiner Frau zu sehen. Sie trug kein Augen-Make-up, das ihr jetzt übers Gesicht laufen würde. Innerlich mußte er lächeln. Er mochte Make-up nicht, und seine Frau benötigte eigentlich auch keins.

»Was wissen wir von ihr?«

»Sie ist Ärztin, genauer Augenchirurgin, und angeblich gut.« Er sah in seine Aufzeichnungen. »Wie die amerikanischen Medien berichten, arbeitet sie weiter in ihrem Beruf, trotz ihrer offiziellen Verpflichtungen.«

»Und die Kinder?«

»Darüber habe ich noch nichts ... Aber ich könnte herausfinden, welche Schule sie besuchen.« Er sah den fragenden Blick und fuhr fort. »Wenn die Frau weiter ihrem Beruf nachgeht, dann nehme ich an, daß die Kinder auch auf den bisherigen Schulen bleiben.«

»Wie läßt sich das herausfinden?«

»Einfach. Alle amerikanischen Nachrichten können über Computer abgefragt werden. Ryan ist das Thema vieler Nachrichtensendungen gewesen. Ich kann alles herausfinden, was ich will.« Im Grunde hatte er das bereits, aber nicht in bezug auf die Familie. Dem Nachrichtendienstler hatte das moderne Zeitalter sein Leben so viel leichter gemacht. Er kannte schon Ryans Alter, Körpergröße, Gewicht, Haar- und Augenfarbe und viele seiner Gewohnheiten, was er gern aß und trank, welchen Golfklubs er angehörte, alle Arten von Belanglosigkeiten, aber nichts war belanglos in bezug auf einen Mann in seiner Position. Er brauchte nicht zu fragen, was sein Boß gerade dachte. Die Gelegenheit, die beide verpaßt hatten, mit all den Staats- und Regierungschefs in der National Cathedral, war für immer vorbei, doch sie würde nicht die einzige bleiben.

Mit einem letzten Lied war die Trauerfeier zu Ende. Die Soldaten kamen wieder, um die Särge zu tragen, und die Prozession begann in umgekehrter Richtung. Mark und Amy sammelten sich und folgten ihren Eltern, begleitet von ihren Verwandten. Unmittelbar hinter ihnen kam Jack mit seiner Familie. Katie war ziemlich gelangweilt und froh, daß sie sich bewegen konnte. Jack jr. war traurig wegen der Durling-Kinder. Sally sah irgendwie mitgenommen aus. Er würde mit ihr darüber reden müssen. Den Gang hinab blickte er in etliche Gesichter und stellte zu seiner Überraschung fest, daß die ersten vier, fünf Reihen nicht auf die Särge schauten, sondern auf ihn. Und sie wandten den Blick nicht ab. Seine Staatsoberhaupt-Kollegen, dachte Jack und fragte sich, was für einen Klub er betreten hatte. Nur wenige Gesichter blickten freundlich. Der Prinz of Wales, der kein Staatsoberhaupt war und darum vom Protokoll weit hinter anderen – einige von ihnen waren bekannte Verbrecher, aber das ließ sich nicht ändern – plaziert worden war, nickte ihm freundlich zu. Ja, der würde ihn verstehen, dachte Jack. Der neue Präsident wollte am liebsten auf die Uhr schauen, so müde fühlte er sich von den Ereignissen dieses Tages, der doch so jung war, aber er hatte strenge Unterweisung bekommen, so weit, daß man ihm geraten hatte, sie wegzulassen. Ein Präsident brauchte keine Uhr. Ständig waren Leute um ihn, die sagten, was als nächstes kam, genau, wie jetzt Leute an der Garderobe standen, bereit, Ryan und seiner Familie zu reichen, was sie benötigten, bevor sie nach draußen gingen. Da waren Andrea Price und Angehörige der Leibwache. Draußen waren noch mehr: eine kleine Armee von Leuten mit Waffen und Ängsten, und ein Wagen, um ihn zu seinem nächsten Ziel zu bringen, wo er weiteren offiziellen Pflichten nachkommen würde, dann zum nächsten und nächsten und nächsten.

Von alldem durfte sich Ryan nicht das Leben bestimmen lassen. Beim Gedanken daran zog er die Stirn kraus. Seine Arbeit würde er tun, aber den Fehler, den Roger und Anne gemacht hatten, den wollte er nicht begehen. Er dachte an die Gesichter, die er beim Hinausgehen aus der Kirche gesehen hatte, und da wurde ihm klar, daß dies ein Klub war, den zu betreten er gezwungen sein mochte, dem er aber nie beitreten würde. Das nahm er sich jedenfalls vor.

## 8 / Kommandowechsel

Von der Kathedrale reisten die Särge in Leichenwagen, und die große, offizielle Gesellschaft, zurückgelassen, schwärmte aus in Embassy Row. Air Force One stand an der Rampe bereit, um die Durlings zum letztenmal nach Kalifornien zu bringen. Jetzt wirkte alles viel zwangloser. Wieder gab es eine Ehrengarde, die vor den mit der Flagge geschmückten Särgen salutierte, aber es war eine andere. Auch die Menge war kleiner und bestand vor allem aus Air-Force- und anderem militärischem Personal, das auf eine oder andere Art dem Präsidenten direkt gedient hatte. Auf Ersuchen der Familie würde die Beisetzung selbst in bescheidenem Rahmen, nur mit Verwandten stattfinden, was sicher für alle besser war. Und so ertönten hier auf Andrews zum letztenmal ›Ruffles and Flourishes‹ und ›Hail to the Chief‹. Mark stand stramm und hielt die Hand auf dem Herzen in einer Geste, die sicher auf die Titelseiten aller Nachrichtenmagazine kommen würde. Ein guter Junge, der sein Bestes gab und mehr Männlichkeit bewies, als er je wissen würde. Ein Scherenlift hob die Särge an die Frachtraumtür, denn von diesem Punkt an waren sie das; zum Glück war dieser Teil der Überführung verdeckt. Dann war es Zeit. Die Angehörigen gingen die Treppe hinauf zu ihrem letzten Flug in der VC–25. Sie hatte nicht mal das Air-Force-One-Sendezeichen mehr, denn das gehörte zum Präsidenten, und der Präsident war nicht an Bord. Ryan sah zu, wie die Maschine davonrollte, dann die Startbahn dahinjagte. Fernsehkameras verfolgten sie, bis sie nur noch ein Punkt am Himmel war. Als es vorbei war, bestieg Ryan mit seiner Familie einen Marine-Helikopter, um zum White House zurückzukehren. Die Crew lächelte und bemutterte die Kinder. Klein Jack bekam ein Tuchabzeichen der Einheit, nachdem er sich angeschnallt hatte. Und damit änderte sich die Stimmung des Tages. Die Marines der VMH–1 hatten eine neue Familie, um die sie sich kümmern konnten, und so ging das Leben für sie weiter.

Der White-House-Stab war bei der Arbeit, räumte ihre Sachen ein (die der Durlings hatte er den ganzen Morgen lang hinausgetragen) und tauschte einige Möbel aus. Diese Nacht würden die Ryans in dem Haus schlafen, das John Adams als erster bewohnt hatte. Die Kinder, eben Kinder, schauten aus den Fenstern, als der Hubschrauber in den Sinkflug ging. Die Eltern, eben Eltern, sahen einander an.

Die Dinge änderten sich an diesem Punkt. Einer privaten Beerdigung wäre der Leichenschmaus gefolgt: Die Traurigkeit sollte abgelegt werden, die Trauergemeinde sich erinnern, was für ein prächtiger Kerl Roger war, und dann über das Neue in ihrem Leben reden; wie sich die

Kinder in der Schule machten; was die Spielerwechsel den Baseballteams bringen würde. Es war eine Art, nach einem Tag voller Trauer und Streß wieder zur Normalität zu finden. Und genau so war es auch hier, nur in etwas größerem Maße. Der White-House-Fotograf wartete auf dem Südrasen, als der Helikopter landete. Die Stufen gingen runter, und am Fuß stand ein Corporal der Marines. Präsident Ryan stieg als erster aus, wurde salutiert und erwiderte automatisch den Gruß, so eingefleischt war das Training von Quantico, Virginia, mehr als zwanzig Jahre zuvor. Cathy folgte ihm, dann die Kinder. Die Secret-Service-Agenten formierten sich locker zu einem Korridor, der ihnen den Weg wies. Im Westen, zu ihrer Linken, waren TV-Kameras, aber Fragen wurden keine zugerufen – diesmal; auch das würde sich sehr bald ändern. Im White House drinnen führte man die Ryans zu den Fahrstühlen und der raschen Fahrt in den ersten Stock, wo sich die Schlafzimmer befanden. Van Damm wartete dort.

»Mr. President.«

»Ziehe ich mich um, Arnie?« fragte Jack und übergab seinen Mantel dem Kammerdiener. Ryan stockte, zwar nur für ein, zwei Sekunden, überrascht, weil die simple Handlung leichtfiel. Er war jetzt Präsident und fing im Kleinen automatisch schon an, auch so zu handeln. Irgendwie war das bemerkenswerter als die Amtsgeschäfte, die er bereits getätigt hatte.

»Nein. Hier.« Der Stabschef überreichte eine Liste der Gäste, die schon unten im East Room waren. Jack überflog sie. Es waren eher Länder drauf als Personen, viele freundliche, viele bekannte, ein paar vollkommen fremde und ein paar... Selbst als ehemaliger Nationaler Sicherheitsberater wußte er über sie nicht alles Wichtige. Während er las, ging Cathy mit den Kindern ins Bad – oder wollte es. Ein Agent vom Detail mußte sie erst einsammeln helfen. Ryan ging in sein eigenes und überprüfte sein Haar im Spiegel. Er kämmte es selber, ohne Mrs. Abbots Fürsorge, aber unter van Damms prüfendem Blick. *Nicht mal hier drin ist man sich sicher*, sagte sich der Präsident.

»Wie lange wird dies sein, Arnie?«

»Schwer zu sagen, Sir.«

Ryan sah ihn an. »Wenn wir allein sind, bin ich immer noch Jack, verstanden? Ich bin heimgesucht worden, nicht gesalbt.«

»Okay, Jack.«

»Die Kinder auch?«

»Das bringt die besondere Note... Jack, soweit haben Sie's gut gemacht.«

»Ist mein Redenschreiber jetzt sauer auf mich?« fragte er, überprüfte wieder den Sitz der Krawatte und verließ das Bad.

»Ihr Instinkt ist nicht schlecht, aber das nächstemal könnten wir eine solche Rede vorbereiten.«

Ryan dachte darüber nach und gab van Damm die Liste zurück. »Wissen Sie, daß ich jetzt Präsident bin, heißt nicht, daß ich aufgehört habe, ein Mensch zu sein.«

»Jack, gewöhnen Sie sich dran, okay? Ihnen ist nicht mehr erlaubt, ›bloß ein Mensch‹ zu sein. Okay, Sie hatten wenig Zeit, damit klarzukommen. Aber wenn Sie da runtergehen, sind Sie die Vereinigten Staaten von Amerika, nicht bloß ein Mensch. Das gilt für Sie, für Ihre Frau und in gewissem Maße auch für Ihre Kinder.« Für die Offenbarung erhielt der Stabschef einen giftigen Blick. Arnie ignorierte ihn. Er war ja nur persönlich, nicht dienstlich. »Fertig, Mr. President?«

Jack nickte, fragte sich, ob Arnie recht hatte oder nicht, und fragte sich, wieso dessen Bemerkung ihn so erbost hatte. Und dann fragte er sich, wie wahr es war. Bei Arnie wußte man nie, woran man war. Er war Lehrer und würde es immer sein, und wie die fähigsten Lehrer tischte auch er manchmal Lügen auf als krasse Exempel einer tieferen Wahrheit.

Don Russel erschien auf dem Korridor, Katie an seiner Hand. Sie hatte eine rote Schleife im Haar, riß sich los und rannte zu ihrer Mutter. »Sieh mal, was Onkel Don gemacht hat!« Wenigstens ein Angehöriger des Detail war schon Mitglied der Familie.

»Sie sollten jetzt vielleicht noch einmal mit allen ins Bad gehen, Mrs. Ryan. Auf der Staatsetage sind keine Toiletten.«

»Nicht?«

Russel schüttelte den Kopf. »Nein, Ma'am, die haben sie beim Bau irgendwie vergessen.«

Caroline Ryan griff sich die beiden Jüngsten und führte sie in mütterlicher Pflichterfüllung ab. Ein paar Minuten später kamen sie wieder.

»Darf ich sie Ihnen hinuntertragen, Ma'am?« fragte Russel mit großväterlichem Lächeln. »Mit Absatzschuhen ist es auf diesen Stufen ein bißchen heikel. Unten übergebe ich sie wieder.«

»Sicher.« Man bewegte sich Richtung Treppe, und Andrea Price sprach in ihr Mikrofon.

»SWORDSMAN und Anhang in Bewegung, von der Wohn- zur Staatsetage.«

»Roger«, gab ein Agent von unten zurück.

Sie konnten den Lärm hören, noch ehe sie den letzten Absatz der Marmortreppe passierten. Russel stellte Katie Ryan neben ihrer Mutter auf den Boden. Die Agenten verschwanden, wurden auf seltsame Weise unsichtbar, als die Ryans, die First Family, den East Room betraten.

»Ladies and Gentlemen«, verkündete ein Mitglied des Stabes, »der Präsident der Vereinigten Staaten, Dr. Ryan, mit Familie.« Köpfe wandten sich ihnen zu. Es gab kurzen Applaus. Sie sahen einigermaßen freundlich aus, dachte Jack, wußte aber, daß es nicht alle waren. Er und Cathy traten etwas nach links und bildeten die Empfangslinie.

Sie kamen hauptsächlich nacheinander, einige der Staatsoberhäupter mit ihren Gattinnen. Eine Protokollbeamtin, Ryan zur Linken, flüsterte ihm jeden Namen ins Ohr, und er fragte sich, wie sie nur all diese Leute von Angesicht kennen konnte. Die Abfolge war nicht ganz so willkürlich, wie es schein. Botschafter von Ländern, deren Oberhäupter sich gegen die Reise entschieden hatten, hielten sich zurück, standen in kleinen Kollegen-Grüppchen herum und nippten ihre Perrier-mit-'nem-Hauch, aber selbst die verbargen ihre berufsmäßige Neugier nicht und checkten den neuen Präsidenten ab *und* die Art, wie er die Männer und Frauen begrüßte, die zu ihm hinkamen.

»Ministerpräsident von Belgien, M. Arnaud«, flüsterte die Protokollbeamtin. Der offizielle Fotograf begann, die offiziellen Begrüßungen abzulichten; zwei TV-Kameras taten dasselbe, aber viel leiser.

»Ihr Telegramm war sehr liebenswürdig, Herr Ministerpräsident«, sagte Ryan und fragte sich, ob Arnaud es je gelesen hatte – nun, das wohl, aber vermutlich weder aufgesetzt noch abgeschickt.

»Ihre Rede zu den Kindern war sehr rührend. Ich bin mir sicher, jeder hier denkt genauso«, erwiderte der Ministerpräsident, ergriff Ryans Hand, prüfte ihre Festigkeit, sah ihm direkt und tief in die Augen und war sehr zufrieden mit sich ob der geschickten Unwahrheit seiner Grußbotschaft. Das Telegramm hatte er wirklich durchgelesen und für passend erklärt. Er genoß es jetzt, Ryans Reaktion darauf zu hören. Belgien war Bündnispartner, und Arnaud war vom Chef seines militärischen Geheimdienstes gut informiert worden, der auf verschiedenen NATO-Konferenzen mit Ryan zusammengearbeitet hatte und voll Lob war für des Amerikaners Einschätzungen zu den Sowjets – und jetzt den Russen. Eine unbekannte Größe als politischer Führer, war Kernpunkt der Aussage, aber hervorragender Analytiker. Jetzt machte Arnaud, zufällig als erster in der Reihe, seine eigene Einschätzung, durch Handgriff und Ansehen und viele Jahre Erfahrung in solchen Dingen. Dann ging er weiter.

»Dr. Ryan, ich habe schon so viel von Ihnen gehört.« Er küßte ihre Hand auf sehr anmutige Art. Ihm hatte man nicht gesagt, wie attraktiv die neue First Lady war und wie zierlich ihre Hände. Na ja, sie war ja Chirurgin. Neu im Spiel und ein bißchen verlegen, machte sich aber soweit ganz gut.

»Danke, Ministerpräsident Arnaud«, erwiderte Cathy, genau informiert von ihrem eigenen Protokollbeamten (der direkt hinter ihr stand), wer dieser Herr war. Der Handkuß, dachte sie sich, war sehr theatralisch ... aber nett.

»Ihre Kinder sind die reinsten Engel.«

»Wie nett von Ihnen.« Und damit ging er weiter.

Überall im Raum bewegten sich Kameras, zusammen mit fünfzehn Reportern, denn dies war ja sozusagen ein Art Arbeitsveranstaltung. Das Klavier in der Nordostecke des Zimmers spielte leichte Klassik – nicht gerade das, was im Radio als U-Musik bezeichnet wurde, aber nahezu.

»Robby! Entschuldigung, *Admiral* Jackson«, korrigierte sich der Prince of Wales.

»Captain.« Jackson schüttelte ihm freundlich die Hand.

»Wie kommt er zurecht – wirklich, meine ich«, fragte der Prinz, was Jackson ein wenig betrübte. Doch der Mann hatte einen Job. Offiziell als Freund hergeschickt, wußte Robby, daß die Entscheidung politisch gewesen war und daß bei der Rückkehr zur Botschaft Ihrer Britischen Majestät ein Begegnungsbericht diktiert würde. So war das Geschäft. Andererseits verlangte die Frage nach Antwort. Die drei hatten in einer heißen, stürmischen Sommernacht einmal kurz zusammen ›gedient‹.

»Vor ein paar Tagen hatten wir eine Besprechung im Generalstab, und morgen haben wir eine Arbeitssitzung. Jack hat die Sache voll im Griff«, entschied sich der J-3 zu sagen, mit Überzeugung in der Stimme. Das mußte er auch. Jack war jetzt Oberbefehlshaber der US-Streitkräfte; Jacksons Loyalität ihm gegenüber war eine Sache von Ehre und Gesetz, nicht nur eine menschliche.

»Und Ihre Frau?« Er warf einen Blick zu Sissy Jackson, die sich gerade mit Sally Ryan unterhielt.

»Immer noch Klavier Nummer zwei im nationalen Symphonieorchester.«

»Wer ist denn Nummer eins?«

»Miklos Dimitri. Größere Hände«, erklärte Jackson. Er hielt es für ungelegen, selbst ein paar familiäre Fragen zu stellen.

»Im Pazifik haben Sie sich tapfer geschlagen.«

»Ja, nun, glücklicherweise mußten wir nicht so viele umbringen.« Jackson schaute seinem Nahezu-Freund in die Augen. »Das macht einem echt keinen Spaß, wissen Sie.«

»Wird er mit der Aufgabe fertig, Robby? Sie kennen ihn besser als ich.«

»Captain, er *muß* mit der Aufgabe fertig werden«, gab Jackson zur Antwort und blickte zu seinem Oberbefehlshaber und Freund, wohlwissend, wie sehr Jack offizielle Veranstaltungen verabscheute. Beim Zusehen, wie sein neuer Präsident die Begrüßungsprozedur über sich ergehen ließ, war es unvermeidlich, daß seine Gedanken zurückschweiften. »Ein langer Weg vom Geschichtsunterricht an der Academy, Eure Hoheit«, stellte der Admiral im Flüsterton fest.

Für Cathy Ryan war dies in erster Linie eine Übung darin, ihre Hand zu schützen. Seltsamerweise kannte sie den Drill solcher offiziellen Anlässe besser als ihr Mann. Als Oberärztin am Johns Hopkins Wilmer Ophthalmological Institute hatte sie im Laufe der Jahre mit zahlreichen Spendenaktionen – im Grunde genommen Bettelei auf höherer Ebene – zu tun gehabt. Die meisten derartigen Veranstaltungen hatte Jack versäumt, oft zu ihrem Mißfallen. Hier stand sie also wieder, begrüßte Leute, die sie nicht kannte, die sie nie Gelegenheit haben würde zu mögen und von denen niemand ihre Forschungsprogramme unterstützte.

»Die Premierministerin von Indien«, sagte ihr Protokollbeamter leise.

»Hello.« Die First Lady lächelte zum Gruß und schüttelte die Hand, die glücklicherweise sanft war.

»Sie müssen sehr stolz sein auf Ihren Mann.«

»Ich bin auf Jack schon immer stolz gewesen.« Sie waren beide gleich groß. Die Premierministerin hatte eine dunkle Haut und blickte verkniffen hinter der Brille, wie Cathy sehen konnte. Vermutlich benötigte sie eine neue, und vermutlich bekam sie von der alten Kopfschmerzen. Merkwürdig. Sie hatten doch gute Ärzte in Indien. Nicht alle von ihnen kamen nach Amerika.

»Und so reizende Kinder«, fügte sie hinzu.

»Wie nett von Ihnen, das zu sagen.« Cathy lächelte erneut, jetzt mechanisch, zu einer Feststellung, die genauso flüchtig hingeworfen war wie eine Bemerkung über Wolken am Himmel. Ein genauerer Blick in die Augen der Frau verriet Cathy etwas, das ihr nicht lieb war. *Sie hält sich für besser als mich.* Aber wieso? Weil sie Politikerin war und Cathy Ryan nur Chirurgin? Ob das wohl anders wäre, wenn sie Anwältin geworden wäre? Nein, vermutlich nicht, dachte sie weiter, mit der Anspannung, die gelegentlich eintrat, wenn bei einer Operation unerwartet

Komplikationen auftraten. Nein, das war's überhaupt nicht. Cathy erinnerte sich an einen Abend, auch hier im East Room, als sie Elizabeth Elliot gegenüberstand. Damals fand sie sich derselben überheblichen Denkart gegenüber: *Ich bin besser als du, wegen dem, wer ich bin und was ich tu.* SURGEON – das war ihr Secret-Service-Deckname, der ihr ja eigentlich gefiel – sah noch tiefer in die dunklen Augen vor sich. Es war noch viel mehr darin. Cathy ließ ihre Hand los, als das nächste hohe Tier herantrat.

Die Premierministerin verließ die Reihe und ging auf einen Kellner zu, von dem sie sich ein Glas Saft geben ließ. Es wäre zu augenfällig gewesen, zu tun, was sie eigentlich hätte tun wollen. Das ließ sich bis zum nächsten Tag aufschieben, in New York. Im Augenblick sah sie einen ihrer Kollegen an, Ministerpräsident der Volksrepublik China. Sie hob ihr Glas um etwa einen Zentimeter und nickte, ohne zu lächeln. Ein Lächeln war unnötig. Ihre Augen übermittelten die notwendige Botschaft.

»Stimmt es, daß man Sie SWORDSMAN nennt?« fragte Prinz Ali bin Sheik mit einem Augenzwinkern.

»Ja, wegen dem, was ich von Ihnen bekommen habe«, sagte Jack zu ihm. »Danke, daß Sie gekommen sind.«

»Mein Freund, es besteht doch ein Band zwischen uns.« Seine Königliche Hoheit war nicht direkt ein Staatsoberhaupt, aber wegen der andauernden Krankheit seines Souveräns übernahm Ali immer mehr der königlichen Pflichten. Er war jetzt für Auswärtiges *und* den Geheimdienst zuständig. Die Beamten von ersterem waren von Whitehall ausgebildet worden und die letzteren vom israelischen Mossad, einer der ironischsten und unbekanntesten Widersprüche in einem Teil der Welt, der für seine verschachtelten Widersprüchlickeiten bekannt ist. Das befriedigte Ryan im großen und ganzen: Wenn Ali auch viel am Hals hatte, kompetent war er allemal.

»Sie kennen Cathy noch nicht, oder?«

Der Prinz schaute sie an. »Nein, aber ich kenne Ihren Kollegen, Dr. Katz. Mein eigener Augenarzt hat bei ihm studiert. In der Tat, Ihr Mann kann sich glücklich schätzen, Dr. Ryan.«

Und da sollen die Araber gefühllos, humorlos und respektlos gegenüber Frauen sein? fragte sich Cathy. Dieser gewiß nicht. Zärtlich nahm Prinz Ali ihre Hand.

»Ach, Sie haben Bernie wohl kennengelernt, als er 1994 drüben war.« Das Wilmer-Institut hatte das Institut für Augenheilkunde in Riad mit aufgebaut, und Bernie hatte dann fünf Monate dort gelehrt.

»Er hat einen Cousin von mir nach einem Flugunfall operiert. Der fliegt mittlerweile wieder. Und das da drüben sind Ihre Kinder?«

»Jawohl, Eure Hoheit.« Diesen Mann heftete ihr Gedächtnis im Ordner ›Gute‹ ab.

»Hätten Sie etwas dagegen, wenn ich mich mit ihnen unterhielte?«

»Aber bitte!« Der Prinz nickte und ging weiter.

Caroline Ryan, dachte er und machte sich geistige Notizen. *Hoch intelligent, äußerst scharfsinnig. Stolz. Ein Vorteil für ihren Mann, wenn er so klug ist, davon Gebrauch zu machen.* Wie schade, dachte er, daß seine Kultur die Talente der Frauen brachliegen ließ – doch er war noch nicht König, würde es vielleicht auch nie werden, und selbst wenn, könnte er bei bestem Willen nur begrenzte Veränderungen bewirken. Sein Volk hatte noch einen weiten Weg vor sich, doch viele vergaßen, wie atemberaubend weit das Königreich innerhalb von zwei Generationen gekommen war. Jedoch, zwischen ihm und Ryan *gab* es ein Band und darum auch zwischen Amerika und seinem Königreich. Er ging hinüber zu den Kindern, doch bevor er ankam, sah er schon, was er wollte. Die Kinder waren ein bißchen überwältigt von allem. Die jüngste Tochter amüsierte sich am besten, nippte unter den wachsamen Blick eines Secret-Service-Agenten an einem Getränk, während ein paar Diplomatengattinnen versuchten, mit ihr zu reden. Sie war es gewohnt, daß man in sie vernarrt war. Dem Sohn, etwas älter, war nicht ganz wohl in seiner Haut; normal für einen Burschen seines Alters, nicht mehr ein Kind, aber längst noch kein Mann. Die Älteste, Olivia in seinen Akten, für ihren Vater aber Sally, kam mit dem schwierigsten Alter überhaupt ganz gut zurecht. Was Prinz Ali besonders auffiel, war, daß sie all dies *nicht* gewohnt waren. Ihre Eltern hatten sie von Jacks Berufsleben völlig ferngehalten. Verwöhnt, wie sie zweifellos waren, hatten sie nicht das gelangweilte, hochnäsige Getue anderer solcher Kinder an sich. Über einen Mann und eine Frau erfuhr man viel mit einem Blick auf ihre Kinder. Da beugte er sich zu Katie hinab. Zunächst war sie wegen seiner ungewöhnlichen Kleidung perplex – nur zwei Stunden zuvor hatte sich Ali vor Erfrierungen gefürchtet –, doch im nächsten Augenblick ließ sie sein warmherziges Lächeln die Hand ausstrecken und nach seinem Bart greifen, während Don Russel wie ein Wachbär einen Meter entfernt stand. Er nahm sich die Zeit, dem Agenten in die Augen zu schauen, und sie wechselten einen kurzen Blick. Er wußte, daß auch Cathy ihn beobachten würde. Was gab es Besseres, sich mit Leuten anzufreunden, als sich um ihre Kinder zu kümmern? Doch es war mehr als das, und im Bericht an seine Minister würde er sie davor warnen, Ryan nur nach seiner etwas ungelenken Trauerrede zu beurteilen. Daß er nicht von der üblichen Sorte war, ein Land zu führen, hieß nicht, daß er dafür ungeeignet wäre.

Schwester Jean Baptiste hatte ihr Bestes getan, es zu ignorieren, arbeitete die Hitze des Tages hindurch bis zum Sonnenuntergang und versuchte, das dumpfe Gefühl, das bald zu echtem Schmerz wurde, nicht wahrzuhaben; hoffte, es würde wieder vergehen, wie das bei kleinen Beschwerden stets der Fall war. In ihrer ersten Woche in diesem Land hatte sie Malaria bekommen, und die Krankheit wurde man nie wieder richtig los. Zuerst hatte sie gedacht, daß es das wäre, aber nein. Und das Fieber, das sie einem typisch heißen Kongotag zugeschrieben hatte, kam nicht von der Hitze. Ihre Angst überraschte sie. So oft hatte sie andere behandelt und getröstet, aber nie so recht die Angst verstanden, die sie hatten. Sie wußte, daß die Patienten Angst hatten, erkannte die Tatsache an, daß es Angst gab, doch sie reagierte darauf mit Beistand, Güte und Gebet. Jetzt, zum erstenmal, begann sie zu verstehen. Weil sie zu wissen glaubte, was es war. Sie hatte es schon gesehen. Nicht oft. Die meisten von ihnen waren nicht bis hierher gekommen. Aber Benedikt Mkusa war hierher gekommen, sowenig es ihm genützt hatte. Am Ende des Tages wäre er bestimmt tot, hatte Schwester Maria Magdalena ihr nach der Morgenmesse gesagt. Drei Tage zuvor hätte sie darüber geseufzt – sich aber damit getröstet, daß es dann einen Engel mehr im Himmel geben würde. Diesmal nicht. Jetzt fürchtete sie, daß es zwei sein würden. Schwester Jean Baptiste stützte sich am Türrahmen ab. Was hatte sie falsch gemacht? Sie war doch eine achtsame Krankenschwester. Sie machte doch keine Fehler. Hm.

Sie mußte die Station verlassen und ging den überdachten Steg entlang zum nächsten Gebäude, direkt ins Labor. Dr. Moudi befand sich an seinem Arbeitstisch, war vertieft, wie immer, und hörte sie nicht hereinkommen. Als er sich umdrehte, die Augen rieb nach zwanzig Minuten am Mikroskop, war er überrascht, die heilige Frau mit aufgerolltem Ärmel zu sehen, ein Gummiband fest um den Oberarm und eine Nadel in ihrer Antekubitalvene. Sie war beim dritten Röhrchen, stellte es ab und nahm sich ein viertes.

»Was ist los, Schwester?«

»Herr Doktor, ich glaube, diese Proben müssen sofort untersucht werden. Bitte, Sie sollten auch frische Gummihandschuhe anziehen.«

Moudi kam herüber und blieb einen Meter entfernt stehen, während sie die Nadel herauszog. Er sah ihr ins Gesicht und in die Augen – wie die Frauen in seiner Heimatstadt Ghom war sie schlicht und keusch gekleidet. An diesen Nonnen gab es viel zu bewundern: gut gelaunt, fleißig und sehr fromm im Dienst an ihrem falschen Gott – das stimmte nicht ganz... Er konnte es in ihren Augen sehen, deutlicher noch als an offenen Symptomen. Er sah, was sie bereits wußte.

»Bitte setzen Sie sich hin, Schwester.«

»Nein... Ich muß...«

»Schwester«, sagte der Arzt etwas nachdrücklicher. »Sie sind jetzt Patientin. Sie werden bitte tun, was ich sage, ja?«

»Herr Doktor, ich...«

Seine Stimme wurde sanfter. Es hatte keinen Zweck, barsch zu sein, und wahrlich verdiente diese Frau keine solche Behandlung vor Gott. »Schwester, nach all der Fürsorge und Hingabe, die Sie so vielen in diesem Hospital angedeihen ließen, bitte, erlauben Sie diesem demütigen Gast, Ihnen ein wenig davon zurückzugeben.«

Jean Baptiste tat, wie ihr geheißen. Zuerst streifte sich Dr. Moudi ein Paar frische Handschuhe über. Dann kontrollierte er ihren Puls, 88, ihren Blutdruck, 138/90, und dann maß er ihre Temperatur, 39 – alle Werte waren zu hoch, die ersten beiden wegen des dritten und alle zusammen wegen dem, was sie befürchtete. Es hätte alles mögliche sein können, von ganz Simplem bis ganz Letalem, aber sie hatte diesen Mkusa-Jungen behandelt, und das unglückliche Kind lag im Sterben. Er ließ sie hier sitzen, nahm vorsichtig die Röhrchen und brachte sie zu seinem Arbeitstisch.

Moudi hatte eigentlich Chirurg werden wollen. Als jüngster von vier Söhnen, Neffen des Führers des Landes, wartete er ungeduldig, erwachsen zu werden; sah zu, wie seine älteren Brüder gegen den Irak in den Krieg zogen. Zwei von ihnen waren gefallen, der dritte als Krüppel heimgekehrt, nur um später von eigener, verzweifelter Hand zu sterben, und da hatte er sich vorgenommen, Chirurg zu werden, um Allahs Kriegern besser das Leben retten zu können, damit sie weiter für die Heilige Sache kämpfen konnten. Sein Verlangen hatte sich geändert, und statt dessen hatte er Infektionskrankheiten studiert, denn es gab mehr als eine Art, für die Sache zu kämpfen, und nach Jahren der Geduld begann sein Weg sich jetzt abzuzeichnen.

Minuten später ging er zur Isolierstation. Den Tod umgibt eine Aura, wie Moudi wußte. Vielleicht war das Bild, das er vor sich sah, nur eine Vorstellung, aber die Tatsache, der es entstammte, war es nicht. Als ihm die Schwester die Blutproben gebracht hatte, teilte er sie in zwei Hälften, eine davon schickte er sorgfältig verpackt per Luftexpreß an die Centers for Disease Control (CDC) in Atlanta, Georgia, USA: weltweite Zentrale für die Analyse exotischer und gefährlicher Krankheitserreger. Die andere hatte er bis auf weiteres tiefgekühlt aufbewahrt. Die CDC waren effizient wie immer. Vor ein paar Stunden war das Telex eingetroffen: Ebola-Zaire war der Befund, gefolgt von einer langen Reihe vollkommen unnötiger Warnungen und Instruktionen. Seine Diagnose war dieselbe gewesen. Nur wenige Dinge töteten so wie das, und keines so schnell.

Es war, als ob Benedikt Mkusa von Allah selbst mit einem Fluch belegt worden wäre, doch das, wußte Moudi, konnte nicht sein, denn Allah war ein barmherziger Gott, der die Jungen und Unschuldigen nicht absichtlich quälte. Zu sagen, »es steht geschrieben«, wäre akkurater, aber kaum barmherziger für den Patienten und seine Eltern. Sie saßen an seinem Bett, in Schutzkleidung, und sahen ihre Welt vor ihren Augen sterben. Der Junge erlitt Schmerzen – entsetzliche Qualen. Teile seines Körpers waren tot und verrotteten, während sein Herz sich weiter bemühte zu pumpen und sein Gehirn, die Abläufe des Körpers zu steuern. Das einzige, das dem menschlichen Körper auch so was antun konnte, war massive Einwirkung ionisierender Strahlung. Die Folgen waren ähnlich. Einzeln nacheinander zuerst, dann paarweise, dann in Gruppen, dann alle auf einmal starben die inneren Organe ab. Der Junge war jetzt zu schwach zum Erbrechen, dafür trat am anderen Ende des Verdauungstrakts Blut aus. Nur die Augen waren noch beinahe normal, aber blutunterlaufen. Dunkle, junge Augen, traurig und nicht verstehend, nicht begreifend, daß ein Leben, das doch vor so kurzer Zeit erst begonnen hatte, mit Sicherheit jetzt endete, baten seine Eltern, es in Ordnung zu bringen, wie sie es stets in seinen acht Jahren getan hatten. Der Raum stank nach Blut und Schweiß und anderen Körperflüssigkeiten, und sein Blick kam aus immer größerer Ferne. Selbst als er ruhig dalag, schien er sich zu entfernen, und wahrhaftig, Dr. Moudi schloß die Augen und flüsterte ein Gebet für den Jungen, der schließlich nur ein Junge war, und wenn auch kein Muslim, so doch ein religiöses Kind, dem der Zugang zum Wort des Propheten unfair verwehrt worden war. Vor allem anderen war Allah barmherzig und würde gewiß diesem Jungen Gnade erweisen und ihn ins Paradies geleiten. Und besser, wenn das rasch geschah.

Wenn eine Aura schwarz sein konnte, dann war es diese. Der Tod umschlang den jungen Patienten Zentimeter um Zentimeter. Das schmerzhafte Atmen flachte ab, die Augen, seinen Eltern zugewandt, bewegten sich nicht mehr, und das gequälte Zucken der Glieder wanderte die Extremitäten hinab, bis sich nur noch die Finger rührten, immer schwächer, und dann auch nicht mehr.

Schwester Maria Magdalena, die hinter und zwischen Mutter und Vater stand, legte jedem von ihnen eine Hand auf die Schulter, und Dr. Moudi trat näher heran und hielt dem Patienten sein Stethoskop an die Brust. Da war noch Geräusch, Glucksen und schwaches Reißen, während die Nekrose Gewebe zerstörte – ein furchtbarer, immer noch dynamischer Prozeß; vom Herzen aber war nichts zu hören. Zur Sicherheit setzte er das hochbetagte Instrument an verschiedenen Stellen auf, dann wandte er sich vom Patienten ab.

»Er ist entschlafen. Es tut mir sehr leid.« Er hätte noch hinzufügen können, daß dies für Ebola ein gnädiger Tod gewesen war, jedenfalls nach Aussage der Bücher und Artikel. Dies war Moudis erste direkte Erfahrung mit dem Virus, und sie war schon schlimm genug gewesen.

Die Eltern trugen es mit Fassung. Daß es so kommen würde, hatten sie schon einen ganzen Tag gewußt, lange genug, um sich darauf einzustellen. Sie würden nach Hause gehen und beten, wie es sich gehörte.

Benedikt Mkusas Leiche würde verbrannt werden und das Virus mit ihr. Das Telex aus Atlanta war diesbezüglich unmißverständlich. Leider.

Ryan machte ein paar Fingerübungen, als das Händeschütteln zu Ende war. Er wandte sich seiner Frau zu, die sich die Hand massierte und tief Luft holte. »Möchtest du etwas?« fragte Jack.

»Etwas ohne. Zwei Eingriffe morgen vormittag.« Und sie hatten noch keine praktischere Lösung gefunden, Cathy zur Arbeit zu bringen. »Wieviel von so was kommt noch auf uns zu?« fragte sie.

»Ich weiß nicht«, gestand der Präsident, obwohl er wußte, daß Termine schon Monate im voraus abgestimmt wurden und daß am Großteil des schon festgelegten Programms festgehalten würde, seinen Wünschen zum Trotz. Mit jedem Tag verwunderte es ihn mehr, daß es Leute gab, die sich nach diesem Job sehnten – es gab so viele Pflichten am Rande, daß der Job selbst kaum erfüllt werden konnte. Doch im Grunde waren es auch diese amtsfremden Pflichten, die den Job ausmachten. Dann kam ein Bediensteter mit alkoholfreien Getränken für den Präsidenten und die First Lady. Die Papierservietten waren geprägt mit einer Abbildung des White House, darunter stand THE PRESIDENT'S HOUSE. Ehemann und Frau bemerkten das im gleichen Augenblick, dann trafen sich ihre Blicke.

»Weißt du noch, wie wir das erstemal mit Sally in Disney World waren?« fragte Cathy.

Jack wußte, was seine Frau meinte. Kurz nach dem dritten Geburtstag ihrer Tochter, nicht lange vor ihrem Flug nach England ... und dem Beginn einer Reise, die, wie es schien, niemals enden würde. Sally hatte sich aufs Schloß im Zentrum des Magic Kingdom fixiert und schaute immerzu dorthin, egal, wo sie gerade waren. Sie hatte es Mickeys Haus genannt. Nun, jetzt hatten sie ihr eigenes Schloß. Für eine Weile jedenfalls. Aber die Miete dafür war recht hoch. Cathy ging zu Robby und Sissy Jackson hinüber, die sich mit dem Prinzen von Wales unterhielten. Jack fand seinen Stabschef.

»Wie geht's der Hand?« erkundigte sich Arnie.

»Keine Beschwerden.«

»Sie können froh sein, daß es kein Wahlkampf ist. Viele Leute denken, beim freundlichen Händedruck müssen Knöchel knacken – so von Mann zu Mann und so. Wenigstens wissen es die hier besser.« Van Damm nippte an seinem Perrier und musterte den Raum. Der Empfang lief gut. Viele Staatschefs, Botschafter und andere machten freundliche Konversation. Hin und wieder wurde gar diskret gelacht, über kleine Scherze und Komplimente. Die Stimmung des Tages hatte sich gewandelt.

»So, wie viele Prüfungen habe ich bestanden und wie viele nicht?« fragte Ryan leise.

»Ehrliche Antwort? Nicht zu sagen. Da hat jeder was anderes gesucht. Immer dran denken.« Und einige von ihnen scherten sich tatsächlich einen Dreck darum, waren aus eigenen politischen Zwecken gekommen, aber selbst unter diesen Umständen war es unhöflich, das zu sagen.

»Das hab' ich mir schon selber so gedacht, Arnie. Jetzt mach' ich mal 'n bißchen die Runde, okay?«

»Indien treffen«, riet van Damm. »Adler hält es für wichtig.«

»Roger.« Wenigstens erinnerte er sich noch, wie sie aussah. So viele Gesichter aus der Schlange waren für ihn gleich wieder verschwommen, wie das auf zu großen Partys immer passierte. Politiker hätten ein fotografisches Gedächtnis für Namen und Gesichter, hieß es. Er jedenfalls nicht, und er fragte sich, ob es dafür nicht eine spezielle Trainingsmethode gäbe. Jack gab sein Glas einem Bediensteten, wischte sich die Hände mit einer der besonderen Servietten und machte sich auf den Weg, Indien zu treffen. Rußland hielt ihn auf.

»Herr Botschafter«, sagte Jack. Waleri Bogdanowitsch Lermonsow war zwar auch in der Reihe gewesen, doch die Zeit reichte nicht für das, was er hatte sagen wollen. Sie schüttelten sich noch einmal die Hände. Lermonsow war Karrierediplomat und bei seinesgleichen beliebt. Es hieß, daß er jahrelang für den KGB gearbeitet hatte, doch das war kaum etwas, das ihm gerade Ryan vorzuwerfen hatte.

»Meine Regierung läßt anfragen, ob eine Einladung nach Moskau erwogen werden könnte.«

»Ich hätte nichts dagegen«, sagte der Präsident, »aber wir waren doch erst vor ein paar Monaten da, und meine Zeit ist im Augenblick sehr knapp bemessen.«

»Daran zweifle ich nicht, aber meine Regierung möchte ein paar Fragen von gegenseitigem Interesse diskutieren.« Die spezielle Redewendung veranlaßte Ryan, sich dem Russen ganz zuzuwenden.

»So?«

»Ich befürchtete, daß Ihr Terminplan ein Problem sein könnte, Mr. President. Würden Sie dann eventuell einen persönlichen Repräsentanten zu einer diskreten Unterredung empfangen?«

Dabei konnte es sich nur um eine Person handeln, war Jack klar. »Sergej Nikolajewitsch?«

»Würden Sie ihn empfangen?« beharrte der Botschafter.

Ryan hatte einen kurzen Augenblick von, wenn nicht Panik, so doch Unruhe. Sergej Golowko war Leiter des RVS – des wiedergeborenen, verkleinerten, noch immer beeindruckenden KGB. Er gehörte auch zu den wenigen in der russischen Regierung, die sowohl Verstand als auch das Vertrauen des russischen Präsidenten besaßen, Eduard Petrowitsch Gruschawoy, selbst einer der wenigen Menschen in der Welt, die noch mehr Probleme hatten als Ryan. Mehr noch, Gruschawoy hielt sich Golowko genauso als Stütze, wie Stalin sich Berija gehalten hatte, brauchte er doch einen Berater mit Verstand, Erfahrung und Macht. Der Vergleich war zwar nicht ganz fair, aber Golowko würde bestimmt nicht kommen, um ein Kochrezept für Borschtsch zu überbringen. ›Fragen von gegenseitigem Interesse‹ verhieß meistens ernste Angelegenheiten; daß man sich direkt an den Präsidenten wandte und nicht den Weg über das State Department nahm, war noch ein Hinweis, und Lermonsows Drängen ließ die Angelegenheit noch ernsthafter erscheinen.

»Sergej ist ein alter Freund«, sagte Jack mit einem freundlichen Lächeln. *Seit der Zeit, da ich seine Pistole im Gesicht hatte.* »Stets willkommen in meinem Haus. Sprechen Sie mit Arnie den Termin ab?«

»Das werde ich, Mr. President.«

Ryan nickte und ging weiter. Der Prince of Wales hatte die indische Premierministerin in Erwartung von Ryans Erscheinen festgeplaudert.

»Frau Premierministerin, Eure Hoheit«, sagte Ryan mit einem Nikken.

»Wir hielten es für wichtig, ein paar Dinge klarzustellen.«

»Was könnte das wohl sein?« fragte der Präsident. Ihm war, als hätte es ihm einen elektrischen Schlag versetzt, ihm war klar, was kommen mußte.

»Dieser unglückliche Zwischenfall im Indischen Ozean«, sagte die Premierministerin. »Solche Mißverständnisse.«

»Ich bin ... froh, das zu hören ...«

Selbst die Army hatte freie Tage, und das Begräbnis eines Präsidenten war ein solcher Tag. Sowohl die Blaue Streitmacht als auch OpFor hatten für einen Tag abgerüstet.

General Diggs' Haus stand auf einer Anhöhe, mit Aussicht auf ein außergewöhnlich trostloses Tal, doch trotz allem war das ein herrlicher Anblick, und die Wüste war erwärmt von den Winden aus Mexiko, und so war es möglich, im von Mauern und Hecken umsäumten Hintergarten zu grillen.

»Sind Sie Präsident Ryan schon begegnet?« fragte Bondarenko, mit einem Frühnachmittagbier in der Hand.

Diggs schüttelte den Kopf, während er die Burger wendete und nach seiner Spezialsauce langte. »Nein. Aber ich kenn' Robby Jackson. Er ist jetzt J-3, und er spricht sehr gut von ihm.«

»Das ist typisch amerikanisch, was Sie hier tun?« Der Russe zeigte auf den Holzkohlengrill.

Diggs schaute hin. »Hab' ich von meinem Daddy gelernt. Geben Sie mir bitte mal mein Bier rüber, Gennadi?« Der Russe reichte seinem Gastgeber das Glas. »Ich mag es gar nicht, einen Tag Training zu versäumen, aber ...« Aber er mochte es genau wie jeder andere, einen Tag frei zu haben.

»Der Platz, den Sie hier haben, ist unglaublich, Marion.« Bondarenko drehte sich um, um über das Tal zu blicken. Das Wohngebiet sah typisch amerikanisch aus, mit seinem Netz von Straßen und Bauten, doch sonst war es anders. Es wuchs kaum etwas, nur, was die Amerikaner Kreosotbüsche nannten, und die sahen ganz nach Flora von einem fernen Planeten aus. Doch die Wüste hatte etwas Unglaubliches an sich – und sie erinnerte ihn an ein Hochplateau in Tadschikistan. Vielleicht war es das.

»Also echt, wie sind Sie zu diesen Orden gekommen?« Diggs kannte nicht die ganze Geschichte. Sein Gast zuckte die Achseln.

»Die Mudschaheddin hatten beschlossen, mein Land zu besuchen. Es war eine geheime Forschungsanlage, seither geschlossen – dort ist jetzt ein selbständiger Staat, wie Sie wissen.«

Diggs nickte. »Ich bin Militär, kein Quantenphysiker. Das Geheime können Sie sich sparen.«

»Ich habe ein Wohngebäude verteidigt – das Haus, das die Wissenschaftler und ihre Familien bewohnten. Ich hatte einen Zug KGB-Grenztruppen. Die Mudschi haben uns in Kompaniestärke angegriffen, im Schutz der Nacht und eines Schneesturms. Es ging ganz schön hoch her, ungefähr eine Stunde lang«, gab Gennadi zu.

Diggs hatte einige der Narben gesehen – er hatte seinen Besucher am Tag zuvor unter der Dusche überrascht. »Wie gut sind sie gewesen?«

»Die Afghanen?« brummte Bondarenko. »Sie würden sich nicht wünschen, von ihnen gefangengenommen zu werden. Sie waren absolut furchtlos, aber manchmal war das auch ihr Schaden. Man konnte genau erkennen, welcher Trupp kompetent geführt war und welcher nicht. Der damals war es. Die andere Hälfte der Einrichtung haben sie ausradiert, und auf meiner Seite« – er zuckte die Achseln – »wir haben mächtiges Glück gehabt. Am Ende kämpften wir *im* Erdgeschoß des Gebäudes. Der gegnerische Kommandeur führte seine Leute tapfer – aber ich erwies mich als der bessere Schütze.«

»Held der Sowjetunion«, bemerkte Diggs und kontrollierte noch mal seine Burger. Colonel Hamm hörte schweigend zu. So, auf diese Art, maßen Leute ihres Schlags einander, nicht so sehr mit dem, was sie vollbracht hatten, als vielmehr damit, wie sie die Geschichte erzählten.

Der Russe lächelte. »Marion, ich hatte keine Wahl. Es gab keine Möglichkeit wegzulaufen, und ich wußte, was sie mit gefangenen russischen Offizieren machten. Also bekomme ich Beförderung und Orden, und dann ist mein Land – wie sagt man? Verdampfen?« Während des Putsches war Bondarenko in Moskau gewesen und hatte, zum erstenmal in seinem Leben beruflich vor eine moralische Entscheidung gestellt, die richtige getroffen und damit die Aufmerksamkeit verschiedener Leute erlangt, die jetzt einflußreiche Posten in der Regierung des neuen, etwas kleineren Landes bekleideten.

»Wie wär's mit: Ein Land wurde neu geboren?« schlug Colonel Hamm vor. »Mit: Wir können jetzt Freunde sein?«

»Da. Sie sprechen gut, Colonel. Und Sie kommandieren gut.«

»Danke, Sir. Meistenteils lehne ich mich zurück und überlasse das Regiment sich selbst.« Das war eine Lüge, die jeder gute Offizier aber als eine besondere Art von Wahrheit begriff.

»Und bedienen sich sow... russischer Taktik!« Das kam dem russischen General so unglaublich vor.

»Es funktioniert doch, oder?« Hamm trank sein Bier aus.

Das würde es, gelobte sich Bondarenko. Für seine Armee würde es funktionieren, wie es für die Amerikaner funktioniert hat, sobald er nach der Heimkehr die nötige politische Unterstützung erworben hätte, um die russische Armee in etwas umzubauen, das sie noch nie gewesen ist. Selbst zu ihrer Glanzzeit, als sie die Deutschen nach Berlin zurücktrieb, war die Rote Armee ein schwerfälliges, stumpfes Instrument gewesen, das sich vor allem auf die Schockwirkung seiner Masse verließ. Er wußte auch, welche Rolle das Glück damals gespielt hatte. Sein ehemaliges Land hatte den besten Panzer der Welt in den Kampf geschickt, den T-34, mit einem in Frankreich für Luftschiffe entwickelten Dieselmotor gesegnet und dem von einem Amerikaner namens J. Walter Christie entwickelten Aufhängungssystem und einer Handvoll hervorragender Neuentwicklungen russischer Ingenieure. Das war eins der wenigen Beispiele in der Geschichte der Union der Sozialistischen Sowjetrepubliken, in der seine Landsleute es fertiggebracht hatten, ein Weltklasseprodukt – und in diesem Fall war es das richtige zur richtigen Zeit – zu erzeugen, ohne das sein Land sicher untergegangen wäre. Doch die Zeit, auf Glück und Masse zu zählen, war für sein Land vorbei. Anfang der 80er hatten die Amerikaner die richtige Formel gefunden: eine kleine Berufsarmee, sorgfältig ausgewählt, hervorragend ausgebildet und großzügig ausgerüstet. Colonel Hamms OpFor, diese 11. Kavallerie, so was hatte er noch nie gesehen. Im richtigen Terrain konnte dieses eine Regiment es mit einer ganzen Division aufnehmen und sie innerhalb von Stunden vernichten. Streitmacht Blau war wohl kaum inkompetent, aber ihr Kommandeur hatte die Einladung zur Grillparty ausgeschlagen, um den Tag zur Arbeit mit seinen Unterbefehlshabern zu nutzen, so schlimm waren sie zugerichtet worden.

So viel war hier zu lernen, das interessanteste aber war zu sehen, wie die Amerikaner ihre Lektionen aufnahmen. Regelmäßig wurden hohe Offiziere beschämt, erst während der Scheingefechte, dann in den AARs, in denen die OC-Offiziere das Geschehen analysierten, akribisch genau wie Pathologen.

»Ich kann Ihnen sagen«, nahm Bondarenko das Gespräch wieder auf, »in meiner Armee Faustkämpfe würden beginnen, während der...«

»Ach, am Anfang wäre das bei uns auch fast passiert«, versicherte Diggs ihm. »Als es mit der Anlage hier losging, wurden Kommandeure abgelöst, wenn sie Gefechte verloren, bis jeder mal tief durchgeatmet hatte und klar wurde, daß es hier schwierig sein *sollte*. Pete Taylor war derjenige, der das NTC erst richtig zum Laufen gebracht hat. Die OC-Offiziere mußten Diplomatie lernen, die Leute von Streitmacht Blau mußten lernen, daß sie *hier* waren, um zu lernen. Ich kann Ihnen sagen, Gennadi, es gibt keine andere Armee in der Welt, die ihre Kommandeure derart demütigt, wie wir es tun.«

»Das ist tatsächlich so, Sir. Neulich sprach ich mit Sean Connolly – er ist CO des 10th ACR in der Negevwüste«, erklärte Hamm dem Russen. »Die Israelis haben es noch nicht so ganz begriffen. Sie meckern noch an allem herum, was die Beobachter-Kontrolleure ihnen sagen.«

»Wir installieren dort ständig mehr Kameras.« Diggs lachte und fing an, Burger vom Grill auf einen Teller zu schaufeln. »Und manchmal glauben die Israelis nicht einmal, nachdem wir ihnen die Videoaufnahmen gezeigt haben, was sich abgespielt hat.«

»Immer noch zuviel Trara da drüben«, stimmte Hamm zu. »He, ich bin als Squadron Commander hergekommen, und man hat mir mehr als einmal meinen Arsch auf'm Tablett serviert.«

»Gennadi, nach dem Golfkrieg ist das 3rd ACR routinemäßig hier gewesen. Nun, erinnern Sie sich, es hat Barry McCaffreys 24th Mech angeführt…«

»Haben in vier Tagen, zweihundertzwanzig Meilen weit, Ärsche getreten und Namen registriert«, bestätigte Hamm. Bondarenko nickte. Er hatte den Golfkrieg in allen Einzelheiten studiert.

»Ein paar Monate später sind sie hierher gekommen und mußten in der eigenen Scheiße baden. Das ist der Punkt, General. Das Training hier ist härter als echter Kampf. Es gibt keine Einheit in der Welt, die so gut und so schnell ist, wie Als Blackhorse Cav…«

»Außer Ihre alten Buffalo Soldiers, General«, warf Hamm ein.

Über den Hinweis auf die 10th mußte Diggs lächeln. Er war Hamms Unterbrechungen gewohnt. »Tatsache, Al. Wie auch immer, wer's mit OpFor aufnehmen kann, kann's mit jedem in der Welt, auf der falschen Seite von drei-zu-eins, und ihm trotzdem den Hintern in die nächste Zeitzone treten.«

Bondarenko lächelte und nickte. Er lernte schnell. Der kleine Stab, den er mithatte, durchstreifte weiter den Stützpunkt, sprach mit ihren Gegenstücken und lernte, lernte, lernte. Zahlenmäßige Unterlegenheit war nicht Tradition der russischen Armee, aber das könnte sich bald ändern. Die Bedrohung seines Landes war China, und wenn die Schlacht je geschlagen würde, dann am falschen Ende einer langen Versorgungslinie gegen eine riesige Wehrpflichtigenarmee. Diese Bedrohung abwehren hieß das kopieren, was die Amerikaner gemacht hatten. Bondarenkos Aufgabe war, die gesamte Militärpolitik seines Landes zu ändern. Nun, dachte er, er war an den richtigen Ort gekommen, um das zu lernen.

Scheißlüge, dachte der Präsident hinter einem verständnisvollen Lächeln. Es fiel schwer, Indien zu mögen. Die bezeichneten sich als die größte Demokratie der Welt, doch das war nicht sonderlich wahr. Sie redeten von hehren Prinzipien, bedrohten aber, wenn es ihnen paßte, die Nachbarn, entwickelten Atomwaffen und, mit der Bitte an Amerika, sich aus dem Indischen Ozean zurückzuziehen – »Immerhin heißt er ja der *Indische* Ozean«, hatte ein ehemaliger Premierminister einem ehemaligen US-Botschafter gesagt –, beschlossen sie, die Doktrin von der Freiheit der Meere beliebig auszulegen. Und verdammt, sie hatten vorgehabt, Hand an Sri Lanka zu legen. Nur jetzt, da der Schritt vereitelt war, sagten sie, daß sie einen solchen Schritt nie vorgehabt hätten. Einem Regierungschef respektive einer Regierungschefin konnte man aber nicht lächelnd in die Augen schauen und sagen: »Scheißlüge.«

Das tat man einfach nicht.

Jack hörte geduldig zu und trank noch ein Glas Perrier, das ihm ein namenloser Diener gebracht hatte. Die Situation in Sri Lanka war kompliziert, konnte unglücklicherweise zu Mißverständnissen führen, und Indien bedauere das; sonst bestanden sicherlich keine Differenzen, da wäre es doch besser, beide Seiten zögen sich etwas zurück. Die indische Flotte lief wieder ihre Ausgangshäfen an, Manöver beendet, aber ein paar Schiffe beschädigt durch die amerikanische Demonstration, welche, wie die Premierministerin in anderen Worten durchblicken ließ, nicht gerade fair war. Solche Rabauken!

Und was hält Sri Lanka wohl von Ihnen? hätte Ryan fragen können, tat es aber nicht.

»Wenn Sie und Botschafter Williams sich über diese Frage besser hätten verständigen können«, stellte Ryan betrübt fest.

»Solche Dinge passieren«, erwiderte die Premierministerin. »David – ehrlich gesagt, so nett dieser Mann auch ist, ich fürchte, das Klima ist zu heiß für einen seines Alters.« Deutlicher hätte sie Ryan nicht sagen dürfen, er solle den Mann entlassen. Botschafter Williams zur Persona non grata erklären wäre ein zu drastischer Schritt. Ryan gab sich alle Mühe, seinen Gesichtsausdruck zu beherrschen, versagte aber. Er brauchte Scott Adler hier, doch der Außenminister pro tempore war gerade woanders.

»Ich hoffe, Sie haben Verständnis dafür, daß ich im Augenblick wirklich nicht in der Lage bin, ernsthafte Veränderungen im Regierungsapparat vorzunehmen.« *Nur über Ihre Leiche!*

»Bitte, das habe ich gar nicht gesagt. Ich verstehe voll und ganz Ihre

Situation. Ich hoffte, ein vermeintliches Problem beizulegen, um Ihre Arbeit zu erleichtern.« *Oder ich könnte sie schwerer machen.*

»Haben Sie vielen Dank, Frau Premierministerin. Vielleicht könnte das Ihr hiesiger Botschafter mit Scott besprechen?«

»Ich werde diesbezüglich gewiß mit ihm reden.« Sie schüttelte Ryan noch einmal die Hand und entfernte sich. Jack zählte mehrere Sekunden und schaute dann den Prinzen an.

»Eure Hoheit, wie nennen Sie es, wenn Ihnen eine hochgestellte Persönlichkeit direkt ins Gesicht lügt?« fragte der Präsident mit einem bitteren Lächeln.

»Diplomatie.«

## 9 / Fernes Heulen

Golowko überflog Botschafter Lermonsows Bericht ohne Mitgefühl für den Betroffenen. Ryan wirke ›gequält und verlegen‹, ›ein wenig überfordert‹ und ›physisch erschöpft‹. Nun, das war zu erwarten. Die Rede anläßlich der Trauerfeier für Präsident Durling war, darin stimmte das ganze diplomatische Corps überein – mitsamt den amerikanischen Medien, die damit ihr Höflichkeitsspektrum stark strapazierten –, nicht die eines Präsidenten gewesen. Nun, jeder, der Ryan kannte, wußte, daß er sentimental war, besonders wenn es um das Wohlergehen von Kindern ging. Das konnte ihm Golowko leicht nachsehen. Russen waren ebenso veranlagt. Doch er hätte besser die offiziell vorbereitete Ansprache halten sollen. Golowko hatte sie gelesen. Sie war gut, voller Zusicherungen für alle Zuhörer – doch Ryan war schon immer gewesen, was die Amerikaner einen Maverick nannten (das Wort bedeutete ein herrenloses, ungezähmtes Pferd ohne Brandzeichen). Das machte es für den Russen leicht und unmöglich zugleich, Ryan zu analysieren. Ryan war Amerikaner, und Amerikaner waren teuflisch unberechenbar und waren es aus Golowkos Sicht immer gewesen. Sein ganzes Berufsleben lang, zunächst als Agent im Außendienst, dann als rasch emporstrebender Mitarbeiter in der Moskauer KGB-Zentrale, hatte er immer vorherzusagen versucht, was Amerika in allen möglichen Situationen tun würde, und hatte ein Versagen nur dadurch vermieden, daß er nie versäumte, in den Berichten an seine Vorgesetzten immer drei mögliche Handlungsweisen vorzulegen.

Doch zumindest war Iwan Emmetowitsch Ryan berechenbar unberechenbar, und Golowko schmeichelte sich, Ryan als einen Freund zu betrachten – das ging vielleicht ein bißchen zu weit, aber die beiden Männer hatten miteinander das Spiel gespielt, die meiste Zeit jeweils von der gegenüberliegenden Seite des Feldes aus, und zum größten Teil hatten es beide geschickt und gut gespielt, Golowko als der erfahrenere Profi, Ryan als begabter Amateur und mit dem Vorteil eines für Mavericks toleranteren Systems. Zwischen ihnen gab es Respekt.

»Was magst du jetzt wohl denken, Jack?« flüsterte Sergej vor sich hin. Jetzt im Augenblick schlief der neue amerikanische Präsident natürlich, acht Stunden hinter Moskau zurück, wo die Sonne gerade im Begriff war, für einen kurzen Wintertag aufzugehen.

Botschafter Lermonsow war nicht so sehr beeindruckt gewesen, und Golowko würde dem Bericht seine eigenen Anmerkungen hinzufügen müssen, damit seine Regierung *dieser* Einschätzung nicht zu viel Gewicht beimaß. Ryan war ein viel zu geschickter Gegner der UdSSR gewesen; er durfte unter keinen Umständen unterschätzt werden. Das Problem war, daß Lermonsow erwartet hatte, Ryan würde in ein bestimmtes Schema passen, und Iwan Emmetowitsch war so leicht nicht zu klassifizieren. Das lag weniger an seiner Komplexität als daran, daß es eine andere Art von Komplexität war. Rußland hatte keinen Ryan – unwahrscheinlich, daß er sich in der sowjetischen Umgebung hätte halten können, von der die Russische Föderation noch immer durchdrungen war, insbesondere die offiziellen Bürokratien. Er langweilte sich schnell und besaß, wenn auch die meiste Zeit streng gezügelt, viel Temperament. Mehrmals hatte Golowko es aufschäumen sehen, aber nur davon gehört, daß es auch mal mit ihm durchging. Die Geschichten darüber waren bei der CIA durchgesickert und an Ohren gedrungen, die darüber am Dscherschinski-Platz berichteten. Gott helfe ihm als Regierungschef.

Doch das war nicht Golowkos Problem.

Er hatte eigene im Überfluß. Er hatte die Kontrolle über den Auslandsaufklärungsdienst nicht ganz abgegeben – Präsident Gruschawoy hatte wenig Veranlassung, der Organisation zu trauen, die einst ›Schild und Schwert der Partei‹ gewesen war, und so wollte er jemanden haben, auf den er sich verlassen konnte, der dieses an die Kette gelegte Raubtier im Auge behielt: Golowko natürlich – und gleichzeitig war Sergej der wichtigste außenpolitische Berater des geplagten russischen Präsidenten. Rußland hatte mit so gewaltigen inneren Probleme zu kämpfen, daß es dem Präsidenten versagt blieb, sich selbst mit außenpolitischen Problemen zu befassen, was bedeutete, daß der Präsident letztlich den Rat des ehemaligen Spions einholte und beinahe ausnahmslos befolgte.

Der Chefminister – mit oder ohne den Titel war das sein Posten – nahm diese Aufgabe sehr ernst. Gruschawoy hatte im Inland mit der Hydra zu kämpfen – wie beim Ungeheuer der antiken Mythologie wuchs jeder abgeschlagene Kopf wieder nach. Golowko hatte mit weniger Problemen zu tun, die aber waren im einzelnen größer. Zum Teil hätte er sich eine Rückkehr des alten KGB gewünscht. Nur wenige Jahre zuvor wäre es ein Kinderspiel gewesen. Zum Telefon greifen, ein paar Worte sagen, die Kriminellen wären weggeschafft worden, und damit wäre der Fall erledigt gewesen – nicht ganz, aber es wäre viel... friedlicher zugegangen. Viel kalkulierbarer. Viel geordneter. Und sein Land benötigte Ordnung. Doch die zweite Hauptabteilung, ›geheimpolizeilicher‹ Teil der Organisation, war perdu, zum selbständigen Büro abgespalten, ihre Kräfte verringert und ihr Respekt in der Öffentlichkeit – Angst, die im nicht so fernen Damals absoluter Terror gewesen war – jetzt dahin. Nie war sein Land so sehr unter Kontrolle gewesen, wie es der Westen vermutete, aber nun war es schlimmer. Die Russische Republik bewegte sich am Rande der Anarchie, während ihre Einwohner nach etwas suchten, das Demokratie genannt wurde. Anarchie hatte Lenin an die Macht gebracht, denn die Russen bedurften strenger Herrschaft, hatten sie doch kaum mal was anderes kennengelernt; und obwohl Golowko das nicht wollte – als hoher KGB-Offizier wußte er ja, welchen Schaden der Marxismus-Leninismus seinem Land zugefügt hatte –, brauchte er verzweifelt ein organisiertes Land hinter sich, denn innere Probleme zogen äußere nach sich. Und so kam es, daß sein inoffizieller Posten als Chefminister für nationale Sicherheit Schwierigkeiten aller Art anzog. Seine Arme waren die eines Verletzten, der sich bemüht, Wölfe abzuwehren, während er Heilung anstrebt.

Und so war sein Mitleid für Ryan beschränkt, dessen Nation wohl einen heftigen Schlag an den Kopf erhalten haben mochte, die ansonsten aber gesund war. So fremd dies anderen auch erscheinen dürfte, Golowko wußte es besser, und deswegen würde er Ryan um Hilfe bitten.

China. Die Amerikaner hatten Japan besiegt, aber der wirkliche Feind war *nicht* Japan gewesen. Er hatte einen Schreibtisch voller Fotos, gerade von einem Aufklärungssatelliten herabgekommen. Zu viele Divisionen der Volksbefreiungsarmee exerzierten im Feld. Atomraketen-Regimenter Chinas waren noch in leicht erhöhter Alarmbereitschaft. Sein eigenes Land hatte die ballistischen Waffen vernichtet, trotz der chinesischen Bedrohung – die davon abhängigen, gewaltigen Mittel der Entwicklungshilfe von amerikanischen und europäischen Banken hatten dieses Wagnis noch vor wenigen Monaten attraktiv aussehen lassen.

Außerdem hatte sein Land, genau wie Amerika, immer noch Bomber und Marschflugkörper, die mit Kernsprengköpfen bestückt werden konnten; der Nachteil war also eher theoretischer als praktischer Natur. Vorausgesetzt, die Chinesen schlossen sich derselben Theorie an. China jedenfalls hielt seine Streitkräfte in erhöhter Bereitschaft, und die Fernostgruppe der russischen Streitkräfte befand sich an einem historischen Tiefpunkt. Er beruhigte sich damit, daß die Chinesen jetzt, wo die Japaner aus dem Spiel waren, nichts unternehmen würden. Wahrscheinlich nicht, korrigierte er sich. Wenn die Amerikaner schon schwer zu verstehen waren, konnte man die Chinesen leicht für Bewohner eines anderen Planeten halten. Die Erinnerung genügte, daß die Chinesen einst bis zum Baltikum vorgedrungen waren. Wie die meisten Russen hatte Golowko gehörigen Respekt für Geschichte. Da lag er nun, dachte Sergej, im Schnee, einen Stock in der Hand, um den Wolf abzuwehren, dieweil er Heilung erhoffte. Sein Arm war immer noch kräftig und sein Stock lang genug, um die Fänge fernzuhalten. Was aber, wenn noch ein Wolf kam? Ein Dokument, das neben den Satellitenfotos lag, war der erste Vorbote davon, ein fernes Heulen am Horizont, von der Art, daß einem das Blut gefror. Golowko dachte nicht weit genug. Wenn man am Boden lag, war der Horizont ziemlich nah.

Das erstaunliche war, daß es so lange gedauert hatte. Eine wichtige Person vor Attentaten zu schützen ist günstigstenfalls eine komplexe Aufgabe. Rücksichtslosigkeit hilft. Leute von der Straße zu greifen und verschwinden zu lassen ist ein Abschreckungsmittel von erheblichem Wert. Die Bereitschaft dazu, nicht nur Einzelpersonen, sondern ganze Familien – bisweilen ganze Großfamilien – zu schnappen und desgleichen zu tun: noch wirkungsvoller. Und Leute, die ›zu verschwinden‹ hätten – unerfreuliches Pseudoverb aus Argentinien –, läßt man von ›Nachrichtenquellen‹ auswählen. So umschreibt man höflich die Spitzel, belohnt in der Landeswährung, besser noch durch Macht, für Berichte über Gespräche von aufrührerischem Inhalt. Das geht so weit, daß ein bloßer Witz über jemandes Schnurrbart das Todesurteil für den Erzähler bedeuten könnte. Und bald genug, weil Institutionen eben Institutionen sind, haben Informanten ein gewisses Soll zu erfüllen; auch sind Informanten selbst Menschen mit Neigungen und Abneigungen, ihre Berichte also zuweilen von Neid oder Eifersüchteleien mitbestimmt, denn übertragene Macht über Leben und Tod korrumpiert den Kleinen genau wie den Großen. Schließlich wird das korrupte System selbst korrumpiert, und die Logik des Terrors erreicht ihren logischen Schluß: Das verschreckte Kaninchen, in die Enge getrieben vom Fuchs, hat nichts zu verlieren, wenn es angreift, und Kaninchen haben Zähne, und manchmal hat das Kaninchen auch Glück.

Weil Terror allein nicht genügt, gibt es auch passive Maßnahmen. Einen wichtigen Mann zu meucheln kann als Aufgabe durch ganz simple Dinge erschwert werden, in einem despotischen Staat erst recht. Eine paar Reihen Leibwache, um Annäherung zu erschweren. Zahlreiche identische Wagen, in denen das Ziel des Anschlags sitzen könnte – in diesem Fall oft bis zu zwanzig –, und die Gewißheit ist hin, den richtigen zu treffen. Eine solche Person ist sehr beschäftigt, und so ist es zugleich eine Annehmlichkeit und eine Schutzmaßnahme, ein Double oder zwei zu haben, die öffentlich auftreten, Reden halten und das Risiko auf sich nehmen, als Gegenleistung für ein annehmliches Leben, die angepflockte Ziege auf der öffentlichen Bühne zu spielen.

Dann kommt die Auswahl der Beschützer – wie aber findet man in einem Meer des Hasses wirklich unverseuchten Fisch? Am offensichtlichsten ist die Methode, sich Leute aus der eigenen Großfamilie zu nehmen, ihnen zu einem Lebensstil zu verhelfen, der absolut vom Überleben ihres Führers abhängig ist, und sie schließlich so eng einzubinden, in seinen Schutz und alles, was dazugehört, daß sein Tod für sie weitaus schwerer wiegt als der Verlust eines hochdotierten Regierungspostens. Daß das Leben der Beschützer von dem des Beschützten abhängt, motiviert ebenfalls stark zur Effizienz.

Doch in Wirklichkeit läuft das Ganze auf eines hinaus. Eine Person ist unbesiegbar, weil die Leute sie für unbesiegbar halten, und so ist die Sicherheit, wie jeder entscheidende Aspekt im Leben, eine Sache der Einstellung.

Aber Motivation ist auch eine Sache der Einstellung, und Angst ist noch nie das stärkste aller Gefühle gewesen. Im Laufe der Geschichte haben die Menschen weitaus häufiger ihr Leben aufs Spiel gesetzt aus Liebe, aus Patriotismus, für Prinzipien und für Gott, als daß sie aus Angst davongelaufen wären. Und von dieser Tatsache hängt der Fortschritt ab.

Der Oberst hatte sein Leben schon auf so vielfältige Weise riskiert, daß er sich kaum noch an alle erinnern konnte, nur um auf sich aufmerksam zu machen, um sich als kleines Teil in einer großen Maschinerie anzubieten und dann in ihr aufzusteigen. Er hatte lange gebraucht, um so dicht an den Schnauzbart heranzukommen. Genauer gesagt: acht Jahre. In dieser Zeit hatte er ungerührten, unbarmherzigen Auges Männer, Frauen und Kinder gequält und getötet. Töchter hatte er vor den

Augen ihrer Väter vergewaltigt, Mütter vor denen ihrer Söhne. Er hatte Verbrechen begangen, die zur Verdammnis der Seelen von Hunderten geführt hätten, weil es keinen anderen Weg gab. Er hatte Alkohol getrunken in Mengen, die einen Ungläubigen beeindrucken würden, um auch dieses Gebot seiner Religion zu beschmutzen. All das hatte er im Namen Gottes getan, um Vergebung gebetet und sich verzweifelt eingeredet, es stehe geschrieben, daß sein Leben so sein solle, daß er an nichts davon Gefallen gehabt hätte, daß die Leben, die er nahm, Opfer eines größeren Plans seien, daß sie ohnehin einmal sterben müßten und daß ihr Tod durch seine Hand so einem heiligen Zweck dienen würde. Das alles mußte er glauben, um nicht verrückt zu werden – er war ohnehin schon so dicht davor, daß seine feste Absicht inzwischen weit über die Bedeutung von ›Besessenheit‹ hinausging und er nur noch ein einziges Ziel kannte: als Vertrauter nahe genug heranzukommen für die Arbeit einer einzigen Sekunde, auf die dann unmittelbar sein eigener Tod folgen würde.

Er wußte, er war zu dem geworden, was er und alle um ihn herum am meisten zu fürchten geübt waren. All die Vorträge und die Trinkgelage mit seinesgleichen führten immer wieder zum einen. Sie sprachen von ihrer Mission und deren Gefahren. Und endeten stets bei einem Thema. Der einzelne, fest entschlossene Attentäter: der, der gewillt ist, sein Leben wegzuwerfen wie eine Spielmarke, der Geduldige, der auf seine Chance wartet, das ist der Feind, den jeder Sicherheitsbeamte in der Welt fürchtet. Und das war der Grund für all die Prüfungen, die erforderlich waren, um den Schnauzbart zu schützen. Um hierher zu gelangen, mußte man verdammt sein vor Gott und dem Menschen, denn wenn man hierher gelangte, sah man die Wirklichkeit.

Schnauzbart nannte er sein Ziel. Ganz und gar kein Mensch, ein Abtrünniger vor Allah, der den Islam ohne Bedenken schändete, ein Verbrecher solchen Ausmaßes, daß er in der Unterwelt einen eigens ausgestatteten Raum verdiente. Von fern sah Schnauzbart mächtig und unbesiegbar aus, aber nicht aus der Nähe. Seine Leibwächter wußten es besser, denn sie kannten alles, sahen seine Zweifel und Ängste, kleinliche Grausamkeiten, die er unverdient austeilte. Er hatte Schnauzbart nur so zum Spaß morden sehen, vielleicht nur, um zu sehen, ob seine Browning heute funktionierte. Hatte gesehen, wie er aus einem seiner weißen Mercedes sah, eine junge Frau erblickte, auf sie zeigte, Befehl gab und die Unglückliche für eine Nacht benutzte. Die mit Glück kehrten mit Geld und Schande nach Hause zurück. Die mit weniger schwammen den Euphrat hinab mit durchschnittener Kehle, nicht selten von

Schnauzbarts eigener Hand, wenn sie ihre Unschuld zu eifrig verteidigt hatten. Aber so mächtig er war, so clever und gerissen er war, so ungeheuer grausam er war, unbesiegbar war er nicht. Und jetzt war seine Zeit gekommen, vor Allah zu treten.

Schnauzbart trat aus dem Gebäude heraus auf den breiten Vorbau, die Leibwächter hinter ihm, den rechten Arm zum Gruß der versammelten Menge entgegengestreckt. Die Menschen auf dem Platz, hastig versammelt, brüllten ihre Bewunderung, an der Schnauzbart sich labte wie die Blume am Sonnenlicht. Und dann, drei Meter entfernt, zog der Oberst seine Automatik aus dem Lederhalfter, hob sie mit einer Hand und feuerte eine einzige Kugel genau auf den Hinterkopf seines Ziels. Die in der Menge vorn standen, sahen die Kugel aus dem linken Auge des Diktators hervorkommen, und es folgte einer jener Augenblicke in der Geschichte von der Art, da die ganze Erde scheinbar stillsteht, da Herzen aussetzen und da sich sogar die Leute, die dem Mann, der schon tot war, gerade noch ihre Loyalität zugeschrien hatten, später nur an die Stille erinnern würden.

Der Oberst machte sich keine Gedanken um einen zweiten Schuß. Ein hervorragender Scharfschütze, der nahezu jeden Tag mit seinen Kameraden trainierte, hatte er mit seinen hellwachen, starren Augen den Einschlag der Kugel gesehen. Er wandte sich nicht um und verschwendete keine Zeit mit fruchtlosen Bemühungen, sich zu verteidigen. Es lag kein Sinn darin, Kameraden zu töten, mit denen er Schnaps getrunken und Kinder geschändet hatte. Das würden bald andere besorgen. Er lächelte nicht einmal, wenn es auch witzig schien, daß Schnauzbart in einem Moment auf den Platz voller Leute schaute, die er wegen ihres grenzenlosen Jubels für ihn verachtete – im nächsten Allah ins Angesicht sah und sich fragte, was geschehen war. Dieser Gedanke hatte vielleicht zwei Sekunden Zeit, sich zu bilden, bevor er in seinem Körper den Einschlag der ersten Kugel spürte. Schmerz gab es nicht. Zu stark war er auf sein Ziel konzentriert, das jetzt flach auf den Steinen des Vorbaus lag, die Blutlache aus dem zertrümmerten Kopf schon verlaufend. Weitere Kugeln trafen ihn, und in seinen letzten Sekunden betete er zu Allah, bat um Vergebung und Verständnis, daß alle seine Verbrechen im Namen Gottes und seiner Gerechtigkeit begangen wurden. Ganz zuletzt vernahmen seine Ohren den Nachhall vom Geschrei des Mobs, der noch nicht begriffen hatte, daß sein Führer tot war.

»Ja, bitte?« Ryan schaute auf die Uhr. *Verdammt, die zusätzlichen vierzig Minuten Schlaf hätten mir sicher gutgetan.*

»Mr. President, hier spricht Major Canon, Marine Corps«, verkündete die unbekannte Stimme.

»Schön, Major, wer sind Sie, und was wollen Sie?« Jack blinzelte und vergaß, höflich zu sein, aber vermutlich würde der Offizier das verstehen.

»Sir, ich bin wachhabender Kommunikationsoffizier. Wir haben einen Bericht höchster Glaubwürdigkeit, daß auf den Staatspräsidenten des Irak vor etwa zehn Minuten ein Attentat verübt wurde.«

»Quelle?« fragte Jack sofort.

»Kuwait und Saudi-Arabien, Sir. Im irakischen Fernsehen war es live zu sehen, bei irgendeiner Veranstaltung. Wir haben Leute dort, die deren Fernsehprogramme ständig verfolgen. Eine Aufzeichnung davon wird uns gerade übermittelt. Nach dem ersten Bericht war es ein Schuß aus einer Pistole direkt in den Kopf, geringe Entfernung.« Die Stimme des Offiziers klang nicht sehr bedauernd. *Endlich haben sie den Scheißkerl erwischt!* Natürlich konnte man dem Präsidenten das nicht ganz so sagen.

Und man mußte herausfinden, wer ›sie‹ waren.

»Okay, Major, was weiter?« Die Antwort kam prompt, und dann legte Ryan wieder auf.

»Was war denn?« wollte Cathy wissen. Ehe Jack Antwort gab, schwang er sich aus dem Bett.

»Der Präsident des Irak ist soeben erschossen worden.«

Seine Frau hätte beinahe gesagt, *gut*, bremste sich aber. Der Tod einer solchen Person war nicht mehr eine so entfernte Vorstellung wie früher einmal. Wie seltsam, so in bezug auf jemanden zu empfinden, der der Welt am besten damit diente, daß er sie verließ.

»Ist das von großer Bedeutung?«

»In etwa zwanzig Minuten werden sie es mir sagen.« Ryan räusperte sich, ehe er fortfuhr. »Zum Teufel noch mal, ich war doch für diese Gebiete zuständig. Jawohl, es ist von außerordentlicher Bedeutung.« Und dann tat er, was jeder Amerikaner morgens tat. Er ging vor seiner Frau ins Bad. Cathy ihrerseits griff zur Fernbedienung, schaltete den Fernseher an und war überrascht, daß CNN nichts anderes brachte als Berichte darüber, wie genau welche Flughäfen ihre Flugpläne einhielten. Jack hatte ihr schon ein paarmal gesagt, wie gut die White-House-Fernmeldetruppe war.

»Kommt was?« fragte er, als er wieder aus dem Bad kam.

»Noch nicht.« Dann war sie dran.

Jack mußte überlegen, wo seine Sachen waren, und fragte sich, was ein Präsident wohl anzog. Er fand seinen Morgenrock – hergebracht vom Naval Observatory, nachdem er von Eighth und First dorthin geschafft worden war und zuvor aus ihrer Wohnung... verdammt – und öffnete die Schlafzimmertür. Ein Agent vor der Tür reichte ihm drei Morgenzeitungen. »Danke!«

Cathy sah das und blieb verdutzt stehen, als ihr aufging, daß die ganze Nacht über jemand vor ihrer Schlafzimmertür gestanden hatte. Sie wandte ihr Gesicht ab und setzte das Lächeln auf, das sonst dafür vorbehalten war, wenn sie in der Küche unerwartet ein Durcheinander vorfand.

»Jack?«

»Ja, Schatz?«

»Wenn ich dich eines Nachts im Bett umbringe, werden mich diese Leute da draußen gleich beseitigen, oder kann das bis zum Morgen warten?«

Die echte Arbeit wurde in Fort Meade geleistet. Das Video war von einer Überwachungsstation an der kuwaitisch-irakischen Grenze gekommen und einer weiteren in Saudi-Arabien, bekannt als PALM BOWL beziehungsweise STORM TRACK. Letztere war installiert worden, um alle Signale aus Bagdad aufzunehmen, und erstere, um den südöstlichen Teil des Landes, um Basra herum, unter ständiger Beobachtung zu halten. Von beiden Stationen war diese Information per Glasfaserkabel zum trügerisch kleinen Gebäude der National Security Agency (NSA) in King Khalid Military City (KKMC) übertragen worden und von dort aus zu einem Kommunikationssatelliten hinauf, dann zur NSA-Zentrale herab. Dort drängten sich im Kontrollraum zehn Leute zusammen mit einem Nachrichtenoffizier vor einem Monitor, um sich das Band anzuschauen, während die etwas höheren Dienstgrade in einem separaten gläsernen Büro saßen und ernsten Blickes ihren Kaffee tranken.

»Na bitte!« platzte ein Air Force Sergeant heraus, als er den Schuß sah. »Kabelnetz und nichts anderes!« Einige gaben sich gegenseitig Patscher. Der leitende Wachoffizier, der bereits die White-House-Funkzentrale angerufen hatte, beherrschte sich besser und nickte nur zustimmend. Er befahl, eine Kopie zu machen, das Original weiter auf den Weg zu schicken und die paar Bilder, auf die es ankam, digital aufzubereiten und zu vergrößern, was nur ein paar Minuten dauern würde, denn dafür hatten sie einen sehr leistungsstarken Supercomputer von Cray.

Ryan wurde bewußt, während Cathy die Kinder für die Schule fertig machte und sich selbst dafür, Leute an den Augen zu operieren, daß er hier in der Funkzentrale saß und sich die Aufzeichnung eines Mordes ansah. Sein designierter NIO war noch beim CIA und stellte die wichtigsten Nachrichten zusammen, die er dann bei der morgendlichen Lagebesprechung dem Präsidenten vorbeten würde. Der Posten des Nationalen Sicherheitsberaters war ebenfalls momentan vakant – noch etwas, das heute anzusprechen war.

»Brrr!« hauchte Major Canon.

Der Präsident nickte und kehrte dann zu seinem früheren Leben als Nachrichtendienstler zurück. »Okay, sagen Sie mir, was wir wissen.«

»Sir, wir wissen, daß jemand ermordet worden ist, vermutlich der irakische Staatspräsident.«

»Double?«

Canon nickte: »Könnte sein, aber STORM TRACK fängt einen *Haufen* UKW-Funkverkehr ein, der ganz plötzlich eingesetzt hat, sowohl auf Polizei- als auch auf Militärfrequenzen, und die Aktivitäten gehen von Bagdad aus.« Der Marine-Officer zeigte auf seinen Computermonitor, der Echtzeit-Übertragungen von den vielen NSA-Außenposten zeigte. »Die Übersetzungen dauern etwas, aber Funkverkehrsanalysen sind mein Beruf. Es sieht sehr echt aus, Sir, könnte getürkt sein, aber ich glaube nicht... Da!«

Jetzt kam eine Übersetzung, identifiziert als Funkspruch aus dem militärischen Befehlsnetz. *Er ist tot, er ist tot. Versrftzen Sie IhrRegiment in Gefechtwsbereitschaft und bereiten Sie sich daruaf vor, unv3*erzüglich in die Stadt einzurücken – Emopfänger ist Garderwgiment fpr Sondereinsätze in Salman Pak – ANtwort: Werd ich, werde ich. Wer gibt die Bfehle? Was sindmeine Befezle?

»Jede Menge Tippfehler«, bemerkte Ryan.

»Sir, es ist schwer für unsere Leute, zu übersetzen und gleichzeitig zu tippen. Normalerweise lesen wir Korrektur, bevor...«

»Ruhig Blut, Major. Ich muß mit nur drei Fingern auskommen. Sagen Sie mir, was Sie denken.«

»Sir, ich bin hier nur ein kleiner Offizier, deshalb schiebe ich hier die Nachtwache und...«

»Wenn Sie nichts taugen würden, wären Sie nicht hier.«

Canon nickte. »Er ist tot, die Hölle freut sich, Sir. Der Irak braucht einen neuen Diktator. Wir haben das Video, wir empfangen ungewöhnlichen Funkverkehr, und der paßt genau zum ungewöhnlichen Ereignis. Das ist meine Einschätzung.« Er machte eine kurze Pause und fuhr dann fort, seine Aussage abzusichern, wie ein guter Spook. »Es sei denn, es wäre eine absichtliche Übung, um sich illoyaler Leute in seiner Regierung zu entledigen. Das wäre möglich, ist aber unwahrscheinlich. Nicht so in der Öffentlichkeit.«

»Kamikaze-Akt?«

»Ja, Mr. President. So etwas macht man nur einmal, und es ist gleich beim erstenmal gefährlich.«

»Stimmt.« Ryan ging zum Kaffeeautomaten – das Office of Signals des White House war eine hauptsächlich militärische Einrichtung, und sie machten ihren eigenen. Jack nahm zwei Becher, kam zurück und gab einen Major Canon, sehr zum Entsetzen aller anderen in dem Raum. »Schnelle Arbeit. Übermitteln Sie den Burschen, die das geleistet haben, meinen Dank, okay?«

»Aye aye, Sir.«

»Mit wem muß ich sprechen, um von hier aus etwas in Gang zu setzen?«

»Wir haben die Telefone direkt hier, Mr. President.«

»Ich möchte Adler schnellstmöglich hier haben, den DCI... wen noch? Die für den Irak zuständigen Desks vom State Department und vom CIA. Der DIA soll den Zustand ihres Militärs einschätzen. Finden Sie heraus, ob Prinz Ali noch in der Stadt ist. Wenn ja, bitten Sie ihn, noch zu bleiben. Ich möchte noch heute Vormittag mit ihm sprechen, wenn möglich. Ich frage mich, was noch...?« Ryan verstummte.

»CentCom, Sir. In Tampa untersteht ihm die beste militärische Nachrichtendiensttruppe, sehr vertraut mit dem Gebiet, meine ich.«

»Lassen Sie ihn herkommen – nein, wir machen das per Fernleitung, und wir geben ihm Zeit, sich genauestens zu informieren.«

»Wir leiten alles ein, Sir.« Ryan klopfte dem Offizier auf die Schulter und verließ den Raum. Die schwere Tür schloß sich erst hinter ihm, nachdem Major Charles Canon noch etwas sagte. »He, NCA versteht sein Geschäft.«

»Habe ich richtig gehört?« wurde Ryan von Price gefragt, die den Korridor heraufkam.

»Schlafen Sie denn nie?« Dann überlegte er kurz. »Ich will Sie hier dabeihaben.«

»Wieso mich, Sir, ich bin doch...«

»Sie sollen doch über Attentate Bescheid wissen, stimmt's?«

»Ja, Mr. President.«

»Dann sind Sie für mich im Augenblick mehr wert als ein Spook.«

Der Zeitpunkt hätte besser sein können. Über die gerade hereingebrachte Information war Daryaei überrascht. Nicht im mindesten unzufrieden – höchstens vielleicht über das Timing. Er hielt einen Moment inne und flüsterte zunächst ein Gebet des Dankes an Allah, dann eines für die Seele des unbekannten Assassinen – Assassine? fragte er sich. Vielleicht wäre »Richter« der treffendere Ausdruck für einen der vielen, die vor so langer Zeit, noch während des Krieges, in den Irak eingeschleust wurden. Die meisten waren einfach verschwunden, vermutlich auf die eine oder andere Art erschossen. Die Gesamtmission war seine Idee gewesen, einfach zuwenig dramatisch für die ›Profis‹ in seinem Geheimdienst. Zumeist Überbleibsel vom Savak des Schahs – ausgebildet in den sechziger und siebziger Jahren von den Israelis –, waren sie aber im Grunde nur Söldner, sosehr sie auch ihre religiöse Inbrunst und ihre Loyalität gegenüber dem neuen Regime beteuern mochten. Sie waren ›konventionelle‹ Wege für die unkonventionelle Mission gegangen, hatten diverse Bestechungen versucht, nach Dissidenten sondiert und immer versagt, so daß Daryaei sich jahrelang fragte, ob das Ziel ihrer Aufmerksamkeit vielleicht irgendwie den perversen Segen Allahs habe. Doch dies war Rat der Verzweiflung gewesen, nicht der Vernunft und des Glaubens – auch Daryaei war nicht vor menschlichen Schwächen gefeit. Gewiß hatten auch die Amerikaner nach dem hier getrachtet, vermutlich auf dieselbe Art und Weise: hochgestellte Militärs zu suchen, die gern mal den Sessel der Macht ausprobiert hätten, um einen Staatsstreich zu initiieren, wie sie es oft genug in anderen Teilen der Welt getan hatten. Doch nein, dieses Ziel war dafür zu clever gewesen und wurde in jeder Runde noch cleverer, und somit hatten die Amerikaner versagt und die Israelis und all die anderen. *Außer mir*.

Es war immerhin Tradition und reichte zurück bis in die Antike. Einer, der allein handelte, ein Getreuer, der tat, was immer nötig wäre, um seine Mission zu erfüllen. Elf solche Männer waren für dieses spezielle Vorhaben in den Irak gesandt worden, beauftragt, sich so gut wie nur möglich zu tarnen, instruiert, alles zu vergessen, was sie einmal gewesen waren, völlig ohne Kontakt- oder Kontrolloffiziere, alle Aufzeichnungen über ihre Existenz vernichtet, damit nicht mal ein irakischer Spion in seinen eigenen Behörden die Mission ohne Namen hätte aufdecken können. In einer Stunde würden einige seiner Intimi in sein Büro kommen, Gott loben und ihren Führer ob seiner Weisheit preisen. Vielleicht, aber nicht einmal sie wußten von allem, was er getan hatte, oder von allen Leuten, die er entsandt hatte.

Die digitalisierte Wiedergabe des Ereignisses brachte keine große Veränderung, nur daß er die technischen Möglichkeiten jetzt professioneller erklärt bekam:

»Mr. President, jemand mit einer Silicon Graphics Workstation könnte das manipulieren«, sagte ihm der NIO, sein nachrichtendienstlicher Berater. »Sie haben doch schon Spielfilme gesehen, und die fahren viel höhere Auflösung als ein Fernseher. Man kann heutzutage alles vortäuschen.«

»Gut. Ihre Aufgabe ist aber, mir zu sagen, was geschehen ist«, mußte Ryan ihn aufmerksam machen. Die paar Aufnahmesekunden hatte er nun achtmal gesehen und hatte Wiederholungen langsam satt.

»Wir können es nicht mit absoluter Sicherheit sagen.«

Vielleicht war es der Mangel an Schlaf. Vielleicht war es der Streß des Amtes. Vielleicht war es der Streß, daß er mit seiner zweiten Krise konfrontiert war. Vielleicht lag es auch daran, daß Ryan selbst immer noch ein eingefleischter Nachrichtendienstler war. »Hören Sie, ich sage das nur einmal: Ihre Aufgabe ist es nicht, sich um Ihren Arsch zu kümmern. Ihre Aufgabe ist es, *meinen* zu decken!«

»Das weiß ich, Mr. President. Darum gebe ich Ihnen sämtliche Informationen, die ich habe...« Ryan brauchte sich den Rest der Rede nicht anzuhören. Er hatte das alles schon gehört, Hunderte Male. Bisweilen hatte er selbst ähnliche Dinge gesagt.

»Scott?« fragte Jack den amtierenden Außenminister.

»Der Hundesohn ist tot wie der Fisch von gestern«, erwiderte Adler.

»Jemand anderer Meinung?« fragte Präsident Ryan die anderen im Raum. Es gab keine Widerrede, was die Auffassung auf gewisse Art absegnete. Nicht mal der NIO wollte der kollektiven Meinung *widersprechen*. Schließlich hatte er seine Einschätzung bereits abgegeben. Jedweder Fehler wäre jetzt das Problem des Außenministers. Perfekt.

»Wer war der Schütze?« fragte Andrea Price. Die Antwort kam von einem Irak-Experten der CIA.

»Unbekannt. Wir kontrollieren Videoaufnahmen früherer Auftritte, um herauszufinden, ob er da auch schon drauf ist. Allem Anschein nach handelt es sich um ein Mitglied des persönlichen Schutzkommandos im Dienstgrad eines Armeeoberst, und...«

»Und ich kenne jeden in meinem Kommando verdammt gut«, beendete Price den Satz. »Also, wer immer es war, er gehörte dazu, und das bedeutet, wer immer dahintersteckt, hat's geschafft, jemanden da einzuschleusen, ganz rein, damit's klappte, und so engagiert, daß er auch den Preis zu zahlen bereit war. Es muß Jahre gedauert haben.« Das folgende

Stück Band zeigte, wie der Mann unter einer Kavalkade von Pistolenschüssen aus nächster Nähe zusammenbrach. Agent Price kam das seltsam vor. So einen wollte man verdammt noch mal lebend schnappen. Tote reden ja noch immer nicht, und Hinrichtungen ließen sich stets arrangieren. Es sei denn, er wurde von anderen Mitgliedern einer Verschwörung umgebracht. Wie wahrscheinlich war es aber, daß mehr als ein Attentäter so weit vorgedrungen sei? Price kam es in den Sinn, daß sie das eines Tages Indira Gandhi würde fragen müssen. Ihre ganze Leibwache hatte sich eines Nachmittags im Garten gegen sie gewandt. Für Price war das die größte Infamie, den Menschen umzubringen, den man geschworen hatte zu beschützen. Aber immerhin hatte sie nicht geschworen, solche Leute zu beschützen. Noch etwas anderes auf dem Band erregte ihr Interesse. »Ist Ihnen die Körpersprache aufgefallen?«

»Was meinen Sie?« fragte Ryan.

»Wie die Waffe hochgekommen ist, wie er den Schuß abgab, wie er so dastand und zuschaute. Wie ein Golfer. Durchziehen wird das genannt. Er muß verflucht lange auf die Chance gewartet haben, davon geträumt haben; er wollte, daß der Augenblick perfekt war. Er wollte den Schuß sehen und genießen, bevor er selbst fiel.« Sie schüttelte langsam den Kopf. »Es war ein *ächt* konzentrierter, engagierter Killer, der da.« Price genoß es eigentlich, so entsetzlich der Gegenstand des Treffens auch war. Mehr als ein Präsident hatte Secret-Service-Agenten behandelt wie einen Teil des Mobiliars oder bestenfalls wie nette Haustiere. Selten, daß die Großkopferten ihre Meinung zu etwas erfragten, das mehr berührte als die engsten beruflichen Aspekte, etwa, wo einer von den Bösen in einer ganz bestimmten Menschenmenge sein könnte.

»Fahren Sie fort«, sagte Ryan.

»Er muß von außerhalb gewesen sein, einer mit total sauberer Weste, keine Beziehung zu irgendwem, der mal in Bagdad auf Demos ging. Der hier hat sich nicht an Mamas neuem Freund gerächt, okay? Es war einer, der sich hochgedient hat, langsam und vorsichtig den ganzen Weg.«

»Iran«, sagte der CIA. »Sowieso die beste Vermutung. Religiöse Motivation. Keine Chance, daß er danach wegspaziert, also irgend jemand, dem das egal war. Das ließe auch auf einen Racheakt schließen, aber Ms. Price hat recht: bei der Vorauswahl nicht. Wie auch immer, die Israelis waren es nicht, die Franzosen waren es nicht. Die Briten tun so was nicht mehr. Einheimisches Sektierertum entfällt bei den Überprüfungsverfahren. Es war also nicht wegen Geld, auch nicht aus persönlichen oder familiären Motiven. Ich glaube, politische Ideologie können wir beiseite tun. Da bleibt also nur Religion, und das heißt Iran.«

»Mit den nachrichtendienstlichen Aspekten kenn' ich mich nicht aus, aber bloß vom Ansehen des Bandes, yeah«, stimmte Andrea Price zu. »Es sah fast aus, als ob er ein Gebet sprach, so wie er den Kerl umgebracht hat. Er wollte nur, daß der Moment perfekt war. Alles andere war ihm egal.«

»Noch jemand, der das überprüfen könnte?« fragte Ryan.

»FBI: deren Verhaltensforscher sind ganz gut im Gedankenlesen. Wir arbeiten viel mit ihnen zusammen«, erwiderte Price.

»Gute Idee«, stimmte der CIA zu.

»Was ist mit dem Timing?«

»Wenn sich feststellen läßt, daß der Schütze schon länger da war – dafür haben wir genug Bänder von öffentlichen Auftritten –, dann ist das Timing von Bedeutung«, meinte der CIA.

»Ach, ist ja *großartig*«, sagte der Präsident säuerlich. »Scott, was jetzt?«

»Bert?« fragte der Außenminister seinen Desk Officer. Bert Vasco war Ressortleiter für dieses Land im State Department. Ähnlich wie ein Spezialist im internationalen Handel konzentrierte er seine Bemühungen darauf, alles, was er konnte, über ein bestimmtes Land zu lernen.

»Mr. President, wie wir alle wissen, ist der Irak ein Land mit schiitischer Bevölkerungsmehrheit, das von einer sunnitischen Minderheit regiert wird, durch die Ba'ath-Partei. Es ist immer unsere Sorge gewesen, daß die Eliminierung unseres Freundes da drüben einen Stein ins Rollen...«

»Sagen Sie mir, was ich nicht weiß!« unterbrach ihn Ryan.

»Mr. President, wir wissen einfach nicht, ob es eine Opposition gibt und wenn ja, wie stark sie ist. Das gegenwärtige Regime hat immer effektiv und sehr früh gejätet. Eine Handvoll politisch aktiver Iraker hat sich in den Iran abgesetzt. Keine erstklassigen Leute, und keiner hat es bisher zu einer soliden politischen Basis gebracht. Es gibt zwei Radiosender, die vom Iran in den Irak zielen. Wir kennen die Namen der Überläufer, die sich der Sender bedienen, um ihre Landsleute anzusprechen. Unklar bleibt, wie viele Leute da überhaupt zuhören. Das Regime ist nicht gerade populär, das wissen wir. Ob eine Art Organisation existiert, die eine Gelegenheit wie die jetzige ergreifen kann, wissen wir auch nicht.«

Der CIA nickte. »Bert hat recht. Unser Freund war schrecklich gut darin, potentielle Gegner zu erkennen und vom Spielfeld zu nehmen. Während und nach dem Golfkrieg wollten wir helfen, erreichten aber bloß, daß Menschen umgebracht wurden. Uns vertraut dort bestimmt keiner.«

Ryan nippte an seinem Kaffee und nickte. 1991 hatte er selber Empfehlungen abgegeben, die nicht befolgt wurden. Nun, damals war er in der Hierarchie noch um einiges weiter unten gewesen.

»Haben wir spielbare Optionen?« fragte der Präsident dann.

»Ehrlich gesagt, nein«, gab Vasco zur Antwort.

Der CIA stimmte zu: »Keine Leute dort. Die paar, die wir im Land einsetzen, haben Befehl, die Entwicklung von Waffen zu beobachten – nuklearen, chemischen und so weiter. Keiner im politischen Sektor. Im Iran haben wir in dem Bereich viel mehr Einsatzkräfte. *Den* Busch könnten wir wohl abklopfen, aber nicht im Irak.«

Fabelhaft, dachte Jack; in einem der sensibelsten Teile der Welt mag ein Land zusammenbrechen oder nicht, und die mächtigste Nation der Welt kann nichts anderes tun, als die Entwicklungen im Fernsehen zu verfolgen. Soviel zur Macht des amerikanischen Präsidenten.

»Arnie?«

»Ja, Mr. President?« erwiderte der Stabschef.

»Wir haben neulich Mary Pat einen Termin gestrichen. Ich möchte sie heute hier haben, wenn wir das terminlich deichseln können.«

»Ich sehe zu, was sich machen läßt, aber...«

»Aber wenn so ein Brand ausbricht, sollte der Präsident der Vereinigten Staaten ein wenig mehr in der Hand haben als seinen Dödel.« Ryan hielt inne. »Wird der Iran etwas unternehmen?«

## 10 / Politik

Prinz Ali bin Sheik war im Begriff, mit seiner persönlichen Maschine, einer betagten, doch hübsch ausgestatteten Lockheed L 1011, den Heimflug anzutreten, als der Anruf vom White House einging. Die Saudi-Botschaft lag dicht beim Kennedy Center, und entsprechend kurz war die Fahrt in seiner offiziellen Limousine, begleitet von einem Sicherheitsaufgebot aus Mitarbeitern des amerikanischen Diplomatenschutzdienstes und des Prinzen eigener Leibwache, alles ehemalige Mitglieder des britischen Special Air Service. Wie immer gaben die Saudis viel Geld aus und kauften sich Qualität. Ali war kein Fremder im White House, auch nicht für Scott Adler, der ihn an der Tür empfing, dann nach oben und Richtung Osten zum Oval Office begleitete.

»Mr. President«, sagte die Königliche Hoheit, als er vom Vorzimmer her eintrat.

»Danke, daß Sie so kurzfristig gekommen sind.« Jack schüttelte ihm die Hand und winkte ihn zu einem der beiden Sofas im Raum. Ein aufmerksamer Mensch hatte im Kamin Feuer gemacht. Der Fotograf des White House machte ein paar Aufnahmen und wurde dann entlassen. »Ich vermute, Sie haben heute morgen die Nachrichten gesehen.«

Ali rang sich ein besorgtes Lächeln ab. »Was soll man sagen? Wir werden nicht um ihn trauern, aber das Königreich macht sich ernsthafte Sorgen.«

»Wissen Sie etwas, das wir nicht wissen?« fragte Ryan.

Der Prinz schüttelte den Kopf. »Ich war ebenso überrascht wie jeder andere.«

Der Präsident verzog das Gesicht. »Wissen Sie, mit dem vielen Geld, das wir ausgeben für ...« Sein Besucher hob eine müde Hand.

»Ja, ich weiß. Sobald mein Flugzeug zu Hause gelandet ist, werde ich mit meinen Ministern genau dasselbe Gespräch führen.«

»Iran.«

»Zweifellos.«

»Werden die etwas unternehmen?«

Im Oval Office wurde es still, nur vom Knacken der gut gelagerten Eichenholzscheite im Kamin untermalt, als die drei Männer, Ryan, Ali und Adler, auf den Couchtisch starrten, das Tablett und die Tassen darauf unberührt. Es ging natürlich um Öl. Der Persische – auch der Arabische genannte – Golf ist ein Finger des Meeres, umgeben von einem Meer aus Öl und dies mancherorts auch überdeckend. Die größten weltweit bekannten Vorkommen liegen dort, verteilt vor allem auf Saudi-Arabien, Kuwait, Irak und Iran sowie die kleineren Vereinigten Arabischen Emirate, Bahrain und Katar. Von diesen Ländern ist der Iran nach der Einwohnerzahl das größte. Danach kommt der Irak. Die Länder auf der Arabischen Halbinsel sind zwar reicher, aber das Land über ihrem flüssigen Reichtum hat nie eine große Bevölkerungszahl getragen, und das war der Haken, wie sich 1991 erstmalig zeigte, als der Irak in Kuwait einmarschierte. Ryan hatte schon mehrfach gesagt, daß ein Angriffskrieg nichts anderes sei als bewaffneter Raubüberfall, nur in Großbuchstaben, und genau das war im Golfkrieg der Fall gewesen. Unter dem Vorwand territorialer Streitigkeiten und ebenso trivialer ökonomischer Erwägungen hatte Saddam Hussein versucht, mit einem Schlag den Wohlstand seines Landes zu verbessern, und gedroht, den Einsatz durch einen Angriff gegen Saudi-Arabien noch zu verdoppeln – warum er dann an der kuwaitisch-saudischen Grenze haltgemacht hatte, würde wohl für immer unerklärt bleiben. Am leichtesten zu verstehen war, daß der Grund für das Ganze das Öl war und der aus Öl resultierende Reichtum.

Aber da ging es um noch mehr. Hussein war es, wie einem Mafiachef, kaum um mehr als Geld gegangen und um die politische Macht, die Geld erzeugt. Der Iran war da etwas weitsichtiger.

Alle Völker um den Golf herum sind islamisch, die meisten von ihnen sehr strenggläubig. Ausnahmen bilden Bahrain und Irak. In ersterem sind die Ölvorkommen zur Neige gegangen, und das Land – im Grunde ein Stadtstaat auf einer Insel, durch einen Straßendamm mit Saudi-Arabien verbunden – hat sich der Aufgabe gewidmet, wie sie Nevada in den westlichen USA erfüllt, ein Ort also, wo ansonsten gültige Regeln außer Kraft sind, wo in günstiger Entfernung vom restriktiveren Zuhause getrunken, gespielt und sonstigen Vergnügungen gefrönt werden kann. Was die zweite Ausnahme betrifft: Der Irak war ein säkularer Staat mit magerem Lippenbekenntnis zu seiner Staatsreligion, und das erklärte größtenteils das Ableben seines Präsidenten nach langer, bewegter Karriere.

Doch der Schlüssel zu dieser Region ist, war und wird immer sein: die Religion. Das Königreich Saud war lebendiges Herz des Islam. Der Prophet war dort geboren. Die heiligen Städte Mekka und Medina lagen dort, und von diesem Ursprungsort aus hatte sich eine der größten religiösen Bewegungen der Welt ausgebreitet. Es ging weniger um Öl als um den Glauben. Saudi-Arabien gehörte zum sunnitischen Zweig und Iran zum schiitischen. Ryan waren einmal die Unterschiede erklärt worden, doch sie waren ihm damals so minimal erschienen, daß er sich keine Mühe gegeben hatte, sie sich einzuprägen. Das, sagte sich der Präsident jetzt, war töricht gewesen. Die Unterschiede waren groß genug, um zwei bedeutende Länder zu Feinden zu machen, und größer mußte eine Differenz gar nicht sein. Es ging nicht um Reichtum an sich. Es ging um eine andere Art Macht, die Art, die aus dem Verstand und dem Herzen erwächst – und von da zu etwas anderem führt. Öl und Geld machten den Kampf nur für Außenstehende interessanter.

Viel interessanter. Die industrielle Welt war abhängig vom diesem Öl. Jeder Staat am Golf fürchtete den Iran ob seiner Größe, seiner hohen Einwohnerzahl und des religiösen Eifers seiner Bevölkerung. Die Sunniten fürchteten ein erkennbares Abgleiten vom rechten Weg des Islam. Alle anderen fürchteten sich davor, was mit ihnen geschehen würde, wenn ›Häretiker‹ die Kontrolle über die Region erlangten, denn der Islam ist ein umfassendes System von Glaubenslehren, das sich auf Rechtsprechung und Politik sowie jegliche andere Form menschlicher

Betätigung erstreckt. Für den Muslim ist das Wort Gottes oberstes Gesetz. Für den Westen, daß seine Wirtschaft funktioniert. Für die Araber – der Iran ist *kein* arabisches Land – ist es die grundlegendste Frage: die Stellung eines Mannes vor seinem Gott.

»Ja, Mr. President«, sagte Prinz Ali bin Sheik nach einer Weile, »sie werden etwas unternehmen.«

Seine Stimme war bewundernswert ruhig, doch Ryan spürte, daß er innerlich alles andere war. Die Saudis hatten nie gewollt, daß der Präsident des Irak stürzte. Feind, der er war, Abtrünniger, der er war, Aggressor, der er war, hatte er für die Nachbarn doch einen nützlichen strategischen Zweck erfüllt. Der Irak diente lange als Puffer zwischen den Golfstaaten und dem Iran. In diesem Fall spielte Religion zweite Geige zur Politik, was wiederum einen religiösen Zweck erfüllte. Durch Abkehr vom Worte Allahs hatte der Irak seine mehrheitlich schiitische Bevölkerung aus dem Spiel genommen, und die zweifache Grenze mit Kuwait und dem Königreich war eher politisch denn religiös. Doch wenn die Ba'ath-Partei mit ihrem Führer fiel, würde der Irak zu einem von der religiösen Mehrheit bestimmten Leben zurückkehren. Dann würde ein schiitisches Land an dieser Grenze entstehen, und Führer des schiitischen Zweiges des Islam war der Iran.

Der Iran würde etwas unternehmen, denn das tat der Iran schon seit Jahren. Die Religion, die von Mohammed geprägt worden war, hatte sich von der Arabischen Halbinsel bis nach Marokko im Westen und zu den Philippinen im Osten ausgebreitet und war durch die Entwicklung der modernen Welt in jedem Land der Erde vertreten. Der Iran hatte seine große Bevölkerung und seinen Reichtum dazu genutzt, führende islamische Nation zu werden, indem er muslimische Geistliche zum Studium in seine eigene heilige Stadt Ghom brachte, indem er politische Bewegungen überall in der islamischen Welt finanzierte und indem er islamische Völker, die Hilfe benötigten, mit Waffen versorgte – die bosnischen Muslime waren ein solcher Fall und keinesfalls der einzige.

»Anschluß«, dachte Adler laut. Prinz Ali sah ihn an und nickte.

»Haben wir einen Plan, das zu verhindern?« fragte Jack. Er kannte die Antwort. Nein, niemand hatte einen. Darum war auch der Golfkrieg nur mit begrenztem militärischem Ziel geführt worden, zu dem keinesfalls die Vernichtung des Aggressors gehört hatte. Die Saudis, die von Anfang an die strategischen Ziele des Krieges festgelegt hatten, hatten es Amerika und den Verbündeten nie gestattet, auch nur darüber nachzudenken, nach Bagdad vorzustoßen, und das trotz der Tatsache, daß durch den Einsatz der irakischen Armee in und um Kuwait die irakische

Hauptstadt so ungeschützt war wie ein Nudist am Strand. Ryan hatte sich damals, beim Verfolgen der Diskussionen in Nachrichtensendungen, gewundert, daß kein einziger der Kommentatoren bemerkte, ein regulärer Feldzug hätte Kuwait gänzlich ignoriert, Bagdad eingenommen und dann gewartet, daß die irakische Armee die Waffen aufstapelte und sich ergab. Nun, es konnte eben nicht jeder eine Karte lesen.

»Eure Hoheit, welchen Einfluß können Sie dort geltend machen?« wollte Ryan als nächstes wissen.

»Praktisch gesehen? Sehr wenig. Wir werden die Hand der Freundschaft ausstrecken, Kredite anbieten – gegen Ende der Woche werden wir Amerika und die UNO ersuchen, Sanktionen aufzuheben, mit der Absicht, die wirtschaftlichen Bedingungen zu verbessern, aber...«

»Ja, aber«, stimmte Ryan zu. »Eure Hoheit, bitte lassen Sie uns wissen, was Sie an Informationen erhalten! Amerika steht unverändert zu seiner Sicherheitsgarantie für das Königreich.«

Ali nickte. »Ich werde das meiner Regierung übermitteln.«

»Hübsch professionelle Arbeit«, stellte Ding fest, während er sich die elektronisch aufbereitete Wiederholung anschaute. »Bis auf eine Kleinigkeit.«

»Ja, es macht sich gut, sein Gehalt vor der Testamentseröffnung zu kassieren.« Clark war einst jung und zornig genug gewesen, in Begriffen zu denken wie der Schütze, dessen Tod er gerade wiederholt gesehen hatte, doch mit zunehmendem Alter war er umsichtiger geworden. Jetzt wollte Mary Pat, hörte er, daß er sich nochmals um einen Auftritt im White House bemühte, und er überflog wieder ein paar Dokumente. Versuchte es jedenfalls.

»John, schon mal was über die Assassinen gelesen?« fragte Chavez, während er den Fernseher mittels Fernbedienung ausschaltete.

»Ich hab' den Film gesehen«, erwiderte Clark, ohne den Blick zu heben.

»Das waren recht arge Typen. Mußten sie sein. Mit einem Schwert oder einem Messer, na ja, da mußt du schon ziemlich dicht ran, um den Auftrag auszuführen. Entschiedenen Willens, wie wir im 7th Light zu sagen pflegten.« Chavez stand noch kurz vorm Masters-Diplom im Fach Internationale Beziehungen, doch er segnete alle Bücher, die Professor Alpher ihn gezwungen hatte zu lesen. Er machte eine Handbewegung zum Fernsehapparat hin. »Dieser Bursche war wie einer von denen, eine zweibeinige Smart-Bomb – man zerstört sich selbst, aber zuerst vernichtet man sein Zielobjekt. Die Assassinen waren der erste Terroristenstaat. Ich glaube, die Welt war damals noch nicht bereit für dieses Konzept, doch ein kleiner Stadtstaat konnte eine ganze Region beherrschen, einfach weil sie einen ihrer Leute an jeden Beliebigen nah genug ranbekommen konnten, so daß der Job erledigt wurde.«

»Vielen Dank für die Geschichtsstunde, Domingo, aber...«

»Denk doch, John! Wenn sie nah genug an den herankommen konnten, dann kommen sie an jeden nah genug dran. Für 'nen Diktator gibt's keine Rentenversicherung. Die Leibwache um ihn herum, die ist wirklich dicht – doch jemand hat einen Schützen so nah an ihn ranbekommen, daß der ihn in die nächste Dimension blasen konnte. Das ist unheimlich, Mr. C.«

John Clark mußte sich immer wieder daran erinnern, daß Domingo Chavez kein Doofie war. Er mochte zwar noch mit einem Akzent sprechen und er mochte immer noch Redewendungen einflechten, die aus der Zeit als Army Sergeant stammten, doch er hatte die schnellste Auffassungsgabe, die John je kennengelernt hatte. Er lernte sogar, sein Temperament und seine Leidenschaft zu beherrschen. Wenn es ihm paßte, korrigierte sich John.

»So? Andere Kultur, andere Motivation, andere...«

»John, ich spreche von einer Fähigkeit. Dem politischen Willen, sie zu nutzen, Mann. Und Geduld. Es muß Jahre gedauert haben. Von Schläfer-Agenten hab' ich schon gehört. Das erstemal, daß ich einen Schläfer-Schützen gesehen habe.«

»Könnte ein ganz normaler Kerl gewesen sein, der einfach die Schnauze voll hatte und...«

»Wer will schon sterben? Nein, das glaub' ich nicht, John. Warum sollte er dann nicht versuchen, den Kerl um Mitternacht auf dem Weg zur Latrine zu erwischen, und sich verdammt schnell den Staub von Dodge City abschütteln? Keine Chance, Mr. C. Der Kaffer hatte ein *An*liegen. Nicht nur seins, er gab damit ein Signal für seinen Boß ab.«

Clark sah von seinen Informationspapieren auf und dachte darüber nach. Andere Mitarbeiter im öffentlichen Dienst mochten diese Beobachtung als etwas abgetan haben, das nicht in ihr Ressort fiel, Clark aber war gerade wegen seiner Unfähigkeit, Grenzen für seine Tätigkeit zu sehen, im Staatsdienst gelandet. Außerdem erinnerte er sich an den Iran, er als Teil der Menge, die Gefangene aus der US-Botschaft, denen die Augen verbunden waren, angeschrien hat: »Nieder mit Amerika!« Mehr noch, er erinnerte sich daran, was Leute aus dieser Menge gesagt hatten, als Operation BLUE LIGHT in die Hose gegangen und wie knapp es gewesen war – wie nahe die KhomeiniRegierung daran gewesen war, ihren Zorn auf die Amerikaner ganz rauszulassen und einen bereits scheußlichen Disput in einen Krieg umschlagen zu lassen. Schon damals hinterließen alle Arten terroristischer Anschläge weltweit iranische Fingerabdrücke, und Amerikas Versagen, dieser Tatsache zu begegnen, hatte alles noch schlimmer gemacht.

»Also, Domingo, darum brauchen wir mehr Beamte im Feld.«

SURGEON hatte einen Grund mehr, die Präsidentschaft ihres Mannes nicht zu mögen. Erst einmal konnte sie ihn auf dem Weg zur Tür hinaus nicht sehen. Es war jemand bei ihm – nun ja, das hatte mit dem zu tun, was sie in den Morgennachrichten gesehen hatte, und das gehörte zum Amt, und manchmal mußte auch sie unerwartet schnell aus dem Haus, zu einem dringenden Fall im Hopkins. Aber dies als Präzedenzfall gefiel ihr nicht.

Sie sah zur Wagenkolonne. Anders konnte man sie ja nicht bezeichnen, die sechs Chevy Suburbans. Drei waren damit beauftragt, Sally (Deckname SHADOW) und Klein Jack (SHORTSTOP) in die Schule zu bringen. Die anderen drei Katie (SANDBOX) in ihre Kindertagesstätte. Zum Teil, gestand sich Cathy Ryan ein, war das ja ihre Schuld. Sie wollte das Leben der Kinder keiner Unterbrechung aussetzen. Sie wollte nicht, daß sie die Schule und die Freunde wechseln mußten nur wegen des Mißgeschicks, das über ihr Leben hereingebrochen war. Die Kinder konnten ja nichts dafür. Sie war so dumm gewesen, Jacks neuem Posten zuzustimmen, der ganze fünf Minuten gedauert hatte, und wie das mit vielen Dingen im Leben so ist, mußte man die Konsequenzen tragen. Eine dieser Konsequenzen war verlängerte Fahrzeit zur Schule und in den Hort, und das nur, um die Freunde zu behalten, aber... verdammt... es gab keine richtige Antwort.

»Guten Morgen, Katie!« Das war Don Russel. Er hockte sich hin, um sich von SANDBOX drücken und küssen zu lassen. Cathy mußte darüber lächeln. Dieser Agent war ein Geschenk des Himmels. Ein Mann, der selber Enkel hatte, er liebte Kinder, ganz besonders kleine. Cathy küßte ihr Jüngstes zum Abschied und deren Leibwächter – einfach unerhört, daß ein Kind einen Leibwächter brauchte! Doch Cathy erinnerte sich an ihre eigene Erfahrung mit Terroristen, und sie mußte das akzeptieren. Russel hob SANDBOX in ihren Autositz, schnallte sie an, und die ersten drei Fahrzeuge zogen ab.

»Bye, Mom!« Sally machte gerade eine Phase durch, in der sie und Mom Freundinnen waren und sich nicht küßten. Cathy akzeptierte das, wenn es ihr auch nicht gefiel. So war es auch mit Klein Jack: »See ya,

Mom!« Und John Patrick Ryan jr. war Junge genug, um zu fordern, vorn zu sitzen, was er diesmal durfte. Beide Unterkommandos waren vergrößert worden wegen der Art und Weise, wie die Familie Ryan ins White House gekommen war. Im Augenblick waren zwanzig Agenten mit dem Schutz der Kinder beauftragt. Diese Zahl würde sich in ein, zwei Monaten verringern, war ihr gesagt worden. Dann würden die Kinder auch in normalen Autos fahren statt in gepanzerten Suburbans. Und was SURGEON betraf, ihr Hubschrauber wartete.

Verdammt! Es kehrte alles wieder. Sie war mit Klein Jack schwanger gewesen, da hatte sie erfahren müssen, daß Terroristen... Warum zum Teufel hatte sie dem hier nur zugestimmt? Und der Gipfel war doch, daß sie mit dem vermutlich mächtigsten Mann der Welt verheiratet war, doch er und seine Familie – alle mußten sie ihre Befehle von anderen entgegennehmen.

»Ich weiß, Doc.« Das war die Stimme von Roy Altman, ihrem Hauptagenten. »So leben zu müssen ist doch die Hölle, nicht?«

Cathy drehte sich um. »Lesen Sie Gedanken?«

»Gehört zu meinem Job, Ma'am, ich weiß...«

»Bitte, mein Name ist Cathy. Jack und ich, wir sind beide ›Doktor Ryan‹.«

Altman wurde beinahe rot. Mehr als eine First Lady hatte sich mit dem Amtsantritt ihres Mannes königliche Allüren zugelegt, und die Kinder von Politikern zu bewachen war auch nicht immer die reinste Freude, doch die Familie Ryan, darin war sich das ganze Detail inzwischen einig, war ganz und gar nicht wie die Leute, die sie sonst zu beschützen hatten. In mancher Hinsicht war das nicht gerade toll, aber es war unmöglich, sie nicht zu mögen.

»Hier.« Er übergab ihr eine Mappe, ihre Fälle für heute.

»Zwei Eingriffe, dann Nachbehandlungen«, sagte sie zu ihm. Na, wenigstens konnte sie während des Fluges schon etwas Papierkram erledigen. Das war doch ganz geschickt.

»Ich weiß. Wir haben mit Professor Katz verabredet, uns auf dem laufenden zu halten – so können wir uns Ihrem Tageskalender besser anpassen«, erklärte Altman.

»Überprüfen Sie auch meine Patienten?« fragte Cathy Scherzes halber.

»Ja. Krankenhausberichte liefern Namen, Sozialversicherungsnummern und Geburtstage. Wir führen NCIC-Checks durch und Checks gegen unsere eigene Liste von – na, von Leuten, auf die wir ein Auge haben.«

Der Blick, den die Erklärung hervorrief, war nicht gerade freundlich, doch Altman nahm ihn nicht persönlich. Sie gingen zurück ins Gebäude und ein paar Minuten später wieder hinaus zum wartenden Hubschrauber. Neue Kameras waren postiert worden, wie Cathy bemerkte, um das Ereignis festzuhalten, als Colonel Hank Goodman die Motoren zündete.

In der Einsatzzentrale des US Secret Service, ein paar Blocks entfernt, gab es Veränderungen an der Schautafel. POTUS (President of the United States) wurde auf dem roten LED-Display angezeigt als im White House. FLOTUS (First Lady of the United States) wurde angezeigt als unterwegs. SHADOW, SHORTSTOP und SANDBOX wurden auf einer anderen Tafel dargestellt. Dieselbe Information wurde über sichere digitale Funkverbindung an Andrea Price übermittelt, die vor dem Oval Office saß und die Zeitung las. Weitere Agenten befanden sich bereits in der St. Mary's Catholic School und im Giant Steps Day Care Center, beide in der Nähe von Annapolis, sowie im Johns Hopkins Hospital. Die Maryland State Police wußte, daß die Ryan-Kinder die US-Route 50 entlangrollten, und hatten entlang der Fahrtroute weitere Polizeiautos postiert, um Polizeipräsenz zu demonstrieren. Im Augenblick folgte SURGEONS Marine-Helikopter ein zweiter, und ein dritter, mit einem Team schwerbewaffneter Agenten an Bord, hielt Schritt mit den drei Kindern. Wenn ein ernsthafter Attentäter unterwegs wäre, würde er die unverhohlene Zurschaustellung der Kräfte sicher nicht übersehen. Die Agenten in den fahrenden Autos waren im üblichen Bereitschaftsgrad, hielten Ausschau nach Autos, die zu oft auftauchten. Als solche unkenntliche Wagen des Secret Service fuhren einzeln umher und taten dasselbe in der Rolle normaler Pendler. Die Ryans würden nie wirklich wissen, wie viele Sicherheitskräfte sie umschwärmten, es sei denn, sie fragten danach.

Ein normaler Tag hatte begonnen.

Es half kein Verleugnen mehr. Sie brauchte auch Dr. Moudi nicht, um es zu wissen. Die Kopfschmerzen waren stärker geworden, die Erschöpfung schlimmer. Genau wie beim kleinen Benedikt Mkusa, hatte sie gedacht, dann aber gehofft, es wäre ein Wiederaufbrechen ihrer alten Malaria; das erstemal, daß sie je einen solchen Gedanken gehegt hatte. Aber dann waren die Schmerzen gekommen, nicht in den Gelenken, sondern vor allem im Magen, und das war wie das Betrachten einer nahenden Wetterfront, gewaltige weißen Wolken, die ein mächtiges Gewitter mit sich brachten, und ihr blieb nichts anderes übrig, als zu warten und zu fürchten, was weiter kam, denn sie wußte genau, was es sein würde. Ein Teil von ihr wollte es immer noch nicht wahrhaben, und der andere Teil versuchte, sich in Gebete und in den Glauben zu flüchten, doch das war wie beim Horrorfilm-Besucher: Gesicht mit schützenden Händen bedeckt, linsten die Augen verstohlen zwischen Fingern, um zu sehen, was kam.

Der Brechreiz wurde immer stärker, und bald würde sie auch nicht mehr in der Lage sein, ihn mit ihrem Willen unter Kontrolle zu halten, so stark der auch war.

Sie lag in einem der wenigen Privatzimmer des Hospitals. Draußen strahlte die Sonne, der Himmel war klar, ein herrlicher Tag in der nicht enden wollenden afrikanischen Frühling-Sommer-Jahreszeit. An ihrem Bett war ein IV-Ständer, es lief sterile Kochsalzlösung in ihren Arm, zusammen mit einem milden Analgetikum und ein paar Nährstoffen, um ihren Körper zu stärken, doch in Wirklichkeit war es nur ein Wartespiel. Schwester Jean Baptiste konnte wenig tun außer warten. Ihr Körper war schlapp vor Erschöpfung und so schmerzerfüllt, daß es einer Anstrengung von mehr als einer Minute bedurfte, den Kopf zu drehen, um die Blumen draußen vor dem Fenster zu sehen. Die erste massive Woge von Brechreiz kam fast überraschend, und irgendwie gelang es ihr doch, die Brechschale zu greifen. Sie war immer noch Krankenschwester genug und objektiv genug, um das Blut zu sehen, auch wenn Maria Magdalena sogleich das Becken wegnahm, um es in einen Spezialbehälter zu entleeren. Mitschwester und Mitnonne, die sie war, trug sie einen Schutzkittel, hatte Gummihandschuhe an und eine Schutzmaske vor Mund und Nase, doch ihre Augen waren unfähig, ihre Traurigkeit zu verbergen.

»Guten Tag, Schwester.« Es war Dr. Moudi, genauso gekleidet, seine Augen beherrschter über der grünen Maske. Er warf einen Blick auf das Blatt mit der Fieberkurve, das am Fußende ihres Betts hing. Die Temperatur war erst vor zehn Minuten gemessen worden und stieg immer noch. Das Telex aus Atlanta bezüglich ihres Blutes war eben erst angekommen und hatte ihn veranlaßt, unverzüglich auf die Isolierstation zu kommen. Ihre helle Haut war noch vor ein paar Stunden blaß gewesen. Jetzt erschien sie leicht gerötet und trocken. Moudi dachte, sie sollten die Patientin mit Alkohol kühlen, später vielleicht mit Eis, um das Fieber zu senken. Das wäre aber schlimm für ihre Würde als Nonne. Sie kleideten sich in der Tat keusch, wie es Frauen tun sollten, und diese Keuschheit wurde vom Krankenhaushemd, das sie jetzt trug, schwer verletzt. Schlimmer noch war der Ausdruck in ihren Augen. Sie wußte Bescheid. Dennoch mußte er es ihr sagen.

»Schwester«, sagte der Arzt zu ihr, »Ihr Bluttest für Ebola-Antikörper war positiv.«

Ein Nicken. »Ich verstehe.«

»Dann wissen Sie auch«, fügte er freundlich hinzu, »daß zwanzig Prozent der Patienten diese Krankheit überstehen. Sie sind nicht ohne Hoffnung. Ich bin ein guter Arzt, Schwester Magdalena hier ist eine hervorragende Krankenschwester. Wir werden Sie unterstützen, so gut wir können. Ich stehe auch mit einigen meiner Kollegen in Kontakt. Wir geben Sie nicht auf. Und ich verlange, daß Sie sich selbst auch nicht aufgeben. Beten Sie zu Ihrem Gott, gute Frau. Einen so tugendhaften Menschen wie Sie wird er sicher erhören.« Die Worte fielen ihm leicht. Es überraschte ihn, daß er sich fast wünschte, sie käme durch.

»Danke, Herr Doktor.«

Moudi wandte sich an die andere Nonne, ehe er ging. »Bitte halten Sie mich auf dem laufenden.«

»Selbstverständlich, Herr Doktor.«

Moudi verließ das Zimmer, doch bevor er die Tür passierte, legte er Schutzkittel und Maske ab und warf beides in den dafür bereitstehenden Behälter. Er nahm sich vor, mit dem Administrator zu sprechen, um sicherzugehen, daß die erforderlichen Vorsorgemaßnahmen strikt durchgesetzt würden. Er wollte, daß die Nonne der letzte Ebola-Fall in diesem Krankenhaus war. Während er dies dachte, waren gerade ein paar Leute des WHO-Teams auf dem Weg zur Familie Mkusa, wo sie mit den leidgeplagten Eltern und Nachbarn und Freunden sprechen wollten, um herauszufinden, wo und wie sich Benedikt die Infektion zugezogen haben könnte. Erste Vermutung war ein Affenbiß.

Doch nur eine Vermutung. Wenig war über den Ebola-Virus bekannt, und was unbekannt war, war wichtig. Zweifellos gab es die Krankheit schon seit Jahrhunderten, ein tödliches Leiden in einer Region, wo es viele gab, die noch bis vor dreißig Jahren als ›Dschungelfieber‹ galten. Über den Wirt des Virus wurde noch spekuliert. Es *meinten* viele, es wären Affen, aber welche Affen, wußte keiner – Tausende wurden gefangen oder erschossen, um das herauszufinden, doch ohne Erfolg. Man war sich nicht einmal sicher, ob es sich tatsächlich um eine tropische Krankheit handelte – der erste korrekt dokumentierte Fall des Fiebertyps hatte sich in Deutschland ereignet. Eine sehr ähnliche Krankheit gab es auf den Philippinen.

Das Ebola-Fieber tauchte auf und verschwand wie eine Art böser Geist. Das Intervall betrug acht bis zehn Jahre, soweit es im primitiven Afrika registriert wurde, und es gab Grund zur Annahme, daß sich Opfer mit dieser Krankheit infizieren und innerhalb ganz weniger Tage sterben konnten, ohne an medizinische Hilfe zu kommen. Die Struktur des Virus war einigermaßen bekannt, die Symptome beschrieben, aber sein Mechanismus war weiterhin ein Rätsel. Und das beunruhigte die medizinische Gemeinde, denn Ebola-Zaire wies eine Sterberate von rund achtzig Prozent auf. Nur einer von fünf Erkrankten überlebte, und warum das so war – das kam auch in die Spalte ›unbekannt‹. Aus all diesen Gründen war das Ebola-Virus perfekt.

So perfekt, daß es eines der gefürchtetsten Organismen überhaupt war. Winzige Mengen davon gab es in Atlanta, am Pasteur-Institut in Paris und in einer Handvoll anderer Institutionen, wo es unter Bedingungen erforscht wurde, die Science-fiction-Filmen ähnelten: Ärzte und Techniker regelrecht in Raumanzügen. Über das Virus war so wenig bekannt, daß die Arbeit an einem Impfstoff gerade erst begann. Die vier bekannten Formen waren zu verschieden. Die vierte war eben bei einem bizarren Vorfall in Amerika entdeckt worden; doch dieser Erregerstamm hatte, während er für alle Affenarten absolut tödlich war, seltsamerweise auf Menschen überhaupt keine ernsten Auswirkungen. Selbst jetzt schauten Wissenschaftler in Atlanta, von denen er einige kannte, in Elektronenmikroskope, um die Struktur dieser neuen Version zu erforschen und dann mit Mustern anderer bekannter Stämme zu vergleichen. Der Prozeß konnte Wochen dauern und würde vermutlich, wie alle Bemühungen bisher, keine eindeutigen Ergebnisse liefern.

Bis der tatsächliche Wirt dieses Erregers entdeckt wurde, blieb er ein fremdes Virus, wie von einem anderen Stern, tödlich und mysteriös. Perfekt.

Patient Null, Benedikt Mkusa, war tot, sein Körper mit Benzin verbrannt und das Virus mit ihm. Moudi hatte eine kleine Blutprobe, doch die reichte eigentlich nicht. Schwester Jean Baptiste war aber etwas anderes. Moudi dachte einen Moment nach und nahm dann den Hörer ab, um die iranische Botschaft in Kinshasa anzurufen. Seine Hand zögerte, der Hörer auf halbem Wege zwischen Telefon und Ohr. Wenn nun Gott ihre Gebete erhörte? Das wäre ja möglich, dachte Moudi, ja, es könnte sehr gut sein. Diese tugendhafte Frau brachte ebensoviel Zeit am Tag im Gebet zu wie jeder Gläubige in seiner Heimatstadt Ghom, ihr Glauben an Gott war fest und ihr Leben dem Dienst an jenen gewidmet, die in Bedrängnis waren. Das waren drei der fünf Säulen des Islam, denen er noch eine vierte hinzufügen könnte – die christliche Fastenzeit unterschied sich so sehr nicht vom islamischen Ramadan. Dies waren gefährliche Gedanken, doch wenn Allah ihre Gebete erhörte, dann stand das, was er vorhatte, nicht geschrieben und würde nicht geschehen, wenn ihre Gebete aber nicht erhört wurden ... Moudi klemmte den Hörer zwischen Ohr und Schulter und wählte.

»Mr. President, wir können es nicht länger ignorieren.«

»Ja, ich weiß, Arnie.«

Seltsamerweise lief es auf eine reine Formsache hinaus. Die Leichen mußten eindeutig identifiziert werden, denn eine Person war erst tot, wenn das schwarz auf weiß auf einem Stück Papier geschrieben stand, und solange eine Person nicht für tot erklärt war und wenn es sich bei einer solchen Person um ein Mitglied des Senats oder des Kongresses handelte, dann war sein beziehungsweise ihr Posten nicht vakant, und niemand konnte auf diesen Posten gewählt werden, und der Kongreß war eine leere Hülle. Die Bescheinigungen würden noch heute hinausgehen, und innerhalb einer Stunde würden Gouverneure der ›diversen Staaten‹ des Bundes Ryan anrufen und um Rat bitten. Mindestens ein Gouverneur würde heute zugunsten seines Vizegouverneurs seinen Posten abgeben und in einem eleganten, aber offensichtlichen politischen Kuhhandel in den Senat der Vereinigten Staaten berufen, so in etwa lauteten jedenfalls die Gerüchte.

Der Umfang an Informationen war gewaltig, selbst für jemanden, der die Quellen kannte. Sie reichten über vierzehn Jahre zurück. Der Zeitraum hätte aber kaum besser sein können, denn das war in etwa der Zeitpunkt, als die wichtigsten Zeitungen und Zeitschriften zu elektronischen Medien wechselten, die leicht ins World Wide Web einzuspeisen waren, wofür die Medienimperien dann eine gewisse Gebühr für Material berechnen konnten, das sonst in ihren muffigen Kellern hätte aufbewahrt werden müssen oder häufig auch für praktisch nichts an Collegebibliotheken verkauft worden wäre. Das WWW war immer noch eine ziemlich neue und kaum bewährte Einkommensquelle, doch die Medien packten es beim Schopfe, denn damit waren Nachrichten zum erstenmal weniger flüchtig, als sie es in der Vergangenheit gewesen waren. Sie konnten jetzt ständig als Quelle benutzt werden, von den eigenen Reportern, von Studenten, von Leuten mit besonderer Neugier, aber auch von jenen, deren Neugier professionell war. Und das Beste an allem war, daß die gewaltige Anzahl von Leuten, die eine solche Keyword-Suche absetzten, es jedem unmöglich machte, alle Abfragen zu kontrollieren.

Er war ohnehin vorsichtig gewesen – vielmehr seine Leute. Die Abfragen im Web waren alle in Europa vorgenommen worden, hauptsächlich in London, von brandneuen Internet-Zugriffskonten aus, die nicht länger bestanden als die Zeit, die erforderlich war, die Daten downzuloaden, oder von akademischen Konten aus, zu denen zahlreiche Personen Zugang hatten. Keywords wie RYAN JOHN PATRICK, RYAN JACK PATRICK, RYAN CAROLINE, RYAN CATHY, RYAN CHILDREN, RYAN FAMILY und eine Menge andere waren eingegeben worden und buchstäblich Tausende von ›Treffern‹ hatten gelandet werden können. Viele davon waren Nieten gewesen, denn ›Ryan‹ war nicht gerade ein ungewöhnlicher Name, doch diese auszusortieren war nicht allzu schwierig gewesen.

In den ersten wirklich interessanten Clips war Ryan einunddreißig und zum erstenmal ins öffentliche Interesse gerückt, in London. Sogar die Fotos zu den Artikeln waren dabei, und obwohl es einige Zeit dauerte, sie downzuloaden, waren sie es wert, darauf zu warten. Insbesondere das erste. Das zeigte einen jungen Mann, der auf der Straße saß, blutüberströmt. War das etwa keine Inspiration? Das Objekt auf dem Foto sah ja eigentlich tot aus, doch er wußte, daß Verwundete häufig so aussehen. Dann kam eine andere Serie von Fotos, von einem zu Schrott gefahrenen Auto und einem kleinen Hubschrauber. In den Jahren dazwischen waren Daten über Ryan ziemlich spärlich, hauptsächlich Satiren über seine Aussagen hinter verschlossenen Türen vorm amerikanischen Kongreß. Außerdem gab es Treffer zum Ende von Fowlers Präsidentschaft – unmittelbar nach der ersten Verwirrung war berichtet worden, Ryan selbst hätte den Einsatz von Atomraketen verhindert… und Ryan selber hatte es Daryaei indirekt zu verstehen gegeben… Doch diese Geschichte war nie offiziell bestätigt worden, und Ryan seinerseits hatte die Angelegenheit nie mit jemandem besprochen. Das war wichtig. Das sagte etwas aus über den Mann. Doch es konnte erst mal zurückgestellt werden.

Seine Frau. Auch über sie gab es reichlich Pressematerial; in einem Artikel fand sich sogar die Nummer ihres Büros in der Klinik. Eine fähige Chirurgin. Ah, das war ja entzückend – in einem der letzten stand, daß sie damit weitermachte. Ausgezeichnet. Damit wußten sie, wo sie zu finden war.

Die Kinder. Das jüngste – ja, das jüngste ging in dieselbe Tagesstätte, in die schon das älteste gegangen war. Auch davon gab es ein Foto. Ein Feature über Ryans erste Anstellung im White House hatte sogar die Schule erwähnt, die die älteren besuchten…

Das war ja erstaunlich. Er hatte diese Nachforschung im Wissen initiiert, daß er alle oder die meisten dieser Informationen erhalten würde, dennoch, hier war an einem einzigen Tag mehr Information zusammengekommen, als zehn Operative – bei beträchtlichem Risiko, entdeckt zu werden – in einer Woche herausgefunden hätten. Die Amerikaner waren doch so dumm; geradezu eine Einladung zum Angriff. Sie hatten keine Ahnung von Verschwiegenheit und Sicherheit. Daß sich ein Führer von Zeit zu Zeit mit seiner Familie in der Öffentlichkeit zeigte, war eine Sache – das machte jeder. Es war aber ganz etwas anderes, jedermann Dinge wissen zu lassen, die eigentlich niemand zu wissen brauchte.

Den Dokumentenstapel – zusammen über zweitausendfünfhundert Seiten – würden seine Leute noch ordnen und mit Querverweisen versehen. Es gab keine Pläne, in irgendeiner Hinsicht etwas zu unternehmen. Es waren nur Daten. Aber das könnte sich noch ändern.

»Wissen Sie, ich glaube, an das Fliegen könnte ich mich gewöhnen«, bemerkte Cathy Ryan gegenüber Roy Altman, während sie in die Kantine gingen.

»Ach?«

»Weniger Streß, als wenn ich selber fahren würde. Aber vermutlich wird's nicht mehr lange so gehen«, fügte sie noch hinzu.

»Vermutlich nicht.« Altman sah sich ständig um, obwohl noch zwei Agenten in dem Raum waren und ihr Bestes taten, sich nicht als solche erkennen zu lassen; darin versagten sie schwer. Obwohl Johns Hopkins eine Institution mit insgesamt 2400 Ärzten war, war es doch eine Art Dorf, wo nahezu jeder nahezu jeden kannte, und Ärzte trugen keine Waffen. Altman blieb stets dicht bei seiner Prinzipalin, um so am besten ihre tägliche Routine mitzubekommen, und ihr schien es nichts auszumachen. Am Vormittag war er bei zwei Operationen mit dabeigewesen, und Lehrerin, die sie halt war, hatte Cathy jeden einzelnen Schritt genauestens erklärt. Am Nachmittag hatte sie Seminare mit rund einem halben Dutzend Studenten. Das würde die erste Lehrveranstaltung werden, an der Altman in Ausübung seines Jobs teilnahm – wenigstens etwas, das nichts mit der Politik zu tun hatte, die er inzwischen herzlich verabscheute. Seine nächste Beobachtung war, daß SURGEON aß wie der sprichwörtliche Vogel. Sie stellte sich an die Kasse und bezahlte ihr und Altmans Essen, gegen seinen kurzen Protest.

»Sie sind auf meiner Rennbahn, Roy.« Sie sah sich um, erblickte den Mann, mit dem sie zu Mittag essen wollte, und ging auf ihn zu, mit Altman im Schlepptau. »He, Dave.«

Dekan James und sein Gast erhoben sich. »Hi, Cathy! Ich möchte dir ein neues Mitglied der Fakultät vorstellen, Pierre Alexandre. Alex, das ist Cathy Ryan...«

»Dieselbe die...«

»Bitte, ich bin immer noch Ärztin, und...«

»Sie sind auf der Lasker-Liste, stimmt's?« Alexandre nahm ihr damit den Wind aus den Segeln. Cathys Lächeln hätte den Raum ausleuchten können.

»Ja.«

»Meinen Glückwunsch, Frau Doktor.« Er streckte ihr die Hand entgegen. Cathy mußte ihr Tablett absetzen, um sie zu ergreifen. Altman beobachtete die Szene mit Augen, die neutral erscheinen sollten, es aber nicht waren. »Sie müssen vom Service sein.«

»Ja, Sir. Roy Altman.«

»Ausgezeichnet. Eine Dame derartiger Schönheit und Brillanz verdient den richtigen Schutz«, verkündete Alexandre. »Ich komme gerade aus der Army, Mr. Altman; ich kenne Ihre Mannschaft vom Walter Reed Hospital. Der Fall damals, als Präsident Fowlers Tochter mit einer tropischen Sache aus Brasilien zurückkam. Ich war behandelnder Arzt.«

»Alex arbeitet mit Ralph Forster zusammen«, erklärte der Dekan, während sie alle sich setzten.

»Infektionskrankheiten«, sagte Cathy zu ihrem Bodyguard.

Alexandre nickte. »Fang gerade erst an, mich einzuarbeiten. Aber ich habe einen Parkausweis, also nehme ich an, daß ich tatsächlich dazugehöre.«

»Ich hoffe, Sie sind ein ebenso guter Lehrer wie Ralph.«

»Ein hervorragender Arzt«, stimmte Alexandre zu. Cathy entschloß sich, diesen Neuen zu mögen. Dann dachte sie über seinen Akzent und seine Südstaatenmanieren nach. »Ralph ist heut morgen nach Atlanta geflogen.«

»Irgend etwas Besonderes?«

»Ein möglicher Ebola-Fall in Zaire, afrikanischer Junge, acht Jahre alt. Heute früh kam die E-Mail.«

Cathy kniff die Augen zusammen. Obwohl sie aus einem völlig anderen Bereich der Medizin kam, erhielt sie wie alle Ärzte den *Morbidity and Mortality Report* und hielt sich über soviel auf dem laufenden, wie sie konnte. Medizin ist ein Gebiet, wo das Lernen niemals aufhört. »Nur einer?«

»Ja.« Alexandre nickte. »Anscheinend hatte der Junge einen Affenbiß am Arm. Ich war mal drüben. Beim letzten Mini-Ausbruch 1990 kam ich von Detrick aus zum Einsatz.«

»Mit Gus Lorenz?« fragte Dekan James. Alexandre schüttelte den Kopf.

»Nein, Gus hat damals etwas anderes gemacht. Der Teamchef war George Westphal.«

»Ach, ja, der …«

»Ist gestorben«, bestätigte Alex. »Wir, äh, haben es nicht breitgetreten, aber er bekam es. Ich habe ihn behandelt. War kein schöner Anblick.«

»Was hat er denn für einen Fehler gemacht? Ich habe ihn nicht sehr gut gekannt«, sagte James, »aber Gus hatte mir gesagt, sein Stern wäre im Aufgehen. UCLA, wenn ich mich recht entsinne.«

»George war hervorragend, der beste Fachmann zu Strukturen, dem ich je begegnet bin, und er war genauso vorsichtig wie wir alle, aber irgendwie hat er sich doch angesteckt, und wir haben nie herausgefunden, wie das geschah. Wie dem auch sei, bei der Mini-Epidemie damals sind sechzehn Menschen ums Leben gekommen. Wir hatten zwei Überlebende, beides Frauen, beide Anfang Zwanzig. Sonst konnten wir nichts Bemerkenswertes an ihnen finden. Vielleicht haben sie einfach nur Glück gehabt«, sagte Alexandre, obwohl er das selbst nicht so recht glaubte. So etwas geschieht nicht ohne irgendeinen Grund. »Auf jeden Fall hatten wir nur achtzehn Erkrankte insgesamt, und das *war* ein Glück. So sechs, sieben Wochen waren wir dort. Hab 'ne Schrotflinte in den Busch geschleppt und rund hundert Affen zerfetzt auf der Suche nach einem Wirt. Kein Glück. Dieser Stamm wird als Ebola-Mayinga bezeichnet. Ich nehme an, sie vergleichen ihn gerade mit dem, woran dieser Junge erkrankte. Ebola ist ein aalglatter kleiner Bastard.«

»Nur einer?« fragte Cathy wieder.

»So heißt es. Art der Ansteckung unbekannt, wie gewöhnlich.«

»Affenbiß?«

»Ja, aber wir finden nie den betreffenden Affen. Niemals.«

»Das ist so tödlich?« fragte Altman, der sich nicht länger zurückhalten konnte.

»Sir, offiziell wird mit einer Sterberate von achtzig Prozent gerechnet. Betrachten wir's so: Wenn Sie Ihre Pistole ziehen und mir in die Brust schießen, gleich hier, da wären meine Chancen besser als bei diesem kleinen Käfer.« Alexandre schmierte Butter auf sein Brötchen und mußte an seinen Besuch bei Westphals Witwe denken. Es tat seinem Appetit nicht gerade gut. »Vermutlich viel besser, wenn ich an die Chirurgen denke, die wir in Halstead haben. Bei Leukämie hat man viel bessere Chancen, auch beim Lymphom. Etwas schlechter stehen sie bei AIDS, aber *der* Erreger läßt einem zehn Jahre. Bei Ebola hat man vielleicht zehn *Tage*. Viel tödlicher geht's nicht.«

## 11 / Affen

Ryan hatte all seine Veröffentlichungen selbst geschrieben. Er hatte zwei Bücher über Marinegeschichte publiziert – es kam ihm jetzt vor wie ein früheres Leben, das auf der Couch eines Hypnotiseurs aus dem Unbewußten wiedererwachte – und zahllose Arbeiten für den CIA verfaßt. Alles hatte er selbst geschrieben, auf der Schreibmaschine oder auf einer Reihe PCs. Gemocht hatte er das Schreiben nie, aber die damit verbundene Abgeschiedenheit, allein in der kleinen Welt des eigenen Intellekts und vor Störungen sicher, während er seine Gedanken formte, an der Präsentation feilte, bis alles so perfekt war, wie er es vermochte. Auf diese Weise waren es immer die eigenen Gedanken, und im Vorgang lag eine gewisse Aufrichtigkeit.

Nun nicht mehr.

Chefin der Redenschreiber war Callie Weston: klein, zierlich, staubig blond und eine Zauberin der Worte, die, wie viele andere des gewaltigen Stabes im White House, mit Präsident Fowler an Bord gekommen und irgendwie nie imstande gewesen war, wieder zu gehen.

»Meine Rede für die Trauerfeier hat Ihnen nicht gefallen?« Respektlos war sie auch noch.

»Ehrlich, ich entschied halt, ich müßte etwas anderes sagen.« Da bemerkte Jack, daß er sich gegenüber jemandem verteidigte, den er kaum kannte.

»Ich hab' geheult.« Es folgte eine Kunstpause, sie fixierte ihn mit dem Blick einer Giftschlange; schätzte ihn ganz offenkundig ab. »Sie sind anders.«

»Wie meinen Sie das?«

»Ich meine – Sie müssen verstehen, Mr. President. President Fowler hat mich behalten, weil ich ihn mitfühlend klingen ließ – in manchem ist er ein ziemlich kalter Fisch, der arme Kerl. President Durling behielt mich, weil er niemand Besseres hatte. Ich gerate ständig mit Mitarbeitern drüben im OEOB aneinander. Die möchten meine Sachen redigieren. Ich mag es nicht, von Drohnen redigiert zu werden. Wir zanken uns.

Arnie verteidigt mich oft, weil ich mit seiner Lieblingsnichte die Schule besuchte, aber – wenn ich auch in meinem Fach die Beste bin, die es gibt – ich bin vermutlich die schlimmste verdammte Nervensäge aus Ihrem Stab. Sie sollten das wissen.« Es war eine gute Erklärung, aber neben der Sache.

»Wieso bin ich anders?« fragte Jack.

»Sie sagen, was Sie wirklich denken, statt zu sagen, was Sie glauben, daß die Leute glauben, von Ihnen hören zu wollen. Es wird schwer, für Sie zu schreiben. Da kann ich nicht aus üblichen Quellen schöpfen. Ich muß lernen zu schreiben, wie ich mal gern geschrieben habe, nicht so, wie ich dafür bezahlt werde, und ich muß lernen zu schreiben, wie Sie reden. Das wird schwierig«, sagte sie ihm und wappnete sich bereits für die Herausforderung.

»Ich verstehe.« Da Ms. Weston nicht zum inneren Kreis des Stabes gehörte, lehnte Andrea Price an der Wand und beobachtete alles mit Pokermiene – versuchte es zumindest. Ryan lernte, ihre Körpersprache zu verstehen. Augenscheinlich hielt Price nicht viel von Weston. Er fragte sich, wieso. »Nun, was bringen Sie in ein paar Stunden zustande?«

»Sir, es kommt darauf an, was Sie sagen wollen«, meinte die Redenschreiberin. Das teilte er ihr in ein paar kurzen Sätzen mit. Notizen machte sie sich keine. Sie nahm es nur auf, lächelte und sprach erneut.

»Die werden Sie in der Luft zerreißen. Das wissen Sie. Vielleicht hat es Arnie Ihnen noch nicht gesagt, vielleicht noch niemand vom Stab, und es wird auch keiner, aber es wird geschehen.« Die Bemerkung zerrte Agent Price von der Wand weg, gerade so viel, daß sie jetzt aufrecht stand.

»Wieso glauben Sie eigentlich, daß ich hierbleiben möchte?«

Sie blinzelte. »Entschuldigen Sie. So was bin ich nicht wirklich gewohnt.«

»Dies könnte eine interessante Unterhaltung werden, aber ich …«

»Ich habe vorgestern eins Ihrer Bücher gelesen. Sie sind nicht sehr geschickt – nicht sehr elegant, im Fachjargon – mit Worten, aber Sie sagen klar Ihre Meinung. Also muß ich meine Rhetorik zurückschrauben, damit es nach Ihnen klingt. Kurze Sätze. Ihre Grammatik ist gut. Katholische Schulen, schätze ich. Sie machen den Leuten nichts vor. Sie sagen es geradeheraus.« Sie lächelte. »Wie lang soll die Rede sein?«

»Sagen wir, fünfzehn Minuten.«

»In drei Stunden bin ich wieder da«, versprach Weston und stand auf. Ryan nickte, und sie ging. Dann sah der Präsident zu Agent Price.

»Spucken Sie's aus!« befahl er.

»Schlimmste Scheißnervensäge dort drüben. Voriges Jahr ist sie wegen irgendwas über einen jüngeren Mitarbeiter *hergefallen.* Ein Wachtposten mußte sie von ihm losreißen.«

»Weswegen?«

»Er hat sich abfällig über eine ihrer Reden geäußert und vermutet, mit ihrer Herkunft wär', was nicht in Ordnung. Am nächsten Tag ist er gegangen. Kein Verlust«, schloß Price. »Aber eine arrogante Primadonna ist sie. Sie hätte nicht sagen dürfen, was sie gesagt hat.«

»Und wenn sie recht hat?«

»Sir, mich geht das nichts an, aber...«

»*Hat* sie recht?«

»Sie sind anders, Mr. President.« Price sagte aber nicht, ob sie das gut oder schlecht fand, und Ryan fragte nicht nach.

Der Präsident hatte ohnehin anderes zu tun. Er nahm den Hörer von Schreibtischtelefon, und eine Sekretärin meldete sich.

»Würden Sie mich mit George Winston von der Columbus Group verbinden?«

»Jawohl, Mr. President, ich verbinde.« Sie hatte die Nummer nicht gleich parat, und so rief sie von einem anderen Telefon aus im Signals Office an. Dort hatte ein Petty Officer der Navy die Nummer auf einem Haftzettel und las sie vor. Einen Augenblick später reichte er den Haftzettel der Marine auf dem Stuhl neben sich. Sie fischte in ihrem Portemonnaie, fand vier Vierteldollarstücke und übergab sie der hämisch grinsenden Teerjacke.

»Mr. President, Mr. Winston für Sie«, kam aus der Gegensprechanlage.

»George?«

»Ja, Sir?«

»Wie schnell können Sie hier unten sein?«

»Jack – Mr. President, ich versuche, mein Geschäft wieder zusammenzuflicken, und...«

»Wie schnell?« fragte Ryan mit etwas mehr Nachdruck.

Winston mußte überlegen. Seine Gulfstream-Crew stand nicht bereit. Zum Newark Airport... »Ich kann den nächsten Zug nehmen.«

»Geben Sie durch, mit welchem Sie kommen. Ich lasse Sie abholen.«

»Okay, aber Sie sollten wissen, daß ich nicht...«

»Doch, Sie können. Bis in ein paar Stunden.« Ryan legte auf, dann sah er Price an. »Andrea, lassen Sie ihn vom Bahnhof abholen!«

»Jawohl, Mr. President.«

Ryan kam zur Auffassung, Befehle zu geben und sie ausführen zu lassen war nett. Man könnte sich dran gewöhnen.

»Ich mag keine Waffen!« Sie sagte es laut genug, daß sich ein paar Köpfe drehten, die Kinder aber wandten sich gleich wieder ihren Malblöcken und Buntstiften zu. Ungewöhnlich viele Erwachsene waren hier, und bei dreien von ihnen führten spiralförmige Kabel aus den Kragen zu Kopfhörern im Ohr. Diese drei Köpfe drehten sich alle, um die ›besorgte‹ Mutter zu sehen. Als Chef dieses Detail ging Don Russel zu ihr.

»Hallo.« Er zeigte ihr seinen Dienstausweis. »Kann ich Ihnen helfen?«

»Müssen Sie unbedingt hiersein!«

»Ja, Ma'am, das müssen wir. Könnte ich bitte Ihren Namen erfahren?«

»Wozu?« wollte Sheila Walker wissen.

»Nun, Ma'am, ist doch nett zu wissen, mit wem man spricht.« Das war verständlich. Und außerdem wäre es nett, über solche Leute weitere Erkundigungen einzuholen.

»Das ist Mrs. Walker«, sagte Mrs. Marlene Daggett, Leiterin der Kindertagesstätte Giant Steps.

»Ach, dann ist das da Ihr kleiner Junge, Justin, richtig?« lächelte Russel. Der Vierjährige baute gerade einen Turm mit Bauklötzen, den er dann, wenn er fertig war, zur Erbauung aller im Raum umstoßen würde.

»Ich mag einfach keine Waffen und schon gar nicht in der Nähe von Kindern.«

»Mrs. Walker, erstens sind wir Polizisten. Wir wissen, wie man sicher mit Waffen umgeht. Zweitens verlangt unsere Dienstvorschrift, daß wir ständig Waffen tragen. Und drittens wünschte ich, daß Sie es so sehen: Ihr Sohn ist hier bei uns so sicher, wie er nur sein kann. Sie brauchen sich nie Gedanken zu machen, daß Ihr Kind, zum Beispiel, vom Spielplatz weg entführt würde.«

»Warum muß sie denn ausgerechnet hier sein?«

Russel lächelte verständig. »Mrs. Walker, Katie da drüben ist doch nicht Präsident geworden, sondern ihr Vater. Hat sie denn darum keinen Anspruch auf ein ganz normales Leben als Kind, genau wie Ihr Justin?«

»Aber es ist doch gefährlich und ...«

»Aber doch nicht, solange wir hier sind«, versicherte er ihr. Sie wandte sich einfach ab.

»Justin!« Ihr Sohn drehte sich um und sah seine Mutter mit seiner Jacke in der Hand. Er zögerte noch eine Sekunde, dann stieß er mit einem Finger an die Bauklötze und wartete, daß der vier Fuß hohe Turm langsam umstürzte wie ein gefällter Baum.

»Angehender Ingenieur«, bekam Russel über den Ohrhörer mit. »Ich lass' noch ihr Autokennzeichen überprüfen.« Er nickte der Agentin in der Tür zu. In zwanzig Minuten würden sie ein neues Dossier durchsehen können. Es mochte wohl aussagen, daß Mrs. Walker so eine nervige New-Age-Type war, wenn sie aber eine Vergangenheit haben sollte mit seelischen Problemen (möglich) oder gar vorbestraft sein (unwahrscheinlich), müßte man sie im Auge behalten. Automatisch schaute er sich im Zimmer um, dann schüttelte er den Kopf. SANDBOX war ein normales Kind, umgeben von normalen Kindern. Im Augenblick bemalte sie ein weißes Blatt Papier, das Gesicht dabei höchst konzentriert verkniffen. Sie hatte einen ganz normalen Tag durchlebt, ein normales Mittagessen, normalen Mittagsschlaf, und bald würde sie eine abnormale Heimreise in ein höchst abnormales Zuhause antreten. Vom kleinen Diskurs, den er gerade mit Justins Mutter hielt, hatte sie nichts mitbekommen. Kinder waren eben klug genug, einfach nur Kinder zu sein, und das war mehr, als man von vielen der Eltern sagen könnte.

Mrs. Walker ging mit ihrem Sohn zum Familienwagen, einem Volvo, was niemanden überraschte, wo sie ihn in den Kindersitz setzte und pflichtbewußt festschnallte. Die Agentin prägte sich das Kennzeichen zur Überprüfung ein; ihr war aber klar, daß es nichts von Bedeutung ergeben würde und daß die Überprüfung dennoch gemacht würde, denn es konnte immer die Möglichkeit bestehen, daß...

Im Augenblick kam es ihr wieder in den Sinn, der Grund für diese Vorsicht. Sie befanden sich hier beim Giant Steps, derselben Kindertagesstätte, in die die Ryans schon SHADOW gebracht hatten, als sie noch Kleinkind war, direkt am Ritchie Highway, Richtung Annapolis. Die Gangster hatten sich direkt gegenüber den 7-Eleven-Supermarkt ausgesucht, um die Einrichtung abzuchecken, dann waren sie SURGEON in ihrem alten Porsche gefolgt, mit einem Lieferwagen, und auf der Route-50-Brücke hatten sie einen hübschen kleinen Hinterhalt durchgezogen und später bei ihrer Flucht noch einen Polizisten umgebracht. Dr. Ryan war damals mit SHORTSTOP schwanger, und SANDBOX stand noch nicht mal in den Sternen. All das wirkte jetzt irgendwie seltsam auf Special Agent Marcella Hilton. Sie war wieder ledig – zum zweitenmal geschieden, ohne eigene Kinder –, und es wurde ihr, auch als knallhartem Profi, ganz schwummrig ums Herz, wenn sie Kinder um sich hatte. Sie meinte, es hätte mit ihren Hormonen zu tun oder läge an den Schaltkreisen im weiblichen Gehirn oder einfach daran, daß sie Kinder eben mochte und sich wünschte, selber eins zu haben. Was es auch sein mochte, der Gedanke, daß jemand kleinen Kindern absichtlich etwas zuleide tun könnte, ließ ihr für einen kurzen Moment das Blut in den Adern stocken.

Der Ort war zu ungeschützt. Und es gab wirklich Leute, die es einen Dreck scherte, ob sie Kindern weh taten oder nicht. Und der 7-Eleven war auch noch da. Das Detail für SANDBOX bestand im Augenblick aus sechs Agenten. In ein paar Wochen würde es auf drei oder vier reduziert. Der Service war nicht die allmächtige Einrichtung, für die Leute ihn hielten. Ja sicher, er hatte den Schmackes, die Ermittlungsbefugnisse, von denen kaum einer was wußte. Nur Bundespolizeikräfte und der Secret Service durften bei jedermann an die Tür klopfen und eintreten und mit demjenigen ein »freundschaftliches« Gespräch führen, der irgendwie eine Bedrohung darstellen mochte – egal, ob die so gewonnenen Erkenntnisse dann vor Gericht als Beweismaterial anerkannt würden oder nicht. Der Zweck eines solchen Gesprächs wäre es, die Betreffenden wissen zu lassen, daß sie ständig das wachsame Auge beobachtete, und wenn das auch nicht ganz – landesweit hatte der Service nur 1200 Agenten – stimmte, genügte allein der Gedanke daran, den Leuten, die etwas Falsches ins falsche Ohr gesagt hatten, unheimliche Angst einzujagen.

Aber solche Leute waren nicht die Bedrohung. Solange die Agenten ihre Arbeit ordentlich machten, war die zufällige Bedrohung keine tödliche. Solche Leute verrieten sich fast immer, und das Team wußte, worauf da zu achten war. Nein, diejenigen, von denen die nachrichtendienstliche Abteilung *keine* Ahnung hatte, stellten die echte Bedrohung dar. Sie waren zwar durch massive Zurschaustellung von Macht etwas abzuschrecken, doch ein so massives Aufgebot war zu teuer, zu bedrückend und zu offensichtlich, um nicht von der Öffentlichkeit bemerkt und kritisiert zu werden. Und selbst dann – sie erinnerte sich ans andere Ereignis, Monate nach dem nur knapp verhinderten Tod von SURGEON, SHADOW und dem noch ungeborenen SHORTSTOP. *Eine ganze Einsatzgruppe,* dachte sie. Es war jetzt eine Lehrstudie auf der Secret Service Academy in Beltsville. Man hatte das Haus der Ryans benutzt, um das Ereignis nachgestellt zu filmen. Chuck Avery – ein guter, erfahrener Einsatzleiter – und seine ganze Gruppe hatte man abgeräumt. Als Frischling hatte sie sich die Analysebänder angeschaut, und selbst da war's ihr kalt über den Rücken gelaufen: wie leicht doch das Team einen kleinen Fehler gemacht hatte, der durch unglückliche Umstände und schlechtes Timing derart ausgewachsen war...

»Ja, ich weiß.« Sie drehte sich um und sah Don Russel, der etwas frische Luft schnappte und aus einem Plastikbecher Kaffee trank. Drinnen war ein anderer Agent auf Posten.

»Haben Sie Avery gekannt?«

»Auf der Academy war er zwei Jahrgänge vor mir. Er war clever, umsichtig und ein sehr guter Schütze. Er hat damals einen der Bösen erledigt, im Finstern und aus dreißig Meter Entfernung, zwei Kugeln in die Brust.« Er schüttelte den Kopf. »In dem Geschäft macht man keine kleinen Fehler, Marci.«

Das war der Zeitpunkt, da einen der zweite Schauder überkam, der, bei dem man nach der Waffe greifen wollte, nur um sicherzugehen, daß sie da wäre; sich sagen zu können, daß man bereit war, den Job zu tun. Dann blinzelte man, und die Vorstellung verging wieder.

»Sie ist ein wunderschönes kleines Mädchen, Don.«

»Ich habe selten ein häßliches gesehen«, stimmte Russel zu. Es war die Zeit, da man hätte sagen wollen: *Nur keine Sorge, wir geben gut auf sie acht.* Doch sie sagten es nicht. Sie dachten es nicht einmal. Statt dessen sahen sie sich um, warfen einen Blick auf die Straße, auf die Bäume und auf den 7-Eleven gegenüber und fragten sich, was sie vergessen hatten und wieviel Geld sie wohl für Überwachungskameras ausgeben dürften.

George Winston war es gewohnt, abgeholt zu werden. Es war der Gipfel der Vergünstigungen. Man stieg meist aus dem Flugzeug, und es war jemand da, der einen empfing und zum Wagen führte, dessen Chauffeur den kürzesten Weg kannte, wo man hinwollte. Kein Theater mit Hertz-Mietwagen, kein Rumhantieren mit nutzlosen kleinen Stadtplänen, um sich dann doch zu verirren. Es kostete eine Menge Geld, aber das war's wert, denn Zeit war das Wichtigste, was man besaß, und nach der Geburt stand einem nur soundsoviel zur Verfügung, und keiner wußte genau, wieviel er noch auf dem Konto hatte. Der Zug fuhr auf Bahnsteig 6 in Union Station ein. Er hatte ein wenig gelesen und zwischen Trenton und Baltimore auch ein bißchen genickt. Schade, daß die Eisenbahn mit dem Personentransport nichts verdienen konnte, aber man brauchte eben keine Luft zu kaufen, um zu fliegen, während man für Bodentransport Wegerecht erwerben und Trassen unterhalten mußte. Zu schade. Er nahm seinen Mantel und seine Aktentasche, ging zur Tür und gab dem Erste-Klasse-Schaffner beim Aussteigen ein Trinkgeld.

»Mr. Winston?« fragte ein Mann.

»Richtig.« Der Mann zeigte seinen Dienstausweis und identifizierte sich damit als Bundesagent. Er hatte einen Partner, wie Winston bemerkte, der dreißig Meter weiter weg stand, Mantel nicht zugeknöpft.

»Folgen Sie mir bitte, Sir.« Und damit waren sie nur drei Leute mehr, die zu einem wichtigen Treffen unterwegs waren.

Es gab viele dieser Dossiers, jedes davon so umfangreich, daß sie durchgesehen und Unwichtiges entfernt werden mußte, damit die Aktenschränke nicht überquollen, und es war dennoch bequemer, es auf Papier zu tun als mittels Computer, da es schwerfiel, Computer zu bekommen, die in seiner Muttersprache einwandfrei funktionierten. Die Daten zu überprüfen würde nicht schwierig sein. Zum einen gab es gewiß noch viel Pressematerial, das bestätigte, was er schon wußte, oder auch nicht. Zum anderen konnte er vieles auf sehr simple Weise überprüfen, indem er einfach ein paar Orte mit dem Auto abfahren oder die Straßen beobachten ließ. Das war nicht gefährlich. So umsichtig und gründlich der Secret Service der Amerikaner auch sein mochte, er war bestimmt nicht allmächtig. Dieser Ryan-Typ und seine Familie, eine Frau, die arbeitete, Kinder, die zur Schule gingen; und Ryan selber hatte einen Terminplan, den er einhalten mußte. In ihrem Amtsdomizil mochten sie sicher sein – verhältnismäßig jedenfalls, korrigierte er sich, denn kein unbeweglicher Ort war jemals *wirklich* sicher –, aber diese Sicherheit begleitete sie ja nicht überallhin, oder?

Es war mehr als alles andere eine Frage der Finanzierung und der Planung. Er brauchte einen Sponsor.

»Wie viele brauchen Sie?« fragte der Händler.

»Wieviel haben Sie denn?« fragte der Interessent.

»Ich könnte gewiß achtzig beschaffen. Vielleicht hundert«, überlegte der Händler laut und trank einen Schluck Bier.

»Bis wann?«

»Eine Woche wird reichen?« Sie befanden sich in Nairobi, der Hauptstadt von Kenia und einem der bedeutendsten Zentren für diesen speziellen Handel. »Biologische Forschung?«

»Ja, die Wissenschaftler meines Klienten arbeiten an einem sehr interessanten Projekt.«

»Was für ein Projekt könnte das denn sein?« fragte der Händler.

»Das bin ich nicht befugt zu sagen«, war die nicht überraschende Antwort. Ebensowenig würde er sagen, wer sein Klient war. Der Händler reagierte nicht darauf, es war ihm auch ziemlich egal. Seine Neugier war rein menschlich, nicht beruflich. »Wenn wir mit Ihren Diensten zufrieden sind, werden wir eventuell wiederkommen.« Dies war der übliche verbale Ansporn. Der Händler nickte und begann mit der eigentlichen Verhandlung.

»Sie müssen verstehen, daß das kein ganz billiges Unternehmen ist. Ich muß meine Leute zusammenstellen. Die müssen eine kleines Völkchen der Wesen finden, die Sie wünschen. Dann gibt es die Probleme mit Einfangen und Transport, Exportgenehmigungen, die üblichen bürokratischen Hindernisse.« Damit meinte er Bestechungen. Der Handel mit African Greens hatte in den letzten Jahren zugenommen. Sie wurden von vielen Unternehmen zu diversen experimentellen Zwecken verwendet. Es war zwar generell schlecht für die Affen, aber es gab ja genügend Affen. Die grüne Meerkatze war nicht gefährdet, und auch wenn es so gewesen wäre. Tiere waren für sein Land nationaler Rohstoff, wie für die Araber das Öl, das man gegen harte Währung verkaufte. Er wurde nicht sentimental deswegen. Sie bissen und spuckten und waren überhaupt unangenehme kleine Luder, so ›niedlich‹ sie den Touristen auch erschienen. Außerdem fraßen sie den zahllosen Kleinbauern im Lande die mühsam erarbeitete Ernte weg und wurden deshalb gründlich verabscheut, ungeachtet dessen, was Wildhüter dazu sagen mochten.

»Die Probleme sind nicht unsere Sorge. Eile ist es. Sie werden sehen, daß wir Sie für prompte Dienste auch großzügig entlohnen können.«

»Hm.« Der Händler trank sein Bier aus, hob die Hand und schnipste mit den Fingern für ein neues. Er nannte den Preis. Dieser beinhaltete seine Unkosten, Bezahlung für die Fänger, die Leute vom Zoll, ein, zwei Polizisten und einen mittleren Verwaltungsbeamten, plus den Reingewinn, der nach Maßstäben der örtlichen Wirtschaft und nach seiner Meinung recht fair war. Es war nicht jeder dieser Ansicht.

»Einverstanden«, sagte der Kunde und nippte an seinem Soft Drink.

Das war eine Enttäuschung. Der Händler feilschte doch so gerne, wie es in Afrika üblich war. Und er hatte noch gar nicht damit begonnen, einen Einblick in die Schwierigkeiten und Wirren seines Geschäfts zu gewähren.

»Ist mir ein Vergnügen, mit Ihnen Geschäfte zu machen, Sir. Rufen Sie mich an in ... fünf Tagen?«

Der Kunde nickte. Er trank aus und ging. Zehn Minuten später führte er ein Telefongespräch. Für die Botschaft war das an diesem Tag das dritte dieser Art. Doch das wußte er nicht, und noch weitere solche Telefonate wurden in Uganda, Zaire, Tansania und Mali geführt.

Jack erinnerte sich ans erstemal im Oval Office, wie man im Vorzimmer von links nach rechts schräg zur gebogenen Tür in der gebogenen Wand mußte, wie in einem Palast aus dem achtzehnten Jahrhundert, was das White House ja eigentlich war, wenn auch bescheiden nach Maßstäben damaliger Zeit. Als erstes bemerkte man gewöhnlich die Fenster, besonders an sonnigen Tagen. Ihre Dicke ließ sie grün erscheinen, fast wie die Glasscheiben eines Aquariums für einen ganz speziellen Fisch. Dann fiel einem der Schreibtisch auf, ein mächtiger, aus Holz. Er wirkte einschüchternd, um so mehr, wenn der Präsident daneben stand und einen erwartete. Das war ganz gut, dachte der Präsident. Es machte ihm seine momentane Aufgabe etwas leichter.

»George«, sagte Ryan und streckte ihm die Hand entgegen.

»Mr. President«, erwiderte Winston freundlich und ignorierte die beiden Secret-Service-Agenten hinter ihm, die bereitstanden, ihn sofort zu packen, wenn er etwas Unpassendes tat. Man brauchte sie nicht zu hören. Ein Besucher konnte ihre Blicke im Genick spüren. Er schüttelte Ryan die Hand und rang sich ein Lächeln ab. Winston kannte Ryan halt nicht so gut. Beim Konflikt mit Japan hatten sie gut zusammengewirkt. Zuvor waren sie sich nur ein paarmal bei kleineren Anlässen begegnet, und er wußte um Ryans Ruf an der Börse. All die Zeit im Nachrichtendienst war nicht umsonst gewesen.

»Setzen Sie sich.« Jack deutete auf eine der beiden Couchen. »Entspannen Sie sich. Wie war die Fahrt hierher?«

»Wie üblich.« Ein Messesteward der Navy tauchte wie aus dem Nichts auf und schenkte zwei Tassen Kaffee ein, denn die Tageszeit paßte. Der Kaffee, fand er, war ausgezeichnet und die Tassen mit ihrem Goldrand exquisit.

»Ich brauche Sie«, sagte Ryan als nächstes.

»Sir, schauen Sie, es ist viel zerstört worden in meinem...«

»Land.«

»Ich habe nie Regierungbeamter werden wollen, Jack«, erwiderte Winston sofort, wobei er ziemlich schnell sprach.

Ryan rührte seine Tasse nicht einmal an. »Wieso glauben Sie, ich will Sie dafür haben? George, ich bin da gewesen und hab' es getan, okay? Mehr als einmal. Ich muß ein Team zusammenstellen. Heute abend werde ich eine Rede halten. Vielleicht gefällt Ihnen, was ich sagen werde. Okay, als erstes brauche ich jemanden, der das Finanzministerium führt. Verteidigung ist okay für den Augenblick. Das Außenministerium bei Adler in guten Händen. Treasury also steht als oberstes auf meiner Liste der Dinge, die mit jemandem Neuen besetzt werden müssen. Ich brauche einen Guten. Das sind Sie. Sind Sie sauber?« fragte Ryan abrupt.

»Was? Darauf können Sie Ihren Arsch verwetten! Ich verdiene mein Geld im gesetzlichen Rahmen. Jedermann weiß das«, echauffierte sich Winston, bis er bemerkte, daß er geködert worden war.

»Gut. Ich brauche jemanden, der das Vertrauen der Finanzwelt genießt. Ich brauche jemanden, der weiß, wie das System wirklich funktioniert. Ich brauche jemanden, der weiß, was kaputt ist und repariert werden muß und was nicht. Sie wissen das. Ich brauche jemanden, der unpolitisch ist. Sie sind es. Ich brauche einen objektiven Profi – doch vor allem, George, ich brauche jemanden, der seinen Job genauso haßt wie ich meinen.«

»Was genau meinen Sie damit, Mr. President?«

Ryan lehnte sich zurück und schloß für eine Sekunde die Augen, ehe er fortfuhr. »Ich habe hier drinnen begonnen, als ich einunddreißig war. Bin ausgestiegen und habe mich an Wall Street auch gut geschlagen, doch ich bin wieder reingesaugt worden, und hier bin ich.« Er öffnete die Augen. »Seit ich bei der Agency angefangen habe, mußte ich dem inneren Getriebe zusehen, und wissen Sie was? Ich hab's nie gemocht. Dann bin ich an Wall Street zurück, erinnern Sie sich, und hab' mich ganz gut gemacht, erinnern Sie sich? Ich wollte wieder Akademiker werden, nachdem ich genug verdient hatte. Geschichte ist meine erste Liebe, und ich dachte, ich kann unterrichten und studieren und schreiben, herausfinden, wie alles gewesen ist, und mein Wissen weitergeben. Beinahe hätt' ich es auch geschafft, aber dann ist's doch nicht so gelaufen. Also, George, ich stelle eine Mannschaft zusammen.«

»Um was zu tun?«

»Ihre Aufgabe ist es, Treasury auszumisten. Geldwirtschaft und Fiskalpolitik gehören Ihnen.«

»Sie meinen...«

»Ja.«

»Kein politischer Kram?« Das mußte er fragen.

»Sehen Sie, George, ich weiß nicht, *wie* man Politiker ist, und ich hab' keine Zeit, es zu lernen. Ich habe das Spiel nie gemocht. Die meisten Beteiligten hab' ich auch nicht gemocht. Ich hab' nur versucht, meinem Land so gut zu dienen, wie ich konnte. Manchmal hat's funktioniert, manchmal nicht. Ich hatte keine Wahl. Sie erinnern sich sicher noch, wie's begonnen hat. Man hat versucht, mich und meine Familie umzubringen. Ich wollte mich nicht reinziehen lassen, aber gottverdammt, ich habe gelernt, daß *jemand* versuchen muß, den Job zu tun. Ich werde ihn nicht mehr alleine tun, George, und ich hab' nicht die Absicht, all die vakanten Posten mit Dünnbrettbohrern zu besetzen, die wissen, wie man ›das System‹ melkt, okay? Ich will Leute mit *Ideen* da drin, keine Politiker mit Anliegen.«

Winston setzte seine Tasse ab. Er war überrascht, daß seine Hand nicht zitterte. Was Ryan da vorschlug, war in Länge und Breite weit mehr als der Job, den er hatte ablehnen wollen. Und es würde mehr sein, als es *prima vista* schien. Er würde sich von Freunden trennen müssen – na ja, nicht wirklich, aber es würde bedeuten, daß er keine ministeriellen Entscheidungen treffen würde, die auf irgendwelchen Wahlkampfbeiträgen basierten, welche Wall Street dem Präsidenten für Nettigkeiten zukommen ließ, die Treasury den Häusern dort gewährte. So hatte man das Spiel immer gespielt, und wenn er auch nie einer der Spieler gewesen war, hatte er doch häufig genug mit denen gesprochen, die das System in derselben alten Weise ausgespielt hatten, weil das immer so gewesen war.

»Scheiße«, sagte er leise. »Sie meinen es wohl ernst, nicht wahr?«

Als Gründer der Columbus Group hatte er eine so elementare Pflicht übernommen, daß kaum einer darüber nachdachte, außer denen, die sie wirklich eingingen – und auch nicht genug von denen. Buchstäblich Millionen von Menschen vertrauten ihm direkt oder indirekt ihr Geld an, und das bot ihm die theoretische Möglichkeit, ein Dieb im kosmischen Ausmaß zu sein. Doch das konnte man nicht. Zum einen, weil es illegal war und man das Risiko einging, so auf Dauer auf Staatskosten einquartiert zu werden, mit niedrigem Standard und noch primitiveren Nachbarn. Das war aber nicht, weshalb man es nicht tat. Der Grund war, daß das Leute waren da draußen, und sie vertrauten darauf, daß man ehrlich *und* clever war, und so ging man mit ihrem Geld genauso um wie mit eigenem, vielleicht sogar noch umsichtiger, denn sie konnten nicht so spekulieren wie die Reichen. Entweder man war ein Mann von Ehre oder nicht, und Ehre, hatte mal ein Drehbuchschreiber gesagt, ist das Geschenk eines Menschen an sich selbst. Kein schlechter Aphorismus, sagte sich Winston. *Natürlich* war es auch profitabel. Man verrichtete ordentlich die Arbeit, dann war es wahrscheinlich, daß die Leute einen belohnten, doch die wirkliche Befriedigung war, daß man das Spiel korrekt spielte. Das Geld war im Grunde nur das Ergebnis von etwas Wichtigerem, denn Geld vergeht, Ehre aber nicht.

»Steuerpolitik?« fragte Winston.

»Wir müssen erst den Kongreß wiederherstellen, nicht wahr?« teilte Ryan mit. »Aber, ja.«

Winston holte tief Luft. »Es ist eine sehr große Aufgabe, Ryan.«

»Wem *sagen* Sie das?« fragte der Präsident... Dann grinste er.

»Das wird mir keine Freunde machen.«

»Es macht Sie zum Chef des Secret Service. Da wird man Sie gut beschützen, nicht wahr, Andrea?«

Agent Price war es nicht gewohnt, in solche Gespräche einbezogen zu werden, fürchtete aber, sie würde sich daran gewöhnen müssen. »Äh, ja, Mr. President.«

»Es ist alles so verdammt ineffizient«, stellte Winston fest.

»Also bringen Sie's in Ordnung«, teilte ihm Ryan mit.

»Dabei könnte Blut fließen.«

»Kaufen Sie einen Wischlappen. Ich will, daß Ihr Ministerium gesäubert wird, auf Vordermann gebracht und so geführt, als wollten Sie, daß es eines Tages Profit abwirft. Wie Sie das machen, ist Ihr Problem. In bezug auf das Verteidigungsministerium möchte ich dasselbe. Das größte Problem dort ist administrativer Art. Ich brauche jemanden, der ein Unternehmen führen und Profit machen kann, um dort die Bürokratie auszumerzen. Das ist das größte Problem von allen, bei allen Behörden.«

»Sie kennen Tony Bretano?«

»Den bei TRW? Hat die Satellitenabteilung geleitet?« Ryan erinnerte sich an den Namen als ehemaligen Kandidaten für einen höheren Posten im Pentagon, den er rundweg abgelehnt hatte. Viele wiesen solche Angebote zurück. Er mußte dieses Paradigma durchbrechen.

»Lockheed-Martin wird ihn in ein paar Wochen wegstehlen, zumindest höre ich das aus meinen Quellen. Deshalb haben die Aktien von Lockheed einen leichten Anstoß bekommen. Wir raten diesbezüglich zum Kauf. Innerhalb von zwei Jahren hat er TRW zu fünfzigprozentiger Gewinnsteigerung verholfen. Nicht schlecht für einen Ingenieur, der von Management angeblich nichts versteht. Ich spiele ab und zu Golf mit ihm. Sie sollten ihn schimpfen hören, wenn es darum geht, mit der Regierung Geschäfte zu machen.«

»Sagen Sie ihm, daß ich ihn sprechen möchte.«

»Lockheed gibt ihm freie Hand für...«

»Das ist ja gerade die Idee, George.«

»Was ist mit meinem Job, äh, was Sie mir vorschlagen? Die Regel ist...«

»Ich weiß. Sie werden amtierender Minister sein, bis wir alles wieder auf die Reihe kriegen.«

Winston nickte. »Okay. Ich muß dann aber ein paar Leute mitbringen.«

»Ich habe nicht vor, Ihnen zu sagen, wie. Ich werde Ihnen nicht einmal sagen, was Sie alles tun müssen. Ich möchte nur, daß es getan wird, George. Lassen Sie mich nur immer vorher wissen, was Sie tun. Ich möchte es nicht aus der Presse erfahren.«

»Wann müßte ich anfangen?«

»Das Büro steht im Augenblick leer«, sagte Ryan.

Eine letzte Ausflucht: »Ich muß erst mit meiner Familie darüber sprechen.«

»Wissen Sie, George, diese Büros haben Telefone und alles.« Jack hielt kurz inne. »Sehen Sie, ich weiß, was Sie sind. Ich weiß, was Sie tun. Mir wär's vielleicht genauso gegangen, aber ich fand es eben einfach nie... befriedigend, meine ich, bloß ans Geld zu denken. Neuzugänge anzuleiern, ja, das war was anderes. Okay, Geld verwalten und vemehren ist wichtig. Nichts für mich, aber ich wollte auch nie Arzt werden. Andere Wesenszüge und so weiter. Aber ich *weiß*, Sie haben an vielen Tischen bei Bier und Brezeln gesessen und darüber geredet, wie verkorkst diese Stadt ist. Hier bietet sich die Chance. Und sie kommt nie wieder, George. Niemand wird je wieder Gelegenheit haben, ohne politische Rücksichten Finanzminister zu werden. Niemals. Sie können sie nicht verstreichen lassen: Sie würden sich das nie verzeihen.«

Winston fragte sich, wie man in einem nahezu runden Raum jemanden so geschickt in die Ecke treiben konnte. »Sie lernen den politischen Kram aber schnell, Jack.«

»Andrea, Sie haben einen neuen Boß«, teilte der Präsident seiner Leibwächterin mit.

Für ihren Teil entschied Special Agent Price, daß Callie Weston vielleicht unrecht hatte.

Die Ankündigung, daß der Präsident am Abend eine Ansprache halten würde, brachte den sorgfältig ausgearbeiteten Terminplan durcheinander, aber nur für einen Tag. Mehr Sorgen bereitete die Abstimmung des Ereignisses mit einem anderen. Timing bedeutete alles in der Politik, wie in jedem anderen Bereich, und sie hatten eine ganze Woche dafür gebraucht. Es war nicht die übliche Illusion von Experten, die sich mit geübter Geschicklichkeit bewegten. Für diese Sache hatte es überhaupt noch keine Übung gegeben. Alles basierte auf Vermutungen, aber sie hatten die Vermutungen schon vorher angestellt, und zumeist waren es gute gewesen, andernfalls wäre Edward J. Kealty nie so weit gekommen, wie er war, doch wie Spielsüchtige trauten sie niemals dem Tisch oder den anderen Spielern, und jede Entscheidung brachte eine Menge Wenn und Aber mit sich.

Hier machten sie sich sogar Gedanken über richtig oder falsch – nicht das ›Richtig-oder-falsch‹ einer politischen Entscheidung, die ernsthafte Überlegung, wer durch einen plötzlichen Vorstoß gegen das Du-jour-Prinzip Vorteile oder Nachteile haben könnte, sondern ob die Aktion, die sie abwägten, objektiv korrekt – ehrlich, *moralisch!* – war oder nicht, und das war für erfahrene politische Kräfte ein Novum. Es half natürlich, daß sie belogen worden waren. Sie wußten, daß man sie belogen hatte. Sie wußten, daß *er* wußte, daß *sie* wußten, daß er sie belogen hatte, aber das war ein selbstverständlicher Teil der Übung. Anders zu verfahren wäre ein Verstoß gegen die Spielregeln gewesen. Sie mußten geschützt werden, solange sie ihrem Prinzipalen die Treue hielten, und sie vor unangenehmen Wissen zu bewahren war Bestandteil des Abkommens.

»Sie sind also nie richtig zurückgetreten, Ed?« fragte ihn sein Stabschef. Er wollte die Lüge hören, um Klarheit zu haben, so daß er jedem sagen konnte, es sei die reine Wahrheit, nach bestem Wissen.

»Ich habe den Brief noch«, erwiderte der frühere Senator und ehemalige Vizepräsident – darum ging es ja – und klopfte auf seine Jackettasche. »Ich hatte die Sache mit Brett besprochen, und wir kamen überein, daß der Wortlaut ein ganz bestimmter sein müßte, und was ich bei mir hatte, war nicht so ganz in Ordnung. Ich sollte am nächsten Tag mit einem neuen wiederkommen, natürlich ordnungsgemäß datiert, und das Ganze wäre in aller Ruhe gelaufen – aber wer hätte denn denken können ...?«

»Sie könnten ganz einfach, nun, die Sache vergessen.« Dieser Teil des Tanzes mußte genau im Takt der Musik ablaufen.

»Ich wünschte, ich könnte es«, sagte Kealty nach kurzer, nachdenklicher Pause, dann aber mit einer betroffenen, leidenschaftlichen Stimme. Auch für ihn war dies gute Übung. »Aber, mein Gott, der *Zustand,* in dem das Land sich befindet. Ryan ist kein schlechter Kerl, kenne ihn seit Jahren. Aber er hat nicht die leiseste Ahnung, wie man eine Regierung führt.«

»Es gibt diesbezuglich kein Gesetz, Ed. Nichts. Keine Richtlinie aus der Verfassung, und wenn, auch keinen Supreme Court, der das entscheiden könnte.« Das kam von Kealtys oberstem juristischem Berater, ehemals legislativer Assistent. »Das ist rein politisch. Es sieht nicht gut aus«, fügte er hinzu. »Es sieht nach ...«

»Das ist der Punkt«, stellte der Stabschef fest. »Wir tun das aus *nicht-politischen* Gründen, um den Interessen des Landes zu dienen. Ed weiß, er begeht politischen Selbstmord.« Gefolgt von sofortiger und glorreicher Wiederbelebung, live auf CNN.

Kealty erhob sich, begann, in dem Zimmer auf und ab zu gehen, und gestikulierte, während er sprach. »Laßt die Politik aus dem Spiel, verdammt noch mal! Die Regierung ist *vernichtet!* Wer wird sie wieder aufbauen? Ryan ist ein gottverdammter CIA Spook. Er hat keine Ahnung, wie der Regierungsapparat funktioniert. Wir haben einen Supreme Court zu wählen, Politik zu machen. Wir müssen den Kongreß wiederaufbauen. Das Land braucht Führung, und er weiß nicht die Bohne darüber. Ich mag mein eigenes politisches Grab schaufeln, aber es muß jemand aufstehen und unser Land beschützen!«

Keiner lachte. Seltsam, daß es ihnen überhaupt nicht in den Sinn kam. Die Mitarbeiter waren beide seit über zwanzig Jahren bei EJK, hatten sich so fest an diesen speziellen politischen Mast gebunden, daß ihnen nun gar keine andere Wahl blieb. Dieses Stück Theater war genauso notwendig wie die Verse des Chores bei Sophokles oder Homers Beschwörung der Muse. An die *Poetik* der Politik hatte man sich zu halten. Immerhin ging es ums Land und um die Nöte des Landes und Eds Dienst für das Land über eineinhalb Generationen hinweg, denn er war dagewesen und hatte ihn die ganze Zeit geleistet, wußte, wie das System funktionierte, und wenn alles am Boden lag, konnten nur Menschen wie er helfen. Schließlich *war* die Regierung das Land. Sein ganzes Berufsleben hatte er dieser Theorie gewidmet.

Das alles glaubten sie tatsächlich, und nicht weniger fest als seine beiden Mitarbeiter war Kealty an denselben Mast gebunden. Wie sehr dies von seinem Ehrgeiz ausging, konnte nicht mal er sagen, denn Glaube wird einem zur Tatsache, wenn man ihn ein Leben lang verkündet hat. Gelegentlich hatte es zwar den Anschein, als ob das Land von seinen Überzeugungen wegdriften wollte, doch wie ein Evangelist keine andere Wahl hat, als die Leute inständig zur Umkehr zum wahren Glauben zu gemahnen, hatte Kealty die Pflicht, das Land zu den philosophischen Ursprüngen zurückzuführen, für die er fünf Legislaturperioden lang im Senat eingetreten war und eine kürzere Zeit als Vizepräsident. Über fünfzehn Jahre lang hatte er als Gewissen des Senats gegolten, so genannt von den Medien, die ihn ob seiner Ansichten, seines Glaubens und seiner politischen Familie liebten.

Vielleicht wäre es günstiger, wenn er hier die Medien konsultiert hätte, wie so oft in der Vergangenheit, wenn er sie über Gesetzesvorlagen oder Zusatzartikel zur Verfassung informierte und nach ihren Ansichten fragte – die Medien *liebten* es, benötigte man ihre Meinung –, oder wenn er sich einfach nur vergewissert hätte, daß sie auch auf die richtigen Partys kamen. Aber nicht in diesem Fall. Nein, er mußte geradlinig vorgehen. Der Anschein der Begünstigungspflege durfte nicht riskiert werden, wohingegen der freiwillige Verzicht auf dieses Manöver seiner Aktion den Hauch von Legitimität verleihen würde. Hochherzig. Das war das Bild, das er vermitteln wollte. Zum erstenmal in seinem Leben würde er auf alle politische Tapisserie verzichten, und indem er das tat, ein neues Segment sticken. Das einzige, was jetzt zu bedenken war, war richtiges Timing. Und *das* war etwas, wo ihm seine Medienkontakte behilflich sein konnten.

»Um wieviel Uhr?« fragte Ryan.

»20.30 Uhr Washington«, antwortete van Damm. »Heut abend gibt es ein paar Specials, Lotteriewoche, und die haben gebeten, uns anzupassen.«

Ryan hätte darüber grummeln können, tat es aber nicht. Seine Gedanken standen ihm sowieso deutlich im Gesicht.

»Das bedeutet, daß Sie an der Westküste etliche Leute an ihren Autoradios erreichen«, erklärte Arnie. »Wir haben alle fünf Syndikate, plus CNN und C-SPAN. Das ist nicht selbstverständlich, wissen Sie. Es ist eine Gefälligkeit. Die brauchen Sie überhaupt nicht ranzulassen. Die bringen das unter der Rubrik politische Reden...«

»Verdammt, Arnie, dies ist *nicht* politisch, es ist...«

»Mr. President, gewöhnen Sie sich dran, okay? Jedesmal, wenn Sie etwas von sich geben, ist es politisch. Selbst die Abwesenheit von Politik ist ein politisches Statement.« Arnie hatte große Mühe, seinen neuen Boß zu unterrichten. Der hörte gut zu, aber oft hörte er nicht drauf.

»Okay. Das FBI sagt, ich kann das alles offenlegen?«

»Ich habe vor zwanzig Minuten mit Murray gesprochen. Er ist einverstanden. Callie ist schon dabei, es in die Rede einzuarbeiten.«

Sie hätte ein besseres Büro haben können. Als Nummer eins der Redenschreiber des Präsidenten hätte sie einen vergoldeten Personalcomputer auf einem Schreibtisch aus Carrara-Marmor verlangen können. Statt dessen benutzte sie einen zehn Jahre alten Apple Macintosh Classic, weil der günstig war und ihr der kleine Bildschirm nichts ausmachte. Ihr Büro mußte einmal Schrank oder Lagerraum gewesen sein, damals, als der Indian Treaty Room tatsächlich für den Abschluß von Verträgen mit den Indianern benutzt wurde. Der Schreibtisch war in einem Bundesgefängnis hergestellt worden, und wenn der Stuhl auch bequem war, so war er doch schon dreißig Jahre alt. Der Raum hatte eine hohe Decke. Das machte ihr das Rauchen leichter, ein Verstoß gegen Gesetze vom

Bund und vom White House, die ihr gegenüber nicht durchgesetzt wurden. Das letztemal, als einer versucht hatte, sich mit ihr anzulegen, war ein Secret-Service-Agent gezwungen gewesen, sie von ihm loszureißen, sonst hätte sie ihm wohl die Augen ausgekratzt. Daß ihr nicht sofort gekündigt worden war, galt als Signal ans übrige Personal im Old Executive Office Building. Es gab eben Mitarbeiter, die man nicht anrühren durfte. Callie Weston war eine davon.

Ihr Zimmer hatte keine Fenster. Sie brauchte auch keine. Für sie bestand die Realität aus ihrem Computer und den Fotos an den Wänden. Eins war von ihrem Hund, einem alternden englischen Schäferhund namens Holmes (Oliver Wendell, nicht Sherlock; sie bewunderte die Prosa des Yankees vom Olymp, eine Anerkennung, die sie nur wenigen anderen gewährte). Die anderen waren von politischen Größen, Freunden und Feinden, und sie studierte sie ständig. Hinter ihr standen ein kleiner Fernsehapparat und ein Videorecorder, ersterer gewöhnlich auf C-SPAN oder auf CNN eingestellt; den anderen benutzte sie hauptsächlich, um sich aufgenommene Reden, die andere geschrieben hatten und die an allen möglichen Orten gehalten worden waren, aufmerksam zu betrachten. Die politische Rede war ihrer Meinung nach höchste Form der Kommunikation. Shakespeare hatte in seinen Stücken zwei bis drei Stunden, seine Idee zu vermitteln. Hollywood versuchte dasselbe in etwa der gleichen Zeit. Sie nicht. Sie hatte fünfzehn Minuten als unterstes Limit und vielleicht fünfundvierzig als oberstes, und ihre Ideen mußten *rüber*kommen. Sie mußten den Durchschnittsbürger, den gewieftesten Politiker, den zynischsten Reporter ansprechen. Sie studierte das, worüber sie schrieb, und sie studierte den, für den sie schrieb, und so studierte sie jetzt Ryan, spielte die paar Worte, die er am Abend seines Amtsantritts gesagt hatte, immer wieder ab, dann die TV-Spots vom folgenden Morgen. Sie beobachtete seine Augen, seine Gesten, seine Anspannung und Heftigkeit, seine Haltung und Körpersprache. Ihr gefiel, was sie sah, im abstrakten Sinn. Ryan war ein Mann, dem sie zum Beispiel als Investmentberater vertrauen würde. Aber er mußte noch vieles lernen, was einen Politiker ausmachte, und jemand mußte es ihn lehren – oder vielleicht doch nicht? fragte sie sich. Vielleicht ... indem er *kein* Politiker war ...

Gewinnen oder verlieren, es würde Spaß machen. Zum erstenmal Spaß, nicht Arbeit.

Niemand wollte es zugeben, aber sie war eine der begabtesten von allen, die hier arbeiteten. Fowler war das klar gewesen und ebenso Durling, und deshalb hatten sie auch ihre Marotten in Kauf genommen. Die

Leute mit höheren politischen Ämtern haßten sie, behandelten sie als zwar nützliche, aber ziemlich untergeordnete Mitarbeiterin und kochten darüber, daß sie einfach über die Straße geschlendert kommen und direkt ins Oval Office gehen konnte, denn der Präsident vertraute ihr wie nur wenigen anderen. Das hatte schließlich Anlaß zu der spitzen Bemerkung gegeben, der Präsident habe sicher einen triftigen Grund, sie herüberzurufen, schließlich seien die Leute aus der Gegend, aus der sie stammte, ja dafür bekannt, ein bißchen locker zu sein in bezug auf... Der Agent hatte ihre Hände zwar dem Pimpf aus dem Gesicht gezerrt, war aber zu langsam für ihr Knie gewesen. Arnie hatte ihm einerseits erklärt, daß die Wiederkehr zum Zentrum der Macht durch eine Anklage wegen sexueller Unregelmäßigkeit beeinträchtigt würde, hatte ihn aber dennoch auf die schwarze Liste gesetzt.

Die Rede war fertig. Nach vier Stunden statt der drei, die sie versprochen hatte. Eine Menge Anstrengung für zwölf Minuten und dreißig Sekunden – sie schrieb gern ein bißchen kurz, denn Präsidenten neigten dazu, langsam zu sprechen. Ryan würde das noch lernen müssen. Sie druckte die Rede in 14 Punkt Helvetica aus, dreimal. Irgendwelche Wichtigtuer aus der politischen Abteilung würden sie noch einmal durchgehen und eventuell ein paar Korrekturen machen wollen. Das war jetzt kein so großes Problem mehr. Als der Drucker fertig war, nahm sie die Blätter, klammerte sie zusammen und hob den Hörer ab. Die oberste Schnellwähltaste führte zum genau richtigen Telefon auf der anderen Seite der Straße.

»Weston, möchte zum Boß«, sagte sie zur Sekretärin.

»Sie können sofort kommen.«

Und damit war alles, wie es sein sollte.

Gott hatte ihre Gebete nicht erhört, das konnte Moudi sehen. Nun, die Chancen hatten dagegengestanden. Seinen islamischen Glauben mit wissenschaftlichen Erkenntnissen zu vermischen war für den Doktor genauso ein Problem wie für seine christlichen oder heidnischen Kollegen – zwar war der Kongo seit über hundert Jahren dem Christentum ausgesetzt, doch die alten, animistischen Glaubensformen bestanden fort, und das machte es für Moudi leichter, sie zu verachten. Es war die alte Frage: Wenn Gott ein barmherziger Gott war, wieso konnte dann Unrecht geschehen? Das mochte eine gute Frage sein für eine Diskussion mit dem Imam, im Augenblick jedoch genügte es, daß solche Dinge geschahen, selbst den Gerechten.

Sie wurden Petechien genannt; es war die wissenschaftliche Bezeichnung für die fleckigen Blutungen, die da auf ihrer blassen nordeuropäischen Haut deutlich sichtbar waren. Nur gut, daß diese Nonnen keine Spiegel benutzten – noch eine Kleinigkeit in ihrer religiösen Welt, die Moudi bewunderte, wenngleich er ihre Bedeutung nicht ganz verstand. Jedenfalls sollte sie die roten Punkte in ihrem Gesicht lieber nicht sehen. Sie waren an sich schon recht unansehnlich, aber viel schlimmer noch, sie waren Vorboten des Todes.

Sie hatte jetzt 40,2 Fieber, und es wäre noch höher gewesen, wenn sie ihr nicht die Achselhöhlen und den Nacken mit Eis gekühlt hätten. Ihre Augen blickten teilnahmslos, der Körper lag reglos da vor Schwäche. Diese Symptome konnten viele Krankheiten erzeugen, aber die Petechien verrieten ihm, daß sie innerlich blutete. Ebola ist ein hämorrhagisches Fieber und gehört zu der Gruppe von Krankheiten, die Gewebe auf grundlegender Ebene zerstören, womit Blut überallhin in den Körper entweicht, und aufgrund von ungenügender Blutmenge zum Herzstillstand führen mußte. So war der Tötungsmechanismus, wie es jedoch dazu kam, mußte die medizinische Welt erst noch herausfinden. Jetzt gab es kein Aufhalten. Zwanzig Prozent überlebten die Krankheit; irgendwie gelang es deren Immunsystem, sich dem viralen Eindringling zu stellen und ihn zu schlagen – wie das geschah, war ebenfalls eine Frage, auf die es noch keine Antwort gab. Daß es in diesem Fall nicht geschehen würde, war eine Frage, die bereits beantwortet wurde.

Er faßte sie ans Handgelenk, um ihr den Puls zu fühlen, und sogar durch die Gummihandschuhe war sie heiß und trocken und… lose. Es begann schon. Der wissenschaftliche Ausdruck war systemische Nekrose. Der Körper hatte bereits zu sterben begonnen. Die Leber vermutlich zuerst. Aus irgendeinem – nicht verstandenen – Grund hatte Ebola eine tödliche Vorliebe für dieses Organ. Selbst die, welche die Krankheit überstanden, mußten mit anhaltendem Leberschaden rechnen. Doch man lebte nicht lange genug, um daran zu sterben, denn alle Organe starben, manche schneller als andere, bald aber alle zusammen.

Der Schmerz war so grausam wie unsichtbar. Moudi schrieb eine Anweisung, die Morphiumdosis zu erhöhen. Zumindest konnten sie den Schmerz lindern, gut für die Patientin und eine Sicherheitsmaßnahme für die Betreuer. Ein gemarterter Patient konnte um sich schlagen, und das war für alle ein Risiko, die mit einem zu tun hatten, dessen Krankheit durch Blut übertragen wurde mit allgemeiner Blutungsneigung. Zum Schutz der Kanüle war ihr linker Arm fixiert. Trotz dieser Sicherheitsvorkehrung wirkte die IV schon sehr zweifelhaft, und noch eine zu legen, wäre sowohl gefährlich als auch schwierig gewesen, so zerfallen war bereits das Gefäßgewebe.

Schwester Maria Magdalena pflegte ihre Freundin, das Gesicht bedeckt, doch die Augen traurig. Moudi sah sie an und sie ihn, überrascht vom Mitgefühl in seinem Gesicht. Moudi galt als sehr kalt.

»Beten Sie mit ihr, Schwester. Ich habe jetzt einiges zu tun.« Und geschwind. Er ging aus dem Zimmer, streifte sein Schutzgewand ab und tat alles in die vorgesehenen Behälter. Alle in diesem Gebäude benutzten Nadeln kamen in Spezialbehälter für ›Scharfes‹, um ganz gewiß vernichtet zu werden – die laxe Haltung in Afrika gegenüber Vorkehrungen dieser Art hatte 1976 zum Ausbruch der ersten Ebola-Epidemie geführt. Der Erregerstamm war Ebola-Mayinga genannt worden, nach einer Krankenschwester, die dem Virus anheimfiel, vermutlich durch Sorglosigkeit. Inzwischen hatte man daraus gelernt, aber Afrika war immer noch Afrika.

Wieder in seinem Büro, telefonierte er erneut. Jetzt würden die Dinge ihren Lauf nehmen. Zwar wußte er nicht so genau, was, würde aber an der Bestimmung mitarbeiten, und das tat er, indem er sogleich die Literatur nach etwas Zwecklosem zu durchforsten begann.

»Ich werde Sie retten.« Diese Bemerkung ließ Ryan lachen und Price zusammenzucken. Arnie drehte nur den Kopf und sah sie an. Der Stabschef nahm zur Kenntnis, daß sie sich nicht sonderlich herausputzte. Es war eigentlich ein Pluspunkt in den Augen des Secret Service, der die aufgedonnerten Mitarbeiter des White House als ›Pfauen‹ bezeichnete; da gab es weniger höfliche Ausdrücke. Selbst die einfachen Sekretärinnen gaben mehr für Kleidung aus als Callie Weston. Arnie streckte einfach seine Hand aus, »Geben Sie her«, und gab's weiter.

Präsident Ryan war sehr dankbar für die große Schrift. So mußte er keine Brille aufsetzen oder sich blamieren, indem er jemanden bat, die Schrift zu vergrößern. Als ein schneller Leser, ließ er sich für dieses Dokument Zeit.

»Eine Veränderung?« sagte er nach einem Augenblick.

»Und das wäre?« fragte Weston argwöhnisch.

»Wir haben einen neuen Finanzminister. George Winston.«

»Der Zillionär?«

Ryan blätterte die erste Seite um. »Na ja, ich hätte ja auch einen Penner von der Parkbank nehmen können, aber ich dachte, jemand, der sich mit den Finanzmärkten auskennt, wäre nicht schlecht.«

»Wir nennen sie ›Obdachlose‹, Jack«, betonte Arnie.

»Oder ich hätte auch einen Akademiker nehmen können, aber da wäre Buzz Fiedler der einzige gewesen, dem ich traue«, fuhr Jack gelassen fort. Selten bei Akademikern: Fiedler wußte, was er nicht wußte. Verdammt. »Das ist gut, Ms. Weston.«

Van Damm kam zu Seite drei. »Callie ...«

»Arnie Baby, Sie schreiben nicht Olivier für George C. Scott. Sie schreiben Olivier für Olivier und Scott für Scott.« Im Innern war sich Callie Weston bewußt, daß sie nur einen Flug von Dulles nach LAX nehmen, ein Auto mieten und zu Paramount fahren mußte, und in sechs Monaten hätte sie ein Haus in Hollywood Hills, einen Porsche, mit dem sie zu ihrem reservierten Parkplatz am Melrose Boulevard fuhr, *und* diesen vergoldeten Computer. Aber nein. Die ganze Welt mochte zwar eine Bühne sein, aber der Teil, für den sie schrieb, war der bedeutendste und der strahlendste. Zwar mochte die Öffentlichkeit nicht wissen, wer sie war, doch sie wußte, daß ihre Worte die Welt veränderten.

»So, was also bin ich genau?« wollte der Präsident wissen.

»Sie sind anders. Hab' ich Ihnen doch schon gesagt.«

## 12 / Präsentation

Nur wenige Aspekte des Lebens waren besser vorhersagbar, dachte Ryan. Er hatte leicht zu Abend gegessen, um schmerzhaftem Magenflattern vorzubeugen, und ignorierte seine Familie weitestgehend, während er die Rede las und immer wieder las. Er nahm ein paar kleine Änderungen vor: geringfügige linguistische Dinge, die Callie hinnahm und selbst weiter modifizierte. Elektronisch war die Schlußfassung ins Vorzimmer des Oval Office übermittelt worden. Callie war Schriftstellerin, nicht Schreibkraft, und die Sekretärinnen des Präsidenten tippten in einem Tempo, das Ryan den Atem raubte. Der fertige Entwurf wurde gedruckt, damit er sich an was festhalten konnte, und elektronisch in den Teleprompter hochgeladen. Callie Weston war da, um sicherzustellen, daß beide Versionen identisch blieben. Es war vorgekommen, daß in letzter Minute eine von der anderen abwich, doch Weston wachte über ihr Werk wie eine Löwin über ihre neugeborenen Jungen.

Doch ebenso vorhersagbar kam das Schlimmste von van Damm: *Jack, dies ist die wichtigste Rede, die Sie jemals halten werden. Also entspannen Sie sich einfach und halten sie.*

Mensch, danke, Arnie. Der Stabschef war ein Trainer, der selbst das

Spiel nie gespielt hatte, er wußte einfach nicht, was es hieß, hinauszugehen zum Wurf-Mal und sich den Schlagmännern zu stellen.

Die Kameras wurden aufgebaut: eine Haupt-, eine Ersatzkamera; letztere wurde so gut wie nie benutzt, aber beide waren mit Teleprompter versehen. Die grellen Scheinwerfer waren postiert, und während der Rede würde sich der Präsident gegen seine Bürofenster abheben wie ein Hirsch gegen den Hügelkamm; noch was, worüber sich der Secret Service Sorgen machen konnte, trotz Vertrauen in die Fensterscheiben, die ja einem .50-Zoll-MG-Geschoß standhalten sollten. Die TV-Leute waren dem Detail sämtlich bekannt, wurden aber ebenso kontrolliert wie ihre Ausrüstung. Jeder wußte, was kam. In den Abendnachrichten waren die Ankündigungen vor den weiteren Meldungen erfolgt. Die reinste Routineübung, nur für Präsident Ryan war es neu und rief vages Entsetzen hervor.

Er hatte zwar einen Anruf erwartet, aber nicht zu dieser Stunde. Nur wenige hatten die Nummer seines Handys. Es war viel zu gefährlich, eine echte Nummer für ein echtes, fest installiertes Telefon zu haben. Der Mossad ließ ja immer noch Leute verschwinden. Daran hatte auch der neugefundene Frieden im Nahen Osten nichts geändert, und die hatten wahrlich Grund, ihn nicht zu mögen. Besonders clever hatten die einen seiner Kollegen durch sein Handy ermordet. Erst hatten sie es durch Funksignale außer Betrieb gesetzt und dann ein Ersatzgerät besorgt... mit zehn Gramm Sprengstoff darin. Die letzte Mitteilung, die der per Telefon erhalten hatte, so ging die Mär, war vom Mossadchef selber gekommen: »Tag, hier spricht Avi ben Jakob. Hören Sie genau zu, mein Freund.« Und dann hatte der Jude die #-Taste gedrückt. Ein cleverer Trick, aber der funktionierte nur einmal.

Fluchend öffnete er beim Trillern die Augen. Erst eine Stunde zuvor war er zu Bett gegangen.

»Ja?«

»Ruf Yousif an.« Und die Verbindung war wieder tot. Als weitere Sicherheitsmaßnahme war der Anruf über mehrere Stationen gelaufen, und die Nachricht an sich war zu kurz, um elektronischen Zauberkünstlern in den Diensten seiner zahlreichen Feinde viel Gelegenheit zu bieten. Das weitere Vorgehen war noch cleverer. Sofort rief er eine weitere Nummer an und wiederholte die gerade eingegangene Nachricht. Ein wachsamer Feind, der die Nachricht über verschiedene Mobilfunk-Kanäle verfolgt haben könnte, würde ihn somit für eine weitere Zwischenstation halten. Vielleicht auch nicht. Die in diesen Zeiten nötigen Sicherheitsspiele wurden sehr lästig im täglichen Leben, und man wußte nie recht, was funktionierte oder nicht – bis man eines natürlichen Todes starb, worauf zu warten sich ja kaum lohnte.

Weiter murrend stand er auf, zog sich an und ging nach draußen. Sein Wagen wartete schon. Die dritte Zwischenstation war sein Chauffeur gewesen. Von zwei Leibwächtern begleitet, fuhren sie an eine sichere Stelle, ein sicheres Gebäude an einem sicheren Ort. Mit Israel mochte Frieden sein, die PLO selbst Teil eines demokratisch gewählten Regimes werden – war denn die Welt total verrückt? –, aber Beirut war weiterhin ein Ort, wo Leute jeglicher Couleur operieren konnten. Das verabredete Zeichen war gesetzt – eine bestimmte Anordnung beleuchteter und unbeleuchteter Fenster – und zeigte ihm an, daß es sicher war, seinen Wagen zu verlassen und ins Gebäude zu kommen. Binnen dreißig Sekunden würde er's jedenfalls wissen. Er war zu verschlafen, besorgt zu sein. Angst wurde langweilig, nach einem Leben, das davon erfüllt war.

Die Tasse Kaffee, bittersüß und stark, wartete auf dem ungedeckten Holztisch. Man begrüßte sich, setzte sich, und die Unterhaltung begann.

»Es ist ziemlich spät.«

»Mein Flug hatte Verspätung«, erklärte sein Gastgeber. »Wir benötigen Ihre Dienste.«

»Wofür?«

»Man könnte es Diplomatie nennen«, war die überraschende Antwort.

»Zehn Minuten«, hörte der Präsident.

Mehr Make-up. Es war 20.20 Uhr. Ryan saß bereits. Mary Abbot legte letzte Hand an sein Haar und verstärkte nur das Gefühl, Ryan sei Schauspieler statt ... Politiker? Nein, das nicht. Er weigerte sich, *das* Etikett anzunehmen, egal, was Arnie oder andere sagen mochten. Durch die offene Tür zur Rechten sah er Callie Weston am Schreibtisch einer Sekretärin stehen. Sie lächelte und nickte ihm zu, um ihr eigenes Unbehagen zu maskieren. Sie hatte ein Meisterwerk – das Gefühl hatte sie immer – geschrieben, und jetzt würde es ein blutiger Anfänger vortragen. Mrs. Abbot ging um den Schreibtisch herum nach vorn, verdeckte dabei ein paar Scheinwerfer, sah nun ihr Werk aus der Zuschauerperspektive an und fand es gut. Ryan saß einfach da und versuchte, nicht nervös zu werden. Er wußte, daß er unter dem Make-up bald schwitzen und daß es dann höllisch jucken würde, er sich aber keinesfalls kratzen durfte, weil Präsidenten sich nicht juckten oder kratzten. Womöglich gab es Leute da draußen, die glaubten, daß Präsidenten nicht aufs Klo gingen oder sich nicht rasierten oder gar die Schuhe zubanden.

»Fünf Minuten, Sir. Mikro-Probe.«

»Eins, zwei, drei, vier, fünf«, sagte Ryan gehorsam.

»Danke, Mr. President«, rief der Regisseur aus dem Nebenraum.

Manchmal dachte Ryan über diese Sachen nach. Präsidenten, die offizielle Erklärungen abgaben – eine Tradition, die zurückging bis zu Franklin D. Roosevelt und seine ›Plaudereien am Kamin‹, die ihm erstmals seine Mutter beschrieb –, erschienen stets selbstsicher und gelassen, und er hatte sich immer gefragt, wie sie den Eindruck wohl schafften. Er fühlte sich weder noch. Ein weitere Schicht Anspannung für ihn. Die Kameras liefen wohl schon, damit die Aufnahmeleiter sicher waren, ob sie funktionierten, und irgendwo lief eine Bandmaschine mit und nahm den Ausdruck seines Gesichtes auf und die Art, wie seine Hände an den Papieren vor ihm rumspielten. Er fragte sich, ob der Secret Service das Band unter Kontrolle hatte oder ob sie den TV-Leuten vertrauten, bei so was ehrlich zu sein... Gewiß: Deren Moderatoren stießen auch mal eine Kaffeetasse um oder schnauzten einen Assistenten an, weil er was vermasselte, wo man gerade auf Sendung ging ... oh, ja, diese Szenen wurden doch Blooper genannt, nicht wahr ...? Und er hätte gewettet, auf der Stelle, gleich jetzt, daß der Secret Service ein langes Band solcher präsidialen Fehlleistungen hatte.

»Zwei Minuten.«

Beide Kameras trugen Teleprompter. Eigentlich ein Monitor, der vor der Kamera hing, Bildschirm nach oben. Auf diesem lief der Redetext seitenverkehrt ab, denn gleich drüber war ein schräger Spiegel. Die Kamera stand dahinter und filmte hindurch, während der Präsident dort den Text seiner Rede reflektiert sah. Es schien irgendwie außerweltlich, in eine Kamera, die man nicht sah, zu Millionen Menschen zu sprechen, die nicht dort waren. Eigentlich würde er *zu* seiner eigenen Rede sprechen. Ryan schüttelte den Kopf, als der Redetext durchraste, um das Scroll-System zu prüfen.

»Eine Minute. Bereithalten.«

Okay. Ryan rückte sich auf dem Sitz zurecht. Er machte sich Sorgen um die Haltung. Arme auf den Schreibtisch pflanzen? Hände in den Schoß legen? Er hatte Anweisung, sich nicht hinten anzulehnen, das sehe zu lässig *und* zu arrogant aus, aber Ryan neigte dazu, in Bewegung zu bleiben. Wenn er still saß, tat ihm der Rücken weh – oder bildete er sich das nur ein? Ein bißchen spät dafür jetzt. Er spürte die Angst, die stechende Hitze im Magen. Er versuchte, aufzustoßen und unterdrückte es dann doch.

»Fünfzehn Sekunden.«

Aus der Angst wurde fast Panik. Er konnte nicht mehr weglaufen. Er mußte den Job tun. Dies war wichtig. Leute waren angewiesen auf ihn. Hinter jeder Kamera war ein Kameramann. Drei Secret-Service-Agenten als Aufsicht. Ein Aufnahmeleiter auch noch. Seine einzigen Zuhörer, und die konnte er kaum ausmachen, hinter den grellen Lichtern verborgen, aber die würden ja sowieso nicht reagieren. Wie würde er wissen, was seine wirklichen Zuhörer dachten?

*Oh, Scheiße!*

Eine Minute zuvor hatten Moderatoren den Leuten gemeldet, was sie schon wußten. Ihre abendliche Sendung verschob sich wegen der Ansprache des Präsidenten. Landesweit griffen eine unbestimmte Zahl Leute zur Fernbedienung und wechselten auf Kabelkanäle, sobald sie das Amtssiegel des Präsidenten der Vereinigten Staaten von Amerika sahen. Ryan holte tief Luft, preßte die Lippen zusammen und schaute in die näher stehende Kamera. Das rote Licht ging an. Er zählte bis zwei und begann.

»Guten Abend.«

»Meine amerikanischen Mitbürger, ich habe diese Zeit beansprucht, um Ihnen zu berichten, was in der letzten Woche in Washington geschehen ist, und Ihnen zu sagen, was in den nächsten Tagen geschieht.

Zuallererst: Das Federal Bureau of Investigation und das Justizministerium haben in Zusammenarbeit mit dem Secret Service, dem National Transportation Safety Board und anderen Bundesbehörden eine Untersuchung aufgenommen zu den Umständen des tragischen Todes so vieler unserer Freunde. Sie werden in dankenswerter Weise unterstützt von der Nationalen Polizei Japans und der Royal Canadian Mounted Police. Heute abend werden genauere Informationen freigegeben und erscheinen in Ihren Morgenzeitungen. Für den Augenblick teile ich Ihnen die bisherigen Ermittlungsergebnisse mit.

Der Absturz der Boing 747 der Japan Air Lines auf das Capitol war die absichtliche Tat eines einzelnen. Sein Name war Sato, Torajiro, ein erfahrener Flugkapitän der Fluggesellschaft. Wir haben über ihn vieles in Erfahrung gebracht. Wir wissen, daß er einen Bruder und einen Sohn in unserem Konflikt mit seinem Land verlor. Offenbar brachte ihn dies aus dem Gleichgewicht, und er beschloß, persönlich Rache zu nehmen.

Nach planmäßiger Landung seiner Passagiermaschine in Vancouver, Kanada, täuschte Kapitän Sato eine Fluganweisung nach London vor, angeblich, um eine defekte Maschine durch seine zu ersetzen. Vor dem Start ermordete Sato kaltblütig seinen Kopiloten. Von da an flog er vollkommen allein, die ganze Zeit mit dem Toten im Nebensitz festgeschnallt.« Ryan hielt inne, seine Augen verfolgten die Worte im Spiegel. Sein Mund war staubtrocken, als ihn ein Zeichen am Teleprompter anwies, umzublättern.

»Okay, wie können wir dessen sicher sein?

Erstens wurden die Identitäten von Kapitän Sato und seinem Kopiloten durch das FBI anhand von DNS-Tests verifiziert. Von der Nationalen Polizei Japans separat durchgeführte Tests führten zu identischen Ergebnissen. Ein unabhängiges Labor hat diese Tests durch eigene kontrolliert, und wieder waren die Ergebnisse gleich. Die Möglichkeit eines Irrtums ist bei diesen Tests praktisch gleich Null.

Die übrigen Mitglieder der Crew, die noch in Vancouver waren, wurden sowohl vom FBI als auch von der Royal Canadian Mounted Police vernommen und sind sich sicher, daß Kapitän Sato an Bord des Flugzeugs war. Weitere Augenzeugenberichte liegen uns vor: von örtlichen Beamten des kanadischen Verkehrsministeriums und amerikanischen Passagieren vom Hinflug. Vom gefälschten Flugplan haben wir Kapitän Satos Fingerabdrücke. Stimmanalysen der Cockpit-Bänder bestätigen ebenfalls die Identität des Piloten. Es gibt daher keinen Zweifel an der Identität der Flight-Crew.

Zweitens ergibt der aufgezeichnete Cockpit-Ton vom Flight Recorder der Maschine die exakte Zeit des ersten Mordes. Man hört sogar, wie sich Kapitän Sato beim Kopiloten entschuldigt, während er ihn umbringt. Danach gibt es nur eine Stimme auf den Bändern: die des Piloten. Diese Aufnahmen wurden mit anderen von Kapitän Satos Stimme verglichen, und auch das hat seine Identität positiv bestätigt.

Drittens haben forensische Untersuchungen ergeben, daß der Kopilot beim Absturz bereits mehr als vier Stunden tot war. Der Unglückliche wurde mit einem Messerstich ins Herz ermordet. Es gibt keinen Grund zur Annahme, daß er irgend etwas mit dem zu tun hatte, was sich danach abspielte. Er war lediglich das erste unschuldige Opfer eines monströsen Aktes. Er hinterläßt eine schwangere Frau, und ich möchte Sie alle bitten, an sie zu denken und sie und ihre Kinder in Ihre Gebete einzuschließen.

Die japanische Polizei hat mit dem FBI vorbehaltlos zusammengearbeitet; uns vollen Zugang zu ihrer eigenen Untersuchung und die direkte Befragung von Zeugen und anderen gestattet. Wir haben jetzt vollständige Aufzeichnungen über alles, was Kapitän Sato in den zwei letzten Wochen seines Lebens gemacht hat, wo er gegessen, wann geschlafen, mit wem gesprochen hat. Wir haben keinen Hinweis gefunden, der auf eine mögliche kriminelle Verschwörung schließen läßt oder daß das, was dieser Wahnsinnige getan hat, Bestandteil eines größeren Plans seiner Regierung oder anderer Dritter gewesen wäre. Die Ermittlungen werden fortgeführt, bis jeder Stein, jedes Blatt gedreht und gewendet worden ist, bis jede, auch noch so kleine Möglichkeit überprüft wurde, doch die Informationen, die wir bereits haben, würden jedes Geschworenengericht überzeugen, und darum kann ich sie Ihnen jetzt darbieten.« Jack machte eine kurze Pause und lehnte sich ein wenig nach vorn.

»Meine Damen und Herren, der Konflikt zwischen unserem Land und Japan ist vorüber. Diejenigen, die ihn verursacht haben, werden vor Gericht gestellt. Das hat mir Premierminister Koga persönlich versichert.

Mr. Koga ist ein Mann von Ehre und Tapferkeit. Ich kann Ihnen jetzt erstmals mitteilen, daß er selber gekidnappt und fast umgebracht wurde von denselben Verbrechern, die den Konflikt seines Landes mit unserem verschuldeten. Aus der Gewalt seiner Kidnapper befreit wurde er in einer Spezialoperation mitten im Zentrum von Tokio; von Amerikanern, unterstützt von japanischen Beamten. Nach seiner Befreiung hat er unter großem persönlichem Risiko mitgewirkt, den Konflikt schnellstmöglich zu beenden und seinem Land und unserem weiteren Schaden zu ersparen. Ohne seinen Einsatz wären auf beiden Seiten mehr Opfer zu beklagen. Ich bin stolz darauf, Koga Minoru zu meinen Freunden zu zählen.

Vor nur wenigen Tagen, Minuten nachdem er in unserem Land eintraf, hatten der Premierminister und ich eine persönliche Begegnung, gleich hier im Oval Office. Von hier aus sind wir zum Capitol gefahren, und dort haben wir gemeinsam gebetet. Diesen Augenblick werde ich nie mehr vergessen.

Ich war auch dort, als das Flugzeug einschlug. Ich befand mich im Tunnel zwischen dem House Office Building und dem Capitol, mit meiner Frau und den Kindern. Ich sah eine Flammenwand auf uns zurasen und stocken und sich zurückziehen. Das werde ich wohl nie mehr vergessen.

Der Frieden zwischen Amerika und Japan ist völlig wiederhergestellt. Weder jetzt noch zuvor hatten wir Streit mit dem Volk dieses Landes. Ich rufe Sie alle dazu auf, jegliche Haßgefühle gegenüber Japanern jetzt und für alle Zeit abzulegen.«

Er hielt wiederum inne und sah, daß auch der Text auf dem Teleprompter stehenblieb. Er blätterte weiter.

»Jetzt stehen wir alle vor einer großen Aufgabe. Meine Damen und Herren, eine aus der Bahn geworfene, irre gewordene Einzelperson hat gemeint, unserem Land tödlichen Schaden zufügen zu können. Er irrte sich. Wir haben unsere Toten begraben. Ihren Verlust werden wir noch lange beklagen. Unser Land aber lebt, und die Freunde, die wir in jener schrecklichen Nacht verloren haben, würden es nicht anders haben wollen.

Thomas Jefferson hat gesagt, der Baum der Freiheit braucht öfters Blut, um wachsen zu können. Nun, das Blut ist geflossen, jetzt ist es an der Zeit, daß der Baum wieder wächst. Amerika ist ein Land, das nach vorn blickt, nicht zurück. Keiner von uns kann die Vergangenheit ändern. Aber wir können daraus lernen, auf unsere vergangenen Erfolge aufbauen und aus unseren Fehlern lernen.

Im Augenblick, das kann ich Ihnen sagen, ist unser Land als Ganzes unversehrt und sicher. Unser Militär steht rund um den Globus auf dem Posten, und unsere potentiellen Widersacher wissen das. Unsere Wirtschaft hat einen heftigen Schock erlitten, ihn aber überstanden und ist immer noch die stärkste der Welt. Dieses Land ist immer noch Amerika. Wir sind immer noch Amerikaner, und unsere Zukunft beginnt mit jedem neuen Tag.

Heute ernannte ich George Winston zum amtierenden Finanzminister. George führt eine große New Yorker Investmentgesellschaft, die er gegründet hat. Er hat wesentlich dazu beigetragen, den Schaden, den unsere Finanzmärkte erlitten, zu beheben. Er ist ein Selfmademan – wie Amerika ein Selfmade-Land ist. Ich werde bald weitere Kabinettsmitglieder ernennen und Ihnen diese mit jeder Ernennung vorstellen.

George kann aber so lange kein vollständiges Kabinettsmitglied werden, bis der Senat wiederhergestellt ist, dessen Mitglieder von der Verfassung beauftragt sind, bei solchen Ernennungen mit Rat und Bestätigung mitzuwirken. Neue Senatoren auszuwählen ist Aufgabe der Gouverneure der diversen Staaten. Ab nächster Woche werden die Gouverneure Personen benennen, um die vakanten Posten zu besetzen.« Jetzt kam der heikle Teil. Wieder beugte er sich etwas vor.

»Meine lieben Mitbürger – halt, das ist eine Phrase, die mir nicht gut gefällt. Noch nie gefallen hat.« Jack schüttelte den Kopf ewas und hoffte, daß es nicht zu theatralisch wirkte.

»Mein Name ist Jack Ryan. Mein Vater war ein Cop. In den Staatsdienst gelangte ich als Marine, gleich nach dem Abschluß am Boston College. Das dauerte nicht sehr lange. Bei einem Hubschrauberabsturz wurde ich verletzt, und mein Rücken machte mir jahrelang Schwierigkeiten. Mit einunddreißig nahmen mich Terroristen aufs Korn. Sie haben alle davon gehört und wie's ausgegangen ist, aber Sie wissen nicht, daß ich aufgrund des Vorfalls wieder in den Staatsdienst eingetreten bin. Mein Leben damals war glücklich. Mit Aktienhandel hatte ich ein bißchen Geld verdient, hatte es aufgesteckt und war zur Geschichte zurückgekehrt, meiner ersten Liebe. An der Naval Academy habe ich Geschichte gelehrt – sehr gern gelehrt – und glaube, ich wäre für immer dabei geblieben, wie meine Frau, Cathy, nichts mehr liebt als medizinische Praxis und sich um mich und die Kleinen zu kümmern. Wir wären vollkommen zufrieden gewesen, in unserem Haus zu wohnen, unserer Arbeit nachzugehen und unsere Kinder großzuziehen. Ich weiß, ich wäre es gewesen.

Aber ich konnte es nicht. Terroristen waren über meine Familie hergefallen, da beschloß ich, etwas zu tun, um meine Frau und meine Kinder zu beschützen. Und mir wurde klar, daß nicht nur wir Schutz brauchten und daß ich manche Talente besaß, und so trat ich wieder in den Staatsdienst ein und ließ meine Liebe zur Lehre zurück.

Ich diene meinem Land – Ihnen – jetzt seit etlichen Jahren, aber ich bin nie Politiker gewesen, und wie ich George Winston heute in diesem Büro sagte, habe ich auch nicht die Zeit zu lernen, einer zu werden. Aber ich habe fast das ganze Berufsleben im Staatsdienst zugebracht, und da habe ich einiges darüber gelernt, wie eine Regierung funktionieren sollte.

Meine Damen und Herren, es ist nicht die Zeit, übliche Dinge auf übliche Art und Weise zu erledigen. Wir müssen es besser machen. Wir können es besser machen.

John F. Kennedy hat uns einmal gesagt: ›Frage nicht, was der Staat für dich tun kann. Frage, was du für den Staat tun kannst.‹ Das sind gute Worte, aber wir haben sie vergessen. Wir müssen uns wieder an sie erinnern. Unser Land braucht uns alle.

Ich brauche Ihre Hilfe, um meine Arbeit zu tun. Wenn Sie glauben, das schaffte ich allein, irren Sie sich. Wenn Sie glauben, die Regierung kann sich von selbst wiederherstellen, irren Sie sich. Wenn Sie glauben, die Regierung, kaputt oder ganz, kann sich in allem um Sie kümmern, irren Sie sich. Sie, Männer und Frauen da draußen, Sie *sind* die Vereinigten Staaten von Amerika. Ich arbeite für Sie, habe die Aufgabe, die Verfassung der Vereinigten Staaten zu erhalten, zu schützen und zu verteidigen, und das werde ich nach besten Kräften tun, aber jeder von Ihnen gehört mit zum Team.

Wir brauchen unsere Regierung, um Dinge für uns zu tun, die wir nicht selber können: die Landesverteidigung zu besorgen, Recht durchzusetzen, bei Katastrophen zu helfen. Das sagt die Verfassung. Das Dokument, das ich geschworen habe zu schützen und zu verteidigen, ist eine Sammlung von Bestimmungen, die eine Gruppe recht gewöhnlicher Menschen verfaßt hat. Sie waren nicht einmal alle Juristen, und dennoch haben sie das bedeutendste politische Dokument der Menschheitsgeschichte geschrieben. Ich möchte, daß Sie darüber nachdenken. Es waren gewöhnliche Leute, die etwas Außergewöhnliches vollbracht haben. Regieren ist keine Zauberei.

Ich brauche einen neuen Kongreß zur Zusammenarbeit. Der Senat wird als erstes wiedererstehen, denn die Gouverneure werden Nachfolger für die einundneunzig Männer und Frauen benennen, die wir vorige Woche verloren haben. Das Repräsentantenhaus aber ist immer das Haus des Volkes gewesen, also ist es *Ihre* Aufgabe, Ihre Vertreter zu bestimmen, in einem demokratischen Wahlverfahren.« *Jetzt geht's los, Jack!*

»Darum habe ich an Sie, und an die fünfzig Gouverneure, eine Bitte. Schicken Sie mir bitte keine Politiker. Wir haben die Zeit nicht, das Anstehende in langwieriger Prozedur abzuwickeln. Ich brauche Leute, die in der realen Welt reelle Dinge tun. Ich brauche Leute, die nicht in Washington leben wollen. Ich brauche Leute, die nicht das System ausnehmen wollen. Ich brauche Leute, die unter großen Opfern herkommen, eine wichtige Aufgabe bewältigen und wieder zu ihrem Leben nach Hause gehen.

Gebt mir Ingenieure, die wissen, wie man was baut. Gebt mir Ärzte, die wissen, wie man Kranke heilt. Gebt mir Polizisten, die erkennen, wenn Ihre Bürgerrechte von Kriminellen verletzt werden. Gebt mir Farmer, die auf echtem Land echte Nahrungsmittel hervorbringen. Gebt mir Leute, denen schmutzige Hände nicht fremd sind, denen nicht fremd ist, das Häuschen oder ihre Wohnung abzubezahlen, Kinder großzuziehen und sich über die Zukunft Gedanken zu machen. Gebt mir Leute, die wissen, sie arbeiten für Sie und nicht für sich selbst. Das ist es, was ich mir wünsche. Das ist, was ich brauche. Und ich glaube, das wünschen sich auch die meisten von Ihnen.

Wenn die Leute dann hier sind, ist es an Ihnen, ein Auge auf sie zu haben, damit sie Wort halten, damit sie weiter Ihr Vertrauen verdienen. Es ist *Ihre* Regierung. Viele haben Ihnen das schon gesagt, aber ich mein's ernst. Teilen Sie Ihren Gouverneuren mit, was Sie von denen erwarten, wenn die Ernennungen für den Senat anstehen, und dann suchen *Sie* die richtigen Leute fürs Repräsentantenhaus aus. Das sind die Leute, die beschließen, wieviel von Ihrem Geld der Staat bekommt und wie es ausgegeben wird. Es ist Ihr Geld, nicht meins. Es ist Ihr Land. Wir alle arbeiten *für Sie*.

Ich für meinen Teil hole die besten Leute ins Kabinett, die ich finden kann: Leute, die ihr Geschäft verstehen, Leute, die echte Arbeit geleistet und echte Ergebnisse erzielt haben. Alle werden aus diesem Office denselben Befehl haben: sein oder ihr Ministerium straff zu leiten, Prioritäten zu setzen und dafür zu sorgen, daß jede Regierungsbehörde effektiv arbeitet. Eine große Bestellung und eine, die Sie alle nicht zum erstenmal hören. Aber dieser Präsident hat keinen Wahlkampf geführt. Ich muß keine Schulden bezahlen, keine Vergünstigungen gewähren, keine geheimen Versprechen einlösen. Ich werde, verdammt noch mal, mein Möglichstes tun, meine Pflichten zu erfüllen. Vielleicht habe ich nicht immer recht, und wenn, ist es Ihre Aufgabe und die derjenigen, die Sie zu Ihren Vertretern wählen, mir das zu sagen, und auf die und auf Sie werde ich hören.

Ich werde Ihnen regelmäßig darüber berichten, was geschieht und was Ihre Regierung tut.

Ich möchte Ihnen danken, daß Sie mir zugehört haben. Ich werde meine Arbeit tun. Und hoffe, daß Sie die Ihre tun.

Danke und gute Nacht.«

Jack wartete und zählte bis zehn, ehe er sicher sein konnte, daß die Kameras abgeschaltet waren. Dann nahm er das Wasserglas und wollte trinken, aber seine Hand zitterte so sehr, daß er das Wasser fast ausschüttete. In stillem Zorn starrte er auf das Glas. Warum zitterte er denn jetzt? Der spannende Teil war doch jetzt vorbei, oder?

»He, Sie haben ja gar nicht gekotzt«, sagte Callie Weston, die plötzlich neben ihm stand.

»Ist das gut?«

»Aber ja, Mr. President. Erbrechen im bundesweiten Fernsehen hat die Tendenz, Leute aufzuregen«, erwiderte die Redenschreiberin mit johlendem Gelächter.

Andrea Price stellte sich in 3D und Farbe vor, ihre Automatik zu ziehen.

Arnie van Damm machte nur ein besorgtes Gesicht. Er wußte, daß sich Ryan nicht vom Kurs abbringen ließ. Die üblichen kritischen Bemerkungen, auf die Präsidenten sonst hörten – *Wollen Sie wiedergewählt werden? Dann geben Sie acht!* –, funktionierten einfach nicht. Wie konnte er jemanden beschützen, der sich nicht um das einzige scherte, das zählte?

»Erinnern Sie sich noch an die *Gong Show?*« fragte Ed Kealty.

»Wer *hat* bloß diese Abtreibungsanleitung geschrieben!?« johlte sein Rechtsberater drein. Dann wandten alle drei, die sich in dem Raum befanden, ihre Aufmerksamkeit wieder dem Fernseher zu. Das Bild wechselte von einer Außenaufnahme des White House zu einer Studioaufnahme.

»Also, das war eine höchst interessante politische Erklärung«, stellte Tom, der Moderator, mit ausdruckslosem Pokergesicht fest. »Mir fällt auf, der Präsident hat sich diesmal an die vorbereitete Rede gehalten.«

»Interessant und dramatisch«, gab John, der Kommentator, zu. »Keine typische Präsidentenrede.«

»Warum, John, beharrt Präsident Ryan so sehr darauf, sich von unerfahrenen Leuten beim Regieren helfen zu lassen? Brauchen wir nicht erfahrene Leute, um das System wieder aufzubauen?« fragte Tom.

»Die Frage werden sich viele stellen, insbesondere in dieser Stadt...«

»Darauf könnt ihr wetten!« warf Kealtys Stabschef ein.

»... und das interessanteste ist, daß er es wissen muß, und falls nicht, hätte Stabschef Arnold van Damm, einer der gewieftesten politischen Taktiker, den die Stadt je gesehen hat, Mr. Ryan das klar und deutlich gemacht.«

»Was halten Sie von seiner ersten Berufung, George Winston?«

»Winston leitet die Columbus Group, eine Investmentgesellschaft, selbst gegründet. Er ist ungeheuer reich, wie uns Präsident Ryan sagte, ein Selfmademan. Nun, wir brauchen einen Finanzminister, der sich mit Geld und den Finanzmärkten auskennt, und das trifft sicher auf Mr. Winston zu, aber viele werden beklagen ...«

»Daß er ein Insider ist.« Kealty grinste hämisch.

»... mit zu vielen Verbindungen zum System«, fuhr John fort.

»Wie meinen Sie, wird das offizielle Washington wohl auf diese Rede reagieren?« fragte Tom.

»*Was für ein* offizielles Washington?« knurrte Ryan. Für ihn war es eine Erstaufführung. Seine zwei Bücher waren bei Kritikern ganz gut weggekommen, aber da hatte er ein paar Wochen warten müssen, bis sich die Leute äußerten. Vielleicht war es falsch, sich die Sofortanalyse anzusehen, aber unmöglich zu vermeiden. Das Schwierige war, diverse Analysen auf den Apparaten gleichzeitig zu verfolgen.

»Jack, ›das offizielle Washington‹ sind fünfzigtausend Anwälte und Lobbyisten«, machte Arnie ihm klar. »Sie sind vielleicht nicht gewählt oder ernannt worden, sind aber offiziell wie die Hölle. Und die Medien auch.«

»Ist mir aufgefallen«, erwiderte Ryan.

»... und wir brauchen erfahrene Profis, um das System wieder zusammenzusetzen. Das werden sie sagen. Und viele Leute in dieser Stadt werden dem zustimmen.«

»Was halten Sie von seiner Enthüllung zum Krieg und zum Flugzeugabsturz?«

»Was mich am meisten interessierte, war seine ›Offenbarung‹, daß Ministerpräsident Koga erst von seinen eigenen Landsleuten gekidnappt wurde, dann von Amerikanern befreit worden ist. Es wäre interessant, darüber mehr zu erfahren. Der Präsident verdient Lob für sein offenes Bestreben, die Dinge zwischen unserem Land und Japan beizulegen. Von mir bekommt er dafür eine Eins. Mit der Präsidentenrede erhielten wir ein Foto.« Das Fernsehbild wechselte und zeigte jetzt Ryan und Koga am Capitol. »Es ist wirklich ein bewegender Augenblick, den der White-House-Fotograf festgehalten hat ...«

»Aber das Capitol liegt halt noch in Trümmern, John, und so, wie wir gute Architekten und Handwerker brauchen, um es wieder aufzubauen, denke ich, brauchen wir auch etwas anderes als Amateure, um die Regierung wiederherzustellen.« Tom wandte sich um und starrte direkt in die Kamera. »Das war also die erste offizielle Rede von Präsident Ryan. Über weitere Entwicklungen berichten wir. Jetzt kehren wir für Sie zum vorgesehenen Programm zurück.«

»Das ist unser Thema, Ed.« Der Stabschef erhob sich und streckte sich. »Genau das ist es, was wir sagen müssen, und genau *das* ist es, warum Sie beschlossen haben, in die politische Arena zurückzukehren, wie abträglich das Ihrem Ruf auch sein mag.«

»Legen Sie mit den Anrufen los!« befahl Edward J. Kealty.

»Mr. President.« Der Chefsteward präsentierte ihm einen Drink auf einem Silbertablett. Ryan nahm ihn und nippte am Sherry.

»Danke!«

»Mr. President, endlich ...«

»Mary Pat, wie lange kennen wir uns schon?« Ryan hatte den Eindruck, daß er neuerdings immerzu diese Frage stellte.

»Mindestens zehn Jahre«, erwiderte Mrs. Foley.

»Neuer Grundsatz, sogar Exekutivbefehl: Nach Feierabend, wenn Drinks serviert werden, heiße ich Jack.«

»*Muy bien, jefe*«, stellte Chavez fest, mit Humor, doch mit Vorsicht.

»Irak?« fragte Ryan knapp.

»Still, aber sehr gespannt«, antwortete Mary Pat. »Wir hören nicht viel, aber das wenige zeigt, daß das Land dichtgemacht ist. Die Armee ist auf den Straßen, die Leute sitzen in ihren Häusern vor den Fernsehern. Das Begräbnis unseres Freundes ist morgen. Was dann kommt, wissen wir nicht. Wir haben einen recht gut plazierten Agenten im Iran, der macht die politische Runde. Das Attentat kam völlig überraschend, und er hört nichts, bis auf die erwartete Lobpreisung Allahs für die Rücknahme unseres Freundes.«

»In der Annahme, Gott will ihn haben. Das war eine saubere Arbeit«, sagte Clark als Fachmann. »Ziemlich typisch im kulturellen Sinn. Ein Märtyrer, der sich selbst opfert. Ihn da einzuschleusen muß Jahre gedauert haben, aber Freund Daryaei ist ja der geduldige Typ. Nun, Sie sind ihm ja schon begegnet. Erzählen Sie's uns, Jack.«

»Die bösesten Augen, die ich je gesehen habe«, sagte Ryan ruhig und nippte an seinem Drink. »Dieser Mann weiß zu hassen.«

»Er wird was unternehmen, sicher wie das Fegefeuer.« Clark hatte einen Wild Turkey mit Wasser. »Bestimmt werden die Saudis darüber nervös.«

»Das ist noch mild ausgedrückt«, sagte Mary Pat. »Ed ist für ein paar Tage drüben, und das ist genau, was er mitbekommt. Die haben den militärischen Bereitschaftsgrad erhöht.«

»Und mehr haben wir nicht«, faßte Präsident Ryan zusammen.

»Praktisch, ja. Wir bekommen viel SigInt aus dem Irak, und der Inhalt ist nicht überraschend. Der Deckel ist festgeschraubt, aber im Topf darunter kocht es. Wir machen natürlich verstärkt Satellitenaufnahmen von...«

»Okay, Mary Pat, halten Sie jetzt Ihre Rede!« befahl Jack. Im Augenblick wollte er nichts über Satellitenfotos hören.

»Ich will meine Hauptabteilung erweitern.«

»Wie stark?« Dann sah er zu, wie sie tief Luft holte. Es war ungewöhnlich, Mary Patricia Foley wegen irgend etwas nervös zu sehen.

»Das Dreifache. Wir haben jetzt sechshundertsiebenundfünfzig Field Officers. Die Zahl will ich in den nächsten drei Jahren auf zweitausend erhöhen.« Sie ließ die Worte hervorsprudeln, Ryans Gesicht im Blick, und wartete auf dessen Reaktion.

»Genehmigt, *wenn* Sie es bei gleichbleibenden Personalkosten schaffen.«

»Nichts leichter als das, Jack«, Clark gluckste. »Zweitausend Schreibtischpimpfe rauswerfen, da würde sogar Geld eingespart.«

»Das sind Leute mit Familie, John«, sagte der Präsident zu ihm.

»Die Direktorate Intelligence und Administration sind bis zur Totenstarre überbesetzt. Sie waren dort. Sie wissen das. Es lohnt sich ja schon, um Parkplätze freizuschaufeln. Vorruhestand wird das meiste besorgen.«

Ryan dachte eine Sekunde nach. »Ich brauche jemanden, der die Axt schwingt. MP, macht es Ihnen etwas aus, wieder unter Ed zu arbeiten?«

»Es ist die übliche Position, Jack«, erwiderte Mrs. Foley, ein Funkeln in den übermütigen blauen Augen. »Ed ist in der Verwaltung besser als ich, aber ich war immer besser im direkten Einsatz.«

»Plan Blau?«

Darauf antwortete Clark: »Jawohl, Sir. Ich möchte gern, daß wir uns Cops suchen, junge Detectives, normale Männer in Blau. Sie wissen, warum. Die sind weitgehend vortrainiert, haben Straßenerfahrung.«

Ryan nickte. »Okay. Mary Pat, nächste Woche nehme ich mit Bedauern das Rücktrittsgesuch des DCI an und gebe Ed den Posten. Er soll mir einen Plan vorlegen, DO zu erweitern und DI und DA zu verringern. Im gebührenden Fristverlauf werde ich zustimmen.«

»Spitze!« Mrs. Foley prostete ihrem Oberbefehlshaber mit dem Weinglas zu.

»Da ist noch etwas. John?«

»Ja, Sir?«

»Als Roger mich bat, Vize zu werden, hatte ich eine Bitte an ihn.«

»Und das war?«

»Ich werde einen Gentleman namens John T. Kelly amnestieren. Und zwar noch in diesem Jahr. Sie hätten mir sagen sollen, daß mein Dad Ihren Fall bearbeitet hat.«

Zum erstenmal seit langer, langer Zeit wurde Clark kreidebleich. »Woher wußten Sie das?«

»Es war bei Jim Greers persönlichen Akten. Die sind mir vor ein paar Jahren zu- – äh – gewandert. Mein Vater hatte den Fall. Hab' ich nicht vergessen. All die Frauen, ermordet. Ich weiß noch, wie das Ganze an ihm zerrte und wie froh er war, als er's hinter sich hatte. Er hat nie richtig über den Fall gesprochen, aber ich weiß, wie ihm da zumute war.« Jack schaute runter in sein Glas und ließ das Eis kreisen. »Wissen Sie, ich glaube, er wäre glücklich darüber, und ich glaube, es hätte ihn das Wissen glücklich gemacht, daß Sie nicht mit dem Schiff untergingen.«

»Jesus, Jack... Ich meine... Mein Gott.«

»Sie verdienen es, Ihren Namen zurückzubekommen. Ich kann nicht befürworten, was Sie getan haben. Ich darf jetzt nicht einmal so denken. Als Privatperson könnte ich es vielleicht – aber Ihren Namen verdienen Sie zurück, Mr. Kelly.«

»Danke, Sir.«

Chavez fragte sich, worum es hier ging. Er dachte an diesen Burschen auf Saipan, den pensionierten Chief von der Küstenwache, und die paar Worte über umgebrachte Leute. Nun, er wußte, Mr. C. wurde beim Gedanken daran nicht ohnmächtig, aber dies mußte eine tolle Geschichte sein.

»Gibt's sonst noch was?« fragte Jack. »Ich würde gern zu meiner Familie zurück, bevor alle Kinder im Bett sind.«

»Plan Blau ist also genehmigt?«

»Ja, ist er, MP. Sobald Ed seinen Ausführungsplan vorlegt.«

»Den habe ich auf dem Heimflug, so schnell die seine Maschine anwerfen können«, versprach MP.

»Schön.« Jack erhob sich und ging zur Tür. Seine Gäste taten dasselbe.

»Mr. President?« Es war Ding Chavez.

Ryan drehte sich um. »Ja?«

»Was wird denn aus den Vorwahlen?«

»Was meinen Sie?«

»Ich bin heute mal an der Schule vorbei, da sagte mir Dr. Alpher, alle ernsthaften Kandidaten beider Parteien sind vorige Woche ums Leben gekommen *und* die Anmeldefristen für alle Vorwahlen sind verstrichen. Nichts geht mehr. Wir haben ein Wahljahr, und niemand tritt an. Die Presse hat dazu noch nichts gebracht.«

Sogar Agent Price riß darüber die Augen auf, dann begriffen plötzlich alle, daß das stimmte.

»Paris?«

»Professor Rousseau vom Pasteur-Institut glaubt, eine Behandlungsmethode zu haben. Im Versuchsstadium, aber das wäre ihre einzige Chance.«

Auf dem Korridor vor Schwester Jean Baptistes Zimmer besprachen sie sich. Beide trugen blaue Plastik-›Raumanzüge‹ und schwitzten darin, trotz des Klima-Packs am Gürtel. Ihre Patientin würde sterben, das war schon schlimm genug, aber die Art ihres Todes würde an Schrecken unfaßbar sein. Benedikt Mkusa hatte ja Glück gehabt. Aus irgendeinem Grund hatte Ebola sein Herz eher angegriffen als üblich; ein seltener

Segen, der dem Jungen erlaubt hatte, viel schneller zu sterben als üblich. Diese Patientin hatte nicht soviel Glück. Bluttests ließen erkennen, daß ihre Leber angegriffen wurde, aber langsam. Die Herzenzyme waren noch im Normbereich. Ebola schritt in ihrem Körper rasch fort, aber gleichmäßig. Ihr Magen-Darm-Trakt zerfiel förmlich. Der Blutverlust durch Erbrechen und Durchfall war ernst, und die Schmerzen waren sehr stark, doch der Körper dieser Frau bäumte sich dagegen auf, in einem heldenhaften, aber aussichtslosen Bemühen. Einziger Lohn für den Kampf würden noch stärkere Schmerzen sein, und jetzt schon verlor das Morphium seinen Vorsprung vor den Qualen.

»Aber wie könnten wir...« Sie brauchte nicht fortfahren. Air Afrique bot die einzige Verbindung nach Paris, aber weder diese Fluggesellschaft noch eine andere würde einen Ebola-Patienten befördern, aus naheliegenden Gründen. All das kam Dr. Moudi sehr gelegen.

»Ich könnte den Transport arrangieren. Ich komme aus einer wohlhabenden Familie. Ich lasse ein Privatflugzeug kommen und uns nach Paris bringen. So wäre es auch leichter, die nötige Vorsorge zu treffen.«

»Ich weiß nicht. Ich muß...« Maria Magdalena zögerte.

»Ich will Sie nicht anlügen, Schwester. Sie wird vermutlich auf alle Fälle sterben, und wenn es überhaupt eine Chance gibt, dann nur bei Professor Rousseau. Ich habe bei ihm studiert, und wenn er sagt, er hat etwas, dann hat er etwas. Lassen Sie mich das Flugzeug kommen lassen«, beharrte er.

»Ich kann nicht nein dazu sagen, aber ich muß...«

»Ich verstehe.«

Das fragliche Flugzeug war eine Gulfstream G-IV und landete gerade auf dem Rashid-Flugplatz, der im Osten einer weiten Schleife des Flusses Tigris lag, der hier Nahr Dulah hieß. Die Nummer am Flugzeugheck zeigte, daß es in der Schweiz registriert war. Dort gehörte es einem Unternehmen, das mit verschiedenen Dingen handelte und pünktlich seine Steuern zahlte, und damit endete das offizielle Interesse der Schweizer Behörden. Der Herflug war kurz und ohne Besonderheiten verlaufen, außer vielleicht zur Tageszeit und zur Flugroute: Beirut, Teheran, Bagdad.

Sein wirklicher Name war Ali Badrayn, und obgleich er unter diversen anderen Namen gelebt und gearbeitet hatte, war er schlußendlich zum eigenen wiedergekehrt, denn der war irakischen Ursprungs. Seine Familie hatte den Irak verlassen, um in Jordanien vermeintliche Wirtschaftsvorteile zu genießen, dann aber wie alle in der Region den Strudel der Ereignisse erlebt, eine Lage, die nicht besser wurde, als ihr Sohn der Bewegung beitrat, die sich die Vernichtung Israels auf die Fahnen schrieb. Der jordanische König, der die Gefahr erkannte, hatte mit der prompten Ausweisung der Gefahrenquelle Badrayns Familie ruiniert. Ihn hatte es damals nicht sonderlich bekümmert.

Jetzt bekümmerte es ihn ein wenig. Das Leben eines Terroristen verlor mit den Jahren an Reiz, und auch als einer der Besten der Branche, besonders, was Informationsbeschaffung betraf, hatte es ihm wenig eingebracht bis auf die unsterbliche Feindschaft vom erbarmungslosesten Geheimdienst der Welt. Etwas Bequemlichkeit und Sicherheit wären jetzt doch willkommen. Vielleicht würde ihm diese Mission dazu verhelfen. Seine Identität als Iraker und die Aktivitäten seines Lebens hatten ihm in der ganzen Region Kontakte beschert. Er hatte dem irakischen Geheimdienst Informationen gegeben und geholfen, zwei Leute auszugraben, die sie eliminieren wollten. Das hatte ihm Zutritt verschafft, und deshalb war er hier.

Das Flugzeug kam zum Stehen, der Kopilot kam nach hinten und ließ die Treppe herunter. Ein Auto hielt an. Er stieg ein, und es fuhr an.

»Friede sei mit dir«, sagte er zum anderen Mann auf dem Rücksitz des Mercedes.

»Friede?« schnaubte der General. »Die ganze Welt schreit, daß wir sehr wenig davon haben.« Eindeutig, fiel Badrayn auf, hatte der Mann seit dem Tod seines Präsidenten nicht mehr geschlafen. Vom vielen Kaffee zitterten ihm die Hände oder vielleicht vom Alkohol, mit dem er gegengesteuert hatte. Kein Vergnügen, in die kommende Woche zu sehen und sich fragen zu müssen, ob man sie überlebt. Einerseits mußte man wach bleiben. Andererseits davonkommen. Dieser General hatte Frau und Kinder, neben seiner Mätresse. Nun, das traf wohl auf alle zu. Gut.

»Keine glückliche Lage, aber die Dinge sind unter Kontrolle, ja?« Der Blick, den die Frage erzeugte, war Antwort genug. Da war nur ein guter Aspekt: Hätte man den Präsidenten nur verwundet, dieser Mann wäre jetzt tot, weil er den Attentäter nicht abgefangen hatte. Ein gefährlicher Beruf, Geheimdienstchef eines Diktators zu sein. Er hatte seine Seele dem Teufel verpfändet und sich vorgemacht, die Schuld würde niemals beigetrieben. Wie konnte ein intelligenter Mensch nur so ein Narr sein?

»Warum sind Sie hier?« fragte der General.

»Um Ihnen eine goldene Brücke zu zeigen.«

## 13 / Dazu geboren

In den Straßen fuhren Panzer auf, und für die Auswertungsleute mit ›künstlichen Augen‹ am Himmel waren Panzer ›sexy‹ Objekte. Drei KH-11-Aufklärungssatelliten waren im Orbit. Einer davon, elf Jahre alt, gab langsam den Geist auf, doch mit drei seiner Kameras nahm er noch immer Fotos auf und übermittelte sie an den geosynchronen Kommunikationsvogel über dem Indischen Ozean. Kaum eine Sekunde später waren sie auf der Erde zurück und an verschiedene Auswertungsstellen weitergeleitet, unter anderem an den CIA.

»Das sollte die Taschendiebe etwas bremsen.« Der Auswerter sah auf die Uhr und zählte acht Stunden weiter. Okay, fast 10.00 Uhr Lima oder Ortszeit. Nur wenige gingen umher, dem Aussehen nach Frauen, vermutlich beim Einkaufen. Etwa alle vier Häuserblocks stand auf den Hauptverkehrsadern ein Kampfpanzer – und einer auf jeder Verkehrsinsel, von denen es viele gab. In den Nebenstraßen standen leichtere Fahrzeuge. An jeder Kreuzung war eine kleine Gruppe von Soldaten. Wie die Fotos zeigten, trugen sie alle Gewehre; Rang- und Einheitsabzeichen waren aber nicht zu erkennen.

»Stellen Sie die Zahl fest«, wies ihn der Vorgesetzte an.

»Jawohl, Sir.« Der Auswerter murrte nicht. Panzer zählen war etwas, das sie dauernd taten. Er würde sie sogar näher bestimmen, vor allem anhand der Kanone. Dadurch konnten sie feststellen, wie viele der Panzer, die sie sonst in Regimentslagern zählten, ihre Motoren angelassen und sich von einem Ort zum anderen bewegt hatten. Die Information war für irgendwen von Bedeutung, doch sie taten das schon zehn Jahre lang und hatten erfahren, was immer das irakische Militär sonst für Fehler und Mängel hätte, die Fahrzeuge wurden immerhin so gewartet, daß die Motoren noch liefen. Mit Schießübungen waren sie weniger gewissenhaft, wie man im Golfkrieg bemerkt hatte, aber der Auswerter hielt sich aus Erfahrung daran: Ist es ein Panzer, nimm an, daß er funktioniert. Was anderes wäre unklug. Er beugte sich über den Bildbetrachter und sah ein weißes Auto, der Form nach wohl ein Mercedes, die Nationalstraße 7 hochfahren. Ein näherer Blick auf die Fotos hätte erkennen lassen, daß es in Richtung der Rennbahn Sibaq' al Mansur unterwegs war, wo er noch mehr Autos der gleichen Marke hätte sehen können, aber er hatte ja nur Anweisung, die Panzer zu zählen.

Die versammelten Offiziere trugen, wie Badrayn sah, dicke Winteruniformen mit hohen Kragen und voluminösen Goldtressen; die meisten rauchten, und alle waren sie sehr besorgt. Sein Gastgeber stellte den Besucher denjenigen vor, die ihn noch nicht kannten. Er hielt sich nicht damit auf, sie mit Frieden zu segnen. Sie waren auch nicht in der Stimmung für den traditionellen islamischen Gruß. Diese Männer waren überraschend westlich und säkular in Ansicht und Haltung. Wie ihr verstorbener Führer gewährten sie der Religion nur ein Lippenbekenntnis, doch fragten sie sich im Augenblick alle, ob die Lehre von ewiger Verdammnis für ein sündiges Leben nicht doch stimmte, wohlwissend, daß einige von ihnen das früh genug erfahren würden. Und diese Möglichkeit bereitete ihnen so große Sorgen, daß sie aus ihren Büros und zur Rennbahn gekommen waren, um ihn sprechen zu hören.

Die Botschaft, die Badrayn zu überbringen hatte, war simpel.

»Wie können wir Ihnen glauben?« wollte der Armeechef wissen.

»So ist es doch für jeden besser, oder?«

»Sie erwarten, daß wir unsere Heimat preisgeben ... *ihm?*« ereiferte sich ein Vier-Sterne-General und tarnte so seine Frustration als Zorn.

»Wie Sie sich entscheiden, obliegt Ihnen, Herr General. Wenn Sie bleiben und für das Ihre kämpfen wollen, ist das auch Ihre Entscheidung. Ich wurde gebeten, herzukommen und als ehrlicher Vermittler eine Botschaft zu überbringen. Das habe ich«, erwiderte Badrayn gelassen.

»Mit wem würden wir denn verhandeln?« Dies war der Chef der irakischen Luftwaffe.

»Ihre Antwort dürfen Sie mir anvertrauen, aber wie ich bereits gesagt habe, gibt es eigentlich nichts zu verhandeln. Das Angebot ist doch fair, nicht wahr?« *Großmütig* wäre ein besseres Wort. Nicht nur, daß sie ihre Haut und die Haut derjenigen retten könnten, die ihnen nahestanden, sie würden ihr Land auch noch vermögend verlassen. Ihr Präsident hatte gewaltige Summen Geldes verstaut, von dem bisher kaum etwas ausfindig gemacht oder gar beschlagnahmt worden war. Sie alle hatten Zugang zu Reisedokumenten und Pässen aller Länder der bekannten Welt. Auf diesem Fachgebiet hatte der irakische Geheimdienst mit Hilfe der Gravurabteilung des Finanzministeriums längst sein Geschick etabliert. »Sie haben sein Wort vor Gott, daß man Sie nicht belästigt, wohin Sie auch gehen mögen.« Badrayns Auftraggeber war ihr Feind. Er war so bitter und so nachtragend, wie ein Mensch auf Erden nur sein konnte. Aber er war auch ein Mann Gottes, und keiner, der Seinen Namen leichtfertig im Munde führte.

»Bis wann brauchen Sie unsere Antwort?« fragte der Armeechef, etwas höflicher als die anderen.

»Übermorgen. Darüber hinaus kann ich nichts sagen. Meine Instruktionen«, fuhr Badrayn fort, »reichen nicht weiter.«

»Und das Arrangement?«

»Legen Sie selbst fest, in angemessenem Rahmen.« Badrayn fragte sich, wieviel mehr sie wohl noch von seinem Auftraggeber erwarten könnten.

Doch die Entscheidung, die er verlangte, war härter, als man sich vorstellen mochte. Der Patriotismus der versammelten Generäle war nicht von der üblichen Sorte. Sie liebten ihr Land, hauptsächlich weil sie es beherrschten. Sie besaßen Macht, echte Macht über Leben und Tod, ein viel stärkeres Narkotikum als Geld und eines der Dinge, für die ein Mensch Leib und Seele riskieren würde. Einem von ihnen, dachten – hofften – die meisten, könnte es ja gelingen, die Präsidentschaft ihres Landes zu übernehmen, und gemeinsam könnten sie die Lage beruhigen und weitermachen wie bisher. Natürlich würden sie ihr Land etwas öffnen müssen. Sie würden UNO- und andere Inspektoren überallhin lassen müssen, aber durch den Tod ihres Führers hätten sie die Chance, neu anzufangen, selbst wenn jedermann wüßte, daß absolut nichts Neues geschah. So waren die Regeln der Welt. Ein Versprechen hier, ein Versprechen da, ein paar Bemerkungen über Demokratie und Wahlen, und ihre einstigen Feinde würden mit lachhafter Hast ihnen und ihrem Volk eine neue Chance bieten. Seit Jahren hatte sich keiner von ihnen wirklich sicher gefühlt. Jeder wußte von Kollegen, die ums Leben gekommen waren, von der Hand ihres jetzt toten Führers oder unter Umständen, die man als ›mysteriös‹ umschrieb – Hubschrauberabstürze zum Beispiel waren eine beliebte Masche ihres geliebten, gefallenen Präsidenten gewesen. Jetzt hatten sie die Chance, ein Leben der Macht mit mehr Selbstvertrauen zu leben, und dagegen stand ein Leben in Gleichgültigkeit irgendwo im Ausland. Jeder von ihnen hatte bereits ein Leben geführt, in einem Luxus, wie man ihn sich nur vorstellen kann – *plus* Macht. Jeder von ihnen brauchte nur mit den Fingern zu schnipsen, und die da gesprungen kamen, waren keine Diener, sondern Soldaten...

Nur eines. Zu bleiben wäre das größte und gefährlichste Hasardspiel ihres Lebens. Jetzt stand ihr Land unter der strengsten Kontrolle seit Menschengedenken, und das hatte seinen Grund. Die Leute, die dem Toten ihre Liebe und Bewunderung zugeschrien hatten – was dachten sie wirklich? Vor einer Woche völlig egal, war es *das* jetzt gewiß nicht mehr. Und die Soldaten unter ihrem Befehl kamen aus derselben Menschenmasse. Wer von ihnen hatte das Charisma, die Führung des Landes zu übernehmen? Wer von ihnen hatte die Schlüssel zur Ba'ath-Partei?

Wer von ihnen konnte Kraft seines Willens regieren? Denn nur dann könnten sie in die Zukunft schauen, und wenn auch nicht ganz ohne Angst, so doch so, daß sie mit ihrer Erfahrung und ihrem Mut das Risiko meistern könnten, das sie eingingen. Jeder von ihnen, wie er hier an der Rennbahn stand, sah sich in der Runde seiner Offiziersbrüder um und stellte sich dieselbe Frage: *Wer?*

Das war der Haken: Wäre unter ihnen ein solcher gewesen, wäre er gewiß schon tot, am ehesten durch einen tragischen Hubschrauberunfall. Und Diktatur ließ sich nicht im Komitee betreiben. So stark, wie sie sich einzeln fühlten, sah jeder auf andere und erkannte potentielle Schwächen. Kleinliche Eifersüchteleien würden sie vernichten. Rangeleien und Rivalitäten würden vermutlich solchen internen Zwist verursachen, daß die eiserne Hand, die das Volk unter Kontrolle halten sollte, schwach würde. Und binnen weniger Monate würde alles auseinanderfallen. Das kannten sie alle, und im Endergebnis erblickten sie ihren Tod, eine Reihe der eigenen Soldaten vor ihnen und die Mauer im Rücken.

Für diese Männer gab es kein anderes Ethos als Macht und deren Ausübung. Das genügte für einen Menschen, aber nicht für viele. *Viele* mußten um etwas herum vereint werden, sei es der Befehl eines Vorgesetzten oder ein gemeinsames Ideal; jedenfalls etwas, das einen gemeinsamen Ausblick bot. Keiner von ihnen vermochte ersteres, und gemeinsam fehlte ihnen letzteres. So mächtig jeder einzeln sein mochte, waren sie auf fundamentale Weise auch schwach, und als die Offiziere da standen und sich zueinander umblickten, wußten sie es alle. Im Grunde glaubten sie an nichts. Was sie mit Waffengewalt erzwangen, konnten sie mit ihrem Willen nicht durchsetzen. Von hinten konnten sie kommandieren, aber nicht von vorn führen. Wenigstens waren die meisten intelligent genug, das auch zu wissen. Und darum war Badrayn nach Bagdad geflogen.

Er sah ihnen in die Augen und wußte, was sie dachten, wie unbewegt ihre Gesichter auch waren. Ein Unerschrockener hätte sich voller Selbstvertrauen vor die anderen hingestellt und die Führung der Gruppe übernommen. Aber die Unerschrockenen waren längst tot, hingemetzelt von einem Unerschrockeneren und Erbarmungsloseren, und der wiederum niedergestreckt von der ungesehenen Hand eines noch Geduldigeren und noch Erbarmungsloseren. Badrayn wußte, was die Antwort sein mußte, und sie auch. Der tote irakische Präsident hatte nichts hinterlassen, das ihn ersetzen konnte.

Diesmal klingelte das Telefon um 6.05 Uhr. Ryan machte es nichts aus, vor 7.00 Uhr geweckt zu werden. Das war jahrelang seine Zeit gewesen, und dann mußte er noch mit dem Auto zur Arbeit fahren.

»Ja?«

»Mr. President?« Jack war überrascht, Arnies Stimme zu hören. Andererseits hätte er es auch wissen müssen: Wer zum Teufel hätte sonst am Telefon sein können?

»Was ist?«

»Ärger.«

Vizepräsident Edward J. Kealty hatte die ganze Nacht nicht geschlafen, doch seinem Aussehen hätte man das nicht angemerkt. Rosig rasiert, klaren Blickes und gestreckten Rückens schritt er mit seiner Frau und seinen Adjutanten in das CNN-Gebäude. Am Eingang wurde er von einem Produzenten abgeholt und in einen Fahrstuhl gezaubert für die Fahrt nach oben. Nur die üblichen Freundlichkeiten wurden ausgetauscht. Der Karrierepolitiker starrte vorwärts, als wollte er die rostfreien Stahltüren davon überzeugen, daß er wußte, was er tat. Mit Erfolg.

Die vorbereitenden Telefonate waren in drei vorangegangenen Stunden getätigt worden, beginnend mit dem Chef des Nachrichtensenders, einem alten Freund. Zum erstenmal in seiner Karriere war der TV-Boß wie vom Donner gerührt. Man rechnete halbwegs mit Flugzeugabstürzen, Eisenbahnunglücken, Gewaltverbrechen – Routinekatastrophen, von denen die Medien lebten –, doch was derartiges war ein Ereignis des Lebens. Zwei Stunden zuvor hatte er Arnie van Damm angerufen, auch ein alter Freund, denn man hatte sich als Reporter abzusichern; außerdem steckte eine Liebe zu seinem Land in ihm, die zwar selten zum Ausdruck kam, aber dennoch da war, und der CNN-Präsident hatte nicht die leiseste Ahnung, wohin diese Geschichte führte. Er hatte den Gerichtskorrespondenten des Senders, einen gescheiterten Prozeßanwalt, angerufen, der seinerseits gerade mit einem befreundeten Professor von der Georgetown University Law School telefonierte. Im Augenblick rief der CNN-Präsident im grünen Raum am.

»Sind Sie sich wirklich sicher, Ed?« war alles, was er fragen mußte.

»Ich habe keine andere Wahl. Ich wünschte, ich hätte sie.« Was die erwartete Antwort war.

»Ihr Begräbnis. Ich werde zuschauen.« Dann war die Verbindung unterbrochen. Am anderen Ende gab es Jubel. Teufel noch mal, würde das eine Story! Und CNNs Aufgabe war es, Nachrichten zu bringen, und basta.

»Arnie, ist das völlig irre, oder träume ich noch?« Sie waren oben in einem Wohnzimmer. Jack hatte sich etwas Legeres übergezogen. Van Damm hatte keinen Schlips um, und seine Socken paßten nicht zueinander, bemerkte Ryan. Doch am schlimmsten war: Van Damm sah absolut erschüttert aus. So hatte er ihn noch nie gesehen.

»Ich glaube, wir müssen es einfach abwarten.« Beide drehten sich um, als die Tür aufging.

»Mr. President?« Ein Mann um die Fünfzig trat ein, korrekt gekleidet, im Straßenanzug. Er war groß und sah gehetzt aus. Andrea folgte ihm. Auch sie war kurz informiert worden, soweit das möglich war.

»Das ist Patrick Martin«, sagte Arnie.

»Abteilung Strafrecht im Justizministerium, richtig?« Jack erhob sich, schüttelte ihm die Hand und winkte ihn an den Couchtisch.

»Jawohl, Sir. Ich arbeite mit Dan Murray zusammen bei den Absturzermittlungen.«

»Pat ist einer unserer besseren Prozeßanwälte. Er hält auch Vorlesungen am George Washington, zu Verfassungsrecht«, erklärte der Stabschef.

»Also, was halten Sie vom Ganzen?« fragte der Präsident, seine Stimme irgendwo zwischen unbestimmter Belustigung und absolutem Unglauben.

»Ich denke, wir müssen sehen, was er zu sagen hat.«

»Wie lange bei Justice?« fragte Jack und kehrte zu seinem Platz zurück.

»Dreiundzwanzig Jahre. Vorher vier Jahre beim FBI.« Martin goß sich eine Tasse ein und beschloß, stehen zu bleiben.

»Es geht los«, bemerkte van Damm und schaltete den Ton an.

»Meine Damen und Herren, bei uns im Washingtoner Studio ist Vizepräsident Edward J. Kealty.« CNNs politischer Chefkorrespondent sah auch aus dem Bett gezerrt und echt erschüttert aus. Ryan fiel auf, daß von all den Leuten, die er an diesem Tag gesehen hatte, Kealty am normalsten aussah. »Sir, Sie haben etwas Ungewöhnliches zu sagen.«

»Ja, das habe ich, Barry. Ich sollte vielleicht als erstes sagen, daß dies das Schwierigste ist, was ich in dreißig Jahren öffentlichen Lebens je zu tun gehabt habe.« Kealtys Stimme war leise und verhalten, er sprach in dem Ton eines Essays von Emerson, langsam und klar und sehr ernst. »Wie Sie wissen, hatte mich Präsident Durling gebeten, von meinem Posten zurückzutreten. Der Grund dafür war eine Frage des Betragens während meiner Zeit als Senator. Barry, es ist kein Geheimnis, daß mein persönliches Verhalten nicht immer ganz so vorbildlich gewesen ist, wie es hätte sein sollen. Das trifft zwar auf viele Leute im öffentlichen Leben zu, aber das ist keine Entschuldigung, und ich stelle es auch nicht als solche hin. Als Roger und ich die Lage besprochen haben, kamen wir darin überein, daß es am besten wäre, wenn ich von meinem Amt zurücktreten würde, um ihm zu erlauben, sich für die Wahlen Ende des Jahres um einen neuen Mitkandidaten für die Präsidentschaft zu kümmern. Darüber hinaus hatte er die Absicht, John Ryan meinen Posten als Interims-Vizepräsident anzuvertrauen.

»Barry, ich war damit einverstanden. Ich habe eine sehr lange Zeit im öffentlichen Leben gestanden, und der Gedanke, in den Ruhestand zu gehen, um mit meinen Enkeln zu spielen und vielleicht ein wenig zu lehren, sah wirklich sehr attraktiv aus. Und so entsprach ich Rogers Bitte im Interesse von... nun, wirklich zum Besten des Landes.

»Aber ich bin nicht tatsächlich zurückgetreten.«

»Okay«, sagte der Korrespondent und hielt die Hände hoch, fast, als wollte er einen Baseball fangen. »Ich meine, darüber sollten wir völlige Klarheit haben, Sir. Was genau ist geschehen?«

»Barry, ich bin zum State Department gefahren. Sehen Sie, die Verfassung schreibt vor, wenn der Präsident oder der Vizepräsident zurücktritt, muß der Rücktritt gegenüber dem Secretary of State erklärt werden. Ich habe mich mit Secretary Hanson privat getroffen, um mit ihm die Sache zu besprechen. Ich hatte auch tatsächlich eine schriftliche Rücktrittserklärung vorbereitet, aber sie hatte nicht die richtige Form, und Brett bat mich, sie wieder mitzunehmen. Ich fuhr wieder zurück und dachte, ich könnte das erledigt und am Folgetag wieder eingereicht haben.

»Keiner hat mit den Ereignissen des Abends gerechnet. Es hat mich sehr mitgenommen, wie viele andere auch. In meinem Fall, wie Sie wissen, nun, so viele Freunde, mit denen ich jahrelang zusammengearbeitet hatte, wurden einfach ausgelöscht durch diesen brutalen und feigen Akt. Aber ich bin nie tatsächlich zurückgetreten.« Kealty sah einen Augenblick runter und biß sich auf die Lippe, ehe er fortfuhr. »Barry, auch damit hätte ich mich abfinden können. Ich habe Präsident Durling mein Wort gegeben, und ich hatte die volle Absicht, es zu halten.«

»Aber ich kann nicht. Ich kann es einfach nicht«, fuhr Kealty fort. »Lassen Sie mich das erklären.«

»Ich kenne Jack Ryan seit Jahren. Er ist ein feiner Kerl, ein mutiger Mann, und er hat unserem Land ehrenhaft gedient, aber er ist leider nicht der Mann, der unser Land heilen kann. Was er gestern abend gesagt hat, als er versuchte, zum amerikanischen Volk zu sprechen, beweist das. Wie sollen wir unter diesen Umständen bloß erwarten, daß unsere Regierung funktioniert, ohne erfahrene, fähige Leute zur Besetzung der vakanten Stellen?«

»Aber er ist doch der Präsident?« fragte Barry und konnte kaum glauben, was er tat, was er hörte.

»Barry, er weiß nicht einmal eine Ermittlung richtig zu führen. Sehen Sie sich an, was er gestern abend über den Flugzeugabsturz gesagt hat. Kaum eine Woche ist vergangen, und er sagt bereits, er weiß, was geschehen ist. Kann das jemand glauben?« fragte Kealty schmerzbewegt. »Kann das wirklich jemand glauben? Wer beaufsichtigt diese Untersuchungen? Wer führt sie tatsächlich? Und wem erstattet man Bericht? Und schon nach einer *Woche* die endgültige Lösung zu haben? Wie soll das amerikanische Volk darauf vertrauen können? Als Präsident Kennedy ermordet wurde, hat es Monate gedauert. Und die Untersuchung wurde vom Präsidenten des Obersten Bundesgerichtshofs geleitet. Warum? Weil wir Gewißheit brauchten, deshalb.«

»Verzeihen Sie, Mr. Vice President, aber das beantwortet nicht wirklich meine Frage.«

»Barry, Ryan ist nie Vizepräsident gewesen, weil ich nicht zurückgetreten bin. Der Posten war niemals vakant, und die Verfassung sieht nur einen Vizepräsidenten vor. Er hat ja auch nie den Eid geleistet, der mit dem Amt verbunden ist.«

»Aber ...«

»Sie glauben, ich tu' das gern? Ich habe keine andere Wahl. Wie können wir den Kongreß und die gesamte Exekutive mit Amateuren wieder aufbauen? Gestern abend hat Mr. Ryan die Gouverneure der Bundesstaaten aufgefordert, ihm Leute ohne Erfahrung im Regieren zu schikken. Wie sollen Gesetze erlassen werden von Leuten, die nicht wissen, wie?«

»Barry, ich habe noch nie öffentlichen Selbstmord begangen. Es ist, wie einer der Leute zu sein, einer der Senatoren beim Amtsenthebungsverfahren gegen President Andrew Johnson. Ich schaue in mein offenes politisches Grab, doch ich muß das Land an erster Stelle sehen. Ich muß!« Die Kamera holte sein Gesicht näher heran, und die Verzweiflung darin war offenkundig. Fast konnte man Tränen in seinen Augen sehen, als seine Stimme seinen selbstlosen Patriotismus verkündete.

»Er war schon immer gut im Fernsehen«, bemerkte van Damm.

»Mir fällt es schwer, das Ganze zu glauben«, sagte Ryan.

»Glauben Sie es«, riet ihm Arnie. »Mr. Martin? Wir könnten etwas juristischen Rat gebrauchen.«

»Zuallererst sollten Sie jemanden zu State schicken und des Ministers Büro kontrollieren lassen.«

»FBI?« fragte van Damm.

»Ja.« Martin nickte. »Sie werden zwar nichts finden, aber so muß es anfangen. Als nächstes sollten Telefon-Logbücher und Notizen überprüft werden. Dann sollten wir mit Befragungen beginnen. Das wird allerdings problematisch. Secretary Hanson ist tot, ebenso seine Frau und natürlich Präsident und Mrs. Durling. Das wären die Leute gewesen, die diesbezüglich am meisten gewußt hätten. Ich rechne stark damit, daß wir sehr wenig konkrete Beweise und nicht sehr viel verwertbares Indizienmaterial zu Tage fördern werden.«

»Roger hat mir gesagt, daß ...«

»Hörensagen«, unterbrach ihn Martin. »Sie sagen mir, daß Ihnen jemand gesagt habe, was jemand anders ihm mitgeteilt hätte – findet vor keinem Gericht viel Gehör.«

»Weiter«, sagte Arnie.

»Sir, zu dieser Frage steht nichts in der Verfassung oder in den Gesetzen.«

»Und es gibt keinen Supreme Court, das die Frage klären könnte«, stellte Ryan fest. Nach der bedeutungsschwangeren Pause fügte er hinzu: »Wenn er nun die Wahrheit sagt?«

»Mr. President, ob er die Wahrheit sagt oder nicht, ist nicht der Punkt«, erwiderte Martin. »Wenn wir nicht beweisen können, daß er lügt, und das würde schwer, dann hat er eine Art Fall. Übrigens, zur Frage des Supreme Court: Angenommen, Sie bekommen einen neuen Senat und nehmen Ihre Ernennungen vor, dann müßten sich alle neuen Bundesrichter normalerweise von vornherein für befangen erklären, weil Sie sie ausgewählt und ernannt haben. Damit wäre vermutlich keine juristische Klärung möglich.«

»Wenn es aber diesbezüglich kein Gesetz gibt?« fragte der Präsident.

»Genau. Eine echt harte Nuß«, sagte Martin leise, während er überlegte. »Okay, ein Präsident oder Vizepräsident gibt seine Amtsgeschäfte auf, wenn er zurücktritt. Ein Rücktritt wird vollzogen, wenn der Amtsinhaber die Rücktrittserklärung – ein Brief genügt – dem zuständigen Amtsträger übergibt. Doch der Mann, der sie angenommen hat, ist tot, und wir werden zweifellos feststellen, daß die Erklärung fehlt. Secretary Hanson hat vermutlich den Präsidenten angerufen, um ihn von dem Rücktritt in Kenntnis zu setzen.«

»Das hat er«, bestätigte van Damm.

»Aber Präsident Durling ist ebenfalls tot. Seine Aussage hätte Beweiskraft gehabt, aber die ist nicht zu bekommen. Und damit stehen wir wieder am Anfang.« Martin gefiel gar nicht, was er tat, außerdem war es schwer genug, gleichzeitig über die Rechtslage zu reden und nachzudenken.

»Aber...«

»Die Telefonnachweise werden zeigen, daß es ein Gespräch gab, gut. Secretary Hanson könnte aber gesagt haben, daß das Schreiben nicht korrekt formuliert war und bis zum nächsten Tage in Ordnung gebracht würde. Das ist Politik, nicht Recht. Solange Durling Präsident war, mußte Kealty zurücktreten wegen...«

»Des Vorwurfs sexueller Belästigung«, stellte Arnie fest.

»Sie sagen es. Seine TV-Erklärung hat diesen Punkt auch gestreift, und es ist ihm doch ganz gut gelungen, ihn zu verschleiern.«

»Wir sind wieder da, wo wir angefangen haben«, konstatierte Ryan.

»Jawohl, Mr. President.« Das rief ein gequältes Lächeln hervor.

»Nett zu wissen, daß noch jemand den Glauben nicht verloren hat.«

Inspektor O'Day und drei weitere Agenten aus der Zentrale stiegen direkt vor dem Gebäude aus dem Wagen. Als ein uniformierter Wachtposten auf sie zutrat, um etwas dagegen einzuwenden, zeigte ihm O'Day seinen Dienstausweis und ging weiter zum Hauptschalter des Sicherheitsdienstes.

»Ich möchte, daß mich Ihr Chef im sechsten Stock trifft«, sagte er zu dem Posten. »Es ist mir egal, was er gerade tut. Sagen Sie ihm, er soll sofort hinaufkommen.« Dann begab er sich mit seinen Leuten zum Fahrstuhl.

»Heh, Pat, was zum Teufel...«

Die anderen drei waren mehr oder weniger zufällig vom Office of Professional Responsibility (OPR) ausgewählt worden, der im FBI zuständigen Abteilung für interne Angelegenheiten. Alles erfahrene Ermittler mit Kontrollfunktion, deren Aufgabe es war, das Bureau sauberzuhalten. Einer von ihnen hatte sogar gegen einen früheren Direktor ermittelt. Die Devise des OPR war, nichts zu respektieren außer dem Gesetz.

Der Wachtposten unten hatte bereits den Posten im obersten Stockwerk angerufen. Diesen Morgen war es George Armitage, der diese Woche eine andere Schicht hatte als die Woche zuvor.

»FBI«, verkündete O'Day, als die Fahrstuhltür aufging. »Wo ist das Büro des Ministers?«

»Hier entlang, Sir.« Armitage führte sie den Korridor entlang.

»Wer hat in diesem Büro zu schaffen?« fragte der Inspektor.

»Wir bereiten Mr. Adlers Einzug vor. Mr. Hansons Sachen haben wir fast schon rausgeschafft...«

»Demzufolge ist also ständig jemand aus und ein gegangen?«

»Ja, Sir.«

O'Day hatte nicht damit gerechnet, daß es viel Sinn hätte, das kriminaltechnische Team zu beteiligen, aber das würde trotzdem geschehen. Wenn es jemals eine Ermittlung gegeben hat, die sich streng an die Vorschriften zu halten hatte, dann war es diese.

»Okay, wir möchten mit jedem sprechen, der im Büro und in seiner Nähe gewesen ist seit dem Augenblick, als Minister Hanson es verlassen hat. Mit jedem einzelnen, Sekretärinnen, Hausmeister, allen.«

»Die Sekretärinnen kommen erst in etwa einer halben Stunde.«

»Okay. Schließen Sie mal die Tür auf?«

Armitage ließ sie ins Sekretariat und dann durch die nächsten Türen in das Büro. Dort blieben die FBI-Agenten stehen und sahen sich erst mal um. Dann bezog einer von ihnen Posten an der Tür zum Hauptkorridor.

»Danke, Mr. Armitage«, sagte O'Day, mit Blick auf das Namensschild. »Okay. Für den Augenblick betrachten wir das als Tatort. *Niemand*, rein oder raus, ohne unsere Erlaubnis. Es muß einen Raum geben, wo wir Leute befragen können. Ich hätte gern von Ihnen eine schriftliche Aufstellung über jeden, der hier drin gewesen ist, mit Datum und Uhrzeit, wenn das möglich ist.«

»Die Sekretärinnen müßten so was haben.«

»Wir möchten auch die Liste von Ihnen.« O'Day blickte in den Korridor und war verärgert. »Wir hatten darum gebeten, daß Ihr Chef hier sein sollte. Was meinen Sie, wo er sein könnte?«

»Er kommt gewöhnlich erst so gegen acht.«

»Könnten Sie ihn freundlicherweise anrufen? Wir möchten mit ihm sprechen – jetzt sofort.«

»Wird gemacht, Sir.« Armitage fragte sich, was zum Teufel das alles sollte. Er hatte am Morgen nicht ferngesehen und noch nicht gehört, was los war. Überhaupt war ihm das ziemlich egal. Fünfundfünfzig, und mit Blick auf den Ruhestand nach zweiunddreißig Jahren im Staatsdienst, wollte er bloß seinen Job tun und gehen.

»Guter Zug, Dan«, sagte Martin ins Telefon. Sie befanden sich jetzt im Oval Office. »Meld mich wieder.« Der Anwalt legte auf und wandte sich den anderen zu.

»Murray hat einen der Springer-Inspektoren hingeschickt, Pat O'Day. Guter Mann, Problemlöser. Er wird von OPR-Leuten unterstützt.« Martin erklärte kurz, was das bedeutete. »Kluger Schachzug. Die sind unpolitisch. Und damit muß Murray sich jetzt zurückziehen.«

»Wieso?« fragte Jack, der immer noch Mühe hatte zu folgen.

»Sie haben ihn als amtierenden Direktor eingesetzt. Ich kann hier auch nicht stark einbezogen werden. Sie müssen jemanden finden, der die Ermittlungen leitet. Er muß clever sein, sauber und nicht im geringsten politisch. Vielleicht ein Richter«, meinte Martin. »Zum Beispiel ein Oberster Richter eines der Bundesberufungsgerichte. Davon gibt es viele gute.«

»Irgendwelche Vorschläge?« fragte Arnie.

»Die Namen müssen Sie von jemand anders erhalten. Ich kann nicht genug betonen, das muß in jeder möglichen Hinsicht sauber sein. Gentlemen, wir sprechen über die Verfassung der Vereinigten Staaten.« Martin hielt inne. Er mußte dies erklären. »Sie ist für mich wie die Bibel, okay? Für Sie sicher auch, ich aber habe als FBI-Agent begonnen. War hauptsächlich mit Bürgerrechtskram befaßt, all die Kapuzenträger im Süden. Bürgerrechte sind wichtig, das habe ich gelernt, als ich vor den Leichen von Leuten stand, die versucht hatten, diese Rechte durchzusetzen für andere Leute , die sie nicht mal kannten. Okay, ich habe das Bureau verlassen und bin Anwalt geworden, habe ein bißchen privat praktiziert, schätze aber, ich habe nie aufgehört, ein Cop zu sein, also kam ich wieder rein. Im Justizministerium habe ich in OC gearbeitet und in Spionage, und gerade habe ich die Leitung der Abteilung Strafrecht übernommen. Dies ist sehr wichtig für mich. Man muß es absolut richtig angehen.«

»Das werden wir«, versprach Ryan. »Doch es wäre gut zu wissen, wie.«

»Verdammt, wenn ich das wüßte! Was den Inhalt betrifft jedenfalls. Was die Form betrifft, so muß alles vollkommen sauber sein, das ist gar keine Frage. Das ist unmöglich, aber Sie müssen es jedenfalls versuchen. Das ist die rechtliche Seite. Die politische Seite überlasse ich Ihnen.«

»Okay. Und die Crash-Ermittlungen?« Ryan wunderte sich ein bißchen über sich selbst. Er hatte sich tatsächlich von jenen Ermittlungen ab- und etwas anderem zugewandt. Verdammt.

Diesmal lächelte Martin. »Pißwütend bin ich, Mr. President. Ich mag nicht, wenn man mir vorschreibt, wie ich einen Fall führe. Wenn Sato noch am Leben wäre, könnte ich ihn sofort vor Gericht bringen. Das, was Kealty über die Ermittlungen im Fall JFK gesagt hat, war bös irreführend. Man behandelt einen solchen Fall, indem man gründlich ermittelt, statt ihn in einen bürokratischen Zirkus zu verwandeln. Ich habe das mein ganzes Leben lang so gehalten. Dieser Fall ist ziemlich einfach – groß, aber einfach – und in der Praxis abgeschlossen. Eine echte Hilfe waren die Mounties. Sie haben sehr viel Arbeit für uns erledigt, eine Tonne erhärtendes Beweismaterial, Zeit, Ort, Fingerabdrükke, Leute aus dem Flugzeug zur Befragung ermittelt. Und die japanische Polizei – mein Gott, die könnten Nägel zerbeißen, so wütend sind die über den Vorfall. Sie vernehmen sämtliche eventuell in Frage kommenden Verschwörer. Sie, und wir, wollen ihre Verhörmethoden gar nicht wissen. Aber deren rechtliches Vorgehen ist nicht unser Problem. Ich wäre bereit, das zu verteidigen, was Sie gestern gesagt haben. Ich bin bereit, alles durchzugehen, was wir wissen.«

»Tun Sie das, heute nachmittag«, sagte van Damm zu ihm. »Ich sorge dafür, daß die Presse da ist.«

»Ja, Sir.«

»Somit können Sie bei der Kealty-Geschichte nichts tun?« fragte Jack.

»Nein, Sir. Man darf hier nicht gestatten, daß rechtmäßiges Vorgehen irgendwie verunreinigt wird.«

»Aber Sie können mich beraten?« fuhr Präsident Ryan fort. »Ich brauche juristische Beratung.«

»Die brauchen Sie, und ja, Mr. President, das kann ich tun.«

»Wissen Sie, Martin, wenn dies ausgest ...«

Ryan schnitt seinem Stabschef das Wort ab, noch ehe der Anwalt reagieren konnte. »Nein, Arnie, nichts davon. Gottverdammt! Das Spiel will ich nicht spielen. Mr. Martin, mir gefällt Ihr Instinkt. Wir spielen das absolut korrekt. Wir suchen uns Profis dafür, und dann verlassen wir uns darauf, daß sie Profis sind. Ich bin Spezialankläger und Spezial-dies und Spezial-das schietverflucht leid. Wenn man keine Leute hat, denen man vertrauen kann, ihren Job richtig zu tun, was tun sie dann überhaupt hier?«

Van Damm rutsche auf seinem Stuhl hin und her. »Sie sind aber naiv, Jack.«

»Schön, Arnie, und die Regierung ist von politisch bewußten Leuten geführt worden seit vor meiner Geburt, und sehen Sie sich doch an, wohin uns das gebracht hat!« Ryan erhob sich, um im Raum auf und ab zu gehen. Das war ein Vorrecht des Präsidenten. »Ich hab' das alles satt. Was ist mit der Ehrlichkeit passiert, Arnie? Das ist bloß noch ein kackbeschissenes Spiel hier, und der Zweck des Spiels ist nicht, das Richtige zu tun, der Zweck des Spiels ist es, *hier zu kleben*. Das ist nicht Zweck der Übung! Und ich will *verdammt* sein, wenn ich ein Spiel aufrechterhalte, das ich nicht mag.« Jack wandte sich an Pat Martin. »Erzählen Sie mir von dem FBI-Fall.«

Martin blinzelte, wußte nicht recht, wieso das jetzt aufkam, aber erzählte die Geschichte. »Man hat sogar einen schlechten Film darüber gedreht. Ein paar Bürgerrechtler sind von ortsansässigen Klan-Leuten abgeknallt worden. Zwei von ihnen waren sogar dortige Cops, und der Fall kam nicht voran, also wurde das Bureau damit betraut. Dan Murray und ich waren damals Neulinge. Ich war in Buffalo. Er in Philly. Sie schickten uns hin, um dort mit Big Joe Fitzgerald zusammenzuarbeiten. Er war einer von Hoovers Springer-Inspektoren. Ich war dort, als sie die Leichen fanden. Ü-ü-bel«, sagte Martin, der sich wieder an den Anblick und den schrecklichen Gestank erinnerte. »Die hatten sich bloß darum bemüht, daß Bürger für die Wahlen registriert wurden, und dafür wurden sie umgebracht, und die Cops dort rührten nicht den kleinsten Finger. Es ist seltsam, aber wenn man so was sieht, ist es nicht mehr abstrakt. Es ist weder ein Dokument noch eine Fallstudie, noch ein Formular zum Ausfüllen. Es wird halt höllisch real, wenn man Leichen ansieht, die zwei Wochen in der Erde gelegen haben. Diese Klukker-Bastarde haben das Gesetz gebrochen und Mitbürger ermordet, die etwas getan haben, von dem die Verfassung nicht nur sagt, es sei okay – es ist ein *Recht*. Also, wir haben sie geschnappt, und sie wurden auch eingelocht.«

»Warum, Mr. Martin?« fragte Jack. Die Antwort hatte er erwartet.

»Weil ich einen Eid geschworen habe, Mr. President. Darum.«

»Das habe ich auch, Mr. Martin.« *Und das nicht zu irgendeinem gottverdammten Spiel.*

Die Stichwort-Bestimmung war wenig eindeutig. Das irakische Militär benutzte Hunderte Radiofrequenzen, hauptsächlich im UKW-Bereich, und der Funkverkehr war, wenn auch ungewöhnlich im Gesamtblick, doch routinemäßig vom Inhalt her. Tausende Nachrichten wurden versandt, bis zu fünfzig gleichzeitig, und STORM TRACK hatte nicht mal annähernd genügend Sprachkundige, um sie alle zu verfolgen, obwohl das seine Aufgabe war. Die Befehlskanäle der höheren Offiziere waren bekannt, aber die waren verschlüsselt, und das bedeutete, daß die Computer in KKMC mit den Signalen spielen mußten, um einen Sinn aus etwas herauszufinden, das wie Statik klang. Zum Glück gab es Überläufer, die Muster von Chiffrierchips mitbrachten, andere kleckerten mit Schlüsselsequenzen vom Tage über die Grenze, und alle wurden sie von den Saudis reichlich belohnt.

Funkgeräte wurden jetzt eher mehr benutzt als weniger. Die hohen irakischen Offiziere sorgten sich weniger um Funkmitschnitte als ums Abhören von Telefonleitungen. Diese einfache Tatsache sagte den höheren Wachoffizieren viel, und es wurde bereits ein Dokument vorbereitet, das die Treppe zum DCI raufgehen und zum Präsidenten weitergeleitet werden sollte.

STORM TRACK sah aus wie die meisten solcher Stationen. Eine riesige Antennenfarm, wegen der Kreisform Elefantenkäfig genannt, spürte Signale auf und ortete sie, während andere, sehr hohe Stabantennen andere Aufgaben erfüllten. Während der Vorbereitungen zu DESERT STORM war die Horchstation als Instrument zur Beschaffung taktischer Nachrichten für die alliierten Streitkräfte in aller Eile aufgebaut, dann aufgrund fortdauernden Interesses an der Region ausgebaut worden. Die Schwesterstation, PALM BOWL, hatten die Kuwaitis finanziert und wurden dafür mit einem Großteil der ›Beute‹ belohnt.

»Damit sind's drei«, sagte ein Techniker in der letzteren Station beim Blick auf die Mattscheibe. »Drei hohe Offiziere auf'm Weg zur Rennbahn. Ist's nicht ein bißchen früh für ein Spielchen mit den Ponys?«

»Ein Rendezvous?« fragte sein Lieutenant. Dies war eine militärische Einrichtung, und der Techniker, ein Sergeant mit drei Freiwillig-Touren zu fünf Jahren, hatte erheblich mehr Ahnung vom Job als sein neuer Boß. Wenigstens war der LT gescheit genug, zu fragen.

»Sieht ganz danach aus, Ma'am.«

»Wieso dort?«

»Mitten in der Stadt, kein offizielles Gebäude. Wenn man sich mit 'm Schatz treffen will, dann doch sicher nicht zu Hause, oder?« Das Bild wechselte. »Okay, wir haben wieder einen geknackt. Der Luftwaffenchef ist auch dort – war, vermutlich. Verkehrsanalyse scheint anzuzeigen, daß das Treffen vor rund einer Stunde zu Ende ging. Ich wünschte, wir könnten ihr Zeug schneller knacken ...«

»Inhalt?«

»Nur wo und wann, Ma'am, nichts Substantielles, nichts darüber, wozu sie sich treffen.«

»Wann ist das Begräbnis, Sergeant?«

»Sonnenuntergang.«

»Ja?« Ryan hatte den Hörer abgenommen. Man konnte ziemlich genau sagen, wie wichtig der Anruf war, anhand des Lämpchens, das aufleuchtete. In diesem Fall kam er vom Funkraum.

»Major Canon, Sir. Wir bekommen Futter von den Saudis. Die Nachrichtenleute sind noch dabei, einen Sinn rauszukitzeln. Ich sollte Ihnen aber schon einen kurzen Hinweis geben.«

»Danke.« Ryan legte wieder auf. »Wissen Sie, es wäre doch schön, wenn's nacheinander ginge. Im Irak geht etwas vor sich, aber die sind sich noch nicht sicher, was«, sagte er seinen Gästen. »Ich glaube, ich sollte meine Aufmerksamkeit darauf richten. Noch etwas, das ich jetzt tun muß?«

»Teilen Sie Vizepräsident Kealty Secret-Service-Schutz zu«, empfahl Martin. »Als ehemaliger Vize hat er ohnehin gesetzlichen Anspruch darauf – sechs Monate?« erkundigte sich der Anwalt bei Price.

»Stimmt genau.«

Martin überlegte kurz. »Hat es diesbezüglich Diskussionen gegeben?«

»Nein, Sir.«

»Schade«, meinte Martin.

## 14 / Blut im Wasser

Ed Foleys Flugzeug war groß und häßlich, eine Frachtmaschine vom Typ Lockheed C-141 B, in der Jägergemeinde ›Müllwagen‹ genannt, in deren Laderaum sich ein großer Wohncontainer befand. Der ›Trailer‹ hatte eine recht interessante Geschichte. Gebaut worden war er von Airstream Company ursprünglich als Heimkehrunterkunft für die Apollo-Astronauten, wenn auch dieser zur Reserve war und für den ursprünglichen Zweck nie verwendet wurde. Er gestattete hohen Beamten, mit beinahe häuslichen Annehmlichkeiten zu reisen, und wurde fast ausschließlich von hohen Nachrichtendienstlern benutzt. So konnten sie anonym *und* komfortabel reisen. Es gab viele Air Force Starlifters, und von außen sah Foleys genauso aus wie jeder andere – groß, grün und *häßlich*.

Kurz vor Mittag landete die Maschine auf Andrews, nach einem erschöpfenden Flug von fast siebentausend Meilen, siebzehn Stunden und zwei Luftbetankungen. Foley war mit drei Begleitern gereist, zwei davon Sicherheits- und Schutzbeamte, SPOs genannt. Die Duschgelegenheit hatte bei allen die Stimmung gehoben, und ihr Schlaf war von den

Funksprüchen, die schon ein paar Stunden zuvor einzutreffen begannen, auch nicht gestört worden. Bis der Frachtflieger ausrollte und die Türen sich öffneten, war er erfrischt und informiert. Das war so selten der Fall, daß es für den ADDO an ein Wunder grenzte. Um so besser, daß seine Frau da war, um ihn mit einem Kuß zu begrüßen. Es reichte, damit das Air-Force-Bodenpersonal sich fragte, was zum Teufel das alles zu bedeuten hatte.

»Hi, Honey!«

»Wir sollten echt mal so zusammen fliegen«, bemerkte ihr Mann mit einem Augenzwinkern. Dann schaltete er im Sekundenbruchteil um. »Was hört man denn zum Irak?«

»Irgendwas ist da los. Mindestens neun, eher zwanzig hohe Offiziere haben sich heimlich getroffen. Wir wissen nicht, worum's ging, aber gewiß nicht, um die Speisenfolge für den Leichenschmaus festzulegen.« Sie stiegen ins Auto ein, und sie übergab ihm eine Mappe. »Du wirst übrigens befördert.«

»Was?« Eds Kopf fuhr vom Dossier hoch.

»DCI. Wir bekommen Plan Blau, und Ryan will, daß du Boß wirst, der Legislative gegenüber. Ich bleibe DDO, und ich kann doch meinen Laden so führen, wie ich will, *nicht* wahr, Liebling?« Sie lächelte süß. Dann erklärte sie das andere Problem des Tages.

Clark hatte in Langley ein eigenes Büro, und seine Stellung garantierte ihm freien Blick auf den Parkplatz und die Bäume dahinter. Er teilte sich sogar mit vier anderen eine Sekretärin. Vieles in Langley war für ihn fremdes Land. Offiziell war er Ausbildungsoffizier auf der Farm. Ins Hauptquartier kam er nur, um Berichte abzugeben und neue Einweisung zu bekommmen, aber ihm gefiel es hier nicht. Jede Zentrale hatte ihren eigenen eigentümlichen Geruch. Die Schreibtischfahrer wollten alles geregelt haben. Sie mochten nichts Ungewöhnliches. Sie liebten keine Überstunden. Sie mochten keine Überraschung und nichts, was zum Nachdenken zwang. Sie waren der bürokratische Schwanz am Nachrichtendienst, bei dem CIA aber war der Schwanz so massiv geworden, daß er den Hund wedelte, ohne sich selbst zu rühren. Das Phänomen war keine Ausnahme, aber wenn es brenzlich wurde, war es *sein* Leben, das draußen riskiert wurde, und wenn er dort tatsächlich umkommen sollte, würde *er* zur kurzen Notiz werden, rasch zu den Akten gelegt.

»Die Nachrichten heute schon gesehen, Mr. C.?« fragte Chavez scherzhaft beim Eintreten.

»Bin seit fünf hier.« Er hielt eine Mappe hoch: PLAN BLAU stand drauf.

Weil er Papierkram haßte, arbeitete er mit höchster Intensität, wenn es mal welchen gab, um ihn schneller wieder loszuwerden.

»Dann schalt mal CNN ein.« John erwartete etwas, was seine Agency überraschen würde. Das tat es dann auch, aber nicht so, wie er erwartet hatte.

»Ladies and Gentlemen, der Präsident.«

Er mußte schnell an die Öffentlichkeit treten. Darin waren sich alle einig. Ryan betrat den Presseraum, stellte sich hinter das Pult und sah auf seine Notizen. Das war einfacher, als in den Raum zu schauen, kleiner und schäbiger als der Großteil des Gebäudes. Es waren acht Reihen zu je sechs Sitzplätzen. Und alle waren besetzt, hatte er beim Reinkommen gesehen.

»Haben Sie vielen Dank, daß Sie so früh hierhergekommen sind«, sagte Jack mit einer so lockeren Stimme, wie er zustande brachte.

»Jüngste Ereignisse im Irak beeinträchtigen die Sicherheit einer Region, die für Amerika und seine Verbündeten von vitalem Interesse ist. Ohne Bedauern nehmen wir den Tod des irakischen Präsidenten zur Kenntnis. Wie Sie wissen, war dieser Mensch verantwortlich für den Beginn zweier Aggressionskriege, die brutale Unterdrückung der kurdischen Minderheit im eigenen Land und die Verweigerung fundamentalster Menschenrechte.

Der Irak ist ein Land, das eigentlich wohlhabend sein sollte. Es hat einen beträchtlichen Anteil an den Erdölvorkommen der Welt, eine respektable industrielle Basis und eine stattliche Bevölkerungszahl. Das einzige, was dem Land fehlt, ist eine Regierung, die sich um die Bedürfnisse der Bürger kümmert. Wir hoffen, daß das Ableben des bisherigen Führers gerade dafür Gelegenheit bietet.« Jack blickte auf von seinen Notizen.

Amerika streckt darum dem Irak die Hand der Freundschaft entgegen. Wir hoffen, die Gelegenheit führt zur Normalisierung der Beziehungen und ein für allemal zur Beendigung von Feindseligkeiten zwischen dem Irak und seinen Nachbarn am Golf. Ich habe den geschäftsführenden Außenminister, Scott Adler, angewiesen, mit der irakischen Regierung Kontakt aufzunehmen und ihr Gelegenheit zu einem Treffen zu bieten, um Fragen von gegenseitigem Interesse zu diskutieren. Falls das neue Regime gewillt ist, die Frage der Menschenrechte anzusprechen und freie und faire Wahlen zu versprechen, ist Amerika gewillt, die Frage der Beendigung von Wirtschaftssanktionen und der raschen Wiederherstellung normaler diplomatischer Beziehungen anzusprechen.

Der Feindschaft hat es genug gegeben. Es steht nicht an, daß eine

Region solchen natürlichen Reichtums ein Schauplatz von Zwietracht sein soll, und Amerika ist gewillt, zusammen mit seinen Freunden unter den Golfstaaten als ehrlicher Makler dazu beizutragen, Frieden und Stabilität zu bringen. Wir erhoffen günstige Antwort aus Bagdad, damit die Aufnahme erster Kontakte beginnen kann.« Präsident Ryan faltete sein Manuskript zusammen.

»Damit wäre meine offizielle Erklärung beendet. Gibt es Fragen?« Das dauerte kaum den Bruchteil einer Sekunde.

»Sir, heute morgen, wie Sie wissen«, rief die *New York Times* als erste, »hat Vizepräsident Edward Kealty behauptet, er sei Präsident und nicht Sie. Was haben Sie dazu zu sagen?«

»Die Behauptung von Mr. Kealty ist grundlos und völlig wertlos«, erwiderte Jack kalt. »Nächste.«

Er hatte dem Spiel zwar abgeschworen, aber Ryan war nun dazu verdammt, es zu spielen. Keiner im Raum hatte sich von seinem Erscheinen im mindesten täuschen lassen. Die Erklärung, die er gerade gegeben hatte, hätte ebenso sein Pressesprecher oder ein Offizieller vom State Department halten können. Statt dessen stand er hier im Scheinwerferlicht, blickte in die versammelten Gesichter und fühlte sich wie ein einzelner Christ im Kolosseum voller Löwen. Nun, dazu war ja der Secret Service da.

»Noch mal nachgehakt – wenn er nun tatsächlich nicht zurückgetreten ist?« bestand die *Times* über die Schreie der anderen.

»Er *ist* tatsächlich zurückgetreten. Andernfalls hätte ich nicht ernannt werden können. Darum ist Ihre Frage ohne Bedeutung.«

»Aber, Sir, wenn er nun die Wahrheit sagt?«

»Tut er nicht.« Ryan holte tief Luft, wie Arnie es ihm gesagt hatte, fuhr dann fort und sagte, was Arnie ihm gesagt hatte. »Mr. Kealty trat auf Drängen Präsident Durlings von seinem Posten zurück. Sie alle kennen den Grund. Das FBI hat gegen ihn ermittelt, und zwar wegen sexueller Vergehen in seiner Zeit als Senator. Die Ermittlungen betrafen den Vorwurf sexueller Nötigung, um nicht zu sagen« – was Ryan damit doch sagte – »Vergewaltigung einer seiner Mitarbeiterinnen im Senat. Sein Rücktritt gehörte zu einem ... Handel, einer Bekennungsabsprache, sagen wir mal, um strafrechtlicher Verfolgung zu entgehen.« Ryan hielt wiederum inne, überrascht zu sehen, daß die versammelten Gesichter ein wenig blaß wurden. Er hatte gerade den Fehdehandschuh hingeschleudert, und der machte ziemlichen Krach auf dem Boden. Der nächste war noch lauter. »Sie wissen, wer der Präsident ist. Nun, können wir zu den Geschäften des Landes zurückkehren?«

»Was gedenken Sie, diesbezüglich zu tun?« fragte ABC.

»Meinen Sie Kealty oder den Irak?« fragte Ryan. Sein Ton ließ erkennen, was Sache sein sollte.

»Die Frage Kealty, Sir.«

»Ich habe das FBI gebeten, die Angelegenheit zu überprüfen. Ich erwarte dessen Bericht heute im Laufe des Tages. Abgesehen davon haben wir genügend anderes zu tun.«

»Nachfrage – wie steht es um das, was Sie in Ihrer Rede gestern Abend zu den Gouverneuren gesagt haben und was Vizepräsident Kealty heute früh gesagt hat? Wollen Sie wirklich unerfahrene Leute...«

»Ja, tatsächlich. Erstens, welche Leute haben wir, die erfahren sind in der Arbeit des Kongresses? Die Antwort ist: nicht sehr viele. Wir haben ein paar Überlebende, Leute, die das Glück hatten, an jenem Abend gerade woanders zu sein. Und außer ihnen – was? Leute, die bei der letzten Wahl geschlagen wurden? Wollen Sie die haben? Ich möchte, und ich denke, das Land braucht Leute, die anpacken können. Es ist eine Binsenweisheit, daß Regierung an sich ineffizient ist – von Natur aus. Wir können sie *nicht* effizienter machen, indem wir Leute auswählen, die immer Regierungsarbeit geleistet haben. Was den Gründungsvätern vorschwebte, waren Bürgervertreter, nicht eine permanent herrschende Schicht. In dem Sinne, denke ich, befinde ich mich in Übereinstimmung mit den Urhebern unserer Verfassung. Weiter?«

»Aber wer wird die Frage entscheiden?« fragte die *Los Angeles Times*.

»Die Frage ist entschieden«, gab Ryan zur Antwort. »Vielen Dank für Ihr Kommen! Wenn Sie mich jetzt entschuldigen, ich habe jede Menge zu tun.« Er nahm sein ursprüngliches Statement und ging nach rechts ab.

»Mr. Ryan!« Der Ruf kam von gut einem Dutzend Stimmen. Ryan ging durch die Tür und um die Ecke. Dort wartete Arnie.

»Nicht schlecht unter den Umständen.«

»Bis auf eins. Nicht einer hat ›Mr. President‹ gesagt.«

Moudi nahm das Telefonat entgegen; es dauerte nur wenige Sekunden. Dann ging er hinüber zur Isolierstation. Vor der Tür zog er sich Schutzkleidung an, nachdem er sie eingehend auf Lecks überprüft hatte. Der Anzug wurde von einer europäischen Firma als Nachbau des amerikanischen Racal hergestellt. Das dicke Plastik hatte ein deplaziertes Taubeneiblau und war durch Kevlargewebe verstärkt. Hinten am Gürtel hing ein Belüftungsgerät. Es pumpte gefilterte Luft in den Anzug, und das mit geringem Überdruck, damit ein kleiner Riß nicht etwa Umgebungsluft ansaugte. Es war nicht bekannt, ob Ebola durch die Luft übertragbar war oder nicht, und keiner wollte der erste sein, der dies nachwies. Er öffnete die Tür und ging hinein. Schwester Maria Magdalena war dort, stand ihrer Freundin bei, genauso gekleidet. Beide wußten sie nur allzu genau, was es für eine Patientin bedeutete, ihre Helfer in einer Art gekleidet zu sehen, die klar ihre Furcht vor dem erkennen ließ, was sie in sich trug.

»Guten Tag, Schwester«, sagte er und nahm mit der behandschuhten Hand die Kurve vom Fußende ihres Bettes. 41,4 Grad, trotz der Eispakkungen. Puls bei 115. Atmung 24 und flach. Der Blutdruck begann zu sinken, wegen der inneren Blutungen. Die Patientin hatte weitere vier Einheiten Blut übertragen bekommen. Die Blutwerte spielten verrückt. Die verschriebene Morphiumdosis war schon so hoch, wie das Risiko der Atemdämpfung zuließ. Schwester Jean Baptiste war nicht ganz bei Bewußtsein – nach der Medikation hätte sie eigentlich fast im Koma sein müssen, dafür waren aber die Schmerzen viel zu stark.

Maria Magdalena schaute durch ihre Plastikmaske zu ihm hin, ihr Blick war von Traurigkeit in Verzweiflung übergegangen, die ihr ihre Religion eigentlich verbot. Moudi und sie hatten schon alle Arten von Sterben gesehen, an Malaria, an Krebs, an AIDS. Aber nichts war auf so brutale Weise grausam wie dies. Der Tod schlug so schnell zu, daß dem Patienten keine Zeit blieb, sich darauf vorzubereiten, den Geist zu wappnen, die Seele durch Gebet und Glauben zu stärken. Es war wie eine Art Verkehrsunfall, abscheulich plötzlich, aber doch lang genug für entsetzliches Leiden der – wenn es in der Schöpfung einen Teufel gab, war dies mit Sicherheit sein Geschenk an die Welt. Arzt oder nicht, Moudi schob diesen Gedanken beiseite. Selbst der Teufel diente irgendeinem Zweck.

»Das Flugzeug ist unterwegs«, sagte er zu ihr.

»Was wird geschehen?«

»Professor Rousseau hat eine dramatische Behandlungsmethode vorgeschlagen. Wir werden das Blut vollkommen austauschen. Erst wird das gesamte Blut entnommen und das Gefäßsystem durchgespült mit Sauerstoff-angereicherter Kochsalzlösung. Dann beabsichtigt er, den gesamten Blutvorrat durch Vollblut zu ersetzen, das er mit Ebola-Antikörpern versetzt hat. Theoretisch werden die Antikörper das Virus auf diese Weise systematisch und simultan angreifen.«

Die Nonne dachte darüber nach. Es war nicht ganz so radikal, wie manche denken können. Der Austausch vom gesamten Blutvorrat des Körpers war ein Eingriff, den man schon seit Ende der sechziger Jahre kannte, als man ihn bei der Behandlung fortgeschrittener Meningitis einsetzte. Es war allerdings keine Behandlung, die routinemäßig erfolgen konnte. Eine Herz-Lungen-Maschine war dafür erforderlich. Aber hier war ihre Freundin, und sie selbst war weit darüber hinaus, an andere Patienten oder an Praktikabilität zu denken.

In dem Augenblick gingen Jean Baptistes Augen weit auf. Sie schauten auf nichts, stierten ins Leere, die Schlaffheit ihres Ausdrucks zeugte von ihrer Pein. Sie war vielleicht nicht einmal bei Bewußtsein. Die Augen blieben halt vor solchem Schmerz nicht zu. Moudi warf einen Blick auf den Morphiumtropf. Hätte er nur an die Schmerzen zu denken gehabt, hätte er vermutlich die Morphiumdosis erhöht und das Risiko auf sich genommen, die Patientin aus Mitleid zu töten. Doch das konnte er nicht riskieren. Er mußte sie lebend abliefern, und sei ihr Schicksal noch so grausam: Ihr war es bestimmt.

»Ich muß sie begleiten«, sagte Maria Magdalena gelassen.

Moudi schüttelte den Kopf. »Das kann ich nicht zulassen.«

»Das ist eine unserer Ordensregeln. Ich darf nicht erlauben, daß sie ohne Begleitung durch eine von uns auf Reisen geht.«

»Das ist gefährlich, Schwester. Sie zu bewegen ist ein Risiko. Und in dem Flugzeug werden wir Umluft atmen. Es ist nicht unbedingt erforderlich, Sie auch diesem Risiko auszusetzen. Ihre Keuschheit steht hier nicht zur Frage.« Und eine Tote war genug für seine Zwecke.

»Ich habe keine andere Wahl.«

Moudi nickte. Auch ihr Schicksal hatte er nicht bestimmt, nicht wahr. »Wie Sie wünschen.«

Das Flugzeug landete auf dem Internationalen Flughafen Jomo Kenyatta zehn Meilen von Nairobi entfernt und rollte zum Frachtterminal. Es war eine alte 707, ehemals Teil der persönlichen Flotte des Schahs. Die längst herausgerissene Inneneinrichtung hinterließ nur das blanke Metalldeck. Die Lkws warteten schon. Der erste fuhr an die hintere Tür heran. Sie öffnete sich eine Minute nach Sicherung die Räder durch Bremsklötze.

Es waren hundertfünfzig Käfige und in jedem von ihnen eine grüne Meerkatze. Die schwarzen Arbeiter trugen alle Schutzhandschuhe. Als spürten sie ihr Schicksal, waren die Affen übel gelaunt und nutzten jede Gelegenheit, nach den Männern zu beißen und zu kratzen. Sie kreischten, urinierten und defäkierten sogar, doch das half ihnen wenig.

Die Flugzeugbesatzung sah zu, hielt aber Distanz. Sie wollten mit der Verladung nichts zu tu haben. Diese lärmenden, widerlichen kleinen Biester wurden vom Koran vielleicht nicht ausdrücklich als unsauber bezeichnet, doch sie waren offensichtlich recht unangenehm, und wenn dieser Job vorbei wäre, würden sie die Maschine gründlich waschen und desinfizieren lassen. Die Verladung dauerte eine halbe Stunde. Die Käfige wurden übereinander gestapelt und fest vertäut, und die Ladearbeiter verließen das Flugzeug, wurden bezahlt und waren froh, diesen Job hinter sich zu haben.

»Ausgezeichnet«, sagte der Käufer zu dem Händler.

»Wir hatten Glück. Ein Freund hatte gerade eine Lieferung fertig, und sein Käufer ließ sich Zeit mit dem Geld. In Anbetracht dessen ...«

»Ja, zusätzlich zehn Prozent?«

»Einverstanden«, sagte der Händler.

»Gut. Den zusätzlichen Scheck bekommen Sie morgen. Oder möchten Sie lieber Bargeld?«

Die beiden wandten sich um, als die 707 die Triebwerke startete. Dieser Flug war ein kurzer Sprung nach Entebbe, Uganda.

»Das schmeckt mir gar nicht«, sagte Bert Vasco und gab das Dossier zurück.

»Erklären Sie«, befahl Mary Pat.

»Ich bin in Kuba geboren. Mein Dad hat mir mal von der Nacht erzählt, in der Batista verduftete. Die hohen Generäle hatten ein kleines Treffen und bestiegen dann Flugzeuge, schnell und heimlich, flogen dorthin, wo ihre Bankkonten waren, und ließen alle anderen im Schlamassel zurück.« Vasco war einer der wenigen Leute im State Department, die gern mit dem CIA zusammenarbeiteten, vermutlich weil er auf Kuba geboren war. Nach seiner Meinung arbeiteten Diplomatie und Nachrichtendienst beide besser, wenn sie zusammenarbeiteten. Nicht jeder in Foggy Bottom war derselben Meinung. Man hatte sie auch nie aus ihrem Heimatland verjagt.

»Sie meinen, das ist, was hier geschieht?« fragte Mary Pat.

»Da, wo ich sitze, ist das die Meldung des Morgens.«

»Sie fühlen sich sicher genug, das dem Präsidenten zu sagen?« fragte Ed Foley.

»Welchem?« fragte Vasco. »Sie sollten das Gerede da drüben im Büro hören. Das FBI hat sich einfach den sechsten Stock geschnappt. Das hat für ein bißchen Wirbel gesorgt. Jedenfalls, ja. Es ist nur eine Vermutung, aber es ist eine gute Vermutung. Was wir jetzt erfahren müßten, ist, wer, wenn überhaupt jemand, mit ihnen gesprochen hat. Keine Quellen dort, wie?«

Die Foleys blickten beide zu Boden, was die Frage beantwortete.

»Mr. Ryans Behauptungen lassen erkennen, daß er den schäbigen Teil der Politik schneller gelernt hat als den korrekten«, sagte Kealty, eher verletzt als wütend. »Ich hätte ehrlich etwas Besseres von ihm erwartet.«

»Dann bestreiten Sie also die Behauptungen?« fragte ABC.

»Natürlich tu' ich das. Es ist kein Geheimnis, daß ich einmal ein Alkoholproblem hatte, aber das habe ich überwunden. Und es ist auch kein Geheimnis, daß mein persönliches Verhalten bisweilen fragwürdig gewesen ist, aber auch das habe ich geändert, mit der Hilfe meiner Kirche und der Liebe meiner Frau«, fügte er hinzu und drückte ihre Hand, während sie mit zärtlichem Mitgefühl und panzerverstärkter Unterstützung zusah. »Das hat wirklich nichts mit dieser Sache zu tun. Wir müssen an erster Stelle die Interessen des Landes sehen. Für persönliche Feindseligkeiten ist hier kein Platz, Sam. Von uns wird erwartet, darüberzustehen.«

»Du Bastard«, keuchte Ryan.

»Das wird unangenehm«, sagte van Damm.

»Wie kann der gewinnen, Arnie?«

»Kommt drauf an. Ich weiß noch nicht, was für ein Spiel er spielt.«

»... könnte auch Sachen über Mr. Ryan sagen, aber derartiges brauchen wir jetzt nicht. Das Land braucht Stabilität, nicht Zwietracht. Das amerikanische Volk erwartet Führung – fähige, erfahrene Führung.«

»Arnie, wieviel hat dies ...«

»Ich weiß noch, da hätte er eine Schlange gepimpert, wenn sie jemand für ihn gerade gehalten hätte. Jack, an so etwas dürfen wir nicht denken. Erinnern Sie sich Allen Drurys Ausspruch: Dies ist eine Stadt, in der wir mit Leuten umgehen, nicht so, wie sie sind, sondern wie sie sich darstellen. Die Presse mag Ed, hat ihn immer gemocht. Sie lieben ihn. Sie lieben seine Familie. Sie lieben sein Sozialbewußtsein ...

»Mein Arsch hat mehr!« Ryan brüllte fast.

»Jetzt hören Sie mir *gut* zu! Sie wollen der Präsident sein? Dann ist für Sie Zorn *verboten!* Das schreiben Sie sich hinter die Ohren, Jack. Wenn der Präsident die Beherrschung verliert, sterben Leute. Sie haben gesehen, wie das geschieht, und die Leute da draußen erwarten, daß Sie *jederzeit* ruhig sind und cool und gelassen, verstanden?«

Ryan schluckte und nickte. Von Zeit zu Zeit war es gut, mal auszurasten, und auch Präsidenten *durften* das. Man mußte nur wissen, wann, und das war eine Lektion, an der er noch arbeitete. »Was wollen Sie mir also sagen?«

»Sie *sind* der Präsident. Handeln Sie so. Tun Sie Ihre Arbeit. Präsidiales Aussehen. Was Sie auf der Pressekonferenz gesagt haben, war okay. Kealtys Anspruch ist unberechtigt. Sie lassen das FBI diesen Anspruch überprüfen, aber der Anspruch zählt nicht. Sie haben den Eid geschworen, Sie wohnen hier und basta! Machen Sie ihn irrelevant, und er verschwindet. Richten Sie Aufmerksamkeit auf dies hier, dann geben Sie ihm Legitimität.«

»Und die Medien?«

»Geben Sie ihnen eine Chance, und die kriegen es auf die Reihe.«

»Fliegst du heute heim, Ralph?«

Augustus Lorenz und Ralph Forster hatten ein Alter und einen Beruf. Beide hatten ihre medizinische Laufbahn in der Army der Vereinigten Staaten begonnen, einer als Allgemeinchirurg, der andere als Internist. Zur Zeit von Präsident Kennedy dem Military Assistance Command, Vietnam (MAC-V), zugeteilt, lange bevor der Krieg wärmer wurde, hatten die beiden in der realen Welt Dinge entdeckt, die sie studierten und in *Principles of Internal Medicine* weitergaben. In entlegenen Teilen der Welt gab es Krankheiten, die Menschen töteten. Im städtischen Amerika aufgewachsen, waren sie alt genug, um sich noch an den Sieg über Lungenentzündung, Tuberkulose und Poliomyelitis erinnern zu können. Wie die meisten ihrer Generation glaubten sie, daß Infektionskrankheiten geschlagene Feinde waren. Im Dschungel des relativ friedlichen Vietnams lernten sie das Gegenteil. Gelegentlich sahen sie gesunde, körperlich fitte junge Männer, amerikanische und vietnamesische Soldaten, vor ihren Augen sterben, an Erregern, über die sie nichts gelernt hatten und die sie nicht bekämpfen konnten. Eines Abends in der Caravelle Bar beschlossen sie, daß es so nicht bleiben durfte, und Idealisten und Wissenschaftler, die sie waren, setzten sie sich erneut auf die Schulbank und studierten in ihrem Beruf weiter. Forster war am Johns Hopkins gelandet, Lorenz in Atlanta, als Chef der Abteilung Spezialerreger bei Centers for Disease Control. In der Zwischenzeit waren sie mehr Meilen geflogen als mancher Flugkapitän und an exotischeren Orten gewesen als mancher Fotograf von *National Geographic*, fast immer auf der Jagd nach etwas, das zu klein war fürs Auge und viel zu tödlich fürs Ignorieren.

»Muß ich wohl, bevor der neue Junge meine Abteilung übernimmt.«

Der Nobelpreiskandidat mußte lachen. »Alex ist ganz gut. Ich bin froh, daß er der Army Fersengeld gab. Wir waren in Brasilien öfter fischen, als sie dort die...« Im Heißen Labor nahm ein Techniker letzte Einstellungen am Elektronenmikroskop vor. »Da«, sagte Lorenz. »Da ist unser Freund.«

Manche nannten es Hirtenstab. Für Lorenz sah's eher wie der Ankh aus, doch das stimmte auch nicht – jedenfalls nichts von Anmut. Für beide war es das leibhaftige Böse. Der vertikale, gebogene Strang wurde RNS, Ribonukleinsäure, genannt und enthielt den genetischen Kode des Virus. Obenauf war eine Reihe geringelter Eiweißstrukturen, deren Funktion noch unbekannt war, die aber, wie beide meinten, vermutlich bestimmten, wie die Krankheit wirkte. Vermutlich. Sie wußten es nicht, obwohl sie ganze zwanzig Jahre schon forschten.

Das verdammte Ding lebte nicht einmal und dennoch tötete es. Ein wirklich lebender Organismus hatte sowohl RNS als auch DNS, ein Virus aber nur eins von beiden. Es hielt sich irgendwie in einem Dämmerzustand, bis es mit einer lebenden Zelle in Berührung kam. Einmal dort, erwachte es zu mörderischem Leben, wie irgendein lauerndes außerirdisches Monster, weil es nur leben, wachsen und sich reproduzieren konnte mit Hilfe von etwas anderem, das es zerstörte und von dem es dann zu entkommen versuchte, um ein weiteres Opfer zu finden.

Ebola war von einfacher Eleganz und mikroskopisch winzig. Hunderttausend von ihnen, Kopf an Schwanz nacheinander, würden am Lineal vielleicht zwei Zentimeter weit reichen. Theoretisch kann ein solches Virus töten und wachsen und weiterwandern und wieder töten. Und wieder. Und wieder.

Das kollektive Gedächtnis der Medizin war nicht so lang, wie beide Ärzte gewünscht hätten. Im Jahr 1918 fegte die spanische Grippe, wohl eine Art Pneumonie, in neun Monaten um die Welt und tötete mindestens zwanzig Millionen Menschen – vermutlich sogar viel mehr – und einige so schnell, daß sich manche Opfer abends gesund schlafen legten und am nächsten Tag nicht mehr aufwachten. Obwohl die Symptome dieser Krankheit eingehend dokumentiert wurden, war die medizinische Wissenschaft damals nicht so weit fortgeschritten, daß man die Krankheit verstand, mit dem Ergebnis, daß keiner wußte, um was es sich beim Ausbruch eigentlich handelte – es gipfelte darin, daß in den siebziger Jahren vermeintliche Opfer, ihre Gräber im Dauerfrostboden Alaskas, exhumiert wurden in der Hoffnung, zu Studienzwecken noch Exemplare dieses Organismus zu finden; eine gute Idee, die nicht funktionierte. Für die medizinische Gemeinde war jene Krankheit so gut wie vergessen, und die meisten nahmen an, sollte sie wiederkehren, daß moderne Behandlungsmethoden sie besiegen würden.

Spezialisten für Infektionskrankheiten waren sich da nicht so sicher. Der Erreger jener Krankheit war, wie von AIDS und Ebola, sicher ein

Virus gewesen, und beim Klarkommen mit Viruserkrankungen war der Erfolg der Medizin ganz präzise ... *Null.*

Impfstoffe konnten Virusinfektionen vorbeugen. War ein Patient aber infiziert, dann siegte entweder sein Immunsystem, oder es verlor, und da konnten selbst die besten Ärzte nur dabeistehen und zusehen. Ärzte, wie jede andere Berufsgruppe auch, zogen es häufig vor, einfach zu ignorieren, was sie nicht sahen und nicht verstanden. Das war auch die einzige Erklärung für die unerklärlich langsame Erkennung von AIDS und seinen tödlichen Verlauf. AIDS war ein weiterer exotischer Erreger, den Lorenz und Forster erforschten, und ebenfalls ein Geschenk des afrikanischen Dschungels.

»Gus, manchmal frage ich mich, ob wir überhaupt jemals aus diesen Bastarden schlau werden.«

»Früher oder später, Ralph.« Lorenz wich vom Mikroskop zurück – eigentlich war es ein Computermonitor – und wünschte, er könnte seine Pfeife rauchen, ein Laster, mit dem er nicht brechen wollte, wirklich, aber die Arbeit im öffentlichen Gebäude erschwerte es, ihm nachzugeben. Mit Pfeife dachte er besser, redete Gus sich ein. Beide starrten auf den Bildschirm und betrachteten die gekräuselten Eiweißstrukturen. »Dieser stammt vom Kleinen.«

Sie bewegten sich in den Fußstapfen einer Handvoll Giganten. Lorenz hatte eine Abhandlung über Walter Reed und William Gorgas geschrieben, die beiden Army-Ärzte, die das Gelbfieber besiegt hatten durch eine Kombination systematischer Forschungsarbeit und unermüdlicher Anwendung dessen, was sie erkannt hatten. Aber Erkenntnis in diesem Geschäft kam so langsam und war so teuer.

»Legen Sie das andere auf, Kenny!«

»Ja, Doktor«, erwiderte die Gegensprechanlage. Einen Augenblick später erschien ein zweites Bild neben dem ersten.

»Jo«, sagte Forster. »Sieht ganz genauso aus.«

»Das ist von der Krankenschwester. Passen Sie auf!« Lorenz drückte den Knopf der Wechselsprechanlage. »Okay, Kenny, nun den Computer!« Vor ihren Augen erschien ein Computerbild von beiden Viren. Der Computer verdrehte das eine, damit es genauso lag wie das andere, dann schob er sie übereinander. Sie deckten sich vollkommen.

»Wenigstens hat es nicht mutiert.«

»Hatte auch nicht viel Gelegenheit dazu. Zwei Patienten. Sie haben sie gut isoliert. Vielleicht hatten wir Glück. Die Eltern des Kindes wurden getestet. Scheinen nicht infiziert zu sein, so steht's im Telex. Nichts weiter aus der Nachbarschaft. Das WHO-Team überprüft die Gegend.

Das Übliche, Affen, Fledermäuse, Ungeziefer. Soweit nichts. Könnte einfach eine Anomalie sein.«

»Ich werde mit diesem ein wenig spielen. Ich habe ein paar Affen bestellt. Ich möchte das hier züchten, in Zellen einbringen, und dann, Ralph, werde ich verfolgen, was es tut, Minute um Minute. Nehme infizierte Zellen, jede Minute eine Probe, zerschneide es, brate mit UV drauf, gefriere es in Stickstoff und bring's unters Mikroskop. Ich möchte sehen, wie die RNS des Virus loslegt. Da geht's irgendwie um die Sequenz... kommt nicht ganz klar, was ich denke. Verdammt.« Gus zog seine Schublade auf, nahm die Pfeife heraus und steckte sie an. Es war sein Büro, und er dachte mit der Pfeife im Mund *besser*. Im Feld draußen sagte er immer, der Rauch halte *alle* Käfer ab, außerdem inhalierte er nicht. Aus Höflichkeit kippte er noch das Fenster.

Der Ansatz, für den man gerade Forschungsgelder bewilligt hatte, war viel komplizierter als sein kurzer Umriß, und beide Männer wußten das. Das Verfahren müßte tausendmal und mehr wiederholt werden, um den Prozeß korrekt zu verfolgen, und das wären erst Basisdaten. Jede Probe müßte untersucht und ausgewertet werden. Das konnte Jahre dauern, doch wenn Lorenz recht hatte, würde am Ende erstmals die Blaupause dafür vorliegen, was ein Virus tat, wie seine RNS-Kette eine lebende Zelle beeinflußte.

»In Baltimore spielen wir mit einem ähnlichen Gedanken.«

»Ach?«

»Im Zuge des Genomprojekts. Wir versuchen, komplexe Wechselwirkungen zu erforschen. Den Prozeß – *wie* dieser kleine Bastard auf Molekularebene die Zellen angreift. Wie Ebola sich ohne Editierfunktion im Genom vermehrt. Daraus kann man was lernen. Die Komplexität der Frage ist aber tödlich. Erst müssen wir erkennen, welche Fragen zu stellen sind, bevor wir nach Antworten suchen können. Und dann brauchen wir ein Computergenie, der dem Gerät sagen kann, wie es bei der Analyse vorgehen soll.«

Lorenz zog die Augenbrauen hoch. »Wie weit sind Sie denn schon?«

Forster zuckte die Schultern »Stehen noch an der Kreidetafel.«

»Nun, wenn ich meine Affen bekomme, lasse ich Sie wissen, was sich hier entwickelt. Und wenn die Gewebeproben etwas Licht ins Dunkel bringen.«

Die Bestattung war kolossal, mit einer abgeordneten Kulisse Tausender, die dem Toten lauthals ihre Loyalität zubrüllten und ihre wahren Gedanken verbargen; man konnte fast spüren, wie sie sich umschauten und fragten, wie es wohl weiterging. Es gab die Lafette, Soldaten mit umgekehrten Gewehren, reiterloses Pferd, marschierende Soldaten, alles durch STORM TRACK dem irakischen Fernsehen abgezapft und nach Washington übertragen.

»Ich wünschte, wir könnten mehr Gesichter sehen«, sagte Vasco leise.

»Ja«, stimmte der Präsident zu. Er würde wohl nie aufhören, ein Geheimdienstler zu sein. Da war sich Jack sicher. Er wollte die Fakten frisch und nicht vorgekaut von anderen präsentiert. Darum verfolgte er das hier auch live, mit eigenen Kommentatoren zur Seite.

In Amerika hätte man so etwas eine Generation früher ein Happening genannt. Die Leute kamen und taten etwas, weil es erwartet wurde. Ein Meer von Menschen füllte den Platz – und selbst diejenigen, die nicht sehen konnten... oh, eine neue Einstellung gab die Antwort. Auf großen Videowänden konnte jeder sehen, was geschah. Jack fragte sich, ob es auch kurze Wiederholungen geben würde. Zwei Reihen Generäle marschierten hinter der Lafette, im Gleichschritt, sah Ryan.

»Was denken Sie, wie lange die weitergehen?«

»Schwer zu sagen, Mr. President.«

»Sie sind Bert, richtig?« fragte der Präsident.

»Jawohl, Sir.«

»Bert, einen meiner NIOs könnte ich hereinrufen, damit er mir sagt, was er nicht weiß.«

Vasco blinzelte. Wie erwartet. Dann entschied er sich, was soll's, zum Teufel? »Vier zu eins, daß sie verduften.«

»Das ist eine Wettquote. Sagen Sie mir, wieso.«

»Der Irak hat nichts, auf das er zurückgreifen könnte. Eine Diktatur führt man nicht per Komitee, zumindest nicht lange. Nicht einer dieser Leute hat die Kiesel, alleine die Macht zu ergreifen. Wenn sie bleiben, und die Regierung wechselt, dann nicht in etwas Nettes für sie. Es würde ihnen ergehen wie dem Generalstab des Schahs; den Rücken zur Wand, Blick in Gewehrläufe. Vielleicht werden sie versuchen, das auszukämpfen, aber das glaube ich nicht. Irgendwo müssen sie Geld verstaut haben. Am Strand Cocktails trinken macht nicht soviel Spaß, wie General zu sein, aber es schlägt das Betrachten der Blumen von unten um verdammte Längen. Außerdem haben sie Familien, um die sie sich sorgen.«

»Demzufolge sollten wir mit einem völlig neuen Regime im Irak rechnen?« fragte Jack.

Vasco nickte. »Jawohl, Sir.«

»Iran?«

»Ich würde nicht dagegen wetten«, gab Vasco zur Antwort, »aber wir haben nicht genug Information, um irgendeine Vorhersage zu treffen. Ich wünschte, ich könnte Ihnen mehr sagen, Sir, aber Sie bezahlen mich ja nicht für Spekulationen.«

»Das genügt für den Augenblick.« Im Grunde genügte es nicht, aber Vasco hatte Ryan gesagt, was er konnte. »Es gibt nichts, das wir tun könnten, nicht wahr?« Das galt den Foleys.

»Eigentlich nicht«, erwiderte Ed. »Vermutlich könnten wir jemanden reinbringen, irgendeinen unserer Leute aus dem Königreich hinfliegen, aber es fragt sich, wen soll er dann treffen? Wir haben nicht den blassesten Schimmer, wer dort das Kommando führt.«

»Was wollen Sie damit sagen?« fragte der Kunde.

»Sie haben nicht rechtzeitig bezahlt«, erklärte der Händler mit einem Rülpser, nachdem er sein erstes Bier ausgetrunken hatte. »Ich habe einen anderen Käufer gefunden.«

»Ich habe mich nur um zwei Tage verspätet«, protestierte der Kunde. »Es gab ein verwaltungstechnisches Problem bei der Überweisung.«

»Sie haben das Geld jetzt?«

»Ja!«

»Dann werde ich Ihnen Affen besorgen.« Der Händler hob die Hand, schnipste mit den Fingern und erregte die Aufmerksamkeit des Barjungen. Ein englischer Pflanzer hätte es vor fünfzig Jahren nicht besser gemacht. »Es ist nicht so *sehr* schwer, wissen Sie. Eine Woche? Weniger?«

»Aber die CDC möchten sie sofort. Das Flugzeug ist schon unterwegs.«

»Ich werde mein Bestes tun. Bitte sagen Sie Ihren Auftraggebern, wenn sie ihre Lieferung rechtzeitig haben wollen, dann müssen sie auch ihre Rechnung rechtzeitig bezahlen. Danke«, fügte er, an den Boy gerichtet, hinzu. »Auch eins für meinen Freund, wenn ich Sie einladen darf.« Er konnte sich's leisten mit der Vergütung, die er gerade akzeptiert hatte.

»Wie lange?«

»Wie ich sagte. Eine Woche. Vielleicht weniger.« Warum regte der Kerl sich wegen ein paar Tagen nur so auf?

Der Kunde hatte keine andere Wahl, zumindest nicht in Kenia. Er beschloß, sein Bier zu trinken und von anderen Dingen zu reden. Dann würde er nach Tansania telefonieren. Immerhin war die grüne Meerkatze überall in Afrika daheim. Es war ja nicht so, als ob ein Mangel herrschte, sagte er sich. Zwei Stunden später wußte er es anders. Es *gab* einen Mangel, zwar nur für ein paar Tage, aber so lange, wie die Fänger brauchten, ein paar Trupps dieses langschwänzigen Ungeziefers aufzutreiben.

Zusätzlich zum Kommentar übernahm Vasco auch noch die Übersetzung. »›Unser weiser und geliebter Führer, der unserem Land so viel ...‹«

»Wie Geburtenkontrolle auf die harte Tour«, schnaubte Ed Foley.

Die Soldaten, alles Gardisten, brachten den Sarg in das vorbereitete Grab, und damit gingen zwei Jahrzehnte irakischer Geschichte in die Bücher ein. Eher in einen Loseblattordner, dachte Ryan. Jetzt war die große Frage: Wer würde des nächste Kapitel schreiben?

## 15 / Lieferungen

»So?« fragte Präsident Ryan, nachdem er seine letzte Gruppe von Gästen entlassen hatte.

»Der Brief, wenn es ihn je gab, ist verschwunden, Sir«, wiederholte Inspektor O'Day. »Die wichtigste Information, die ich im Augenblick zu bieten habe, ist, daß es Secretary Hanson mit Vorgängen der Dokumentensicherheit nicht sehr genau nahm. Das haben wir vom Sicherheitschef bei State. Er sagt, er habe den Minister öfters drauf hinweisen müssen. Die Leute, die ich mit rübernahm, befragen diverse Leute, um herauszufinden, wer im Büro ein und aus ging. Von da aus geht's weiter.«

»Wer hat die Leitung?« Ryan erinnerte sich, daß Hanson, so ein hervorragender Diplomat er auch gewesen war, nie so recht auf jemanden hörte.

»Mr. Murray hat das OPR beauftragt, die Ermittlungen unabhängig von seinem Büro fortzuführen. Das bedeutet, daß auch ich draußen bin, weil ich in der Vergangenheit Ihnen direkt Bericht erstattet habe. Dies ist meine letzte direkte Handlung im Fall.«

»Streng nach dem Buchstaben des Gesetzes?«

»Mr. President, das muß so sein«, sagte der Inspektor und nickte. »Die bekommen weitere Hilfe von der Legal Counsel Division. Das sind Agenten, die Jura studiert haben und intern als Rechtsmeute arbeiten. Hervorragende Leute.« O'Day überlegte einen Augenblick. »Wer ist denn im Büro des Vizepräsidenten ein und aus gegangen?«

»Hier, meinen Sie?«

»Ja, Sir.«

Andrea Price beantwortete dies: »In letzter Zeit niemand. Es ist unbenutzt, seit er gegangen ist. Seine Sekretärin ist mit ihm gegangen und ...«

»Sie sollten einen die Schreibmaschine checken lassen. Wenn es ein Plastikfarbband ...«

»Genau!« Da war sie schon fast aus dem Oval Office hinaus. »Warten Sie! Lassen Sie Ihre Leute ...«

»Ich werde anrufen«, versicherte O'Day. »Tut mir leid, Mr. President. Hätte eher daran denken sollen. Bitte versiegeln Sie das Büro für uns?«

»Gemacht«, versprach Price ihm.

Der Lärm war unerträglich. Die Affen waren gesellige Wesen, die gewöhnlich in ›Trupps‹ mit bis zu achtzig Tieren lebten. Sie bewohnten die Randgebiete von Wäldern, die an weite Savannen grenzten, um leichter von den Bäumen herabzukommen und das umliegende offene Land nach Nahrung abzusuchen. In den vergangenen hundert Jahren hatten sie gelernt, Farmen zu plündern, was leichter und sicherer war, denn die Menschen, die die Farmen bewirtschafteten, hielten ja auch Raubtiere nieder, die die Affen fraßen. Eine grüne Meerkatze war eine Delikatesse für Leoparden oder Hyänen, ebenso aber ein Kalb, und die mußten die Farmer ja schützen. Was daraus resultierte, war ein eigenartiges Stückchen ökologisches Chaos. Um ihr Vieh zu schützen, eliminierten die Farmer, legal oder nicht, die Raubtiere. Die Affenpopulation nahm daher rapide zu, und die ›Greens‹ fielen über die Ernte her, von der Farmer und Vieh lebten. Eine weitere Verwicklung: Die Affen fraßen auch Insekten, die auch von dem lebten, was die Farmer anbauten, daher vertraten manche Ökologen die Meinung, die Affen zu töten würde die Ökologie stören. Für die Farmer war es viel einfacher. Was ihr Vieh fraß, wurde getötet. Was die Ernte fraß, ebenso. Insekten waren vielleicht zu klein, um sie zu sehen, aber Affen waren es nicht, und so hatten die Farmer kaum Einwände, wenn die Tierfänger kamen.

Aus der Familie *Cercopithecus*, hat der ›Green‹ einen gelben Backenbart und einen golden-grünen Rücken. Er wird bis zu dreißig Jahre alt – eher aber in bequemer Gefangenschaft als in der Wildnis – und führt ein recht soziales Leben. Die Horden bestehen aus weiblichen Familien, denen sich einzelne männliche Tiere für ein paar Wochen oder Monate anschließen. Eine Fülle paarungsbereiter Weibchen erlaubte es mehreren Männchen, die Situation kooperativ zu nutzen, doch das war im Flugzeug nicht der Fall. Vielmehr waren die Käfige gestapelt wie Hühnerkäfige auf dem Weg zum Markt. Einige der Weibchen *waren* läufig, aber völlig unerreichbar, was potentielle Freier frustrierte. Männchen, die neben anderen Männchen im Käfig steckten, kreischten und spuckten ihre unfreiwilligen Nachbarn an und krallten nach ihnen, noch unglücklicher, da es ihre Fänger nicht störte, gleich große Käfige für unterschiedlich große Affen zu benutzen – männliche ›Greens‹ sind doppelt so groß wie die Weibchen. Zusätzlich zum fremden Geruch des Flugzeugs und dem Fehlen von Nahrung und Wasser verursachte die Enge einen regelrechten Affentumult, und da das Problem nicht durch Kampf zu lösen war, resultierte das in einem kollektiven Wutkreischen von Hunderten von Tieren, das Geräusch weit übertönend, mit dem die JT-8-Motoren das Flugzeug ostwärts über den Indischen Ozean beförderten.

Die Crew vorn hatte die Tür ihrer Kabine fest zugemacht und die Kopfhörer fest an die Ohren gedrückt. Es dämpfte zwar den Krach, nicht aber den fürchterlichen Gestank, den das Umluftsystem der Maschine um- und umwälzte, und damit die Ladung nur noch mehr in Rage und die Crew fast zum Ersticken brachte.

Dem Piloten, normalerweise ein an Schimpfworten unerschöpflicher Mann, waren die Flüche ausgegangen, und er war müde geworden, Allah darum zu bitten, diese abscheulichen kleinen Kreaturen vom Antlitz der Erde zu tilgen. Im Zoo hätte er vielleicht auf diese langschwänzigen Geschöpfe gezeigt, und seine Zwillingssöhne hätten gelacht und ihnen vielleicht ein paar Erdnüsse zugeworfen. Nun nicht mehr. Der Pilot langte nach der Sauerstoffmaske für Notfälle und schaltete die Zufuhr ein. Am liebsten hätte er die Laderaumtüren aufgesprengt, die ganze Luft aus dem Flugzeug gepustet und sich damit der Affen und des schrecklichen Gestanks entledigt. Er hätte sich besser gefühlt, hätte er vom Bösen, das ihnen bevorstand, gewußt.

Badrayn traf sie in einem Nachrichtenbunker wieder. Der einzige Grund, daß er noch stand, war, daß er sich unter einem vorgetäuschten Industriegebäude befand – einer Buchbinderei, in der tatsächlich ein paar Bücher hergestellt wurden. Dieser und eine Handvoll anderer hatten den Krieg mit Amerika unbeschadet überstanden, weil der amerikanische Nachrichtendienst sich hatte täuschen lassen. Zwei ›intelligente‹ Bomben nahmen das Gebäude genau gegenüber aufs Korn. Man brauchte nur die Krater zu sehen, wo die Amerikaner diesen Bau vermutet hatten. Darin war eine Lehre verborgen, sagte sich Badrayn. Man mußte es sehen, um es zu glauben; es im Fernsehen zu sehen oder davon zu hören war längst nicht dasselbe. Über seinem Kopf waren fünf Meter Stahlbeton. Es war solide, gebaut unter der Aufsicht gut bezahlter deutscher Ingenieure. Man konnte noch die Abdrücke der Holzvertäfelung sehen, die den feuchten Beton bis zum Abbinden am Platz gehalten hatte. Nicht der kleinste Riß zu sehen – und doch, der einzige Grund, wieso das alles hier noch stand, war der, daß die Amerikaner die falsche Straßenseite bombardiert hatten. So war die Gewalt moderner Waffen, und obgleich Ali Badrayn sein ganzes Leben lang in der Welt von Waffen und Kampf existiert hatte, war dies das erstemal, daß er die Tatsache richtig verstand.

Sie waren gute Gastgeber. Ein Oberst hatte sich um ihn zu kümmern. Zwei Sergeanten brachten Essen und Drinks. Im Fernsehen sah er sich das Begräbnis an. Es war voraussagbar wie eine dieser amerikanischen Polizeiserien. Die Iraker waren, wie die meisten Völker dieser Region, leidenschaftliche Menschen, zumal, wenn sie in großer Zahl versammelt und aufgefordert waren, die richtigen Geräusche zu machen. Sie ließen sich leicht lenken und leiten, und Badrayn wußte, es kam nicht immer drauf an, von wem. Übrigens, wieviel davon war wirklich echt? Die Informanten waren immer noch auf Posten und merkten sich, wer nicht jubelte und trauerte. Der Sicherheitsapparat, der den Tod des Präsidenten nicht hatte verhindern können, arbeitete noch, und jeder wußte das. Und darum war von den Emotionen, die so ungehemmt über den Bildschirm und über die breiten Plätze geflossen waren, nicht viel echt. Er kicherte in sich hinein.

Sie kamen einzeln, damit nicht zwei oder eine kleine Gruppe zusammen unterwegs Dinge diskutierten, die die Versammlung als Ganzes hören sollte. Ein hübsches Schränkchen wurde geöffnet, Flaschen und Gläser kamen zum Vorschein, und die Gesetze des Islam wurden verletzt. Badrayn hatte nichts dagegen. Er nahm ein Glas Wodka. Geschmack daran hatte er zwanzig Jahre zuvor in Moskau gefunden, damals die Hauptstadt einer inzwischen untergegangenen Welt.

Für so mächtige Männer waren sie erstaunlich still, um so mehr, da dies der Leichenschmaus für einen Mann war, den sie nie geliebt hatten. Sie nippten an ihren Drinks – meistens Scotch. Im Fernsehen, das noch eingeschaltet war, zeigte der lokale Sender die Wiederholung des Leichenzuges, und die Ansage pries die unvergleichlichen Tugenden des gefallenen Führers. Die Generäle schauten hin und hörten zu, doch der Ausdruck in ihren Gesichtern war nicht Trauer, sondern Furcht. Ihre Welt hatte ein Ende gefunden. Die Rufe der Leute und die Worte des Nachrichtensprechers rührten sie nicht. Sie alle wußte es besser.

Der letzte von ihnen war eingetroffen. Er war der Geheimdienstchef, den Badrayn schon früher am Tage getroffen hatte, vom Kurzbesuch in seinem Hauptquartier erfrischt. Die anderen sahen ihn an, und er antwortete, ohne die Notwendigkeit, erst ihre Frage zu hören.

»Alles ist ruhig, meine Freunde.«

Badrayn hätte sprechen können, aber er tat es nicht. Und das sprach für sich. Im Laufe der Jahre hatte er viele Leute zu motivieren gehabt, und er wußte, wie man das tat, aber das jetzt war eine Zeit, da Schweigen die stärkste Äußerung war. Er sah sie nur an und wartete. Er wußte, daß seine Augen viel lauter sprachen, als jede Stimme es je vermocht hätte.

»Das gefällt mir nicht«, sagte schließlich einer von ihnen. Kein einziger Ausdruck änderte sich. Derjenige, der sprach, bestätigte nur, was alle dachten, und erwies sich damit als Schwächster der Gruppe.

»Wie sollen wir wissen, daß wir Ihrem Herrn trauen können?« fragte der Chef der Garde.

»Er gibt Ihnen sein Wort im Namen Gottes«, erwiderte Badrayn und setzte sein Glas ab. »Wenn Sie möchten, kann eine Delegation von Ihnen zu ihm hinfliegen. Ich würde dann hier als Ihre Geisel verbleiben. Und wenn Sie das wünschen, dann muß es schnell geschehen.«

Das wußten sie alle ebenfalls. Das, was sie befürchteten, könnte gut vor ihrer möglichen Rückkehr oder auch danach geschehen. Es folgte eine neue Coda des Schweigens. Sie nippten kaum noch an ihren Drinks. Badrayn konnte in ihren Gesichtern lesen. Sie alle wollten, daß jemand anders einen Standpunkt bezog, dann könnten sie dem Standpunkt zustimmen oder ihn diskutieren, und schließlich käme die Gruppe zu einer kollektiven Position, an die sich vermutlich alle halten würden; es könnte wohl eine Splittergruppe von zwei, drei geben, die einen alternativen Handlungsverlauf ins Auge faßten. Das hing davon ab, wer von ihnen sein Leben in die Waagschale warf und es gegen eine unbekannte Zukunft setzte. Er wartete vergeblich darauf, daß das einer tat. Schließlich sprach einer von ihnen.

»Ich habe erst spät geheiratet«, sagte der Chef der Luftwaffe. Als junger Mann hatte er das Leben eines Jägerpiloten geführt – am Boden, wenn nicht direkt in der Luft. »Ich habe kleine Kinder.« Er hielt inne und sah in die Runde. »Ich glaube, wir alle kennen den möglichen – den *wahrscheinlichen* – Ausgang für unsere Familien, wenn die Dinge sich ... ungünstig entwickeln.« Das war ein ehrenhafter Zug, dachte Badrayn. Sie durften nicht feige sein. Immerhin waren sie ja Soldaten.

Daryaeis Versprechen im Namen Gottes war für sie nicht so überzeugend. Es war schon sehr lange her, daß einer von ihnen aus einem anderen Grund in eine Moschee gegangen war, als sich dort in vorgetäuschter Ergebung fotografieren zu lassen, und wenn das bei ihrem Feind auch ganz anders war, das Vertrauen in die Religion eines anderen beginnt bei einem selbst im Herzen.

»Ich nehme an, Finanzen sind hier keine Frage«, sagte Badrayn, sowohl um sich davon zu vergewissern, als auch um sie dazu zu bringen, die Frage selbst zu bedenken. Ein paar Köpfe wandten sich ihm zu mit einem Ausdruck im Gesicht, der an Belustigung grenzte, und damit war die Frage beantwortet. Obgleich offizielle irakische Konten seit langem eingefroren waren, gab es andere solche Konten, die es nicht waren. Jeder dieser Männer hier, war Badrayn sich sicher, hatte persönlichen Zugang zu irgendeiner harten Währung, vermutlich Dollar oder Pfund, und jetzt war nicht die Zeit, sich darüber Gedanken zu machen, wem das Geld tatsächlich gehörte.

Die nächste Frage war, wohin könnten sie gehen und wie könnten sie sicher dahin gelangen? Badrayn sah es ihren Gesichtern an, und doch konnte er im Augenblick nichts tun. Die Ironie der Situation bestand darin, daß der Feind, dessen Wort sie mißtrauten, sich nichts mehr wünschte, als ihre Furcht zu zerstreuen und sein Wort zu halten. Aber Ali kannte ihn als außergewöhnlich geduldigen Menschen. Andernfalls wäre er jetzt gar nicht hier.

»Sie sind sich sicher?«

»Die Situation ist nahezu ideal«, sagte Daryaeis Besucher zu ihm und erklärte es ihm näher.

Selbst für einen religiösen Mann, der an den Willen Gottes glaubt, war das Zusammentreffen der Ereignisse einfach zu gut, um wahr zu sein, und doch war es das – oder erschien zumindest so.

»Und?«

»Und wir gehen genau nach Plan vor.«

»Ausgezeichnet.« Doch das war es nicht. Daryaei hätte die Sachen viel lieber der Reihe nach abgehandelt, um so seinen ausgezeichneten Verstand besser auf die drei sich entwickelnden Situationen einzeln konzentrieren zu können, aber das war nicht immer möglich, und vielleicht war das ein Zeichen. Wie auch immer, er hatte keine andere Wahl. Was für ein seltsames Gefühl es war, tatsächlich von Ereignissen gefangen zu sein, die sich aus Plänen ergaben, welche man selbst in Gang gesetzt hatte.

Der schwerste Teil bestand darin, mit seinen Kollegen von der Weltgesundheitsorganisation klarzukommen. Das war nur möglich, weil die Lage soweit ganz gut erschien. Benedikt Mkusa, der ›Index-Patient‹ oder ›Patient null‹, es hing davon ab, welche Terminologie man bevorzugte, war tot und sein Leichnam vernichtet. Ein fünfzehnköpfiges Team durchstöberte die Nachbarschaft der Familie, ohne bislang etwas zu finden. Der kritische Zeitraum war noch nicht um – Ebola hat normalerweise eine Inkubationszeit von vier bis zehn Tagen, doch hatte es auch Extremfälle von knapp zwei und bis zu neunzehn Tagen gegeben –, aber der einzige weitere Fall befand sich vor seinen Augen. Wie sich herausstellte, war Mkusa angehender Naturforscher gewesen, der viel seiner Freizeit im umliegenden Busch verbracht hatte, und dort wurden jetzt Nagetiere, Fledermäuse und Affen gefangen in der Hoffnung, einen ›Wirt‹ oder Überträger des tödlichen Virus zu entdecken. Aufgrund des Familienstatus war der Index-Patient direkt ins Hospital gekommen. Seine Eltern, wohlhabend und gebildet, hatten den Jungen von Medizinern behandeln lassen, statt sich selbst um ihn zu kümmern, und das hatte ihnen wahrscheinlich das eigene Leben gerettet. Jetzt warteten sie ängstlich die Inkubationsfrist ab. Jeden Tag wurde ihnen für die routinemäßigen IFT- und Antigentests Blut entnommen, doch die Tests konnten auch zu falschen Ergebnissen führen, wie ihnen ein grobbesaiteter Mediziner gedankenlos sagte. Desungeachtet erlaubte sich das WHO-Team die Hoffnung, daß dieser Ausbruch mit zwei Opfern zu Ende war, und war daher geneigt, dem zuzustimmen, was Dr. Moudi zu tun vorschlug.

Natürlich gab es auch Einwände. Die Ärzte Zaires wollten sie hier behandeln. Das war eine Sache der Anerkennung. In bezug auf Ebola hatten sie mehr Erfahrung – die zwar noch keinem genutzt hatte – als sonst jemand. Das WHO-Team wollte aus politischen Gründen die Kollegen nicht vor den Kopf stoßen. Es hatte ja einige unglückliche Vorfälle gegeben mit europäischem Hochmut, der die einheimischen Ärzte kränkte. Da waren beide Seiten ein wenig im Recht. Das Argument, das in diesem Fall zog, war die internationale Anerkennung Rousseaus in Paris als echter Koryphäe, begabter Wissenschaftler und ein erbarmungslos hingebungsvoller Kliniker, der einfach nicht hinnehmen wollte, daß man Viruserkrankungen nicht auch effektiv behandeln können sollte. In der Tradition von Pasteur vor ihm, war Rousseau fest entschlossen, diese Regel zu durchbrechen. Er hatte Ribavirin und Interferon als Mittel gegen Ebola versucht, ohne positives Ergebnis. Dieser theoretische Vorschlag war dramatisch, der Erfolg unwahrscheinlich, aber er hatte bei Versuchsreihen an Affen einen kleinen Lichtblick gebracht, und er wollte ihn unter sorgsam kontrollierten Bedingungen nun an einem menschlichen Patienten ausprobieren. Die beabsichtigte Behandlungsmethode war zwar alles andere als zur praktischen, klinischen Anwendung geeignet, man mußte aber irgendwo mal beginnen.

Der entscheidende Faktor war die Identität der Patientin. Viele vom WHO-Team kannten sie vom letzten Ebola-Ausbruch in Kikwit. Schwester Jean Baptiste war dorthin geflogen, um die örtlichen Krankenschwestern zu unterweisen, und nicht weniger als andere ließen sich auch Ärzte rühren, wenn sie mit denen, die unter ihrer Obhut standen, persönlich bekannt waren. Schließlich erklärte man sich einverstanden, daß Dr. Moudi die Patientin transportieren könnte.

Technisch war der Transfer schon schwierig genug. Statt eines Krankenwagens benutzten sie einen Kleintransporter, denn der ließ sich danach leichter ausscheuern. Auf einer Plastikplane wurde die Patientin auf eine Bahre gehoben und zum Korridor hinausgeschoben. Der war zuvor von allen Leuten geräumt worden, und während Moudi und Schwester Maria Magdalena die Patientin zur Tür schoben, sprühte eine Gruppe von Technikern in Plastik-›Raumanzügen‹ den Fußboden, die Wände und selbst die Luft mit einem Desinfektionsmittel ab und erzeugten somit einen stinkenden chemischen Nebel, den die Prozession nach sich zog wie ein altes, qualmendes Auto.

Die Patientin war schwer sediert und gut fixiert, eingewickelt, damit kein virusverseuchtes Blut nach außen drang. Das Plastiklaken unter ihr war ebenfalls mit Desinfektionsmittel eingesprüht worden, so daß, falls doch etwas Blut durchsickerte, die Viren eine widrige Umgebung vorfanden. Während Moudi die Bahre schob, staunte er über seine eigene Dummheit, sich einer so tödlichen Gefahr auszusetzen. Jean Baptistes Gesicht sah aufgrund der gefährlich hohen Dosis Narkotika ruhig und gelassen aus, gezeichnet von grassierenden Petechien.

Sie fuhren mit ihr hinaus zur Laderampe, wo man sonst Waren fürs Krankenhaus anlieferte. Der Lieferwagen war schon da. Das Innere des Wagens war ebenfalls ausgesprüht worden, und mit fest verankerter Rollbahre und geschlossener Wagentür fuhren sie los. Von Polizei eskortiert und mit einer Geschwindigkeit von maximal dreißig Stundenkilometern erreichten sie den örtlichen Flugplatz nach kurzer Fahrt. Das war auch gut so. Die Sonne stand hoch, und im Handumdrehen hatte sich der Van in einen mobilen Ofen verwandelt, und das Desinfektionsmittel verdunstete im abgeschlossenen Raum. Der Geruch drang sogar durch die Filter ins Umluftsystem der Schutzanzüge. Wenigstens war der Doktor daran gewöhnt.

Das Flugzeug wartete schon. Die G-IV war erst zwei Stunden zuvor gelandet, nach Direktflug von Teheran. Aus der Passagierkabine war die Einrichtung entfernt, nur zwei Sitze waren noch drin, und ein dritter war zum Krankenbett umfunktioniert worden. Moudi spürte, wie der Lieferwagen anhielt, wendete und rückwärts fuhr. Dann wurde die Laderaumtür geöffnet, und die Sonne drang ein. Immer noch mitfühlend, hielt Maria Magdalena ihrer Kollegin schützend die Hand über die Augen.

Es waren natürlich noch andere Leute auf dem Flugplatz. Zwei weitere Nonnen in Schutzanzügen ziemlich in der Nähe und ein Priester etwas weiter weg. Sie beteten, während andere die Patientin im Plastiklaken anhoben und langsam an Bord des weißen Geschäftsflugzeugs trugen. Es dauerte fünf vorsichtige Minuten, bis sie festgeschnallt war und das Bodenpersonal sich zurückzog. Moudi überprüfte Puls und Blutdruck. Der erstere ging schnell, und der letztere fiel immer noch. Das bereitete ihm Sorgen. So lange wie möglich brauchte er sie am Leben. Das getan, gab er der Besatzung ein Zeichen, setzte sich selbst und schnallte sich an.

Während sie noch dastanden, nahm Moudi sich Zeit für einen Blick aus dem Fenster und erschrak, denn eine Fernsehkamera war auf das Flugzeug gerichtet. Wenigstens hielten die Abstand, sagte er sich, als das erste Triebwerk anlief. Aus dem anderen Fenster sah er, wie ein Reinigungsteam den Lieferwagen einsprühte. Das war reichlich übertrieben. Ebola, so tödlich, wie es war, schien ein äußerst empfindlicher Organismus, der sofort zerstört wurde durch die ultravioletten Strahlen des direkten Sonnenlichts wie auch durch Hitze. Darum war ja die Suche nach dem Wirt so frustrierend. *Etwas* trug dieses schreckliche Virus in sich. Ganz allein konnte Ebola nicht existieren, aber was immer es war, das Ebola für seinen Dienst damit belohnte, daß es ihm nichts tat, was immer das sein mochte, es spukte über den afrikanischen Kontinent wie ein Schatten und blieb bislang unentdeckt. Der Arzt grunzte. Einst hatte er gehofft, diesen Wirt ausfindig zu machen und sich dessen zu bedienen, doch die Hoffnung war vergeblich geblieben. Statt dessen hatte er jetzt etwas, das fast genauso gut war. Er hatte eine lebende Patientin, deren Körper den Erreger brütete, und während alle bisherigen Ebola-Opfer verbrannt worden oder mit Chemikalien überschüttet in der Erde begraben waren, das Schicksal dieses Opfers würde anders sein. Das Flugzeug setzte sich in Bewegung. Moudi kontrollierte nochmals seinen Sitzgurt und wünschte, er könnte etwas zu trinken haben.

Vorne trugen beide Piloten Fluganzüge aus schützendem Nomex, vorher eingesprüht. Ihre Gesichtsmasken dämpften die Worte und zwangen sie, ihre Bitte um Starterlaubnis zu wiederholen, doch schließlich kam der Tower damit klar, und die Gulfstream rollte los, hob ab in den klaren afrikanischen Himmel und entschwand nach Norden. Der erste Abschnitt ihrer Reise betrug 2551 Meilen und würde etwas über sechs Stunden dauern.

Eine andere, nahezu identische G-IV war bereits in Bengasi gelandet, und jetzt wurde ihre Crew über Notfallmaßnahmen informiert.

»Kannibalen.« Ungläubig schüttelte Holbrook den Kopf. Er hatte sehr lange geschlafen, da er am Vorabend sehr lange aufgeblieben war, und auf C-SPAN die ganzen Diskussionen über die verwirrende Lage zum Kongreß nach der Rede dieses Ryan verfolgt hatte. Keine schlechte Rede, gab er zu. Er hatte schlimmere gesehen. Alles Lügen natürlich, halt eine Art Fernsehshow. Selbst diejenigen, die man mochte, na, man *wußte* halt, daß die nicht echt waren, aber auch manchmal spaßig, beabsichtigt oder nicht. Irgendein Mann mit Talent hatte die Rede geschrieben, mit dem Zweck, genau die richtigen Punkte rüberzubringen. Die Mountain Men arbeiteten schon Jahre dran, eine Rede zu formulieren, mit der sie Leute für ihren Standpunkt mobilisieren könnten. Mühen und Mühen und kein Erfolg. Natürlich lag's nicht dran, daß ihre Überzeugungen falsch wären. Das war ihnen klar. Das Problem war die Verpackung, und nur die Regierung und das alliierte Hollywood konnten sich die richtigen Leute leisten, die Ideen entwickelten, die den Verstand der armen, dummen Bastarde ansprachen, die im Grunde nichts kapierten – das war der einzig mögliche Schluß.

Doch jetzt herrschte *Zwist* im feindlichen Lager.

Ernie Brown, der zu seinem Freund gefahren war, um ihn zu wecken, stellte den Ton des Fernsehers ab. »Ich nehme an, in der Stadt da ist nicht genug Platz für beide, Pete.«

»Du denkst, bis zum Sonnenuntergang wird einer verschwunden sein?« fragte Holbrook.

»Wünscht' ich.« Der Rechtskommentar, den sie sich gerade in der Politischen Stunde von CNN angehört hatten, war genauso konfus gewesen wie ein Niggermarsch auf Washington um Erhöhung der Wohlfahrt. »Na ja, öh, die Verfassung sagt nicht, was bei so was zu tun ist. Schätze, die *könnten* da mit Vierundvierzigern auf die Pennsylvania bei Sonnenuntergang«, fügte Ernie mit einem Kichern hinzu.

Pete sah ihn an und grinste. »Wär' das kein Anblick?«

»Zu amerikanisch.« Brown hätte noch sagen können, daß Ryan wirklich schon mal in so 'ner Lage war, wie's in den Zeitungen und im Fernsehen hieß. Na ja, das stimmte. Vage erinnerten sich beide noch an die Sache in London; um bei der Wahrheit zu bleiben, waren sie beide stolz drauf gewesen, zu sehen, wie ein Amerikaner den Europäern zeigte, wie man mit 'ner Waffe umging – Ausländer hatten ja keinen Schimmer vom Umgang mit Waffen. So schlimm wie in Hollywood. Es war eine Schande, daß Ryan so verfault war. Was der in seiner Rede gesagt hatte, warum er in die Regierung gegangen war – das sagten sie *alle*. Dieser Kealty-Kotzbrocken konnte wenigstens auf Familie und so zurückfallen. Gauner und Diebe war'n sie alle, und so war er schließlich erzogen worden. Wenigstens heuchelte der nicht damit. Ein Oberklassen-Zigeuner oder... – Kojote? Ja, das stimmte. Kealty war sein Leben lang ein politischer Gauner, der tat das, was er war. Einem Kojoten konnte man ja auch nicht vorwerfen, daß er den Mond anheulte; er war auch einfach nur er selbst. Natürlich waren Kojoten Schädlinge. Und jeder Rancher konnte töten, so viele er wollte... Brown neigte den Kopf. »Pete?«

»Ja, Ernie?« Holbrook griff nach der Fernbedienung und wollte den Ton wieder anstellen.

»Wir haben doch eine Verfassungskrise, stimmt's?«

Jetzt guckte Holbrook. »Ja, das sagen all die Quatschköppe.«

»Und es ist gerade noch schlimmer geworden, richtig?«

»Die Kealty-Geschichte? Sicher, sieht ganz so aus.« Pete legte die Fernbedienung wieder hin. Ernie hatte wieder mal einen Geistesblitz.

»Was, wenn, hm...« Brown setzte an und stoppte und starrte auf den schweigenden Fernseher. Seine Gedanken brauchten Zeit, sich zu formen.

Weit nach Mitternacht landete die 707 schließlich auf dem Internationalen Flughafen Teheran-Mehrabad. Die Crew waren wie Zombies, nach sechsunddreißig Stunden fast ununterbrochen Flugs, weit über die Zeitgrenzen der zivilen Luftfahrt, noch erschöpfter durch die Art ihrer Fracht, so daß Mißstimmung aufgekommen war, sogar böse Worte beim Landeanflug gefallen waren. Doch das Flugzeug setzte mit einem heftigen Bums auf, und damit kam Erleichterung. Der Pilot schüttelte den Kopf und rieb sich das Gesicht mit einer müden Hand, während das Flugzeug nach Süden rollte und er zwischen blaue Lichter steuerte. Der Flughafen ist gleichzeitig Hauptquartier des iranischen Militärs und der Luftwaffe. Das Flugzeug wendete, schlug die genau entgegengesetzte Richtung ein und rollte in den militärischen Bereich – obwohl ihre

Kennzeichnung zivil war, gehörte die 707 in Wirklichkeit der iranischen Luftwaffe. Die Crew war froh, bereits wartende Lkws zu sehen. Die Maschine blieb stehen, der Bordingenieur schaltete die Triebwerke ab. Der Pilot zog die Parkbremsen an. Die drei Männer drehten sich zueinander.

»Ein langer Tag, meine Freunde«, sagte der Pilot als Entschuldigung.

»Gottes Wille, ein langer Schlaf wird folgen«, erwiderte der Ingenieur – er war Hauptziel der Wutanfälle des Kapitäns gewesen – und nahm damit die Entschuldigung an. Sie waren alle zu abgespannt, um noch weiter zu streiten.

Sie nahmen die Sauerstoffmasken ab und wurden von dem üblen Gestank ihrer Ladung begrüßt und kämpften gegen das Erbrechen, als die Laderaumtür hinten geöffnet wurde. Hinaus konnten sie noch nicht. Die Maschine war vollgepfropft mit Käfigen, und wenn sie nicht aus den Fenstern – das hätte zu unwürdig ausgesehen – klettern wollten, mußten sie auf ihre Freiheit warten, fast wie die Passagiere auf jedem internationalen Flugplatz.

Das Ausladen wurde von Soldaten besorgt. Der Prozeß war erschwert, weil niemand den Kommandeur gewarnt hatte, Handschuhe auszugeben, wie die Afrikaner getragen hatten. An jedem Käfig gab es oben ein Drahtgriff, aber die Affen waren mindestens so gereizt wie die Männer vor ihnen und krallten und kratzten nach den Händen, die sie hochheben wollten. Die Soldaten reagierten darauf verschieden. Manche schlugen gegen die Käfige und hofften, die Affen einzuschüchtern. Die Klügeren zogen ihre Feldjacken aus und faßten die Käfige damit an. Bald bildete sich eine Kette, und so wanderten die Käfige einer nach dem andern auf die Lastwagen.

Die Prozedur war sehr lautstark. Diese Nacht in Teheran hatte kaum zehn Grad, weit unter dem, was die Affen gewohnt waren, was ihre kollektive Stimmung nicht besserte. Auf das neue Trauma reagierten sie mit Kreischen und mit Heulen, das über die Rampe hallte. Selbst Leute, die Affen noch nie zuvor gehört hatten, würden es für nichts anderes halten, aber dagegen ließ sich nichts tun. Schließlich war es geschafft. Die Kabinentür konnte geöffnet werden, und die Crew konnte ansehen, was aus ihrem einst makellosen Flugzeug geworden war. Es würde sicher Wochen dauern, bis sie den Gestank wieder hinausbrächten; schon das auszuschrubben war eine gewaltige Aufgabe, an die sie jetzt lieber nicht dachten. Zusammen gingen sie nach achtern, dann die Treppe nach unten und schließlich dahin, wo ihre Autos geparkt waren.

Die Affen wurden nach Norden gebracht, in ihrer dritten oder vierten

– und letzten – Fahrt per Lkw. Die war kurz, führte eine Schnellstraße hinauf, über ein unterm Schah gebautes Kleeblattkreuz, dann Richtung Westen nach Hasanabad. Hier war eine Farm. Sie gehörte dem Staat und wurde als Experimentierstation genutzt, um neue Sorten und neue Düngemittel zu testen, und man hatte gehofft, daß man mit hiesiger Frucht die Neuankömmlinge würde füttern können, aber es war Winter, und somit wuchs nichts. Statt dessen waren aus der südöstlichen Region des Landes gerade einige Wagenladungen Datteln eingetroffen. Die Affen rochen sie, als ihr Transport sich dem neuen dreistöckigen Gebäude näherte, das ihre letzte Unterkunft werden sollte. Das wühlte sie noch mehr auf, denn sie hatten weder etwas zu fressen noch Wasser bekommen, seit sie den Kontinent ihrer Geburt verlassen hatten, aber wenigstens konnten sie jetzt auf ein Mahl hoffen und auf ein schmackhaftes noch dazu, wie ein letztes Mahl ja auch sein sollte.

Die Gulfstream G-IV landete genau nach Flugplan in Bengasi. Es war eigentlich eine so angenehme Reise gewesen, wie man unter den Umständen erwarten könnte. Selbst über der Sahara, wo es normalerweise heftige Turbulenzen gab, war die Luft ruhig gewesen, so daß der Flug sanft verlaufen war. Schwester Jean Baptiste war die meiste Zeit bewußtlos gewesen und nur ein paarmal in einen Dämmerzustand gedriftet, aber sofort wieder zurückgesunken, und damit war es für sie im Grunde unbeschwerlicher gewesen als für die vier anderen an Bord, deren Schutzanzug ihnen nicht einen Schluck Wasser gestattet hatte.

Die Türen des Flugzeugs gingen nicht auf. Statt dessen kamen Tankfahrzeuge. Ihre Fahrer stiegen aus und brachten an den langen, weißen Tragflächen Schläuche an. Dr. Moudi war noch völlig wach. Schwester Maria Magdalena war eingenickt. Sie war so alt wie die Patientin und hatte in den letzten Tagen kaum geschlafen, so ergeben, wie sie sich um ihre Kollegin kümmerte. Es war zu schade, dachte Moudi und runzelte die Stirn, während er aus dem Fenster schaute. Es war ungerecht. Er brachte es nicht mehr übers Herz, diese Leute zu hassen. Das hatte er früher getan. Er hatte geglaubt, alle Menschen im Westen wären Feinde seines Landes, doch diese beiden waren es nicht. Ihr Heimatland blieb im Grunde neutral gegenüber seinem. Sie waren nicht die animistischen Heiden Afrikas, die ignorant waren und sich nicht um den wahren Gott scherten. Sie hatten ihr Leben dem Dienst in Seinem Namen gewidmet, und beide hatten sie ihn überrascht, indem sie seine persönlichen Gebete und Andachten respektierten. Mehr als alles respektierte er ihre Ansicht, der Glaube sei eher ein Weg zum Fortschritt als das Hinnehmen eines vorbestimmten Schicksals, ein Gedanke, der mit seinem islamischen Glauben nicht ganz kongruent war, ihm gegenüber aber auch nicht ganz konträr. Maria Magdalena hatte einen Rosenkranz – desinfiziert – in Händen, den sie für ihre Gebete an Maria benutzte, die Mutter von Jesus dem Propheten, die im Koran genauso verehrt wird wie in deren gekürzten Schriften und die ein feines Vorbild für Frauen zum Nacheifern ist...

Moudi wandte sich von den beiden ab und schaute nach draußen. Solche Gedanken durfte er sich nicht erlauben. Er hatte eine Aufgabe, und hier waren die Instrumente für diese Aufgabe, das Schicksal der einen von Allah bestimmt, und die andere hatte ihres selbst gewählt – Schluß, aus! Die Aufgabe bestand so oder so und war nicht von ihm gestellt, eine Tatsache, die er sich klarmachte, als die Tankfahrzeuge wieder wegfuhren und die Triebwerke wieder starteten. Die Flugbesatzung hatte es eilig und er ebenfalls, besser, den schwierigen und lästigen Teil der Mission bald hinter sich zu haben und mit dem technischen Teil zu beginnen. Er hatte allen Grund zur Freude. All die Jahre unter Heiden, in tropischer Hitze, keine Moschee weit und breit. Miserables, oft verdorbenes Essen, und immerzu hatte er sich gefragt, ob es auch rein war oder nicht, und war sich nie ganz sicher gewesen. Das lag jetzt hinter ihm. Was vor ihm lag, war der Dienst für seinen Gott und sein Land.

Zwei Flugzeuge, nicht eins, rollten zur Hauptlandebahn, die in Nord-Süd-Richtung verlief, holperten über die Betonplatten, die von der mörderischen Wüstenhitze des Sommers und der überraschenden Kälte der Winternächte uneben waren. Das erste von ihnen war nicht Moudis. Diese G-IV, äußerlich mit der anderen in jeder Hinsicht völlig identisch, bis auf eine Ziffer in der Registriernummer am Heck, raste die Startbahn hinunter und hob in nördlicher Richtung ab. Seine Maschine machte denselben Start, doch sobald die Räder eingeklappt waren, schwenkte sie nach Südosten in Richtung Sudan, ein einsames Flugzeug in einer einsamen Wüstennacht.

Das erste schwenkte ein wenig nach Westen und begab sich damit in den internationalen Luftkorridor zur französischen Küste. In dessen Verlauf würde es an der Insel Malta vorbeikommen, wo sich eine Radarstation befand, die dem Flughafen von Valetta diente und der Kontrolle des Flugverkehrs über dem zentralen Mittelmeer. Die Besatzung dieser Maschine bestand aus Angehörigen der Luftwaffe, die normalerweise politische und wirtschaftliche Größen von Ort zu Ort flogen, was sicher war, gut bezahlt und langweilig. Diesmal war's anders. Der Kopilot hatte eine Karte auf seinen Knien und das GPS-Navigationssystem fest im Blick. Zweihundert Meilen vor Malta und in einer Flughöhe von 39000 Fuß nahm er das Nicken des Piloten zum Zeichen und schaltete den Radarantwortsender um auf 7711.

»Valetta Approach, Valetta Approach, hier ist November-Juliet-Alpha, Mayday, Mayday, Mayday.«

Der Fluglotse in Valetta bemerkte das verdreifachte Signal auf seinem Bildschirm sofort. Es war eine ruhige Wache in dem Flugkontrollzentrum, es herrschte zu dieser Zeit nur wenig Verkehr, und diese Nacht war so routiniert abgelaufen wie jede andere – unverzüglich griff er zum Mikrofon und winkte mit der anderen Hand seine Aufsicht heran.

»Juliet-Alpha, hier Valetta, erklären Sie einen Notfall, Sir?«

»Valetta, hier Juliet-Alpha, jawohl. Wir sind medizinischer Rettungsflug, unterwegs nach Paris, aus Zaire kommend. Triebwerk zwei ist ausgefallen, wir haben elektrische Probleme, empfangen Sie?«

»Juliet-Alpha, hier Valetta, bleiben auf Empfang, Sir.« Auf dem Bildschirm wurde die Höhe des Flugzeugs mit 390 angegeben, dann 380, dann 370. »Juliet-Alpha, hier Valetta, Sie verlieren an Höhe.«

Die Stimme im Kopfhörer veränderte sich. »Mayday, Mayday, Mayday! Beide Triebwerke aus, beide Triebwerke aus. Versuchen, neu zu starten. Hier Juliet-Alpha.«

»Ihr direkter Kurs Valetta ist drei-vier-drei, wiederhole, Direktkurs Valetta drei-vier-drei. Wir bleiben auf Empfang, Sir.«

Ein knapp abgehacktes »Roger« war alles, was der Fluglotse zur Antwort bekam. Die Flughöhe wurde jetzt nur noch mit 330 angegeben.

»Was ist denn los?« fragte die Aufsicht.

»Er sagt, beide Triebwerke seien ausgefallen. Verliert rasch an Höhe.« Auf einem Computermonitor wurde das Flugzeug als eine Gulfstream angegeben, und der Flugplan wurde bestätigt.

»Es gleitet gut«, sagte der Aufsichtführende optimistisch; 310, sahen beide. Die G-IV glitt so gut auch wieder nicht.

»Juliet-Alpha, hier ist Valetta.«

Nichts.

»Juliet-Alpha, hier ist Valetta Approach.«

»Was sonst...« Der Aufsichtführende sah auf den Schirm. Kein anderes Flugzeug in der Gegend, und alles, was man tun konnte, war zu sehen.

Um den Notfall besser simulieren zu können, drosselte der Pilot die Triebwerke auf Leerlauf. Die Tendenz war, dick aufzutragen – das wollten sie nicht. Von nun an wollten sie keinen Ton mehr sagen. Er drückte den Steuergriff weiter vor, um den Abstiegswinkel zu steigern, dann drehte er backbords, als wolle er Malta ansteuern. Da sollten die Leute im Tower sich besser fühlen, dachte er. Es war eigentlich recht nett. Als ehemaliger Jagdflieger vermißte er das herrliche Gefühl, wenn man den Flieger am Himmel umherzerrte und -jagte. Beim Sinkflug in diesem Tempo wären Passagiere kreidebleich in Panik gewesen. Für den Piloten war es, wie Fliegen eigentlich sein sollte.

»Muß stark beladen sein«, sagte der Aufsichtführende.

»Für Paris de Gaulle gemeldet.« Der Fluglotse zuckte die Achseln und verzog das Gesicht. »Vorhin in Bengasi nachgetankt.«

»Schlechter Treibstoff?« Die Antwort war nur ein weiteres Achselzucken.

Es war, wie dem Tod im Fernsehen zuzusehen, um so schrecklicher, weil die alphanumerische Höhenanzeige runterratterte wie beim Spielautomaten.

Der Aufsichtführende griff zum Telefon. »Ruf die Libyer. Frag, ob sie ein Rettungsflugzeug auf den Weg schicken können. Wir haben ein Flugzeug, das vermutlich in der Großen Syrte wassern wird.«

»Valetta Approach, hier USS *Radford,* empfangen Sie? Over.«

»*Radford,* hier Valetta.«

»Wir haben Ihren Kontakt auf dem Radar. Sieht aus, als ob er ziemlich steil runterkommt.« Die Stimme gehörte einem Junior Grade Lieutenant, der in dieser Nacht CIC-Dienst hatte. Die *Radford* war ein betagter Zerstörer der Spruance-Klasse, der nach gemeinsamer Übung mit der ägyptischen Marine nach Neapel unterwegs war. Auf dem Wege dahin hatte sie Order, in die Große Syrte einzulaufen, um das Recht der ungehinderten Seefahrt zu praktizieren, eine Übung, die fast genauso alt war wie das Schiff selber. Einst Ursache zweier regelrechter Luft-See-Gefechte in den achtziger Jahren, war es inzwischen nur noch langweilige Routine. So langweilig, daß die Besatzungsmitglieder im CIC der *Radford* die zivilen Funkfrequenzen abhörten, um wenigstens etwas Abwechslung zu haben. »Kontakt befindet sich achtzig Meilen westlich von uns. Wir verfolgen ihn.«

»Könnten Sie einem Rettungsruf nachkommen?«

»Valetta, ich habe gerade den Kapitän geweckt. Gebt uns zwei-drei, um loszulegen, aber wir können es auf alle Fälle versuchen, over.«

»Fällt wie ein Stein«, meldete der Petty Officer am großen Schirm. »Solltest aber abfangen und hochziehen, Junge.«

»Objekt ist ein Gulf-Four Busineß-Jet. Wir haben ihn jetzt auf sechzehntausend Fuß, sinkt rapide«, verkündete Valetta.

»Danke, genau das sehen wir auch. Wir bleiben dran.«

»Was gibt's?« fragte der Kapitän, der eine Khakihose und ein T-Shirt anhatte. Die Meldung nahm nicht viel Zeit in Anspruch. »Okay, weckt die Hubschrauberbesatzung!« Als nächstes griff der Kommandant zu einem Mikrofon der Sprechanlage. »Brücke, hier CIC, es spricht der Captain. Volle Kraft voraus, geht auf neuen Kurs...«

»Zwei-sieben-fünef, Sir«, empfahl der Mann am Radar. »Zielobjekt ist zwei-sieben-fünef und dreiundachtzig Meilen.«

»Neuer Kurs zwei-sieben-fünef!«

»Aye, Sir. Gehen auf zwei-sieben-fünef und volle Kraft voraus, aye«, bestätigte der Deckoffizier. Auf der Brücke drückte der diensthabende Steuermann den Betätigungshebel herunter, was die Treibstoffzufuhr für die Turbinen erhöhte. Die *Radford* erbebte ein bißchen und senkte das Achterschiff ab, während sie von achtzehn Knoten an allmählich beschleunigte. Der Captain ließ seinen Blick durch das geräumige Combat Information Center schweifen. Alle, die im Augenblick hier Dienst taten, waren auf Zack, einige schüttelten die Köpfe, um vollends wach zu werden. Die Leute am Radar regelten ihre Instrumente. Die Darstellung auf dem großen Schirm änderte sich, um das sinkende Flugzeug besser verfolgen zu können.

»Jeder auf Posten«, sagte der Kapitän als nächstes. Es war gleich mal eine gute Gelegenheit zum Üben. Innerhalb von dreißig Sekunden war jeder geweckt und rannte auf seinen Posten.

Nachts muß man besonders vorsichtig sein, wenn man bis kurz über die Meeresoberfläche hinuntergehen will. Der Pilot der G-IV achtete aufmerksam auf den Höhenmesser und seine Sinkgeschwindigkeit. Das Fehlen von visuellen Bezugspunkten konnte nur allzu leicht dazu führen, daß man auf der Wasseroberfläche aufschlug, und während die fehlende Sicht ihrer Mission sehr zugute kam, sollte sie keinesfalls zu letzterem führen. In noch ein paar Sekunden würden sie in Valetta vom Radarschirm verschwinden, und dann konnten sie ihre Maschine abfangen. Das einzige, was ihm noch Sorgen bereitete, war, daß irgendwo da unten ein Schiff sein könnte, aber bisher hatte er im Licht eines Viertelmondes noch kein Kielwasser gesehen.

»Kontrolle bei mir«, verkündete er, als das Flugzeug unter die 5000-Fuß-Marke ging. Langsam nahm er den Steuergriff wieder etwas zurück. Aufgrund seines Transponder mochte Valetta bemerken, daß sie jetzt nicht mehr so steil sanken, wenn sie noch ein Signal erhielten, und wenn, würden sie annehmen, daß er, nach dem steilen Sinkflug, um für einen Neustart Luft in die Triebwerke zu bekommen, jetzt versuchte, sich abzufangen, um kontrolliert auf der ruhigen See aufsetzen zu können.

»Verlier ihn«, sagte der Fluglotse. Die Anzeige auf seinem Schirm blinkte ein paarmal, kam wieder und verlosch.

Die Aufsicht nickte und griff zum Mikrofon. »*Radford*, hier ist Valetta. Juliet-Alpha ist soeben von unserem Schirm verschwunden. Letzte Höhe war sechstausend fallend, Kurs drei-vier-drei.«

»Valetta, roger, wir haben ihn noch, jetzt bei viertausendfünfhundert, sinkt nicht mehr so steil, Kurs drei-vier-drei«, erwiderte der CIC-Techniker. Nur ein paar Schritte von ihm entfernt sprach der Captain mit dem Chef der Hubschrauberbesatzung der *Radford*. Es würde mehr als zwanzig Minuten dauern, den Helikopter des Zerstörers, einen SH-60B Seahawk, zu starten. Im Augenblick wurde die Maschine für den Flug vorbereitet, ehe sie aufs Flugdeck gebracht wurde. Der Pilot schaute auf den Radarschirm.

»Ruhige See. Mit ein bißchen Grips könnte es für einige noch gut ausgehen. Man versuchte, ganz flach aufzusetzen, parallel zur Dünung. Okay, wir sind bereit, Sir.« Und damit verließ er das CIC und begab sich nach achtern.

»Verliere ihn unter den Horizont«, meldete der Mann am Radar. »Ist gerade unter fünfzehnhundert gegangen. Sieht aus, als würde er wassern.«

»Melden Sie das Valetta!« befahl der Captain.

Bei fünfhundert Fuß, nach seinem Radaraltimeter, fing der Pilot die G-IV ab. Mehr wollte der Pilot nicht riskieren. Dann beschleunigte er die Triebwerke wieder, zog eine Linkskurve und flog nach Süden, zurück nach Libyen. Jetzt waren all seine Sinne angespannt. Tieffliegen war unter den günstigsten Bedingungen anstrengend und um so mehr bei Nacht über Wasser, doch seine Befehle waren klar und deutlich, obwohl er ihren Sinn nicht erkannte. Es ging ohnehin rasch. Bei etwas über dreihundert Knoten hatte er vierzig Minuten bis zu dem Militärflugplatz, wo er noch einmal auftanken würde, für den Abflug aus dieser Gegend.

Fünf Minuten später ging die *Radford* auf Flugposition, fiel vom Kurs ein wenig ab, damit der Wind aus günstiger Richtung über das Deck wehte. Das taktische Navigationssystem des Seahawk übernahm notwendige Daten vom CIC des Schiffes. Das Suchfeld war ein Umkreis von fünfzehn Meilen, eine ermüdende, zeitaufwendige, hektische Prozedur. Es waren Menschen im Wasser, und Leuten in Not zu Hilfe zu eilen war das erste und älteste Gesetz des Meeres. Sobald der Helikopter abgehoben hatte, schwenkte der Zerstörer wieder auf Kurs und beschleunigte mit voller Kraft aller vier Maschinen auf vierunddreißig Knoten. Inzwischen hatte der Kapitän über Funk die Lage nach Neapel gemeldet und zusätzliche Hilfe von in der Nähe befindlichen Flotteneinheiten angefordert – amerikanische Schiffe befanden sich keine in der näheren Umgebung, aber eine italienische Fregatte war in südlicher Richtung zu diesem Gebiet unterwegs, und sogar die libysche Luftwaffe bat um Informationen.

Die ›verlorene‹ G-IV landete gerade, als der Hubschrauber der US-Navy das Suchgebiet erreichte. Die Crew verließ das Flugzeug, um sich zu erfrischen und stärken, während das Flugzeug aufgetankt wurde. Sie sahen zu, wie eine viermotorige Transportmaschine russischer Fertigung vom Typ AN-10 ›Cub‹ die Turbinen startete, um sich an der Such- und Rettungsaktion zu beteiligen. In solchen Dingen zeigten sich die Libyer jetzt kooperativ und bemühten sich, in die Weltgemeinschaft zurückzukehren, und nicht einmal ihre Führer wußten viel von dem, was sich soeben abgespielt hatte. Nur ein paar Telefongespräche hatten die entsprechenden Vereinbarungen getroffen, und wer immer die Telefonate entgegengenommen und kooperiert hatte, wußte nur, daß zwei Flugzeuge landen würden, um aufgetankt zu werden, und weiterfliegen würden. Eine Stunde später hoben sie wieder ab, zu einem dreistündigen Flug nach Damaskus, Syrien. Ursprünglich sollten sie gleich wieder zu ihrem heimatlichen Standort in der Schweiz zurückkehren, doch der Pilot hatte darauf aufmerksam gemacht, daß es zu unnötigen Fragen führen könnte, wenn zwei Flugzeuge des gleichen Eigentümers nahezu zur gleichen Zeit über denselben Ort flogen. Während des Steigflugs schwenkte das Flugzeug nach Osten.

Linker Hand unter sich, über der Großen Syrte, sahen sie blinkende Lichter von Flugzeugen, eines davon ein Hubschrauber, wie sie zu ihrer Überraschung feststellten. Die Leute verbrannten Treibstoff und vertaten ihre Zeit völlig umsonst. Der Gedanke amüsierte den Piloten, als er die Reiseflughöhe erreicht hatte und sich entspannte.

»Sind wir jetzt da?«

Moudi drehte den Kopf. Für ihre Patientin hatte er gerade die Infusionsflasche gewechselt. Unter dem Plastikhelm juckte ihn sein Gesicht vom wachsenden Barte. Er sah, daß Schwester Maria Magdalena sich ebenso ungewaschen vorkam wie er. Nach dem Erwachen fuhr sie sich als erstes mit der Hand ins Gesicht, wurde aber vom Plastikhelm daran gehindert.

»Nein, Schwester, aber bald. Bitte ruhen Sie sich aus. Das hier kann ich tun.«

»Nein, nein, Sie müssen sehr müde sein, Dr. Moudi.« Sie wollte sich erheben.

»Ich bin jünger und besser ausgeruht«, erwiderte der Arzt mit einer erhobenen Hand. Als nächstes tauschte er die Morphiumflasche gegen eine frische aus. Jean Baptiste war erfreulicherweise zu stark sediert, um ein Problem zu sein.

»Wie spät ist es denn?«

»Zeit für Sie, sich auszuruhen. Sie werden Ihre Freundin begleiten, wenn wir ankommen, mich aber werden andere Ärzte ablösen können. Bitte heben Sie sich Ihre Kraft auf. Sie werden sie noch brauchen.« Wie wahr.

Die Nonne erwiderte nichts. Daran gewöhnt, den Anweisungen von Ärzten zu folgen, drehte sie den Kopf zur Seite, flüsterte vermutlich ein Gebet und erlaubte ihren Augen, sich zu schließen. Als er sich sicher war, daß sie wieder schlief, ging er nach vorn.

»Wie lange noch?«

»Vierzig Minuten. Wir landen etwas früher. Die Winde waren uns günstig«, antwortete der Kopilot.

»Vor Tagesanbruch also?«

»Ja.«

»Was hat sie denn?« fragte der Kopilot, der sich nicht umdrehte, aber offensichtlich so gelangweilt war, daß er etwas Neues hören wollte.

»Sie würden es nicht wissen wollen«, versicherte Moudi ihm.

»Sie wird sterben, diese Frau?«

»Ja, und das Flugzeug muß vollkommen desinfiziert werden, ehe es wieder benutzt wird.«

»Das ist uns schon gesagt worden.« Der Pilot zuckte die Achseln, wußte nicht, wie sehr er sich fürchten sollte vor dem, was er da transportierte. Moudi wußte es. Auf dem Plastiklaken unter der Patientin würde sich jetzt gewiß eine Lache von infiziertem Blut befinden. Wenn sie sie ausluden, würden sie also äußerst vorsichtig sein müssen.

Badrayn war froh, Alkohol gemieden zu haben. Von allen, die sich im Raum befanden, war er noch am klarsten. Zehn Stunden hatten sie diskutiert und palavert wie ein Haufen alter Marktweiber.

»Er wird dem zustimmen?« fragte der Kommandeur der Garde.

»Es ist nicht im mindesten unvernünftig«, erwiderte Ali. Fünf hohe Mullahs würden nach Bagdad fliegen und sich als Geisel – wenn nicht für das Wohlwollen, so doch für das Wort ihres Führers – anbieten. Es brachte mehr Vorteile, als die versammelten Generäle wußten, nicht, daß es sie wirklich gekümmert hätte. Nachdem das geklärt war, sahen die Generäle einander an, und einer nach dem anderen nickte.

»Wir nehmen an«, sagte derselbe General für die ganze Gruppe. Daß Hunderte nicht ganz so hoher Offiziere zurückbleiben würden für ihre Rolle in der kommenden Partitur, war ja kaum der Rede wert. Während der ganzen, langen Diskussion hatten sie diesen Punkt nicht einmal berührt.

»Ich brauche ein Telefon«, sagte Badrayn als nächstes. Der Geheimdienstchef führte ihn in einen Nebenraum. Es hatte immer eine Direktleitung nach Teheran gegeben. Selbst während der Feindseligkeiten – über einen Mikrowellenturm. Danach über ein Glasfaserkabel, das nicht angezapft werden konnte. Unter den wachsamen Augen des irakischen Offiziers drückte er die Zahlen, die er sich zuvor eingeprägt hatte.

»Hier spricht Yousif. Ich habe Nachricht«, sagte er der Stimme, die sich meldete.

»Einen Moment«, war die Antwort.

Daryaei war nicht erbaut davon, früh geweckt zu werden, da er in den letzten Tagen schlecht geschlafen hatte. Als das Telefon an seinem Bett ertönte, ließ er es blinzelnd mehrere Male klingeln, ehe er abhob.

»Ja?«

»Hier spricht Yousif. Es ist zugestimmt. Fünf Freunde werden benötigt.«

*Lobet Allah, denn er ist freundlich,* dachte Daryaei für sich. All die Jahre von Krieg und Frieden gingen in diesem Augenblick in Erfüllung. Nein, nein, das war verfrüht. Doch das Schwierigste *war* jetzt getan.

»Wann sollen wir beginnen?«

»So bald wie möglich.«

»Danke. Das werde ich nicht vergessen.« Und damit war er vollkommen wach. An diesem Morgen vergaß er, zum erstenmal seit vielen Jahren, sein Morgengebet. Gott würde verstehen, daß sein Werk rasch getan werden mußte.

Wie erschöpft sie doch sein mußte, dachte Moudi. Beide Nonnen erwachten, als das Flugzeug landete. Es kam das übliche Rütteln, als die Maschine abbremste, und ein schwabberndes Geräusch kündete davon, daß Jean Baptiste, wie zu erwarten, in der Tat geblutet hatte. Wenigstens hatte er sie lebend hierher gebracht. Die Augen hatte sie offen, sie starrten verwirrt wie die eines Kleinkindes zur gekrümmten Decke der Kabine. Maria Magdalena schaute einen Augenblick aus dem Fenster, aber alles, was sie sah, war ein Flughafen, und die sahen überall auf der Welt gleich aus, besonders bei Nacht. Schließlich kam das Flugzeug zum Stehen, und die Tür ging auf.

Wiederum würden sie einen Lastwagen nehmen. Vier Leute kamen in das Flugzeug, alle in schützendes Plastik gekleidet. Moudi löste die Riemen, die seine Patientin gehalten hatten, und gab der anderen Nonne ein Zeichen, sitzen zu bleiben. Vorsichtig hoben die vier Sanitäter das feste Plastiklaken an den Ecken an und trugen es zur Tür. Dabei sah Moudi, wie etwas auf den flachgeklappten Sitz tropfte, der seiner Patientin als Lager gedient hatte. Er schob den Gedanken beiseite. Die Besatzung hatte ihre Anweisungen, und die waren oft genug wiederholt worden. Als die Patientin sicher im Lkw war, verließen auch Moudi und Maria Magdalena das Flugzeug. Beide nahmen den Kopfschutz ab und sogen die frische, kühle Luft ein. Er nahm eine Feldflasche von einem der bewaffneten Soldaten, die das Flugzeug umstanden, und reichte sie ihr. Dann ließ er sich noch eine für sich geben. Beide tranken einen Liter Wasser, ehe sie den Laster bestiegen. Durch den langen Flug waren beide desorientiert, sie um so mehr, da sie ja nicht wußte, wo sie wirklich war. Moudi sah die 707, die kurz zuvor mit den Affen eingetroffen war, hatte aber keine Ahnung, daß das ihre Ladung gewesen war.

»Ich habe Paris noch nie gesehen – abgesehen von Zwischenlandungen, all die Jahre«, sagte sie, bevor die Plane hinten heruntergeklappt wurde und ihr die weitere Sicht versperrte.

*Schade, daß Sie es auch niemals sehen werden.*

## 16 / Der Iraker-Transfer

»Absolut nichts hier«, stellte der Pilot fest. Der Seahawk kreiste in tausend Fuß Höhe und tastete die Wasseroberfläche mit einem Suchradar ab, das empfindlich genug war, Wrackteile zu entdecken – war ja entwickelt worden, U-Boot-Periskope aufzuspüren –, aber es fand nicht einmal eine schwimmende Perrier-Flasche. Beide trugen auch Nachtsicht-Ferngläser und hätten zumindest am öligen Schein eine Treibstofflake auf dem Wasser erkannt, aber auch das war negativ.

»Hat wohl hart getroffen, nichts hinterlassen«, erwiderte der Kopilot über Bordsprechanlage.

»Wenn wir nur nicht am falschen Fleck suchen.« Der Pilot schaute auf sein taktisches Navigationssystem. Sie waren am richtigen Ort. Nur noch Treibstoff für rund eine Stunde – wurde langsam Zeit, wieder ans Landen auf der *Radford* zu denken, die das Suchgebiet auch selbst durchkämmte. Die Suchscheinwerfer sahen theatralisch aus in der frühmorgendlichen Finsternis, wie aus einem Film vom Zweiten Weltkrieg. Auch die libysche ›Cub‹ kreiste hilfsbereit, ging ihnen aber nur auf'n Senkel.

»Irgend etwas?« wollte die Leitstelle auf der *Radford* wissen.

»Negativ. Nichts, wiederhole, nichts erkennbar da unten. Hab' noch Sprit für 'ne Stunde, over.«

»Bestätige eine Stunde Sprit«, erwiderte *Radford.*

»Sir, der letzte Kurs des Objekts war drei-vier-drei, Geschwindigkeit zwei-neun-null Knoten, Höhenverlust dreitausend Fuß pro Minute. Wenn der nicht in diesem Fußabdruck hier ist, weiß ich nicht, wieso«, sagte der Operationsspezialist und tippte auf die Karte. Der Captain nippte an seinem Kaffee und zuckte die Schultern. Auf Deck stand die Bergungsmannschaft bereit. Zwei Schwimmer trugen Neoprenanzüge, und eine Bootsmannschaft konnte jeden Moment mit Beiboot abgesetzt werden. Mit sämtlichen Ferngläsern an Bord wurde nach blinkenden Lichtern und allem sonstigen Ausschau gehalten, und das Sonar horchte nach dem hochfrequenten Ping der Not-Ortung des Flugzeugs. Diese Geräte waren so konstruiert, daß sie einen heftigen Aufschlag unbeschadet überstanden, und sie wurden automatisch aktiviert, wenn sie mit Meerwasser in Berührung kamen, und die Energie ihrer Batterie reichte für mehrere Tage. Das Sonar der *Radford* war so empfindlich, daß es das verdammte Ding auf dreißig Meilen Entfernung aufgespürt hätte, und sie befanden sich nahezu unmittelbar über der von der Radarmannschaft berechneten Absturzstelle. Weder das Schiff noch seine Besatzung hatten vorher an so einer Rettungsaktion teilgenommen, aber sie wurden dafür ausgebildet und regelmäßig trainiert, und jeder einzelne Handgriff klappte so perfekt, wie sich der CO nur wünschen konnte.

»USS *Radford,* USS *Radford,* hier ist Valetta Approach, over.«

Der Kapitän nahm das Mikrofon. »Valetta, hier *Radford.*«

»Haben Sie etwas gefunden? Over.«

»Negativ, Valetta. Unser Helikopter hat das ganze Gebiet abgesucht, nichts zu berichten.« Sie hatten Malta bereits um bestätigte Daten gebeten zur letzten Geschwindigkeit des Flugzeugs und zum Kurs, aber es war vom zivilen Radar verschwunden, noch bevor es die genaueren Instrumente des Zerstörers verloren. An beiden Enden der Funkverbindung wurde geseufzt. Sie alle wußten, wie das Ganze ausgehen würde. Die Suche würde einen vollen Tag andauern, und nichts würde gefunden werden, und das wär's dann. Ein Telex war bereits an den Hersteller geschickt worden, um ihn zu informieren, daß eines seiner Flugzeuge über dem Meer vermißt wurde. Vertreter von Gulfstream würden nach Bern fliegen, um Wartungsberichte und andere Aufzeichnungen über die Maschine auszuwerten, in der Hoffnung auf irgendeinen Anhaltspunkt, und der ganze Fall würde dann in jemandes Geschäftsbuch unter »unbekannt« verbucht. Doch das Spiel mußte zu Ende gespielt werden, und, zum Teufel, es war immerhin ein gutes Training für die Mannschaft der USS *Radford*. Sie würde es mit einem Achselzucken abtun. Es war ja niemand unter den Opfern, den sie kannten, so wünschenswert und erhebend eine erfolgreiche Rettung auch gewesen wäre.

Es war vermutlich der Geruch, der ihr sagte, was nicht stimmte. Die Fahrt vom Flughafen war kurz. Draußen war es immer noch finster, und als der Laster anhielt, litten Arzt und Schwester immer noch unter den Folgen ihrer langen Reise. Als sie ankamen, war das erste, Schwester Jean Baptiste nach drinnen zu bringen. Erst dann zogen beide die Plastikanzüge endgültig aus. Maria Magdalena strich ihr kurzes Haar glatt und atmete tief durch. Schließlich nahm sie sich die Zeit, sich umzusehen, und war überrascht von dem, was sie sah. Moudi sah ihre Verwirrung und führte sie nach drinnen, noch ehe sie etwas sagen konnte.

Und da befiel sie der Geruch der Affen, gewiß nichts, das man mit Paris assoziieren würde oder mit einem Ort, der so sauber und ordentlich war, wie es das Pasteur-Institut sein müßte. Maria Magdalena sah sich um und stellte fest, daß die Schilder an den Wänden nicht französisch waren. Sie hatte keine Ahnung, in welcher Lage sie war; es gab nur Dinge, die sie verwirrten und aus denen sich Fragen ergaben – und dann war es Zeit, ehe gefragt werden konnte. Ein Soldat erschien und führte sie weg, und sie war noch zu perplex, um etwas sagen zu können. Sie blickte nur über die Schulter auf einen unrasierten Mann in Chirurgengrün; der traurige Blick in seinem Gesicht verstärkte nur ihre Verwirrung.

»Was hat das zu bedeuten? Wer ist sie?« wollte der Direktor des Projekts wissen.

»Es ist eine Regel ihrer Religion, daß sie nicht allein reisen dürfen. Um ihre Keuschheit zu schützen«, erklärte Moudi. »Andernfalls hätte ich mit unserer Patientin nicht herkommen können.«

»Sie lebt noch?« Bei der Ankunft war er nicht dagewesen.

Moudi nickte. »Ja, und wir müßten sie noch drei Tage so erhalten können, oder vier«, sagte er.

»Und die andere?«

Moudi wich aus: »Das ist nicht an mir.«

»Wir könnten noch eine...«

»Nein! Das wäre barbarisch«, protestierte Moudi. »So etwas wäre abscheulich vor Gott.«

»Und was wir zu tun planen, nicht?« fragte der Direktor. Eindeutig war Moudi zu lange im Busch gewesen. Doch es war nicht wert, darüber zu streiten. Ein richtig infizierter Ebola-Patient war alles, was sie brauchten. »Säubern Sie sich; und dann werden wir sie aufsuchen.«

Moudi begab sich in die Ärzte-Lounge im ersten Stock. Die Einrichtung war in der Tat viel privater als ihre westlichen Pendants, denn bei Menschen in diesem Erdteil war die körperliche Sittsamkeit viel strenger. Der Plastikanzug hatte die Reise ohne jeden Riß überstanden. Er steckte ihn in einen großen Plastikbehälter, bevor er unter die Dusche ging, deren heißes Wasser mit Chemikalien versetzt war, und genoß fünf Minuten hygienische Glückseligkeit. Während des Fluges hatte er sich gefragt, ob er jemals wieder sauber würde. Unter der Dusche jetzt stellte sich eine ähnliche Frage, aber nur leise im Geiste. Er kam wieder hervor, um frisches Grün anzuziehen – im Grunde alles frisch – und seine normale penible Routine zu komplettieren. Ein Pfleger hatte in der Lounge einen brandneuen Anzug für ihn bereitgelegt, original amerikanischer Racal in Blau , den er anzog, ehe er auf den Korridor hinaustrat. Der Direktor, ähnlich gekleidet, wartete schon auf ihn, und zusammen gingen sie hinunter zu den Behandlungsräumen.

Es waren nur vier, hinter luftdichten, bewachten Türen. Die Einrichtung unterstand der iranischen Armee. Die Ärzte waren alle Militärangehörige, die Pfleger alle felderprobte Männer. Sicherheit war hier erwartungsgemäß sehr streng. Moudi und der Direktor waren aber schon vor Betreten dieses Stockwerks kontrolliert worden, der Wachtposten hier drückte die entsprechenden Knöpfe, um die Tür zur Luftschleuse zu öffnen. Mit einem Zischen der Hydraulik ging sie auf und gab den Blick frei auf eine zweite. Sie konnten deutlich sehen, wie der Rauch von der Zigarette des Soldaten in die Sicherheitszone gesaugt wurde. Gut. Das Lüftungssystem funktionierte also ordnungsgemäß. Die beiden Männer hegten ein seltsames Vorurteil gegenüber den eigenen Landsleuten. Sie hätten es lieber gehabt, wenn die gesamte Anlage von ausländischen Ingenieuren gebaut worden wäre – die Deutschen waren dafür im Nahen Osten besonders beliebt –, aber der Irak hatte diesen Fehler schwer gebüßt. Die ordentlichen Deutschen bewahrten von allem, was sie bauten, Pläne auf, deshalb wurden so viele ihrer Projekte zu Staub zerbombt. Und darum war dieses Gebäude, wenn auch eine Menge der Einrichtung woanders gekauft worden war, von einheimischen Konstrukteuren errichtet worden. Ihr Leben hing vom exakten Funktionieren jedes einzelnen Systems und Untersystems hier ab, daran ließ sich jetzt nichts mehr ändern. Die innere Tür ging nicht auf, bevor die äußere nicht wieder fest verschlossen war. Das funktionierte, und sie konnten weitergehen.

Schwester Jean Baptiste befand sich im letzten Raum auf der rechten Seite. Drei Pfleger waren bei ihr. Sie hatten ihr bereits alle Kleider vom Leib geschnitten und somit einen fortschreitenden Tod offenbart. Die Soldaten waren entsetzt, ihr Zustand war viel schlimmer als alles, was sie auf dem Schlachtfeld an Verwundungen gesehen hatten. Rasch säuberten sie ihren Körper und deckten ihn zu, mit so viel Respekt vor der Sittsamkeit der Frau, wie ihre Kultur vorschrieb. Der Direktor warf einen Blick auf den Morphiumtropf und stellte ihn sogleich um ein Drittel zurück.

»Wir möchten sie so lange wie möglich am Leben erhalten«, erklärte er.

»Die Schmerzen dieser...«

»Kann man nicht abhelfen«, erwiderte er kalt. Er wollte Moudi Vorhaltungen machen, unterließ es dann aber. Ältere Person, europäisch, weiblich, wie er sah, vom Morphium betäubt, Atmung zu flach für seinen Geschmack. Die Pfleger legten Kontakte an für das EKG, und er war überrascht, wie gut ihr Herz noch arbeitete. Gut. Der Blutdruck war niedrig, wie erwartet, und er ordnete an, zwei Einheiten Vollblut an den Transfusionsständer zu hängen. Je mehr Blut, desto besser.

Die Pfleger waren gut gedrillt. Alles, was mit der Patientin hereingekommen war, war bereits in Plastikbeutel gesteckt worden und dann noch in einen zweiten. Einer trug das Bündel aus dem Zimmer und zum gasbefeuerten Verbrennungsofen, wo nichts zurückblieb als sterilisierte Asche. Die Hauptaufgabe hier war die Beherrschung des Virus. Die Patientin war ihr Nährboden. Bisher waren solchen Patienten ein paar

Kubikzentimeter Blut zur Analyse entnommen worden, nach einiger Zeit war der Patient dann gestorben und die Leiche entweder verbrannt oder mit Chemikalien eingesprüht und begraben worden. Diesmal nicht. Er hatte die jemals größte Menge des Virus unter seiner Kontrolle, und von diesen würde er noch mehr züchten, alle tödlich, alle stark. Er wandte sich ab.

»So, Moudi, wie hat sie sich infiziert?«

»Sie hat den Index-Patienten behandelt.«

»Den Negerjungen?« fragte der Direktor.

Moudi nickte. »Ja.«

»Was hat sie falsch gemacht?«

»Wir haben es nie herausgefunden. Ich habe sie gefragt, als sie noch bei klarem Verstand war. Sie hat dem Jungen keine Injektion gegeben, war immer sehr vorsichtig mit allem Spritzen. Sie war eine erfahrene Krankenschwester«, berichtete Moudi mechanisch. Er war wirklich zu müde für etwas anderes, als zu berichten, was er wußte. »Sie hatte schon vorher mit Ebola zu tun gehabt, in Kikwit und anderen Orten. Sie hat das medizinische Personal dort in der Behandlung unterwiesen.«

»Übertragung durch die Luft?« fragte der Direktor. Das zu hoffen wäre zuviel.

»In den CDC in Atlanta hält man dieses Virus für den Subtyp Ebola-Mayinga. Sie erinnern sich, der Stamm wurde nach einer Schwester benannt, die sich die Krankheit auf unbekanntem Wege zuzog.«

Bei der Bemerkung schaute der Direktor Moudi fest in die Augen. »Sie sind sich ganz sicher bei dem, was Sie gesagt haben?«

»Im Augenblick bin ich mir gar nichts sicher, aber ich habe mit anderem Klinikpersonal gesprochen, demzufolge hat der Index-Patient alle Injektionen von anderen bekommen, nicht von der Schwester hier. Geht man davon aus, ja, könnte es ein Fall von Übertragung auf dem Luftweg sein.«

Das war ein klassischer Fall einer guten und einer schlechten Nachricht. Sowenig wußte man über Ebola. Es *war* bekannt, daß der Erreger nur durch Blut oder andere Körperflüssigkeiten übertragen wurde, auch durch sexuellen Kontakt – rein theoretisch, denn ein Ebola-Fall wäre kaum zu solchen Praktiken in der Lage. Weiter wurde angenommen, daß das Virus einen lebenden Wirt kaum verließ, da ging er im Freien rasch ein. Deshalb glaubte man nicht, daß die Seuche durch die Luft verbreitet werden konnte, wie etwa Lungenentzündung oder gängigere Infekte. Gleichzeitig aber gab es bei jedem Ausbruch Fälle, für die sich keine Erklärung finden ließ. Die unglückselige Schwester Mayinga hatte einem Stamm dieses Erregers ihren Namen gegeben, der auf unbekanntem Weg nach ihrem Leben gegriffen hatte. Hatte sie gelogen oder etwas verschwiegen oder vergessen, oder hatte sie ihr Gedächtnis durchforscht und die Wahrheit gesagt und so einem Subtyp von Ebola ein Denkmal gesetzt, der in der Luft lange genug überlebte, um ebenso leicht übertragen zu werden wie die gewöhnliche Erkältung? Wenn dem so war, wäre die Patientin vor ihnen das Vehikel einer biologischen Waffe solchen Ausmaßes, daß er damit die ganze Welt erschüttern könnte.

Eine solche Möglichkeit bedeutete aber auch, daß sie selber mit dem Tode spielten. Der geringste Fehler könnte tödlich sein. Ohne bewußt darüber nachzudenken, schaute der Direktor hinauf zur Klimaanlage. Bei der Konstruktion dieses Gebäudes hatte man genau diese Eventualität mitberücksichtigt. Die zugeführte Luft war vollkommen sauber. Sie wurde am Ende eines zweihundert Meter langen Rohrsystems angesaugt. Die abgeführte Luft aus den »heißen« Zonen passierte eine Plenumkammer, bevor sie das Gebäude verließ. Dort wurde sie gleißender ultravioletter Strahlung ausgesetzt, denn die zerstörte Viren absolut verläßlich. Die Luftfilter waren zum gleichen Zweck mit Chemikalien getränkt – Phenol unter anderem. Erst dann wurde die Luft nach draußen entlassen, wo Umweltbedingungen herrschten, die dem Erreger auch keine Überlebenschance boten. Die Filter wurden mit religiöser Präzision alle zwölf Stunden gewechselt. Die UV-Strahler, fünfmal so stark wie erforderlich, wurden ständig überwacht. Im »heißen« Bereich hielt man die Raumluft bei leichtem Unterdruck, um einem Leck vorzubeugen; dies erlaubte, das Gebäude auf strukturelle Festigkeit zu prüfen. Was das Restrisiko betraf, nun, sagte er sich, dazu waren ja alle so intensiv trainiert auf korrekten Umgang mit Schutzkleidung und scharfen Gegenständen.

Der Direktor war ebenfalls Arzt, ausgebildet in Paris und London, aber er hatte schon seit Jahren keinen Patienten mehr behandelt. Die letzten zehn Jahre hatte er sich hauptsächlich der Molekularbiologie gewidmet und da ganz besonders dem Studium von Viren. Über sie wußte er soviel wie fast jeder andere, aber das war halt herzlich wenig. Er wußte aber, wie man sie züchtete, und vor ihm lag jetzt ein perfektes Medium, ein menschliches Wesen, vom Schicksal verwandelt in eine Fabrik zur Produktion des tödlichsten Organismus, den die Menschheit kannte. Gesund hatte er sie nicht gekannt. Womöglich war sie eine gute Krankenschwester gewesen, wie Moudi sagte, doch das war jetzt Vergangenheit, und es hatte wenig Sinn, sich für jemanden zu erwärmen, der ohnehin in drei Tagen tot sein würde, höchstens in vier. Je länger diese Fabrik aber ihre Arbeit tat, desto besser: So konnte er mit einem menschlichen Körper als Rohstoff sein Produkt herstellen und so Allahs großartigste Schöpfung in Seinen tödlichsten Fluch umwandeln.

Zur anderen Frage hatte er Anweisungen gegeben, während Moudi geduscht hatte. Schwester Maria Magdalena wurde zu einer anderen Säuberungseinrichtung geführt, mit Kleidung versorgt und sich selbst überlassen. Ungestört hatte sie geduscht und sich dabei gefragt, was vor sich ging – wo war sie überhaupt? Sie war immer noch zu sehr durcheinander, um sich ernsthaft Sorgen zu machen, zu desorientiert, um zu verstehen. Wie Moudi hatte sie lange geduscht, und das hatte ihr den Kopf etwas klarer gemacht, also versuchte sie jetzt, die Fragen zu formulieren, die sie ihm stellen wollte. In ein paar Minuten würde sie den Doktor finden und ihn fragen, was los war. Das Klinikgewand wirkte angenehm vertraut, und sie hatte auch ihren Rosenkranz, hatte ihn mit unter die Dusche genommen. Er war aus Metall, im Gegensatz zum formalen Rosenkranz, der zum Ordensgewand gehörte und den sie aus Anlaß der letzten Gelübde erhalten hatte, vor mehr als vierzig Jahren. Doch der metallene war leichter zu desinfizieren, und sie hatte sich Zeit genommen, ihn unter der Dusche gründlich zu reinigen. Abgetrocknet und angezogen, sagte sie sich, daß Beten die beste Vorbereitung für ihre Suche nach Information sein würde, und so kniete sie, bekreuzigte sich und begann zu beten. Sie hörte nicht, daß hinter ihr die Tür aufging.

Der Soldat vom Sicherheitsdienst hatte seine Befehle. Er hätte es schon eher tun können, aber in die Privatsphäre einer Frau einzudringen, die zudem badete und deshalb nackt war, wäre ein abscheulicher Akt, und sie lief ja nicht weg. Es freute ihn, zu sehen, daß sie betete, mit dem Rücken zu ihm, offensichtlich vertieft in ihre Andacht. Es war recht so. Verurteilten Kriminellen wurde ausnahmslos Gelegenheit gegeben, mit Allah zu sprechen; diese Gelegenheit zu verwehren war eine Sünde. Um so besser, sagte er sich, während er seine 9-mm-Automatik zog. Sie sprach gerade mit ihrem Gott…

… und jetzt tat sie es noch direkter. Er entspannte den Hammer, halfterte die Waffe und rief die beiden Sanitäter herein, um hier wieder Ordnung zu schaffen. Er hatte schon vorher Menschen getötet, war zu Erschießungen von Staatsfeinden abkommandiert worden und hatte seine Pflicht getan. Diesmal schüttelte er den Kopf. Er war sich sicher, er hatte eine Seele zu Allah geschickt. Wie seltsam, sich nach einer Exekution gut zu fühlen.

Tony Bretano war mit einem TRW-eigenen Geschäftsflugzeug gekommen. Wie sich zeigte, hatte er über das Angebot von Lockheed-Martin noch nicht entschieden, und es freute Ryan, daß George Winstons Information inkorrekt gewesen war. Das zeigte, daß er zumindest in diese Insiderinformation nicht eingeweiht war.

»Ich habe schon einmal nein gesagt, Mr. President.«

»Zweimal.« Ryan nickte. »Zur Leitung von ARPA und zum Deputy Secretary for Technology. Ihr Name ist auch beim NRO gefallen, man hat Sie aber dazu nie angerufen.«

»Das habe ich gehört«, bestätigte Bretano. Er war ein kleiner Mann und hatte einen Kleinwüchsigen-Komplex, wenn man nach der Aggressivität ging. Sein Akzent war der eines Sprößlings aus Manhattans Little Italy, obwohl er viele Jahre an der Westküste gelebt hatte, auch das sagte Ryan etwas. Er verkündete gern, wer und was er war, und das trotz zwei Doktoraten vom MIT, wo er leicht den Cambridge-Akzent hätte annehmen können.

»Und Sie haben die Angebote abgelehnt, weil es ein beschissenes Durcheinander ist auf dem anderen Flußufer, richtig?«

»Zuviel Schwanz und zuwenig Biß. Wenn ich mein Geschäft so führen würde, würden mich die Aktionäre lynchen. Die Bürokratie bei Defense ...«

»Dann reparieren Sie mir das«, schlug Jack vor.

»Is' unmöglich.«

»Kommen Sie mir nicht so, Bretano. Alles, was der Mensch bewerkstelligt, kann er auch rückgängig machen. Wenn Sie glauben, Sie hätten nicht das Zeugs für den Job, gut, sagen Sie mir das, und Sie können an Ihre Küste zurückkehren.«

»Warten Sie eine Sekunde ...«

Ryan schnitt ihm wieder das Wort ab.

»Nein, warten Sie. Sie haben gehört, was ich im Fernsehen gesagt habe, und ich werde es nicht wiederholen. Ich muß ein paar Dinge in Ordnung bringen, und dazu brauche ich die richtigen Leute, und wenn Sie's nicht bringen, schön, ich finde schon noch jemanden, der dafür zäh genug ...«

»Zäh?« Bretano hielt es fast nicht mehr auf dem Sitz. »*Zäh?* Sperr'n Sa da Ohr'n auf, Mr. President. Meina Papa hat vakauft Obsta vom Karr'n ana da Ecka. Eina *Scheiß* hat ma de Welta gaschenkt!« Als Ryan laut lachte, hielt er inne und überlegte ein Moment, ehe er fortfuhr. »Nicht schlecht«, sagte er etwas ruhiger, in der Art des Unternehmenspräsidenten, der er war.

»George Winston sagt, Sie seien streitbar. Wir haben seit Jahren keinen halbwegs vernünftigen SecDef gehabt. Wenn ich mich irre, dann brauche ich Leute, die mir das sagen. Aber ich glaube, daß ich mit Ihnen richtig liege.«

»Was möchten Sie getan haben?«

»Wenn ich anrufe, will ich, daß etwas geschieht. Ich will wissen, wenn ich Jungs dem Feind entgegenschicke, daß sie gut ausgerüstet, gut ausgebildet sind und ausreichend unterstützt werden. Ich will, daß man weiß, wozu wir fähig sind. Das macht's Leben für das State Department viel einfacher«, erklärte der Präsident. »Als ich ein kleiner Junge war in Baltimores Osten, und ich sah einen Cop die Monument Street daherkommen, da wußte ich zwei Dinge. Ich wußte, es war keine gute Idee, sich mit ihm anzulegen, und ich wußte, ich konnte darauf vertrauen, daß er mir half, wenn ich ihn brauchte.«

»Anders gesagt, Sie wollen ein Produkt, das wir liefern können, wann immer es verlangt wird.«

»Genau.«

»Wir haben ganz schön abgebaut«, sagte Bretano vorsichtig.

»Ich will, daß Sie mit einem guten Team – Ihrer Wahl – arbeiten, um eine Militärstruktur aufzubauen, die den Anforderungen entspricht. Dann will ich, daß Sie das Pentagon auf Vordermann bringen.«

»Wieviel Zeit habe ich?«

»Ich geben Ihnen zwei Wochen für den ersten Teil.«

»Nicht lang genug.«

»Kommen Sie mir nicht damit. Zum Teufel, *ich* kenne die Bedrohungen da draußen, erinnern Sie sich? Das war nämlich *mein* Job. Vor einem Monat steckten wir mitten im Krieg, lutschten mangels verfügbarer Ressourcen statt Sprit nur Luft. Wir hatten Glück. Ich will aber nicht von Glück abhängen. Ich will, daß Sie die Bürokratie ausmisten, damit etwas getan wird, wenn etwas getan werden muß. Ich will sogar, daß Dinge getan werden, bevor wir dazu gezwungen sind. Wenn wir unsere Arbeit ordentlich machen, wird niemand so verrückt sein, sich mit uns anzulegen. Die Frage ist nur, sind Sie gewillt, sich damit anzulegen, Dr. Bretano?«

»Das wird blutig werden.«

»Meine Frau ist Ärztin«, erwiderte ihm Jack.

»Die Hälfte der Aufgabe hängt vom verläßlichen Nachrichtendienst ab«, gab Bretano zu bedenken.

»Weiß ich auch. Wir haben beim CIA schon angefangen. George sollte bei Finanzen okay sein. Ich checke eine Liste von Richtern ab für

Justice. Im Fernsehen habe ich alles gesagt. Ich stelle ein Team zusammen. Und ich will Sie dabeihaben. Auch ich hab' meinen Weg allein gemacht. Sie glauben, zwei Leute wie wir hätten es woanders soweit bringen können? Tilgungszeit, Bretano.« Ryan lehnte sich zurück, zufrieden mit sich und seinem Vortrag.

Da konnte er nicht gegen an, das war dem Geschäftsmann klar. »Wann fange ich an?«

Ryan schaute auf die Uhr. »Morgen früh paßt Ihnen?«

Die Wartungsmannschaft kam gleich nach Tagesanbruch. Das Flugzeug war von Militärposten umgeben, um Neugierige fernzuhalten, dieser Flughafen war aber schon sicherer als die meisten internationalen Pendants, weil er auch von der iranischen Luftwaffe genutzt wurde. Der Vormann der Truppe hatte eine lange Liste, auf der stand, was alles zu tun war, und er war ein bißchen verwundert. Flugzeuge dieses Typs waren Spezialfälle, weil diejenigen, die damit flogen, sich für Auserwählte Gottes hielten oder noch Höheres. Nicht daß das etwas ausmachte. Seine Leute arbeiteten immer gründlich. Der Wartungsplan des Flugzeugs besagte, daß es Zeit war, zwei Cockpit-Instrumente auszuwechseln, und die beiden Ersatzinstrumente lagen bereit, noch original verpackt; geeicht würden sie erst nach dem Einbau. Zwei des Trupps würden die Maschine auftanken und das Öl wechseln. Die anderen würden unter der Anleitung des Vormanns in der Kabine arbeiten.

Sie hatten kaum angefangen, da tauchte ein Hauptmann auf mit neuen Befehlen; natürlich liefen sie den ersten zuwider. Die Sitze mußten schnell wieder eingebaut werden. In wenigen Stunden müßte die G-IV wieder starten. Der Offizier sagte nicht, wohin, und der Vormann fragte nicht nach. Seinem Instrumententechniker trug er auf, sich mit dem Austausch zu beeilen. Das war nicht schwer bei der G-IV mit ihrer modularen Instrumentenanordnung. Ein Lkw brachte die Sitze, die man erst zwei Tage zuvor ausgebaut hatte, und der Putztrupp, der seine Aufgabe kaum begonnen hatte, half beim Einbau mit. Der Vormann fragte sich, warum sie wohl erst ausgebaut worden waren, aber es ging ihn nichts an, und die Antwort hätte ohnehin keinen Sinn ergeben. Die Reinigung wäre einfacher gewesen mit dem freien Platz. Statt dessen wurden erst die vierzehn Sitze wieder eingebaut und verwandelten das Flugzeug züruck in einen Mini-Airliner, nur einen sehr komfortablen. Die wiedergebrachten Sitze hatte man im Hangar durch die Trockenreinigung geschickt, wie das immer geschah, Aschenbecher geleert und ausgewischt. Dann kam der Caterer mit Fertigspeisen für die Bordküche, und im Handumdrehen war das Flugzeug überfüllt mit Arbeitern, jeder dem andern im Weg, und im Durcheinander wurde die Arbeit nicht ordnungsgemäß getan, doch das war nicht des Vormanns Schuld. Von da an spitzte sich alles zu. Die Besatzung erschien mit ihren Karten und Flugplänen. Sie fanden einen Mechaniker vor, der halb auf dem Pilotensitz und halb auf dem Boden lag und seine Arbeit mit den Instrumenten zu Ende bringen wollte. Nie besonders gut zu sprechen auf Mechaniker, stand der Pilot da und sah dem Mann bei der Arbeit auf die Finger – der Mechaniker seinerseits scherte sich nicht im geringsten darum, was Piloten dachten. Er befestigte die letzte Klemme, wand sich frei und ließ ein Testprogramm laufen, um sicherzugehen, daß alles ordnungsgemäß funktionierte, möglichst, ohne dabei die Flieger anzuschauen, die ihn nur um so lauter verfluchen würden, wenn er eines der Instrumente nicht richtig installierte. Er war kaum fertig, da war der Kopilot schon in seinem Sitz und ließ dasselbe Testprogramm nochmals laufen. Als der Mechaniker das Flugzeug verließ, sah er den Grund für die Eile.

Fünf von ihnen standen da auf der Rampe, sahen ungeduldig und bedeutend aus, wie sie so aufgeregt auf das weißgestrichene Luxusflugzeug starrten. Alle kannten sie beim Namen, so oft waren sie im Fernsehen zu sehen. Alle nickten den Mullahs ihre Ergebenheit zu und beeilten sich mit ihrer Arbeit; als Folge davon wurde nicht alles gemacht. Die Putzkolonne wurde aus dem Flugzeug gerufen. Sie hatte sich auf das oberflächliche Abwischen von ein paar Dingen beschränkt, nachdem die Sitze wieder eingebaut worden waren. Die VIP-Passagiere stiegen sofort ein und begaben sich allesamt in den hinteren Teil der Kabine, so daß sie miteinander konferieren konnten. Die Crew startete die Turbinen, und die Wachtposten und Lkws schafften es kaum, wegzukommen, ehe die G-IV zur Startbahn rollte.

In Damaskus landete die zweite Maschine dieser kleinen exklusiven Flotte und erfuhr, daß sie Order hatte, unverzüglich nach Teheran zurückzukehren. Die Crew fluchte zwar, tat aber, wie ihr befohlen, wobei sie ihre Zeit am Boden auf kaum vierzig Minuten beschränkte, bevor sie zu ihrem kurzen Sprung in den Iran wieder startete.

In PALM BOWL war viel zu tun. Etwas war im Gange. Es ergab sich aus dem, was nicht vor sich ging. Funkverkehr auf den verschlüsselten Kanälen der hohen irakischen Generäle war angestiegen, dann auf Null zurück, hatte wieder Spitzenwerte erreicht und war erneut auf Null gefallen. Im Moment war er wieder bei Null. In KKMC, Saudi-Arabien, mahlten sich die Computer durch Lösungsroutinen, um die elektronischen Sprachverzerr-Algorithmen irakischer taktischer Funkgeräte zu knacken, was sehr zeitaufwendig war. Leistungsfähige Verschlüsselungstechnologie, einst ein Privileg reicher Länder, war mit dem Aufkommen des PCs zu etwas geworden, das selbst für den einfachsten Bürger Amerikas und anderer technisch fortschrittlicher Länder erhältlich war, und ein unerwartetes Nebenprodukt dieses Faktums war die inzwischen allgemeine Verfügbarkeit hochmoderner Kommunikationsschutztechnologie für jedes beliebige Land. Die Chiffriersysteme für taktischen Funkbetrieb waren zwangsweise etwas einfacher und immer noch zu knacken, doch selbst dazu war ein Cray-Computer erforderlich, von denen man wenige Jahre zuvor einen ins Saudi-Königreich gebracht hatte. Ein weiterer Umstand war, daß PALM BOWL sich in Kuwait befand und von der dortigen Regierung voll finanziert wurde, eine Gefälligkeit, für die man ebenfalls eine Gefälligkeit erwartete. Kuwait durfte die ›Beute‹ sehen, die die NSA-Station machte. Das war nur fair, auch wenn der NSA und das Personal des militärischen Nachrichtendienstes nicht dazu ausgebildet waren, was ›fair‹ war, zu berücksichtigen. Trotzdem hatten sie ihre Befehle.

»Die reden über ihre Familien?« fragte sich ein USAF-Sergeant laut. Das war neu. In diesem Netz hatte PALM BOWL zwar vorher schon intime Gespräche belauscht und dabei einiges über persönliche Gewohnheiten hoher irakischer Generäle und derbe Witze mitbekommen; daß sie Familiäres besprachen, war aber eine Premiere.

»Evakuierung«, bemerkte der Chief Master Sergeant neben ihm. »Die hauen ab, Lieutenant!« rief er. »Irgend etwas geht da vor sich.«

Die zweite OVD arbeitete an etwas anderem. Das Radar auf dem Internationalen Flughafen von Kuwait war außergewöhnlich stark. Nach dem Krieg installiert, arbeitete es in zwei Modi, einem für die Fluglotsen, einem für die kuwaitische Luftwaffe. Und es konnte sehr weit sehen. Zum zweitenmal binnen weniger Tage flog ein Busineß-Jet vom Iran nach Bagdad. Der Flugpfad war gleich, und der Transponder-Kode derselbe. Die Entfernung zwischen den beiden Hauptstädten betrug nur vierhundert Meilen, aber für ein Geschäftsflugzeug war das genug, um auf Reiseflughöhe aufzusteigen, um Treibstoff zu sparen – und sich ihrem Radar preiszugeben. Es befand sich zwar auch ein E-3B AWACS in der Luft, das aber leitete seine Daten direkt nach KKMC, nicht nach PALM BOWL. Für die uniformierten Spooks in der Bodenstation war es Ehrensache, die Luftheinis beim eigenen Spiel zu schlagen, da die meisten von ihnen ja selbst der USAF angehörten.

Der Lieutenant prägte sich diese Info ein und ging zu den Sergeants hinüber.

»Und das wäre, Chief?« fragte sie.

Der Chief Master Sergeant scrollte am Monitor zurück und zeigte die Übersetzung verschiedener ›geknackter‹ Gespräche, wobei er mit dem Finger auf den Bildschirm tippte, um auf die Uhrzeiten aufmerksam zu machen. »Da gibt es ein paar Leute, die um alles in der Welt weg wollen, Ma'am.« Einen Augenblick später gesellte sich ein kuwaitischer Major zu ihnen. Ismael Sabah war entfernt verwandt mit der königlichen Familie, hatte in Dartmouth studiert und war beim amerikanischen Personal recht beliebt. Während des Krieges war er geblieben und hatte in einer Widerstandsgruppe mitgearbeitet. Als einfacher Kundschafter hatte er Information über Stellung und Bewegung von irakischen Einheiten gesammelt und nach draußen gemeldet, hauptsächlich mit Handy, das ein ziviles saudisches Netz gleich hinter der Grenze erreichte und so der irakischen Überwachung entging. Dem irakischen Terror waren drei seiner nahen Verwandten zum Opfer gefallen. Die Erfahrung hatte sich bei ihm tief eingeprägt und einen unversöhnlichen Haß auf das Land im Norden zurückgelassen. Jetzt ein stiller, nachdenklicher Mann Mitte Dreißig, schien er mit jedem Tag cleverer zu werden. Sabah neigte sich nach vorn, um die Übersetzungen auf dem Monitor überfliegen zu können.

»Wie sagen Sie, die Ratten verlassen das sinkende Schiff?«

»Sie glauben das auch, Sir?« fragte der Chief.

»In den *Iran?*« fragte die amerikanische Offizierin. »Ich weiß, so sieht's aus, aber das ergibt doch keinen Sinn, oder?«

Major Sabah verzog das Gesicht. »Daß sie ihre Luftwaffe in den Iran schicken würden, ergab auch keinen Sinn, aber die Iraner behielten die Jäger und ließen die Piloten nach Hause gehen. Sie müssen noch einiges über die Kultur hier lernen, Lieutenant.«

*Ich habe gelernt, daß hier nur wenig einen Sinn ergibt,* sagte sie nicht.

»Was haben wir noch?« fragte Sabah den Sergeant.

»Sie reden und verstummen, und dann reden sie um so mehr und verstummen wieder. Im Augenblick gibt es gerade wieder Funkverkehr, aber KKMC ist noch dabei, ihn zu entschlüsseln.«

»Radarüberwachung meldet ein sich näherndes Flugzeug von Mehrabad nach Bagdad, deklariert als Busineß-Jet.«

»Dasselbe wie neulich?« fragte Sabah den amerikanischen Lieutenant.

»Ja, Major.«

»Was noch? Gibt's noch etwas?« Der Chief Master Sergeant gab die Antwort.

»Major, vielleicht in dem, was die Computer gerade auskochen. Vielleicht in dreißig Minuten.«

Sabah zündete sich eine Zigarette an. Formal war PALM BOWL eine kuwaitische Einrichtung und Rauchen erlaubt. Sein relativ niedriger Dienstgrad hinderte ihn jedoch nicht daran, ein ziemlich hohes Mitglied des Geheimdienstes seines Landes zu sein. Er war bescheiden und sachlich, ein nützlicher Kontrast zu seiner Tätigkeit im Krieg, über die er in Großbritannien und Amerika Vorträge gehalten hatte.

»Meinungen?« fragte er. Seine hatte er sich gerade gebildet.

»Sie sagten es bereits, Sir. Sie machen sich aus dem Staub«, erwiderte der Chief Master Sergeant.

Major Sabah führte den Gedanken fort. »In ein paar Stunden oder Tagen wird der Irak keine Regierung mehr haben, und der Iran mischt kräftig mit beim Verfall in die Anarchie.«

»Nicht gut«, hauchte der Chief.

»Das Wort ›Katastrophe‹ drängt sich auf«, meinte Sabah milde. Er schüttelte den Kopf, lächelte grimmig und erntete bei den amerikanischen Spooks dafür noch mehr Bewunderung.

Die Gulfstream aus Teheran landete nach einem Flug von genau fünfundsechzig Minuten, wie Badrayn an seiner Uhr ablas. Pünktlich wie die Swissair, stellte er fest. Sobald sie zum Stehen gekommen war, ging die Tür auf. Die fünf Passagiere stiegen aus und wurden mit vollendet gespielter Höflichkeit empfangen, die sie ihrerseits ebenso erwiderten. In einem kleinen Konvoi von Mercedes-Limousinen entschwanden sie sofort zu prächtigen Unterkünften, die sie im Stadtzentrum erwarteten und wo sie, wenn etwas schiefgehen sollte, natürlich umgebracht würden. Kaum waren ihre Autos losgefahren, da tauchten zwei Generäle, ihre Frauen und Kinder sowie je ein Leibwächter aus dem VIP-Terminal auf und gingen zu dem Flugzeug. Rasch stiegen sie ein. Der Kopilot schloß die Tür, und die Motoren starteten wieder, alles in weniger als zehn Minuten, nach Badrayns Seiko. Fast im gleichen Moment rollte es zur Startbahn, um den Rückflug nach Mehrabad International anzutreten. Es war etwas zu offensichtlich; dem Tower-Personal konnte es nicht entgehen. Das war das Problem mit der Sicherheit, wußte Badrayn. Nichts konnte man wirklich geheimhalten, zumindest nicht so was wie das hier. Besser wäre gewesen, sich eines Linienfluges zu bedienen und die abziehenden Generäle wie normale Passagiere auf einer normalen Reise zu behandeln, zwischen den beiden Ländern gab es aber keine regulären Flüge, und die Generäle hätten sich einer so pöbelhaften Behandlung ohnehin nicht unterzogen. Und so wußten die Leute im Kontrollturm eben, daß ein Sonderflug unter ungewöhnlichen Umständen angekommen und wieder abgeflogen war. Für nur einen Flug mochte das unwichtig sein. Für den nächsten aber würde es etwas ausmachen.

Im Großen Plan der Dinge mochte dies wohl unbedeutend sein. Die Ereignisse nahmen nun ihren Lauf, die Ali Badrayn geholfen hatte, in Gang zu setzen, doch es störte ihn im professionellen Sinne. Lieber alle Handlungen geheimhalten. Er zuckte die Schultern, als er wieder zum VIP-Terminal ging. Nein, es machte nichts aus, und durch sein Zutun hatte er die Dankbarkeit eines sehr mächtigen Mannes an der Spitze eines sehr mächtigen Landes gewonnen, nur durch Reden, indem er Leuten gesagt hatte, was sie bereits wußten, und geholfen hatte, eine Entscheidung zu treffen, die gar nicht zu umgehen gewesen wäre, wie sehr sie auch dagegen ankämpfen mochten.

»Dasselbe. Gott, der war aber nicht lang am Boden.« Mit wenig Mühe wurde der Funkverkehr dieser Maschine isoliert und in den Kopfhörer eines Spec-6-Sprachexperten der Army geleitet. Obwohl im internationalen Flugverkehr Englisch als Verkehrssprache galt, wurde in diesem Flugzeug Farsi gesprochen. Vermutlich als Sicherheitsmaßnahme gedacht, machte es diese Maschine nur um so mehr auf sich aufmerksam, die durch Radar und Funkpeilgerät verfolgt wurde. Der Funkverkehr war normal, außer eben der Sprache und der Tatsache, daß das Flugzeug nicht lang genug am Boden gewesen war, um normal aufgetankt zu werden. Das bedeutete, daß die ganze Sache vorgeplant war. Hoch droben, über dem nordwestlichen Ende des Persischen Golfs, war nun auch ein AWACS dem Flugzeug auf der Spur. Interesse, geweckt durch PALM BOWL, hatte dazu geführt, die E-3B von ihrem normalen Patrouillenkurs abzubringen, jetzt eskortiert von vier saudischen F-15-Jägern. Iranische und irakische ELINT würden Notiz davon nehmen und wissen, daß jemand erfahren wollte, was vor sich ging – und sich fragen, wieso, denn *sie* wußten ja nichts davon. Das Spiel war immer ein faszinierendes, in dem keine Seite alles wußte, was sie wollte, und annahm, die andere Seite – im Augenblick befanden sich sogar *drei* Seiten im Spiel – wüßte zuviel, wobei im Grunde keine der drei Seiten von irgend etwas viel Ahnung hatte.

An Bord der G-IV wurde arabisch gesprochen. Die beiden Generäle unterhielten sich leise und nervös im hinteren Teil der Kabine, wobei ihr Gespräch vom Lärm der Turbinen überdeckt wurde. Ihre Frauen, noch nervöser als sie, saßen bloß da, während die Kinder teils lasen, teils schliefen. Am schlimmsten war es für die Leibwächter, denen klar war, wenn im Iran etwas schiefgehen würde, daß sie nichts tun konnten, außer sinnlos zu sterben. Einer von ihnen saß in der Mitte der Kabine und fand, daß sein Sitz feucht war, wovon, hatte er keine Ahnung, es war klebrig und ... rot? Wohl Tomatensaft oder so. Verärgert ging er zur Toilette, wusch sich die Hände und brachte ein Handtuch mit, um den Sitz abzuwischen. Er brachte das Tuch zurück, ehe er sich wieder setzte, aus dem Fenster hinunter auf die Berge schaute und sich fragte, ob er wohl einmal noch einen Sonnenaufgang erleben würde, nicht ahnend, daß er deren Zahl gerade auf zwanzig begrenzt hatte.

»Na bitte!« sagte der Chief Master Sergeant. »Das war der Vizechef ihrer Luftwaffe und der Oberbefehlshaber des Zweiten Armeekorps – *plus* Angehörigen«, fügte er hinzu. Die Dechiffrierung hatte etwas über zwei Stunden gedauert.

»Aufgeopferte?« fragte der USAF-Lieutenant. Sie lernte schnell, dachten die anderen Spooks.

»Vermutlich«, bestätigte Major Sabah. »Wir müssen achtgeben, ob in Mehrabad ein anderes Flugzeug startet, kurz nachdem dieses landet.«

»Wohin, Sir?«

»Ah, Lieutenant, das ist die Frage, nicht wahr?«

»Sudan«, vermutete der Chief. Er war seit zwei Jahren im Lande, und das war sein zweites Gastspiel in PALM BOWL.

»Ich würde nicht gegen Sie wetten, Sergeant«, stellte Sabah mit einem Augenzwinkern fest. »Wir sollten das herausbekommen aufgrund der Zeitzyklen der Flüge, die Bagdad verlassen.« Und bis dahin konnte er zur ganzen Angelegenheit kein Urteil abgeben, obwohl er seinen Vorgesetzten bereits signalisiert hatte, daß etwas Ungewöhnliches im Gange war.

Zwanzig Minuten später war ein vorläufiger Bericht von KKMC nach Fort Meade in Maryland unterwegs. Von der National Security Agency wurde er sogleich über Glasfaserkabel nach Langley, Virginia, weitergeleitet, zu Mercury, der CIA-Nachrichtenzentrale, dann nach oben zum Operations Center der CIA, Zimmer 7-F-27 im alten Hauptquartierbau. Bei jeder Zwischenstelle wurde die Nachricht roh übergeben, manchmal mit der örtlichen Einschätzung, öfter jedoch ohne, oder sie wurde ganz unten plaziert, so daß die diensthabenden Nachrichtendienstbeamten der verschiedenen Stellen ihre eigenen Einschätzungen geben konnten oder die anderer einfach übernahmen. Meistens ergab das Sinn, in äußerst dringenden Situationen häufig aber nicht. Das Problem war, daß man in einer Krisensituation den Unterschied nicht merkte.

Der diensthabende National Intelligence Officer bei der CIA-Nachrichtenzentrale war Ben Goodley, ein Schnellaufsteiger in der Hauptabteilung Intelligence, der erst unlängst zum NIO ernannt worden war und aufgrund seines noch niedrigen Rangs die schlimmste Schicht bekommen hatte. Wie gewöhnlich bewies er seinen Verstand damit, daß er sich an seinen Gebietsspezialisten wandte und ihm den Ausdruck schnell übergab.

»Super-GAU«, sagte der Bereichsspezialist am Ende der dritten Seite.

»Ohne Zweifel?«

»Mein Junge« – der Bereichsspezialist war schon zwanzig Jahre dabei –, »die fahren doch nicht zum Einkaufen nach Teheran.«

»SNIE?« fragte Goodley und meinte ein Special National Intelligence Estimate, ein wichtiges offizielles Dokument, das für ungewöhnliche Situationen gedacht war.

»Ich glaube ja. Die irakische Regierung löst sich auf.« Das war keine so große Überraschung.

»Drei Tage?«

»Wenn überhaupt.«

Goodley erhob sich. »Okay, machen wir uns an den Entwurf.«

## 17 / Renaissance

Man muß damit rechnen, daß entscheidende Dinge nie zur günstigsten Zeit passieren. Ob es sich dabei um die Geburt eines Kindes oder eine nationale Katastrophe handelt, stets überraschen solche Ereignisse die Betreffenden im Schlaf oder in ähnlich ungünstigen Umständen. Ben Goodley stellte fest, daß der CIA keine Leute am Ort hatte, die bestätigen konnten, was die Funküberwachung gemeldet hatte, und soviel Interesse sein Land an dieser Region auch hatte, gab's nichts, das man jetzt hätte unternehmen können. Öffentliche Nachrichtenagenturen und Medien hatten die Entwicklung noch nicht mitbekommen, und wie es häufig der Fall war, würde sich der CIA bis dahin stumm stellen. Damit schürte die Agency den allgemeinen Glauben, daß die Medien beim Herausfinden von Dingen genauso effizient seien wie der Staat. Das traf zwar nicht immer zu, auf alle Fälle aber häufiger, als Goodley es für richtig hielt.

Das SNIE würde kurz ausfallen. Der Sachverhalt selbst ließ sich kurz und knapp darlegen. Goodley und sein Gebietsspezialist brauchten dafür keine halbe Stunde. Ein Computerdrucker lieferte die Exemplare für den Gebrauch im Hause selbst, und per Modem und über sichere Leitung wurde sie an interessierte Regierungsstellen weitergeleitet. Damit fertig, begaben sich die Männer wieder ins Operations Center.

Golowko tat sein Bestes, zu Schlaf zu kommen. Für den internationalen Flugdienst nach New York, Chicago und Washington hatte Aeroflot gerade zehn neue Boeing 777 gekauft. Sie waren komfortabler und verläßlicher als sowjetische Maschinen, in denen er so viele Jahre lang gereist war, dennoch war er nicht gerade begeistert davon, eine so weite Strecke nur mit zwei Triebwerken zu fliegen, amerikanisch oder nicht, statt mit den gewohnten vier. Die Sitze zumindest waren hier in der ersten Klasse sehr bequem, und der Wodka war eine hervorragende russische Marke. Die Kombination beider hatte ihm fünfeinhalb Stunden Schlaf geschenkt, ehe die übliche Flugdesorientierung einsetzte und ihn über Grönland weckte, während sein Leibwächter neben ihm noch dem Halbschlaf frönte, den sein Beruf ihm gestattete. Irgendwo hinten schliefen gewiß auch die Stewardessen, so gut sie es auf ihren Klappsitzen konnten.

In früheren Zeiten, wußte Sergej Nikolajewitsch, wäre alles anders gewesen. Er wäre mit einer speziellen Chartermaschine geflogen, voller funktechnischer Einrichtungen, und wenn irgend etwas passiert wäre in der Welt, wäre er darüber informiert worden, so schnell die Sendemasten außerhalb von Moskau ihn erreichen konnten. Um so frustrierender war es jetzt, wenn etwas geschah. So war es immer, sagte er sich in der lärmvollen Dunkelheit. Man reiste zu einem wichtigen Treffen, weil man damit rechnete, daß etwas passierte, und dann geschah es, während man unterwegs war, der Möglichkeit beraubt, sich mit seinen nächsten Beratern zu besprechen. Irak *und* China. Zum Glück waren beide Unruheherde weit voneinander getrennt. Dann erinnerte Golowko sich selbst daran, daß Washington und Moskau noch weiter auseinander lagen, so weit, daß man mit einer zweimotorigen Maschine eine ganze Nacht fliegen mußte, um die Entfernung zu überbrücken. Mit dieser angenehmen Erkenntnis drehte er sich etwas zur Seite und sagte sich, daß er allen Schlaf benötigen würde, den er bekommen könnte.

Der schwierige Teil war nicht, sie aus dem Irak herauszulotsen. Der schwierige Teil bestand darin, sie vom Iran in den Sudan zu bringen. Es war schon lange her, daß iranische Flugzeuge Saudi-Arabien überfliegen durften. Die einzigen Ausnahmen waren Pilgerflüge nach Mekka für die alljährliche Hadsch. Statt dessen mußte der Busineß-Jet die Arabische Halbinsel umfliegen, dann das Rote Meer hinauf und schließlich Richtung Westen nach Khartum, was sowohl Entfernung als auch Flugzeit verdoppelte, und der nächste kurze Flug konnte nicht starten, solange der lange vorherige nicht in Afrika angekommen war *und* die VIPs nicht in ihrem hastig eingerichteten Quartier eingetroffen waren *und* nicht zufrieden damit waren *und* nicht ein Telefonat mit dem unvermeidlichen Codewort geführt und bestätigt hatten, daß alles in Ordnung war. Es wäre so viel einfacher gewesen, sie alle zusammen in eine große Maschine zu laden, für einen einzigen Flug Bagdad–Teheran–Khartum, aber das war nicht möglich gewesen. Genausowenig war es möglich gewesen, die viel kürzere Route von Bagdad nach Khartum zu nehmen, mit dem Notbehelf, Jordanien zu überfliegen, denn das hätte bedeutet, sehr dicht an Israel vorbeizukommen, und darüber wären die irakischen Generäle nicht sehr glücklich gewesen. Und es gab ja noch die Frage der Sicherheit, die alles noch erschwerte.

Einen geringeren als Daryaei hätte es womöglich rasend gemacht. Er jedoch stand allein am Fenster eines geschlossenen Bereiches des Hauptterminals und sah zu, wie die G-IV genau neben einer anderen stehenblieb, wie die Türen aufgingen und Leute die Treppe herunterhasteten und gleich die andere wieder hinauf, während Gepäckpersonal die paar Sachen, die sie mitgebracht hatten, umluden – zweifellos Schmuck und andere Dinge von hohem Wert und leicht im Transport, sagte sich der heilige Mann ohne Lächeln. Es dauerte nur wenige Minuten, dann setzte sich das Flugzeug, das gewartet hatte, in Bewegung.

Es war wirklich töricht gewesen, hierherzukommen und sich so etwas Uninteressantes und Langweiliges anzusehen, aber immerhin stand es für die Bemühungen von zwei vollen Jahrzehnten, und Mann Gottes, der Mahmoud Hadschi Daryaei war, war er doch noch Mensch genug, daß er die Früchte seiner Arbeit sehen wollte. Sein ganzes Leben hatte er dieser Aufgabe gewidmet, und immer noch war sie kaum zur Hälfte getan. Und seine Zeit begann, knapp zu werden ...

Doch das traf ja für jeden zu, erinnerte sich Daryaei, Sekunde, Minute, Stunde, Tag für Tag nacheinander, für alle gleich, und doch schien die Zeit irgendwie schneller zu laufen, wenn man über siebzig war. Er betrachtete seine Hände, die Falten und Narben eines langen Lebens. Zwei seiner Finger waren gebrochen worden, als er ›Gast‹ des Savaks gewesen war, des von den Israelis ausgebildeten Sicherheitsdienstes des Schahs. Er erinnerte sich an die Schmerzen. Noch besser erinnerte er sich an die spätere Abrechnung mit den beiden Männern, die ihn verhört hatten. Nicht ein einziges Wort hatte Daryaei gesprochen. Er hatte sie nur angeschaut, als sie zur Exekution geführt wurden. Es hatte im Grunde keine rechte Befriedigung gebracht. Sie waren Funktionäre gewesen, die nur ausführten, was andere ihnen befahlen, ohne sich wirklich Gedanken darüber zu machen, wer er war und warum sie ihn hassen sollten. Ein anderer Mullah hatte nacheinander mit jedem von ihnen gebetet, denn jemandem die Chance zu verwehren, sich mit Allah zu versöhnen, war ein Verbrechen – und was schadete es schon? So oder so, sie starben gleich schnell. Ein kleiner Schritt in einer Lebensreise, obgleich die ihre am Ende weit kürzer gewesen war als seine.

All die Jahre für diesen einzigen Zweck verbracht. Khomeini war nach Frankreich ins Exil gegangen, Daryaei aber nicht. Er war im Hintergrund geblieben, hatte für seinen Führer koordiniert und geleitet. Das eine Mal aufgegriffen, wurde er wieder laufengelassen, weil er nicht geredet hatte, noch sonst jemand seiner Vertrauten. Das war des Schahs Fehler gewesen, einer von vielen. Letztlich war er seiner Unentschlossenheit erlegen. Zu liberal in seiner Politik, um die islamische Geistlichkeit glücklich zu machen, zu reaktionär, um seine westlichen Gönner zufriedenzustellen, hatte er vergeblich versucht, in einem Teil der Welt einen Mittelweg zu finden, wo ein Mann nur zweierlei Wahl hatte. Eigentlich nur eine, korrigierte sich Daryaei, als die Gulfstream-Maschine abhob. Der Irak hatte den anderen Weg ausprobiert, weg vom Wort Gottes, und was hatte es ihnen gebracht? Hussein hatte seinen Krieg mit dem Iran begonnen, hatte das Land für schwach und führerlos gehalten und nichts erreicht. Dann hatte er nach Süden ausgeschlagen und noch weniger erreicht, alles im einzigen Streben nach irdischer Macht.

Für Daryaei war es anders. Er hatte nie das Ziel aus den Augen verloren, wie auch Khomeini nicht, und während letzterer inzwischen tot war, lebte seine Aufgabe weiter. Sein Ziel lag hinter ihm, während er nach Norden blickte, zu weit weg, um es zu sehen, aber dennoch da, in den heiligen Städten Mekka und Medina ... und Jerusalem. In den ersten beiden war er schon gewesen, aber nicht in der dritten. Als Knabe, jung und fromm, hatte er den Fels von Abraham sehen wollen, etwas aber, er konnte sich nicht erinnern, was, hatte seinen Vater, der Händler gewesen war, davon abgehalten, ihn dahin zu bringen. Vielleicht irgendwann. Er hatte aber die Grabstätte des Propheten gesehen und natürlich die Pilgerfahrt zu dessen Geburtsort, nach Mekka, gemacht, die Hadsch, nicht nur einmal, trotz der politischen und religiösen Differenzen zwischen dem Iran und Saudi-Arabien. Und er wollte gern noch einmal dahin, noch einmal vor der verhüllten Kaaba beten. Doch da steckte noch mehr dahinter.

Als nominelles Staatsoberhaupt wollte er mehr. Nicht so sehr für sich selbst. Nein, am Ende seines demütigen Lebens schwebte ihm ein größeres Ziel vor. Der Islam erstreckte sich vom äußersten Westen Afrikas bis zum äußersten Osten Asiens, die kleinen Flecken mit Anhängern des Glaubens in der westlichen Hemisphäre nicht mitgerechnet, doch seit über tausend Jahren hatte die Religion keinen einigen, alleinigen Führer und kein einiges Ziel. Es schmerzte Daryaei, daß das so war. Es gab nur einen Gott und ein Wort, und es mußte Allah doch betrüben, daß sein Wort auf so tragische Weise mißverstanden wurde. Das war die einzig mögliche Erklärung für das Versagen der Menschen, den wahren Glauben zu finden, und wenn er das ändern könnte, dann könnte er die Welt verändern und die ganze Menschheit Gott nahebringen. Doch um das zu erreichen...

Die Welt war die Welt, unvollkommenes Instrument mit unvollkommenen Regeln für unvollkommene Menschen, aber Allah hatte sie so gemacht, und damit hatte es sich. Schlimmer noch, es gab welche, die sich allem widersetzten, was er tat, sowohl Gläubige wie Ungläubige, noch ein Grund eher für Traurigkeit als für Zorn. Die Saudis und andere auf der gegenüberliegenden Seite des Persischen Golfs haßte Daryaei nicht. Sie waren keine bösen Menschen. Sie *waren* Gläubige, und trotz ihrer Differenzen mit ihm und seinem Land hatten sie nie den Zugang zu Mekka verwehrt. Doch ihr Weg war nicht *der* Weg, daran ließ sich nichts ändern. Fett und reich und korrupt waren sie geworden, und das mußte sich ändern. Daryaei mußte die Kontrolle über Mekka erlangen, um den Islam reformieren zu können. Um das zu erreichen, mußte er weltliche Macht erlangen. Und das bedeutete, sich Feinde zu machen. Doch das war nicht neu, und seine erste wichtige Schlacht hatte er gerade gewonnen.

Wenn es bloß nicht so lange dauern würde! Daryaei sprach oft von Geduld, aber er war bereits zweiundsiebzig, und er wollte nicht sterben wie sein Mentor und die Arbeit nur halb getan haben. Wenn der Augenblick kommen würde, vor Allah zu treten, wollte er von Vollendung sprechen, von erfolgreicher Erfüllung der nobelsten Aufgabe, die je ein Mensch haben könnte, der Wiedervereinigung des wahren Glaubens. Und Daryaei war gewillt, viel für dieses Ziel zu tun. Wieviel es war, das er gewillt war zu unternehmen, wußte er nicht einmal selbst, denn es waren nicht einmal alle Fragen gestellt. Und weil sein Ziel so rein und strahlend war und die ihm verbleibende Zeit so kurz, hatte er nie danach gefragt, wie tief er sich in Finsternis begeben müßte, um dorthin zu gelangen.

So. Er wandte sich von dem Fenster weg und begab sich mit seinem Fahrer zum Wagen. Der Prozeß hatte begonnen.

Leute beim Nachrichtendienst werden nicht dafür bezahlt, an den Zufall zu glauben. Die Reichweite der G-IV, die nicht neu aufgetankt worden war, konnte man errechnen, und die Strecken, die sie so abdecken konnte, schnell feststellen. Das kreisende AWACS-Flugzeug ermittelte eine Spur von Teheran nach Süden. Mit Hilfe der Transponder-Signale konnten Flugzeugtyp, Geschwindigkeit, Flugrichtung und Flughöhe ermittelt werden. Letztere lag bei 45 000 Fuß, um den Treibstoff möglichst effektiv zu nutzen. Das Timing zwischen den Flügen wurde beurteilt. Der Kurs verriet noch mehr.

»Sudan«, bestätigte Major Sabah. Es hätte woandershin sein können. Als Möglichkeit hatte er Brunei erwogen, doch das wäre zu weit von der Schweiz, und in der Schweiz war das Geld – mußte es sein.

Diese Einschätzung wurde per Satellit nach Amerika geschickt, wiederum zum CIA, und diesmal wurde ein höherer Beamter der Hauptabteilung Operations geweckt, nur um eine kurze Frage mit Ja zu beantworten. Die Antwort wurde aus Höflichkeit gegenüber Kuwait nach PALM BOWL zurückübermittelt. Dann galt es nur noch zu warten.

In Khartum hatte der CIA einen kleinen Posten, eigentlich nur einen Stationschef und ein paar Field Officers, mit einer Sekretärin, die sie sich mit der von NSA geführten Nachrichtenabteilung teilten. Der Stationschef war aber recht gut und hatte einige Einheimische als Agenten rekrutiert. Es half, daß die sudanesische Regierung kaum etwas zu verbergen hatte: zu arm, um wegen irgendwas sehr von Interesse zu sein. Zu früheren Zeiten hatte die Regierung die geographische Lage des Landes genutzt, um den Osten gegen den Westen auszuspielen und so zu Geld und Waffen und weiteren Vergünstigungen zu kommen, doch die UdSSR war von der Bildfläche verschwunden und mit ihr das Großmachtspiel, das die Dritte Welt zwei Generationen lang gestützt hatte. Jetzt waren die Sudanesen auf eigene Ressourcen angewiesen, die recht bescheiden waren, und die paar Krumen, die abfielen, wenn jemand mal eben etwas benötigte, was sie hatten. Die Führer des Landes waren islamisch, und da sie das so laut verkündeten, wie sie nur lügen konnten, gelang es ihnen, von Libyen, dem Iran und anderen Unterstützung zu bekommen, wofür im Gegenzug ihrerseits erwartet wurde, den heidnischen Animisten im südlichen Teil des Landes das Leben schwerzumachen, und sie das Risiko eines politischen Aufruhrs in der eigenen Hauptstadt eingingen, von Leuten, die den wirklichen Frömmigkeitsgrad der Führer ihres Landes kannten und die sie durch wirklich Gläubige ersetzt haben wollten. Alles in allem hielten es die politischen Führer dieses ärmlichen Landes für besser, religiös und reich zu sein als religiös und arm.

Was das für das Personal der amerikanischen Botschaft bedeutete, war immer schwer zu sagen. Manchmal war Khartum sicher, wenn die fundamentalistischen Unruhestifter unter Kontrolle waren. Manchmal nicht, wenn sie es nicht waren. Im Augenblick schien ersteres der Fall zu sein, und die Beamten des amerikanischen auswärtigen Dienstes brauchten sich um nichts weiter Sorgen zu machen als um die Umweltbedingungen, die allein schon so scheußlich waren, daß dieser Auslandsposten auch ohne terroristische Bedrohung unter den zehn unbegehrtesten weltweit rangierte. Für den Stationschef bedeutete das frühen Aufstieg, wenn auch seine Frau und die beiden Kinder zu Hause in Virginia geblieben waren, weil die meisten Amerikaner es hier nicht für sicher genug hielten, ihre Familien mit herzubringen. Und was beinahe genauso schlimm war – aufgrund der zunehmenden Gefahr von AIDS wurde ihnen das Nachtleben mehr und mehr verleidet, ganz zu schweigen von der Frage, im Falle einer Verletzung nichtinfiziertes Blut zu bekommen. Die Botschaft hatte einen Militärarzt, der sich damit befaßte. Und er machte sich große Sorgen.

Der Stationschef schüttelte das von sich. Er hatte eine ganze Gehaltsklasse übersprungen, indem er diesen Posten angenommen hatte. Er hatte gute Arbeit geleistet, indem es ihm gelungen war, einen Agenten im sudanesischen Außenministerium zu plazieren, so daß Amerika über alles informiert wurde, was das Land tat. Daß dieses Land gar nicht soviel tat, war nicht so wichtig. Besser alles über nichts zu wissen als nichts über alles.

Um das hier würde sich der Stationschef selber kümmern. Nachdem er Zeit und Entfernung anhand seiner eigenen Karte überprüft hatte, aß er etwas früher zu Mittag und fuhr zum Flughafen, der nur ein paar Meilen außerhalb der Stadt lag. Sicherheitsvorkehrungen waren afrikanisch lax, und er fand einen schattigen Platz am Rande. Es war einfacher, den privaten Terminal einzusehen als den öffentlichen, insbesondere mit einer 500-mm-Linse an seiner Kamera. Er hatte sogar noch Zeit, sich zu vergewissern, daß er die richtige Blende eingestellt hatte. Ein Anruf auf seinem Handy von den NSA-Leuten in der Botschaft bestätigte ihm, daß die erwartete Maschine im Anflug war, eine Tatsache, die durch die Ankunft von offiziell aussehenden Autos noch bestätigt wurde. Er hatte sich bereits zwei Fotos eingeprägt, die ihm von Langley zugefaxt worden waren. Zwei hohe irakische Generäle, wie? dachte er. Na ja, nach dem Tod ihres Bosses war das gar nicht so überraschend. Das Problem im Diktaturgeschäft war eben, daß es keinen Pensionsplan für diejenigen gab, die ziemlich nahe an der Spitze standen.

Das weiße Geschäftsflugzeug landete mit den üblichen Qualmwolken von verbranntem Gummi. Er richtete seine Kamera darauf und schoß ein paar Schwarzweiß-Hochgeschwindigkeitsfotos, um sich zu vergewissern, daß der Filmantrieb funktionierte. Die einzige Sorge war nun, ob der Vogel auch so zum Stehen kommen würde, daß er den Ausstieg im Blick hatte –. Diesbezüglich blieb ihm keine Wahl. Die Gulfstream stoppte. Die Tür ging auf, und der Stationschef machte seine Fotos. Ein mittlerer Offizieller war gekommen, um die halboffizielle Begrüßung vorzunehmen. Wer wichtig war, konnte man daran erkennen, wer die Umarmungen und die Küsse bekam – und daran, wie sie ihre Blicke umherschweifen ließen. *Klick. Klick.* Ein Gesicht erkannte er mit Sicherheit, und das andere mit ziemlicher Sicherheit. Der Transfer dauerte nur wenige Minuten. Die offiziellen Autos fuhren davon, und der Stationschef machte sich keine Gedanken darüber, wohin. Das würde sein Agent im Außenministerium schon herausbekommen. Die verbleibenden acht Aufnahmen machte er von dem Flugzeug, das bereits wieder aufgetankt wurde, und entschloß sich zu bleiben. Bereits dreißig Minuten später startete es wieder, und er kehrte in die Botschaft zurück. Während einer seiner Mitarbeiter die Fotos entwickelte, rief er in Langley an.

»Bestätigung«, sagte Goodley. »Zwei irakische Generäle sind vor fünfzig Minuten in Khartum gelandet. Das ist eine Flucht.«

»Läßt das SNIE recht gut aussehen, Ben«, stellte der Gebietsspezialist mit hochgezogener Augenbraue fest. »Ich hoffe, die bemerken auch den Zeitstempel darauf.«

Der National Intelligence Officer rang sich ein Lächeln ab. »Ja, nun, aus dem nächsten muß hervorgehen, was das bedeutet.« Die normalen Analytiker, die jetzt allmählich zu ihrem Tagesdienst eintrafen, würden damit rumfummeln müssen.

»Nichts Gutes.« Aber um das festzustellen, mußte man nicht unbedingt ein Spook sein.

»Es kommen Fotos«, rief der Funktechniker.

Der erste Anruf mußte nach Teheran gehen. Daryaei hatte seinen Botschafter beauftragt, alles so klar darzulegen wie möglich. Der Iran übernahm alle Kosten. Die besten Unterkünfte sollten zur Verfügung gestellt werden, mit allem Komfort, den das Land ermöglichen konnte. Die ganze Operation würde keine große Summe kosten, denn die Wilden in diesem Land waren schon mit kleinen Summen zu beeindrucken, und zehn Millionen amerikanische Dollar – ein Almosen – waren bereits elektronisch überwiesen worden, um sicherzustellen, daß alles in Ordnung ging. Ein Anruf vom iranischen Botschafter bestätigte, daß die erste Übernahme ordnungsgemäß vonstatten ging und daß das Flugzeug sich bereits auf dem Rückweg befand.

Gut. Nun würden die Iraker vielleicht anfangen, ihm zu trauen. Es wäre eine persönliche Befriedigung gewesen, diese Schweine eliminieren zu lassen, aber er hatte sein Wort gegeben, und außerdem ging es hier nicht um persönliche Befriedigung. Während er den Hörer wieder auflegte, ließ sein Luftfahrtminister zusätzliche Transportkapazität bereitstellen, um den Transfer zu beschleunigen. Der wurde besser rasch vollzogen.

Badrayn versuchte, auf dasselbe hinzuweisen. Die Nachricht würde sich verbreiten, vermutlich schon innerhalb eines Tages, höchstens von zweien. Sie ließen Leute zurück, die zu hoch waren, um einen entstehenden Aufruhr zu überleben, und zu niedrig, um die Fürsorge zu verdienen, welche Iran den Generälen zukommen ließ. Diese Offiziere, Oberste und Brigadekommandeure würden über die Aussicht, die notwendigen Opferlämmer darzustellen, um den Zorn des Mobs zu beruhigen, bestimmt nicht glücklich sein. Die Tatsache wurde immer klarer, doch anstatt sie um so erpichter darauf zu machen, wegzukommen, entwickelte sich daraus eine unbestimmte Angst. Sie standen auf dem Deck eines brennenden Schiffes vor einem unfreundlichen Ufer, und sie konnten nicht so gut schwimmen. Aber das Schiff brannte. Das mußte er ihnen begreiflich machen.

Es war inzwischen so weit zur Routine geworden, daß Ryan das diskrete Klopfen an der Tür sogar angenehmer fand als den Radiowecker, mit dem er jahrelang seinen Tag begonnen hatte. Beim leisen Klopfen machte er die Augen auf, erhob sich, zog den Morgenmantel an, ging die paar Schritte vom Bett zur Tür und holte sich seine Zeitung sowie ein paar Blätter mit seinem Tagesplan. Anschließend ging er ins Bad und dann in das Wohnzimmer, das ans Präsidentenschlafzimmer anschloß, während seine Frau ein paar Minuten nach ihm mit ihrer morgendlichen Routine begann.

Jack vermißte die Normalität, nur die Zeitung zu lesen. Obwohl die *Washington Post* – gewöhnlich – nicht annähernd so gut war wie die Geheimdienstdokumente, die auf dem Tisch auf ihn warteten, fand er in ihr auch Dinge, die nicht von reinem Regierungsinteresse waren und somit Nahrung für sein Bemühen, auch sonst auf dem Laufenden zu bleiben. Das erste dienstliche Schreiben, das er bekam, war ein SNIE, ein dringliches offizielles Dokument, das in einer Mappe steckte. Ryan rieb sich die Augen.

*Verdammt!* Na ja, es hätte auch schlimmer kommen können, sagte sich der Präsident. Zumindest hatten sie ihn diesmal nicht geweckt, um etwas mitzuteilen, das er ohnehin nicht ändern konnte. Er warf einen Blick auf seinen Terminplan. Okay, Scott Adler würde im Hause sein, um das mit ihm zu besprechen, zusammen mit diesem Vasco. Gut. Vasco schien seine Sache zu verstehen. Wer noch heute? Er überflog das Blatt. Sergej Golowko? War das heute? Also etwas Abwechslung. Kurze Pressekonferenz, um Tony Bretanos Ernennung zum Verteidigungsminister zu verkünden, mit einer Liste möglicher Fragen, die man bedenken sollte, und Instruktionen von Arnie – ignoriere möglichst die Kealty-Frage. Laß Kealty und seine Behauptungen an Apathie eingehen – *oh, ja,* das *war ein guter Einzeiler!* Jack mußte husten, als er sich Kaffee eingoß – sich das Recht zu erwerben, das selbst zu tun, hatte eine direkte Anweisung erfordert; er hoffte, daß die Messestewards von der Navy das nicht als persönliche Beleidigung empfanden, aber Ryan war es gewohnt, *einige* Dinge selbst zu tun. Im Augenblick war es so vereinbart, daß die Stewards das Frühstück bereiteten und auftrugen und dann die Ryans sich selbst bedienen ließen, während andere im Korridor bereitstanden.

»Morgen, Jack.« Cathys Kopf tauchte im Blickfeld auf. Er küßte sie auf den Mund und lächelte.

»Guten Morgen, Liebling!«

»Ist die Welt draußen noch da?« fragte sie und schenkte sich Kaffee ein. Das verriet dem Präsidenten, daß die First Lady heute nicht operierte. An einem Operationstag rührte sie nie Kaffee an, sagte, daß sie nicht das leiseste Zittern riskieren konnte, wenn sie jemanden am Augapfel schnitt. Diese Vorstellung ließ ihn erschauern, auch wenn sie vor allem mit Laser operierte.

»Sieht ganz so aus, als ob die irakische Regierung zerfällt.«

Ein weibliches Prusten. »War das nicht schon vorige Woche?«

»Das war Akt eins. Das hier ist Akt drei.« *Oder vielleicht Akt vier.* Er fragte sich, was wohl Akt fünf sein würde.

»Von Bedeutung?« Jack hörte den Toaster knacken.

»Könnte sein. Wie sieht dein Tag heute aus?«

»Klinischer Unterricht und Nachuntersuchungen, Budget-Gespräch mit Bernie.«

»Hm.« Als nächstes begann Jack, den *Early Bird* durchzusehen, eine Sammlung von Ausschnitten aus den wichtigsten Zeitungen, die von der Pressestelle des White House zusammengestellt wurde. Cathy tauchte wieder in seinem Blickfeld auf, als sie einen Blick auf seinen Terminplan warf.

»Golowko...? Bin ich dem nicht schon in Moskau begegnet – war das nicht der, der darüber gescherzt hatte, eine Waffe auf dich gerichtet zu haben!«

»Das war kein Scherz«, klärte Ryan auf. »Es ist wirklich passiert.«

»Ach, komm!«

»Später hat er gesagt, sie wäre nicht geladen gewesen.« Jack fragte sich, ob das tatsächlich gestimmt hatte. Vermutlich, sagte er sich.

»Und er hat die Wahrheit gesagt?« fragte sie ungläubig.

Der Präsident lächelte. Erstaunlich, dachte er, daß das einem jetzt so lustig vorkommt. »Er hatte damals eine Stinkwut auf mich. Das war, als ich bei der Flucht des KGB-Vorsitzenden behilflich gewesen bin.«

Sie griff zur Morgenzeitung. »Jack, ich weiß nie so recht, ob du mich bloß auf den Arm nimmst.«

Jack dachte nach. Die First Lady war, rein formal, eine Privatperson. Mit Sicherheit in Cathys Fall, denn sie war keine politische Ehefrau, sondern eine praktizierende Ärztin, die sich für Politik sowenig interessierte wie für Gruppensex. Sie besaß darum auch, rein formal, *keine* Unbedenklichkeitsbescheinigung, doch es wurde angenommen, daß der Präsident seiner Gattin ebenso vertraute wie jeder normale Mensch. Übrigens ergab das Sinn. Ihr Urteilsvermögen war genauso gut wie seins, und unwissend, wie sie auf dem Gebiet der internationalen Beziehungen auch sein mochte, traf sie doch jeden Tag Entscheidungen, die das Leben von Menschen unmittelbar und unverzüglich betrafen. Wenn sie etwas verpatzte, wurden die blind.

»Cathy, ich glaube, es ist an der Zeit, daß ich dir ein paar von den

Dingen erzähle, die ich über die Jahre am Halse hatte, ja, Golowko hatte einmal eine Pistole an meinem Kopf, auf einer der Start- und Landebahnen des Moskauer Flughafens, weil ich mitgeholfen hatte, daß zwei ranghohe Russen aus ihrem Land türmen konnten. Einer davon war sein Boß beim KGB.«

Das ließ sie aufschauen und erneut an die Alpträume denken, die ihren Mann vor einigen Jahren monatelang gequält hatten. »Und wo ist der jetzt?«

»Im Gebiet von D. C., wo genau, hab' ich vergessen, Winchester, Virginia, glaube ich.« Jack erinnerte sich vage daran, gehört zu haben, daß die Tochter, Katryn Gerasimow, dort mit einem reichen Fatzken aus einer alten Grundbesitzer-Dynastie verlobt war und so von einer Art von hohem Stand zu einer anderen gewechselt war. Na ja, das Stipendium, das der CIA der Familie bezahlt hatte, war auch groß genug gewesen, sich einen sehr komfortablen Lebensstil leisten zu können.

Cathy war die Scherze ihres Gatten gewohnt. Wie die meisten Männer erzählte er gern amüsante kleine Geschichten, deren Humor in der Übertreibung steckte – außerdem war er irischer Abstammung. Doch jetzt stellte sie fest, daß diese Offenbarung so beifällig klang wie ein Bericht über Baseballergebnisse. Er konnte nicht sehen, wie sie auf seinen Hinterkopf starrte. *Ja,* sagte sie sich, als die Kinder ins Zimmer kamen, *diese Geschichten würde ich ganz gern hören.*

»Daddy!« rief Katie, die Jack zuerst sah. »Mommy!« Und damit endete die morgendliche Routine oder änderte sich in etwas augenblicklich Wichtigeres als Nachrichten und Ereignisse aus aller Welt. Katie, die bereits ihre Schulkleidung anhatte, konnte wie alle kleinen Kinder immer mit guter Laune aufwachen.

»Hi!« sagte Sally, die als nächste kam, deutlich verärgert.

»Was ist denn los?« fragte Cathy ihre ältere Tochter.

»Die vielen Leute da draußen! Man kann sich hier keinen Schritt bewegen, ohne daß man immerzu gesehen wird!« sagte sie mürrisch und nahm sich ein Glas Orangensaft vom Tablett. Und diesen Morgen hatte sie keine Lust auf Frosted Flakes. Lieber hätte sie Just Right gehabt. Aber diese Schachtel befand sich unten in der großen Küche des White House. »Man kommt sich hier ja vor wie in einem Hotel statt wie in einer privaten Wohnung.«

»Was ist's denn heute für eine Klassenarbeit?« fragte Cathy, die die Signale richtig deutete.

»Mathe«, gab Sally zu.

»Hast du gelernt?«

»Ja, *Mom.*«

Jack ignorierte das Problem und kümmerte sich um Katie, die Frosted Flakes mochte. Als nächster kam Klein Jack, schaltete den Fernseher an und wählte den Zeichentrick-Kanal für seine morgendliche ›Road Runner and Coyote‹-Ration, was Katie ebenfalls recht war.

Außerhalb der Familienräume begann auch für alle anderen der Tag. Ryans persönlicher NIO legte gerade letzte Hand an den so gefürchteten morgendlichen Nachrichtenüberblick. Der Präsident war ja schwer zufriedenzustellen. Der Chef des Hauspersonals war schon früh da, um Renovierungsarbeiten in den offiziellen Räumen zu überwachen. Im Schlafzimmer des Präsidenten legte der Kammerdiener Sachen für POTUS und FLOTUS heraus. Draußen warteten die Autos, die die Kinder zur Schule brachten. Beamte der Maryland State Police kontrollierten bereits die Strecke nach Annapolis. Die Marines ließen ihren Hubschrauber für den Flug nach Baltimore warmlaufen – *dieser* Punkt hatte noch keine andere Lösung gefunden.

Gus Lorenz war frühzeitig in seinem Büro wegen eines Rückrufs aus Afrika, als Antwort auf seinen Anruf aus Atlanta. Wo, wollte er wissen, waren seine Affen? Sein Einkaufsagent erklärte ihm über acht Zeitzonen hinweg, daß, weil die CDC sich mit dem Geld zuviel Zeit gelassen hatten, jemand anders die Ladung aufgekauft hatte und daß erst wieder welche eingefangen werden mußten. Eine Woche könnte das dauern, erklärte er dem Arzt in Amerika.

Lorenz murrte. Er hatte gehofft, diese Woche mit der neuen Studie beginnen zu können. Er schrieb eine Notiz auf die Schreibtischunterlage und fragte sich, wer, zum Teufel, so viele ›African Greens‹ gekauft haben könnte. Ob wohl Rousseau in Paris etwas Neues anfing? Er würde ihn diesbezüglich anrufen, nach der morgendlichen Besprechung. Die gute Nachricht war, wie er sah, daß ... ach, das war furchtbar. Der zweite Patient war durch einen Flugzeugabsturz ums Leben gekommen, besagte ein Telex von der WHO. Aber es waren keine weiteren Fälle gemeldet worden, und seit Nummer zwei war es lang genug her, daß man jetzt sagen konnte, daß dieser Mini-Ausbruch vorüber war – hoffentlich, fügte Lorenz in Gedanken hinzu. Das war die gute Nachricht. Unter dem Elektronenmikroskop sah es nach dem Ebola-Mayinga-Stamm aus, und das war der schlimmste Subtypus des Virus. Es konnte durchaus sein, daß der natürliche Wirt noch irgendwo da draußen war und darauf wartete, jemand anders zu infizieren, und der Ebola-Wirt war die auf rätselhafteste Weise nicht zu fassende Beute seit Malaria – ›schlechte

Luft‹, hatten die Leute in Italien geglaubt, würde sie verursachen. Vielleicht, dachte er, war der Wirt irgend ein Nagetier, das inzwischen von einem Lkw überfahren worden war. Er zuckte die Achseln.

Aufgrund der Reduzierung der Morphiumgabe war die Patientin Nummer zwei in der Einrichtung in Hasanabad bei teilweisem Bewußtsein. Sie war so weit bei Sinnen, daß sie die Schmerzen spürte und wußte, was sie bedeuteten, aber nicht begriff, was wirklich los war. Die Schmerzen hatten ihren ganzen Körper erfaßt, und was die Sache noch schlimmer machte, war, daß Jean Baptiste wußte, was jeder einzelne Stich bedeutete. Am schlimmsten waren die Bauchschmerzen, da die Krankheit ihren Gastrointestinaltrakt auf seinen gesamten zehn Meter Länge zerstörte, buchstäblich das feine Gewebe *auffraß*, das dazu da war, Nahrung in Nährstoffe umzuwandeln und aufzunehmen, und infiziertes Blut zum Rektum hin laufen ließ.

Sie hatte das Gefühl, als ob ihr ganzer Körper gleichzeitig verdreht und zerquetscht und verbrannt würde. Sie wollte sich bewegen, *etwas* tun, um ihre Lage ein wenig zu verändern, einfach, damit der Schmerz kurz aus einer anderen Richtung kam und sie dort einen Moment Erleichterung spürte, wo sie gerade am meisten gequält wurde, doch als sie sich zu bewegen versuchte, mußte sie feststellen, das all ihre Gliedmaßen festgeschnallt waren. Das festzustellen war fast noch schlimmer als die Schmerzen, doch als sie versuchte, Einwände dagegen zu erheben, verursachte es nur einen schlimmen Brechreiz, so daß es sie zu würgen begann. Auf dieses Anzeichen hin drehte der Raumfahrer in dem blauen Anzug ihr Bett – was war denn das für ein Bett? fragte sie sich – und erlaubte ihr, in einen Eimer zu brechen, und was sie da sah, war schwarzes, totes Blut. Für eine Sekunde ließ sie das ihre Schmerzen vergessen, doch ihr verriet die Ablenkung nur, daß es für sie keine Hoffnung mehr gab, daß die Krankheit zu weit fortgeschritten war, daß ihr Körper starb, und dann begann Schwester Jean Baptiste um den Tod zu beten, weil es nur noch ein Ende gab, und die Schmerzen waren so, daß das Ende möglichst schnell kommen sollte, damit sie nicht noch ihren Glauben verlor. Die Aussicht sprang ihr ins beeinträchtigte Bewußtsein wie ein Schachtelmännchen. Auch das Kinderspielzeug hatte Hörner und Hufe. Sie benötigte den Beistand eines Priesters. Sie benötigte... wo war denn Maria Magdalena? War sie dazu verdammt, allein zu sterben? Die sterbende Krankenschwester schaute zu den Raumanzügen in der Hoffnung, hinter den Plastikschilden vertraute Augen zu erkennen, aber wenn die Augen, die sie sah, auch mitfühlend waren, vertraut waren sie nicht.

Ganz vorsichtig entnahm ihr der Pfleger Blut. Zuerst überprüfte er, ob der Arm auch richtig angeschnallt war und sich nicht mehr bewegen konnte als einen Zentimeter. Dann ließ er einen Kameraden den Arm mit beiden starken Händen halten, und der paßte höllisch auf, daß die beiden Hände der Nadel nicht zu nahe kamen. Mit einem verständigenden Nikken wählte der erste die geeignete Vene aus und stach die Nadel hinein. Er hatte Glück. Gleich beim ersten Versuch traf er richtig. An den Nadelhalter drückte er ein Vakuumröhrchen von fünf Kubikzentimetern und zog Blut, das dunkler war als das übliche Purpur. Als das Röhrchen voll war, schraubte er es wieder ab und tat es vorsichtig in eine Plastikbox. Diesem Röhrchen folgten noch drei. Dann zog er die Nadel wieder heraus und drückte Gaze auf die Einstichstelle, doch sie hörte nicht auf zu bluten. Der Pfleger ließ den Arm wieder los und stellte fest, daß sein kurzer Griff der Haut ganz die Farbe genommen hatte. Ein Deckel auf die Plastikbox, und der erste Pfleger verließ das Zimmer, während der andere in eine Ecke ging und seine Handschuhe und Arme mit Jodlösung einsprühte. Sie waren eingehend darüber in Kenntnis gesetzt worden, wie gefährlich ihre Aufgabe war, doch ganz wie normale Menschen hatten sie es zunächst nicht so richtig geglaubt, trotz der vielen Wiederholungen und der Filme und der Dias. Jetzt glaubten es die beiden, jedes verdammte Wort, und ehrlich gesagt, die beiden Sanitäter wünschten und beteten, daß der Tod recht bald kommen und diese Frau holen möge, wohin Allah sie bestimmt hatte. Ihren Körper zerfallen zu sehen war schon schlimm genug. Der Gedanke, ihr auf dieser fürchterlichen Reise womöglich folgen zu müssen, ließ das tapferste Herz erbeben. So etwas hatten sie noch nie gesehen. Diese Frau *zerschmolz* förmlich von innen heraus. Als der Sanitäter mit der äußeren Reinigung seines Anzugs fertig war, wandte er sich um, aufgeschreckt von ihrem Schmerzensschrei, der klang, als wäre er von einem Kleinkind gekommen, das von den Händen des Teufels selber gepeinigt wurde. Die Augen offen, den Mund weit, entfuhr ein gellender, markerschütternder Schrei in die Luft und durchdrang das Plastikmaterial seines Anzugs.

Die Blutproben wurden rasch untersucht, aber unter den größten Vorsichtsmaßnahmen, im Heißen Laboratorium am Ende des Korridors. Moudi und der Projektdirektor waren in ihren Büros. Es war nicht unbedingt erforderlich, daß sie hierbei im Labor sein mußten, und es war einfacher für sie, die Tests ohne das Hindernis des Schutzanzugs zu verfolgen.

»So schnell, so außerordentlich schnell.« Voller Ehrfurcht schüttelte der Direktor den Kopf.

Moudi nickte. »Ja, es überwältigt das Immunsystem wie eine Flutwelle.« Das Bild auf dem Computermonitor kam von einem Elektronenmikroskop, das das Feld voller hirtenstabförmiger Viren zeigte. Auch einige Antikörper waren auf dem Bildschirm zu sehen, aber die machten eher den Eindruck von ein paar einzelnen Schafen inmitten eines Rudels Löwen, und genausoviel konnten sie auch ausrichten. Die Blutzellen wurden angegriffen und zerstört. Hätten sie den Hauptorganen Gewebeproben entnehmen können, dann hätten sie zum Beispiel feststellen können, daß die Milz so hart wurde wie ein Gummiball und voller kleiner Kristalle war, die einem vorkamen wie Transportkapseln für die Ebola-Virus-Partikel. Es hätte in der Tat interessant sein können und vielleicht sogar wissenschaftlich sinnvoll, eine laparoskopische Untersuchung des Bauches vorzunehmen, um genau sehen zu können, was die Krankheit in bestimmten Zeitabschnitten mit einem menschlichen Patienten machte, doch dabei bestand die Gefahr, den Tod der Patientin zu beschleunigen, und das wollten sie nicht riskieren.

Proben ihres Erbrochenen enthielten Fragmente des oberen Gastrointestinaltrakts, und die waren deshalb interessant, weil sie nicht nur losgerissen waren, sondern tot. Große Teile des noch lebenden Körpers der Patientin waren bereits abgestorben, hatten sich vom lebenden Rest gelöst und wurden ausgestoßen, während der Organismus als Ganzes vergebens ums Überleben kämpfte. Das infizierte Blut wurde zentrifugiert und zur späteren Verwendung tiefgefroren. Jeder Tropfen, der herauskam, war nützlich, und aus diesem Grunde wurde noch mehr Blut über Plastikschläuche in sie hinein transfundiert. Ein routinemäßiger Herz-Enzym-Test ergab, daß ihr Herz, anders als das des Index-Patienten, immer noch gesund war und normal arbeitete.

»Seltsam, wie unterschiedlich diese Krankheit einen Organismus angreifen kann«, stellte der Direktor fest, als er den Computerausdruck sah.

Moudi schaute nur weg, er stellte sich vor, daß er ihre Schmerzensschreie durch die mehrfachen Betonwände des Gebäudes hören könnte. Es wäre ein Akt von höchster Barmherzigkeit gewesen, in ihr Zimmer zu gehen und ihr zwanzig Kubik Kalium zu spritzen oder einfach den Morphiumtropf ganz aufzudrehen und sie so durch Atemstillstand zu töten.

»Denken Sie, daß der afrikanische Junge ein schon früher vorhandenes kardiovaskuläres Problem hatte?« fragte ihn sein Boß.

»Vielleicht. Er ist darauf nicht untersucht worden.«

»Die Funktion der Leber läßt rapide nach, wie erwartet.« Aufmerksam schaute sich der Direktor die Blutwerte an. Alle Zahlen lagen weit außerhalb des normalen Bereichs, außer den Herzindikatoren, und auch die lagen knapp an der Grenze. »Das ist ein richtiger Paradefall, Moudi.«

»In der Tat.«

»Dieser Virusstamm ist noch robuster, als ich angenommen hatte.« Er hob den Blick empor. »Sie haben gute Arbeit geleistet.«

*Oh, ja!*

»... Anthony Bretano besitzt zwei Doktortitel vom MIT, einen in Mathematik und einen in Optischer Physik. Er hat ausgezeichnete Leistungen in der Industrie vorzuweisen, und ich erwarte, daß er ein ebenso effektiver Verteidigungsminister wird«, sagte Ryan, seine Presseerklärung beschließend. »Fragen?«

»Sir, Vizepräsident Kealty ...«

»Der *ehemalige* Vizepräsident«, fuhr Ryan dazwischen. »Er ist zurückgetreten. Das wollen wir doch endlich einmal richtigstellen!«

»Aber er sagt, er wäre es nicht«, führte die *Chicago Tribune* aus.

»Wenn er sagte, er hätte gerade mit Elvis gesprochen, würden Sie das dann auch glauben?« fragte Ryan in der Hoffnung, die vorbereitete Zeile gut dargeboten zu haben. Er forschte in den Gesichtern nach einer Reaktion. Wiederum waren alle achtundvierzig Plätze besetzt, und zwanzig weitere Reporter standen. Jacks höhnische Bemerkung ließ sie alle blinzeln, und ein paar von ihnen erlaubten sich sogar ein Lächeln. »Kommen Sie, stellen Sie Ihre Fragen.«

»*Mister* Kealty hat einen Rechtsausschuß gefordert, um die Sachlage zu überprüfen. Was halten Sie davon?«

»Diese Frage wird gerade vom FBI untersucht, das ja die oberste Ermittlungsbehörde ist. Was immer es an Fakten geben möge, sie müssen zunächst festgestellt und bewiesen werden, ehe jemand ein Urteil fällen kann. Doch ich denke, wir alle wissen, was geschehen wird. Ed Kealty ist zurückgetreten, und Sie wissen alle, warum. Aus Respekt vor der verfassungsrechtlichen Angelegenheit habe ich das FBI beauftragt, sich mit der Sache zu befassen, mein eigener juristischer Rat jedoch ist absolut klar. Mr. Kealty kann reden, soviel er will. Ich habe hier ein Amt zu führen. Nächste Frage?« sagte Jack selbstsicher.

»Mr. President« – Ryan nickte beifällig, als er den *Miami Herald* das sagen hörte –, »in Ihrer Rede neulich haben Sie gesagt, Sie seien kein Politiker, aber Sie bekleiden ein politisches Amt. Das amerikanische Volk möchte zu einer ganzen Reihe von Fragen Ihre Ansicht wissen.«

»Das kann ich gut verstehen. Zum Beispiel also?« fragte Jack.

»Schwangerschaftsabbruch zum einen«, sagte die *Herald*-Reporterin, eine sehr emanzipierte Frau. »Was genau ist Ihre Position dazu?«

»Ich mag ihn nicht«, gab Ryan zur Antwort und sagte die Wahrheit, bevor er darüber nachdachte. »Ich bin Katholik, wie Sie vermutlich wissen, und in dieser moralischen Frage, denke ich, hat meine Kirche recht. Aber *Roe v. Wade* ist das Gesetz des Landes bis zu der Zeit, da der Supreme Court den Entscheid revidieren mag, und der Präsident ist nicht befugt, Entscheidungen der Bundesgerichte zu ignorieren. Das bringt mich in eine etwas unbequeme Lage, doch als Präsident habe ich mein Amt in Übereinstimmung mit dem Gesetz zu führen. Das zu tun, habe ich einen Eid geschworen.« *Nicht schlecht, Jack*, sagte sich Ryan.

»Also unterstützen Sie nicht das Recht der Frau, das zu entscheiden?« hakte die vom *Herald* nach, die Blut geleckt hatte.

»Was zu entscheiden?« fragte Ryan, immer noch zuversichtlich. »Sie wissen, jemand hat einmal versucht, meine Frau umzubringen, als sie mit unserem Sohn schwanger war, und kurz danach habe ich zusehen müssen, wie mein ältestes Kind dem Tode nah im Krankenhaus lag. Ich denke, das Leben ist eine äußerst kostbare Sache. Diese Lektion habe ich auf die harte Art gelernt. Ich möchte hoffen, daß die Leute darüber nachdenken, bevor sie sich zu einer Abtreibung entschließen.«

»Das beantwortet die Frage nicht ganz, Sir.«

»Ich kann niemanden davon abhalten, es zu tun. Ob ich es mag oder nicht, es ist Gesetz. Der Präsident darf das Gesetz nicht brechen.« War das denn nicht deutlich?

»Aber bei Ihren Ernennungen für den Supreme Court, werden Sie da die Frage des Abbruchs zur Feuerprobe machen? Würden Sie *Roe v. Wade* gern kippen sehen?« Ryan bemerkte kaum, wie die Kameras sich scharf stellten und die Reporter sich auf ihre Mitschriften konzentrierten.

»Ich mag *Roe v. Wade* nicht, wie ich bereits gesagt habe. Ich glaube, das war ein Fehler. Ich sage Ihnen auch, warum. Der Supreme Court hat sich da in etwas eingemischt, das eine Sache der Legislative hätte bleiben sollen. Zu dieser Frage steht nichts in der Verfassung, und was Fragen betrifft, zu denen die Verfassung schweigt, haben wir die Legislativen der einzelnen Staaten sowie des Bundes, die unsere Gesetze erlassen.« Der Vortrag in Staatsbürgerkunde lief gut. »Nun, was die Nominierungen für den Supreme Court angeht, die ich zu machen habe, so werde ich die besten Richter suchen, die ich finden kann. Das ist etwas, wo wir uns kurz fassen können. Die Verfassung ist eine Art Bibel für die Vereinigten Staaten von Amerika, und die Richter des Supreme Court sind sozusagen die Theologen, die entscheiden, wie sie auszulegen ist. Von ihnen wird nicht erwartet, eine neue Bibel zu schreiben. Von ihnen wird erwartet, herauszufinden, was sie bedeutet. Wenn eine Verfassungsänderung notwendig werden sollte, haben wir einen Mechanismus, um das zu bewerkstelligen, und den haben wir schon über zwanzigmal benutzt.«

»Sie werden also nur strikte Konstruktionisten aussuchen, die höchstwahrscheinlich gegen *Roe* sind.«

Es war, wie gegen eine Wand anzurennen. Ryan hielt merklich inne, ehe er antwortete. »Ich hoffe, die besten Richter auszuwählen, die ich finden kann. Ich werde sie nicht nach einzelnen Gesichtspunkten befragen.«

Der *Boston Globe* sprang auf die Füße. »Mr. President, wenn aber nun das Leben der Mutter in Gefahr ist, die katholische Kirche ...«

»Die Antwort darauf ist ganz eindeutig. Das Leben der Mutter geht vor.«

»Aber die Kirche hat gesagt ...«

»Ich spreche nicht für die katholische Kirche. Und wie ich schon sagte, ich kann nicht das Gesetz brechen.«

»Aber Sie möchten, daß das Gesetz geändert wird«, beharrte der *Globe.*

»Ja. Ich glaube, es wäre für jeden besser, wenn diese Angelegenheit den gesetzgebenden Körperschaften der einzelnen Staaten übertragen würde. Auf diese Weise könnten die von den Leuten gewählten Vertreter die Gesetze formulieren, und zwar in Übereinstimmung mit dem Willen ihrer Wähler.«

»Aber dann«, führte der *San Francisco Examiner* aus, »könnten wir ein heilloses Durcheinander von Gesetzen quer durch das ganze Land bekommen, und in einigen Gegenden könnte der Abbruch illegal werden.«

»Nur, wenn die Wähler es so wollen. So funktioniert eben Demokratie.«

»Und was soll aus den armen Frauen werden?«

»Das kann ich nicht sagen«, erwiderte Ryan, der allmählich das Gefühl von Zorn in sich aufkommen spürte und sich fragte, wie er überhaupt in diese Sache hineingeraten ist.

»Sie sind also für einen Zusatz zur Verfassung, der den Schwangerschaftsabbruch verbietet?« wollte die *Atlanta Constitution* wissen.

»Nein, ich glaube nicht, daß das eine Verfassungsfrage ist. Ich halte das für eine reine Frage der Gesetzgebung.«

»Also«, faßte die *New York Times* zusammen, »Sie sind persönlich gegen den Abbruch, aus moralischen und religiösen Gründen, aber Sie wollen sich nicht in die Frauenrechte einmischen; in den neuen Supreme Court planen Sie, konservative Richter zu ernennen, die vermutlich *Roe* umstoßen werden, aber Sie unterstützen keine Verfassungsergänzung zur Beschränkung der Entscheidungsfreiheit der Frauen.« Der Reporter lächelte. »Was genau *glauben* Sie in dieser Frage, Sir?«

Ryan schüttelte den Kopf, kniff die Lippen zusammen und schluckte die erste Version einer Antwort auf diese Impertinenz hinunter. »Ich dachte, das hätte ich gerade klargemacht. Wollen wir nicht zu etwas anderem übergehen?«

»Vielen Dank, Mr. President!« rief der Doyen laut, nach verzweifelten Gesten von Arnold van Damm. Verwirrt verließ Ryan das Podium, ging um die Ecke und dann um noch eine, bis er außer Sicht war. Der Stabschef packte den Präsidenten am Arm und stieß ihn beinahe gegen die Wand, und diesmal rührte der Secret Service keinen Muskel.

»Jack! Sie haben soeben das ganze Land vor den Kopf gestoßen.«

»Was meinen Sie damit?« erwiderte der Präsident.

»Ich meine, man füllt kein Benzin in sein Auto mit einer brennenden Zigarette im Maul, gottverdammt! Haben Sie denn gar keine Ahnung, was Sie gerade getan haben?« Arnie konnte sehen, daß das tatsächlich der Fall war. »Die Entscheidungsrechtler glauben jetzt, daß Sie ihnen ihre Rechte nehmen wollen. Die Lebensrechtler meinen, daß Sie ihre Ansicht überhaupt nicht kümmert. Das war vollkommen perfekt, Jack. Sie haben es sich innerhalb von fünf Minuten mit dem ganzen verdammten Land verscherzt!« Van Damm stürzte davon und ließ den Präsidenten vor dem Cabinet Room stehen aus Angst, er könnte die Beherrschung verlieren.

»Wovon redet er denn überhaupt?« fragte Ryan. Die Secret-Service-Agenten sagten keinen Ton. Erstens war Politik nicht ihr Gebiet, und zweitens waren sie in dieser Frage genauso gespalten wie das ganze Land.

Es war, wie einem Kind Süßigkeiten wegzunehmen. Nach dem ersten Schock weinte das Kind laut.

»Buffalo Six, hier spricht Guidon Six, over.« Lieutenant Colonel Herbert Masterman – ›Herzog‹ für seine Freunde – stand auf ›Mad Max II‹, seinem M1A2-Abrams-Kommandeurspanzer, Mikrofon in der einen Hand und Fernglas in der anderen. Vor ihm, verstreut über zehn Quadratmeilen in dem Negev-Übungsgebiet, waren Merkava-Panzer und

Mannschaftswagen der 7. Panzerbrigade der israelischen Armee, alle mit blinkenden gelben Lichtern und aus dem Geschützturm aufsteigendem rotem Rauch. Der Rauch war eine israelische Neuerung. Wenn Panzer im Gefecht getroffen wurden, brannten sie, und wenn die MILES-Gerät-Rezeptoren einen Laser-›Treffer‹ meldeten, lösten sie diese Markierung aus. Doch die Idee war gewesen, daß die Israelis auf diese Weise ihre Treffer bei der OpFor zählen konnten. Nur vier von Mastermans Panzern und sechs seiner M3-Bradley-Schützenpanzer waren ähnlich ›tot‹.

»Guidon, hier Buffalo«, kam der Rückruf von Colonel Sean Magruder, Kommandeur des 10. berittenen Panzerregiments ›Buffalo‹.

»Ich denke, damit sollten wir's bewenden lassen, Colonel, over. Der Sack ist voll.«

»In Ordnung, Duke. Kommen Sie runter zur AAR. In ein paar Minuten werden wir einen stocksauren Israeli hier haben.« Gut, daß die Funkverbindung chiffriert war.

»Bin schon unterwegs, Sir.« Masterman stieg vom Panzer, als sein HMMWV anhielt. Seine Panzerbesatzung startete ebenfalls und machte sich auf den Weg zum Lager der Schwadron.

Besser konnte es gar nicht gehen. Masterman fühlte sich wie ein Fußballer, der jeden Tag spielen darf. Er befehligte die 1. Schwadron, ›Guidon‹, des 10. ACR. Sie war ein Bataillon, aber bei der Cav war das anders, wegen der gelben Zeichen auf den Schulterstücken und den rotweißen Standarten der Einheit, und wenn man Cav war, war man nicht Dreck.

»Noch 'n paar Ärsche treten, Sir?« fragte der Fahrer, als sein Boß sich die kubanische Zigarre ansteckte.

»Lämmer zur Schlachtbank, Perkins.« Masterman trank etwas Wasser aus einer Plastikflasche. Hundert Fuß über seinem Kopf rasten israelische F-16-Jäger vorüber und zeigten ihre Entrüstung über das, was unter ihnen geschah. Wahrscheinlich waren ein paar von ihnen mit administrativen SAM-›Abschüssen‹ in Konflikt geraten. Masterman hatte heute besonders aufgepaßt bei der Plazierung seiner Stinger-Avenger-Fahrzeuge, und ganz gewiß hatten sie genau getroffen wie erwartet. Stark.

Der hiesige Star Wars Room war praktisch ein Zwilling zum Original in Fort Irwin. Ein bißchen kleineres Hauptdisplay und nettere Sitze, und hier durfte man rauchen. Er betrat das Gebäude, schüttelte den Staub von seinen Chocolate-Chip-Kammies und ging mit großen Schritten, wie Patton zur Bastogne. Die Israelis warteten bereits.

Vom Verstand her hätten sie wissen müssen, wie nützlich diese Übung für sie war. Emotional gesehen, war das etwas anderes. Das 7. berittene Panzerregiment der Israelis war eine mindestens genauso stolze Einheit wie jede andere in der Welt. Praktisch ganz allein hatte es 1973 das gesamte syrische Panzerkorps auf den Golanhöhen aufgehalten, und sein gegenwärtiger Befehlshaber war damals Leutnant gewesen und hatte das Kommando über eine führungslose Kompanie übernommen und hervorragend gekämpft. Nicht an Mißerfolg gewöhnt, hatte er soeben mitansehen müssen, wie die Brigade, in der er praktisch groß geworden war, innerhalb von dreißig brutalen Minuten aufgerieben wurde.

»General«, sagte Masterman und streckte dem ernüchterten Brigadekommandeur die Hand entgegen. Der Israeli zögerte, ehe er sie ergriff.

»Nicht persönlich, Sir, rein dienstlich«, sagte Lieutenant Colonel Nick Sarto, der die 2. Schwadron, ›Bighorn‹, befehligte und der gerade den Hammer für Mastermans Amboß gespielt hatte. Mit dem israelischen 7. dazwischen.

»Gentlemen, wollen wir beginnen?« rief der oberste Beobachtungsoffizier. Zur Beschwichtigung der israelischen Armee bestand das OC-Team je zur Hälfte aus erfahrenen amerikanischen und israelischen Offizieren, und es war nicht leicht auszumachen, welche Gruppe die bestürztere war.

Zunächst wurde eine verkürzte Videoaufnahme des Übungsgefechts gezeigt. Die israelischen Fahrzeuge in Blau rückten ins flache Tal vor, um dort auf Guidons Aufklärungstrupp zu stoßen, das rasch zurücksetzte, aber nicht in die vorbereitete Verteidigungsposition der restlichen Schwadron, sondern in einem Winkel davon weg. Das für eine Falle haltend, war das israelische 7. nach Westen geschwenkt, als wollte es in einem Bogen zurückkehren und dabei seine Feinde umzingeln, und fand sich statt dessen plötzlich einer mächtigen Wand eingegrabener Panzer gegenüber, dann rückte Bighorn von Osten her an, viel schneller als erwartet – so schnell, daß Doug Mills' 3. Schwadron, ›Dakota‹, die Reserve des Regiments, gar keine Chance mehr hatte, auch noch zum Einsatz zu kommen. Es war dasselbe alte Spiel. Der israelische Kommandeur hatte die Stellungen des Feindes vermutet, statt seinen Spähtrupp auszuschicken, sie genau zu ermitteln.

Der israelische Brigadekommandeur schaute sich das Video genau an, und es schien, als sackte er zusammen wie ein Ballon, dem die Luft ausgeht.

»Ihr Aufklärungstrupp war nicht weit genug vorn«, sagte der oberste israelische OC diplomatisch.

»Die Araber kämpfen nicht auf diese Art!« erwiderte Benjamin Eitan.

»Sollten sie aber, Sir«, gab Masterman zu verstehen. »Das ist standardmäßige Sowjetdoktrin, und von denen sind sie doch alle ausgebildet worden, wie Sie wissen. Werft sie in den Sack und macht den Deckel dicht! Zum Teufel, General, es ist doch genau das, was Sie 1973 mit Ihren Centurions gemacht haben. Ich habe Ihr Buch über dieses Gefecht gelesen«, fügte der Amerikaner hinzu. Sofort wurde die Stimmung etwas besser. Eins der anderen Dinge, die die amerikanischen Offiziere hier üben mußten, war Diplomatie. General Eitan brachte was Ähnliches wie ein Lächeln zustande.

»Das habe ich, nicht wahr?«

»Na, sicher doch. Sie haben das syrische Regiment in vierzig Minuten mitleidlos verdroschen, wenn ich mich recht erinnere.«

Eitan war dankbar für das Kompliment, obgleich er wußte, daß es nur ein wohlüberlegter Versuch war, ihn zu beruhigen.

Es war kein Zufall, daß Magruder, Masterman, Sarto und Mills hier waren. Alle vier hatten im Golfkrieg an einer sehr üblen Kampfhandlung teilgenommen, wo drei Kompanien der 2nd ›Dragon‹ Cav bei äußerst ungünstigen Wetterbedingungen – so ungünstig war das Wetter gewesen, daß die Flugzeuge des Regiments sich nicht hatten beteiligen können, ja nicht einmal vor dem Feind warnen konnten – auf einen irakischen Eliteverband in Regimentsgröße gestoßen waren, und dennoch hatten sie sie innerhalb weniger Stunden vernichtend geschlagen. Die Israelis wußten das und konnten sich nicht beklagen, die Amerikaner seien nur Spielzeugsoldaten.

Auch war das Ergebnis dieser ›Schlacht‹ nicht ungewöhnlich. Eitan war neu, führte das Kommando erst einen Monat, und er würde lernen, wie andere israelische Offiziere auch gelernt hatten, daß das amerikanische Übungsmodell unnachsichtiger war als echter Kampf. Das war eine harte Lektion für die Israelis. Wenn die Israelis eine Schwäche hatten, dann war es ihr Stolz, wie Colonel Magruder wußte. Die Aufgabe der OpFor hier war es, genau wie in Kalifornien, ihnen diesen abzustreifen. Der Stolz eines Kommandeurs durfte nicht seine Soldaten das Leben kosten.

»Okay«, sagte der oberste amerikanische OC. »Was können wir hieraus lernen?«

*Laß dich nicht mit den Buffalo-Soldaten ein,* dachten alle drei Schwadronkommandeure, sagten es aber nicht. Das Regiment hatte sich seinen besonderen Ruf unter Marion Diggs' Kommando erworben, bevor er nach Fort Irwin gegangen war. Obgleich unter den israelischen Streitkräften immer noch das Gerücht umging, die Soldaten des 10th stolzierten umher wie Gockel, waren sie äußerst beliebt. Das 10th ACR war zusammen mit zwei Staffeln F–16-Jägern Amerikas Beitrag zur Sicherheit Israels, und das um so mehr, als es die Bodentruppen des jüdischen Staates bis zu einem Maß an Bereitschaft trainierte, das sie, seit die israelische Armee in den Bergen und Städten des Libanon beinahe ihre Seele verloren hätte, nicht mehr gekannt hatten. Eitan würde lernen, und zwar schnell. Am Ende dieser Trainingsreihe würde er ihnen zu schaffen machen. Sie befanden sich nicht in einem Geschäft, wo's etwas gratis gab.

»Ich erinnere mich noch daran, wie Sie mir einmal gesagt haben, wie wunderbar Demokratie ist, Mr. President«, sagte Golowko vergnügt, als er zur Tür hereinschritt.

»Sie müssen mich heute morgen im Fernsehen erwischt haben«, erwiderte Ryan.

»Ich erinnere mich noch, daß Leute wegen solcher Bemerkungen erschossen wurden.« Andrea Price, hinter dem Russen, hörte die Bemerkung und fragte sich, wieso dieser Kerl die Unverfrorenheit besaß, dem Präsidenten auf den Schwanz zu treten.

»Nun, hier tun wir das nicht«, gab Jack zur Antwort und setzte sich. »Das genügt im Moment, Andrea. Sergej und ich sind alte Freunde.« Das sollte ein Privatgespräch sein, nicht einmal eine Sekretärin war dabei, um etwas aufzuschreiben, obwohl verborgene Mikrofone alles aufnehmen würden. Der Russe wußte das. Und der Amerikaner wußte, daß er das wußte, aber das Symbol, daß niemand weiter im Raum war, war ein Kompliment an den Besucher, ebenfalls ein Punkt, wo der Amerikaner wußte, daß der Russe das ebenfalls wußte. Jack fragte sich, wie viele ineinandergreifende Räder er nur wegen eines informellen Treffens mit einem ausländischen Vertreter im Auge behalten mußte.

Als sich hinter der Agentin die Tür geschlossen hatte, ergriff Golowko das Wort. »Vielen Dank.«

»Zum Teufel, wir sind doch alte Freunde, oder?«

Golowko schmunzelte. »Was für ein ausgezeichneter Feind Sie waren.«

»Und jetzt...?«

»Wie kommt denn Ihre Familie zurecht?«

»Fast so gut wie ich«, gestand Jack, dann wechselte er das Thema. »Sie hatten drei Stunden in der Botschaft, um sich einen genauen Überblick zu verschaffen.«

Golowko nickte; wie gewöhnlich war Ryan gut auf dieses Treffen vorbereitet, obwohl es heimlich stattfand. Die russische Botschaft war nur ein paar Blocks weiter in der Sixteenth Street, und er war zu Fuß zum White House gegangen, ein simpler Trick, der Aufmerksamkeit zu entgehen, in dieser Stadt, wo offizielle Leute sich in offiziellen Autos fortbewegten. »Ich hätte nicht erwartet, daß im Irak alles so rasch zusammenstürzt.«

»Wir auch nicht. Aber deswegen sind Sie nicht hergekommen, Sergej Nikolaj'tsch. China?«

»Ich nehme an, Ihre Satellitenfotos sind genauso klar wie unsere. Ihr Militär befindet sich auf einer ungewöhnlich hohen Stufe der Bereitschaft.«

»Unsere Leute sind darüber geteilter Meinung«, sagte Ryan. »Möglicherweise verstärken sie sich, um mehr Druck auf Taiwan ausüben zu können. Sie haben zum Beispiel ihre Marine verstärkt.«

»Ihre Marine ist für Kampfhandlungen noch nicht genügend gerüstet. Ihr Heer ist es bereits, ebenso ihre Raketentruppe. Keiner von beiden wird die Straße von Formosa überqueren, Mr. President.«

Das machte den Grund für seine Reise deutlich genug. Jack machte eine kurze Pause, um aus dem Fenster auf das Washington Monument zu schauen. Was hatte George übers Vermeiden von Verstrickungen mit ausländischen Partnern gesagt? Aber damals war ja alles viel einfacher gewesen, als es noch zwei Monate gedauert hatte, den Atlantik zu überqueren, und nicht sechs oder sieben Stunden...

»Amerika würde bei einem Angriff Chinas auf Rußland nicht ruhig zusehen. Eine solche Auseinandersetzung hätte ziemlich heftige Auswirkungen auf die Stabilität in der Welt überhaupt und würde auch Ihr Vorankommen zur vollen Demokratie behindern. Amerika möchte, daß Rußland sich zu einer fortschrittlichen Demokratie entwickelt. Lange genug sind wir Feinde gewesen. Wir sollten Freunde sein, und Amerika möchte, daß seine Freunde sicher und friedlich leben können.«

»Die hassen uns, die sind begierig auf das, was wir haben«, fuhr Golowko fort, nicht zufrieden mit Amerikas Statement.

»Sergej, die Zeit, wo Nationen stehlen, was sie nicht selbst hervorbringen können, ist vorbei. Das ist Geschichte und läßt sich nicht wiederholen.«

»Und wenn sie doch etwas gegen uns unternehmen?«

»Über diese Brücke gehen wir erst, wenn wir an ihr angelangt sind,

Sergej«, erwiderte der Präsident. »Wir wollen solche Aktionen verhindern. Wenn es sich zeigt, daß sie tatsächlich einen solchen Schritt ins Auge fassen, dann werden wir sie auffordern, sich das gründlich zu überlegen. Wir werden ein Auge darauf haben.«

»Ich glaube nicht, daß Sie sie verstehen.« Noch ein Anstoß, wie Ryan bemerkte. Diesbezüglich gingen ihre Meinungen zu weit auseinander.

»Glauben Sie, daß das überhaupt jemand kann? Glauben Sie, daß die selber wissen, was sie wollen?« Die ehemaligen Geheimdienstleute warfen sich gegenseitig einen Blick professionellen Amüsements zu.

»Das ist ja das Problem«, gab Golowko zu. »Ich versuche ständig, meinem Präsidenten zu erklären, daß es schwierig ist, das Verhalten von unentschlossenen Leuten vorauszusagen. Sie haben Möglichkeiten, wir aber auch, und das Kalkül sieht von beiden Seiten verschieden aus – und dann kommen die Personen ins Spiel. Iwan Emmetowitsch, das sind alte Männer mit alten Ideen. Ihre Person ist hier der Hauptgesichtspunkt.«

»Und Geschichte, Kultur, Wirtschaft, Handel – in diesem Teil der Welt kenne ich mich nicht aus«, erinnerte Jack seinen Gast. »Ich habe den größten Teil meines Lebens damit zugebracht, mir Klarheit über euch zu verschaffen.«

»Dann werden Sie uns also beistehen?«

Ryan schüttelte den Kopf. »Es ist noch zu früh und zu spekulativ, soweit zu gehen. Wir werden jedoch alles in unserer Macht Stehende tun, eine mögliche Auseinandersetzung zwischen der Volksrepublik China und Rußland zu verhindern. Wenn es doch dazu kommen sollte, dann wird es zum Einsatz von Nuklearwaffen kommen. Das weiß ich. Das wissen Sie. Und ich hoffe, die wissen es auch!«

»Sie glauben es nicht.«

»Sergej, niemand ist so verrückt.« Ryan nahm sich vor, das mit Scott Adler zu diskutieren, der diese Region viel besser kannte als er. Es wurde Zeit, das Buch in bezug auf diese Frage für den Augenblick zu schließen und ein anderes aufzuschlagen. »Der Irak. Was sagen Ihre Leute dazu?«

Golowko verzog das Gesicht. »Wir haben dort vor drei Monaten ein ganzes Netzwerk verloren. Zwanzig Leute, alle erschossen oder erhängt – nach Verhören. Von dem, was uns noch geblieben ist, erfahren wir nicht viel, aber es hat den Anschein, als ob die hohen Generäle etwas vorbereiten.«

»Zwei von ihnen haben sich heute morgen in den Sudan abgesetzt«, teilte Ryan Golowko mit. Es war nicht oft, daß er ihn mit etwas überraschen konnte.

»So schnell?«

Ryan nickte und zeigte ihm die Fotos vom Flughafen Khartum. »Ja.«

Golowko sah sie sich genau an, erkannte aber die Gesichter nicht, aber das war wirklich nicht nötig. Informationen, die auf solcher Ebene ausgetauscht wurden, waren niemals gefälscht. Selbst gegenüber Feinden und ehemaligen Feinden hatte eine Nation bei gewissen Dingen Wort zu halten. Er gab die Fotos zurück. »Iran also. Wir haben ein paar Leute dort, aber in den letzten Tagen haben wir nichts gehört. In dieser Umgebung zu operieren ist sehr gefährlich, wie Sie wissen. Wir nehmen an, daß Daryaei mit dem Attentat etwas zu tun hat, aber wir können es nicht beweisen.« Er hielt inne. »Die Auswirkungen davon sind sehr ernst.«

»Sie sagen also, daß Sie diesbezüglich auch nichts unternehmen können?«

»Nein, Iwan Emmetowitsch, nichts. Wir haben dort keinen Einfluß und Sie auch nicht.«

## 18 / Letzter Flug

Der nächste Shuttle-Flug startete zeitig. Der dritte und letzte Busineß-Jet dieser Scheinfirma war aus Europa zurückbeordert worden, und durch einen Wechsel der Crew stand er drei Stunden eher bereit. Das bedeutete, daß die erste der G-IV nach Bagdad fliegen konnte, zwei weitere Generäle holen und wieder zurückkehren. Neben seiner ungewöhnlichen Rolle als Diplomat kam Badrayn sich jetzt auch noch fast wie eine Art Reiseunternehmer oder Dispatcher vor. Er hoffte nur, daß nicht alles zu lang dauerte. Es könnte gefährlich werden, ein Passagier auf dem letzten Flug zu sein. Darüber machten sich die Generäle jetzt keine Gedanken. Das letzte Flugzeug könnte durchaus mit Leuchtspurfeuer gejagt werden. Na ja, zuckte er die Achseln, das Leben hatte eben seine Risiken. Zumindest hatten sie ihm gesagt, daß es einen weiteren Flug in weniger als drei Stunden geben würde und einen vierten fünf Stunden nach diesem. Doch insgesamt würden es zehn oder elf sein, und das würde drei weitere Tage in Anspruch nehmen nach gegenwärtigem Zeitplan, und drei Tage konnten ein ganzes Leben sein.

Außerhalb der Grenzen dieses Flughafens war das irakische Militär immer noch auf der Straße, doch das würde sich bald ändern. Die Wehrpflichtigen und gar Elite-Gardisten waren nun schon ein paar Tage da draußen, verfallen in stumpfsinnige und nutzlose Routine, und *das* war für Soldaten etwas Destruktives. Bald würden sie anfangen, gelangweilt herumzuschlurfen, Zigaretten zu rauchen und einander Fragen zu stellen: *Was genau ist denn überhaupt los?* Unmittelbar würde es keine Antworten geben. Die Unteroffiziere würden ihnen bedeuten, sich um ihre Pflichten zu kümmern, so angewiesen von ihren Kompanie-Offizieren, so angewiesen wiederum von Bataillonsleuten und so von der ganzen Linie aufwärts ... bis irgendwo dieselbe Frage ebenfalls wiederholt würde, wo es aber dann kein weiteres Oben in der Befehlskette geben würde, das dem Frager sagte, er solle sich hinsetzen und den Mund halten. Von diesem Punkt an würde die Frage die ganze Linie wieder hinunterlaufen. Das war etwas, was eine Armee spürte, so wie ein Dorn im Fuß dem Gehirn mitteilt, daß etwas nicht stimmt. Und wenn der Dorn schmutzig ist, dann folgt eine Infektion, die sich ausbreiten und den ganzen Körper umbringen kann. Die Generäle sollten solche Dinge eigentlich wissen – doch nein, sie wußten es nicht mehr. Sie vergaßen einfach, daß die Villen und das Dienstpersonal und die Autos kein göttliches Geschenk waren, sondern eine temporäre Bequemlichkeit, die so rasch verschwinden konnte wie morgendlicher Nebel. Für Badrayn hätte das eigentlich kaum ärgerlich sein können, außer daß jetzt sein Leben von ihrem abhing.

Der Sitz auf der rechten Seite der Kabine war immer noch feucht. Diesmal wurde er eingenommen von der jüngsten Tochter des Generals, der bis vor wenigen Minuten die 4. motorisierte Gardedivision befehligt hatte und sich jetzt mit einem Luftwaffenkollegen unterhielt. Das Kind spürte die Feuchtigkeit an der Hand und, verwundert darüber, leckte sie ab, bis ihre Mutter das sah und sie die Hände waschen schickte. Dann beschwerte sich die Mutter beim Steward, der bei dieser Gruppe mitflog. Er gab dem Kind einen anderen Platz und machte sich eine Notiz, daß der Sitz in Mehrabad gesäubert oder ausgetauscht werden sollte. Die anfängliche Spannung hatte ein wenig nachgelassen. Die ersten Generäle hatten von Khartum aus angerufen und mitgeteilt, daß alles in Ordnung war. Ein Zug der sudanesischen Armee bewachte das große Haus, in dem sie wohnten, und alles schien sicher zu sein. Die Generäle hatten bereits beschlossen, der Staatskasse dieses Landes eine ansehnliche ›Spende‹ zukommen zu lassen, um sich damit ihrer Sicherheit für die – hoffentlich kurze – Zeit zu versichern, ehe sie weiterreisten. Ihr Geheimdienstchef, noch in Bagdad, hatte sich ans Telefon geklemmt und rief jetzt verschiedene Kontakte in verschiedenen Ländern an, um für sie sichere, dauerhafte Unterkünfte zu finden. Die Schweiz? fragten sie sich. Ein kaltes Land, sowohl was das Klima betraf als auch die Kultur, aber ein sicheres und für die, die Geld investieren konnten, ein anonymes.

»Wer besitzt denn dort drei G-IV?«

»Das Flugzeug ist in der Schweiz registriert, Lieutenant«, berichtete Major Sabah. Auf den Fotos, die in Khartum aufgenommen worden waren, hatte er die Nummer am Heck erkannt, und die war dann anhand einer Computerdatenbank leicht zu überprüfen und der Besitzer zu ermitteln. »Das Flugzeug gehört einem Unternehmen. Es hat insgesamt drei davon und noch ein paar kleinere Turbo-Prop-Maschinen, mit denen sie in Europa umherfliegen. Wir werden noch weitere Untersuchungen anstellen, um mehr über das Unternehmen zu erfahren.« Jemand würde daran arbeiten, und sie würden das Offensichtliche erkennen. Vermutlich ein Import-Export-Betrieb, eher eine Briefkastenfirma, sicher mit einer gewissen Fassade, hinter der zum Schein ein paar echte, aber recht geringfügige Geschäfte abgewickelt würden. Das Unternehmen würde ein Mittler-Konto auf einer Bank haben; und sicher würde es auch Rechtsberater haben, die aufmerksam darüber wachten, daß alle ortsüblichen Regeln und Gesetze beachtet wurden; die Angestellten wären sicher eingehend instruiert, wie sie sich zu verhalten hatten – die Schweiz ist ein gesetzestreues Land – und wie alles in Ordnung gehalten wurde; das Unternehmen würde dann allmählich von der Bildfläche verschwinden, denn die Schweiz behelligte niemanden, der sein Geld auf ihren Banken deponierte und sich innerhalb ihrer Gesetze bewegte. Wer dagegen ernsthaft gegen ihre Regeln verstieß, für den konnte sich das Land als genauso ungastlich erweisen wie das, das die Generäle gerade verließen.

Das bedauerliche war nur, dachte Sabah, daß er die ersten beiden Gesichter kannte, und vermutlich kannte er auch die Gesichter, die jetzt unterwegs waren. Es wäre zu schön gewesen, sie vor den Schranken der Gerechtigkeit zu sehen, insbesondere vor solchen in Kuwait. Sie waren noch niedrigere Dienstgrade gewesen, als der Irak in seinem Land eingefallen war. Mit Sicherheit waren sie an den Plünderungen beteiligt gewesen. Major Sabah erinnerte sich, wie er die Straßen durchstreift und sich bemüht hatte, so unverdächtig und harmlos auszusehen wie nur möglich, während andere Kuwaitis aktiveren Widerstand geleistet hatten, was zwar tapfer, aber gefährlich gewesen war. Die meisten von ihnen waren gefaßt und ermordet worden und Familienangehörige mit ihnen, und obwohl die wenigen Überlebenden jetzt berühmt und ordentlich belohnt worden waren, hatten sie doch mit Hilfe von Informationen operiert, die er gesammelt hatte. Dem Major machte das nichts aus. Seine Familie war wohlhabend genug, und er *liebte* es, ein Kundschafter zu sein. Mehr noch, er war sich sicher, daß sein Land nicht noch einmal so überrascht würde. Dafür würde er persönlich sorgen.

Im übrigen waren die Generäle, die sich absetzten, weniger von Belang als die, die sie ersetzen würden. Das war es, was dem Major Sorgen machte.

»Ich fürchte, das war eine ziemlich schwache Vorstellung für Mr. Ryan, in jeder Hinsicht«, sagte Ed Kealty bei der mittäglichen Nachrichten-Interview-Show. »Dr. Bretano ist vor allem ein Mann der Industrie, der sich lange Zeit gegen den öffentlichen Dienst entschieden hat. Ich war dabei, als sein Name zum erstenmal aufgetaucht war, und ich war dabei, als er eine hohe Position in der Regierung zurückgewiesen hat – damit er da bleiben konnte, wo er war, um Geld zu machen, nehme ich an. Er ist ein talentierter Mann und offensichtlich ein guter Ingenieur«, gestattete Kealty sich mit einem toleranten Lächeln, »aber ein Verteidigungsminister, nein!«

»Was halten Sie von Präsident Ryans Position zum Thema Schwangerschaftsabbruch, Sir?« fragte Barry auf CNN.

»Barry, das ist das Problem. Er ist *nicht* wirklich der Präsident«, erwiderte Kealty mit einem milden, geschäftsmäßigen Ton. »Und das muß korrigiert werden. Sein mangelndes Verständnis für die Öffentlichkeit hat sich doch in der widersprüchlichen, schlecht durchdachten Äußerung im Presseraum wieder deutlich gezeigt. *Roe v. Wade* ist das Gesetz des Landes. Das ist alles, was er zu sagen hatte. Es ist nicht notwendig, daß der Präsident die Gesetze mag, aber er hat ihnen Geltung zu verschaffen. Nicht zu wissen, wie das amerikanische Volk in dieser Beziehung denkt, zeugt natürlich für jeden, der in der Öffentlichkeit steht, nicht so sehr von Insensibilität gegenüber dem Recht der Frauen, sich frei zu entscheiden, als vielmehr von Inkompetenz. Alles, was Ryan hätte tun müssen, wäre gewesen, auf seine Berater zu hören, aber nicht einmal das hat er getan. Er ist wie eine wild gewordene Kanone«, schloß Kealty. »So jemanden brauchen wir nicht im White House.«

»Aber Ihr Anspruch...« Eine erhobene Hand hieß den Journalisten schweigen.

»Das ist kein Anspruch, Barry. Das ist eine Tatsache. Ich bin nie wirklich aus dem Vizepräsidentenamt ausgeschieden. Und daher bin ich, als Roger Durling ums Leben kam, Präsident geworden. Was wir jetzt zu tun haben, und Mr. Ryan wird das auch tun, wenn ihm das Land wirklich am Herzen liegt, ist, einen Rechtsausschuß zu bilden, der die Verfassungsfragen untersucht und entscheidet, wer wirklich Präsident ist. Wenn Ryan das nicht tun sollte – nun, dann würde er sich dem Wohl des Landes in den Weg stellen. Ich muß jedoch sagen, daß ich wirklich annehme, Jack Ryan handelt in gutem Glauben. Er ist ein ehrenwerter Mann, und er hat auch bewiesen, daß er ein tapferer Mann ist. Unglücklicherweise ist er gerade jetzt durcheinander, wie wir auf der Pressekonferenz heute morgen gesehen haben.«

»Ein Stückchen Butter würde in seinem Munde nicht zerschmelzen, Jack«, bemerkte van Damm und stellte den Ton ab.

Ryan erhob sich fast von seinem Stuhl. »Verdammt noch mal, Arnie, genau das habe ich doch gesagt! Ich muß es drei- oder viermal gesagt haben – so ist das Gesetz, und ich kann das Gesetz nicht brechen. *Das habe ich gesagt!*«

»Erinnern Sie sich, was ich Ihnen gesagt habe bezüglich der Beherrschung, die Sie nicht verlieren dürfen?« Der Stabschef wartete, daß Ryans Färbung im Gesicht wieder zurückging. Inzwischen stellte er den Ton wieder an.

»Was jedoch äußerst beunruhigend ist«, sagte Kealty gerade, »ist, was Ryan in bezug auf seine Ernennungen zum Supreme Court gesagt hat. Daran läßt sich eindeutig erkennen, daß er für viele Dinge die Uhr wieder zurückdrehen möchte. Fragen wie Schwangerschaftsabbruch zur Feuerprobe machen, nur strikte Konstruktionisten ernennen. Da fragt man sich, ob er auch das Antidiskriminierungsprogramm wieder abschaffen will und weiß der Himmel was sonst noch. Unglücklicherweise befinden wir uns in einer Situation, in der der amtierende Präsident ungeheure Macht auszuüben hat, insbesondere über die Gerichte. Und Ryan weiß einfach nicht, wie, Barry. Er weiß es nicht, und was wir heute darüber gehört haben, was er vorhat – nun, das ist doch einfach erschreckend, nicht wahr?«

»Ich befinde mich wohl auf einem anderen Planeten, Arnie?« wollte Jack wissen. »Ich habe nicht ›Feuerprobe‹ gesagt. Ein Reporter war das. Ich habe nicht ›strikte Konstruktionisten‹ gesagt. Auch das war ein Reporter.«

»Jack, es kommt nicht darauf an, was Sie *sagen*. Es kommt darauf an, was die Leute hören.«

»Wieviel Schaden, glauben Sie, könnte Ryan anrichten?« fragte Barry im Fernsehen. Arnie schüttelte den Kopf vor Bewunderung. Kealty hatte ihn verführt, die Hosen runterzulassen, und das live im Fernsehen, und Barry hatte perfekt darauf reagiert und die Frage so formuliert, daß er damit zeigen konnte, daß er Ryan immer noch den Präsidenten nannte, die Frage dann aber so gestellt, daß sie den Glauben der Leute an ihn erschüttern konnte. Da war es doch kein Wunder, daß Ed solchen Erfolg bei Damen hatte. Der durchschnittliche Zuschauer würde nie dahinterkommen, mit welcher Raffinesse er Barrys Schubladen aufgezogen hatte. Was für ein Profi!

»In einer Situation wie dieser, wo die Regierung außer Gefecht gesetzt ist? Es könnte Jahre dauern, wieder in Ordnung zu bringen, was er zerstören mag«, sagte Kealty mit der ernsten Besorgnis eines bewährten Hausarztes. »Nicht, weil er ein böser Mensch wäre. Das ist er ganz bestimmt nicht. Nur weiß er eben nicht, wie man das Amt des Präsidenten der Vereinigten Staaten führt. Er weiß es einfach nicht, Barry.«

»Wir sind gleich wieder zurück«, sagte Barry in die Kamera. Arnie hatte genug gehört und wollte die Werbespots nicht sehen. Er griff zur Fernbedienung und schaltete den Fernseher aus.

»Mr. President, bisher habe ich mir keine Sorgen gemacht, aber jetzt mache ich mir welche.« Er hielt einen Moment inne. »In einigen der großen Tageszeitungen werden Sie morgen Leitartikel lesen können, die beipflichten werden, daß ein Rechtsausschuß gebildet werden soll, und Ihnen wird nichts anderes übrigbleiben, als sich darauf einzulassen.«

»Moment mal. Das Gesetz besagt nicht, daß ...«

»Das Gesetz besagt überhaupt nichts. Und selbst wenn es so wäre, wir haben keinen Supreme Court, um das zu entscheiden. Wir leben in einer Demokratie, Jack. Der Wille des Volkes wird entscheiden, wer Präsident sein soll. Der Wille des Volkes wird von dem beeinflußt, was die Medien sagen, und Sie sind im Umgang mit den Medien niemals so gut wie Ed.«

»Schauen Sie, Arnie, *er* ist zurückgetreten. *Ich* bin vom Kongreß als Vizepräsident bestätigt worden, Roger ist getötet worden, und *ich* wurde Präsident, und das ist das verdammte Gesetz. Und *ich* habe mich an das Gesetz zu halten. Ich habe einen Eid geleistet, das zu tun, und das werde ich. Ich habe diesen verdammten Job nie gewollt, aber ich bin auch in meinem ganzen Leben nie vor etwas davongelaufen, und ich will verdammt sein, wenn ich diesmal davonlaufe!« Da war noch etwas anderes. Ryan mochte Kealty nicht. Mochte seine politischen Ansichten nicht, mochte seine Harvard-Arroganz nicht und mochte, verdammt noch mal, sein Verhalten Frauen gegenüber nicht. »Wissen Sie, was er ist, Arnie?« knurrte Ryan.

»Ja, das weiß ich. Er ist ein Zuhälter, ein Betrüger. Er hat keinerlei Überzeugungen. Er hat nie das Gesetz vertreten, aber er hat unzählige mitgeschrieben. Er ist kein Arzt, aber er hat den staatlichen Gesundheitsdienst mitbegründet. Sein ganzes Leben lang ist er Berufspolitiker, immer vom Staat bezahlt. Nie hat er auf dem privatwirtschaftlichen Sektor ein Produkt oder eine Dienstleistung hervorgebracht, aber er hat sein Leben damit zugebracht, zu entscheiden, wie hoch die Steuern sein sollten und wie dieses Geld ausgegeben werden sollte. Die einzigen Schwarzen, denen er als Kind begegnet ist, waren die Hausmädchen, die ihm das Zimmer aufgeräumt haben, aber er ist ein Verfechter der Minderheitenrechte. Er ist ein Heuchler. Aber er wird gewinnen, wenn Sie sich nicht zusammennehmen, Mr. President«, sagte Arnie und schüttete damit Trockeneis auf Ryans erhitztes Gemüt.

Der Patient hatte, wie aus den Unterlagen hervorging, im Oktober eine Reise in den Fernen Osten unternommen, und in Bangkok hatte er sexuelle Dienste in Anspruch genommen, für die das Land bekannt ist. Pierre Alexandre, seinerzeit Captain und einem Lazarett in dem tropischen Land zugeteilt, hatte sich ihnen ebenfalls hingegeben. Und er hatte deswegen auch kein schlechtes Gewissen. Er war jung und töricht gewesen, wie Leute seines Alters eben waren. Aber das war vor AIDS gewesen. Und er war nun derjenige, der dem Patienten, männlich, weiß, sechsunddreißig, sagen mußte, daß er HIV-Antikörper im Blut hatte, daß er mit seiner Frau keinen ungeschützten Sex haben durfte und daß sie sofort ihr Blut untersuchen lassen sollte. Ach, sie war schwanger? Unverzüglich! Möglichst gleich morgen!

Alexandre kam sich vor wie ein Richter. Es war nicht das erstemal, daß er eine solche Mitteilung machen mußte, und sicher auch nicht das letztemal, aber wenn ein Richter das Todesurteil sprach, dann zumindest wegen eines schlimmen Verbrechens und auch erst nach einem Gerichtsverfahren. Dieser arme Kerl hier hatte sich aber nichts weiter zuschulden kommen lassen, als daß er zwölf Zeitzonen von zu Hause entfernt ein Mann gewesen war, vermutlich betrunken und einsam. Vielleicht hatte es per Telefon Streit gegeben. Vielleicht hatte es nur an der exotischen Umgebung gelegen. Alex konnte sich noch gut daran erinnern, wie verführerisch die kindhaften Thaimädchen sein konnten, und, was zum Teufel, wer würde es schon erfahren? Jetzt würden das sehr viele Leute, und es gab keine Gerichtsverhandlung. Das könnte sich ändern, dachte Dr. Alexandre. Er hatte es dem Patienten gesagt. Man konnte ihnen nicht die Hoffnung nehmen. Onkologen erzählten das ihren Patienten schon seit zwei Generationen. Diese Hoffnung war doch real, war echt, oder? Kluge Leute arbeiteten daran – Alexandre war einer von ihnen –, der Durchbruch konnte morgen geschehen. Oder es konnte noch hundert Jahre dauern. Der Patient auf der Karteikarte hatte vielleicht noch zehn.

»Sie sehen nicht gerade sehr glücklich aus.«

Er schaute empor. »Dr. Ryan.«

»Dr. Alexandre, und ich glaube, Sie kennen Roy.« Mit ihrem Tablett wies sie auf den Tisch. Die Kantine war heute ziemlich voll. »Was dagegen?«

Er erhob sich halb. »Bitte!«

»Schlechter Tag?«

»Fall von Subtyp E«, war alles, was er sagen konnte.

»HIV, Thailand? Jetzt hier?«

»Sie lesen tatsächlich *M&M*.« Er brachte ein Lächeln zustande.

»Ich muß mich doch auf dem laufenden halten. Subtyp E? Sind Sie sicher?« fragte Cathy.

»Ich habe meinen Test wiederholt. Er hat sich in Thailand angesteckt, Geschäftsreise, wie er sagte. Frau schwanger«, fügte Alex hinzu. Bei diesem Zusatz verzog Professorin Ryan das Gesicht.

»Nicht gut.«

»AIDS?« fragte Roy Altman. Der Rest von SURGEONS Leibwache war über den ganzen Raum verteilt. Sie hätten es lieber gesehen, wenn sie in ihrem Büro gegessen hätte, aber Dr. Ryan hatte erklärt, daß das eine der Möglichkeiten war, bei denen sich die Hopkins-Ärzte begegneten und sich austauschen konnten, und darauf konnte und wollte sie keinesfalls verzichten. Heute ging es um Infektionskrankheiten. Morgen um Pädiatrie.

»Subtyp E«, erklärte Alexandre mit einem Nicken. »In Amerika ist vor allem der Subtyp B verbreitet. Ebenso in Afrika.«

»Worin besteht denn der Unterschied?«

Cathy gab die Antwort »Subtyp B ist nicht so ansteckend. Diese Virusvariante wird nur durch direkten Blutkontakt weitergegeben. Das geschieht bei Drogenkonsumenten, die sich gegenseitig ihre Injektionsnadeln leihen, oder durch sexuellen Kontakt, aber hauptsächlich immer noch bei Homosexuellen, die Gewebeschädigungen haben, entweder durch Verletzungen oder durch herkömmliche Geschlechtskrankheiten.«

»Sie haben Mißgeschick vergessen, aber das ist nur bei einem Prozent der Fall.« Alexandre nahm den Faden auf. »Es hat allmählich den Anschein, als ob der Subtyp E – der in Thailand aufgekommen ist – den heterosexuellen Sprung viel leichter schafft als B. Er ist ganz eindeutig ein viel härterer Bursche als unser alter Freund.«

»Haben die CDC das schon quantifiziert?« fragte Cathy.

»Nein, sie brauchen noch ein paar Monate, zumindest ist es das, was ich vor einigen Wochen gehört habe.«

»Wie schlimm?« fragte Altman. Mit SURGEON zu arbeiten wurde ja geradezu zu einer Bildungsveranstaltung.

»Ralph Forster ist vor fünf Jahren hingeflogen, um an Ort und Stelle zu sehen, wie schlimm es war. Kennen Sie die Story, Alex?«

»Nicht ganz, nur den Schluß.«

»Ralph ist also hinübergeflogen, im Auftrag der Regierung, offizielle Reise und so, und das erste, was ihm passiert ist, nachdem er das Flugzeug verlassen hatte, der thailändische Offizielle holt ihn am Zoll ab, führt ihn zum Auto und fragt: ›Möchten Sie Mädchen für heute abend?‹ Da war ihm klar, daß es dort ein echtes Problem gibt.«

»Das glaube ich«, sagte Alex und erinnerte sich daran, wie er vor einiger Zeit noch gelächelt und genickt hätte. »Die Zahlen sind grausig. Mr. Altman, im Augenblick ist ein Drittel der Burschen, die zum thailändischen Militär einberufen werden, HIV-positiv. Größtenteils Subtyp E.«

»Ein Drittel? Ein *Drittel* von ihnen?«

»Angestiegen von fünfundzwanzig Prozent, als Ralph drüben war.«

»Aber das bedeutet ja ...«

»Das könnte bedeuten, daß es in fünfzig Jahren kein Thailand mehr gibt«, verkündete Cathy mit einer sachlich-nüchternen Stimme, die ihren inneren Horror verbarg. »Als ich hier studiert habe, dachte ich, die Onkologie wäre der Bereich für die besonders Klugen« – Altman zum Verständnis zeigte sie auf sie –, »Marty, Bert, Curt und Louise, die Leute in der Ecke da drüben. Ich hatte mir nicht zugetraut, das zu schaffen, mit dieser Belastung fertig zu werden, und so schneide ich Augäpfel auf und füge sie wieder zusammen. Ich hatte mich geirrt. Wir sind dabei, den Krebs zu besiegen. Aber diese verdammten Viren, ich weiß nicht.«

»Die Lösung, Cathy, steckt in dem Verständnis der Interaktionen zwischen den Genfäden in dem Virus und der Wirtszelle, und das sollte doch nicht *so* schwer sein. Viren sind winzig kleine Mistdinger, die viele scheußliche Dinge verursachen können. Aber sie haben keinen eigenen Stoffwechsel. Für ihre Vermehrung sind sie auf chemische Bausteine, Energie und Enzyme lebender Zellen angewiesen. Wenn wir das einmal richtig erforscht haben werden, dann können wir all diese kleinen Bastarde besiegen.« Wie die meisten medizinischen Forscher war Alexandre ein Optimist.

»Also die menschliche Zelle erforschen?« fragte Altman, der ein reges Interesse entwickelte. Alexandre schüttelte den Kopf.

»Viel kleiner als das. Wir sind gerade bei den Genomen. Das ist wie wenn man eine fremdartige Maschine auseinandernimmt. Bei jedem Schritt versucht man herauszubekommen, was die einzelnen Teile tun, und früher oder später hat man dann alle Teile lose, und man weiß genau, wo sie alle hingehören, und dann versucht man herauszubekommen, was sie alle in einer systematischen Art und Weise tun. Und dabei sind wir gerade.«

»Sie wissen, worauf das zurückführen wird?« deutete Cathy mit einer Frage an, die sie dann selber beantwortete: »Mathematik.«

»Dasselbe sagt Gus unten in Atlanta.«

»Mathe? Na hören Sie!« protestierte Altman.

»Auf unterster Ebene besteht der genetische Code des Menschen aus vier Aminosäuren, mit A, C, G und U bezeichnet. Die Art, wie diese Buchstaben – diese Säuren, meine ich – miteinander verbunden sind, bestimmt alles«, erklärte Alex. »Verschiedene Wesensmerkmale bedeuten verschiedene Dinge und interagieren auf verschiedene Weise, und vermutlich hat Gus recht: Die Wechselwirkungen sind mathematisch definiert. Der genetische Code ist tatsächlich ein Code. Er *kann* geknackt werden, und er *kann* verstanden werden.« *Vermutlich wird ihnen jemand einen mathematischen Wert zuweisen... komplexe Polynome...*, dachte er. War das wichtig?

»Bis jetzt ist bloß noch keiner so schlau gewesen, das zu tun«, stellte Cathy Ryan fest. »Das ist ein Homerun-Ball, Roy. Eines Tages wird jemand auf das Plate treten und ihn über den Zaun schlagen, und das wird uns den Schlüssel bringen, um alle menschlichen Krankheiten zu besiegen. Alle. Jede einzelne. Der Schatz am Ende des Regenbogens ist medizinische Unsterblichkeit – und wer weiß, vielleicht menschliche Unsterblichkeit.«

»Bringt uns alle um unsere Arbeit, besonders Sie, Cathy. Eines der ersten Dinge, die sie aus dem menschlichen Genom herausnehmen werden, ist Myopie und dann Diabetes und dann ...«

»Erst werden Sie brotlos, bevor ich es werde, Professor«, sagte Cathy mit einem verschmitzten Lächeln. »Ich bin Chirurgin, vergessen Sie das nicht. Ich werde immer noch Traumata zu beheben haben. Aber früher oder später werden Sie Ihre Schlacht gewinnen.«

Ob das aber für diesen Subtyp-E-Patienten von heute noch rechtzeitig sein wird? fragte sich Alex. Vermutlich nicht, vermutlich nicht.

Jetzt verfluchte sie sie, hauptsächlich auf französisch, zum Teil aber auch auf flämisch. Die Sanitäter verstanden keine dieser beiden Sprachen.

Moudi sprach die erstere gut genug, um zu wissen, daß die Verwünschungen, so abscheulich sie auch sein mochten, nicht das Produkt eines klaren Verstandes waren. Jetzt wurde auch das Gehirn angegriffen, und Jean Baptiste war nicht einmal mehr in der Lage, mit ihrem Gott zu sprechen. Schließlich wurde auch ihr Herz angegriffen, und das gab dem Doktor die Hoffnung, der Tod würde sie holen kommen und so wenigstens noch ein verspätetes Erbarmen der Frau erweisen, die viel, viel mehr verdiente, als sie vom Leben bekommen hatte. Vielleicht erbarmte sich ihrer das Delirium. Vielleicht hatte sich ihre Seele schon von ihrem Körper gelöst. Das war eine Illusion, die der Doktor brauchte, doch wenn das, was er sah, Barmherzigkeit sein sollte, dann ganz gewiß eine entsetzliche Form davon.

Das Gesicht der Patientin war jetzt voller Ausschlag, was ähnlich aussah, als wäre sie brutal geschlagen worden. Er konnte nicht feststellen, ob ihre Augen noch funktionierten. Sie bluteten äußerlich wie innerlich, und wenn sie noch sehen konnte, dann aber gewiß nicht mehr lange. Eine halbe Stunde zuvor hätten sie sie beinahe verloren, was ihn veranlaßt hatte, in das Behandlungszimmer zu eilen, wo er sah, wie sie an Erbrochenem würgte und die Sanitäter sich bemühten, sowohl sie zu säubern als auch die Handschuhe intakt zu behalten. Die Riemen, die sie festhielten, hatten ihr, obgleich sie mit Weichplastik überzogen waren, die Haut aufgerieben, was zu noch stärkerem Bluten und noch mehr Schmerzen geführt hatte. Jetzt wurde auch das Gewebe ihres Gefäßsystem zersetzt, und von den Bluttransfusionen lief fast genausoviel aufs Bett wie in die Arme und Beine, und alle Flüssigkeit war so tödlich wie das tödlichste Gift. Mittlerweile fürchteten sich die Pfleger echt davor, die Patientin überhaupt zu berühren, Handschuhe oder nicht, Schutzanzug oder nicht. Moudi sah, daß sie sich einen Plastikeimer geholt und ihn mit Jodlösung gefüllt hatten, und während er dabeistand, tauchte einer seine Handschuhe hinein und schüttelte sie dann nur ab, ohne sie richtig abzutrocknen, damit, wenn er die Patientin berührte, eine zusätzliche chemische Barriere dafür sorgte, daß keine Keime von ihr auf ihn übersprangen. Solche Vorsichtsmaßnahmen waren nicht nötig – die Handschuhe waren dick –, aber er konnte ihnen wegen der Angst kaum Vorwürfe machen. Zur vollen Stunde kam die neue Schicht, und die alte ging. Einer von ihnen drehte sich an der Tür noch einmal um und betete mit stummen Lippen, Allah möge diese Frau zu sich nehmen, bevor er in acht Stunden wieder hierherkommen mußte. Draußen vor der Tür empfing sie ein Sanitätsoffizier, genauso gekleidet wie sie, und führte sie zur Desinfektion, wo ihre Schutzanzüge abgesprüht wurden, ehe sie

sie auszogen, und dann ihre Körper, während die Anzüge in die Verbrennungsanlage kamen und verbrannt wurden. Moudi hatte keinen Zweifel, daß diese Prozedur genau nach den Vorschriften erfolgte – nein, noch viel genauer, und trotzdem würden die Sanitäter den folgenden Tagen mit Angst entgegensehen.

Hätte er hier und jetzt eine tödliche Waffe besessen, er hätte sie womöglich ihr gegenüber benutzt, und zum Teufel mit den Konsequenzen! Ein paar Stunden zuvor hätte eine große Injektion Luft wahrscheinlich noch funktioniert, hätte eine tödliche Embolie bewirkt, aber die Zerstörung ihres Gefäßsystems war bereits so weit gegangen, daß er sich nicht einmal dessen sicher sein konnte. Es war ihre Stärke, was das Martyrium so schlimm machte. So schmächtig sie auch war, hatte sie doch vierzig Jahre lang immer viele Stunden gearbeitet und dadurch eine überraschend gute Kondition erlangt. Der Körper gab den Kampf nicht auf, so vergeblich er auch war.

»Kommen Sie, Moudi, Sie wissen es besser«, sagte der Direktor hinter ihm.

»Was meinen Sie?« fragte er, ohne sich umzudrehen.

»Wenn sie noch in dem Hospital in Afrika wäre, was wäre dann anders? Würde sie dort nicht genauso behandelt, würde nicht dasselbe unternommen, ihr Leben zu erhalten? Die Bluttransfusionen und die Infusionen und alles andere. Das wäre genau dasselbe. Ihre Religion erlaubt keine Euthanasie. Wenn überhaupt ein Unterschied besteht, dann der, daß die Versorgung hier besser ist«, konstatierte er korrekt, wenn auch gefühllos, dann wandte er sich um und warf einen Blick auf die Aufzeichnungen. »Fünf Liter. Ausgezeichnet!«

»Wir könnten beginnen ...«

»Nein.« Der Direktor schüttelte den Kopf. »Wenn ihr Herz stehenbleibt, werden wir ihr ihr gesamtes Blut entziehen. Wir werden ihr die Leber, die Nieren und die Milz entnehmen, und dann beginnt unsere richtige Arbeit.«

»Zumindest sollte jemand für ihre Seele beten.«

»Das werden Sie tun, Moudi. Sie sind ein guter Arzt. Sie sorgen sich sogar um eine Ungläubige. Vielleicht sind Sie sogar stolz darauf. Wenn es möglich gewesen wäre, sie zu retten, dann hätten Sie es getan. Das weiß ich.«

»Was wir vorhaben, was wir beabsichtigen mit den ...«

»Ungläubigen«, erinnerte ihn der Direktor. »Mit denen, die unser Land hassen und unseren Glauben, die auf die Worte des Propheten spucken. Ich will gern zugeben, daß dies eine tugendhafte Frau ist. Allah wird ihr gnädig sein, dessen bin ich mir sicher. Sie haben ihr das Schicksal nicht ausgewählt und ich auch nicht.« Er mußte Moudi bei der Stange halten. Der Direktor seinerseits dankte Allah, daß er die letzten zehn Jahre in Labors zugebracht hatte, andernfalls würde er vielleicht derselben menschlichen Schwäche unterliegen.

Badrayn bestand darauf. Diesmal drei Generäle. Jeder Platz besetzt, und einer mit zwei kleinen Kindern. Sie verstanden das. Sie mußten es. Er hatte es ihnen erklärt, hatte dabei auf den Kontrollturm gezeigt, wo die Fluglotsen jeden Flug, herein und hinaus, beobachteten und *die wissen mußten*, was da vor sich ging, und sie zu verhaften würde nichts nützen, denn ihre Familien würden sie vermissen, und wenn die ganzen Familien eingesperrt würden, würden es die Nachbarn merken, nicht wahr?

*Also gut*, hatten sie sich einverstanden erklärt.

*Schickt das nächstemal einfach ein verfluchtes Großflugzeug*, hätte er Teheran am liebsten mitgeteilt, aber nein, jemand würde etwas dagegen haben, hier oder dort, das war egal, denn egal, was er sagen würde, egal, wie vernünftig es wäre, jemand würde etwas dagegen haben. Ob auf iranischer oder irakischer Seite. So oder so, es würde dazu kommen, daß Leute getötet wurden. Er konnte jetzt nichts anderes tun als warten, warten und sich sorgen. Er hätte etwas trinken können, aber er entschied sich dagegen. Alkohol hatte er schon oft getrunken. All die Jahre im Libanon. So wie Bahrain noch immer, war auch der Libanon ein Ort gewesen und wird es sicher einmal wieder sein, wo man gegen die strengen islamischen Gesetze verstoßen konnte. Jetzt aber nicht. Er mochte dem Tod nahe sein, und, Sünder oder nicht, er war Muslim, und er wollte dem Tod begegnen, wie es sich geziemte. Und daher trank er vor allem Kaffee, starrte von seinem Platz neben dem Telefon aus dem Fenster und redete sich ein, daß es am Koffein lag, daß seine Hände zitterten, und an nichts anderem.

»Sie sind Jackson?« fragte Tony Bretano. Er hatte den Vormittag mit den amtierenden Stabschefs zugebracht. Jetzt war es Zeit für die Arbeitsbienen.

»Jawohl, Sir, J-3. Ich nehme an, ich bin Ihr Chef für Operationen«, erwiderte Robby und setzte sich. Zum erstenmal mußte er nicht mit einem Bündel Papiere wie das weiße Kaninchen umherhasten.

»Wie schlimm ist es denn?«

»Also, wir sind recht dünn gesät. Wir haben noch zwei Träger-Gefechtsverbände im Indischen Ozean, die Indien und Sri Lanka im Auge behalten. Wir fliegen ein paar Bataillone leichte Infanterie auf die Marianen, um dort wieder die Kontrolle zu erlangen und den Rückzug der Japaner zu überwachen. Das sind hauptsächlich politische Aufgaben, wir rechnen nicht mit Problemen. Unsere vorgeschobenen Fliegerverbände sind in die CONUS zurückbeordert worden, um neu ausgerüstet zu werden. Dieser Aspekt der Operationen gegen Japan ist gut verlaufen.«

»Sie wollen, daß ich die Produktion der F-22 beschleunigen lasse und die der B-2 wiederaufnehmen? Dasselbe hat die Air Force verlangt.«

»Wir haben gerade bewiesen, daß der Stealth ein enormer Kräfteverstärker ist, Herr Minister. Wir brauchen alle, die wir bekommen können.«

»Ich bin einverstanden. Wie steht es um die übrige Truppenstruktur?« wollte Bretano wissen.

»Wir sind verdammt zu dünn für die anstehenden Aufgaben. Wenn wir zum Beispiel wieder nach Kuwait müßten, wie 1991, könnten wir's nicht. Wir haben buchstäblich nicht genug Leute, um noch etwas in Angriff nehmen zu können. Sie wissen, Sir, ich muß mir Gedanken machen, wie Dinge zu tun sind, die wir zu tun haben. Okay, die Operationen gegen Japan haben uns bis an den Rand unserer Möglichkeiten gebracht, und...«

»Mickey Moore hat nette Dinge gesagt über den Plan, den Sie aufgestellt und durchgeführt haben«, erwähnte der Verteidigungsminister.

»General Moore ist zu gut. Jawohl, Sir, es hat geklappt, aber es hing die ganze Zeit über am Schnürsenkel, und so sollten die amerikanischen Streitkräfte keineswegs dem Feind entgegenziehen müssen, Herr Minister. Von uns wird erwartet, den Leuten Angst einzujagen, daß ihnen die Seele aus'm Leib hüpft, vom Augenblick an, da der erste Soldat aus dem Flugzeug steigt. Ich *kann* improvisieren, wenn ich muß, aber das ist eigentlich nicht meine Aufgabe. Früher oder später mach' ich einen Fehler oder macht jemand anders einen Fehler, und plötzlich haben wir Tote in Uniform.«

»Auch dem stimme ich zu.« Bretano biß in sein Sandwich. »Der Präsident hat mir freie Hand gelassen, in diesem Ministerium aufzuräumen, und zwar auf meine Weise. Ich habe zwei Wochen, um mir einen Überblick über die Erfordernisse der Truppen zu verschaffen.«

»Zwei Wochen, Sir?« Wenn Jackson hätte blaß werden können, dann wäre ihm das jetzt geschehen.

»Jackson, wie lange tragen Sie schon Uniform?« fragte der Secretary of Defence.

»Die Studienzeit mit gerechnet? Sagen wir, dreißig Jahre.«

»Wenn Sie es nicht bis morgen schaffen können, dann sind Sie fehl am Platze. Aber ich gebe Ihnen zehn Tage«, sagte Bretano generös.

»Herr Minister, ich bin für Operationen zuständig, nicht für Planung, und ...«

»Genau. In einem Unternehmen wie diesem sollten die Entscheidungen von den aktiven Einsatzkräften getroffen werden und nicht von den Buchhaltern. Genau derselbe Mißstand herrschte bei TRW. Buchhalter sagten den Ingenieuren, was sie haben konnten, um Ingenieure zu sein. Nein.« Bretano schüttelte den Kopf. »Das konnte nicht funktionieren. Wenn man etwas bauen will, dann sollten die Ingenieure entscheiden, wie die Firma läuft. Und in einem Unternehmen wie diesem entscheiden die Kämpfer, was sie benötigen, und die Buchhalter haben auszurechnen, wie sie das im Budget unterbringen. Da gibt es immer Gerangel, aber die produzierende Gruppe eines Unternehmens trifft die Entscheidungen.«

*Hm, verdammt!* Jackson brachte kein Lächeln zustande. »Parameter?«

»Stellen Sie sich die größtmögliche Bedrohung vor, die schlimmste anzunehmende Krise, und entwickeln Sie eine Truppenstruktur, die damit fertig wird.« Nicht einmal das war gut genug, und beide Männer wußten das. In den alten Zeiten gab es wenigstens die Richtschnur von zweieinhalb Kriegen, an die Amerika sich halten konnte. Nur wenige hatten je zugegeben, daß diese ›Regel‹ immer nur eine Illusion gewesen war, bis zurück zur Präsidentschaft von Eisenhower. Heute mangelte es Amerika, wie Jackson zugegeben hatte, am nötigen Kleingeld, um eine einzige größere militärische Aktion durchführen zu können. Die Flotte war nur noch halb so groß wie zehn Jahre zuvor. Die Army war noch kleiner geworden. Die Air Force, die sich immer hinter Hochtechnologie verschanzen konnte, war hervorragend, hatte aber die Hälfte ihres Personals abgebaut. Die Marines waren immer noch tough und einsatzbereit, doch das Marine Corps war ein Expeditionskorps, das in der Erwartung eingesetzt werden konnte, daß hinter ihm Nachschubtruppen kamen, und es war gefährlich leicht bewaffnet. Der Küchenschrank war nicht völlig leer, aber die erzwungene Diät hatte niemandem gutgetan.

»Zehn Tage?«

»Sie haben doch, was ich benötige, bereits in der Schublade, oder?« Bei Planungsoffizieren war das immer der Fall, wie Bretano wußte.

»Geben Sie mir ein paar Tage, um es aufzupolieren, Sir.«

»Jackson?«

»Ja, Herr Minister?«

»Ich habe Ihre Operationen im Pazifik verfolgt. Einer meiner Leute bei TRW, Skip Tyler, war ziemlich gut in dieser Beziehung, und wir haben uns jeden Tag die Karten und so angeschaut. Die Operationen, die Sie geführt haben, waren recht beeindruckend. Krieg ist nicht nur eine rein physische Sache, sondern auch eine psychologische. Sie siegen, weil Sie die besten Leute haben. Natürlich zählen Kanonen und Flugzeuge, aber der Verstand zählt mehr. Ich bin ein guter Manager und ein verdammt guter Ingenieur. Aber ich bin kein Kämpfer. Ich werde auf das hören, was Sie sagen, weil Sie und Ihre Kollegen zu kämpfen verstehen. Ich werde für Sie eintreten, wann immer und wo immer ich es muß. Als Gegenleistung dafür möchte ich wissen, was Sie wirklich benötigen, nicht, was Sie gern hätten. Das können wir uns nicht leisten. Wir können die Bürokratie reduzieren. Das ist die Aufgabe von Planung, in Zivil und in Uniform. Diesen Bereich werde ich ausdünnen. Bei TRW haben wir uns auch von ineffektiven Kräften getrennt. Das ist ein technisches Unternehmen, und jetzt wird es auch von Technikern geführt. Und dieses Unternehmen unternimmt Kampfeinsätze und sollte daher von Kämpfern geführt werden, Leuten mit Kerben in ihren Gewehrkolben. Schlank. Entschlossen. Zäh. Klug. Sie verstehen, was ich meine?«

»Ich denke schon, Sir.«

»Zehn Tage. Weniger, wenn möglich. Rufen Sie mich an, wenn Sie soweit sind.«

»Clark«, sagte John, nachdem er den Hörer seines Direktanschlusses abgenommen hatte.

»Holtzman«, sagte die Stimme. Der Name ließ Johns Augen sich ein wenig weiten.

»Ich vermute, ich könnte Sie fragen, wie Sie zu dieser Nummer gekommen sind, aber Sie würden Ihre Quelle nicht enthüllen.«

»Gute Vermutung«, pflichtete der Reporter bei. »Erinnern Sie sich an das Dinner vor einiger Zeit bei Esteban?«

»Vage«, log Clark. »Das ist schon lang her.« Es war eigentlich kein Dinner gewesen, aber das Tonbandgerät, das an dem Telefon sein mußte, konnte das nicht wissen.

»Ich schulde Ihnen eines. Wie wäre es heute abend?«

»Ich komme auf Sie zurück.« Clark legte auf und starrte auf seinen Schreibtisch. Was zum Teufel war denn das?

»Na kommen Sie, das hat Jack doch gar nicht gesagt«, brachte van Damm gegenüber der *New York Times* zum Ausdruck.

»Das hat er aber gemeint, Arnie«, erwiderte der Reporter. »Sie wissen das. Ich weiß das.«

»Ich wünschte, Sie würden nicht so hart mit ihm umspringen. Er ist doch kein Politiker«, machte der Stabschef deutlich.

»Dafür kann ich nichts, Arnie. Er ist in dem Job. Da muß er die Spielregeln befolgen.«

Arnold van Damm nickte zustimmend, den Zorn verbergend, der sich bei der beifälligen Bemerkung des Korrespondenten unverzüglich geregt hatte. Im Inneren wußte er natürlich, daß der Reporter recht hatte. So lief das Spiel eben ab. Aber gleichzeitig wußte er, daß der Reporter unrecht hatte. Vielleicht war er Präsident Ryan mittlerweile zu sehr zugetan, hatte sich tatsächlich einige von seinen verrückten Ideen angeeignet. Die Medien waren ausschließlich beherrscht von den Angestellten privater Unternehmen – die meisten von ihnen Aktiengesellschaften mit öffentlich gehandelten Wertpapieren – und hatten so an Macht gewonnen, daß sie *entschieden*, was jemand sagte. Noch schlimmer aber war, daß sie ihren Job zu sehr genossen. Sie setzten die Spielregeln fest, und wer sie brach, wurde selbst gebrochen.

Ryan war naiv. Das ließ sich nicht leugnen. Zu seiner Verteidigung: Er hatte nie seinen gegenwärtigen Posten angestrebt. Durch Zufall hatte er ihn bekommen. Er war nicht in sein Amt gewählt worden. Aber auch die Medien nicht, und zumindest hatte Ryan die Verfassung, die seine Pflichten bestimmte. Und die Medien ergriffen Partei in einer Verfassungsangelegenheit, und sie ergriffen Partei für die falsche Seite.

»Wer macht die Regeln?« fragte Arnie.

»Die bestehen bereits«, antwortete die *Times*.

»Nun, der Präsident hat nicht die Absicht, *Roe* anzugreifen. Er hat auch nie gesagt, daß er das wolle. Und er hat auch nicht vor, irgendwelche Richter von der Parkbank zu pflücken. Er hat nicht die Absicht, extreme Liberale auszuwählen, und er hat nicht die Absicht, extreme Konservative auszuwählen, und ich bin überzeugt, Sie wissen das.«

»Dann hat Ryan sich also falsch ausgedrückt?« Das beiläufige Grinsen des Reporters sagte alles. Er würde das als Nachgespräch mit einem hohen Regierungsbeamten bezeichnen, der sich »›klärend‹, das heißt korrigierend, zu dem äußerte, was der Präsident sagte«, wie es im Artikel heißen würde.

»Ganz und gar nicht. Sie haben ihn mißverstanden.«

»Es klang mir ziemlich klar, Arnie.«

»Das liegt daran, daß Sie es gewohnt sind, Berufspolitikern zuzuhören. Der Präsident, den wir jetzt haben, sagt die Dinge, wie sie sind. Im

Grunde mag ich das sogar irgendwie«, fuhr van Damm fort, was eine Lüge war; in Wirklichkeit machte es ihn verrückt. »Und es könnte Ihnen die Arbeit sogar leichter machen. Sie brauchen nicht mehr aus dem Kaffeesatz zu lesen. Sie brauchen bloß richtig mitzuschreiben. Oder vielleicht behandeln Sie ihn einfach nach fairen Spielregeln. Wir sind uns darüber einig, daß er kein Politiker ist, aber Sie behandeln ihn, als wäre er einer. Hören Sie doch einfach auf das, was er wirklich sagt!« Oder schauen Sie sich einfach das Videoband an, fügte er nicht hinzu. Er hatte sich jetzt auf glattes Parkett begeben. Mit den Medien zu sprechen war, wie eine neue Katze zu streicheln. Man wußte nie, wann sie einen plötzlich kratzen würde.

»Kommen Sie, Arnie. Sie sind der loyalste Mensch in dieser Stadt. Verdammt, Sie würden einen großartigen Hausarzt abgeben. Wir alle wissen das. Ryan aber hat keine Ahnung. Die Rede in der Kathedrale, diese bekloppte Ansprache aus dem Oval Office. Er hat soviel von einem Präsidenten wie der Vorsitzende der Rotarier in Bumfuck, Iowa.«

»Und wer entscheidet, was ein Präsident an sich haben soll und was nicht?«

»In New York tue ich das.« Der Reporter grinste erneut. »Bezüglich Chicago müssen Sie jemand anderen fragen.«

»Er *ist* der Präsident der Vereinigten Staaten.«

»Da sagt aber Ed Kealty etwas anderes, und zumindest *agiert* Ed wie ein Präsident.«

»Ed ist aus dem Spiel. Er ist zurückgetreten. Roger ist diesbezüglich von Secretary Hanson angerufen worden und hat mir davon erzählt. Verdammt noch mal, *Sie* haben doch selber darüber berichtet.«

»Aber was für ein Motiv könnte er denn haben für...«

»Was für ein Motiv könnte er denn haben, jeden Rock durchzuziehen, der ihm in die Quere kommt?« echauffierte sich der Stabschef. *Großartig,* dachte er, *jetzt verliere ich die Kontrolle über die Medien!*

»Ed ist immer ein Schwerenöter gewesen. Seit er nicht mehr säuft, hat er sich gebessert. Aber es hat sich nie auf seine Arbeit ausgewirkt«, stellte der Berichterstatter klar. Wie seine Zeitung war auch er eifriger Verfechter der Frauenrechte. »Die Sache muß wohl ausgespielt werden.«

»Welche Position wird die *Times* beziehen?«

»Ich lasse Ihnen eine Kopie des Leitartikels zukommen«, versprach der Reporter.

Er hielt es nicht mehr aus. Er nahm den Hörer ab und wählte die sechs Zahlen, während er in die Finsternis hinausstarrte. Die Sonne war untergegangen, und dicke Wolken zogen heran. Es würde eine kalte, regnerische Nacht werden, die dann wieder zu einer Dämmerung führte, die seine Augen erblicken mochten oder auch nicht.

»Ja?« sagte eine Stimme mitten ins erste Klingeln hinein.

»Badrayn hier. Es wäre günstig, wenn das nächste Flugzeug größer wäre.«

»Wir haben eine 737 bereitstehen, aber ich brauche die Autorisierung, sie zu schicken.«

»Darum werde ich mich kümmern.«

Es waren die Fernsehnachrichten, die ihn in Bewegung gesetzt hatten. Es hatte diesmal nicht eine einzige politische Meldung gegeben. Und das bedrohlichste war, daß es einen Bericht über eine Moschee gegeben hatte, eine alte schiitische Moschee, die verfallen war. Der Bericht beklagte die Tatsache und führte an, daß dieses Gebäude eine lange, ehrenvolle Geschichte hätte, ignorierte aber, daß es verfallen war, weil es als Treffpunkt für eine Gruppe Verschwörer gedient hatte, die, wahrscheinlich zu Recht, verurteilt worden waren, weil sie den Tod von Iraks gefallenem, geliebtem, großem und augenscheinlich bald vergessenem politischen Führer herbeiführen wollte. Und das allerschlimmste war, daß das neu aufgenommene Filmmaterial fünf Mullahs zeigte, die vor der Moschee standen, aber nicht direkt in die Kamera schauten, sondern nur auf die ramponierte blau gekachelte Wand zeigten und vermutlich diskutierten, was zu tun war. Die fünf waren genau dieselben, die eingeflogen worden waren, um als Geiseln zu dienen. Aber nicht ein einziger Soldat war auf dem Bildschirm zu sehen, und die Gesichter von mindestens zweien der Mullahs waren den irakischen Zuschauern bekannt. Jemand mußte zu der Fernsehstation gegangen sein, genauer, zu den Leuten, die dort arbeiteten. Wenn die Reporter und die anderen dort ihre Arbeitsplätze und ihre Köpfe behalten wollten, dann war es für sie Zeit, sich einer neuen Realität zu stellen. Ob die wenigen kurzen Augenblicke auf dem Bildschirm dem einfachen Volk genügten, die Gesichter der Besucher zu erkennen – und die Botschaft zu verstehen? Die Antwort auf diese Frage zu suchen könnte gefährlich werden.

Aber die einfachen Leute kümmerten sich nicht darum. Oberste und Majore taten das. Generäle, nicht auf der richtigen Liste, taten es. Ziemlich bald würden sie es wissen. Einige wußten es vermutlich schon. Sie würden am Telefon hängen, die Leiter aufwärts telefonieren, um zu hören, was los war. Einige würden Lügen hören. Andere würden nichts hören. Sie würden anfangen zu überlegen. Sie würden beginnen, Kontakte zu knüpfen. Im Laufe der nächsten zwölf Stunden würden sie untereinander diskutieren und schwere Entscheidungen treffen müssen. Das wären die Männer, die mit dem sterbenden Regime identifiziert würden. Diejenigen, die nicht weglaufen konnten, für die es keinen Ort gab, wohin sie konnten, und die kein Geld hatten, mit dem sie fortgekonnt hätten, diejenigen, die bleiben mußten. Ihre Identifizierung mit dem vergangenen Regime könnte ein Todesurteil sein – für viele mit Sicherheit. Für andere gab es eine Chance. Um zu überleben, müßten sie tun, was Kriminelle überall auf der Welt taten. Sie würden ihr eigenes Leben retten, indem sie einen größeren Fisch anbieten würden. So war das immer. Die Obristen würden die Generäle ans Messer liefern.

»Eine 737 steht bereit. Genug Platz für alle. Sie könnte in neunzig Minuten hier sein«, sagte er zu ihnen.

»Und sie werden uns auf dem Flughafen Mehrabad nicht umbringen?« wollte der stellvertretende Stabschef der irakischen Armee wissen.

»Möchten Sie lieber hier sterben?« fragte Badrayn zurück.

»Wenn das nun eine Falle ist?«

»Das ist das Risiko. In diesem Fall werden die fünf Fernsehpersönlichkeiten sterben.« Natürlich würden sie das nicht. Das müßte die Tat von Truppen sein, die sich zu Generälen loyal verhielten, die bereits tot wären. Diese Art von Loyalität gab es hier nicht. Das wußten sie alle. Der bloße Akt, Geiseln zu nehmen, war eine instinktive Geste gewesen, die bereits von jemandem wertlos gemacht worden war, vielleicht jemandem bei den Medien, vielleicht aber auch vom Oberst, der die Wachtruppe für die iranischen Geistlichen befehligte. *Er* hatte ein vertrauenswürdiger Geheimdienstmann sein sollen, wie Badrayn sich jetzt erinnerte, ein loyaler sunnitischer Offizier, Sohn eines Mitglieds der Ba'ath-Partei. Das konnte bedeuten, daß die Ba'ath-Partei bereits unter entsprechendem Einfluß stand. Demzufolge hatten die Mullahs die Art ihrer Mission wohl kaum geheimgehalten. Die Geiseln zu töten würde zu nichts führen. Die Generäle wären verloren, wenn sie hierblieben, und ein Märtyrertod war für iranische Geistliche nicht gerade etwas Abscheuliches. Er war ein integraler Bestandteil schiitischer Tradition.

Nein, die Entscheidung war bereits unumstößlich getroffen worden. Diese hohen Kommandeure hatten das nur noch nicht begriffen.

Aber wären sie tatsächlich kompetente Offiziere gewesen, wären sie sicher schon lange umgebracht worden von ihrem geliebten Führer.

»Ja«, sagte der Ranghöchste von ihnen.

»Danke!« Badrayn legte auf und wählte erneut.

Die Dimensionen der Verfassungskrise, in der sich Amerika befindet, waren bis gestern nicht ganz offenbar. Wenn auch die Frage rein technischer Natur zu sein scheint, ihr Inhalt ist es nicht.

*John Patrick Ryan ist ein fähiger Mann, ob er aber das nötige Talent besitzt, seine Pflichten als Präsident zu erfüllen, muß sich erst noch erweisen. Die ersten Anzeichen sind nicht vielversprechend. Regierungsgeschäfte sind nichts für Amateure. Schon oft genug hat sich unser Land solchen Leuten zugewandt, aber sie sind in unserer bisherigen Geschichte eine Minderheit, und sie sind fähig gewesen, in ihre Aufgaben hineinzuwachsen.*

*Die Krise, mit der unser Land gegenwärtig fertig werden muß, ist keine gewöhnliche. In diesem Punkt hat Mr. Ryan bisher eine gute Arbeit geleistet und die Regierung stabilisiert. Der von ihm ernannte Interimsdirektor des FBI zum Beispiel, Daniel Murray, ist eine akzeptable Wahl. Ähnlich ist George Winston vermutlich eine gute Zwischenlösung als Finanzminister, obwohl auch er politisch nicht vorgebildet ist. Scott Adler, ein hochtalentierter, sein Leben lang im auswärtigen Dienst tätiger Beamter mag das beste Mitglied des gegenwärtigen Kabinetts sein ...* Ryan übersprang die nächsten beiden Absätze.

*Vizepräsident Edward Kealty, was immer seine persönlichen Verfehlungen gewesen sein mögen, kennt das Regierungsgeschäft, und seine Position der gemäßigten Mitte in Fragen von nationalem Belang verspricht einen stabilen Kurs, bis durch Wahlen eine neue Regierung bestimmt werden kann. Entsprechen aber seine Behauptungen der Wahrheit?*

»Kümmert dich das?« fragte Ryan den Leitartikel für die *Times* des nächsten Tages.

»Ihn kennen sie. Sie kennen sie nicht«, sagte Arnie. Da klingelte das Telefon.

»Ja?«

»Mr. Foley für Sie, Mr. President. Er sagt, es sei wichtig.«

»Okay ... Ed? Ich stelle Sie laut.« Jack drückte auf den entsprechenden Knopf und legte den Hörer auf. »Arnie hört mit.«

»Es ist definitiv. Der Iran unternimmt etwas, groß und schnell. Ich habe eine TV-Einspielung für Sie, wenn Sie Zeit haben.«

»Film ab!« Jack wußte, wie das ging. In diesem Büro und in anderen gab es Fernsehgeräte, die über sicheres Glasfaserkabel mit dem Pentagon und anderen Orten verbunden waren. Er nahm die Fernbedienung aus der Schublade und stellte den Apparat an. Die ›Show‹ dauerte nur fünfzehn Sekunden, wurde wiederholt und dann als Standbild festgehalten.

»Wer sind denn die?« fragte Jack.

Foley las die Namen vor. Zwei davon hatte Ryan schon einmal gehört. »Mittlere und Spitzenberater von Daryaei. Sie befinden sich in Bagdad, und jemand hat beschlossen, das bekanntzumachen. Okay, wir wissen, daß hohe Generäle ausgeflogen werden. Jetzt haben wir fünf Mullahs, die im nationalen Fernsehen über den Wiederaufbau einer bedeutsamen Moschee sprechen. Morgen werden sie gewiß etwas lauter reden«, versprach der designierte DCI.

»Irgend etwas von Leuten an der Basis?«

»Negativ«, gestand Ed ein. »Ich sprach mit dem Stationschef in Riad darüber, jemanden einzuschleusen für ein Gespräch. Ist aber zwecklos. Ehe der da wäre, hätte er keinen Gesprächspartner mehr.«

»Der ist ganz schön dick«, sagte einer an Bord der ihren Dienst verrichtenden AWACS-Maschine. Er las das alphanumerische Display ab. »Colonel«, rief der Lieutenant über den Bordfunk, »ich habe etwas, das nach einem Charterflug 737 von Mehrabad nach Bagdad aussieht, Kurs zwei-zwei-null, Geschwindigkeit vier-fünef-null Knoten, zwanzigtausend Fuß. PALM BOWL berichtet chiffrierten Funkverkehr nach Bagdad vom Objekt.«

Weiter hinten überprüfte der Offizier, der das Flugzeug kommandierte, sein Display. Der Lieutenant hatte recht. Der Colonel schaltete sein Funkgerät an, um KKMC zu berichten.

Die Restlichen kamen zusammen. Sie hätten noch warten sollen, sagte sich Badrayn. Besser erst auftauchen, wenn das Flugzeug da ist ... doch, nein.

Es war amüsant, sie so zu sehen, diese mächtigen Männer. Eine Woche zuvor waren sie noch überall umherstolziert, sich ihrer Stellung und ihrer Macht sicher, ihre Khakihemden geschmückt mit vielen Ordensbändern, die sie für den einen oder anderen heroischen Dienst erhalten hatten. Das war unfair. Einige von ihnen *hatten* Männer in den Kampf geführt, ein- oder zweimal. Einer oder zwei von ihnen hatten vielleicht tatsächlich einen Feind getötet. Iranische Feinde. Dieselben Leute, denen sie heute ihr Schicksal anvertrauten, weil sie ihre eigenen Landsleute noch mehr fürchteten. So standen sie jetzt in ängstlichen kleinen Grüppchen herum und konnten nicht einmal den eigenen Leibwächtern trauen. Insbesondere denen. Sie hatten Waffen und befanden sich in unmittelbarer Nähe, und sie säßen nicht in dieser Patsche, wäre Leibwächtern tatsächlich zu trauen.

Trotz der Gefahr fürs eigene Leben fand Badrayn die Situation erheiternd. Sein ganzes Leben lang hatte er darauf hingearbeitet, so etwas zustande zu bringen. Wie lange hatte er schon davon geträumt, die höchsten israelischen Offiziere derart auf einem Flughafen stehen zu sehen – ihr Volk verlassend, besiegt von seinem ... *diese* Ironie war nicht so amüsant, oder? Über dreißig Jahre, und alles, was er bewirkt hatte, war die Zerstörung eines *arabischen* Landes? Israel stand noch. Amerika beschützte es, und er rüttelte bloß rund um den Persischen Golf an den Stühlen der Macht.

Auch er lief davon, nicht weniger als sie, gestand sich Badrayn ein. In der Mission seines Lebens versagt, hatte er sich für diese Tätigkeit dingen lassen, und was dann? Auf diese Generäle warteten wenigstens Geld und Bequemlichkeit. Vor sich hatte er nichts und hinter sich nur Versagen. Bei diesem Gedanken fluchte Ali Badrayn und lehnte sich in seinem Sessel zurück, und da sah er einen dunklen Schatten die Rollbahn entlanggehuscht kommen. Ein Leibwächter an der Tür gab den Leuten im Raum ein Zeichen. Nachtanken war nicht notwendig. Die fahrbahre Gangway setzte sich in Bewegung und hielt erst an, als die 737 es tat. Erst als sie genau plaziert war, ging die Tür auf, und die Generäle und ihre Angehörigen, je ein Leibwächter, und für die meisten von ihnen auch eine Geliebte, eilten hinaus in den kalten Nieselregen, der gerade eingesetzt hatte. Badrayn ging als letzter hinaus. Und selbst dann hatte er noch zu warten. Wie ein kleiner, drängelnder Menschenhaufen waren die Iraker an der Gangway angekommen, ihren Rang und ihre Würde vergessend, bahnten sie sich den Weg die Treppe hinauf. Oben stand ein Crew-Mitglied und lächelte mechanisch Leuten zu, die er allen Grund hatte zu hassen. Ali wartete, bis die Treppe frei war, bevor er hinaufging. Auf der kleinen Plattform angekommen, drehte er sich noch einmal um. Es war doch kein Grund zu dieser allzu großen Eile gewesen. Noch nahten keine grünen Lastwagen mit aufgeputschten Soldaten. Noch gut eine Stunde, wie sich zeigte, hätten sie Zeit gehabt. Er schüttelte den Kopf und ging ins Flugzeug hinein. Hinter ihm schloß das Besatzungsmitglied die Tür.

Der Pilot bat den Tower um Erlaubnis, zur Startposition zu rollen, und die kam automatisch. Die Fluglotsen hatten ihre Telefonate geführt und ihre Informationen weitergegeben, und so taten sie ihre Arbeit. Sie sahen zu, wie die 737 zur Startbahn rollte, beschleunigte und schließlich abhob in die Finsternis, die sich auf ihr Land herabsenkte.

## 19 / Rezepte

»Es ist schon eine Weile her, Mr. Clark.«

»Ja, Mr. Holtzman, das ist es«, stimmte John zu. Sie saßen in derselben Nische, ziemlich weit hinten, dicht bei der Jukebox. Esteban's war noch immer ein nettes Familienlokal nahe der Wisconsin Avenue und durch die Georgetown University immer noch gut besucht. Aber Clark wußte genau, daß er dem Reporter nie seinen Namen gesagt hatte.

»Wo ist denn Ihr Freund?«

»Hat zu tun«, erwiderte Clark. In Wirklichkeit war Ding früher von der Arbeit nach Hause gegangen, nach Yorktown gefahren und ging mit Patsy zum Dinner aus. Aber das brauchte der Reporter ja nicht zu wissen. Ihm war deutlich am Gesicht abzulesen, daß er schon zuviel wußte. »Was kann ich also für Sie tun?« fragte der CIA-Beamte.

»Wir haben eine kleine Vereinbarung, Sie werden sich erinnern.«

Clark nickte. »Ich habe es nicht vergessen. Es ging um fünf Jahre. Die Zeit ist noch nicht um.« Diese Erwiderung war keine große Überraschung.

»Die Zeiten ändern sich.« Holtzman nahm die Speisekarte zur Hand und ging sie durch. Er mochte mexikanisches Essen.

»Abgemacht ist abgemacht.« Clark schaute nicht in seine Speisekarte. Er stierte geradewegs über den Tisch. Sein Starren war etwas, mit dem manch einer größte Mühe hatte, klarzukommen.

»Es hat sich herumgesprochen. Katryn ist mit so einem reichen Haksch aus Winchester verlobt.«

»Das wußte ich nicht«, gab Clark zu. Es kümmerte ihn aber auch nicht.

»Hab' ich auch nicht angenommen. Sie sind kein SPO mehr. Gefällt es Ihnen wieder im Feld?«

»Wenn Sie wollen, daß ich darüber spreche, das können Sie sich sparen...«

»Echt schade. Ich beobachte Sie jetzt schon ein paar Jahre«, gestand der Reporter seinem Gast. »Sie haben einen *verdammt* guten Ruf, und Ihr Partner gilt als der kommende Mann. Sie waren der Bursche in Japan«, sagte Holtzman mit einem Lächeln. »Sie haben Koga gerettet.«

Ein verächtlicher Blick verbarg Johns wirkliches Gefühl der Beunruhigung. »Wie zum Teufel kommen Sie denn auf die Idee?«

»Ich habe mit Koga gesprochen, als er hier war. Zweimann-Rettungsteam. Großer Kerl, kleiner Kerl. Koga hat Ihre Augen beschrieben – blau, stechend, intensiv, hat er gesagt, aber er hat auch gesagt, Sie seien ein sehr vernünftiger Mann im Gespräch. Wie clever mußte ich sein, um das herauszufinden?« Holtzman lächelte. »Als wir das letztemal miteinander sprachen, sagten Sie, ich würde einen guten Spion abgeben.« Der Kellner brachte zwei Bier. »Möchten Sie das vorweg? Pride of Maryland, ein neuer Renner an der Ostküste.« Dann ging der Kellner. Clark beugte sich über den Tisch.

»Sehen Sie, ich respektiere Ihre Fähigkeiten, und als wir das letztemal miteinander gesprochen haben, haben Sie mitgespielt, Ihr Wort gehalten, und ich respektiere auch das, aber ich muß Sie daran erinnern, daß draußen im Field mein Leben davon abhängt...«

»Ich werde Ihre Identität nicht preisgeben. Das tue ich nicht. Drei Gründe: Es ist falsch, es ist gegen das Gesetz, und ich möchte jemanden wie Sie nicht verärgern.« Der Reporter nahm einen Schluck Bier. »Eines Tages, da bin ich mir verdammt sicher, schreib' ich ein Buch über Sie. Wenn nur die Hälfte von den Geschichten wahr ist...«

»Fein, und sehen Sie zu, daß mich im Film Val Kilmer spielt.«

»Zu hübsch.« Mit einem Grinsen schüttelte Holtzman den Kopf. »Nick Cage hat ein besseres Starren. Wie auch immer, weshalb ich Sie treffen wollte...« Er hielt inne. »Es war Ryan, der Katryns Vater rausgeholt hat, aber ich bin mir nicht im klaren, wie. Sie sind an Land gegangen und haben sie und ihre Mutter hinausgebracht, mit einem Boot zum U-Boot geschafft. Ich weiß, es war eins von unseren Atom-U-Booten. Doch darum geht es nicht.«

»Worum geht es denn?«

»Um Ryan, wie Sie ein stiller Held.« Mit Entzücken sah Holtzman die Überraschung in Clarks Augen. »Ich mag ihn. Ich möchte ihm helfen.«

»Wieso?« wollte John wissen. Er fragte sich, ob er seinem Gast glauben konnte.

»Meine Frau, Libby, hatte den Mist gegen Kealty in der Hand. Hat es zu früh veröffentlicht, und nun können wir nicht mehr drauf zurückgreifen. Er ist Abschaum, viel schlimmer als die meisten seinesgleichen sonst hier. Nicht jeder im Geschäft ist dieser Meinung, aber Libby hat mit einigen seiner Opfer gesprochen. Zu früheren Zeiten sah man so einem Kerl solche Sachen nach, insbesondere wenn seine ›Politik‹ etwas brachte. Heutzutage aber nicht mehr. Sollte man jedenfalls nicht mehr«, korrigierte er sich. »Ich bin mir auch nicht so sicher, ob Ryan der Richtige ist, okay? Aber er ist wenigstens ehrlich. Er bemüht sich, das Rechte zu tun, aus den richtigen Gründen. Wie Roger Durling zu sagen pflegte, er ist ein guter Mann in einem Unwetter. Meinem Chefredakteur muß ich die Sache noch schmackhaft machen.«

»Wie wollen Sie das tun?«

»Ich will einen Artikel darüber schreiben, wie er etwas wirklich Bedeutendes für dieses Land geleistet hat. Etwas, das schon weit genug zurückliegt, so daß es nicht mehr heikel ist, und noch nicht zu weit, damit die Leute mitbekommen, so daß es sich tatsächlich um ihn handelt. Mein Gott, Clark, er hat die Russen *gerettet!* Er hat ein internes Kräftemessen verhindert, das den kalten Krieg für mindestens ein Jahrzehnt wieder auf den Plan gerufen hätte. Das war ein verdammt cleveres Stück – und er hat *nie* jemandem etwas davon erzählt. Wir werden dafür sorgen, daß nicht der Eindruck entsteht, Ryan habe das lanciert. Wir werden ihn sogar daraufhin ansprechen, bevor wir es bringen, und Sie wissen, was er sagen wird...«

»Er würde Ihnen sagen, es nicht zu bringen«, stimmte Clark zu. Dann fragte er sich, mit wem Holtzman wohl darüber gesprochen haben mochte. Richter Arthur Moore? Bob Ritter? Ob sie etwas gesagt hatten? Normalerweise wäre er sich sicher, daß die Antwort auf diese Frage ein nachdrückliches *Nein* wäre, aber jetzt? Jetzt kam man an einen Punkt, wo man einen Verstoß gegen die Regeln als Teil einer höheren Pflichterfüllung gegenüber dem Land ansah. John kannte sich mit ›höherer Pflichterfüllung‹ und so aus. Das hatte ihm schlimmsten Ärger gebracht, und zwar des öfteren.

»Aber es ist eine zu gute Story, um sie nicht zu bringen. Ich habe Jahre gebraucht, alles zusammenzutragen. Die Öffentlichkeit hat ein Recht darauf, zu erfahren, was für ein Mann im Oval Office sitzt, vor allem, wenn's der Richtige ist«, fuhr der Reporter fort. Holtzman war eindeutig ein Mann, der eine Nonne aus dem Ordensgewand herausquatschen konnte.

»Bob, Sie wissen nicht die Hälfte davon.« Doch kaum war der Satz heraus, biß Clark sich auf die Zunge, wütend auf sich, schon zuviel gesagt zu haben. Das war tiefes Wasser, und er versuchte, mit Bleigurt zu schwimmen. Ach, zum Teufel... »Okay, sagen Sie mir, was Sie über Jack wissen.«

Man kam überein, daß man dasselbe Flugzeug benutzen würde und, zur Erleichterung beider Seiten, daß sie sich nicht unnötig im Iran aufhalten würden. Es gab allerdings das Problem, daß die 737 nicht dieselbe Reichweite hatte wie die kleineren G-IV, und so vereinbarte man, daß das Flugzeug zum Auftanken im Jemen zwischenlanden würde. In Mehrabad stiegen die Iraker nicht aus der Maschine aus, aber Badrayn, nachdem die Gangway herangeschoben worden war, ohne auch nur ein Wort des Dankes von den Leuten zu hören, die er gerettet hatte. Ein Auto stand bereit. Er warf keinen Blick zurück. Die Generäle gehörten seiner Vergangenheit an und er ihrer.

Das Auto brachte ihn in die Stadt. Außer ihm saß nur der Fahrer drin, und der konzentrierte sich auf die Straßen. Zu dieser Nachtzeit war der Verkehr nicht sehr dicht, und so kamen sie gut voran. Vierzig Minuten später hielt das Auto vor einem dreistöckigen Gebäude. Ah, dachte Badrayn, jetzt wohnte er in Teheran? Er stieg aus dem Auto. Ein Wachtposten in Uniform verglich sein Gesicht mit einem Foto und winkte ihn zur Tür. Drinnen klopfte ihn ein anderer Wachtposten, ein Hauptmann, höflich auf Waffen ab. Von da ging es die Treppe hinauf in ein Konferenzzimmer. Mittlerweile war es drei Uhr morgens, Ortszeit.

Er fand Daryaei in einem bequemen Sessel sitzend und Papiere lesend, die an der Ecke zusammengeheftet waren; die wesentlichen Regierungsinformationen, nicht der heilige Koran. Na, den mußte Daryaei sicherlich auswendig kennen, so lange hatte er ihn schon studiert.

»Friede sei mit dir«, sagte Ali.

»Und mit dir Friede«, erwiderte Daryaei, nicht so mechanisch, wie Badrayn erwartet hatte. Der Ältere erhob sich und kam zu ihm, zu der erwarteten Umarmung. Das Gesicht war viel entspannter, als er erwartet hatte. Müde, gewiß, denn schließlich war es ein langer Tag, oder gar zwei, für den Geistlichen gewesen, aber der alte Mann war von den Ereignissen beseelt. »Sie sind wohlauf?« fragte er besorgt und wies seinen Gast zu einem Sessel.

Ali erlaubte sich einen tiefen Seufzer, als er sich setzte. »Das bin ich jetzt. Ich habe mich die ganze Zeit gefragt, wie lange die Situation in Bagdad stabil bleiben würde.«

»Mit Unstimmigkeit wäre nichts zu erreichen gewesen. Meine Freunde berichten mir, daß die alte Moschee dringend reparaturbedürftig ist.«

Badrayn hätte sagen können, daß er das nicht wußte – er wußte es ja auch nicht. Aber der Grund war, daß er schon seit langem keine Moschee mehr von innen gesehen hatte, etwas, das Daryaei bestimmt nicht erfreuen würde. »Da gibt es viel zu tun«, beschloß er darum zu antworten.

»Ja, in der Tat.« Mahmoud Hadschi Daryaei kehrte zu seinem Sessel zurück und legte seine Papiere beiseite. »Sie haben einen wertvollen Dienst geleistet. Hat es irgendwelche Schwierigkeiten gegeben?«

Badrayn schüttelte den Kopf. »Nicht wirklich, nein. Es ist überraschend, wie ängstlich solche Männer sein können, aber ich war darauf vorbereitet. Ihr Angebot war sehr großzügig. Ihnen blieb gar keine andere Wahl, als es anzunehmen. Sie werden nicht...?« erlaubte Ali sich zu fragen.

Er schüttelte den Kopf. »Nein, sie sollen in Frieden ziehen.«

Und das war, wenn es stimmte, eine ganz schöne Überraschung, wenn auch Ali seinem Gesicht nicht erlaubte, dies erkennen zu lassen. Daryaei hatte kaum Grund, diese Männer zu lieben. Alle hatten sie im Krieg zwischen dem Iran und dem Irak eine Rolle gespielt und waren für den Tod Tausender verantwortlich gewesen, eine Wunde, die in seinem Volk immer noch klaffte. So viele junge Männer waren gestorben. Der Krieg war eine der Ursachen gewesen, warum der Iran seit Jahren keine Hauptrolle mehr in der Welt spielte. Aber das sollte sich ja jetzt ändern.

»Darf ich Sie dann fragen, was Sie als nächstes zu tun gedenken?«

»Der Irak ist seit langer Zeit ein krankes Land, ferngehalten vom wahren Glauben, wandelnd in der Finsternis.«

»Und stranguliert durch das Embargo«, fügte Badrayn hinzu und fragte sich, was diese Bemerkung wohl an Informationen hervorbringen würde.

»Es ist Zeit, das zu beenden«, stimmte Daryaei zu. Etwas in seinem Blick gratulierte Ali für diese Feststellung. Ja, das war das naheliegende Spiel. Ein Beschwichtiger für den Westen. Das Embargo würde aufgehoben werden. Nahrungsmittel würden das Land überschwemmen, und die Bevölkerung wäre zufrieden mit dem neuen Regime. Es würde alle auf einmal und sofort erfreuen und, unter der Hand, nur ihn selbst. Und Allah, natürlich. Aber Daryaei war einer, der überzeugt war, daß seine Politik von Allah inspiriert war: ein Gedanke, den Badrayn längst abgelegt hatte.

»Amerika wird ein Problem werden, wie auch andere, die Ihnen näherstehen.«

»Wir untersuchen diese Fragen.« Die Bemerkung kam ganz gelassen. Nun, sie ergab Sinn. Er mußte über diesen Schritt schon seit Jahren nachgedacht haben, und in einem Augenblick wie diesem mußte er sich unbesiegbar vorkommen. Auch das ergab Sinn, dachte sich Badrayn. Daryaei glaubte stets Allah auf seiner Seite – *an* seiner Seite, war wohl richtiger. Und vielleicht war Er das auch, aber da steckte noch viel mehr dahinter. Das mußte es, wenn man Erfolg haben wollte. Wunder geschahen meist, wenn sie gut vorbereitet wurden. Warum nicht versuchen, beim nächsten mitzuwirken, dachte Ali.

»Ich habe einen Blick auf den neuen amerikanischen Führer geworfen.«

»Ach?« Daryaei kniff ein wenig die Augen zusammen.

»Heutzutage ist es nicht schwer, an Informationen zu gelangen. Die amerikanischen Medien veröffentlichen so viel, und man hat ganz leicht Zugriff darauf. Einige meiner Leute arbeiten im Augenblick daran und stellen ein sorgfältiges Dossier zusammen.« Badrayn ließ seine Stimme ganz beiläufig klingen. Das war nicht schwer. Er war todmüde. »Es ist wirklich bemerkenswert, wie ungeschützt sie im Augenblick sind.«

»Tatsächlich? Erzählen Sie mir mehr davon!«

»Der Schlüssel zu Amerika ist dieser Ryan. Ist das nicht offensichtlich?«

»Der Schlüssel zur Veränderung Amerikas ist eine verfassungsgebende Versammlung«, sagte Ernie Brown nach langen Tagen stillen Nachdenkens. Pete Holbrook drückte auf die Fernbedienung seines Diaprojektors. Er hatte es nicht ganz vermeiden können, ein Tourist zu sein, und hatte drei ganze Filme verknipst, mit Aufnahmen vom Capitol und ein paar anderen Gebäuden, wie dem White House. Er brummelte vor sich hin, als er sah, daß eines der Dias verkehrt herum im Magazin steckte. Der Gedanke hatte lange genug geschwelt, und so sehr beeindruckend war er nun auch nicht gerade.

»Wir reden doch schon lange über dieses Thema«, stimmte Holbrook zu, während er das Magazin von dem Projektor abnahm. »Aber wie willst du ...«

»Das erreichen? Ganz einfach. Wenn es keinen Präsidenten gibt und keiner gemäß der Verfassung gefunden werden kann, dann muß doch *etwas* geschehen, oder?«

»Den Präsidenten umbringen?« lachte Pete. »*Welchen?*«

Da lag das Problem. Man mußte kein Raketenspezialist sein, um das zu erkennen. Schaltete man diesen Ryan aus, würde Kealty an seine Stelle treten. Ließ man Kealty verschwinden, dann wäre Ryan da wie Flynn. Und schwierig genug wäre es außerdem. Sie erinnerten sich beide an die Sicherheitskräfte, die sie im White House gesehen hatten. Ermorde den einen, und der Secret Service würde eine Mauer um den anderen errichten, daß man eine Atomwaffe brauchte, sie zu durchbrechen. Und die hatten die Mountain Men nicht. Sie bevorzugten traditionelle amerikanische Waffen, wie Gewehre. Auch deren Möglichkeiten waren begrenzt. Der Südrasen war durchweg mit Bäumen bewachsen und, wie sie bemerkt hatten, geschickt von Böschungen gedeckt. Direkt einzusehen war das White House nur durch eine Sichtschneise, an der großen Fontäne vorm Gebäude selbst vorbei. Die umliegenden Gebäude waren alle staatlich, und auf dem Dach eines jeden waren mit

Sicherheit Leute mit Ferngläsern – und Gewehren. Die amerikanische SS war entschlossen, die Leute von ›ihrem‹ Präsidenten fernzuhalten, dem Diener des Volkes, dessen Wachen dem Volk überhaupt nicht trauten. Wenn aber der Mann, der in diesem Haus wohnte, tatsächlich einer vom Volk war, dann wäre das doch völlig unnötig, oder? Einst hatte Teddy Roosevelt die Türen aufgestoßen und den einfachen Bürgern volle vier Stunden lang die Hände geschüttelt. Jetzt würde *das* wohl nie mehr geschehen!

»Beide auf einmal. So wie ich das sehe, wird Ryan das schwierige Ziel sein, stimmt's?« fragte Brown. »Ich meine, er befindet sich *dort,* wo's die meisten Schutzmaßnahmen gibt. Kealty hat viel herumzufahren, um mit den Zeitungsfritzen zu reden. Und er wird auch nicht so beschützt, nehm' ich an.«

Holbrook setzte das Diamagazin wieder auf. »Okay, das ergibt Sinn.«

»Wenn wir also einen Weg finden, Ryan zu erledigen, Kealty können wir dann sicher so im Vorbeigehen mitnehmen.« Brown nahm sein Handy aus der Tasche. »Leicht zu koordinieren.«

»Weiter!«

»Das heißt, den Terminplan bekommen, seinen Tagesablauf studieren, unsere Zeit abwarten.«

»Teuer«, stellte Holbrook fest und wechselte zum nächsten Dia. Das war eine Aufnahme, die so oft von vielen Leuten gemacht wurde, von der Spitze des Washington Monument aus, dem winzigen Nordfenster, von wo aus man das White House sehen konnte. Ernie Brown hatte die Aufnahme ebenfalls gemacht, und er hatte sie in seinem örtlichen Fotogeschäft auf Postermaß vergrößern lassen. Dann hatte er sie stundenlang angestarrt. Dann hatte er sich einen Stadtplan besorgt und Entfernungen ermittelt. Und dann hatte er ein paar grobe Rechnungen angestellt.

»Der teure Teil ist, ein Zementlaster kaufen und nicht zu weit außerhalb ein Grundstück mieten.«

»Häh?«

»Ich weiß, wo's klappt, Pete. Und ich weiß, wie's zu schaffen ist. Alles nur eine Frage vom Timing.«

Die Nacht würde sie nicht mehr überstehen, zu dem Schluß kam Moudi. Jetzt standen ihre Augen offen. Was sie sahen, konnte man nur raten. Barmherzigerweise spürte sie jetzt keine Schmerzen mehr. Das gab es. Er hatte es schon vorher erlebt, bei Krebspatienten hauptsächlich, und das war immer der Vorbote des Todes gewesen. Sein neurologisches

Wissen reichte nicht, um die Ursache zu verstehen. Vielleicht waren die elektrochemischen Vorgänge überlastet, oder vielleicht gab es eine editierende Funktion im Gehirn. Der Körper wußte, was los war, daß die Zeit zu kämpfen zu Ende war, und da das Nervensystem Schmerzen als eine Art Warnsystem einsetzte, war, wenn die Zeit zum Warnen abgelaufen war, auch die Zeit für die Schmerzen abgelaufen. Oder vielleicht war das alles nur reine Spekulation. Vielleicht war ihr Körper einfach nur zu sehr zerstört, um auf etwas zu reagieren. Gewiß hatte sie ihr intraokulares Bluten erblinden lassen. Die Nadel von der letzten Bluttransfusion war herausgerutscht, so zerstört waren ihre Venen jetzt, und sie blutete an dieser Stelle wie an so vielen anderen. Nur der Morphiumtropf hielt noch, deren Nadel mit Pflaster festgeklebt war. Das Herz bekam nicht genug Blut, und indem es sich bemühte, den verbleibenden Rest immer schneller durch den Körper zu pumpen, erschöpfte es sich mit der Zeit.

Jean Baptiste gab immer noch Geräusche – schwer zu hören durch den Racal-Anzug – von sich, ein gelegentliches Gewimmer, und aufgrund der Zeitabstände fragte sich der Arzt, ob das Gebete sein mochten. Ihrer geistigen Gesundheit zusammen mit ihrem Leben beraubt, war das einzige, das noch in ihr verblieben war, die endlosen Stunden des Gebets, die Disziplin, die ihr Leben bestimmt hatte, und sie würde in ihrer Umnachtung wiederkehren, weil ihr Verstand sonst nichts mehr hatte, wohin er konnte. Die Patientin räusperte sich, dann würgte es sie regelrecht, und schließlich murmelte sie etwas klarer, und Moudi beugte den Kopf hinunter und horchte.

»... utter Gottes, bete für uns Sünder ...«

*Ach das.* Ja, das mußte ihr Lieblingsgebet sein.

»Kämpfen Sie nicht mehr, meine Dame«, sagte ihr Moudi. »Es ist Zeit. Kämpfen Sie nicht mehr.«

Die Augen veränderten sich. Obwohl sie nichts sehen konnte, drehte sie den Kopf und starrte ihn an. Das war ein unwillkürlicher Reflex, wußte der Arzt. Blind oder nicht, Jahre der Praxis sagten den Muskeln, was sie zu tun hatten. Instinktiv wandte sich das Gesicht der Schallquelle zu, und die Augen – die Muskeln arbeiteten noch – peilten in die entsprechende Richtung.

»Dr. Moudi? Sind Sie es?« Die Worte kamen ganz langsam und keineswegs deutlich, aber doch zu verstehen.

»Ja, Schwester. Ich bin hier.« Automatisch berührte er ihre Hand, und dann war er verblüfft. *Sie war* dennoch *bei klarem Verstand?*

»Danke, daß Sie mir ... geholfen haben. Ich werde für Sie beten.«

*Das würde sie.* Das wußte er. Erneut drückte er ihr die Hand, und mit der anderen drehte er den Morphiumtropf weiter auf. Genug war genug. Sie konnten kein Blut weiter in sie hineinfüllen, um mit den Viren überschwemmt zu werden. Er sah sich im Raum um. Beide Sanitäter saßen in der Ecke, sehr zufrieden damit, daß der Doktor bei der Patientin stand. Er ging zu ihnen hin und zeigte auf einen.

»Sagen Sie dem Direktor – bald.«

»Sofort.« Der Mann war froh, das Zimmer verlassen zu können. Moudi zählte bis zehn, bis er zum anderen sprach.

»Frische Handschuhe bitte.« Er hielt die Hände hoch, um ihm zu zeigen, daß auch er sie nicht gern berührte. Auch dieser Sanitäter ging. Moudi rechnete mit einer Minute.

Auf dem Medikamententisch in der Ecke war alles, was er brauchte. Er nahm eine 20-cc-Injektionsspritze aus ihrer Halterung, stach damit in die Morphiumampulle und zog den Plastikzylinder restlos voll. Dann ging er wieder ans Bett, zog die Plastikdecke zurück und suchte... da. Der Rücken ihrer linken Hand. Er nahm sie in seine Hand und stach die Nadel hinein und drückte fast noch im selben Moment den Kolben hinunter.

»Damit Sie besser schlafen können«, sagte er zu ihr und war schon wieder auf dem Weg. Er nahm sich nicht die Zeit zu sehen, ob sie auf seine Worte reagierte. Die Spritze wanderte in den für scharfe und spitze Sachen vorgesehenen roten Plastikbehälter, und als der Sanitäter mit den neuen Handschuhen wiederkam, war alles wie zuvor.

»Hier!«

Moudi nickte und streifte die Überhandschuhe ab in den für sie vorgesehenen Abfallcontainer. Dann zog er die neuen über. Wieder am Bett, sah er, wie die Augen sich zum letztenmal schlossen. Die EKG-Anzeige gab ihre Herzfrequenz bei knapp über eins-vierzig wieder, die spitzen Linien kürzer, als sie sein sollten, und unregelmäßig verteilt. Nur noch eine Frage der Zeit. Vermutlich betete sie sich in den Schlaf, dachte er, und träumte Gebete. Na, wenigstens konnte er sicher sein, daß sie jetzt schmerzfrei war. Das Morphium würde nun richtig in ihrem weniger werdenden Blut verteilt sein, und diese Moleküle ihren Weg ins Gehirn finden, sich in die Rezeptoren einpassen und dort Dopamin freisetzen, das dem Nervensystem sagen würde... ja.

Ihr Brustkorb hob und senkte sich mit der Atmung. Da war eine Unterbrechung, beinahe wie ein Schluckauf, und dann setzte das Atmen wieder ein, ging jetzt aber unregelmäßig, und so gelangte immer weniger Sauerstoff in den Blutstrom. Die Herzfrequenz veränderte sich, wurde noch schneller. Dann wurde die Atmung flacher. Das Herz setzte nicht aus, so kräftig war es, so tapfer, dachte der Doktor traurig und diesen nicht sterbenden Teil eines Menschen bewundernd, der bereits tot war, doch das konnte nicht lange dauern, und mit ein paar letzten Ausschlägen auf dem Bildschirm setzte schließlich auch seine Funktion aus. Das EKG-Gerät begann, einen stetigen Alarmton von sich zu geben. Moudi schaltete es ab. Als er sich umwandte, sah er die beiden Sanitäter einen Blick der Erleichterung austauschen.

»So bald?« fragte der Direktor, der hereinkam und die flache EKG-Linie sah.

»Das Herz. Inneres Bluten.« Mehr brauchte Moudi nicht zu sagen.

»Ich verstehe. Wir sind dann also bereit?«

»Korrekt, Doktor.«

Der Direktor gab den beiden Pflegern ein Zeichen, die hier jetzt eine letzte Arbeit zu verrichten hatten. Einer band die Plastikdecken hoch, damit sich eventuelle Tropfen darin hielten. Der andere entfernte den letzten Tropf und die EKG-Elektroden. Das war schnell erledigt, und als die bisherige Patientin eingewickelt war wie ein großes Stück Schlachtfleisch, wurden die Bremsen der Räder gelöst, und die beiden Soldaten schoben sie zur Tür hinaus. Sie würden zurückkommen, um den Raum so peinlich zu säubern, daß absolut nichts an den Wänden, dem Boden und der Decke leben konnte.

Moudi und der Direktor folgten ihnen zum ›Post‹, einem Raum im selben hermetisch abgeschotteten Bereich hinter der doppelten Tür. Hier befand sich ein Autopsietisch aus glattem, kaltem, rostfreiem Stahl. Sie schoben das Krankenbett genau daneben, deckten den Leichnam auf und wälzten ihn auf den Stahl, so daß er mit dem Gesicht nach unten zum Liegen kam. Während die beiden Ärzte von einer Ecke aus zusahen, zogen sich die beiden Sanitäter Operationskittel über die Schutzanzüge – mehr aus Gewohnheit denn aus Notwendigkeit. Als nächstes wurden die Plastiklaken vom Bett genommen, angehoben an den Ecken, um eine U-Form zu bilden, so daß das darin befindliche Blut in einen Behälter gegossen werden konnte. Etwa ein halber Liter, schätzten die Ärzte. Vorsichtig wurden die Laken dann zum großen Abfallbehälter getragen. Die Sanitäter stopften sie hinein und brachten die Behälter dann zur Verbrennungsanlage. Nervös, wie sie waren, hatte es nicht den Anschein, als hätten sie irgendwo einen Tropfen vergossen.

»Sehr gut!« Der Direktor drückte auf einen Knopf, und der Tisch hob sich etwas. Aus langjähriger Routine berührte er mit den Fingerspitzen die linke Halsschlagader, um sicherzugehen, daß kein Puls da war, dann die rechte, wo ebenfalls nichts zu spüren war. Nachdem er die Tischplatte dann schräggestellt hatte, auf zwanzig Grad, nahm er ein großes Skalpell und schnitt beide Arterien durch, zusammen mit den parallelen Drosselvenen. Das Blut strömte heraus auf den Tisch, aus dem Körper gezogen von der Schwerkraft, in Rillen geleitet, die zu einem Rohr führten; so wurden vier Liter Blut in einem Plastikkanister aufgefangen. Entsprechend schnell wurde die Leiche bleich, wie Moudi sah. Augenblicke vorher war die Haut noch rot und purpur gesprenkelt gewesen. Vor seinen Augen schien sie zu verbleichen. Ein Laborant kam den Blutkanister holen, den er auf einen kleinen Wagen stellte. Niemand wollte so etwas tragen, nicht einmal ein kurzes Stück.

»Ich habe noch nie ein Ebola-Opfer obduziert«, stellte der Direktor fest. Nicht, daß das eine normale Obduktion gewesen wäre, bei der Sorgfalt, die der Direktor dem entschwundenen Menschsein der Patientin soeben erwiesen hatte. Er hatte sie derart ausbluten lassen, daß man hätte meinen können, er habe ein Lamm geschlachtet.

Sie mußten immer noch sehr vorsichtig sein. In Fällen wie diesem arbeitete nur ein Paar Hände im chirurgischen Bereich, und Moudi ließ das den Direktor tun, der grobe, weite Einschnitte machte. Die Haut- und Muskellappen wurden mit rostfreien Wundhaken und Wundspreizern zurückgezogen. Die setzte Moudi an, wobei er das Skalpell in den behandschuhten Händen des Direktors nicht aus den Augen ließ. Innerhalb einer Minute war die linke Niere völlig freigelegt. Sie warteten darauf, daß die Sanitäter wiederkamen. Einer von ihnen stellte eine Schale neben den Kadaver auf den Tisch. Bei dem, was Moudi dann sah, drehten sich ihm fast die Eingeweide um. Ein Effekt des Ebola-Virus und des Krankheitsverlaufs war, daß das Gewebe zerstört wurde. Die freigelegte Niere war halb verflüssigt, und als der Direktor hinlangte, um das Organ herauszunehmen, ging es kaputt – zerfiel in zwei Stücke wie ein schrecklicher rotbrauner Pudding. Der Direktor regte sich über sich selber auf. Er hatte gewußt, was er zu erwarten hatte, aber nicht daran gedacht.

»Bemerkenswert, was mit den Organen geschieht, nicht wahr?«

»Ich erwarte dasselbe von der Leber, aber die Milz ...«

»Ja, ich weiß, die Milz wird hart wie ein Ziegelstein sein. Achten Sie auf Ihre Hände, Moudi«, warnte ihn der Direktor. Er nahm einen frischen Retraktor – das Instrument war ähnlich geformt wie eine Schaufel – und entfernte damit die Nierenreste. Die kamen auf die Schale. Er nickte, und der Sanitäter schaffte es ins Labor. Bei der rechten Niere ging es besser. Nachdem alle Muskeln und Blutgefäße durchtrennt waren, benutzten auf Beharren des Direktors beide Ärzte ihre Hände, um sie gemeinsam herauszunehmen, und diese blieb ziemlich intakt – bis sie auf der Schale landete. Das Organ wurde deformiert und platzte auf. Das gute an der Sache war nur, daß die Weichheit des Gewebes ihren doppelten Handschuhen nichts anhaben konnte. Doch das hielt die beiden Ärzte nicht davon ab, zu erschaudern.

»Hier!« Der Direktor schnippte mit den Händen, damit die beiden Sanitäter herkamen. »Drehen Sie sie um!«

Sie taten es, indem der eine sie bei den Schultern packte und der andere an den Knien, und mit Schwung wendeten sie sie. Dabei spritzte Blut und etwas Gewebe an ihre Stoffkittel. Die Soldaten zogen sich zurück, soweit sie konnten.

»Ich möchte Leber und Milz, das ist alles«, sagte der Direktor zu Moudi und blickte hoch. Dann wandte er sich an die beiden Soldaten. »Anschließend werden Sie sie einwickeln und in die Verbrennungsanlage bringen. Dieser Raum muß dann gründlich desinfiziert werden.«

Schwester Jean Baptistes Augen waren offen, genauso blicklos wie vor dreißig Minuten. Der Doktor nahm ein Tuch und bedeckte das Gesicht. Dabei murmelte er ein Gebet, was der Direktor hörte.

»Ja, Moudi, sie ist zweifellos im Paradies. So, sollen wir weitermachen?« fragte er brüsk. Er machte den üblichen Y-förmigen Einschnitt, um den Brustkorb zu öffnen, tief und grob wie zuvor. Rasch löste er Schicht um Schicht, eher wie ein Schlächter als ein Arzt. Was sie da sahen, schockierte sogar den Direktor. »Wie hat sie so nur so lange leben können...?« stöhnte der Mann.

Moudi erinnerte sich an seine Studienzeit und sah in Gedanken das lebensgroße Plastikmodell des menschlichen Körpers vor sich. Es war, als hätte jemand das Modell genommen und einen Eimer starken Lösungsmittels hineingegossen. Jedes freigelegte Organ war verformt. Die oberste Gewebeschicht von jedem war... aufgelöst. Der Bauch war ein Meer von schwarzem Blut. Alles, was sie hineingefüllt hatten, dachte Moudi... nicht einmal die Hälfte davon war ausgelaufen. Erstaunlich.

»Absaugen!« befahl der Direktor. Einer der Sanitäter erschien neben ihm mit einem Plastikschlauch, der in eine Vakuumflasche führte. Das Geräusch, das entstand, war obszön. Der Prozeß dauerte volle zehn Minuten. Die Ärzte waren ein Stück zurückgetreten, während der Soldat mit dem Sauggerät herumhantierte wie ein Hausmädchen mit dem Staubsauger. Noch einmal drei Liter kontaminiertes, virusreiches Blut für das Labor.

Der Körper galt als Tempel des Lebens, wie der heilige Koran lehrte.

Moudi blickte auf einen, transformiert in – was? Eine Todesfabrik. Der Direktor machte weiter, und Moudi sah zu, wie seine Hände die Leber herausholten, vorsichtiger als zuvor. Vielleicht war er vor dem Blut im Bauch erschrocken. Der Direktor legte die Instrumente weg, und ohne darum gebeten worden zu sein, griff Moudi mit zu, um das Organ herauszunehmen und auf die Schale zu legen, die wiederum einer der Soldaten wegtrug.

»Ich frage mich, wieso die Milz sich so ganz anders verhält.«

Eine Etage tiefer waren weitere Sanitätssoldaten bei der Arbeit. Stück für Stück wurden die Affenkäfige von den geordneten Stapeln im Lagerraum genommen. Die grünen Meerkatzen waren gefüttert worden und erholten sich jetzt vom Schock ihrer Reise. Das reduzierte gewissermaßen ihre Fähigkeit, zu kratzen und zu beißen und sich sonst irgendwie gegen die behandschuhten Hände zu wehren, die sie forttrugen. Schnell gerieten die Tiere jedoch wieder in Panik, wenn sie in einem anderen Raum ankamen. Dieser Teil der Operation wurde immer zu zehnt ausgeführt. Wenn die Türen dann fest verschlossen waren, wußten die Affen auf einmal, daß sie sich in einem Todeszimmer befanden. Die Unglücklicheren unter ihnen mußten zusehen, wie immer ein Käfig auf einen Tisch gestellt wurde. Dann wurde die Tür geöffnet, und ein Stock mit einer Metallschlinge fuhr in den Käfig hinein. Die Schlinge senkte sich über den Kopf des Affen und wurde dann zugezogen, gewöhnlich bis das leise Knacken des brechenden Genicks zu hören war. In jedem Fall spannte das Tier zunächst alle Muskeln an und erschlaffte dann, gewöhnlich die Augen offen und entsetzt über den Mord. Dasselbe Instrument zog das Tier aus dem Käfig heraus. Und wenn die Schlinge dann gelockert wurde, wurde das tote Tier einem Soldaten zugeworfen, der es in das Zimmer nebenan brachte. Die anderen sahen das und schrien und tobten die Soldaten an, aber die Käfige waren zu klein, als daß sie ihnen Raum geboten hätten, sich der Schlinge zu entziehen. Intelligent genug, zu sehen und zu verstehen, was mit ihnen geschah, empfanden es die Affen nicht anders, als säßen sie auf einem einzelnen Baum in der Savanne und müßten zusehen, wie ein Leopard immer höher geklettert kam und höher und höher … und sie konnten nichts anderes tun als kreischen. Der Lärm war den Soldaten lästig, aber gar so lästig nun auch wieder nicht.

Im Raum nebenan arbeiteten fünf Teams von Sanitätern an fünf verschiedenen Tischen. An Hals und Schwanzwurzel wurden die Körper festgeklemmt, um nicht zu verrutschen. Ein Soldat, der ein Messer mit geschwungener Klinge benutzte, schnitt den Rücken auf, indem er die

Wirbelsäule entlangfuhr, und dann machte der andere einen senkrechten Schnitt dazu, um das Fell auseinanderzuziehen und das Innere freizulegen. Der erste entnahm dann die Nieren und gab sie dem zweiten, und während diese kleinen Organe in einen Spezialbehälter kamen, wurde der restliche Körper vom Tisch genommen und zur späteren Verbrennung in einen Plastikabfallkübel geworfen. Bis der erste wieder zum Messer griff, hatte der andere die nächste Affenleiche auf den Tisch geklemmt. Jede Wiederholung dieser Prozedur dauerte etwa vier Minuten. Innerhalb von neunzig Minuten waren sämtliche Affen tot. Irgendwie war bei dieser Sache Eile geboten. Alles Rohmaterial für ihre Aufgabe war biologisch und alles Objekt für biologische Prozesse. Die Schlachtmannschaft reichte ihr Produkt durch doppeltürige Öffnungen in der Wand, die zum Heißen Labor führten.

Dort war alles anders. Jeder in dem großen Raum trug einen blauen Plastikanzug. Jede Bewegung erfolgte langsam und vorsichtig. Sie waren alle eingehend belehrt und angelernt worden, und was bei der Ausbildung übersehen worden sein mochte, auf das waren sie unlängst von den Sanitätern aufmerksam gemacht worden, die zur Behandlung der westlichen Frau in dem Stockwerk darüber ausgewählt worden waren, und zwar in jeder kleinsten, schrecklichen Einzelheit. Wenn etwas von einer Stelle zu einer anderen getragen werden mußte, wurde das angesagt, und die anderen machten Platz.

Das Blut befand sich in einem gewärmten Behälter, und Luft blubberte hindurch. Die Affennieren, zwei große Körbe voll, kamen in einen Fleischwolf – der sich kaum von einem solchen unterschied, der in einer Gourmetküche verwandt wurde. Dort wurden die Nieren zu Brei durchgedreht, der dann von einem Tisch zu einem anderen gebracht und in flachen Glasschalen breitgestrichen wurde, zusammen mit etwas Nährlösung. Den Soldaten in dem Labor kam es fast vor, als würden sie Kuchen backen oder sonstiges Gebäck. Großzügig wurde das Blut in die Schalen gegossen. Etwa die Hälfte wurde auf diese Art verwendet. Der Rest wurde auf mehrere Plastikkanister verteilt und kam dann in eine Tiefkühlanlage, wo es mit flüssigem Stickstoff gekühlt wurde. In dem Heißen Labor war es warm und feucht, nicht anders als im Dschungel. Das Licht war nicht zu hell, und die Leuchtstofflampen waren abgeschirmt, um etwaige ultraviolette Strahlen zurückzuhalten. Viren vertrugen die nicht. Um zu gedeihen, brauchten sie die richtige Umgebung, und die Nieren der grünen Meerkatzen waren gerade das richtige, zusammen mit den Nährstoffen, der richtigen Temperatur, angemessener Feuchtigkeit und einem gerüttelt Maß Haß.

»So viel haben Sie herausgefunden?« fragte Daryaei.

»Das waren ihre Medien, ihre Nachrichtenleute«, erklärte Badrayn.

»Dann sind sie alle Spione!« stellte der Mullah fest.

»Viele glauben das«, sagte Ali mit einem Lächeln. »Aber das sind sie nicht wirklich. Sie sind – wie soll man das erklären? Wie mittelalterliche Herolde. Sie sehen, was sie sehen, und sie verkünden, was sie sehen. Loyal sind sie zu niemandem, außer zu sich selbst und ihrem Beruf. Ja, es ist wahr, daß sie spionieren, aber sie spionieren *jedermann* aus, vor allem ihre eigenen Leute. Das ist verrückt, gebe ich zu, aber dennoch ist es wahr.«

»Glauben die an irgend etwas?« Darauf war es schwierig, seinem Gastgeber eine verständliche Antwort zu geben.

Wieder ein Lächeln. »An nichts, das ich je herausgefunden hätte. Ach ja, die amerikanischen Medien sind Israel zugeneigt, aber selbst das ist eine Übertreibung. Ich habe Jahre gebraucht, das zu verstehen. Wie Hunde wenden sie sich jedem zu und beißen in jede Hand, egal, wem sie gehört. Sie recherchieren, und sie finden, und sie berichten. Und so habe ich bezüglich dieses Ryan alles mögliche erfahren – sein Heim, seine Familie, die Schulen, die seine Kinder besuchen, die Nummer des Büros, in dem seine Frau arbeitet, alles.«

»Wenn nun aber etwas an diesen Informationen nicht stimmt?« fragte Daryaei mißtrauisch. Solange wie er schon mit dem Westen zu tun hatte, war ihm die Art ihrer Reporter immer noch zu fremd geblieben.

»Das läßt sich alles leicht überprüfen. Die Arbeitsstätte seiner Frau zum Beispiel. Ich bin mir sicher, unter dem Personal dieses Krankenhauses muß es auch ein paar Gläubige geben. Es ist doch gewiß einfach, sich einem davon zu nähern und ihm ein paar harmlose Fragen zu stellen. Was ihre Wohnung betrifft, nun, die wird stark bewacht sein. Dasselbe gilt für die Kinder. Es ist ein Problem für solche Leute. Sie brauchen einen gewissen Schutz, um sich bewegen zu können, aber dieser Schutz ist zu *sehen*, und das verrät, wo sie sich befinden und wer sie sind. Mit den Informationen, die ich habe, wissen wir sogar, wo wir anfangen können zu suchen.« Badrayn hielt seine Bemerkungen kurz und einfach. Nicht, daß Daryaei ein Dummkopf gewesen wäre – das war er ganz gewiß nicht –, er war nur engstirnig. Der Vorteil all seiner Jahre im Libanon bestand darin, daß Ali dort mit vielem konfrontiert worden war und er dabei viel gelernt hatte. Vor allem hatte er gelernt, daß er einen Sponsoren benötigte, und in Mahmoud Hadschi Daryaei hatte er voraussichtlich einen. Dieser Mann hatte Pläne. Er brauchte Leute. Und aus dem einen oder anderen Grund traute er seinen eigenen nicht hundertprozentig. Badrayn fragte sich nicht, wieso. Was immer der Grund sein mochte, es war ein Glück für ihn, und da fragte man nicht nach.

»Wie gut werden denn solche Leute beschützt?« fragte der Mullah, wobei er sich mit der Hand den Bart strich. Der Mann hatte sich schon vierundzwanzig Stunden nicht rasiert.

»Wirklich sehr gut«, erwiderte Badrayn, spürte etwas Seltsames in der Frage und prägte es sich ein. »Amerikanische Polizeibehörden sind sehr effektiv. Das Problem der Kriminalität in Amerika hat nichts zu tun mit ihrer Polizei. Sie wissen einfach nicht, was sie mit den Kriminellen anfangen sollen, wenn sie die Polizei gefaßt hat. Was ihren Präsidenten betrifft...?« Ali lehnte sich zurück, um sich etwas zu strecken. »Er wird umgeben sein von einer hochtrainierten Gruppe von Scharfschützen, hoch motiviert und treu ergeben.« Diese Worte fügte Badrayn seinen Ausführungen hinzu, um zu sehen, ob sich etwas in den Augen seines Gesprächspartners veränderte. Daryaei war müde, und da war tatsächlich eine solche Veränderung. »Andererseits, Schutz ist Schutz. Die Verfahren sind unkompliziert. Darüber brauchen Sie keine Belehrung von mir.«

»Amerikas Verwundbarkeit?«

»Ist hoch. Ihre Regierung liegt am Boden. Aber auch das wissen Sie alles.«

»Sie sind schwierig einzuschätzen, diese Amerikaner...«, sinnierte Daryaei.

»Ihre militärische Macht ist hervorragend. Ihr politischer Wille nicht vorherzusagen. Es ist ein Fehler, sie zu unterschätzen. Amerika ist wie ein schlafender Löwe, vorsichtig und mit Respekt zu behandeln.«

»Wie besiegt man einen schlafenden Löwen?«

Diese Frage überdachte Badrayn einige Augenblicke. Während eines Aufenthalts in Tansania – er beriet damals die Regierung in bezug auf den Umgang mit Rebellen – war er einmal mit einem Oberst vom Nachrichtendienst dieses Landes für einen Tag auf Safari gegangen. Dabei hatte er einen Löwen erblickt, einen alten, der dennoch allein ein Gnu gefangen hatte. Vielleicht war es verletzt gewesen. Dann kam ein Rudel von Hyänen in Sicht, und als er das sah, hielt der tansanische Oberst seinen sowjetischen SIL-Geländewagen an, reichte Badrayn ein Fernglas und sagte ihm, er solle genau hinschauen, da könne er etwas über Rebellen und ihre Fähigkeiten lernen. Das hatte er nicht wieder vergessen. Der Löwe, erinnerte er sich, war groß, vielleicht schon alt, vielleicht noch etwas abgekämpft von seiner Jagd, aber immer noch kräftig und furchterregend anzusehen, ein Geschöpf von unbestreitbarer Majestät.

Die Hyänen waren kleinere, hundeartige Kreaturen mit einer abgehackten Gangart, einem seltsamen Galopp, der sehr effizient sein mußte. Zuerst sammelten sie sich in einer kleinen Gruppe, zwanzig Meter vom Löwen entfernt, der versuchte, von seiner Beute zu fressen. Und dann hatten sich die Hyänen in Bewegung gesetzt, hatten einen Kreis um den Löwen gebildet, und diejenige, die immer direkt hinter der mächtigen Katze war, schlich hin und kniff ihn ins Hinterteil, und der Löwe drehte sich um und brüllte und machte einen Satz auf die Hyäne zu, die aber rasch zurückwich – doch während das geschah, kam eine andere, wiederum von hinten, und kniff den Löwen erneut. Einzeln hätten die Hyänen keine größere Chance gegenüber diesem König der Steppe gehabt als ein Mann mit einem Messer gegenüber einem Soldaten mit einem Maschinengewehr, doch sosehr sich der Löwe auch bemühte, seine Beute vermochte er nicht zu schützen. Innerhalb von fünf Minuten war der Löwe in der Defensive, nicht einmal in der Lage, richtig zu rennen, denn es war ständig eine Hyäne hinter ihm und kniff ihn in die Hoden, was den Löwen zwang, auf eine äußerst komische Weise zu rennen, nämlich sein Hinterteil dabei gegen den Boden zu drücken. Und schließlich lief der Löwe auf und davon, ohne zu brüllen, ohne sich noch einmal umzudrehen, während die Hyänen sich an seiner Beute gütlich taten und in ihr seltsames lachendes Bellen ausbrachen, als fänden sie es amüsant, einem größeren Tier die Frucht seiner Arbeit weggenommen zu haben. Und so war der Mächtige von den weniger Mächtigen bezwungen worden. Der Löwe würde älter werden und schwächer und eines Tages nicht mehr in der Lage sein, eine Hyänen-Attacke, die auf sein eigenes Fleisch abzielte, abzuwehren. Früher oder später, hatte ihm sein tansanischer Freund gesagt, bekamen die Hyänen sie alle. Badrayn achtete wiederum auf die Augen seines Gastgebers.

»Es ist zu schaffen.«

## 20 / Neue Regierungen

Dreißig von ihnen befanden sich im East Room – alles Männer, zu seiner Überraschung – mit ihren Frauen. Als Jack eintrat, warf er einen Blick auf die Gesichter. Einige gefielen ihm. Andere nicht. Erstere hatten genausoviel Angst wie er. Es waren die selbstsicheren, lächelnden, die dem Präsidenten Sorgen machten.

Wie sollte er mit ihnen umgehen? Nicht mal Arnie wußte die Antwort, hatte aber verschiedene Ansätze durchgespielt. Sehr stark sein und sie einschüchtern? Gewiß, dachte Ryan, und morgen stünde dann in den Zeitungen, er versuche, König Jack I. zu sein. Es locker angehen? Man würde ihn einen Schwächling nennen, der seiner Führungsrolle nicht gerecht wurde. Ryan lernte die Medien fürchten. Vorher war es nicht so schlimm gewesen. Als Arbeitsbiene hatte man ihn völlig ignoriert. Jetzt aber war die Lage ganz anders, und jede einzelne seiner Aussagen könnte und *würde* der jeweilige Hörer zu dem verdrehen, was er selbst sagen wollte. Längst hatte Washington seine Fähigkeit zur Objektivität verloren. Alles war Politik, und Politik war Ideologie, und Ideologie basierte letzten Endes mehr auf persönlichen Voreingenommenheiten denn auf der Suche nach der Wahrheit.

Ryans Problem war, daß er tatsächlich keine politische Philosophie hatte. Er glaubte an Dinge, die funktionierten. Ob diese Dinge zu dieser oder jener politischen Richtung tendierten, war weniger wichtig als die erzielten Ergebnisse. Gute Ideen funktionierten, selbst wenn sie verrückt klangen. Schlechte Ideen nicht, da konnten sie noch so verdammt vernünftig erscheinen. Aber Washington dachte da anders. In dieser Stadt *waren* Ideologien Fakten, und wenn die Ideologien nicht funktionierten, leugneten es die Leute; und wenn Dinge funktionierten, die sie ablehnten, gaben diejenigen, die sie ablehnten, das nicht zu, denn einen Irrtum einzugestehen war für sie schlimmer als jede Form persönlicher Verfehlung. Eher verleugneten sie Gott als ihre Ideen. Politik war wohl die einzige Arena der Menschheit, in der Leute mächtig agierten, ohne sich um die Auswirkungen auf die wirkliche Welt zu scheren, und denen die wirkliche Welt viel unwichtiger war als die Fantasievorstellung, die sie in diese Stadt mitgebracht hatten.

Jack besah sich die Gesichter und fragte sich, was für politisches Gepäck sie neben ihren Anzugtaschen mitbrachten. Vielleicht war es eine Schwäche, daß er nicht verstand, wie das alles lief, aber für seinen Teil hatte er ein Leben geführt, in dem Fehler Menschen töteten – und in Cathys Fall, erblinden ließen. Für Jack waren die Opfer Menschen mit echten Namen und Gesichtern. Für Cathy waren sie diejenigen, deren Gesichter sie in einem Operationsraum *berührt* hatte. Für politische Gestalten waren sie Abstraktionen, die ihnen viel entfernter waren als ihre eng festgehaltenen Ideen.

»Wie in einem Zoo«, bemerkte Caroline Ryan, FLOTUS, SURGEON, hinter einem charmanten Lächeln gegenüber ihrem Mann. Sie war gerade noch rechtzeitig nach Hause geeilt – um sich umzuziehen. Jetzt trug sie ein weißes, enganliegendes Kleid und eine Goldkette, die Ryan ihr zu Weihnachten geschenkt hatte... wenige Wochen, fiel ihm ein, bevor Terroristen versuchten, sie auf der Route-50-Brücke in Annapolis umzubringen.

»Goldene Gitterstäbe«, erwiderte ihr Mann, POTUS, SWORDSMAN, und setzte ebenfalls ein Lächeln auf, das genauso gefälscht war wie eine Drei-Dollar-Note.

»Was sind dann wir?« fragte sie, als die versammelten designierten Senatoren ihrem Hereinkommen applaudierten. »Löwe und Löwin? Stier und Kuh? Pfauhahn und Pfauhenne? Oder ein Paar Versuchskaninchen, die darauf warten, daß ihnen Shampoo in die Augen gespritzt wird?«

»Hängt ganz vom Betrachter ab, mein Schatz.« Ryan nahm seine Frau bei der Hand, und zusammen traten sie ans Mikrofon.

»Ladies and Gentlemen, willkommen in Washington.« Ryan mußte für eine weitere Runde Applaus innehalten. Das war noch etwas, das er lernen mußte. Die Leute applaudierten dem Präsidenten für nahezu alles. Nur gut, daß sein Bad eine Tür hatte. Er griff in die Jackentasche und zog ein paar Karten heraus, dreimal fünf Zoll, wie sie Präsidenten immer für Stichpunkte ihrer Reden benutzten. Diese hatte Callie Weston vorbereitet, und die Schriftgröße reichte, daß er ohne die Lesebrille auskam. Aber auch so bekam er sicher wieder Kopfschmerzen. Die kamen jetzt jeden Tag.

»Unser Land hat Nöte, und nicht gerade kleine. Sie sind aus demselben Grund hier wie ich. Sie sind hier, um ein Amt zu übernehmen, mit dem viele von Ihnen niemals gerechnet und das manche gar nicht gewollt haben.« Das war bloße Schmeichelei, aber von der Art, die sie hören wollten – oder genauer, die sie hören wollten, während sie C-SPAN-Kameras *aufnahmen*. Im Raum waren vielleicht drei Leute, die keine Berufspolitiker waren, und einer war ein Gouverneur, der nach dem Eene-meene-Tanz mit seinem Stellvertreter nach Washington gekommen war, um den Posten eines Senators der *anderen* Partei auszufüllen. Das war ein angeschnittener Ball, über den die Zeitungen erst zu schreiben anfingen. Als Resultat der 747-Katastrophe würde sich die Polarität des Senats ändern, denn die Machtverteilung war in zweiunddreißig Bundesparlamenten Amerikas nicht ganz im Einklang mit der gewesenen Verteilung in der Bundeslegislative.

»Das ist gut«, sagte Ryan zu ihnen. »Es gibt eine lange und ehrenvolle Tradition von Bürgern im Dienst ihrer Nation, die mindestens bis Cincinnatus zurückgeht, dem römischen Bürger, der zweimal dem Ruf seines Landes gefolgt ist und dann zu seinem Gut und seiner Familie und seiner Arbeit zurückkehrte. Eine unserer großen Städte ist nach diesem Herrn benannt«, fügte Jack hinzu und nickte dem neuen Senator von Ohio zu, der in Dayton wohnte, was nahe genug war.

»Sie wären nicht hier, würden Sie nicht verstehen, worin viele dieser Nöte bestehen. Aber heute ist meine echte Botschaft an Sie: Wir müssen zusammenarbeiten. Wir haben keine Zeit, und unser *Land* hat keine Zeit, daß wir miteinander zanken und streiten.« Da applaudiert wurde, mußte Ryan wieder innehalten. Er brachte es fertig, dankbar zu lächeln und zu nicken.

»Senatoren, Sie werden in mir einen Mann finden, mit dem leicht zu arbeiten ist. Meine Tür steht immer offen, ich weiß, wie man einen Hörer abnimmt, und die Straße führt in beide Richtungen. Über jede Frage werde ich diskutieren. Jeden Standpunkt werde ich mir anhören. Es gibt keine anderen Regeln außer die der Verfassung, die ich geschworen habe, zu erhalten, zu schützen und zu verteidigen.

Die Leute draußen erwarten von uns allen, daß wir den Job tun. Sie erwarten nicht, daß wir wiedergewählt werden. Sie erwarten, daß wir für sie arbeiten, und zwar nach unseren besten Kräften. Wir arbeiten für sie. Nicht sie für uns. Wir haben für sie eine Pflicht zu erfüllen. Robert E. Lee hat einmal gesagt, ›Pflicht‹ sei das erhabenste Wort in unserer Sprache. Jetzt ist es sogar noch erhabener und noch bedeutender, denn keiner von uns ist in sein Amt gewählt worden. Wir repräsentieren das Volk in einer Demokratie, aber auf jeden Fall sind wir in einer Art hierhergekommen, mit der einfach nicht gerechnet worden ist. Wieviel größer ist darum unsere persönliche Pflicht, unserer Rolle bestmöglich gerecht zu werden?« Wieder Applaus.

»Wir sind Treuhänder fürs höchste Gut, das uns das Schicksal übertragen könnte. Wir sind die Diener, nicht die Herren, für diejenigen, deren Einwilligung uns die Macht gibt, die wir haben. Wir leben in der Tradition von gewaltigen Größen. Henry Clay, Daniel Webster, John Calhoun und so viele andere Mitglieder Ihres Hauses der Legislative müssen Ihre Vorbilder sein. Die Union ist in unseren Händen. Lincoln nannte Amerika die letzte und beste Hoffnung der Menschheit, und in den letzten zwanzig Jahren hat Amerika die Richtigkeit dieser Einschätzung durch unseren sechzehnten Präsidenten bewiesen. Amerika ist immer noch ein Experiment, eine kollektive Idee, ein Satz Regeln, Verfassung genannt, dem wir alle, innerhalb und außerhalb des Außengürtels, die Treue halten. Was uns zu etwas Besonderem macht, ist dieses kurze Dokument. Amerika ist nicht ein Streifen Erde und Fels zwischen zwei Ozeanen. Amerika ist eine Idee und ein Satz Regeln, denen wir alle folgen. Indem wir uns treu daran halten, können wir in diesem Raum sicherstellen, daß das Land, das wir unseren Nachfolgern übergeben, dasselbe ist, das uns anvertraut wurde, vielleicht sogar ein bißchen verbessert. Und jetzt« – Ryan winkte den Obersten Richter des Apellationsgerichts des Vierten Gerichtsbezirks der Vereinigten Staaten heran, höchster Berufungsrichter des Landes, der von Richmond raufgekommen war – »ist es Zeit für Sie, in die Mannschaft aufgenommen zu werden.«

Richter William Staunton kam ans Mikrofon. Jede Senatorengattin hielt eine Bibel, und jeder zum Senator Ernannte legte die linke Hand drauf und hob die rechte empor.

»Ich – nennen Sie Ihren Namen...«

Vor Ryans Augen wurden die neuen Senatoren eingeschworen. Wenigstens sah es recht feierlich aus. Die Eide wurden gesprochen. Ein paar der neuen Legislatoren küßten die Bibel, entweder aus persönlicher religiöser Überzeugung oder weil die Kameras nah waren. Dann küßten sie ihre Frauen, von denen die meisten strahlten. Gemeinsam holten alle tief Luft, und dann sahen sich alle um und einander an, und die Bediensteten des White House kamen mit Getränken herein, kurz nachdem die Kameras abgeschaltet worden waren, denn jetzt begann die echte Arbeit. Ryan selber nahm ein Glas Perrier und ging in die Mitte des Raumes, wobei er lächelte, trotz seiner Erschöpfung und seines Unbehagens bei solchen politischen Pflichten.

Noch einmal kamen die Fotos herein. Auf dem Flughafen von Khartum war die Sicherheit nicht verstärkt worden, und diesmal machten drei amerikanische Geheimdienstoffiziere Fotos von den Leuten, die die Treppe herunterkamen. Alle hier waren überrascht, daß noch keine Presseleute von der Sache etwas mitbekommen hatten. Ein Strom offizieller Autos – vermutlich alle, die dieses arme Land besaß – fuhr die Besucher davon. Als der Vorgang abgeschlossen war, flog die 737 in östlicher Richtung wieder davon, und die Spooks fuhren zur ihrer Botschaft. Zwei andere von ihnen kampierten bei den Unterkünften, die für die irakischen Generäle vorgesehen waren – wo das war, hatte der Stationschef von seiner Kontaktperson im sudanesischen Außenministerium erfahren. Nachdem hier die Fotos geknipst waren, fuhren auch diese Beamten zurück. Im Dunkelraum der Botschaft wurden die Filme entwickelt, Abzüge gemacht und per Satellit weggefaxt. In Langley identifizierte Bert Vasco jedes Gesicht, unterstützt von zwei CIA-Regionschefs und der Fotokartei aus dem CIA-Archiv.

»Das ist sie«, verkündete der Beamte aus dem State Department. »Das ist die gesamte militärische Führungsspitze. Aber nicht ein Zivilist von der Ba'ath-Partei.«

»Somit wissen wir also, wer die Opferlämmer sind.« Diese Feststellung traf Ed Foley.

»Ja«, gab Mary Pat mit einem Nicken zur Antwort. »Und das bietet den verbleibenden hohen Offizieren eine Chance, sie zu verhaften, ihnen den ›Prozeß‹ zu machen und damit dem neuen Regime ihre Loyalität zu beweisen. Mist«, resümierte sie. »Zu schnell.« Ihr Stationschef in Riad war sprungbereit, aber das Bassin war plötzlich leer. Das traf auch für die saudischen Diplomaten zu, die hastig ein Programm finanzieller Anreize für das neue irakische Regime aufgestellt hatten. Jetzt würde das unnötig sein.

Ed Foley, der designierte neue DCI, schüttelte bewundernd den Kopf. »Hätte nie geglaubt, daß die's so schaffen. Unseren Freund umbringen, ja, aber die ganze Führung so schnell und so glatt überreden, wer hätte das gedacht?«

»Mir auch schleierhaft, Mr. Foley«, sagte Vasco. »Jemand muß diesen Deal ausgehandelt haben – aber wer?«

»Ans Werk, Arbeitsbienen!« sagte Ed Foley mit ironischem Lächeln. »Alles, was Sie herausbekommen, so schnell wie möglich.«

Es sah aus wie eine Art fürchterliches Ragout, das dunkel gewordene menschliche Blut und der rotbraune Brei von Affennieren, was da, in flachen Glasschalen ausgebreitet, unter schwach leuchtenden Lampen stand, mit Filtern, damit kein ultraviolettes Licht den Viren etwas anhaben konnte. In diesem Stadium war nicht viel zu tun, außer dafür zu sorgen, daß die Umweltbedingungen stimmten, und das taten simple analoge Instrumente. Moudi und der Direktor kamen in ihren Schutzanzügen herein, um selber die versiegelten Kammern mit den Kulturen zu überprüfen. Fast zwei Drittel von Jean Baptistes Blut waren jetzt tiefgefroren für den Fall, etwas ging schief bei ihrem ersten Versuch, den Ebola-Mayinga-Virus zu reproduzieren. Sie kontrollierten auch das mehrstufige Belüftungssystem, denn jetzt war das Gebäude tatsächlich eine Todesfabrik. Die Sicherheitsmaßnahmen wurden doppelseitig vorgenommen. So wie sie in diesem Raum alles taten, um dem Virus einen optimalen Platz zur Vermehrung zu bieten, sprühten vor der Tür Sanitätssoldaten jeden Quadratmillimeter ein, um sicherzustellen, daß es dabei blieb – und so mußte das Virus vorm Desinfektionsmittel geschützt werden. Also mußte auch die Luft, die in die Kulturkammern gesogen wurde, sorgfältig gefiltert werden, sonst könnten die Leute im Gebäude in ihrem Bemühen, am Leben zu bleiben, gerade das töten, was sie töten könnte, wenn sie eine andere Art Fehler machten.

»Sie glauben also wirklich, diese Variante könnte durch die Luft übertragen werden?«

»Wie Sie wissen, ist der Mayinga-Typ nach einer Krankenschwester benannt, die sich trotz aller herkömmlichen Schutzmaßnahmen infiziert hatte. Patient zwei« – er hatte beschlossen, es wäre leichter, nicht ihren Namen zu nennen – »war eine hervorragende Krankenschwester mit Ebola-Erfahrung; sie hat keinerlei Injektionen vorgenommen; und sie wußte selber nicht, wie sie sich das Virus zugezogen haben könnte. Darum, ja, halte ich es für möglich.«

»Das wäre äußerst günstig, Moudi«, flüsterte der Direktor. »Und das können wir ja testen.«

Das wäre leichter für ihn, dachte Moudi. Schließlich kannte er ja die Betreffenden nicht beim Namen. Er fragte sich, ob er mit dem Virus recht hatte. Womöglich hatte Patient zwei doch einen Fehler gemacht? Aber nein, er *hatte* ihren Körper nach Einstichen abgesucht, und es war doch nicht möglich, daß sie Sekretionen von dem kleinen Benedikt Mkusa aufgeleckt haben könnte, oder doch? Was bedeutete das dann also? Es bedeutete, daß der Mayinga-Subtyp für eine kurze Zeit in der Luft überlebte, und das bedeutete, daß sie eine potentielle Waffe besaßen, die noch kein Mensch vorher besessen hatte, schlimmer als Atomwaffen, schlimmer als chemische Waffen. Sie hatten eine Waffe, die sich selber reproduzierte und die von ihren eigenen Opfern verbreitet wurde, einem um den anderen, bis die Epidemie nach entsprechender Zeit von selber wieder abebbte und erlosch. Sie *würde* erlöschen. Alle Epidemien taten das. Sie mußte erlöschen, nicht wahr?

Die Antwort auf diese Frage wußte er nicht. In Zaire und den paar anderen afrikanischen Ländern, die von dieser abscheulichen Krankheit heimgesucht wurden, waren die Ausbrüche, so beängstigend sie auch waren, alle wieder erloschen – trotz idealer Umweltbedingungen, die die Viren beschützten und unterstützten. Doch dem gegenüber stand die Primitivität Zaires, die fürchterlichen Straßen und der kaum vorhandene Verkehr. Die Krankheit tötete die Menschen, bevor sie weit herumkamen. Ebola löschte Dörfer aus, aber dann war Schluß. Keiner wußte, was in einem entwickelten Land passieren würde. Theoretisch könnte man ein Flugzeug infizieren, sagen wir mal, einen internationalen Flug zum Kennedy Airport. Die Reisenden würden die Maschine verlassen und in viele Richtungen strömen. Vielleicht würden sie die Krankheit durch Husten und Niesen sofort verbreiten, vielleicht auch nicht. Aber das war auch egal. Viele von ihnen würden nach ein paar Tagen sicher wiederum fliegen und sich fragen, ob sie die Grippe hätten, und dann würden sie das Virus übertragen und andere anstecken.

Wie sich eine Epidemie ausbreitete, war nur eine Frage von Zeit und Gelegenheit, sonst nichts. Je schneller sich eine Krankheit von ihrem Herd aus ausbreitete und je schneller die Verkehrsmittel waren, desto weiter und tiefer konnte sie in eine Population eindringen. Diesbezüglich gab es mathematische Modelle, aber sie waren alle rein theoretischer Natur, waren alle abhängig von einer Vielzahl individueller Variablen, von denen jede einzelne die ganze Gleichung so oder so beeinflussen konnte. Zu sagen, die Epidemie würde nach gewisser Zeit erlöschen, war korrekt. Die Frage war nur, *wie schnell?* Davon hing die Anzahl der Leute ab, die infiziert wurden, bevor Schutzmaßnahmen greifen konnten. Wurde ein Prozent einer Gesellschaft befallen oder zehn Prozent oder gar fünfzig Prozent? Amerika war keine provinzielle Gesellschaft. Jeder interagierte mit anderen. Ein tatsächlich durch Luft übertragbares Virus mit einer Inkubationszeit von drei Tagen ... dafür gab es kein Modell, das Moudi kannte. Der Trick, wenn man eine größere Epidemie herbeiführen wollte, war der, daß man die Zahl der Index-Fälle vergrößern mußte. Wenn einem das gelang, dann konnte die Initialblüte von Ebola-Mayinga-*Amerika* so gewaltig sein, daß konventionelle Kontrollmaßnahmen wirkungslos wurden. Dann würde sich die Krankheit von Hunderten von Einzelpersonen und Familien ausbreiten – oder Tausenden? Dann könnte der nächste Generationssprung Hunderttausende betreffen. Etwa zu dieser Zeit würden die Amerikaner feststellen, daß etwas Schreckliches im Gange war, aber es wäre immer noch Zeit für einen weiteren Generationssprung, und der wäre dann noch mal von einer höheren Größenordnung, ginge vermutlich in die Millionen. Und von da an wären die medizinischen Einrichtungen überfordert ...

... und es gäbe vielleicht überhaupt kein Aufhalten mehr. Keiner kannte die möglichen Konsequenzen einer absichtlich herbeigeführten Masseninfektion in einer hochmobilen Gesellschaft. Die Auswirkungen mochten in der Tat global sein. Aber vermutlich nicht. Höchstwahrscheinlich nicht, sagte sich Moudi, während er auf die gläsernen Kulturschalen hinter dicken Drahtglaswänden durch die Plastikscheibe seiner Maske schaute. Die erste Generation dieser Krankheit war von einem unbekannten Wirt gekommen und hatte einen kleinen Jungen getötet. Die zweite Generation hatte auch nur ein einzelnes Opfer gefordert, was dem Schicksal und glücklichen Umständen und seiner Kompetenz als

Arzt zu verdanken war. Die dritte Generation wuchs vor seinen Augen heran. Wie weit sie sich ausbreiten würde, war unbestimmt, aber es waren die Generationen vier, fünf, sechs und vielleicht auch sieben, die das Schicksal eines ganzen Landes bestimmen würden – das zufällig der Feind seines eigenen war.

Jetzt war es einfacher. Jean Baptiste hatte ein Gesicht und eine Stimme und ein Leben gehabt, das mit seinem eigenen in Berührung gekommen war. Diesen Fehler konnte er jetzt nicht wieder machen. Sie war eine Ungläubige gewesen, aber eine rechtschaffene. Er hatte für ihre Seele gebetet, und sicher hatte Allah seine Gebete erhört. In Amerika oder woanders konnten nur wenige so rechtschaffen sein, wie sie es gewesen war, und er wußte sehr wohl, daß die Amerikaner sein Land haßten und seinem religiösen Glauben mißtrauten. Sie mochten Namen und Gesichter haben, aber hier sah er sie nicht und würde sie auch nie sehen, und sie waren mindestens zehntausend Kilometer weit weg, und es war einfach, den Fernseher auszuschalten.

»Ja«, gab Moudi zu, »das auszuprobieren dürfte nicht schwerfallen.«

»Schauen Sie«, sagte George Winston zu einer Gruppe von drei neuen Senatoren, »wenn die Bundesregierung Autos bauen würde, dann würde ein Chevy-Pick-up achtzigtausend Dollar kosten und müßte alle zehn Blocks den Tank auffüllen. Sie, meine Herren, verstehen etwas von Wirtschaft und ich auch. Wir bringen etwas Besseres zustande.«

»Ist es wirklich so schlimm?« fragte der Senator aus Connecticut.

»Die Vergleichsstatistiken kann ich Ihnen zeigen. Wenn Detroit so arbeiten würde, hätten wir alle japanische Wagen«, erwiderte Winston, tippte dabei dem Mann an die Brust und dachte daran, daß er besser seinen Mercedes 500 SEL loswerden oder zumindest für eine Weile einlagern müßte.

»Es ist, als hätte man nur ein einziges Polizeiauto für ganz L.A. zur Verfügung«, sagte Tony Bretano zu fünf anderen Senatoren, von denen zwei aus Kalifornien waren. »Ich habe nicht die Kräfte, die ich für *einen* GRK benötigen würde. Das ist ein größerer regionaler Konflikt«, erklärte er den neuen Leuten und ihren Gattinnen. »Und wir sollen – auf dem Papier, meine ich –, wir sollen gleichzeitig zwei schaffen plus Beteiligung an einer Friedensmission irgendwo anders. Okay? Nun, was ich brauche, ist eine Möglichkeit, die Streitkräfte umzustrukturieren, so daß die aktiven Truppen die wichtigsten sind und der Rest sie unterstützt und nicht umgekehrt. Buchhalter und Anwälte sind nützlich, aber wir haben genug davon in den Ministerien für Finanzen und Justiz. In meinem

Bereich der Regierung sind wir Cops, und ich habe nicht genügend Cops auf der Straße.«

»Aber wie sollen wir das bezahlen?« fragte Colorado der Jüngere. Der ältere Senator aus dem Rocky Mountain State war in jener Nacht bei einer Geldbeschaffungsveranstaltung in Golden gewesen.

»Das Pentagon ist kein Arbeitsbeschaffungsprogramm, vergessen wir das nicht. Also, nächste Woche habe ich eine komplette Aufstellung dessen, was wir benötigen, dann komm' ich zum Hill, und gemeinsam werden wir rausfinden, wie das mit den geringstmöglichen Kosten hinzubekommen ist.«

»Sehen Sie, was habe ich Ihnen gesagt?« flüsterte Arnie van Damm von hinten Ryan zu. »Lassen Sie sie es für sich tun. Und seien Sie einfach nett.«

»Was Sie gesagt haben, stimmt haargenau, Mr. President«, behauptete der neue Senator von Ohio zu glauben, der jetzt, da die Kameras abgeschaltet waren, einen Bourbon mit Wasser trank. »Wissen Sie, in der Schule habe ich einmal einen Aufsatz über Cincinnatus geschrieben und...«

»Nun, wir müssen immer nur daran denken, daß das Land an erster Stelle kommt«, sagte Jack zu ihm.

»Wie schaffen Sie es nur, Ihrer Arbeit nachzugehen und – ich meine«, stellte die Frau eines der beiden Senatoren aus Wisconsin fest, »Sie operieren doch noch?«

»Und unterrichte, was noch wichtiger ist«, sagte Cathy mit einem Nicken und wünschte, sie wäre oben in der Wohnung und könnte sich ihren Patientenberichten widmen. Nun, am Morgen gab's ja den Hubschrauberflug. »Ich werde *niemals* meinen Beruf aufgeben. Ich gebe Blinden ihr Sehvermögen wieder. Manchmal nehme ich ihnen selber die Verbände ab, und der Ausdruck in ihren Gesichtern ist das Beste auf der Welt.«

»Sogar besser als ich, Liebling?« fragte Jack, während er ihr den Arm um die Schultern legte. Es klappt ja tatsächlich, dachte er. Bezaubere sie, hatten Arnie und Callie ihm geraten.

Der Vorgang hatte eingesetzt. Der Oberst, der den Auftrag hatte, die fünf Mullahs zu bewachen, war ihnen in die Moschee gefolgt, wo er, gerührt vom Augenblick, mit ihnen gebetet hatte. Nach der Andacht hatte der höchste von ihnen mit ihm gesprochen, ruhig und höflich, und dabei eine bevorzugte Stelle im Koran berührt, um einen gewissen Grund zu legen. Das weckte beim Oberst Erinnerungen an die Jugend und seinen Vater, einen frommen und ehrenwerten Mann. So war es üblich, mit Leuten umzugehen, ganz gleich, an welchem Ort und in welcher Kultur. Man brachte sie zum Reden, achtete auf ihre Worte und fand den richtigen Weg, das Gespräch fortzuführen. Der Mullah, seit über vierzig Jahren iranischer Geistlicher, hatte die ganze Zeit über Menschen in ihrem Glauben und ihrer Mühsal beraten, so fiel es ihm nicht schwer, ein Band zu knüpfen zu seinem Bewacher, der wohl geschworen hatte, ihn und die vier Kollegen zu töten, wenn er Befehl dazu von seinen Vorgesetzten erhielt. Da die scheidenden Generäle einen Mann ausgewählt hatten, der als ergeben galt, hatten sie ihre Wahl ein bißchen zu weise getroffen, denn Männer, die echte Loyalität zeigen, sind Männer von Gedanken und Prinzip, und solche sind immer anfällig für Ideen, die sichtbar besser sind als die, denen sie anhingen. Ein Wettstreit würde nicht aufkommen. Der Islam war eine Religion mit langer und ehrenvoller Geschichte, und von beiden Attributen traf keines auf das sterbende Regime zu, das der Oberst zu erhalten geschworen hatte.

»Es muß schlimm gewesen sein, in den Sümpfen zu kämpfen«, sagte der Mullah einige Minuten später zu ihm, als das Gespräch das Verhältnis zwischen den beiden islamischen Ländern berührte.

»Krieg ist ein Übel. Ich habe nie Vergnügen am Töten gefunden«, gab der Oberst zu. Es war beinahe, wie wenn ein Katholik im Beichtstuhl saß, und mit einemmal bekam der Mann feuchte Augen und erzählte einiges von Dingen, die er in den Jahren getan hatte. Jetzt sah er, daß sich, obzwar er dabei nie Vergnügen verspürt hatte, sein Herz verhärtet hatte und er schließlich nicht mehr in unschuldig und schuldig unterteilte, Gerechte und Korrupte; daß er getan hatte, was ihm gesagt wurde – *weil* es gesagt wurde, nicht weil es irgendwie das richtige gewesen wäre. Das erkannte er jetzt.

»Ein Mann strauchelt oft, doch durch die Worte des Propheten mögen wir immer wieder zu unserem barmherzigen Gott zurückfinden. Die Menschen sind vergeßlich in bezug auf ihre Pflichten, aber Allah vergißt seine nie.« Der Mullah berührte den Arm des Offiziers. »Ich glaube, das waren noch nicht Ihre letzten Gebete heute. Gemeinsam werden wir zu Allah beten, und gemeinsam werden wir Frieden für Ihre Seele finden.«

Danach war es wirklich sehr leicht gewesen. Als der Oberst erfuhr, daß die Generäle gerade das Land verließen, gab es für ihn zwei gute Gründe zur Mitarbeit. Er hatte nicht den Wunsch zu sterben. Er war gern gewillt, dem Willen seines Gottes zu folgen, um am Leben zu bleiben. Um seine Ergebenheit zu zeigen, ließ er zwei Kompanien Soldaten zu den Mullahs kommen, um ihre Befehle zu erhalten. Das war sehr leicht für die Soldaten. Sie kannten nichts anderes, als den Befehlen ihrer Offiziere nachzukommen. Etwas anderes zu tun wäre ihnen nie in den Sinn gekommen.

In Bagdad dämmerte es jetzt, und an vielen großen Häusern wurden die Türen eingetreten. Manche Bewohner wurden wach angetroffen, andere völlig verschlafen. Manche hatten ihre Sachen gepackt und versuchten zu fliehen. Alle hatten sie ein bißchen zu spät begriffen, was vorging, und das an einem Ort, wo ein Versehen um eine Minute die Differenz zwischen einem glücklichen Leben und einem brutalen Tod sein konnte. Nur wenige leisteten Widerstand, und derjenige, der dabei dem Erfolg am nächsten kam, wurde mitsamt seiner Frau durch eine Salve aus einer AK-47 niedergestreckt. Die meisten wurden barfuß und gesenkten Hauptes aus ihren Häusern zu bereitstehenden Lkws geführt und wußten genau, wie das Drama für sie ausgehen würde.

Jene taktischen Funknetze waren nicht chiffriert, und die schwachen UKW-Signale wurden diesmal von STORM TRACK aufgenommen, das näher an Bagdad lag. Namen wurden genannt, und jeder mehr als einmal, da die Abholteams ihren Zentralen Rückmeldung machten, was den ELINT-Teams dicht an der Grenze und in King Khalid Military City die Arbeit erleichterte. Die Leute an den Überwachungsgeräten riefen ihre Aufsichten herbei, und CRITIC-Meldungen gingen per Satellit hinaus.

Ryan hatte gerade den letzten der neuen Senatoren zur Tür gebracht, da trat Andrea Price näher.

»Meine Schuhe bringen mich noch um, und ich habe eine ...« Mitten im Satz brach Cathy ab.

»CRITIC-Meldungen gehen gerade ein, Sir.«

»Irak?« fragte Jack.

»Ja, Mr. President.«

Der Präsident küßte seine Frau. »Ich komme in einer Weile nach.«

Cathy blieb nichts übrig, als zu nicken und zum Fahrstuhl zu gehen, wo einer der Bediensteten darauf wartete, die First Lady hinaufzufahren. Die Kinder waren bereits im Bett. Ihre Hausaufgaben hatten sie sicher alle gemacht, in manchen Fällen vermutlich mit der Hilfe der Bodyguards. Jack begab sich zügig in den Lagebesprechungsraum im Westflügel.

»Reden Sie«, befahl der Präsident.

»Es hat begonnen.« Ed Foleys Blick war auf den Fernsehapparat an der Wand gerichtet. Und alles, was sie tun konnten, war zuzuschauen.

Das irakische Nationalfernsehen begrüßte den neuen Tag und die neue Wirklichkeit. Sie war ablesbar an der Inbrunst, mit der der Nachrichtensprecher das Tagesprogramm mit der Anrufung des Namens Allahs begann. Der Chief Master Sergeant in PALM BOWL, der die nationale Sendung vom Sender im nahen Basra empfing, drehte sich um und winkte. »Major Sabah?«

»Ja, Chief, ja«, erwiderte der kuwaitische Offizier mit einem Nicken, als er herüberkam. Er hatte nie sehr daran gezweifelt. Seine Vorgesetzten hatten Vorbehalte geltend gemacht. Das taten sie immer; sie waren nie so dicht am Puls ihres Feindes wie der Major. Er schaute auf die Uhr. Nach der Morgenroutine würden sie in zwei Stunden ins Büro kommen, und das machte jetzt nichts. Sich beeilen würde nichts ändern. Der Damm war gebrochen, das Wasser lief aus. Die Zeit, das aufzuhalten, war vorbei, vorausgesetzt, daß eine solche Möglichkeit überhaupt bestanden hatte.

Das irakische Militär habe die Macht übernommen, sagten die Fernsehnachrichten. Das wurde verkündet, als ob die Situation einzigartig wäre. Ein Rat der revolutionären Gerechtigkeit hatte sich gebildet. Jene, die sich schuldig gemacht hatten der Verbrechen gegen das Volk (schöner Sammelbegriff, der sehr wenig bedeutete, aber von allen verstanden wurde), würden eingesperrt und hätten sich vor ihren Landsleuten zu verantworten. Das Land brauchte vor allem Ruhe, sagte das Fernsehen. Der heutige Tag wurde zum Feiertag erklärt. Nur wer unbedingt erforderliche Tätigkeiten zu verrichten hatte, brauchte zur Arbeit zu gehen. Allen anderen Bürgern des Landes wurde empfohlen, diesen Tag als einen Tag des Gebets und der Versöhnung anzusehen. Der übrigen Welt versprach das neue Regime Frieden. Die übrige Welt würde den ganzen Tag Zeit haben, darüber nachzudenken.

Daryaei hatte sehr viel darüber nachgedacht. Drei Stunden Schlaf hatte er sich gegönnt, ehe er sich zum Morgengebet wieder erhob. Er fand, je älter er wurde, desto weniger brauchte er. Vielleicht verstand sein Körper, daß, da ihm immer weniger Zeit verblieb, keine Zeit mehr war zum Ruhen, doch welche zum Träumen schon, und geträumt hatte er in den frühen Morgenstunden von Löwen. Toten Löwen. Der Löwe war auch ein Symbol des Schah-Regimes gewesen, und gewiß hatte Badrayn recht gehabt. Löwen kann man töten. Im Iran hatte es einst echte Löwen gegeben, doch sie waren schon im Altertum restlos zur Strecke gebracht worden. Die symbolischen, die Dynastie Pehlewi, wurden genauso ausgerottet, durch Verknüpfung von Geduld mit Erbarmungslosigkeit. Er hatte mitgewirkt. Es war nicht immer schön gewesen. Er hatte eine Greueltat befohlen und überwacht, das Niederbrennen eines voll besetzten Theaters, von Leuten besucht, denen westliche Dekadenz wichtiger war als ihr islamischer Glaube. Hunderte waren gräßlich umgekommen, aber – aber es war notwendig gewesen, erforderlicher Teil der Kampagne, sein Land und sein Volk wieder auf den rechten Pfad zu bringen, und während er diesen speziellen Vorfall bedauerte und als Sühne regelmäßig für die Opfer betete, nein, bereuen tat er es nicht. Er war ein Instrument des Glaubens, und der Koran selber sprach von der Pflicht zum Kriege, zum Heiligen Kriege, zur Verteidigung des Glaubens.

Ein Geschenk Persiens (manche sagten Indiens) an die Welt war das Schachspiel. Das Wort für das Spiel-Ende, *schachmatt*, kam vom persischen *shah mat* – ›der König ist tot‹ –, etwas, das er im wirklichen Leben mitbewirkt hatte, und wenn Daryaei auch lange aufgehört hatte, nur Spiele zu spielen, er wußte, daß ein guter Spieler nicht Zug für Zug dachte, sondern vier oder noch mehr Züge voraus. Ein Problem beim Schach, wie im wirklichen Leben, war, daß der nächste Schritt mitunter vorherzusehen war, besonders wenn der Gegner ebenfalls gut war – ihn nicht dafür zu halten wäre gefährlich. Doch je weiter vorausschauend man spielte, desto schwieriger war es für den Gegner zu sehen, was kommen würde, bis zum Ende, wo er wieder klar sehen konnte, dann aber ausmanövriert war, seine Figuren erschöpft, wie seine Macht und seine Möglichkeiten, und ihm nur das Aufgeben blieb. Im Irak war das an diesem Morgen der Fall gewesen. Die anderen Spieler – es waren in der Tat mehrere – hatten aufgegeben und waren davongelaufen, und Daryaei hatte das gern erlaubt. Noch köstlicher war es, wenn die Gegner nicht weglaufen konnten, doch es ging ja um den Gewinn, nicht um Befriedigung, und gewinnen hieß, weiter und schneller zu denken als der Gegner, damit der nächste Zug eine Überraschung *wurde*, damit der andere Spieler in Bedrängnis und Verwirrung gezwungen war, sich Zeit zu nehmen zum Reagieren, und im Schach wie im Leben ist Zeit begrenzt.

Genauso war es mit den Löwen. So mächtig sie waren, sie konnten von schwächeren Geschöpfen ausmanövriert werden, wenn Zeit und Umstände stimmten. Nach seinem Gebet rief Daryaei Badrayn an. Der Jüngere war ein gewiefter Taktiker und Beschaffer von Informationen.

Er mußte nur von einem geführt werden, der in Strategie geschult war, aber mit dieser Führung könnte er in der Tat sehr nützlich sein.

In einer einstündigen Beratung mit den führenden Experten kam man zum endgültigen Schluß, daß der Präsident absolut nichts tun konnte. Der nächste Schritt bestand einfach aus abwarten, zusehen und verstehen. Jeder Bürger konnte das, aber Amerikas führende Experten konnten ein bißchen schneller abwarten, zusehen und verstehen als jeder andere, das sagten sie sich jedenfalls. Und natürlich wurde das alles für den Präsidenten getan, also verließ Ryan den Lageraum, stieg die Treppe hoch und ging hinaus, um außerhalb des überdachten Fußwegs nassen, kalten Regen auf den Südrasen fallen zu sehen. Der kommende Tag versprach stürmisch zu werden, denn der März begann typischerweise wie ein Löwe, um lammfromm auszuklingen. So lautete doch die Volksweisheit. Im Augenblick sah es nur trostlos aus, so gut der Regen dem Boden auch tat, der sich vom kalten, bitteren Winter erholte.

»Das spült den letzten Schnee weg«, sagte Andrea Price, die selbst überrascht war, ihren Prinzipalen unaufgefordert angesprochen zu haben.

Ryan lächelte ihr zu. »Sie arbeiten ja noch mehr als ich, Agent Price, und Sie sind ein ...«

»Mädchen?« fragte sie mit einem verschmitzten Lächeln.

»Meinen Chauvinismus muß man mir ja ansehen. Ich bitte um Verzeihung, Ma'am. Tut mir leid, ich dachte nur an eine Zigarette. Hab' vor Jahren aufgehört – Cathy hat die Daumenschrauben angesetzt. Mehr als einmal«, gestand Jack lächelnd. »Es kann hart sein, mit einer Ärztin verheiratet zu sein.«

»Verheiratet zu sein kann ganz schön hart sein.« Price war mit ihrem Job vermählt, mit zwei gescheiterten Beziehungen als Beweis. Ihr Problem, wenn man es so bezeichnen konnte, war, daß sie ihre Pflicht mit so viel Hingabe erfüllte, wie man sie nur bei Männern erwartete. Das Faktum war einfach, aber erst ein Anwalt, dann ein Werbeleiter hatten sich nicht damit abfinden können.

»Warum tun wir das, Andrea?« fragte Ryan.

Special Agent Price wußte es auch nicht. Eigentlich konnte der Präsident ihr gegenüber eine Vaterfigur abgeben. Er war der Mann, von dem man erwartet hätte, die Antworten zu haben, doch nach Jahren in der Sondereinheit wußte sie es besser. Ihr Vater hatte immer die Antwort gehabt, so war es ihr in ihrer Jugend vorgekommen. Dann war sie erwachsen geworden, nach der Ausbildung dem Service beigetreten und hatte sich die steile und schlüpfrige Leiter rasch nach oben gearbeitet. Jetzt befand sie sich am Gipfel ihres Berufs, neben dem ›Vater‹ der Nation, nur um zu erfahren, daß das Leben dem Menschen nicht erlaubte zu wissen, was sie wissen wollten und mußten. Ihr Job war hart. Seiner war unendlich schlimmer, und vielleicht wäre es für den Präsidenten besser, irgend etwas anderes zu sein als der anständige und ehrenwerte Gentleman, der John Patrick Ryan war. Vielleicht würde das ein verdammter Mistkerl besser durchstehen...

»Keine Antwort?« Ryan lächelte den Regen an. »Ich dachte, Sie sollten sagen, daß *jemand* es tun muß. Mein Gott, ich habe mir gerade alle Mühe gegeben, dreißig neue Senatoren zu verführen. Wissen Sie das? Verführen«, wiederholte Jack. »Als ob sie Mädchen wären oder so und als ob ich diese Art Kerl wäre.« Er schüttelte den Kopf.

»Mit wem redet man?« fragte Jack. »Früher habe ich mit meinem Vater gesprochen, meinem Priester, mit James Greer, als ich für ihn arbeitete, oder mit Roger, bis vor wenigen Wochen. Jetzt fragen sie alle *mich*. Wissen Sie, in Quantico hat man mir das gesagt, auf der Offiziersschule, daß ein Kommando einsam werden könnte. Mensch, die haben nicht gescherzt. Die haben wirklich nicht gescherzt.«

»Sie haben eine verdammt gute Frau, Sir«, sagte Price nicht ohne Neid.

»Es wird immer angenommen, daß es jemanden gibt, der klüger ist als man selber. Die Person, zu der man geht, wenn man sich nicht sicher ist. Jetzt kommen sie zu mir. Ich bin nicht klug genug dafür.« Ryan hielt inne und hörte jetzt erst, was Price gerade zu ihm gesagt hatte. »Sie haben recht, doch sie ist selbst sehr beschäftigt, und ich kann sie nicht auch noch mit meinen Problemen belasten.«

Price beschloß zu lachen. »Sie sind ein *Chauvinist*, Boß.«

Jäh fuhr er herum. »Ich darf doch bitten, Ms. Price!« sagte Ryan mit einer Stimme, die verstimmt klang, bis ein präsidiales Lachen folgte. »Bitte sagen Sie nicht den Medien, daß ich das gesagt habe!«

»Sir, ich sage den Reportern nicht einmal, wo die Toilette ist.«

Der Präsident gähnte. »Wie wird der Tag wohl werden morgen?«

»Nun, Sie werden den ganzen Tag im Büro sein. Ich nehme an, diese Irak-Sache wird Ihnen den ganzen Vormittag verderben. Ich werde früh gehen und am Nachmittag wiederkommen. Ich werde morgen mal die Runde machen und die Sicherheitsvorkehrungen für die Kinder überprüfen. Außerdem setzen wir uns zusammen, um zu besprechen, ob es einen Weg gibt, SURGEON ohne Hubschrauber zur Arbeit und wieder zurück zu bringen...«

»Das ist doch lustig, oder?« bemerkte Ryan.

»Eine FLOTUS mit einem echten Job ist etwas, das das System gar nicht vorgesehen hat.«

»Echter Job, zum Teufel! Sie verdient mehr als *ich,* und das seit zehn Jahren, außer als ich in der Privatwirtschaft war. Da sind die Zeitungen auch noch nicht dran. Sie ist eine hervorragende Ärztin.«

»Ihre Patienten lieben sie, das sagt Roy. Wie auch immer, ich werde die Vorkehrungen für Ihre Kinder überprüfen – Routine, Sir, ich bin verantwortlich für alle Sicherheitsmaßnahmen für die ganze Familie. Agent Raman ist morgen fast den ganzen Tag bei Ihnen auf Posten. Wir trimmen ihn hoch. Er macht sich recht gut«, berichtete Special Agent Price.

»Der mir in Jener Nacht den Feuerwehrmantel holte, um mich zu verkleiden?« fragte Jack.

»Sie wußten das?« fragte Price zurück. Der Präsident wandte sich um, um das White-House-Hauptgebäude zu betreten. Sein Grinsen zeugte von Erschöpfung, trotzdem funkelten die blauen Augen seiner Chefagentin zu.

»*So* dumm bin ich nun auch wieder nicht, Andrea.«

Nein, entschied sie, es wäre nicht besser, einen verdammten Mistkerl als POTUS zu haben.

## 21 / Beziehungen

Patrick O'Day war Witwer. Seine Ehe hatte nur sechzehn Monate gedauert. Seine Frau Deborah war auch Agentin gewesen, eine Spurensicherungsexpertin der kriminaltechnischen Abteilung. Auf einem Flug nach Colorado Springs war ihr Flugzeug aus bisher ungeklärter Ursache verunglückt. Es war ihr erster Tatorteinsatz nach dem Mutterschaftsurlaub, und sie hinterließ eine Tochter, Megan, im Alter von vierzehn Wochen.

Inzwischen war Megan zweieinhalb Jahre alt. Die ihm vom Schicksal auferlegte alleinerziehende Vaterschaft hatte ihn als Vater um so hingebungsvoller gemacht, und das auf dem Höhepunkt einer beruflichen Karriere, in der er nicht weniger als sechs Kidnappings restlos aufklärte. Eins dreiundneunzig und zweihundert drahtige Pfund, hatte er seinen Zapata-Schnurrbart dem Dienst geopfert, doch als harter Bursche unter harten Burschen hatte seine Aufmerksamkeit für seine Tochter seine

Kollegen sehr amüsiert. Sie hatte langes, blondes Haar, und jeden Morgen bürstete er es zu seidiger Glätte, nachdem er sie angezogen hatte. Für Megan war Daddy ein großer, starker Schutzbär, der in den blauen Himmel ragte und sie wie eine Rakete hochhob, so daß sie ihm die Arme um den Hals schlingen konnte.

»Uuf!« sagte Daddy. »Du drückst ja zu sehr!«

»Hat es weh getan?« fragte Megan in gespielter Sorge. Das war Teil ihrer Morgenroutine.

Ein Lächeln. »Nein, diesmal nicht.« Er ging aus dem Haus und öffnete die Tür zum schmutzigen Pick-up, setzte sie in den Kindersitz, schnallte sie sorgfältig an und tat die Brotbüchse und das Deckchen zwischen sie. Es war sechs Uhr dreißig, und sie waren auf dem Weg zur neuen Kindertagesstätte. Megan war das Ebenbild ihrer Mutter, eine tägliche Erkenntnis, die ihn sich auf die Lippen beißen ließ mit der immer gleichen Frage, wieso die 737 abgeschmiert und zu Boden gestürzt war, mit seiner Frau auf Platz 18 F.

Die neue Kindertagesstätte lag günstiger an seiner Strecke zur Arbeit, und die Leute nebenan brachten ihre Zwillige sehr gern dorthin. Er bog nach links ab auf den Ritchie Highway und fand die Einrichtung, genau gegenüber von einem 7-Eleven, wo er noch einen Doppelbecher Kaffee holen konnte für die Weiterfahrt auf US-50 zum Bureau. Giant Steps, netter Name. Nicht schlecht, sich so sein Geld zu verdienen, dachte Pat, während er sein Auto abstellte. Marlene Daggett war immer schon um sechs da, um sich um die Kinder derjenigen zu kümmern, die jeden Morgen nach D.C. fuhren. Sie kam sogar heraus, um sie an ihrem ersten Tag dort in Empfang zu nehmen.

»Mr. O'Day! Und das ist Megan!« sagte die Erzieherin mit erstaunlicher Begeisterung für diese frühe Stunde. Megan war überrascht, etwas Besonderes zu sehen. »Sie heißt auch Megan. Sie ist *deine* Bärin und wartet schon den ganzen Tag auf dich.«

»Oh!« Das kleine Mädchen ergriff das Geschöpf mit dem braunen Fell und drückte es mitsamt Namensschild. »Hallo!«

Mrs. Daggett sah hoch, und ihr Blick sagte dem FBI-Agenten: *Es funktioniert jedesmal.* »Hast du dein Deckchen dabei?«

»Ja, hier, bitte, Ma'am«, sagte ihr O'Day und gab ihr auch die Formulare, die er am Vorabend ausgefüllt hatte. Megan hatte keine medizinischen Probleme, keine Allergie auf Medikamente, Milch oder Nahrungsmittel; ja, in einem wirklichen Notfall dürfte man sie ins nächste Krankenhaus bringen; und die Telefonnummer seiner Arbeitsstelle und seines Piepsers und die Nummer von seinen Eltern und die von Debohras Eltern, die verdammt tolle Großeltern waren. Giant Steps war gut organisiert. O'Day wußte nicht, wie gut organisiert, denn es gab etwas, das Mrs. Daggett nicht so ohne weiteres herumerzählen konnte. Vom Secret Service wurde seine Identität gerade überprüft.

»So, Miss Megan, ich glaube, jetzt wird es Zeit für uns, zu spielen und neue Freunde kennenzulernen.« Sie blickte empor. »Wir werden uns gut um sie kümmern.«

O'Day stieg wieder ins Auto, mit dem üblichen kleinen Schmerz im Herzen, den er jedesmal verspürte, wenn er seine Tochter – egal, wann und wo – zurücklassen mußte, und machte den kurzen Sprung über die Straße zum 7-Eleven, um Pendlerkaffee zu holen. Für heute um neun war eine Konferenz angesetzt über bisherige Ermittlungsergebnisse bei der Flugzeugkatastrophe, dann kam der Verwaltungsquatsch. Vierzig Minuten später traf er in der FBI-Zentrale an Ninth Street und Pennsylvania Avenue ein. Sein Posten als Springer-Inspektor reservierte ihm einen Parkplatz. Von da ging er diesen Morgen zum Schießstand im Keller.

Pat O'Day war ein ausgezeichneter Schütze seit der Pfadfinderzeit und hatte auch als Oberausbilder im Schießen bei verschiedenen FBI-Gebietsbüros gedient, was bedeutete, daß er vom jeweiligen Leitenden ausgewählt worden war.

Zu dieser Tageszeit – 7.25 Uhr – war der Schießstand meist ruhig, und der Inspektor nahm zwei Schachteln Federal 10-mm-Hohlspitze für seine mächtige Smith & Wesson 1076 Automatik, dazu ein paar Standard-›Q‹-Zielscheiben und ein Paar Ohrenschützer. Die Scheiben waren weiße Papptafeln mit Umrissen der vitalen Teile des menschlichen Körpers. Grob sah das dann aus wie eine Milchkanne, wie sie die Bauern früher hatten, und war etwa so groß, und in der Figur war der Buchstabe ›Q‹ ungefähr dort, wo das Herz sein würde. Er befestigte eine Figur mit Federklemmen am Schlitten, stellte die Entfernung auf dreißig Fuß ein und betätigte den Schalter. Die Geräte des Schießstandes ließen sich programmieren. Als die Zielscheibe in der eingestellten Entfernung ankam, drehte sie sich zur Seite und wurde fast unsichtbar. Ohne hinzugucken, stellte O'Day den Timer aufs Geratewohl ein und blickte, die Hände an der Seite, dahin, wo die Scheibe sich zeigen würde. Jetzt wechselte sein Denken. Vor ihm war ein Böser. Ein ernsthaft Böser. Verurteilter Schwerverbrecher, jetzt in die Enge getrieben. Der Böse war ernst zu nehmen. Er hatte 'ne Geisel. Ein Kind vielleicht. Vielleicht sogar die kleine Megan. Bei dem Gedanken kniff er die Augen zusammen. Eine Pistole am Kopf. Im Film würde der Böse verlangen, die Waffe wegzuwerfen, doch wenn man das tat, war man garantiert ein toter Cop, *und* auch die Geisel wäre tot, daher redete man mit dem Bösen. Man gab sich alle Mühe, ruhig, vernünftig, besänftigend zu klingen, und man wartete darauf, daß er sich entspannte, gerade so viel, daß er die Waffe vom Kopf der Geisel wegnahm. Das mochte Stunden dauern, aber früher oder später...

...der Timer klickte, und die Zielscheibe zeigte dem Agenten ihre Breitseite. Blitzschnell bewegte sich O'Days rechte Hand und riß die Pistole aus dem Holster. Gleichzeitig setzte sein rechter Fuß ein Stück zurück, sein Körper drehte und duckte sich ein wenig, und die linke Hand kam zur rechten an den Griff, als die Pistole auf halbem Weg nach oben war. Seine Augen erfaßten Kimme und Korn schon am Rande seines Gesichtsfeldes, und im Augenblick, in dem sie mit dem Kopf des ›Q‹-Ziels eine Linie bildeten, drückte sein Finger zweimal den Abzug, so schnell, daß beide Patronenhülsen zur gleichen Zeit in der Luft waren. Man nannte das den Doppelschuß, und O'Day hatte ihn schon so viele Jahre immer wieder geübt, daß die beiden Knalle beinahe zu einem verschmolzen, und das Echo hallte gerade vom stählernen Kugelfang zurück, als die leeren Patronenhülsen auf den Betonboden fielen, doch da waren schon zwei Löcher im Kopf des Zieles, weniger als einen Zoll auseinander, in der Mitte und knapp über Augenhöhe. Weniger als eine Sekunde nachdem die Scheibe sich ihm zugewandt hatte, drehte sie zurück, was dem Sturz des Zielobjektes zu Boden ziemlich gleichkam.

»Ich glaube, du hast ihn erwischt, Tex.«

O'Day wandte sich um, aus seinem Wachtraum aufgeschreckt durch eine vertraute Stimme. »Guten Morgen, Direktor.«

»Hi, Pat.« Murray gähnte, in der linken Hand hatte er ein Paar Ohrenschützer. »Bist ziemlich schnell. Geiselszenario?«

»Ich trainiere für die schlimmstmögliche Situation.«

»Deine kleine Tochter?« Murray nickte. Das taten sie alle, denn die Geisel mußte einem schon eine wichtige Person sein. »Na, Sie haben ihn ja erwischt. Zeig's mir noch mal«, befahl der Direktor. Er wollte O'Days Technik beobachten. Man konnte immer etwas lernen. Nach dem zweiten Versuch war ein zerfetztes Loch in der angenommenen Stirn des Ziels. Das war wirklich sehr beeindruckend für Murray, zumal der sich selbst für einen hervorragenden Schützen hielt. »Ich sollte mehr trainieren.«

O'Day konnte die Sache jetzt ein bißchen ruhiger angehen. Wenn man es mit dem ersten Schuß am Tag schaffen konnte – und er hatte es mit allen vieren geschafft –, dann war man gut. Zwei Minuten und zwanzig Schuß später war der Kopf des Zielobjekts nur noch ein Ring. Murray, auf der Bahn nebenan, übte die Standard-Jeff-Cooper-Technik, zwei schnelle Schüsse in die Brust, dann ein langsameren Schuß in den Kopf. Dann wurde es Zeit, sich Gedanken über den Tag zu machen.

»Gibt's was Neues?« fragte der Direktor.

»Nein, Sir. Weitere Befragungen bezüglich des JAL-Falles, haben aber nichts Aufregendes ergeben.«

»Was ist mit Kealty?«

O'Day zuckte die Achseln. In die OPR-Ermittlungen durfte er sich nicht einmischen, aber er wurde täglich informiert. Bei einem Fall von diesem Ausmaß mußte doch jemandem Bericht erstattet werden, und wenn dieser Fall auch ganz in der Zuständigkeit des OPR lag, gingen die Informationen auch ins Büro des Direktors über die Zwischenstation seines leitenden Springer-Inspektors. »Dan, in Minister Hansons Büro sind genügend Leute aus und ein gegangen, und jeder hätte den Brief verschwinden lassen können, wenn es einen gegeben hat, was tatsächlich sehr wahrscheinlich ist. Jedenfalls hat Hanson ihn vielen gegenüber erwähnt.«

»Ich schätze, die Sache wird einfach im Sande verlaufen«, meinte Murray.

»Guten Morgen, Mr. President!«

Wieder ein Routinetag. Die Kinder waren aus dem Haus. Cathy war aus dem Haus. Ryan erschien aus den Privatzimmern in Anzug und Krawatte, die Schuhe geputzt von jemandem vom Hauspersonal. Jack konnte diesen Ort nicht so richtig als sein Zuhause ansehen. Eher als eine Art Hotel oder wie eine der VIP-Unterkünfte, die er gehabt hatte, als er für die Agency unterwegs war, aber pompöser und mit viel besserem Service.

»Sie sind Raman?« fragte der Präsident.

»Ja, Sir«, erwiderte Special Agent Raman. Er war eins dreiundachtzig und kräftig gebaut, eher Gewichtheber als Läufer, sagte sich Jack, aber das könnte von der kugelsicheren Weste kommen, die viele vom Detail des Präsidenten trugen. Sein Alter schätzte Ryan auf Mitte Dreißig. Gutaussehend in einer südländischen Art, mit einem schüchternen Lächeln und blauen Augen wie denen von SURGEON. »SWORDSMAN unterwegs«, sagte er in sein Mikrofon, »ins Office.«

»Woher kommt Ihr Name?« fragte Ryan auf dem Weg zum Fahrstuhl.

»Mutter Libanesin, Vater Iraner. Wir sind 79 rübergekommen, als der Schah seine Probleme hatte. Dad hatte dem Regime nahegestanden.«

»Was halten Sie dann von der Situation im Irak?«

»Sir, ich spreche sogar kaum noch die Sprache.« Der Agent lächelte. »Aber wenn Sie mich fragen, wer im NCAA-Finale Chancen hat, dann bin ich Ihr Mann.«

»Kentucky«, sagte Ryan bestimmt. Der Fahrstuhl im White House war alt, innen Prä-Art-deco, mit abgegriffenen schwarzen Knöpfen, die der Präsident nicht drücken durfte. Raman tat das für ihn.

»Oregon wird's machen. Ich irre mich nie, Sir. Fragen Sie Ihre Leute. Ich habe die letzten dreimal gewonnen. Gegen mich wettet keiner mehr. Ins Finale kommen Oregon und Duke – mein College –, und Oregon wird mit sechs oder acht Vorsprung gewinnen. Na ja, vielleicht auch nicht ganz so hoch, wenn Maceo Rawlings einen guten Tag hat«, fügte Raman hinzu.

»Was haben Sie in Duke studiert?«

»Juristisches Vorstudium, aber dann habe ich mich entschlossen, kein Anwalt zu werden. Ich fand, Kriminelle sollten keine Rechte haben, und da habe ich beschlossen, lieber Cop zu werden, und bin zum Service gegangen.«

»Verheiratet?« Ryan wollte die Leute um sich herum kennen. Diese Leute hatten geschworen, sein Leben zu schützen, und da konnte er sie nicht wie Angestellte behandeln.

»Nicht das richtige Mädchen gefunden – zumindest noch nicht.«

»Muslim?«

»Meine Eltern waren es, aber nach den Problemen, die ihnen die Religion eingebrockt hatte, na ja« – er grinste –, »wenn Sie die anderen fragen, werden die Ihnen sagen, meine Religion ist ACC-Basketball. Ich versäume kein Duke-Spiel im Fernsehen, das können Sie glauben.«

»Aref, sagten Sie, ist Ihr Vorname?«

»Eigentlich nennt man mich Jeff. Ist leichter auszusprechen«, erklärte Raman, als die Tür aufging. Der Agent stellte sich in die Mitte der Tür, um die direkte Sicht auf POTUS zu blockieren. Einer der Uniformierten stand da und zwei weitere vom Detail, die Raman vom Sehen alle kannte. Mit einem Nicken trat er hinaus, Ryan im Schlepptau, und die Gruppe wandte sich nach Westen, ging am abzweigenden Korridor vorbei, der zur Bowlingbahn führte und zur Tischlerwerkstatt.

»Okay, Jeff, wird heute ein ruhiger Tag«, sagte Ryan ihm unnötigerweise. Der Secret Service wußte seine Termine für den Tag eher als er selber.

»Ruhig vielleicht für uns.«

Man erwartete ihn im Oval Office. Die Foleys, Bert Vasco, Scott Adler und noch jemand standen auf, als der Präsident eintrat. Nach Waffen und Radioaktivem waren sie bereits abgesucht worden.

»Ben«, sagte Jack.

»Mr. President«, erwiderte Dr. Ben Goodley mit einem Lächeln.

»Ben hat den morgendlichen Informationsüberblick vorbereitet«, erklärte Ed Foley.

Da nicht alle Anwesenden zum inneren Kreis gehörten, blieb Raman im Raum für den Fall, daß jemand über den Couchtisch sprang, um den Präsidenten zu erwürgen. Um einen umzubringen, war nicht unbedingt eine Feuerwaffe nötig. Aus diesem Grunde trugen die Angehörigen der Schutztruppe nicht nur Pistolen bei sich, sondern auch Schlagstöcke, Asps genannt, aus Stahlelementen, die sich zusammenschieben ließen. Raman sah zu, wie dieser Goodley – National Intelligence Officer mit Karte – die Informationsdossiers austeilte. Wie viele Angehörige des Secret Service bekam auch er nahezu alles zu hören. Der Aufkleber NUR FÜR DEN PRÄSIDENTEN an einer besonders sensiblen Akte hieß nicht genau das, was er sagte. Es war immer jemand anders mit im Zimmer, und obwohl die Angehörigen des Detail sogar untereinander bekundeten, solchen Dingen keine Aufmerksamkeit zu schenken, meinten sie eigentlich, daß sie nicht viel darüber redeten. Cops wurden nicht dazu ausgebildet oder dafür bezahlt, etwas zu vergessen, geschweige zu ignorieren.

In dem Sinne, dachte Raman, war er der perfekte Spion. Von den Vereinigten Staaten von Amerika zu einem Gesetzesvollzugsbeamten ausgebildet, hatte er sich im Dienst hervorragend bewährt, hauptsächlich im Einsatz gegen Geldfälscher. Er war ein geübter Schütze und ein sehr systematischer Denker – eine Eigenschaft, die sich schon im Studium zeigte; außerdem hatte er der Ringermannschaft des College angehört. Für einen Ermittler ist ein gutes Gedächtnis wichtig, und das hatte er. Ein fotografisches sogar, ein Talent, mit dem er schon frühzeitig der Leitung des Detail aufgefallen war, denn die Agenten, die den Präsidenten schützten, sollten in der Lage sein, von den zahlreichen Fotos, die sie bei sich führten, wenn der Boß in die Fleischpresse ging, jedes beliebige Gesicht auf Anhieb zu erkennen. Während der Fowler-Administration hatte er als junger Agent, von der Niederlassung in St. Louis abkommandiert, um bei einer Betteltour das Detail zu unterstützen, eine verdächtige Person, die, wie sich herausstellte, eine 22er Automatik in der Tasche hatte, erkannt und in Gewahrsam genommen. So geschickt und unauffällig hatte Raman den Mann aus der Menge gezaubert, daß von dessen Einlieferung in die staatliche psychiatrische Anstalt von

Missouri überhaupt nichts in die Presse kam, genau das, was man stets erreichen wollte. Dem jungen Agenten stand Leibwächter auf die Stirn geschrieben, und der damalige Direktor des USSS hatte sich seiner angenommen, also kam Raman kurz nach Roger Durlings Aufstieg zum Präsidenten ins Detail. Als neuer Angehöriger der Schutztruppe hatte er langweilige Stunden auf Posten gestanden, war neben der Limousine des Präsidenten hergelaufen und hatte sich allmählich, für einen jungen Mann jedoch ziemlich rasch, nach oben gearbeitet. Ohne zu klagen, hatte er diese quälenden Stunden geschuftet, hatte vielmehr von Zeit zu Zeit geäußert, daß er als Immigrant wußte, welche Bedeutung Amerika hatte, und daß er mit ebensolcher Begeisterung, wie seine fernen Vorfahren Darius dem Großen als ›Unsterbliche‹ gedient haben mochten, dasselbe für sein neues Land tat. Es war für ihn so einfach, wirklich, viel einfacher als die Aufgabe, die sein Bruder – ethnisch, nicht biologisch – kurze Zeit zuvor in Bagdad erfüllt hatte. Was immer die Amerikaner auch gegenüber Meinungsforschern sagen mochten, in ihren weiten und törichten Herzen liebten sie die Immigranten. Sie wußten viel, und sie lernten ständig dazu, eines aber, was sie noch lernen mußten, war, daß man niemals ins Herz eines *anderen* sehen konnte.

»Keiner am Boden, den wir einsetzen könnten«, sagte Mary Pat.

»Aber wir fangen das meiste ab«, fuhr Goodley fort. »Die NSA leistet gute Arbeit. Die gesamte Führung der Ba'ath-Partei ist hinter Gittern, und ich glaube nicht, daß sie da wieder rauskommen, zumindest nicht aufrecht.«

»Somit ist der Irak also völlig enthauptet?«

»Ein Militärrat, Obristen und Generäle der zweiten Garnitur. Das Nachmittagsfernsehen hat sie zusammen mit einem iranischen Mullah gezeigt. Kein Zufall«, sagte Bert Vasco bestimmt. »Das mindeste, was dabei rauskommt, ist eine Annäherung an den Iran. Das meiste, daß die beiden Länder sich vereinigen. In ein paar Tagen wissen wir mehr – zwei Wochen im Höchstfall.«

»Die Saudis?« fragte Ryan.

»Sie haben Zustände, Jack«, erwiderte Ed Foley sogleich. »Vor einer knappen Stunde habe ich mit Prinz Ali gesprochen. Sie haben ein Hilfspaket in der Höhe *unserer gesamten* Staatsschuld – der höchste Kreditbrief, der jemals ausgestellt worden ist – geschnürt im Bemühen, das neue irakische Regime zu gewinnen, aber keiner geht ans Telefon. Das hat Riad erschüttert. An Geschäften ist der Irak immer interessiert gewesen. Jetzt nicht.«

Und genau das machte allen Staaten auf der Arabischen Halbinsel

Angst, das wußte Ryan. Dem Westen war nicht so richtig bewußt, daß die Araber Geschäftsleute waren. Keine Ideologen, keine Fanatiker, keine Verrückten, sondern Geschäftsleute. In diesem Sinne glichen sie sehr den Amerikanern, und genau wie die Amerikaner konnten sie Menschen nicht verstehen, die keine Geschäfte machen, kein Übereinkommen erzielen, keinen Tausch machen wollten. Der Iran war ein Beispiel, nach dem Wechsel vom Schah zur Theokratie des Ajatollah Khomeini völlig verwandelt. *Die sind nicht wie wir* war gemeinhin Ausdruck für Sorge in jeder Kultur. *Die sind nicht mehr wie wir* wäre sehr besorgniserregend für die Golfstaaten, die zuvor gewußt hatten, daß es trotz politischer Differenzen stets einen Weg der Gemeinsamkeiten und der Kommunikation gab.

»Teheran?« fragte Jack als nächstes. Ben Goodley bezog die Frage auf sich.

»Offizielle Nachrichtensendungen begrüßen die Entwicklung – man spricht von Frieden und erneuerter Freundschaft, aber über nichts, das darüber hinausgeht«, sagte Goodley. »Offiziell jedenfalls. Inoffiziell gibt es allen möglichen Funkverkehr. Leute in Bagdad erbitten Instruktionen, Leute in Teheran geben sie. Für den Augenblick sagen die, die Entwicklung solle ihr eigenes Tempo bestimmen. Dann kommen die Revolutionsgerichte. Wir sehen sehr viele islamische Geistliche im Fernsehen, predigen Liebe und Freiheit und so nette Sachen. Wenn die Prozesse beginnen und die Leute anfangen, rückwärts zu Wänden zu gehen, um für Gewehrfeuer zu posieren, entsteht ein totales Vakuum.«

»Vermutlich übernimmt der Iran die Macht, oder vielleicht führt er den Irak wie eine Marionette«, sagte Vasco, als er die aufgezeichneten Meldungen überflog. »Goodley könnte recht haben. Ich lese die SigInt-Sachen zum erstenmal, habe mich die ganze Zeit auf die politische Seite konzentriert. Dieses Material hier offenbart mehr, als ich gedacht hätte.«

»Wollen Sie damit sagen, daß es noch *mehr* bedeutet, als ich angenommen habe?« fragte der NIO.

Ohne den Blick zu heben, nickte Vasco. »Ich befürchte, ja.«

»Heute im Laufe des Tages werden uns die Saudis bitten, ihnen den Rücken zu stärken«, machte Scott Adler den Präsidenten aufmerksam. »Was soll ich ihnen sagen?«

Ryans Antwort kam so schnell und automatisch, daß es ihn selber wunderte. »An unserer Verpflichtung gegenüber dem Königreich hat sich nichts geändert. Wenn sie uns brauchen, sind wir da, ein für allemal.« Und mit zwei Sätzen, sagte sich Jack, hatte er die ganze Macht und

Glaubwürdigkeit der Vereinigten Staaten von Amerika einem nichtdemokratischen Land siebentausend Meilen entfernt verpflichtet. Zum Glück kam Adler ihm entgegen.

»Dem stimme ich vollkommen zu, Mr. President. Wir können uns gar nicht anders verhalten.« Alle nickten zustimmend, sogar Ben Goodley. »Wir können das in aller Stille tun. Prinz Ali versteht es und kann auch dem König verständlich machen, daß uns ernst damit ist.«

»Als nächstes«, sagte Ed Foley, »müssen wir Tony Bretano ins Bild setzen. Er ist übrigens sehr gut. Versteht zuzuhören«, informierte der designierte DCI den Präsidenten. »Planen Sie hierüber eine Kabinettssitzung?«

Ryan schüttelte den Kopf. »Nein. Amerika verfolgt die regionalen Entwicklungen mit Interesse, aber es besteht kein Grund, uns aufzuregen. Scott, Sie lassen die Presse durch Ihre Leute informieren.«

»In Ordnung«, erwiderte der Außenminister.

»Ben, was haben Sie in Langley jetzt zu tun?«

»Mr. President, sie haben mich zum Senior Watch Officer für das Operations Center gemacht.«

Ryan wandte sich an den DCI. »Ed, er arbeitet ab jetzt für mich. Ich brauche einen NIO, der meine Sprache spricht.«

»Donnerwetter! Bekomme ich dann wenigstens einen guten Werfer zurück?« erwiderte Foley lachend. »Der Bursche hat was drauf, und ich rechnete damit, diesen Herbst ins Endspiel zu kommen.«

»Hübscher Versuch, Ed. Ben, Ihre Arbeitszeit ist jetzt noch schlimmer. Fürs erste nehmen Sie mein altes Büro, hier gleich um die Ecke. Das Essen ist aber besser«, versprach der Präsident.

Die ganze Zeit über stand Aref Raman ganz still gegen die Wand gelehnt, während seine Blicke roboterhaft von einem zum anderen huschten. Er war darauf trainiert, niemandem zu trauen, mit der möglichen Ausnahme der Frau und der Kinder des Präsidenten. Niemandem sonst. Natürlich vertrauten sie alle ihm, einschließlich derjenigen, die ihn darauf trainiert hatten, niemandem zu trauen, denn jeder mußte ja irgend jemandem trauen.

Im Grunde genommen war alles nur eine Frage des Timings, und eine Sache, die die amerikanische Erziehung und Berufsausbildung ihm beigebracht hatte, war die Geduld, auf die richtige Gelegenheit zu warten. Doch andere Dinge auf der anderen Seite des Globus brachten diesen Augenblick näher. Hinter ausdruckslosen Augen dachte Raman, daß er wohl Lenkung und Leitung brauchte. Seine Mission war nicht mehr die freigewählte Tat, die auszuführen er zwanzig Jahre zuvor versprochen hatte. Das konnte er nahezu jederzeit tun, jetzt aber war er *hier*, und während ein jeder töten könnte und eine entschlossene Person nahezu jeden töten könnte, konnte in Verfolgung eines höheren Zieles nur ein wirklich fähiger Attentäter die richtige Person im richtigen Augenblick töten. Wie herrlich ironisch, dachte er: Sein Auftrag kam von Gott, jeder Umstand zu dessen Erfüllung aber direkt vom Großen Satan selbst, personifiziert im Leben eines Mannes, der Allah am besten damit diente, daß er genau im richtigen Augenblick dahinschied. Den richtigen Augenblick zu finden war das schwerste an der Sache, und so entschied Raman, jetzt die Deckung zu verlassen. Darin steckte zwar eine Gefahr, aber, so fand er, nur eine geringe.

»Sie haben ein sehr kühnes Ziel«, sagte Badrayn gelassen. Im Inneren war er aber alles andere als gelassen. Es war atemberaubend.

»Die Welt gehört nicht den Friedfertigen«, erwiderte Daryaei, der zum erstenmal jemandem außerhalb seines inneren Zirkels aus Klerikern seine Lebensmission erklärt hatte.

Beide versuchten, die Ruhe von Pokerspielern zu wahren, während sie einen Plan diskutierten, der das Gesicht der Welt verändern würde. Für Daryaei war es eine Vorstellung, auf die er seit mehr als einer Generation hingearbeitet, hingedacht und hingeplant hatte, der Höhepunkt seines ganzen Lebens, die Erfüllung eines Traums und ein solches Ziel, daß sein Name neben den des Propheten gesetzt würde – wenn er es erreichte.

Badrayn sah nur die Macht. Die Schaffung eines Superstaates am Persischen Golf, eines Staates mit immenser wirtschaftlicher Macht, einer gewaltigen Bevölkerungszahl, sich selbst versorgend in jeder Hinsicht und in der Lage, sich über Asien und Afrika weiter auszudehnen und vielleicht so die Wünsche des Propheten Mohammed zu erfüllen, obgleich er nicht zu wissen vorgab, was der Gründer seiner Religion gewünscht haben mochte und was nicht. Das überließ er Männern wie Daryaei. Für Badrayn war das Spiel schlichtweg Macht, und Religion oder Ideologie bestimmten nur die Identität der Mannschaft. Diese Mannschaft war seine aufgrund seiner Geburt und weil er sich einmal näher mit dem Marxismus befaßt und entschieden hatte, daß der für die Aufgabe unzureichend war.

»Es ist möglich«, sagte Badrayn nach einigen weiteren Sekunden.

»Der historische Augenblick ist einzigartig. Der Große Satan ist schwach. Der Kleinere Satan ist vernichtet und seine islamischen Republiken bereit, uns in den Schoß zu fallen. Sie benötigen eine Identität, und was für eine bessere Identität könnte es geben als den heiligen Glauben?«

Daß das völlig richtig war, bestätigte Badrayn mit einem Nicken. Der Untergang der Sowjetunion und auch ihre Wiederbelebung durch die sogenannte Gemeinschaft Unabhängiger Staaten hatte ein Vakuum geschaffen. Die südlichen ›Republiken‹ waren ökonomisch immer noch mit Moskau verbunden, etwa wie eine Reihe Wagen mit einem sterbenden Zugpferd. Sie waren stets rebellische, unruhige Mini-Nationen gewesen, deren Religion sie vom atheistischen Reich abhob, und jetzt hatten sie zu kämpfen, die eigene ökonomische Identität zu errichten, so daß sie sich ein für allemal vom Zentrum des toten Landes trennen konnten, dem sie nie wirklich angehört hatten. Aber ökonomisch konnten sie nicht allein bestehen. Sie alle benötigten einen anderen Führer ins neue Jahrhundert. Diese neue Führung mußte Geld mitbringen, viel Geld, plus das vereinigende Banner von Religion und Kultur, die so lange vom Marxismus-Leninismus verleugnet worden waren. Dafür boten diese Republiken Land und Leute. Und Ressourcen.

»Das Hindernis ist Amerika, aber das brauche ich Ihnen wohl nicht erst zu sagen«, bemerkte Badrayn unnötigerweise. »Und Amerika ist zu groß und zu mächtig, um es vernichten zu können.«

»Ich bin diesem Ryan schon begegnet. Aber erst sagen Sie mir, was Sie von ihm halten.«

»Er ist kein Narr, und er ist kein Feigling«, sagte Badrayn wohlüberlegt. »Er hat persönliche Tapferkeit bewiesen, und er kennt sich in nachrichtendienstlichen Operationen sehr gut aus. Er ist sehr gebildet. Die Saudis vertrauen ihm, die Israelis ebenfalls.« Die beiden Länder zählten im Augenblick. Und ein drittes. »Die Russen kennen und respektieren ihn.«

»Weiter?«

»Man sollte ihn nicht unterschätzen. Man sollte Amerika nicht unterschätzen. Wir haben beide sehen können, was mit denen geschieht, die es tun«, sagte Badrayn.

»Aber Amerikas gegenwärtige Verfassung?«

»Was ich gesehen habe, sagt mir, daß Präsident Ryan hart daran arbeitet, die Regierung seines Landes wiederherzustellen. Das ist eine gewaltige Aufgabe, aber Amerika ist im wesentlichen ein stabiles Land.«

»Was halten Sie vom Problem in der Präsidentschaftsnachfolge?«

»Das verstehe ich nicht«, gab Badrayn zu. »Ich habe nicht genügend Berichte gesehen, um diese Frage zu verstehen.«

»Ich bin Ryan schon begegnet«, sagte Daryaei, der schließlich seine eigenen Gedanken darlegte. »Er ist ein Assistent, nicht mehr. Er erscheint stark, aber ist es nicht. Besäße er Stärke, würde er sich diesen Kealty direkt vorknöpfen. Jener Mann begeht Verrat, oder nicht? Doch das ist ohne Bedeutung. Ryan ist ein Mann. Amerika ist ein Land. Beide können angegriffen werden, gleichzeitig aus mehr als einer Richtung.«

»Löwe und Hyänen«, bemerkte Badrayn und erklärte es dann. Daryaei gefiel die Parabel so gut, daß er an seinem eigenen Platz im Bild keinen Anstoß nahm.

»Keine große Attacke, aber viele kleine?« fragte der Geistliche.

»Das hat schon früher funktioniert.«

»Und wie wäre es mit vielen großen? Gegen Amerika und gegen Ryan. Was wäre eigentlich, wenn Ryan fallen sollte? Was würde dann passieren, mein junger Freund?«

»Bei ihrem Regierungssystem würde das zu Chaos führen. Aber ich würde zu Vorsicht raten. Und ich würde Verbündete empfehlen. Je mehr Hyänen und je mehr Richtungen, desto besser ist der Löwe zu bedrängen. Und was das betrifft, Ryan persönlich anzugreifen«, fuhr Badrayn fort, wobei er sich fragte, ob das nicht ein Fehler wäre, »der Präsident der Vereinigten Staaten ist ein schwieriges Ziel, sehr gut geschützt und sehr gut informiert.«

»So bin ich ebenfalls informiert«, erwiderte Daryaei hinter dunklen Augen, bar jeglichen Ausdrucks. »Welche Länder würden Sie uns als Verbündete empfehlen?«

»Haben Sie dem Konflikt zwischen Japan und Amerika besondere Aufmerksamkeit geschenkt?« fragte Badrayn. »Haben Sie sich schon mal Gedanken darüber gemacht, wieso manche großen Hunde nicht bellen?« Es war eine eigenartige Sache mit großen Hunden. Sie waren stets hungrig. Mehr als einmal jedoch hatte Daryaei über Ryan und seinen Schutz gesprochen. Ein Hund war der hungrigste von allen. Es würde eine interessante Meute werden.

»Vielleicht hat einfach etwas versagt.«

Die Vertreter von Gulfstream saßen mit Beamten der Schweizer Flugaufsichtsbehörde und dem Flugdienstleiter des Unternehmens, dem die Maschinen gehörten, zusammen. Das Flugzeug war von einer lokalen Firma ordnungsgemäß gewartet worden. Alle Ersatzteile waren von anerkannten Lieferanten gekommen. Das Schweizer Unternehmen, das die Wartung vorgenommen hatte, konnte zehn Jahre Unfallfreiheit vorweisen und unterstand derselben Behörde, die jetzt die Ermittlungen führte.

»Es wäre nicht das erstemal«, sagte der Gulfstream-Vertreter. Der Flugdatenschreiber war zwar ein sehr robustes Gerät, aber mitunter kam es doch vor, daß sie einen Absturz nicht heil überstanden. Eine sorgfältige Suche durch die USS *Radford* hatte Signale des Ortungssenders nicht aufgefangen. Außerdem war das Meer zu tief für eine Flächensuche, und dann gab es noch das Problem mit den Libyern, die nicht wollten, daß fremde Schiffe in ihren Gewässern rumschnüffelten. Ja, wenn die vermißte Maschine ein Großraumflugzeug gewesen wäre, dann wäre es anders gewesen, aber ein Geschäftsflugzeug mit zwei Mann Besatzung und drei Passagieren – von denen auch noch einer tödlich erkrankt war – war nicht wichtig genug. »Ohne die Daten läßt sich nicht viel sagen. Triebwerkversagen war gemeldet worden, und das konnte an schlechtem Treibstoff liegen, schlechter Wartung...«

»Bitte!« verwahrte sich der Vertreter der Wartungsfirma.

»Ich spreche doch allgemein«, verdeutlichte Gulfstream. »Oder auch ein Pilotenfehler. Ohne genauere Daten läßt sich nichts Konkretes sagen.«

»Der Pilot hatte viertausend Stunden in diesem Typ. Der Kopilot über zweitausend«, sagte der Vertreter der Eignerfirma schon zum fünftenmal an diesem Nachmittag.

Sie alle dachten dasselbe. Der Flugzeughersteller hatte den ausgezeichneten Ruf in bezug auf Sicherheit seiner Maschinen zu verteidigen. Es gab nur wenige Hersteller, bei denen die großen Fluggesellschaften ihre Maschinen ordern konnten, und genauso wichtig, wie für sie die Sicherheit war, war sie es auch für die Produzenten von Busineß-Jets, bei denen der Wettbewerb noch härter war. Die Käufer solcher Unternehmensspielzeuge hatten ein langes Erinnerungsvermögen, und ohne genaue Informationen würden sie sich, angesichts der wenigen Abstürze, die es gab, nur an ein vermißtes Flugzeug mit vermißten Passagieren erinnern.

Auch die Wartungsfirma hatte kein Interesse daran, unbedingt mit einem tödlichen Unfall in Verbindung gebracht zu werden. Auch eine Wartungsfirma konnte ihre Kunden verlieren, ganz abgesehen von dem Ärger, den es mit der Schweizer Flugaufsichtsbehörde geben konnte.

Der Eigner hatte zumindest an Ansehen zu verlieren, ohne triftigen Grund wollte er keine Verantwortung übernehmen.

Und so gab es für keinen von ihnen einen Grund, die Verantwortung zu übernehmen, nicht ohne den Flugdatenschreiber. Die Männer um den Tisch sahen einander an und dachten alle dasselbe: Auch gute Leute machten Fehler, aber nur selten gaben sie sie zu. Der Vertreter der Behörde hatte sich die schriftlichen Berichte angeschaut und war zufrieden, daß das alles in Ordnung war. Jetzt konnte nichts weiter unternommen werden, außer mit der Herstellerfirma der Triebwerke zu sprechen und eine Probe des Treibstoffs zu bekommen. Das erstere war einfach. Das letztere nicht. Am Schluß würden sie auch nicht mehr wissen als jetzt. Gulfstream würde ein paar Verkäufe einbüßen. Die Wartungsfirma würde von der Behörde etwas genauer überprüft. Der Eigner würde eine neue Maschine kaufen müssen. Um sich loyal zu erweisen, würde es wiederum ein G-Klasse-Busineß-Jet sein und demselben Wartungsunternehmen anvertraut werden. Das würde alle zufriedenstellen, selbst die Schweizer Behörden.

Springer-Inspektor wurden besser bezahlt als Straßenagenten, aber Pat O'Day regte sich immer noch darüber auf, den Großteil des Tages damit verbringen zu müssen, Berichte zu lesen, die Agenten oder deren Sekretärinnen verfaßten. Niedrigere Dienstgrade überprüften gegenseitig die Angaben auf Unstimmigkeiten, er tat noch einmal dasselbe und schrieb sorgfältig eigene Notizen mit Bleistift auf seine gelben Blätter, die *seine* Sekretärin dann für zusammenfassende Berichte an Direktor Murray kollationierte. Echte Agenten, glaubte O'Day implizit, tippten ihre Berichte nicht. Er beendete seine Gespräche am Buzzard's Point beizeiten und entschied, daß sein Büro im Hoover Building ihn nicht benötigte. Die Ermittlungen brachten in der Tat immer weniger. Die ›neuen‹ Informationen waren alles Vernehmungen, von denen jede einzelne die Informationen bestätigte, die bereits herausgefunden worden und in umfangreichen Dokumenten mit Verweisen und Querverweisen festgehalten waren.

»Diesen Teil hab' ich schon immer gehaßt«, sagte ADIC Tony Caruso. Das war der Punkt, an dem der Bundesanwalt alles hatte, was er brauchte, um eine Verurteilung zu erreichen, doch, Anwalt, der er war, hatte er nie genug – als ob der beste Weg, einen Ganoven zu verurteilen, der wäre, die Geschworenen zu Tode zu langweilen.

»Nicht mal der Hauch einer gegenteiligen Aussage. Dieser Fall ist im Sack, Tony.« Die beiden Männer waren schon lang miteinander befreundet. »Zeit für mich, etwas Neues und Aufregendes zu bekommen.«

»Du Glücklicher. Wie geht's Megan?«

»Neue Kindertagesstätte seit heute. Giant Steps, am Ritchie Highway.«

»Dieselbe«, stellte Caruso fest. »Ja, ich glaube, das ist sie.«

»Was?«

»Die Ryan-Kinder – ach, du warst nicht hier, als diese ULA-Bastards zugeschlagen haben.«

»Sie hat gar nichts – die Besitzerin dieser Stätte hat gar nichts gesagt... na, ich nehme an, das sollte sie auch nicht, stimmt's?«

»Unsere Brüder sind diesbezüglich ein bißchen pingelig. Ich kann mir vorstellen, der Service hat sie lange darüber aufgeklärt, was sie sagen darf und was nicht.«

»Schätze, da helfen ein paar Agenten mit den Fingerfarben.« O'Day überlegte einen Augenblick. Im 7-Eleven die Straße gegenüber war ein neuer Mitarbeiter gewesen. Er erinnerte sich, daß er noch gedacht hatte, als er seinen Kaffee bekam, daß dieser Bursche ein bißchen zu geschniegelt war für so früh am Morgen. Hm. Morgen würde er den Burschen nach einer Waffe beäugen, wie der es mit ihm sicher bereits getan hatte, und aus professioneller Höflichkeit würde er ihm seine Dienstmarke zeigen, begleitet von einem Zwinkern und einem Nicken.

»Bißchen überqualifiziert«, stimmte Caruso zu. »Aber was zum Teufel, es kann doch nicht schaden zu wissen, daß Sicherheitskräfte da sind, wo dein Kind ist.«

»Du sagst es, Tony.« O'Day erhob sich. »Egal, ich werde sie jetzt abholen.«

»Hauptquartier-Kotzbrocken. Achtstundentag«, knurrte der Assistant Director in Charge vom Washington Field Office.

»Du wolltest ja unbedingt 'n hohes Tier werden, Don Antonio.«

Es war immer befreiend, die Arbeit zu verlassen. Die Luft roch frischer beim Gehen als beim Kommen. Er ging hinaus zu seinem Pick-up, zog seine Anzugjacke aus und schlüpfte in seine zehn Jahre alte Lederjacke, eine Fliegerjacke der Navy, schon so weit ausgebeult, daß sie richtig bequem war. Als nächstes kam der Schlips dran. Zehn Minuten später befand er sich auf der Route 50 nach Annapolis, unmittelbar vor der Bugwelle aus Regierungspendlern. Der Verkehr war heute günstig, und kurz vor der vollen Stunde fuhr er auf den Parkplatz von Giant Steps. Diesmal sah er sich nach offiziellen Autos um. Dabei war der Secret Service ziemlich clever. Seine Autos hatten, genau wie die vom Bureau, ganz normale Nummernschilder, und sie hatten sogar gelernt, sie nicht so offensichtlich billig und neutral zu spritzen, daß sie dann doch wieder als Cop-Autos erkannt wurden. Dennoch bemerkte er zwei, parkte genau neben einem und schaute sich dessen Radio an. Danach machte er sich Gedanken über seine eigene Tarnung und beschloß, herauszufinden, wie gut *sie* waren. Doch wenn sie auch nur halbwegs kompetent wären, hätten sie seine Identität längst herausgefunden durch die Unterlagen, die er am Morgen Mrs. Daggett gegeben hatte, oder schon vorher. Zwischen FBI und USSS bestand kräftige berufliche Rivalität. Im Grunde genommen hatte das FBI mit einer Handvoll Secret-Service-Agenten begonnen, war aber mittlerweile viel größer geworden und hatte auch sehr viel Erfahrung in der Ermittlung bei Verbrechen gesammelt. Was nicht heißen sollte, daß der Secret Service nicht verdammt gut war, aber, wie Tony Caruso richtig bemerkt hatte, sehr pingelig. Na ja, sie waren vermutlich die bedeutendsten Babysitter der Welt.

Er zog den Reißverschluß seiner Jacke hoch, ging über den Parkplatz und erblickte einen ziemlich großen Burschen direkt in der Tür. Würde er unerkannt bleiben? Schnurstracks ging O'Day an ihm vorbei, einfach bloß ein Vater, der seinen Matz abholte. Drinnen brauchte er nur die Kleidung genauer in Augenschein zu nehmen und auf Ohrhörer zu achten. Jo, zwei Agentinnen, die lange Hänger trugen und darunter sicher ihre 9-mm-SigSauer-Automatik hatten.

»Daddy!« rief Megan und sprang auf die Füße. Neben ihr war ein anderes Kind von etwa gleichem Alter und Aussehen. Der Inspektor ging zu seiner Tochter hin, um sich anzusehen, was sie den Tag über gemalt hatte.

»Entschuldigen Sie!« Und durch seine Jacke spürte er den leichten Druck einer Hand auf seiner Service-Automatik.

»Sie wissen, wer ich bin«, sagte er, ohne sich umzudrehen.

»Ach! Jetzt ja.« Und dann erkannte O'Day ihre Stimme. Er drehte sich um und erblickte Andrea Price.

»Degradiert?« Er stand unmittelbar vor ihr und sah ihr ins Gesicht. Die zwei Agentinnen bei den Kindern behielten ihn ebenfalls genauestens im Auge, alarmiert durch die Wölbung in der Lederjacke. Nicht schlecht, dachte O'Day. Sie hatten schon genau hinschauen müssen; daß das Leder so auftrug, war gut für ein Versteck. Beide hatten ihre Arbeitshände frei, und der Ausdruck ihrer Augen konnte nur einem Ungeübten als gleichgültig oder beiläufig erscheinen.

»Ich mach' die Runde. Überprüfe die Maßnahmen für alle Kinder«, erklärte Andrea Price.

»Das ist Katie«, sagte Megan, womit sie ihre neue Freundin vorstellte. »Und das ist mein Daddy.«

»Hallo, Katie!« Und zu Andrea gewandt: »Ist sie …?«

»SANDBOX, First Toddler der Vereinigten Staaten«, bestätigte Price.

»Und einer über der Straße?« Dienst ging vor.

»Zwei, lösen sich ab.«

»Sie sieht aus wie ihre Mutter«, sagte Pat über Katie Ryan. Und um höflich zu sein, zückte er den Dienstausweis und zeigte ihn der näheren Agentin, Marcella Hilton.

»Sie sollten umsichtig vorgehen, wenn Sie uns überprüfen wollen, okay?« fragte Price.

»Ihr Mann an der Tür wußte, wer ich bin, als ich reinkam. Der sieht aus, als käme er zurecht.«

»Don Russel, tut er, aber ...«

»Aber so etwas wie ›zu umsichtig‹ gibt es nicht«, stimmte Inspektor O'Day zu. »Jawohl, okay, ich gebe zu, ich wollte sehen, ob alles auf Zack ist. He, meine kleine Tochter ist auch hier. Ich nehme an, dieser Ort ist jetzt ein Zielobjekt.« *Verdammt,* sagte er nicht laut.

»Haben wir also bestanden?«

»Einer über der Straße, hier kann ich drei sehen. Ich wette, Sie haben noch drei weitere draußen, so im Umkreis von hundert Yards. Wollen Sie, daß ich mich nach dem Suburban und den langen Waffen umsehe?«

»Schauen Sie nur genau hin. Wir haben sie gut versteckt.« Den einen im Gebäude, den er noch nicht gesehen hatte, erwähnte sie auch nicht.

»Ich wette, das haben Sie, Agent Price«, stimmte O'Day ihr zu und sah sich noch einmal um. Da waren zwei versteckte Kameras, die unlängst angebracht worden sein mußten. Das erklärte auch den feinen Geruch nach Farbe, was wiederum erklärte, wieso keine kleinen Handabdrücke an den Wänden waren. Das Gebäude war vermutlich verdrahtet wie ein Spielautomat. »Ich muß zugeben, saubere Arbeit. Gut«, schlußfolgerte er.

»Etwas Neues über den Crash?«

Pat schüttelte den Kopf. »Eigentlich nicht. Wir sind heute noch einmal ein paar Vernehmungsprotokolle durchgegangen. Die paar Unstimmigkeiten sind zu minimal, als daß sie etwas bedeuten könnten. Die Mounties leisten übrigens hervorragende Arbeit für uns. Die Japaner ebenfalls. Ich glaube, sie haben mit jedem gesprochen, von Satos Kindergartenerzieherin an aufwärts. Sie haben sogar zwei Stewardessen ausfindig gemacht, mit denen er nebenbei spielte. Der Fall ist im Sack, Price.«

»Andrea«, erwiderte sie.

»Pat.«

Und beide lächelten.

»Was tragen Sie?«

»Smith 1076. Besser als die 9-mm-Mäusepistole, die ihr habt.« Das sagte er in etwas überheblichem Ton. O'Day hielt viel davon, große Löcher zu machen, in Zielscheiben, wenn nötig aber auch in Menschen.

Der Secret Service hatte seine eigene Waffenpolitik, und auf diesem Gebiet, da war er überzeugt, hatte das Bureau die besseren Ideen. Sie biß nicht zurück.

»Tun Sie uns einen Gefallen? Wenn Sie das nächstemal reinkommen, zeigen Sie dem Agenten draußen Ihren Ausweis. Wird nicht immer derselbe sein.« Sie bat ihn nicht einmal, seine Waffe im Auto zu lassen. Verdammt, es gab also doch kollegiale Höflichkeit.

»Na, wie macht er sich so?«

»SWORDSMAN?«

»Dan – Direktor Murray – hält sehr viel von ihm. Die kennen sich schon ewig. Dan und ich auch.«

»Harter Job, aber, wissen Sie – Murray hat recht. Ich bin schon schlimmeren Menschen begegnet. Er ist auch klüger, als er herausläßt.«

»Wie ich gesehen hab', kann er gut zuhören.«

»Besser noch, er stellt Fragen.« Sie fuhren beide herum, als ein Kind schrie, durchforschten gleichzeitig und auf die gleiche Art den Raum und wandten sich dann wieder den beiden kleinen Mädchen zu, die für ihre Kunstwerke die Buntstifte teilten. »Ihres und unseres scheinen gut miteinander auszukommen.«

*Unseres,* dachte Pat. *Unsere* war jedenfalls das Schlüsselwort. Wie Löwinnen um ihre Jungen beziehungsweise um ihr Junges in diesem Fall. O'Day fragte sich, wie er diese Aufgabe wohl angepackt hätte. Es mußte doch langweilig sein, einfach bloß so Posten zu stehen, nur, daß man sich nicht langweilen durfte. Und das war ein harter Kampf. Er hatte genügend ›diskrete Beaufsichtigungen und Überwachungen‹ übernehmen müssen, eine ziemliche Leistung für jemanden von seiner Größe, doch das hier wäre für ihn noch viel schlimmer. Trotzdem, das geübte Auge sah den Unterschied zwischen ihnen und den Erzieherinnen hier in dem Raum.

»Andrea, sieht aus, als ob ihr euern Job versteht. Warum so viele?«

»Ich weiß, wir haben hier am Ort zu viele.« Price neigte den Kopf. »Wir sind noch bei den Überlegungen. He, wir haben einen mächtigen Schlag auf'm Hill abbekommen, das wissen Sie. So was soll nicht wieder geschehen, nicht unter meinen Augen, nicht solange ich das Detail leite, und wenn die Presse rumschreit, ist mir das scheißegal.« Sie sprach wie ein echter Cop.

»Ma'am, mir ist's recht. Ich denke genauso. Nun, mit Ihrer Erlaubnis, ich muß nach Hause und Makkaroni mit Käse machen.« Er schaute nach unten. Die beiden Mädchen waren schwierig auseinanderzuhalten, zumindest für den flüchtigen Betrachter. Das war ein wenig beunruhigend, aber das war auch der Grund, daß der Service hier war.

»Wo üben Sie?« Er brauchte nicht zu sagen *was.*

»Im alten Postgebäude nicht weit vom White House ist der Schießstand. Jede Woche«, sagte sie ihm. »Jeder der Agenten und Agentinnen ist Experte, und ich setze auf Don gegen den Rest der Welt.«

»Wirklich.« O'Days Augen funkelten. »Das sollten wir mal abchekken.«

»Bei Ihnen oder bei mir?« fragte Price, ebenfalls mit einem Funkeln in den Augen.

»Mr. President, Mr. Golowko auf drei.« Das war der direkte Anschluß. Sergej Nikolajewitsch spielte sich wieder auf.

Jack drückte den Knopf. »Ja, Sergej?«

»Iran.«

»Ich weiß«, sagte der Präsident.

»Wieviel?« fragte der Russe, der die Koffer schon gepackt hatte für die Heimreise.

»In zehn Tagen oder so werden wir es wissen.«

»Einverstanden. Ich biete Kooperation an.«

Das wurde langsam zur Gewohnheit, dachte Jack, doch es blieb immer etwas, über das man erst nachdenken mußte. »Ich werde mit Ed Foley darüber sprechen. Wann sind Sie wieder zu Hause?«

»Morgen.«

»Rufen Sie mich dann an.« Erstaunlich, daß er mit einem ehemaligen Feind so reibungslos sprechen konnte. Den Kongreß mußte er ebenfalls dazu bringen, dachte der Präsident lächelnd. Ryan stand vom Schreibtisch auf und ging zu den Sekretärinnen ins Zimmer. »Wie wär's mit was zum Knabbern vor meinem nächsten Termin ...«

»Hello, Mr. President!« sagte Price. »Hätten Sie vielleicht eine Minute?«

Ryan winkte sie zu sich herein, während seine Sekretärin Nummer zwei in der Küche anrief. »Ja?«

»Ich wollte Ihnen nur sagen, ich habe mir sämtliche Sicherheitsmaßnahmen für Ihre Kinder angeschaut. Es ist alles bestens.« Wenn das POTUS erfreute, ließ er es sich nicht anmerken, dachte Andrea. Doch das war verständlich. *He, wir haben genug Leibwächter bei Ihren Kindern.* Was für eine Welt. Zwei Minuten später sprach sie mit Raman, der gerade seinen Dienst beendete, nachdem er seit 5.00 Uhr im White House war. Wie gewöhnlich gab es nichts zu melden. Es war ein ruhiger Tag gewesen.

Der jüngere Agent ging hinaus zu seinem Auto und fuhr vom

Grundstück, aber nicht, ohne den Posten am Tor seinen Passierschein zu zeigen und zu warten, daß das mächtige Tor sich öffnete – ein neun Zoll starker Pfosten hielt die Hinauswollenden zurück, stark genug, einen Kipplaster zu stoppen. Von da fuhr er durch die Betonbarrikaden auf der Pennsylvania Avenue, die bis vor kurzem eine öffentliche Straße gewesen war. Er bog nach Westen ab und fuhr in Richtung Georgetown, wo er eine Dachgeschoßwohnung hatte, aber diesmal fuhr er nicht bis nach Hause, sondern bog in die Wisconsin Avenue ein und dann wieder nach rechts, um zu parken.

Irgendwie war es schon amüsant, daß der Mann Teppichhändler war. Viele Amerikaner dachten, daß Iraner entweder Terroristen wurden oder Teppichhändler oder unhöfliche Ärzte. Dieser hier hatte Persien – die meisten Amerikaner verbanden Perserteppiche nicht mit Iran, als ob das zwei verschiedene Länder wären – vor über fünfzehn Jahren verlassen. An der Wand hing ein Foto von seinem Sohn, der im Iranisch-Irakischen Krieg gefallen war. Das stimmte. Denen, die sich dafür interessierten, erzählte er auch, daß er die Regierung seines früheren Heimatlandes haßte. Das stimmte nicht. Er war ein sogenannter Schläfer, ein nichtaktiver Agent. Er hatte nie auch nur einen einzigen Kontakt mit jemandem gehabt, der seinerseits Verbindungen nach Teheran hatte. Vielleicht war er überprüft worden. Höchstwahrscheinlich aber nicht. Er gehörte keiner Vereinigung an, beteiligte sich nicht an Demonstrationen, äußerte keine Meinung und widmete sich nur seinem gutgehenden Geschäft – wie Raman ging er nicht einmal in die Moschee. Er war auch Raman noch nie begegnet, und so sah er ihn nur als potentiellen Kunden, als dieser zur Tür hereinkam. Statt dessen trat sein Besucher, nachdem er sich vergewissert hatte, daß im Augenblick niemand sonst im Laden war, direkt an den Schalter.

»Das Bild an der Wand. Er sieht aus wie Sie. Ihr Sohn?«

»Ja«, erwiderte der Mann mit einer Traurigkeit, die ihn nie verlassen hatte, versprochenes Paradies hin oder her. »Er ist im Krieg gefallen.«

»Viele haben in dieser Auseinandersetzung Söhne verloren. War er ein religiöser Junge?«

»Zählt das heute noch?« fragte der Händler und blinzelte.

»Das zählt immer«, sagte Raman mit einer Stimme, die vollkommen gleichgültig klang.

Dann gingen die beiden Männer zu dem näheren von zwei Teppichstapeln. Der Händler bog ein paar Ecken um.

»Ich bin in Position. Ich benötige Instruktionen zum Zeitpunkt.« Raman hatte keinen Decknamen, und der Erkennungssatz, den er gerade verwendet hatte, war nur drei Männern bekannt. Der Händler wußte nichts, außer, die neun Wörter, die er gerade gehört hatte, jemand anderem zu wiederholen, dann auf eine Antwort zu warten und sie zu überbringen.

»Würden Sie bitte ein Formular für mein Kundenverzeichnis ausfüllen?«

Raman schrieb Namen und Adresse einer wirklichen Person hin. Die hatte er aus dem Telefonbuch – genauer gesagt, aus einem Crisscross-Verzeichnis im White House, das es ihm leichtgemacht hatte, eine Nummer auszuwählen, die sich in einer Ziffer von seiner unterschied. Ein Punkt über der sechsten Ziffer sagte dem Händler, wo er 1 und 3 addieren sollte, um 4 zu erhalten und so die Rufnummer zu vervollständigen. Das war ein ausgezeichneter Trick, den sein Savak-Ausbilder von einem Israeli mehr als zwei Jahrzehnte zuvor erfahren und nicht vergessen hatte, so wie beide Männer aus der heiligen Stadt Ghom kaum je etwas vergaßen.

## 22 / Zeitzonen

Die Größe der Erde und die Lage der Krisenherde führten zu großen Unannehmlichkeiten. Amerika ging gerade schlafen, wenn andere Teile der Welt zu einem neuen Tag erwachten, eine Situation, die dadurch verschlimmert wurde, daß die Leute, die acht oder neun Stunden voraus waren, gleichzeitig diejenigen waren, auf die die übrige Welt zu reagieren hatte. Dazu kam die Tatsache, daß Amerikas gepriesener CIA wenig an Agenten dort hatte. Das reduzierte die Arbeit von STORM TRACK und PALM BOWL hauptsächlich darauf, zu berichten, was die örtliche Presse und das lokale Fernsehen sagten. Und so mühten sich, während der US-Präsident schlief, Leute ab, Informationen zu sammeln und zu analysieren, die, wenn er sie zu sehen bekam, um einen Arbeitstag verspätet waren, und die Analysen davon mochten richtig sein oder auch nicht. Außerdem waren die besten Geheimdienstoffiziere in Washington zum größten Teil rangmäßig so hoch, daß sie keinen Nachtdienst zu machen brauchten, und so mußten sie ebenfalls erst in Fahrt gebracht werden, ehe sie ihre eigenen Erklärungen abgeben konnten, die wiederum Diskussionen und Debatten zur Folge hatten und zu weiterer Verzögerung der Präsentation von Informationen führten, die für die Sicherheit des Landes von vitalem Interesse waren. Militärisch ausgedrückt, hieß es,

›die Initiative haben‹ – den ersten Schritt tun, physisch, politisch oder psychologisch. Wieviel besser war es da, wenn die andere Seite in dem Wettlauf einen drittel Tag später startete.

Etwas besser ging es in Moskau, das nur eine Stunde hinter Teheran zurücklag und in derselben Zeitzone wie Bagdad, aber hier war das RVS, der Nachfolger des KGB, ausnahmsweise einmal in derselben unglücklichen Lage wie der CIA. Auch seine Netze waren in beiden Ländern so gut wie völlig ausradiert. Wiederum lagen die Probleme seinen eigenen zu Hause etwas näher, wie Sergej Golowko feststellen würde, wenn sein Flugzeug in Scheremetjewo landete.

Das größte Problem im Augenblick war die Aussöhnung. Das Morgenfernsehen im Irak verkündete, daß die neue Regierung in Bagdad die Vereinten Nationen dahingehend informiert habe, allen internationalen Inspektionsteams würde völlige Freiheit eingeräumt, beliebige Einrichtungen im Land aufzusuchen, ohne jegliche Störung oder Behinderung; jedem Wunsch würde unverzüglich und bereitwillig entsprochen; die neue Bagdader Regierung wünschte, daß alle dem Land auferlegten Handelsbeschränkungen so schnell wie möglich aufgehoben würden. Im Augenblick, so wurde verkündet, würde das Nachbarland Iran damit beginnen, gemäß der alten islamischen Richtlinien von Mitleid mit denen, die sich in Not befinden, Nahrungsmittel ins Land zu bringen; und das in Erwartung der Bereitschaft des Landes, der Völkergemeinschaft wieder beizutreten. Videos, in PALM BOWL vom Basraer Fernsehen aufgenommen, zeigten den ersten Konvoi iranischer Lkws, mit Weizen beladen, die irakische Grenze überqueren. Weitere Bilder zeigten irakische Grenzposten, die ihre Barrieren aus dem Weg räumten und die Lkws durchwinkten, während die iranischen Kollegen auf ihrer Seite der Grenze friedlich dabeistanden und keine Waffen zu sehen waren.

In Langley wurden Berechnungen angestellt bezüglich der Anzahl der Lkws der Menge ihrer Fracht und der Anzahl der Brote, die sie ergeben würde. Man kam zu der Schlußfolgerung, daß ganze Schiffsladungen notwendig wären, wenn die Aktion mehr als nur ein symbolischer Akt sein sollte. Aber Symbole *waren* wichtig, und die Schiffe wurden soeben beladen, wie mit Hilfe von Satelliten festgestellt worden war. Funktionäre der Vereinten Nationen in Genf nahmen die Wünsche aus Bagdad mit Freuden auf und übermittelten die entsprechenden Anweisungen unverzüglich an ihre Inspektionsteams, für die bereits Mercedes-Limousinen bereitstanden, mit denen sie zu den auf ihren Inspektionslisten erstgenannten Einrichtungen gefahren wurden. Hier fanden sie Fernsehteams vor, die ihnen überallhin folgten, und freundliche Mitarbeiter der entsprechenden Einrichtung, die ihre Freude darüber verkündeten, nun endlich alles sagen zu dürfen, und Anregungen gaben, wie man eine Anlage zur Produktion chemischer Waffen demontierte, die als Fabrik zur Herstellung von Insektiziden getarnt gewesen war. Schließlich beantragte der *Iran* eine Sondersitzung des UN-Sicherheitsrates, um die Aufhebung noch bestehender Handelssanktionen zu beraten, etwas, das so gewiß war wie das Aufgehen der Sonne. Innerhalb von zwei Wochen würde sich die Nahrungsaufnahme mindestens um durchschnittlich fünfhundert Kalorien erhöhen. Die psychologische Auswirkung, die das haben würde, war nicht schwierig zu ermessen, und das führende Land bei der Wiederherstellung der Normalität in dem an Öl reichen, aber isolierten Land war sein früherer Feind, der Iran – der wie immer Religion als motivierenden Faktor anführte, die Hilfeleistung zu erklären.

»Morgen werden wir Bilder zu sehen bekommen, wie von den Moscheen Brot verteilt wird«, sagte Major Sabah voraus.

»Ihre Meinung, Sir?« fragte der höhere amerikanische Offizier.

»Die beiden Länder werden sich vereinigen«, erwiderte Sabah ernst. »Und zwar bald.«

Man brauchte nicht unbedingt zu fragen, wieso die noch funktionierenden irakischen Waffenfabriken den Inspektoren zugänglich gemacht wurden. Der Iran hatte alles, was er brauchte.

Das grenzte ja an Zauberei. Dies war der schlichte Ausdruck, mit dem etwas so clever Vollzogenes erklärt werden sollte, daß es keine fertige Erklärung dafür gab, und die einfachste Technik, deren man sich bediente, war die, die Zuschauer mit einer deutlich sichtbaren, sich bewegenden Hand abzulenken, während die andere etwas ganz anderes tat. Und genauso geschah es mit den Nationen. Während die Lkws rollten und die Schiffe beladen wurden und die Diplomaten einbestellt wurden und Amerika erwachte, um zu erkennen, was vor sich ging, war es in Teheran bereits Abend.

Badrayns Kontakte waren so nützlich wie immer, und was er nicht konnte, vermochte Daryaei. Der als ziviles Flugzeug gekennzeichnete Busineß-Jet startete von Mehrabad Richtung Osten, wobei er in einem zweistündigen Flug zuerst über Afghanistan, dann Pakistan flog und schließlich in der unbekannten Stadt Rutog an der pakistanisch-indisch-chinesischen Grenze landete. Die Stadt lag im Kunlungebirge und wurde von chinesischen Muslims bewohnt. Es gab hier einen Luftwaffenstützpunkt mit ein paar MiG-Kampfflugzeugen aus lokaler Produktion und einer einzigen Landebahn, alles getrennt von dem kleinen Regionalflughafen, den die Stadt auch noch aufzuweisen hatte. Von Neu-Delhi war der Ort knapp sechshundert Meilen entfernt, hingegen von Peking fast zweitausend Meilen, obwohl das Territorium chinesisch war. Kurz nach Sonnenuntergang landeten drei Flugzeuge kurz nacheinander, rollten bis zum Ende der Rampe und parkten dort. Militärfahrzeuge brachten ihre Insassen zu den Bereitschaftsräumen der lokalen MiG-Besatzungen. Der Ajatollah Mahmoud Hadschi Daryaei war sauberere Unterkünfte gewohnt, und schlimmer noch, er konnte den Gestank von gekochtem Schweinefleisch kaum ertragen, das schon immer zur chinesischen Küche gehörte. Er überging das. Er war ja nicht der erste Gläubige, der mit Heiden und Ungläubigen zu tun hatte.

Die indische Premierministerin war freundlich. Daryaei war sie schon mal auf einer regionalen Handelskonferenz begegnet und hatte ihn als zurückhaltend und misanthrop, um nicht zu sagen, misogyn empfunden. Das hatte sich, wie sie feststellte, nicht sehr geändert.

Als letzter traf Zhang Han San ein. Dem war die Inderin auch schon begegnet. Er war ein rundlicher, scheinbar fröhlicher Mensch – solange man seine Augen nicht näher betrachtete. Selbst seine Witze erzählte er im Bestreben, dabei noch etwas über seine Gesprächspartner zu erfahren. Von den dreien war er der einzige, über dessen Funktion die anderen nicht ganz Bescheid wußten. Es war jedoch klar, daß er volle Handlungsvollmacht besaß, und da sein Land das mächtigste dieser drei war, wurde es auch nicht als Beleidigung angesehen, daß ein bloßer Minister ohne Geschäftsbereich mit Staats- beziehungsweise Regierungschefs verhandelte. Die Konferenz wurde in Englisch geführt, mit Ausnahme von Zhangs Verabschiedung des Generals, der die Begrüßungen vorgenommen hatte.

»Bitte verzeihen Sie, daß ich nicht hiergewesen bin, als Sie ankamen. Der ... Verstoß gegen das Protokoll wird aufrichtig bedauert.« Tee wurde serviert und ein paar leichte Snacks. Die Zeit reichte nicht für ein richtiges Mahl.

»Das macht doch nichts«, erwiderte Daryaei. »Eile bringt immer Unannehmlichkeiten mit sich. Was mich betrifft, ich bin Ihnen äußerst dankbar, unter so besonderen Umständen zu diesem Treffen bereit zu sein.« Er wandte sich der Inderin zu. »Und Ihnen, Frau Premierministerin, daß Sie ebenfalls gekommen sind. Gott segne diese Konferenz!« schloß er.

»Meinen Glückwunsch zu den Entwicklungen im Irak«, sagte Zhang und fragte sich, ob das Programm jetzt gänzlich in Daryaeis Händen lag, so geschickt hatte er die Tatsache herausgestrichen, daß er die Versammlung einberufen hatte. »Es muß äußerst befriedigend sein, nach so vielen Jahren Uneinigkeit zwischen Ihren beiden Völkern.«

*Ja*, dachte Indien, während sie ihren Tee trank. *Wie clever, den Mann zu einer so geschickten Zeit zu ermorden.* »Wie können wir also zu Diensten sein?« fragte sie und übergab damit Daryaei und dem Iran das Wort, zum nicht gezeigten Verdruß von China.

»Sie sind doch unlängst diesem Ryan begegnet. Mich interessiert, was Sie für einen Eindruck von ihm haben.«

»Ein kleiner Mann mit einer großen Aufgabe«, erwiderte sie unverzüglich. »Die Rede zum Beispiel, die er bei der Trauerfeier gehalten hat. Die hätte eher auf eine intime Feier im Kreis der Familie gepaßt. Auf dem Empfang später machte er einen nervösen und unsicheren Eindruck. Und seine Frau ist arrogant – eine Ärztin, Sie verstehen. Die sind das häufig.«

»Ich empfand ihn ebenso, als ich ihm vor einigen Jahren begegnet bin«, pflichtete Daryaei ihr bei.

»Und doch regiert er ein großes Land«, stellte Zhang fest.

»Tatsächlich?« fragte der Iran. »Ist Amerika noch groß? Worin besteht denn die Größe einer Nation, wenn nicht in der Stärke ihrer Führer?« Und das, wußten die beiden anderen sogleich, war das Thema ihrer Zusammenkunft.

»Gott«, flüsterte Ryan zu sich, »ist dies ein einsamer Ort.« Der Gedanke drängte sich immer wieder auf, ganz besonders, wenn er allein im Office war. Er nahm jetzt ständig – Cathys Rat – die Lesebrille, doch das verzögerte seine Kopfschmerzen nur. Es war ja nicht so, daß er sonst kaum gelesen hätte. Jeder Job, den er in den letzten fünfzehn Jahren ausgeübt hatte, hatte das erfordert, doch die andauernden Kopfschmerzen waren was Neues. Vielleicht sollte er es mit Cathy oder einem anderen Doc besprechen? Nein. Das war nur Arbeitsstreß, und er mußte einfach lernen, damit umzugehen.

*Sicher, es ist bloß Streß. Und Krebs ist bloß eine Krankheit.*

Die gegenwärtige Aufgabe war Politik. Er las gerade ein Positionspapier, das der politische Stab drüben im OEOB ausgearbeitet hatte. Es war eine Quelle von Erheiterung, wenn nicht gar Trost, daß die nicht wußten, was sie ihm raten sollten. Ryan war nie einer politischen Partei beigetreten. Er hatte sich immer als unabhängig registrieren lassen. Vom Präsidenten aber erwartete man nicht nur, Mitglied einer Partei zu sein – er sollte *Führer* der Partei sein. Die Parteien waren noch gründlicher enthauptet als die drei Arme der Regierung. Jede hatte zwar noch einen Vorsitzenden, aber keiner von beiden wußte zur Zeit, was er tun sollte. Ein paar Tage lang hatte man angenommen, Ryan wäre Mitglied der Partei Roger Durlings. Der Irrtum war der Presse vor ein paar Tagen aufgefallen, zum kollektiven *Oh, Scheiße!* des Washingtoner Establishments. Für die ideologischen Koryphäen der Bundeshauptstadt war es, als hätten sie nach 2 + 2 gefragt und ›Chartreuse‹ zur Antwort bekommen. Vorhersagbar chaotisch war das Positionspapier das Produkt von etwa vier professionellen Politanalytikern, man konnte Absätze den jeweiligen zuordnen, es lief aber auf mehrseitiges Tauziehen hinaus. Da könnten ja seine Intelligence-Leute was Besseres zustande bringen, sagte sich Jack, tat den Ordner in den Ablagekorb und wünschte sich wieder mal eine Zigarette. Auch eine Streßfolge, das war ihm klar.

Aber er mußte dennoch ins Gemenge hinaus, Reden halten oder so, um Leute für sich einzunehmen. Das Positionspapier half dabei nicht viel. Da er sich beim Thema Schwangerschaftsabbruch schon selber ins Knie geschossen hatte, würde Ryan seine politische Haltung zu einer *Menge* verschiedener Fragen klarmachen müssen: Antidiskriminierung am einen Ende des Alphabets bis zur Wohlfahrt am anderen und Steuern, Umwelt und Gott weiß was alles dazwischen. Wenn er sich mal entschieden hätte, wo er stand bei all diesen Dingen, würde Callie Weston ihm eine Serie Reden schreiben, die er dann von Seattle bis Miami halten könnte und Gott weiß wo sonst noch dazwischen.

»Warum kann ich nicht einfach hiersein und arbeiten, Arnie?« fragte er seinen Stabschef, der gerade reinkam.

»Weil es da draußen *Arbeit* gibt, Mr. President.« Van Damm setzte sich für die neueste Unterrichtsstunde PRÄSIDENTSCHAFT 101. »Weil es, wie Sie sich ausgedrückt haben, ›eine Führungsrolle‹ ist – stimmt's?« fragte Arnie leicht hämisch. »Und Führung bedeutet, bei der Truppe zu sein, in diesem Fall bei den Bürgern. Haben wir uns verstanden, Mr. President?«

»Das genießen Sie wohl sehr?« Jack schloß die Augen und rieb sie sich unter seiner Brille. Er haßte das verdammte Ding.

»Genausosehr wie Sie.« Das war im Ganzen eine faire Bemerkung.

»Tut mir leid.«

»Die meisten, die hierherkommen, sind echt froh, wenn sie aus diesem Museum flüchten und unter echte Menschen gehen können. Natürlich macht das Leute wie Andrea nervös. Denen wäre es vermutlich sehr recht, wenn die Sie immerzu drinnen halten könnten. Aber hier kommt man sich doch wie im Gefängnis vor, oder nicht?« fragte Arnie.

»Nur wenn ich wach bin.«

»Also gehen Sie raus! Treffen Sie Leute! Erzählen Sie denen, was Sie denken, erzählen Sie, was Sie vorhaben. Teufel noch mal, die werden Ihnen zuhören. Die werden Ihnen vielleicht sogar erzählen, was *sie* denken, und vielleicht werden *Sie* dabei noch was lernen. Jedenfalls können Sie nicht *Präsident sein* und das nicht tun.«

Jack nahm das Positionspapier zur Hand. »Haben Sie das hier gelesen?«

Arnie nickte. »Jo.«

»Es ist verwirrender Müll«, sagte Ryan, über sich selbst überrascht.

»Es ist ein politisches Dokument. Seit wann ist denn Politik logisch oder vernünftig?« Er machte eine Pause. »Die Leute, mit denen ich die letzten zwanzig Jahre zusammengearbeitet habe, haben das mit der Muttermilch bekommen – na ja, vielleicht waren sie alle Flaschenkinder.«

»*Was?*«

»Fragen Sie Cathy. Eine dieser verhaltenspsychologischen Theorien. Politiker sind alle Flaschenkinder. Mammi hat sie nie gestillt, also haben die nie richtige Nestwärme verspürt, haben sich verstoßen gefühlt und so, und um das auszugleichen, gehen die raus und halten Reden und erzählen den Leuten an verschiedenen Orten die verschiedensten Dinge, die sie hören wollen, so daß sie von Fremden die Liebe und Zuneigung erhalten, die ihnen Mammi verwehrt hatte – ganz zu schweigen von solchen wie Kealty, die immer nur das Bumsen im Sinn haben. Mit echter Liebe aufgezogene Kinder andererseits, die wachsen heran, um – etwa Ärzte zu werden, nehme ich an, oder vielleicht sogar Rabbis ...«

»Was zum *Teufel!*« Der Präsident brüllte fast. Sein Stabschef grinste.

»Na, da hatte ich Sie wohl für 'ne Sekunde? Wissen Sie«, fuhr van Damm fort, »ich hab' rausgefunden, was wir wirklich verpaßt haben, als wir dieses Land gründeten.«

»Okay, ich beiss' an«, sagte Jack, die Augen wieder geschlossen und allmählich seinen Humor wiederfindend. Verdammt, dieser Arnie wußte, wie man mit einer Klasse umging.

»Einen Hofnarren, geben Sie ihm einen Kabinettsposten. Sie verstehen, einen Zwerg – entschuldigung, männliche Person mit ungewöhnlich starker vertikaler Herausforderung – in bunten Strumpfhosen und einer Narrenkappe mit Schellen dran. Geben Sie ihm einen kleinen Stuhl in der Ecke – ach, hier gibt's keine Ecke, aber was soll's, zum Teufel – und alle fünfzehn Minuten oder so sollte er auf Ihren Schreibtisch springen und Ihnen vorm Gesicht die Rassel schütteln, um Sie dran zu erinnern, daß Sie auch ab und zu pissen gehen müssen, genau wie wir alle. Haben Sie's jetzt kapiert, Jack?«

»Nein«, gab der Präsident zu.

»Sie Dummbartel! Der Job kann *Spaß* machen! Hinausgehen und Ihre Bürger sehen ist *Spaß*. Zu erfahren, was die wollen, ist wichtig, und es steckt auch etwas Erhebendes drin. Die *wollen* Sie lieben, Jack. Die wollen Sie unterstützen. Die *wollen* wissen, was Sie denken. Aber vor allem *wollen* die wissen, daß Sie einer von ihnen sind – und wissen Sie was? Sie sind der erste Präsident seit verdammt langer Zeit, der das auch wirklich *ist!* So, verflucht noch mal, erheben Sie sich vom Sessel, sagen Sie den fliegenden Pfadfindern, sie sollen den großen blauen Vogel starten, und spielen Sie das verdammte Spiel!« Er mußte nicht hinzufügen, daß der Terminplan so feststand, daß es gar nicht anders ging.

»Nicht jedem wird gefallen, was ich sage oder denke, Arnie, und ich will verdammt sein, wenn ich hingehen und lügen sollte, nur um Schmeicheleien zu hören oder Stimmen zu heischen oder sonst was.«

»Sie erwarten, daß Sie jeder liebt?« fragte van Damm. »Die meisten Präsidenten geben sich mit einundfünfzig Prozent zufrieden. Etliche mußten sich mit weniger abfinden. Ich hab' Ihnen den Kopf abgerissen wegen der Aussage zur Abtreibung – warum? Weil sie konfus war.«

»Nein, das war sie nicht, ich...«

»Hören Sie dem Lehrer zu oder nicht?«

»Also weiter«, sagte der Präsident.

»Beginnen wir: Rund vierzig Prozent der Leute wählen demokratisch, rund vierzig Prozent wählen republikanisch. Von diesen achtzig Prozent würde kaum einer sein Wahlverhalten ändern, wenn Adolf Hitler gegen Abe Lincoln antreten würde – okay?«

»Aber wieso...«

Verzweiflung: »Warum ist der Himmel blau, Jack? Es *ist* eben so, okay? Selbst wenn Sie's erklären könnten, und Astronomen können das wohl auch, der Himmel *ist* blau, also akzeptieren wir die Tatsache einfach, okay? Damit bleiben also zwanzig Prozent der Leute übrig, die mal so und mal so wählen. Die zwanzig Prozent kontrollieren die Geschicke des Landes, und wenn Sie wollen, daß alles so läuft, wie Sie möchten, sind das die Leute, die Sie erreichen müssen. So, und jetzt kommt der lustige Teil. Die zwanzig Prozent kümmert es kaum, was Sie denken.« Diese Schlußfolgerung wurde mit trockenem Lächeln dargeboten.

»Moment mal...«

Arnie hob die Hand. »Lehrer nicht unterbrechen. Die harten achtzig Prozent kümmert Ihr Charakter 'n Dreck. Sie wählen eine Partei, weil sie deren Philosophie glauben – oder Mom 'n Dad immer so wählten; der Grund zählt nicht. Egal. Kommen wir zu den wichtigen zwanzig Prozent zurück. Die kümmert das, was Sie glauben, weniger als *Ihre Person*. Und da ist die Chance, Mr. President. Politisch gesprochen, Sie haben im Office soviel zu suchen wie ein Dreijähriger im Waffengeschäft, aber Charakter haben Sie bis zum Erbrechen. Das müssen wir ausnutzen.«

Ryan rümpfte die Nase, hielt aber diesmal seinen Mund. Er nickte, damit der Stabschef fortfuhr.

»Sagen Sie den Leuten schlicht, was Sie glauben. Gute Ideen sind einfach und effizient zum Ausdruck zu bringen. Lassen Sie's logisch klingen. Diese zwanzig Prozent wollen glauben, daß *Sie* wirklich an das glauben, was Sie sagen. Jack, respektieren Sie einen Menschen, der sagt, was er glaubt, selbst wenn Sie nicht mit ihm übereinstimmen?«

»Natürlich, das ist...«

»Aufrecht«, führte Arnie den Gedanken zu Ende. »Und genauso tun das die zwanzig Prozent. Die werden Sie respektieren und Sie unterstützen, selbst wenn sie mal anderer Meinung sind. Warum? Weil die wissen werden, daß Sie zu Ihrem Wort stehen. Und wollen, daß der Inhaber dieses Office ein Mann von Charakter und Integrität ist. Denn wenn die Karre im Dreck steckt, dann wird so einer zumindest versuchen, das Richtige zu tun.«

»O!«

»Der Rest ist Verpackung. Nicht so *scheel* gucken wegen Verpackung und Handling, okay? Nichts Schlimmes dabei, intelligent vorzugehen, wenn man Ideen rüberbringen will. In Ihren Büchern wählten Sie die Worte sorgfältig, um Ihre Ideen klarzumachen, stimmt's?« Der Präsident nickte. »Und so ist's mit diesen Ideen – zum Teufel, diese Ideen sind viel wichtiger, darum muß man sie wesentlich geschickter verpacken, nicht wahr?« Die Unterrichtsstunde verlief ganz gut, sagte sich der Stabschef.

»Arnie, wie vielen dieser Gedanken würden Sie zustimmen?« Er hob das Positionspapier an.

»Nicht allen. Ich glaube, zum Schwangerschaftsabbruch irren Sie sich – eine Frau sollte das Recht haben, selbst zu entscheiden. Möchte wetten, wir divergieren auch zur Antidiskriminierung und in vielem anderem. Aber ich habe niemals an Ihrer Integrität gezweifelt. Ich kann nicht vorschreiben, was Sie glauben sollen, aber Sie verstehen es, gut zuzuhören. Ich liebe dieses Land, Jack. Meine Familie ist aus Holland geflüchtet, per Boot über den Ärmelkanal, als ich drei war. Ich weiß noch, wie ich gekotzt habe.«

»Sie sind Jude?« fragte Jack erstaunt. Er wußte nichts von Arnies Konfession, wenn er eine hatte.

»Nein, mein Vater war in der Résistance und wurde verpfiffen. Wir sind gerade noch rechtzeitig fort. Den übrigen Verwandten ist's nicht gut bekommen. Nach dem Krieg brachte Dad uns her, und ich bin aufgewachsen mit seinen Geschichten von der alten Heimat und wie völlig anders es hier war. Was ich bin, bin ich geworden, ums System zu schützen. Was macht Amerika anders? Die Verfassung, nehm' ich mal an. Menschen wechseln, Regierungen wechseln, Ideologien lösen sich ab, aber die Verfassung bleibt ziemlich dieselbe. Sie und Pat Martin haben beide den Eid geschworen. Ich auch«, fuhr van Damm fort. »Nur meinen schwor ich vor mir und meinen Eltern. Ich muß nicht in allen Fragen mit Ihnen gleicher Meinung sein, Jack. Ich weiß, Sie versuchen, das Richtige zu tun. Mein Job ist also, Sie zu beschützen, damit Sie es auch können. Und das heißt, daß Sie zuhören und manchmal Dinge, die Ihnen nicht gefallen, tun müssen, denn Ihr Job, Mr. President, hat eigene Regeln. Sie müssen ihnen folgen«, schloß der Stabschef ruhig.

»Wie mache ich mich, Arnie?« fragte Ryan, der die dickste Lektion der Woche noch aufnahm.

»Nicht schlecht, aber Sie müssen noch besser werden. Kealty ist noch immer mehr Ärgernis als echte Bedrohung. Wenn Sie rausgehen und präsidial auftreten, drängt ihn das weiter an den Rand. Jetzt was anderes. Wenn Sie rausgehen, das House verlassen, werden die Leute Sie fragen, ob Sie bei der nächsten Wahl antreten. Was werden Sie ihnen also sagen?«

Energisch schüttelte Ryan den Kopf. »Ich wünsche diesen Job *nicht*, Arnie. Soll ihn jemand anders übernehmen, wenn ...«

»Dann haben Sie verspielt. Keiner wird Sie ernst nehmen. Dann bekommen Sie nicht die Leute in den Kongreß, die Sie brauchen. Sie lähmen sich selbst und erreichen niemals, was Sie sich vorstellen. Sie werden politisch ineffektiv. Das kann sich Amerika nicht leisten, Mr. President. Regierungen anderer Länder werden Sie nicht ernst nehmen, und *das* wirkt sich auf die nationale Sicherheit aus, unmittelbar und auch auf lange Sicht. Was sagen Sie also, wenn Reporter Ihnen diese Frage stellen?«

Der Präsident kam sich vor wie ein Schüler, der in der Klasse die Hand hob. »Ich habe mich noch nicht entschieden?«

»Korrekt. Gegenwärtig erfüllen Sie erst Ihre Aufgabe, die Regierung neu aufzubauen, und diese Frage werden Sie zu gegebener Zeit behandeln. Ich lasse beiläufig durchsickern, daß Sie drüber nachdenken, weiterzumachen, daß Sie glauben, Ihre erste Pflicht gebührt dem Land, und wenn Reporter Sie *dazu* befragen, müssen Sie nur Ihre ursprüngliche Position wiederholen. Das ist eine Botschaft an ausländische Regierungen, die sie verstehen und ernst nehmen werden, und das amerikanische Volk wird sie ebenfalls verstehen und respektieren. Aus praktischer Sicht werden bei den Vorwahlen für die Präsidentschaft *beide* Parteien nicht für marginale Kandidaten optieren, die nicht auf dem Hill geblieben sind. Eher dürften sie für nicht festgelegte Delegationen votieren. Vielleicht sollten Sie zu dem Thema was sagen. Werd' ich mit Callie besprechen.« Er erwähnte nicht, daß die Medien diese Aussicht *lieben* würden. Über *zwei* völlig offene Parteikonvente zu berichten, hätte kaum einer der Meute zu träumen gewagt. Arnie vereinfachte, so gut er nur konnte. Egal, welche Haltungen Ryan vertrat, sobald er sie einnahm, würden mindestens vierzig Prozent sie ablehnen, wohl eher mehr. Das Komische an den zwanzig Prozent war, daß sie die gesamte politische Bandbreite abdeckten. Von diesen würden einige lautstark protestieren und sich darin nicht unterscheiden von derjenigen Vierzig-Prozent-Gruppe, die die ideologische Einstellung teilte, aber am Ende würden sie den Mann wählen. Das taten sie immer, ehrliche Leute, die sie waren, die das Land über das Vorurteil stellten. Ryan begriff die Chance noch nicht, die er in Händen hielt, und das war bestimmt besser so, denn wenn er zu sehr darüber nachdächte, würde er womöglich versuchen, den Dreh zu beherrschen, der ihm nie liegen würde. Auch ehrbare Menschen konnten Fehler begehen, und Ryan war da keine Ausnahme. Deshalb gab es Leute wie Arnold van Damm, um gleichzeitig von innen und von außerhalb des Systems zu lehren und leiten. Er schaute seinen Präsidenten an und sah die Aufruhr, die mit neuen Gedanken einherging. Der bemühte sich, den Sinn zu erkennen, vermutlich auch mit Erfolg, denn er war ein guter Zuhörer und ein besonders talentierter Verarbeiter von Informationen. Er würde sie jedoch nicht bis zur logischen Schlußfolgerung durchblicken. So weit in die Zukunft schauen vermochten nur Arnie und vielleicht Callie Weston. In den vergangenen Wochen hatte van Damm entschieden, daß Ryan das Zeug zu einem echten Präsidenten hatte. Seine Aufgabe war es nun, dafür zu sorgen, daß Jack hier blieb.

»Das können wir nicht tun«, protestierte die indische Premierministerin und gab zu: »Wir haben gerade unlängst von der amerikanischen Navy eine Lektion erteilt bekommen.«

»Eine rauhe«, pflichtete Zhang bei. »Aber sie hat keinen bleibenden

Schaden angerichtet. Ich glaube, Ihre Schiffe werden in zwei Wochen wieder repariert sein.« Die Bemerkung ließ Indien den Kopf wenden. Sie hatte das selber erst vor ein paar Tagen erfahren. Die Reparaturen würden einen beträchtlichen Teil des jährlichen Marinebudgets verschlingen, was ihre Hauptsorge gewesen war. Es geschah nicht alle Tage, daß ein Land, noch dazu eines, mit dem man kürzlich noch im Krieg lag, dem anderen offenbarte, wie weit es in dessen Staatsgeheimnisse eingedrungen war.

»Amerika ist nur eine Fassade, ein Riese mit krankem Herzen und zerstörtem Gehirn«, sagte Daryaei. »Das haben Sie selbst gesagt, Premierministerin. Präsident Ryan ist ein kleiner Mann mit einer großen Aufgabe. Machen wir die Aufgabe größer und schwerer, verliert Amerika seine Fähigkeit, sich bei uns einzumischen, lange genug, bis wir unsere Ziele verwirklichen. Die Regierung Amerikas ist gelähmt und wird es noch wochenlang bleiben. Wir müßten nur das Ausmaß dieser Lähmung vergrößern.«

»Und wie könnte man das tun?« fragte Indien.

»Durch das einfache Mittel, ihr mehr Verpflichtungen aufzuerlegen und gleichzeitig ihre innere Stabilität zu schwächen. Auf der einen Seite werden bloße Demonstrationen Ihrerseits genügen. Auf der anderen Seite, das ist meine Sache. Und ich glaube, es ist besser, wenn Sie nichts davon wissen.«

Zhang hätte fast die Luft angehalten, um seine Gefühle besser unter Kontrolle zu bekommen. Es geschah nicht alle Tage, daß er jemandem begegnete, der noch rücksichtsloser war als er, und, nein, er wollte nicht wissen, was Daryaei vorhatte. Besser, wenn ein anderes Land eine Kriegshandlung beging. »Fahren Sie fort«, sagte er und griff in sein Jackett nach einer Zigarette.

»Jeder von uns vertritt ein Land mit großen Fähigkeiten und noch größeren Bedürfnissen. China und Indien haben eine riesige Bevölkerung und benötigen sowohl Raum als auch Ressourcen. Ich habe bald genügend Ressourcen und daraus hervorgehendes Kapital und werde kontrollieren, wie beides verteilt wird. Die Vereinigte Islamische Republik wird eine Großmacht werden, wie Sie bereits Großmächte sind. Viel zu lange hat der Westen den Osten dominiert.« Daryaei schaute Zhang direkt an. »Im Norden liegt eine verwesende Leiche. Viele Millionen Gläubige sind dort und bedürfen der Befreiung. Und da sind auch die Ressourcen und der Platz, die Ihr Land benötigt. Ich biete sie Ihnen an, wenn Sie mir dafür die Länder der Gläubigen überlassen.« Dann schaute er die indische Premierministerin an. »Im Süden von Ihnen liegt ein leerer Kontinent mit dem Platz und den Ressourcen, die Sie benötigen. Für Ihre Kooperation, denke ich, sind die Vereinigte Islamische Republik und die Volksrepublik China bereit, Ihnen Schutz zu gewähren. Von Ihnen beiden erbitte ich nur stille Zusammenarbeit, ohne ein direktes Risiko.«

Indien sagte sich, das hätte sie schon mal gehört, doch ihre Bedürfnisse hatten sich auch nicht geändert. China fiel sofort eine Möglichkeit ein, für Ablenkung zu sorgen, die an sich nicht gefährlich war. Wie auch schon geschehen. Der Iran – was war diese Vereinigte Islamische Republik ... ach, natürlich, dachte Zhang. Natürlich. Die UIR würde das wirkliche Risiko tragen, es schien aber außergewöhnlich gut kalkuliert. Wieder in Peking, würde er selbst die Korrelation der Kräfte untersuchen.

»Zu diesem Zeitpunkt bitte ich natürlich um keine Verpflichtung. Sie werden sich erst vergewissern wollen, daß ich es mit meinen Fähigkeiten und Intentionen ernst meine. Allerdings bitte ich Sie, über die von mir beabsichtigte – inoffizielle – Allianz gründlich nachzudenken.«

»Pakistan«, sagte die Premierministerin.

»Islamabad ist schon zu lange eine amerikanische Marionette, der man daher nicht vertrauen kann«, erwiderte Daryaei sofort, denn diese Frage hatte er bereits durchdacht, aber nicht damit gerechnet, daß Indien so schnell darauf anspringen würde. Diese Frau haßte Amerika genauso wie er. Nun, die ›Lektion‹, wie sie es nannte, mußte ihren Stolz noch stärker verletzt haben, als seine Diplomaten ihm erzählt hatten. Ausgezeichnet. Er schaute zu Zhang hinüber.

»Unsere Vereinbarungen mit Pakistan sind rein kommerziell und jederzeit veränderbar«, stellte China fest, ebenfalls erfreut über Indiens Schwäche. Es war niemandes Fehler gewesen, außer ihr eigener. Sie hatte Kräfte ins Feld – eher auf See – geschickt, um Japans erfolglosen Angriff auf Amerika zu unterstützen ... während China nichts getan und nichts riskiert hatte und aus dem ›Krieg‹ unverletzt und unbeteiligt hervorging. Selbst Zhangs vorsichtigste Vorgesetzte konnten gegen sein Spiel nichts einwenden, auch wenn es gescheitert war. Und jetzt würde wieder ein anderer die Risiken übernehmen und Indien pazifistische Unterstützung leisten, und China würde nichts tun müssen, außer zu einer früheren Politik zurückzukehren, die mit dieser neuen UIR nichts zu tun haben schien, aber ein ziemlicher Test für den amerikanischen Präsidenten sein würde. Außerdem war Taiwan weiterhin ein Ärgernis. Es war so seltsam. Der Iran war vor allem von Religion motiviert. Indien war von Habsucht und Wut motiviert. China andererseits dachte langfristig, strebte beherrscht, aber umsichtig, nach dem, was wirklich zählte. Das Ziel des Iran war ganz offensichtlich, und wenn er dafür einen Krieg riskieren wollte, warum dann nicht aus sicherem Abstand zusehen? Aber er würde sein Land jetzt noch nicht festlegen. Warum ungeduldig erscheinen? Indien *war* ungeduldig, sogar so sehr, daß es das Offensichtliche übersah: Wenn Daryaei Erfolg hätte, würde Pakistan mit der neuen UIR Frieden schließen, ihr womöglich gar beitreten; dann wäre Indien isoliert und verwundbar. Ja, es war stets gefährlich, ein Vasall zu sein, und das um so mehr, wenn man Ambitionen hegte, in die nächsthöhere Stufe aufzurücken. Bei der Wahl von Alliierten mußte man äußerst sorgfältig vorgehen. Dankbarkeit unter Nationen war wie eine Gewächshauspflanze, die sehr schnell eingehen konnte, wenn sie der wirklichen Welt ausgesetzt wurde.

Die Premierministerin nickte in Anerkennung ihres Sieges über Pakistan und sagte nichts weiter.

»In diesem Fall, meine Freunde, danke ich Ihnen für die Möglichkeit, daß wir uns hier treffen konnten, und mit Ihrer Erlaubnis werde ich mich jetzt verabschieden.« Die drei erhoben sich, schüttelten sich die Hände und gingen zur Tür. Wenige Minuten danach rumpelte Daryaeis Flugzeug die für Kampfflugzeuge angelegte Startbahn hinab. Der Mullah sah die Kaffeekanne an, entschied sich aber dagegen. Vor dem Morgengebet wollte er ein paar Stunden schlafen. Erst aber...

»Ihre Voraussagen waren völlig richtig.«

»Die Russen nannten diese Dinge ›objektive Verhältnisse‹. Sie sind und bleiben Ungläubige, aber ihren Formeln zur Problemanalyse muß man Achtung zollen«, erklärte Badrayn. »Darum habe ich auch gelernt, so sorgfältig Informationen zusammenzutragen.«

»Das habe ich gesehen. Ihre nächste Aufgabe wird es sein, ein paar Operationen zu skizzieren.« Damit drückte Daryaei seine Sitzlehne nach hinten, schloß die Augen und fragte sich, ob er wieder von Löwen träumen würde.

Sosehr sich Pierre Alexandre eine Rückkehr zur klinischen Medizin gewünscht hatte, mochte er sie eigentlich nicht so sehr, wenn er Leute behandeln mußte, die keine Überlebenschance hatten. Der ehemalige Army-Offizier in ihm stellte sich vor, daß Bataan zu verteidigen so etwa gewesen sein mußte. Zu tun, was man konnte, die besten Geschosse abzufeuern, die man hatte, und doch zu wissen, daß niemals Entsatz kommen würde. Im Augenblick waren es drei AIDS-Patienten, alle homosexuell, alle in den Dreißigern, und alle hatten kaum noch ein Jahr zu leben. Alexandre war ein ziemlich religiöser Mensch und hatte für

Schwule nicht viel übrig, aber keiner verdiente es, so zu sterben. Außerdem war er Arzt und nicht Gott, der zu Gericht saß. Verdammt, dachte er, während er den Fahrstuhl verließ und seine Patientennotizen ins Mini-Diktiergerät sprach.

Zum Beruf des Arztes gehört es einfach, sein Leben aufzugliedern. Die drei Patienten auf seiner Station würden morgen auch noch dasein, und keiner von ihnen würde in dieser Nacht dringlicher Hilfe bedürfen. Ihre Probleme beiseite zu schieben war nicht grausam. Es war simple berufliche Notwendigkeit, und ihr Leben, so es überhaupt noch eine Hoffnung für sie gäbe, würde von seiner Fähigkeit abhängen, sich von ihren leidenden Körpern abzuwenden hin zur Erforschung der Mikroorganismen, die sie befallen hatten. Die Kassette aus dem Diktiergerät gab er seiner Sekretärin, damit sie die Notizen abtippte.

»Dr. Lorenz in Atlanta hat auf Ihren Rückruf auf seinen Rückruf auf Ihren ursprünglichen Anruf zurückgerufen«, teilte sie ihm dabei mit. Sobald er sich gesetzt hatte, wählte er die Nummer aus dem Gedächtnis.

»Ja?«

»Gus? Alex hier, im Hopkins. Gefangen«, kicherte er, »Sie sind's.« Am anderen Ende konnte er ein deutliches Lachen hören. Telefonhaschen konnte einem ganz schön auf den Senkel gehen.

»Was macht's Angeln, Colonel?«

»Ob Sie es glauben oder nicht, aber ich bin noch gar nicht dazu gekommen. Ralph hält mich hier ganz schön auf Trab.«

»Was wollten Sie eigentlich – Sie hatten doch zuerst angerufen, oder nicht?« Lorenz war sich nicht mehr sicher. Auch ein Zeichen dafür, daß man zuviel um die Ohren hatte.

»Ja, das hatte ich, Gus. Ralph sagt mir, Sie würden sich erneut mit der Ebola-Struktur befassen, ausgehend von diesem Mini-Ausbruch in Zaire?«

»Ja, das würde ich, wenn mir nicht jemand meine Affen gestohlen hätte«, berichtete der CDC-Direktor sauer. »Die Ersatzlieferung wird in wenigen Tagen hier eintreffen, so hat man mir wenigstens gesagt.«

»Sie hatten einen Einbruch?« fragte Alexandre. Eine der lästigen Entwicklungen für Labors, die Versuchstiere hatten, war die, daß Tierrechtsfanatiker bisweilen einzubrechen versuchten, um die Tiere zu ›befreien‹. Eines Tages würde so ein Spinner noch mit 'nem Affen unterm Arm davonmarschieren, wenn man nicht aufpaßte, und entdecken, daß er Lassafieber hatte – oder noch schlimmer. Wie zum Teufel sollen Ärzte die verdammten Viren erforschen können ohne Tiere – und wer sagt denn, daß ein Affe wertvoller sei als ein Mensch? Die Antwort darauf war ganz einfach: In Amerika gibt es Leute, die an so gut wie alles glauben, und das Recht, ein Rindvieh zu sein, ist verfassungsmäßig verbrieft. Deshalb hatten CDC, Hopkins und andere Forschungslabors bewaffnete Sicherheitskräfte, um die Affenkäfige zu bewachen. Sogar die *Ratten*käfige, was Alex die Augen verdrehen ließ.

»Nein, sie sind in Afrika entführt worden. Jetzt spielt jemand anders mit ihnen. Wie auch immer, das hat mich eine Woche zurückgeworfen. Verdammt. Diesen kleinen Bastard habe ich schon fünfzehn Jahre im Visier.«

»Wie frisch ist die Probe?«

»Sie stammt vom Index-Patienten. Positive Identifizierung, Ebola-Mayinga-Subtyp. Wir haben noch eine Probe von der einzigen anderen Patientin. Von der, die verschwunden ist…«

»Was?« fragte Alexandre, auf der Stelle alarmiert.

»Bei einem Flugzeugabsturz über dem Meer verschwunden. Sie wollten sie vermutlich zu Rousseau nach Paris bringen. Keine weiteren Fälle, Alex. Zur Abwechslung sind wir diesmal der Kugel entgangen«, versicherte Lorenz dem jüngeren Kollegen.

*Besser,* dachte Alexandre, *beim Flugzeugabsturz zerprackt zu werden, als durch dieses kleine Scheißviech auszubluten.* Er dachte immer noch wie ein Soldat, hatte noch diese Ausdrucksweise und so. »Okay.«

»So, warum haben Sie angerufen?«

»Polynome«, hörte Lorenz.

»Was meinen Sie damit?« fragte der Doktor in Atlanta.

»Wenn Sie das hier durchmustern, denken Sie doch an eine mathematische Analyse der Struktur.«

»Mit diesem Gedanken spiele ich auch schon einige Zeit. Im Augenblick aber will ich den Reproduktionszyklus untersuchen und…«

»Genau, Gus, die mathematische Natur der Interaktion. Ich habe mich hier mit einer Kollegin unterhalten – Augenchirurgin, Sie werden es nicht glauben. Sie hat etwas Interessantes gesagt. Wenn die Aminosäuren einen bestimmbaren mathematischen Wert besitzen, und das sollten sie, dann könnten wir daraus, *wie* sie mit anderen Kodonfäden interagieren, etwas erfahren.« Alexandre hielt inne und hörte, wie ein Streichholz angezündet wurde. Gus rauchte seine Pfeife wieder im Büro.

»Weiter.«

»Das wär's, Gus. Wenn es nun genau so ist, wie Sie gedacht haben, wenn es tatsächlich eine Gleichung ist? Wie gehen wir damit um? Okay, Ralph hat mir von Ihrer Zeitzyklusstudie erzählt. Ich denke, Sie sind da an etwas dran. Wenn wir die Virus-RNS dargestellt haben, und wir haben die Wirt-DNS dargestellt, dann ...«

»Donnerwetter! Die Wechselwirkungen werden uns etwas über die Werte der Elemente in den Polynomen erzählen ...«

»Und das wird uns einiges darüber verraten, wie dieser kleine Bastard sich vermehrt, und vielleicht ...«

»Wie man ihn angehen kann.« Eine Pause, und über die Telefonleitung kam hörbares Paffen. »Alex, das ist sehr gut.«

»Sie sind der Beste für diesen Job, Gus, und Sie führen das Experiment ja sowieso durch.«

»Etwas fehlt allerdings noch.«

»Das ist immer so.«

»Lassen Sie mich einen Tag darüber nachdenken und Sie dann wieder anrufen. Sehr gut, Alex!«

»Danke, Sir.« Professor Alexandre legte den Hörer auf und sagte sich, für diesen Tag habe er seine Pflicht gegenüber der medizinischen Wissenschaft erfüllt. Es war halt nicht viel, und es *fehlte* wirklich nur noch ein Element.

## 23 / Experimente

Es dauerte einige Tage, bis alles abgeschlossen war. Präsident Ryan mußte noch eine weiteres Zimmer voll neuer Senatoren treffen – manche Bundesstaaten brauchten etwas länger, vor allem weil einige Gouverneure so was wie Suchkomitees einrichteten, um Kandidatenlisten auszuwerten. Das überraschte viele Insider Washingtons, die erwartet hatten, daß die Staatsexekutiven die Sache wie immer erledigten, wenn Nachrücker ins Oberhaus benannt werden sollten – so stellte sich raus, daß Ryans Rede *doch* etwas Eindruck gemacht hatte. Acht Gouverneure hatten die Einmaligkeit der Situation erkannt und deshalb anders gehandelt, womit sie sich von ihren Lokalzeitungen Lob, von den führenden Zeitungen nicht ganz einhellige Zustimmung einhandelten.

Jacks erste politische Reise war ein Versuch. Er mußte früh aufstehen, stieg in den Helikopter kurz vor sieben Uhr morgens. Zehn Minuten später lief er die Treppe in Air Force One hinauf, auf Pentagonesisch eine VC-25A, zum Präsidententransport ausgiebig modifiziert. Er kam an Bord, als der Pilot, ein sehr erfahrener Colonel, gerade die Ansage wie bei einer Fluglinie machte. Mit Blick nach hinten sah Ryan etwa achtzig

Reporter sich auf ihren mehr als erstklassigen Ledersitzen anschnallen – einige benützten den Gurt gar nicht, denn die Air Force One flog im allgemeinen ruhiger als ein Passagierschiff auf ruhiger See –, und als er sich nach vorn wandte, hörte er: »*Und während dieses Flugs gilt Rauchverbot!*«

»Wer hat das angeordnet?« fragte der Präsident.

»Einer der Fernsehfritzen«, erwiderte Andrea. »Er meint, es wäre sein Flugzeug.«

»Das stimmt gewissermaßen«, versicherte Arnie. »Denken Sie daran.«

»Tom Donner ist's«, fügte Callie Weston hinzu, »der NBC-Nachrichtenchef. Seine persönlichen Ausscheidungen sind geruchlos, und er verbraucht mehr Haarspray als ich. Aber zum Teil ist seins angeklebt.«

»Hier entlang, Mr. President.« Andrea wies nach vorn. In Air Force One liegt die Präsidentenkabine im Hauptdeck ganz vorn, wo bestens gepolsterte Sitze und zwei Sofas stehen, die sich für längere Reisen zu Betten aufklappen lassen. Die prinzipale Agentin sah zu, wie sich ihr Prinzipaler anschnallte. Passagiere durften schon mal Regeln übertreten – der USSS war um Journalisten nicht übermäßig besorgt –, aber nicht POTUS. Danach winkte sie einem Besatzungsmitglied, das den Hörer nahm und dem Piloten sagte, daß es nun losgehen könne. Die Triebwerke liefen an. Jack hatte seine Flugangst größtenteils abgelegt, aber für diesen Abschnitt der Reise schloß er die Augen und dachte (früher hätte er geflüstert) ein Gebet für die Sicherheit aller an Bord – im Glauben, eine Bitte nur für seine Sicherheit könnte Gott selbstsüchtig erscheinen. Er war gerade fertig, da beschleunigte die Maschine zum Start.

»Okay«, sagte Arnie, als die Nase abhob. Der Präsident achtete darauf, die Finger nicht wie sonst in die Armlehnen zu krallen. »Das wird eine leichte Übung. Indianapolis, Oklahoma City, und zum Abendessen wieder nach Hause. Das Publikum wird freundlich sein – und etwa so reaktionär wie Sie«, fügte er augenzwinkernd hinzu. »Es besteht überhaupt kein Grund zur Sorge.«

Special Agent Price, die beim Abflug im Abteil saß, mochte derartige Äußerungen gar nicht. Stabschef van Damm – für den Geheimdienst CARPENTER; Callie Weston war CALLIOPE – gehörte zu denen, welche die Mühen des Service nie ganz zu schätzen wußten. Er hielt Gefahr für ein politisches Risiko, selbst nach dem Absturz der 747. Bemerkenswert, dachte sie. Zwei Meter hinter ihnen saß Agent Raman im nach hinten gekehrten Sitz und beobachtete den Zugang für den Fall, daß ein Reporter mit Bleispritze statt eines Bleistifts auftauchte. Sechs weitere Agenten waren an Bord, um alle im Auge zu behalten, selbst die uniformierte

Crew, und jeweils ein ganzer Zug stand an den Zielorten bereit, mit einer großen Ansammlung der örtlichen Polizei. Auf Tinker AFB in Oklahoma City war der Tanklaster bereits unter USSS-Bewachung, falls jemand den Treibstoff der Präsidentenmaschine verseuchen wollte. Ein C-5B-Galaxy-Transporter hatte die Wagenflotte des Präsidenten schon nach Indianapolis geschafft. Der Reiseaufwand für den Präsidenten glich in etwa dem für den Transport des Ringling Brothers, Barnum & Bailey Zirkus, nur daß die Leute sich meistens keine Sorgen machen brauchten, daß jemand auf den Mann am Trapez ein Attentat vorhatte.

Ryan las seine Rede durch, bemerkte Agentin Price. Die waren fast immer vor Reden aufgeregt – im allgemeinen nicht aus Lampenfieber, sondern aus Sorge darum, wie der Inhalt ankam. Bei dem Gedanken mußte Price lächeln. Ryan machte sich keine Sorgen um den Inhalt, sondern darum, daß er's *verpatzen* könnte. Nun, er würd's noch lernen, und zu seinem Glück schrieb Callie Weston – Nervensäge vom Dienst, die sie war – verdammt gute Reden.

»Frühstück?« fragte ein Steward, in Reiseflughöhe. Der Präsident schüttelte den Kopf.

»Keinen Hunger, danke.«

»Bringen Sie ihm Schinken mit Ei, Toast und Koffeinfreien«, ordnete van Damm an.

»Halten Sie nie eine Rede auf nüchternen Magen«, riet Callie. »Vertrauen Sie mir.«

»Und nicht zuviel echten Kaffee. Koffein kann einen zittrig machen. Wenn ein Präsident eine Rede hält«, erklärte Arnie in seiner heutigen Morgenlektion, »ist er – Callie, helfen Sie mal?«

»Nichts Dramatisches bei diesen beiden. Sie sind der nette Nachbar, der mal vorbeischaut, weil der Typ nebenan Ihren Rat zu etwas braucht. Freundlich. Vernünftig. Ruhig. ›Mensch, Fred, warum probierst du's nicht so?‹« erklärte Weston mit hochgezogenen Brauen.

»Ein netter Hausarzt, der einem sagt, sich bei fetthaltigem Essen etwas zurückzuhalten und vielleicht noch eine Runde Golf mehr einzulegen – Sport soll ja Spaß machen, so in der Art«, führte der Stabschef weiter aus. »Das machen Sie ja schon lange.«

»Nur mach' ich es gleich vor viertausend Leuten, nicht?« fragte Ryan.

»Und C-SPAN-Kameras, und es wird in den Abendnachrichten kommen...«

»CNN wird es auch live bringen, weil's Ihr erstes Auswärtsspiel ist«, fügte Callie hinzu. Kein Sinn dabei, den Mann anzulügen.

*Mein Gott.* Jack blickte auf seine Rede. »Sie haben recht, Arnie. Lieber

Koffeinfreien.« Er blickte plötzlich auf. »Irgendwelche Raucher an Bord?«

Die Frage ließ den Air Force Steward aufhorchen. »Wollen Sie eine, Sir?«

Die Antwort kam etwas verschämt: »Ja.«

Sie gab ihm eine Virginia Slim und heizte lächelnd ein. Kam ja nicht jeden Tag vor, daß sie dem Obersten Befehlshaber einen so persönlichen Dienst leisten konnte. Ryan nahm einen Zug und sah auf.

»Wenn Sie das meiner Frau sagen, Sergeant...«

»Unser Geheimnis, Sir.« Sie entschwand zum Frühstückholen nach achtern; ihr Tag war gemacht.

Die Flüssigkeit hatte eine erschreckend scheußliche Farbe, Tiefrot mit einem Schuß Braun. Sie hatten den Vorgang mit winzigen Proben unterm Elektronenmikroskop überwacht. Die Affennieren, denen das infizierte Blut zugesetzt wurde, bestanden aus einzelnen hochspezialisierten Zellen, und aus welchem Grund auch immer, Ebola liebte diese Zellen wie ein Gourmand seine Schokoladenmousse. Der Anblick war faszinierend und entsetzlich zugleich. Die mikrongroßen Viruspartikel berührten die Zellen, wurden einverleibt – und begannen, sich in der warmen, üppigen Biosphäre zu vermehren. Es war wie in einem SF-Film, aber völlig real. Dieses Virus war wie alle anderen nicht im eigentlichen Sinne lebendig. Ohne Hilfe kam es nicht zurecht, jene Hilfe mußte vom Wirt kommen, und der beschwor seinen eigenen Tod mit hinauf, indem er dem Virus Lebensraum bot. Die Ebola-Stränge enthalten nur RNS. Damit Mitose stattfinden kann, sind aber RNS *und* DNS erforderlich. Die Nierenzellen hatten beides; und erst als die Virusstränge dazu Verbindung hatten, konnten sie sich vermehren. Dazu war Energie erforderlich, und die lieferten die Nierenzellen, die im Verlauf natürlich komplett zerstört wurden. Der Vermehrungsprozeß war mikrokosmisches Abbild vom Krankheitsverlauf in einer menschlichen Gemeinschaft. Er begann langsam, stieg dann exponentiell an, beschleunigte um so mehr, je schneller er wurde – 2–4–16–265–65.536 –, bis alle Nährstoffe aufgebraucht waren und nur noch Virusstränge übrigblieben. Sie gingen dann in einen Ruhezustand über und warteten auf ihre nächste Gelegenheit. Die Leute hatten allerlei falsche Vorstellungen vom Krankheitserreger: Er würde auf seine Chance lauern; er würde gnadenlos töten; er würde sich seine Opfer aussuchen. Das war alles anthropomorpher Unsinn, wie Moudi und sein Kollege wußten. Er dachte nicht. Er tat nichts direkt Böses. Ebola vermehrte sich oder ruhte, mehr nicht. Aber wie ein Computer nur null von eins unterscheiden kann – dies jedoch wesentlich schneller und effektiver als seine Anwender –, so war Ebola bestens geeignet, sich so schnell zu vermehren, daß das menschliche Immunsystem, sonst ein gnadenlos effektiver Abwehrmechanismus, wie von einem Ameisenheer überrannt wurde. Darin lag Ebolas Schwäche. Er war *zu* wirksam. Er tötete *zu* schnell. So adaptiert, brachte er menschliche Wirte um, bevor sie die Krankheit weitergaben. Auch die Adaptation zum Ökosystem war zu stark: Ebola hielt sich nicht im Freien und dann nur in den Tiefen des Dschungels. Deshalb, und weil er sich im menschlichen Wirt nicht länger als zehn Tage halten konnte, weil dann der Wirt tot war, hatte er sich auch langsam entwickelt – ohne den nächsten Evolutionsschritt zu machen: auch durch die Luft übertragbar zu sein.

Das dachten zumindest alle. ›Hofften‹ war wohl ein besseres Wort, dachte Moudi. Eine Ebola-Variante, die sich durch die Luft übertragen ließe, wäre katastrophal. Vielleicht hatten sie genau die vor sich. Dies war der Mayinga-Typ, durch wiederholte Mikroskopie erwiesen, und *der* Typ stand im Verdacht, durch Luft übertragbar zu sein, was sie zu beweisen hatten.

Wenn sie durch flüssigen Stickstoff tiefgefroren wurden, starben die meisten menschlichen Zellen. Beim Gefriervorgang ließ die Ausdehnung des Wassers, Hauptbestandteils der Zellmasse, die Zellmembrane platzen und hinterließ einen Trümmerhaufen. Ebola war dafür aber zu primitiv. Zu große Hitze konnte ihn zerstören. UV-Licht konnte ihn zerstören. Kleinste Veränderungen in der chemischen Umgebung konnten ihn zerstören. Aber bekam er einen kühlen, dunklen Platz zum Schlafen, schlummerte er friedlich.

Sie arbeiteten an einer Handschuhkammer. Es war ein bestens überwachter und tödlich verseuchter Hohlraum in Wänden aus Lexan, die einer Pistolenkugel standhalten könnten. An zwei Seiten waren Löcher in das zähe Plastik geschnitten, und an jeden Arbeitsplatz war ein Paar schwerer Gummihandschuhe angenietet. Moudi entnahm zehn Kubikzentimeter der virusreichen Flüssigkeit und füllte sie in einen kleinen Behälter, den er versiegelte. Der Vorgang zog sich hin, weil die Handschuhe behinderten. Den versiegelten Behälter gab er von einer Hand in die andere und dann weiter an den Direktor, der noch einmal die Hand wechselte und ihn schließlich in eine kleine Luftschleuse steckte. Als dessen Klappe zu war, was ein am Drucksensor angeschlossenes Lämpchen anzeigte, wurde die Kammer mit drei Prozent Phenol geflutet. Sie warteten drei Minuten, bis sicher war, daß der Transferbehälter und die Luft ins Freie durften. Selbst dann durfte ihn niemand mit bloßen Händen anfassen, und trotz der Sicherheit des Handschuhkastens trugen beide Ärzte vollständige Schutzanzüge. Der Direktor nahm den Behälter in beide Hände und ging die drei Meter zum Arbeitstisch.

Zu Versuchszwecken hatten sie eine Dose hergenommen, die für Insektenspray verwendet wird, eine, die auf den Boden gestellt und aktiviert wird und einen ganzen Raum einnebelt. Sie war komplett zerlegt, dreimal Heißdampf-gereinigt und wieder zusammengebaut worden. Es war ein Rohmodell. Das Serienmodell würde weit eleganter ausfallen. Die einzige Gefahr war der Flüssigstickstoff, eine wasserklare Flüssigkeit, die, wenn sie auf die Handschuhe gelangte, diese augenblicklich vereisen und wie schwarzes Kristall zersplittern ließe. Der Direktor hielt Abstand, als Moudi das Kühlmittel um den Druckbehälter goß. Für das Experiment brauchten sie nur wenige Kubikzentimeter; die ebolagesättigte Flüssigkeit wurde dem inneren Edelstahlbehälter injiziert und der Deckel aufgeschraubt. Als die Kappe versiegelt war, wurde der fertige Behälter desinfiziert und zusätzlich mit steriler Salzlösung abgewaschen. Der kleinere Transferbehälter wanderte zur Verbrennung in einen Abfallkübel.

»Geschafft«, sagte der Direktor. »Wir sind bereit.«

Die Viren in der Spraydose waren bereits tiefgefroren. Aber der Stickstoff würde relativ rasch abkochen, und die Probe würde tauen. Bis dahin mußte der Rest des Experiments vorbereitet sein. Und in dieser Zeit würden die beiden Ärzte ihre Schutzanzüge ablegen und zu Abend essen.

Der Colonel am Steuerknüppel landete mit vollendetem Geschick. Er flog seinen Präsidenten zum erstenmal und wollte sich beweisen. Das Ausrollen war reine Routine, der Umkehrschub bremste den Jumbo auf Rollgeschwindigkeit ab, bevor die Nase nach links schwenkte. Vom Fenster aus konnte Ryan Hunderte – nein, *Tausende* von Menschen sehen. *Die wollen alle mich sehen?* fragte er sich. *Verdammt.* In den Händen hing über dem Zaun das Rot-Weiß-Blau vieler Fähnchen, und als die Maschine stand, kamen sie hoch wie eine bunte Welle. Die fahrbare Gangway wurde an die Tür geschoben, die vom weiblichen Steward geöffnet wurde – es wäre unkorrekt, sie eine Stewardeß zu nennen –, die ihm eine Zigarette geschenkt hatte.

»Wollen Sie noch eine?« flüsterte sie.

Ryan grinste. »Vielleicht später. Und danke, Sergeant.«

»Hals- und Beinbruch, Mr. Präsident – aber nicht auf den Stufen, ja?« Ein Lachen belohnte sie.

»Bereit für den Boß«, hörte Price über Funk vom Leiter des Vorausteams, dann nickte sie Ryan zu.

»Showtime, Mr. President.«

Ryan holte tief Luft, stellte sich in die Mitte der Tür und blickte ins helle Sonnenlicht des Mittelwestens.

Das Protokoll sah vor, daß er als erster und allein hinabsteigen sollte. Er hatte sich kaum in der Öffnung gezeigt, als Jubel ertönte. Den Mantel zugeknöpft, das Haar glattgekämmt und gegen seine Einwände festgesprayt, schritt Jack Ryan die Stufen hinunter und kam sich mehr wie ein Narr als ein Präsident vor, bis er am Fuß der Treppe war. Dort grüßte ihn ein Oberstabsfeldwebel der Air Force, und Ryan, gedrillt im Marine Corps, salutierte zurück – und wieder stieg Jubel auf. Er blickte sich um und sah überall Sicherheitsbeamte postiert, die fast alle nach draußen schauten. Als erster näherte sich ihm der Gouverneur.

»Willkommen in Indiana, Mr. President!« Er ergriff Ryans Hand und schüttelte sie heftig. »Es ist uns eine Ehre, Gastgeber für Ihren ersten offiziellen Besuch zu sein.«

Man hatte alle Register gezogen. Eine Kompanie der Indiana Guard stand Ehrenspalier. Die Band schmetterte ›Ruffles and Flourishes‹, danach ›Hail to the Chief‹, und Ryan fühlte sich als Hochstapler. Den Gouverneur links hinter sich, ging Ryan den roten – was sonst? – Teppich hinab. Die Truppe präsentierte das Gewehr und neigte kurz die Regimentsstandarte, nicht aber die Flagge. Stern-und-Streifen, hatte ein amerikanischer Athlet mal erklärt, verneigt sich vor keinem irdischen König oder Potentaten, als er dies 1908 für den König von England tun sollte. Daß er Irischamerikaner war, tat nichts zur Sache. Jack legte die Rechte übers Herz – Jugenderinnerungen! –, als er die Flagge passierte, und betrachtete die Aufstellung der Guardsmen. Jetzt war er ihr Oberster Befehlshaber, konnte sie ins Feld entsenden; da mußte er ihre Gesichter sehen. Glattrasiert, jung, stolz waren sie, wie er es vor rund zwanzig Jahren gewesen wäre. Sie waren hier für ihn. Und er hatte stets für sie dazusein. *Yeah*, sagte sich Jack. *Das muß ich mir merken*.

»Darf ich Ihnen einige Bürger der Gegend vorstellen, Sir?« fragte der Gouverneur und wies auf den Zaun. Ryan nickte und folgte.

»Aufgepaßt, Fleischpresse«, rief Andrea in ihr Funkmikro. Auch wenn die Agenten des Detail dies schon zum x-tenmal sahen, war es ihnen am allermeisten zuwider. Price würde immer bei POTUS sein. Raman und drei weitere umgaben ihn zu beiden Seiten, überflogen die Menge mit Blicken hinter dunklen Sonnenbrillen, suchten nach Waffen, nach der falschen Miene, nach von Fotos bekannten Gesichtern, nach allem Außergewöhnlichen.

Es waren so viele, dachte Jack. Kein einziger hatte ihn gewählt und bis vor kurzem nicht einmal seinen Namen gekannt. Doch sie waren hier. Einige hatten als Staatsbedienstete vielleicht einen Tag freibekommen, aber nicht die mit Kindern in den Armen, nicht alle. Die Blicke in ihren Augen machten den Präsidenten sprachlos, da er noch nie in seinem Leben etwas Ähnliches erlebt hatte. Hände streckten sich ihm eifrig entgegen, und er schüttelte alle, an die er herankam, bewegte sich nach links an der Linie entlang und versuchte, einzelne Stimmen aus dem wirren Geschrei herauszuhören.

*»Willkommen in Indiana!« – »Wie geht's?« – »MISTER PRESIDENT« – »Wir vertrauen Ihnen!« – »Gute Arbeit bisher!« – »Wir sind für Sie!«*

Ryan versuchte zu antworten, brachte es aber zu kaum mehr als wiederholten Dankeschöns. Hauptsächlich stand sein Mund offen vor Überraschung vom überwältigend warmen Empfang. Es ließ ihn den Schmerz in der Hand vergessen, aber schließlich mußte er vom Zaun zurücktreten und winken, was ein weiteres Jubelgeschrei für den neuen Präsidenten auslöste.

Verdammt. Wenn sie nur wüßten, was für ein Schwindler er war, dachte Jack, was würden sie dann tun? *Was zum Teufel mache ich hier?* wollte sein Verstand wissen, als er auf die Präsidentenlimousine zuschritt.

Zehn waren es im Erdgeschoß des Gebäudes. Alle waren Männer. Politischer Gefangener war nur einer, und sein Verbrechen war Apostasie. Die übrigen waren selten unerfreuliche Zeitgenossen, vier Mörder, ein Vergewaltiger, zwei Kinderschänder und zwei Diebe, denen als Wiederholungstäter nach dem Korangesetz ihres Landes die rechte Hand abgeschlagen würde. Sie waren in einem einzigen, vollklimatisierten Raum, alle durch Fußfesseln an Bettpfosten gesichert. Alle zum Tode verurteilt, bis auf die ihrer Verstümmelung harrenden Diebe, die sich fragten, was sie hier bei den anderen machten. Die Nahrung der letzten Wochen war besonders dürftig gewesen und hatte ihre Kräfte und ihre Wachsamkeit herabgesetzt. Einer von ihnen steckte sich den Finger in den Mund, um sein wundes und blutendes Zahnfleisch zu fühlen. Als die Tür aufging, zog er den Finger schnell wieder heraus.

Es war jemand in einem blauen Plastikanzug, den keiner von ihnen zuvor gesehen hatte. Der Mann stellte einen zylindrischen Behälter auf den Betonboden, hob die blaue Plastikkappe ab und drückte einen Knopf. Dann entfernte er sich hastig. Kaum war die Tür wieder zu, kam ein Zischen aus dem Behälter, und dampfähnlicher Nebel verteilte sich im Raum.

Einer von ihnen schrie auf, da er ihn für Giftgas hielt. Er schnappte sich die Bettdecke und drückte sie sich aufs Gesicht. Der dem Nebel am nächsten Liegende war nicht so schnell von Begriff, und als die Wolke ihn umfing, sah er sich bloß um, während die anderen warteten, daß er starb. Als das nicht eintrat, waren sie eher neugierig als furchtsam. Nach wenigen Minuten war der Vorfall Bestandteil ihrer begrenzten Geschichte. Das Licht wurde abgeschaltet, und sie schliefen.

»Drei Tage abwarten«, sagte der Direktor, als er den Bildschirm, der aus der Zelle übertrug, abschaltete. »Das Sprühsystem scheint gut zu arbeiten, saubere Ausbreitung. Nur bei der Zeitverzögerung hat es ein Problem gegeben. In der Serie muß es – wie lange? – fünf Minuten halten, meine ich.«

Drei Tage, dachte Moudi. Zweiundsiebzig Stunden, um festzustellen, welches Unheil sie bewirkt hatten.

Bei all dem Geld und der Stimmungsmache, all der ausgezeichneten Planung saß Ryan nun auf einem simplen Metallklappstuhl: die Art, die aufs Sitzfleisch geht. Vor ihm war eine Holzbalustrade, die mit rotem, weißem und blauem Tuch behangen war. Unter dem Flaggentuch waren Stahlplatten, die eine Kugel aufhalten sollten. Das Rednerpult war ähnlich armiert – in diesem Fall Stahl und Kevlar; Kevlar ist stärker und leichter – und würde fast seinen ganzen Körper unterhalb der Schultern schützen. Die Universitätshalle war bis »unter die Dachbalken« besetzt, wie Reporter es ausdrückten. Der Großteil des Publikums waren wohl Studenten, aber das war schwer zu erkennen. Ryan war Ziel vieler Leuchten und Spots, und die Lichtflut verhinderte einen Ausblick auf die Menge. Sie waren durch den Hintereingang gekommen, durch den muffigen Spindraum gegangen, denn der Präsident nahm stets den schnellsten Weg rein oder raus. Die Wagenkolonne war großenteils Highway gefahren, aber der Streckenteil durch die Stadt war von winkenden Leuten gesäumt, während der Gouverneur über ihre Vorzüge und die des Hoosier-Staates schwärmte. Ryan dachte dran, die Herkunft von ›Hoosier‹ zu erfragen, entschied sich aber dagegen.

Der Gouverneur sprach jetzt, nach drei anderen Rednern – einem Studenten, gefolgt vom Universitätspräsidenten, gefolgt vom Bürgermeister der Stadt. Der Präsident versuchte wirklich, den Reden zuzuhören, aber zum einen sagten sie alle im Grunde das gleiche, andererseits war wenig davon wahr. Es war, als würden sie von jemand anderem reden, einem theoretischen Präsidenten mit universellen Tugenden für den Umgang mit falsch aufgezählten Pflichten.

»... eine große Ehre, den Präsidenten der Vereinigten Staaten zu begrüßen.« Der Gouverneur wandte sich um und winkte ihn ran. Ryan stand auf, trat ans Podium, schüttelte dem Gouverneur die Hand. Als er seine Mappe mit der Rede aufs Pult legte, nickte er verlegen jovial in die Menge, die er kaum sehen konnte. In den ersten Reihen waren die Lokalgrößen. Normalerweise wären sie wichtige Spender. In seinem Fall wußte es Ryan nicht. Vielleicht sogar für *beide* Parteien. Da fiel ihm ein, daß wichtige Spender sowieso beiden Parteien Geld gaben, um sich gegen Verluste abzusichern durch Zugang zur Macht, egal, wer drankam. Wahrscheinlich tüftelten sie schon daran herum, wie sie für *seine* Kampagne Geld spenden könnten.

»Vielen Dank für diese Einleitung, Gouverneur.« Ryan wandte sich an die Menschen neben ihm auf der Bühne. Er las ihre Namen von der Liste auf der ersten Seite seiner Rede ab, gute Freunde, die er nach diesem einen Mal nie mehr sehen würde, deren Gesichter ganz einfach deswegen aufleuchteten, weil er ihre Namen in der korrekten Reihenfolge nannte.

»Ladies and Gentlemen, ich bin noch nie in Indiana gewesen. Das ist mein erster Besuch im Hoosier-Staat. Aber nach dem Empfang, den Sie mir hier bereiten, wird es hoffentlich nicht der letzte sein ...«

Es war so, als hätte jemand bei einer Fernsehshow die APPLAUS-Tafel hochgehoben. Er hatte eben die Wahrheit gesprochen, gefolgt von etwas, was vielleicht eine Lüge war oder vielleicht auch nicht, und obwohl sie es wissen mußten, scherten sie sich keinen Deut darum. Und dann lernte Jack Ryan erstmals etwas sehr Bedeutungsvolles kennen.

*Mein Gott, das ist wie ein Rauschmittel,* dachte Jack und verstand mit einemmal, warum Leute in die Politik gingen. Kein Mensch konnte hier stehen, den Lärm hören, die Gesichter sehen und den Augenblick nicht genießen. Es übertönte das Lampenfieber, das überwältigende Gefühl, nicht hierherzugehören. Da war er, vor viertausend Leuten, alle Mitbürger, vor dem Gesetz ihm gleich, aber in ihren Gedanken war er etwas ganz anderes. Er *war* die Vereinigten Staaten von Amerika. Er war ihr Präsident, er war die Verkörperung ihrer Hoffnungen, ihrer Sehnsüchte, Abbild ihrer Nation, und deswegen waren sie bereit, diesen Unbekannten zu lieben, jedes Wort zu bejubeln und sich für einen kurzen Augenblick weiszumachen, er hätte direkt in jedes einzelne Augenpaar geblickt, so daß der Augenblick für immer etwas ganz Besonderes, Unvergeßliches werden würde. Es war eine Macht, von deren Vorhandensein er vorher nichts gewußt hatte. Über diese Menge konnte er verfügen. *Deswegen* widmeten Menschen ihr Leben dem Streben nach der

Präsidentschaft, um darin zu baden wie in einer warmen Ozeanwelle, in einem Augenblick höchster Vollkommenheit.

Aber warum hielten sie ihn für so besonders? Was machte ihn in ihren Augen dazu? fragte sich Ryan. Bei ihm war es reiner Zufall, und in jedem anderen Fall hatten sie ja die Wahl getroffen, den Mann auf die Rednerbühne gehievt. Es lag alles an der Wahrnehmung. Ryan war noch derselbe, der er einen Monat oder ein Jahr zuvor gewesen war. Er hatte sich ein bißchen mehr Wissen, aber nicht sehr viel Weisheit angeeignet. Er war die gleiche Person, nur mit einem anderen Job, und während die Insignien des neuen Postens ihn umgaben, war die Person innerhalb des Schutzrings der Bodyguards, die Person, die von einer Flut nie gesuchter Zuneigung umgeben war, lediglich das, was Eltern, die Kindheit, die Erziehung und Erfahrung daraus gemacht hatten. Sie hielten ihn für anders und besonders und vielleicht sogar groß, aber das war Wahrnehmung, nicht Realität. Real waren in diesem Augenblick die schweißigen Hände und das gepanzerte Rednerpult, die von fremder Hand geschriebene Rede und der Mann, der wußte, daß er nicht hierhergehörte.

*Was mach' ich denn jetzt?* fragte sich der Präsident der Vereinigten Staaten, während sich seine Gedanken im abebbenden Applaus jagten. Er würde nie der sein, für den sie ihn hielten. Er war ein guter Mensch, dachte er, aber kein großer, und die Präsidentschaft war ein Job, ein Posten, ein Regierungsamt, das von James Madison festgelegte Pflichten umfaßte. Er mußte sie sich gewinnen, damit die Mienen der hier Versammelten zu etwas anderem als einer Lüge wurden, denn mit der Verleihung von Macht vergaben sie auch Verantwortung, und für das Geschenk der Liebe verlangten sie Hingabe. Ernüchtert blickte Jack auf die Glasscheibe, auf der sich der Text seiner Rede spiegelte, holte tief Luft und fing so zu reden an, wie er es als Geschichtsdozent in Annapolis getan hatte.

»Ich bin heute hier, um vor Ihnen über Amerika zu reden ...«

Unterhalb des Präsidenten standen fünf Geheimdienstagenten, deren Sonnenbrillen die Augen abschirmten, damit das Publikum nicht erraten konnte, wohin sie schauten, und weil das Menschen einschüchterte. Während sie die Menge musterten, standen sie über ihre Funkkopfhörer miteinander in Verbindung. An der Rückseite der Halle befanden sich weitere; diese Gruppe beobachtete durch Ferngläser, weil klar war, daß die Liebe in diesem Bau nicht einhellig war oder es sogar einige gab, die darauf aus waren, das, was sie liebten, zu töten. Deshalb hatte ein Vorauskommando an allen Eingängen die tragbaren Metalldetektoren aufgestellt, durch die alle gehen mußten. Deswegen hatten belgische Malinois-Hunde das Gebäude noch Sprengstoff abgeschnüffelt. Deswegen beobachteten die Agenten alles genau so, wie ein Infanterist im Kampfgebiet darauf achtete, jeden Schatten anzuvisieren.

»... und die Stärke Amerikas liegt nicht in Washington, sondern in Indiana und New Mexico und allen anderen Gegenden, wo Amerikaner wohnen und arbeiten. Wir in Washington sind nicht Amerika; das sind Sie«, dröhnte die Stimme des Präsidenten über die Anlage. »Und wir arbeiten für Sie.« Das Publikum jubelte ohnehin wieder.

Die Leitungen der TV-Kameras liefen aus dem Bau zu Ü-Wagen, die Bild und Ton über Schüsseln an die Satelliten weitergaben. Das Gros der Reporter waren dort hinten und machten sich Notizen, obwohl ihnen der Text vollständig vorlag, mitsamt schriftlicher Zusage, daß der Präsident ihn diesmal wirklich vortragen würde. »Des Präsidenten Rede«, würden am Abend alle sagen, dabei war's gar nicht seine, das wußten sie. Callie Weston hatte sie mit einigen von ihnen schon besprochen. Sie musterten das Publikum, was ihnen leichter fiel ohne das Gleißen von Klieg-Lampen in ihren Gesichtern.

»... keine Gelegenheit, sondern eine Verantwortung, die wir alle haben, denn wenn Amerika uns allen gehört, dann fängt die Aufgabe, unser Land in Schwung zu halten, hier an und nicht in Washington.« Noch mehr Applaus.

»Gute Rede«, bemerkte Tom Donner zu seinem Kommentator John Plumber.

»Auch gut rübergebracht. Ich habe mit dem Leiter der Naval Academy gesprochen. Dort heißt es, daß er ein ausgezeichneter Lehrer war«, erwiderte Plumber.

»Gutes Publikum für ihn, vor allem Jugendliche. Und er spricht nicht über große politische Themen.«

»Macht sich nur die Füße naß«, stimmte John zu. »Sie haben doch ein Team, das den anderen Teil für heute abend macht, stimmt's?«

Donner sah auf die Uhr und nickte. »Sollte jetzt dort sein.«

»Nun, Dr. Ryan, wie gefällt es Ihnen, First Lady zu sein?« fragte Krystin Matthews mit einem freundlichen Lächeln.

»Das weiß ich noch nicht.« Sie sprachen in Cathys Bürokabäuschen mit Blick über die Innenstadt von Baltimore. Es gab kaum Platz für einen Schreibtisch und drei Stühle (einen guten für die Ärztin, einen für den Patienten und den dritten für den Ehepartner oder die Mutter des Patienten), und mit all den Kameras und Scheinwerfern im Zimmer fühlte sie sich eingekesselt. »Wissen Sie, mir geht das Kochen für die Familie ab.«

»Ihr Mann erwartet von Ihnen auch noch, daß Sie kochen?« fragte die NBC-Journalistin mit Verblüffung, fast Empörung in der Stimme.

»Ich hab' schon immer gern gekocht. Es ist eine gute Entspannung, wenn ich heimkomme.« *Besser als Fernsehen*, fuhr Professor Caroline Ryan nicht fort. Sie trug einen frisch gestärkten Laborkittel. Eine Viertelstunde hatten Haar und Make-up gekostet, und die Patienten warteten. »Außerdem kann ich das ganz gut.«

Ah, das war was anderes. Ein süßliches Lächeln. »Was ist die Lieblingsspeise des Präsidenten?«

Das Lächeln wurde erwidert. »Das ist einfach. Steak, gebackene Kartoffeln, frischer Süßmais am Kolben und mein Spinatsalat – ich weiß schon, der Arzt in mir sagt, daß dies zu cholesterinhaltig ist. Jack kann ziemlich gut mit dem Grill umgehen. Er ist eigentlich ein recht praktischer Mann im Haushalt. Ihm macht es nichts aus, den Rasen zu mähen.«

»Kommen wir zurück auf die Nacht, in der Ihr Sohn geboren wurde, jene schreckliche Nacht, als die Terroristen ...«

»Die hab' ich nicht vergessen«, sagte Cathy etwas leiser.

»Ihr Mann hat Menschen getötet. Sie sind Ärztin. Wie fühlen Sie sich dabei?«

»Jack und Robby haben getan, was sie mußten, sonst hätten wir jene Nacht nicht überlebt. Ich mag keine Gewalt. Ich bin Chirurgin. Letzte Woche hatte ich ein Trauma hier; ein Mann hat bei einer Schlägerei in einer Bar ein Auge verloren. Aber was Jack getan hat, war etwas anderes. Mein Mann hat sich eingesetzt, um mich und Sally und Little Jack, der noch gar nicht geboren war, zu schützen.«

»Sind Sie gerne Ärztin?«

»Ich liebe meine Arbeit. Ich würde sie gegen nichts eintauschen.«

»Normalerweise aber hat eine First Lady ...«

»Ich weiß, was Sie sagen wollen. Ich bin nicht politisch eingestellt. Ich bin Medizinerin. Ich bin Forscherin und arbeite an der besten Augenklinik der Welt. Meine Patienten warten auf mich. Sie brauchen mich – und wissen Sie, ich brauche sie auch. Mein Beruf füllt mich aus. Ich bin auch Hausfrau und Mutter, und ich mag beinahe alles in meinem Leben.«

»Außer das hier?« fragte Krystin lächelnd.

Cathys blaue Augen blinzelten. »Das soll ich doch nicht ernsthaft beantworten, oder?« Und Matthews wußte, daß sie den Aufmacher für ihr Interview hatte.

»Was ist Ihr Mann für ein Mensch?«

»Also da kann ich nicht objektiv antworten. Ich liebe ihn. Er hat für mich und meine Kinder sein Leben riskiert. Er war immer da, wenn ich ihn brauchte. Und ich tu' dasselbe für ihn. Das ist doch der Sinn von Liebe und Ehe. Jack ist klug. Er ist ehrlich. Sorgt sich vielleicht etwas zu sehr. Manchmal wacht er nachts auf, zu Hause, mein' ich, und sieht lange zum Fenster raus auf die Bucht. Ich glaube, er weiß nicht, daß ich's merke.«

»Tut er das immer noch?«

»Dafür ist er zu müde. Seine Arbeitszeit ist jetzt die schlimmste bisher.«

»Seine anderen Regierungsposten, beim CIA beispielsweise; da gibt es Berichte, daß er...«

Cathy wehrte sofort mit erhobener Hand ab. »Ich bin nicht befugt, darüber zu reden. Ich weiß nichts und will wohl auch nichts wissen. Das ist bei mir genauso. Ich darf vertrauliche Patienteninformationen auch nicht mit Jack besprechen oder mit sonst jemanden außerhalb der Fakultät hier.«

»Wir würden Sie gern noch mit Patienten...«

FLOTUS schüttelte den Kopf und würgte die Frage ab.

»Nein, dies ist ein Krankenhaus, kein Fernsehstudio. Es geht um die Privatsphäre meiner Patienten. Für sie bin ich nicht die First Lady. Für sie bin ich Dr. Ryan. Ich bin keine Berühmtheit. Ich bin Ärztin und Chirurgin. Für meine Studenten bin ich Professorin und Dozentin.«

»Und angeblich eine der Besten auf der Welt in Ihrem Fach«, fügte Matthews hinzu, bloß um die Reaktion zu sehen.

Sie erhielt ein Lächeln. »Ja, ich habe den Lasker-Preis gewonnen, und die Achtung meiner Kollegen ist ein Geschenk, das mehr wert ist als Geld – aber wissen Sie, das ist's auch nicht ganz. Manchmal nach einem größeren Eingriff nehme ich im verdunkelten Raum die Verbände ab, und wenn wir dann langsam das Licht aufdrehen, sehe ich es. Ich kann's auf dem Gesicht des Patienten sehen. Ich hab' die Augen geheilt, und der Blick auf seinem oder ihrem Gesicht – also, keiner ist wegen des Geldes in der Medizin, zumindest nicht hier am Hopkins. Wir sind hier, um Kranke zu heilen, und wenn ich Augenlicht bewahren und wiederherstellen kann und nach getaner Arbeit diesen Blick sehe... Deswegen werde ich nie, *niemals* die Medizin aufgeben«, sagte Cathy Ryan im Wissen, daß das am Abend im Fernsehen kam, und sie hoffte, vielleicht würde ein aufgeweckter junger Oberschüler ihr Gesicht sehen, die Worte hören und beschließen, mal an die Medizin zu denken. Wenn sie diese Zeitverschwendung über sich ergehen lassen mußte, konnte sie das vielleicht doch noch für ihr Fach einsetzen.

Das war eine gute Sequenz, dachte Krystin Matthews, aber bei nur zweieinhalb Minuten Sendezeit würden sie die nicht nehmen können. Lieber das, daß sie nicht gern First Lady war. Das Gerede von Ärzten kannte doch jeder.

## 24 / Im Fluge

Die Rückfahrt zum Flugzeug war rasch und reibungslos. Der Gouverneur ging seiner Wege. Die Leute, die Gehsteige gesäumt hatten, waren größtenteils wieder bei der Arbeit. Ryan konnte sich in den Ledersitz zurücklehnen, von der Erschöpfung erfaßt, die einem so streßgeladenen Anlaß folgt.

»Na, wie war ich?« fragte er und sah aus dem Fenster, wo Indiana mit fast hundertundzwanzig Stundenkilometern vorbeirauschte.

»Eigentlich recht gut«, sagte Callie Weston als erste. »Sie haben wie ein Lehrer gesprochen.«

»Ich war ja mal Lehrer«, meinte der Präsident. *Wenn ich Glück habe, werde ich's wieder.*

»Für so eine Rede ist's in Ordnung, aber für andere brauchen Sie etwas mehr Feuer«, meinte Arnie.

»Eins nach dem anderen«, riet Callie dem Stabschef. »Vor dem Gehen kommt das Krabbeln.«

»Die gleiche Rede in Oklahoma?« fragte POTUS.

»Ein paar Änderungen, aber nichts Großes. Denken Sie bloß dran, daß Sie nicht mehr in Indiana sind. Sooner State statt Hoosier State. Der Satz zu Tornados bleibt, und diesmal ist's Football.«

»Die haben auch beide Senatoren verloren, aber sie haben noch einen Kongreßabgeordneten, und der wird mit Ihnen auf der Empore sein«, schaltete sich van Damm ein.

»Wie hat er überlebt?« fragte Jack beiläufig.

»Hat wohl was horizontal erledigt«, war die knappe Antwort. »Sie werden einen neuen Vertrag für Tinker AFB ankündigen. Das bringt etwa fünfhundert neue Stellen, weil am Standort einige Operationen zusammengezogen werden. Wird die dortige Presse happy machen.«

Ben Goodley wußte nicht, ob er nun Nationaler Sicherheitsberater war oder nicht. Wenn ja, war er recht jung für den Job, doch zumindest war der Präsident, dem er diente, in auswärtigen Angelegenheiten gut beschlagen. Das machte ihn mehr zu einem Top-Sekretär als einem Berater. Ihm machte die Rolle aber nichts aus. Er hatte in der kurzen Zeit in Langley viel gelernt, war rasch aufgestiegen und einer der jüngsten Männer geworden, die je den begehrten NIO-Ausweis erhielten, weil er Information zu organisieren wußte und weil er das politische Knowhow hatte, Wichtiges richtig einzustufen. Er arbeitete besonders gern direkt für Präsident Ryan. Goodley wußte, er konnte beim Boß gradlinig auftreten, und Jack – in seinem Geiste hieß er noch so, obwohl er ihn so nicht mehr anreden durfte – würde ihm stets offen die Meinung sagen. Für Dr. Goodley würde es eine weitere Lebenserfahrung, unbezahlbarer Schritt zum neuen Lebenstraum werden: durch Verdienst statt Politik einmal DCI zu werden.

An der Wand gegenüber seinem Schreibtisch hing eine Uhr, die den Sonnenstand für die ganze Welt anzeigte. Er hatte sie gleich am ersten Tag bestellt – und zu seiner Überraschung war sie buchstäblich über Nacht gekommen, nicht mühsam über fünf Ebenen Beschaffungsbürokratie. Er hatte zwar gehört, daß das White House ein Teil der Regierung war, der tatsächlich funktionierte, es aber nicht geglaubt – nach rund vier Jahren im Regierungsdienst meinte der Harvard-Absolvent, er wüßte, was funktioniert und was nicht. Die Überraschung war ihm lieb, und die Uhr ergab sofortige Zuordnung, eher als die sonst übliche Ansammlung normaler Uhren. Er konnte augenblicklich sehen, wie spät es irgendwo auf der Welt war. Entscheidender war, daß er sofort wußte, wenn etwas zu ungewöhnlicher Stunde geschah; das hatte die Aussagekraft eines Bulletins von Signals Intelligence – SigInt. So eines war gerade an sein persönliches Faxgerät eingegangen, das an sein abhörsicheres Telefon STU-4 angeschlossen war.

Die National Security Agency verteilte periodisch interne Resümees von Vorkommnissen aus aller Welt. Deren Hauptwache standen hohe Militärs vor, die zwar eine mehr technisch als politisch orientierte Sichtweise hatten, aber beileibe nicht dumm waren. Ben kannte jetzt viele auch vom Namen, nicht nur vom Ruf her, und deren individuelle Stärken. Der USAF-Colonel, der an Wochentagen nachmittags die Leitung hatte, belästigte keinen mit Trivialem – setzte der seinen Namen darunter, war die Mitteilung meist lesenswert. Und es war kurz nach Mittag, Ortszeit.

Goodley sah, daß die FLASH-Meldung den Irak betraf. Das fand er beim Colonel auch gut: Nichts kam nur zum Spaß in die Kategorie CRITIC, wie bei manch anderen. Ben blickte auf seine Wanduhr. Nach Sonnenuntergang Ortszeit, für die einen Zeit der Entspannung, für die anderen der Handlung. Diese Handlung würde wohl die ganze Nacht dauern, um Einmischung zu vermeiden, damit der nächste Tag wahrlich neu und wahrhaftig anders beginnen würde.

»Junge, Junge«, flüsterte Goodley. Er las die Seite noch einmal durch, schwang in seinem Drehstuhl herum, nahm den Hörer und drückte für Schnellwahl die #3-Taste.

»Büro des Direktors«, meldete sich eine weibliche Stimme.

»Goodley für Foley.«

»Bleiben Sie dran, Dr. Goodley.« Dann: »Tag, Ben.«

»Guten Tag, Direktor. Haben Sie auch, was ich habe?« Das ausgedruckte Blatt in seiner Hand war noch warm.

»Irak?«

»Genau.«

»Sie haben's wohl zweimal gelesen, Ben. Hab' gerade Bert Vasco gesagt, er soll seinen Hintern hierher in Bewegung setzen.« Der CIA war im Hinblick auf den Irak schwach besetzt, meinten beide, aber dieser Typ von State war echt gut.

»Sieht mir ganz schön heiß aus.«

»Mir auch«, erwiderte Ed Foley. »Herrgott, die da drüben sind aber schnell auf den Beinen. Geben Sie mir eine Stunde, vielleicht neunzig Minuten.«

»Ich denke, der Präsident sollte es erfahren«, sagte Goodley mit einer Stimme, die sein Dringlichkeitsgefühl vertuschte – dachte er zumindest.

»Er muß mehr erfahren, als wir ihm jetzt erzählen können. Ben?« fügte der Direktor hinzu.

»Ja?«

»Jack läßt Sie wegen Geduld nicht erschießen, und wir können sowieso nur die Entwicklung beobachten. Denken Sie dran, wir können ihn nicht mit Information zuschütten. Er hat nicht mehr die Zeit, sich alles anzusehen. Was er zu sehen kriegt, muß auf den Punkt gebracht sein. Das ist Ihr Job«, erklärte Ed Foley. »Das werden Sie in ein paar Wochen heraushaben. Ich werde helfen«, fuhr Ed fort, womit er Goodley an sein kurzes Dienstalter erinnerte.

»Okay, ich werde warten.« Es klickte in der Leitung.

Goodley hatte etwa eine Minute Zeit, während der er das NSA-Bulletin nochmals las, dann läutete das Telefon erneut.

»Dr. Goodley.«

»Doktor, Büro des Präsidenten«, sagte eine der höheren Sekretärinnen. »Ich habe einen Herrn Golowko auf der Privatleitung des Präsidenten. Könnten Sie den Anruf entgegennehmen?«

»Ja«, erwiderte er, und dachte, *oh, Scheiße*.

»Ich übergebe«, sagte sie und klinkte sich aus.

»Hier Ben Goodley.«

»Hier Golowko. Wer sind Sie?«

»Ich bin amtierender Nationaler Sicherheitsberater des Präsidenten.« *Und ich weiß, wer Sie sind.*

»Goodley? Ach ja, der Nachrichtendienstbeamte, der gerade gelernt hat, sich zu rasieren. Meinen Glückwunsch zu Ihrer Beförderung.«

Die Spieltaktik war schon beeindruckend, aber Goodley schätzte, daß der Russe eine Akte auf dem Schreibtisch hatte, die alles bis hin zu seiner Schuhgröße enthielt. Auch Golowkos Gedächtnis konnte nicht *so* gut sein, und Goodley war jetzt lange genug im White House, daß RVS/KGB die Hausarbeiten erledigt hatte.

»Nun, einer muß ja ans Telefon gehen, Minister.« Spieltaktik ging auch umgekehrt. Golowko war nicht wirklich Minister, agierte aber so, und das war technisch gesehen ein Geheimnis. Eine schwache Retourkutsche, aber immerhin. »Was kann ich für Sie tun?«

»Sie kennen die Vereinbarung, die ich mit Iwan Emmetowitsch habe?«

»Ja, Sir, das tu' ich.«

»Sehr gut. Sagen Sie ihm, daß gerade ein neuer Staat entsteht. Vereinigte Islamische Republik wird er heißen und vorerst Iran und Irak umfassen. Ich vermute aber, daß er noch weiterwachsen möchte.«

»Wie verläßlich ist diese Information, Sir?« Lieber artig; den Russen sich größer vorkommen lassen.

»Junger Mann, ich würde keine Meldung an Ihren Präsidenten machen, wenn ich sie nicht für verläßlich hielte, aber«, fügte er großzügig hinzu, »ich verstehe, daß Sie die Frage stellen müssen. Die Nachrichtenquelle ist für mich verläßlich genug, daß ich der Information mein Vertrauen mitgebe. Es wird noch mehr kommen. Haben Sie ähnliche Hinweise?«

Die Frage ließ Goodleys erstarren. Für so etwas fehlten ihm Anweisungen. Ja, er hatte erfahren, daß Präsident Ryan mit Golowko über eine Zusammenarbeit gesprochen, die Sache auch mit Ed Foley diskutiert hatte und daß beide entschieden hatten, sie anzugehen. Aber niemand hatte ihm Kriterien dafür genannt, Informationen an Moskau weiterzugeben, und er konnte jetzt nicht in Langley um Instruktionen nachfragen, da würde er vor dem Russen schwach erscheinen, und die Russen wollten nicht, daß Amerika im Augenblick Schwäche zeigte, und es lag jetzt an ihm, und er mußte eine Entscheidung treffen. Der Denkprozeß dauerte insgesamt kaum eine Drittelsekunde.

»Ja, Minister. Sie hätten zu keinem besseren Zeitpunkt anrufen können. Direktor Foley und ich haben gerade die Entwicklung besprochen.«

»Ah ja, Dr. Goodley. Ich sehe, Ihre Funküberwachungsleute sind effizient wie immer.

»Herr Minister, ich werde noch diese Stunde mit Präsident Ryan sprechen und Ihre Information weitergeben. Vielen Dank für Ihren zeitigen Anruf, Sir.«

»Schönen Tag noch, Dr. Goodley.«

*Vereinigte Islamische Republik* las Ben auf seiner Schreibunterlage. Es hatte einmal die Vereinigte Arabische Republik gegeben, eine zweifelhafte Allianz zwischen Syrien und Ägypten, die aus zwei Gründen scheitern mußte. Die räumlich getrennten Länder waren grundlegend unvereinbar gewesen und die Allianz nur geschaffen worden, um Israel zu vernichten. Das letztere Land hatte Einwände vorgebracht – sehr wirkungsvolle. Noch wichtiger: Vereinigte *Islamische* Republik machte eine ebenso religiöse Aussage wie eine politische, weil Iran keine arabische Nation war – wie Irak –, sondern eine *arische,* mit anderen ethnischen und sprachlichen Wurzeln. Der Islam war die einzige Weltreligion, deren Heilige Schrift alle Formen von Rassismus verurteilte und die Gleichheit aller Menschen vor Gott verkündete, ungeachtet der Hautfarbe – was der Westen oft übersah. Somit war der Islam eine vorgeblich einende Kraft, und dieser neue Staat spielte schon mit seinem Namen drauf an. Das sagte viel aus, genug, daß Golowko es nicht erst erklären mußte, und unterstrich Golowkos Meinung, er und Ryan seien auf der gleichen Wellenlänge. Goodley sah noch mal zur Wanduhr. In Moskau war es auch Nacht. Golowko arbeitete spät – na ja, für einen hochrangigen Beamten nicht *so* spät. Ben nahm den Hörer und tippte wieder #3. Er brauchte für die Zusammenfassung des Anrufs aus Moskau weniger als eine Minute.

»Wir dürfen glauben, was er sagt – jedenfalls in dieser Sache. Sergej Nikolaj'tsch ist ein *ganz* alter Hase«, sagte der DCI. »Also gut, worüber macht er sich Sorgen?«

»Um etliche Republiken mit ›-stan‹ am Ende«, sprudelte Goodley hervor, ohne nachzudenken.

»Erfaßt.« Das kam von einer anderen Stimme.

»Vasco?«

»Ja, eben reingekommen.« Und Goodley mußte wiederholen, was er gerade Ed Foley gesagt hatte. Wahrscheinlich war auch Mary Pat da. Für sich allein waren beide schon gut. Wenn sie im gleichen Zimmer gemeinsam nachdachten, waren sie eine tödliche Waffe. Das mußte man gesehen haben, um es zu begreifen, wie Ben wußte.

»Sieht mir nach einer großen Sache aus«, bemerkte Goodley.

»Mir auch«, sagte Vasco über die Freisprecheinrichtung. »Wir lassen hier mal einige Ideen los. In rund einer Viertelstunde ruf' ich wieder durch.«

»Würdense mirr glauben, daß Avi ben Jakob chat sich bei ins gemeldet?« berichtete Ed nach einigem Hintergrundgeräusch in der Leitung. »Die haben wohl ziemlich was um die Ohren.«

Es war pure Ironie, daß die Russen sowohl die ersten waren, sich mit Amerika kurzzuschließen (und daß sie es überhaupt taten), als auch die einzigen, die direkt im White House anriefen, womit sie die Israelis in beiden Punkten schlugen. Doch die Belustigung würde nur kurz dauern, das wußten alle. Israel hatte wohl von allen den schlimmsten Tag. Rußland hatte bloß einen sehr schlechten. Und Amerika durfte an der Erfahrung teilhaben.

Es wäre kulturlos gewesen, ihnen das letzte Gebet zu verweigern. Waren sie auch grausam gewesen und Kriminelle, so mußten sie doch Gelegenheit zum Gebet erhalten, wenn auch nur kurz. Bei jedem war ein Mullah, der ihm mit strenger, aber nicht unfreundlicher Stimme sein Schicksal verkündete, heilige Texte zitierte und von der Chance sprach, sich mit Allah zu versöhnen, bevor man Ihm vors Angesicht trat. Das verweigerte keiner – ob sie glaubten, war eine andere Frage und oblag dem Urteil Allahs, doch die Mullahs hatten ihre Pflicht getan –, dann wurde jeder in den Gefängnishof geführt.

Es lief wie am Fließband, zeitlich sorgfältig abgestimmt, so daß die drei Geistlichen jedem verurteilten Verbrecher die dreifache Zeitspanne gewährten, die benötigt wurde, um jeden der Reihe nach ins Freie zu befördern, an den Pfahl zu binden, zu erschießen, die Leiche wegzuschaffen und den Vorgang erneut zu beginnen. Es kam auf fünf Minuten pro Hinrichtung und fünfzehn fürs Gebet.

Der kommandierende General der 41. Panzerdivision war typisch, nur war sein Glaube nicht ganz so verkümmert. In der Zelle wurden ihm vor seinem Imam – der General zog das arabische Wort dem Farsi-Begriff vor – die Hände gefesselt, und er wurde von Soldaten abgeführt, die eine Woche zuvor noch salutiert und gezittert hätten, wenn er vorbeikam. Er hatte sich mit seinem Schicksal versöhnt, und er würde den persischen Hundesöhnen nicht die geringste Genugtuung bieten. Insgeheim aber verfluchte er vor Gott die feigen Vorgesetzten, die aus dem Land entwischt waren und ihn zurückgelassen hatten. Vielleicht hätte er den Präsidenten selbst umbringen und die Macht übernehmen können, dachte er, als man seine Handschellen an den Pfahl band. Der General blickte einen Moment zur Wand hinter ihm und taxierte, wie gut die Treffsicherheit des Erschießungskommandos war. Seltsam belustigend fand er, daß er wohl ein paar Sekunden länger sterben würde, und er schnaubte verächtlich. Ein Hauptmann kam mit einer Augenbinde.

»*Das* heben Sie sich auf für heute nacht, wenn Sie schlafen gehen. Eine Zigarette, seien Sie so gut.«

Der Hauptmann nickte ausdruckslos, seine Gefühle waren schon durch die zehn Erschießungen in der letzten Stunde betäubt. Er schüttelte eine Zigarette aus seiner Packung, steckte sie dem Mann zwischen die Lippen und hielt ein Zündholz dran. Darauf sagte er, was ihm noch am Herzen lag:

»*Salam alaikum.*« Friede sei mit dir.

»Davon werde ich mehr haben als Sie, junger Mann. Tun Sie Ihre Pflicht. Geben Sie acht, daß Ihre Pistole geladen ist.« Der General schloß die Augen für einen langen Zug. Nur vor Tagen hatte ihm sein Arzt gesagt, daß es schlecht für seine Gesundheit war. Ha! Er blickte zurück auf seine Laufbahn, was die Amerikaner 1991 seiner Division angetan hatten, und staunte, daß er noch lebte. Nun, dem Tod war er mehrmals entronnen, doch *das* Rennen konnte man nur verlängern, nie wirklich gewinnen. Noch ein tiefer Zug. Er kannte den Geschmack. Wie kam wohl ein mickriger Hauptmann an amerikanische Winstons? Die Soldaten hoben die Gewehre zum »Zielt«. Ihre Gesichter waren ausdruckslos. Ja, das kam vom Töten, überlegte er. Was grausam und abscheulich sein sollte, wurde einfach zu einem Job, der …

Der Hauptmann trat zum vornübergesackten Körper, der von dem um die Handschellen geschlungenen Nylonseil hing. *Und wieder,* dachte er, als er die 9-mm-Browning zog und zielte. Ein letzter Knall machte dem Stöhnen eine Ende. Dann schnitten zwei Soldaten das Seil durch und schleiften die Leiche weg. Ein weiterer brachte ein neues Seil an. Ein vierter harkte mit dem Gartenrechen im Dreck herum, nicht, um das Blut zu verbergen, sondern um den Dreck damit zu mischen, weil man auf Blut leicht ausrutschte. Der nächste würde Politiker sein, kein Soldat. Die Soldaten starben wenigstens größtenteils mit Anstand, wie der letzte. Nicht so die Zivilisten. Die wimmerten und weinten und riefen Allah an. Und wollten immer die Augenbinde. Das war eine neue Erfahrung für den Hauptmann, der so etwas noch nie getan hatte.

Es hatte ein paar Tage gedauert, alles zu organisieren, aber nun waren sie alle in getrennten Häusern und verschiedenen Stadtvierteln – und kaum war das erledigt, gerieten die Generäle darüber in Sorge. Getrennt untergebracht, dachten alle, könnte man sie nacheinander abholen und einbuchten bis zum Rückflug nach Bagdad. Keine Familie hatte mehr als zwei Leibwächter, und was konnten die schon ausrichten? Sie trafen sich oft – jeder General hatte einen Wagen zur Verfügung –, hauptsächlich, um weitere Reisevorkehrungen zu treffen. Man zankte sich darüber, ob sie zusammen zu einem neuen gemeinsamen Aufenthaltsort reisen oder jetzt getrennte Wege gehen sollten. Einige trugen vor, daß es sicherer und kostengünstiger wäre, ein großes Stück Land zu kaufen und darauf zu bauen. Andere deuteten an, daß sie, endgültig aus dem Irak heraus (zwei hegten die Illusion, im Triumph wiederzukehren und die Macht an sich zu reißen, aber alle bis auf die beiden wußten, das waren Hirngespinste), erfreut wären, bestimmte von ihnen nie wiederzusehen. Kleinliche Rivalitäten hatten lange schon echte Abneigung kaschiert, die im neuen Umfeld deutlich auflebte. Der Geringste von ihnen hatte ein persönliches Vermögen von über vierzig Millionen Dollar – einer hatte fast dreihundert Millionen Dollar bei verschiedenen Schweizer Banken –, mehr als genug für ein bequemes Leben in jedem Land der Welt. Die meisten wählten die Schweiz, stets sichere Zuflucht für Leute mit Geld und dem Wunsch, ruhig zu leben; ein paar blickten auch weiter nach Osten. Der Sultan von Brunei suchte Leute zur Reorganisation seiner Armee, und drei der irakischen Generäle erwogen, dafür vorzusprechen. Die sudanesische Regierung hatte auch informelle Gespräche angeknüpft, um einige Berater für laufende Militäroperationen gegen animistische Minderheiten im Süden des Landes anzuwerben – die Iraker hatten ja Erfahrung im Umgang mit Kurden.

Aber die Generäle mußten sich nicht nur um sich selbst Sorgen machen. Alle hatten ihre Familien herausgeschafft. Viele hatten Mätressen dabei, die nun zum allseitigen Mißbehagen in den Wohnungen ihrer Gönner lebten. Sie wurden genauso geschnitten wie in Bagdad. Das würde sich ändern.

Der Sudan ist großenteils Wüstenland, bekannt für mörderisch trokkene Hitze. Da er einst ein britisches Protektorat war, steht in der Hauptstadt ein Krankenhaus für Ausländer mit vorwiegend englischem Personal. Keine Spitzeneinrichtung, aber es überragte die meisten im Saharagebiet, da es mit meist jungen und noch idealistischen Ärzten besetzt war, die mit romantischen Ideen über Afrika und ihre Karrieren eingetroffen waren (das spielte sich nun unverändert seit mehr als hundert Jahren so ab). Sie lernten noch, gaben aber ihr Bestes, und das war im allgemeinen ziemlich gut.

Die zwei Patienten kamen innerhalb einer knappen Stunde an. Das kleine Mädchen kam als erste, in Begleitung der besorgten Mutter. Sie war vier Jahre alt, erfuhr Dr. Ian MacGregor, und war ein gesundes Kind gewesen, bis auf einen leichten Asthmaanfall, der, wie die Mutter zutreffend bemerkte, in Khartum mit seiner trockenen Luft kein Problem sein sollte. Wo kamen sie her? Aus dem Irak? Der Arzt war an Politik nicht interessiert. Der frischgebackene Internist war klein, achtundzwanzig, mit vorzeitig zurückweichendem, sandfarbenem Haar. Entscheidend war, daß er kein Bulletin über jenes Land und eine wichtige Infektionskrankheit kannte. Man hatte ihn und seine Belegschaft über den Ebola-Ausbruch in Zaire alarmiert, aber es war beim Funken geblieben.

Die Temperatur der Patientin betrug 38 Grad, kaum besorgniserregend bei einem Kind, noch dazu in einem Land, wo die Mittagstemperatur meistens so hoch war. Atmung, Blutdruck und Puls waren unauffällig. Sie erschien lustlos. Wie lange in Khartum, sagten Sie? Nur ein paar Tage? Nun, das könnte bloß Jetlag sein. Manche Leute waren dafür empfindlicher als andere, erklärte MacGregor. Neue Umgebung und so fort; könnten einem Kind schon zusetzen. Vielleicht eine Erkältung oder Grippe, nichts Ernstes. Sudan hat ein heißes Klima, aber wirklich ein recht gesundes, wissen Sie. Er streifte sich Gummihandschuhe über, nicht aus besonderem Grund, sondern weil seine Ausbildung an der Universität Edinburgh ihm eingebleut hatte, daß es immer auf die gleiche Art geschah, denn wer es einmal vergaß, könnte so enden wie Dr. Sinclair – oh, hast du nicht gehört, wie er sich bei einem Patienten mit AIDS angesteckt hat? Generell genügte eine solche Geschichte. Die Patientin litt nicht sehr. Augen leicht verquollen. Hals etwas entzündet, aber nicht schlimm. Wahrscheinlich ein oder zwei Nächte guten Schlaf. Kein Rezept. Aspirin für Fieber und Kopfweh, und wenn die Beschwerden anhalten, rufen Sie bitte an. Sie ist ein hübsches Kind. Ich bin sicher, sie wird wieder. Mutter ging mit Kind weg. Der Arzt entschied, es wäre Zeit für eine Tasse Tee. Unterwegs zum Aufenthaltsraum zog er die Latexhandschuhe aus, die ihm das Leben gerettet hatten, und warf sie in den Abfall.

Der zweite kam eine halbe Stunde später; männlich, dreiunddreißig, Typ Rausschmeißer, dem afrikanischen Personal gegenüber mürrisch und argwöhnisch, zu den Europäern aber zuvorkommend. Offensichtlich ein Mann, der Afrika kannte, dachte MacGregor. Wahrscheinlich arabischer Geschäftsmann. Reisen Sie viel? Kürzlich erst? Ah, das könnte es sein. Sie sollten beim Wasser hier aufpassen, das könnte die Magenbeschwerden erklären. Und auch er wurde mit einem Fläschchen Aspirin und einem rezeptfreien Medikament für die Magen-Darm-Probleme nach Hause geschickt, und bald darauf beendete MacGregor seinen Dienst.

»Mr. President? Ben Goodley ist am STU«, sagte ihm ein Sergeant. Dann zeigte sie ihm, wie man hier vorn die Telefone bediente.

»Yeah, Ben?« sagte Jack.

»Wir haben Berichte, daß eine Menge hoher Tiere im Irak an die Wand gestellt wird. Ich faxe Ihnen den Bericht zu. Die Russen und Israelis bestätigen beide.« Wie auf Stichwort erschien ein weiterer Air Force NCO und übergab Ryan drei Seiten Papier. Auf dem ersten stand TOP SECRET – NUR FÜR DEN PRÄSIDENTEN, obwohl es drei oder vier Kommunikationsleute hier im Flugzeug vor ihm gesehen hatten.

»Ich hab's schon, lassen Sie's mich lesen.« Er nahm sich Zeit, überflog den Bericht erst und kehrte dann zum Anfang zurück, um genauer zu lesen. »Okay, wer wird übrigbleiben?«

»Vasco meint, niemand Nennenswertes. Hier geht's um die gesamte Führung der Ba'ath-Partei und alle verbliebenen hohen Militärs. Da bleibt keiner von Rang mehr übrig. Okay, aber das Beängstigende kommt von PALM BOWL, und...«

»Wer ist dieser Major Sabah?«

»Ein Kuwait-Spook«, erwiderte Goodley. Unsere Leute meinen, ganz schön gewieft. Vasco stimmt mit seiner Einschätzung überein. Es ist aufs befürchtete Gleis eingeschwenkt, und es rollt echt schnell.«

»Was von den Saudis?« Ryan wurde ein wenig durchgerüttelt, als die VC-25A durch einige Wolken stieß. Draußen sah es nach Regen aus.

»Bis jetzt nichts. Die besprechen das noch.«

»Okay, danke für den Bescheid, Ben. Halten Sie mich auf dem laufenden.«

»Werde ich, Sir.«

Ryan legte den Hörer auf und runzelte die Stirn.

»Ärger?« fragte Arnie.

»Irak, geht schnell den Bach runter. Im Moment flott dabei, Leute hinzurichten.« Der Präsident gab seinem Stabschef die Seiten.

So was hatte stets etwas Unwirkliches an sich. Das NSA-Bulletin, berichtigt und ergänzt vom CIA und anderen, enthielt eine Namensliste. In seinem Büro hätte Ryan sich auch Fotos von Männern ansehen können, die er nicht kannte und jetzt nie mehr kennenlernen würde, denn während des Anflugs auf Oklahoma City wurde das Leben der

Männer auf dieser Liste beendet. Die Realität endete für Menschen in siebentausend Meilen Entfernung, und Ryan erfuhr davon aus abgehörten Funksprüchen, die man ihm aus noch größerer Ferne übermittelte, und das war real, aber gleichzeitig nicht. Es hing einfach mit der Entfernung zusammen – und seiner Umgebung. *Rund hundert hohe irakische Staatsbedienstete werden gerade erschossen – wollen Sie noch ein Sandwich, bevor Sie von Bord gehen?* Die Dualität hätte belustigen können, bis auf die außenpolitischen Verwicklungen. Nein, das stimmte auch nicht. Daran war überhaupt nichts lustig.

»Was denken Sie?« fragte van Damm.

»Ich sollte in meinem Büro sein«, erwiderte Ryan. »Das ist wichtig, und ich sollte dem nachgehen.«

»Falsch!« sagte van Damm sofort mit Kopfschütteln und erhobenem Finger. »Sie sind nicht mehr Nationaler Sicherheitsberater. Dafür haben Sie Ihre Leute. Sie sind Präsident, und Sie haben eine Menge zu tun, und alles ist wichtig. Der Präsident läßt sich nie von einer Sache fesseln und läßt sich nie im Oval Office einsperren. Die Leute da draußen wollen so was nicht sehen. Das hieße nämlich, Sie hätten nicht die Kontrolle. Das hieße, Ereignisse kontrollieren Sie. Zum Teufel, dies ist nicht *so* furchtbar wichtig.«

»Könnte es aber sein«, warf Jack ein, als das Flugzeug aufsetzte.

»Wichtig ist jetzt Ihre Rede.« Er hielt inne, ehe er fortfuhr. »Es ist nicht nur, wie man so sagt, daß Großmut zu Hause beginnt. Es geht auch um politische Macht. Und das beginnt gleich hier.« Er deutete aus den Fenstern, als Oklahoma draußen langsam zum Stillstand kam.

Ryan guckte, aber er sah die *Vereinigte Islamische Republik*.

Früher war es schwer gewesen, in die Sowjetunion einzudringen. Eine riesige Organisation, das Oberste Grenzschutz-Direktorat des Komitees für Staatssicherheit, hatte die Grenzen kontrolliert, mit dem doppelten Zweck, Leute drinnen wie draußen zu halten. Heute aber war der Hauptzweck der Grenzkontrollpunkte, daß die neue Riege regionaler Grenzbeamter die Bestechungen von Schmugglern annehmen konnte, die nun große Lastwagen benützten, um ihre Waren in das Land zu bringen, das jetzt eine Ansammlung halb unabhängiger Republiken war, die in wirtschaftlicher und deshalb auch politischer Hinsicht größtenteils auf sich allein gestellt waren. So war das nicht geplant gewesen. Als Stalin die zentrale Planwirtschaft einrichtete, hatte er sich bemüht, Produktionsstätten so zu verteilen, daß jeder Teil des riesigen Reichs bei lebenswichtigen Waren auf jeden anderen angewiesen war, aber dabei hatte er die Tatsache übersehen, daß, wenn die gesamte Wirtschaft zerfiel, der Bedarf an etwas, das aus einer Quelle nicht mehr erhältlich war, woanders gedeckt werden mußte, und mit dem Zerfall der Sowjetunion war der Schmuggel, der vom kommunistischen Regime rigoros unterbunden worden war, zur eigenständigen Industrie geworden. Und mit den Waren kamen auch Ideen, kaum aufzuhalten und unmöglich zu besteuern.

Die Korruption der Grenzschützer war eine Zweibahnstraße. Sie hätten sich ja den erforderlichen Beuteanteil aus ihrer informellen Zollerhebung sichern und trotzdem ihre Vorgesetzten informieren können, daher blieb der Abgesandte im Lastwagen auf dem Beifahrersitz, während der Fahrer das Geschäft erledigte – in diesem Fall von der Ladefläche aus: das Angebot einer Auswahl seiner Fracht an die Grenzschützer. Sie waren nicht im mindesten gierig, nahmen sich eigentlich nur wenig mehr, als sich im Kofferraum ihrer jeweiligen Privatwagen leicht verstecken ließ. (Einziges Zugeständnis an die Illegalität des ganzen Handels war, daß er nachts stattfand.) Daraufhin kamen die richtigen Stempel auf die richtigen Papiere, und der Laster fuhr auf der grenzüberquerenden Straße davon. Der Rest der Fahrt dauerte wenig mehr als eine Stunde. Dann hielt nach Einfahrt in die größere Stadt, einst bedeutende Karawanenstation, der Lastwagen an, der Abgesandte stieg aus und ging zu einem Privatwagen, um seine Reise fortzusetzen. Er trug nur eine kleine Tasche für ein oder zwei Kleidungswechsel.

Der Präsident dieser halbautonomen Republik nannte sich ein Muslim, war aber hauptsächlich ein Opportunist: Als ehemals hochrangiger Parteifunktionär hatte er selbstverständlich Gott regelmäßig verleugnet, um seinen politischen Aufstieg zu sichern, und als der politische Wind sich drehte, sich mit öffentlicher Begeisterung und privatem Desinteresse des Islam angenommen. Sein eigentliches Interesse betraf nur sein irdisches Wohlergehen. Er führte ein behagliches Leben in einem gemütlichen Privatpalast, einst das Quartier des Parteichefs dieser ehemaligen Sowjetrepublik. In dieser offiziellen Residenz trank er Alkohol, beging Unzucht und regierte seine Republik mit einer Hand, die abwechselnd zu hart und zu sanft war. Zu hart kontrollierte er die regionale Wirtschaft (durch seine kommunistische Ausbildung war er hoffnungslos unfähig), und zu sanft ließ er den Islam aufblühen, um, wie er dachte, seinem Volk die Illusion persönlicher Freiheit zu geben (und mißverstand damit eindeutig das Wesen seines vorgeblichen islamischen Glaubens, denn islamisches Recht wurde zugleich für das irdische wie das geistliche Wohl verfaßt). Wie alle Präsidenten vor ihm wähnte er sich von seinem Volk geliebt. Das war eine häufige Illusion von Narren. Beizeiten traf der Abgesandte im bescheidenen privaten Anwesen eines Freundes des örtlichen religiösen Oberhaupts ein. Dieser war ein Mann schlichten Glaubens und stiller Redlichkeit, geliebt von allen, die ihn kannten, und von keinem gehaßt, denn er sprach meistenteils mit gütiger Stimme, sein gelegentlicher Zorn gründete sich auf Prinzipien, die selbst Ungläubige respektieren konnten. Er war Mitte Fünfzig und hatte unter dem früheren Regime gelitten, aber in der Kraft seines Glaubens nie gewankt. Er eignete sich hervorragend für die vorliegende Aufgabe, und seine engsten Gefährten umgaben ihn.

Es gab die üblichen Begrüßungen in Gottes Heiligem Namen, danach wurde Tee serviert, und dann war es Zeit fürs Geschäft.

»Eine Betrübnis«, setzte der Abgesandte an, »die Gläubigen in solcher Armut leben zu sehen.«

»Es ist so schon immer gewesen, doch heute können wir unsere Religion frei ausüben. Unsere Moscheen sind wieder heil und füllen sich jeden Tag mehr. Was sind irdische Güter im Vergleich zum Glauben?« erwiderte das lokale Oberhaupt mit der vernünftigen Stimme des Lehrers.

»Wie wahr das ist«, stimmte der Abgesandte zu. »Und doch ist es Allahs Wunsch, daß die Getreuen gedeihen, ist es nicht so?« Es gab allgemeine Zustimmung. Jeder Anwesende war islamischer Gelehrter, und wenige ziehen Armut der Behaglichkeit vor.

»Mehr als alles andere bedarf mein Volk der Schulen, guter Schulen«, war die Antwort. »Auch besserer medizinischer Einrichtungen – wir benötigen vieles. Das leugne ich nicht.«

»All dieses ist unschwer erhältlich – so man das Geld hat«, bemerkte der Abgesandte.

Dies ist immer ein armes Land gewesen. Es gibt Bodenschätze, ja, aber die wurden nie recht genutzt, und nun haben wir die Unterstützung der Zentralregierung verloren – gerade, da wir unser eigenes Schicksal frei bestimmen könnten, während dieser Narr von Präsident in seinem Palast sich betrinkt und Frauen schändet. Wäre er nur ein Gerechter, ein Gläubiger, so könnte dieses Land gedeihen«, fügt er mit mehr Trauer als Ingrimm hinzu.

»Das, und ein wenig Auslandskapital«, schlug ein wirtschaftlich mehr bewandertes Mitglied seines Gefolges bescheiden vor. Kommerzielle Tätigkeit wurde vom Islam niemals verpönt. Obgleich der Westen seiner Verbreitung durch das Schwert gedenkt, hat er auf Händlerschiffen den Weg nach Osten genommen, so wie sich auch das Christentum durch Wort und Beispiel seiner Anhänger verbreitet hat.

»In Teheran denkt man, die Zeit sei gekommen, daß die Gläubigen nach den Befehlen des Propheten handeln. Mein Lehrer, Mahmoud Hadschi Daryaei, hat von der Notwendigkeit gepredigt, zu den Grundfesten unseres Glaubens zurückzukehren«, sagte der Abgesandte. Er sprach selbst wie ein Lehrer, mit ruhiger Stimme. Leidenschaft hob er sich für die öffentliche Arena auf. Im kleineren Raum, wo er mit Gelehrten seines Rangs zusammensaß, sprach auch er nur mit der Stimme der Vernunft. »Wir haben Reichtum, wie ihn nur Allah nach Seinem Eigenen Plan vergeben könnte. Und nun haben wir auch den Augenblick. Ihr Männer im Raum, ihr habt den Glauben bewahrt, das Wort im Angesicht der Verfolgung in Ehren gehalten, während wir anderen reich wurden. Unsere Pflicht ist nun, es euch zu entgelten, euch wieder in den Schoß der Gemeinde zu nehmen, unseren Überfluß mit euch zu teilen. Das ist der Vorschlag meines Lehrers.«

»Es tut gut, solche Worte zu hören«, war die vorsichtige Antwort. Daß er ein Mann Gottes war, machte ihn nicht naiv. Er schützte seine Gedanken mit größter Sorgfalt – das hatte ihn ein Leben unter kommunistischer Herrschaft gelehrt –, aber was er wohl denken mußte, war klar zu erkennen.

»Es ist unsere Hoffnung, den ganzen Islam unter einem Dach zu vereinen, die Gläubigen so zusammenzuführen, wie der Prophet Mohammed, Gnade und Friede seien mit ihm, es gewünscht hat. Wir sind unterschiedlich in Herkunft, Sprache, oft auch in der Hautfarbe, aber im Glauben sind wir eins. Wir *sind* die Auserwählten Allahs.«

»Und so?«

»Und so wünschen wir, daß eure Republik sich unserer anschließt, auf daß wir eins werden. Wir werden euch Schulen und medizinische Hilfe für euer Volk bringen. Wir werden euch helfen, euer Land zu einen, so daß unsere Gaben mannigfaltig vergolten werden und wir Brüder sind, wie Allah sich uns wünscht.«

Ein beiläufiger westlicher Beobachter hätte gemeint, daß die Männer alle nicht welterfahren seien, weil sie unauffällige Kleidung trugen, schlicht sprachen oder auch bloß, weil sie auf dem Boden saßen. Das traf nicht zu, und was der Besucher aus dem Iran vorschlug, war kaum weniger erstaunlich als die Abordnung eines fernen Planeten. Es gab Unterschiede zwischen seinem Volk und diesem; schon in Sprache und Kultur. Sie hatten über Jahrhunderte Krieg geführt, und das trotz schärfster Pönalen im Heiligen Koran zu bewaffneter Auseinandersetzung unter islamischen Völkern. Es gab wahrlich keine gemeinsame Grundlage zwischen ihnen – außer einer. Die ließe sich zufällig nennen, aber die wahrhaft Gläubigen halten wenig vom Zufall. Als Rußland ihr Land erobert hatte (eher ein langwährender Prozeß als ein Ereignis), war so viel abgestreift worden. Zunächst die Kultur, dann Geschichte und Tradition; alles außer der Sprache, ein Beschwichtigungsmittel für das, was die Sowjets Generationen hindurch mit Unbehagen die ›Nationalitätenfrage‹ nannten. Ihr Ausbildungssystem zielte darauf ab, alles zu zerstören und ohne Gott neu aufzubauen, bis die einzige dem Volk verbliebene einende Kraft ihr Glaube war, und den suchte man hart zu unterdrükken. Selbst das war gut, dachten sie nun alle, weil der Glauben nie unterdrückt werden konnte und solches Vorgehen die wahrhaft Gläubigen nur standfester machte. Es könnte – nein, es *mußte* ein Plan Allahs selbst gewesen sein, um dem Volk zu zeigen, daß sein einziges Heil im Glauben lag. Nun kehrte es wieder dazu zurück, zu den Führern, die die Flamme gehegt hatten, und nun dachten sich alle im Raum, dessen war sich ihr Besucher sicher, Allah selbst hätte ihre kleinlichen Differenzen hinweggefegt, damit sie sich nach Gottes Willen vereinigen könnten. Um so besser, daß dies im Gelöbnis materiellen Wohlstands geschah, da Wohltätigkeit eine der Säulen des Islam ist und ihnen so lange verweigert wurde von denen, die sich Anhänger des Heiligen Wortes nannten. Und nun war die Sowjetunion tot, der Nachfolgestaat verkrüppelt, und die fernen und ungeliebten Kinder Moskaus weitestgehend auf sich selbst gestellt. Wenn es kein Zeichen Allahs war, daß sich diese Gelegenheit bot, was sonst? Das fragten sich alle.

Sie mußten nur eines in Angriff nehmen. Und *der* war ein Ungläubiger. Und Allah würde ihn richten – durch ihre Hände.

»Und obwohl ich nicht behaupten kann, daß es mir gefallen hat, wie Sie meine Boston College Eagles im Oktober behandelt haben«, sagte Ryan lächelnd dem vollzählig anwesenden NCAA-Meisterteam von der Universität Oklahoma in Norman, »ist Ihre Tradition hervorragender Leistung ein Teil der Seele Amerikas.« Was der Universität Florida, 35 zu 10 beim Orange Bowl weggepustet, kein Trost war.

Und die Leute applaudierten erneut. Jack freute sich so, daß er beinahe vergaß, daß die Rede nicht von ihm stammte. Sein Lächeln, schiefe Zähne inbegriffen, brachte Stimmung im Saal, und er winkte mit der rechten Hand, jetzt nicht mehr zaghaft. Der Unterschied war unübersehbar.

»Er lernt schnell«, sagte Ed Kealty. In solchen Sachen war er objektiv. Sein Gesicht für die Öffentlichkeit war eines, sein Realismus als Politiker, zumindest im taktischen Sinne, was anderes.

»Er wird sehr gut betreut, das wissen Sie«, erinnerte der Stabschef des ehemaligen Vizepräsidenten seinen Boß. »Bessere als Arnie gibt es nicht. Unser Eröffnungsspiel hat sie aufgeweckt, und van Damm muß Ryan sehr hart und sehr schnell die Leviten gelesen haben.«

Er mußte nicht hinzufügen, daß das Spiel danach schnell ins Leere gelaufen war. Die Presse hatte ihre anfänglichen Leitartikel gebracht, dann nachgedacht und sich zurückgelehnt – nicht redaktionell, da die Medien Fehler nie zugeben, aber die Berichte aus dem White-House-Pressebüro, wenn sie Ryan auch nicht lobten, hatten von üblichen Attentatstermini abgelassen: *unsicher, konfus, desorganisiert* und so weiter. Kein White House mit Arnie van Damm darin würde je desorganisiert sein, das war dem ganzen Washingtoner Establishment klar.

Ryans Verteilung von Kabinettsposten hatte viel Staub aufgewirbelt, aber die Neuernannten hatten doch alles richtig begonnen. Adler war ein Insider, der sich ganz nach oben gearbeitet hatte; als kleiner Beamter hatte er über Jahre hinweg zu viele Außenpolitik-Korrespondenten eingeweiht, als daß sie sich gegen ihn wenden würden – und er ließ keine Gelegenheit aus, um Ryans Expertise in der Außenpolitik zu loben. George Winston, wenn auch Außenseiter und Plutokrat, hatte eine ›stille‹ Untersuchung seines ganzen Ministeriums eingeleitet, und Winston hatte auf seinem Rolodex die Nummer von jedem Finanzredakteur von Berlin bis Tokio und holte deren Ansichten und Ratschläge ein. Am meisten überraschte Tony Bretano. Als lautstarker Außenseiter während der letzten Jahre hatte er nun dem Reigen der Pentagon-Berichterstatter versprochen, er würde entweder den Tempel ausmisten oder dabei untergehen. Mit Zustimmung des Präsidenten würde er Himmel und Hölle in Bewegung setzen, um ein für allemal der Beschaffungskorruption den Garaus machen. Eine einzigartig uncharmante Ansammlung von Außenseitern in Washington, aber verdammt noch mal, sie umgarnten in den Hinterzimmern der Macht still und leise die Medien, so gut sie konnten. Am verstörendsten war, daß die *Washington Post*, wie ein Insider-Informant Kealty erst heute verraten hatte, eine mehrteilige Geschichte über Ryans Vergangenheit beim CIA vorbereitete, durch keinen geringeren als Bob Holtzman. Holtzman war Inbegriff eines Medienfuchses, aus unerfindlichen Gründen mochte er Ryan – und er hatte eine höllisch gute Quelle irgendwo tief drinnen. Das war das Trojanische Pferd. Wenn die Story lief und im ganzen Land aufgegriffen wurde – wohl beides, da es das Prestige sowohl von Holtzman als auch von der *Post* steigern würde –, dann würden sich Kealtys Medienkontakte rasch dünnmachen; in den Leitartikeln würde man ihm raten, seinen Anspruch zum Wohl der Nation zurückzuziehen. Er würde keinen Hebel mehr ansetzen können, und seine politische Karriere würde in noch schlimmerer Schande enden. Historiker, die seine persönlichen Indiskretionen beschönigt hätten, würden sich statt dessen auf seinen übersteigerten Ehrgeiz einschießen und den auf seine ganze Karriere zurückfalten und alles in Frage stellen, was er je getan hatte, jeden seiner Schritte in einem anderen und ungünstigeren Licht sehen und sagen, daß die guten Dinge, die er getan hatte, die Ausnahmefälle wären. Kealty blickte nicht bloß in sein politisches Grab, sondern in die ewige Verdammnis.

»Sie haben Callie vergessen«, murrte Ed, der immer noch die Rede ansah, auf den Inhalt achtete und sehr aufmerksam die Wiedergabe beobachtete – akademisch, dachte er, passend fürs überwiegend studentische Publikum, das diesen Ryan bejubelte, als wäre er Footballtrainer oder ähnlich irrelevant.

»Eine Rede von ihr ließe Pee-Wee Herman präsidial erscheinen«, stimmte der Stabschef zu. Darin lag die größte Gefahr. Um zu gewinnen, mußte Ryan bloß präsidial *erscheinen*, ob er's war oder nicht – und er war's selbstverständlich *nicht*, wie sich Kealty immer wieder einredete. Wie könnte er auch?

»Habe nie behauptet, er sei dumm«, gab Kealty zu. Er mußte objektiv sein. Dies war kein Spiel mehr. Es war mehr als das Leben.

»Es muß *bald* geschehen, Ed.«

»Weiß ich.« Er müßte ein größeres Geschütz auftreiben. Das war eine merkwürdige Metapher für einen, der sein ganzes politisches Leben lang für die Bundesregelung von Waffenbesitz eingetreten war.

## 25 / Blüten

Die Scheune war beim Kauf der Farm inbegriffen und diente jetzt hauptsächlich als Garage. Ernie Brown hatte im Baugewerbe ganz gut verdient, erst als gewerkschaftlicher Klempner, dann mit eigenem Geschäft beim Bauboom in California. Zwar hatten zwei Scheidungen seine Rücklagen ausgelaugt, doch der Verkauf seines Geschäftes erfolgte zum günstigen Zeitpunkt, und er kaufte mit seinem Geld ein größeres Grundstück in einer Gegend, deren Landpreise noch nicht von der Hollywood-Schickeria in die Höhe gejagt wurden. Das Ergebnis war fast eine ›Section‹ – eine Quadratmeile – Privatsphäre. In Wirklichkeit noch mehr, denn die benachbarten Ranches waren zu dieser Jahreszeit im Winterschlaf, die Weiden gefroren, die Rinder käuten gemütlich ihr Silofutter in den Koppeln. Oft vergingen mehrere Tage, bis man nur einen anderen Wagen auf der Straße sah, so schien es im Big Sky Country, wie es auf den Nummernschildern Montanas hieß. Schulbusse, sagten sie sich, zählten eigentlich nicht.

Mit der Ranch hatten sie auch einen Flachbett-Fünftonner übernommen – ein Diesel, günstigerweise – und dazu gleich einen Treibstofftank für 2000 Gallonen gleich neben der Scheune. Die Familie, die den Neuen aus California die Ranch mit Haus und Scheune verkaufte, wußte ja nicht, daß sie den Titel einer Bombenfabrik überschrieben. Erster Tagesordnungspunkt für Ernie und Pete war Starten des alten Lasters. Es erwies sich als Vierzig-Minuten-Übung, denn es ging dabei um mehr als nur die tote Batterie. Doch Pete Holbrook war kompetenter Mechaniker, und endlich erwachte der Motor zum röhrenden Leben und schien es auch ohne Auspufftopf zu tun. Der Laster war nicht angemeldet, aber in dieser Gegend riesiger Grundstücke schien das nicht ungewöhnlich, und auf ihrer Vierzig-Meilen-Fahrt zum Laden für Landwirtschaftsbedarf im Norden blieben sie unbehelligt.

Einen besseren Frühlingsboten hätte sich der Laden gar nicht wünschen können. Es war der Beginn der Saatzeit (hier gab's reichlich Weizenfarmer), und hier kam der erste Kunde für den regelrechten Berg aus Kunstdünger. Die Männer kauften vier Tonnen, eine durchaus übliche Menge, die mit propangetriebenem Gabelstapler aufgeladen wurde. Sie zahlten bar, verabschiedeten sich mit Handschlag und Lächeln und fuhren davon.

»Das wird 'ne harte Arbeit«, meinte Holbrook auf dem Nachhauseweg.

»Richtig, und wir machen's ganz alleine.« Brown sah sich zu ihm um. »Oder willst du etwa 'nen Typen ranholen, der 'n Informant sein könnte?«

»Is' klar, Ernie«, antwortete Pete, als ein Wagen der State Police in der anderen Richtung vorbeifuhr. Der Cop drehte sich zwar nicht mal um, dennoch lief es den beiden Mountain Men für einen Moment eiskalt den Rücken herunter. »Wieviel noch?«

Brown hatte es ein dutzendmal durchgerechnet. »Noch eine ganze Fuhre. Schade, daß das Zeug so sperrig ist.« Morgen würden sie den zweiten Kauf bei einem Laden dreißig Meilen im Südwesten tätigen. Diesen Abend hätten sie genug zu tun, die ganze Kacke in der Scheune abzuladen. Gutes Training. Warum bloß gab es auf der verdammten

Farm keinen Gabelstapler? Zum Trost würde wenigstens die örtliche Ölgesellschaft die Arbeit beim Wiederauffüllen des Treibstofftanks übernehmen.

An der Küste Chinas war es kalt, was den Satelliten die Erkennung thermischer Blüten bei zwei Marinestützpunkten erleichterte. In Wirklichkeit war die ›Chinesische Marine‹ der maritime Zweig der Volksbefreiungsarmee – ein so grober Traditionsbruch, daß die Marine des Westens die korrekte Bezeichnung zugunsten des üblichen Brauchs verwarf. Noch während der Aufnahme wurden die Abbildungen über Querverbindung zum National Military Command Center im Pentagon übermittelt, wo sich der befehlshabende Wachoffizier seinem Intelligence-Spezialisten zuwandte.

»Haben die Chinesen eine Übung angesetzt?«

»Nichts, was wir wissen.« Die Fotos zeigten zwölf Schiffe, alle bei laufenden Maschinen vertäut statt wie üblich mit elektrischem Strom von den Docks. Ein näherer Blick auf die Fotos zeigte auch, daß sich ein halbes Dutzend Schlepper im Hafen bewegte. In dieser Schicht war der Intel-Spezialist von der Army – er rief einen Marineoffizier hinzu.

»Lassen einige Schiffe auslaufen.« Das war der offensichtliche Schluß.

»Nicht bloß eine technische Prüfung oder so was?«

»Dafür bräuchten sie keine Schlepper. Wann ist der nächste Überflug?« fragte der Navy Commander mit einem Blick auf die Zeitreferenz des Fotos. Es war dreißig Minuten alt.

»Fünfzig Minuten.«

»Dann sollten drei oder vielleicht vier Schiffe an beiden Stützpunkten beim Auslaufen zu sehen sein. Damit wär's sicher. Jetzt, mein' ich, steht's zwei zu drei, daß sie mit einer größeren Übung loslegen.« Er hielt inne. »Irgendein politisches Heckmeck im Gange?«

Der diensthabende Wachoffizier schüttelte den Kopf. »Nüscht.«

»Dann ist's 'ne FleetEx. Vielleicht will jemand ihre Bereitschaft prüfen.« Über die Flottenübung würde ihnen die Pressemitteilung aus Peking mehr sagen, aber das lag dreißig Minuten in der Zukunft, die sie nicht kannten, obwohl man sie gerade dafür bezahlte.

Bei seiner Bedeutung als wichtiger Geheimnisträger war der Direktor ein religiöser Mensch. Begnadeter Arzt, der er gewesen, und virologischer Wissenschaftler, der er noch immer war, lebte er in einem Land, das politische Verläßlichkeit an der Treue im schiitischen Glaubenszweig des Islam maß. Seine Gebete waren stets pünktlich, und seine Laborarbeit mußte sich danach richten. Von seinen Leuten verlangte er dasselbe, denn seine Grundsatztreue ging so weit, daß er islamische Grundsätze ungeniert übertrat. Regeln, die ihm im Weg waren, wurden wie Gummi verbogen; dabei sagte er sich, daß er weder dem Heiligen Wort des Propheten noch dem Willen Allahs zuwiderhandelte – wie könnte er nur? Schließlich half er dabei, die Welt dem Wahren Glauben wieder näherzubringen.

Die Gefangenen, die Probanden des Experiments, waren alle auf eine oder andere Weise verdammt. Sogar die Diebe hatten als mindere Verbrecher dem Heiligen Koran zuwidergehandelt und hatten wohl auch andere Verbrechen auf dem Kerbholz, vielleicht auch solche, die den Tod verdienten. Jeden Tag erfuhren sie die Zeit zum Gebet, und obwohl sie sich niederknieten und verbeugten und die Gebete murmelten, war am TV-Monitor klar zu sehen, daß sie das Ritual bloß nachäfften, nicht die vorgeschriebenen Gebete an Allah richteten. Somit waren sie alle Abtrünnige – in ihrem Land ein Kapitalverbrechen –, obwohl nur einer dieses Verbrechens überführt worden war.

Jener hing der Baha'i-Religion an, einer fast ausgemerzten Minderheit; ein Glaube, dessen Struktur sich erst *nach* dem Islam ausgebildet hatte. Christen und Juden waren wenigstens Menschen des Buches; so irregeleitet ihre Religionen auch sein mögen, sie erkannten zumindest den gleichen Allmächtigen an, dessen letzter Bote Mohammed war. Die Baha'i waren später hinzugekommen, *erfanden* etwas Neues und Falsches, was sie zu Heiden abstempelte, die dem Wahren Glauben abschworen. Es war nur recht und billig, daß dieser Mann den Erfolg des Experimentes als erster zeigte.

Auffällig war, daß die Gefangenen von ihren Bedingungen so abgestumpft waren, daß auftretende Grippesymptome zunächst keine Reaktionen auslösten. Die Sanitäter traten ein, wie immer in voller Schutzkleidung, um Blutproben zu entnehmen, und die Insassen waren viel zu eingeschüchtert, um etwa Schwierigkeiten zu machen. Alle waren schon länger im Gefängnis, die Mangeldiät hatte ihre Energie abgezapft, und die Tagesdisziplin war so streng, daß kein Widerstand aufkommen konnte. Alle fügten sich gehorsam der Blutentnahme durch die außerordentlich vorsichtigen Sanitäter. Die Röhrchen wurden sorgfältig mit den Bettennummern beschriftet, und die Sanitäter zogen sich zurück.

Im Labor wurde das Blut vom Patienten Nummer drei als erstes mikroskopiert. Es gab beim Antikörpertest eine gewisse Neigung zu falsch-positiven Ergebnissen, und für ein Fehlerrisiko war dies zu wichtig. Also kamen präparierte Objektträger unter die Elektronenmikroskope, zunächst bei 20 000facher Vergrößerung für Flächensuche. Hochpräzisionsgetriebe ermöglichten die Feineinstellung der Instrumente, und die Träger wurden nach rechts und links, nach oben und unten bewegt, bis ...

»Ah«, sagte der Direktor. Er zentrierte sein Ziel in der Sichtfläche, dann schaltete er auf 112 000fache Vergrößerung hoch ... und da war es, in Monochromdarstellung auf den Bildschirm projiziert. Sein Kulturkreis wußte viel vom Hirtentum, und der Aphorismus »Hirtenstab« schien ihm völlig passend. Zentriert war der RNA-Strang, unten schlank und gebogen, mit den Eiweißschlaufen oben. Letztere waren nach allgemeiner Auffassung der Schlüssel zur Virustätigkeit. Ihre genaue Funktion war unbekannt, und auch das befriedigte den Direktor in seinem Selbstbild als Techniker für biologische Kriegsführung. »Moudi«, rief er.

»Ja, ich sehe es«, der jüngere Arzt nickte langsam, als er das Zimmer durchquerte. Ebola-Zaire-Mayinga war im Blut des Abtrünnigen vorhanden. Er hatte gerade auch den Antikörpertest durchgeführt und die Farbveränderung der winzigen Probe beobachtet. Diese Probe war nicht falsch-positiv.

»Der Luftübertragungsweg ist bestätigt.«

»Ich stimme zu.« Moudis Ausdruck blieb unverändert. Es überraschte ihn nicht.

»Wir warten noch einen Tag ab – nein, zwei Tage für die zweite Phase. Dann werden wir es wissen.« Jetzt hatte er erst einen Bericht zu erstellen.

Die Ankündigung in Peking hatte die amerikanische Botschaft kalt erwischt. Die Wortwahl war routinemäßig. Die Chinesische Marine werde eine größere Übung in der Formosastraße abhalten. Verschiedentlich würden Abschüsse scharfer Boden-Luft- und Boden-Boden-Raketen stattfinden, deren Termine noch nicht feststanden (es seien noch Erwägungen zu den Wetterbedingungen im Gange, hieß es in der Mitteilung). Die Regierung der Volksrepublik China werde mit Luftfahrt- und Seefahrt-Bescheid warnen, damit Fluglinien und Handelsschiffer ihre Pläne anpassen könnten. Ansonsten sagte die Mitteilung gar nichts aus, was den Deputy Chief of Mission in Peking einigermaßen beunruhigte. Der DCM besprach sich sofort mit seinen Militärattachés und dem CIA-Stationschef, von denen keiner neue Einsichten beisteuern konnte, außer daß die Mitteilung nichts über Taiwan aussagte. Einerseits waren das gute Neuigkeiten: keine Klagen über die fortdauernde politische Unabhängigkeit Taiwans – nach Ansicht Pekings eine abtrünnige Provinz. Andererseits waren die Neuigkeiten schlecht: Die Mitteilung sagte *nicht* aus, daß dies nur eine Routineübung war und keinen beunruhigen sollte. Die Information wurde ans NMCC im Pentagon, ans Außenministerium und an die CIA-Zentrale in Langley weitergeleitet.

Daryaei mußte sein Gedächtnis nach dem Gesicht zum Namen durchforsten. Raman... ach ja, Aref Raman, wie helle der Junge gewesen war. Der Vater war Autohändler gewesen, für Wagen von Mercedes, und hatte sie an die Mächtigen verkauft – ein Mann, dessen Glauben wankte. Der seines Sohnes aber nicht. Der Sohn hatte nicht einmal geblinzelt bei der Nachricht vom Tod seiner Eltern durch die Hände der Armee des Schahs. Mit seinem Lehrer zusammen hatte er für sie gebetet. Tod aus den Händen derer, denen sie vertraut hatten – das war die Lehre aus diesem Ereignis gewesen. Aber diese Lehre war nicht einmal ausschlaggebend. Raman war schon fest im Glauben gewesen, abgestoßen vom Gedanken an seine ältere Schwester, die sich mit einem amerikanischen Offizier eingelassen und somit ihrer Familie und seinem eigenen Namen Schande bereitet hatte. Auch sie war in der Revolution untergegangen, wegen Ehebruchs durch ein Islamisches Gericht verurteilt; somit blieb nur der Sohn. Man hätte ihn verwenden können auf verschiedene Weise, aber die Weise hatte Daryaei schließlich selbst gewählt. Gekoppelt mit zwei älteren Leuten, war die neue »Familie« mit dem Reichtum der Familie Raman erst nach Europa, rasch anschließend nach Amerika geflüchtet. Dort hatte man lediglich ruhig gelebt – Daryaei vermutete, daß die Alten schon tot waren. Der Sohn, für die Mission wegen seiner schnellen Beherrschung der englischen Sprache ausgesucht, hatte seine Ausbildung fortgeführt und war in den Regierungsdienst eingetreten. Seine Aufgaben hatte er genauso hervorragend bewältigt wie in der Frühphase der Revolution, als er zwei Stabsoffiziere aus der Luftwaffe des Schahs umbrachte, während sie in einer Hotelbar Whiskey tranken.

Seitdem hatte er getan, wie befohlen. Nichts. Verschmelzen. Verschwinden. Immer an die Mission denken, *aber tue nichts.* Der Ajatollah freute sich, den Jungen richtig eingeschätzt zu haben, denn er wußte nun von der kurzen Nachricht, daß die Mission kurz vor der endgültigen Vollstreckung stand.

Das Wort *Assassine* ist abgeleitet von *hashshash,* dem arabischen Wort für die Droge Haschisch, die einst von den Mitgliedern der Nizari-Untersekte des Islam als Werkzeug benutzt wurde, um sich vor ihren

Mordmissionen drogeninduzierte Visionen vom Paradies zuzuführen. Nach Daryaeis eigener Auffassung waren sie eigentlich Häretiker gewesen, und die Verwendung von Drogen war ohnehin eine Abscheulichkeit. Schwachköpfig, aber effektiv, waren sie Diener einer Serie von Meisterterroristen wie Hasan und Rashid ad-Din gewesen. Sie hatten der politischen Machtstruktur über zwei Jahrhunderte hindurch in einer Region gedient, die sich von Syrien bis Persien erstreckte. Es gab einen Scharfsinn darin, der den Geistlichen faszinierte, seit er als Junge davon erfuhr. Einen treuen Agenten ins Feindeslager schleusen. Es war eine Aufgabe von Jahren und somit eine Aufgabe des Glaubens. Die Nizari hatten im Wahren Glauben gefehlt, hatten nur einige Extremisten begeistern, so nur einzelnen, nicht Allah dienen können. Eine brillante Idee mit Fehlern. Dennoch aber eine brillante Idee. Daryaei hatte sie lediglich perfektioniert, und so hatte er jetzt insgeheim einen Mann: etwas, das er erhofft, aber nicht gewußt hatte. Besser noch – er hatte einen Mann, der am Ende eines unbekannten und nie verwendeten Nachrichtenkanals aus Leuten, die alle vor mehr als fünfzehn Jahren ausgeschwärmt waren, auf Befehle wartete; eine ungleich bessere Lage als im Irak, denn in Amerika wurden Verdachtspersonen entweder verhaftet oder freigesprochen, oder auch nur kurz beobachtet, bis die Beobachter sich anderem zuwandten. Wenn das andernorts geschah, langweilten sich die Beobachter, nahmen ihre Subjekte fest und brachten sie allzuhäufig um.

Also war es nur eine Frage der Zeit, bis Raman seine Mission vollzog, und nach all diesen Jahren war dessen Kopf noch immer klar, von Drogen unbeeinträchtigt, und vom Großen Satan selbst bis ins kleinste trainiert. Die Nachricht war zu erhaben, um auch nur ein Lächeln zu verdienen.

Dann läutete das Telefon. Das private. »Ja?«

»Gute Nachrichten«, sagte der Direktor, »von der Affenfarm.«

»Wissen Sie, Arnie, Sie hatten recht«, sagte Jack auf dem Weg durch den Windfang zum Westflügel. »Es war gut, hier rauszukommen.«

Der Stabschef bemerkte dessen federnden Schritt, maß ihm aber nicht zuviel Bedeutung bei. AF-1 hatte den Präsidenten rechtzeitig fürs ruhige Abendessen mit seiner Familie zurückgebracht, statt der üblichen Mühen von drei oder vier solcher Reden, der endlosen Schmusestunden mit bedeutenden Spendern und der dabei üblichen Vier-Stunden-Nächte – häufig genug im Flugzeug – mit kurzer Dusche danach. Es war, meinte er, ein Wunder, daß irgendein Präsident auch nur irgendwas an Arbeit erledigen konnte. Die wahren Aufgaben des Amtes waren schwierig genug, und sie wurden dennoch fast immer den ›public relations‹ untergeordnet. Die Präsidentschaft war ein Job, den man lieben konnte, ohne ihn zu mögen – ein Satz mit innerem Widerspruch, bis man herkam und die Sache mit eigenen Augen sah.

»Haben Sie gut gemacht«, meinte van Damm. »Das Zeug im Fernsehen war perfekt, und das Segment, das NBC mit Ihrer Frau brachte, war ebenfalls okay.«

»Hat sie nicht gemocht. Sie meint, die hätten das Beste nicht gebracht«, erwiderte Ryan leichthin.

»Hätte schlimmer sein können.« *Man hat sie nicht zur Abtreibung befragt,* dachte Arnie. Um das abzubiegen, hatte er manche großen Chips bei NBC verbraucht und bewirkt, daß Tom Donner beim gestrigen Flug mindestens wie ein Senator behandelt wurde, inklusive seltener In-Flug-Bandaufnahme. Nächste Woche würde Donner der erste Anchorman sein, der mit dem Präsidenten ein Eins-zu-eins-Gespräch im Wohnzimmer oben durchführte, und das ohne Abkommen über den Gesprächsumfang, was bedeutete, daß Ryan stundenlang eingewiesen werden mußte. Im Moment aber ließ der Stabschef zu, daß der Präsident in der Glut eines recht netten Tages im Mittleren Westen badete und damit ein Gefühl für das bekam, um was es sich bei der Präsidentschaft *wirklich* handelte, ihn wie ein Präsident aussehen ließ und Kealty, den Bastard, weiter an den Rand drängte.

Die Leute vom Secret Service waren genauso aufgekratzt wie ihr Präsident, da sie wie üblich ihre Stimmung von POTUS bezogen. Sie erwiderten sein Lächeln und sein Nicken mit eigenen Grüßen: »Guten Morgen, Mr. President«, viermal wiederholt, als Ryan sie auf dem Weg zum Oval Office passierte.

»Morgen, Ben«, sagte Ryan vergnügt, bog zu seinem Schreibtisch ab und fiel in den bequemen Drehsessel. »Na, wie sieht's in der Welt aus?«

»Es gibt vielleicht ein Problem. Die Chinesische Marine sticht in See«, sagte der amtierende Nationale Sicherheitsberater. Der Secret Service hatte ihm gerade den Codenamen CARDSHARP verpaßt.

»Und?« fragte Ryan, über den möglicherweise verdorbenen Morgen verärgert.

»Und es sieht wie eine wesentliche Flottenübung aus, und es soll scharfe Raketenabschüsse geben. Bislang keine Reaktion von Taipeh.«

»Die haben doch keine anstehenden Wahlen oder so was?« fragte Jack.

Goodley verneinte. »Nicht vor Ablauf eines Jahres. Die ROC gibt weiterhin Geld bei der UNO aus, und ihre Lobbyisten bearbeiten eine Menge Länder für einen Antrag auf Vertretung. Aber das ist nichts Neues. Taipeh spielt seine Karten vorsichtig aus und macht keinen Lärm, der das Festland verärgern könnte. Wir haben, kurz gesagt, keine Erklärung für die Übung.«

»Was haben wir denn in der Gegend?«

»Ein U-Boot in der Formosastraße, es behält ein chinesisches SSN im Auge.«

»Träger?«

»Nichts näher als im Indischen Ozean. *Stennis* ist für Maschinenarbeiten wieder in Pearl, *Enterprise* genauso, und beide werden 'ne Weile dort bleiben müssen. Wir haben noch immer nicht viel auf Lager.« CARDSHARP erinnerte somit den Präsidenten schmerzhaft daran, was dieser vor so kurzer Zeit noch *seinem* Präsidenten gesagt hatte.

»Wie steht's mit ihrer Armee?« fragte der Präsident als nächstes.

»Auch da nichts Neues. Das Aktivitätsniveau ist unüblich hoch, wie die Russen gesagt haben, aber das geht schon 'ne Weile so.«

Ryan lehnte sich im Sessel zurück und schaute nachdenklich auf seine Tasse Koffeinfreien. Auf seiner redeschwingenden Reise hatte er festgestellt, daß der seinem Magen wirklich besser tat und dies auch Cathy gegenüber erwähnt; sie hatte bloß gelächelt und gemeint, *hab' ich's dir nicht gesagt*? »Okay, Ben. Spekuliere.«

»Ich bin's mit einigen China-Leuten im Außenministerium und der Agency durchgegangen«, antwortete Goodley. »Vielleicht macht ihr Militär einen politischen Zug, innenpolitisch, mein' ich, mit Erhöhung des Bereitschaftsgrads, um den anderen im Politbüro in Peking klarzumachen, daß sie noch dabei und von Bedeutung sind. Davon abgesehen, ist alles andere *reine* Spekulation, und das soll ich hier nicht tun, Boß, so war's doch, oder?«

»Und ›weiß nicht‹ heißt *weiß nicht*, richtig?« Die Frage war rhetorisch und eine der Lieblingsbemerkungen Ryans.

»Das haben Sie mir drüben in Langley beigebracht, Mr. President«, stimmte Goodley zu, aber ohne das erhoffte Lächeln. »Sie haben mich auch gelehrt, nicht zu mögen, was ich nicht erklären kann.« Der NIO hielt inne. »Die wissen, wir wissen's, und die wissen, es interessiert uns, und die wissen, Sie sind hier neu, und die wissen, Sie können keinen Ärger gebrauchen. Also, warum tun die so was?« Goodleys Frage war auch rhetorisch.

»Alles klar«, stimmte der Präsident leise zu. »Andrea?« sagte er. Price war wie üblich im Raum und tat so, als höre sie nicht zu.

»Yes, Sir?«

»Wo ist der nächste Raucher?« Ryan sagte es ohne eine Spur von Scham.

»Mr. President, ich glaube nicht...«

»Den Teufel glauben Sie. Ich will eine.«

Price nickte und verschwand ins Sekretariat. Sie erkannte die Zeichen so gut wie jeder andere. Wechsel zum Koffeinfreien, und jetzt auch noch 'ne Fluppe. Irgendwie hatte es überrascht, daß es so lange gedauert hatte, und das sagte ihr mehr über die Intelligence-Besprechung aus als Dr. Benjamin Goodleys Worte.

Es mußte eine Raucherin sein, das sah der Präsident nach einer Minute. Wieder eine der Slims. Neben ihrem tadelnden Blick brachte Price auch Feuerzeug und Aschenbecher mit. Er fragte sich, ob FDR und Eisenhower auch so behandelt worden waren.

Seinen ersten Zug nahm Ryan tief in Gedanken. China war im Konflikt mit Japan der stille Teilhaber gewesen. Vermeintlich. Es hatte Sinn, alles paßte gut zusammen, gab aber keine Beweise der Art, um ein SNIE – Special National Intelligence Estimate – auszupolstern, geschweige denn als Vorlage für die Medien zu dienen, die oftmals den gleichen Zuverlässigkeitsgrad verlangten wie ein besonders konservativer Richter. *So*... Ryan nahm den Telefonhörer. »Geben Sie mir Direktor Murray.«

Eine der besseren Seiten der Präsidentschaft war's Telefonieren. »Bitte warten Sie, ich verbinde mit dem Präsidenten«, der einfache Satz einer Sekretärin im White House reichte stets für einen Augenblick fast panischer Reaktion am anderen Ende welcher Leitung auch immer. Selten vergingen mehr als zehn Sekunden, bis die Verbindung stand. Diesmal waren es sechs.

»Guten Morgen, Mr. President.«

»Morgen, Dan. Ich brauche etwas. Wie hat noch mal der Polizei-Inspektor aus Japan geheißen, der herübergekommen ist?«

»Tanaka, Jisaburo«, antwortete Murray sofort.

»Ist er gut?« fragte Jack.

»Solide. So gut wie irgendeiner meiner Leute. Was wollen Sie von ihm?«

»Ich nehme an, die reden ausgiebig mit dem Yamata-Typen.«

»Sie dürfen auch getrost annehmen, ein wilder Bär verrichte sein Geschäft im Walde, Mr. President.« Der amtierende FBI-Direktor konnte sich sein Lachen gerade noch verkneifen.

»Ich will von seinen Gesprächen mit China wissen, vor allem, wer Kontaktmann war.«

»Läßt sich machen. Ich hol' ihn mir gleich an die Strippe. Rückmeldung an Sie?«

»Nein. Gib's Ben Goodley, er stimmt es dann ab mit den Leuten den Gang runter«, sagte Ryan mit einer Anspielung auf eine Sache zwischen ihnen beiden, die mittlerweile lange zurücklag. »Ben belegt hier jetzt mein altes Büro.«

»Yes, Sir. Lassen Sie mich jetzt loslegen. In Tokio wird's bald Mitternacht.«

»Danke, Dan. Tschüs.« Jack legte den Hörer auf. »Wollen wir dies mal austüfteln.«

»Fast schon erledigt, Boß«, versprach ihm Goodley.

»Sonst irgendwas anderes in der Welt los? Irak?«

»Das gleiche wie gestern. Eine Menge Hinrichtungen. Die Russen gaben uns diese ›United Islamic Republic‹-Geschichte, und wir halten sie alle für wahrscheinlich, aber bisher passiert nicht viel Offensichtliches. Das war, was ich für heute geplant hatte, und...«

»Okay, dann mal los damit.«

»Okay, wie sieht der Plan für dies hier aus?« fragte Tony Bretano.

Robby Jackson gefiel es nicht besonders, die Dinge so im Vorbeigehen zu erledigen, aber so sah sein Job als frisch beförderter J-3, Operationsleiter für die Vereinigten Stabschefs, aus. Im Lauf der Woche war ihm der designierte Verteidigungsminister ans Herz gewachsen. Bretano war ein echt bärbeißiger Pimpf, doch sein Knurren war vor allem zum Schein, und es verdeckte einen wachen, entscheidungsfreudigen Geist. Auch war der Mann ein Ingenieur, wußte, was er nicht wußte, und zögerte nicht, dann nachzufragen.

»Wir haben *Pasadena* – ein Jagd-U-Boot – auf Routineüberwachung in der Seestraße dort. Wir lassen sie ihren jetzigen Job, dem PRC-SSN nachzuspüren, abbrechen und verlegen sie nordwestlich. Dann bewegen wir zwei oder drei weitere Boote ins Gebiet, weisen ihnen Operationsgebiete zu und lassen sie alles im Auge behalten. Wir machen eine Nachrichtenverbindung mit Taipeh auf, über die uns deren Sicht und Erkenntnisse zugeführt werden. Die spielen mit, wie immer. Normalerweise würden wir einen Träger näher ranholen, aber diesmal, nun, wir haben keinen in der Nähe, und mangels politischer Bedrohung gegen Taiwan wäre das als Überreaktion aufzufassen. Wir staffeln ELINT-Flieger übers Gebiet, von Anderson Air Force Base auf Guam aus. Der Mangel einer näheren Basis ist für uns ein Hemmschuh.«

»Also ist unsere Handlungsweise im wesentlichen nachrichtendienstlich, nichts Handfestes?« fragte der SecDef.

»Nachrichtenermittlung *ist* handfest, Sir, aber so ist es.«

Bretano lächelte. »Weiß ich. Die Satelliten, die Sie verwenden werden, habe ich gebaut. Was werden sie uns sagen?«

»Wahrscheinlich lauter Klartext-Getratsche, das jeden Mandarin-Kundigen in Fort Meade festbinden wird, aber nur wenig über ihre Gesamtabsichten preisgibt. Das taktische Zeugs wird nützlich sein – es verrät uns viel über ihre Fähigkeiten. Wie ich Admiral Mancuso kenne, läßt er ein oder zwei Boote den wilden Mann spielen, um rauszufinden, ob sie von den Chinesen entdeckt und verfolgt werden, aber nicht zu offensichtlich. Das bleibt eine unserer Optionen, falls uns der Übungsverlauf nicht gefällt.«

»Was meinen Sie damit?«

»Wenn Sie wirklich einem Marineoffizier einen Todesschrecken einjagen wollen, lassen Sie ihn wissen, daß ein U-Boot in der Gegend ist – im Klartext, Herr Minister, es erscheint eines inmitten Ihrer Formation und verschwindet sofort wieder. Man spielt mit ihren Köpfen, und zwar böse. Unsere Leute sind gut darin, und Bart Mancuso weiß seine Boote zu handhaben. Ohne ihn hätten wir die Japaner nicht schlagen können«, sagte Jackson bestimmt.

»So gut ist er?« Mancuso war für den neuen SecDef nur ein Name.

»Gibt keinen Besseren. Bei ihm lohnt es sich, gut zuzuhören. Auch bei Ihrem neuen CINCPAC, Dave Seaton.«

»Admiral DeMarco sagte mir...«

»Sir, darf ich offen sprechen?« fragte der J-3.

»Jackson, das ist hier die einzige Art.«

»Es gibt einen Grund, warum Bruno DeMarco *Vize*chef der Marine wurde.«

Bretano kapierte sofort. »Aha, um Reden zu halten und nichts zum Schaden der Navy zu tun.« Robby nickte. »Merk ich mir, Admiral Jackson.«

»Sir, eines sollten wissen. Es gibt im Pentagon zwei Arten Offiziere: Macher und Bürokraten. Admiral DeMarco hat mehr als die Hälfte seiner Laufbahn hier verbracht. Mancuso und Seaton sind Macher und geben sich größte Mühe, diesem Gebäude fernzubleiben.«

»Wie Sie auch«, bemerkte Bretano.

»Mir gefällt halt salzige Luft, Herr Minister. Ich mag mich nicht einschmeicheln, Sir. *Sie* entscheiden, ob Sie mich mögen oder nicht – Teufel auch, mit der Fliegerei, wegen der ich eingetreten bin, ist's bei mir sowieso aus. Aber, verflucht, wenn Seaton und Mancuso was sagen, hoffe ich, Sie hören zu.«

»Was ist los mit Ihnen, Robby?« fragte der SecDef, plötzlich besorgt.

Schulterzucken. »Arthritis. Liegt in der Familie. Könnte schlimmer sein, Sir. Meinem Golfspiel schadet's nicht, und Flaggoffiziere kommen sowieso kaum zum Fliegen.«

»An Beförderung liegt Ihnen nicht viel, oder?« Bretano erwog, Jackson für einen weiteren Stern vorzuschlagen.

»Herr Minister, ich bin Predigersohn aus Mississippi. Hab' Annapolis geschafft, bin zwanzig Jahre geflogen und lebe noch, um davon zu reden.« Zu viele seiner Freunde nicht, das vergaß Robby nie. »Wann immer ich will, kann ich in Pension gehen und eine gute Anstellung finden. Ich schätze, ich lieg' im Spiel vorne, was auch passiert. Aber Amerika hat mich gut behandelt, und ich bin dem Land was schuldig. Was ich schulde, Sir, ist ehrlich zu sein, mein Bestes zu geben, und die Konsequenzen können mich mal.«

»Wir werden miteinander gut auskommen, Robby. Stellen Sie einen Plan auf. Laßt uns die Chinesen fest im Auge behalten.«

»Eigentlich soll ich nur beraten und...«

»Dann stimmen Sie's mit Seaton ab. Ich denke mal, der hört Ihnen auch zu.«

Die Inspektionsmannschaften der UNO hatten sich an Frustration so stark gewöhnt, daß sie mit Befriedigung kaum umzugehen wußten. Die verschiedenen Stäbe bei verschiedenen Anlagen hatten ordnerweise Papier, Fotos und Videos übergeben und hetzten die Inspektoren buchstäblich durch die Installationen, zeigten die wichtigsten Arbeitsaspekte auf und wiesen oft genug auf die einfachste Methode hin, um die am meisten abstoßenden Eigenschaften zu neutralisieren. Es gab da das kleine Problem, daß der Unterschied zwischen einer Anlage zur Herstellung chemischer Waffen und einer Fabrik für Insektenvertilgungsmittel der Nullmenge entsprach. Nervengas war ein zufälliges Nebenprodukt der Forschung zur Ausrottung von Käfern (die meisten Insektizide sind Nervengifte), und der eigentliche Knackpunkt waren die chemischen Zutaten, genannt ›Präkursoren‹. Darüber hinaus produzierte jedes Land mit Ölvorräten und einer petrochemischen Industrie jede Menge spezialisierter Produkte, von denen die fast alle für Menschen giftig waren.

Es gab aber Regeln im Spiel, und eine der Regeln war, daß ehrliche Leute keine verbotenen Waffen herstellten; über Nacht war der Irak zu einem ehrlichen Mitglied der Völkergemeinschaft geworden.

Diese Tatsache wurde beim Treffen des Sicherheitsausschusses der Vereinten Nationen klar. Der irakische Botschafter sprach von seinem Sitz am runden Tisch aus, mit Schautafeln, die offengelegte Anlagen zeigten, und Klagen darüber, daß er zuvor nicht die Wahrheit offenbaren durfte. Die übrigen Diplomaten im Raum verstanden ihn. Viele hatten schon so viel gelogen, daß sie die Wahrheit kaum erkennen konnten. Und so ergab es sich, daß sie die Wahrheit sahen und die Lüge dahinter nicht.

»Nachdem sich mein Land allen UNO-Beschlüssen gefügt hat, und angesichts der Bedürfnisse der Bürger meines Landes, erbitten wir ehrerbietig, daß das Embargo auf Nahrungsmittel schnellstmöglich aufgehoben wird«, schloß der Botschafter ab. Sogar sein Ton war jetzt vernünftig.

»Der Vorsitz erteilt dem Botschafter der Islamischen Republik Iran das Wort«, sagte der chinesische Botschafter als gegenwärtiger Vorsitzender im Sicherheitsrat.

»Kein Land in dieser Körperschaft hat *mehr* Grund als wir, dem Irak zu zürnen. Die heute inspizierten chemischen Waffenfabriken stellten Massenvernichtungswaffen her, die gegen Bürger meines Landes verwendet wurden. Gleichzeitig sehen wir uns in der Pflicht, zum anbrechenden Tag in unserem Nachbarland beizusteuern. Lange genug haben die Bürger Iraks an den Taten ihres einstigen Herrschers gelitten. Dieser Herrscher ist verschwunden, und die neue Regierung weist alle Zeichen auf, in die Völkergemeinschaft wieder eintreten zu wollen. Daher unterstützt die Islamische Republik Iran die sofortige Aufhebung des Embargos. Wir werden darüber hinaus die notfallmäßige Überführung von Nahrungsmitteln einleiten, um den Bürgern Iraks Erleichterung zu bringen. Der Iran schlägt vor, daß die Aufhebung abhängig gemacht wird von der weiterhin guten Führung des Irak. Dazu legen wir den Resolutionsentwurf 3659 vor.«

Scott Adler war nach New York raufgeflogen, um im Rat den Sitz für Amerika einzunehmen. Sowenig das auch bewirkte, dachte Adler. Oft genug war es diplomatisch am günstigsten, genau das zu tun, was der Gegner verlangte. Es war 1991 die größte Angst gewesen, daß Irak sich einfach zurückziehen, Amerika mit seinen Alliierten ohne Aufgabe zurücklassen und die Streitkräfte Iraks für spätere Kämpfe intakt erhalten würde. Das aber war glücklicherweise eine Option, die für den Irak zu raffiniert gewesen war. Irgend jemand hatte aber daraus gelernt. Wenn man verlangte, daß jemand etwas tat, oder aber etwas verwehrte, das er benötigte, und die Person sich dann fügte – nun, dann war es doch schwer, der Person das zu verwehren, was sie ihrerseits verlangte, oder?

Daß man Adler zur Sachlage voll eingewiesen hatte, brachte nicht viel ein. Wie beim Pokerspiel zeigte sich, daß gute Information alleine nicht immer half. Nur die tranige Vorgangsweise der UNO hätte die Vorgänge noch bremsen können. Adler hätte zwar eine Rückstellung der Abstimmung verlangen können, um Einhaltung langbestehender UNO-Forderungen durch den Irak sicherzustellen, aber der Iran hatte dem bereits durch vorübergehende Aufhebung des Embargos vorgebeugt. Auch hatten sie sehr klar gemacht, daß sie die Nahrungsmittel auf jeden Fall verschiffen würden – ja es sogar schon getan hatten. Der SecState sah zu seinem Botschafter hinüber – seit Jahren waren sie Freunde – und fing das ironische Blinzeln auf. Der britische Botschafter betrachtete seinen Notizblock mit Bleistift-Doodles. Der russische las Mitteilungen. Keiner hörte wirklich zu. War ja nicht nötig. In zwei Stunden würde die Iranische Resolution durchgehen. Na ja, es hätte eigentlich schlimmer kommen können. So hätte er noch Gelegenheit, dem Botschafter Chinas ins Gesicht zu fragen, was es mit dem Manöver auf sich hatte. Die Antwort kannte er schon, und ob es die Wahrheit wäre, wußte er natürlich nicht. *Da bin ich nun Außenminister des mächtigsten Staates der Erde,* dachte Adler, *aber heute bin ich nur ein Zuschauer.*

## 26 / Unkraut

Es gibt kaum etwas Betrüblicheres als ein krankes Kind. Sohaila hieß sie, erinnerte sich Dr. MacGregor. Ein hübscher Name für ein hübsches, elfenhaftes Mädchen. Ihr Vater trug sie auf den Armen. Er erschien MacGregor ein brutaler Typ zu sein, wenngleich von der Sorge um sein Kind verwandelt. Seine Frau tappte hinter ihm her mit einem anderen arabisch aussehenden Mann im Jackett, und hinter *dem* wiederum kam ein amtlich aussehender Sudanese. Der Arzt bemerkte sie alle und übersah sie gleich wieder. Sie waren nicht krank, aber Sohaila war es.

»Na, schon wieder hier, meine junge Dame?« sagte er mit einem tröstlichen Lächeln. »Dir geht es nicht gut, hm? Da müssen wir was dagegen tun, nicht wahr? Kommen Sie mit«, sagte er zum Vater.

Diese Leute waren für irgend jemand eindeutig wichtig und würden entsprechend behandelt. MacGregor führte sie zum Untersuchungszimmer. Der Vater setzte das Mädchen auf den Tisch, trat zurück und ließ seine Frau Sohailas Hand halten. Die Leibwächter – das mußten sie sein – blieben draußen. Der Arzt legte dem Kind die Hand an die Stirn. Sie glühte – 39 Grad mindestens. Nun denn. Er wusch sich gründlich die Hände und zog Handschuhe über, weil dies eben Afrika war, und in Afrika war größte Vorsicht geboten. Seine erste ernsthafte Handlung war, ihr die Temperatur zu messen: 39,4. Der Puls ging rasch, war aber nicht besorgniserregend. Kurzes Abhören mit dem Stethoskop ergab normale Herztöne und keine Besonderheiten an der Lunge, aber ihr Atem ging ziemlich schnell. Soweit konnte er nur Fieber feststellen, was bei kleinen Kindern kaum ungewöhnlich war. Er blickte auf.

»Was scheint denn Ihrer Tochter zu fehlen?«

»Sie kann nicht essen, und am anderen Ende...«

»Erbrechen und Durchfall?« fragte MacGregor, der als nächstes ihre Augen untersuchte. Sie erschienen ebenfalls nicht ungewöhnlich.

»Ja, Doktor.«

»Sie sind erst vor kurzem hier eingetroffen, soviel ich weiß?« Er blickte auf, als der Vater mit der Antwort zögerte. »Ich muß das wissen.«

»Das stimmt. Aus dem Irak, erst vor ein paar Tagen.«

»Und Ihre Tochter hatte leichtes Asthma, keine anderen Beschwerden?«

»Das ist richtig, ja. Sie hat all ihre Impfungen bekommen und so. Sie ist noch nie so krank gewesen.« Die Mutter nickte lediglich. Der Vater hatte eindeutig die Initiative ergriffen, womöglich, um entschlossen aufzutreten.

»Seit Ihrer Ankunft, hat es da etwas Ungewöhnliches zu essen gegeben? Wissen Sie«, erklärte MacGregor, »Reisen können manchen Menschen ziemlich zusetzen, und Kinder sind dafür ungewöhnlich anfällig. Es könnte einfach am Wasser hier liegen.«

»Ich hab' ihr die Medikamente gegeben, aber es ist schlimmer geworden«, sagte die Mutter.

»Es liegt nicht am Wasser«, sagte der Vater bestimmt. »Das Haus hat seinen eigenen Brunnen. Das Wasser ist gut.«

Wie auf Stichwort stöhnte Sohaila und beugte sich vor, um vom Untersuchungstisch auf den Fliesenboden zu erbrechen. Etwas an der Farbe stimmte nicht. Da waren rote und schwarze Spuren. Rot für frisches Blut, Schwarz für altes. Das hatte nichts mehr mit Jetlag oder schlechtem Wasser zu tun. Vielleicht ein Geschwür? Lebensmittelvergiftung? MacGregor blinzelte und sah instinktiv nach, ob er die Handschuhe anhatte. Die Mutter suchte nach einem Papiertuch, um...

»Berühren Sie es nicht«, sagte er sanft. Er prüfte den Blutdruck. Der war niedrig, Zeichen für innere Blutung. »Sohaila, ich fürchte, wir müssen dich über Nacht hierbehalten, damit wir dich wieder gesund machen können.«

Es hätte vieles sein können, aber der Arzt war schon lang genug in Afrika, um zu wissen, daß er aufs Schlimmste gefaßt sein mußte. Er tröstete sich damit, daß es wohl nicht *so* schlimm sein würde.

So wie in den alten Zeiten war es nicht mehr – aber was war schon noch so? Doch Mancuso machte die Arbeit Spaß. Er hatte einen guten Krieg hinter sich – *er* sah es als einen Krieg an; seine U-Boote hatten exakt seine Taktik erfüllt. Nach dem Verlust der *Asheville* und der *Charlotte* – und das vor der Erklärung von Feindseligkeiten – hatte er keine mehr verloren. Seine Boote hatten jede Mission durchgeführt, die gegnerische U-Boot-Streitmacht übel zugerichtet, einen brillanten Sondereinsatz unterstützt, schlagkräftige Raketen abgeschossen und wie immer lebenswichtige taktische Informationen eingeheimst. Sein bester Zug, schätzte ComSubPac, war die Wiederindienstnahme der ausrangierten Brummer SSN gewesen. Sie waren zu groß und zu unhandlich für U-Kampfschiffe, aber verdammt noch mal, sie hatten ganze Arbeit für ihn geleistet. So gut, daß sie bergab vor seinem Hauptquartier lagen, und die Mannschaften stolzierten in der Stadt herum. *Krieg dich bloß wieder ein, Bart!* sagte er sich. Er hatte die gestellte Aufgabe erfüllt. Nun hatte er eine neue.

»Was sollen die wohl vorhaben?« fragte er seinen direkten Vorgesetzten, Admiral Dave Seaton.

»Das scheint keiner zu wissen.« Seaton war zum Plausch reingeschneit. Wie jeder gute Offizier entfloh er möglichst oft dem verdammten Büro, und wenn es nur bedeutete, in ein anderes zu gehen. »Vielleicht bloß 'ne FleetEx, aber mit unserem neuen Präsidenten wollen sie vielleicht ein bißchen mit den Muskeln spielen und schauen, was passiert.«

»Ich kenne den Mann, Chef«, sagte Bart nüchtern.

»O?«

»Nicht so gut, aber Sie wissen doch von der *Roten Oktober*.«

Seaton grinste. »Bart, wenn Sie mir je *die* Geschichte erzählen, muß einer von uns den anderen umbringen, und ich bin der Größere.« Die Geschichte, eine der bestgehüteten der Navy-Geschichte, war noch immer weitgehend unbekannt, doch diverse Gerüchte – nie ganz zu unterbinden – kreisten.

»Admiral, das ist nötige Info. Sie sollten Bescheid wissen, was der Mann zwischen den Beinen hat. Ich war mit ihm auf dem gleichen Schiff.«

CinCPac blinzelte. »Sie machen wohl Witze.«

»Ryan war mit mir in dem Brummer. Er ist sogar vor mir an Bord gegangen.« Mancuso schloß die Augen, erfreut, daß er endlich das Seemannsgarn ungestraft loswerden konnte. Dave Seaton war der dafür zuständige Oberkommandierende und hatte ein Recht darauf zu wissen, was für ein Mann die Befehle aus Washington erteilte.

»Ich hab' gehört, er sei am Unternehmen beteiligt gewesen, auch, daß er an Bord gegangen ist, aber ich hab' gedacht, das war in Norfolk, als sie das Boot am 8/10 angedockt haben. Ich meine, er ist ein Spook, klar, ein ...«

»Denkste. Bevor ich an Bord kam, hat er einen Typ umgebracht – ihn im Raketenraum erschossen. Er stand am Steuer, als wir dem Alfa eins vor den Latz geknallt haben. Er hatte 'ne Scheißangst, hat aber nicht gekniffen. Unser jetziger Präsident kennt persönlich die Mängel von innen. Wenn die ihn prüfen wollen, wette ich auf ihn. Was der zwischen den Beinen hat, Dave, sind zwei dicke Messingklunker. Im Fernsehen mag er nicht danach aussehen, aber mit dem Hundesohn würde ich durch die Hölle gehen.« Mancuso überraschte sich selbst mit der Aussage. Es war das erstemal, daß er's konsequent zu Ende gedacht hatte.

»Gut zu wissen«, dachte Seaton laut.

»Und wie lautet der Auftrag?« fragte der Unterkommandant.

»Wir sollen beschatten.«

»Sie kennen Jackson besser als ich. Was sind die Vorgaben?«

»Wenn das eine FleetEx ist, observieren wir im verborgenen. Wenn sich die Sachlage ändert, reden wir auch ein Wörtchen mit. Sie haben recht, Bart. Ich hab' so gut wie nichts mehr im Schrank.«

Sie brauchten nur aus den Fenstern zu schauen, um das zu sehen. *Enterprise* und *John Stennis* waren beide im Trockendock. CinCPac hatte nicht einen Flugzeugträger einsatzbereit, was sich die nächsten zwei Monate nicht ändern würde. Sie hatten die *Johnnie Reb* bei der Rückeroberung der Marianen nur auf zwei Schraubenwellen gefahren, und jetzt mußten neue Turbinen und Reduktionsgetriebe fabriziert werden. Flugzeugträger waren bei der amerikanischen Marine das übliche Mittel, um Stärke zu zeigen. Womöglich gehörte das zum Plan der Chinesen, zu schauen, wie Amerika reagieren würde, wenn eine wesentliche Reaktion nicht möglich war.

»Werden Sie bei DeMarco für mich eintreten?« fragte Mancuso.

»Wie meinen Sie das?«

»Ich meine, Bruno ist noch von der alten Schule. Er glaubt, es sei schlimm, entdeckt zu werden. Ich persönlich meine, das kann manchmal ganz gut sein. Wenn Sie wollen, daß ich bei den Schlitzaugen am Käfig rüttle, müssen die doch die Gitterstangen klappern hören, oder nicht?«

»Ich werde die Befehle entsprechend ausstellen. Wie Sie's anstellen, ist Ihre Sache. Wenn inzwischen einer von deren Blechbüchsen-Skippern seinem Vorgesetzten erzählt, mit wem er's auf dem Strand getrieben hat, dann möchte ich das für meine Sammlung auf Band.«

Ich werd' Ihnen sogar noch ihre Telefonnummer beschaffen, Sir.«

»Und wir können rein gar nichts dagegen unternehmen«, schloß Cliff Rutledge seine Einschätzung.

»Na so was, Cliff«, erwiderte Scott Adler. »Das hab' ich selber auch schon rausgefunden.« Eigentlich sollte ein Untergebener einem Alternativen bieten, statt auszusprechen, was eh schon bekannt war.

Bisher hatten sie halbwegs Glück gehabt. Es war so gut wie nichts an die Medien gedrungen. Die bisher untergeordneten Leute, die nun die hohen Ämter innehatten, waren noch nicht selbstsicher genug, ohne Genehmigung Informationen rauszulassen. Auch die von Präsident Ryan ernannten Führungskräfte waren bemerkenswert loyal – ein unerwarteter Vorteil, Außenstehende auszuwählen, die sich in der Politik nicht so auskannten. Aber das konnte nicht lange so weitergehen, besonders bei etwas so Heiklem wie einem gerade entstehenden neuen Staat, bestehend aus zwei bisherigen Feinden, die beide das Blut von Amerikanern vergossen hatten.

»Ich schätze, wir könnten immer noch einfach nichts tun«, bemerkte Rutledge leichthin, während er sich fragte, wie die Reaktion darauf ausfallen würde. Diese Alternative unterschied sich davon, nicht fähig zu sein, etwas zu unternehmen; eine metaphysische Spitzfindigkeit, die keinem entging.

»Die Position einzunehmen fördert nur Entwicklungen, die unseren Interessen zuwiderlaufen«, bemerkte ein anderer hoher Regierungsbeamter unwirsch.

»Im Gegensatz zum Eingeständnis unserer Impotenz?« erwiderte Rutledge. »Zu sagen, es gefällt uns nicht, und es nicht aufhalten können ist schlimmer, als gar keinen Standpunkt einzunehmen.«

Adler dachte sich, daß bei einem aus Harvard immer Verlaß war auf gute Grammatik, säuberliche Haarspaltereien und – in Rutledges Fall – auch nicht viel mehr. Dieser Karrierehengst aus dem Auswärtigen Amt war bis in den siebten Stock aufgestiegen, weil er nie einen falschen Schritt gemacht hatte, was anders gesagt hieß, daß er bei dem Tanz nie die Führung übernommen hatte. Andererseits hatte er vorzügliche Verbindungen – oder hatte sie gehabt. Cliff zeigte jedoch die tödlichsten Krankheitssymptome des Auswärtigen Amtes: Alles sei verhandelbar. Das war nicht Adlers Denkweise. Man mußte sich einsetzen und für einiges kämpfen, denn wenn man es nicht tat, würde der andere entscheiden, und dann hätte *der* die Sache im Griff. Die Aufgabe der Diplomaten war, einen Krieg zu verhindern, was nur dadurch zu erreichen war, daß sie wußten, wo sie standhaft bleiben sollten und wo den Verhandlungen Grenzen gesetzt waren. Für den Assistant Secretary of State war es ein endloser Tanz. Bei dem der andere führte. Leider hatte Adler noch nicht das politische Kapital, um den Mann zu feuern oder ihn als Botschafter an einen harmlosen Flecken zu verfrachten. Er selbst mußte sich ja noch vom neuen Senat im Amt bestätigen lassen.

»Also nennen wir es einfach eine regionale Angelegenheit?« fragte ein anderer hoher Diplomat. Adler drehte langsam den Kopf. Baute Rutledge einen Konsens auf?

»Das ist es aber nicht«, bezog der Außenminister Stellung in seinem eigenen Konferenzzimmer. »Es geht um vitale Interessen der Vereinigten Staaten. Wir haben den Saudis unsere Unterstützung versprochen.«

»Strich im Sand ziehen?« fragte Cliff. »Dazu besteht noch kein Anlaß. Schauen Sie, seien wir doch mal vernünftig. Iran und Irak verbinden sich und bilden diese neue Vereinigte Islamische Republik, na fein. Und dann? Die werden Jahre brauchen, um den neuen Staat zu organisieren. In der Zeit werden Kräfte, unseres Wissens im Iran schon am Werke, das theokratische Regime schwächen, das uns so großmächtige Kopfschmerzen bereitet. Wir können das vom Einfluß erwarten, den die weltlichen Elemente in der irakischen Gesellschaft notwendigerweise auf den Iran ausüben werden. Wenn wir in Panik geraten und uns aufspielen, machen wir Daryaei und seinen Fanatikern nur das Leben leichter. Aber wenn wir gelassen bleiben, dann verringern wir bei ihnen den Drang, immer schwerere rhetorische Geschütze gegen uns aufzufahren. Okay, wir können diese Vereinigung nicht aufhalten, oder?« fuhr Rutledge fort. »Also, was tun wir dann? Wir nehmen es als Gelegenheit, den Dialog mit dem neuen Staat aufzunehmen.«

Dieser Vorschlag hatte schon eine gewisse Logik, bemerkte Adler, dem auch das zaghafte Nicken am Konferenztisch nicht entging. Der wußte die richtigen Schlagworte: Gelegenheit, Dialog.

»Da werden sich die Saudis richtig warm und geborgen fühlen«, widersprach eine Stimme vom anderen Ende des Tisches. Es war Bert Vasco, der Rangniedrigste in der Runde. »Mr. Rutledge, ich denke, Sie unterschätzen die Lage. Iran hat die Hinrichtung der ...«

»Dafür haben wir noch keine Beweise, oder?«

»Und Al Capone wurde zum Valentinstag-Massaker nie verurteilt, aber ich hab' den Film gesehen.« Der Besuch im Oval Office hatte Vascos Rhetorik belebt, lächelte Adler innerlich. »Irgend jemand hat das doch eingefädelt, angefangen beim Attentat und Ausschalten der oberen Militärhierarchie bis zum Abschlachten der Ba'ath-Partei-Führung. Und jetzt wird die Religion wiederbelebt. Ich sehe da eine Erneuerung der nationalen und religiösen Identität vor mir. *Das* wird die mäßigenden Einflüsse, die Sie meinen, abschwächen. Den internen Widerstand im Iran werden diese Entwicklungen mindestens ein volles Jahr zurückwerfen – und wir wissen nicht, was sich *sonst* noch ergibt. Daryaei ist ein Ränkeschmied, noch dazu ein guter. Er ist geduldig, seiner Sache treu und ein gnadenloser Hurensohn ...«

»... der aus dem letzten Loch pfeift«, wandte einer von Rutledges Verbündeten im Zimmer ein.

»Wer sagt das?« schoß Vasco zurück. »Das hier hat er sauber eingefädelt.«

»Er ist über siebzig.«

»Er raucht und trinkt nicht. Was wir an Aufzeichnungen von ihm in der Öffentlichkeit haben, zeigt ihn noch ganz rüstig. Diesen Mann zu unterschätzen ist ein Fehler, den wir schon mal gemacht haben.«

»Er hat den Kontakt zu seinem Volk verloren.«

»Vielleicht ist ihm das nicht bewußt. Bis jetzt hat er ein gutes Jahr gehabt, und ein Gewinner ist überall beliebt«, schloß Vasco.

»Bert, vielleicht haben Sie bloß Angst, Ihren Schreibtisch zu verlieren, wenn die UIR gebildet wird«, scherzte jemand. Das war der Tiefschlag eines Höherstehenden gegen einen Untergeordneten, was am Tisch mit Gekicher quittiert wurde. Das sich daraus ergebende Schweigen sagte dem Außenminister, daß sich tatsächlich ein Konsens bildete, und zwar nicht der von ihm gewünschte. Zeit, wieder die Kontrolle zu übernehmen.

»Okay, nächster Punkt«, sagte Adler. »Das FBI wird morgen hier mit uns über den entwendeten Brief reden. Und raten Sie mal, was sie mitbringen werden?«

»Nicht schon wieder die Kiste«, stöhnte einer. Niemand bemerkte, wie Rutledge den Kopf wandte.

»Sehen Sie's mal als routinemäßigen Test unserer Geheimhaltungseinstufung«, sagte der Außenminister seinen direkten Untergebenen. Polygraphen waren den Versammelten nicht gerade unbekannt.

»Zum Teufel noch mal, Scott«, sagte Cliff als Sprachrohr der anderen. »Entweder sie vertrauen uns oder nicht. Ich habe schon ganze Stunden mit diesen Leuten vergeudet.«

»Wissen Sie, Nixons Rücktrittsschreiben haben sie auch nie gefunden«, bemerkte ein anderer.

»Vielleicht hat Henry es für sich behalten«, witzelte ein dritter.

»Morgen ab zehn Uhr. Mich eingeschlossen«, verkündete ihnen Adler. Er hielt das genauso für Zeitverschwendung.

Seine Haut war hell, die Augen grau, und sein Haar hatte einen leichten Rotton, der Einfluß einer Engländerin irgendwo in seiner Ahnenreihe, dachte er. So wurde zumindest in der Familie gescherzt. Sein Vorteil war, daß er jedem kaukasischem Volksstamm zugerechnet werden konnte. Daß er das immer noch tun konnte, war das Ergebnis seiner Vorsicht. Bei seinen wenigen ›öffentlichen‹ Unternehmen hatte er sein Haar gefärbt, dunkle Brillen getragen und sich einen Bart wachsen lassen – der war schwarz – und sich damit weiteren Scherzen seiner Umgebung ausgesetzt. ›Movie Star‹ nannten sie ihn. Doch viele dieser Scherzbolde waren tot, er aber nicht. Vielleicht hatten die Israelis Fotos von ihm – bei denen war das nie rauszukriegen, aber es war bekannt, daß sie ihre Informationen kaum weitergaben, nicht einmal an ihre amerikanischen Beschützer, was dämlich war. Und er konnte sich nicht um alles sorgen, nicht mal um Fotografien im Mossadarchiv.

Er reiste nach dem Flug von Frankfurt über Dulles International Airport mit den erforderlichen zwei Taschen eines ernsthaften Geschäftsmannes, den er darstellte, in die USA ein. Er hatte nichts weiter zu deklarieren als einen Liter Scotch, den er im deutschen Duty-free-Shop erstanden hatte. Zweck seines Besuchs? Geschäfte und Vergnügen. Kann ich mich in Washington jetzt wieder sicher bewegen? Schreckliche Sache, hab' es im Fernsehen gesehen, entsetzlich. Ach ja? Wirklich? Alles läuft wieder normal? Gut. Sein Mietwagen stand bereit. Er fuhr in ein nahe gelegenes Hotel, vom langen Flug ermüdet. Dort kaufte er sich eine Zeitung, bestellte sich Essen aufs Zimmer und schaltete den Fernseher ein. Danach schloß er seinen Laptop ans Zimmertelefon an – mittlerweile gab es überall Modems – und loggte sich ein, um Badrayn mitzuteilen, daß er für seine Aufklärungsmission wohlbehalten im Land sei. Ein handelsübliches Verschlüsselungsprogramm verwandelte eine bedeutungslose Codeparole in völliges Kauderwelsch.

»Willkommen an Bord. Mein Name ist Clark«, verkündete John der fünfzehnköpfigen Klasse. Er war besser herausgeputzt als bei ihm üblich, trug einen gut geschneiderten Anzug, ein feines Oberhemd und eine gestreifte Krawatte. Im Augenblick mußte er auf diese Weise Eindruck machen. Bald würde er es auf eine andere tun müssen. Die Auswahl der ersten Gruppe war leichter gewesen als erwartet. Der CIA ist, ungeachtet Hollywoods, eine unter den Amerikanern sehr beliebte Behörde. Auf jede freie Stelle kamen mindestens zehn Bewerbungen, und es hatte nur einer computermäßigen Auslese unter den Anwärtern bedurft, um fünfzehn Leute zu finden, die den Erfordernissen für Clarks PLAN BLAU entsprachen. Jeder einzelne war ein Polizeibeamter mit einem Collegeabschluß, mindestens vier Dienstjahren und einem untadeligen Leumund, der vom FBI weiter überprüft werden würde. Diesmal waren alles Männer, wahrscheinlich ein Versehen, dachte John, aber das war im Augenblick nicht von Bedeutung. Es waren so gut wie alle Hautfarben und ethnischen Gruppen vertreten. Sie kamen hauptsächlich von großstädtischen Polizeirevieren. Alle waren zumindest zweisprachig.

»Ich bin Geheimdienstoffizier im Außendienst. Kein ›Agent‹, kein ›Spion‹, keine ›Operativer‹. Ein *Offizier*«, erklärte er. »Ich bin schon eine ganze Weile im Geschäft, bin verheiratet und habe zwei Kinder. Wenn irgendwer meint, er würde schlanke Blondinen kennenlernen und Leute über den Haufen schießen, dann kann er augenblicklich gehen. Das Geschäft ist hauptsächlich öde, insbesondere, wenn Sie schlau genug sind, es richtig zu machen. Sie sind alle Cops und wissen daher alle, wie wichtig dieser Job ist. Wir haben es mit Verbrechen auf hohem Niveau zu tun, und es geht darum, Informationen zu erhalten, damit diese Kapitalverbrechen verhindert werden können. Das erledigen wir, indem wir Informationen beschaffen und weitergeben. Andere sehen sich Satellitenbilder an oder versuchen, fremde Post zu lesen. Wir haben den schwierigen Part. Wir beschaffen uns Informationen von Menschen. Einige sind gute Menschen mit guten Motiven. Einige sind nicht so gut und wollen Geld, wollen Vergeltung oder wollen sich wichtig machen. Es kommt nicht darauf an, was diese Menschen sind. Sie haben alle schon mit Informanten von der Straße gearbeitet, und die sind lauter Mutter Theresas, nicht wahr? Hier genauso. Ihre Informanten werden oft gut ausgebildete, mächtige Leute sein, aber sie werden sich nicht groß von denen unterscheiden, mit denen Sie schon zu tun hatten. Und genau wie bei den Informanten von der Straße müssen Sie loyal zu ihnen sein, müssen sie beschützen und ihnen hin und wieder den Kopf geraderücken. Wenn Sie Mist bauen, sterben diese Menschen, und in manchen Einsatzgebieten werden auch deren Frauen und Kinder sterben. Wenn Sie meinen, ich würde Sie hier verscheißern, dann irren Sie sich. Sie werden in Ländern arbeiten, wo ein ordentliches Gerichtsverfahren das bedeutet, was immer jemand darunter versteht. Sie haben das gerade in den letzten Tagen im Fernsehen gesehen, nicht wahr?« fragte er. Einige der Erschießungen von Vertretern der Ba'ath-Partei waren weltweit in den Fernsehnachrichten gekommen, mit den üblichen Warnungen an Kinder und empfindsame Gemüter, die sowieso zugesehen hatten. Nüchternes Kopfnicken in der Runde.

»Sie werden größtenteils *nicht* bewaffnet auf Einsatz gehen. Sie werden Ihren Grips zum Überleben brauchen. Manchmal werden Sie in Lebensgefahr geraten. Ich habe Freunde im Außendienst verloren. Die Welt mag derzeit netter und freundlicher sein, aber nicht überall. Sie werden nicht an die schönen Orte gehen, meine Herren«, versprach ihnen John. Hinten im Zimmer bemühte sich Ding Chavez schwer, nicht zu lächeln. *Dieser kleine schmierige Typ ist mein Partner und mit meinem kleinen Mädchen verlobt.* Domingo wußte, es hatte keinen Sinn, alle abzuschrecken.

»Was ist das Gute an dem Job? Nun, was ist gut daran, ein Bulle zu sein? Antwort: Mit jedem Bösewicht, den Sie ausschalten, retten Sie Leben auf der Straße. Bei diesem Job rettet das Weitergeben der richtigen Informationen an die richtigen Leute ebenfalls Leben. Viele«, betonte Clark. »Wenn wir unseren Job richtig machen, finden keine Kriege statt.

Auf jeden Fall heiße ich Sie willkommen an Bord. Ich bin Ihr Klassenlehrer. Sie werden die Ausbildung hier anregend und schwierig finden. Sie beginnt morgen früh um halb neun.« Damit verließ John das Rednerpult und ging zur Tür. Charez begleitete ihn an die frische Luft.

»Mensch, Mr. C., wo muß ich unterschreiben?«

»Verdammt, Ding, ich mußte doch *irgendwas* sagen.« Es war Johns längste Rede seit einigen Jahren gewesen.

»Was hat Foley denn tun müssen, um diese Frischlinge an Bord zu kriegen?«

»Sie haben mit den Stellenstreichungen angefangen, mein Junge. Zum Teufel, Ding, wir mußten doch in die Gänge kommen, oder nicht?«

»Ich denke, ihr hättet noch ein paar Wochen warten sollen. Foley ist vom Senat noch nicht im Amt bestätigt worden. Lieber warten«, meinte Chavez. »Aber ich bin ja bloß ein kleiner Schnüffler.«

»Ich vergess' immer wieder, wie clever du geworden bist.«

»Wer, verdammt noch mal, ist Zhang Han San?« fragte Ryan.

»So etwa um die fünfzig, sieht für sein Alter aber jung aus, zehn Kilo Übergewicht, eins siebzig oder so, alles Durchschnitt, sagt unser Freund«, berichtete Dan Murray aus seinen handschriftlichen Notizen. »Still und nachdenklich, und er hat Yamata kalt abserviert.«

»O?« meinte Mary Pat Foley. »Wie das?«

»Yamata war auf Saipan, als wir die Sache in den Griff bekamen. Er rief in Peking an, weil er sich an einen sicheren Ort absetzen wollte. Mr. Zhang hat so getan, als kenne er ihn nicht. Und danach sind die Anrufe überhaupt nicht mehr durchgekommen. Unser japanisches Freundchen betrachtet dies als persönlichen Verrat.«

»Klingt, als würde er wie ein Kanarienvogel singen«, bemerkte Ed Foley. »Erscheint das irgendwem verdächtig?«

»Nein«, meinte Ryan. »Im Zweiten Weltkrieg haben japanische Gefangenen viel ausgeplaudert.«

»Der Präsident hat recht«, bestätigte Murray. »Ich habe Tanaka selbst danach gefragt. Er sagt, es liegt an der Kultur. Yamata will Selbstmord – der ehrenhafte Ausweg nach ihrem Moralverständnis – begehen, aber er wird schärfstens bewacht; er hat nicht mal Schuhbändel. Deshalb ist der Kerl so gedemütigt, daß er keinen Grund mehr sieht, Geheimnisse zu wahren. Eine Wahnsinns-Befragungsmethode. Jedenfalls soll Zhang Diplomat sein – Yamata meinte, er gehörte von Rechts wegen zu einer Handelsdelegation –, aber wir hier haben noch nie von ihm gehört. Die Japaner haben diesen Namen auch auf keiner diplomatischen Liste gefunden. Das macht ihn in meinen Augen zum Spook, und so...« Er blickte zu den Foleys hinüber.

»Ich habe den Namen geprüft«, sagte Mary Pat. »Nullo. Aber wer sagt denn, daß es der richtige ist?«

»Selbst wenn er das wäre«, fügte ihr Mann hinzu, »wissen wir nicht genug über deren Geheimdienstleute. Wenn ich raten müßte, dann ist er ein Politischer. Warum? Er hat ein großes Ding ganz leise platzen lassen. Ihr Militär ist deswegen immer noch in erhöhter Einsatzbereitschaft und in verschärftem Ausbildungsbetrieb, daher sind auch die Russen noch nervös. Wer dieser Kerl auch immer ist, ich vermute ganz stark, daß er äußerst ernst zu nehmen ist.« Was nicht gerade eine welterschütternde Enthüllung war.

»Können Sie das irgendwie herausfinden?« erkundigte sich Murray.

Mrs. Foley schüttelte den Kopf. »Keine Posten vor Ort, die wir dafür hernehmen können. Wir haben ein gutes Ehepartnerteam in Hongkong, die ein nettes kleines Netzwerk aufbauen. Wir haben einige Posten in

Schanghai. In Peking haben wir einige kleine Agenten im Verteidigungsministerium, aber die werden erst aufgebaut, und wenn wir sie jetzt dafür hernähmen, würde es sie bloß gefährden und weiter nichts. Dan, das Problem mit China ist doch, daß wir nicht genau wissen, wie ihre Regierung aufgebaut ist. Wir können nur Vermutungen anstellen. Die Politbüromitglieder kennen wir – glauben wir. Einer der ganz Großen dürfte jetzt tot sein, und nach diesem Happen haben wir mehr als einen Monat geschnappt. Selbst die Russen machten's publik, wenn sie Leute beerdigten«, bemerkte die DDO und trank einen Schluck Wein. Für Ryan war es liebe Gewohnheit geworden, seine engsten Berater nach Dienstschluß noch zu einem Drink zu sich zu rufen. Daß er ihnen damit Überstunden abverlangte, war ihm noch nicht eingefallen.

Ed führte die Erläuterungen weiter. »Wissen Sie, klar glauben wir, daß wir die politische Mannschaft dort drüben kennen, aber an die zweite Geige sind wir nie richtig rangekommen. Die Dynamik ist einfach, wenn jemand sie sich klarmacht, aber wir haben lange gebraucht, bis wir's kapiert haben. Dort drüben sind ältere Herren. Nicht mehr toll unterwegs. Sie brauchen bewegliche Augen und Ohren, und im Lauf der Jahre haben sich diese Laufburschen enorme Macht aufgebaut. Wer zieht wirklich die Fäden? Wir sind uns nicht sicher, und wenn wir keine IDs bekommen, kriegen wir's nicht raus.«

»Leute, ich versteh' euch«, brummte Murray. »Als ich noch bei der Organisierten Kriminalität war, haben wir die Kapos der Mafia manchmal dadurch identifiziert, wer wem die Autotür aufgehalten hat. Tolle Art, die Arbeit zu erledigen.« Es war die freundlichste Bemerkung des FBI über den CIA, die den Foleys je zu Ohren gekommen war. »Die Geheimhaltung einer Mission ist nicht ganz so schwer, wenn man ein wenig darüber nachdenkt.«

»Spricht sehr für PLAN BLAU«, sagte Jack als nächstes.

»Nun, dann dürfte es Sie freuen, zu hören, daß die ersten Fünfzehn jetzt schon die Schulbank drücken. John sollte vor ein paar Stunden die Begrüßungsrede gehalten haben«, verkündete der DCI.

Ryan war Foleys Stelleneinsparungsplan für den CIA durchgegangen. Ed hatte vor, ziemlichen Kahlschlag anzurichten, wollte letztendlich das Budget in den nächsten fünf Jahren um fünfhundert Millionen reduzieren und dabei gleichzeitig die Kräfte im Außendienst verstärken. Das würde die Leute im Capitol glücklich machen, doch da ein Großteil des Haushalts für den CIA über schwarze Kassen lief, würden es wenige je erfahren. Oder vielleicht auch nicht, dachte Jack. Das würde wohl durchsickern.

Undichte Stellen. Er hatte sie schon während seiner ganzen Laufbahn gehaßt. Aber nun gehörten sie zur Staatsführung, überlegte der Präsident. Doch was sollte er davon halten? Daß undichte Stellen in *Ordnung* waren, weil nun er derjenige war, der darüber entschied oder sie zuließ? Verdammt. Gesetze und Grundsätze sollten doch nicht so funktionieren, oder? An was, an welchen Grundsatz oder Felsen sollte er sich wirklich halten?

Der Leibwächter hieß Saleh. Er war körperlich robust, wie es seine Arbeit verlangte, und versuchte, Krankheiten oder Beschwerden jeglicher Art zu leugnen. Ein Mann in seiner Position gab keine Unpäßlichkeiten zu. Doch als die Beschwerden nicht weggingen, wie er erwartet und wie der Arzt gemeint hatte, und als er das Blut in der Toilette gesehen hatte – das hatte den eigentlichen Ausschlag gegeben. Der Körper sollte kein Blut verlieren, außer beim Rasieren oder bei einer Schießerei. Auf jeden Fall nicht bei der Darmentleerung, und so ein Anzeichen erschüttert jeden Mann, um so mehr einen so kräftigen und sonst selbstsicheren. Wie so viele zögerte er erst noch ein bißchen, redete sich ein, daß es ein vorübergehendes Problem war, daß die Beschwerden nach einem Höhepunkt nachlassen würden. Aber ihm ging es immer schlechter, und endlich siegte die Angst. Vor Tagesanbruch verließ er die Villa und fuhr mit dem Wagen zum Krankenhaus. Unterwegs mußte er das Auto anhalten, um zu kotzen. Er sah absichtlich nicht hin, was er auf die Straße gespuckt hatte, und fuhr gleich weiter. Sein Körper wurde jede Minute schwächer, bis der Gang vom Wagen zur Eingangstür ihm den letzten Rest Energie zu rauben schien. Er wartete im Raum, der hier als Notaufnahme diente. Ihm jagte der Geruch von Krankenhäusern Angst ein. Schließlich rief eine schwarze Krankenschwester seinen Namen auf, und er erhob sich, nahm seine ganze Würde und Haltung zusammen und schritt in dasselbe Untersuchungszimmer, in dem er schon einmal gewesen war.

Die zweite Gruppe mit zehn Verbrechern unterschied sich kaum von der ersten, bloß daß es diesmal keinen Apostaten gab. Moudi fiel es leicht, sie zu verabscheuen, als er sich die Gruppe mit ihren fahlen Gesichtern und ihrem kriecherischen Gehabe ansah. Die Gesichtsausdrücke vor allem, Blicke ausweichend, hin und her schauend, auf der Suche nach Ausweg, Trick, Winkelzug. Die Kombination aus Angst und Brutalität in ihren Zügen. Nein, sie waren keine wesentlichen Träger von Leben.

»Wir haben einige Kranke hier«, sagte er ihnen. »Sie sind zu deren

Betreuung eingeteilt. Wenn Sie die Arbeit gut erledigen, werden Sie als Krankenwärter zur Arbeit in Ihren Gefängnissen ausgebildet. Wenn nicht, werden Sie wieder zu Ihren Zellen und Ihren Strafen geschickt. Wenn einer von Ihnen sich danebenbenimmt, werden Sie unmittelbar und streng bestraft.« Alle nickten. Strenge Behandlung kannten sie. Iranische Gefängnisse waren nicht für Annehmlichkeiten bekannt. Und auch nicht für gutes Essen, wie es schien. Sie hatten alle blasse Haut und triefende Augen. Welche Fürsorge verdienten solche Leute denn schon? fragte sich der Arzt. Jeder war schwerer Verbrechen überführt, und welche unbekannten Straftaten in ihrer Vergangenheit lagen, wußten nur die Verbrecher und Allah. Als Räuber, Diebe und Päderasten hatten sie alle in einem Land gegen das Gesetz verstoßen, wo es von Gott kam, zwar streng war, aber auch gerecht. Ihre Behandlung mochte nach westlichen Maßstäben drakonisch sein – Europäer und Amerikaner hatten die merkwürdigsten Ansichten zu Menschenrechten; denn was war mit den Rechten der Opfer solcher Menschen? Wie schade, sagte sich Moudi und distanzierte sich damit von den Leuten vor sich. Amnesty International hatte schon lang aufgehört, sich über die Gefängnisse seines Landes zu beklagen. Vielleicht könnten sie ihre Aufmerksamkeit anderen Dingen zuwenden, wie etwa der Behandlung der Gläubigen in anderen Ländern. Unter ihnen war keine Schwester Jean Baptiste, und die war tot, und das stand geschrieben, und es blieb nur übrig, zu schauen, ob ihre Schicksale von derselben Hand ins Buch des Lebens und Todes eingetragen worden waren. Er nickte dem Oberaufseher zu, der die neuen ›Krankenwärter‹ anschrie. Moudi bemerkte, daß sie sogar aufsässig dastanden. Nun, das würde behoben werden.

Sie waren alle vorbereitet, entkleidet, geduscht, rasiert, desinfiziert und in grüne Kittel mit einstelliger Nummer auf dem Rücken gesteckt worden. Die bewaffneten Aufseher führten sie zur Tür der Luftschleuse, hinter denen die Armeesanitäter waren, ergänzt durch den einzigen bewaffneten Wächter, der Abstand hielt, die Pistole in der behandschuhten Hand. Moudi ging wieder in den Sicherheitsraum, um sich das ganze übers Überwachungssystem anzuschauen. Auf den Schwarzweißmonitoren sah er sie den Flur entlangtrotten, die Blicke gingen neugierig nach rechts und links – zweifellos suchten sie nach einem Fluchtweg. Alle Augen waren auf den Wächter gerichtet, der nie mehr als vier Meter entfernt war. Auf dem Weg wurde jedem Neuankömmling ein Plastikeimer mit verschiedenen einfachen Gerätschaften ausgehändigt – die Eimer waren ebenfalls numeriert.

Sie stutzen alle etwas, als sie die Sanitäter in ihren Schutzanzügen sahen, schlurften aber dennoch weiter. Erst am Eingang zum Behandlungsraum blieben sie stehen. Es mußte am Geruch gelegen haben oder auch an dem Anblick. Sie alle erfaßten die Situation zwar langsam, doch einer hatte endlich erkannt, daß dies, was immer es auch war...

Auf dem Monitor wies ein Sanitäter auf denjenigen, der im Türrahmen keinen Schritt mehr weiterging. Der Mann zögerte und brachte dann Einwände hervor. Einen Augenblick später schmiß er seinen Eimer auf den Boden und schüttelte die Faust, während die anderen schauten, was passieren würde. Dann tauchte der Sicherheitsbeamte aus der einen Bildecke auf, den Arm mit der gezückten Pistole ausgestreckt. Aus zwei Meter Entfernung schoß er – seltsam, den Schuß zu sehen, aber nicht zu hören – dem Verbrecher direkt ins Gesicht. Der Körper fiel auf den Fliesenboden, hinterließ ein Muster schwarzer Flecken an der grauen Wand. Der dabeistehende Sanitäter deutete auf einen der Gefangenen, der sofort den hingeschmissenen Eimer aufhob und ins Zimmer ging. Mit dieser Gruppe würde es keine disziplinären Probleme mehr geben. Moudi richtete den Blick auf den nächsten Monitor.

Der verfügte über eine Farbkamera. Das mußte so sein. Sie konnte auch geschwenkt und gezoomt werden. Moudi stellte sie auf das Bett in der Ecke ein, Patient eins. Der Neuankömmling mit der Eins am Rücken und am Eimer stand zuerst einfach am Fußende, den Eimer in der Hand, und wußte nicht, was er da vor sich hatte. Aus diesem Zimmer wurde auch der Ton übertragen, allerdings nur durch ein einziges, ungerichtetes Mikro, und das Sicherheitspersonal hatte schon lange den Regler herabgedreht, weil das Stöhnen, Winseln und Schreien sterbender Männer die Lauscher bedrückte. Der Glaubensabtrünnige war, wie vorherzusehen war, am schlimmsten dran. Er betete und versuchte sogar, diejenigen zu trösten, die er von seinem Bett aus erreichen konnte. Er hatte sogar Ansätze gemacht, einige zum Mitbeten zu bewegen, aber es waren die falschen Gebete gewesen, und seine Zimmergenossen waren von der Art, die selbst in bester Verfassung nicht zu Gott sprach.

Helfer eins blieb noch etwa eine Minute so stehen und blickte auf Patient eins herab, einen verurteilten Mörder, der am Knöchel ans Bett gekettet war. Moudi zoomte die Kamera näher heran und stellte fest, daß die Beinschellen die Haut durchgerieben hatten. Ein roter Fleck war auf der Matratze zurückgeblieben. Der Mann – *der verurteilte Patient,* verbesserte sich Moudi – wand sich langsam, und da erinnerte sich Helfer eins an seine Anweisungen. Er streifte sich die Plastikhandschuhe über, tränkte seinen Schwamm und fuhr damit dem Patienten über die Stirn. Moudi stellte die Kamera wieder auf Totale. Nacheinander folgten die anderen seinem Beispiel, und die Armeesanitäter zogen sich zurück.

Die Patienten würden nicht sehr ernsthaft betreut werden. Warum auch, da sie ihren Zweck für das Projekt bereits erfüllt hatten. Das erleichterte allen das Leben. Keine Infusionsschläuche anschließen, keine Spritzen aufziehen – und keine Kanülen, die einem Sorge bereiteten. Durch die Ansteckung mit Ebola hatten sie bestätigt, das der Mayinga-Typ tatsächlich auf dem Luftweg übertragbar war, und nun blieb nur noch zu beweisen, daß der Virus durch den Vemehrungsprozeß nicht weniger virulent geworden war – und daß er durch den gleichen Zerstäubungsvorgang verbreitet werden konnte, der die erste Verbrechergruppe infiziert hatte. Die meisten Neuankömmlinge, sah er, verhielten sich den Anweisungen gemäß – aber schlecht, grob, wischten die Pfleglinge mit raschen, unsanften Schwammbewegungen ab. Nur ein paar kamen ihm echt mitfühlend vor. Vielleicht würde Allah ihre Mildtätigkeit bemerken und gnädig zu ihnen sein, wenn ihre Zeit kam – in weniger als zehn Tagen.

»Zeugnisberichte«, sagte Cathy, als Jack ins Schlafzimmer kam.

»Gut oder schlecht?« fragte ihr Mann.

»Schau selber«, schlug seine Frau vor.

*Oje*, dachte der Präsident, als er sie ihr aus der Hand nahm. Alles in allem waren sie nicht so schlecht. In den Beurteilungskästchen – jede Lehrkraft schrieb einen kurzen Absatz zur Erläuterung der Notengebung – stand, daß die Qualität der Hausaufgaben sich in den letzten Wochen verbessert hatte – aha, die Geheimdienstagenten gaben also Nachhilfe, erkannte Jack. In einer Hinsicht war es amüsant. In einer anderen – da erledigten Fremde die väterlichen Aufgaben, und dieser Gedanke verursachte ihm ein Ziehen im Magen. Die Ergebenheit der Agenten führte ihm lediglich etwas vor Augen, das er für seine eigenen Kinder nicht erledigen konnte.

»Wenn Sally später mal ins Hopkins will, muß sie in den wissenschaftlichen Fächern etwas mehr aufpassen«, bemerkte Cathy.

»Sie ist doch noch ein Kind.« Für ihren Vater würde sie immer das kleine Mädchen bleiben, das...

»Sie wächst heran, und rate mal? Sie interessiert sich für einen jungen Fußballspieler. Heißt Kenny und ist voll cool«, berichtete SURGEON. »Müßte sich auch mal die Haare schneiden lassen. Seine sind länger als meine.«

»Oh, Gott«, erwiderte SWORDSMAN.

»Bin überrascht, daß sie so lang gebraucht hat. Ich hab' schon mit Jungs angebandelt, da war ich ...«

»Davon will ich nichts hören ...«

»Na, ich hab' dich doch geheiratet, oder nicht?« Pause. »Mr. President ...«

Jack drehte sich um. »Ist schon eine Weile her.«

»Könnten wir uns irgendwie ins Lincoln-Schlafzimmer verziehen?« fragte Cathy. Jack blickte zu ihr und sah ein Glas auf ihrem Nachttisch. Sie hatte ein oder zwei Drinks gehabt. Für morgen waren wohl keine Operationen angesetzt.

»Der hat dort nie geschlafen. Sie nennen es so, weil ...«

»Das Bild. Ich weiß. Ich hab' gefragt. Ich mag das Bett«, erklärte sie lächelnd. Cathy legte ihre Patientennotizen weg und nahm die Lesebrille ab. Dann hielt sie die Arme hoch wie ein Kleinkind, das in die Arme genommen und an die Brust gedrückt werden will. »Weißt du, ich habe noch nie mit dem mächtigsten Mann der Welt geschlafen – zumindest nicht diese Woche.«

»Wie sieht's mit dem Kalender aus?« Cathy hatte nie die Pille genommen.

»Wie soll's schon mit dem Kalender aussehen?« erwiderte sie. Sie war immer so regelmäßig wie ein Metronom gewesen.

»Du möchtest doch nicht noch ein ...«

»Vielleicht ist es mir nicht besonders wichtig.«

»Du bist vierzig!« wandte POTUS ein.

»Besten Dank! Du triffst den Nagel ziemlich auf den Kopf. Macht dir das Sorgen?«

Jack dachte eine Weile darüber nach. »Ach, eigentlich nicht. Ich hab' doch nie die Vasektomie durchführen lassen.«

»Nö, du hast nicht einmal mit Pat drüber gesprochen, wie du gesagt hast – und wenn du das jetzt machen läßt«, fuhr FLOTUS mit einem überaus verschmitzten Grinsen fort, »wird es in *allen* Zeitungen stehen. Vielleicht sogar live im Fernsehen. Arnie dürfte dir sagen, daß es für die Nullwachstumsleute ein gutes Beispiel setzen wird, und du würdest darauf eingehen. Da wäre bloß die Frage der nationalen Sicherheit ...«

»*Was?*«

»Präsident der Vereinigten Staaten läßt sich die Eier absäbeln. Dann wird doch keiner mehr Respekt vor Amerika haben, oder?«

Jack wollte schon loslachen, hielt sich aber zurück. Die Leute vom Detail auf dem Flur könnten es hören und ...

»Was ist in dich gefahren?«

»Vielleicht hab' ich mich hier allmählich eingewöhnt – oder vielleicht möchte ich einfach nur Spaß im Bett haben«, fügte sie hinzu.

Da klingelte das Telefon. Cathy schnaubte, als sie danach langte. »Hallo? Ja, Dr. Sabo. Mrs. Ermory? Okay – nein, glaube ich nicht – Nein, keinesfalls, nicht bis morgen. Geben Sie ihr was zum Einschlafen – was halt notwendig ist. Die Verbände bleiben dran, und vergewissern Sie sich, daß es auf dem Krankenblatt steht, sie kann *so* gut jammern. Ja. Nacht, Doktor.« Sie legte auf und murmelte. »Die Linsen-OP von neulich. Sie mag die Augenbinde nicht, aber wenn wir die Bandagen zu früh abnehmen...«

»Jetzt wart mal, wie kann der...«

»Sie haben in Wilmer unsere Nummer.«

»Von den Privaträumen die direkte?« Die ging sogar an Signals vorbei, war aber, wie alle White-House-Leitungen auch, wohl auch angezapft.

»Hatten wir doch früher auch, oder nicht?« fragte Cathy. »Ich Ärztin, ich Patienten behandeln, ich Professorin, immer abrufbereit, wenn Patienten da – besonders die Stänkerer.«

»Immer diese Unterbrechungen.« Jack legte sich neben seine Frau. »Du willst doch nicht wirklich noch ein Baby?«

»Ich will nur mit meinem Ehemann schlafen. Ich kann beim Zeitpunkt heutzutage nicht mehr so wählerisch sein, oder?«

»Ist es so schlimm gewesen?« Er küßte sie sanft.

»Ja, aber ich reg' mich deswegen nicht auf. Du bemühst dich sehr ernsthaft. Du erinnerst mich an meine neuen Praktikanten – nur ein wenig älter.« Sie berührte sein Gesicht und lächelte. »Wenn was passiert, passiert's eben. Ich mag es, eine Frau zu sein.«

## 27 / Ergebnisse

Einige hatten den Abschluß in Psychologie. Das war bei Gesetzeshütern häufig und beliebt. Einige hatten den Magister, und ein Mitglied des Detail hatte sogar die Doktorwürde mit einer Dissertation über Ermittlung von Sozialprofilen bei Verbrechern erlangt. Zumindest waren alle begabte Amateure in der Technik des Gedankenlesens. SURGEON ging beschwingten Schrittes zum Hubschrauber. SWORDSMAN begleitete sie bis zur Tür im Erdgeschoß und gab ihr einen Abschiedskuß – der Kuß war üblich, aber nicht das Hinausbegleiten und das Händchenhalten, zumindest in letzter Zeit nicht. Price tauschte mit zwei ihrer Agenten Blicke aus, und sie hatten alle den gleichen Gedanken und fanden ihn gut. Nur Raman nicht, so clever wie alle anderen, aber eher etwas verklemmt. Er beschäftigte sich fast nur mit Sport, und Price sah ihn vor sich, wie er jeden Abend vor der Glotze hockte. Der konnte wohl sogar seinen Videorecorder richtig programmieren. Nun ja, im Dienst gab es viele verschiedene Persönlichkeitstypen.

»Wie sieht's heute aus?« fragte POTUS, der sich nach dem Start des Black Hawk umgewandt hatte.

»SURGEON in der Luft«, hörte Price im Stöpsel. »Alles klar.« Die Übersichtsleute bestätigten Freigabe von ihren Horsten auf den Bauten ums White House. Seit gut einer Stunde waren sie auf Posten, wie immer. Es gab draußen die üblichen Leute, die ›Regulars‹, die man kannte: Leute, die häufig wiederkamen, manche bloß fasziniert von der First Family, welche auch immer. Für sie war das White House Amerikas ›Seifenoper‹, *Dallas* in groß, und das Drumherum des Lebens in diesem berühmtesten Gebäude zog sie auf eine Weise an, die Service-Psychologen auszutüfteln versuchten, denn ›Regulars‹ waren für die bewaffneten Agenten des Detail schon durch ihre Existenz gefährlich. So kannten sie die Heckenschützen auf OEOB und Treasury alle vom Gesicht her, dann auch vom Namen, denn Leute vom Detail waren auch draußen, als Passanten oder Penner, und spürten ihnen zu ihren Heimen nach, die dann gefilzt und deren Inhaber im stillen geprüft wurden. Die auffielen, wurden Persönlichkeitsprofilen unterzogen und nach Waffen gecheckt von Detail-Leuten, die verdeckt vorgingen, bis hin zum Umstoßen durch ›Jogger‹ und vom Experten abgetastet beim Aufhelfen, während peinliche Entschuldigungen fielen. Doch *die* Gefahr war für den Moment vorüber.

»Haben Sie sich gestern abend Ihren Terminkalender nicht angesehen?« Von ihrer Überwachungsaufgabe abgelenkt, stellte sie eine dumme Frage.

»Nein, hab' lieber ferngesehen«, log SWORDSMAN, nicht wissend, daß die Lüge sofort durchschaut wurde. Er wurde nicht mal rot, sah Price. Sie selbst gestattete sich keine Regung. Selbst POTUS durfte ein oder zwei Geheimnisse haben – oder zumindest die Illusion davon.

»Okay, hier haben Sie meine Kopie.« Ryan überflog die erste Seite, die bis zum Mittagessen reichte. »SecTreas soll direkt nach CARDSHARP zum Frühstück herkommen.«

»Wie nennt ihr George?« fragte Jack, als sie den Westflügel betraten.

»TRADER. Ihm gefällt's«, berichtete Andrea.

»Guten Morgen, Mr. President.« Goodley begrüßte Jack wie üblich im Stehen.

»Hallo, Ben.« Ryan legte seinen Terminplan auf den Schreibtisch, schaute kurz nach wichtigen Dokumenten und nahm Platz. »Los.«

»Sie haben mir mit Ihrem Gespräch gestern abend den Wind aus den Segeln genommen. Wir haben goarnischt zu Mr. Zhang. Ich könnte Ihnen jetzt die Langfassung auftischen, aber ich denke, die kennen Sie schon.« Der Präsident nickte, er solle fortfahren.

»Okay, Entwicklung in der Formosastraße. China hat fünfzehn Schiffe auf See, zwei Verbände, einer mit sechs, einer mit neun. Es sind alles Zerstörer und Fregatten. In normalen Geschwaderformationen gruppiert, wie das Pentagon uns mitteilt. Wir lassen ein EC-135 mithören. Wir haben auch ein U-Boot, die *Pasadena*, zwischen den beiden Gruppen postiert. Zwei weitere Boote sind vom Zentralpazifik unterwegs und sollten in sechsunddreißig respektive fünfzig Stunden im Zielgebiet eintreffen. CINCPAC Admiral Seaton hat blitzschnell reagiert und arbeitet gerade ein volles Überwachungspaket aus. Seine Vorgaben sind auf Minister Bretanos Schreibtisch. Ich habe sie telefonisch durchgesprochen. Sieht aus, als verstünde Seaton sein Geschäft.

Zur politischen Seite. Die Regierung in Taipeh nimmt offiziell keine Notiz von der Übung. So heißt's in ihrer Presseerklärung, aber ihr Militär steht mit uns in Verbindung – durch CINCPAC. Wir bringen Leute zu ihren Lauschposten« – Goodley sah auf die Uhr –, »könnten sogar schon dort sein. Das State Department hält's nicht für eine große Sache, aber behält alles im Auge.«

»Gesamteindruck?« fragte Ryan.

»Könnte Routine sein, aber's Timing könnte besser sein. Nach außen hin schubsen die keinen.«

»Wenn die's nicht machen, dann machen wir auch keinen Gegendruck. Okay, wir nehmen keine offizielle Notiz von dieser Übung. Unser Aufmarsch soll unerkannt bleiben. Keine Presseverlautbarungen, keine Angaben an die Medien. Wenn Fragen kommen, soll alles heruntergespielt werden.«

Goodley nickte. »So ist es vorgesehen, Mr. President.

Dann zum Irak. Da haben wir wiederum keine direkten Informationen. Das Fernsehen im Lande ist auf dem Religionstrip, alles schiitisch. Die iranischen Geistlichen, die wir gesehen haben, erhalten eine Menge Sendezeit. Die Nachrichtensendungen sind fast völlig auf Religion bezogen. Die Nachrichtenredakteure werden hymnisch. Die Hinrichtungen sind erledigt. Wir haben noch keine Zahlen, aber es waren über hundert. Die Führung der Ba'ath-Partei ist komplett weg. Die kleineren Fische sind in der Dose. Es ist einiges darüber gekommen, wie gnädig die Übergangsregierung mit den ›Kleinkriminellen‹ – das ist ein Zitat – umgesprungen ist. Die ›Gnade‹ ist religiös begründet, und anscheinend haben einige ›Kleinkriminelle‹ verteufelt schnell wieder zurückgefunden zu Allah. Es gibt Fernsehbilder, wie sie beim Imam sitzen und über ihre Missetaten reden.

Nächster Indikator: eine Menge organisierter Militäraktivitäten. Die Truppen üben. Wir fangen den taktischen Funkverkehr ab. Sieht routinemäßig aus, ist aber eine ganze Menge. In Foggy Bottom haben sie eine Nachtschicht eingelegt, um das Zeug durchzuarbeiten. Der Staatssekretär für Politische Angelegenheiten, Rutledge, hat das aufgebaut. Er hat der N- und E-Division ganz schön zugesetzt.« Das Büro für Nachrichtendienst und Erkundung im State Department war der kleinere und viel ärmere Cousin der Geheimdienstgemeinde, aber es hatte eine Handvoll sehr scharfsinniger Analytiker im Dienst, deren diplomatische Sichtweise gelegentlich Einsichten ergab, die der Geheimdienstgemeinde entgingen.

»Schlußfolgerungen?« fragte Jack. »Von der Nachtschicht, meine ich.«

»Keine. Ich werde in etwa einer Stunde mit ihnen reden.«

»Passen Sie auf, was N und E sagt. Passen Sie vor allem auf...«

»Bert Vasco. Ja«, pflichtete Goodley bei. »Er ist in Ordnung, aber ich wette, im siebten Stock trampeln sie auf seinen Nerven herum. Ich habe vor zwanzig Minuten mit ihm gesprochen. Er sagt – halten Sie sich fest –, es gehe binnen achtundvierzig Stunden los. Keiner stimmt ihm zu. Keiner«, betonte CARDSHARP.

»Aber...?« Ryan ließ sich im Sessel zurücksacken.

»Aber ich möchte nicht gegen ihn wetten, Boß. Ich habe nichts, womit ich seine Einschätzung stützen kann. Unsere Bürohengste vom CIA pflichten nicht bei. State Department stellt sich nicht hinter ihn. Aber, wie gesagt, ich werde nicht sagen, daß er falsch liegt.« Goodley merkte, daß er nicht wie ein Nachrichtendienstoffizier klang. »Wir müssen das in Erwägung ziehen, Boß. Vasco hat einen guten Instinkt, und er hat auch Mumm in den Knochen.«

»Wir werden es bald genug erfahren. Richtig oder falsch, ich mein' auch, er ist der beste Typ drüben. Sorgen Sie dafür, daß Adler ihn anspricht, und sagen Sie Scott, ich will nicht, daß er gerüffelt wird.«

Ben nickte nachdrücklich, während er sich etwas notierte. »Vasco erhält höchste Protektion. Mir gefällt das, Sir. Das könnte auch andere dazu ermuntern, hin und wieder das Maul aufzumachen.«

»Die Saudis?«

»Von denen gibt's nichts. Ich glaube, sie haben Schiß, Hilfe anzufordern, solange es noch keinen Grund dafür gibt.«

»Rufen Sie in dieser Stunde noch Ali an«, befahl der Präsident. »Ich möchte seine Meinung hören.«

»Ja, Sir.«

»Und wenn er mit mir reden will, zu jeder Tages- und Nachtzeit. Sagen Sie ihm, er sei mein Freund und ich hätte immer Zeit für ihn.«

»Das waren die Frühnachrichten, Sir.« Er stand auf, rührte aber keinen Fuß. »Übrigens, wer hat sich bloß CARDSHARP ausgedacht?«

»Das waren wir«, sagte Price vom hinteren Ende des Zimmers. Sie hob die linke Hand an den Kopfhörer. »Das stammt aus Ihrer Akte. Sie haben ja böse gepokert in Ihrer Studentenverbindung.«

»Ich werde Ihnen nicht auf die Nase binden, wie mich meine Freundinnen nannten«, meinte der amtierende Nationale Sicherheitsberater auf dem Weg zur Tür.

»Das hab' ich gar nicht gewußt, Andrea.«

»Er hat sogar in Atlantic City etwas Geld gewonnen. Alle unterschätzen ihn wegen seines Alters. TRADER ist gerade eingetroffen.«

Ryan überprüfte seinen Terminplan. Okay, da ging's um Georges Auftritt vorm Senat. Der Präsident nahm sich eine Minute Zeit, um seine vormittäglichen Termine durchzusehen, während ein Marine-Steward ein leichtes Frühstück auf dem Tablett hereintrug.

»Mr. President, der Finanzminister«, verkündete Agentin Price.

»Danke, wir kommen allein zurecht«, sagte Ryan, der sich von seinem Schreibtisch erhob, als George Winston eintrat.

»Morgen, Sir«, sagte SecTreas, als sich die Tür leise schloß. Er trug einen der handgearbeiteten Anzüge und hatte einen braunen Umschlag bei sich. Anders als sein Präsident war der Finanzminister daran gewöhnt, die meiste Zeit ein Jackett zu tragen. Ryan legte seines ab. Die beiden setzten sich auf die Doppelcouchs, das Teetischchen zwischen sich.

»Also gut, wie steht's auf der anderen Straßenseite?« fragte Ryan, der sich Kaffe einschenkte, heute früh mit Koffein.

»Wenn ich mein Maklerhaus so führen würde, hätte die Börsenüberwachung schon längst mein Fell an die Scheunentür genagelt, meinen Kopf über den Kamin gehängt und meinen Hintern ins Staatsgefängnis Leavenworth gesperrt. Ich werde – ach was, ich hab' schon einige meiner

Verwaltungsleute aus New York hergeholt. Da drüben sind halt zu viele Leute, deren Aufgabe es ist, sich anzuglotzen und einander zu versichern, wie wichtig sie alle sind. Niemand ist für irgendwas *verantwortlich*. Verdammt noch mal, bei Columbus Group treffen wir oft Entscheidungen im Komitee, aber bei Gott, wir treffen die *Entscheidungen rechtzeitig*, so daß sie was *bewirken*. Da sind einfach zu viele Leute, Mr. Pre...«

»George, lassen wir die übertriebenen Förmlichkeiten, zumindest hier drin. Ich...« Die Tür ging auf, und der Fotograf trat mit seiner Nikon ein. Er sagte nichts, wie fast immer. Er schoß nur seine Bilder, und es bestand die Übereinkunft, so zu tun, als wäre er gar nicht da. Das wäre verdammt tolle Deckung für einen Spion, dachte Ryan.

»Schön. Jack, wie weit kann ich gehen?« fragte TRADER.

»Ich hab's Ihnen schon gesagt. Es ist Ihr Ministerium. Und da müssen Sie mir erst was sagen.«

»Dann mach' ich das. Ich werde Personal abbauen. Ich werde das Ministerium wie eine Firma aufziehen.« Er hielt eine Sekunde inne. »Und ich werde die Steuergesetzgebung neu fassen. Mein Gott, bis vor zwei Tagen wußte ich ja noch nicht, wie verkorkst die ist. Ich habe einige hausinterne Anwälte herangezogen und...«

»Es darf aber nicht auf Kosten des Budgets gehen. Wir können mit den Staatseinnahmen kein Schindluder treiben. Keiner von uns ist schon sachkundig genug, und bis der Kongreß wieder vollzählig ist...« Der Fotograf ging, nachdem er den Präsidenten voll erwischt hatte, die beiden Hände über den Teetisch gestreckt.

»Wieder Playmate des Monats«, meinte Winston mit einem herzhaften Lachen. Er nahm sich ein Croissant und strich Butter drauf. »Wir haben die Modelle schon durchgespielt. Das Staatsnetto wird davon nicht berührt, Jack, aber es ergibt wahrscheinlich einen Zuwachs an freiem Geld.«

»Sicher? Mußten Sie nicht alles...«

»Nein Jack, nichts durchzustudieren. Ich habe Mark Gant reingebracht als Assistent – ein Zauberer, was Comptermodelle angeht. Er hat die letzte Woche alles durchgekaut – hat's Ihnen niemand gesagt? Die hören *nie* auf da drüben, das Steuersystem zu analysieren. Studie? Ich muß das Wort nur fallenlassen, da hab' ich am nächsten Tag tausend Seiten auf'm Tisch, die mir sagen, wie's 1952 war, was die Steuer *damals* angerichtet hat – oder was man damals *dachte*, was sie angerichtet hätte, gegenüber dem, was man jetzt daraus schließt oder was Studien aus den *Sechzigern* geschlossen haben.« Der Finanzminister nahm noch einen

Bissen. »Summa summarum? Die Wall Street ist weitaus komplexer, aber dort werden einfachere Modelle verwendet, und diese Modelle funktionieren. Warum? Weil sie einfacher sind. Und das werde ich dem Senat mit Ihrer Erlaubnis in eineinhalb Stunden sagen.«

»Sind Sie sicher, daß Sie richtig liegen, George?« fragte POTUS. Das war eines der Probleme, womöglich das größte. Der Präsident konnte nicht alles überprüfen, was in seinem Namen geschah – selbst die Überprüfung eines Prozents wäre eine Heldentat –, und war trotzdem für alles verantwortlich. Dieses Wissen hatte manchen Präsidenten an der internen Führungsstruktur scheitern lassen.

»Jack, ich bin mir so sicher, daß ich das Geld meiner Investoren darauf wetten würde.«

Zwei Augenpaare begegneten sich über dem Tisch. Jeder Mann schätzte den anderen richtig ein. Der Präsident hätte sagen können, das Wohlergehen der Nation habe einen höheren Stellenwert als die paar Milliarden Dollar, die Winston bei Columbus Group verwaltet hatte, aber er tat es nicht. Winston hatte sein Investmentimperium von ganz unten an aufgebaut. Er war wie Ryan ein Mann aus bescheidenen Verhältnissen und war in einer wahnwitzig konkurrenzstarken Umgebung auf der Basis von Sachverstand und Integrität erfolgreich gewesen. Das ihm von seinen Kunden anvertraute Geld mußte ihm wertvoller als sein eigenes sein, und weil das schon immer so gewesen war, hatte er es zu Reichtum und Macht gebracht, aber nie das Wie und Warum von allem vergessen. Die erste wichtige öffentliche politische Erklärung von Ryans Regierung würde sich auf den Grips und die Aufrichtigkeit Winstons verlassen müssen. Der Präsident bedachte das einen Augenblick und nickte dann.

»Dann tun Sie es, TRADER.« Aber Winston hatte auch seine Bedenken. Es sagte dem Präsidenten einiges, daß selbst ein so mächtiger Mann wie der Finanzminister eine Sekunde lang den Blick senkte und dann etwas Leiseres und weniger Bestimmtes sagte als seine überzeugte Versicherung vor fünf Sekunden.

»Wissen Sie, politisch wird das einen ...«

»Was Sie dem Senat sagen werden, George, ist das gut für das Land?«

»Ja, Sir!« Ein nachdrückliches Kopfnicken.

»Dann kneifen Sie mir nicht.«

SecTreas wischte sich mit der monogrammbedruckten Serviette über den Mund und blickte wieder zu Boden. »Wissen Sie, wenn das alles vorbei ist und wir wieder ein normales Leben führen, müssen wir wirklich irgendwas finden, wo wir zusammenarbeiten. Es gibt nicht viele Leute wie wir, Ryan.«

»Eigentlich schon«, sagte der Präsident nach kurzem Überlegen. »Das Problem ist, daß sie nie hierher zum Arbeiten kommen. Wissen Sie, von wem ich das gehört hab'? Von Cathy«, erzählte ihm Jack. »Sie baut Mist, und jemand erblindet, aber sie kann ihren Posten nicht verlassen, oder? Stellen Sie sich vor, die Ärzte bauen Mist, und jemand verliert für immer sein Augenlicht – oder stirbt. Wer in der Notaufnahme arbeitet, ist wirklich nicht zu beneiden. Du bist nicht auf deinem Posten, und schon ist jemand auf ewig hinüber. Große Sache, George, größer, als mit Rechtsnormen zu handeln wie wir. Genauso bei der Polizei und bei den Soldaten. Du mußt zur rechten Zeit richtig auf dem Posten sein, oder es passiert was ganz Schlimmes. Aber solche Leute kommen nicht hierher nach Washington, oder? So jemand geht hauptsächlich auf den Posten wo es wirklich abgeht«, sagte Ryan beinahe wehmütig. »Die wirklich Guten gehen dahin, wo sie gebraucht werden, und sie scheinen immer zu wissen, wo das ist.«

»Weil die wirklich Guten den ganzen Mist nicht mögen. Kommen sie deshalb nicht hierher?« fragte Winston, der bei dieser Lektion in Staatsführung feststellte, daß Ryan ein beachtlicher Lehrer war.

»Einige schon. Adler im Außenministerium. Ich hab' noch einen anderen Kerl entdeckt, heißt Vasco. Doch das sind diejenigen, die sich gegen das System auflehnen. Das System arbeitet gegen sie. Und gerade die müssen wir erkennen und beschützen. Meistens kleinere Fische, aber was sie tun, ist nicht klein. Sie halten das System am Laufen und fallen meist nicht auf, weil sie sich nicht darum kümmern, ob sie auffallen. Sie kümmern sich darum, daß was vorangeht, das ist es; den Leuten da draußen dienen. Wissen Sie, was ich wirklich tun möchte?« fragte Ryan, der zum erstenmal etwas aus dem Grunde seiner Seele offenbarte. Er hatte noch nicht einmal den Mumm gehabt, dies Arnie zu sagen.

»Jaja, ein System aufziehen, das echt funktioniert, ein System, das die Guten herauspickt und ihnen gibt, was sie verdienen. Wissen Sie, wie schwer das in *jedweder* Organisation ist? Verdammt, ich hatte in meinem Laden zu kämpfen, und das Finanzministerium hat mehr Hausmeister, als ich Handelsmanager hatte. Ich bin mir nicht mal sicher, wo ich eine solche Aufgabe *zuerst* anpacken soll«, meinte Winston. Der wäre einer, der den Umfang seines Traums erfassen würde, dachte sein Präsident.

»Wird sogar schwerer sein, als Sie denken. Die Leute, die wirklich die Arbeit erledigen, wollen keine Chefs sein. Die wollen arbeiten. Cathy könnte in die Verwaltung gehen. Sie hat die Abteilungsleitung an der University of Virginia angeboten bekommen – und das wäre eine große

Sache gewesen. Doch es hätte die Zeit für ihre Patienten halbiert, und sie mag das, was sie tut. Eines Tages wird Bernie Katz am Hopkins in den Ruhestand gehen, und sie wird seinen Posten angeboten bekommen, und *den* wird sie auch ablehnen. Höchstwahrscheinlich«, überlegte Jack. »Es sei denn, ich kann es ihr ausreden.«

»Wird nicht gehen, Jack.« Trader schüttelte den Kopf. »Aber eine Wahnsinnsidee. Einstweilen muß ich eine andere Revolution anfachen. Wie viele können wir uns ungestraft zu Feinden machen?«

»Feinde gibt's immer, George. Jesus hatte auch welche.«

Er mochte den Beinamen ›Movie Star‹, und als er ihn vor fünfzehn Jahren erfahren hatte, hatte er auch gelernt, ihn für sich arbeiten zu lassen. Sein Auftrag hieß Aufklären, und seine Waffe war Charme. Er beherrschte eine Anzahl von Sprachakzenten. Da er deutsche Reisedokumente hatte, nahm er die Redeweise einer Person aus Frankfurt an, was bis hin zu Schuhen und Brieftasche zur ausschließlich deutschen Kleidung paßte. Der Autoverleih hatte ihn mit ausgezeichneten Karten versorgt, die alle im Schalensitz neben ihm ausgebreitet waren. Das ersparte ihm, alle seine Routen im Gedächtnis zu behalten, was ermüdend war und sowohl seine Zeit als auch die Kapazitäten seines fotografischen Gedächtnisses verschleuderte.

Als erstes steuerte er die St. Mary's School wenige Meilen außerhalb von Annapolis an. Es handelte sich um eine konfessionelle Schule, römisch-katholisch, die von der Krabbelgruppe bis zur zwölften Klasse reichte und knapp sechshundert Schüler hatte. Vom Ökonomischen her war das ein Grenzfall. Der ›Star‹ hatte maximal zwei bis drei Möglichkeiten, vorbeizufahren, was dadurch ein wenig erleichtert wurde, daß die Schule sich auf dem Gelände einer ehemaligen Farm befand, von der katholischen Kirche irgendeiner reichen Familie abgeschwatzt. Es gab nur einen Zufahrtsweg. Das Schulgelände endete am Wasser, und am anderen Ende hinter dem Sportgelände war ein Fluß. Zu beiden Seiten der Zufahrt befanden sich Häuser. Die Schule umfaßte elf Gebäude, einige dicht beisammen, andere weiträumiger verteilt. Movie Star kannte das Alter der Zielpersonen, und daher war es einigermaßen leicht, die Gebäude zu erraten, wo sie viel, wenn nicht ihre ganze Zeit verbrachten. Die taktische Umgebung war nicht günstig und wurde es noch weniger, als er die Schutzvorkehrungen entdeckte. Die Schule hatte Land genug, was einen großen Umfang ergab, mit entsprechenden Schwierigkeiten, die Vorkehrungen zu durchbrechen. Er sah insgesamt drei große, dunkle Wagen, Suburbans, offensichtliche Schützer-Transporter. Nur zwei Agenten sah er draußen, aber mindestens vier pro Fahrzeug waren da, und die Wagen waren gepanzert, mit schweren Waffen. Ein Zugang, ein Abgang, fast ein Kilometer zur Straße. Und das Wasser? Er fuhr bis zum Ende und sah einen Küstenwachenkutter. Klein, aber mit Radio, und damit war er groß genug.

Er hielt den Wagen in der Sackgasse an, stieg aus, um sich ein Haus anzusehen, das auf einem Schild zum Verkauf angeboten war. Er holte sich die Morgenzeitung aus dem Auto, überprüfte anhand der gefalteten Seite die Hausnummer und schaute sich dann noch ein wenig um. Er mußte es rasch abwickeln. Die Wächter würden aufmerksam sein, und wenn sie auch nicht alles – selbst beim amerikanischen Geheimdienst waren Zeit und Ressourcen begrenzt – überprüfen konnte, so konnte er es sich nicht leisten, herumzutrödeln. Der erste Eindruck war gar nicht günstig. Der Zugang war eingeschränkt. So viele Schüler – es wäre schwierig, die richtigen zwei herauszupicken. Die Bewacher waren viele und gut verteilt. Das war das schlechte daran. Zahlen machten nicht soviel aus wie räumliche Verteilung. Die am schwersten zu durchbrechende Verteidigung war eine in der Tiefe gestaffelte, denn Tiefe hieß sowohl Zeit wie Raum. Jede Anzahl von Menschen ließ sich, wenn sie sich an einem Fleck befand, mit den richtigen Waffen in wenigen Sekunden ausschalten. Doch wenn sie mehr als fünf Sekunden Zeit bekamen, würde ihr Training greifen. Die Wächter würden gut geübt sein. Sie würden Pläne haben, einige vorhersagbar, andere nicht. Die Küstenwache könnte reinschießen und die Ziele wegzaubern oder die Wachen mit den Zielen ausweichen und mauern, und Movie Star machte sich hinsichtlich deren Training und Entschiedenheit keine Illusionen. Gib ihnen bloß fünf Minuten, und sie würden gewinnen. Sie würden Verstärkung durch die Ortspolizei anfordern – die sogar über Hubschrauber verfügte, wie er ermittelt hatte –, und den Angreifern würde der Rückweg abgeschnitten werden. Nein, das war kein günstiges Gelände. Er warf die Zeitung ins Auto und fuhr davon. Auf dem Rückweg suchte er die Straße nach verdeckten Fahrzeugen ab. Einige Transporter waren in den Einfahrten geparkt, aber keiner hatte verdunkelte Folien an den Scheiben, die einen Mann mit Kamera verbergen konnten. Ein Blick in die nähere Umgebung bekräftigte seine Einschätzung. Das war kein gutes Gelände. Diese Zielpersonen wären besser im Vorübergehen zu erwischen; genauer während der Fahrt. Aber auch kaum besser. Auch da wären sie ausgezeichnet geschützt. Kevlar-Verstärkung. Lexanfenster. Spezialreifen. Und zweifellos auch Luftüberwachung durch Hubschrauber. Die nicht gekennzeichneten Wagen und der jederzeitige Zugriff zu weiterer Polizeiverstärkung gar nicht eingerechnet.

Okay, dachte Movie Star unter Verwendung eines Amerikanismus, der universelle Geltung besaß. Also Tagesstätte und Kindergarten Giant Steps am Ritchie Highway oberhalb der Joyce Lane. Dort war nur eine Zielperson, aber eine bessere und hoffentlich eine günstigere taktische Umgebung.

Winston kannte sich schon mehr als zwanzig Jahre darin aus, sich und seine Ideen zu verkaufen. Dazu hatte er sich ein gewisses Gespür für Dramatik erworben. Und noch günstiger war, daß beide Seiten Lampenfieber hatten. Nur einer der Senatoren im Ausschuß hatte schon Erfahrung, und er gehörte der Minderheitspartei an – die politische Gewichtung im Senat hatte sich mit dem Absturz der 747 geändert. Somit waren die Männer und Frauen, die ihre Plätze hinter den massiven Eichenbänken einnahmen, genauso nervös wie er. Während er sich hinsetzte und seine Papiere ausbreitete, stapelten ganze sechs Personen große gebundene Bücher auf den übernächsten Tisch. Winston ignorierte sie. Nicht so die C-SPAN-Kameras.

Es kam bald noch besser. Während der designierte Minister mit Mark Gant plauderte, dessen Laptop arbeitsbereit vor ihm stand, knirschte der Tisch links neben ihnen und krachte zusammen, und zum Erstaunen aller Anwesenden purzelte der Bücherstapel zu Boden. Winston wandte sich verblüfft und erfreut um. Seine Laufburschen hatten sich genau an seine Anweisungen gehalten und die gesammelten Bände des amerikanischen Steuergesetzwerkes genau in der Mitte aufgestapelt, statt die Last gleichmäßig zu verteilen.

»Ach du Scheiße, George«, flüsterte Gant, der sich bemühte, nicht aufzulachen.

»Vielleicht ist Gott wirklich auf unserer Seite.« George sprang auf, um nachzusehen, ob jemand verletzt worden war. Das war nicht der Fall. Der erste hölzerne Protestschrei hatte die Leute einen Schritt zurücktreten lassen. Nun eilten Sicherheitsbeamte herbei, die gleich feststellten, daß nichts Schlimmes passiert war. Winston beugte sich übers Mikrofon.

»Herr Vorsitzender, es tut mir leid, aber es hat eigentlich niemandem weh getan. Können wir ohne weitere Verzögerung die Sitzung eröffnen?«

Der Vorsitzende rief mit dem Hämmerchen die Versammlung zur Ruhe, ohne den Blick vom Schlamassel zu wenden. Eine Minute später war George Winston vereidigt.

»Haben Sie eine Antrittserklärung, Mr. Winston?«

»Die hatte ich, Sir.« SecTreas schüttelte den Kopf und unterdrückte ein Lachen, wenn auch nicht vollständig. »Ich schätze, ich muß mich bei den Ausschußmitgliedern für diesen kleinen Unfall entschuldigen. Ich hatte ihn zur Illustration einer meiner Punkte vorgesehen, aber, naja!« Er ordnete seine Papiere neu und richtete sich im Stuhl etwas auf.

»Herr Vorsitzender, verehrte Ausschußmitglieder, ich heiße George Winston, und Präsident Ryan hat mich gebeten, mein Geschäft mal sein zu lassen und meinem Land als Finanzminister zu dienen. Lassen Sie mich ein bißchen was über mich erzählen...«

»Was wissen wir über ihn?« fragte Kealty.

»Reichlich. Schlau. Tough. Recht ehrlich. Und reicher als Gott.« *Sogar reicher als Sie,* sagte der Assistent nicht.

»Je untersucht worden?«

»Nie«, der Stabschef schüttelte den Kopf. »Vielleicht mal auf dünnem Eis unterwegs, aber – nein, Ed, nicht einmal das. Winston spielt nach den Regeln. Die Group ist geschätzt für Leistung und Ehrlichkeit. Vor Jahren hat ihn mal einer seiner Händler gelinkt, und George war selbst Zeuge gegen ihn bei Gericht. Hat sogar den Schaden selbst gutgemacht – *persönliche* Schatulle! Mehr als vierzig Millionen Dollar. Der Kerl kam in den Knast für fünf Jahre. Gut für Ryan. Kein Politiker, aber hochgeachtet in der ›Street‹.«

»Scheiße«, meinte Kealty.

»Herr Vorsitzender, es gibt viel zu tun.« Winston schob seine Antrittserklärung beiseite und fuhr aus dem Stegreif fort. So schien es zumindest. Er wies mit dem linken Arm zu dem Bücherhaufen. »Dieser zusammengebrochene Tisch. Das ist die amerikanische Steuergesetzgebung. Es ist ein Grundsatz des Bürgerlichen Rechts, daß Unkenntnis eines Gesetzes nicht vor Strafe schützt. Aber das macht keinen Sinn mehr. Das Finanzministerium und die Steuerbehörde verkünden und befolgen beide die Steuergesetze unseres Landes. Entschuldigen Sie, die Gesetze werden vom Kongreß verabschiedet, wie wir alle wissen, aber das geschieht hauptsächlich deswegen, weil meine Behörde die vorgeschlagenen Regelungen unterbreitet, und der Kongreß ändert sie ab und billigt sie, und dann treten sie in Kraft. In vielen Fällen ist die Auslegung der Gesetzgebung, die Sie verabschieden, den für mich arbeitenden Menschen überlassen, und wie wir alle wissen, kann die Auslegung so bedeutend wie die Gesetze selbst sein. Wir haben eigene Steuergerichtshöfe, die weitere Verfügungen treffen – und das alles läuft auf diesen Berg bedruckten Papiers dort drüben hinaus. Ich möchte vor diesem Ausschuß behaupten, daß niemand, nicht einmal ein erfahrener Rechtsgelehrter, das alles verstehen kann.

Wir haben sogar die absurde Situation, daß ein Bürger, der mit seiner Steuererklärung zum Finanzamt geht und sich von einem Gesetzesvertreter dabei helfen läßt, dann, wenn der *Finanzbeamte* einen Fehler macht, für den Fehler *verantwortlich* gemacht wird, den die Regierung begangen hat. Als ich noch im Börsengeschäft tätig war, mußte ich die Verantwortung dafür übernehmen, wenn ich einen Kunden schlecht beriet.

Der Zweck von Steuern ist es, der Staatsregierung Einnahmen zu verschaffen, damit sie der Bevölkerung dienen kann. Aber auf diesem Weg haben wir eine ganze Industrie geschaffen, die die Öffentlichkeit Milliarden von Dollar kostet. Warum? Zur Erklärung einer Steuergesetzgebung, die jedes Jahr komplexer wird, einer Gesetzgebung, die die damit befaßten Beamten nicht mit hinreichender Sicherheit verstehen, um für die rechtmäßige Abwicklung die Verantwortung übernehmen zu können. Sie wissen bereits, oder Sie sollten es wissen« – das traf nicht zu –, »wieviel Geld wir für die *Durchsetzung* dieser Steuergesetzgebung ausgeben, und das ist auch nicht produktiv. Wir sollten für das Volk arbeiten, nicht es verwirren.

Und so, Herr Vorsitzender, gibt es einige Dinge, die ich hoffentlich während meiner Amtszeit im Finanzministerium erreichen kann, wenn der Ausschuß meine Nominierung zu bestätigen geruht. Zuerst möchte ich die Steuergesetzgebung umschreiben lassen zu etwas, daß ein Normalbürger begreifen kann. Ein Kodex ohne ›Spezialfälle‹, gleiche Regeln für alle. Mit dem Ausschuß möchte ich das bis zum Gesetz durchbringen. Ich möchte mit Ihnen, meine Damen und Herren, zusammenarbeiten. Ich werde keinen Verbandsvertreter oder irgendeinen anderen Lobbyisten in mein Büro lassen, um über die Angelegenheit zu diskutieren, und ich beschwöre Sie hier und jetzt, das gleiche zu tun. Herr Vorsitzender, wenn wir anfangen, mit jedem Hinz und Kunz Vorschläge für Spezialgruppen zu beraten, kommt wieder das dort heraus!« Er wies auf die Tischruine. »Wir sind alle Amerikaner und sollen zusammenarbeiten, und am Schluß endet die Ausreizung unserer Steuergesetze durch jeden Lobbyisten in weniger Geld für alle. Die Gesetze unseres Landes sollten keine Arbeitsbeschaffungsmaßnahmen sein für Wirtschaftsprüfer und Anwälte und Bürokraten. Die Gesetze, die Sie verabschieden und die Menschen wie ich durchsetzen, sollen den Bedürfnissen der Bürger dienen, nicht denen der Regierung.

Als zweites möchte ich mein Ministerium effizient machen. *Effizienz* ist kein Wort, daß Regierungsbeamte zu buchstabieren verstehen, geschweige denn einzusetzen. Das muß sich ändern. Nun, ich kann nicht diese ganze Stadt umkrempeln, aber ich kann das Regierungsamt verändern, das mir der Präsident anvertraut hat und das Sie, so hoffe ich, mir zusprechen. Ich weiß ein Geschäft zu führen. Die Columbus-Gruppe dient buchstäblich Millionen von Menschen direkt und indirekt, und ich habe die Pflicht mit Stolz erfüllt. Ich werde in den nächsten paar Monaten einen Finanzhaushalt vorlegen, der nicht soviel wie *einen* überflüssigen Posten aufweisen wird.« Das war eine beträchtliche Übertreibung, aber nichtsdestoweniger eine beeindruckende. »In diesem hohen Haus sind schon früher solche Behauptungen laut geworden, und ich werde es Ihnen nicht verübeln, wenn Sie meine Worte mit einer gewissen Skepsis anhören, aber ich bin es gewohnt, meine Worte mit Ergebnissen zu untermauern, und das wird auch hier geschehen.

»Präsident Ryan mußte mich anbrüllen, um mich zum Umzug nach Washington zu bewegen. Mir *gefällt* es hier nicht, Herr Vorsitzender«, sagte Winston dem Ausschuß. Jetzt hatte er sie. »Ich möchte meinen Job erledigen und wieder gehen. Aber der Job wird erledigt werden, wenn Sie mir freie Hand lassen. Damit möchte ich meine Antrittserklärung beenden.«

Die erfahrensten Leute im Raum waren die Reporter in der zweiten Reihe – in der ersten saßen Winstons Frau und Angehörige. Sie wußten, wie die Dinge geregelt und was wie gesagt wurde. Sie erwarteten von einem Kabinettsmitglied, daß es überschwenglich von der Ehre sprach, hier dienen zu dürfen, von der Freude, mit Macht ausgestattet zu werden, und von der Verantwortung, die ihn oder sie schwer drücken würde.

*Mir* gefällt *es hier nicht?* Die Reporter hielten in ihren Aufzeichnungen inne und blicken auf, zuerst zum Podium, dann zu ihren Kollegen.

Movie Star gefiel, was er sah. Obwohl er hier in größerer Gefahr war, blieb das Risiko abschätzbar. Hier gab es eine vierspurige Hauptstraße ein paar Meter neben dem Objekt, und die führte zu einem Labyrinth von Seitenstraßen. Das beste war, daß fast alles einzusehen war. Direkt hinter dem Objekt befand sich ein Gehölz, zu dicht, um einen Einsatzwagen zu verbergen. Es mußte aber einen geben, und wo mochte der sein ...? Hmm, *da,* dachte er. Ein Haus mit einer angebauten Garage stand nahe genug, ja eigentlich direkt gegenüber der Tagesstätte, und dies ... ja. Zwei Autos parkten direkt vor dem Haus – warum nicht drinnen? Wahrscheinlich hatte der Geheimdienst eine Abmachung mit den Besitzern getroffen. Es stand ideal, fünfzig Meter von der Vorschule entfernt, und wies in die richtige Richtung. Wenn etwas Ungewöhnliches geschah, würde Alarm geschlagen, das Einsatzfahrzeug würde augenblicklich bemannt und das Garagentor geöffnet werden, worauf es wie ein Panzer herausdonnern würde, nur daß es kein Panzer war.

Das Sicherheitsrisiko erforderte in so einem Fall, daß der Ablauf in Stein gemeißelt sein mußte, und da die Geheimdienstleute zweifellos clever waren, mußten ihre Vorkehrungen für bekannte wie vorhersagbare Parameter passen. Er sah auf die Uhr. Wie sollte er seinen Verdacht bestätigen? Zunächst einmal brauchte er ein paar Minuten Ruhe. Direkt gegenüber von Giant Steps war ein größerer Kiosk, und den würde er überprüfen, weil der Feind eine Person dort haben mußte, vielleicht mehr als eine. Er parkte, betrat den Laden und stöberte etwa eine Minute ziellos herum.

»Kann ich Ihnen behilflich sein?« fragte eine Stimme. Weiblich, fünfundzwanzig – keinesfalls älter, versuchte besonders jung auszusehen. Das ließ sich durch den Haarschnitt und ein bißchen Make-up bewerkstelligen, wußte Movie Star. Er hatte selbst schon weibliche Agenten eingesetzt, und dies hatte er ihnen geraten. Jüngere Leute erscheinen stets weniger bedrohlich, besonders weibliche. Mit einem verwirrten und verlegenen Lächeln trat er an die Ladentheke.

»Ich suche nach Straßenkarten«, sagte er.

»Direkt hier unter der Theke.« Die Angestellte deutete lächelnd darauf. Sie gehörte zum Geheimdienst. Die Augen waren zu strahlend, um zu einem so schäbigen Job zu passen.

»*Ach so*«, sagte er in gepieltem Unmut und suchte einen großen Straßenatlas in Buchform aus, der jede einzelne Straße im Bezirk zeigen würde – County hieß das in Amerika. Er hob ihn auf und blätterte ihn durch, während er mit einem Auge auf die Straße draußen schielte. Die Kinder wurden gerade auf den Spielplatz rausgeführt. Vier Erwachsene bei ihnen. Zwei wären normal gewesen. Also mindestens zwei – drei, merkte er, als er den Mann im Schatten sah, der sich kaum vom Fleck rührte. Ein großer Mann, etwa eins achtzig, der lässig gekleidet war. Ja, der Spielplatz lag dem Anwesen mit der Garage direkt gegenüber. Die Beobachter *mußten* dort sein. Noch zwei, vielleicht drei, würden immer in dem Gebäude sein, immer beobachten. Das würde nicht gerade leicht werden, aber er *würde* wissen, wo die gegnerischen Kräfte waren. »Was kostet das Buch?«

»Ist außen draufgedruckt.«

»*Ach ja,* entschuldigen Sie.« Er langte in die Tasche. »Fünf Dollar fünfundneunzig«, sagte er zu sich, während er das Kleingeld herausangelte.

»Plus Mehrwertsteuer.« Sie tippte alles in die Kasse. »Sind Sie neu in der Gegend?«

»Ja, bin ich. Ich bin Lehrer.«

»Oh, was unterrichten Sie?«

»Deutsch«, erwiderte er, nahm das Kleingeld und zählte es. »Ich möchte mich erkundigen, wie die Häuser hier sind. Danke für die Karte. Ich habe zu tun.« Ein knappes europäisches Nicken setzte den Schlußstrich unter die Begegnung, und er ging ohne einen weiteren Blick über die Straße hinaus. Movie Star überlief es auf einmal kalt. Die Frau an der Kasse war eindeutig von der Polizei gewesen. Sie dürfte ihm jetzt nachsehen, vielleicht sogar sein Nummernschild notieren. Na wenn schon. Der Geheimdienst würde unter der Nummer herausfinden, daß er Dieter Kolb hieß, ein Deutscher aus Frankfurt und Englischlehrer war, der sich gerade außer Landes aufhielt, und wenn sie nicht strengere Nachforschungen anstellten, würde diese Deckung genügen. Er wandte sich auf dem Ritchie Highway nach Norden und bog bei der ersten Gelegenheit rechts ab. Auf einem nahe gelegenen Hügel war ein kommunales College, und in Amerika hatten die alle Parkplätze.

Es ging nur darum, einen guten Platz ausfindig zu machen. Dieser war es. Das dazwischenliegende Gehölz würde sich bald begrünen und den Blick auf Giant Steps blockieren. Die Rückseite des Hauses, in dessen Garage wahrscheinlich der Chevy Suburban als Einsatzwagen stand, hatte nur ein paar Fenster, die in seine Richtung blickten, und die hatten Vorhänge davor. Das gleiche galt auch für die Vorschule. Movie Star alias Kolb hob ein Kompaktfernrohr an die Augen und spähte hindurch. Das war bei den vielen Baumstämmen zwischen ihm und dem Objekt nicht leicht, aber so gründlich der amerikanische Geheimdienst auch sein mochte, vollkommen waren dessen Leute nicht. Das war niemand. Um es auf den Punkt zu bringen, Giant Steps war kein günstiger Ort für die Unterbringung eines so wichtigen Kindes, aber das war nicht überraschend. Die Familie Ryan hatte alle Kinder dorthin geschickt. Die Lehrkräfte waren womöglich ausgezeichnet, und Ryan und seine Medizinfrau kannten sie wahrscheinlich, und die Meldungen, die er sich aus dem Internet geholt hatte, betonten ausdrücklich, daß die Ryans ihr Familienleben intakt halten wollten. Sehr menschlich. Und dumm.

Er sah zu, wie die Kinder auf dem Spielplatz herumtollten. Er schien mit gehäckseltem Holz bestreut zu sein. Wie natürlich das alles aussah mit den in dicker Winterkleidung herumrennenden Kleinen – er schätzte die Temperatur auf elf oder zwölf Grad. Einige waren auf Wippen, andere auf Schaukeln, und weitere spielten mit dem Dreck, den sie finden konnten. Die Kleidung sagte ihm, daß für diese Kleinen gut gesorgt wurde, es waren ja schließlich Kinder. Bis auf eines. Dieses eine war eine politische Erklärung, die jemand machen würde. Wer diese Erklärung machen und warum sie genau gemacht werden würde, kümmerte Movie Star nicht. Er würde einige Stunden auf Posten bleiben, seine genauen Zeichnungen und Karten festhalten und es abhaken. ›Kolb‹ kümmerte sich seit Jahren schon nicht mehr um so etwas. Was als religiöser Eifer für den befreienden Heiligen Krieg seines Volkes begonnen hatte, war im Lauf der Zeit zu einer Arbeit geworden, für die er bezahlt wurde. Wenn am Ende etwas geschah, das er politisch vorteilhaft fand, um so besser, aber irgendwie hatte sich das nie ergeben, trotz all der Hoffnungen, Träume und feurigen Reden. Was ihn noch aufrechterhielt, war die Arbeit und sein Geschick darin. Wie sonderbar, dachte Movie Star, daß es so geworden war, aber die Eiferer waren zum größten Teil tot, Opfer ihrer eigenen Hingabe. Sein Gesicht verzog sich zu einem Grinsen über diese Ironie. Die wahren Gläubigen waren ihrer eigenen Leidenschaft zum Opfer gefallen, und diejenigen, die die Hoffnung seines Volkes aufrechterhielten, waren diejenigen, die ... sich um nichts mehr scherten? Stimmte das?

»Viele Menschen werden sich dem Grundgehalt Ihres vorgeschlagenen Steuerplans widersetzen. Ein wirklich gerechter Plan ist progressiv«, fuhr der Senator fort. Es war leicht zu erraten, daß er einer der Überlebenden war, kein Neuling. Er konnte seinen Sermon herunterleiern. »Erlegt das den arbeitenden Amerikanern nicht eine ziemlich hohe Belastung auf?«

»Herr Senator, ich verstehe schon, was Sie im Sinn haben«, erwiderte Winston nach einem Schluck aus seinem Wasserglas. »Aber was meinen Sie, wenn Sie die ›arbeitenden Amerikaner‹ sagen? Ich arbeite, ich habe mein Geschäft von Grund auf aufgebaut, und, glauben Sie mir, das ist Arbeit. Die First Lady, Cathy Ryan, verdient etwa vierhunderttausend Dollar im Jahr – viel mehr als ihr Mann. Bedeutet das, daß sie nicht werktätig ist? Ich denke schon. Sie ist Chirurgin. Mein Bruder ist Arzt, und ich weiß, wie viele Stunden er arbeitet. Stimmt, diese beiden Menschen verdienen mehr als der Durchschnittsamerikaner, aber der Markt hat schon lange entschieden, daß ihre Arbeit wertvoller ist als die anderer. Wenn Sie blind werden, kann Ihnen ein gewerkschaftlich organisierter Fließbandarbeiter nicht helfen; genausowenig ein Anwalt. Jedoch ein Arzt. Das heißt nicht, daß der Arzt nicht arbeitet, Herr Senator. Das heißt, daß die Arbeit eine höhere Qualifikation erfordert und eine viel längere Ausbildung, und deshalb wird die Arbeit höher vergütet. Wie steht es mit einem Baseballspieler? Das ist eine andere Kategorie spezialisierter Arbeit, und niemand in diesem Raum stößt sich am Gehalt, das zum Beispiel Ken Griffey jr. gezahlt wird. Warum? Weil er über ein ausgezeichnetes Können verfügt und einer der – na? – vier oder fünf Besten auf der ganzen Welt ist. Hier ist auch wieder der Markt am Werk.

In einem breiteren Sinne, womit ich in meiner Eigenschaft als bloßer Bürger und nicht als designierter Minister spreche, widersetze ich mich heftig der künstlichen und hauptsächlich falschen Dichotomie, die einige Leute in der politischen Arena zwischen Arbeitern mit blauem und welchen mit weißem Kragen machen. Es gibt keinen anderen Weg, in diesem Leben ehrlich seinen Lebensunterhalt zu verdienen, als indem Sie der Öffentlichkeit ein Produkt oder eine Dienstleistung bieten, oder allgemeiner gesprochen, je härter und gewandter Sie arbeiten, um so mehr Geld verdienen Sie. Manche sind halt auf ihrem Gebiet fähiger als andere. Wenn es in Amerika eine Klasse reicher Nichtstuer gibt, findet man sie, meine ich, höchstens beim Film. Wer in diesem Raum würde nicht sofort, wenn er könnte, mit Ken Griffey oder Jack Nicklaus tauschen? Träumen wir nicht alle davon, irgendwas *so* gut zu können? Ich ja«, gab Winston zu, »aber so gut kann ich den Schläger nicht schwingen.

Okay, was ist mit einem wirklich talentierten Softwareingenieur? Das ist nicht mein Bereich. Was ist mit einem Erfinder? Was mit einem Geschäftsführer, der eine Firma von der Verlust- in die Gewinnzone führt – wissen Sie noch, was Samuel Gompers gesagt hat? Der größte Fehler eines Industriellen ist der, keinen Gewinn auszuweisen. Warum? Weil eine gewinnbringende Firma ihre Arbeit gut erledigt, und nur solche Firmen können ihre Arbeiter anständig entlohnen und gleichzeitig ihren Aktieninhabern Geld bringen – und das sind die Leute, die *ihr* Geld in die *Firma* investieren, die *Jobs* für ihre *Arbeiter* geschaffen hat.

Herr Senator, wir vergessen oft, warum wir hier sind und was wir hier tun sollen. Die Regierung bietet keine produktiven Arbeitsplätze. Das ist auch nicht unsere Aufgabe. General Motors, Boeing und Microsoft sind diejenigen, die Arbeiter einstellen, um Produkte herzustellen, die gebraucht werden. Die Aufgabe der Regierung besteht darin, die Menschen zu beschützen, das Recht durchzusetzen und zu gewährleisten, daß die Menschen sich an die Spielregeln halten, ganz wie die Schiedsrichter auf dem Spielfeld. Es dürfte auch nicht unsere Aufgabe sein, meine ich, die Menschen dafür zu bestrafen, daß sie das Spiel gut beherrschen.

Wir erheben Steuern, damit die Regierung ihre Funktionen erfüllen kann. Aber wir sollten diese Steuern auf eine Weise erheben, die bei der Wirtschaft den geringsten Schaden anrichtet und die Leute sogar anregt, ihr Geld so einzusetzen, daß es das Gesamtsystem besser arbeiten läßt.«

»Ich weiß, worauf Sie hinauswollen! Sie wollen wohl die Kapitalertragssteuer herabsetzen, aber damit entlasten Sie nur wenige, auf Kosten der...«

»Senator, entschuldigen Sie die Unterbrechung, aber das stimmt nicht, und Sie wissen es genau«, wies ihnWinston wieder zurecht. »Herabsetzung der Kapitalertragssteuer ermutigt die Leute, ihr Geld zu investieren, und – nein, lassen Sie mich etwas weiter ausholen:

Sagen wir mal, ich verdiene tausend Dollar. Mit diesem Geld zahle ich Steuern, meine Hypothek, meine Lebensmittel, mein Auto, und was übrigbleibt, investiere ich bei der – äh – XYZ Computer Company. XYZ verwendet mein Geld, um jemand einzustellen. Diese Person erledigt ihre Arbeit wie ich die meine, und aus seiner Arbeit – er stellt ein Produkt her, das die Verbraucher mögen und kaufen, stimmt's? – erzeugt die Firma Profit, den sie mit mir teilt. *Dieses* Geld wird als reguläres Einkommen besteuert. Dann verkaufe ich meine Aktien und kaufe mich in eine andere Firma ein, damit *die* wieder jemand einstellen kann. Das aus dem Verkauf der Aktien erzielte Geld ist ein Kapitalgewinn. Die Menschen stecken ihr Geld nicht mehr unter die Matratze«, erinnerte er sie, »und das wollen wir auch nicht. Wir wollen, daß sie in Amerika, in ihre Mitbürger investieren.

Nun, ich habe schon Steuern für das investierte Geld bezahlt, stimmt's? Okay, dann trage ich dazu bei, daß ein Mitbürger einen Arbeitsplatz erhält. Mit dieser Stelle wird etwas für die Öffentlichkeit geschaffen. Und für meinen *Beitrag*, diesem Arbeiter einen Arbeitsplatz zu verschaffen, und für meine *Unterstützung*, daß dieser Arbeiter etwas für die Öffentlichkeit herstellt, erhalte ich eine bescheidene Einnahme. Das ist für den Arbeiter gut, dem ich mit zu einem Arbeitsplatz verholfen habe, und gut für die Öffentlichkeit. Dann gehe ich einen Schritt weiter und mache das gleiche woanders. Warum soll ich dafür bestraft werden? Ist es nicht sinnvoller, die Menschen zu so etwas zu *ermutigen*? Und, denken Sie daran, wir haben das investierte Geld ja schon einmal besteuert – in Wirklichkeit sogar mehr als einmal.

Das tut dem Staat nicht gut. Es ist schon schlimm genug, daß wir soviel einbehalten, aber die Art und Weise, wie wir es erheben, ist unerhört kontraproduktiv. Warum sind wir hier, Herr Senator? Wir sollten doch den Karren zum Laufen bringen und ihn nicht in den Sand setzen. Bedenken Sie, unterm Strich kommt dabei ein Steuersystem heraus, das so kompliziert ist, daß wir Milliarden bloß für den Verwaltungsapparat eintreiben müssen – und dieses Geld ist völlig zum Fenster hinausgeschmissen. Schmeißen Sie noch all die Buchhalter und Steueranwälte dazu, die ihren Lebensunterhalt mit etwas bestreiten, was die Öffentlichkeit nicht begreift«, meinte SecTreas.

»In Amerika geht es doch nicht um den Neid. In Amerika herrscht doch keine *Klassenrivalität*. Wir haben in Amerika keine Klassengesellschaft. Niemand sagt einem amerikanischen Bürger, was er zu tun hat. Die Geburt macht nicht viel aus. Schauen wir uns doch die Ausschußmitglieder an. Der Sohn eines Farmers, der Sohn eines Lehrers, der Sohn eines Fernfahrers, der Sohn eines Anwalts und Sie, Senator Nikolides, der Sohn eines Einwanderers. Wäre Amerika eine Klassengesellschaft, dann wie zum Kuckuck sind Sie hierher gekommen?« wollte er wissen. Der Zwischenfrager war Berufspolitiker – und ein arroganter Schweinehund, meinte Winston; ihn führte er nicht an. Den Erwähnten gab die Aufmerksamkeit der Kameras einen kleinen ›Kick‹. »Meine Herren, versuchen wir doch, es Leuten leichter zu machen, es Ihnen nachzumachen. Wenn Amerika wirtschaftliche Strukturprobleme hat, dann deshalb, weil wir nicht genügend Möglichkeiten schaffen, wie wir sollten und könnten. Das System ist nicht vollkommen? Toll, versuchen wir doch, es zu verbessern. Deshalb sind wir ja hier.«

»Aber das System muß doch verlangen, daß jeder sein angemessenes Scherflein beiträgt.« Der Senator versuchte schon wieder, das Ruder an sich zu reißen.

»Was heißt ›angemessen‹? Das Wörterbuch meint, daß jeder etwa das gleiche tun muß. Zehn Prozent von einer Million ist *zwanzig*mal mehr als zehn Prozent von Fünfzigtausend. Aber im Steuerrecht ist ›angemessen‹ dazu geworden, daß wir den Erfolgreichen möglichst viel abnehmen und das wieder ausportionieren – nebenbei, die Reichen beschäftigen Anwälte und Lobbyisten, die denen in der politischen Arena Myriaden von Ausnahmen aufschwätzen, damit man sie nicht *völlig* schröpft, und das gelingt auch, wie wir alle wissen – und womit endet man dann? Man endet mit einem Arbeitsbeschaffungsprogramm für Bürokraten, Buchhalter, Anwälte und Lobbyisten, und irgendwo unterwegs haben wir die Steuerzahler schlichtweg vergessen. Wir kümmern uns nicht darum, daß sie aus dem System, das ihnen dienen soll, nicht schlau werden *können*. Aber so sollte es nicht sein.« Winston beugte sich zum Mikrofon vor. »Hier ist meine Auffassung von ›fair und angemessen‹: Ich meine, es heißt gleiche Belastung aller im gleichen Verhältnis. Ich meine ein System, das nicht nur erlaubt, sondern fördert, daß sich alle an der Wirtschaft beteiligen. Ich meine, es heißt einfache, verständliche Gesetzgebung, damit alle wissen, woran sie sind. Ich meine, es heißt ein ebenes Spielfeld, gleiche Regeln für alle, und keine Sonderstrafe für Ken Griffey, weil er Home-Runs schlägt. Wir bewundern ihn. Wir versuchen's, ihm nachzumachen; neue wie ihn heranzuziehen. Und wir bleiben ihm aus dem Weg.«

»›Laßt sie Kuchen essen‹, vielleicht?« meinte der Stabschef.

»›Hot dogs‹ können wir nicht sagen, oder?« fragte Kealty. Dann grinste er breit. »Endlich!«

»Endlich«, stimmte ein weiterer Assistent zu.

Die Ergebnisse waren *alle* nicht eindeutig. Das FBI mit seinen Lügendetektoren war den ganzen Vormittag am Werk gewesen, und jede einzelne Auswertung auf dem EDV-Papier war unbestimmt. Das ließ sich nicht ändern. Eine durchgemachte Nacht, hatten sie ihm alle gesagt, um etwas Wichtiges auszuforschen, wofür er keine Freigabe hatte. Das konnte natürlich nur die Lage zwischen Iran und Irak sein. Er konnte so gut wie jeder andere CNN anschauen. Die Männer, die er an den Polygraphen angeschlossen hatte, waren alle müde und gereizt, und einige hatten schon beim Nennen ihres Namens und ihrer Stellenbeschreibung gewaltig das Flattern bekommen, und die ganze Übung war nutzlos gewesen. Wahrscheinlich.

»Hab' ich bestanden?« fragte Rutledge, als er die Druckmanschette auf eine Art abschnallte, als hätte er das alles schon mal gemacht.

»Nun, ich bin sicher, Ihnen ist schon gesagt...«

»Das ist kein Untersuchungsprozeß, wo es um Bestehen oder Durchfallen geht«, sagte der Staatssekretär im Außenministerium müde.

»Ach, erzählen Sie das einem, der seine Geheimhaltungsstufe wegen so einer Sitzung verloren hat. Ich hasse die verdammten Dinger, seit eh und je.«

Man könnte genausogut – oder schlecht – Zahnarzt sein, dachte der FBI-Agent, und obwohl er in dieser besonderen Schwarzen Kunst einer der Besten weit und breit war, hatte er heute nichts erfahren, das die Untersuchung weiterbrachte.

»Die Sitzung gestern abend...«

Rutledge schnitt ihm kühl das Wort ab: »Darüber kann ich nichts sagen.«

»Nein, ich meine, ist so was normal hier?«

»Wahrscheinlich für eine Weile. Schauen Sie, vermutlich wissen Sie, worum es geht.« Der Agent nickte, der Staatssekretär genauso. »Schön. Dann wissen Sie, daß es eine große Sache ist, und wir werden uns deswegen etliche Nächte um die Ohren schlagen müssen, insbesondere meine Leute. Das heißt Unmengen von Kaffee, endlose Stunden und blanke Nerven.« Er blickte auf die Uhr. »Meine Arbeitsgruppe tritt in zehn Minuten zusammen. Noch irgendwas?«

»Nein, Sir.«

»Danke für erbauliche neunzig Minuten«, sagte Rutledge auf dem Weg zur Tür. Es war so einfach. Man mußte nur wissen, wie die Sache lief. Sie wollten entspannte und friedfertige Untergebene, um saubere Ergebnisse zu erhalten – der Polygraph maß im wesentlichen die durch unbequeme Fragen hervorgerufene Spannung. Dann setze eben alle unter Spannung. Das war kinderleicht. Und eigentlich erledigte der Iran die Arbeit. Er brauchte nur das Feuer ein wenig schüren. Das reichte ihm für ein Lächeln, als er die Toilette betrat.

*Da*. Movie Star merkte sich die Zeit und machte sich eine weitere gedankliche Notiz. Zwei Männer kamen aus dem Privathaus. Sie gingen zum Parkplatz von Giant Steps, blickten sich auf eine Weise suchend um, die sie so gut identifizierten wie Uniformen und Gewehre. Der Chevy Suburban tauchte aus der Privatgarage auf. Ein gutes Versteck, aber für einen erfahrenen Beobachter etwas zu offensichtlich. Zwei Kinder kamen zusammen heraus, eines von einer Frau, das andere von einem Mann geführt... ja, von dem, der im Halbdunkel des Eingangs gestanden hatte, als sie nachmittags zum Spielen herausgekommen waren. Großer Mann, ganz schön einschüchternd. Zwei Frauen, eine voraus, eine hinterher. Alle Köpfe blickten sich suchend um. Sie brachten das Kind zu einem normalen Wagen. Der Suburban hielt vor der Einfahrt, und die anderen Autos folgten ihm auf die Hauptstraße, fünfzehn Sekunden später, wie er sah, von einem Polizeiauto gefolgt.

Es würde eine schwierige Aufgabe werden, aber keine unmögliche, und das Unternehmen sah etliche verschiedene Ergebnisse vor, die seinen Auftraggebern alle in den Kram paßten. Es war gut, daß er bei Kindern nicht rührselig wurde. Er war an solchen Missionen schon früher beteiligt gewesen, und als Kinder konnte man sie einfach nicht sehen. Dasjenige, das an der großen Hand seines Beschützers herausgeführt worden war, stellte eine politische Erklärung dar, die jemand anderes machen würde. Allah hätte das nicht gebilligt. Keine Religion auf der Welt billigte, daß einem Kind Leid zugefügt wurde, aber mit Religionen ließen sich keine Staatsgeschäfte führen. Religionen galten für eine ideale Welt, aber die Welt war nicht ideal. Und deshalb konnte jemand ungewöhnliche Mittel in den Dienst religiöser Ziele stellen, und das hieß – etwas, über das er sich schlicht keine Gedanken machte. Es war Geschäft, sein Geschäft, herauszufinden, was getan werden konnte, Regeln hin oder her, und Movie Star war in dem Punkt nicht im geringsten scheinheilig, was, wie er dachte, wahrscheinlich der Grund war, daß er noch lebte, andere hingegen nicht – und das hier, wenn er es richtig interpretierte, würde noch weitere Leben kosten.

## 28 / Mit Gewimmer

Politiker haben Überraschungen selten gern. Sosehr sie es genießen, sie anderen – vor allem anderen Politikern, möglichst öffentlich und stets mit der Unerbittlichkeit eines Dschungelhinterhalts – zu bereiten, hassen sie es hingegen, wenn sie ihnen selbst ausgesetzt sind. Und das galt schon für die *politische* Art der Überraschung, in Ländern, wo Politik ein einigermaßen gesittetes Geschäft war.

In Turkmenistan hatten die Verhältnisse diesen Stand noch nicht erreicht. Der Premier – er verfügte über eine große Auswahl an Titeln, und diesen mochte er mehr als ›Präsident‹ – genoß alles an seinem Leben und seinem Amt. Als Anführer der schon halb entschlafenen kommunistischen Partei hätte er unter größeren persönlichen Einschränkungen leben müssen als jetzt und würde immer am Ende einer Telefonleitung nach Moskau hängen wie ein Fisch an der Leine. Doch das war vorbei. Moskau verfügte nicht mehr über die Leitung, und er war ein zu großer Fisch geworden. Er war ein tatkräftiger Mann Ende Fünfzig und, wie er gerne scherzte, auch ein Mann des Volkes. Das ›Volk‹ war im vorliegenden Fall eine attraktive zwanzigjährige Angestellte, die ihn nach einem vorzüglichen Abendessen und ein bißchen Volkstanz so unterhalten hatte, wie es nur eine junge Frau konnte. Nun fuhr er unter einem klaren Sternenhimmel wieder in seine offizielle Residenz, saß auf dem rechten Sitz seines schwarzen Mercedes mit dem satten Lächeln eines Mannes, der gerade aufs beste bewiesen hatte, was er war. Vielleicht würde er für die junge Frau eine Beförderung herausschlagen – in ein paar Wochen. Er verfügte zwar nicht über die absolute Macht, aber sicherlich über eine für jeden Menschen ausreichende. Da er bei seinem Volk als ein erdiger, biederer Führer beliebt war, wußte er, wie er sich verhalten, wie er sich zu den Leuten setzen und wie er eine Hand oder Schulter anpacken sollte, stets vor Fernsehkameras, um zu beweisen, daß er einer aus ihrer Mitte war. ›Personenkult‹ hatte das unter dem früheren Regime geheißen, und das war es auch, und das, wußte er, machte schon die ganze Politik aus. Er trug große Verantwortung und erfüllte die Pflicht, da war man ihm einiges schuldig. Eines war der gute deutsche Wagen, in dem er saß, und das andere ging gerade mit Lächeln und Seufzer zu Bett. Das Leben war schön. Er wußte bloß nicht, daß ihm nur noch knapp sechzig Sekunden davon verblieben.

Er kam ohne Polizeieskorte aus. Sein Volk liebte ihn, da war er sich sicher. Doch an der nächsten Einmündung stand ein Polizeiauto mit Blaulicht und verstellte den Weg gerade hinter der Querstraße. Ein Polizist war ausgestiegen und hatte die Hand erhoben, während er in sein Funkmikrofon sprach. Sein Fahrer bremste den Mercedes ab, hielt direkt in der Einmündung an und vergewisserte sich, daß seine Pistole in Reichweite war. Kaum hatte die Staatskarosse angehalten, als beide ein Geräusch zu ihrer Rechten hörten. Der Premier drehte sich in diese Richtung und hatte kaum noch Zeit, die Augen aufzureißen, als der Lkw vom Typ Zil 157 ihn mit vierzig Stundenkilometern rammte. Der hoch angebrachte Stoßdämpfer bohrte sich in den unteren Rand des Seitenfensters, und der Dienstwagen wurde zehn Meter nach links geworfen, wo er an die Mauer eines Bürogebäudes prallte. Dann war es Zeit für den Polizisten, in Begleitung von zwei Kollegen herzukommen. Der Fahrer war nicht mehr am Leben, hatte das Genick gebrochen. Das konnten die Polizisten an der Neigung des Kopfes erkennen. Aber zur allgemeinen Verwunderung ächzte der Premier trotz seiner schweren Verletzungen noch. Das mußte vom Saufen kommen, dachten sie, das den Körper schlaff und geschmeidig machte. Nun, das ließ sich leicht erledigen. Der vorgesetzte Polizist ging zum Lkw, nahm den Wagenheber heraus, kam wieder her und schlug damit auf den Kopf des Premiers ein. Daraufhin reichte er dem Lastwagenfahrer wieder das Werkzeug, und der Premier von Turkmenistan war infolge eines Autounfalls gestorben. Nun würde ihr Land Wahlen durchführen müssen, nicht wahr? Das wäre quasi das erstemal, und es würde ein Oberhaupt wählen, das die Bevölkerung kannte und respektierte.

»Herr Senator, der Tag ist lang gewesen«, pflichtete Tony Bretano bei. »Und für mich waren es ein paar recht harte Wochen, um den Durchblick zu bekommen und die Leute kennenzulernen, aber wie Sie wissen, Management ist Management, und das DOD hat länger schon ohne auskommen müssen. Mir liegt besonders das Beschaffungswesen am Herzen. Das ist zu langwierig und kostspielig, was nicht so sehr an Korruption liegt als vielmehr am Versuch, einen so strengen Gerechtigkeitsmaßstab anzulegen, daß – nun ja, ich möchte Ihnen ein landläufiges Beispiel geben. Wenn Sie Ihr Essen auf die Art einkaufen müßten, wie das DOD Waffen anzuschaffen gezwungen ist, würden Sie im Supermarkt verhungern beim Versuch, sich zwischen Dosenbirnen von Libby und DelMonte zu entscheiden. TRW ist ein Ingenieurbetrieb und meiner Meinung nach ein guter. Meine Firma könnte ich niemals so führen. Meine Anteilseigner würden mich lynchen. Wir können es besser, und ich habe vor, das anzupacken.«

»Herr Minister in spe«, fragte der Senator, »wie lange muß das so weitergehen? Wir haben gerade einen Krieg gewonnen und ...«

»Herr Senator, Amerika hat die beste medizinische Versorgung auf der Welt, aber Menschen sterben immer noch an Krebs und Herzkrankheiten. Das Beste ist nicht immer gut genug, oder? Aber darüber hinaus und präziser: Wir können es besser machen für weniger Geld. Ich werde nicht mit der Forderung nach einer Etaterhöhung an Sie herantreten. Der Posten für Neuanschaffungen wird höher sein, ja. Auch die für Ausbildung und für Bereitschaft werden höher sein. Aber in der Verteidigung fließt das meiste Geld in Personalkosten, und da können wir eingreifen. Das Ministerium ist an den falschen Stellen überbesetzt. Damit verschleudern wir Steuergelder. Wir setzen unsere Leute nicht rationell ein, Senator, und nichts ist verschwenderischer als das. Ich kann Ihnen wohl eine Nettoreduktion von zwei bis drei Prozent versprechen. Mehr, wenn ich das Beschaffungssystem in die Hand bekomme. Dafür bräuchte ich gesetzliche Hilfe. Es gibt keinen Grund, warum wir acht bis zwölf Jahre brauchen müssen, um einen neuen Flieger zu entwerfen. Wir studieren alles zu Tode. Damit sollte früher einmal Geld gespart werden, und vielleicht war es mal eine gute Idee, aber nun geben wir mehr Geld für Studien aus als für die Forschung und Entwicklung. Es wird Zeit, daß wir aufhören, das Rad alle zwei Jahre neu zu erfinden. Unsere Bürger *arbeiten* für das Geld, das wir ausgeben, und wir sind es ihnen schuldig, es intelligent auszugeben.

Aber am wichtigsten von allem ist, daß unsere Söhne und Töchter, wenn wir sie der Gefahr entgegenschicken, die am besten ausgebildeten, am besten unterstützten und am besten ausgerüsteten Streitkräfte sein *müssen*, die wir ins Feld schicken können. Die Sache ist, daß wir das tun und dabei noch Geld sparen können, indem wir das System effektiver machen.« Das schöne an dieser neuen Garde von Senatoren, überlegte Bretano, war, daß sie nicht wußten, was unmöglich war. Noch ein Jahr zuvor wäre er mit seinen Worten nicht durchgekommen. Effizienz war in den meisten Regierungsbehörden ein Fremdwort, weil den Leuten bisher niemand gesagt hatte, sie sollten es besser machen. Es sprach viel dafür, an dem Ort zu arbeiten, wo das Geld gedruckt wurde, aber für das Verspeisen eines Eclairs sprach auch viel, bis einem die Arterien verstopften. Wäre das Herz Amerikas seine Regierung gewesen, dann wäre die Nation schon längst tot umgefallen. Glücklicherweise war das Herz seines Landes anderswo und überlebte mit gesünderer Kost.

»Aber warum brauchen wir soviel Verteidigung in einem Zeitalter...«

Bretano unterbrach ihn erneut. Diese Angewohnheit müßte er abstellen, das sah er noch im gleichen Augenblick ein – aber das war einfach zuviel. »Herr Senator, haben Sie sich in letzter Zeit das Gebäude auf der anderen Straßenseite angesehen?«

Es war ein spaßiger Anblick, wie der Kopf des Mannes nach hinten schnellte, aber der Adjutant von Bretano schnellte beinahe genauso stark herum. Der Senator hatte eine Stimme im Ausschuß und in der Senatskammer, die wieder in Betrieb war, nachdem sie den Rauch aus dem Gebäude vertrieben hatten. Aber die meisten anderen kapierten, was gemeint war, und der Verteidigungsminister war bereit, sich damit zu begnügen. Bald schloß der Vorsitzende die Sitzung und setzte für den folgenden Vormittag die Abstimmung an. Die Senatoren hatten durch die Würdigung von Bretanos offener und nachdrücklicher Erklärung ihre Haltung bereits deutlich gemacht und ihren Wunsch, mit ihm zusammenzuarbeiten, in beinahe so naiven Worten wie seinen Ausdruck verliehen.

Kaum war die UN-Resolution verabschiedet, als das erste Schiff nach kurzer Fahrt im irakischen Hafen Basra anlegte und von riesigen, staubsaugerähnlichen Gestellen entladen wurde. Von da an ging alles rasch. Zum erstenmal in vielen Jahren würde es diesen Morgen auf sämtlichen Frühstückstischen im Irak genug Brot für alle geben. Die Morgennachrichten verkündeten allen diese Tatsache – mit den vorhersagbaren Live-Einblendungen von Bäckereien um die Ecke, die ihre Waren an glückliche, lächelnde Scharen verkauften – und schlossen mit der Meldung, die neue Revolutionsregierung werde heute zusammentreten, um andere Angelegenheiten nationaler Bedeutung zu erörtern. Diese Nachrichten wurden in Palm Bowl und Storm Track aufgenommen und weitergeleitet, aber die wahre Neuigkeit kam an diesem Tag von einer anderen Quelle.

Golowko sagte sich, daß der turkmenische Premier sehr wohl bei einem Unfall gestorben sein mochte. Seine persönlichen Neigungen waren dem RVS gut bekannt, und Verkehrsunfälle waren in seinem Land oder anderen nicht gerade ungewöhnlich – tatsächlich hatte es in der Sowjetunion übermäßig häufig Autounfälle gegeben, besonders durch Trunkenheit am Steuer. Aber Golowko hatte nie an irgendwelche Zufälle geglaubt und schon gar nicht an diejenigen, die auf eine Weise und zu Zeiten stattfanden, die seinem Land ungelegen kamen. Es half nichts, daß er reichlich Kräfte dort hatte, um das Problem zu diagnostizieren. Der Premier war tot. Es würde Wahlen geben. Der wahrscheinliche Sieger war offensichtlich, weil der verstorbene Politiker beim Ersticken politischer Opposition ausgezeichnet gearbeitet hatte. Und nun, sah er, formierten sich auch iranische Militäreinheiten zum Vormarsch nach Westen. Zwei tote Staatsoberhäupter in so kurzer Zeit in so engem Umkreis, beide in Nachbarländern des Iran – nein, selbst wenn es Zufall war, hätte er es nicht geglaubt. Golowko nahm den Hörer in die Hand.

Die USS *Pasadena* befand sich gerade zwischen den beiden Oberflächenverbänden der PRC-Manöver, die gegenwärtig im Abstand von neun Meilen operierten. Das U-Boot war komplett mit Waffen bestückt, alle mit scharfer Munition, aber dennoch glich seine Position dem eines Polizisten am Neujahrsabend um Mitternacht auf Times Square, der alles gleichzeitig im Auge behalten wollte. Eine geladene Pistole zu haben machte nicht viel aus. Alle paar Minuten setzte es seinen ESM-Mast in Gang, um ein Gefühl für die ausgestrahlten elektronischen Signale zu bekommen, und die Sonarabteilung fütterte die Aufklärungsgruppe im hinteren Teil der Angriffszentrale auch mit Daten – so viele Männer, wie an den Kartentisch paßten, waren eifrig beschäftigt, die verschiedenen Kontakte unter Kontrolle zu behalten. Der Skipper ordnete an, daß das Boot dreihundert Fuß tiefer gehen sollte, so daß er sich ein paar Minuten Zeit nehmen konnte, um die Angaben zu untersuchen, die viel zu komplex geworden waren, als daß er sie alle im Kopf behalten konnte.

Es war eine FleetEx, aber nicht ganz von der üblichen Sorte – normalerweise spielte eine Gruppe der ›Guten‹ gegen theoretische ›Böse‹ in der anderen Gruppe, und wer was war, ließ sich an der Art erkennen, wie die Schiffe aufgereiht waren. Anstatt sich jedoch aufeinander zu orientieren, waren beide Gruppen nach Osten ausgerichtet. Das hieß die ›Drohachse‹ und bezeichnete die Richtung, aus der der feindliche Angriff erwartet wurde. Im Osten lag die Republik China, die hauptsächlich die Insel Taiwan umfaßte. Der oberste Überwachungsspezialist, der die Karten überprüfte, markierte die Acetatfolie, und das Bild war etwa so klar, wie es sein konnte.

»Conn, Sonar«, kam der nächste Ruf.

»Conn, aye«, bestätigte der Kapitän, der das Mikrofon in die Hand nahm.

»Zwei neue Kontakte, Sir, Bezeichnung Sierra 20 und 21. Beide scheinen Unterwasserkontakte zu sein. Sierra 20, Peilung drei-zwo-fünef, direkter Kurs und schwach ... bleiben Sie dran ... okay, sieht wie eins der Han-SSN aus, guter Mitschnitt auf der 50-Hertz-Linie, Maschinengeräusch auch. Sierra 21, ebenfalls Unterwasserkontakt, auf drei-drei-null, entpuppt sich wohl als ein Xia, Sir.«

»Ein Brummer bei einer FleetEx?« wunderte sich der Überwachungsspezialist.

»Wie gut ist der Mitschnitt bei Sierra 21?«

»Wird gerade besser, Sir«, erwiderte der Sonarchief. Die gesamte Sonarcrew war in ihrem Abteil direkt vor der Angriffszentrale auf Steuerbordseite. »Das Maschinengeräusch sagt mir, daß es eins von der Xia-Klasse ist, Käpt'n. Das Han manövriert nach Süden, Peilung nun drei-zwo-eins, das ergibt eine Schaufelrate – sagen wir, das Tempo beträgt achtzehn Knoten.«

»Sir?« Der Überwachungsspezialist machte eine rasche gedankliche Skizze. Das atomgetriebene Han und der Brummer würden sich hinter der nördlichen Überwassergruppe befinden.

»Sonst noch was, Sonar?« fragte der Kapitän.

»Sir, mit all diesen Spuren wird's ein bißchen kompliziert.«

»Waste nich' sagst«, flüsterte einer am Aufklärungstisch und nahm einen weiteren Wechsel vor.

»Irgendwas im Osten?« beharrte der Kommandierende.

»Sir, im Osten haben wir sechs Kontakte, alle als Handelsverkehr klassifiziert.«

»Wir haben sie alle hier, Sir«, bestätigte der Überwachungsspezialist. »Von der taiwanesischen Marine bis jetzt noch nichts.«

»Das wird sich ändern«, überlegte der Kapitän laut.

General Bondarenko glaubte ebenfalls nicht an Zufälle. Darüber hinaus fand er den südlichen Teil der ehemaligen Union der Sozialistischen

Sowjetrepubliken überhaupt nicht reizvoll. Seine Zeit in Afghanistan und eine Wahnsinnsnacht in Tadschikistan hatten dafür gesorgt. Abstrakt gesehen, hätte ihm die definitive Trennung der russischen Republik von den muslimischen Proto-Nationen an der Südgrenze seines Landes nichts ausgemacht, aber die reale Welt war nicht abstrakt.

»Also, was halten Sie davon?« fragte der Generalleutnant.

»Sind Sie über den Irak im Bilde?«

»Ja, Genosse Vorsitzender.«

»Dann geben Sie mir Ihre Einschätzung, Gennadi Josefowitsch«, befahl Golowko.

Bondarenko beugte sich über den Kartentisch und sprach, während er mit dem Finger darüber fuhr. »Ich würde sagen, daß Ihnen vor allem die Möglichkeit Sorgen macht, daß der Iran sich zur Supermacht erheben will. Durch die Vereinigung mit dem Irak erhöhen sie ihren Ölreichtum um etwa vierzig Prozent. Darüber hinaus würde es eine gemeinsame Grenze mit Kuwait und dem Königreich Saud geben. Die Eroberung dieser Staaten würde ihren Reichtum verdoppeln – wir können mit Sicherheit annehmen, daß die kleineren Staaten ebenfalls fallen würden. Die objektiven Umstände sind hier offensichtlich«, fuhr der General im ruhigen Ton eines Berufssoldaten fort, der eine Katastrophe analysiert. »Iran und Irak sind zusammengenommen zahlenmäßig der Gesamtbevölkerung der anderen Staaten in beträchtlichem Maß überlegen – fünf zu eins, Genosse Vorsitzender? Mehr? Ich weiß es nicht mehr exakt, aber sicherlich ist es ein entscheidender Vorteil, was eine direkte Eroberung oder zumindest einen großen politischen Einfluß wahrscheinlich macht. Das allein würde dieser neuen Vereinigten Islamischen Republik eine enorme wirtschaftliche Macht geben, die Fähigkeit, dem westlichen Europa wie auch Asien die Energiezufuhr nach Belieben abzudrehen.

Nun Turkmenistan. Wenn es sich, wie Sie vermuten, nicht um einen Zufall handelt, dann ist daraus zu ersehen, daß der Iran auch nach Norden expandieren und vielleicht auch noch Aserbaidschan« – der Finger fuhr über die Karte –, »Usbekistan, Tadschikistan und wenigstens einen Teil Kasachstans absorbieren möchte. Das würde die Bevölkerung verdreifachen, ihrer Vereinigten Islamischen Republik eine bedeutende Versorgungsgrundlage hinzufügen. Dann kämen wahrscheinlich Afghanistan und Pakistan dran, und dann haben wir eine neue Großmacht, die sich vom Roten Meer bis zum Hindukusch ausdehnt – *njet*, genauer gesagt vom Roten Meer bis nach China, und dann ist unsere Südgrenze vollständig mit uns feindlich gesinnten Nationen besetzt.« Er blickte auf.

»Das ist viel schlimmer, Sergej Nikolajewitsch, als meine bisherigen Befürchtungen«, schloß er nüchtern. »Wir wissen, daß die Chinesen auf das, was wir im Osten haben, scharf sind. Dieser neue Staat bedroht unsere Ölfelder im Transkaukasus – diese Grenze kann ich nicht verteidigen. Mein Gott, das Zurückdrängen Hitlers war ein Kinderspiel dagegen.«

Golowko befand sich auf der anderen Seite des Kartentisches. Er hatte Bondarenko aus bestimmtem Grund zu sich gerufen. Die oberste militärische Führungsriege seines Landes setzte sich aus den unverbesserlichen alten Haudegen der früheren Ära zusammen – aber die starben nach und nach weg, und Gennadi Josefowitsch war vom neuen Schlag, schlachtenerprobt im unglückseligen Afghanistankrieg, also alt genug, um zu wissen, was eine Schlacht war. Aber auch jung genug, um nicht mehr den ideologischen Ballast der vorherigen Generation mit sich herumzuschleppen. Bondarenko war kein Pessimist, sondern ein Optimist, der bereitwillig vom Westen lernte, wo er gerade mehr als einen Monat bei verschiedenen NATO-Streitkräften zugebracht und alles aufgesogen hatte, was er konnte – insbesondere wohl von den Amerikanern. Aber Bondarenko blickte aufgeschreckt auf die Karte.

»Wie lange?« fragte der General. »Wie lange wird es dauern, bis dieser neue Staat gebildet ist?«

Golowko zuckte die Achseln. »Wer kann das sagen? Drei Jahre, schlimmstenfalls vielleicht zwei. Am besten fünf.«

»Mit fünf Jahren und der Möglichkeit, die militärische Macht unseres Landes wieder aufzubauen, dann können wir – womöglich – nein.« Bondarenko schüttelte den Kopf. »Ich kann keine Garantie geben. Die Regierung wird mir nicht das Geld und die Ausrüstung geben, die ich brauche. Ich kann es nicht. Wir verfügen nicht über das entsprechende Geld.«

»Aber was dann?«.

Der General richtete seinen Blick direkt auf den RVS-Leiter.

»Dann wäre ich lieber Operationschef der Gegenseite. Im Osten haben wir Gebirge als Barriere, das ist gut, aber wir haben nur zwei Eisenbahnstrecken zur logistischen Unterstützung, das ist *nicht* so gut. Was passiert in der Mitte, wenn sie ganz Kasachstan schlucken?« Er tippte auf die Karte. »Schauen Sie, wie nah sie dann an Moskau herankommen. Und was ist mit Verbündeten? Mit der Ukraine vielleicht? Mit der Türkei? Mit Syrien? Der ganze Mittlere Osten wird sich mit diesem neuen Staat arrangieren müssen... Wir sind auf der Verliererseite, Genosse Vorsitzender. Wir können mit dem Einsatz von Nuklearwaffen drohen

– aber was bringt uns das? China kann fünfhundert Millionen verlieren und ist dann immer noch zahlenmäßig überlegen. Ihre Wirtschaft wird stärker, während unsere stagniert. Sie können sich westliche Waffen leisten oder die Lizenzen, um sie bei sich nachzubauen. Wenn wir Nuklearwaffen einsetzen, ist das sehr gefährlich, taktisch wie strategisch, und dann ist da noch die politische Dimension, die ich Ihnen überlasse. Militärisch sind wir auf allen relevanten Gebieten unterlegen. Der Feind hätte die Oberhand bei Waffen, Truppen, und Gelände. Seine Fähigkeit, die Ölausfuhr zur restlichen Welt zu stoppen, schränkt die Möglichkeit ausländischer Hilfe ein – sofern der Westen überhaupt will. Sie zeigen mir gerade die potentielle Vernichtung unseres Landes.« Am verstörendsten an dieser Einschätzung war, daß sie so ruhig vorgetragen wurde. Bondarenko war kein Panikmacher. Er stellte nur eine objektive Tatsache fest.

»Wie läßt sich das verhindern?«

»Wir können uns den Verlust der südlichen Republiken nicht erlauben, aber wie sollen wir sie halten? Turkmenistan unter unsere Kontrolle bringen? Gegen die Guerilla vorgehen, die sich bestimmt bilden wird? Unsere Armee ist nicht in der Verfassung, einen solchen Krieg zu führen – nicht einmal einen, aber bei einem wird es nicht bleiben, oder?« Bondarenkos Vorgänger hatte man wegen des Versagens der Roten Armee – der Name starb so langsam wie die Idee – in Tschetschenien geschaßt. Was eine leichte Befriedungsübung hätte sein müssen, hatte der ganzen Welt gezeigt, daß die russische Armee nur noch ein Schatten ihrer selbst war.

Die Sowjetunion hatte immer auf Einschüchterung gesetzt, wußten beide. KGB-Furcht hatte die Bürger linientreu gehalten, und Furcht davor, was die Rote Armee gegen eine systematische Rebellion tun konnte und wollte, hatte politische Unruhen in größerem Maßstab verhindert. Was aber geschah, wenn die Furcht wegfiel? Das Versagen der Sowjets, Afghanistan zu befrieden, war für die muslimischen Republiken ein Zeichen gewesen, daß ihre Furcht unbegründet war. Nun gab es die Sowjetunion nicht mehr, ihre alte Armee war nur noch ein Schatten ihrer selbst, und dieser Schatten konnte durch eine hellere Sonne im Süden ausgelöscht werden. Rußland hatte nicht die Macht, die es brauchte. Bei all dem Wind, den sein Land noch machen konnte, um den Westen zu beeindrucken – im Westen dachten sie noch an den Warschauer Pakt und an das Gespenst der mächtigen Roten Armee, die bis zur Bucht von Biskaya durchmarschieren könnte –, in anderen Teilen der Welt wurden die Dinge anders gesehen. Westeuropa und Amerika dachten noch an die Stahlfaust, die sie gesehen, aber nie gespürt hatten. Die sie gespürt *hatten*, merkten sofort, wenn es nachließ; genauer noch, sie kannten die Bedeutung der geschwächten Faust.

»Was werden Sie brauchen?«

»Zeit und Geld. Politische Unterstützung zum Wiederaufbau des Militärs. Hilfe vom Westen.« Der General starrte immer noch auf die Karte. Er fühlte sich wie der Nachkomme einer mächtigen Kapitalistenfamilie: Der Patriarch war gestorben, und er war Erbe eines riesigen Vermögens – merkte aber, daß es nur noch aus Schulden bestand. Er war ganz aufgekratzt mit dem Gefühl aus Amerika zurückgekommen, er habe den künftigen Weg gesehen und die Möglichkeit gefunden, sein Land abzusichern, und das ordentlich, mit einer professionellen Armee aus langgedienten Fachkräften, von Korpsgeist zusammengehalten, stolze Wächter und Diener eines freien Landes. Doch es würde Jahre dauern, dies aufzubauen, und derzeit... Wenn Golowko und der RVS recht hatten, konnte er im besten Falle darauf hoffen, daß sein Land neue Kräfte sammeln und Raum gegen Zeit einhandeln könnte, wie '41, um dann zum Gegenschlag auszuholen, wie '42 bis '43. Der General sagte sich, daß niemand in die Zukunft sehen konnte. Und das war wohl gut so, weil die Vergangenheit sich selten wiederholte. Rußland hatte gegen die Faschisten Glück gehabt. Auf Glück aber war kein Verlaß.

Da war schon eher Verlaß auf einen gerissenen und unberechenbaren Gegner. Andere konnten so wie er auf die Landkarte schauen, die Entfernungen und Hindernisse sehen, die Korrelation der Kräfte erkennen und wissen, daß die Wild Card auf einem anderen Blatt Papier lag, auf der anderen Seite des Globus. Die klassische Formel war, erst den Starken zum Krüppel zu machen, dann die Schwachen zu zermalmen und sich darauf erst nach reiflicher Zeit wieder mit dem Starken anzulegen. Bondarenko wußte das, konnte aber nichts dagegen tun. Er war der Schwache. Er hatte seine eigenen Probleme. Sein Land konnte nicht auf Freunde zählen, sondern nur auf die Feinde, die es sich in langen Jahren geschaffen hatte.

Saleh hatte noch niemals solche Qualen erlebt. Er hatte sie gesehen und zu seiner Zeit als Mitglied des Geheimdienstes seines Landes selbst zugefügt – aber nicht so, nicht so schlimm. Es war, als ob er jetzt für jeden solchen Vorfall auf einmal bezahlen müßte. Sein Körper war von Kopf bis Fuß vom Schmerz zerfressen. Saleh war unheimlich stark, er hatte feste Muskeln, und seine Fitneß war offensichtlich. Jetzt aber nicht. Nun schmerzte jedes Gramm Gewebe, und wenn er sich leicht bewegte, um den Schmerz zu lindern, so verlagerte er ihn lediglich an eine geringfügig andere Stelle. Die Pein war so groß, daß sie sogar die Angst ausblendete, die damit hätte einhergehen sollen.

Nicht beim Arzt. Ian MacGregor trug vollständige Schutzkleidung, eine Gesichtsmaske und Handschuhe – nur seine Konzentration bewahrte die Hände davor, zu zittern. Er hatte soeben so sorgfältig wie noch nie in seinem Leben Blut entnommen, behutsamer sogar als bei AIDS-Patienten. Er hatte noch nie mit einem Fall von hämorrhagischem Fieber zu tun gehabt. Es war für ihn nichts weiter als ein Eintrag in einem Lehrbuch oder ein Artikel in *Lancet* gewesen. Etwas intellektuell Fesselndes und vage Furchteinflößendes – aber dies war hier und jetzt.

»Saleh?« fragte der Arzt.

»...ja.« Ein Wort, ein Ächzen.

»Wie sind Sie hierhergekommen? Ich muß das wissen, wenn ich Ihnen helfen soll.«

Es gab kein inneres Zögern, keine Bedenken vor Geheimnissen oder Sicherheitsrücksichten. Er hielt nur inne, um Luft zu holen, um die Energie für die Beantwortung der Frage zu sammeln. »Aus Bagdad. Flieger«, fügte er unnötigerweise hinzu.

»Afrika? Sind Sie in letzter Zeit in Afrika gewesen?«

»Noch nie.« Der Kopf ruckte kaum einen Zentimeter von links nach rechts, die Augen waren fest geschlossen. Der Patient versuchte, tapfer zu sein, was ihm größtenteils gelang. »Erstes Mal Afrika.«

»Haben Sie in letzter Zeit sexuelle Beziehungen gehabt? Letzte Woche oder so?« verdeutlichte MacGregor. Solche Krankheiten konnte einer theoretisch durch sexuellen Kontakt bekommen – vielleicht eine Prostituierte von hier? Vielleicht gab es noch so einen Fall an einem anderen Krankenhaus, und der wurde vertuscht...?

Es verging ein Moment, bis er die Frage kapierte, doch dann kam wieder ein Kopfschütteln. »Nein, keine Frauen seit langer Zeit.« MacGregor las vom Gesicht ab: *Nie wieder, nicht für mich.*

»Haben Sie in letzter Zeit Blut erhalten?«

»Nein.«

»Sind Sie mit jemand in Berührung gekommen, der gereist war?«

»Nein, nur Bagdad, nur Bagdad. Ich bin Sicherheitsmann für meinen General, immer bei ihm, sonst nichts.«

»Dankeschön. Wir werden Ihnen etwas gegen die Schmerzen geben. Wir werden Ihnen auch Blut geben und Sie mit Eis zu kühlen versuchen. Ich werde gleich wieder dasein.« Der Patient nickte, und der Arzt verließ das Zimmer mit den blutgefüllten Röhrchen in den behandschuhten Händen. »Verfluchte Zucht«, zischte MacGregor.

Während die Schwestern und Krankenwärter ihre Arbeit taten, hatte MacGregor seine zu erledigen. Eine der Blutproben teilte er in zwei auf, die er beide mit größter Sorgfalt verpackte, eine für das Pasteur-Institut in Paris und die andere für Centers for Disease Control in Atlanta. Sie würden als eilige Luftfracht abgehen. Der Rest ging an seinen ersten Labortechniker, einen fähigen Sudanesen, während der Doktor ein Fax aufsetzte. Möglicher Fall von hämorrhagischem Fieber, würde darin stehen, plus Angaben zu Land, Stadt und Krankenhaus – aber zuerst... Er nahm den Hörer ab und rief seinen Verbindungsmann im Gesundheitsministerium der staatlichen Gesundheitsbehörde an.

»Hier?« fragte der Regierungsarzt. »In Khartum? Sind Sie sicher? Wo ist der Patient her?«

»Da liegen Sie richtig«, erwiderte MacGregor. »Der Patient sagt, er sei aus dem Irak gekommen.«

»Irak? Wieso sollte diese Krankheit von dort kommen? Haben Sie nach den richtigen Antikörpern getestet?« wollte der Beamte wissen.

»Der Test wird gerade durchgeführt«, sagte der Schotte dem Afrikaner.

»Wie lange?«

»Eine Stunde.«

»Bevor Sie irgendwelche Meldungen machen, möchte ich rüberkommen und es sehen«, ordnete der Beamte an.

*Es unter seine Aufsicht nehmen*, sollte das wohl heißen. MacGregor schloß die Augen und packte den Hörer fester. Dieser vermeintliche Arzt war ein Regierungsangestellter, der Sohn eines langgedienten Ministers, und das Beste, was sich über diesen Berufskollegen sagen ließ, war, daß er keine lebenden Patienten gefährdete, solange er gemütlich in seinem Büro sitzenblieb. MacGregor mußte sich bemühen, sein Temperament im Zaum zu halten. Es war in ganz Afrika das gleiche. Es war so, als würde die hiesige Regierung unbedingt ihre Tourismusindustrie schützen wollen – die es im Sudan gar nicht gab, außer einigen Anthropologen, die im Süden, nahe der äthiopischen Grenze, Ausgrabungen nach dem Urmenschen durchführten. Auf dem ganzen, fruchtbaren Kontinent war es dasselbe. Regierungs-Gesundheitler stritten alles ab; auch deshalb war AIDS in Zentralafrika so auf dem Vormarsch. Abstreiten, abstreiten, abstreiten, bis wieviel der Bevölkerung starb? Zehn Prozent? Dreißig? Fünfzig? Aber jeder fürchtete sich, Regierungen Afrikas zu kritisieren – zu schnell war man als Rassist abgestempelt... also lieber schweigen... und Menschen sterben lassen.

»Sehr wohl, Doktor. Bitte kommen Sie gleich«, drängte er.

»Ich muß noch ein paar Sachen erledigen, dann werde ich kommen.« Das konnte den ganzen Tag oder sogar noch länger heißen, und beide Männer wußten es. »Ist der Patient isoliert?«

»Alle Schutzvorkehrungen sind getroffen«, versicherte ihm MacGregor.

»Sie sind ein prima Arzt, Ian, und ich weiß, ich kann Ihnen vertrauen, daß nichts Schlimmes passiert.« Dann war die Leitung tot. Ian hatte kaum den Hörer aufgelegt, als es wieder läutete.

»Ja?«

»Herr Doktor, bitte kommen Sie auf Vierundzwanzig«, sagte ihm eine Schwesternstimme.

Er war in drei Minuten dort. Es war Sohaila. Ein Helfer trug gerade das Erbrochene hinaus. Darin war Blut. Sie war auch aus dem Irak gekommen, wie MacGregor wußte. Oh, mein Gott.

»Niemand von Ihnen hat irgend etwas zu befürchten.«

Die Worte klangen halbwegs beruhigend, wenn auch nicht so sehr, wie es die Mitglieder des Revolutionsrats gerne gehabt hätten. Die iranischen Mullahs sprachen womöglich die Wahrheit, aber die Obersten und Generäle am Tisch hatten als Hauptmänner und Majore gegen den Iran gekämpft, und niemand kann Feinde vom Schlachtfeld vergessen.

»Wir brauchen Sie, um die Kontrolle über das Militär Ihres Landes auszuüben«, fuhr der Wortführer fort. »Wenn Sie mit uns zusammenarbeiten, werden Sie Ihre Posten behalten. Wir verlangen nur, daß Sie Ihrer neuen Regierung Loyalität in Gottes Namen schwören.« Da war mehr dahinter. Sie würden streng überwacht werden. Die Offiziere wußten das. Ein falscher Schritt und sie würden erschossen. Aber sie hatten keine Wahl außer der, herausgeführt und noch diesen Nachmittag erschossen zu werden. Summarische Hinrichtungen waren eigentlich weder im Iran noch im Irak unbekannt, ein effizientes Mittel gegen Dissidenten: wirkliche wie eingebildete.

Die beiden Seiten der Alternative boten ein kraß unterschiedliches Bild. Auf seiten der Gewehre war es ein rascher, effizienter und letzter Weg, Dinge zu seinen Gunsten zu entscheiden. Von der anderen Seite aus betrachtet, hatte sie die abrupte Ungerechtigkeit eines Hubschrauberabsturzes – gerade noch Zeit genug, daß der Geist *Nein!* kreischte, bevor die auf einen zurasende Erde alles auslöschte, auch den Unglauben und die Empörung darüber. Bloß hatten sie in diesem Fall gewissermaßen eine Wahl. Der sichere Tod jetzt oder die Möglichkeit, später zu sterben. Die noch verbliebenen hohen Offiziere des Irak tauschten verstohlene Blicke aus. Sie hatten *keine* Gewalt mehr über das Militär ihres Landes. Das Militär, die Soldaten, waren auf seiten des Volkes oder ihrer Kompaniekommandanten. Die ersteren freuten sich, zum erstenmal seit fast einem Jahrzehnt wieder reichlich Essen zu haben. Die letzteren freuten sich, eine neue Morgenröte für ihr Land heraufdämmern zu sehen. Der Bruch mit dem alten Regime war vollständig, und es gab keinen Weg zurück. Die Männer im Zimmer konnten die Gewalt nur mit Beistand der früheren Feinde wiedererlangen, die am anderen Ende des Tisches mit gelösten Siegerlächeln dastanden und das Geschenk des Lebens wie Wechselgeld in Händen hielten, leicht ausgegeben und genauso leicht weggesteckt. Im Grunde boten sie gar keine Wahl.

Der nominelle Leiter des Rates nickte seine Unterwerfung, dem binnen Sekunden alle anderen folgten, und mit dieser Geste verblaßte die Identität ihres Staates zur Geschichte.

Von da an waren nur noch einige Telefongespräche zu führen.

Die einzige Überraschung war, daß es nicht im Fernsehen kam. Diesmal wurden die Lauschposten STORM TRACK und PALM BOWL von Analytikern anderswo geschlagen. Fernsehkameras standen schon bereit, wie sich später herausstellte, aber zuerst gab es etwas zu erledigen, und das sahen die Satelliten.

Die ersten Iraner überquerten die Grenze in motorisierten Einheiten, die unter Funkstille die Überlandstraßen entlangeilten, aber es geschah bei Tage, und von oben gaben zwei KH-11-Satelliten ihre Bilder an Kommunikationsvögel ab und von dort weiter an die Empfangsstationen am Boden. Die Washington am nächsten war in Fort Belvoir.

»Ja«, sagte Ryan und drückte den Hörer ans Ohr.

»Ben Goodley hier, Mr. President. Es geht jetzt los. Iranische Truppen überqueren die Grenze ohne erkennbare Gegenwehr.«

»Verlautbarung?«

»Bis jetzt keine. Es sieht so aus, als wollten sie zuerst die Kontrolle übernehmen.«

Jack sah auf die Uhr am Nachttisch. »Okay, wir behandeln das in der Morgenbesprechung.« Es hatte keinen Sinn, seinen Schlaf zu ruinieren. Er hatte genug Leute, die für ihn die ganze Nacht hindurch arbeiten würden, sagte sich Ryan. Er hatte es selbst oft genug getan.

»Ja, Sir.«

Ryan legte auf und konnte wieder einschlafen. Es war ein präsidiales Geschick, das er gerade zu beherrschen lernte. Vielleicht, dachte er, als er wegdämmerte, vielleicht würde er noch lernen, während einer Krise Golf zu spielen... wäre das nicht...

Passenderweise war es einer der Päderasten. Er hatte einen Mitgefangenen – es war ein Mörder – betreut und seine Arbeit den Videoaufzeichnungen nach ordentlich erledigt, was den Verlauf beschleunigt hatte.

Moudi hatte die Sanitäter sorgsam angewiesen, die neuen Pflegekräfte genauestens zu überwachen. Die letzteren hatten die gewöhnlichen Vorkehrungen getroffen, Handschuhe getragen, sorgfältig abgewaschen, den Raum sauber gehalten und alle Flüssigkeiten aufgewischt. Diese letzte Aufgabe war zunehmend schwieriger geworden, da sich bei der ersten Versuchsgruppe der Krankheitsverlauf beschleunigte. Das kollektive Stöhnen drang über die Mikrofonanlage mit genügender Deutlichkeit herein, daß er wußte, was sie durchmachten, vor allem, da keine Schmerzmittel verabreicht wurden – eine Verletzung des muslimischen Barmherzigkeitsgebots, das Moudi beiseite wischte. Die zweite Versuchsgruppe machte das, was ihr gesagt wurde, aber sie hatte keine Masken bekommen, mit bestimmtem Grund.

Der Päderast war ein Mann um die Zwanzig, und er hatte seinen Schutzbefohlenen überraschend emsig gepflegt. Ob aus Sensibilität für die Qualen des Mörders oder bloß, um sich selbst der Gnade würdig zu erweisen, war egal. Moudi zoomte die Kamera näher heran. Die Haut des Mannes war gerötet und trocken, seine Bewegungen langsam und schmerzerfüllt. Der Arzt hob den Hörer. Eine Minute später kam einer der Armeesanitäter ins Bild. Er sprach kurz mit dem Päderasten und steckte dann das Thermometer in dessen Ohr, bevor er den Raum verließ und zum Telefon im Flur ging.

»Subjekt acht hat 39,2 Grad Fieber und meldet Erschöpfung und Schmerzen in den Extremitäten. Die Augen sind rot und verquollen«, berichtete der Sanitäter brüsk. Es war klar, daß die Sanitäter nicht das gleiche Maß an Mitleid für eine der Testpersonen an den Tag legten, das sie für Schwester Jean Baptiste empfunden hatten. Auch wenn sie eine Ungläubige gewesen war, so war sie doch eine tugendhafte Frau gewesen. Das traf eindeutig nicht auf die Männer im Raum zu, was allen die Sachen erleichterte.

»Danke sehr.«

Also stimmte es, sagte sich Moudi. Der Mayinga-Typ war tatsächlich durch die Luft übertragbar. Nun blieb nur noch festzustellen, ob sich der Virus vollkommen übertragen hatte, ob dieses neue Opfer daran sterben würde. Wenn die Hälfte der zweiten Gruppe Symptome zeigte, würde sie über die Empfangshalle in einen eigenen Raum verlegt werden, und die erste Gruppe würde medizinisch erledigt werden.

Der Direktor würde sich freuen, das wußte Moudi. Der letzte Schritt im Experiment war so erfolgreich wie die vorherigen gewesen. Es wurde immer gewisser, daß sie eine Waffe in der Hand hatten, wie sie noch kein Mensch je geführt hatte. *Ist das nicht wunderbar*, bemerkte der Arzt zu sich selbst.

Der Rückflug war stets einfacher. Movie Star schritt durch den Metalldetektor, blieb stehen, wurde mit dem Zauberstab abgetastet, die übliche Verlegenheit wegen seines goldenen Füllers, und ging dann zur First-class-Lounge, ohne sich nach Polizisten umzublicken, die, wenn sie dagewesen wären, ihn hier und jetzt aufgehalten hätten. Sie waren nicht da und hielten ihn nicht auf. In seiner Reisetasche steckte ein ledergebundenes Klemmbrett, doch das würde er jetzt noch nicht herausnehmen. Der Flug wurde rechtzeitig angekündigt, und er ging zur Fluggastbrücke und fand rasch seinen Platz vorn in der 747. Das Flugzeug war nur zur Hälfte besetzt, und das war sehr komfortabel. Kaum hatte der Flieger abgehoben, holte er sein Klemmbrett heraus und fing an, alle Bilder aufzuzeichnen, die er vorher nicht dem Papier hatte anvertrauen wollen. Wie üblich half ihm dabei sein fotografisches Gedächtnis, und er arbeitete drei Stunden durch, bis er sich mitten über dem Atlantik seinem Bedürfnis nach Schlaf überließ. Er vermutete zu Recht, daß er ihn brauchen würde.

## 29 / Vollzähliges Gericht

Kealty wußte, es könnte sein letzter Schuß sein. Am Abend zuvor hatte er seine noch verbliebenen Pressekontaktleute – die verläßlichen – hergerufen. Einige hatten nicht direkt abgesagt, aber zumindest eine diskrete Distanz gewahrt in ihrer Ungewißheit, doch die meisten hatte er ohne Schwierigkeiten hellhörig gemacht, und seine zweistündige Mitternachtssitzung hatte er mit ein paar Schlüsselworten und mit Sätzen anberaumt, von denen er wußte, daß sie ihre berufliche Empfänglichkeit ansprachen. Danach mußte er nur noch die Regeln festlegen. Es wäre alles nur Hintergrundinformation, und keinesfalls wolle er namentlich erwähnt oder zitiert werden. Die Reporter willigten natürlich ein.

»Es ist ganz schön beunruhigend. Das FBI hat den ganzen oberen Stock im Außenministerium Lügendetektor-Tests unterzogen«, sagte er ihnen. Sie hatten es gehört, aber nicht bestätigt bekommen. Dies dürfte als Bestätigung reichen. »Aber schlimmer noch, sehen wir uns die Weichenstellung an. Verteidigung wird ausgebaut unter diesem Typ Bretano – ein Kerl, der im militärisch-industriellen Komplex aufgewachsen ist. Er sagt, er möchte alle Absicherungen im Beschaffungssystem über Bord werfen, die Aufsicht des Kongresses kappen. Und George Winston, was hat der vor? Das Steuersystem zugrunde richten, es regressiver machen, Kapitalertragssteuer komplett abschaffen – und wozu? Um die Steuerbelastung des ganzen Landes der Mittel- und Arbeiterschicht aufzuhalsen und den großen Tieren eine Freifahrt zu gewähren, deshalb.

Ich hielt Ryan noch nie für einen professionellen Politiker, nie für das Präsidentenamt geeignet, aber ich muß ehrlich sagen, so was hab' nicht mal ich erwartet. Er ist ein Reaktionär, eine radikaler Konservativer – ich bin nicht sicher, was Sie ihn nennen würden.«

»Sind Sie wegen der FBI-Sache sicher?« fragte die *New York Times*.

Kealty nickte. »Absolut, hundert Prozent. Ihr meint, ihr Kerle habt nicht – ach kommt, macht ihr denn nicht euren *Job*?« fragte er müde. »Mitten in einer Nahost-Krise hetzt er das FBI unseren Top-Leuten an den Hals, um sie zu beschuldigen, daß sie einen Brief gestohlen hätten, den es nie...«

»Und nun«, setzte Kealtys Bürochef drauf, zum Anschein unterbrechend, »steht noch die *Washington Post* kurz davor, mit einem Machwerk Ryans Heiligsprechung zu betreiben.«

»Jetzt mal halblang«, sagte der Reporter der *Post*, der sich aufrichtete. »Das kommt von Bob Holtzman, damit hab' ich nichts zu tun. Ich hab' meinem AME *gesagt*, daß es keine gute Idee ist.«

»Wer hat was durchsickern lassen?« fragte Kealty.

»Ich hab' keine Ahnung. Bob gibt nie was preis. Das wissen Sie.«

»Und was macht Ryan mit dem CIA? Er will das Directorate of Operations – also die Spione – *verdreifachen*. Genau, was das Land braucht, nicht? Was stellt Ryan an?« fragte Kealty rhetorisch. »Er stockt die Verteidigung auf. Schreibt die Steuergesetzgebung für die fetten Haie um. Und führt den CIA wieder in die Zeit des Kalten Krieges. Wir gehen voll zurück in die fünfziger Jahre – *warum*?« wollte Kealty wissen. »*Warum* tut er das alles? Was denkt er sich dabei? Bin ich der einzige in dieser Stadt, der Fragen stellt? Wann werdet ihr euren Job erledigen? Er versucht, den Kongreß einzuschüchtern, und kommt damit durch, und wo bleiben die Medien? Wer beschützt die Bevölkerung draußen im Lande?«

»Was wollen Sie damit sagen, Ed?« fragte die *Times*.

Die frustrierte Geste wurde mit vollendetem Geschick vollführt. »Ich stehe hier im eigenen politischen Grab. Ich habe dabei nichts zu gewinnen, aber ich *kann* einfach nicht dabeistehen und nichts tun. Auch wenn Ryan die ganze Regierungsgewalt hat, ich kann nicht zulassen, daß er mit seinen Kumpeln die Regierungsmacht in wenigen Händen konzentriert, die Fähigkeit, uns auszuspionieren, steigert, das Steuersystem schief hängt zum Vorteil der Leute, die nie ihren Beitrag geleistet haben, die Verteidigungsindustrie füttert – was kommt als nächstes, Bürgerrechtseinschränkung? Der fliegt seine Frau jeden Tag zur Arbeit, und von euch läßt keiner ein Wort fallen, daß das nie dagewesen ist. Wir haben eine imperiale Präsidentschaft, wie sie sich Lyndon Johnson nie hätte träumen lassen. Und *keinen* Kongreß, der was dagegen tut. Wißt ihr, was wir da haben?« Kealty ließ sie etwas zappeln. »König Jack I. Jemand müßte sich doch mal darum kümmern. Warum macht ihr Leute das nicht?«

»Was wissen Sie von der Holtzman-Sache? wollte *Boston Globe* wissen.

»Ryan ist eine lebhafte Gestalt in der Geschichte des CIA. Er hat Leute umgebracht.«

»James fucking Bond«, sagte Kealtys Bürochef auf Stichwort. Der Reporter der *Post* mußte daraufhin die Ehre seines Blattes verteidigen.

»Das behauptet Holtzman nicht. Wenn Sie die Zeit meinen, als die Terroristen nach ...«

»Nein, das nicht. Holtzman wird über die Moskau-Geschichte schreiben. Ryan hat das nicht mal eingefädelt. Es war Judge Arthur Moore, als er DCI war. Ryan war bloß auf vorgeschobenem Posten. Es ist sowieso schlimm genug. Da greift man in die inneren Angelegenheiten der alten Sowjetunion ein, und niemand fällt ein, daß das *vielleicht* nicht die tollste Idee war – ich meine, verflucht noch mal, also, sich mit der Regierung eines Landes anzulegen, das zehntausend Sprengköpfe auf uns gerichtet hat – wißt ihr, Leute, das gilt eigentlich als Kriegserklärung. Und wozu? Um ihren obersten Halunken vor einer Säuberungsaktion wegen Kompetenzüberschreitung zu retten, *damit* wir einen Spionagering innerhalb des CIA knacken konnten. Ich wette, das hat er Holtzman nicht gesagt, oder?«

»Ich hab' die Story nicht gesehen«, gab der *Post*-Reporter zu. »Ich hab' nur ein bißchen was gehört.« Es war fast ein Lächeln wert. Kealtys Zuträger innerhalb der Zeitung waren besser als die des altgedienten Politikredakteurs. »Okay, Sie sagen, Ryan hätte in James-Bond-Manier

Menschen umgelegt. Belegen Sie das«, sagte er mit sehr beherrschter Stimme.

»Sie wissen doch, vor vier Jahren die Bomben in Kolumbien, schalteten einige Kartellmitglieder aus.« Kealty wartete auf das Nicken. »Das war ein CIA-Unternehmen. Ryan ist in Kolumbien gewesen – und Leute, das war ein *weiterer* kriegerischer Akt. Das macht zwei Sachen, von denen ich weiß.«

Es amüsierte Kealty, daß Ryan so meisterlich seiner eigenen Demontage Vorschub leistete. PLAN BLAU machte beim CIA Fortschritte, und die Wellen rauschten schon durch das DI. Viele der Altgedienten standen vor der Frührente oder sahen ihre bürokratischen Reiche schrumpfen. Es fiel ihnen leicht, sich als lebenswichtig für die Sicherheit des Landes zu sehen, und das hieß, sie mußten etwas unternehmen, oder? Außerdem war Ryan auf viele bürokratische Zehen in Langley getreten, jetzt war die Reihe an seinen. Um so besser, daß er nun so exponiert war. Die Quellen redeten ja nur mit dem ehemaligen Vizepräsidenten – manche meinten gar, dem richtigen Präsidenten –, nicht mit den Medien; das wäre, im Gegensatz zur legitimen Diskussion vitaler nationaler Interessen, gegen das Gesetz.

»Wie sicher sind Sie sich dessen?« fragte die *Globe*.

»Ich habe Daten. Wißt ihr noch, als Admiral James Greer starb? Er war Ryans Mentor. Er hat das Unternehmen wahrscheinlich noch vom Totenbett aus angesetzt. Ryan war nicht bei der Beerdigung. Da war er in Kolumbien. Das ist eine Tatsache, und das könnt ihr nachprüfen«, beharrte Kealty. »Wahrscheinlich hat James Cutter deswegen Selbstmord verübt...«

»Ich dachte, das war ein Unfall«, sagte die *Times*. »Er war beim Joggen und...«

»Und er ist gerade zufällig vor einen Linienbus gelaufen? Schaut, ich sage nicht, daß Cutter ermordet wurde. Ich sage bloß, er war an der illegalen Operation von Ryan beteiligt, und er wollte sich nicht der Verantwortung stellen. Das gab Jack Ryan die Chance, seine Spuren zu verwischen. Wißt ihr«, schloß Kealty, »ich hab' diesen Ryan unterschätzt. Der ist mindestens so glatt wie Allen Dulles, vielleicht sogar Bill Donovan, aber die Zeiten sind vorbei. Wir brauchen keinen CIA mit der dreifachen Anzahl Spione. Wir müssen nicht noch mehr Dollar in die Verteidigung stopfen. Wir müssen nicht die Steuergesetzgebung umschreiben, um die Millionäre zu schonen, mit denen Ryan sich abgibt. Ganz sicher brauchen wir keinen, der die Fünfziger für Spitze hält. Er tut mit diesem Land Dinge, die wir nicht zulassen können. Ich weiß nicht«, – wieder eine Frustrationsgeste –, »vielleicht muß ich hier alleine vorgehen. Ich b ... Ich weiß, daß ich riskiere, hier meinen Ruf zu ruinieren ... aber verdammt, ich schwor den Eid auf die Verfassung ... das erstemal«, er fuhr jetzt ruhig, nachdenklich fort, »als ich ins Repräsentantenhaus zog, dann in den Senat und dann, als Roger mich bat, als Vize zu stehen. Okay, vielleicht bin ich nicht der richtige Mann dafür. Ich gebe zu, ich hab' einige ziemlich schreckliche Dinge getan, meine Frau betrogen, jahrelang an der Flasche gehangen. Das amerikanische Volk braucht womöglich einen Besseren als mich, der nach dem Rechten sieht – aber außer mir ist niemand da, und ich kann nicht – ich *kann* einfach nicht die Treue zu den Menschen brechen, die mich hierher geschickt haben. Ryan ist *nicht* der Präsident der Vereinigten Staaten. Das weiß er. Warum sonst versucht er, so vieles so schnell zu ändern? Warum versucht er, bei State Leute zur Lüge zu zwingen, spielt mit den Abtreibungsgesetzen rum, spielt mit dem Steuerrecht durch den Plutokrat Wilson? Der will sich's *kaufen,* wird den Kongreß gängeln, bis ihn die großen Tiere zum König oder was nehmen. Ich frage euch, wer repräsentiert jetzt das *Volk*?«

»Ich kann ihn nicht auf die Art sehen, Ed«, erwiderte die *Globe* nach ein paar Sekunden. »Seine Politik ist ziemlich weit rechts, aber er kommt rüber als verdammt aufrichtiger Typ.«

»Wie lautet das erste Gebot der Politik?« fragte die *Times* kichernd und fuhr dann fort. »Ich sag' euch, wenn dieses Zeug über Rußland und Kolumbien stimmt – pah! Das sind die Fünfziger, so mit anderen Regierungen umzuspringen. Wir sollten das schon lang nicht mehr machen, todsicher nicht auf dieser Ebene.«

»Das haben Sie nie von uns erhalten, und Sie können den Informanten in Langley nicht auffliegen lassen.« Der Stabschef gab an jeden eine Kassette aus. »Aber da drauf sind genug belegbare Fakten, um alles, was wir Ihnen gesagt haben, zu untermauern.«

»Das wird ein paar Tage dauern«, meinte der Vertreter vom *San Francisco Examiner,* während er an der Kassette herumfingerte und seine Kollegen ansah. Das Rennen hatte begonnen. Jeder Reporter im Raum wollte als erster die Story rausbringen. Es würde damit beginnen, daß sie die Kassetten während der Heimfahrt im Auto anhörten, und derjenige mit dem kürzesten Weg war im Vorteil.

»Meine Herren, ich kann nur sagen, das ist eine brandheiße Geschichte, und Sie müssen sie mit Ihrem besten professionellen Fingerspitzengefühl behandeln. Es geht nicht um mich«, sagte Kealty. »Ich wünschte, ich könnte dafür jemand anderes hernehmen, jemand mit einer weißeren Weste – aber ich kann es nicht. Nicht für mich, für mein Land, und das heißt, Sie sollten es so unverfälscht wie möglich ausspielen.«

»Werden wir, Ed« versprach die *Times*. Der Reporter blickte auf die Uhr. Beinahe drei Uhr früh. Er würde den ganzen Tag bis zum Redaktionsschluß um 22 Uhr arbeiten. In dieser Zeit müßte er prüfen, gegenprüfen und mit dem Chef vom Dienst verhandeln, um garantiert die obere Hälfte der Titelseite zu kriegen. Die Zeitungen an der Westküste waren im Vorteil – wegen der Zeitzonen genau drei Stunden. Aber er wußte, wie er ihnen zuvorkommen konnte.

»Legen Sie los, Ben«, befahl Jack kaum vier Stunden später.

»Im Landesfernsehen immer noch nichts, aber wir haben Richtfunkzeugs abgefangen, das für spätere Ausstrahlung übertragen wurde.« Goodley verstummte, als Ryan hinter dem Schreibtisch Platz nahm. »Die Qualität ist zur Vorführung zu schlecht, aber wir haben den Ton. Jedenfalls haben sie den ganzen Tag die Macht gefestigt. Morgen gehen sie an die Öffentlichkeit. Auf der Straße ist wohl schon alles klar, die offizielle Salbaderei wird für den Rest der Welt sein.«

»Clever«, bemerkte der Präsident.

»Ganz recht.« Goodley nickte. »Nächste Wild Card. Den Premier von Turkmenistan hat's voll erwischt, vermutlich ein Autounfall. Golowko hat mich angerufen – kurz nach fünf, glaube ich –, um mir Bescheid zu geben. Er ist im Moment nicht glücklich. Er meint, daß Irak und das Turkvolk zum gleichen Spiel gehören ...«

»Haben wir irgendwas, um das zu belegen?« fragte Ryan.

»Wollen Sie mich auf den Arm nehmen, Boß? In diesem Fall haben wir keinen Fatz, nicht mal was aus der Luft.«

Jack blickte einen Augenblick auf die Schreibtischfläche. »Wissen Sie, was die Leute alles sagen, wie mächtig der CIA ist ...«

»Moment mal, ich arbeite da, ja? Gott sei Dank für CNN. Mir ist das schon klar. Nur gut, daß uns die Russen zumindest etwas von dem mitteilen, was sie wissen.«

»Die haben Schiß«, bemerkte der Präsident.

»Gehörigen«, pflichtete der nationale Geheimdienstoffizier bei.

»Okay. Iran kassiert den Irak. Ein Staatschef in Turkmenistan ist tot. Analyse?« fragte Jack.

»Ich werde Golowko da nicht widersprechen. Er hat zweifellos Agenten dort, und es klingt, als wäre er in der gleichen Lage wie wir. Er kann zusehen und sich Sorgen machen, hat aber keine Eingreifmöglichkeiten.

Es kann Zufall sein, aber Spooks glauben von Berufs wegen nicht dran. Sergej todsicher nicht. Ich halte es definitiv für möglich. Ich werde darüber auch mit Vasco sprechen. Was sich dort zusammenbraut, sieht langsam besorgniserregend aus. Wir werden heute was von den Saudis bekommen.« Und Israel würde auch nicht lange auf sich warten lassen, wußte Ryan.

»China?« fragte der Präsident als nächstes. Vielleicht war die andere Seite der Welt etwas besser. War sie nicht.

»Größere Übung mit Kampftruppen auf und unter dem Wasser, bislang keine in der Luft, aber die Satellitenaufnahmen zeigen, daß die Fliegerhorste sich schon warmlaufen...«

»Augenblick mal...«

»Ja, Sir. Wenn es eine geplante Übung ist, warum waren sie dann nicht schon bereit? Ich werde mit dem Pentagon um halb neun darüber reden. Der Botschafter hatte ein kurzes Gespräch mit einem vom dortigen Außenministerium. Er hat zu hören bekommen, es sei keine große Sache, das Ministerium habe selbst nichts davon gewußt, eine Routineübung.«

»Schwachsinn.«

»Vielleicht. Taiwan spielt alles noch herunter, aber sie schicken heute einige Schiffe raus – das heißt, heute nacht bei ihnen. Einsatzkräfte von uns sind unterwegs. Taiwan spielt voll mit, arbeitet mit unseren Beobachtern zusammen. Bald werden sie uns fragen, was wir tun werden, wenn ›A‹ oder ›B‹ passiert. Darüber müssen wir nachdenken. Das Pentagon meint, die PRC hat nicht genügend Kräfte, um eine Invasion zu starten wie schon '96. Die Luftwaffe der ROC ist jetzt stärker als früher. Also sehe ich nicht, daß da irgendwas draus wird. Vielleicht ist es wirklich bloß eine Übung. Vielleicht wollen sie schauen, wie wir – das heißt, Sie – reagieren.«

»Was meint Adler?«

»Er meint, ignorieren. Ich glaube, er hat recht. Taiwan hält sich bedeckt. Ich glaube, das sollten wir auch. Wir verschieben Schiffe, vor allem unter Wasser, aber wir halten sie außer Sicht. CINCPAC scheint es im Griff zu haben. Lassen wir ihn einstweilen machen?«

Ryan nickte. »Über SecDef, ja. Europa?«

»Brav und ruhig, desgleichen unsere Halbkugel, ebenso Afrika. Wissen Sie, wenn die Chinesen sich wie gehabt bloß wieder mal unbeliebt machen, dann ist das einzig wirkliche Problem der Persische Golf – und die Sache ist doch die, daß wir dort gewesen sind und die Sache erledigt haben, Sir. Wir haben den Saudis gesagt, daß wir sie nicht im Stich lassen werden. Das wird auch der anderen Seite zu Ohren kommen, und die dürfte es sich zweimal überlegen, bevor sie weitere Vorhaben ins Auge faßt. Mir gefällt diese UIR-Geschichte nicht, aber ich glaube, wir kriegen sie in den Griff. Der Iran ist im wesentlichen instabil; das Volk will mehr Freiheit, und wenn es ein bißchen Morgenluft wittert, wird sich das Land ändern. Das können wir abwarten.«

Ryan lächelte und goß sich eine Tasse Koffeinfreien ein. »Sie werden allmählich ganz schön selbstsicher, Dr. Goodley.«

»Sie bezahlen mich doch fürs Denken. Da kann ich Ihnen genausogut sagen, was zwischen meinen Ohren vor sich geht, Boß.«

»Okay, machen Sie weiter und halten Sie mich auf dem laufenden. Ich muß mir heute überlegen, wie ich den Obersten Gerichtshof neu besetze.« Ryan trank seinen Kaffee und wartete auf Arnie. Das Amt war gar nicht so schlecht, oder? Nicht, wenn ein gutes Team für einen arbeitete.

»Es geht um Verführung«, sagte Clark den glänzenden neuen Gesichtern im Hörsaal. Der Lehrfilm, den sie gerade angesehen hatten, war die Geschichte von sechs wichtigen Fällen durchgegangen. Von diesem Film gab es nur fünf Rollen, und diese wurde schon wieder zurückgespult, um gleich wieder unter Verschluß gebracht zu werden. Zwei der Fälle hatte Clark selbst bearbeitet. Einer der Agenten war im Tiefgeschoß am Dscherschinksi-Platz 2 hingerichtet worden, nachdem er von einem KGB-Maulwurf in Langley verpfiffen worden war. Der andere besaß eine kleine Farm in der birkenbestandenen Landschaft im Norden New Hampshires und wünschte sich, er könnte heimkehren – aber Rußland hatte eine strenge Haltung gegenüber Hochverrätern. Solche Leute waren für immer Waisen – Clark blätterte um und trug aus seinen Notizen vor.

»Sie werden Menschen mit Problemen aussuchen. Sie werden diese Probleme nachempfinden können. Die Leute, die Sie bearbeiten, sind nicht vollkommen. Sie werden alle ihre Beschwerden haben. Einige werden zu Ihnen kommen. Sie müssen sie nicht lieben, aber Sie müssen loyal zu ihnen sein.

Was meine ich mit Verführung? Sie hören mehr zu und reden weniger. Sie nicken. Sie pflichten bei. ›Sie sind auf jeden Fall schlauer als Ihr Chef – ich kenne solche Leute, wir haben selbst so einen Trottel in unserer Regierung. Ich selbst hatte auch mal so einen Depp von Chef. In so einer Regierung ist es schwer, ehrenhaft zu bleiben, nicht wahr?‹ Sie wissen, wieviel die Ehre zählt.

Wenn jemand das sagt, dann wissen Sie, er will Geld. Das ist okay«, sagte ihnen Clark. »So einer erwartet nie soviel, wie er verlangt. Wir verfügen über genügend Geld, um alles zu zahlen, was einer will – aber wichtig ist, so jemand an den Haken zu kriegen. Wer seine Unschuld verloren hat, der bekommt sie nie wieder zurück.

Ihre Agenten, die Leute, die Sie heranziehen, werden nach ihrer Tätigkeit süchtig werden. Es macht Spaß, Spion zu sein. Selbst die ideologisch saubersten Menschen, die Sie rekrutieren, werden hin und wieder mal kichern, weil sie etwas wissen, was sonst niemand weiß.

Bei allen wird irgend etwas faul sein. Die Idealistischsten sind oft die Schlimmsten. Sie kriegen Schuldgefühle. Sie trinken. Manche gehen sogar zur Beichte – das ist mir schon mal untergekommen. Einige übertreten die Regeln ein erstes Mal und denken sich dann, es würden überhaupt keine mehr gelten. Dieser Typ wird jedes Mädchen anfallen, das ihm über den Weg läuft, und alle möglichen Risiken eingehen.

Die Behandlung von Agenten ist eine Kunst. Sie sind Mutter, Vater, Priester und Lehrer für sie. Sie müssen sie wieder auf den Erdboden holen. Sie müssen ihnen sagen, sich um ihre Familien und um ihren eigenen Arsch zu kümmern, besonders den ›guten‹ ideologisch Angeworbenen. Viele dieser Agenten steigern sich zu sehr hinein und zerstören sich selbst. Sie können zu Kreuzrittern werden. Von den Kreuzrittern«, fuhr Clark fort, »sind nur wenige an Altersschwäche gestorben.

Der Agent, dem es ums Geld geht, ist meist der verläßlichste. Der geht kein zu hohes Risiko ein. Der will schließlich wieder raus, um die schönen Seiten des Lebens zu genießen. Das ist das schöne an den Agenten, die für Geld arbeiten – sie leben dafür, es auch mal auszugeben. Wenn Sie andererseits etwas schnell erledigt haben wollen, wenn Sie einen Risikobereiten brauchen, können Sie durchaus einen Geld-Typen einsetzen – nur müssen Sie darauf vorbereitet sein, ihn schleunigst rausholen zu können. Früher oder später wird er meinen, er hätte genug getan, und verlangen, daß er aus dem Spiel genommen wird.

Was will ich Ihnen damit sagen? Es gibt in diesem Geschäft keine festen Regeln. Sie müssen Ihr Köpfchen einsetzen. Sie müssen sich mit Menschen auskennen, wie sie sind, wie sie sich verhalten, wie sie denken. Sie müssen ein echtes Mitgefühl für Ihre Agenten haben, ob Sie sie mögen oder nicht. Die meisten werden Sie nicht mögen«, versprach er ihnen. »Sie haben ja den Film gesehen. Jedes Wort war real. Drei Fälle endeten mit einem toten Agenten, einer mit einem toten Offizier. Denken Sie daran.

Okay, wir machen jetzt Pause. Mr. Revell wird Sie in der nächsten

Stunde unterrichten.« Clark sammelte seine Unterlagen ein und ging zur Rückseite des Raums, während die Auszubildenden sich schweigend mit der neuen Lektion beschäftigten.

»Mensch, Mr. C., heißt das, Verführung ist okay?« fragte Ding.

»Nur, wenn dich jemand dafür bezahlt, Domingo.«

In Gruppe zwei waren mittlerweile alle krank. Im Verlauf von zehn Stunden beklagten sie sich alle über Fieber und Schmerzen – Grippesymptome. Einige vermuteten bestimmt, wie es mit ihnen stand. Einige von ihnen halfen weiterhin den kränkeren Pflegepersonen, denen sie zugeteilt waren. Andere setzten sich im Behandlungsraum einfach auf den Boden und machten nichts anderes, als über ihrer eigenen Krankheit zu brüten und sich zu ängstigen, daß sie so werden würden wie die vor ihnen.

Mit der ursprünglichen Gruppe ging es im erwarteten Tempo bergab. Ihre Schmerzen wurden schlimmer bis zu dem Punkt, wo sie sich nicht mal mehr langsam krümmten, weil Bewegung mehr schmerzte als Stilliegen. Einer schien dem Tod schon sehr nahe, und Moudi fragte sich, ob das Herz dieses Opfers wie bei Benedikt Mkusa ungewöhnlich anfällig für den Mayinga-Typ von Ebola war – vielleicht hatte dieser Untertyp der Krankheit eine bisher nicht vermutete Vorliebe für Herzgewebe? Das wäre im abstrakten Studium eine interessante Erfahrung gewesen, aber er war schon weit über das abstrakte Studium der Krankheit hinaus.

»Wir haben nichts mehr davon, wenn wir diese Phase fortführen, Moudi«, bemerkte der Direktor, der neben dem jüngeren Mann stand und die Fernsehmonitore beobachtete. »Nächster Schritt.«

»Wie Sie wünschen.« Dr. Moudi nahm das Telefon und redete etwa eine Minute.

Nach fünfzehn Minuten rührte sich etwas. Die Sanitäter erschienen auf der Bildfläche, brachten alle neun Mitglieder der zweiten Gruppe über einen Gang zu einem zweiten großen Behandlungsraum, wo die Ärzte auf einem anderen Monitorensatz sahen, daß jedem ein Bett zugewiesen und ein Medikament gegeben wurde, nach dessen Einnahme sie binnen weniger Minuten einschliefen. Die Sanitäter kehrten dann zur ursprünglichen Gruppe zurück. Die Hälfte von ihnen schlief, und alle anderen waren benommen, konnten sich nicht widersetzen. Die noch bei Bewußtsein waren, wurden als erste mit dem Narkotikum Dilaudid, das in die gerade am günstigsten zu erreichende Vene injiziert wurde, getötet. Die Hinrichtungen dauerten nur ein paar Minuten und waren letztlich eine Gnade. Die Leichen wurden nacheinander auf Bahren geladen, um in den Verbrennungsofen transportiert zu werden. Als nächstes wurden die Matratzen und Bettlaken zur Verbrennung zusammengebündelt, worauf nur noch die Metallgestelle der Betten übrigblieben. Diese wurden mit dem Raum zusammen ausgesprüht, der für einige Tage versiegelt würde, bevor er erneut mit Desinfektionsmitteln besprüht würde. Die kollektive Aufmerksamkeit des Stabes wandte sich jetzt der Gruppe zwei zu, neun Verurteilte, die anscheinend die Übertragbarkeit von Ebola-Zaire-Mayinga durch die Luft bewiesen hatten.

Der Beamte der Gesundheitsbehörde kam erst einen vollen Tag später, zweifellos aufgehalten – wie MacGregor vermutete – durch einen Stapel Papierkram auf dem Schreibtisch, ein köstliches Abendessen und eine Nacht mit der Frau, die gerade etwas Pfeffer in sein Leben brachte.

Wenigstens kannte er sich mit den Vorsichtsmaßnahmen aus. Der Amtsarzt betrat kaum den Raum, stand mit geneigtem Kopf und verkniffenen Augen da, um sich den Patienten aus zwei Meter Entfernung besser besehen zu können. Der Raum war abgedunkelt, um Salehs Augen zu schonen. Dennoch war die Hautverfärbung zu sehen. Den Rest erklärten die zwei aufgehängten Einheiten mit Blut der Gruppe O und die Morphiuminfusion, zusammen mit dem Krankenblatt, das der Regierungsbeamte in den behandschuhten, zitternden Händen hielt.

»Die Antikörpertests?« fragte er leise mit amtlicher Würde.

»Positiv«, sagte ihm MacGregor.

Der erste dokumentierte Ausbruch von Ebola – wobei niemand wußte, wie lange es die Krankheit schon gab, wieviel Dschungeldörfer sie vor hundert Jahren etwa schon ausgelöscht hatte – hatte die Belegschaft des nächstgelegenen Krankenhauses mit erschreckendem Tempo heimgesucht, so daß das medizinische Personal die Einrichtung panikartig verlassen hatte. Und das hatte perverserweise mehr zum Ende der Epidemie beigetragen als vielleicht eine fortgesetzte Behandlung – die Opfer starben, und niemand kam ihnen nahe genug, um sich anzustecken. Afrikanische Mediziner wußten mittlerweile, was sie für Vorkehrungen zu treffen hatten. Alle trugen Schutzmasken und Handschuhe, und Desinfektionsmaßnahmen wurden rigoros durchgesetzt. So lässig und unbekümmert afrikanisches Personal manchmal war, diese Lektion hatten sie gut gelernt, und nachdem dieses Gefühl der Sicherheit eingekehrt war, taten sie wie auf der übrigen Welt ihr Bestmögliches.

Bei diesem Patient nützte das nicht mehr viel. Das war auch aus dem Krankenblatt zu ersehen.

»Aus dem *Irak?*« fragte der Beamte.

Dr. MacGregor nickte. »Das hat er mir gesagt.«

»Das muß ich bei den zuständigen Stellen nachprüfen.«

»Doktor, ich muß Meldung machen«, beharrte MacGregor. »Es ist ein möglicher Ausbruch und...«

»Nein.« Der Beamte schüttelte den Kopf. »Erst müssen wir mehr wissen. Wenn wir Meldung machen, wenn überhaupt, müssen wir vorerst alle notwendigen Informationen so beisammenhaben, daß sie für eine Warnung sinnvoll genützt werden können.«

»Aber...«

»Aber das liegt in *meiner* Verantwortung, und es ist *meine* Pflicht, darauf zu achten.« Er deutete mit dem Blatt auf den Patienten. Seine Hand zitterte nicht mehr, da er nun die Vollzugsgewalt über diesen Fall übernommen hatte. »Hat er Familie? Wer kann uns mehr über ihn sagen?«

»Ich weiß es nicht.«

»Ich werde das herausfinden«, sagte der Amtsarzt. »Lassen Sie Ihre Leute Kopien von allen Berichten machen und schicken sie die sofort zu mir.« Nach dieser strengen Anweisung fühlte sich der Vertreter der Gesundheitsbehörde, als hätte er seine Pflicht für seinen Beruf und sein Land erfüllt.

MacGregor nickte. In solchen Augenblicken haßte er Afrika. Sein Land war ein Jahrhundert hiergewesen. Ein anderer Schotte namens Gordon war zum Sudan gelangt, hatte sich darin verliebt – war der Mann irre? fragte sich Macgregor – und war in dieser Stadt vor 120 Jahren gestorben. Sudan wurde zum britischen Protektorat, und man hatte ein Infanterieregiment aufgezogen, das unter britischem Befehl gut gekämpft hatte. Den Sudan hatte man zu rasch in die Selbständigkeit geworfen – ohne Zeit und Geld zur Schaffung der institutionellen Infrastruktur, die eine Stammeswildnis zu einer lebensfähigen Nation gemacht hätte. Überall auf dem ganzen Kontinent war es dieselbe Geschichte, und die afrikanischen Völker zahlten immer noch den Preis für diesen Bärendienst. Das gehörte zu den Dingen, die weder er noch ein anderer Europäer laut aussprechen konnte, außer wenn sie unter sich waren – manchmal nicht einmal dann –, aus Angst, ein Rassist genannt zu werden. Aber wenn er ein Rassist war, *warum* war er dann hergekommen?

»Sie werden alles in zwei Stunden haben.«

»Sehr gut.« Der Beamte schritt aus der Tür. Die Oberschwester dieser Abteilung würde ihn zum Desinfektionsraum bringen, und da würde der Beamte sich wie ein Kind unter dem strengen Auge seiner Mutter allen Anordnungen fügen.

Pat Martin trat mit einer vollgestopften Aktentasche herein, der er vierzehn Mappen entnahm, die er in alphabetischer Reihenfolge auf dem Teetisch auslegte. Sie waren von *A* bis *M* beschriftet, denn Präsident Ryan hatte extra darum gebeten, daß er erst mal keine Namen erfuhr.

»Wissen Sie, ich würde mich sehr viel besser fühlen, wenn Sie mir nicht diese Macht gegeben hätten«, sagte Martin, ohne aufzublicken.

»Warum denn?« wollte Jack wissen.

»Ich bin nur Strafverfolger, Mr. President. Sicher ein ganz guter, und nun leite ich die Strafkammer, das ist auch fein, aber ich bin nur ...«

»Was glauben Sie, wie ich mich fühle?« meinte Ryan. »Seit George Washington hat niemand mehr diese Aufgabe aufgebrummt bekommen, und wieso denken Sie, daß *ich* wüßte, was ich tun soll? Zum Teufel, ich bin nicht einmal Anwalt und kann das Zeug ohne Spickzettel gar nicht verstehen.«

Martin sah mit einem matten Lächeln auf. »Okay, das hab' ich verdient.«

Ryan hatte die Kriterien festgelegt. Vor ihm befand sich eine Liste der obersten Beamten amerikanischer Bundesjustiz. Jedes der vierzehn Dossiers enthielt den beruflichen Werdegang eines amerikanischen Richters an Appellatsgerichten von Boston bis Seattle. Der Präsident hatte Martin gebeten, Richter auszuwählen, die mindestens zehn Jahre Erfahrung und mindestens fünfzig wichtige schriftliche Urteilsbegründungen vorzuweisen hatten. Diese Begründungen durften vom Obersten Gerichtshof nicht widerrufen sein – oder wenn eine oder zwei widerrufen worden waren, dann mußten sie durch eine spätere Berufung in Washington wieder aufgehoben worden sein.

»Das ist ein guter Haufen«, sagte Martin.

»Todesstrafe?«

»Die Verfassung gestattet sie spezifisch. Fünfter Zusatz: ›Noch soll eine Person in der gleichen Sache je zweimal in Gefahr für Glieder oder Leben gestellt werden; noch gezwungen werden, in einem Kriminalfall gegen sich selbst auszusagen, noch an Leben, Freiheit oder Besitz beeinträchtigt werden ohne ordentliches Verfahren.‹ Also *mit* ordentlichem Verfahren darf man einem das Leben nehmen, ihn aber nur einmal verurteilen. Das Gericht hat dafür in vielen Fällen der Siebziger und Achtziger Kriterien festgelegt: Schuldspruch, gefolgt von Strafmaßverfahren, von ›speziellen Umständen‹ abhängig. All diese Richter haben die Regelung aufrechterhalten – ein paar Ausnahmen. D hier hob in Mississippi ein Urteil wegen geistiger Zurückgebliebenheit auf. Gutes Urteil, wurde ohne Anhörung kommentarlos bestätigt, obwohl die Tat gruselig war. Sir, das Problem des Systems ist eins, das niemand wirklich heilen kann. Es liegt am Gesetz. Viele Rechtsprinzipien basieren auf ungewöhnlichen Fällen. Es gibt die Binsenweisheit, daß schwere Fälle schlechtes Recht bringen. Wie in England, die beiden Kinder, die ein kleineres umbrachten? Was zum Teufel soll ein Richter tun, wenn die überführten Mörder nur acht Jahre alt sind? Man betet bloß, daß man den Fall einem anderen aufdrückt. Wir tun halt unser Bestes, aus solchen Sachen trotzdem eine zusammenhängende Rechtsdoktrine aufzustellen. Leicht ist es nicht.«

»Schätze, Sie haben streng gewählt. Sind es auch faire Leute?«

»Wissen Sie, was ich vorhin sagte? Diese Art Macht will ich gar nicht. *E* hier kippte eine Verurteilung, die einer meiner besten Leute bewirkte – wegen Verleitens. Der Beklagte war schuldig wie der Teufel, kein Zweifel, und wir waren alle stocksauer. Aber Richter *E* sah sich die Argumente an und entschied wohl richtig: Der Fall ist jetzt Teil der FBI-Richtlinien.«

Jack sah auf die Mappen. Da hätte er eine ganze Woche daran zu lesen. Seit Washington hatte kein Chef der Justizbehörden vor der Notwendigkeit gestanden, den gesamten Obersten Gerichtshof neu zu besetzen, und damals war es in einer Zeit geschehen, als die nationale Übereinstimmung in Gesetzesfragen viel fester und tiefer gewesen war als heutzutage in Amerika. Damals hatte »grausame und ungewöhnliche Bestrafung« die Folterbank oder den Scheiterhaufen bedeutet – beides war im vorrevolutionären Amerika in Gebrauch gewesen. In jüngeren Entscheidungen aber traf es zu auf den Entzug von Kabelfernsehen und die Verweigerung einer Geschlechtsumwandlung oder einfach nur auf überfüllte Gefängnisse. *Na fein,* dachte Ryan, *die Gefängnisse sind überfüllt, warum entlassen wir dann nicht gefährliche Verbrecher in die Gesellschaft aus Angst, gegenüber abgeurteilten Kapitalverbrechern zu grausam zu sein?*

Nun hatte er die Macht, das alles zu ändern. Er brauchte nur Richter zu benennen, die einen so harten Standpunkt zu Verbrechen hatten wie er. Und für Ryan kam auch noch ein persönliches Element hinzu. Gegen ihn, seine Frau und seine Kinder war ein Mordanschlag verübt worden. Er kannte die Empörung darüber, daß es Menschen gab, die ein Leben so leicht auslöschen konnten, wie andere sich Süßigkeiten beim Lebensmittelhändler kauften, die anderen auflauerten, als wären sie Jagdwild, und deren Taten nach Vergeltung schrien. Er erinnerte sich, wie er mehr als einmal in Sean Millers Augen geblickt und *nichts* gesehen hatte, rein gar nichts. Keine Menschlichkeit, keine Gefühlsregung – nicht einmal Haß, so weit hatte der sich außerhalb der Gesellschaft begeben, daß es keine Rückkehr mehr gab...

Aber dennoch.

Ryan schloß die Augen und dachte zurück an den Augenblick, die geladene Browning in der Faust, sein Blut kochte, aber Hände wie Eis, der köstliche Moment, da er das Leben dessen auslöschen wollte, der nach seinem getrachtet hatte und Cathys und Sallys und Klein Johns, noch ungeboren. Ihm in die Augen sah, und endlich die Angst, die die Unmenschlichkeit durchbrach... doch wie oft hatte er seither der Güte Gottes gedankt, daß er den Hahn nicht gespannt hatte. Er hätte es getan. Er hatte es mehr gewollt als alles im Leben und *erinnerte* sich, wie er den Abzug drückte und nichts geschah – und dann war der Moment vergangen. Jack erinnerte sich ans Töten. Der Terrorist in London, der im Boot unterm Abhang, der Koch im U-Boot, die entsetzliche Nacht in Kolumbien, die ihm jahrelang Alpträume bescherte. Aber bei Sean Miller war es anders gewesen. Bei Miller ging's nicht um Notwendigkeit. Für Jack war es eine Art Gerechtigkeit gewesen, und er war da als Gesetzesvertreter, und mein Gott, wie hatte er dieses wertlose Leben auslöschen wollen! Er hatte aber nicht. Das Gesetz, das dem Leben dieses Terroristen und seiner Komplizen ein Ende bereitet hatte, war wohlüberlegt, kalt und distanziert – wie es sein mußte. Aus *diesem* Grund mußte er die bestmöglichen Leute zur Neubesetzung des Gerichtshofs aussuchen, weil die Entscheidungen, die dort zu treffen waren, nichts mit einem zornigen Mann zu tun hatten, der gleichzeitig seine Familie beschützen und Vergeltung üben wollte. Sie würden bestimmen, welches Recht für alle galt, und da ging es nicht um persönliche Wünsche. Was die Menschen die Zivilisation nannten, umfaßte mehr als den Affekt eines Mannes. Mußte sie auch. Und es war seine Pflicht, sicherzustellen, daß es so blieb, indem er die Richtigen aussuchte.

»Yeah«, sagte Martin, der im Gesicht des Präsidenten las. »Geht um viel, nicht wahr?«

»Einen Augenblick.« Jack erhob sich und ging zur Tür des Sekretariats. »Wer von Ihnen raucht?«

»Das bin ich«, antwortete Ellen Sumter. Sie war etwa so alt wie Jack und versuchte wohl, aufzuhören, wie alle Raucher in diesem Alter zumindest vorgaben. Ohne weitere Frage reichte sie ihrem Präsidenten eine Virginia Slim – was ihm auch die Frau im Flugzeug gegeben hatte, erkannte Jack – und ein Gasfeuerzeug. Der Präsident nickte zum Dank und ging wieder in sein Büro, während er den Glimmstengel anzündete. Bevor er die Tür zumachen konnte, holte ihn Mrs. Sumter mit einem aus ihrer Schublade genommenen Aschenbecher ein.

Ryan setzte sich hin, nahm einen langen Zug und blickte auf den Teppich, der das Großsiegel des Präsidenten der Vereinigten Staaten zeigte, wenn auch mit Möbeln verstellt.

»Wie zum Teufel«, fragte Jack leise, »konnte jemand nur entscheiden, daß ein Mensch so viel Macht haben kann? Ich meine, das, was ich hier mache...«

»Ja, Sir. Etwa so, wie wenn Sie James Madison wären. Sie suchen die Leute aus, die beschließen, was die Verfassung wirklich bedeutet. Sie sind alle über vierzig oder fünfzig und werden deshalb noch eine Weile im Amt bleiben«, sagte ihm Martin. »Kopf hoch! Wenigstens behandeln Sie's nicht als Spiel, sondern packen es richtig an. Sie suchen sich keine Frauen aus, weil sie Frauen sind, oder Schwarze, weil sie Schwarze sind. Ich habe Ihnen eine gute Mischung gegeben, nach Hautfarbe, Geschlecht und allem, aber alle Namen sind herausredigiert worden – und Sie werden sie nur aufspüren, wenn Sie die Fälle verfolgen, was Sie wahrscheinlich nicht machen. Ich gebe Ihnen mein Wort, Sir, die sind alle gut. Ich habe mich lang mit der Zusammenstellung der Liste beschäftigt. Es sind wirklich alles Leute, die wie Sie denken. Leute, die Macht mögen, jagen mir Angst ein«, sagte der Staatsanwalt. »Die Guten denken viel über das nach, was sie tun, bevor sie es tun. Die Auswahl echter Richter, die einige schwere Entscheidungen gefällt haben – na ja, lesen Sie deren Entscheidungen. Sie werden sehen, wie sehr sie darum gerungen haben.«

Ryan blies den Rauch aus und klopfte auf die Mappen. »Ich kenne mich in juristischen Dingen nicht so gut aus, um die Spitzfindigkeiten hier zu verstehen. Ich weiß kein bißchen was vom Recht, außer daß ich nicht dagegen verstoßen darf.«

Darüber mußte Martin grinsen. »Eigentlich kein schlechter Ausgangspunkt.« Er mußte nicht ausführlicher werden. Nicht jeder Inhaber dieses Amts hatte die Dinge so gesehen, das wußten beide Männer.

»Ich weiß, was ich nicht mag. Ich weiß, was ich geändert haben möchte, aber, verdammt noch mal« – Ryan blickte mit großen Augen auf –, »hab' ich das *Recht*, diese Berufungen zu machen?«

»Ja, Mr. President, das haben Sie, weil Ihnen der Senat über die Schulter schauen muß, der bei dem einen oder anderen nicht zustimmen wird. Alle Richter sind vom FBI überprüft. Sie sind alle ehrenhaft, alle klug.

Keiner von ihnen hat je in den Obersten Gerichtshof gewollt, außer durch Anweisung von oben. Wenn Sie keine neun nach Ihrem Geschmack finden, können wir noch ein bißchen mehr suchen – dann wäre es sogar besser, wenn es ein anderer täte. Der Leiter der Bürgerrechtsabteilung ist auch recht gut – er steht etwas weiter links als ich, aber er ist auch ein gründlicher Denker.«

*Bürgerrechte,* dachte Jack. Würden *die* auch in den Bereich seiner Regierungspolitik fallen? Wie sollte er wissen, was die rechte Art war, Menschen zu behandeln, die ein bißchen anders als alle übrigen sein oder nicht sein mochten? Früher oder später ging die Fähigkeit zur Objektivität verloren, und dann schaltete sich die eigene Meinung ein – und war das dann nicht Politik auf der Grundlage persönlicher Vorurteile? Wie sollte er wissen, was richtig ist? Mein Gott.

Ryan zog nochmals und drückte die Zigarette aus, wie immer nach dem Rückfall ins Laster von einem leichten Schwindel im Kopf befallen. »Nun, ich werde wohl eine Menge lesen müssen.«

»Ich würde Ihnen Hilfe anbieten, aber Sie sollten's lieber allein probieren. So greift keiner unzulässig ein – das heißt, nicht mehr, als ich's bereits getan habe. Sie haben mich drum gebeten, und das ist das Beste, was ich habe.«

»Ich schätze, mehr kann man nicht«, bemerkte Ryan, der auf den Stapel mit den Mappen starrte.

Der Leiter der Bürgerrechtsabteilung des amerikanischen Justizministeriums war noch von Präsident Fowler berufen worden. Früher war er Wirtschaftsanwalt und Lobbyist gewesen und hatte sich schon vor Beginn seines Jurastudiums politisch betätigt. Wie viele Inhaber öffentlicher Ämter verkörperte er inzwischen nicht direkt sein Amt, sondern eher seine Vision davon. Er hatte einen Wahlkreis, obwohl er nie gewählt worden war, und war nur mit Unterbrechungen in Diensten der Regierung gewesen, hatte aber eine Reihe zunehmend höherer Stellungen durch seine Nähe zur Macht in seiner Stadt erreicht, speiste und feierte mit den Mächtigen, besuchte deren Büros, während er Leute vertrat, die ihn mehr oder weniger interessierten, denn ein Anwalt mußte den Interessen seiner Klienten dienen – und die Klienten wählten ihn, nicht umgekehrt. Die Honorare der wenigen wurden gebraucht, um den Bedürfnissen der vielen zu dienen – was auch seine politische Philosophie war. Und so war er zur Verkörperung von Ben Johnsons Diktum geworden von ›Widersprüche nur ansprechen, sind sie doch alle Recht‹. Nie aber hatte er seine Leidenschaft für die Bürgerrechte abgelegt und seinen Einfluß nie gegen den Glaubenskern eingesetzt. Zwar hatte seit den Sechzigern keiner sich *gegen* die Bürgerrechte *per se* gewandt, aber er sagte sich, dies sei wichtig. Als Weißer mit einheimischen Vorfahren bis weit vorm Bürgerkrieg äußerte er sich an allen Gerichtshöfen, und von da her hatte er sich die Bewunderung von Menschen zugezogen, die derselben politischen Ansicht waren. Aus dieser Wertschätzung erwuchs Macht, und es ließ sich schwer sagen, welcher Aspekt seines Lebens den anderen mehr beeinflußte. Aufgrund seiner früheren Arbeit im Justizministerium war er Politikern aufgefallen. Weil er diese Arbeit ordentlich erledigt hatte, war auch eine mächtige Anwaltskanzlei in Washington auf ihn aufmerksam geworden. Er schied aus dem Regierungsdienst aus, um in diese Kanzlei einzutreten, verwendete seine politischen Kontakte, um seinen Beruf wirkungsvoller auszuüben, was ihm wieder zusätzliche Glaubwürdigkeit in politischen Kreisen einbrachte. Und so wusch eine Hand ständig die andere, bis er nicht mehr unterscheiden konnte, welche Hand welche war. Auf diesem Weg waren die von ihm vertretenen Fälle in einem so schleichenden und anscheinend logischen Prozeß zu seiner Identität geworden, daß er kaum mitbekam, was stattgefunden hatte. Er war das geworden, was er all die Jahre vertreten hatte.

Und das war jetzt ein Problem. Er kannte, bewunderte Patrick Martin als ein geringeres juristisches Talent, der seinen Aufstieg in der Justiz ausschließlich der Arbeit an Gerichten verdankte, war er doch nie ein ordentlicher Anwalt der Vereinigten Staaten gewesen (das waren politische Posten, hauptsächlich von Senatoren mit Leuten aus ihren Heimatstaaten besetzt), sondern eine der apolitischen Arbeitsbienen, die wirkliche Fälle erledigten, während der Vorgesetzte sich mit Vorträgen, Verwaltung von Fallzuweisungen und seiner politischen Karriere beschäftigte. Tatsächlich war Martin mit einundvierzig ein begabter juristischer Taktiker in seinen formalen Prozessen, sogar noch besser als juristischer Bürokrat, der junge Strafverfolger einwies. Aber er kannte sich in Politik nicht aus, dachte der Leiter der Bürgerrechtsabteilung, und deshalb war er als Ratgeber Präsident Ryans fehl am Platz.

Er besaß die Liste. Einer seiner Leute hatte Martin bei der Zusammenstellung geholfen, und die waren ihm ergeben, weil sie wußten, daß sie in dieser Stadt den wahren Aufstieg nur auf dem gleichen Weg wie ihr Chef erreichen konnten, und ihr Chef konnte ihnen mit einem Anruf einen Posten bei einer großen Kanzlei verschaffen, und aufgrund all dessen hatte der Leiter die Liste mit den vollen Namen erhalten.

Und so brauchte er keine Recherchen anstellen, denn er kannte sie alle. Dieser hier, vom vierten Gerichtshof in Richmond, hatte das Urteil einer unteren Instanz verworfen und in seiner ausführlichen Entscheidungsbegründung die Verfassungsmäßigkeit der Antidiskriminierungsbestimmungen in Frage gestellt – die Erörterung war so gut, daß sie den Obersten Gerichtshof in einer knappen 5:4-Entscheidung überzeugt hatte. Der Fall war ziemlich auf der Kippe gewesen, und die Bestätigung in Washington war sogar einmalig knapp ausgefallen, aber der Abteilungsleiter mochte in *jener* Mauer nicht den geringsten Sprung.

*Jener* in New York hatte die Position der Regierung auf einem anderen Gebiet bestätigt, aber dabei den Anwendungsbereich des Grundsatzes eingeschränkt – und *dieser* Fall war nicht an eine höhere Instanz verwiesen worden und galt seitdem in einem großen Teil des Landes als Recht.

Das waren die falschen Leute. Ihre Sicht juristischer Macht war zu eng umrissen. Sie überließen zuviel dem Kongreß und den bundesstaatlichen Gesetzgebern. Pat Martins Rechtsposition unterschied sich von seiner eigenen. Martin sah nicht ein, daß von Richtern *erwartet* wurde, Unrechtes wiedergutzumachen – über diesen Punkt hatten die beiden oft beim Mittagessen in stets feurigen, aber immer gutmütigen Gesprächen debattiert. Martin war angenehm und ein so guter Diskutierer, daß er schwer von einer Position abzubringen war, ob er recht hatte oder nicht, und während ihn das zu einem erstklassigen Strafverfolger machte, verfügte er nicht über das Temperament, er sah einfach nicht, wie die Dinge sein sollten, und suchte die Richter auf dieselbe Weise aus. Der Senat mochte einfältig genug sein, die Auswahl abzusegnen, und das *durfte nicht* passieren. Für eine solche Machtstellung mußten Leute ausgesucht werden, die sie richtig auszuüben verstanden.

Er hatte einfach keine andere Wahl. Er stopfte die Liste in einen Umschlag, den er in seine Jackentasche steckte, und verabredete sich mit einem seiner vielen Kontaktleute zum Essen.

## 30 / Presse

Sie brachten es in den Morgennachrichten, so allmächtig war der Einfluß des Fernsehens geworden. Es definierte, veränderte und verkündete, was Wirklichkeit war. Hinter dem Sprecher hing eine neue Flagge, ein grünes Feld, die Farbe des Islam, mit zwei kleinen goldenen Sternen. Er begann mit einem Koranzitat und ging zu politischen Themen über. Es gäbe einen neuen Staat mit dem Namen Vereinigte Islamische Republik. Er würde sich aus den früheren Ländern Iran und Irak zusammensetzen. Der neue Staat würde sich nach den islamischen Grundsätzen des Friedens und der Bruderschaft richten. Es würde ein gewähltes Parlament, ein Madschlis, geben. Wahlen, versprach er, würden zum Jahresende abgehalten werden. In der Zwischenzeit gäbe es einen Revolutionsrat mit Politikern aus beiden Ländern im Verhältnis ihrer Bevölkerungsgröße – was dem Iran die Oberhand gab. Das sagte der Sprecher nicht, mußte er auch nicht.

Es gäbe keinen Grund, fuhr er fort, daß irgendein Land die UIR fürchten müsse. Der neue Staat verkünde seinen guten Willen allen muslimischen Nationen und all denjenigen, die mit den früher getrennten Teilen des neuen Landes freundschaftliche Beziehungen unterhielten. Auf die Widersprüchlichkeit dieser Aussage wurde nicht eingegangen. Die anderen Golfstaaten, sämtlich islamisch, hatten in Wahrheit keine gutnachbarlichen Beziehungen zu beiden unterhalten. Die Vernichtung der früheren irakischen Waffenarsenale würde fortgesetzt, so daß der internationalen Völkergemeinschaft keine Gefahr drohe. Politische Gefangene würden sofort freigelassen ...

»Damit Platz ist für die neuen«, bemerkte Major Sabah in PALM BOWL. »Es ist also passiert.« Er brauchte niemanden anzurufen. Der Fernsehbericht wurde in allen Golfstaaten ausgestrahlt, und in jedem Zimmer mit einem funktionierenden Fernseher war das einzig glückliche Gesicht das auf dem Bildschirm – das heißt, bis das Bild wechselte und spontane Kundgebungen an verschiedenen Moscheen gezeigt wurden, wo die Leute ihr Morgengebet verrichteten und dann nach draußen gingen, um ihre Freude zu bekunden.

»Hallo, Ali«, sagte Jack. Er war noch lange aufgeblieben, um die von Martin dagelassenen Mappen zu lesen und weil er wußte, daß der Anruf kommen würde. Er litt wieder unter Kopfschmerzen, die er allein schon vom Betreten des Oval Office zu bekommen schien. Es überraschte, daß die Saudis so lange den Anruf ihres Ministers ohne Geschäftsbereich hinausgezögert hatten. Vielleicht hatten sie es einfach wegwünschen wollen, ein Zug, der in jenem Teil der Welt nicht unbedingt selten war. »Ja, ich seh' es mir gerade an.« Am unteren Rand des Bilds war eine Dialogbox angebracht, in der die Nachrichtenspezialisten die Übersetzung eintippten. Die Sprache war etwas blumig, aber der Inhalt war allen im Raum klar. Adler, Vasco und Goodley waren hergekommen, sobald die Übertragung anfing, und hatten Ryan von seiner Lektüre, wenn auch nicht von seinen Kopfschmerzen erlöst.

»Das ist sehr beunruhigend, wenn auch nicht besonders überraschend«, sagte der Prinz in die chiffrierte Leitung.

»Es ließ sich nicht aufhalten. Ich weiß, wie es für Sie aussehen mag, Hoheit«, sagte der Präsident müde. Er hätte sich einen Kaffee genehmigen können, aber er wollte heute nacht wenigstens noch ein *bißchen* Schlaf.

»Wir werden unser Militär in erhöhte Bereitschaft versetzen.«

»Gibt es etwas, was wir für Sie tun können?« fragte Ryan.

»Im Augenblick möchte ich nur weiter mit Ihrer Unterstützung rechnen können.«

»Ja, bestimmt. Das habe ich Ihnen schon gesagt. Unsere Verpflichtungen Ihrem Königreich gegenüber bleiben die alten. Wenn Sie möchten, daß wir sie in irgendeiner Weise demonstrieren, so sind wir bereit, jeden Schritt zu unternehmen, der vernünftig und angemessen erscheint. Haben Sie ...«

»Nein, Mr. President, wir haben gegenwärtig keine offiziellen Wünsche.« Die Aussage wurde in einem Ton getroffen, daß Jack den Blick vom Außenlautsprecher ab- und seinen Besuchern zuwandte.

»Darf ich in diesem Fall vorschlagen, daß einige Ihrer Leute die Möglichkeiten mit einigen aus meinem Stab besprechen?«

»Das müßte in aller Stille geschehen. Meine Regierung wünscht nicht, die Lage aufzuheizen.«

»Sie können mit Admiral Jackson reden, er ist ...«

»Ja, Mr. President, ich habe ihn schon im Ostflügel kennengelernt. Unsere Arbeitsgruppe wird später am Tag mit ihm Verbindung aufnehmen.«

»Okay. Sie wissen, Ali, ich bin immer am anderen Ende der Leitung.«

»Ich danke Ihnen, Jack. Ich wünsche Ihnen einen guten Schlaf.« *Sie werden ihn brauchen, eigentlich wir alle.* Dann war die Leitung tot. Ryan drückte zur Sicherheit auf den Knopf für den Außenlautsprecher.

»Einschätzungen?«

»Ali möchte, das wir etwas tun, aber der König hat sich noch nicht entschieden«, meinte Adler.

»Sie werden wohl mit der UIR in Kontakt treten.« Vasco sponn den Faden weiter. »Der erste Impuls wird sein, einen Dialog anzubahnen, ein bißchen geschäftlich zu werden. Die Saudis werden die Führung übernehmen. Schätze, Kuwait und die übrigen kleineren Staaten werden sie die Kontakte knüpfen lassen, aber wir werden bald von ihnen hören, wahrscheinlich durch irgendwelche Kanäle.«

»Haben wir einen guten Botschafter in Kuwait?« fragte der Präsident.

»Will Bach«, sagte Adler mit einem nachdrücklichen Nicken. »Ein Vollblutdiplomat. Guter Mann. Nicht unbedingt ein Visionär, aber ein Arbeitstier, kennt Sprache und Kultur, hat viele Freunde in der königlichen Familie. Guter Wirtschaftsmensch. Er hat sehr erfolgreich als Mittelsmann zwischen unseren Geschäftsleuten und ihrer Regierung agiert.«

»Um ihm den Rücken zu stärken, hat er auch einen guten Vize«, fuhr Vasco fort. »Die Attachés dort sind alle top, lauter gute Spooks.«

»Okay, Bert.« Ryan nahm seine Lesebrille ab und rieb sich die Augen. »Sagen Sie mir, was jetzt weiter passiert.«

»Die ganze Südseite des Golfs hat die Hosen gestrichen voll. Ihr Alptraum ist wahr geworden.«

Ryan nickte und blickte den nächsten an. »Ben, ich möchte vom CIA eine Einschätzung der Absichten der UIR, und Sie sollten Robby anrufen und feststellen, was wir für Optionen haben. Schalten Sie Tony Bretano mit ein.«

»Langley hat kaum Anhaltspunkte«, beteuerte Adler. Deshalb würde deren Einschätzung eine breite Palette möglicher Reaktionen präsentieren, vom Einsatz von Atomwaffen – der Iran könnte schließlich Nuklearraketen haben – bis zur Wiederkehr des Propheten, mit noch drei oder vier Möglichkeiten dazwischen, stets mit theoretischer Begründung. Auf die Art hatte wie üblich der Präsident den Schwarzen Peter, die falsche Entscheidung zu treffen, und es wäre allein seine Schuld.

»Jaja, ich weiß. Scott, schauen wir mal, ob wir nicht auch einige Kontakte mit der UIR knüpfen können.«

»Ihnen den Olivenzweig reichen?«

»Genau das«, stimmte der Präsident zu. »Sehen alle es so, daß sie Zeit zur Konsolidierung brauchen, bevor sie was Einschneidendes tun?« Dieser präsidialen Einschätzung wurde zugenickt, aber nicht von jedem.

»Mr. President?« meldete sich Vasco.

»Ja, Bert – übrigens: guter Blick. Sie haben das Timing nicht ganz exakt hingekriegt, aber ich will verdammt sein, wenn es nicht knapp dran war.«

»Danke. Mr. President, was die Konsolidierung angeht, das betrifft die Bevölkerung, stimmt's?«

»Sicher.« Ryan und die anderen nickten. Die Konsolidierung einer Regierung beruhte auf kaum mehr, als daß die Bevölkerung sich an das neue System gewöhnte und es akzeptierte.

»Sir, wenn Sie sich die Bevölkerungszahlen im Irak anschauen, der sich an die neue Regierung gewöhnen muß, dann vergleichen Sie die mal mit der Bevölkerung der Golfstaaten. In puncto Entfernung und Territorium ist es ein großer Sprung, aber nicht in puncto Bevölkerung«, sagte Vasco, womit er sie daran erinnerte, daß Saudi-Arabien, wenn es auch größer als die USA östlich des Mississippis war, weniger Einwohner als der Großraum Philadelphia hatte.

»Sie werden nicht sofort etwas unternehmen«, warf Adler ein.

»Sie könnten schon. Hängt davon ab, was Sie unter ›sofort‹ verstehen, Herr Minister.«

»Iran hat zu viele innere Probleme«, meldete sich Goodley.

Vasco entschied, die Unterredung an sich zu reißen. »Unterschätzen Sie nicht die religiöse Dimension«, warnte er. »Das ist ein einigender Faktor, der innere Probleme hinwegfegen oder zumindest unterdrücken könnte. Die Flagge sagt es schon. Der Name des Staates sagt es. Sieger sind auf der ganzen Welt beliebt. Daryaei schaut nun echt wie ein Sieger aus, nicht wahr? Und noch etwas.«

»Was denn, Bert?« fragte Adler.

»Haben Sie sich die Flagge angesehen? Die zwei Sterne sind ganz schön klein«, sagte Vasco nachdenklich.

»Ja, und?« Das war Goodley. Ryan blickte noch einmal auf den Fernsehsprecher. Die Flagge war hinter ihm noch zu sehen und...

»Und da gibt's reichlich Platz für mehr.«

Das war der Augenblick, von dem er geträumt hatte, aber nun war der Jubel real, drang ihm von außen, nicht von innen, an die Ohren. Mahmoud Hadschi Daryaei war vor Tagesanbruch hergeflogen, und bei aufgehender Sonne war er in die zentrale Moschee gegangen. Er hatte demütig dem Ruf vom Minarett gelauscht, der die Gläubigen zum Gebet rief, und heute drehten sich die Menschen nicht auf die andere Seite und versuchten, noch ein paar Stunden Schlaf zu finden. Heute schwärmten sie von allen Wohnblöcken zur Moschee in andächtiger Haltung, die ihren Besucher zutiefst rührte. Daryaei genoß einfach den einmaligen Augenblick, und Tränen strömten ihm über die dunklen, tief zerfurchten Wangen in dem überwältigenden Gefühl des Augenblicks. Er hatte seine erste Aufgabe bewältigt. Er hatte den Wunsch des Propheten Mohammed erfüllt. Er hatte dem Glauben zu etwas mehr Einheit verholfen, der erste Schritt in seiner heiligen Sendung. Im ehrerbietigen Schweigen nach dem Morgengebet stand er auf und schritt auf die Straße hinaus, und hier wurde er erkannt. Zum größten Entsetzen seiner Leibgarde ging er die Straße entlang, erwiderte die Grüße der erst verdatterten, dann ekstatischen Menschen, die den früheren Feind ihres Landes als Gast unter ihnen gehen sahen.

Hier wurde nichts mit Kameras aufgenommen. Dieser Augenblick sollte durch öffentliche Zurschaustellung nicht befleckt werden, und obwohl eine gewisse Gefahr bestand, nahm er sie hin. Was er tat, würde ihm viel verraten. Es würde ihm etwas aussagen über die Kraft seines Glaubens und des erneuerten Glaubens dieser Menschen, und es würde ihm sagen, ob er in seiner Sendung Gottes Segen genoß oder nicht, denn Daryaei war wirklich ein demütiger Mensch, der tat, was er tun mußte, nicht für sich, sondern für seinen Gott. Bald wurde aus den Passanten eine Menge, und aus der Menge eine Volksmasse. Menschen, die er noch nie gesehen hatte, machten sich zu seinen Beschützern, bahnten ihm einen Weg durch die Leiber und Jubelschreie, als er auf seinen betagten Beinen einherschritt, während seine nun heiteren dunklen Augen nach links und rechts schweiften und er sich fragte, ob er in Gefahr geraten würde, aber nur auf Freude traf, die seine eigene widerspiegelte. Er gab sich in Blicken und Gesten vor der Volksmasse wie ein Großvater, der seine Nachkommen begrüßte. Er lächelte nicht, sondern nahm gelassen ihre Liebe und Achtung entgegen. In seinen Augen lag das Versprechen noch größerer Dinge, denn großen Taten mußten noch größere folgen, und der Augenblick war günstig.

»Was für ein Mensch ist er denn?« fragte Movie Star. Nach seinem Flug nach Frankfurt hatte er einen nach Athen , einen nach Beirut und noch einen weiteren hierher nach Teheran genommen. Er kannte Daryaei nur vom Ruf her.

»Er kennt sich mit der Macht aus«, antwortete Badrayn, während er auf die Kundgebungen draußen hörte. Der Frieden hatte schon etwas für sich, überlegte er. Der Krieg zwischen Irak und Iran hatte beinahe ein Jahrzehnt gedauert. Kinder waren in den Tod geschickt worden. Raketen hatten die Städte beider Länder in Schutt und Asche gelegt. Die Zahl der Opfer würde nie genau bekanntwerden, und obwohl der Krieg schon vor Jahren beendet worden war, jetzt war er erst richtig zu Ende – wohl eher eine Sache des Herzens als des Rechts. Oder vielleicht hatte es mit Gottes Recht zu tun, das sich von dem des Menschen unterschied. Die sich daraus ergebende Euphorie hatte er selbst einmal empfunden. Jetzt wußte er es aber besser. Solche Gefühle ließen sich als politische Waffe einsetzen. Da draußen waren Menschen, die noch vor kurzem die Weisheit ihres Oberhaupts in Frage gestellt hatten, der soviel wie möglich ihrer Freiheiten beschnitten hatte. Das war nun vorüber und würde so bleiben – wie lange noch? Das war die Frage, und deshalb mußten solche Gelegenheiten richtig ausgenützt werden. Und Daryaei kannte sich darin bestens aus.

»Nun«, sagte Badrayn, der den Lärm der Gläubigen draußen ausblendete, »was haben Sie in Erfahrung gebracht?«

»Das Interessanteste habe ich aus dem Fernsehen. Präsident Ryan macht sich gut, aber er hat Probleme. Die Regierung ist noch nicht voll funktionsfähig. Die Wahlen zum Unterhaus des Parlaments werden im nächsten Monat stattfinden. Ryan ist populär. Die Amerikaner lieben Meinungsumfragen«, erklärte er. »Sie rufen Leute per Telefon an – ein paar tausend, oft weniger – und berichten dann, was jeder denkt.«

»Das Ergebnis?« fragte Badrayn.

»Die große Mehrheit ist für das, was er macht – aber er macht eigentlich nichts, er macht nur weiter. Er hat noch keinen Vizepräsidenten ernannt.«

Badrayn wußte das, aber nicht den Grund dafür. »Warum?« fragte er.

Movie Star grinste. »Die Frage habe ich mir auch schon gestellt. Darüber muß das gesamte Parlament entscheiden, und das ist noch nicht vollzählig. Das wird eine Zeitlang so bleiben. Dazu kommt das Problem mit dem früheren Vizepräsidenten, diesem Kealty, der meint, *er* sei der Präsident – und Ryan hat ihn nicht verhaften lassen. Ihr Rechtssystem behandelt Verrat nicht sehr wirkungsvoll.«

»Und wenn wir Ryan töten könnten ...?«

Movie Star schüttelte den Kopf. »Sehr schwierig. Ich habe mir einen Nachmittag Zeit genommen, um in Washington herumzugehen. Die Überwachung ist sehr strikt. Touristenrundfahrten sind nicht gestattet. Die Straße vor dem Gebäude ist gesperrt. Ich habe mich eine Stunde lang auf eine Bank gesetzt und dabei nach irgendwelchen Zeichen gesucht. Auf allen Gebäuden Scharfschützen. Vermutlich hätten wir eine Chance bei einer seiner offiziellen Reisen, aber das erforderte eine ausführliche Planung, für die wir nicht die nötige Zeit haben. Und so bleiben uns nur ...«

»Seine Kinder«, vollendete Badrayn den Satz.

*Herrgott, ich sehe sie kaum noch,* dachte Jack. Er kam in Begleitung Jeff Ramans gerade aus dem Aufzug und blickte auf die Uhr. Mitternacht gerade vorbei. Verdammt. Er hatte es noch geschafft, ein eiliges Abendessen mit ihnen und Cathy einzunehmen, bevor er wieder zu seiner Lektüre und seinen Sitzungen nach unten huschen mußte, und nun – schliefen alle schon.

Der Flur oben war viel zu groß für die Intimität einer wirklichen Wohnung. Drei Agenten waren in Sicht, ›schoben Wache‹, wie sie es nannten, und der diensttuende Offizier mit dem ›Fußball‹, dem elektronischen Aktenkoffer für den Atomwaffeneinsatz. Es war wegen der Nachtzeit ruhig, und der Gesamteindruck war eher wie in einem noblen Bestattungsunternehmen, nicht wie in einer von einer Familie bewohnten Wohnung. Keine Unordnung, keine Spielsachen auf dem Teppich, keine leeren Gläser vor dem Fernseher. Zu sauber, zu ordentlich, zu kühl. Immer jemand in der Nähe. Raman tauschte Blicke mit den anderen Agenten aus, deren Nicken besagte: »Okay, alles klar.« *Niemand mit 'ner Knarre hier oben*, dachte Ryan. *Toll.*

Die Schlafzimmer hier oben lagen zu weit auseinander. Er wandte sich zuerst nach links zu Katies Zimmer. Als er die Tür aufmachte, sah er seine Jüngste auf der Seite liegen, einen braunen Plüschteddybären neben sich. Sie hatte noch immer einen Strampelanzug an. Jack erinnerte sich noch, wie Sally das gleiche getragen hatte und wie niedlich Kinder darin aussahen, wie Päckchen. Aber Sally freute sich schon darauf, reizvolle Dessous bei Victoria's Secret kaufen zu können, und Little Jack – neuerdings wehrte er sich gegen den Beinamen – bestand schon auf Boxer Shorts, weil das für Jungen seines Alters ›in‹ war. Die mußten so tief sitzen, weil es ebenso ›in‹ war, daß sie einem fast von den Hüften rutschten. Nun, er hatte ja immer noch ein Kleinkind. Jack trat ans Bett und blieb eine Minute stehen, genoß mit dem Blick auf Katie das Gefühl, Vater zu sein. Er blickte sich um, und auch hier war das Zimmer unnatürlich aufgeräumt. Nichts Loses am Boden, sogar die Söckchen neben den fantasievollen Turnschuhen. War das die richtige Umgebung für ein Kind? Er kam sich vor wie in einem Shirley-Temple-Film aus der Kinderzeit seiner Eltern – etwas ganz Nobles, wo er sich immer gefragt hatte: *Leben Menschen tatsächlich so?*

Keine normalen Familien, nur königliche – und die Familie des Mannes, der zur Präsidentschaft verurteilt war. Jack lächelte, schüttelte den Kopf und ging aus dem Zimmer. Agent Raman schloß hinter ihm die Tür, überließ POTUS nicht einmal das. Irgendwo im Gebäude, war sich Ryan sicher, zeigten Sensoren wahrscheinlich an, das jemand das Zimmer betreten hatte, und jemand fragte womöglich über die Funkverbindung der Sicherheitskräfte und erhielt zur Antwort, daß SWORDSMAN SANDBOX zudeckte.

Er steckte den Kopf in Sallys Zimmer. Seine Älteste schlief ebenfalls, träumte zweifellos von einem Jungen in ihrer Klasse – Kenny oder so? Einer, der echt cool war. Der Boden in Little Jacks Zimmer war tatsächlich durch ein Comicbuch verunziert, aber sein weißes Hemd hing gebügelt auf einem stummen Diener, und jemand hatte seine Schuhe geputzt.

*Wieder ein Tag beim Teufel,* dachte der Präsident. Er wandte sich an seinen Bodyguard: »Nacht, Jeff.«

»Gute Nacht, Sir«, sagte Agent Raman vor der Tür des Elternschlafzimmers. Ryan nickte dem Mann noch einmal zu. Raman wartete, bis die Tür zu war, und schaute dann nach links und rechts zu den anderen Agenten des Detail. Die rechte Hand streifte die Dienstpistole unter seinem Jackett, und um seine Augen lag ein ganz persönliches Lächeln, weil er wußte, was so leicht hätte sein können. Er hatte noch keine Antwort erhalten. Nun, sein Kontaktmann war zweifellos vorsichtig. Aref Raman hatte heute nacht die Aufsicht über das Detail. Er schritt über den Flur, nickte den postierten Agenten zu, stellte einige unverfängliche Fragen und ließ sich vom Aufzug ins ›Staatsgeschoß‹ tragen und von da nach draußen, um etwas Luft zu schnappen und einen Blick auf die Außenposten zu werfen. Im Lafayette Park über der Straße waren einige Protestierer – zu dieser nachtschlafenden Zeit eng zusammengeschart. Viele von ihnen rauchten – vielleicht Haschisch? fragte sich Aref mit einem rätselhaften Lächeln. Wäre das nicht komisch? Ansonsten gab es nur Verkehrsgeräusche, im Osten eine ferne Sirene, und die Posten, die sich mit Gesprächen über Basketball, Eishockey oder das Frühjahrstraining zum Baseball wach zu halten versuchten und dabei die Augen nach draußen schweifen ließen, um in den Schatten der Stadt nach Gefahren zu suchen. Dort brauchten sie nicht zu suchen, dachte Raman, als er sich umdrehte, um wieder an seinen Posten zu gehen.

»Kann man sie kidnappen?«

»Die beiden älteren nicht, zu ungünstig, zu schwierig, aber bei der Jüngsten dürfte es gehen. Es könnte aber gefährlich und verlustreich sein«, warnte Movie Star.

Badrayn nickte. Das hieß, besonders verläßliche Leute auszusuchen. Daryaei hatte sie. Die Vorgänge im Irak hatten das bewiesen. Er besah sich einige Minuten lang schweigend die Diagramme, während sein Gast zum Fenster hinausblickte. Die Kundgebung hielt immer noch an. Nun schrien sie: »Tod den USA!« Die Gruppen und die Einpeitscher hatten mit diesem bestimmten Mantra schon eine lange Erfahrung. Dann meldete sich der Geheimdienstler wieder.

Movie Star fragte: »Wie lautet genau der Auftrag, Ali?«

»Das strategische Ziel ist, Amerika davon abzuhalten, sich bei uns einzumischen.« *Uns* hieß nun alles, was Daryaei es bedeuten lassen wollte.

Alle neune, sah Moudi. Er führte die Antikörpertests selbst durch, machte gar drei Durchgänge, die alle positiv ausfielen. Jeder von ihnen war infiziert. Zur Sicherheit wurden ihnen Drogen mit der Versicherung gegeben, es würde bald wieder alles in Ordnung sein – in ihrem Fall, bis feststand, daß die Krankheit mit ganzer Virulenz bei ihnen ausgebrochen war. Ihnen wurde hauptsächlich Morphium gegeben, damit sie möglichst ruhig und benommen blieben. Also, erst Benedikt Mkusa, dann Schwester Jean Baptiste, zehn Verbrecher und nun neun weitere. Zweiundzwanzig Opfer, wenn er Schwester Maria Magdalena mitrechnete. Er fragte sich, ob Jean Baptiste immer noch im Paradies für ihn betete, und schüttelte den Kopf.

Sohaila, dachte Dr. MacGregor während der Durchsicht seiner Notizen. Sie war erkrankt, aber stabilisiert. Ihre Temperatur war um ein Grad gefallen. Sie war gelegentlich ansprechbar. Er hatte erst an Jetlag geglaubt, bis Blut im Erbrochenen und im Stuhl war. Aber das hatte aufgehört – Lebensmittelvergiftung? Das wäre die wahrscheinliche Diagnose gewesen. Sie hatte womöglich das gleiche wie der Rest ihrer Familie gegessen, aber ein Stück Fleisch hätte schlecht sein können. Oder sie hatte wie alle Kinder einfach was Falsches geschluckt. Das kam buchstäblich jede Woche in jeder Arztpraxis auf der ganzen Welt vor und war insbesondere unter den Ausländern in Khartum üblich. Aber auch sie kam aus dem Irak, so wie Saleh. Bei dem hatte er die Antikörpertests gemacht, und die hatten keinen Zweifel gelassen. Dieser Leibwächter war schwer erkrankt, und wenn sein Immunsystem sich nicht aufraffte ...

Kinder, fiel MacGregor ein, haben ein mächtiges Immunsystem, viel stärker als das von Erwachsenen. Eltern waren sich bewußt, daß jedes Kind in wenigen Stunden eine Krankheit aufschnappen und hohes Fieber bekommen konnte, und der Grund dafür war einfach der, daß Kinder in ihrem Wachstumsprozeß allen möglichen Leiden zum erstenmal ausgesetzt waren. Jeder Organismus griff das Kind an, und in jedem Kind wehrte sich das Immunsystem, erzeugte Antikörper, die diesen bestimmten Feind (Masern, Mumps und alles übrige) auf immer besiegen würden, wenn er noch einmal auftauchte – und beim erstenmal rasch besiegen würden, weswegen ein Kind an dem einen Tag von hohem

Fieber befallen werden konnte und am nächsten Tag schon wieder draußen spielte; ein weiteres Charakteristikum der Kindheit, der Eltern erst entsetzte und dann verblüffte. Die sogenannten Kinderkrankheiten waren diejenigen, die in der Kindheit bezwungen wurden. Wenn ein Erwachsener sie zum erstenmal bekam, war er viel schlimmer dran – Mumps konnte einen gesunden Mann impotent machen; Windpocken, eine Unpäßlichkeit für Kinder, konnten Erwachsene töten; Masern hatten ganze Völker dahingerafft. Warum? Weil ein Kind eines der widerstandsfähigsten bekannten Organismen war. Impfstoffe gegen Kinderkrankheiten waren entwickelt worden, nicht um die vielen zu retten, sondern die wenigen, die aus welchem Grund auch immer ungewöhnlich verletzlich waren. Selbst die verheerende neuro-muskuläre Kinderlähmung Polio hatte nur einem Bruchteil der Opfer dauerhaften Schaden zugefügt – aber es handelte sich hauptsächlich um Kinder, und Erwachsene beschützten Kinder gewöhnlich mit einer Vehemenz, die sonst dem Tierreich zugeordnet wurde, weswegen so viel Forschung im Lauf der Jahre auf Kinderkrankheiten verwendet worden war... Wohin führte ihn dieser Gedankengang? fragte sich der Arzt. So oft machte sich sein Gehirn von selbst auf, als wanderte es in einer Gedankenbibliothek herum, wo es nach dem richtigen Verweis, der richtigen Verknüpfung suchte...

Saleh war aus dem Irak gekommen.

Sohaila war ebenfalls aus dem Irak gekommen.

Saleh hatte Ebola.

Sohaila hatte Symptome einer Grippe, Lebensmittelvergiftung oder...

Aber Ebola zeigte sich anfänglich als Grippe...

»Mein Gott«, zischte MacGregor. Er stand von seinem Schreibtisch und seinen Aufzeichnungen auf und ging zu ihrem Zimmer. Unterwegs beschaffte er sich eine Spritze und einige Vakuumröhrchen. Es gab das übliche Gewimmer eines Kindes angesichts einer Nadel, aber MacGregor hatte eine sichere Hand, und alles war schon vorbei, bevor sie richtig losweinen konnte, womit er sie ihrer Mutter überließ, die bei ihr im Zimmer übernachtet hatte.

*Warum habe ich diesen Test nicht schon vorher gemacht?* haderte der junge Arzt mit sich. *Verdammt.*

»Sie sind offiziell gar nicht im Lande«, sagte der Außenministeriumsbeamte dem Vertreter der Gesundheitsbehörde. »Wo liegt denn das Problem?«

»Er scheint den Ebola-Virus zu haben.« Da merkte der andere Mann auf. Er blinzelte heftig und beugte sich über den Schreibtisch.

»Sind Sie sicher?«

»Ziemlich«, bestätigte der sudanesische Arzt mit einem Nicken. »Ich habe die Testdaten gesehen. Der behandelnde Arzt ist Ian MacGregor, einer unserer britischen Gäste. Er ist recht gut in seinem Fach.«

»Hat irgend jemand davon erfahren?«

»Nein.« Der Arzt schüttelte nachdrücklich den Kopf. »Es besteht kein Grund zur Panik. Der Patient ist völlig isoliert. Die im Krankenhaus verstehen ihr Geschäft. Wir sollten die entsprechenden Meldungen an die Weltgesundheitsorganisation machen, sie informieren und ...«

»Sind Sie sicher, daß keine Gefahr einer Epidemie besteht?«

»Keine. Wie gesagt, die völlige Isolierung ist gewährleistet. Ebola ist eine gefährliche Krankheit, aber wir können damit umgehen«, antwortete der Arzt zuversichtlich.

»Warum müssen Sie dann die WHO benachrichtigen?«

»In solchen Fällen schicken sie ein Beobachtungsteam, das Ratschläge gibt und versucht, die ursprüngliche Quelle der Infektion zu finden und ...«

»Dieser Saleh hat doch die Krankheit nicht hier aufgeschnappt?«

»Bestimmt nicht. Wenn hier was gewesen wäre, hätte ich direkt davon erfahren«, versicherte er seinem Gastgeber.

»Also besteht keine Gefahr der Ausbreitung, und deshalb steht fest, daß in unserem Land die öffentliche Gesundheit nicht gefährdet ist, ja?«

»Stimmt.«

»Verstehe.« Der Beamte warf einen Blick aus dem Fenster. Die Anwesenheit der ehemaligen irakischen Offiziere im Sudan war immer noch ein Geheimnis, und es lag im Interesse des Landes, daß es auch so blieb. Wer Geheimnisse hatte, mußte sie vor jedermann hüten. Er wandte sich wieder um. »Sie werden die Weltgesundheitsorganisation nicht benachrichtigen. Wenn die Anwesenheit der Iraker in unserem Land allgemein bekannt würde, wäre es eine diplomatische Verlegenheit für uns.«

»Das dürfte schwierig werden. Dr. MacGregor ist jung und idealistisch und ...«

»Sie müssen es ihm beibringen. Notfalls werde ich jemand anderen zu ihm schicken«, meinte der Beamte mit hochgezogener Augenbraue. Solche Warnungen, entsprechend vorgebracht, verfehlten selten ihr Wirkung.

»Wie Sie wünschen.«

»Wird dieser Saleh überleben?«

»Wahrscheinlich nicht. Die Sterblichkeitsrate ist etwa acht von zehn, und seine Symptome verschlimmern sich rapide.«

»Irgendeine Ahnung, wie er sich die Krankheit zugezogen hat?«

»Keine. Er leugnet, je in Afrika gewesen zu sein, aber solche Leute reden nicht immer die Wahrheit. Ich kann ihn noch etwas bearbeiten.«

»Das wäre nützlich.«

US-PRÄSIDENT HAT KONSERVATIVE FÜR DEN OBERSTEN GERICHTSHOF IM AUGE, lautete die Schlagzeile. In White House trafen Ausgaben verschiedener Zeitungen ein, während die Stadt noch schlief, und Personalangestellte überflogen sie immer nach Meldungen von besonderem Interesse für die Regierung. Diese Artikel wurden dann ausgeschnitten, kollationiert und für den *Early Bird* kopiert, ein inoffizielles Organ, das den Mächtigen einen Überblick über die Geschehnisse gestattete – oder zumindest das, was die Presse dafür hielt, was manchmal zutraf, manchmal nicht, aber meistens irgendwo dazwischenlag.

»Wir haben eine ganz schön undichte Stelle«, sagte eine von ihnen, die mit einem Papiermesser gerade den Artikel aus der *Washington Post* heraustrennte.

»Sieht so aus. Und es scheint sich schon herumgesprochen zu haben«, sagte ihre Kollegin an der *Times*.

*Ein internes Dokument aus dem Justizministerium nennt die Richter, die von Ryans Administration für eine mögliche Nominierung zu den neun verwaisten Sitzen des Obersten Gerichtshofs in Erwägung gezogen werden.*

*Jeder der aufgeführten Juristen ist ein hochrangiger Richter aus einem Appellationsgericht. Die Liste enthält eine äußerst konservative Zusammenstellung. Auf ihr ist kein einziger von den von Präsident Fowler oder Durling ernannten Richtern zu finden.*

*Normalerweise werden solche Kandidaten zuerst einer Kommission der amerikanischen Anwaltskammer vorgelegt, aber in diesem Fall wurde die Liste intern von hochrangigen Beamten im Justizministerium unter der Federführung von Patrick J. Martin vorbereitet, der gegenwärtig die Strafrechtsabteilung leitet.*

»Die Presse mag das nicht.«

»Meinst du, das ist schlimm? Sieh dir mal diesen Leitartikel an. Meine Herren, da haben sie aber blitzschnell geschaltet.«

Noch nie hatten sie an etwas so hart gearbeitet. Ihre Mission hatte sie zu Sechzehnstundentagen gezwungen; kaum Bier am Abend, eilige Fertiggerichte und nur ein Radio zur Unterhaltung. Sie kochten gerade Blei. Die Vorrichtung war die gleiche wie bei Klempnern, eine Propangasflasche mit einem Brenner drauf, ähnlich einer umgedrehten Rakete, die statisch auf Schub getestet wurde. Darüber wiederum hing ein Metalltopf, gefüllt mit Blei, das durch die dröhnende Flamme flüssig gehalten wurde. Zu dem Topf gehörte eine Kelle, die eingetaucht und dann in Kugelfassungen entleert wurde. Das ergab ein Kaliber .58, Körnung 505 für Frontlader, etwa dem entsprechend, was die ursprünglichen Mountain Men um 1820 nach Westen getragen hatten. Sie waren per Katalog bestellt worden. Es gab zehn Gußformen mit vier Höhlungen pro Form.

Soweit lief alles gut, dachte Ernie Brown, insbesondere, was die Geheimhaltung betraf. Dünger war keine überwachte Substanz. Genausowenig Diesel. Und auch Blei nicht. Jeder Einkauf war an mehr als einem Ort getätigt worden, so daß kein einziger Erwerb so umfangreich gewesen war, daß er Kommentare ausgelöst hätte.

Allerdings war's zeitaufwendige Handarbeit, doch das Timing funktionierte prima. Pete arbeitete nun mit der Kelle, und in der Zeit, in der er alle Gußformen nacheinander gegossen hatte, war der erste Satz so weit ausgehärtet, daß die Kügelchen der Projektile, wenn sie in Wasser getaucht und geöffnet wurden, ausgeformt und fest waren. Sie wurden dann in eine leere Öltonne geworfen, und die Gußformen wieder in ihre Halterungen gesteckt. Ernie sammelte das vergossene Blei auf und warf es wieder in den Topf, damit nichts verschwendet wurde.

Nur der Erwerb des Betonmischers war schwierig gewesen, doch beim Durchblättern der Lokalblätter waren sie auf die Versteigerung eines bankrotten Bauunternehmens gestoßen, und für schlappe 21 000 Dollar hatten sie ein drei Jahre altes Fahrzeug mit einem Mack-Fahrgestell erworben, das nur 70 567,1 Meilen auf dem Zähler hatte und in sehr gutem Zustand war. Sie hatten es freilich nachts hergefahren, und nun stand es in der Scheune, zwanzig Fuß von ihnen entfernt, und seine Scheinwerfer beobachteten sie wie ein Augenpaar.

Die Arbeit war eine immergleiche Schufterei, aber das half sogar. An der Scheunenwand hing ein Plan der Innenstadt von Washington, und während Ernie das Blei umrührte, blickte er drauf, und in seinem Hirn brodelten das flache Papierbild und sein eigenes geistiges Bild. Er kannte alle Entfernungen, und Entfernung war der wichtigste Faktor. Der Secret Service hatte sich für besonders schlau gehalten. Er hatte die Pennsylvania Avenue gerade deshalb gesperrt, um Bomben vom Weißen Haus fernzuhalten. Na, waren sie nicht verdammte Schlaumeier? Nur eine Kleinigkeit hatten sie übersehen.

»Ich muß aber«, sagte MacGregor. »Es ist *verpflichtend.*«

»Das werden Sie nicht«, sagte ihm der Beamte der Gesundheitsbehörde. »Es ist nicht notwendig. Der Index-Patient hat die Krankheit mitgebracht. Sie haben die richtigen Eindämmungsverfahren eingeleitet. Das Personal erledigt seine Arbeit – Sie haben sie gut ausgebildet, Ian«, fügte er hinzu, um Abkühlung der Stimmung bemüht. »Es käme unserem Land sehr ungelegen, wenn das nach außen dringen würde. Ich habe es mit dem Außenministerium besprochen, und es wird nicht nach außen dringen. Ist das klar?«

»Aber ...«

»Wenn Sie darauf beharren, werden Sie das Land verlassen müssen.«

MacGregor wurde rot. Er hatte einen blassen, nordländischen Teint, und sein Gemütszustand war zu leicht an seinem Gesicht abzulesen. Dieser Mistkerl könnte und würde einen weiteren Anruf machen, und er würde einen Polizisten – so hießen sie hier zwar, waren aber eindeutig nicht die höflichen, freundlichen Schupos, die er in Edinburgh kennengelernt hatte – holen, der zu ihm ins Haus kommen und ihm sagen würde, er solle seine Sachen für die Fahrt zum Flughafen packen. Das war schon einem Londoner widerfahren, der einen Regierungsbeamten zu grob über AIDS-Gefahren belehrt hatte. Und wenn er verschwand, würde er Patienten zurücklassen, und das war sein wunder Punkt, wie der Beamte wußte und wie MacGregor wußte, daß dieser es wußte. Als junger und hingebungsvoller Arzt kümmerte er sich um seine Patienten, und er konnte sie nicht ohne weiteres einem anderen überlassen, nicht hier, nicht, wenn es einfach zuwenig fähige Doktoren für die Masse der Patienten gab.

»Wie geht es dem Patienten Saleh?«

»Ich bezweifle, daß er überlebt.«

»Das ist bedauerlich, läßt sich aber nicht ändern. Haben wir irgendeine Ahnung, wie dieser Mann der Krankheit ausgesetzt wurde?«

»Nein, das ist der springende Punkt.«

»Ich werde selbst mit ihm reden.«

*Verdammt schwer aus drei Meter Entfernung,* dachte MacGregor. Aber er mußte an andere Sachen denken.

Bei Sohaila waren die Antikörpertests ebenfalls positiv gewesen.

Aber dem Mädchen ging es schon besser. Ihr Fieber war wieder um ein halbes Grad gesunken. Ihre Darmblutungen hatten aufgehört. MacGregor hatte einige Tests wiederholt durchgeführt. Die Leberwerte bei Sohaila waren fast normal. Er war sicher, sie würde überleben. Sie hatte Ebola irgendwie aufgeschnappt, aber irgendwie bezwungen – doch ohne das erstere zu wissen, konnte er den Grund für das letztere nur erraten. Etwas in ihm fragte, ob Sohaila und Saleh sich auf die gleiche Weise angesteckt hatten – nein, nicht exakt. So beeindruckend die kindliche Immunabwehr war, sie konnte nicht so viel stärker als die eines gesunden Erwachsenen sein. Doch der Erwachsene würde sicher sterben, während das Kind überleben würde. Warum?

Was für andere Faktoren spielten bei den beiden Fällen eine Rolle? Es gab keinen Ebola-Ausbruch im Irak – hatte es nie gegeben, und in einem so dicht bevölkerten Land – hatte der Irak ein biologisches Waffenprogramm? Hatten die vielleicht einen Ausbruch gehabt und ihn vertuscht? Aber nein, die Regierung des Landes war in heilloser Verwirrung, den SkyNews-Meldungen zufolge, die er in seiner Wohnung empfing, und unter solchen Umständen ließen sich solche Dinge nicht geheimhalten. Es würde eine Panik geben.

MacGregor war ein Doktor, kein Detektiv. Ärzte, die *beides* konnten, arbeiteten für die Weltgesundheitsorganisation, am Pasteur-Institut in Paris und an dem CDC in den USA. Nicht viel schlauer als er, aber erfahrener und anders ausgebildet.

Sohaila. Er mußte ihren Fall betreuen, ihr Blut weiter testen. Könnte sie noch andere anstecken? MacGregor würde das nachlesen müssen. Er wußte nur sicher, daß ein Immunsystem verlor, während ein anderes gewann. Wenn er irgend etwas herausfinden wollte, mußte er am Ball bleiben. Vielleicht könnte er später Meldung machen, aber er mußte hier bleiben, wenn er irgend etwas erreichen wollte.

Außerdem hatte er Blutproben schon nach Paris und Atlanta geschickt, ohne jemandem etwas zu sagen. Dieser aufgeblasene Bürokrat wußte das nicht, und die Anrufe, wenn überhaupt, würden ins Krankenhaus und zu MacGregor direkt kommen. Er *könnte* Meldung machen. Er konnte denen sagen, daß es ein politisches Problem gab. Er konnte Fragen stellen und andere weiterleiten. Er mußte sich fügen.

»Wie Sie wünschen, Doktor«, sagte er dem Beamten.

## 31 / Kleine und große Wellen

Heute Morgen war TV-Zahltag, wieder mußte Präsident Ryan Schminke und Haarspray erdulden.

»Wir sollten wenigstens einen richtigen Frisiersessel hier haben«, bemerkte Jack, als Mrs. Abbot ihre Pflicht tat. Erst am Vortag hatte er mitbekommen, daß der Präsidentenfriseur ins Oval Office kam und seine Arbeit am Drehstuhl des Präsidenten erledigte. Dem Secret Service mußten wohl die Haare zu Berge stehen, dachte er, wenn sie einen Mann mit Schere und Rasiermesser einen Zoll vor seiner Halsschlagader sahen. »Okay, Arnie, wie soll ich mit Mr. Donner verfahren?«

»Also erstens, er darf fragen, was er will. Das heißt, Sie müssen sich die Antworten überlegen.«

»Tu ich doch sonst auch«, bemerkte Ryan mit einem Stirnrunzeln.

»Betonen Sie, daß Sie Mitbürger, nicht Politiker sind. Das mag Donner nicht beeindrucken, aber es wird bei den Leuten, die heute abend das Interview anschauen, gut ankommen«, riet van Damm. »Erwarten Sie einen Vorstoß in der Gerichtshofsache.«

»Wer hat da was durchsickern lassen?« wollte Ryan verstimmt wissen.

»Das werden wir nie erfahren, und wenn Sie da nachspüren, sehen Sie bloß wie Nixon aus.«

»Wieso ist immer jemand, egal, was ich anstelle – verdammt«, seufzte Ryan. »Ich hab's ja zu George Winston gesagt, nicht?«

»Sie lernen noch. Helfen Sie einem alten Mütterchen über die Straße, wird eine Feministin sagen, es wäre herablassend. Helfen Sie nicht, werden AARP oder Graue Panther sagen, Sie kümmern sich nicht um Bedürfnisse der Senioren. Das ist bei allen möglichen Interessengruppen so. Alle haben sie Leitlinien, Jack, und die sind ihnen viel wichtiger als Ihre Person. Es geht darum, sowenig Menschen wie möglich vor den Kopf zu stoßen. Das ist was anderes, als niemanden zu beleidigen. Wenn Sie das versuchen, fühlen sich alle auf den Schlips getreten«, erklärte der Stabschef.

Ryan machte große Augen. »Ich hab's! Ich sag' was, das alle sauer macht – und alle lieben mich.«

Das kam bei Arnie nicht an. »Und jeder Witz, den Sie erzählen, wird jemand sauer machen. Warum? Humor geht immer auf Kosten von jemand, und manchen Leuten ist Humor ein Fremdwort.«

»Anders gesagt, draußen gibt's Leute, die stinksauer sein wollen, und ich bin die prominenteste Zielscheibe, stimmt's?«

»Sie machen Fortschritte«, meinte der Stabschef mit strengem Nikken. Bei dem hier war er in Sorge.

»Wir haben Schiffe zur Vorpositionierung in Diego Garcia«, sagte Jackson und berührte den entsprechenden Punkt auf der Karte.

»Was ist alles dort?« fragte Bretano.

»Wir haben gerade die TOE neu zusammengestellt.«

»Was ist das?« wollte SecDef wissen.

»Bestandsaufnahme für Organisation und Ausrüstung.« General Michael Moore war der Stabschef der Army. Er hatte im Golfkrieg eine Brigade der 1. Panzerdivision kommandiert. »Die Fracht reicht für etwas mehr als eine Brigade, eine Army-Panzerbrigade in voller Stärke, dazu Verbrauchsgüter für einen Monat im Kampf. Zusätzlich haben wir einige Einheitssätze in Saudi-Arabien. Die Ausrüstung ist praktisch neu, M1A2-Kampfpanzer, Bradley, MLRS. Die neuen Artillerie-Selbstfahrer werden in drei Monaten verschifft. Die Saudis«, fügte er hinzu, »haben uns bei der Finanzierung geholfen. Von der Ausrüstung gehört technisch gesehen einiges ihnen, aber wir führen die Wartung durch, und wir brauchen bloß unsere Leute rüberfliegen, um sie aus den Lagerhäusern zu rollen.«

»Wer wäre zuerst dran, wenn man um Hilfe bittet?«

»Mal schauen«, antwortete Jackson. »Wahrscheinlich zuerst ein ACR – Armored Cavalry Regiment. Im echten Notfall würden wir die Leute von 10. ACR in der Negevwüste einfliegen. Das läßt sich an einem Tag erledigen. Wenn's nur um 'ne Übung geht, das 3. ACR aus Texas oder das 2. aus Louisiana.«

»Ein ACR, Herr Minister, ist eine gut ausgebildete Formation in Brigadestärke. Scharfes Gebiß, wenig Schwanz. Die können sich selbst versorgen, und die Leute werden es sich zweimal überlegen, bevor sie sich damit anlegen«, erklärte Mickey Moore und fügte noch hinzu: »Aber wenn's um einen längeren Aufenthalt geht, brauchen die ein Stützbataillon – Versorgungs- und Wartungstruppen.«

»Wir haben noch einen Flugzeugträger im Indischen Ozean – der ist gerade in Diego mit dem Rest der Einsatzgruppe, um der Besatzung Landurlaub zu geben«, fuhr Jackson fort. Dadurch war das ganze Atoll mit Marinesoldaten bedeckt, aber immerhin. Zumindest konnten die das eine oder andere Bier zischen, die Beine ausstrecken und Softball spielen. »Wir haben ein F-16-Geschwader – na ja, so gut wie eins, als Teil unserer Sicherheitsverpflichtung an die Israelis. Das und die 10. Cav sind recht gut. Deren Aufgabe ist es, die IDF zu trainieren, und das hält sie auf Trab.«

»Soldaten üben sehr gern, Herr Minister. Lieber als alles andere«, fügte General Moore hinzu.

»Ich muß raus und mir so was mal anschauen«, bemerkte Bretano. »Sobald ich die Budget-Geschichte ausgearbeitet habe – den Anfang zumindest. Kommt mir recht dünn vor, meine Herren.«

»Das ist es«, pflichtete Jackson bei. »Reicht nicht, um einen Krieg zu führen, aber womöglich, um einen zu verhindern, wenn's soweit kommt.«

»Wird es einen neuen Krieg am Persischen Golf geben?« fragte Tom Donner.

»Ich kenne keinen Grund, einen zu erwarten«, erwiderte der Präsident. Am schwersten war es, die Stimme zu beherrschen. Die Antwort war ausweichend, aber seine Worte mußten zuversichtlich und bestimmt klingen. Es war aber eine Art Lüge, denn die Wahrheit könnte das Gleichgewicht stören. Das war das Wesen von ›Drall‹, ein so falsches und künstliches Spiel, daß es international eine gewisse Realität definierte. Verkünden, was nicht richtig war, um der Wahrheit zu dienen. Churchill hatte einmal so etwa gesagt: In Kriegszeiten sei die Wahrheit so kostbar, daß sie eine Leibwache aus Lügen bräuchte. Aber in Friedenszeiten?

»Aber unsere Beziehungen zu Iran und Irak sind seit einiger Zeit nicht freundlich.«

»Vorbei ist vorbei, Tom. Das läßt sich nicht mehr ändern, aber wir können daraus lernen. Es gibt keinen begründeten Anlaß zu Animositäten zwischen Amerika und den Ländern in dieser Region. Warum sollten wir Feinde sein?«

»Werden wir also mit der Vereinigten Islamischen Republik reden?« fragte Donner.

»Wir sind stets bereit, mit den Menschen zu reden, besonders im Interesse der Pflege freundschaftlicher Beziehungen. Der Persische Golf ist eine Region von großer Bedeutung für die gesamte Welt. Es ist im Interesse aller, daß diese Region friedlich und stabil bleibt. Es hat genug Krieg gegeben. Iran und Irak haben – wie lange? – acht Jahre gekämpft, mit ungeheuren Menschenverlusten für beide Länder. Dann all die Konflikte zwischen Israel und seinen Nachbarn. Genug ist genug. Nun haben wir einen neuen Staat im Entstehen. Der hat viel Arbeit vor sich. Die Bürger haben Bedürfnisse, und zum Glück gibt es Mittel, diese Bedürfnisse zu befriedigen. Wir wünschen ihnen alles Gute. Wenn wir helfen können, werden wird das. Amerika war immer bereit, die Hand zur Freundschaft auszustrecken.«

Es gab eine kurze Pause, wohl für eine Werbeeinblendung. Das Interview würde am Abend um neun Uhr ausgestrahlt werden. Den nächsten Abschnitt übernahm Donners älterer Kollege John Plumber.

»Nun, sind Sie gern Präsident?«

Ryan lächelte. »Ich sage mir immer wieder, ich bin nicht gewählt, sondern verurteilt worden. Die Stunden sind lang, die Arbeit ist viel härter, als ich je wußte, aber ich hab' auch Glück gehabt. Arnie van Damm ist ein genialer Organisator. Das Personal im House ist hervorragend. Ich habe Zehntausende Briefe von Menschen erhalten, und ich möchte ihnen bei dieser Gelegenheit danken: Sie helfen mir wirklich.«

»Mr. Ryan« – Jack nahm an, daß sein Doktortitel nicht mehr zählte –, »was werden Sie zu ändern versuchen?« fragte Plumber.

»John, es hängt davon ab, was Sie unter ›ändern‹ verstehen. Die vordringliche Aufgabe ist die Arbeitsfähigkeit der Regierung. Also nicht ›ändern‹, sondern ›wiederherstellen‹; das versuche ich. Noch haben wir keinen heilen Kongreß – nicht, bis neue Volksvertreter gewählt sind –, und bis dann kann ich keinen Haushalt vorschlagen. Ich hab' für die Hauptministerien versucht, gute Leiter zu finden, und die beauftragt, sie effizient zu führen.«

»Ihr Finanzminister George Winston ist für sein ziemlich abruptes Verlangen, die Steuergesetzgebung zu verändern, kritisiert worden«, sagte Plumber.

»Ich kann nur sagen, daß ich Minister Winston voll unterstütze. Die Steuergesetzgebung ist unzumutbar kompliziert, und das ist von Grund auf ungerecht. Was er vorhat, wird einkommensneutral sein. Das dürfte noch zu pessimistisch sein. Unter dem Strich sollten die Regierungseinnahmen aufgrund gleichzeitiger Verwaltungseinsparung steigen.«

»Aber es hat viel unfreundliche Kommentare zur regressiven Tendenz...«

Ryan hob die Hand. »Einen Augenblick mal, John. Eines der Probleme in dieser Stadt ist, daß die von den Menschen verwendete Sprache verbogen ist. Wenn wir von jedem den gleichen Prozentsatz erheben, ist das nicht regressiv. Das Wort bezeichnet einen Rückschritt, eine höhere Veranlagung der Armen als der Reichen. Das werden wir *nicht* tun. Wenn Sie dieses Wort unzutreffend gebrauchen, führen Sie die Leute in die Irre.«

»Aber so haben die Leute das Steuersystem seit Jahren beschrieben.« Plumbers Sprachgebrauch war schon lange nicht mehr geprüft worden.

»Deshalb wird es nicht zutreffender«, betonte Jack. »Auf jeden Fall bin ich kein Politiker, John. Ich verstehe es nur, offen zu reden. Wenn wir von allen den gleichen Steuersatz verlangen, entspricht das der Wörterbuchdefinition von ›gerecht‹. John, Sie wissen doch, wie das Spiel läuft. Sie und Tom verdienen eine Menge Geld und lassen jedes Jahr Anwalt und Steuerberater alles durchgehen. Sie machen wahrscheinlich Investitionen, die Ihre Steuer verringern sollen, nicht wahr? Wie sind diese Schlupflöcher entstanden? Ganz einfach, Lobbyisten haben den Kongreß beschwatzt, das Recht ein wenig zu ändern. Wie? Indem reiche Leute sie dafür bezahlt haben. Was passiert also? Das vermeintlich ›progressive‹ System ist derart manipuliert, daß die höheren Steuersätze bei den Reichen nicht greifen, weil ihre Anwälte und Steuerberater ihnen sagen, wie sie dem System ein Schnippchen schlagen können. Also sind die höheren Steuersätze, die sie zahlen, eine Lüge, oder nicht? Politiker wissen das, wenn sie Gesetze verabschieden.

Merken Sie, wohin uns das alles führt? Nirgendwohin, John. Es führt zu nichts. Es ist ein Riesenspiel, das Zeit verschwendet, die Öffentlichkeit in die Irre führt und den Leuten innerhalb des Systems viel Geld einbringt – und woher kommt das Geld? Von den Bürgern, den Menschen, die für alles zahlen müssen, was abläuft. Gut, George Winston will – mit meiner Zustimmung – etwas verändern. Was passiert? Die Leute, die das Spiel spielen und das System melken, nehmen wieder die irreführenden Worte, um es so scheinen zu lassen, als würden wir unfair vorgehen. Jene verschworene Clique ist die gefährlichste und hinterlistigste Lobby, die es gibt.«

»Und das mögen Sie nicht.« John lächelte.

»In jedem meiner bisherigen Jobs habe ich, so gut es ging, die Wahrheit gesagt. Damit werde ich nicht jetzt aufhören. Ein paar Dinge dürften eine Änderung nötig haben, und ich sag Ihnen mal, welche:

Alle Eltern in Amerika sagen den Kindern früher oder später, daß Politik ein schmutziges Geschäft, ein ruppiges Geschäft, ein gemeines Geschäft ist. Und wir nehmen das hin, als müßte es sein, als wär es normal, recht und billig. Aber das ist's nicht, John. Jahrelang haben wir die Tatsache akzeptiert, daß Politik – Augenblick, definieren wir mal die Begriffe, ja? Das politische System ist die Art, wie wir das Land regieren, Gesetze verabschieden, die wir alle befolgen sollen, und Steuern erheben. Das sind wichtige Angelegenheiten. Doch gleichzeitig lassen wir Menschen ins politische System, die gewohnheitsmäßig Fakten entstellen, Gesetze verdrehen, um Gönner zufriedenzustellen, die ihnen Wahlgelder spenden. Einige von ihnen sind Lügner. Und wir nehmen es hin.

Sie in den Medien auch. Aber im eigenen Metier würden Sie's nicht dulden, oder? Ebensowenig in der Medizin, in der Wissenschaft, im Geschäftsleben, in der Justiz oder gar in der eigenen Familie.

Irgend was ist hier faul«, fuhr der Präsident fort, der sich vorbeugte und jetzt leidenschaftlich sprach. »Wir reden hier von unserem *Staatswesen*, und der Verhaltenskodex, den wir von unseren Volksvertretern verlangen, sollte nicht niedriger sein – er sollte höher sein. Wir sollten auf Intelligenz und Integrität pochen. John, ich bin als Unabhängiger eingetragen. Ich gehöre *keiner* Partei an. Ich habe kein Programm, außer daß alles gut funktionieren soll. Darauf habe ich einen Eid geschworen, und den nehme ich ernst. Schön, ich hab' erfahren, daß dies bestimmte Menschen verärgert, und ich bedaure das, aber ich werde *nicht* meine Überzeugungen umbauen, um jede Sondergruppe mit einer Armee bezahlter Lobbyisten zufriedenzustellen. Ich bin hier, um allen zu dienen, nicht bloß denen, die am lautesten schreien und das meiste Geld anbieten.«

Plumber ließ sich die Freude über diese Suade nicht anmerken. »Okay, Mr. President, dann mal zum Warmwerden: Wie steht es denn mit den Bürgerrechten?«

»Die Verfassung ist farbenblind. Wenn Menschen wegen ihres Aussehens, ihrer Sprache, ihrer Religionszugehörigkeit oder ihrer Abstammung diskriminiert werden, dann verstößt das gegen die Gesetze unseres Landes. Vor dem Auge des Gesetze sollten wir alle gleich sein, ob wir es befolgen oder mißachten. Wer letzteres tut, bekommt's mit dem Justizministerium zu tun.«

»Ist das nicht idealistisch?«

»Was ist schlimm am Idealismus?« konterte Ryan. »Und wenn wir schon dabei sind: Wie wär's denn mal mit einem bißchen gesunden Menschenverstand? Statt für sich selbst oder eine bestimmte Gruppe Vorteile herausschinden zu wollen, warum könnten wir nicht alle zusammen an vernünftigen Lösungen arbeiten? Sind wir nicht alle Amerikaner. Dies Land wurde nicht dazu gegründet, jede Gruppe auf jede andere zu hetzen.«

»Manche sagen, das ist der Schiedskampf, damit jeder seinen fairen Teil bekommt«, sagte John.

»Und immer die Stärksten siegen? Auf dem Wege korrumpieren wir das politische System.«

Sie mußten zum Auswechseln der Videobänder eine Pause einlegen. Jack blickte sehnsüchtig auf die Tür zum Sekretariat, weil er gern eine geraucht hätte. Er rieb sich die Hände und versuchte, entspannt auszusehen, aber obwohl er die Chance erhalten hatte, Dinge zu sagen, die er schon seit Jahren hatte äußern wollen, steigerte die Gelegenheit dazu nur die Verspanntheit.

»Die Kameras sind aus«, sagte Tom Donner. »Glauben Sie wirklich, Sie könnten von alledem *irgendwas* durchbringen?«

»Wenn ich's nicht tue?« seufzte Jack. »Die Regierung liegt am Boden. Wenn niemand Abhilfe zu schaffen versucht, wird es nur noch schlimmer.«

Donner fühlte jetzt beinahe Mitleid mit seinem Gesprächspartner. Die Aufrichtigkeit dieses Menschen war überdeutlich. Aber er kapierte einfach nicht. Ryan war kein schlechter Kerl, nur überfordert, wie alle sagten. Kealty hatte recht, und deswegen mußte Donner seinen Job erledigen.

»Fertig«, sagte der Aufnahmeleiter.

»Der Oberste Gerichtshof«, sagte Donner, der seinem Kollegen wieder das Fragen abnahm. »Es ist berichtet worden, daß Sie sich gerade eine Liste geeigneter Richter zur Vorlage an den Senat ansehen.«

»Ja, das mache ich«, erwiderte Ryan.

»Was können Sie uns darüber sagen?«

»Ich habe die Justizbehörde angewiesen, mir eine Liste erfahrener Richter an Appellationsgerichten zuzuschicken. Das ist geschehen. Ich sehe mir nun die Liste durch.«

»Wonach genau suchen Sie?« fragte Donner als nächstes.

»Ich suche nach guten Richtern. Der Oberste Gerichtshof ist der erste Verfassungshüter in unserem Land. Wir brauchen Leute, die die Verantwortung begreifen und die Gesetze gerecht auslegen werden.«

»Strikt Verfassungstreue?«

»Tom, die Verfassung besagt, daß der Kongreß die Gesetze verabschiedet, die Exekutive sie durchsetzt und die Gerichte sie auslegen. Das nennt sich Gewaltenteilung.«

»Aber historisch gesehen hat der Oberste Gerichtshof sich als entscheidende Kraft für Veränderungen in unserem Land erwiesen«, meinte Donner.

»Waren alle Veränderungen gut? Mit *Dredd Scott* begann der Bürgerkrieg. *Plessy/Ferguson* war eine Schande, die unser Land siebzig Jahre zurückwarf. Bitte, denken Sie dran, daß ich rechtlicher Laie bin...«

»Deshalb hat die Anwaltskammer routinemäßig Mitspracherecht bei der Berufung von Richtern. Werden Sie Ihre Liste der Kammer vorlegen?«

»Nein«, Ryan schüttelte den Kopf. »Erstens haben alle Richter diese

Hürde schon genommen. Zweitens ist die Kammer auch eine Interessengruppe, nicht wahr? Gut, ihre Aufgabe ist die Vertretung berechtigter Interessen ihrer Mitglieder, aber dem Obersten Gericht obliegt als Regierungsarm die letzte Entscheidung über Recht für alle. Die Kammer ist der Verband der Leute, die Recht zum Lebenunterhalt benutzen. Ist das kein Interessenkonflikt? Auf jedem anderen Gebiet wäre es das, nicht?«

»Nicht jeder würde da zustimmen.«

»Ja, und die Kammer hat in Washington ein Riesenbüro, voller Lobbyisten«, stimmte Ryan zu. «Tom, es ist nicht mein Job, die Interessengruppen zu schützen. Meine Aufgabe besteht darin, die Verfassung nach besten Kräften zu bewahren, zu beschützen und zu verteidigen. Um dafür Unterstützung zu haben, versuche ich, Menschen zu finden, die so wie ich denken, nämlich daß ein Eid das heißt, was er besagt, und daß nicht mit verdeckten Karten gespielt wird.«

Donner dreht sich um. »John?«

»Sie sind viele Jahre beim CIA«, sagte Plumber.

»Ja, das bin ich«, bestätigte Jack.

»Und haben was gemacht?« fragte Plumber.

»Ich habe hauptsächlich im Directorate of Intelligence gearbeitet, diverse eingehende Informationen durchgesehen, ihren Stellenwert einzuordnen versucht und sie dann an andere weitergegeben. Schließlich habe ich das Intelligence Directorate geleitet und bin unter Präsident Fowler Deputy Director geworden. Dann, wie Sie wissen, wurde ich Nationaler Sicherheitsberater für Präsident Durling«, antwortete Jack, der versuchte, das Gespräch nach vorn statt nach rückwärts zu steuern.

»Hatten Sie während dieser Zeit auch Außeneinsätze?« fragte Plumber.

»Nun, ich habe die Kommission für die Abrüstungsverhandlungen beraten und bin auf vielen Konferenzen gewesen«, erwiderte der Präsident.

»Mr. Ryan, es gibt Berichte, wonach Sie mehr als das getan haben, nämlich bei Unternehmen beteiligt waren, die zum Tod von, nun, zum Tod von sowjetischen Bürgern führten.«

Jack zögerte einen Augenblick, lang genug, um sich des Eindrucks bewußt zu sein, den er den Zuschauern bei dieser ›Spezialität‹ bot. »John, es ist seit vielen Jahren ein fester Grundsatz unserer Regierung, nie Geheimdienstunternehmen zu kommentieren. An dem Grundsatz halte ich fest.«

»Das amerikanische Volk hat ein Recht und ein Bedürfnis, zu erfahren, was für ein Mann in diesem Büro sitzt«, beharrte Plumber.

»Diese Regierung wird niemals Geheimdienstunternehmen besprechen. Dieses Interview hat meine Person zum Thema. Unser Land muß einige Geheimnisse wahren. Sie doch auch, John«, sagte Ryan mit direktem Blick in die Augen des Kommentators. »Wenn Sie Quellen preisgeben, sind Sie aus dem Geschäft. Wenn Amerika das tut, bringt es Menschen in Gefahr.«

»Aber...«

»Das Thema ist abgeschlossen, John. Unsere Geheimdienste arbeiten unter Aufsicht des Kongresses. Ich habe immer auf seiten des Rechts gestanden, und davon werde ich nicht abweichen; soviel zu diesem Thema.«

Beide Reporter mußten schwer schlucken, und dieser Teil des Bandes, dachte Ryan, würde es nicht in die Sendung schaffen.

Badrayn mußte dreißig Personen auswählen. Die Zahl war nicht das Problem – die erforderliche Hingabe genausowenig. Aber der Verstand war es. Wenn es im Mittleren Osten einen Überschuß an irgend etwas gab, dann an Terroristen, Männern wie er – zwar etwas jünger – die ihr Leben der Sache verschrieben hatten, nur um sie vor ihren Augen eingehen zu sehen. Aber das machte ihren Zorn und ihre Hingabe nur entschiedener. Eigentlich brauchte er nur zwanzig helle Köpfe. Die übrigen mußten nur der Sache verpflichtet sein und ein oder zwei intelligente Aufseher haben. Sie mußten sich alle an die Befehle halten. Sie mußten alle bereit sein, zu sterben oder zumindest das Risiko einzugehen. Gut, das war auch nicht so das Problem. Die Hisbollah hatte noch genug Leute, die bereit waren, sich Sprengstoff um den Körper zu schnallen, und es gab noch andere.

Es gehörte zur Tradition in dieser Region – eine, die Mohammed möglicherweise nicht ganz gebilligt hätte, aber Badrayn war nicht besonders religiös, sein Geschäft waren Terrorkommandos. Historisch gesehen, waren Araber nicht die tüchtigsten Soldaten der Welt gewesen. Sie waren die meiste Zeit Nomaden gewesen, und ihre militärische Tradition gründete sich auf Überfällen, später zur Guerillataktik aufgebessert, und nicht auf geordneter Schlacht. Nach der Überlieferung trat eine einzige Person opferbereit – in der Wikingertradition wurde sie ein ›Berserker‹ genannt, und in Japan gehörte sie der speziellen Angreiftruppe an, die auch als ›Kamikaze‹ bekannt war – auf dem Schlachtfeld vor, um das Schwert ruhmreich zu schwingen und möglichst viele Feinde niederzumähen, die im Paradies ihre Diener werden würden. Besonders traf dies auf den *Dschihad* zu, den islamischen Heiligen Krieg im Dienst des Glaubens. Schlußendlich bewies es, daß der Islam, wie jede Religion, von ihren Anhängern korrumpiert werden konnte. Gegenwärtig hieß es, daß Badrayn genügend Leute hatte, die seinen Befehlen folgten, da Daryaei ihnen sagen würde, daß dies tatsächlich ein *Dschihad* war, der für sie die Schlüssel zum glorreichen Nachleben barg.

Badrayn hatte seine Liste. Er machte drei Telefonate. Die Anrufe wurden über etliche Schaltstationen weitergeleitet, und im Libanon und anderswo machten Menschen Reisepläne.

»Nun, wie haben wir uns geschlagen, Trainer?« fragte Jack lächelnd.

»Das Eis ist ziemlich dünn geworden, aber ich schätze, Sie haben sich nicht die Füße naß gemacht«, sagte van Damm mit sichtlicher Erleichterung. »Sie haben ganz schön fest auf die Interessengruppen eingeschlagen.«

»Nicht in Ordnung, auf Sonderinteressen einzudreschen? Verdammt, das machen doch alle!«

»Das hängt von den Gruppen und Interessen ab, Mr. President. Sie haben auch alle ihre Sprecher, und einige können sich geben wie Mutter Theresa nach einer Beruhigungspille – kurz bevor Sie Ihnen das Buschmesser durch den Hals ziehen.« Der Stabschef hielt inne. »Aber Sie haben sich ganz gut gehalten. Sie haben nichts gesagt, was die ernsthaft gegen Sie einsetzen können. Wir werden sehen, wie sie es für heute abend zurechtschneiden, und dann, was Donner und Plumber zum Schluß sagen werden. Die letzten paar Minuten zählen am meisten.«

Die Röhrchen trafen im sehr sicheren Behälter, nach der Form »Hutschachtel« genannt, in Atlanta ein. Es war ein sehr raffiniert gebautes Behältnis zur absolut sicheren Aufbewahrung gefährlichster Substanzen, mehrmals versiegelt und verstärkt, um starker Erschütterung zu widerstehen. Es war mit Warnaufklebern vor biologisch gefährlichem Material übersät und wurde mit großen Respekt behandelt, einschließlich des Federal-Express-Zustellers, der es an diesem Morgen um 9.14 Uhr aushändigte.

Die Hutschachtel wurde ins sichere Labor gebracht, wo sie von außen auf Beschädigungen geprüft, mit starkem Desinfektionsmittel besprüht und dann unter strikten Sicherheitsvorkehrungen geöffnet wurde. Die beiliegenden Dokumente erklärten, warum dies notwendig war. Die beiden Blutröhrchen enthielten vermutlich Viren, die hämorrhagisches Fieber auslösten. Das konnte verschiedene solche Krankheiten aus dem angegebenen Ursprungskontinent Afrika umfassen, um die alle besser ein großer Bogen gemacht werden sollte. Ein Laborant machte im Isolierschrank den Transfer, nachdem er den Behälter nach undichten Stellen abgesucht hatte. Er konnte keine sehen, und noch mehr Desinfizierungsspray sorgte für Gewißheit. Das Blut würde nach Antikörpern untersucht und mit anderen Proben verglichen werden. Die Dokumentation ging ans Büro von Dr. Lorenz in der Pathologie.

»Gus, hier Alex«, vernahm Dr. Lorenz im Hörer.

»Sind Sie immer noch nicht zum Angeln gekommen?«

»Vielleicht dies Wochenende. In der Neurochirurgie hat ein Typ ein Boot, und unser Haus ist endlich halbwegs fertig.« Dr. Alexandre schaute aus seinem Bürofenster im Osten von Baltimore. Er sah den Hafen, der in die Chesapeake-Bucht führte, und da sollte es echt Klippenbarsche geben.

»Was ist los?« fragte Gus, als seine Sekretärin mit einer Mappe eintrat.

»Ich wollte mich nach dem Ausbruch in Zaire erkundigen. Was Neues?«

»Gott sei Dank nicht. Die kritische Zeit ist überschritten. Wir haben viel...« Lorenz verstummte, als er die Mappe öffnete und das Deckblatt überflog. »Augenblick mal. Khartum?« murmelte er vor sich hin.

Alexandre wartete geduldig. Lorenz war ein langsamer, sorgfältiger Leser. Ein älterer Herr, ähnlich Ralph Forster, nahm er sich für die Dinge immer Zeit; daher war er auch ein so hervorragender Experimentalwissenschaftler. Er machte kaum je einen falschen Schritt. Er dachte zuviel nach, bevor er sich in Bewegung setzte.

»Wir haben gerade zwei Proben aus Khartum bekommen. Das Begleitschreiben ist von einem Dr. MacGregor am Englischen Krankenhaus. Zwei Patienten, ein männlicher erwachsener und ein vier Jahre alter weiblicher, möglicherweise hämorrhagisches Fieber. Die Proben sind schon im Labor.«

»Khartum? Sudan?«

»So steht's da«, bestätigte Gus.

»Mann, das ist ganz schön weit weg vom Kongo.«

»Flugzeuge, Alex, Flugzeuge«, bemerkte Lorenz. Wenn es etwas gab, das Epidemiologen ängstigte, dann war es der internationale Luftverkehr. Das Deckblatt sagte nicht viel aus, aber es enthielt Telefon- und Faxnummer. »Okay, gut, wir müssen die Tests durchführen und mal sehen.«

»Wie sieht's mit den Proben von vorher aus?«

»Haben gestern die Kartierung abgeschlossen. Ebola-Zaire, Mayinga-Untergruppe, mit den Proben von 1976 bis zur letzten Aminosäure identisch.«

»Das an der Luft Übertragbare«, brummte Alexandre, »das George Westphal erwischt hat.«

»Das ist nie bewiesen worden, Alex«, erinnerte ihn Lorenz.

»George war vorsichtig, Gus. Das wissen Sie. Sie haben ihn ausgebildet.« Pierre Alexandre rieb sich die Augen. Kopfschmerzen. Er brauchte eine neue Schreibtischlampe. »Lassen Sie mich wissen, was die Proben ergeben, ja?«

»Sicher. Ich würde mir nicht zu große Sorgen machen. Sudan ist für dieses kleine Scheusal eine lausige Umgebung. Heiß, trocken, Unmengen Sonnenlicht. Der Virus würden es im Freien keine zwei Minuten aushalten. Auf jeden Fall werde ich mit meinem Laborleiter sprechen. Ich werd' mal schauen, ob ich das später nicht selbst unterm Mikroskop betrachten kann – nein, wahrscheinlich morgen früh. Ich hab' in einer Stunde Personalsitzung.«

»Und ich brauch' was zum Essen. Wir sprechen uns morgen, Gus.« Alexandre – noch immer dachte er von sich eher als ›Colonel‹ denn als ›Professor‹ – machte sich auf den Weg zur Cafeteria. Es freute ihn, Cathy Ryan (mit Bodyguard) wieder beim Essen anstehen zu sehen.

»He, Prof.«

»Wie steht's mit dem Ungeziefer?« fragte sie lächelnd.

»Ach, immer das gleiche. Ich brauche einen Rat, Frau Doktor.

»Ich hab' mit Viren nichts am Hut.« Aber sie hatte genug mit AIDS-Patienten zu tun, die infolge ihrer Krankheit auch Augenprobleme bekamen. »Worum geht's?«

»Kopfschmerzen«, sagte er auf dem Weg zur Kasse.

»O?« Cathy drehte sich um und nahm ihm die Brille vom Gesicht. Sie hielt sie gegen das Licht. »Sie könnten es mal mit Reinigen versuchen. Sind ca. zwei Minusdiopter, starker Astigmatismus. Wann haben Sie die Verschreibung das letztemal überprüfen lassen?« Sie gab ihm die Brille mit einem letzten Blick auf den Schmutzrand um die Gläser zurück und wußte schon die Antwort auf ihre Frage.

»Oh, drei...«

»Jahre. Sie sollten doch klüger sein. Machen wir über unsere Sekretärinnen einen Termin aus, dann werde ich Sie untersuchen. Wollen Sie sich uns anschließen?«

Sie suchten sich einen Tisch am Fenster aus, mit Roy Altman im Gefolge, der den Raum musterte und mit den anderen, genauso beschäftigten Kollegen Blicke wechselte. Alles klar.

»Wissen Sie, Sie könnten ein guter Kandidat für unsere neue Lasertechnik sein. Wir können Ihre Hornhaut umformen und Sie bis auf 20/20 runterbringen«, sagte sie ihm. Sie hatte auch dazu beigetragen, dieses Programm in Gang zu bringen.

»Ist das ungefährlich?« fragte Professor Alexandre zweifelnd.

»Die einzigen gefährlichen Eingriffe mache ich in der Küche«, erwiderte Professorin Ryan mit hochgezogener Augenbraue.

»Schon gut, Madam.« Alex grinste.

»Was gibt's Neues aus Ihrer Abteilung?«

Es lag alles am Schnitt. Nun, vor allem am Schnitt, dachte Tom Donner, der an seinem Bürocomputer tippte. Dabei würde er seinen eigenen Kommentar einschieben, erklären und verdeutlichen, was Ryan wirklich gemeint hatte mit seinen anscheinend aufrichtigen ... anscheinend? Das Wort war ganz von allein in seinen Kopf gekommen. Der Reporter war verblüfft. Dabei war Donner schon etliche Jahre im Geschäft, und vor seiner Beförderung zum Anchorman des Senders war er schon in Washington gewesen. Er hatte über alle berichtet und kannte sie alle. In seiner gut gefüllten Adreßkartei waren alle wichtigen Namen und Nummern in der Stadt enthalten. Wie jeder gute Reporter hatte er seine *Verbindungen*. Er konnte per Telefon zu jedem vordringen, denn in Washington waren die Regeln für den Umgang mit den Medien bestechend einfach: Man war entweder Quelle oder Ziel. Wenn einer den Medien keine Bälle zuspielte, würden sie bald einen seiner Feinde finden, der es täte. Der landläufige Fachbegriff dafür war ›Erpressung‹.

Donner wußte, daß er noch nie jemandem wie Präsident Ryan begegnet war, zumindest nicht im öffentlichen Leben ... Die ›Ich-bin-einer-von-euch‹/Jedermann-Haltung reichte zurück bis Julius Cäsar. Sie war immer eine List, ein Schwindel, damit die Wähler dachten, der Typ wäre wirklich wie sie. Aber das war er nie. Normale Menschen kamen nicht so weit. Ryan war beim CIA genauso wie alle anderen durch Büropolitik aufgestiegen. Er hatte sich Feinde und Verbündete gemacht, wie alle, und sich nach oben manövriert. Und was zu ihm über Ryans Amtszeit im CIA durchgesickert war ... konnte er das verwenden? Nicht im Exklusiv-Interview. Vielleicht in der Nachrichtenshow, die sowieso einen

Aufreißer enthalten würde, damit die Leute bei ihr statt bei ihrer üblichen Fernsehkost blieben.

Donner wußte, daß er behutsam vorgehen mußte. Einem Präsidenten was anzuhängen war der *größte* Spaß, aber dafür gab es Regeln. Die Informationen mußten verläßlich sein. Er bräuchte verschiedene Quellen, und die mußten gut sein. Donner würde sie der Geschäftsleitung seiner Sendeanstalt vorlegen müssen, und die Leute würden herumdrucksen, sich dann über die Kopie seiner Story hermachen und ihn schließlich machen lassen.

*Jedermann.* Aber Jedermann arbeitete nicht für den CIA und wurde als Spion im Ausland tätig, oder? Ryan war todsicher der erste Spion, der es ins Oval Office geschafft hatte... war das gut?

In seinem Leben waren so viele weiße Stellen. Die Sache in London. Er hatte dort getötet. Die Terroristen, die sein Haus angegriffen hatten – er hatte zumindest einen von ihnen getötet. Diese unglaubliche Geschichte vom Stehlen eines sowjetischen U-Boots, bei der er, wie seine Quelle sagte, einen russischen Marinesoldaten getötet hatte. War das die Sorte von Mensch, die das amerikanische Volk im White House haben wollte?

Und dennoch versuchte er sich als Jedermann aufzuspielen. Gesunder Menschenverstand. So lautet das Recht. Ich nehme meinen Eid ernst.

*Es ist eine Lüge,* dachte Donner. *Es* muß *eine Lüge sein.*

*Bist 'n schlauer Halunke, Ryan,* dachte der Anchorman.

Und wenn er so schlau war und wenn es eine Lüge war, was dann? Das Steuersystem verändern. Veränderungen im Obersten Gerichtshof. Veränderungen im Namen der Effektivität, Minister Bretanos Aktivitäten bei der Verteidigung... verdammt.

Der nächste Gedanke war der, daß der CIA und Ryan eine Rolle bei dem Flugzeugabsturz aufs Capitol gespielt hatten – nein, das war zu abwegig. Ryan war ein Opportunist. Das waren alle Leute, über die Donner während seines Berufslebens berichtet hatte, bis zurück zu seinem ersten Job als Hospitant in Des Moines, wo seine Arbeit einen Verwaltungsbeamten ins Gefängnis gebracht hatte. Dadurch war Donner den Fernsehredakteuren aufgefallen. Politiker. Donner berichtete über alles Mögliche von Lawinen bis Kriegen, aber Politiker hatte er sowohl beruflich wie hobbymäßig studiert.

Sie waren doch alle gleich. Am richtigen Ort zur richtigen Zeit hatten sie alle ihre Programme parat. Wenn er irgend etwas gelernt hatte, dann das. Donner blickte aus dem Fenster, hob den Hörer mit einer Hand ab, während er mit der anderen seine Rollkartei durchblätterte.

»Ed, hier ist Tom. Wie gut sind eigentlich diese Quellen, und wie schnell kann ich Sie treffen?« Das Lächeln am anderen Ende der Leitung konnte er nicht hören.

Sohaila saß schon wieder. Solche Situationen schufen eine Erleichterung, die den jungen Arzt stets auf neue ergriff. Die Medizin war der forderndste Beruf, glaubte MacGregor. In mehr oder weniger höherem Maß würfelte er jeden Tag mit dem Tod. Jeder von ihm behandelte Patient trug den Feind in sich oder um sich, und seine Aufgabe als Arzt bestand darin, ihn ausfindig zu machen und zu vernichten, und der Sieg war am Gesicht des Patienten abzulesen, und jeder war ein Genuß.

Sohaila fühlte sich noch nicht wohl, aber das würde vorbeigehen. Sie war auf Flüssigkeiten gesetzt und behielt sie bei sich. Schwächer als jetzt würde sie nicht mehr werden. Ihre Temperatur war wieder unten. Alle Lebensfunktionen waren entweder stabilisiert oder bewegten sich auf den Normalzustand zu. Das war ein Sieg. Wann alles gutging, würde sie groß werden, spielen und lernen, heiraten und eigene Kinder haben.

Aber es war ein Sieg, den MacGregor nicht ganz für sich verbuchen konnte. Seine Betreuung des Kindes war bloß unterstützend, nicht heilend gewesen. Hatte das geholfen? Möglicherweise, sagte er sich. Man konnte nicht wissen, wo die Grenze lag zwischen dem, was von selbst geschehen wäre, und dem, was wirklich geholfen hatte. Die Medizin wäre weiter, wenn Ärzte *so* tief sehen könnten, aber das traf nicht zu und würde es wohl nie. Hätte er sie nicht behandelt – nun, es hätte die Hitze oder die Austrocknung oder ein Sekundärinfekt sein können. Leute starben so oft, nicht an der Primärkrankheit, sondern an anderen Faktoren, die den geschwächten Körper angriffen. Also, *ja*, er würde es sich zuschreiben; um so schöner, daß ein reizendes, hübsches kleines Mädchen gerettet war, die bald wieder lächeln könnte. MacGregor maß ihren Puls, spürte wie jedesmal mit Freuden die Berührung mit dem Patienten und den fernen Kontakt mit einem Herzen, das in einer Woche auch noch schlagen würde. Während er ihr zusah, schlief sie ein. Sanft legte er ihre Hand auf das Bett und drehte sich um.

»Ihre Tochter wird sich völlig erholen«, sagte er den Eltern, womit er in sechs leisen Worte und einem herzlichen Lächeln ihre Hoffnung bestätigte und ihre Ängste zerstreute.

Die Mutter japste wie nach einem heftigen Schlag und sperrte den Mund auf, und Tränen strömten ihr aus den Augen, während sie die Hände vors Gesicht schlug. Der Vater nahm die Neuigkeit in vermeintlich männlicher Art auf, mit ausdruckslosem Gesicht – doch seine Augen entspannten sich und blickten erleichtert zur Decke. Dann packte er die Hand des Arztes, und seine dunklen Augen richteten sich eindringlich auf MacGregor.

»Das werde ich nicht vergessen«, sagte ihm der General.

Dann war es Zeit, nach Saleh zu sehen, was er bewußt hinausgezögert hatte. MacGregor verließ das Zimmer und schritt über den Flur. Draußen wechselte er die Kleidung; drinnen sah er eine Niederlage. Der Mann war fixiert. Die Krankheit war ins Gehirn vorgedrungen. Demenz war auch ein Symptom von Ebola, sogar ein gnädiges. Salehs Augen waren leer und starrten zu den Wasserflecken an der Decke. Die diensttuende Schwester gab ihm das Krankenblatt, das durchweg schlechte Neuigkeiten enthielt. MacGregor überflog es, verzog das Gesicht und schrieb eine Anweisung aus, die Morphiuminfusion zu erhöhen. Unterstützende Pflege hatte in diesem Fall nicht das geringste ausgerichtet. Ein Gewinn, ein Verlust, und wenn er hätte wählen können, wer gerettet und wer verlorengehen mußte, hätte er die Geschichte genau so verfaßt, denn Saleh war erwachsen und hatte gewissermaßen schon ein Leben hinter sich. Aber er hatte nur noch fünf Tage vor sich, und MacGregor konnte nichts mehr zu seiner Rettung unternehmen, nur wenige Dinge, um das letzte Stadium für den Patienten – und die Belegschaft – weniger grauenhaft zu machen. Nach fünf Minuten verließ er das Zimmer, entledigte sich der Schutzkleidung und ging in sein Büro, die Stirn nachdenklich gerunzelt.

Wo war es hergekommen? Warum konnte eine überleben und der andere nicht? Was wußte er nicht, was er wissen müßte? Der Arzt goß sich einen Tee ein und versuchte, über den Gewinn und den Verlust hinauszudenken, um die Information zu finden, die den Ausgang so entschieden hatte. Gleiche Krankheit, gleiche Zeit. Zwei sehr unterschiedliche Ausgänge. Warum?

## 32 / Wiederholungen

»Das hier dürfen Sie sich nur ansehen.« Er händigte das Foto aus. Er trug leichte Baumwollhandschuhe und hatte auch Donner ein Paar gegeben. »Fingerabdrücke«, erklärte er leise.

»Ist es das, was ich denke?« Es war ein Schwarzweißfoto, 13x18, glänzend, aber es trug keinen Geheimhaltungsstempel, zumindest vorne nicht.

»Sie wollen es doch nicht wirklich wissen, oder?« Eine Frage und eine Warnung zugleich.

»Schätze nicht.« Donner nickte; er hatte kapiert. Er wußte nicht, wie das Spionagegesetz – 18 U.S.C. § 793E – in die ihm nach dem ersten Verfassungszusatz zustehenden Rechte eingriff, aber wenn er nicht wußte, ob das Foto ein Geheimdokument war, dann brauchte er es nicht herauszufinden.

»Das ist ein sowjetisches Atom-U-Boot, und da ist Jack Ryan auf der Gangway. Sehen Sie, er trägt eine Marineuniform. Das war eine CIA-Operation in Zusammenarbeit mit der Marine, und das hat sie uns eingebracht.« Der CIA-Mann gab ihm ein Vergrößerungsglas, damit die Identifikation auch hundertprozentig sicher war. »Wir haben die Sowjets zu der Annahme verleitet, daß es auf halbem Weg zwischen Florida und Bermuda explodiert und gesunken ist. Sie denken es wahrscheinlich immer noch.«

»Wo ist es jetzt?« fragte Donner.

»Wurde ein Jahr später vor Puerto Rico versenkt.«

»Warum dort?«

»Tiefstes Atlantikgewässer in der Nähe amerikanischen Territoriums, etwa fünf Meilen tief, deshalb wird es niemand finden, und niemand kann versuchen, nachzusehen, ohne daß wir davon erfahren.«

»Das war – jetzt fällt's mir ein!« sagte Donner. »Die Russen hatten eine große Übung laufen, wir setzten Himmel und Hölle in Bewegung, und die haben tatsächlich ein U-Boot verloren, nicht...«

»Zwei.« Ein weiteres Foto kam aus der Mappe. »Schauen Sie sich den Bug an. *Roter Oktober* hat ein anderes russisches U-Boot vor den Karolinen gerammt und versenkt. Die Marine hat Roboter runtergeschickt und eine Menge nützlicher Sachen aus dem Rumpf geholt. Es geschah unter der Deckung einer Bergungsaktion für das erste gesunkene U-Boot. Die Russen haben nie erfahren, was mit dem zweiten Boot passierte.«

»Und niemand hat davon was durchsickern lassen?« Das war für einen Mann, der jahrelang bei der Regierung wie ein Zahnarzt bei unwilligen Patienten Fakten gezogen hatte, verblüffend.

»Ryan weiß, wie er was vertuschen kann.« Ein weiteres Foto. »Das ist ein Leichensack. Die Person darin war ein russisches Besatzungsmitglied. Ryan hat ihn umgelegt – mit 'ner Pistole erschossen. So hat er seinen ersten Stern im Geheimdienst bekommen. Ich schätze, er hat sich gedacht, wir könnten es nicht riskieren, daß er was ausplauderte.«

»Mord?«

»Nein.« Der CIA-Mann wollte so weit nicht gehen. »Offiziell heißt es, daß es eine Schießerei war, daß auch andere Personen verletzt wurden. Das besagen die Unterlagen in der Akte, aber...«

»Yeah. Da kann man sich nur wundern.« Donner nickte und starrte auf das Foto. »Könnte das möglicherweise gefälscht sein?«

»Möglicherweise ja«, gab der andere zu. »Aber das ist es nicht. Die anderen Leute auf dem Foto: Admiral Dan Foster, er leitete damals den Operationsstab der Navy. Der da ist Commander Bartolomeo Mancuso. Damals kommandierte er die USS *Dallas*. Er wurde auf *Roten Oktober* versetzt, um die Aufbringung zu bewerkstelligen. Er ist übrigens noch im Dienst, mittlerweile Admiral. Er kommandiert alle U-Boote im Pazifik. Und der da ist Kapitän Marko Aleksandrowitsch Ramius von der sowjetischen Marine. Er war Kapitän der *Roten Oktober*. Sie leben alle noch. Ramius wohnt jetzt in Jacksonville, Florida. Er arbeitet im Marinestützpunkt Mayport unter dem Namen Mark Ramsey. Beratervertrag«, erklärte er. »Das Übliche. Hat auch eine hohe Pension von der Regierung bekommen, aber die hat er sich weiß Gott verdient.«

Donner bemerkte Einzelheiten und erkannte ein weiteres Gesicht. Das war todsicher nicht gefälscht. Dafür gab es auch Regeln. Wenn jemand einen Reporter anlog, ließ es sich unschwer so einrichten, daß die richtigen Leute erfuhren, wer gegen das Gesetz verstoßen hatte – schlimmer noch, die Person wurde zum Ziel, und die Medien waren auf ihre Art grausamere Strafverfolger, als irgendwer im Justizministerium es sich je träumen durfte. Das Rechtssystem verlangte ja ein ordentliches Strafverfahren.

»Okay«, sagte der Journalist. Der erste Satz Fotos wanderte wieder in die Mappe. Eine weitere Mappe tauchte auf und aus ihr wieder ein Bild.

»Erkennen Sie den Typen?«

»Er war – Augenblick mal. Gera-noch was. Er war...«

»Nikolaj Gerasimow. Der Vorsitzende des alten KGB.«

»Der bei einem Flugzeugabsturz umkam damals 19...«

Wieder wurde ein Foto vorgelegt. Das Subjekt war älter, grauer und sah viel wohlhabender aus. »Das Bild wurde vor zwei Jahren in Winchester, Virginia, aufgenommen. Ryan flog nach Moskau, unter dem Deckmantel eines Beraters bei den START-Gesprächen. Er hat Gerasimow losgeeist. Niemand weiß genau, wie. Auch dessen Frau und Tochter kamen raus. Der Schlag wurde direkt aus Judge Moores Büro geführt. Ryan hat viel so gearbeitet, war nie echt ins System eingebunden. Ryan weiß – na, schauen Sie, das müssen wir ihm zugute halten, er ist ein verdammt schlauer Spook. Er arbeitete vermutlich direkt für Jim Greer im Directorate of Intelligence, nicht im Directorate of Operations. Doppelte Deckung. Ryan hat bei seinen Unternehmen nie Fehler gemacht, soweit ich weiß, aber ein Grund dafür ist, daß er ein gnadenloser Hund ist. Effektiv, ja, aber gnadenlos. Er hat, wann immer er wollte, die ganze Bürokratie ausgeschaltet. Er macht es jedesmal auf seine Weise, und wer ihm in die Quere kam – na ja, einen toten Russen von der *Roten Oktober* haben wir begraben und eine ganze U-Boot-Crew vor den Karolinen, um das Unternehmen geheimzuhalten. Bei dem hier bin ich mir nicht sicher. Nichts in der Akte, aber die Akte hat viele Leerstellen. Wie Frau und Tochter herausgekommen sind, steht nicht drin. Darüber sind mir nur Gerüchte zu Ohren gekommen, und die sind recht dürftig.«

»Verdammt, ich wünschte, ich hätt' das ein paar Stunden früher gehabt.«

»Er hat Sie eingewickelt, nicht wahr?« Diese Frage kam von Ed Kealty über die Lautsprechanlage.

»Ich kenne das Problem«, sagte der CIA-Beamte. »Ryan ist aalglatt. Er hat im CIA eine Kür aufs Eis gelegt wie Dorothy Hamill in Innsbruck, das aber jahrelang. Der Kongreß schätzt ihn. Warum? Er stellt sich als der geradlinigste Kerl seit Abe Lincoln dar. Bloß hat er Leute umgebracht.« Der Informant hieß Paul Webb und war höherer Beamter im Directorate of Intelligence, aber nicht hoch genug, um zu verhindern, daß seine ganze Abteilung wegrationalisiert wurde. Er hätte schon stellvertretender Direktor sein können, meinte Webb; er wär es, wenn Ryan sich nicht bei James Greer unverrückbar ins Ohr gesetzt hätte. So endete nun seine Karriere als Einstiegs-Oberer beim CIA, und das nahm man ihm nun auch noch weg. Er hatte seine Pensionierung vor Augen. Das konnte ihm niemand mehr nehmen – na schön, wenn bekannt würde, daß er diese Akten aus Langley geschmuggelt hatte, würde er echte Schwierigkeiten bekommen, aber vielleicht auch nicht. Was geschah den Leuten, die etwas verpfiffen? Die Medien schützten sie ganz gut, und er hatte seine Dienstzeit hinter sich, und... er mochte es einfach nicht, wegrationalisiert zu werden. Zu einer anderen Zeit hätte ihn seine Verärgerung dazu verführt, in Kontakt zu treten mit – nein, das nicht. Nicht mit dem Feind. Aber die Medien waren ja keine Feinde, oder? Das sagte er sich, obwohl er die ganze Laufbahn lang anders gedacht hatte.

»Sie sind verarscht worden, Tom«, sagte Kealty wieder über die Außenverbindung. »Willkommen im Verein. Nicht einmal ich kenn' alle seine Zaubertricks. Paul, erzähl ihm was von Kolumbien.«

»Darüber konnte ich keine Akte finden«, gestand Webb ein. »Wo immer sie ist – tja, es gibt spezielle Akten, die Datumsstempel tragen. Wie etwa 2050 frühestens. An die kommt niemand ran.«

»Wie geht denn *so was*?« wollte Donner wissen. »Ich hab' das schon gehört, konnte aber nie...«

»Wie sie das aus den Büchern raushalten? Das muß durch den Kongreß, ein nicht schriftlich festgelegter Teil des Genehmigungsverfahrens. Der CIA geht mit 'nem kleinen Problem hin, bittet um Sonderbehandlung, und wenn der Kongreß zustimmt, schwupp, wandert die Akte ins Sicherheitsgewölbe – zum Teufel, die ganze Sache könnte in den Reißwolf gewandert und mittlerweile Kompost sein, aber ein paar verifizierbare Fakten hab' ich«, legte Webb seinen Köder aus.

»Ich höre«, erwiderte Donner. Sein Tonband auch.

»Wie, meinen Sie, haben die Kolumbianer das Medellin-Kartell gesprengt?« fragte Webb.

»Na ja, es gab so etwas wie einen internen Fraktionskampf, einige Bomben gingen hoch und...«

»Das waren Bomben des CIA. Irgendwie – ich weiß nicht genau, wie, haben wir den Fraktionskampf angezettelt. Aber das weiß ich: Ryan war da unten. Sein Mentor in Langley war James Greer – sie waren wie Vater und Sohn. Aber als James starb – Ryan war bei der Beerdigung nicht da, er war nicht daheim und nicht für den CIA unterwegs, er war ja gerade erst von einer NATO-Konferenz in Belgien zurückgekehrt. Da verschwand er einfach von der Bildfläche, wie schon mehrere Male. Bald drauf wird Jim Cutter, der Nationale Sicherheitsberater des Präsidenten, in Washington bei einem *Unfall* von einem Linienbus überfahren, nicht wahr? Er hat nicht hingesehen? Er ist einfach in den Bus gerannt. Das sagte das FBI, aber die Sache hat damals Dan Murray untersucht, und welchen Posten hat der jetzt? FBI-Direktor, stimmt's? Es trifft sich zufälligerweise, daß er und Ryan sich mehr als zehn Jahre kennen. Murray war ›Spezial‹-Typ für Emil Jacobs *und* Bill Shaw. Vorher war er Rechtsattaché in London – Spook-Posten, Kontaktmann der dortigen Geheimdienste; Murray ist auf der dunkelsten Seite des FBI, ganz groß und bestens verbunden. Und *der* sucht Pat Martin aus, um Ryan bei den Berufungen zum Obersten Gericht zu beraten? Wird das Bild klarer?«

»Augenblick! Ich kenne Dan Murray. Ein zäher Bursche, aber er ist ein *grund*ehrlicher Cop...«

»Er ist mit Ryan in Kolumbien gewesen, was heißen soll, daß er genau zur gleichen Zeit von der Bildfläche verschwand. Okay, denken Sie daran, ich habe keine Akte zu diesem Unternehmen, ja? Ich kann nichts beweisen. Schauen Sie sich die Abfolge der Ereignisse an. Direktor Jacobs und alle anderen sind getötet worden, und direkt danach gehen in Kolumbien Bomben hoch, und eine Menge der Kartellknaben machen ihre Sache mit Gott aus – aber viele Unschuldige sind auch dabei draufgegangen. Das haben Bomben so an sich. Wissen Sie noch, wie Bob Fowler eine große Sache daraus gemacht hat? Und was passiert dann? Ryan verschwindet. Murray genauso. Ich schätze, sie sind da runter, um das Unternehmen abzublasen, bevor es völlig außer Kontrolle geriet – dann stirbt Cutter zu einer sehr gelegenen Zeit. Cutter hatte nicht den Mumm für schmutzige Arbeit. Aber Ryan hatte ihn todsicher – und hat ihn immer noch. Murray – nun ja, wenn Sie den Direktor des FBI umbringen, treten Sie einer sehr ernst zu nehmenden Organisation auf den Schwanz. Diese Schweine aus Medellin haben es echt zu weit getrieben in einem Wahljahr, und Ryan war rechtzeitig zur Stelle, um den Ball aufzufangen, und jemand stellte ihm einen Jagdschein aus, und vielleicht ist ihm das ganze etwas aus den Händen geglitten – das kommt vor. Dann begibt er sich dort runter, um es abzustellen. Mit Erfolg«, betonte Webb. »Das ganze Unternehmen war in der Tat ein Erfolg. Das Kartell ist zerfallen ...«

»Und ein anderes trat an dessen Platz«, warf Donner ein. Webb nickte mit einem Insiderlächeln.

»Stimmt, aber die bringen keine amerikanischen Regierungsbeamte um, ja? Jemand machte ihnen die Regeln deutlich. Wie gesagt, ich werfe Ryan nichts Unrechtmäßiges vor, bis auf 'ne Kleinigkeit.«

»Und zwar?« fragte Donner.

»Wenn in einem fremden Land Streitkräfte eingesetzt werden und Menschen umbringen, ist das eine Kriegshandlung. Aber da ist Ryan wieder Schlittschuh gefahren. Der Junge beherrscht sagenhafte Schwünge. Jim Greer hat ihn gut ausgebildet. Sie können Ryan in einen Klärbehälter werfen, und er wird nach Old Spice duftend wiederauftauchen.«

»Also, welches Hühnchen haben Sie mit ihm zu rupfen?«

»Jack Ryan ist womöglich der beste Geheimdienstprofi, den wir seit dreißig Jahren haben, der beste seit Allen Dulles, vielleicht sogar Bill Donovan. *Roter Oktober* war brillant, den KGB-Vorsitzenden loseisen noch besser. Die Sache in Kolumbien, nun, die haben den Tiger in den Schwanz gezwickt und vergessen, daß der Tiger riesengroße Krallen hat. Okay«, räumte Webb ein. »Ryan ist ein Super-Spook – aber er braucht jemand, der ihm sagt, was das Recht ist, Tom.«

»So jemand würde nie gewählt werden«, bemerkte Kealty, der sich beherrschen mußte, um nicht mehr zu sagen. Sein Bürochef riß ihm beinahe das Telefon aus der Hand, sie waren ja so kurz vorm Ziel. Zum Glück redete Webb weiter.

»Er hat sich beim CIA wacker geschlagen. Er war sogar ein guter Berater für Roger Durling, aber das ist nicht das gleiche wie Präsident sein. Yeah, er hat Sie eingewickelt, Mr. Donner. Durling vielleicht auch. Doch dieser Kerl baut die ganze Scheißregierung um, und zwar nach *seinem* Bild. Jede seiner Ernennungen betraf Leute, mit denen er zusammengearbeitet hat – oder sie wurden von engen Weggenossen für ihn ausgesucht. Murray an der Spitze des FBI. Möchten Sie, daß Dan Murray Amerikas mächtigste Strafverfolgungsbehörde leitet? Daß diese beide den Obersten Gerichtshof zusammenstellen?« Webb legte eine Pause ein und seufzte. »Ich tu' das gar nicht gern. Er ist einer von uns aus Langley, aber er sollte nicht Präsident sein, okay? Ich bin meinem Land verpflichtet, und mein Land ist nicht Jack Ryan.« Webb sammelte die Fotos ein und steckte sie wieder in die Mappen. »Ich muß wieder zurück. Wenn jemand dies rausbekommt, nun, Sie wissen ja, was mit Jim Cutter passiert ist...«

»Ich bedanke mich«, sagte Donner. Nun mußte er einige Entscheidungen treffen. Auf seiner Uhr war es Viertel nach drei, also mußte es schnell gehen. Es gab nämlich etwas, das schlimmer war als die verschmähte Frau. Es war ein Reporter, der entdeckte, daß er verarscht worden war.

Alle neun lagen im Sterben. Es würde noch fünf bis acht Tage dauern, aber sie waren alle dem Untergang geweiht und wußten es. Ihre Gesichter blickten auf die Überwachungskameras, und sie hatten keine Illusionen mehr. Diese Gruppe versprach, noch gefährlicher zu sein als die erste – sie wußten einfach besser Bescheid –, und wurden deshalb noch vollständiger ruhiggestellt. Während Moudi zusah, kamen die Armeesanitäter herein, um den Versuchspersonen Blutproben abzunehmen, notwendig zur Bestätigung und dann zur Bestimmung des Ausmaßes ihrer Infektion. Die Sanitäter waren von sich aus auf ein Verfahren gekommen, um die »Patienten« während der Blutabnahme an Gegenwehr zu hindern. Während ein Mann das Blut abzapfte, hielt ein anderer dem Kranken ein Messer an die Kehle. Auch wenn die Verbrecher sich dem Untergang geweiht wähnten, so waren sie Kriminelle und deshalb feige und nicht geneigt, ihren Tod zu beschleunigen. Moudi sah dem Vorgang einige Minuten zu und verließ dann den Überwachungsraum.

In manchen Dingen waren sie zu pessimistisch gewesen, dazu gehörte auch die Anzahl benötigter Viren. Im Kulturentank hatte Ebola die

Affennieren und das Blut mit einem solchen Genuß verzehrt, daß die Ergebnisse selbst den Direktor schaudern ließen. Es sah so aus, als würden Ameisen sich über eine Frucht hermachen. Die Tierchen schienen aus dem Nichts zu kommen und sie zu überziehen, sie mit ihren Körpern schwarz zu machen. So lief es mit dem Ebola-Virus ab; es gab buchstäblich Billiarden von ihnen, die das ihnen als Nahrung angebotene Gewebe verbrauchten und ersetzten. Die frühere Farbe war nun einer ganz anderen gewichen, und keiner mußte Arzt sein, um zu wissen, daß der Inhalt des Tanks unfaßbar abscheulich war. Ein Blick auf die schreckliche ›Suppe‹ ließ einem das Blut gefrieren. Es gab nun Liter davon, und sie züchteten mehr, indem sie menschliches Blut aus der zentralen Teheraner Blutbank nahmen.

Der Direktor verglich im Elektronenmikroskop gerade zwei Proben. Als Moudi näher trat, sah er die Datumsstempel. Eine war von Jean Baptiste, die andere von einem ›Patienten‹ aus Gruppe zwei.

»Sie sind identisch, Moudi«, sagte er, sich zu dem Jüngeren umwendend.

Das entsprach nicht den Erwartungen. Ein Problem war, daß Viren keine richtigen Lebewesen und so für ordentliche Vermehrung eigentlich schlecht eingerichtet waren. Den RNS-Strängen fehlte eine ›Redigier-Funktion‹, die sicherstellte, daß jede Generation genau in die Fußstapfen der Vorgängerin trat. Das war bei Ebola und vielen ähnlichen Organismen eine ernsthafte Anpassungsschwäche. Darum klang jeder Ebola-Ausbruch früher oder später von selbst ab. Der an den menschlichen Wirt schlecht angepaßte Virus wurde immer weniger virulent. Das machte ihn aber gerade zur idealen biologischen Waffe. Er würde töten. Er würde sich ausbreiten. Dann aber würde er absterben, bevor er zuviel Verderben anrichten konnte. Wieviel Tod er brachte, war eine Funktion der ursprünglichen Verteilung. Er war schrecklich letal, aber auch in der Ausbreitung selbstbegrenzt.

»Wir haben also mindestens drei stabile Generationen«, bemerkte Moudi.

»Und extrapoliert wohl sieben bis neun.« Der Projektleiter war, ungeachtet seiner perversen medizinischen Tätigkeit, in Fachfragen konservativ. Moudi hätte neun bis elf gesagt. Besser, der Direktor hätte recht, gestand er sich ein und kehrte ihm den Rücken zu.

Auf dem Tisch an der anderen Wand standen zwanzig Dosen. Sie glichen der zur Infektion der Verbrecher verwendeten. Es waren Dosen einer bekannten europäischen Rasiercreme in Spargröße – die Firma war in amerikanischem Besitz, was alle am Projekt Beteiligten amüsierte – und einzeln in zwölf verschiedenen Städten in fünf verschiedenen Ländern gekauft worden. Hier im Affenhaus waren sie geleert und zum Umbau sorgfältig auseinandergenommen worden. Jede würde einen halben Liter ›Suppe‹ plus neutrales Treibgas (Stickstoff, der keine chemische Reaktion mit der ›Suppe‹ einging und Verbrennung unterband) und eine kleine Menge Kühlmittel aufnehmen. Eine andere Arbeitsgruppe hatte die Haltbarkeitsstudie gemacht. Mehr als neun Stunden lang würde Ebola nicht abbauen. Danach würden nach Erwärmung des Kühlmittels die Viren in einer linearen Funktion inaktiv. Nach neun plus acht Stunden wären knapp zehn Prozent inert, aber diese, sagte sich Moudi, waren wohl sowieso schwach und würden die Krankheit nicht auslösen. Nach neun plus sechzehn Stunden wären fünfzehn Prozent tot. Danach, hatten die Experimente ergeben, schwanden alle acht Stunden weitere fünf Prozent – aus irgendeinem Grund hielten sich die Intervalle an Dritteltage. Und so ...

Es war recht einfach. Die Kuriere würden alle von Teheran abfliegen. Flugzeit bis London sieben Stunden, nach Paris dreißig Minuten weniger und nach Frankfurt sogar noch weniger. Dies hing von der Tageszeit ab, hatte Moudi erfahren. In den drei Städten gäbe es problemlos Anschlußflüge. Das Gepäck würde nicht geprüft, weil die Kuriere in ein anderes Land weiterflogen, deshalb nicht durch den Zoll mußten, und so würden niemandem die ungewöhnlich kalten Rasiercremedosen auffallen. Zu der Zeit, da die Kühlung nachließ, wären die Reisenden bereits in ihren Erste-Klasse-Sitzen unterwegs, zu ihren Zielorten und im Anstieg auf die endgültige Flughöhe. Von da ab zeigte sich der internationale Luftverkehr wiederum günstig. Von Europa aus gingen Direktflüge und regelmäßige Verbindungen zu eigentlich allen amerikanischen Großstädten. Die Kuriere würden alle erster Klasse fliegen, um mit ihrem Gepäck schneller durch den Zoll zu kommen. Sie würden gute Hotelresevierungen und Rückflugtickets für dem Heimweg über andere Flughäfen haben. Vom Zeitpunkt Null bis zur Ablieferung würden nicht mehr als vierundzwanzig Stunden vergehen, und daher wären noch achtzig Prozent der Ebola-Viren aktiv. Danach war alles dem Zufall überlassen oder Allahs Händen – *nein*! Moudi schüttelte den Kopf. Er war nicht der Direktor. Er würde dieses Vorhaben nicht dem Willen Gottes zuschreiben. Was es auch sein mochte, wie wichtig es auch für sein Land – noch dazu ein neues – sein würde, er würde nicht seinen Glauben beflecken, indem er *das* sagte oder auch bloß dachte.

Halbwegs einfach? Das war es gewesen, aber dann ... Schwester Jean Baptiste, deren Körper längst eingeäschert war ... Anstatt Kinder zu hinterlassen, wie es sich für den weiblichen Körper gehörte, war seine einzige physische Hinterlassenschaft eine Krankheit, und dieser Akt war so abgefeimt, daß Allah gewiß beleidigt war. Aber sie hatte noch etwas hinterlassen, ein echtes Vermächtnis. Moudi hatte früher alle Westler als Ungläubige gehaßt. In der Schule hatte er von den Kreuzzügen gelernt und wie diese vermeintlichen Soldaten des Propheten Jesus Muslime dahingeschlachtet hatten, so wie Hitler Juden vernichtete. Daraus hatte er die Lektion gelernt, daß alle Westler und alle Christen gegenüber Menschen seines Glaubens minderwertig waren, und solche Menschen waren leicht zu hassen, leicht abzutun als Geringfügigkeiten in einer Welt der Tugend und des Glaubens. Nur diese eine Frau. Was war der Westen und was die Christenheit? Die Verbrecher des elften Jahrhunderts oder eine tugendhafte Frau aus dem zwanzigsten, die sich jeden denkbaren menschlichen Wunsch versagte – und wofür? Um den Kranken zu dienen und ihren Glauben zu lehren. Immer demütig, immer ehrerbietig. Sie hatte bestimmt nie ihre Gelübde der Armut, Keuschheit und Gehorsamkeit gebrochen. Und mochten diese Gelübde und diese Glaubenseinstellung auch falsch sein, er hatte von ihr das gleiche gelernt, was der Prophet verkündet hatte. Es gab nur einen Gott. Es gab nur eine Heilige Schrift. Sie hatte beiden reinen Herzens gedient, wie irregeleitet ihr Glaubensbekenntnis auch gewesen sein mochte.

*Nicht nur Schwester Jean Baptiste,* kam ihm in Erinnerung. *Auch Schwester Maria Magdalena.* Sie wurde ermordet – und weshalb? Treue zu ihrem Glauben, zu ihrem Gelübde, zu ihrer Freundin, keine Dinge, die dem Heiligen Koran im geringsten zuwider waren.

Es wäre ihm sehr viel leichter gefallen, wenn er nur mit Schwarzafrikanern gearbeitet hätte. Ihre Glaubensbekenntnisse waren etwas, das der Koran verabscheute. Auf die hätte er leicht herabblicken können und sich um Christen überhaupt keine Gedanken zu machen brauchen – aber er war Jean Baptiste und Maria Magdalena begegnet. Warum? Warum war das geschehen?

Unglücklicherweise war es für ihn zu spät, solche Fragen zu stellen. Vorbei war vorbei. Moudi ging zur anderen Ecke des Raums und holte sich einen Kaffee. Er war schon mehr als einen Tag auf, und mit Müdigkeit kamen Zweifel. Er hoffte, das Getränk würde sie verjagen, bis er schlafen konnte, damit Ruhe und vielleicht Friede einkehrten.

»Das ist wohl ein Scherz!« knurrte Arnie in den Hörer.

Tom Donners Stimme klang so entschuldigend wie nur möglich.

»Vielleicht waren es die Metalldetektoren auf dem Weg nach draußen. Das Band – ich meine, es ist hin. Es ist alles noch gut zu hören und zu sehen, aber auf der Tonspur ist ein Nebengeräusch. Keine Sendequalität. Die ganze Stunde ist für die Katz. Wir können das nicht verwenden.«

»Und?« wollte van Damm wissen.

»Und so haben wir ein Problem, Arnie. Der Beitrag soll um neun laufen.«

»Und was soll ich da jetzt machen?«

»Schafft es Ryan nochmals live? Da steigen die Einschaltquoten«, gab der Anchorman zu bedenken.

Dem Stabschef des Präsidenten wäre beinahe was entschlüpft. In einer Einsatzwoche, während der alle Sender ihr Bestes taten, um ihr Publikum zu vergrößern, zwecks Erhöhung der Werbeeinnahmen, hätte er Donner beschuldigt, dies absichtlich eingefädelt zu haben. Aber nein, *die* Linie durfte nicht einmal er überschreiten. Also schwieg er und zwang Donner, den nächsten Zug zu machen.

»Schauen Sie, Arnie, wir fahren dieselben Themen. Wie oft geben wir einem Präsidenten die Chance, seine Zeilen zu proben? Und er hat sich heute vormittag gut gehalten. Das meint auch John.«

»Sie können es nicht nochmals aufnehmen?« fragte van Damm.

»Arnie, in vierzig Minuten bin ich auf Sendung und hab' bis halb acht zu tun. Bleiben dreißig Minuten, um zu Ihnen zu düsen, alles aufzubauen und aufzunehmen und dann das Band hierher zurückzubringen, und alles vor neun? Wollen Sie mir einen Ihrer Hubschrauber leihen?« Er verstummte. »Auf die Art – ich sag' Ihnen was. Ich werde in der Sendung sagen, daß wir mit dem Band Murks gebaut haben und daß der Boß netterweise zugestimmt hat, sich uns noch einmal live zur Verfügung zu stellen. Wenn das keine Spezialnummer des Senders ist, dann weiß ich nicht.«

Arnold van Damms Warnlichter blinkten alle rot. Die gute Nachricht war, daß Jack sich ganz gut aufgeführt hatte. Nicht perfekt, aber ganz gut, besonders in der Aufrichtigkeit. Selbst bei den kontroversen Themen hatte er von seinen Worten her überzeugt gewirkt. Er hatte nicht so entspannt ausgesehen, wie er sollte, aber das war okay. Ryan war kein Politiker – das hatte er zwei- oder dreimal gesagt – und deshalb ging etwas Anspannung in Ordnung. Fokusgruppen in sieben verschiedenen Städten sagten alle, sie mochten Jack, weil er sich wie einer von ihnen benahm. Ryan wußte nicht, daß Arnie und der politische Stab die Umfrage durchführten. *Das* Projekt war geheimer als CIA-Geschichten, aber Arnie rechtfertigte sich damit, daß es als Realitäts-Check, wie der

Präsident sich, sein Programm und sein Image rüberbrachte, zum effektiven Regieren erforderlich war – und *kein* Präsident hatte je alles gewußt, was in seinem Namen geschah. Gut, kam wie ein Präsident rüber, nicht typisch, aber auf *seine* Art, und das, meinten die Fokusgruppen, war auch gut so. Live auf Sendung, ja, das würde *echt* gut aussehen und viele Leute dazu bringen, auf NBC zu schalten, und Arnie wollte ja, daß die Bevölkerung Ryan besser kennenlernte.

»Okay, Tom, vorsichtiges Ja. Aber ich muß ihn noch fragen.«

»Bitte rasch«, erwiderte Donner. »Wenn er's platzen läßt, müssen wir das gesamte Sendeprogramm heute abend umschmeißen, und dann geht's um meinen Arsch, verstanden«

»Bin gleich wieder da«, versprach van Damm. Er drückte auf den Knopf der Telefonanlage und eilte aus dem Zimmer, ließ aber den Hörer auf der Schreibunterlage liegen.

»Muß zum Boß«, sagte er den Geheimagenten im Ost-West-Korridor.

»Ja?« sagte Ryan. Es geschah nicht oft, daß seine Tür ohne Ankündigung aufging.

»Wir müssen das Interview nochmals machen«, sagte Arnie etwas außer Atem.

Jack schüttelte überrascht den Kopf. »Warum? Stand mein Hosenstall offen?«

»Mary paßt darauf schon immer auf. Das Band ist hin, und zur Neuaufnahme reicht die Zeit nicht. Also hat Donner mich gebeten, Sie zu fragen, ob Sie's um neun Uhr live machen würden. Gleiche Fragen und alles – halt, nein«, unterbrach sich Arnie nach einem Gedankenblitz. »Wie wär's, wenn wir Ihre Frau hinzuziehen würden?«

»Cathy wird es nicht mögen. Warum?« fragte der Präsident.

»Eigentlich muß sie nur dasitzen und lächeln. Das wird sich bei den Leuten draußen gut machen. Jack, sie muß gelegentlich die First Lady spielen. Das hier sollte einfach sein. Vielleicht könnten wir sogar am Schluß die Kinder reinbringen...«

»Nein. Meine Kinder treten nicht an die Öffentlichkeit, basta. Cathy und ich haben das so besprochen.«

»Aber...«

»Nein, Arnie, jetzt nicht, morgen nicht, in Zukunft nicht, nein.« Ryans Stimme war so endgültig wie ein Todesurteil.

Der Stabschef sah, daß er Ryan nicht zu allem überreden konnte. Das würde noch dauern, aber er würde es schon deichseln. Man konnte doch nicht ›der von nebenan‹ sein, ohne die Kinder zu zeigen, aber jetzt war nicht die Zeit, auf so was zu drängen. »Werden Sie Cathy fragen?«

Ryan seufzte und nickte: »Okay.«

»Gut, ich werde Donner sagen, daß sie vielleicht dabei ist, es aber wegen ihrer ärztlichen Verpflichtungen noch nicht sicher ist. Das wird ihm etwas zum Nachdenken geben. Sie werden damit auch ein bißchen aus der Schußlinie kommen. Das ist eine Aufgabe der First Lady, denken Sie dran.«

»Bringen Sie's ihr bei, Arnie? Denken Sie dran, sie ist Chirurgin, kann gut mit Messern umgehen.«

Van Damm lachte. »Ich sag Ihnen, was sie ist. Sie ist eine verdammt tolle Lady, und sie ist zäher als wir beide. Bitten Sie recht nett«, riet er.

»Yeah.« Direkt vor dem Abendessen, dachte Jack.

»Okay, er wird's machen. Aber wir sollten seine Frau auch dazu bitten.«

»Warum?«

»Warum nicht?« fragte Arnie. »Ist allerdings nicht sicher, noch nicht von der Arbeit zurück«, fügte er hinzu, und das war eine Aussage, die Reporter zum Lächeln brachte.

»Okay, Arnie, danke, ich schuld' Ihnen was.« Donner drehte den Außenlautsprecher ab.

»Ihnen ist wohl klar, daß Sie gerade den Präsidenten der Vereinigten Staaten angelogen haben«, bemerkte John Plumber nachdenklich. Plumber war ein älterer Profi als Donner, aber nicht von der Edward-R.-Morrow-Generation – nicht ganz. Er ging auf die Siebzig zu. Im Zweiten Weltkrieg war er noch Jugendlicher gewesen, war aber als junger Reporter nach Korea gekommen und Auslandskorrespondent in London, Paris, Bonn und schließlich Moskau gewesen. Kein beruflicher Zeitgenosse von Morrow, war er aber mit den Berichten des unsterblichen CBS-Korrespondenten aufgewachsen und konnte sich mit geschlossenen Augen an die schnarrende Stimme mit der Autorität eines Geistlichen erinnern. Vielleicht, weil Ed mit dem Radio anfing, als die Stimme die Münze dieses Berufs war. Die Sprache hatte *der* jedenfalls besser beherrscht als die meisten seiner Zeit, erst recht im Vergleich mit den halbliteraten Reportern und Schreiberlingen von jetzt. Plumber hielt was auf sich als selbstgelernter Kenner, vor allem der Elisabethanischen Zeit, und bemühte sich, seine Beiträge mit der Art Eleganz zur würzen, die das Vorbild auszeichnete, das er gehört und gesehen, aber nie getroffen hatte. Vor allem anderen hatten die Leute auf Morrow wegen der Ehrlichkeit gehört. Der war so bärbeißig gewesen wie jeder der ›investigativen‹ Journalisten, die jetzt aus den Schulen kamen, aber man wußte immer, Ed Morrow war fair. Und brach nie die Regeln.

Plumber gehörte einer Generation an, die glaubte, sein Berufszweig müßte nach gewissen Regeln funktionieren, wozu gehörte, daß man *niemals* log. Es war erlaubt, die Wahrheit zu verbiegen, zu verdrehen und zu verziehen, um jemandem Informationen zu entlocken – das war was anderes. Aber man durfte niemals jemandem etwas sagen, das bewußt und eindeutig falsch war. Es betrübte John Plumber. Das hätte Ed nie getan. Keine Chance.

»John, er hat uns reingelegt.«

»Meinen Sie.«

»Nach den Informationen jetzt – also, wie sehen Sie das?« Zwei hektische Stunden waren vergangen, in denen das gesamte Rechercheteam des Senders solche geringfügigen Kleinigkeiten geprüft hatte, daß selbst zwei oder drei der Fetzchen zusammengesetzt noch nicht viel ergaben. Aber sie hatten alles überprüft, *alles* hatte gestimmt, und das war doch was ganz anderes.

»Ich bin nicht sicher, Tom.« Plumber rieb sich die Augen. »Ist Ryan etwas angeschlagen? Ja, ist er. Aber versucht er's nicht redlich? Bestimmt. Ist er aufrichtig? Ich glaub' schon. Nun, so aufrichtig, wie einer von denen je sein kann«, verbesserte er sich.

»Dann werden wir ihm die Chance geben, es zu beweisen, nicht wahr?«

Plumber erwiderte nichts. Vor den Augen seines jüngeren Kollegen tanzten Visionen von Einschaltquoten, vielleicht sogar eines Emmys, wie kandierte Pflaumen am Weihnachtsabend. Jedenfalls war Donner der Nachrichtenchef, und Plumber war sein Kommentator, und Tom genoß das Wohlwollen des Hauptbüros in New York, das einstmals von Leuten seiner Generation besetzt gewesen, nun aber vollständig mit Donners Leuten belegt war. Das waren eher Geschäftsleute als Journalisten, die Einschaltquoten als den Heiligen Gral auf ihren vierteljährlichen Gehaltsabrechnungen sahen. Nun, Ryan mochte Geschäftsleute, oder nicht?

»Vermutlich.«

Der Hubschrauber landete auf seinem Platz am Südrasen. Der Crew-Leiter riß die Tür auf, sprang raus und half mit einem Lächeln der First Lady heraus. Ihre Abordnung des Detail folgte und schritt den sanften Hang zum Südeingang hinauf, dann zum Aufzug, wo Roy Altman den Knopf für sie drückte, da die First Lady nicht einmal das selbst tun durfte.

»SURGEON im Aufzug zur Wohnung«, berichtete Agent Raman vom Erdgeschoß.

»Verstanden«, gab Andrea Price oben durch. Sie hatte gerade die Technische Sicherheitseinheit (TSU) alle Metalldetektoren überprüfen lassen, welche die NBC-Mannschaft auf ihrem Weg hinaus passiert hatte. Der TSU-Chef meinte, daß sie gelegentlich etwas unsicher wurden, und die breiten Beta-Bänder der Sender waren leicht zu beschädigen – aber er hielt es eigentlich nicht für möglich. Vielleicht ein Spannungsanstieg in der Leitung? hatte sie gefragt. Keine Chance, hatte er erwidert und sie schalkhaft daran erinnert, daß selbst die *Luft* im White House von seinen Leuten kontinuierlich überwacht würde. Andrea erwog, es mit dem Stabschef zu besprechen, aber das wäre zwecklos. Verdammte Reporter. Allerschlimmste Arschgeigen auf dem Gelände.

»Hi, Andrea«, sage Cathy, die an ihr vorbeirauschte.

»Hallo, Dr. Ryan. Das Abendessen kommt schon hoch.«

»Danke«, erwiderte SURGEON auf dem Weg ins Schlafzimmer. Sie blieb beim Eintreten stehen, da sie ein Kleid und Schmuck auf ihrem stummen Diener sah. Sie zog die Stirn in Falten, zog ihre Schuhe aus und holte sich fürs Abendessen lockere Kleidung. Wie immer fragte sie sich, ob irgendwo Kameras versteckt waren, die den Vorgang aufnahmen.

Der Koch des White House, George Butler, war um Klassen besser als sie. Cathy kiebitzte mindestens einmal die Woche bei ihm, und er zeigte ihr, wie man mit der Großküche umging. Sie fragte sich manchmal, wie gut sie als Köchin geworden wäre, wenn sie sich nicht für Medizin entschieden hätte. Der Chefkoch hatte ihr nicht gesagt, daß sie eine Gabe dafür hatte, aus Angst, zu gönnerhaft zu wirken – SURGEON war schließlich Ärztin. Mit der Zeit hatte er die Leibspeisen der Familie kennengelernt, und das Kochen für ein kleines Mädchen, hatte er entdeckt, machte besonderen Spaß, besonders wenn sie gelegentlich, zwergenhaft neben ihrem Leibwächter, runterkam, um Süßigkeiten zu stibitzen. Don Russel und sie bekamen mindestens zweimal die Woche Milch und Plätzchen. SANDBOX war der Liebling der Belegschaft geworden.

»Mammi!« sagte Katie Ryan, als Cathy durch die Tür kam.

»Hi, Schätzchen.« SANDBOX wurde als erste geherzt und geküßt. POTUS als zweiter. Die älteren Kinder zierten sich wie immer. »Jack, warum sind meine Kleider draußen?«

»Wir werden heut abend im Fernsehen sein«, erwiderte SWORDSMAN wachsam.

»Warum?«

»Das Band von heute früh ist zerleiert geworden, und sie wollen es um neun live machen. Wenn es dir nichts ausmacht, hätte ich dich gern mit dabei.«

»Um was zu beantworten?«

»Was du erwarten dürftest, schätz' ich.«

»Also, was soll ich machen, mit einer Schale Plätzchen reinkommen?«

»George macht die *besten* Plätzchen«, schaltete sich SANDBOX ein. Die anderen Kinder lachten. Es löste etwas die Spannung.

»Du mußt nicht, wenn du nicht willst, aber Arnie meint, es wäre eine tolle Idee.«

»Toll«, bemerkte Cathy. Sie hielt den Kopf schief, als sie ihren Mann ansah. Manchmal fragte sie sich, wo die Marionettenfäden waren, an denen Arnie ihren Mann immer zappeln ließ.

Bondarenko arbeitete spät – oder früh: Ansichtssache. Er war schon zwanzig Stunden am Schreibtisch, und seit seiner Beförderung zum Offizier im Generalsrang hatte er erfahren, daß das Leben als Oberst viel besser gewesen war. Als Oberst hatte er zum Joggen weggehen können und es sogar geschafft, meist mit seiner Frau zu Bett zu gehen. Aber jetzt – nun, er hatte schon immer hoch hinaus gewollt. Er war immer ehrgeizig gewesen, warum sonst wäre ein Offizier der Fernmeldetruppe mit den Speznaz ins afghanische Gebirge gezogen? Obwohl sein Talent anerkannt wurde, wäre sein Oberstrang beinahe sein Untergang geworden, da er als enger Vertrauter eines anderen Obersts gearbeitet hatte, der sich als Spion entpuppte – es brachte ihn immer noch aus der Fassung. Mischa Filitow ein Spion für den Westen? Es hatte seinen Glauben an manches erschüttert, am meisten den Glauben an sein Land – aber dann war das Land verstorben. Die Sowjetunion, die ihn erzogen, uniformiert und ausgebildet hatte, war in einer kalten Dezembernacht gestorben und ersetzt worden durch etwas Kleineres und ... Bequemeres für den Staatsdiener. Mütterchen Rußland war leichter zu lieben als ein polyglottes, riesiges Reich. Nun war es so, als wären alle adoptierten Kinder fort, und nur die wahren Kinder wären geblieben, und das ergab eine glücklichere Familie.

Aber auch eine ärmere. Das Militär seines Landes war das größte und eindrucksvollste der Welt gewesen, mit seinen immensen Heeren und Waffen und der stolzen Geschichte, mit Niederwerfung der deutschen Truppen im brutalsten Krieg der Geschichte. Aber das Militär hatte in Afghanistan seine Seele und seine Zuversicht verloren wie Amerika in Vietnam. Amerika aber hatte sich erholt, Rußland nicht.

All das an die abgefallenen Provinzen verschwendete Geld, an diese undankbaren Wichte. Nun waren sie weg und hatten so viel Wohlstand mitgenommen. In einigen Fällen hatten sie sich mit anderen zusammengeschlossen, um dann, wie er fürchtete, als Feinde wiederzukommen. Ganz wie untreue Adoptivkinder.

Golowko hatte recht. Wenn die Gefahr eingedämmt werden mußte, dann mußte das früh geschehen. Aber wie? Schon die Konfrontation mit ein paar tschetschenischen Banditen hatte sich als schwierig genug erwiesen.

Er war jetzt Chef des Einsatzstabes. Noch fünf Jahre, dann wäre er kommandierender General. Er war der beste Offizier seiner Altersgruppe, und sein Feldeinsatz hatte ihm Beachtung von höchster Stelle eingetragen, stets der entscheidende Faktor für den letzten Aufstieg. Er könnte diesen Posten gerade rechtzeitig bekommen, um in Rußlands letzter aussichtsloser Schlacht zu kämpfen. Oder vielleicht nicht. In fünf Jahren, wenn er genug Geld und freie Hand hätte, um die Doktrin und Ausbildung neu zu gestalten, könnte er vielleicht auch die russische Armee zu einer nie gesehenen Streitkraft umwandeln. Er würde schamlos das amerikanische Modell plagiieren, so schamlos, wie die Amerikaner im Golfkrieg sowjetische taktische Grundsätze eingesetzt hatten. Aber wenn das eintreten sollte, brauchte er ein paar Jahre relativen Friedens. Wenn seine Streitkräfte sich in die Bekämpfung von Buschbränden an der ganzen südlichen Peripherie hineinziehen ließen, hätte er weder die Zeit noch das Geld für die Wiederherstellung der Armee.

Was sollte er also tun? Er war der Chef des Einsatzstabes. Er sollte es wissen. Das war seine Aufgabe. Nur wußte er es nicht. Turkmenistan war als erstes gefallen. Wenn er dort nicht einschreiten konnte, würde er es nirgendwo können. Links auf seinem Schreibtisch war eine Aufstellung der verfügbaren Divisionen und Brigaden mit ihrer geschätzten Einsatzbereitschaft. Rechts war eine Landkarte. Die beiden paßten so gar nicht zusammen.

»Sie haben so schönes Haar«, sagte Mary Abbot.

»Ich habe heute nicht operiert«, erklärte Cathy. »Die Kappe ruiniert es immer.«

»Wie lange haben Sie schon dieselbe Frisur?«

»Seit unserer Hochzeit.«

»Nie geändert?« *Das* überraschte Mrs. Abbot. Cathy schüttelte bloß den Kopf. Das galt ja auch für Jack. Er hatte seine Frisur *nie* geändert, außer wenn er keine Zeit fürs Nachschneiden fand, etwas, um das sich die Belegschaft des White House jetzt alle zwei Wochen kümmerte. Sie regelten Jacks Leben weitaus besser, als sie es je gekonnt hatte. Sie taten wahrscheinlich einfach etwas und vereinbarten Termine, anstatt erst zu fragen, wie sie es immer getan hatte. Viel effizienter, sagte sich Cathy.

Sie war weit nervöser, als sie sich anmerken ließ, schlimmer als am ersten Tag im Medizinstudium, schlimmer als bei der ersten Operation, wo sie die Augen hatte schließen und innerlich ihre Hände hatte anschreien müssen, damit sie nicht zitterten. Doch zumindest hatten sie damals gehört, und sie hörten auch jetzt. Okay, dachte sie, das war der Schlüssel. Dies war ein chirurgischer Eingriff, und sie war Chirurgin, sollte immer alles im Griff haben.

»Ich glaube, das reicht«, sagte Mrs. Abbot.

»Danke. Arbeiten Sie gern mit Jack?«

Ein wissendes Lächeln. »Er *haßt* das Schminken. Aber das tun die meisten Männer«, räumte sie ein.

»Ich vertraue Ihnen ein Geheimnis an: Ich auch.«

»Ach, ich hab' nicht viel gemacht. Ihre Haut braucht nicht viel.«

Über diese Bemerkung unter Frauen mußte Dr. Ryan lächeln. »Danke.«

»Darf ich einen Vorschlag machen?«

»Sicher.«

»Lassen Sie Ihr Haar noch ein paar Zentimeter wachsen. Das würde besser zu Ihrer Gesichtsform passen.«

»Das sagt Elaine immer – sie ist meine Friseuse in Baltimore. Ich hab's mal probiert. Von der Schutzkappe wird es immer ganz zerquetscht.«

»Wir können Ihnen größere Kappen machen. Schließlich versuchen wir, uns um unsere First Ladies zu kümmern.«

»Oh!« *Warum bin ich noch nicht drauf gekommen?* fragte sich Cathy. Das war sicher billiger als der Hubschrauberflug zur Arbeit ... »Danke!«

»Hier entlang.« Mrs. Abbot führte FLOTUS ins Oval Office.

Überraschenderweise war Cathy erst zweimal in diesem Zimmer gewesen und hatte nur einmal Jack dort gesehen, obwohl ihre Wohnung keine fünfzig Meter vom Arbeitsplatz ihres Mannes entfernt war. Der Schreibtisch sah ganz schön altmodisch aus, aber das Büro selbst war geräumig und luftig im Vergleich zu ihrem am Hopkins, selbst mit den jetzt aufgebauten Scheinwerfern und Kameras. Am Kaminsims gegenüber dem Schreibtisch befand sich die am meisten fotografierte Pflanze der Welt, wie sie der Geheimdienst nannte. Das Mobiliar war zu förmlich, um bequem zu sein, und der Teppich mit dem Präsidentensiegel war direkt lumpig, dachte sie. Doch das war nicht das normale Büro eines normalen Menschen.

»Hi, Liebling.« Jack küßte sie und machte sie mit den Journlisten bekannt. »Das sind Tom Donner und John Plumber.«

»Hallo.« Cathy lächelte. »Ich habe Sie oft beim Essenmachen gehört.«

»Jetzt nicht mehr?« fragte Plumber lächelnd.

»Kein Fernseher im Eßzimmer oben, und ich darf nicht mehr kochen.«

»Hilft Ihnen nicht Ihr Mann?« fragte Donner.

»Jack in der Küche? Nun ja, am Grill ist er ja brauchbar, aber die Küche ist mein Reich.« Sie setzte sich und schaute ihnen in die Augen. Das war nicht leicht. Die Scheinwerfer waren bereits an. Sie versuchte es dennoch. Plumber mochte sie. Donner verbarg irgendwas. Die Erkenntnis ließ sie blinzeln, und ihre Miene wurde auf einmal ärztlich. Sie verspürte den plötzlichen Drang, Jack etwas zu sagen, aber dazu reichte die Zei...

»Noch eine Minute«, sagte der Aufnahmeleiter. Andrea Price war wie immer im Raum und stand an der Tür zum Sekretariat. Die Tür in den Flur hinter Cathy stand offen. Dort war Jeff Raman. Noch so ein seltsamer Vogel, dachte Cathy, aber mit dem White House war alles nicht so einfach, weil einen alle behandelten, als wäre man Julius Cäsar oder so. Es fiel schwer, zu den Leuten einfach freundlich zu sein. Es schien so, als stünde immer etwas dazwischen. Im Grunde genommen waren weder Jack noch Cathy an Bedienstete gewöhnt. Angestellte ja, aber keine Bedienstete. Sie war bei ihren Schwestern und Pflegern am Hopkins beliebt, weil sie sie als die Profis behandelte, die sie waren, und hier versuchte sie das gleiche, aber aus irgendeinem Grund funktionierte es nicht.

»Fünfzehn Sekunden.«

»Haben wir Spaß?« flüsterte Jack.

*Warum hast du nicht einfach am Merrill Lynch bleiben können?* sagte Cathy beinahe laut. Er wäre jetzt ein hochrangiger VP – aber nein. Er wäre darüber nie glücklich gewesen. Jack war so auf seine Arbeit versessen wie sie auf die Augenheilkunde. Darin glichen sie sich.

»Guten Abend«, sagte Donner zu der Kamera hinter den Ryans. »Wir befinden uns hier im Oval Office, um mit Präsident Jack Ryan und der First Lady zu sprechen. Wie ich in den NBC-Abendnachrichten schon erwähnte, hat ein technischer Defekt die Aufzeichnung von heute vormittag beschädigt. Der Präsident war so großzügig, uns noch einmal zum Live-Gespräch zu empfangen.« Er wandte den Kopf. »Und dafür, Sir, bedanken wir uns.«

»Freut mich, Sie wiederzusehen, Tom«, sagte der Präsident gutgelaunt. Er wurde immer geschickter darin, seine Gedanken zu verheimlichen.

»Mit dabei ist auch Mrs. Ryan...«

»Bitte«, sagte Cathy mit ihrem ureigenen Lächeln, »Dr. Ryan. Dafür hab' ich recht hart gearbeitet.«

»In Ordnung, Ma'am«, sagte Donner, und sein Charme ließ Cathy an einen schlimmen Traumapatienten denken, der mittags auf Monument reinrollte. »Sie haben beide den Doktortitel, nicht wahr?«

»Ja, Mr. Donner, Jack in Geschichte, ich in Augenheilkunde.«

»Und Sie sind eine anerkannte Augenchirurgin, ausgezeichnet mit dem Lasker-Preis«, bemerkte er mit Chefkommentatoren-Charme.

»Nun, ich arbeite seit über fünfzehn Jahren in der medizinischen Forschung. Am Johns Hopkins sind wir alle beides, Kliniker und Forscher. Ich arbeite mit einem wunderbaren Kreis von Menschen zusammen, und der Lasker-Preis ist eher ein Kompliment an sie als an mich. Vor fünfzehn Jahren hat mich Professor Bernard Katz ermuntert, mich näher damit zu beschäftigen, wie wir Laserstrahlen zur Behebung verschiedener Augenbeschwerden benutzen könnten. Mich hat das interessiert, und ich arbeite seitdem auf diesem Gebiet, neben meiner normalen Tätigkeit in der Klinik.«

»Verdienen Sie wirklich mehr als Ihr Mann?« fragte Donner mit einem Grinsen für die Kameras.

»Viel mehr«, bestätigte sie mit einem kurzen Auflachen.

»Ich hab' immer gesagt, Cathy ist das Gehirn hier im Laden«, schaltete sich Jack ein und tätschelte seiner Frau die Hand. »Sie ist zu bescheiden, um zu sagen, daß sie in ihrem Fach die Beste der Welt ist.«

»Und wie gefällt es Ihnen, First Lady zu sein?«

»Muß ich darauf antworten?« Ein reizendes Lächeln. Dann ernster: »So, wie wir hergelangt sind – tja, das würde sich niemand wünschen, aber ich schätze, es ist so wie im Krankenhaus. Manchmal wird ein Traumafall eingeliefert und wir geben unser Bestes, um den Schaden zu beheben. Jack hat sich vor keiner Herausforderung in seinem Leben gedrückt.«

Dann ging es zur Sache. »Mr. President, wie sehr mögen Sie Ihren Job?«

»Nun, auch wenn ich schon lange im Regierungsdienst bin, habe ich mir nicht gedacht, wie schwierig dieser Job ist. Ich habe zum Glück einen ausgezeichneten Stab, und in unserer Regierung arbeiten Tausende Menschen hingebungsvoll im Dienst der Öffentlichkeit. Das hilft ungeheuer.«

»Worin besteht Ihrer Meinung nach Ihr Job?« fragte John Plumber.

»Dem Eid zufolge habe ich die Verfassung der Vereinigten Staaten zu bewahren, schützen und verteidigen«, erwiderte Ryan. »Wir arbeiten daran, die Regierung wiederherzustellen. Der Senat ist vollzählig, und nach den Wahlen in den Bundesstaaten werden wir auch bald wieder ein Repräsentantenhaus haben. Die meisten Kabinettsposten sind besetzt – für Gesundheit und Bildung leisten die amtierenden, stellvertretenden Minister gute Arbeit.«

»Heut vormittag haben wir über die Ereignisse am Persischen Golf gesprochen. Wie stellen sich die Probleme aus Ihrer Sicht dar?« Das war wieder Plumber. Ryan hielt sich gut, war viel entspannter, und Plumber fiel der Blick in den Augen seiner Frau auf. Sie war *wirklich* klasse.

»Die Vereinigten Staaten möchten nichts lieber als Frieden und Stabilität in dieser Region. Es ist unser dringlichster Wunsch, freundschaftliche Beziehungen mit der neuen Vereinigten Islamischen Republik zu knüpfen. Dort und anderswo auf der Welt hat es genug Zwist gegeben. Das sollte hinter uns liegen. Wir haben nach generationenlangen Verwicklungen mit den Russen Frieden geschlossen – einen echten Frieden, nicht bloß die Abwesenheit von Krieg. Ich möchte weiter darauf aufbauen. John, wir sind in den vergangenen zwanzig Jahren sehr weit gekommen. Es gibt noch sehr viel mehr zu tun, aber wir können auf viel guter Arbeit aufbauen.«

»Wir sind gleich wieder da«, sagte Donner zu den Kameras. Er sah, daß Ryan recht zufrieden mit sich war. Ausgezeichnet.

Jemand vom Personal trat mit Wassergläsern aus der hinteren Tür. Alle tranken einen Schluck, während sie die beiden Werbespots abwarteten. »Nicht wahr, das alles macht Ihnen überhaupt keinen Spaß?« fragte er Cathy.

»Solange ich meiner Arbeit nachgehen kann, ist mir fast alles egal, aber ich mache mir Sorgen um die Kinder. Wenn das vorbei ist, müssen sie wieder normale Kinder werden, und wir haben sie nicht für all diesen Rummel erzogen.« Dann schwiegen alle für den Rest der Werbezeit.

»Hier sind wir wieder im Oval Office mit dem Präsidenten und der First Lady. Mr. President«, fragte Donner, »welche Veränderungen haben Sie vor?«

»Tom, meine Aufgabe ist nicht, zu ›verändern‹, sondern hauptsächlich, ›wiederherzustellen‹. Ich habe versucht, meine neuen Kabinettsmitglieder mit Hinblick auf eine effektivere Arbeitsweise der Regierung auszuwählen. Wie Sie wissen, bin ich schon eine ganze Weile im Staatsdienst, und dabei fielen mir zahlreiche Beispiele für Ineffektivität auf. Die Bürger in unserem Land zahlen sehr viel Steuergelder, und wir sind es ihnen schuldig, das Geld weise und effizient auszugeben. Deshalb sollen alle Regierungsbehörden im Hinblick darauf untersucht werden, ob sie nicht dieselbe Arbeit für weniger Kosten erledigen können.«

»Das haben schon viele Präsidenten gesagt.«

»Und dieser hier meint es auch so«, sagte Ryan in vollem Ernst.

»Aber Ihre erste größere politische Handlung war, das Steuersystem anzugreifen«, bemerkte Donner.

»Nicht ›angreifen‹, Tom. ›Verändern‹. George Winston unterstütze ich voll. Das derzeitige Steuerrecht ist total unfair – und zwar in mancher Hinsicht, meine ich. Zum einen verstehen's die Menschen gar nicht. Daher müssen sie Leute anheuern, die es ihnen erklären, und ich sehe keinen Sinn darin, daß Leute gutes Geld dafür ausgeben müssen, sich von anderen das Gesetz erklären zu lassen. – Warum keine Gesetze aufstellen, die Menschen verstehen? Warum solche, die so kompliziert sind?« fragte Ryan.

»Aber Ihre Regierung ist doch dabei, das Steuersystem regressiv, nicht progressiv zu machen.«

»Das hatten wir schon«, erwiderte der Präsident, und Donner wußte, daß er ihm gehörte. Es war eine von Ryans offensichtlicheren Schwächen, daß er sich nicht gern wiederholte. Er war wirklich kein Politiker, denn diese wiederholten sich sehr gern. »Wenn wir von jedem den gleichen Prozentsatz einfordern, so ist das so fair wie nur irgendwas. Wenn wir das so tun, daß es jeder wirklich versteht, werden die Leute sogar Geld sparen. Die von uns vorgeschlagenen Steueränderungen werden einkommensneutral sein. Niemand erhält besondere Abschläge.«

»Aber die Steuersätze für die Reichen werden sich dramatisch verringern.«

»Aber wir werden auch alle Sonderabschreibungen eliminieren, die deren Lobbyisten ins System eingeschleust haben. Sie werden am Ende eigentlich eher noch ein wenig mehr als bisher zahlen. Minister Winston hat das sehr sorgfältig untersucht, und ich stimme mit ihm überein.«

»Sir, es ist schwer einzusehen, wie sie bei einer dreißigprozentigen Steuersenkung mehr zahlen sollen. Das ist Rechnen, vierte Klasse.«

»Fragen Sie Ihren Steuerberater.« Ryan lächelte. »Oder schauen Sie sich Ihre eigene Steuererklärung an, wenn Sie daraus schlau werden.

Wissen Sie, Tom, ich war mal Buchprüfer – bestand die Prüfung, noch bevor ich zu den Marines ging. Sogar für *mich* ist das verdammte Zeug unbegreiflich. Die Regierung dient nicht dem öffentlichen Interesse, wenn sie etwas Unverständliches macht. Das ist zu sehr eingerissen. Ich werde die Schraube ein bißchen zurückdrehen.«

*Bingo.* John Plumber links von Donner verzog das Gesicht. Der Aufnahmeleiter an seinem Mischpult stellte sicher, daß das nicht übertragen wurde, und schaltete auf Donners gewinnendes Lächeln.

»Freut mich, daß Sie das so empfinden, Mr. President, weil das amerikanische Volk über die Regierungsgeschäfte mehr erfahren möchte. Sie haben fast Ihre gesamte Dienstzeit im CIA verbracht.«

»Das stimmt, Tom. Wie ich Ihnen heute vormittag bereits gesagt habe, hat noch kein Präsident je über Geheimdienstunternehmen gesprochen. Dafür gibt es triftige Gründe.« Ryan war noch gelassen, da er nicht wußte, welche Tür soeben aufgegangen war.

»Aber Mr. President, Sie waren persönlich an zahlreichen Unternehmen beteiligt, die wesentlich dazu beitrugen, den Kalten Krieg zu beenden. Zum Beispiel beim Loseisen des sowjetischen Raketen-U-Boots *Roter Oktober*. Sie haben dabei eine persönliche Rolle gespielt, nicht wahr?«

Der Aufnahmeleiter, im voraus auf diese Frage eingestimmt, wechselte gerade rechtzeitig auf die Kamera mit Ryans Gesicht in Nahaufnahme, um einzufangen, wie dessen Augen groß wie Tennisbälle wurden. Er war wirklich nicht allzugut in der Beherrschung seiner Gefühle. »Tom, ich ...«

»Die Zuschauer sollten erfahren, daß Sie eine entscheidende Rolle bei einem der größten Geheimdienstcoups aller Zeiten gespielt haben. Wir haben doch ein intaktes sowjetisches Raketen-U-Boot in die Finger bekommen?«

»Zu dieser Story gebe ich keinen Kommentar.« Mittlerweile konnte die Schminke sein blasses Aussehen nicht mehr verbergen. Cathy wandte sich ihrem Mann zu, da sie spürte, wie seine Hand in ihrer zu Eis wurde.

»Und kaum zwei Jahre später haben Sie persönlich das Überlaufen des russischen KGB-Chefs in die Wege geleitet.«

Jack hatte endlich seine Gesichtszüge wieder in der Gewalt, aber seine Stimme klang hölzern. »Tom, das hat aufzuhören. Sie verbreiten hier haltlose Spekulationen.«

»Mr. President, dieser Russe, Nikolaj Gerasimow, ehemals KGB, lebt jetzt mit Familie in Virginia. Der U-Boot-Kapitän lebt in Florida. Das ist keine ›Fabel‹« – er lächelte – »das wissen Sie. Sir, ich verstehe Ihr Stillschweigen nicht. Sie haben eine gewichtige Rolle dabei gespielt, der Welt den Frieden zu bringen, von dem Sie vor ein paar Minuten gesprochen haben.«

»Tom, lassen Sie mich eines klarmachen. Ich werde niemals Geheimdienstunternehmen in irgendeinem öffentlichen Forum besprechen. Punkt.«

»Aber das amerikanische Volk hat ein Recht darauf, zu erfahren, was für ein Mann in diesem Büro sitzt.« Das gleiche hatte vor elf Stunden John Plumber gesagt, der nun innerlich zusammenzuckte, als er sich so zitiert hörte. Er konnte sich aber nicht öffentlich gegen seinen Kollegen wenden.

»Tom, ich hab' meinem Land jahrelang nach bestem Wissen und Gewissen gedient, aber genauso wie Sie nicht Ihre Informanten preisgeben können, können unsere Nachrichtendienste viele ihrer Aktivitäten nicht enthüllen, weil die reale Gefahr besteht, daß Menschen dabei getötet werden.«

»Aber Mr. President, das haben Sie schon getan. Sie haben Menschen getötet.«

»Ja, das habe ich, und mehr als ein Präsident ist Soldat gewesen oder...«

»Einen Augenblick mal«, unterbrach Cathy, deren Augen nun aufblitzten. »Ich möchte mal was sagen. Jack ist zum CIA gegangen, nachdem unsere Familie von Terroristen angegriffen wurde. Wenn er damals nicht so gehandelt hätte, wäre keiner von uns mehr am Leben. Ich war damals schwanger mit unserem Sohn, und sie haben versucht, in Annapolis mich und meine Tochter in meinem Auto umzubringen und...«

»Entschuldigen Sie, Mrs. Ryan, wir müssen hier kurz unterbrechen.«

»Das muß aufhören, Tom. Das muß auf der Stelle aufhören«, sagte Ryan mit allem Nachdruck. »Wenn Leute in aller Öffentlichkeit von geheimen Missionen sprechen, können echt Menschen umkommen. Begreifen Sie das?« Die Kameras waren abgeschaltet, aber die Bänder liefen noch.

»Mr. President, die Bevölkerung hat ein Recht, es zu erfahren, und es ist meine Aufgabe, über Fakten zu berichten. Habe ich in irgendeinem Punkt gelogen?«

»Ich kann selbst dazu nichts sagen, und das wissen Sie«, bemerkte Ryan, der beinahe eine treffende Antwort geknurrt hätte. *Ruhe bewahren*, Jack, gemahnte er sich. *Ein Präsident kann keinen Wutanfall haben, todsicher nicht live im Fernsehen.* Verdammt, Marko würde nie kooperieren mit solchen – oder doch? Er war Litauer, und vielleicht mochte er die Vorstellung, ein Nationalheld zu werden. Aber Gerasimow war was anderes. Ryan hatte den Mann entehrt, ihn mit dem Tod bedroht – wenn auch durch die Hände seiner Landsleute – und ihn all seiner Macht beraubt. Gerasimow genoß nun ein weit bequemeres Leben, als er jemals in der Sowjetunion hätte genießen können, die er einfrieren und regieren hatte wollen, aber er gehörte zu der Sorte Mensch, die Macht mehr genossen als Bequemlichkeit. Gerasimow hätte sich sehr wohl gefühlt in diesem Büro oder einem ähnlichen. Aber diejenigen, die nach Macht strebten, waren meist diejenigen, die sie mißbrauchten. Das spielte aber im Augenblick keine Rolle. Gerasimow würde plaudern. Todsicher. Und sie wußten, wo er war.

*Was mach' ich also jetzt?*

»Wir sind wieder im Oval Office beim Präsidenten und Mrs. Ryan«, psalmodierte Donner für alle, die es vielleicht schon vergessen hatten.

»Mr. President, Sie sind Experte in Fragen der Nationalen Sicherheit und der Außenpolitik«, begann Plumber, bevor sein Kollege sprechen konnte. »Aber unser Land steht vor mehr Problemen als diesen. Sie müssen jetzt den Obersten Gerichtshof wieder besetzen. Wie wollen Sie da vorgehen?«

»Ich habe das Justizministerium gebeten, mir eine Liste erfahrener Richter an Appellationsgerichten zu schicken. Ich bin dabei, diese Liste durchzugehen, und hoffe, meine Nominierungen in den nächsten zwei Wochen dem Senat vorschlagen zu können.«

»Normalerweise unterstützt die amerikanische Anwaltsvereinigung die Regierung bei der Auswahl dieser Richter, aber offensichtlich geschieht das in diesem Fall nicht. Darf ich fragen, warum, Sir?«

»Tom, alle Richter auf der Liste haben diesen Prozeß bereits durchlaufen und seitdem mindestens zehn Jahre in den Appellationsgerichten gedient.«

»Ist die Liste von Staatsanwälten erstellt worden?« fragte Donner.

»Von erfahrenen Profis aus dem Justizministerium. Der Leiter der Suchgruppe ist Patrick Martin, der gerade die Strafrechtsabteilung übernommen hat. Er ist von anderen Beamten aus dem Ministerium unterstützt worden, beispielsweise dem Leiter der Bürgerrechtsabteilung.«

»Alles Staatsanwälte oder Leute, die Strafsachen verfolgen. Wie sind Sie auf Mr. Martin gekommen?«

»Ich kenne mich im Justizministerium nicht allzugut aus. Der amtierende FBI-Direktor Murray hat mir Mr. Martin empfohlen, der als Leiter der Untersuchung des Flugzeugabsturzes auf das Capitol gute Arbeit leistet. Deshalb habe ich ihn gebeten, die Liste für mich zusammenzustellen.«

»Und Sie und Mr. Murray sind schon lange befreundet?«

»Ja, das sind wir.« Ryan nickte.

»Auf einer dieser Geheimunternehmen hat Mr. Murray Sie begleitet?«

»Wie bitte?« fragte Jack.

»Die CIA-Operation in Kolumbien, wo Sie eine Rolle bei der Zerschlagung des Medellin-Kartells gespielt haben.«

»Tom, ich sage es jetzt noch ein letztes Mal: Ich werde über Geheimdienstunternehmen, wirkliche oder erfundene, auf keinen Fall reden. Habe ich mich deutlich genug ausgedrückt?«

»Mr. President, dieses Unternehmen hat zum Tod von Admiral James Cutter geführt. Sir«, fuhr Donner mit aufrichtig schmerzlicher Miene fort, »viele Geschichten über Ihr Verhalten beim CIA kommen nun auf, und wir möchten Ihnen wirklich die Chance geben, die Dinge so rasch wie möglich klarzustellen. Sie sind in dieses Amt nicht gewählt und nie so wie andere Kandidaten sonst geprüft worden. Das amerikanische Volk möchte den Mann kennenlernen, der dieses Amt bekleidet, Sir.«

»Tom, die Welt der Nachrichtendienste ist eine geheime Welt. Das muß so sein. Nicht alles kann offen diskutiert werden. Jeder hat seine Geheimnisse. Jeder Zuschauer draußen hat sie. Sie auch. Im Fall der Regierung ist es lebenswichtig für das Wohlergehen unseres Landes und übrigens auch für die Sicherheit der Leute im Dienst unseres Landes, daß sie geheim bleibt. Früher einmal haben die Medien diese Regel beachtet. Ich wünschte mir, Sie würden das auch heute noch so halten.«

»Aber an welchem Punkt, Mr. President, läuft die Geheimhaltung nationalen Interessen zuwider?«

»Deshalb haben wir ein Gesetz, das dem Kongreß das Recht gibt, Geheimdienstunternehmen zu überwachen. Wenn nur die Exekutive diese Entscheidungen treffen würde, ja, dann hätten Sie allen Grund zur Sorge. Aber so ist es nicht. Der Kongreß überprüft, was wir tun. Ich selbst habe dem Kongreß zu vielen dieser Angelegenheiten Rede und Antwort gestanden.«

»Gab es eine Geheimaktion in Kolumbien? Haben Sie daran teilgenommen? Hat Daniel Murray Sie dorthin nach dem Tod des FBI-Direktors Emil Jacobs begleitet?«

»Ich habe dazu und zu keiner der anderen von Ihnen aufgebrachten Geschichten etwas zu sagen.«

Da kam noch eine Werbeunterbrechung.

»Warum tun Sie das?« Zur Überraschung aller stellte Cathy diese Frage.

»Mrs. Ryan...«

»Dr. Ryan«, verbesserte sie sofort.

»Entschuldigen Sie. Dr. Ryan, diese Unterstellungen müssen aus der Welt geschafft werden.«

»Wir haben so etwas schon durchgemacht. Einmal haben Leute versucht, unsere Ehe zu zerstören – und das beruhte auch alles auf Lügen, und...«

»Das ist der Knackpunkt«, betonte Tom Donner. »Diesen Geschichten wird nachgegangen werden. Die Bevölkerung will etwas darüber erfahren. Sie hat ein Recht darauf.«

In einer gerechten Welt, dachte Ryan, hätte er Donner aus seinem Haus gewiesen. Aber so war er hier, angeblich mächtig, aber durch die Umstände wie ein Verbrecher in einem Verhörzimmer eingesperrt. Dann gingen die Kameras wieder an.

»Mr. President, ich weiß, das ist ein heikles Thema für Sie.«

»Okay, Tom, ich werde eins sagen. Als Teil meines Dienstes für den CIA mußte ich gelegentlich meinem Land auf eine Art dienen, die sehr lange Zeit nicht an die Öffentlichkeit gelangen darf, aber zu keiner Zeit habe ich je gegen das Gesetz verstoßen, und jede solche Aktion ist in vollem Umfang den entsprechenden Kongreßmitgliedern berichtet worden. Lassen Sie mich erzählen, warum ich zum CIA gegangen bin.

Ich wollte eigentlich nicht. Ich war Lehrer. Ich habe an der Marineakademie Geschichte gelehrt. Das habe ich gern gemacht, und ich hatte auch Zeit, ein paar historische Bücher zu schreiben. Doch dann hat eine Terroristengruppe mich und meine Familie angepeilt. Es hat zwei sehr ernsthafte Versuche gegeben, uns umzubringen. Das wissen Sie. Es ging damals durch alle Medien. Da entschied ich, daß mein Platz beim CIA war. Warum? Um andere vor denselben Gefahren zu bewahren. Ich habe das alles nie besonders gemocht, aber es ist der Job, zu dem ich mich entschlossen habe. Nun bin ich hier, und wissen Sie, was? Diesen Job mag ich auch nicht so besonders. Mir behagt der Druck nicht. Mir behagt die Verantwortung nicht. Kein Mensch sollte soviel Macht haben. Aber ich bin hier und habe einen Eid geschworen, mein Bestes zu geben, und das tu' ich auch.«

»Aber, Mr. President, Sie sind die erste Person in diesem Amt, die nie politisch aufgetreten ist. Ihre Ansichten zu vielen Dingen sind nie durch öffentliche Meinung geformt worden, und es beunruhigt auch eine

Menge Leute, daß Sie sich anscheinend auch auf andere verlassen, die nie in einem Regierungsamt gewesen sind. Einige Menschen sehen darin die Gefahr, daß eine kleine Gruppe von Menschen ohne politische Erfahrung auf lange Zeit die Politik unseres Landes gestaltet. Was antworten Sie auf diese Besorgnis?«

»Ich habe diese Besorgnis noch nirgendwo *gehört*, Tom.«

»Sir, Sie sind kritisiert worden, daß Sie zuviel Zeit in Ihrem Büro verbringen und nicht genug unters Volk gehen. Könnte das ein Problem darstellen?«

»Leider habe ich eine Menge Arbeit zu bewältigen, und das muß an diesem Ort geschehen. Bei meinem Team, wo soll ich da anfangen?« fragte Jack. Neben ihm kochte Cathy innerlich. Nun spürte er, daß ihre Hand kalt war. »Außenminister Scott Adler, ein Mann, der sich im diplomatischen Dienst bewährt hat, Sohn eines Holocaust-Überlebenden. Scott kenne ich schon seit Jahren. Er ist der beste Mann, den ich für diesen Posten kenne. Finanzen, George Winston, ein Selfmademan. Er hat entscheidend dazu beigetragen, während des Konflikts mit Japan unser Finanzsystem zu retten; er genießt die Achtung der Finanzwelt und ist ein klarer Denker. Verteidigung, Anthony Bretano, der ist ein äußerst erfolgreicher Ingenieur und Geschäftsmann, der bereits die nötigen Reformen im Pentagon einleitet. FBI, Dan Murray, ein Vollblutpolizist, noch dazu ein guter. Wissen Sie, wie ich meine Wahl treffe, Tom? Ich suche mir Profis heraus, Leute, die sich in der Arbeit auskennen, keine Politiker, die nur darüber reden. Wenn Sie das für falsch halten, dann tut's mir leid, aber ich hab' mich im Dienst an der Öffentlichkeit hochgearbeitet und habe mehr Vertrauen gewonnen in die Profis, die ich kennengelernt habe, als in die politisch ›Berufenen‹, die meinen Weg kreuzten. Und übrigens, ist das nicht ein Vorteil gegenüber einem Politiker, der sich Leute, die er kennt, aussucht – oder, schlimmer noch, Leute, die bloß für seinen Wahlkampf gespendet haben?«

»Manche würden sagen, der Unterschied bestehe darin, daß die für hohe Staatsämter ausgewählten Leute eine breitere Erfahrung haben.«

»Das würde ich nicht sagen, und ich habe jahrelang unter solchen Leuten gearbeitet. Die Posten, die ich vergeben habe, gingen alle an Menschen, deren Fähigkeiten ich kenne. Zudem sollte ein Präsident das Recht haben, natürlich mit Zustimmung der gewählten Volksvertreter, die Leute auszusuchen, mit denen er zusammenarbeiten wird.«

»Aber wenn so viel vor Ihnen liegt, wie wollen Sie sich dann ohne erfahrene politische Anleitung durchsetzen? Das hier ist eine politische Stadt.«

»Vielleicht liegt da das Problem«, schoß Ryan zurück. »Vielleicht hindert der politische Prozeß mehr, als daß er hilft. Tom, ich hab' mich um diesen Posten nicht bemüht, okay? Als Roger mich bat, Vizepräsident zu werden, hatte ich die Vorstellung, den Rest der Amtszeit zu dienen und dann endgültig aus der Regierung auszuscheiden. Aber dann geschah dieses schreckliche Ereignis, und hier bin ich nun. Ich wollte nie ein Politiker sein, und meiner Einschätzung nach bin ich auch jetzt keiner. Bin ich der beste Mann für diesen Job? Womöglich nicht. Ich bin jedoch Präsident der Vereinigten Staaten und muß meine Arbeit erledigen, und ich werde das nach besten Kräften tun. Mehr kann ich nicht.«

»Und das ist das Schlußwort. Vielen Dank, Mr. President.«

Jack wartete kaum ab, bis die Kameras endgültig ausgingen, um das Mikro von seiner Krawatte abzuziehen und aufzustehen. Die beiden Reporter sagten kein Wort. Cathy blickte sie finster an.

»Warum haben Sie das getan?«

»Wie bitte?« sagte Donner.

»Warum greifen Leute wie Sie Leute wie uns immer an? Was haben wir uns zuschulden kommen lassen? Mein Gatte ist der ehrenhafteste Mann, den ich kenne.«

»Wir stellen nur Fragen.«

»Speisen Sie mich nicht so ab! Die Art und die Auswahl Ihrer Fragestellungen gibt doch die Antworten vor, noch bevor jemand die Chance hat, etwas zu entgegnen.«

Keiner der Reporter antwortete darauf. Die Ryans entfernten sich ohne ein Wort. Dann trat Arnie ein.

»Okay«, stellte er fest, »wer hat das gedeichselt?«

»Ausgeweidet wie 'nen Fisch«, dachte Holbrook laut. Sie gönnten sich eine Pause, und es war sowieso immer gut, den Feind kennenzulernen.

»Der Typ hat Schiß«, sagte Ernie Brown, der die Dinge etwas tiefer durchblickte. »Bei Politikern kannst du dich wenigstens darauf verlassen, daß sie Arschlöcher sind. Dieser Typ, Herrgott, der wird versuchen – das sieht nach 'nem Polizeistaat aus, Pete.«

Das war für den Mountain Man tatsächlich ein erschreckender Gedanke. Er war immer der Meinung gewesen, daß Politiker das Schlimmste auf dem Erdboden wären, erkannte aber plötzlich, daß sie es nicht waren. Politiker spielten das Machtspiel, weil sie es mochten, weil sie die Vorstellung von Macht mochten und gerne Leute herumschubsten, weil sie sich dabei Wunder wie vorkamen. Ryan war schlimmer. Er dachte, er wäre im *Recht*.

»Herrgott noch mal«, zischte er. »Der Gerichtshof, den er zusammenstellen will...«

»Sie haben ihn wie einen Narren aussehen lassen, Ernie.«

»Nee. Hast du's nicht kapiert? Die haben *ihr* Spielchen gespielt.«

## 33 / Abpraller

Die Leitartikel wurden durch Titelstorys in jeder größeren Zeitung flankiert. Die wagemutigeren brachten Fotos von Marko Ramius' Haus – es stellte sich raus, daß er gerade verreist war – und von der Familie Gerasimow – er war daheim, aber ein Wächter konnte die Leute dazu überreden, wieder abzuziehen, nachdem man ein paar hundert Aufnahmen von ihm gemacht hatte.

Donner kam sehr früh zur Arbeit und war tatsächlich von allen am meisten überrascht. Plumber traf fünf Minuten später im Büro ein und hielt die Titelseite der *New York Times* hoch.

»Wer hat also wen reingelegt, Tom?«

»Was glauben...«

»Das ist ein bißchen schwach«, bemerkte Plumber beißend. »Glauben Sie vielleicht, Kealtys Leute hatten noch einen kleinen Kaffeeklatsch, nachdem Sie die Sitzung verlassen hatten? Aber Sie haben jeden gelinkt, nicht? Wenn je herauskommt, daß Ihr Band gar nicht...«

»Wird's nicht«, sagte Donner. »Und all die Artikel rücken unser Interview bloß besser ins Licht.«

»Besser für wen?« wollte Plumber wissen, als er zur Tür rausging. Auch für ihn war es früh am Tag, und sein erster, ungerichteter Gedanke war, daß Ed Morrow nie Haarspray benutzt hätte.

Dr. Gus Lorenz beendete seine morgendliche Personalversammlung pünktlich. Nach der Versammlung zog er sich den weißen Laborkittel über und machte sich auf in sein eigenes Reich in den Centers for Disease Control and Prevention. CDC (›P‹ war der Abkürzung nie hinzugefügt worden) war eines der Kronjuwelen der Regierung, eine Eliteeinrichtung, die zu den wichtigsten Zentren medizinischer Forschung auf der Welt gehörte – manche würden sie auch das wichtigste nennen. Aus diesem Grund zog es auch die besten ihrer Profession an. Einige blieben. Andere gingen wieder, um an medizinischen Fakultäten im Lande zu lehren, aber alle waren auf ewig als CDC-Leute gekennzeichnet, so wie andere sich brüsten konnten, im Marinekorps gedient zu haben, und das aus dem gleichen Grund. Dies waren die ersten Leute, die das Land in Krisenherde schickte. Sie waren die ersten, die Krankheiten bekämpften, und dieses Gütesiegel schuf einen Esprit de corps, der trotz der gekürzten Staatsgehälter beinahe immer die Besten bleiben ließ.

»Morgen, Melissa« sagte Lorenz zu seiner ersten Laborassistentin – sie hatte schon den Magister und beendete gerade an der nahe gelegenen Emory University ihre Doktorarbeit in Molekularbiologie, was ihr eine markante Beförderung einbringen würde.

»Guten Morgen, Herr Doktor. Unser Freund ist wieder da«, fügte sie hinzu.

»O?« Die Probe war schon unter dem Mikroskop. Lorenz nahm so bedächtig wie immer Platz. Er überprüfte die schriftlichen Unterlagen, um die richtige Probe anhand des Berichts auf seinem Schreibtisch zu identifizieren: 98–3–063A. Ja, die Nummern paßten. Dann ging es nur darum, die Probe herauszuvergrößern... und da war er, der Hirtenstab.

»Sie haben recht. Haben Sie die andere schon hergerichtet?«

»Ja, Doktor.« Der Computerbildschirm teilte sich vertikal, und neben dem ersten Muster war das von 1976. Sie waren nicht ganz identisch. Die Krümmung am unteren Ende des RNS-Stranges war anscheinend nie die gleiche, so wie Schneeflocken unendlich verschieden waren, aber das tat nichts zur Sache. Wichtig waren die Proteinschlaufen oben, und die waren...

»Mayinga-Typ.« Er sprach den Begriff trocken aus.

»Meine ich auch«, sagte Melissa direkt hinter ihm. Sie rief auf der Tastatur –063B auf. »Die waren viel schwerer zu isolieren, aber...«

»Ja, wieder identisch. Ist das hier vom Kind?«

»Ein kleines Mädchen, ja.« Beide Stimmen waren emotionslos. Nur so ließ sich das Ausmaß des damit verbundenen Unglücks ertragen, indem Proben ganz einfach Proben wurden, losgelöst von den Menschen.

»Okay, ich muß einige Anrufe machen.«

Die beiden Gruppen wurden aus naheliegenden Gründen auseinandergehalten. Badrayn unterwies die Zwanzigergruppe, Movie Star die zweite Gruppe, die aus neun Leuten bestand. Für beide Gruppen waren die Vorbereitungen gleich. Iran als unabhängiger Staat verfügte über alle entsprechenden Voraussetzungen. Das Außenministerium hatte eine Paßbehörde, und im Finanzministerium gab es eine Druck- und Prägeanstalt. Beide ermöglichten den Druck von Reisepässen aus allen

Ländern und das Einfügen von Ein- und Ausreisestempeln. Tatsächlich ließen sich solche Dokumente an allen möglichen Orten präparieren, aber diese Einrichtung sorgte für etwas bessere Qualität und lief weniger Gefahr, die Herkunft zu verraten.

Die wichtigere Mission der beiden war absurderweise die sicherste, was Gefahr für Leib und Leben betraf – nun ja, es hing vom Betrachterstandpunkt ab. Allein die Vorstellung ihrer Mission erzeugte eine Gänsehaut, aber diese Leute betrachteten es bloß als eine weitere Laune der menschlichen Natur. Die Aufgabe, sagte Badrayn ihnen, sei einfach. Hinfliegen, abliefern, wegfliegen. Er betonte, daß sie völlig sicher wären, solange sie sich an die Anweisungen hielten, die noch ausführlicher mitgeteilt würden. Es gäbe keine Kontakte mit der anderen Seite. Das war nicht nötig, und ohne das war die Sicherheit höher. Jeder konnte sich eine fingierte Geschichte wählen, und die Vorgaben der Mission gestatteten es sogar, daß mehr als einer aus der Gruppe dieselbe nehmen konnte. Wichtig war, daß die Geschichten plausibel vorgebracht wurden. Jeder Kurier sollte sich ein Berufsumfeld aussuchen, in dem er sich auskannte. Beinahe alle hatten einen Uniabschluß, und diejenigen ohne konnten immer noch vom Handel, von Werkzeugmaschinen oder von irgendeinem Gebiet sprechen, das sie besser kannten als irgendein Zollbeamter, der sie bloß aus Langeweile befragte.

Die Gruppe von Movie Star war mit ihrer Aufgabe weit zufriedener. Er nahm an, daran wäre ein Charakterzug seiner Kultur schuld. Die Teilnehmer waren jünger und unerfahrener. Die Leidenschaft, eine Tradition der Aufopferung und andere Haßgefühle und Dämonen motivierten sie, was alles ihr Urteilsvermögen so vernebelte, wie es ihren Meistern gefiel, die sich stets das Recht nahmen, Haß und Leidenschaft zusammen mit den Menschen, die sie besaßen, zu verbreiten. Diese Unterweisung war ausführlicher. Fotos wurden vorgelegt, auch Karten und Diagramme, und die Gruppe rückte näher zusammen, um Einzelheiten besser zu sehen. Niemand sagte etwas zur Person des Opfers. Leben und Tod war für diejenigen, die die letzten Antworten nicht kannten, eine so simple Frage, und das war wirklich besser für alle. Da sie auf eine Antwort zur Großen Frage fixiert waren, stießen sie überhaupt nicht auf kleinere. Movie Star machte sich keine solchen Illusionen. Er stellte sich die Frage im stillen, beantwortete sie aber nie. Für ihn war alles ein Akt der Politik, nicht der Religion, und sein Schicksal maß man nicht an der Politik, zumindest nicht willentlich. Er sah die Gesichter, wußte, sie taten genau das, ohne es zu wissen. Sie waren die Besten für die Aufgabe, wirklich; dachten, sie wußten alles, kannten aber in Wirklichkeit nur die physischen Handgriffe.

Movie Star fühlte sich schon eher als Mörder, aber das hatte er schon früher getan, jedenfalls aus zweiter Hand. Die persönliche Durchführung war gefährlich, und dies versprach die gefährlichste Mission seit Jahren zu werden.

Bemerkenswert, daß sie es nicht besser wußten. Jeder von ihnen hielt sich insgeheim für den Stein in Allahs Schleuder, ohne darüber nachzudenken, daß solche Steine von der Natur der Sache her weggeworfen wurden. Oder vielleicht auch nicht. Vielleicht hatten sie Glück, und für diesen Fall gab er ihnen die besten Daten, die er hatte ergattern können. Die beste Zeit wäre der Nachmittag, kurz vor Feierabend, weil dann die verstopften Highways ihre Verfolger vor größere Probleme stellten. Er sagte ihnen, er würde sich auch ins Einsatzgebiet begeben, um ihnen einen allerletzten Fluchtweg zu ermöglichen – aber er sagte ihnen nicht: *Wenn es überhaupt soweit kommt.*

»Okay, Arnie, wie kommt das alles?« fragte Ryan. Es war gut, daß Cathy heute keine Eingriffe geplant hatte. Sie hatte den ganzen Abend innerlich gekocht und war nicht in der geistigen Verfassung für ihre normale Arbeit. Er selbst fühlte sich nicht viel besser, aber es war weder gerecht noch hilfreich, seinen Stabschef anzuschnauzen.

»Also, da gibt es todsicher eine undichte Stelle im CIA oder vielleicht auf dem Capitol Hill, jemand, der etwas von Ihren Aktionen weiß.«

»Kolumbien, davon wissen nur Fellows und Trent. Und sie wissen auch, daß Murray nicht dort war – jedenfalls nicht direkt. Der Rest des Unternehmens ist sicher verwahrt.«

»Was ist eigentlich passiert?« Ich muß das wissen, stand Arnie im Gesicht geschrieben. Der Präsident holte tief Luft und sprach wie jemand, der einem Elternteil etwas erklärt. »Es gab zwei Unternehmen, SHOWBOAT und RECIPROCITY. Die eine beinhaltete Entsendung von Truppen nach Kolumbien, die Drogenflüge beschatten. Diese Flüge wurden dann getunkt...«

»Was?«

»Abgeschossen von der Air Force. Na ja, einige wurden abgefangen, die Besatzung verhaftet und in aller Stille verurteilt. Es ist noch mehr passiert, und dann wurde Emil Jacobs getötet, und so wurde RECIPROCITY gestartet. Wir haben angefangen, an bestimmten Stellen Bomben abzuwerfen. Die Sache ist etwas aus dem Ruder geraten. Einige Zivilisten sind getötet worden, und alles ging allmählich in die Brüche.«

»Wieviel haben Sie gewußt?« fragte van Damm.

»Ich habe kein Fatz gewußt bis ganz zum Schluß. Jim Greer lag schon im Sterben, und ich hab' seine Arbeit übernommen, aber das war hauptsächlich NATO-Zeugs. Mich haben sie rausgehalten bis zu den Bombenabwürfen – ich war da gerade in Belgien. Ich hab's im Fernsehen gesehen, ist das zu glauben? Cutter war eigentlich der Chef des Ganzen. Er hat Judge Moore und Bob Ritter dazu beschwatzt, und dann hat er versucht, die Sache abzublasen. Dann wurde es noch verrückter. Cutter hat versucht, die Soldaten hängenzulassen – sie sollten einfach verschwinden. Ich fand's raus. Ich hab' mir Zugang zu Ritters Tresor verschafft. Dann bin ich mit einem Rettungstrupp nach Kolumbien geflogen, und wir haben die meisten rausgeholt. Es war kein besonderer Spaß«, berichtete Ryan. »Es kam zu einigen Schießereien, und ich saß an einer der MPs im Heli. Bei der letzten Evakuierung ist einer der Besatzung, Sergeant Buck Zimmer, getötet worden, und ich kümmere mich seither um seine Familie. Liz Elliot hat Wind davon bekommen und versucht, es einige Zeit später gegen mich zu verwenden.«

»Da steckt noch mehr dahinter«, sagte Arnie leise.

»Yeah. Ich mußte dem Sonderausschuß Bericht erstatten, wollte aber die Regierung nicht platzen lassen. Also hab' ich die Sache mit Trent und Fellows besprochen und mir einen Termin beim Präsidenten besorgt. Wir haben eine Zeitlang geredet, dann bin ich raus, und Sam und Al haben noch weiter mit ihm gesprochen. Ich weiß nicht, was sie vereinbart haben, aber ...«

»Aber er hat die Wahl geschmissen. Er hat seinen Wahlkampfmanager abgesägt, und sein Wahlkampf war nur noch Mist. Mensch, Jack, was haben Sie getan?« wollte Arnie wissen. Sein Gesicht war jetzt blaß, aber aus politischen Gründen. Die ganze Zeit hatte van Damm geglaubt, er hätte einen glänzenden und erfolgreichen Wahlkampf für Bob Fowler geführt. Aber alles war getürkt gewesen? Und er hatte es nie gewußt?

Ryan schloß die Augen. Er hatte gerade wieder eine schreckliche Nacht nochmals durchlebt. »Ich habe ein Unternehmen abgeschlossen, das technisch gesehen legal war, aber am seidenen Faden hing. Ich habe's leise abgeschlossen. Die Kolumbianer bekamen nichts mit. Ich denke, ich habe innenpolitisch ein zweites Watergate verhindert – und einen verdammt ekligen internationalen Konflikt. Sam und Al sind deswegen ausgeschieden, die Berichte sind bis lang nach unserem Tod unter Verschluß. Wer immer auch was ausgeplaudert hat, muß ein paar Gerüchte aufgepickt und ansonsten gut geraten haben. Was hab' ich dabei getan? Ich denke, ich hab' mich so gut wie möglich ans Gesetz gehalten – nein,

Arnie, ich hab' *kein* Gesetz übertreten. Ich habe die Regeln befolgt. Leicht war's nicht, aber ich hab's gemacht.« Die Augen gingen wieder auf. »Nun, Arnie, wie wird das in Peoria ankommen?«

»Warum haben Sie nicht einfach dem Kongreß Bericht erstatten können und ...«

»Denken Sie scharf nach«, sagte der Präsident. »Sehen Sie, es ging ja nicht nur ums eine. Damals ging Osteuropa aus dem Leim, die Sowjetunion existierte noch, aber auf der Kippe. Große Ereignisse bahnten sich an, und wenn's unsere Regierung genau dann zerrissen hätte, wo so viel anderes passierte, zum Teufel, es hätte ein Schlamassel gegeben, wie's noch keiner gesehen hat. Amerika hat ... wir hätten bei der Entspannung in Europa nicht helfen können, wenn wir einen innenpolitischen Skandal am Bein gehabt hätten. Und ich war derjenige, der einspringen und eingreifen mußte, auf der Stelle, sonst wären die Soldaten *umgekommen*. Denken Sie einmal an die Zwickmühle, in der ich war.

Arnie, ich habe niemanden um Rat bitten können, okay? Admiral Greer war tot. Moore und Ritter waren kompromittiert. Der Präsident steckte bis zu den Ohren drin; damals habe ich geglaubt, *er* würde über Cutter die Show laufen lassen – aber er hatte sich von diesem unfähigen Politikerschwein reinreiten lassen. Ich wußte nicht, wohin, also ging ich zum FBI um Hilfe. Außer Dan Murray und Bill Shaw konnte ich *keinem* unserer Leute trauen, bis auf einen in Operations von Langley. Bill – wußten Sie, er war Dr. jur.? – geleitete mich durch die rechtliche Seite, und Murray half bei der Rückholung. Die haben sogar eine Untersuchung gegen Cutter eingeleitet. Es war eine Codewort-Geschichte, ich glaube, ODYSSEY hieß sie, und sie standen kurz davor, wegen Verschwörung zum Richter zu gehen, aber Cutter hat sich umgebracht. Ein FBI-Agent ging fünfzig Meter hinter ihm, als er sich vor den Bus warf. Sie kennen ihn, es war Pat O'Day. Niemand außer Cutter hat gegen das Gesetz verstoßen. Die Unternehmen selbst waren im Rahmen der Verfassung – das hat Shaw zumindest gesagt.«

»Aber politisch ...«

»Yeah, so ein Ignorant bin ich auch nicht. Also, da bin ich, Arnie. Kein Gesetzesbruch, ich diente meinem Land , so gut ich konnte unter den Umständen, und da bin ich nun.«

»Verdammt. Wieso wurde Fowler nie was gesagt?«

»Sam und Al. Sie meinten, es würde seine Präsidentschaft vergiften. Ich *weiß* ja nicht, was sie dem Präsidenten sagten, oder? Ich wollte es nie wissen, fand's nie raus und kann nur spekulieren«, meinte Ryan.

»Jack, es geschieht nicht oft, daß ich nicht weiß, was ich sagen soll.«

»Sagen Sie's trotzdem«, befahl der Präsident.

»Es wird rauskommen. Die Medien haben jetzt genug, um die Einzelteile zusammenzufügen, und das wird den Kongreß dazu zwingen, eine Untersuchung einzuleiten. Was ist mit dem anderen Zeugs?«

»Stimmt alles«, sagte Ryan. »Yeah, wir haben *Roten Oktober* in die Finger gekriegt, yeah, ich hab' Gerasimow selbst rausgeschafft. Wenn wir's nicht gemacht hätten, Gerasimow hatte schon alles zum Sturz Andrej Narmonows vorbereitet – und es gäb' immer noch einen Warschauer Pakt, und die schlimme alte Zeit wär' nie vorbeigegangen. Also haben wir den Mistkerl kompromittiert, und er hatte keine andere Wahl, als ins Flugzeug zu steigen. Er ist immer noch sauer, trotz allem, was wir getan haben, ums ihm behaglich zu machen, aber soviel ich weiß, gefällt's seiner Frau und seiner Tochter in Amerika ganz gut.«

»Haben Sie jemanden umgebracht?« fragte Arnie.

»In Moskau nicht. Im U-Boot – der hat versucht, die Selbstzerstörung einzuleiten. Er hat einen Schiffsoffizier umgelegt und zwei andere ziemlich schlimm zusammengeschossen, aber ich hab' ihm selbst die letzte Fahrkarte ausgestellt – und hatte jahrelang Alpträume deswegen.«

In einer anderen Wirklichkeit, dachte van Damm, wäre sein Präsident ein Held. Aber die Realität und öffentliche Politik hatten wenig miteinander gemein. Ihm fiel auf, daß Ryan nicht seine Geschichte von Bob Fowler und dem vermasselten Atomraketenabschuß berichtet hatte. Der Stabschef hatte das fast hautnah miterlebt. J. Robert Fowler hätte es fast zerfetzt, als er erfuhr, wie knapp er vor einem Massenmord im Maßstab Hitlers bewahrt worden war. Es gab eine Zeile in Hugos *Les Misérables*, die beim älteren Mann hängengeblieben war, als er das Buch zum erstenmal in der High-School las: »Wie übel Gutes sein kann.« Das war noch so ein Fall. Ryan hatte seinem Land tapfer und ausgezeichnet gedient, aber keine seiner Taten würde der öffentlichen Untersuchung standhalten. Intelligenz, Vaterlandsliebe und Mut hatten lediglich zu einer Folge von Ereignissen geführt, die man bis zur Unkenntlichkeit zu einem Skandal verdrehen konnte. Und Ed Kealty wußte genau, wie das zu bewerkstelligen war.

»Wie können wir den Drall dabei beherrschen?« fragte der Präsident. »Was muß ich noch wissen?«

»Die Akten zu *Roter Oktober* und Gerasimow befinden sich in Langley. Die kolumbianische Sache, nun ja, da wissen Sie das Notwendige. Ich bin nicht sicher, ob selbst ich rechtlich befugt bin, die Berichte zu entsiegeln. Wollen Sie andererseits Rußland destabilisieren? Dazu würde es führen.«

*Roter Oktober,* dachte Golowko, dann blickte er zur hohen Decke seines Büros. »Iwan Emmetowitsch, du gerissener Schweinehund. *Twoju matj!*«

Der Fluch wurde in leiser Bewunderung gesprochen. Von der allerersten Begegnung an hatte er Ryan unterschätzt, und damit hatte er selbst nach all den späteren direkten und indirekten Kontakten nicht aufgehört. So hatte er Gerasimow also kompromittiert! Und dabei wohl Rußland gerettet – aber ein Land sollte von innen, nicht von außen gerettet werden. Einiges mußte für immer ein Geheimnis bleiben, weil das beide Seiten gleichermaßen schützte. Dies war so ein Geheimnis. Es würde nun beide Länder in Verlegenheit bringen. Für die Russen bedeutete es den Verlust einer Ressource von nationaler Bedeutung durch Hochverrat – schlimmer noch, es war etwas, was der eigene Geheimdienst nicht aufgedeckt hatte, und der Verlust zweier Jagd-U-Boote bei derselben Operation machte daraus eine Affäre, die die sowjetische Marine mit aller Inbrunst zu vergessen suchte – und so hatte man sich mit dem Deckmantel nicht weiter befaßt.

Sergej Nikolaj'tsch kannte den zweiten Teil besser als den ersten. Ryan hatte einen Staatsstreich verhindert. Golowko dachte, Ryan hätte es ihm sagen können und den internen Organen überlassen, aber nein. Ryan wäre verrückt gewesen, den Vorteil nicht auszuschlachten. Gerasimow mußte wie ein Kanarienvogel gesungen haben – den westlichen Spruch kannte er. Alles aufgegeben, was er wußte; Ames, zum Beispiel, war er sicher, und Ames war eine Diamantmine gewesen für den KGB.

*Und du hast dir immer gesagt, daß Iwan Emmetowitsch ein begabter Amateur ist,* dachte Golowko.

Doch selbst seine berufliche Bewunderung war gedämpft. Rußland würde bald Hilfe brauchen. Wie könnte es sich an jemand um Hilfe wenden, der – wie jetzt bekanntwerden würde – mit den inneren Angelegenheiten seines Landes wie ein Puppenspieler umgegangen war? Die Erkenntnis war einen weiteren Fluch wert, der aber keine Bewunderung ausdrückte.

Auf öffentlichen Gewässern gilt freie Fahrt für alle, und so konnte die Marine gar nichts dagegen tun, daß das gemietete Boot dem Dock 8/10 so nahe kam. Bald schloß sich ein weiteres an, dann noch mehr, bis schließlich ganze elf Kameras auf das abgedeckte Trockendock gerichtet waren, das nach dem Auslaufen der meisten amerikanischen Raketen-U-Boote leer war. Auch ein anderes Boot war nicht mehr da, das sich nur kurz dort aufgehalten hatte und nicht amerikanisch war, wie das Gerücht ging.

Der Zugang zu Personalakten der Marine war via Computer möglich, und einige versuchten gerade, die früheren Besatzungsmitglieder der USS *Dallas* zu überprüfen. Ein frühmorgendlicher Anruf bei ComSubPac über seine Dienstzeit als kommandierender Offizier der *Dallas* drang nur bis zur Pressestelle vor, wo man darin geschult war, bei heiklen Anfragen ›kein Kommentar‹ zu sagen. Heute würden davon mehr als genug eingehen. Anderswo auch.

»Ron Jones hier.«

»Und hier ist Tom Donner von NBC News.«

»Nett«, sagte Jones höflich, »ich selber schaue CNN.«

»Vielleicht sollten Sie heut abend zu unserer Show schalten. Ich wollte Sie sprechen wegen ...«

»Ich habe die *Times* gelesen. Kein Kommentar ...«, fügte er zu.

»Aber ...«

»Aber: Ja, ich war mal U-Boot-Mann, man nennt uns den Stillen Dienst. Das war auch lange her. Ich führe jetzt mein eigenes Geschäft. Verheiratet, Kinder, die ganze Latte, wissense?«

»Sie waren der leitende Sonarmann an Bord der USS *Dallas*, als ...«

»Mr. Donner, ich habe beim Ausscheiden aus der Navy die Geheimhaltungsvereinbarung unterschrieben. Ich rede nicht über das, was wir taten, okay?« Es war sein erster Kontakt mit Reportern und entsprach den Erwartungen, die man ihm zugetragen hatte.

»Dann müßten Sie uns bloß sagen, es ist nie geschehen.«

»Daß was nie geschehen ist?« fragte Jones.

»Das Aufbringen des russischen U-Boots *Roter Oktober*.«

»Wissen Sie, das ist das Verrückteste, das ich je gehört habe.«

»Was?«

»Elvis.« Er legte auf. Dann rief er Pearl Harbor an.

Bei Tagesanbruch rollten die Ü-Wagen durch Winchester, Virginia, fast wie die Bürgerkriegsarmeen, die die Stadt mehr als vierzigmal wechselseitig besetzt hatten.

Ihm gehörte das Haus eigentlich nicht. Man konnte nicht mal sagen, daß es dem CIA gehörte. Auf der Urkunde stand der Name einer Papierfabrik, die einer Stiftung gehörte, deren Direktorium obskur war, aber da Grundbesitz in Amerika amtlich eingetragen sein muß, ließen sich die Daten in kaum zwei Tagen eruieren.

Die aufgetauchten Reporter hatten Archivfotos und -bandmaterial zu Nikolaj Gerasimow, und armlange Linsen auf Stativen wurden auf die Fenster eine Viertelmeile entfernt gerichtet. Einige grasende Pferde im Blickfeld würden der Story eine hübsche Note geben: CIA BEHANDELT RUSSISCHEN MEISTERSPION WIE KÖNIGLICHEN BESUCH.

Die beiden Sicherheitsleute im Haus waren auf hundertachtzig und riefen Langley wegen Instruktionen an, aber das Büro für Öffentlichkeitsarbeit dort – merkwürdige Einrichtung beim CIA – pochte nur darauf, daß es Privatbesitz sei (ob das unter den Umständen Rechtens war, wurde von CIA-Anwälten gerade geprüft); daß Reporter ihn also nicht unbefugt betreten durften.

Es war schon Jahre her, daß er etwas zu lachen gehabt hatte. Sicher, es hatte gelegentliche Lichtblicke gegeben, aber dies war etwas so Besonders, daß er nie an sein Eintreffen geglaubt hätte. Er hatte sich immer für einen Amerika-Experten gehalten. Gerasimow hatte zahlreiche Spionageaktionen gegen den »Hauptfeind« geleitet, wie die Vereinigten Staaten in seinem nicht mehr existierenden Land genannt wurden, aber er gestand sich ein, daß einer erst herkommen und ein paar Jahre hier leben müsse, um zu verstehen, wie unbegreiflich Amerika war, wie nichts einen Sinn ergab, wie buchstäblich alles geschehen konnte, und je verrückter es war, desto wahrscheinlicher. Keine Fantasie reichte aus, um zu ahnen, was in einem Tag, noch weniger in einem Jahr passieren würde. Und das hier war der Beweis.

Der arme Ryan, dachte er, als er am Fenster stand und seinen Kaffee trank. In seinem Land – für ihn würde es immer die Sowjetunion sein – wäre das nie passiert. Ein paar uniformierte Wächter und ein strenger Blick hätten die Leute verscheucht, oder wenn der Blick nicht ausgereicht hätte, dann gab es noch andere Optionen. Aber nicht so in Amerika, wo die Medien all die Freiheiten eines Wolfs in den sibirischen Wäldern hatte – er lachte beinahe über diesen Gedanken. In Amerika waren Wölfe eine geschützte Tierart. Wußten diese Narren nicht, daß Wölfe Menschen töteten?

»Vielleicht gehen sie wieder«, sagte Maria, die neben ihm auftauchte.

»Ich glaube nicht.«

»Dann müssen wir drinnen bleiben, bis sie gehen«, sagte seine Frau, von der Entwicklung entsetzt.

Er schüttelte den Kopf. »Nein, Maria.«

»Aber was ist, wenn sie uns zurückschicken?«

»Das werden sie nicht. Überläufer werden nicht so behandelt«, erklärte er. »Wir haben Philby, Burgess oder MacLean – verkommene Säufer durch die Bank – nie zurückgeschickt. O nein, wir haben ihnen Schnaps gekauft und sie in ihren Perversionen zappeln lassen.« Er trank den Kaffee aus und ging in die Küche, um Tasse und Untertasse in den Geschirrspüler zu tun und verzog das Gesicht beim Anblick. Seine Wohnung in Moskau und die Datscha in den Leninbergen – die hießen wohl inzwischen anders – hatten kein solches Gerät gehabt. Für solche Aufgaben hatte er Diener gehabt. Nicht mehr. In Amerika trat Bequemlichkeit an die Stelle von Macht und Komfort an die Stelle von Status.

Diener. Er hätte alles haben können: Status, Diener, Macht. Die Sowjetunion könnte immer noch eine große Nation sein. Er wäre Generalsekretär der KPdSU geworden. Er hätte die notwendigen Reformen einleiten können, um die Korruption auszumerzen und das Land wieder voranzubringen. Er hätte wahrscheinlich auch eine Annäherung an den Westen vollzogen und Frieden geschlossen, aber das wäre ein Frieden unter Gleichen gewesen. Ideologe war er ja nie gewesen, egal was der alte Aleksandrow gemeint hatte, und Gerasimow war stets Parteimann gewesen – nun, was anderes gab's im Einparteienstaat nicht. Besonders, wenn man wußte, daß einen das Schicksal zur Macht auserkoren hatte.

Aber das Schicksal hatte ihn betrogen mittels John Patrick Ryan, in einer schneekalten Nacht in Moskau, auf dem Sitz einer alten Tram in der Remise. Und so hatte er jetzt Komfort und Sicherheit. Seine Tochter würde bald heiraten: was man hier ›altes Geld‹, in anderen Ländern Adel, und er einen wertlosen Tunichtgut nannte. Seine Frau war zufrieden mit ihren Haushaltsgeräten und dem kleinen Freundeskreis. Und seine persönliche Wut hatte sich nie gelegt.

Ryan hatte ihm sein Schicksal geraubt, die schiere Freude an Macht und Verantwortung, daran, Gebieter über den Werdegang seiner Nation zu sein – und dann hatte Ryan ebendieses Schicksal auf sich genommen, und der Narr wußte nicht damit umzugehen. Die wahre Schande war, von so einer Person abgesäbelt worden zu sein. Nun, eines konnte er tun, oder? Gerasimow ging in den Windfang vor der Hintertür, nahm sich eine Lederjacke und ging nach draußen. Er dachte einen Augenblick nach. Ja, er würde sich eine Zigarette anzünden und einfach die vierhundert Meter über die Zufahrt zu ihnen hingehen. Unterwegs könnte er sich überlegen, wie er seine Bemerkungen formulieren würde und seine Dankbarkeit an Präsident Ryan. Er hatte nie aufgehört, Amerika zu studieren, und seine Beobachtungen, wie die Medien dachten, würden ihm nun gut zu Diensten sein, meinte er.

»Hab' ich dich geweckt, Skipper?« fragte Jones. In Pearl Harbor war es etwa vier Uhr früh.

»Nicht ganz. Mein Offizier für Öffentlichkeitsarbeit is 'ne Frau, weißte, und schwanger. Hoffentlich führt der ganze Scheiß nicht zur Frühgeburt.« Konteradmiral (nun Vizeadmiral *in spe*) Mancuso war am Schreibtisch, und sein Telefon klingelte weisungsgemäß nicht ohne Grund. Ein alter Schiffskamerad war so ein Grund.

»NBC hat mich angerufen. Fragten nach 'ner kleinen Sache, die wir im Atlantik erledigt haben.«

»Was hast du gesagt?«

»Was glaubst du, Skipper? Nullo.« Außer der Ehre bei der Sache war da noch, daß Jones die meisten Aufträge von der Navy bekam. »Aber ...«

»Yeah, irgendwer wird plaudern. Irgendwer immer.«

»Die wissen schon zuviel. Die *Today Show* bringt eine Liveschaltung aus Norfolk, vom 8/10-Dock. Du wirst dir denken können, was die sagen.«

Mancuso dachte dran, den Bürofernseher anzuwerfen, aber es war noch zu früh für NBC Morning News – nein. Er schaltete doch ein und zu CNN. Noch kam Sport, aber bald war die Stunde voll.

»Nächstens fragen die über 'n anderen Job, den mit dem Schwimmer.«

»Offene Leitung, Dr. Jones«, warnte ComSubPac.

»Kein Ort genannt, Skipper. Du sollt'st nur drüber nachdenken.«

»Yeah«, stimmte Mancuso zu.

»Vielleicht kannst du mir eins sagen.«

»Was denn, Ron?«

»Was geht da ab? Ich meine, sicher, ich werd' den Mund halten und du genauso, aber irgendwer wird todsicher plaudern. Ein zu gutes Seemannsgarn, um's nicht zu erzählen. Aber was geht da ab, Bart?«

»Ich schätze, die Leute sind geil auf 'ne Story.«

»Weißt du, ich hoffe, Ryan kandidiert. Ich werd' für ihn stimmen. Echt cool, dem KGB den Chef zu klauen und ...«

»Ron!«

»Skipper, ich wiederhole nur, was sie im Fernsehen sagen, klar? ›Davon hab' ich persönlich keine Kenntnis‹, richtig?« *Gottverdammich*, dachte Jonesey, *was für 'n Seemannsgarn! Und's ist alles wahr.*

Am anderen Ende kam gerade die Grafik ›Aktuelles‹ auf Mancusos Fernsehschirm.

»Ja, ich bin Nikolaj Gerasimow«, sagte das Gesicht auf Bildschirmen in der ganzen Welt. Mindestens zwanzig Reporter drängten sich auf der anderen Seite der Steinmauer, so daß es schwierig war, die zugerufenen Fragen zu verstehen.

»Stimmt es, daß Sie ...«

»Sind Sie ...«

»Waren Sie ...«

»Trifft es zu, daß ...«

»Ruhe bitte.« Er hielt die Hand hoch. »Ja, ich war einmal Vorsitzender von KGB. Ihr Präsident Ryan brachte mich dazu, mein Land zu verlassen, und ich lebe seitdem in Amerika mit meiner Familie.«

»Wie hat er Sie zum Überlaufen gebracht?«

»Sie müssen verstehen, daß es ist im Geheimdienstgeschäft, wie sagen Sie, rauh. Mr. Ryan macht gutes Spiel. Damals war Machtkampf im Gange. Der CIA geht gegen meine Fraktion, und Andrej Iljitsch Narmonow vorzieht. Also Ryan kam in Deckung, Berater zu START-Gesprächen, nach Moskau. Er hat behauptet, er hat Informationen für mich, um sich mit mir zu treffen, ja?« Gerasimow hatte sich entschieden, seine Englischkenntnisse runterzuspielen, damit er vor den Kameras und Mikrofonen glaubwürdiger wirkte. »Wirklich Sie können sagen, er hat mich mit Anschuldigung gefangen, ich würde, wie heißt das, Verrat machen. Stimmt nicht, aber wirksam. So hab' ich entschieden, mit meiner Familie nach Amerika zu kommen. Ich bin mit Flugzeug gekommen. Meine Familie mit U-Boot.«

»Was? U-Boot?«

»Ja, war U-Boot *Dallas*.« Er hielt inne und lächelte leicht grimmig. »Wieso Sie greifen Präsident Ryan so an? Er hat seinem Land gut gedient. Er Meisterspion«, sagte Gerasimow bewundernd.

»Nun, da segelt die Geschichte davon.« Bob Holtzman stellte stumm und wandte sich dem AME zu.

»Tut mir leid, Bob.« Der Redakteur gab ihm die Fahne zurück. Es wäre in drei Tagen erscheinen. Holtzman hatte seine Informationen meisterhaft zusammengestellt und sich Zeit genommen, alles in ein einheitliches, schmeichelhaftes Porträt des Mannes zu integrieren, dessen Büro nur fünf Blocks entfernt war. Es ging um Drall, das beliebteste Wort in Washington. Jemand hatte den Drall verändert, und das war's. Sobald der Kern der Story heraus war, konnte selbst ein erfahrener Journalist wie Holtzman sie nicht mehr ändern, vor allem, wenn sein eigenes Blatt ihn nicht unterstützte.

»Bob«, sagte der CvD etwas verlegen, »Sie packen das anders an als ich. Was, wenn dieser Kerl ein Cowboy ist? Ich meine, okay, die Erbeutung des U-Boots – schließlich war Kalter Krieg – war eine Sache, aber an sowjetischer Innenpolitik rumzufummeln ist ja fast ein Kriegsakt, oder?«

»Darum ging's ja gar nicht. Er wollte einen Agenten loseisen, Deckname CARDINAL. Gerasimow und Aleksandrow nützten den Spionagefall zum Sturz Narmonows und zur Vereitelung anstehender Reformen.«

»Nun, Ryan kann das den lieben langen Tag sagen, wenn er will. So wird's aber nicht rüberkommen. ›Meisterspion‹? Gerade das, was wir zur Führung des Landes brauchen, hm?«

»Ryan ist nicht so, Herrgott noch mal!« brauste Holtzman auf. »Er schießt nicht um die Ecke...«

»Yeah, der schießt gerade, schon richtig. Er hat mindestens drei Leute getötet. Umgebracht, Bob! Wie zum Teufel hat sich Roger Durling bloß eingebildet, das wär' der richtige Typ als Vizepräsident? Ich meine, Ed Kealty ist kein Aushängeschild, aber wenigstens...«

»Wenigstens versteht er es, uns zu manipulieren, Ben. Er hat den Fernsehfritzen angeschmiert, und dann hat er uns alle angeschmiert, daß wir der Story auf seine Art folgen.«

»Nu ja...« Ben Saddler gingen an diesem Punkt die Worte aus. »Es sind doch alles Tatsachen?«

»Das ist nicht das gleiche wie ›wahr‹, Ben, und das wissen Sie.«

»Dem müssen wir nachspüren. Es sieht aus, als hätte Ryan mit allen Katz und Maus gespielt. Dann will ich diese Kolumbien-Geschichte aufgerollt haben. Ja. Schaffen Sie das? Ihre Kontakte beim CIA sind ganz gut, aber ich muß Ihnen sagen, ich hege Zweifel an Ihrer Objektivität dabei.«

»Sie haben keine andere Wahl, Ben. Wenn Sie mithalten wollen, ist es meine Geschichte – freilich können Sie immer noch alles nachbeten, was die *Times* sagt«, fügte Holtzman hinzu. Sein Chef wurde rot im Gesicht. Auch in der Medienwelt konnte das Leben hart sein.

»Ihre Story, Bob. Nur, daß Sie mir bloß was abliefern. Jemand hat gegen das Gesetz verstoßen, und Ryan hat alles vertuscht und ist mit weißer Weste rausgekommen. Ich will diese Geschichte.« Saddler stand auf. »Ich muß einen Leitartikel schreiben.«

Daryaei konnte es kaum glauben. Der Zeitpunkt hätte gar nicht günstiger sein können. Er war nur Tage vom nächsten Ziel entfernt, und sein Opfer war dabei, völlig ohne seine Hilfe in den Abgrund zu stürzen. Mit seiner Hilfe würde der Sturz freilich noch tiefer ausfallen.

»Ist es so, wie mir scheint?«

»Das müßte es sein«, erwiderte Badrayn. »Ich kann rasch einige Recherchen anstellen und mich morgen früh wieder melden.«

»Ist dies wirklich möglich?« beharrte der Ajatollah.

»Erinnern Sie sich noch, was ich über Löwen und Hyänen gesagt habe? In Amerika ist das ein Nationalsport. Es ist kein Trick. So etwas machen die nicht. Ich will mich jedenfalls vergewissern. Ich habe meine Methoden.«

»Dann bis morgen früh.«

## 34 / WWW.TERROR.ORG

Er hatte in dieser Hinsicht ohnehin viel zu tun. Also aktivierte Badrayn in seinem Büro den PC. Dieser hatte ein ultraschnelles Modem mit Glasfaserverbindung zur iranischen Botschaft – jetzt die der UIR – in Pakistan, und von da ging es weiter nach London, wo er sich ins World Wide Web einloggen konnte ohne Furcht vor Entdeckung. Was einmal einfachste Polizeitätigkeit gewesen war, war nun praktisch unmöglich. Buchstäblich Millionen von Leuten konnten sich jede Information beschaffen, die der Mensch je gesammelt hatte, noch dazu in atemberaubender Geschwindigkeit. Badrayn sprang erst in Pressebereiche: große Tageszeitungen, *Times* in Los Angeles bis *Times* in London, mit Washington und New York dazwischen. Die führenden Zeitungen brachten alle die gleiche Basismeldung – über Netz sogar schneller als im Druck. Die aktuellen Kommentare waren aber etwas unterschiedlich. Die Meldungen enthielten keine präzisen Daten, und er mußte sich erinnern, daß die bloße Wiederholung eines Inhalts nicht seine Richtigkeit garantierte, aber es *klang* verläßlich. Er wußte, daß Ryan Geheimdienstagent gewesen war, wußte, daß die Briten, die Russen *und* die Israeli ihn respektierten. Solche Geschichten erklärten ja diesen Respekt. Sie vermittelten ihm auch ein ungutes Gefühl, was seinen Herrn und Meister überrascht hätte. Ryan war potentiell als Widersacher bedrohlicher, als Daryaei wahrhaben wollte. Er wußte unter widrigen Umständen die Initiative zu ergreifen, und solche Leute durfte man nicht unterschätzen.

Aber es wuchs Ryan jetzt über den Kopf, das machten die Meldungen klar. Als er von einer Homepage zur anderen wechselte, erschien ein brandneuer Leitartikel. Der verlangte eine Kongreßuntersuchung der Aktivitäten Ryans beim CIA. Eine Verlautbarung der kolumbianischen Regierung ersuchte im brüsken diplomatischen Jargon um eine Erklärung für die Behauptungen – und *das* würde einen weiteren Feuersturm entfachen. Wie würde Ryan auf die Vorwürfe und Forderungen reagieren? Das war offen, schätzte Badrayn. Der war eine unbekannte Größe; das störte ihn. Die wichtigeren Beiträge und Kommentare druckte er für späteren Gebrauch aus und fuhr mit der eigentlichen Arbeit fort.

Es gab extra eingerichtete Homepages für Messen und Leistungsschauen in Amerika. Er brauchte sie bloß nach Städten auswählen. So erhielt er einen Überblick über die Messezentren, meist große Hallen. Die hatten auch wieder Homepages. Viele zeigten Diagramme und Zufahrtswege. Alle gaben Telefon- und Faxnummern an. Die notierte er sich, bis er vierundzwanzig hatte, zur Sicherheit ein paar mehr. Er konnte zum Beispiel seine Agenten ja nicht zu einer Dessous-Schau schicken – obwohl... er kicherte in sich hinein. Mode- und Textilschauen wären schon für die Wintersaison, obwohl der Sommer nicht mal im Iran Einzug gehalten hatte. Autoausstellungen. Die, sah er, waren über die ganzen Vereinigten Staaten verteilt, denn die diversen Auto- und Lastwagenhersteller führten ihre Erzeugnisse wie ein Wanderzirkus vor... um so besser.

Die Angehörigen der Gruppe zwei waren nun alle sterbenskrank, und es war Zeit, ihre Leiden zu beenden. Es ging nicht so sehr um Barmherzigkeit als um Effizienz. Es gab keinen Grund, das Leben der Krankenwärter aufs Spiel zu setzen, indem sie Leute behandeln mußten, die durch Justiz wie durch Wissenschaft zum Tode verurteilt waren. Sie wurden wie die erste Gruppe durch starke Injektionen von Dilaudid erledigt, wie Moudi am Monitor sah. Die Erleichterung war den Wärtern anzusehen, selbst unter den beschwerlichen Plastikanzügen. In nur wenigen Minuten waren alle Testpersonen tot. Es wurde das gleiche Verfahren wie zuvor angewendet, und der Arzt gratulierte sich zu ihrer sauberen Arbeit und daß keine Außenstehenden infiziert worden waren. Das lag allein an ihrer Unbarmherzigkeit. An anderen Orten – richtigen Krankenhäusern – hätten sie kein solches Glück und würden bereits den Verlust ärztlicher Kollegen betrauern müssen.

Es war eine seltsame Binsenwahrheit, daß Hintergedanken immer zu spät kamen. Er konnte das Kommende nicht mehr aufhalten, sowenig wie den Lauf der Erde.

Die Krankenwärter luden die infizierten Körper auf die Bahren, und er wandte sich ab. Das mußte er nicht noch mal sehen. Moudi ging ins Labor.

Eine weitere Gruppe Laboranten füllte nun die ›Suppe‹ in Behälter, die Flakons genannt wurden. Sie hatten tausendmal mehr, als für die

Mission benötigt wurde, aber es war leichter, zuviel als gerade die richtige Menge zu produzieren, und, wie der Direktor beiläufig erklärte, man wußte ja nicht, ob sie nicht noch mehr brauchen würden. Die Flakons waren alle aus rostfreiem Stahl, sogar aus einer speziellen Legierung, die in extremer Kälte auch nicht an Festigkeit verlor. Jeder wurde zu zwei Dritteln gefüllt und versiegelt. Dann wurde er mit einer ätzenden Chemikalie besprüht, um sicherzugehen, daß die Außenseite sauber war. Danach würde er auf einen Karren gestellt und in die Kühlkammer im Erdgeschoß des Gebäudes gerollt, wo er zur Lagerung in flüssigen Stickstoff untergetaucht würde. Die Ebola-Viren könnten dort Jahrzehnte lagern, zu kalt, um abzusterben, in Ruhe lauernd. Wieder in Wärme und Feuchtigkeit gelangt, hätten sie erneut die Chance, sich zu vermehren und zu töten. Einer der Flakons blieb im Labor, in einem kleineren Kühlbehälter, von etwa der Größe eines Ölfasses gelagert, nur etwas höher. Eine LED-Anzeige gab immer die Innentemperatur an.

Es war schon eine Erleichterung, daß dieser Teil das Dramas bald vorbei sein würde. Bald würden die zwanzig Behälter gefüllt und aus dem Gebäude gebracht sein; man würde jeden Quadratzentimeter des Baues rigoros reinigen. Der Direktor würde seine ganze Zeit im Büro verbringen, und Moudi – nun, zur WHO konnte er ja nicht zurück, oder? Schließlich war er tot, ein Opfer vom Flugzeugabsturz vor der libyschen Küste. Man müßte ihm eine neue Identität und einen Paß kreieren, ehe er wieder reisen konnte. Oder würde er aus Geheimhaltungsgründen – nein, selbst der Direktor war nicht so gnadenlos, nicht wahr?

»Hallo, ich möchte Dr. Ian MacGregor sprechen.«

»Wer ist da, bitte?«

»Dr. Lorenz von den CDC in Atlanta.«

»Einen Augenblick bitte.«

Gus mußte nach seiner Uhr zwei Minuten warten, lange genug, um sich eine Pfeife anzuzünden und ein Fenster zu öffnen.

»Hier Dr. MacGregor«, sagte eine junge Stimme.

»Hier Gus Lorenz in Atlanta.«

»Oh! Guten Tag, Herr Professor!«

»Wie geht es Ihren Patienten?« fragte Lorenz über sieben Zeitzonen hinweg. MacGregors Stimme gefiel ihm, der machte eindeutig Überstunden. Die Guten machten das häufig.

»Dem männlichen Patient, fürchte ich, geht es gar nicht gut. Das Kind jedoch erholt sich.«

»Tatsächlich? Nun, wir haben die eingesandten Proben untersucht. Beide enthielten den Ebola-Virus, Mayinga-Typ.«

»Sind Sie wirklich sicher?« fragte der jüngere Mann.

»Es steht außer Zweifel, Doktor. Ich habe die Tests selbst durchgeführt.«

»Das habe ich befürchtet. Ich habe noch eine nach Paris geschickt, aber die haben sich noch nicht gemeldet.«

»Ich muß noch ein paar Dinge wissen.« Lorenz legte sich einen Notizblock zurecht. »Erzählen Sie mir mehr von Ihren Patienten.«

»Das ist nicht so einfach, Professor Lorenz«, mußte MacGregor sagen. Er wußte nicht, ob die Leitung angezapft war, aber in einem Land wie Sudan mußte er damit rechnen. Andererseits mußte er etwas sagen, also begann er, durch die Fakten zu staksen, die er preisgeben konnte.

»Ich habe Sie gestern abend im Fernsehen gesehen.« Just deshalb hatte Dr. Alexandre entschieden, Cathy Ryan beim Mittagessen zu treffen. Sie war ihm sympathisch. Augenschneider und Laserjockey (für Alex im Vergleich zur ›Wahren Medizin‹, die er praktizierte, eher Mechanikeraufgaben – selbst in diesem Beruf gab es Rivalitäten, und so dachte er über fast alle chirurgischen Fachgebiete); wer hätte erwartet, daß sie sich für Genetik interessierte? Außerdem hatte sie eine freundliche Stimme nötig.

»Das ist ja nett«, erwiderte Caroline Ryan, als er Platz nahm. Der Bodyguard, sah Alexandre, schaute unglücklich angespannt drein.

»Sie haben sich gut gehalten.«

»Meinen Sie?« Sie sah auf und sagte monoton: »Ich hätte ihm das Gesicht abreißen können.«

»Also das hat man nicht gemerkt. Sie haben Ihren Mann gut unterstützt. Einen intelligenten Eindruck haben Sie gemacht.«

»Was ist bloß mit diesen Reportern? Ich meine, warum...«

Alex lächelte. »Frau Doktor, wenn ein Hund einen Hydranten anpinkelt, begeht er keinen Vandalismus. Er benimmt sich eben wie ein Hund.« Roy Altman verschluckte sich fast.

»Keiner von uns beiden hat's je so haben wollen, wissen Sie?« meinte Dr. Ryan, noch zu verdrossen, den Schabernack mitzubekommen.

Professor Alexandre hob in gespielter Ergebung die Hände. »Bin rumgekommen, hab's selbst erlebt, Ma'am. He, ich wollte nie zum Militär. Man hat mich direkt von der Medi gezupft. Ist ja noch gutgegangen, Colonel geworden und so. Ich habe ein interessantes Gebiet gefunden, um mein Hirn auf Trab zu halten, und es bezahlt die Miete, wissen Sie.«

»Ich werde für diese Mißhandlung nicht bezahlt!« empörte sich Cathy, aber sie lächelte schon.

»Und Ihrem Mann bezahlt man nicht genug«, ergänzte Alex.

»Hat man nie. Manchmal frage ich mich, warum er den Job nicht umsonst macht, nur um klarzumachen, daß er mehr wert ist, als man ihm zahlt.«

»Glauben Sie, er wäre ein guter Arzt geworden?«

Ihre Augen leuchteten auf. »Das habe ich ihm schon gesagt. Jack wäre Chirurg geworden, glaub' ich – nein, vielleicht was anderes, eher so was wie Sie. Er stöbert immer gern rum und geht den Sachen auf den Grund.«

»Und sagt offen seine Meinung.«

Das löste beinahe ein Lachen aus. »Immer!«

»Wissen Sie was? Er kommt als netter Kerl rüber. Ich hab' ihn nie kennengelernt, aber was ich gesehen hab, fand ich gut. Er ist todsicher kein Politiker, und vielleicht ist das man gar nicht so schlecht. Nehmen Sie's nicht so schwer, Doktor. Was ist denn das Schlimmste, was passieren kann? Er gibt seine Stellung auf, macht wieder, was immer er will – unterrichten, nehme ich an. Und Sie bleiben Ärztin mit einem Lasker an der Wand.«

»Das Schlimmste, was passieren kann ...«

»Dafür haben Sie Mr. Altman hier, nicht wahr?« Alexandre sah ihn sich genauer an. »Ich kann mir vorstellen, Sie sind groß genug, um einer Kugel den Weg zu verstellen.« Der Geheimdienstagent gab keine Antwort, aber sein Blick machte Alex alles klar. Ja, er würde für seine Prinzipalin eine abfangen. »Sie können über so was nicht reden, oder?«

»Doch, Sir, wenn Sie fragen.« Altman hatte das schon den ganzen Tag sagen wollen. Er hatte ebenfalls die Sondersendung gesehen, und wie oftmals zuvor hatte das Detail morgens über den Lustgewinn geflachst, den betreffenden Reporter aufs Korn nehmen zu dürfen. Der Geheimdienst hatte auch Fantasien. »Dr. Ryan, wir haben Ihre Familie sehr gern, und ich sage das nicht nur aus Höflichkeit, okay? Wir mögen unsere Vorgesetzten nicht immer. Aber Sie mögen wir alle.«

»He, Cathy.« James, der Dekan, winkte ihr im Vorbeigehen lächelnd zu.

»Hi, Dave.« Dann bemerkte sie, daß einige Freunde aus der Fakultät ihr zuwinkten. So allein, wie sie dachte, war sie ja doch nicht.

»Also Cathy, sind Sie nun mit James Bond verheiratet oder nicht?« In einem anderen Zusammenhang hätte so eine Frage sie pikiert, aber Alexandres Kreolenaugen zwinkerten ihr zu.

»Ich weiß ein wenig. Ich bin in einiges eingeweiht worden, als Präsident Durling Jack gebeten hat, Vizepräsident zu werden, aber ich kann nicht…«

Er hob leicht die Hand. »Ist mir schon klar. Hab' noch meine Sicherheits-Freigabe, weil ich gelegentlich zu Fort Detrick fahren muß.«

»Es ist nicht wie im Film. So was tut man nicht, nimmt dann einen Drink und das Mädchen und fährt davon. Er hatte Alpträume, und ich… nun, ich nahm ihn in die Arme, und das beruhigte ihn. Einiges weiß ich, nicht alles. Wir waren voriges Jahr in Moskau, da kommt einer und erzählt, er hätte mal Jack die Pistole an den Kopf gehalten« – da kam Altmans Kopf hoch –, »sagte dann aber, wie ein Witz oder was, daß sie nicht geladen war. Danach haben wir zusammen zu Abend gegessen, und ich lernte seine Frau kennen – Kinderärztin, würden Sie das glauben? Sie ist Ärztin und er Chefspion der Russen, und…«

»Das klingt schon etwas weit hergeholt«, meint Alexandre, mit sorgfältig gehobener Braue, und endlich kam ein richtiges Lachen von der anderen Seite des Tisches.

»Es ist doch alles so verrückt«, sagte sie nur noch.

»Wollen Sie was echt Verrücktes? Man hat uns zwei Ebola-Fälle im Sudan gemeldet.« Da nun ihre Laune besser war, konnte er von seinen Problemen reden.

»Merkwürdiger Ort für diesen Virus. Aus Zaire gekommen?«

»Gus Lorenz ist dran. Ich warte drauf, daß er sich bei mir meldet«, berichtete Professor Alexandre. »Kann kein lokaler Ausbruch sein.«

»Warum nicht?« fragte Altman.

»Schlimmstmögliche Umgebung«, erklärte Cathy, die endlich zu essen anfing. »Heiß, trocken, viel Sonne. UV-Licht bringt ihn um.«

»Wie ein Flammenwerfer«, stimmte Alex ein. »Und es gibt keinen Dschungel, wo das Wirtstier leben könnte.«

»Nu zuei Fäe?« fragte Cathy, den Mund voller Salat Wenigstens hatte er sie zum Essen gebracht, dachte Alexandre. Ha, er konnte doch noch gut mit Patienten umgehen, auch in einer Cafeteria.

Er nickte. »Ein Erwachsener und ein kleines Mädchen, mehr weiß ich nicht. Gus soll heute die Tests durchführen, hat's wahrscheinlich schon.«

»Verdammt, ist das ein bösartiges Ungeziefer. Und der Wirt ist immer noch nicht bekannt.«

»Zwanzig Jahre gesucht«, bestätigte Alex. »Nie ein krankes Tier gefunden – nun, der Wirt dürfte ja nicht krank sein, aber Sie wissen schon, was ich meine.«

»Wie ein Kriminalfall, hm?« fragte Altman. »Herumstöbern nach Anhaltspunkten?«

»So ziemlich«, pflichtete Alex bei. »Wir durchsuchen halt bloß ein ganzes Land, und wir wissen bis jetzt noch nicht, wonach wir suchen.«

Don Russel sah zu, wie die Liegen hergerollt kamen. Nach dem Mittagessen – heut hatte es Schinken-Käse-Sandwiches auf Weizenbrot, Milch und einen Apfel gegeben – machten die Kinder alle ihr Mittagsschläfchen. Rundum gute Idee, dachten die Erwachsenen. Mrs. Daggett war ein Organisationstalent, und die Kinder waren alle mit dem Ablauf vertraut. Die Betten kamen aus dem Lagerraum, und die Kinder kannten ihre Plätze. SANDBOX kam gut mit der kleinen Megan O'Day aus. Beide trugen meist Schlafanzüge von Oshkosh B'gosh mit Blumen oder Häschen drauf – wie mindestens ein Drittel der Kinder; eine beliebte Marke. Das einzig Schwierige war, die Kinder vorher alle aufs Töpfchen zu führen, damit während des Nickerchens keine »Mißgeschicke« passierten. Dies dauerte fünfzehn Minuten, weniger als früher, weil zwei der Agentinnen mithalfen. Dann lagen die Kinder alle mit ihren Decken und Teddys in den Bettchen, und die Lichter wurden ausgemacht. Mrs. Daggett und ihre Helfer holten sich Stühle und was zu lesen.

»SANDBOX schläft«, sagte Russel, der nach draußen ging, um Luft zu schnappen.

»Klingt, als wär's geschafft«, vermutete man im Erkerzimmer des Hauses gegenüber. Der Chevy Suburban vom mobilen Team stand in der Familiengarage. Drei Agenten waren es, zwei von ihnen permanent auf Wache am Fenster gegenüber des Giant Steps. Spielten wahrscheinlich Karten, immer ein guter Zeitvertreib. Alle Viertelstunde – nicht ganz regelmäßig, falls jemand sie beobachtete – machten Russel oder ein anderer der Mannschaft eine Runde ums Gelände. Videokameras zeichneten den Verkehr auf Ritchie Highway auf. Einer der Leute drinnen war immer so postiert, daß er die Türen zur Tagesstätte im Auge hatte. Im Augenblick war's Marcella Hilton; jung und hübsch. Bei sich hatte sie immer ihr Täschchen, speziell für weibliche Cops, mit einer Seitentasche, in die sie nach der SigSauer 9-mm-Automatik und zwei Reservemagazinen langen konnte. Sie ließ zur besseren »Tarnung« ihr Haar wachsen, das schon beinahe Hippie-Länge erreicht hatte (Russel hatte ihr erklären müssen, was Hippies waren).

Ihm gefiel das alles immer noch nicht. Der Ort war zu leicht zugänglich, zu nah am äußerst belebten Highway und gut sichtbar einem Parkplatz gegenüber, für vermeintliche Böse ein idealer Ort zum Auskundschaften. Wenigstens waren die Reporter verscheucht worden. Da war SURGEON unerbittlich. Nach der ersten Reportagenflut über Katie Ryan und ihre Spielkameraden bekam Journalistenbesuch höflich, aber bestimmt, die Auskunft, daß sie sich trollen konnten. Wer trotzdem kam, durfte mit Russel sprechen, der seine Großvatermiene für die Kinder aufhob. Erwachsene wurden eingeschüchtert, meist auch mit der Sonnenbrille, die ihn noch mehr wie Schwarzenegger aussehen ließ, obwohl er dem gut zehn Zentimeter schenken könnte.

Doch seine Untereinheit war auf sechs reduziert worden. Drei im Anwesen und drei über die Straße. Letztere hatte Schulterwaffen, Uzi-Maschinenpistolen und eine M–16 mit Teleskop. An einem anderen Ort wären sechs viel gewesen, aber nicht hier, schätzte er. Leider hätten mehr die Tagesstätte wie ein bewaffnetes Lager aussehen lassen, und Präsident Ryan hatte schon genug am Hals.

»Was gibt's zu melden, Gus?« fragte Alexandre in seinem Büro, bevor er auf Nachmittagsvisite ging. Einem der AIDS-Patienten ging es deutlich schlechter, und Alex versuchte herauszufinden, was er dagegen tun konnte.

»ID bestätigt. Ebola-Mayinga, genau wie bei den Fällen aus Zaire. Der männliche Patient wird's nicht schaffen, aber das Kind soll sich gut erholen.«

»Oh? Gut. Was ist der Unterschied bei den Fällen?«

»Weiß nicht, Alex«, erwiderte Lorenz. »Ich hab' nicht viel Information über die Patienten, bloß Vornamen; Saleh für den Mann, Sohaila für das Kind, Alter und so.«

»Arabische Namen, stimmt's?« Aber Sudan war ein islamisches Land.

»Wahrscheinlich.«

»Wär' gut, wenn wir den Unterschied bei den Fällen wüßten.«

»Das habe ich deutlich gemacht. Der behandelnde Arzt ist ein Ian MacGregor, klingt recht gut, Universität Edinburgh. Jedenfalls weiß er keinen Unterschied. Er hat auch keine Idee, wie sie sich angesteckt haben könnten. Sind etwa zur gleichen Zeit im Krankenhaus aufgetaucht, in etwa der gleichen Verfassung. Erstdiagnose war Grippe und/oder Jetlag...«

»Von woher eingereist?« unterbrach Alexandre.

»Er meinte, er könne es nicht sagen.«

»Wie das?«

»Hab' ich auch gefragt. Das könne er genausowenig sagen, aber es hat offenbar keinen Bezug zu den Fällen.« Lorenz' Tonfall verriet, was er sich dazu dachte. Beide Männer wußten, es mußte Lokalpolitik sein, ein echtes Problem in Afrika, besonders bei AIDS.

»Nichts weiter in Zaire?«

»Nichts«, bestätigte Gus. »Das ist vorbei. Macht einem Kopfzerbrechen, Alex. Die gleiche Krankheit taucht an zwei unterschiedlichen Orten auf, zweitausend Meilen entfernt, jeweils zwei Fälle, zwei tot, einer sterbend, eine erholt sich wohl. MacGregor hat am Krankenhaus entsprechende Eindämmungsvorkehrungen getroffen, und es klingt so, als verstünde er sein Geschäft.« Das Achselzucken war fast durchs Telefon zu hören.

Der Geheimdiensttyp vom Mittagessen hatte recht, dachte Alexandre. Es war mehr Detektivarbeit als Medizin, und das hier machte keinen verfluchten Sinn, wie eine Mordserie ohne Anhaltspunkte. Vielleicht als Buch unterhaltsam, aber nicht in der Realität.

»Okay, was wissen wir denn?«

»Wir wissen, der Mayinga-Typ ist putzmunter. Visuelle Inspektion identisch. Wir führen Analysen an den Proteinketten und der Sequenzierung durch, aber mein Gefühl sagt mir, daß alles genau paßt.«

»Herrgott noch mal, was ist der Wirt, Gus? Den brauchen wir!«

»Danke für diese Bemerkung, Doktor.« Gus war genauso ungehalten, aus dem gleichen Grund. Aber für beide war es eine alte Geschichte. Nun, dachte der Ältere, es hatte ein paar tausend Jahre gedauert, um der Malaria auf die Schliche zu kommen. An Ebola dokterten sie erst etwa fünfundzwanzig Jahre rum. Der Erreger tauchte auf und verschwand wie ein Serienmörder im Roman. Aber Ebola verfügte über kein Gehirn, keine Strategie und konnte sich von alleine nicht bewegen. Es war superangepaßt an etwas sehr Begrenztes und überaus Enges. Aber sie wußten nicht, was. »Da könnte man zum Trinker werden, nicht wahr?«

»Schätze, ein steifer Bourbon würde es abtöten, Gus. Ich muß zu meinen Patienten.«

»Wie gefallen Ihnen denn die regelmäßigen Visiten, Alex?« Lorenz vermißte sie auch.

»Gut, wieder richtiger Doktor zu sein. Ich wünschte mir bloß, meine Patienten würden ein bißchen mehr Hoffnung bieten. Aber so ist eben der Beruf, nicht?«

»Ich faxe Ihnen die Daten von der Strukturanalyse der Proben zu, wenn Sie möchten. Das gute dran ist, daß alles hübsch eingedämmt erscheint«, wiederholte Lorenz.

»Das wäre nett. Bis bald, Gus.« Alexandre legte auf. *Gut einge-*

*dämmt? Dachten wir auch, bevor ...* Doch dann wechselte sein Denken, wie es mußte. *Weißer, männlich, 34,* schwul, resistente TB aus dem Nirgendwo. Wie stabilisieren wir den? Er nahm das Krankenblatt und ging aus dem Zimmer.

»Bin ich nicht der Richtige, um bei der Auswahl für den Gerichtshof zu helfen?« wollte Pat Martin wissen.

»Nehmen Sie's nicht so schwer«, antwortete Arnie. »Wir sind *alle* die falschen Leute für alles.«

»Bis auf Sie«, bemerkte der Präsident lächelnd.

»Wir alle machen Beurteilungsfehler«, räumte van Damm ein. »Ich hätte mit Bob Fowler gehen können, aber Roger meinte, er bräuchte mich, um den Laden am Laufen zu halten, und ...«

»Yeah.« Ryan nickte. »So bin ich auch hergekommen. Also, Mr. Martin?«

»Bei allem ist nicht gegen geltendes Recht verstoßen worden.« Er hatte die letzten drei Stunden damit verbracht, die CIA-Akten und Jacks diktierte Zusammenfassung über das Unternehmen in Kolumbien durchzugehen. Nun wußte eine der Sekretärinnen, Ellen Sumter, von einigen Verschlußsachen – aber sie war ja *Präsidenten*sekretärin, außerdem hatte es Jack eine Fluppe verschafft. »Zumindest nicht durch Sie. Ritter und Moore könnten dran sein, weil sie dem Kongreß die verdeckten Aktivitäten nicht vollständig berichtet haben, aber sie könnten sich damit herausreden, daß der amtierende Präsident es so angeordnet hat, und die dem Aufsichtsstatut beigefügten Richtlinien zu Riskanten Spezialeinsätzen würden ihnen vertretbaren Schutz geben. Vermutlich könnte ich sie anklagen, aber ich möchte dabei nicht den Staatsanwalt spielen«, fuhr er fort. »Sie wollten das Drogenproblem bekämpfen, und die meisten Geschworenen würden ihnen dafür nicht weh tun wollen. Das eigentliche Problem stellt sich aus dem Blickwinkel internationaler Beziehungen. Kolumbien wird echt sauer sein, Sir, mit gutem Grund. Einige Punkte des internationalen Rechts und ähnlicher Verträge ließen sich auf diese Aktivitäten anwenden, aber auf dem Gebiet bin ich nicht gut genug, um eine Einschätzung zu geben. Aus innenpolitischer Sicht ist die Verfassung das oberste Gesetz des Landes. Der Präsident ist der Oberkommandierende. Der Präsident entscheidet im Rahmen seiner obersten Befehlsgewalt, was im Interesse der Sicherheit des Landes ist und was nicht. Der Präsident kann daher jede von ihm als angemessen erachtete Maßnahme anordnen, um diese Interessen zu schützen – das besagt ja der Begriff *Exekutiv*gewalt. Einzige Eingreifmöglichkeit, abgesehen von Verstößen im Rahmen unserer Gesetzgebung, ist in der Kontrollfunktion des Kongresses zu finden. Selbst die Resolution zur Kriegserklärung ist so abgefaßt, daß Sie zuerst handeln können, dann erst kann der Kongreß versuchen, etwas zu verhindern. Sie sehen, die Verfassung ist in den wirklich wichtigen Punkten flexibel. Sie ist gestaltet, um vernünftige Leute vernünftige Lösungen finden zu lassen. Die gewählte Legislative soll wissen, was das Volk will, und entsprechend agieren, wieder innerhalb vernünftiger Grenzen.«

*Die Menschen, die die Verfassung geschrieben haben,* fragte sich Ryan im stillen, *waren das Politiker oder etwas anderes?*

»Und der Rest?« fragte der Stabschef.

»Die CIA-Unternehmen? Die kommen einem Vergehen nicht einmal nahe, aber da ist die Problematik wieder politisch. Aber die Medien werden sich drauf stürzen«, warnte er.

Arnie hielt das für einen recht guten Anfang. Sein dritter Präsident mußte sich keine Sorgen machen, daß er ins Kittchen wanderte. Das Politische kam erst an *zweiter* Stelle: für ihn eine Premiere.

»Geschlossene Anhörungen oder offene?« fragte van Damm.

»Auch eine politische Angelegenheit. Das Hauptthema ist der internationale Aspekt. Das sollte am besten mit dem Außenministerium ausbaldowert werden. Übrigens haben Sie mich hier, ethisch gesehen, ganz auf der Kippe erwischt. Hätte ich in einem dieser drei Fälle einen möglichen Verstoß von Ihrer Seite entdeckt, hätte ich das nicht mit Ihnen besprechen können. Aber im vorliegenden Fall kann ich mich darauf berufen, daß Sie, Mr. President, mich um Einschätzung möglicher strafrechtlicher Vergehen anderer gebeten haben, worauf ich als Staatsbeamter im Rahmen meiner öffentlichen Pflichten eingehen muß.«

»Wissen Sie, es wäre nett, wenn nicht alle in meiner Umgebung ständig im Justizjargon reden würden«, bemerkte Ryan unwirsch. »Ich muß mich mit echten Problemen herumschlagen. Ein neuer Staat im Mittleren Osten mag uns nicht, die Chinesen machen aus mir unerfindlichen Gründen Ärger auf See, und ich habe noch immer keinen Kongreß.«

»Dies *ist* ein echtes Problem«, sagte ihm Arnie. Wieder.

»Ich kann lesen.« Ryan deutete zum Stoß Zeitungsausschnitte auf dem Schreibtisch. Er hatte gerade entdeckt, daß die Medien ihn mit ersten Entwürfen kritischer Leitartikel beglückten, die am nächsten Tage erscheinen sollten. Wie nett von ihnen. »Ich dachte immer, der CIA wäre Alice im Wunderland. Aber dies übertrifft alles. Okay, der Oberste

Gerichtshof. Ich habe etwa die Hälfte der Liste durchgelesen. Es sind alles gute Leute. Ich werde meine Auswahl nächste Woche um diese Zeit treffen.«

»Die Anwaltsvereinigung wird Ihnen die Hölle heiß machen«, sagte Arnie.

»Laß sie. Ich kann keine Schwäche zeigen. Soviel habe ich letzte Nacht gelernt. Was wird Kealty machen?« fragte der Präsident als nächstes.

»Er kann Sie lediglich politisch schwächen, Ihnen einen Skandal androhen und Sie zum Rücktritt zwingen.« Arnie hielt wieder die Hand hoch. »Ich will damit nicht sagen, daß es einen Sinn ergibt.«

»Das tut verdammt wenig in dieser Stadt, Arnie«.

Ein entscheidendes Element bei der Konsolidierung des neuen Staates war natürlich das Militär. Die Divisionen der früheren republikanischen Garden würden ihre Identität beibehalten. Im Offizierskorps müßten Anpassungen vorgenommen werden. Die Hinrichtungen der vergangenen Wochen hatten nicht alle unerwünschten Elemente ausgemerzt, aber im Interesse eines guten Einvernehmens wurden weitere Eliminierungen in schlichte Pensionierungen verwandelt – Anweisungen zur Abdankung waren machtvoll direkt: *Tritt aus dem Glied und verdufte.* Diese Warnung konnte keiner mißachten. Die ausscheidenden Offiziere konnten gar nicht anders, als ergeben zu nicken, und waren froh, daß sie noch am Leben bleiben durften.

Die Einheiten der Garde hatten den Golfkrieg größenteils überlebt. Der Schock infolge der Behandlung durch die Amerikaner war durch spätere Einsätze zur Unterdrückung ziviler Aufstände wieder gemildert worden; so waren ihr Überlegenheitsgefühl zum Teil und ihr forsches Auftreten fast ganz wieder zurückgekehrt. Ihre Ausrüstung war aus Lagerbeständen und anderen Mitteln ergänzt worden und würde auch bald aufgestockt werden.

Die Konvois verließen den Iran über die Straße von Abadan, vorbei an bereits abgebauten Grenzstationen. Sie fuhren im Schutz der Dunkelheit und mit einem Minimum an Funkverkehr, aber das machte den Satelliten nichts aus.

»Drei Divisionen, und zwar schwere«, lautete die sofortige Analyse im ITAC, Intelligence and Threat Analysis Center der Army, im Navy-Stützpunkt in Washington. Zur gleichen Erkenntnis gelangte man bei DIA und CIA. Eine frische Einschätzung der Kampfstärke des neuen

Staates wurde bereits erstellt, und obwohl sie noch nicht vollständig war, zeigten vorläufig hingekritzelte Berechnungen, daß die UIR mehr als die doppelte militärische Stärke aller anderen Golfstaaten zusammen besaß. Wahrscheinlich noch mehr, wenn alle Faktoren ausgewertet wären.

»Wohin genau unterwegs, frage ich mich«, sagte der oberste Wachoffizier laut, als die Bänder zurückgespult wurden.

»Der untere Teil des Irak ist schon immer schiitisch gewesen, Sir«, erinnerte der als Regionalspezialist arbeitende Stabs-Unteroffizier den Colonel.

»Und da sind sie unseren Freunden am nächsten.«

»Getroffen.«

Mahmoud Hadschi Daryaei mußte über vieles nachdenken und erledigte dies gewöhnlich außerhalb, nicht innerhalb einer Moschee. In diesem Fall handelte es sich um eine der ältesten im ehemaligen Irak, in Sichtweite der ältesten Stadt der Welt, Ur. Auch wenn Daryaei ein gottesfürchtiger und gläubiger Mann war, so hielt er sich doch an Geschichte und politische Realität und sagte sich, alles käme im vereinten Ganzen zusammen, das die Gestalt der Welt definierte, und alles müsse erwogen werden. In Augenblicken der Schwäche oder Begeisterung (das war in seinem Denken das gleiche) war es leicht, sich einzureden, bestimmte Dinge wären von Allahs unsterblicher Hand niedergeschrieben, aber der Koran lehrte auch Umsicht, und die, fand er, ließ sich am leichtesten erreichen, wenn er an einem heiligen Ort spazierenging, gewöhnlich einem Garten, wie ihn diese Moschee hatte.

Die Kultur hatte hier ihren Ursprung. Gewiß eine heidnische, aber alles begann irgendwo, und es war nicht die Schuld der Erbauer der Stadt vor fünftausend Jahren, daß Gott noch nicht alles gesagt hatte. Die gläubigen Erbauer dieser Moschee und des Gartens hatten das Versehen auch schon berichtigt.

Die Moschee war im Verfallen. Er bückte sich, um eine Fliese aufzuheben, die von der Wand gefallen war. Sie war blau, die Farbe der uralten Stadt, die irgendwo zwischen Himmel und Meer schwankte, und von den örtlichen Handwerkern seit mehr als fünfzig Jahrhunderten im selben Ton und Material hergestellt. Wer eine neue von einem Gebäude brach und dann zehn Meter in die Erde grub und eine über dreitausend Jahre alte fand, würde die beiden nicht unterscheiden können. Hier herrschte eine Kontinuität, wie sie sonst nirgends auf der Welt zu finden war. Das strahlte eine Art Frieden aus, besonders im Frost einer klaren

Mitternacht, in der er alleine spazierenging, denn auch seine Leibwächter waren außer Sicht, weil sie das Gemüt ihres Oberhaupts kannten.

Es war abnehmender Mond und über ihm zahllose Sterne. Im Westen lag das prähistorische Ur, der Überlieferung zufolge einst eine gewaltige Stadt, und sie bot sicherlich heute noch einen bemerkenswerten Anblick mit ihren hohen Backsteinmauern und dem aufragenden Ziggurat, wo die Bevölkerung welchem falschen Götzen auch immer gehuldigt hatte. Karawanen zogen durch befestigte Tore und brachten alles vom Korn bis zum Sklaven. Das Umland war grün von angelegten Feldern anstelle des reinen Sandes, und die Luft war erfüllt mit Gesprächen der Händler und Kaufleute. Die Geschichte vom Garten Eden hatte womöglich nicht weit von hier ihren Anfang genommen, irgendwo in den parallelen Tälern des Euphrats und des Tigris, die in den Persischen Golf mündeten. Ja, wenn die Menschheit einen riesigen Baum darstellte, dann waren die ältesten Wurzeln hier, praktisch im Mittelpunkt des Staates, den er gerade geschaffen hatte.

Die Urahnen hatten das gleiche Gefühl der Zentralität, da war er sicher. Hier sind *wir*, mußten sie gedacht haben, und draußen waren … *sie*, die universelle Bezeichnung für diejenigen, die nicht zur eigenen Gemeinschaft gehörten. *Sie* waren gefährlich. Erst waren *sie* umherziehende Nomaden, für die der Gedanke an eine Stadt unfaßbar war. Wie konnte jemand an einem Ort bleiben und leben? Ging nicht das Gras für die Ziegen und Schafe aus? Andererseits, welch vorzüglicher Ort zum Plündern, mußten sie gedacht haben. Daher waren der Stadt Verteidigungswälle gewachsen, was Vorrang des Ortes und die Dichotomie des *wir* und *sie* weiter betonte. Das Zivilisierte und das Unzivilisierte.

So war es auch heute, wußte Daryaei. Gläubiger und Giaur. Auch in der ersten Kategorie gab es Unterschiede. Er stand im Zentrum des Landes, das auch Zentrum des Glaubens war, geographisch, denn der Islam hatte sich nach Osten und Westen ausgebreitet. Das wahre Zentrum seiner Religion lag in seiner Richtung des Gebetes, Südwesten, in Mekka, Heim der Kaaba, wo der Prophet gelehrt hatte.

Die Kultur hatte in Ur ihren Anfang genommen und sich langsam und schrittweise ausgebreitet, und die Stadt hatte in Wogen der Zeit ihren Auf- und Abstieg genommen, wie er dachte, wegen falscher Götzen und dem Fehlen einer einzigen, einenden Idee, welche die Kultur brauchte.

Die Kontinuität dieses Ortes sagte ihm viel über die Menschen. An stillen Nächten hatten sie im selben Himmel die Schönheit der gleichen Sterne bewundert, hatten der Stille gehorcht, die besten von ihnen, wie er, und sie als Klangkörper für ihre ureigensten Gedanken genützt; die Große Frage bedacht und ihre Antworten nach bestem Vermögen gefunden. Doch die Antworten waren irrig gewesen, daher waren die Mauern gefallen, zusammen mit all den Kulturen – bis auf eine.

Also bestand seine Aufgabe in der Erneuerung, verkündete Daryaei den Sternen. Da seine Religion die letzte Offenbarung war, würde seine Kultur von hier aus wachsen, flußabwärts vom ursprünglichen Eden. Ja, er würde seine Stadt hier bauen. Mekka würde ein heiliger Ort bleiben, rein, gesegnet, nicht kommerzialisiert, nicht befleckt. Hier war Platz für Regierungsbauten. Ein neuer Anfang würde am Ort des ältesten Beginnens stattfinden, und eine große neue Nation würde heranwachsen.

Aber erst ...

Daryaei sah seine Hand an, alt und verknöchert, von Folter und Verfolgung zernarbt, doch noch immer die Hand eines Mannes und Diener seines Geistes, ein unvollkommenes Werkzeug, so wie er ein unvollkommenes Werkzeug Gottes war, doch ein verläßliches Werkzeug, zum Züchtigen wie zum Heilen fähig. Beides wäre nötig. Er kannte den ganzen Koran auswendig – seine Religion ermunterte zum Auswendiglernen des Buches – und konnte zu jedem Anlaß einen passenden Vers zitieren, einige von ihnen widersprüchlich, gestand er sich ein, doch mehr als Seine Worte zählte der Wille Allahs. Seine Worte bezogen sich oft auf bestimmte Zusammenhänge. Nur wegen des Mordens zu töten war übel, da war das Gesetz des Korans unerbittlich. Zum Schutz des Glaubens zu töten war es nicht. Manchmal war der Unterschied zwischen beiden verwischt, aber dafür hatte man den Willen Allahs als Leitfaden. Allah wünschte, daß die Gläubigen unter einem geistigen Dach sein sollten, und einigen mußte dies nachdrücklicher als anderen aufgezeigt werden. Vielleicht ließen sich die Differenzen zwischen Sunniten und Schiiten in Frieden und Liebe lösen, wenn er die Hand in Freundschaft ausstreckte und beide Seiten auf die Ansichten der anderen – so weit wollte Daryaei in seinem Streben gehen – Rücksicht nahmen, aber erst mußten die richtigen Bedingungen hergestellt werden. Hinter dem Horizont des Islam waren andere, und obwohl sich Gottes Gnade gewissermaßen auch auf sie erstreckte, galt das nicht, solange sie den Glauben angriffen. Für diese Menschen war seine Hand züchtigend. Das war nicht zu vermeiden.

Denn sie schädigten *wirklich* dem Glauben, befleckten ihn mit ihrem Geld und fremden Gedanken, dem Wegnehmen des Öls, dem Wegnehmen der Kinder, um sie auf Irrwege zu führen. Sie suchten die Einschränkung des Glaubens, noch während sie mit denen Handel trieben, die sich Gläubige nannten. Sie würden seinem Bestreben, den Islam zu einen, widerstehen, sie würden es Wirtschaft oder Politik oder auch anders nennen, doch in Wirklichkeit wüßten sie, daß ein geeinter Islam ihre Abtrünnigkeit und ihre zeitliche Macht bedrohten. Die schlimmste Art Feind waren sie, die sich Freunde nannten und ihre Absichten so gut verbargen, daß man sie dafür halten konnte. Um den Islam zu einen, mußten sie gebrochen werden.

Er hatte wirklich keine andere Wahl. Er war hierhergekommen, um allein zu sein und nachzudenken, um Gott in aller Stille zu fragen, ob es einen anderen Weg gäbe. Aber die blaue Fliese hatte ihm von allem erzählt, was gewesen war, von der vergangenen Zeit, von den Kulturen, die nichts hinterlassen hatten als unvollkommene Erinnerungen und verfallene Gebäude. Er hatte das Vorstellungsvermögen und den Glauben, der ihnen allen gefehlt hatte. Es ging nur darum, diese Vorstellungen umzusetzen. Sein Gott hatte Fluten und Plagen und Unglück als Werkzeuge des Glaubens geschickt. Mohammed selbst hatte Kriege geführt. Und das, sagte er sich widerstrebend, würde er auch.

## 35 / Organisationsplan

Wenn Streitkräfte verlegt werden, beobachten das andere mit Interesse. Die Verlegung von Streitkräften aus Iran in den Irak war ausschließlich administrativ. Panzer und andere Kettenfahrzeuge kamen auf Tiefladern, während die Lkws auf den eigenen Rädern rollten. Es gab die üblichen Probleme. Einige Einheiten verfuhren sich, was die Offiziere verlegen und die Vorgesetzten wütend machte, aber bald hatten alle drei Divisionen neue Bleiben gefunden, in jedem Fall gemeinsam mit einer ehemals irakischen Division gleichen Typs untergebracht. Die einst traumatisch erfolgte Reduzierung der irakischen Armee schuf in den Stützpunkten genug Platz für die Neuankömmlinge, und gleich nach der Ankunft waren die Stäbe zu Korpseinheiten integriert worden und gemeinsame Übungen angelaufen. Hier gab es zwar auch die üblichen Unterschiede in Sprache und Kultur, aber beide Seiten verwandten im großen und ganzen gleiche Waffen und Doktrine. Die Stabsoffiziere – auf der ganzen Welt die gleichen – bemühten sich, eine gemeinsame Grundlage auszudengeln. Auch dies wurde von Satelliten aus beobachtet.

»Wie viele?«

»Sagen wir drei Korpsformationen«, sagte Admiral Jackson der berichtende Offizier. »Eine aus zwei Panzerdivisionen und zwei mit Panzern und schwerem Gerät. Ihnen fehlt etwas Artillerie, aber sie haben alles notwendige rollende Material. Wir sahen eine Gruppe Kommando-Fahrzeuge in der Wüste rumfahren, wohl zur Einheit-Simulation für eine CPX.« Das war eine Kommandoposten-Übung, Kriegsspiel für Profis.

»Sonst?« fragte Robby.

»Die Schießbahnen auf dieser Basis westlich Abu Sukayrs werden mit Bulldozern gesäubert, und die Flugbasis, in Nedschef, hat neue Gäste, MiGs und Sukhojs, aber die Motoren sind kalt.«

»Einschätzung?« Das kam von Tony Bretano.

»Sir, das kann alles heißen«, erwiderte der Colonel. »Neuer Staat integriert sein Militär. Die müssen sich erst eine Weile beschnuppern. Wir sind von den integrierten Korpsformationen überrascht. Das wird administrative Schwierigkeiten geben, könnte aber aus politisch-psychologischer Sicht ein guter Zug sein. So agieren sie wirklich wie ein Land.«

»Nichts Bedrohliches?« fragte SecDef.

»Keine offene Bedrohung, derzeit jedenfalls.«

»Wie rasch könnten diese Korps zur Grenze der Saudis gelangen?« fragte Jackson, um sicherzustellen, daß sein Boß das richtige Bild erhielt.

»Wenn die mal voll betankt und trainiert sind? Sagen wir, in 48 bis 72 Stunden. Wir könnten es in weniger als der halben Zeit schaffen, aber wir sind besser ausgebildet.« Der Colonel erklärte.

»Truppenzusammensetzung?«

»Für drei Korps gehen wir mal von sechs schweren Divisionen aus, gut 1500 Kampfpanzer, mehr als 2500 Schützenpanzer, wohl 600 Geschütze – ihr rotes Team können wir noch nicht Einschätzen, Admiral. – Die Artillerie, Herr Minister – logistisch läuft's nach dem alten sowjetischen Modell.«

»Was heißt das?«

»Ihre Logistik ist organischer Teil der Divisionen. Wir machen das auch so, halten aber die Formationen getrennt, um die Manövrierfähigkeit zu erhöhen.«

»Zum größten Teil Reservisten«, sagte Jackson dem Minister. »Das sowjetische Modell bringt hohe Manövrierfähigkeit nur kurz. Zu Zeit und Entfernung können sie nicht so lange wie wir operieren.«

Der berichtende Offizier erläuterte: »1990, als die Irakis in Kuwait eingefallen sind, sind sie so weit vorgedrungen, wie ihr logistischer Troß es erlaubte. Dann mußten sie zur Neuversogung anhalten.«

»Das ist der eine Teil, berichten Sie noch vom anderen«, befahl Jackson.

»Nach einer Pause von zwischen 12 bis 24 Stunden *hätten* sie weiterziehen können. Daß sie es nicht taten, muß politische Gründe gehabt haben.«

»Darüber habe ich mich oft gewundert. Hätten sie die saudischen Ölfelder einnehmen können?«

»Leicht«, meinte der Colonel. »Der muß in späteren Monaten *viel* darüber nachgedacht haben«, fügte der Offizier ohne Mitleid hinzu.

»Also besteht eine Bedrohung?« Bretano stellte einfache Fragen und hörte auf die Antworten. Jackson gefiel das.

»Ja, Sir. Diese drei Korps stellen eine Streitmacht dar, die der von Hussein benutzten gleichwertig ist. Das hier ist die Faust«, sagte der Colonel und tippte mit dem Zeigestab auf die Karte.

»Aber die steckt noch in der Tasche. Wie lang, um das zu ändern?«

»Mindestens ein paar Monate, um's gut hinzukriegen, Minister. Es hängt vor allem von übergeordneten politischen Absichten ab. Alle diese Einheiten sind auf Zack, nach ortsüblichen Maßstäben. Die schwierige Aufgabe ist die Integration der Stäbe und die Organisationsarbeit.«

»Erklären Sie«, befahl Bretano.

»Sir, sehen Sie's als ein Verwaltungsteam. Jeder muß jeden kennenlernen, damit sie richtig miteinander kommunizieren, auf die gleiche Weise denken können.«

»Vielleicht ist ein Footballteam das bessere Modell«, führte Jackson weiter aus. »Man kann nicht einfach elf Leute nehmen, sie auf dem Feld die Spielschritte absprechen lassen und auf gute Leistung hoffen. Da müssen alle die Taktik kennen, und jeder muß wissen, was der andere kann.«

SecDef nickte. »Wir machen uns also nicht um das Material Sorgen, sondern um die Leute.«

»Stimmt, Sir«, sagt der Colonel. »Ich kann Ihnen das Panzerfahren in ein paar Minuten beibringen, aber's müßte eine Weile vergehen, bevor ich Ihnen erlaube, in meiner Brigade rumzukurven.«

»Da muß es besonders schön für Sie sein, alle paar Jahre einen neuen Minister zu bekommen«, bemerkte Bretano mit einem schiefen Lächeln.

»Meist lernen die recht schnell.«

»Nun, was sagen wir dem Präsidenten?«

Die chinesische und die taiwanesische Marine hielten voneinander Abstand, als liefe durch die Formosastraße eine unsichtbare Nord-Süd-Linie. Letztere hielt Schritt mit der ersteren, schob sich vor ihre Heimatinsel, aber alle hielten sich an angenommene Regeln, und noch war keine übertreten worden.

Das war gut für den befehlshabenden Offizier der USS *Pasadena*, dessen Sonar- und Aufspürgruppen versuchten, beide Seiten im Auge zu behalten, und dabei hofften, daß kein Schußwechsel einsetzte, solange sie in der Mitte waren. Aus Versehen umgebracht zu werden wäre ja *so* ein billiges Ende.

»Torpedo im Wasser, Peilung zwo-sieben-vier!« wurde als nächstes aus der Sonarabteilung gemeldet. Alle Köpfe zuckten herum, und alle Ohren wurden gespitzt.

»Immer mit der Ruhe«, befahl der Käpt'n leise. »Sonar, Brücke, ich brauche noch mehr!« Diese Worte waren nicht leise.

»Gleiche Peilung wie Kontakt Sierra-Vier-Zwo, 'ne Büchse der Luda-II-Klasse, Sir, wahrscheinlich von dort gestartet.«

»Vier-Zwo ist Peilung zwo-sieben-vier, Entfernung dreißig Kilometer.«

»Klingt wie eins der neuen Zielverfolger, Sir. Sechsblattschraube, hohe Geschwindigkeit, Peilung wandert nach Süden aus, definitiver Seitenblick auf den Fisch.«

»Sehr wohl«, sagte der Käpt'n bemüht, sich weiter ruhig zu geben.

»Könnte auf Sierra-Fünfzehn gerichtet sein, Sir.« Dieser Kontakt war ein altes U-Boot der Ming-Klasse, eine chinesische Kopie der alten russischen Romeo-Klasse, ein unbeholfenes Modell aus den fünfziger Jahren, das vor noch nicht ganz einer Stunde zum Aufladen der Batterien geschnorchelt hatte. »Der ist auf zwo-sechs-eins, Entfernung etwa die gleiche.« Das kam vom Offizier, dem die Aufspürgruppe unterstand. Der Senior Chief zu seiner linken nickte zustimmend.

Der Käpt'n schloß die Augen und atmete durch. Er hatte Geschichten vom guten alten kalten Krieg gehört, wo Leute wie Bart Mancuso in die Barentssee nach Norden einfahren und sich gut inmitten scharfer Schießübungen der sowjetischen Marine wiederfinden konnten – womöglich als versehentliches Übungsziel. Schöne Gelegenheit zur Feststellung, wie gut sowjetische Waffen waren, witzelten sie heute in ihren Büros. Nun wußte er, was sie damals wirklich empfunden hatten.

»Spur, Spur, mechanische Spur, Peilung zwo-sechs-eins, klingt wie ein Lärmmacher, kommt wahrscheinlich von Sierra-Fünfzehn. Die Torpedopeilung ist nun zwo-sechs-sieben, geschätztes Tempo vier-vier

Knoten, Peilung ändert sich weiter von Norden nach Süden«, hieß es vom Sonar als nächstes. »Augenblick – weiterer Torpedo im Wasser, Peilung zwo-fünef-fünef!«

»Kein Kontakt auf dieser Peilung, könnte ein Heli-Abwurf sein«, sagte der Senior Chief.

Er sollte die Storys mit Mancuso besprechen, wenn er mal wieder in Pearl war, dachte der Käpt'n.

»Gleiches akustisches Signal, Sir, ein weiterer gestarteter Fisch, nach Norden driftend, könnte auch auf Sierra-Fünfzehn gerichtet sein.«

»Haben das arme Schwein in die Zange genommen.« Das kam vom Stellvertretenden Kommandeur.

»Oben ist's doch dunkel, oder?« fragte der Käpt'n plötzlich. Manchmal wußte man's nicht mehr.

»Gewiß, Sir.« Wieder der XO.

»Haben wir sie diese Woche schon nachts Helis fliegen sehen?«

»Nein, Sir. Die fliegen nachts nicht gern von ihren Büchsen los.«

»Das hat sich scheint's geändert. Schauen wir mal. ESM-Mast ausfahren!«

»Ausfahren des ESM-Masts, aye.« Ein Matrose zog am richtigen Hebel, und die gertenschlanke elektronische Sensorenantenne zischte hydraulisch empor. *Pasadena* war auf Periskoptiefe, zog ihren langen Sonar-›Schwanz‹ hinterher, als das U-Boot die (hoffentliche) Linie zwischen den zwei verfeindeten Flotten entlangfuhr. Das war der sicherste Aufenthaltsort, zumindest bis eine echte Schießerei begann.

»Wir suchen nach…«

»Schon erwischt, Sir, ein Ku-Sender auf Peilung zwei-fünef-vier, Fluggerättyp, Frequenz und Pulsschlag wie diese neuen französischen. Wow, unheimlich viele Radare im Umkreis, Sir, wird dauern, bis wir die alle klassifiziert haben.«

»Französische Dauphin-Helis auf einigen ihrer Fregatten, Sir«, bemerkte der Stellvertretende.

»Machen Nachtflüge«, hob der Käpt'n hervor. Das war unerwartet. Hubschrauber waren teuer, und nächtliche Landungen auf den schwimmenden Büchsen stets heikel. Die chinesische Marine übte für etwas Bestimmtes.

In Washington konnte es glatt werden. So wie Soldaten den Bannern aufs Schlachtfeld folgen, so folgten altgediente Regierungsbeamte Vorgesetzten oder Ideologien, doch nah an der Spitze wurde es glatt. Ein

Bürokrat im unteren oder mittleren Dienst konnte einfach auf seinem Posten sitzen und die politische Zugehörigkeit seines amtierenden Ministers nicht beachten, aber je höher es ging, desto näher kam einer mit so etwas wie Entscheidung oder politischer Gestaltung in Berührung. In solchen Positionen mußte der Betreffende hin und wieder tatsächlich Dinge in Bewegung setzen oder andere dazu anweisen, und konnte sich dabei nicht nach den von einem anderen bereits schriftlich fixierten Vorgaben richten. Wer regelmäßig in den obersten Büros ein und aus ging, wurde mit demjenigen identifiziert, der dort gerade amtierte, letztlich bis hinauf zum Präsidentenbüro im Westflügel. Der Zugang zur Spitze brachte eine gewisse Macht und Prestige mit sich – und auch ein signiertes Foto an der Bürowand, um den Besuchern zu verkünden, wie wichtig man *selbst* war. Wenn aber der *anderen* Person auf dem Foto etwas widerfuhr, konnten Foto und Autogramm eher zum Passiv- als zum Aktivposten werden. Das allergrößte Risiko war das, von einem stets willkommenen Insider zu einem Outsider zu werden, der zwar nicht immer übergangen wurde, aber doch gezwungen war, sich wieder einen Weg zurückzubahnen, was für diejenigen, die so viel Zeit damit verbracht hatten, erst einmal hineinzukommen, keine verlockende Aussicht war.

Der offensichtlichste Schutz bestand natürlich darin, vernetzt zu sein, einen Bekanntenkreis zu haben, der nicht eng, dafür aber breit sein mußte und Personen aus allen Schattierungen des politischen Spektrums enthielt. Wer einer genügenden Zahl von Insiderkollegen bekannt war, fand immer eine sichere Plattform, gewissermaßen ein Sicherheitsnetz. Das Netz war nahe genug an der Spitze, daß die Menschen darin Zugang nach oben hatten, ohne ein Herunterfallen befürchten zu müssen. Diejenigen, die ganz oben saßen, genossen auch dessen Schutz, konnten jederzeit bei entsprechenden Posten heraus- und hineinschlüpfen und auf die nächste Gelegenheit warten, auch als derzeit Außenstehende doch noch im Netzwerk bleiben und den Zugang freihalten, den sie auch an Bedürftige weitervermittelten. In diesem Sinne hatte sich seit dem Pharaonenhof in der uralten Nilstadt Theben nichts geändert, wo die Bekanntschaft mit einem Adeligen, der Zugang zum Pharao hatte, einem Macht verlieh, die sich sowohl in Geld verwandeln ließ wie auch in die pure Freude, so wichtig zu sein, das andere im Katzbuckeln ihren Vorteil suchten.

Doch die zu große Nähe zum Hof des falschen Oberhaupts schloß das Risiko mit ein, einen Makel zu bekommen, besonders wenn der Pharao nicht mit dem System Ball spielte. Und Präsident Ryan spielte nicht. Es war, als hätte ein Ausländer den Thron usurpiert, nicht unbedingt ein böser Mann, aber ein *anderer* Mann, der nicht die Leute aus dem Establishment um sich scharte. Sie hatten geduldig darauf gewartet, daß er zu ihnen kam wie alle Präsidenten, um ihren weisen Rat zu hören, ihnen Zugang zu gewähren und ihm im Gegenzug auch Türen zu öffnen wie allen Höflingen seit Jahrhunderten. Sie erledigten Dinge fürs beschäftigte Oberhaupt, teilten sparsam Gerechtigkeit aus, achteten drauf, daß die Dinge im gleichen alten Trott erledigt wurden, der richtig sein mußte, da sie alle darin übereinstimmten, solange sie dienten und davon bedient wurden.

Aber das alte System war nicht so sehr zerstört wie ignoriert worden, und das verdatterte die Tausenden von Angehörigen des Großen Netzwerks. Sie hielten ihre Cocktailpartys ab und sprachen über den neuen Präsidenten, belächelten tolerant seine neuen Ideen und warteten darauf, daß er zur Vernunft kam. Nun lag aber jene Nacht des Grauens schon geraume Zeit zurück, und es war noch nicht geschehen. Vernetzte, die noch aus der Fowler-Administration ›drinnen‹ arbeiteten, berichteten bei den Partys, daß sie nicht verstanden, was geschah. Altgediente Lobbyisten bemühten sich um Termine und erfuhren, der Präsident sei voll ausgebucht und habe keine Zeit.

Keine Zeit?

Keine Zeit für *sie*?

Es war, als hätte der Pharao allen Edlen und Höflingen gesagt, sie sollten heimgehen und ihre Ländereien im Reich des Flusses bewirtschaften, und *das* machte keinen Spaß – in den Provinzen zu leben... mit dem *gemeinen* Volk?

Schlimmer war noch, daß der neue Senat, oder ein Großteil davon, dem Beispiel des Präsidenten folgte. Am schlimmsten war, daß viele, wenn auch nicht alle, sie kurz abfertigten. Von einem neuen Senator aus Indiana hieß es, er habe eine Eieruhr auf dem Schreibtisch, die er bei Lobbyisten auf bloße fünf Minuten, aber bei Leuten, die mit ihm über diese *absurde* Idee der Neuformulierung des Steuerrechts sprechen wollten, überhaupt nicht stellte. Am allerschlimmsten war, daß er nicht mal die Höflichkeit besaß, Terminanfragen vom Stellvertreter abwimmeln zu lassen. Er hatte *wirklich* dem Chef einer mächtigen Kanzlei in Washington – einem Mann, der den Neuling aus Peoria bloß hatte unterrichten wollen – gesagt, daß er solchen Leuten *niemals* sein Ohr leihen würde. Dem Mann ins Gesicht gesagt. Unter anderen Umständen wäre das eine amüsante Anekdote gewesen. Solche Leute kamen gelegentlich mit so hehren Absichten nach Washington, daß sie auf ein weißes Pferd gepaßt hätten – aber und in den meisten Fällen machten sie das sowieso nur, um Eindruck zu schinden.

Diesmal aber nicht. Es machte die Runde. Erst berichteten die D.C.-Zeitungen, dann griffen es einige daheim in Indianapolis als wirklich neu – und echt ›Hoosier‹ – auf, und es kam über mehrere Zeitungssyndikate wieder zurück. Dieser neue Senator hatte nachdrücklich mit einigen seiner neuen Kollegen gesprochen und ein paar bekehrt. Nicht allzu viele, aber genug, um sich Sorgen zu machen. Genügend jedenfalls, um ihm den Vorsitz eines mächtigen Unterausschusses einzutragen, was für jemand seines Schlags eine famose Kanzel war, denn er hatte eine Neigung zum Dramatischen und zu effektvollen, aber nicht gerade hoffähigen Sprüchen, um deren Erwähnung Reporter nicht rumkamen. Selbst Korrespondenten im Großen Netzwerk genossen es, tatsächlich neue Dinge zu berichten – womit sie dem Wort ›News‹ wieder seinen Sinn zurückgaben.

Auf den Partys scherzten die Menschen, es sei eine Mode wie Hula-Hoop: zwar recht nett anzusehen, aber bald verblassend. Dennoch gefror das tolerante Lächeln auf seinem oder ihrem Gesicht zuweilen mitten im Scherz, und sie fragten sich, ob etwas tatsächlich Neues eintreten würde.

Nein, hier gab es nie etwas tatsächlich Neues. Das wußten doch alle. Das System hatte Regeln, und die mußten befolgt werden.

Nur machten sich manche bei ihren Dinnerpartys in Georgetown doch Sorgen. Sie mußten teure Häuser abzahlen, Kinder erziehen und ihren Status aufrechterhalten. Alle waren von anderswo hergekommen, und niemand wollte dorthin zurück.

Es war einfach empörend. Wie sollten die Neulinge denn herausfinden, was sie brauchten, ohne daß Lobbyisten aus dem Netzwerk sie anleiteten und erzogen – und repräsentierten *die* nicht auch das Volk? Wurden sie nicht eigens dafür bezahlt? Sagten *sie*'s nicht den gewählten Volksvertretern – zu allem Übel waren diese Neulinge gar nicht gewählt, nur berufen worden, viele von Gouverneuren, die in ihrem Wunsch, wiedergewählt zu werden, sich Präsident Ryans leidenschaftlicher, aber völlig unrealistischer Fernsehansprache gebeugt hatten. Als wäre eine neue Religion ausgebrochen.

Auf den Partys in Chevy Chase machten sich viele Sorgen, daß die neuen Gesetze, die diese neuen Senatoren verabschieden würden ... Diese Neulinge konnten tatsächlich ohne ›Hilfe‹ Gesetze auf den Weg bringen. Das war eine so umwerfend neue Vorstellung, daß sie ... erschrekkend war. Aber nur für den, der das wirklich glaubte.

Und dann gab es die Bewerbungen ums ›Haus‹, die im ganzen Land bevorstanden, die speziellen Wahlen zur Neubevölkerung vom Haus des Volkes, wie alle es gern nannten. Das Disneyland für Lobbyisten, so viele Sitzungen alle bequem in einem Gebäudekomplex, 435 Gesetzesmacher und ihre Bediensteten innerhalb von bloß 40 Hektar. Die Prognosedaten, vor allem in Lokalblättern veröffentlicht, wurden nun in ungläubigem Staunen von landesweiten Medien aufgegriffen. Da kandidierten Leute, die das noch *nie* getan hatten: Geschäftsleute, Gemeindeoberhäupter, die nicht aus dem System kamen, Anwälte, Geistliche, selbst einige Ärzte. Einige von ihnen hatten sogar Siegeschancen mit ihren neopopulistischen Reden zur Unterstützung des Präsidenten und zur ›Wiederbelebung Amerikas‹ – ein Ausdruck, der sehr geläufig geworden war. Aber Amerika war doch nie gestorben, sagten sich die Netzwerkleute. *Sie* waren doch noch da, oder nicht?

Es kam alles von Ryan. Er war nie einer von ihnen gewesen. Er hatte sogar mehr als einmal gesagt, er sei nicht gern Präsident.

*Nicht gern?*

Wie konnte irgendein Mensch *nicht gern* so viele Entfaltungsmöglichkeiten haben, so viele Begünstigungen verteilen und so wie ein König aus alten Tagen hofiert und geschmeichelt werden?

*Nicht gern*?

Dann gehörte er nicht dazu, aber wirklich.

Sie wußten, wie damit umgehen. Jemand hatte bereits angefangen. Das Durchsickern. Nicht direkt von drinnen – von kleineren Figuren mit kleineren Aufgabenbereichen. Es gab ja noch mehr. Es gab das Gesamtbild, und dafür zählte der Zugang immer noch, weil das Netzwerk über viele Stimmen verfügte und es immer noch offene Ohren gab. Es würde keinen Plan und keine Verschwörung *per se* geben. Es würde alles ganz natürlich ablaufen oder so natürlich wie alles bisher hier. Tatsächlich hatte es bereits begonnen.

Für Badrayn war es wieder Zeit für seinen Computer. Er erfuhr, daß bei diesem Auftrag der zeitliche Ablauf kritisch war. Das war oft so, aber in diesem Fall gab es hierfür einen neuen Grund. Die Reisezeit selbst mußte knapp gehalten, nicht so sehr arrangiert werden, um eine spezifische Frist oder Begegnung einzuhalten. Der einschränkende Faktor war hier, daß der Iran immer noch so etwas wie ein ausgegrenztes Land war, von dem aus es überraschend wenig Flugverbindungen gab.

Flüge mit günstigen Zeiten waren verblüffend begrenzt:

– KLM 534 nach Amsterdam flog kurz nach 1 Uhr früh ab und kam, nach einer Zwischenlandung, um 6.10 Uhr in Holland an;

– der Nonstopflug Lufthansa 601 ging um 2.55 Uhr und erreichte Frankfurt um 5.50 Uhr;

– Flug Austrian Airlines 774, Abflug 3.40 Uhr, ging nonstop nach Wien, wo er um 6 Uhr eintraf;

– Air France 165 flog um 5.25 Uhr ab, traf am Charles de Gaulle um 9 Uhr ein;

– British Airways 102 ging um 6 Uhr, eine Zwischenlandung, landete um 12.45 Uhr in Heathrow;

– Aeroflot 516 ging um 3 Uhr nach Moskau, Ankunft 7.10 Uhr.

Nur einer nonstop nach Rom, keine Direktflüge nach Athen, nicht einmal nach Beirut! Er könnte seine Leute auch über Dubai fliegen lassen – bemerkenswert: Emirates Airlines *flog* von Teheran ihren Heimathafen an, so auch die Fluggesellschaft Kuwaits, aber die, dachte er, wären keine gute Idee.

Bloß eine Handvoll Flüge nutzbar, alle leicht von fremden Geheimdiensten zu observieren. Sie hätten entweder eigene Leute an Bord, oder das Bordpersonal würde unterwiesen werden, wonach es suchen und wie es Meldung machen sollte, während der Flieger noch in der Luft war. Also ging es doch nicht um Zeit allein.

Die ausgesuchten Leute waren gut, meist gebildet. Sie wußten sich respektabel zu kleiden, Unterhaltungen zu führen oder zumindest auch höflich abzulehnen – auf internationalen Flügen war es am einfachsten, ein Schlafbedürfnis vorzuschützen, das oft nicht vorgetäuscht war. Aber nur ein Fehler, und die Konsequenzen wären gravierend. Das hatte er ihnen eingeschärft.

Badrayn war noch nie zuvor eine solche Mission anvertraut worden, und die geistige Herausforderung war bemerkenswert. Bloß eine Handvoll wirklich brauchbarer Flüge, und der nach Moskau war wohl nicht so attraktiv. Die Tore zur Welt wie London, Frankfurt, Paris, Wien und Amsterdam mußten genügen – und je ein Flug pro Tag. Das gute dabei war, daß alle fünf eine breite Auswahl an Anschlüssen an amerikanische Gesellschaften boten. Und so würde eine Gruppe den 601 nach Frankfurt nehmen, dort würden sich einige über Brüssel (Sabena nach New York-JFK) und Paris (Air France nach Washington/Dulles, Delta nach Atlanta, American Airlines nach Orlando, United nach Chicago) über mehrere zeitlich passende Anschlußflüge verteilen. Andere dagegen würden die Lufthansa nach Los Angeles nehmen. Die Gruppe bei British Airways hatte die meisten Möglichkeiten von allen. Einer würde Concorde-Flug 3 nach New York nehmen. Das Ganze hing davon ab, sie durch die erste Reihe der Flüge zu bringen. Danach würde das gewaltige System des internationalen Flugverkehrs für die Verteilung sorgen.

Immer noch zwanzig Leute, zwanzig mögliche Fehler. Die Geheimhaltung eines Unternehmens bereitete immer Sorgen. Er hatte sein halbes Leben damit verbracht, die Israelis auszutricksen, und während sein Weiterleben ein gewisser Beweis seines Erfolgs – oder nicht völligen Versagens, ehrlicher gesagt – war, hatten ihn die enormen Hürden, die er hatte überwinden müssen, mehr als einmal beinahe um den Verstand gebracht. Nun gut. Wenigstens hatte er die Flüge beisammen. Morgen würde er sie einweisen. Er sah auf die Uhr. Morgen war so weit nicht mehr weg.

Nicht jeder Insider schloß sich der Allgemeinheit an. Jede Gruppe hatte ihre Zyniker und Rebellen. Dann gab es auch noch Wut. Die Netzwerkmitglieder nahmen die Angelegenheit, wenn ihnen bei ihren Anstrengungen andere Mitglieder zuvorgekommen waren, oft gelassen hin – sie konnten immer noch später gleichziehen und einstweilen noch Freunde bleiben, aber nicht immer. Das galt besonders für Medienvertreter, die sowohl zur Gesellschaft gehörten als auch wieder nicht. Sie gehörten insofern dazu, als sie eigene persönliche Beziehungen und Freundschaften mit In- und Out-Leuten der Regierung unterhielten; konnten wegen Informationen, Einblicken und Geschichten über ihre Feinde zu diesen gehen. Sie gehörten nicht dazu, weil die Insider ihnen nie wirklich vertrauten, weil die Medien benutzt und genarrt werden konnten – meist aber beschwatzt, was dem einen Ende des politischen Spektrums leichter fiel als dem anderen. Aber Vertrauen? Nicht direkt. Oder genauer, überhaupt nicht.

Einige von ihnen hatten sogar Grundsätze.

»Arnie, wir müssen miteinander reden.«

»Das meine ich auch«, stimmte van Damm zu, der die Stimme in *seiner* Direktleitung erkannte.

»Heut' abend?«

»Klar. Wo?«

»Bei mir?«

Der Stabschef gab sich einige Sekunden Bedenkzeit. »Warum nicht?«

Die Delegation traf rechtzeitig zum Abendgebet ein. Die Begrüßung war herzlich und gesittet, und dann betraten alle drei die Moschee und unterzogen sich dem täglichen Ritual. Nur aufgrund langer Übung im

Verbergen von Emotionen zeigte sich keine sichtliche Spannung, aber selbst das sagte allen dreien viel und besonders dem einen.

»Wir bedanken uns, daß Sie uns empfangen«, sagte Prinz Ali bin Sheik als erstes. Er fügte nicht hinzu, daß es lange genug gedauert hatte.

»Ich freue mich, Sie in Frieden willkommen zu heißen«, erwiderte Daryaei. »Es ziemt sich, daß wir zusammen beten.« Er führte sie zu einem von den Sicherheitsbeamten aufgebauten Tisch, wo Kaffee serviert wurde, der starke, bittere Sud aus dem Mittleren Osten. »Gottes Segen über dieses Zusammentreffen, meine Freunde. Wie kann ich Ihnen dienen?«

»Wir sind hier, um die jüngsten Entwicklungen zu besprechen«, bemerkte der königliche Prinz nach einem Schluck. Er starrte Daryaei fest in die Augen. Sein kuwaitischer Kollege, Mohammed Adman Sabah, Außenminister seines Landes, schwieg einstweilen.

»Was möchten Sie erfahren?« fragte Daryaei.

»Ihre Absichten«, erwiderte Ali unverblümt.

Das geistige Oberhaupt der Vereinigten Islamischen Republik seufzte. »Es gibt so viel Arbeit zu tun. All die Jahre des Kriegs und Leidens, all die in so vielen Bestreben verlorenen Leben, die Zerstörung überall. Selbst diese Moschee« – er deutete auf das restaurierungsbedürftige Gebäude – »ist ein Symbol dafür, meinen Sie nicht?«

»Es hat viel Grund zu Kummer gegeben«, pflichtete Ali ihm bei.

»Meine Absichten? Wiederherstellung. Dies unglückliche Volk hat so viel durchgemacht. Solche Opfer – und wofür? Den weltlichen Ehrgeiz eines Gottlosen. Die Ungerechtigkeit schrie zu Allah, und Allah hat die Rufe erhört. Und nun können wir vielleicht ein blühendes und gottesfürchtiges Volk sein.« Das wieder schwebte unausgesprochen über dem Satz.

»Das dauert Jahre«, bemerkte der Kuwaiter.

»Gewiß ist es so«, stimmte Daryaei zu. »Aber da nun das Embargo aufgehoben ist, können wir uns der Aufgabe stellen.«

»In Frieden«, fügte Ali hinzu.

»Sicherlich in Frieden«, pflichtete Daryaei ernsthaft bei.

»Dürfen wir unseren Beistand anbieten? Eine der Säulen unseres Glaubens ist schließlich die Mildtätigkeit«, bemerkte Außenminister Sabah.

Ein herablassendes Nicken. »Ihre Freundlichkeit wird dankbar aufgenommen, Mohammed Adman. Es ziemt sich, daß wir uns eher vom Glauben als von weltlichen Einflüssen leiten lassen, aber im Augenblick, wie Sie sehen, ist die Aufgabe so umfassend, daß wir noch gar nicht bestimmen können, was getan werden muß und in welcher Reihenfolge. Vielleicht könnten wir zu späterer Zeit wieder darauf zurückkommen.«

Die UIR war, so wie Prinz Ali befürchtet hatte, nicht an geschäftlichen Beziehungen interessiert.

»Beim nächsten OPEC-Treffen«, bot Ali an, »können wir über eine Neufestsetzung der Förderquoten sprechen, damit Sie in fairer Weise an den Einkünften beteiligt sind, die wir von unseren Kunden erhalten.«

»Das wäre tatsächlich sehr nützlich«, pflichtete Daryaei bei. »Wir verlangen gar nicht soviel. Eine geringfügige Anpassung«, räumte er ein.

»Dann stimmen wir darin überein?« fragte Sabah.

Beide Besucher nickten und vermerkten für sich, daß die Zuweisung von Ölförderquoten der erbittertste Streitpunkt war. Wenn jedes Land zuviel förderte, dann würde der Weltpreis fallen, und alle würden darunter leiden. Andererseits, wenn die Förderung zu sehr eingeschränkt wurde, würde der Preis steigen und der Wirtschaft ihrer Kundenländer schaden, was dann die Nachfrage und damit die Einkünfte verringerte. Die richtige Balance – wie bei allen wirtschaftlichen Fragen – war alljährlich das Thema hochrangiger diplomatischer Missionen, und beträchtlicher Zwietracht innerhalb der hauptsächlich muslimischen Vereinigung war die Folge.

»Haben Sie eine Botschaft, die Sie unseren Regierungen übermitteln wollen?« fragte daraufhin Sabah.

»Wir wünschen lediglich Frieden, Frieden, um den Wiederaufbau unserer Gesellschaften zu einer Einheit zu erreichen, wie Allahs Absicht ist. Sie haben von uns nichts zu befürchten.«

»Also was denkt ihr?« Wieder war ein Übungsturnus erledigt. Bei der Schlußbesprechung waren einige sehr hochrangige israelische Offiziere anwesend, von denen mindestens einer ein Top-Spitzel war. Colonel Sean Magruder war Kavallerist, aber im eigentlichen Sinne war jeder höhere Offizier ein Verbraucher von Geheimdienstinformationen und bereit, aus jeder Quelle zu schöpfen.

»Ich glaube, die Saudis sind sehr nervös, wie auch alle ihre Nachbarn.«

»Und du?« fragte Magruder. Er hatte unbewußt die informelle und direkte Anrede gewählt, die im Lande üblich war, speziell im Militär.

Avi ben Jakob – vom Titel her noch Militär und jetzt in Uniform – war stellvertretender Chef des Mossad. Er fragte sich, wie weit er gehen konnte, aber bei seinem Rang mußte er das entscheiden.

»Wir sind über die Entwicklung nicht erfreut.«

»Historisch gesehen«, setzte Magruder ein, »hat Israel eine arbeitsfähige Beziehung mit dem Iran unterhalten, selbst nach dem Fall des Schahs. Das reicht zurück bis zum Persischen Reich. Ich glaube, euer Purimfest stammt aus dieser Periode. Israelische Luftwaffenpiloten sind während des Iran-Irak-Krieges für die Iranis geflogen und...«

»Damals hatten wir eine große Zahl Juden im Iran, und das sollte helfen, sie herauszubekommen«, sagte Jakob rasch.

»Und die unglückliche Waffen-für-Geiseln-Geschichte, auf die sich Reagan eingelassen hat, lief über euch, wahrscheinlich euren Dienst«, fügte Magruder hinzu, nur um zu zeigen, daß er das Spiel kannte.

»Du bist gut informiert.«

»Das ist mein Job, zum Teil wenigstens. Ich treffe hier keine Werturteile. Eure Leute damals aus dem Iran rauszukriegen war, wie wir daheim sagen, Geschäft. Ich frag' bloß, was du von der UIR hältst.«

»Wir glauben, Daryaei ist der gefährlichste Mann auf der Welt.«

Magruder dachte an die früher am Tag erhaltene vertrauliche Meldung über die iranischen Truppenverschiebungen in den Irak. »Da stimme ich zu.«

Er mochte die Israelis mittlerweile. Das war nicht immer so gewesen. Jahrelang hegte die US-Army eine herzliche Abneigung gegen den jüdischen Staat. Das kam vor allem von der durchgängigen Arroganz der hohen Offiziere dieser kleinen Nation. Doch den Hochmut hatte die IDF im Libanon gelassen und als Beobachter beim Golfkrieg gelernt, Amerikas Kräfte zu respektieren – nach Monaten ständiger Hinweise an amerikanische Offiziere, daß sie Rat bräuchten, hatten sie begonnen, höflich zu fragen, ob sie einige der amerikanischen Pläne sehen dürften, da es *vielleicht* ein paar *Kleinigkeiten* gab, die man ein *wenig* studieren könnte.

Der Einfall der Buffalo Cav in die Negev hatte das noch weiter verändert. Amerikas Tragödie in Vietnam hatte eine andere Art Arroganz gebrochen, und daraus war ein neuer Typ Profi gewachsen. Unter Marion Diggs, erstem Kommandeur der wiedergeborenen 10. US-Kavallerie, waren einige harsche Lektionen ausgeteilt worden, und während Magruder die Tradition fortführte, lernten die israelischen Kavalleristen wie die Amerikaner bei Fort Irwin. Nach anfänglichem Toben und Beinahe-Faustkämpfen hatte sich der gesunde Menschenverstand durchgesetzt. Selbst Benny Eitan, Kommandant der 7. Panzerbrigade Israels, hatte sich nach der ersten Tracht Prügel zusammengerissen und seinen Übungsturnus mit zwei Unentschieden beendet, worauf er sich mit einem Dank für die Lektionen an seine amerikanischen Gastgeber verabschiedet hatte – und dem Versprechen, ihnen bei der Wiederkehr nächstes Jahr in den Arsch zu treten. Im Zentralcomputer des örtlichen Star-Wars-Gebäude ergab sich aus einem komplexen mathematischen Modell, daß die Leistung der israelischen Armee sich in wenigen Jahren um volle vierzig Prozent gesteigert hatte, und auch wenn sie nun wieder Anlaß zur Arroganz hatten, zeigten die israelischen Offiziere eine entwaffnende Bescheidenheit und eine beinahe unerbittliche Lernbegierde – schon immer Merkmale wahrhaft professioneller Soldaten.

Und nun sprach einer ihrer obersten Spooks nicht darüber, wie seine Streitkräfte mit dem fertig würden, was die islamische Welt seinem Land zufügen könnte. Da war ein Erfahrungsbericht an Washington fällig, dachte Magruder.

Der im Mittelmeer »verlorengegangene« Geschäftsjet konnte das Land nicht mehr verlassen. Ihn für die Überführung der irakischen Generäle in den Sudan zu verwenden war schon ein Fehler gewesen, aber ein notwendiger. Nun war er hauptsächlich Daryaeis Transportmittel, denn seine Zeit war knapp bemessen und sein neuer Staat groß. Zwei Stunden nach der Verabschiedung seiner sunnitischen Besucher war er wieder in Teheran.

Badrayn breitete seine Papiere auf dem Schreibtisch aus, die Städte, Routen und Zeiten aufzeigten. Es war reine Mechanik. Daryaei überflog die Pläne mit raschem Blick, und wenn sie auch reichlich komplex erschienen, war das kein Grund zur Sorge für ihn. Er hatte schon Landkarten gesehen. Er blickte auf, um die Erklärungen zu dem Papierwust zu erhalten.

»Der Hauptpunkt ist die Zeit«, sagte Badrayn. »Jeder Kurier soll nicht mehr als dreißig Stunden nach dem Abflug am Zielort sein. Dieser zum Beispiel verläßt Teheran um sechs Uhr früh und kommt in New York um zwei Uhr nachmittags Teheran-Zeit an, eine Spanne von zwanzig Stunden. Die Handelsmesse, die er besuchen wird – sie findet im Jacob Javits Center in New York statt – wird bis nach zehn Uhr abends geöffnet sein. Dieser fliegt um 2.55 Uhr nachts ab und trifft in Los Angeles dreiundzwanzig Stunden später ein – früher Nachmittag Ortszeit. Seine Handelsmesse wird ganztägig geöffnet sein. Das ist von Entfernung und Zeit her das längste, und sein ›Paket‹ wird immer noch zu mehr als fünfundachtzig Prozent wirksam sein.«

»Und die Sicherheit?«

»Sie sind alle voll eingewiesen. Ich habe intelligente, gebildete Leute ausgesucht. Sie müssen unterwegs nur nett sein. Danach ein bißchen Vorsicht. Zwanzig auf einmal, ja, das ist bedenklich, aber so lauteten Ihre Anweisungen.«

»Und die andere Gruppe?«

»Sie wird zwei Tage später über ähnliche Verbindungen abfliegen«, berichtete Badrayn. »Jene Mission ist weitaus gefährlicher.«

»Das ist mir bewußt. Sind die Leute glaubenstreu?«

»Das sind sie.« Badrayn nickte. Er wußte, daß die Frage eigentlich meinte, ob sie Dummköpfe waren. »Die politischen Risiken machen mir Sorgen.«

»Warum?« Die Bemerkung überraschte Daryaei nicht, aber er wollte eine Begründung.

»Ich meine den amerikanischen politischen Kontext. Ein unglückliches Ereignis bei einem Politiker kann oft Sympathie für ihn erwecken, und aus dieser Sympathie kann politische Unterstützung erwachsen.«

»Wirklich? Es läßt ihn nicht schwach aussehen?« Das war schwer zu schlucken.

»In unserem Kontext, ja, aber nicht unbedingt bei ihnen.«

Daryaei dachte darüber nach und verglich es mit anderen Analysen, die er in Auftrag gegeben und durchgesehen hatte. »Ich habe Ryan kennengelernt. Er ist schwach. Noch immer hat er keine echte Regierung hinter sich. Zwischen der ersten Mission und der zweiten werden wir ihn kleinkriegen – oder zumindest werden wir ihn lang genug ablenken, um das nächste Ziel zu erreichen. Ist das der Fall, wird Amerika irrelevant.«

»Besser wäre nur die erste Mission«, riet Badrayn.

»Wir müssen ihr Volk erschüttern. So das stimmt, was Sie von ihrer Regierung sagen, werden wir solchen Schaden anrichten, wie sie ihn noch nie erlebt haben. Wir werden ihr Oberhaupt erschüttern, wir werden sein Vertrauen erschüttern, wir werden das Vertrauen des Volkes in ihn erschüttern.«

Darauf mußte er behutsam antworten. Hier war ein Heiliger Mann mit einer Heiligen Sendung. Er war der Vernunft nicht voll zugänglich. Und doch war da noch ein weiterer Faktor, von dem er nichts wußte. Mußte sein. Daryaei hielt sich weniger an Wünsche als an wohlüberlegte Aktion – nein, das stimmte auch wieder nicht. Er hatte aus den beiden eins gemacht, während er einen völlig anderen Eindruck erweckte. Der Geistliche stützte sich besonders darauf, daß die amerikanische Regierung noch verletzlich war, da sein Unterhaus noch nicht wieder zusammengetreten war.

»Am besten überhaupt wäre es, Ryan zu töten, wenn wir das könnten. Ein Angriff auf Kinder wird sie rasend machen. Amerikaner sind bei Kleinen sehr rührselig.«

»Die zweite Mission wird ausgeführt, *nachdem* die erste Erfolg hatte?« wollte Daryaei wissen.

»Ja, das stimmt.«

»Dann reicht das aus«, sagte er mit einem weiteren Blick auf die Reisevorkehrungen und überließ Badrayn dann seinen eigenen Gedanken.

*Da ist noch ein drittes Element.* Mußte sein.

»Er sagt, er habe friedliche Absichten.«

»Das hat Hitler auch gesagt, Ali«, erinnerte der Präsident seinen Freund. Er sah auf die Uhr. In Saudi-Arabien war es nach Mitternacht. Ali war zurückgeflogen und hatte sich mit seiner Regierung beraten, bevor er in Washington anrief. »Sie wissen über die Truppenverschiebung Bescheid?«

»Ja, Ihre Leute haben unser Militär heute früh unterrichtet. Es wird einige Zeit dauern, bis sie uns wirklich bedrohlich werden können. So etwas braucht Zeit. Denken Sie daran, ich habe auch mal die Uniform getragen.«

»Stimmt, das hat man mir auch gesagt.« Ryan hielt inne. »Okay, was schlägt das Königreich vor?«

»Wir werden sehr genau beobachten. Unser Militär übt. Wir haben die Zusage Ihrer Unterstützung. Wir sind besorgt, aber nicht übermäßig.«

»Wir könnten einige gemeinsame Übungen anberaumen«, bot Jack an.

»Das könnte die Angelegenheit aufheizen«, erwiderte der Prinz. Das Fehlen völliger Überzeugung in seiner Stimme war nicht zufällig. Er hatte womöglich diese Idee selbst in die Beratung eingebracht und eine ablehnende Antwort erhalten.

»Gut, ich schätze, Sie hatten einen langen Tag. Sagen Sie mir, wie hat Daryaei ausgesehen? Ich hab' ihn nicht mehr gesehen, seit Sie ihn mir vorgestellt haben.«

»Er scheint bei guter Gesundheit zu sein. Er sieht müde aus, aber er hat viel zu tun gehabt.«

»Das kann ich nachfühlen. Ali?«

»Ja, Jack?«

Der Präsident hielt inne, gemahnte sich daran, daß er im diplomatischen Austausch nicht geschult war. »Wie besorgt sollte ich über all das sein?«

»Was sagen Ihnen Ihre Leute?« erwiderte der Prinz.

»Etwa das gleiche wie Sie, aber nicht alle. Wir müssen die Verbindung aufrechterhalten, mein Freund.«

»Das ist mir klar, Mr. President. Dann also auf Wiederhören.«

Es war ein unbefriedigender Anruf. Ryan legte auf und blickte sich in seinem leeren Büro um. Ali sagte nicht, was er sagen wollte, weil die Position seiner Regierung anders lautete, als er es für richtig hielt. Das gleiche war Jack oft genug passiert, und es galten dieselben Regeln. Ali mußte seiner Regierung ergeben sein, aber er hatte sich einen Schnitzer erlaubt, und der Prinz war zu schlau, um das aus Versehen zu tun. Es wäre wohl früher einfacher gewesen, als Ryan noch nicht Präsident war und beide ohne die Sorge miteinander reden konnte, mit jedem Wort Politik zu machen. Nun war Jack Amerika für alle außerhalb der Grenzen, und Regierungsbeamte konnten nur auf diese Weise mit ihm reden. Sie konnten nicht berücksichtigen, daß er auch ein denkender Mensch war, der Optionen erwägen mußte, bevor er Entscheidungen fällte. Vielleicht, wenn es nicht telefonisch gelaufen wäre, dachte Jack. Vielleicht wäre es unter vier Augen besser gewesen. Aber selbst Präsidenten waren an Zeit und Raum gebunden.

## 36 / Reisende

Flug 534 der königlich holländischen Fluggesellschaft KLM hob pünktlich um 1.10 Uhr vom Flugsteig ab. Das Flugzeug war voll – um diese Stunde mit Menschen, die ermüdet zu ihren Sitzen stolperten, die Gurte anlegten und Kissen und Decken entgegennahmen. Die erfahreneren Reisenden warteten auf das Geräusch vom Einziehen des Fahrwerks, bis sie die Sitze so weit zurückschoben, wie's ging, und die Augen in der Hoffnung auf einen ruhigen Flug und etwas Schlafähnliches schlossen.

Fünf von Badrayns Leuten waren an Bord, zwei in der ersten, drei in der Business class. Alle hatten Koffer im Laderaum und Handgepäck unter dem Vordersitz. Allen flatterten etwas die Nerven, und alle hätten gern einen Drink gehabt, um sie zu beruhigen – religiöses Verbot hin oder her. Aber das Flugzeug war auf einem islamischen Flughafen gelandet und würde keinen Alkohol ausschenken, bis es den Luftraum der UIR verlassen hatte. Einhellig erwogen sie die Lage und fanden sich damit ab. Sie waren gut eingewiesen und umfassend vorbereitet worden. Sie waren wie gewöhnliche Reisende durch den Flughafen gelangt und hatten ihr Handgepäck einer Durchleuchtung durch das Sicherheitspersonal unterziehen lassen, das genauso sorgfältig war wie seine westlichen Kollegen. In jedem Fall hatte das Röntgenbild ein Rasierset, einige Papiere, Bücher und andere Kleinigkeiten gezeigt.

Alle waren sie gebildet, viele kamen von der amerikanischen Universität von Beirut, manche fürs Diplom, andere, um den Feind besser kennenzulernen.

»Wie nimmst du all das auf?« fragte van Damm.

Holtzman schüttelte seinen Drink, sah zu, wie die Eisbrocken kreisten. »Unter anderen Umständen würde ich's eine Verschwörung nennen, aber das ist's nicht. Für jemand, der sagt, er versuche nur, einiges wieder zurechtzurücken, macht Jack echt viele neue und verrückte Sachen.«

»›Verrückt‹ ist ein bißchen stark, Bob.«

»Für die nicht, nein. Alle sagen ›er gehört nicht zu uns‹ und reagieren stark auf seine Initiativen. Selbst du wirst zugeben müssen, daß seine Steuerideen ein kleines bißchen vom üblichen Spiel abweichen, aber damit entschuldigen die, was abläuft – jedenfalls zum Teil. Das Spiel ist noch das gleiche wie immer. Ein paar undichte Stellen, die Art der Darstellung; das bestimmt, wie gespielt wird.«

Arnie mußte nicken. Eine Straße mit Unrat verunreinigen war ähnlich. Wenn jemand den ganzen Müll in die richtige Tonne warf, war alles ordentlich, und die Aufgabe war in ein paar Sekunden erledigt. Wenn derselbe Mensch alles aus dem Fenster eines fahrenden Autos warf, dann brauchte man Stunden, um alles aufzusammeln. Die andere Seite verstreute nun willkürlich Müll, und der Präsident mußte seine begrenzte Zeit dazu verwenden, aufreibende und unproduktive Dinge statt der eigentlichen Fahrt über die Straße zu erledigen. Das Lächeln war häßlich, aber angemessen. Politik ging so oft weniger um produktive Arbeit als ums Ausstreuen von Abfall, den andere aufräumen mußten.

»Wer hat's durchsickern lassen?«

Der Reporter zuckte die Schultern. »Ich kann nur raten. Jemand in der Agency, womöglich jemand, der wegrationalisiert worden ist. Du mußt zugeben, die Aufblähung der Spionageabteilung im Haus kommt einem wie Neandertal vor. Wie weit beschneiden sie die Nachrichtenabteilung?«

»Mehr als genug, um neue Einsatzleute zu kompensieren. Es geht um Einsparungen insgesamt, um bessere Informationen, um effektivere Gesamtleistung, so was. Ich sage dem Präsidenten nicht«, fügte er hinzu, »wie er Geheimdienstangelegenheiten regeln soll. Darin ist er wirklich Experte.«

»Das weiß ich. Ich hatte meine Geschichte fast druckreif. Ich wollte dich gerade wegen eines Interviews mit ihm anrufen, als die Sache platzte.«

»O? Und...«

»Wie war mein Blickwinkel? Der widersprüchlichste Mistkerl in dieser Stadt. In einiger Hinsicht ist er glänzend – aber in anderer? Der Trottel vom Land ist noch milde ausgedrückt.«

»Mach weiter.«

»Ich mag den Kerl«, gab Holtzman zu. »Er ist verdammt aufrichtig – richtig aufrichtig. Ich wollte es so berichten, wie es war. Willst du wissen, was *mich* fuchsig macht?« Er hielt inne, um einen Schluck Bourbon zu trinken, zögerte nochmals, bevor er fortfuhr, und sprach dann mit unverhohlenem Ärger. »Jemand bei der *Post* hat meine Story ausgeplaudert, wahrscheinlich an Ed Kealty. Dann hat Kealty wohl alles an Donner und Plumber weitergeleitet.«

»Und die haben deine Story benützt, um ihn hochzunehmen?«

»So ziemlich«, gab Holtzman zu.

Van Damm lachte beinahe. Er hielt sich so lange wie möglich zurück, aber es war zu köstlich, um dem nicht nachzugeben: »Willkommen in Washington, Bob.«

»Weißt du, einige von uns nehmen unseren Beruf wirklich ernst«, schoß der Reporter ziemlich lahm zurück. »Es war eine gute Story. Ich hab' höllisch viel recherchiert. Ich hab' meine eigene Quelle beim CIA – na ja, etliche, aber dafür hab' ich 'ne neue angezapft, jemand, der sich wirklich auskannte. Das hab' ich genommen, bis zur Hölle und zurück recherchiert. Und weißt du was? Ryan kommt dabei ganz gut weg. Na ja, sicher, manchmal schließt er das System kurz, aber der Kerl hat, soweit ich weiß, nie gegen die Regeln verstoßen. Wenn wir je eine größere Krise haben, möchte ich diesen Kerl im Oval Office haben. Aber irgendein *Scheißkerl* nimmt *meine* Story, *meine* Informationen von *meinen* Quellen und hat damit rumgespielt, und das mag ich nicht, Arnie.« Er setzte sein Glas ab. »Auch ich hab 'nen öffentlichen Auftrag, Arnie, mein Blatt genauso, und damit hat jemand *rumgefickt*. Verflucht, ich weiß, was du von mir und der...«

»Weißte nicht«, unterbracht ihn van Damm.

»Aber du hast immer...«

»Ich bin der Stabschef, Bob. Ich *muß* meinem Boß treu bleiben, also muß ich das Spiel von meiner Seite aus führen, aber wenn du denkst, ich respektiere nicht die Presse, bist du nicht so schlau, wie du sein solltest. Wir sind nicht immer Freunde, manchesmal auch Feinde, aber wir brauchen euch wie ihr uns. Herrgott noch mal, wenn ich dich nicht respektiere, warum zum Teufel schlabberst du meinen Sprit?«

Es war entweder eleganter Dreh oder Wahrheit, dachte Holtzman, und Arnie war ihm zu gewieft, als daß er den Unterschied gleich ausmachen konnte. Am schlauesten war, den Drink wegzuputzen. Das tat er. Schade, daß sein Gastgeber billigen Fusel zu seinen L.-L.-Bean-Hemden bevorzugte. Arnie wußte sich auch nicht zu kleiden, oder vielleicht war das Teil seines gewählten Nimbus. Das Politikspiel war so verwinkelt wie die Kreuzung aus klassischer Metaphysik und Experimentalwissenschaft. Das Ganze überblickte man nie, und einen Teil rausfinden hieß oft, den Weg zu den anderen, ebenso wichtigen, verbauen. Vielleicht war's deshalb das beliebteste Spiel in der Stadt.

»Okay, Arnie, das nehme ich als gegeben hin.«

»Wie gut von dir.« Van Damm füllte lächelnd nach. »Aber warum hast du mich angerufen?«

»Es ist mir beinahe peinlich.« Eine weitere Pause. »Ich möchte nicht an der öffentlichen Erhängung eines Unschuldigen teilnehmen.«

»Das hast du vorher doch schon getan.«

»Mag sein, aber das waren alles Politiker, und alle auf die eine oder andere Art fällig. Ich weiß nicht, was – okay, wie wär's, wenn ich gegen Kindesmißbrauch wäre? Ryan hat eine faire Chance verdient.«

»Und du bist sauer, weil dir die Story und der Pulitzerpreis flöten...«

»Davon hab' ich schon zwei«, erinnerte ihn Holtzman. Sonst hätte ihm sein Ressortchef die Geschichte aus der Hand genommen, aber die interne Politik bei der *Washington Post* war so tückisch wie sonstwo in der Stadt.

»Und?«

»Und ich muß das mit Kolumbien wissen. Ich muß etwas über Jimmy Cutter wissen, wie der starb.«

»Herrgott, Bob, du weißt nicht, was unser Botschafter heute dort unten durchgemacht hat.«

»Spanisch ist eine tolle Sprache zum Schimpfen.« Ein Reporterlächeln.

»Die Geschichte darf nicht rauskommen. Sie darf es einfach nicht.«

»Die Geschichte *wird* rauskommen. Es geht nur darum, wer sie bringt, und das wird bestimmen, *wie* sie herauskommt. Arnie, ich weiß, wie etwas zu schreiben ist, okay?«

Wie es in Zeiten wie diesen so oft in Washington geschah, waren alle in Umständen gefangen. Holtzman mußte eine Story bringen. Wenn er es richtig anpackte, würde vielleicht seine ursprüngliche Story wieder aufleben, ihn für einen weiteren Pulitzer – der war ihm immer noch wichtig, ungeachtet früheren Leugnens, und das wußte Arnie – qualifizieren, und dann könnte er der Person, die seine Informationen an Ed Kealty weitergeleitet hatte, sagen, sie sollte besser die *Post* verlassen, bevor er sie festnagelte und seine oder ihre Karriere ruinierte, indem er an geeigneter Stelle ein paar Worte fallenließ und mehr als ein paar Projekte zuwies, die zu nichts führten. Arnie war durch seine Pflicht, den Präsidenten zu schützen, gefangen, und der einzige Weg dahin war der, gegen das Gesetz zu handeln und das Vertrauen seines Präsidenten zu mißbrauchen. Es müßte einen einfacheren Weg geben, dachte der Stabschef, um leben zu können. Er hätte Holtzman auf seine Entscheidung warten lassen können, aber das wäre bloß Spiegelfechterei gewesen, und beide Männer waren darüber hinaus.

»Keine Notizen, Tonbandgerät.«

»Inoffiziell. ›Höherer Beamter‹, nicht einmal ›Höherer Regierungsbeamter‹«, willigte Bob ein.

»Dann kann ich dir sagen, wo du es bestätigt bekommst.«

»Die wissen das alle?«

»Mehr noch, als ich weiß«, sagte van Damm. »Verdammt, ich hab' das Wichtigste eben erst erfahren.«

Eine hochgezogene Augenbraue. »Das ist fein, und für die gelten die gleichen Regeln. Wer kennt sich da wirklich aus?«

»Selbst der Präsident weiß nicht alles. Ich bin nicht sicher, ob irgendwer alles weiß.«

Holtzman nahm einen weiteren Schluck. Das sollte sein letzter sein. Wie ein Arzt im Operationssaal hielt er nichts davon, Alkohol und Arbeit zu vermischen.

Flug 534 setzte um 2.55 Uhr Ortszeit in Istanbul nach einer Strecke von 1270 Meilen und drei Stunden, fünfzehn Minuten auf. Die Passagiere waren noch benommen, vor dreißig Minuten vom Bordpersonal geweckt, das ihnen in einer Reihe von Sprachen gesagt hatte, sie sollten ihre Sitze wieder in aufrechte Position bringen. Die Landung war glatt, manche hoben die Plastikrollos der Fenster, um sehen zu können, daß sie auf einem Flugfeld mit blauen Rollbahn-Lichtern, wie überall in der

Welt, gelandet waren. Die hierherwollten, standen auf und taumelten in die türkische Nacht. Der Rest schob die Sitze für ein weiteres 45-Minuten-Nickerchen zurück, ehe die Maschine zum Weiterflug um 3.40 Uhr wieder abhob.

Lufthansa 601 flog ein zweistrahliger europäischer Airbus 310, in Größe und Kapazität der KLM-Boeing vergleichbar. Auch hier waren fünf Kuriere an Bord. Der Airbus verließ den Flugsteig um 2.55 Uhr zum Nonstopflug nach Frankfurt. Der Abflug verlief in allen Punkten routinemäßig.

»Das ist eine ganz schöne Geschichte, Arnie.«

»Yeah. Ich hab' die wichtigsten Punkte erst diese Woche erfahren.«

»Wie sicher bist du dir dessen?« fragte Holtzman.

»Da paßt alles zusammen.« Van Damm hob die Achseln. »Kann nicht sagen, daß mir's gefällt. Ich denke, wir hätten gewonnen, aber Herrgott, der Typ hat sie selbst vermasselt. Er hat die Präsidentenwahl *in den Sand gesetzt*, aber weißt du«, sagte er nachdenklich, »es dürfte der mutigste und großzügigste politische Akt des Jahrhunderts gewesen sein. Hab' nicht geglaubt, daß so was in ihm steckt.«

»Weiß es Fowler?«

»Ich hab's ihm nicht gesagt. Vielleicht sollte ich.«

»Augenblick. Weißt du noch, Liz Elliot hat mir 'ne Sache untergejubelt über Ryan und wie er...«

»Ja, das paßt alles da rein. Jack ist persönlich runtergeflogen, um diese Soldaten rauszuhauen. Der Typ im Heli neben ihm wurde erschossen, und Jack kümmert sich seitdem um die Familie. Liz hat dafür bezahlt, als die Bombe in Denver hochging.«

»Und Jack hat wirklich... weißt du, das ist die Story, die nie ganz herausgekommen ist. Fowler hat durchgedreht und fast eine Rakete auf Iran abgefeuert – das war also Ryan, nicht wahr? Er hat das Ganze aufgehalten.« Holtzman nahm doch noch einen Schluck von seinem Drink. »Wie?«

»Hat sich in den heißen Draht eingeklinkt«, erwiderte Arnie. »Er hat den Präsidenten rausgeworfen, selbst mit Narmonow gesprochen und ihn überredet, die Sache etwas herunterzufahren. Fowler ist ausgeflippt und hat dem Geheimdienst gesagt, sie sollten ihn verhaften, aber bis die im Pentagon waren, hatte sich die Lage beruhigt. Es hat Gott sei Dank funktioniert.«

Da schluckte Holtzman eine Minute dran, aber die Geschichte paßte wieder zu den ihm bekannten Fragmenten. Fowler war zwei Tage später zurückgetreten, ein gebrochener Mann, aber ein ehrenhafter, der wußte, daß sein moralisches Recht, dieses Land zu regieren, mit dem Befehl, eine Nuklearwaffe auf eine unschuldige Stadt zu richten, erloschen war. Und Ryan hatte das Ereignis auch so fertiggemacht, daß er sofort den Regierungsdienst quittierte, bis Roger Durling ihn wieder holte.

»Ryan hat gegen alle bestehenden Regeln verstoßen. Als würde es ihm Spaß machen.« Aber das war nicht fair, oder?

»Wenn er das nicht getan hätte, wären wir vielleicht nicht mehr hier.« Der Stabschef goß sich noch einen ein; Holtzman winkte ab. »Verstehst du, was ich mit der Geschichte meine, Bob? Wenn du alles bringst, richtest du im Land großen Schaden an.«

»Aber wieso hat Fowler Ryan an Durling empfohlen?« fragte der Reporter. »Er konnte den Kerl doch nicht leiden und ...«

»Was auch seine Schwächen sein mögen, und die hat er – Fowler ist ein aufrichtiger Politiker, deshalb. Nein, er mag Ryan persönlich nicht, liegt vielleicht an der Chemie. Ich weiß nicht, aber Ryan hat ihn gerettet, und Fowler hat Durling gesagt – wie war das noch? ›Guter Mann in einem Sturm‹. Das ist es«, rekapitulierte Arnie.

»Schade, daß er sich in der Politik nicht auskennt.«

»Er lernt ganz schön schnell. Dürfte dich überraschen.«

»Er wird die Regierung zerlegen, wenn er die Gelegenheit bekommt. Ich kann nicht – ich meine, ich kann den Kerl persönlich ja gut leiden, aber seine Politik ...«

»Jedesmal, wenn ich meine, ich kenn' mich bei ihm aus, schlägt er einen neuen Haken, und dann muß ich mich daran erinnern, daß er kein Programm hat«, sagte van Damm. »Er erledigt einfach den Job. Ich gebe ihm Papiere zu lesen, und er handelt danach. Er hat ein offenes Ohr für die Leute – stellt gute Fragen und hört immer zu –, aber er trifft seine eigenen Entscheidungen, als wüßte er, was richtig und falsch ist – aber zum Teufel, meistens stimmt's. Bob, er hat *mich* eingewickelt! Aber das ist es auch nicht. Manchmal bin ich nicht sicher, was mit ihm ist, weißt du?«

»Ein kompletter Outsider«, bemerkte Holtzman leise. »Aber ...«

Der Stabschef nickte. »Yeah, aber. Aber man analysiert ihn, als wäre er Insider mit verstecktem Programm, und sie spielen die Insiderspiele, als würden sie für ihn gelten, aber das tun sie nicht.«

»Der Schlüssel zu ihm ist also, daß es nichts herauszufinden gibt ... So 'n Typ!« schloß Bob. »Er mag seinen Job nicht, oder?«

»Meistens nicht. Du hättest dabeisein sollen, als er im Mittleren Westen sprach. Da hat er's kapiert. All die Leute, die ihn anhimmelten, und er hat sie sichtlich geliebt – und eine Heidenangst bekommen. Nichts herauszufinden? Exakt. Wie es beim Golf heißt, das schwierigste ist, einen Ball kerzengerade zu schlagen, richtig? Alle schauen nach den Bögen. Den gibt's nicht.«

Holtzman prustete. »Also, was ist der Dreh, wenn's keinen Dreh gibt?«

»Bob, ich versuch, bloß, die Medien in den Griff zu kriegen, denk dran. Zum Teufel, ich weiß auch nicht, wie du das berichten sollst, außer die Fakten aufzuzählen – weißt du, wie's sich *gehört.*«

Das war ein großer Brocken für den Journalisten. Er war sein ganzes berufliches Leben in Washington gewesen. »Und jeder Politiker *sollte* wie Ryan sein. Is' aber nicht.«

»Dieser ist's«, schoß Arnie zurück.

»Wie soll ich das bloß meinen Lesern beibringen? Wer wird's glauben?«

»Was 'n Schlamassel, gell?« seufzte er. »Mein Leben lang bin ich in der Politik, dachte, ich wüßte alles. Bin einer der besten Tüftler, die es je gegeben hat, das wissen alle, aber auf einmal kommt dieser Tölpel ins Oval Office und sagt, der Kaiser ist nackt, und er hat recht, und keiner weiß, wie er damit umgehen soll, außer, indem er sagt, er ist nicht nackt. Das System ist nicht darauf gefaßt. Das System ist nur auf sich selbst eingestellt.«

»Und das System wird jeden vernichten, der etwas anderes sagt.« Ein Gedanke ließ Holtzman höhnisch auflachen: Wenn Hans Christian Andersen »Des Kaisers neue Kleider« über Washington geschrieben hätte, wäre das Kind, das laut die Wahrheit gesprochen hätte, auf der Stelle von der versammelten Meute Insider abgemurkst worden.

»Das wird es versuchen«, pflichtete Arnie bei.

»Und was sollen wir dagegen tun?«

»Du hast doch gesagt, du willst nicht Beihilfe leisten, einen Unschuldigen aufzuknüpfen, nicht?«

»Was bleibt uns dann?«

»Vielleicht über den aufsässigen Mob sprechen«, schlug Arnie vor, »oder den korrupten Hof.«

Als nächstes sollte Austrian Airlines 774 starten. Jetzt war's Routine; die Vorbereitungen entsprachen ganz den technischen Vorgaben. Die Rasierschaumdosen waren kaum vierzig Minuten vor dem Abflug gefüllt worden. Die Nähe des Affenhauses zum Flughafen war wie die Nachtzeit ein günstiger Faktor, und daß Leute die letzten paar hundert Meter zum Flugsteig rannten, war weltweit gewohnt, besonders bei einem Flug wie diesem. Die ›Suppe‹ wurde durch ein Plastikventil, das bei der Durchleuchtung unsichtbar blieb, in den Boden der Dose gesprüht. Der Stickstoff kam von oben in einen separaten Isolierbehälter im Innern der Dose. Der Vorgang war sauber und sicher – die Dosen wurden extra, aber eigentlich unnötigerweise, zur Sicherheit noch abgesprüht und abgewischt; das sollte lediglich die Kuriere bei Laune halten. Die Dosen waren zwar ziemlich kalt, aber nicht gefährlich. Wenn der Stickstoff sich verflüssigte, würde er durch ein Druckventil in die umgebende Atmosphäre entweichen, wo er sich bloß mit der Luft mischte. Auch wenn Stickstoff bei Sprengstoffen ein wichtiger Bestandteil ist, ist er für sich allein träge, rein und geruchlos. Er würde auch mit dem Inhalt der Dosen keine chemische Reaktion eingehen, und so hielt das Druckausgleichsventil eine genaue Menge des sich erwärmenden Gases zurück, das als sicheres Treibgas für die ›Suppe‹ diente, wenn die Zeit reif war.

Die Füllung erledigten Sanitäter in ihren Schutzanzügen – sie weigerten sich, ohne zu arbeiten, und ein anderslautender Befehl hätte sie nur nervös gemacht, also ließ es der Direktor zu. Zwei Fünfergruppen verblieben. Man hätte die Dosen eigentlich gleichzeitig beschicken können, wußte Moudi, aber man ging keine unnötigen Chancen ein, ein Gedanke, der ihn zum Stillstand brachte. Keine unnötigen Chancen eingehen? Sicher.

Daryaei schlief in dieser Nacht nicht, was ungewöhnlich war. Mit zunehmendem Alter brauchte er zwar immer weniger Schlaf, aber das Einschlafen war für ihn nie ein Problem gewesen. In einer wirklich stillen Nacht, wenn der Wind richtig stand, konnte er die Flugzeuge hören, wenn sie ihre Turbinen zum Start auf volle Kraft stellten – ein fernes Geräusch, eher wie ein Wasserfall oder vielleicht wie ein Erdbeben. Irgendein grundlegendes Naturgeräusch, fern und verheißungsvoll. Und nun ertappte er sich dabei, wie er darauf lauschte, und wie er sich im Geiste fragte, ob er es hörte oder nicht.

War er zu weit gegangen? Er war ein alter Mann in einem Land, wo so viele jung starben. Er dachte wieder an die Krankheiten seiner Jugend, deren wissenschaftliche Ursachen er erst später erfahren hatte, hauptsächlich schlechtes Wasser und mangelnde Hygiene, denn der Iran war fast immer ein rückständiges Land gewesen, trotz seiner langen Geschichte der Kultur und Macht. Dann war es wiederauferstanden durch Öl und den damit einhergehenden immensen Reichtum. Mohammed Risa Pehlewi, Schah-in-Schah – König der Könige bedeutete das –, hatte das Land allmählich aufgerichtet, aber den Fehler gemacht, zu schnell vorzugehen und sich zu viele Feinde zu machen. Bei der Befreiung der Bauern des Landes war er zu vielen auf die Füße getreten, hatte sich Leute zu Feinden gemacht, deren Macht geistlich war und von denen das gemeine Volk in einer durch Veränderung chaotisch gewordenen Zeit Ordnung erwartete. Dennoch hatte sich der Schah beinahe durchgesetzt, aber eben nicht ganz, und nicht ganz war der verdammendste Fluch, den die Welt für diejenigen bereithielt, die nach Größe strebten.

Was dachten solche Menschen? So wie er selbst alt war, hatte der Schah das Alter, dazu den Krebs gefunden und mit ansehen müssen, wie sich sein Lebenswerk in wenigen Wochen in Luft auflöste, wie seine Getreuen in einer kurzen Gewaltorgie zur Begleichung alter Rechnungen hingerichtet wurden und wie bitter seine amerikanischen Freunde ihn verraten hatten. Hatte er geglaubt, er wäre zu weit gegangen – oder nicht weit genug? Daryaei wußte es nicht, und nun hätte er es gern gewußt, als er auf die fernen Geräusche eines Wasserfalls in der stillen persischen Nacht lauschte.

Es war ein gravierender Fehler, zu rasch vorzugehen, was die Jungen lernten und Ältere wußten, aber *nicht* genug, schnell genug, weit genug, energisch genug vorzugehen, *das* vereitelte den nach Größe Strebenden ihre Ziele. Wie bitter mußte es sein, ohne den für klares Denken notwendigen Schlaf zu liegen und sich zu fragen und Vorwürfe zu machen wegen versäumter und ausgelassener Chancen.

Vielleicht wußte er, was der Schah gedacht hatte, gestand sich Daryaei ein. Sein Land war wieder in Bewegung geraten. So isoliert es auch war, er wußte von den Anzeichen. Das zeigte sich an kaum merklichen Unterschieden bei der Kleidung, besonders bei Frauen. Nicht viel, nicht genug, daß seine wahren Gläubigen sie anprangern konnten, denn selbst die wahren Gläubigen hatten ihre Demut etwas gelockert, und es gab Grauzonen, in die Menschen vorstoßen konnten, um zu sehen, was passierte. Doch, die Leute glaubten noch an den Islam, aber eigentlich war der Heilige Koran doch nicht *so* streng, und ihr Land war reich, und um noch reicher zu werden, mußte es Geschäfte machen. Wie konnte es ein Vorbild des Glaubens sein, wenn es schließlich nicht noch reicher wurde? Die besten und aufgewecktesten jungen Iraner gingen ins Ausland, um sich zu bilden, denn sein Land verfügte nicht über die Schulen, die der ungläubige Westen bot – und größtenteils kehrten sie mit den Fähigkeiten zurück, die sein Land brauchte. Aber sie kamen auch mit anderen Dingen zurück, unsichtbaren, Zweifeln und Fragen und Erinnerungen an freizügiges Leben in einer anderen Gesellschaft, wo fleischliche Genüsse für die Schwachen verfügbar waren, und alle Menschen waren schwach. Was wäre, wenn alles, was Khomeini und er erreicht hatten, nur das verzögern würde, was der Schah in Gang gesetzt hatte? Die Leute, die in Reaktion auf Pehlewi zum Islam zurückgekehrt waren, trieb es nun wieder auf die vom Schah gebotene Verheißung der Freiheit zu. *Wußten* sie nicht? *Sahen* sie nicht? Sie konnten allen Glanz der Macht und alle Segnungen der Zivilisation haben und dennoch glaubenstreu blieben, immer noch den spirituellen Anker haben – ohne den alles *nichts* war.

Aber um das alles zu bekommen, mußte sein Land mehr sein als derzeit, und so konnte er sich das *nicht ganz* nicht leisten. Daryaei mußte das bieten, was zeigen würde, daß er die ganze Zeit recht gehabt hatte: daß der unerschütterliche Glaube die wahre Wurzel der Macht *war*.

Die Hinrichtung des irakischen Führers, das Unglück, das Amerika befallen hatte, diese Dinge mußten doch ein Zeichen sein. Er hatte sie sorgfältig studiert. Nun waren Irak und Iran eins, und das war das Werk eines ganzen Jahrzehnts gewesen – und praktisch zum gleichen Zeitpunkt war Amerika zum Krüppel geworden. Nicht bloß Badrayn informierte ihn. Er hatte seine eigenen Amerika-Experten, die sich im Getriebe jener Regierung auskannten. Er kannte Ryan vom einzigen wichtigen Treffen, hatte Maß genommen vom Mann, der sein wichtigster Widersacher sein mochte. Er wußte, daß Ryan keinen Stellvertreter gewählt hatte und nach den Gesetzen seines Landes auch nicht konnte, und so gab es nur diesen einen Moment, und er mußte handeln, oder dem Fluch des *nicht ganz* gegenüberstehen.

Nein, er würde nicht als weiterer Mohammed Pehlevi in Erinnerung bleiben. Er begehrte nicht den äußeren Putz der Macht, sondern sie selbst. Vor seinem Tod würde er den ganzen Islam führen. In einem Monat würde er das Öl des Persischen Golfs und die Schlüssel von Mekka haben, weltliche und geistliche Macht. Von dort aus würde sein Einfluß sich in alle Richtungen ausdehnen. In nur wenigen Jahren würde sein Land in jeder Hinsicht eine Großmacht sein, und er würde seinen Nachfolgern eine Erbschaft hinterlassen, wie sie die Welt seit Alexander dem Großen nicht mehr gesehen hatte. Um dieses Ziel zu erreichen, den Islam zu einen, den Willen Allahs und die Worte des Propheten Mohammed zu erfüllen, würde er das Notwendige tun, und wenn das bedeutete, schnell vorzugehen, dann würde er das. Insgesamt war der Vorgang einfach, drei einfache Schritte, wovon der dritte und schwierigste schon bereitstand, durch nichts mehr aufzuhalten, selbst wenn Badrayns Pläne alle völlig fehlschlugen.

Ging er zu schnell vor? fragte sich Daryaei zum letztenmal. Nein, er ging entschieden, überraschend, berechnend und mutig vor. Das würde die Geschichte von ihm sagen.

»Nachtflüge haben also viel zu bedeuten?« fragte Jack.

»Sicherlich, für die jedenfalls«, erwiderte Robby. Er mochte es, den Präsidenten auf diese Weise zu unterrichten, am späten Abend im Oval Office bei einem Drink. »Sie haben an der Ausrüstung immer mehr gespart als an Menschen. Hubschrauber – in diesem Fall französische, das gleiche Modell, von dem die Küstenwache ein paar hat – kosten Geld, und Nachtübungen haben wir nicht viel gesehen. Was die gerade durchführen, hat viel mit U-Boot-Abwehr zu tun. Also haben sie vielleicht vor, sich mit all diesen holländischen U-Booten anzulegen, die Taiwan letztes Jahr angeschafft hat. Wir kriegen auch eine Menge gemeinsamer Übungen mit der Luftwaffe mit.«

»Schlußfolgerung?«

»Sie üben für etwas Bestimmtes.« Der Operationsleiter des Pentagons klappte sein Notizbuch zu. »Sir, wir...«

»Robby«, sagte Ryan mit einem Blick über die von Cathy neu besorgte Lesebrille, »wenn du mich nicht wieder duzt, wenn wir allein sind, stuf ich dich per Exekutivbefehl wieder zum Ensign herab.«

»Wir sind nicht allein«, wandte Admiral Jackson mit einem Nicken zu Agentin Price ein.

»Andrea zählt nicht – ach, Scheiße, ich meine...« Ryan wurde rot.

»Es stimmt schon, Admiral, ich zähl' nicht«, sagte sie mit kaum zurückgehaltenen Lachen. »Mr. President, ich warte schon wochenlang darauf, daß Sie so etwas sagen.«

Jack blickte auf den Tisch und schüttelte den Kopf. »So kann doch kein Mensch leben. Jetzt nennt mich mein bester Freund ›Sir‹, und ich bin einer Dame gegenüber unhöflich.«

»Jack, du bist mein Oberbefehlshaber«, betonte Robby mit einem gelösten Grinsen angesichts der Verlegenheit seines Freundes. »Und ich bin bloß ein armer Matrose.«

Immer der Reihe nach, dachte der Präsident: »Agentin Price?«

»Ja, Mr. President?«

»Schenken Sie sich was ein und setzen Sie sich hin.«

»Sir, ich bin im Dienst, und die Bestimmungen...«

»Dann nehmen Sie was Leichtes, aber das ist ein Befehl Ihres Präsidenten. Tun Sie's!«

Sie zögerte, entschied aber dann, daß POTUS das Exempel brauchte.

Price goß sich einen größeren Fingerhut Whiskey in das traditionelle Glas, füllte ihn mit einer Menge Eis und Evian auf und setzte sich neben den Admiral. Dessen Frau Sissy war oben im Haus bei der Familie Ryan.

»Leute, es geht ganz praktisch darum, daß der Präsident auch mal ausspannen muß, und es fällt mir leichter, wenn Damen nicht stehen müssen und mein Freund mich hin und wieder duzen kann. Sind wir uns da einig?«

»Aye aye, Sir«, sagte Robby immer noch lächelnd. Er erfaßte aber die Logik und die verzwickte Lage. »Ja, Jack, wir sind alle entspannt jetzt, und wir werden's uns gutgehen lassen.« Er blickte zu Price hinüber. »Sie sind hier, um mich abzuknallen, wenn ich mich danebenbenehme, stimmt's?«

»Voll in den Kopf«, bekräftigte sie.

»Ich habe Raketen lieber. Sicherer«, fügte er hinzu.

»Sie haben das in einer Nacht aber mit einer Flinte gut hingekriegt, wie mir der Boß es erzählt hat. Übrigens, danke dafür.«

»Hä?«

»Daß Sie ihm das Leben gerettet haben. Wir kümmern uns gern um den Boß, auch wenn er mit den Hilfskräften ein wenig zu vertraulich wird.«

Jack füllte seinen Drink nach, während sie sich auf dem anderen Sofa entspannten. Bemerkenswert, dachte er. Zum erstenmal herrschte eine so gelöste Atmosphäre im Büro, daß zwei Leute direkt vor seiner Nase über ihn scherzen konnten, als wäre er ein menschliches Wesen und nicht POTUS.

»Das gefällt mir schon viel besser.« Der Präsident blickte auf. »Robby, das Mädel hat schon mehr Unsinn um die Ohren gehabt als wir, hat alles mögliche zu hören bekommen. Sie ist Magister, sehr clever, aber von mir wird erwartet, daß ich sie wie einen Gorilla behandle.«

»Ach zum Teufel, ich bin auch nur eine Kampfmaschine mit einem schlechten Knie.«

»Und ich weiß immer noch nicht, was zum Kuckuck ich sein soll. Andrea?«

»Ja, Mr. President?« Jack wußte, er würde es nicht schaffen, daß sie ihn beim Namen nannte.

»China, was halten Sie davon?«

»Ich glaube, ich bin keine Expertin, aber wenn Sie fragen: Ich weiß nicht.«

»Expertin genug«, bemerkte Robby knurrend. »Der ganze Hofstaat weiß auch nicht viel mehr. Die zusätzlichen U-Boote gehen gerade auf

Position«, sagte er zu Ryan. »Mancuso will sie auf der Nordsüdlinie zwischen den beiden Marinen. Ich hab' dem zugestimmt, und der Minister hat's abgesegnet.«

»Wie kommt Bretano zurecht?«

»Er weiß, was er nicht weiß, Jack. Er hört bei Einsatzfragen auf uns, stellt gute Fragen und hört besser zu. Er will nächste Woche raus zu den Leuten, sich umsehen und bilden. Seine Führungsqualitäten sind ehrfurchtgebietend, aber er fegt mit eisernem Besen – das heißt, das wird er noch. Ich hab' seinen Entwurf zur Minimierung der Bürokratie gesehen. Mein lieber Scholli«, schloß Admiral Jackson und verdrehte dabei die Augen.

»Hast du Probleme damit?« fragte Jack.

»Keineswegs. Ist seit fünfzig Jahren überfällig. Miss Price, ich bin gern im Einsatz«, erklärte er. »Ich mag ölverschmierte Fliegeroveralls, den Geruch nach Düsentreibstoff und wenn einen die Gs in den Sitz drücken. Aber wir von der vordersten Front haben die ganze Zeit die Bürohengste am Buckel wie eine Horde schnappender Hunde. Bretano mag Ingenieure und Macher, und er hat gelernt, Bürokraten und Buchhalter zu hassen. Ganz mein Typ.«

»Zurück zu China«, sagte Ryan.

»Okay, wir haben noch immer die ELINT-Flüge von Kadena aus, nehmen routinemäßigen Übungsverkehr auf. Die Absicht der Chi-Com kennen wir immer noch nicht. CIA gibt uns nicht viel, SigInt ist ohne Besonderheiten. State sagt, deren Regierung sagt, ›Wo liegt das Problem?‹, und das war's. Taiwans Marine ist stark genug, mit etwaiger Bedrohung fertig zu werden, wenn man sie nicht kalt erwischt. Das ist keine Gefahr. Hellwach und Gewehr bei Fuß, sie machen eigene Übungen. Viel Schall und Rauch, und eine Bedeutung sehe ich bisher nicht.«

»Zum Golf.«

»Nun ja, wir hören von unseren Leuten in Israel, daß sie sich alles genau anschauen, aber sie kriegen kaum verwertbare Sachen. Was sie an Lauschern hatten, ist womöglich bei den Generälen gewesen, die in den Sudan verduftet sind. Ich hab' ein Fax von Sean Magruder ...«

»Wer ist das?« wollte Ryan wissen.

»Er ist ein Colonel der Army, Boß der 10. Cav in der Negev. Letztes Jahr hab' ich ihn getroffen; auf so jemand hören wir. ›Der gefährlichste Mann auf der Welt‹ meint unser guter Freund Avi ben Jakob über Daryaei. Magruder hielt das für einsichtig genug, daß er es weitergegeben hat.«

»Und?«

»Wir müssen's im Auge behalten. Es ist wohl noch nicht ganz spruchreif, aber Daryaei hat Großmachtgelüste. Die Saudis packen's falsch an. Wir sollten jetzt schon Leute dorthin schicken, vielleicht nicht viele, aber einige, um der anderen Seite zu zeigen, daß wir mit im Spiel sind.«

»Darüber hab' ich mit Ali gesprochen. Seine Regierung will's nicht.«

»Falsches Signal«, bemerkte Jackson.

»Mein' ich auch.« POTUS nickte. »Wir werden dran arbeiten.«

»Wie ist der Zustand des saudischen Militärs?« fragte Price.

»Nicht so gut, wie's sollte. Nach dem Golfkrieg war's Mode, zur Nationalgarde zu gehen, und die haben Ausrüstung gekauft, als wär' Ausverkauf bei Mercedes. Eine Zeitlang haben sie Spaß an Soldatenspielen gehabt, aber dann rausgefunden, daß man das Zeug ja auch warten muß. Dazu haben sie Leute angeheuert. Fast so wie mit den Knappen und Rittern in der guten alten Zeit. So ist's nicht mehr«, sagte Jackson. »Und jetzt üben sie nicht mehr. Na klar, sie donnern mit ihren Panzern rum und feuern in die Gegend – mit dem M1 macht es Spaß, zu schießen, und das tun sie ausgiebig –, aber sie üben nicht in Einheiten. Knappen und Ritter. Nach ihrer Tradition sind Typen auf Pferden anderen Typen auf Pferden nachgejagt – einer gegen den anderen, wie im Film. Krieg ist nicht so. Krieg ist die Zusammenarbeit eines großen Teams. Ihre Kulturgeschichte spricht aber gegen dieses Modell. Unterm Strich sind sie nicht so gut, wie sie meinen. Wenn die UIR eines Tages so weit ist, daß ihr Militär gemeinsam losschlägt und nach Süden vorstößt, sind die Saudis waffenmäßig und mannschaftsmäßig todsicher unterlegen.«

»Wie kriegen wir das auf die Reihe?« fragte Ryan.

»Zuerst einmal sollten wir einige unserer Leute rüberschicken und einige von ihren hierher, zum National Training Center zu einem Crashkurs in Realität. Auch Mary Diggs vom NTC...«

»Mary?«

»General Marion Diggs: ›Mary‹ stammt noch vom West Point; eine Uniformgeschichte«, erzählte Robby Price. »Ich würde gern ein Panzerbataillon der Saudis herüberfliegen und von der OpFor ein paar Wochen in Grund und Boden stampfen lassen, damit sie's kapieren. So haben's unsere Leute gelernt. So haben's die Israelis gelernt. Und so müssen's die Saudis lernen, auf die Art ist's doch ersichtlich einfacher als in einem heißen Krieg. Diggs ist dafür, tolle Sache. Gib uns drei oder vier Jahre, vielleicht weniger, wenn wir ein sauberes Übungsprogramm in Saudi-Arabien einrichten, und wir bringen ihre Armee auf Zack – wenn nicht die Politik wäre«, fügt er hinzu.

POTUS nickte. »Yeah, das wird die Israelis nervös machen, und die

Saudis sehen ein zu starkes Militär auch nicht allzugern, aus innenpolitischen Gründen.«

»Du könntest ihnen die Geschichten von den sieben Geißlein erzählen. Es mag nicht zu ihrer Kultur passen, aber der große böse Wolf ist gerade nebenan eingezogen, und sie sollten besser die Ohren aufstellen, bevor er holtert und poltert.«

»Mir schon klar, Robby. Ich sorge dafür, daß Adler und Vasco das durchdenken.« Ryan sah auf die Uhr. Wieder ein Fünfzehnstundentag. Ein weiterer Drink wäre fein gewesen, aber so, wie's aussah, bekam er mit Glück noch sechs Stunden Schlaf, und er wollte nicht mit stärkeren Kopfschmerzen aufwachen als nötig. Er stellte sein Glas hin und bedeutete den anderen beiden, sie sollten ihm die Rampe hinunter und zur Tür hinaus folgen.

»SWORDSMAN unterwegs in die Wohnung«, sagte Andrea in ihr Funkmikro. Eine Minute später trug der Aufzug sie alle nach oben.

»Passen Sie auf, daß niemand den Alkohol merkt«, bemerkte Jack zu seiner Oberagentin.

»Was *sollen* wir bloß mit Ihnen machen?« fragte sie mit Blick zur Decke, als die Türen aufgingen.

Jack ging zuerst, die beiden anderen blieben zurück, als er sein Jackett abnahm, das er nur sehr widerwillig die ganze Zeit trug.

»Nun, jetzt wissen Sie's«, sagte Robby zur Secret-Service-Agentin.

»Yeah.« Eigentlich wußte sie's schon lange, lernte aber über SWORDSMAN immer noch dazu.

»Passen Sie gut auf ihn auf, Price. Wenn er von hier abhaut, will ich meinen Freund wiederhaben.«

Die Launen des Windes sorgten dafür, daß der Lufthansa-Flug als erster am internationalen Terminal in Frankfurt ankam. Die Kuriere sahen sich vor einem verkehrten Trichter. Der enge Teil war die Fluggastbrükke, und beim Hinaustreten in die Halle fächerten sie sich alle auf und schauten auf den Videomonitoren nach ihren Flugsteigen. Der Zwischenaufenthalt reichte von einer bis drei Stunden, und ihr Gepäck würde automatisch von einem Flieger zum anderen transferiert werden – bei allen Beschwerden über die Gepäckabfertigung in Flughäfen, 99,9 Prozent reicht bei den meisten menschlichen Tätigkeiten zum Weiterkommen aus, und die Deutschen waren berüchtigt für ihre Tüchtigkeit. Um eine Zollkontrolle brauchten sie sich keine Sorgen zu machen, weil keiner von ihnen mehr Zeit als nötig in Europa verbringen würde. Sie vermieden geflissentlich Augenkontakt, selbst als drei von ihnen eine

Cafeteria betraten und alle drei nach kurzer Überlegung Koffeinfreien verlangten. Zwei betraten aus naheliegenden Gründen die Toilette und warfen einen prüfenden Blick in den Spiegel. Einer von ihnen, mit besonders starkem Bartwuchs, sah, daß sein Kinn bereits wieder Schatten aufwies. Sollte er sich vielleicht rasieren? Keine gute Idee, dachte er mit einem Lächeln in den Spiegel. Dann hob er die Reisetasche auf und schritt zur First-Class-Lounge, um auf den Flug nach Dallas/Fort Worth zu warten.

»Langer Tag, hm?« fragte Jack, nachdem alle gegangen waren und nur die übliche Wachpatrouille draußen war.

»Yeah. Große Visite morgen mit Bernie. Und am Tag drauf einige Eingriffe.« Cathy, so müde wie ihr Mann, schlüpfte in ihr Nachthemd.

»Was Neues?«

»Nicht in meinem Laden. Hab' mit Pierre Alexandre Mittag gegessen. Er ist ein neuer außerordentlicher Professor unter Ralph Forster, aus der Army, ganz schön gescheit.«

»Infektionskrankheiten?« Jack erinnerte sich vage, den Mann bei irgendeinem Anlaß kennengelernt zu haben. »AIDS und so?«

»Yeah.«

»Übel«, bemerkte Ryan, als er ins Bett stieg.

»Die haben grad noch mal Schwein gehabt. Es gab einen Mini-Ausbruch von Ebola in Zaire«, sagte Cathy, die sich auf der anderen Seite hinlegte. »Zwei Tote. Dann sind noch zwei weitere Fälle im Sudan aufgetaucht, aber es sieht nicht aus, als würde es sich verbreiten.«

»Ist Ebola so schlimm, wie behauptet wird?« Jack drehte das Licht aus.

»Sterblichkeit achtzig Prozent – ganz schön schlimm.« Sie zerrte die Bettdecke zurecht und rückte zu ihm. »Jetzt aber genug. Sissy sagt, sie hat in zwei Wochen ein Konzert im Kennedy Center. Beethovens Fünfte, und du wirst es nicht glauben, Fritz Bayerlein am Pult. Meinst du, wir könnten Karten kriegen?« Er spürte, wie seine Frau im Dunkeln lächelte.

»Ich glaub', ich kenn den Besitzer. Mal schauen, was sich machen läßt.« Ein Kuß. Ein Tag vorbei.

»Dann bis morgen, Jeff.« Price ging nach rechts zu ihrem Wagen, Raman nach links zu seinem.

Dieser Job war geisttötend, sagte sich Aref Raman. Der rein mechanische Ablauf, die Stunden, das Beobachten, Warten und Nichtstun – aber immer bereit sein.

*Hmm.* Warum sollte er sich beklagen? Er fuhr nach Norden, wartete, bis die Sicherheitsschranke aufging, und wandte sich dann nach Nordwesten. Bei den leeren Straßen ging es schnell. Bis er in seiner Wohnung war, hatte der nachlassende Streß, im Detail des White House zu arbeiten, ihn schläfrig gemacht, aber es gab noch weitere übliche Verrichtungen.

Er sperrte die Tür auf, schaltete das Alarmsystem aus, hob die durch den Türschlitz geworfene Post auf und überflog sie. Eine Rechnung, der Rest war Werbemüll.

Er hängte den Mantel auf, hakte Pistole und Halfter vom Gürtel und ging in die Küche. Der Anrufbeantworter blinkte. Eine Nachricht.

»Mr. Sloan«, sagte ihm die digitale Maschine mit einer vertrauten Stimme, die er dennoch erst einmal zuvor gehört hatte, »hier ist Mr. Alahad. Ihr Teppich ist gerade eingetroffen und zur Auslieferung bereit.«

## 37 / Entladungen

Amerika lag im Schlaf, als sie in Amsterdam, London, Wien und Paris die Flugzeuge bestiegen. Diesmal waren keine zwei im selben Flugzeug, und die Abflugzeiten waren so gestaffelt, daß nicht der gleiche Zollinspektor Gelegenheit hätte, zwei Rasiersets zu öffnen, die gleiche Rasiercrememarke zu finden und sich zu wundern – wie unwahrscheinlich das auch sein mochte. Wirklich riskant war der gemeinsame Abflug so vieler Männer von Teheran gewesen, aber man hatte sie angewiesen, wie sie sich verhalten sollten. Doch wenn die stets wachsame deutsche Polizei zum Beispiel eine Schar Männer aus dem Mittleren Osten bemerkt hätte, die nach der Ankunft eines Fluges zusammenstanden, so waren Flughäfen stets anonyme Orte voller leicht verwirrt herumwandernder Menschen, die oft müde, meist desorientiert schienen, und einsame, ziellos geisternde Reisende glichen sich ziemlich.

In Amsterdams Flughafen Schiphol International ging der erste zu seinem Transatlantikflug an Bord einer 747 der Singapore Airlines. Der Passagierflug mit der Nummer SQ26 um 8.30 Uhr startete planmäßig. Der Flug würde knapp acht Stunden dauern. Der Kurier hatte einen First-Class-Fensterplatz. Er neigte die Rückenlehne. An seinem Zielort war es noch nicht mal drei Uhr früh, und er zog Schlaf einem Film vor, wie die meisten anderen in der Nase des Flugzeugs. Seinen Reiseplan kannte er auswendig. Im Moment reichte Schlaf; er wandte den Kopf auf dem Kissen, beruhigt vom Rauschen der Luft, die am doppelschichtigen Fenster vorbeistrich.

Andere Flüge waren hinter ihm in der Luft mit anderen Kurieren unterwegs nach Boston, Philadelphia, Washington/Dulles, Atlanta, Orlando, Dallas/Fort Worth, Chicago, San Francisco, Miami und Los Angeles, den zehn Haupteinflugstoren nach Amerika. Auf jeden von ihnen wartete eine Handelsmesse oder eine Tagung. Zehn weitere Städte, Baltimore, Pittsburgh, St. Louis, Nashville, Atlantic City, Las Vegas, Seattle, Phoenix, Houston und New Orleans, boten auch Veranstaltungen, und dorthin gab es kurze Flüge – in zwei Fällen sogar bloß kurze Autofahrten – vom nächsten Einreiseort.

Der Kurier im Flug SQ26 ließ sich das alles durch den Kopf gehen, als er wegdämmerte. Das Rasierzeug war in seinem Handgepäck unter dem Vordersitz untergebracht, und er achtete darauf, daß er die Tasche mit seinen Füßen nicht berührte, geschweige denn trat.

Außerhalb Teherans ging es auf Mittag zu. Movie Star beaufsichtigte seine Gruppe bei Waffenübungen. Es war hauptsächlich Formsache und diente vor allem der Moral. Sie konnten alle gut schießen, im Bekaatal gelernt und geübt, und daß sie andere Waffen benützten als in Amerika, war unerheblich. Gewehr war Gewehr, und Ziele waren Ziele, und bei beidem kannten sie sich aus. Sie konnten natürlich nicht alles simulieren, aber alle konnten fahren und waren täglich stundenlang die Diagramme und Modelle durchgegangen. Sie würden spätnachmittags einfallen, wenn Eltern ihre Kinder zum täglichen Heimweg abholten, wenn die Leibwache müde und gelangweilt war von einem Tag der Beobachtung von Kindern bei kindischen Dingen. Movie Star hatte mehrere ›Stamm‹-Autos gesehen, und einige waren verbreitete Modelle, die sich leicht mieten ließen. Die Gegner waren so geübt und erfahren, wie es nur ging, aber keine Supermänner. Einige waren gar Frauen, und trotz aller Erfahrung mit dem Westen sah Movie Star Frauen nicht als ernsthafte Gegner an, mit oder ohne Waffen. Der größte taktische Vorteil war aber, daß sein Team willens war, die tödliche Schlagkraft mit ungehemmter Begeisterung einzusetzen. Inmitten von über zwanzig Kleinkindern, mit Schulpersonal und wahrscheinlich ein paar Eltern im Wege, würden die Gegner stark behindert sein. Nein, der Aktionsbeginn war das leichteste. Schwierig war der Fluchtweg – wenn es so weit kam. Er mußte seinem Team sagen, daß sie fliehen würden und es einen Plan gab. Aber das war unwesentlich, und im Herzen wußten es alle.

Sie waren alle bereit, sich in dem unverkündeten Dschihad zu opfern, sonst wären sie gar nicht erst der Hisbollah beigetreten. Sie waren auch bereit, ihre Geiseln als Opfer zu sehen. Aber das war nur ein praktisches Etikett. Die Religion war eigentlich nichts weiter als eine Fassade für das, was sie taten und waren. Ein ernsthafter Religionsgelehrter wäre bei ihren Absichten erblaßt, aber der Islam hatte viele Anhänger, und darunter gab es etliche, die gerne die Schriften auf unkonventionelle Art auslegten, und auch sie hatten Anhänger. Was Allah von ihren Handlungen gedacht hätte, machte ihnen keine großen Sorgen, und Movie Star machte sich nicht die Mühe, überhaupt dran zu denken. Für ihn war es ein Geschäft, eine politische Erklärung, eine berufsmäßige Herausforderung, eine weitere Aufgabe, die seine Zeit beanspruchte. Vielleicht war es auch ein Schritt auf ein größeres Ziel zu, dessen Erreichen ein bequemes Leben und vielleicht sogar etwas persönliche Macht und Stabilität bedeuten würde – aber insgeheim glaubte er nicht einmal das. Früher, ja, da hatte er noch an den Sturz Israels geglaubt, die Tilgung der Juden vom Angesicht der Erde, doch die sorglose Überzeugung seiner Jugend war lange schon verblaßt. Die Natur ihrer Aufgabe war eigentlich unwichtig, oder? fragte er sich beim Betrachten der grimmig enthusiastischen Gesichter, als die Männer die Übungsziele durchlöcherten. Ja, denen schien's wichtig zu sein, aber er wußte es besser.

Für Inspektor Patrick O'Day begann der Tag um halb sechs. Es war die stillste Tageszeit. Die meisten Menschen (die vernünftigen) waren noch nicht auf. Kein Verkehr auf den Straßen. Selbst die Vögel schlummerten noch auf ihren Ästen. Als er die Zeitungen von draußen hereinholte, fragte er sich, warum die Welt nicht immer so war. Durch die Bäume im Osten war schon der erste Schimmer der anbrechenden Dämmerung zu ahnen, obwohl die strahlendsten Sterne noch über ihm standen. Kein einziges Licht zeigte sich in den restlichen Häusern der Siedlung. Verdammt. War er der einzige, der zu so schinderischen Zeiten arbeiten mußte?

Wieder drinnen, nahm er sich zehn Minuten Zeit, um die Morgenausgaben von *Post* und *Sun* zu Überfliegen. Er hielt sich auf dem laufenden, besonders über Kriminalfälle. Als Inspektor ohne feste Diensteinteilung, direkt dem Büro des Direktors unterstellt, wußte er von einem Tag auf den andern nie, zu welchem Fall er geschickt würde, was oft bedeutete, einen Babysitter zu bestellen. Daher hatte er sich schon überlegt, ein festes Kindermädchen anzustellen. Er konnte sich's leisten – die Versicherungsregelung beim Tod seiner Frau durch den

Flugzeugabsturz hatte ihm tatsächlich eine gewisse finanzielle Unabhängigkeit eingebracht. Aber ein Kindermädchen? Nein. Das wäre eine weibliche Person, und Megan würde sie für eine Mutter halten und – nein, das konnte er nicht haben. Statt dessen schob er lieber diesen Dienst und opferte sich auf, um Vater und Mutter gleichzeitig zu sein, und noch kein Grizzlybär hatte sein Junges besser behütet. Vielleicht kannte Megan den Unterschied nicht. Vielleicht gediehen Kinder unter der Pflege einer Mutter und bauten eine feste Bindung zu ihr auf, konnten das aber genauso zum Vater entwickeln. Wenn andere Kinder sie nach ihrer Mami fragten, erklärte sie, daß Mami sehr früh in den Himmel gegangen sei – und hier ist mein Papi! Abgesehen von den psychologischen Umständen, trieb die Nähe der beiden, die für Megan so natürlich schien, gelegentlich Tränen in die Augen ihres Vaters. Die Liebe eines Kindes ist stets bedingungslos, noch dazu, wenn es nur ein Objekt hat. Inspektor O'Day war manchmal dankbar dafür, daß er seit Jahren keine Kidnappingfälle mehr bearbeitet hatte. Wenn er das heute müßte… Er nahm einen Schluck Kaffee und gestand sich ein, er würde wohl nach Mitteln suchen, den Täter nicht verhaften zu müssen. Es gab immer Wege. Als junger Agent hatte er sechs Fälle bearbeitet – Kindesentführung wegen Geld war heutzutage selten geworden; es hatte sich herumgesprochen, daß es sich nicht auszahlte, daß die volle Macht des FBI wie der Zorn Gottes auf solche Täter herniederfuhr – und erst jetzt verstand er völlig, was das für verabscheuungswürdige Verbrechen waren. Man mußte selbst erst ein Kind haben, winzige Ärmchen um den Hals spüren, um die Größenordnung eines solchen Verbrechens zu verstehen – aber dann wurde das Blut zu Eis, und die eigenen Emotionen wurden nicht so sehr ausgeschaltet als so lange wie notwendig blockiert, bevor sie wieder zugelassen werden konnten. Er dachte an seinen ersten Oberinspektor Dominic DiNapoli, ›zähester Itaker diesseits der Gambino-Familie‹, hieß es im Bureau, der selbst wie ein Baby geweint hatte, als er das lebende Opfer eines solchen Verbrechens den Eltern übergeben hatte. Erst jetzt verstand er, daß dies ein weiteres Zeichen von Doms Hartgesottenheit gewesen war. Yeah. Und *der* Täter würde *nie* wieder aus dem Bundesgefängnis in Atlanta kommen.

Dann war es Zeit, Megan zu wecken. Sie lag zusammengekuschelt in ihrem Strampelanzug, dem blauen mit dem freundlichen Gespenst Casper drauf. Er sah, daß sie aus dem schon herauswuchs. Die winzigen Zehen drückten gegen die plastikverstärkten Sohlen. Sie wuchsen derartig schnell. Er kitzelte sie an der Nase, und sie machte die Augen auf.

»Daddy!« Sie setzte sich auf und erhob sich dann, um ihm ein Küßchen zu geben. Pat wunderte sich, wieso Kinder mit einem Lächeln aufwachten. Erwachsene taten das nicht. Und nun fing der Tag ernsthaft an, mit einem weiteren Weg ins Badezimmer. Er bemerkte mit Freude, daß ihr Höschen trocken war. Megan lernte allmählich, die Nacht trokken durchzuschlafen. Irgendwie sehr seltsam, darauf stolz zu sein, dachte er. Er fing mit der Rasur an, ein Ereignis, das seine Tochter täglich faszinierte. Dann beugte er sich zu ihr, sie befühlte sein Gesicht und verkündete: »Okay!«

Zu essen gab es heut morgen Haferbrei mit Bananenstückchen und einem Glas Apfelsaft, dazu der Disneykanal am Küchenfernseher, während Daddy sich der Zeitung widmete. Megan brachte ganz allein ihr Schälchen zur Spülmaschine, eine sehr ernsthafte Aufgabe. Der schwierigste Teil bestand darin, das Schälchen richtig in die Halterung zu stekken. Megan arbeitete noch daran; schwieriger, als die Schuhe zuzumachen, die Klettverschlüsse hatten. Mrs. Daggett hatte ihm gesagt, daß Megan ein ungewöhnlich aufgewecktes Kind war, wieder etwas, worüber er vor Stolz strahlen konnte, dann folgte aber stets die Trauer der Gedanken an seine Frau. Pat sagte sich, er könne Deborahs Gesicht in ihrem sehen, aber wenn er ganz aufrichtig war, fragte sich der Agent manchmal, wieviel davon Wunsch und wieviel Faktum war. Zumindest schien sie den Grips ihrer Mutter zu haben. Vielleicht sah er deren kluge Miene in Megan.

Die Fahrt im Pick-up war Routine. Die Sonne war aufgegangen, und der Verkehr noch spärlich. In ihrem Kindersitz schaute Megan wie üblich verwundert auf die anderen Autos.

Die Ankunft war ebenfalls Routine. Da war natürlich die Agentin, die im 7-Eleven-Kiosk arbeitete, und dazu die Vorausgruppe im Giant Steps. Nun, niemand würde je *sein* kleines Mädchen entführen. Wenn es um die Arbeit ging, schwand die Rivalität zwischen FBI und Secret Service weitgehend, außer gelegentlichen Insiderwitzen. Er war froh, daß sie dort waren, und ihnen machte es nichts aus, wenn dieser Mann bewaffnet herkam. Er brachte Megan hinein, und sie rannte gleich auf Mrs. Daggett zu, um sie zu umarmen, und legte ihr Deckchen in ihr Fächlein hinten. Schon hatte ihr Tag mit Lernen und Spielen begonnen.

»He, Pat«, begrüßte ihn der Agent an der Tür.

»Morgen, Norm.« Beide Männer gähnten.

»Ihr Zeitplan ist so bescheuert wie meiner«, meinte Spezialagent Jeffers. Er war ein Agent, der nur unregelmäßig zum SANDBOX-Detail gehörte, und diesen Morgen arbeitete er bei der Vorausgruppe.

»Wie geht's der Frau?«

»Sechs Wochen, dann müssen wir einen Platz wie den hier suchen. Ist er so gut, wie er aussieht?«

»Mrs. Daggett? Präsidenten fragen«, scherzte O'Day. »Sie haben alle ihre Kinder hierhergeschickt.«

»Wird wohl nicht so schlecht sein«, gab der Secret-Service-Mann zu. »Was gibt's bei Kealty?«

»Jemand im Außenministerium lügt. Das sagt man bei OPR.« Er zuckte die Achseln. »Nicht klar, wer. Die Polygraphdaten brachten nüscht. Schnappen Ihre Leute was auf?«

»Ja, 's ist schon komisch. Er schickt sein Detail viel weg. Echt, sogar nach dem Motto, er will sie nicht in eine Lage bringen, wo sie ...«

»Schon verstanden.« Pat nickte. »Und die müssen mitspielen?«

»Keine Wahl. Er trifft sich mit Leuten, aber wir wissen nicht immer, mit wem, und wir dürfen nicht rausfinden, was er gegen SWORDSMAN anleiert.« Ein frustriertes Kopfschütteln. »Ist das nicht schön?«

»Ich mag Ryan.« Seine Augen schweiften umher, suchten nach Verdächtigem. Das war so automatisch wie's Atmen.

»Wir mögen den Kerl«, schloß sich Norm an. »Meinen, er müßt's schaffen. Kealty steckt voller Scheiße. Ich war bei seinem Detail, als er noch VP war, okay? Mußte vor der Tür Posten stehen, während er drinnen das eine oder andere Leckerchen vernaschte. Gehörte zum Job«, schloß er sauer. Die Bundesagenten tauschten einen Blick. Dies war eine Inside-Story, nur für den internsten Gebrauch, und während die Secret-Service-Agenten für den Schutz der Prinzipalen und Bewahrung aller Geheimnisse ihr Gehalt bezogen, hieß das nicht, daß es ihnen gefallen mußte.

»Schätze, Sie haben recht. Und wie steht's hier?«

»Russel will noch drei weitere Leute, aber ich glaube nicht, daß er sie kriegt. Zum Teufel, wir haben drei gute Agenten drin, und drei passen nebenan auf, und ...« Er gab nichts preis.

»Yeah, gegenüber auch. Russel scheint sich auszukennen.«

»Opa ist der Beste«, fiel Norm dazu ein. »Er hat die Hälfte der Leute im Service ausgebildet, und du solltest ihn schießen sehen, beidhändig.«

O'Day lächelte. »Warum sagt mir das jeder? Eines Tages muß ich ihn wohl zu 'nem freundschaftlichen Wettkampf einladen.«

Ein Grinsen. »Andrea hat's mir gesagt. Sie, ähm, hat Ihre FBI-Akte gezupft ...«

»Was?«

»He, Pat, das ist Geschäft. Wir überprüfen jeden. Wir haben eine Prinzipalin hier, kapiert?« fuhr Norm Jeffers fort. »Sie wollte ja auch

Ihre Waffenkarte sehen. Wie ich höre, ganz ordentlich, aber ich sag's Ihnen, Mann, wer sich mit Russel anlegen will, muß Geld mitbringen, klar?«

»Das bringt doch die Pferde zum Laufen, Mr. Jeffers.« O'Day liebte solche Herausforderungen, und er mußte erst noch eine verlieren.

»Darauf können Sie Ihren Arsch verwetten, Mr. O'Day.« Er hob die Hand, rückte seinen Ohrstöpsel zurecht und sah auf die Uhr. »Sind gerade los. SANDBOX ist unterwegs. Unsre Kleine und Ihre Kleine sind dick befreundet.«

»Sie scheint mir ein tolles Mädel zu sein.«

»Das sind hier alles tolle Kinder. Einige Grobiane drunter, aber so sind Kinder eben. Bei SHADOW werden wir alle Hände voll zu tun haben, wenn sie sich ernsthaft mit Jungs abgibt.«

»Davon will ich nichts hören!«

Jeffers lachte herzhaft. »Yeah, ich hoffe, bei uns wird's ein Junge. Mein Vater – der ist Polizeihauptmann in Atlanta – sagt, Töchter sind die Strafe Gottes dafür, daß du 'n Mann bist. Man lebt in ständiger Angst, daß sie jemandem begegnen, der ist, wie man selbst mit siebzehn war.«

»Genug! Ich geh' jetzt lieber arbeiten, Kriminelle abpassen.« Er klopfte Jeffers auf die Schulter.

»Sie wird hiersein, wenn Sie zurückkommen, Pat.«

O'Day ließ das übliche Nachtanken von Kaffee drüben am Ritchie Highway aus und steuerte statt dessen die Route 50 hinab. Er mußte zugeben, daß der Secret Service sein Handwerk verstand. Aber es gab zumindest einen Aspekt der Sicherheit des Präsidenten, für den das FBI zuständig war. Er müßte heute früh mal mit den Leuten von der OPR reden – natürlich informell.

Einer starb, eine ging heim, und das fast gleichzeitig. Es war MacGregors erster Ebola-Tod. Er hatte genug andere gesehen, vergebliche Reanimation nach Herzinfarkt, Schlaganfälle, Krebs oder einfach das Alter. Meist waren Ärzte nicht anwesend, da fiel es den Schwestern zu. Aber hier war er zugegen. Am Ende war es nicht so sehr Frieden als Erschöpfung. Salehs Körper hatte sich standhaft gewehrt, und seine Kraft hatte den Kampf und die Schmerzen bloß verlängert, wie bei Soldaten in aussichtsloser Schlacht. Schließlich war ihm die Kraft ausgegangen, der Körper kollabierte und wartete auf den Todeseintritt. Das Alarmsignal am Herzmonitor ging los, und nichts war zu tun, als ihn abzuschalten. Dieser Patient würde nicht wiederbelebt. Infusionen wurden abgehängt, und die Kanülen sorgfältig in den roten Plastikbehälter geworfen. Praktisch alles, was mit dem Patienten in Berührung gekommen war, würde man verbrennen. Das war gar nicht so bemerkenswert. Opfer von AIDS und Hepatitis wurden ebenfalls als tödlich verseucht behandelt, und das Verbrennen der Leichen war wie bei Ebola angeraten – außerdem hatte die Regierung drauf bestanden. Also, eine Schlacht verloren.

MacGregor war erleichtert, gestand er sich etwas beschämt ein, als er die Schutzkleidung das letztemal abstreifte und sich gründlich wusch. Dann ging er zu Sohaila. Sie war noch schwach, konnte aber zur weiteren Genesung entlassen werden. Letzte Tests zeigten, daß ihr Blut voller Antikörper war. Irgendwie hatte ihr Immunsystem sich dem Feind gestellt und war Sieger geblieben. Es war kein aktives Virus mehr in ihr. Sie durfte wieder in den Arm genommen werden. In einem anderen Land wäre sie für weitere Tests dabehalten worden und hätte für ausgiebige Laborstudien noch eine erkleckliche Menge Blut abgeben müssen, aber auch hier hatte die Regierung interveniert und angeordnet, sie sollte in der Minute aus dem Krankenhaus entlassen werden, wo dies sicher sei. MacGregor hatte das hinausgezögert, aber nun wußte er bestimmt, daß es keine Komplikationen mehr geben würde. Der Arzt hob sie persönlich auf und setzte sie in den Rollstuhl.

»Wenn es dir bessergeht, wirst du mich besuchen kommen?« fragte er mit einem herzlichen Lächeln. Sie nickte. Ein aufgewecktes Kind. Ihr Englisch war gut. Ein hübsches Kind mit einem reizenden Lächeln trotz ihrer Erschöpfung, froh, wieder heimzukommen.

»Doktor?« Das war ihr Vater. Er mußte vom Militär kommen, so stramm, wie er dastand. Was er äußern wollte, zeigte sich schon auf seinem Gesicht, bevor er noch die Formulierung kannte.

»Ich hab' sehr wenig getan. Ihre Tochter ist jung und stark, und das hat sie gerettet.«

»Aber diese Schuld werde ich nicht vergessen.« Ein fester Händedruck, und MacGregor fiel die Zeile von Kipling über Ost und West ein. Was immer dieser Mann – der Arzt hatte so seinen Verdacht – auch war, alle Menschen hatten etwas gemeinsam.

»Sie wird noch etwa vierzehn Tage schwach sein. Sie darf essen, was sie will, und sollte am besten soviel wie möglich schlafen.«

»Wir werden uns danach richten«, versprach Sohailas Vater.

»Sie haben meine Nummer, hier und zu Hause, wenn Sie noch irgendwelche Fragen haben.«

»Und wenn Sie Schwierigkeiten haben, mit der Regierung zum Beispiel, dann lassen Sie es mich bitte wissen.« Das Ausmaß der Dankbarkeit dieses Mannes wurde damit deutlich. Wer weiß, wofür's gut wäre; MacGregor hatte gewissermaßen einen Beschützer. Da konnte es nicht schaden, entschied er, sie zum Ausgang zu begleiten. Daraufhin ging er wieder ins Büro.

»Also ist alles stabilisiert«, sagte der Beamte nach seinem Bericht.

»Das stimmt.«

»Das Personal ist untersucht worden?«

»Ja, und wir werden morgen zur Sicherheit noch die Tests wiederholen. Beide Patientenzimmer werden heute voll desinfiziert. Alle kontaminierten Gegenstände werden bereits verbrannt.«

»Die Leiche?«

»Ebenfalls zur Verbrennung verpackt, wie angeordnet.«

»Ausgezeichnet, Dr. MacGregor, Sie haben es gut gemacht, und ich bedanke mich dafür. Nun können wir vergessen, daß dieser unglückliche Zwischenfall je passiert ist.«

»Aber *wie* ist das Virus hergekommen?« klagte MacGregor, denn weiter konnte er nicht gehen.

Der Beamte wußte es nicht, und so sprach er vertraulich: »Das braucht Sie nicht zu kümmern und mich auch nicht. Es wird nicht wieder vorkommen. Dessen bin ich sicher.«

»Wenn Sie meinen.« Nach einigen weiteren Worten legte MacGregor auf und starrte die Wand an. Noch ein Fax an CDC, entschied er. Dagegen konnte die Regierung nichts haben. Er mußte ihnen mitteilen, daß der Ausbruch sozusagen zusammengebrochen war. Und das war auch erleichternd. Besser, sich wieder der normalen Praxis zuzuwenden – und Krankheiten, die er besiegen konnte.

Es stellte sich heraus, daß Kuwait über das Treffen detaillierter berichtete als Saudi-Arabien, vielleicht weil die kuwaitische Regierung Familiensache war, mit Wohnsitz dummerweise an einer *sehr* gefährlichen Ecke. Adler reichte dem Präsidenten die Abschrift. Er überflog sie schnell.

»Das liest sich wie ›Schleicht euch‹.«

»Erfaßt«, pflichtete der Außenminister bei.

»Entweder hat Außenminister Sabah alle Höflichkeiten herausgestrichen oder das, was er zu hören bekam, hat ihm angst gemacht. Ich wette auf das zweite«, entschied Bert Vasco.

»Ben?« fragte Jack.

Dr. Goodley schüttelte den Kopf. »Wir haben hier wohl ein Problem.«

»›Wohl?‹« fragte Vasco. »Das geht über ›wohl‹ weit hinaus.«

»Okay, Bert, Sie sind unser bester Prognostiker für den Persischen Golf«, bemerkte der Präsident. »Wie wär's mit 'ner weiteren Vorhersage?«

»Die Kultur dort ist eine des Feilschens. Es gibt ausgefeilte Wortrituale für wichtige Treffen. ›Hallo, wie geht's?‹ kann eine Stunde dauern. Wenn wir glauben, daß dies ausblieb, sagt uns das Fehlen einiges. Sie haben es schon gesagt, Mr. President: ›*Schleicht euch.*‹« Aber interessant, dachte Vasco, daß sie mit einem gemeinsamen Gebet angefangen hatten. War das vielleicht ein vielsagendes Signal für die Saudis, aber nicht für die Kuwaiter? Selbst er kannte nicht jeden Aspekt der dortigen Kultur.

»Aber warum spielen es die Saudis herunter?«

»Sie haben mir gesagt, Prinz Ali hätte Ihnen einen anderen Eindruck vermittelt.«

Ryan nickte. »Das stimmt. Fahren Sie fort.«

»Das Königreich ist etwas schizophren. Sie mögen und vertrauen uns als strategischen Partnern, aber gleichzeitig sehen sie unsere Kultur mit Mißfallen und Mißtrauen. Sie fürchten halt, daß zuviel Einfluß aus dem Westen schlecht für ihre Gesellschaft ist. In sozialen Fragen, wie wir's nennen, sind sie erzkonservativ. Als unsere Armee '91 drüben war, haben sie zum Beispiel gefordert, daß die Feldgeistlichen die religiösen Symbole von der Uniform entfernen, und als sie Frauen gesehen haben, die Autos fuhren und Waffen trugen, sind sie fast durchgedreht. Einerseits sind sie von uns als Sicherheitsgarant – Prinz Ali fragt Sie doch ständig danach, stimmt's? – abhängig, andererseits fürchten sie, daß wir als Schutzmacht ihr Land moralisch zersetzen. Es läuft immer wieder auf Religion hinaus. Sie würden wahrscheinlich lieber mit Daryaei was aushandeln, als uns einladen zu müssen, ihre Grenze zu schützen, und so wird die Mehrheit in der Regierung diesen Weg verfolgen, im Wissen, daß wir ja *doch* kommen, falls nötig. In Kuwait sieht's anders aus. Wenn wir ums Ansetzen einer Übung anfragen, sagen die noch im gleichen Atemzug ja, selbst wenn die Saudis sie davon abbringen wollen. Das gute dran ist, daß Daryaei das weiß, und so schnell kann er nicht losschlagen. Wenn der anfängt, Truppen nach Süden zu verlegen ...«

»Wird die Agency uns warnen«, sagte Goodley zuversichtlich. »Wir wissen, wonach wir schauen müssen, und die sind nicht ausgebufft genug, um es zu verbergen.«

»Wenn wir jetzt Truppen nach Kuwait verlegen, wird das als aggressiver Akt aufgefaßt«, warnte Adler. »Wir sollten uns lieber vorher mit Daryaei treffen und ihn aushorchen.«

»Nicht, daß wir ihm dadurch freie Fahrt signalisieren«, warf Vasco ein.

»Oh, den Fehler machen wir nicht mehr, und er weiß wohl, daß wir dem Golfstaaten-Status oberste Priorität einräumen. Keine mißverständlichen Signale diesmal.« Botschafterin April Glaspie hatte man beschuldigt, Saddam Hussein '90 ein solches Signal gegeben zu haben – aber sie stritt Husseins Darlegung ab, und der war ja nicht die verläßlichste Quelle. Vielleicht hatte sich's nur um eine linguistische Nuance gehandelt. Am ehesten aber hatte er exakt das herausgehört, was er hören wollte, nicht, was tatsächlich gesagt wurde, eine Angewohnheit, die Staatsoberhäupter mit Kindern gemeinsam haben.

»Wie schnell können Sie das in Gang setzen?« fragte der Präsident.

»Ziemlich schnell«, erwiderte der Außenminister.

»Tun Sie's«, befahl Ryan. »So rasch wie möglich. Ben?«

»Ja, Sir.«

»Ich hab' schon mit Robby Jackson geredet. Koordinieren Sie mit ihm einen Plan zur eiligen Stationierung einer adäquaten Sicherheitstruppe. Genug, um zu zeigen, uns liegt was dran, aber nicht genug, um zu provozieren. Wir rufen auch Kuwait an und sagen, daß wir da sind, wenn sie uns brauchen, und daß wir, wenn sie's wollen, uns auch in ihrem Land stationieren können. Wer ist dafür in Bereitschaft?«

»Die 24. Mech in Fort Stewart, Georgia. Hab's schon nachgeprüft«, sagte Goodley mit einigem Stolz. »Ihre zweite Brigade ist turnusmäßig in Alarmbereitschaft. Und noch eine Brigade der 82. in Fort Bragg. Da die Ausrüstung schon in Kuwait lagert, könnten die binnen 48 Stunden bereits Gerät fassen und losrollen. Ich rate auch, die Bereitschaft der MPS-Schiffe in Diego Garcia zu erhöhen. Das können wir in aller Stille erledigen.«

»Gut gemacht, Ben. Rufen Sie SecDef an und geben das weiter, ich will das erledigt haben – in aller Stille.«

»Ja, Mr. President.«

»Ich werde Daryaei mitteilen, daß wir der Vereinigten Islamischen Republik eine freundschaftliche Hand reichen«, sagte Adler. »Und auch, daß wir dem Frieden und der Stabilität in dieser Region verpflichtet sind, und das heißt territoriale Integrität. Ich möchte wissen, was er dazu sagt ...«

Alle Augen sahen zu Bert Vasco, der langsam seinen neuerworbenen Status als Hausgenie verwünschte. »Er hat wohl nur am Käfig rütteln wollen. Ich glaube nicht, daß er's bei uns auch vorhat.«

»Jetzt machen Sie zum erstenmal Ausflüchte«, bemerkte Ryan.

»Die Informationen reichen nicht aus«, erwiderte Vasco. »Ich sehe nicht, daß er einen Konflikt mit uns will. Das ist schon mal passiert, und alle haben zugesehen. Ja, er mag uns nicht. Ja, er mag auch die Saudis und die anderen Staaten nicht. Aber nein, er will sich nicht mit uns anlegen. Vielleicht *könnte* er die alle ausschalten; das muß das Militär entscheiden, ich bin nur ein FSO. Politischer Druck auf Kuwait und das Königreich, sicher. Darüber hinaus sehe ich aber nicht genug, was Anlaß zur Sorge gibt.«

»Bisher«, fügte der Präsident hinzu.

»Ja, Sir, bisher«, stimmte Vasco zu.

»Setze ich Ihnen zu sehr zu, Bert?«

»Ist schon okay, Mr. President. Wenigstens hören Sie mir zu. Es dürfte nicht schaden, eine spezielle nachrichtendienstliche Einschätzung aller Fähigkeiten und Absichten der UIR zu erstellen. Ich brauche mehr Zugang zu dem, was die Nachrichtendienstgemeinde ranschafft.«

Jack drehte sich um. »Ben, dieses SNIE ist angeordnet. Bert ist dabei, mit vollem Zugang; mein Befehl. Wissen Sie, Befehle geben hat seinen Reiz«, fügte der Präsident lächelnd hinzu, um die Spannung zu mindern, die das Treffen erzeugt hatte. »Es ist eine potentielle Sorge, aber noch kein Sprengsatz, stimmt's?« Dazu wurde genickt. »Okay, danke schön, meine Herren. Behalten wir's im Auge.«

Flug 26 der Singapore Airlines landete fünf Minuten später und war um 10.25 Uhr am Terminal. Die Passagiere der ersten Klasse, die breitere, weichere Sitze genossen hatten, erfreuten sich nun auch des rascheren Zugangs zum Einreise-Firlefanz, den Amerika Besuchern auferlegt. Der Kurier schnappte sich seinen Anzugsack vom Karussell und suchte sich mit dem über die Schulter geschlungenen Handgepäck eine Warteschlange aus. In der Hand hielt er die Einreisekarte, die der Regierung der Vereinigten Staaten nichts von Interesse mitteilte. Die Wahrheit hätte ihr sowieso nicht gefallen.

»Hallo«, sagte der Inspektor, der die Karte entgegennahm und sie überflog. Als nächstes kam der Paß. Er schien alt, die Seiten waren mit Ein- und Ausreisestempeln übersät. Er fand eine freie Seite und setzte an, einen neuen Stempel anzubringen. »Zweck Ihres Besuchs in Amerika?«

»Geschäfte«, erwiderte der Kurier. »Ich bin wegen der Autoausstellung im Javits Center hier.«

»Aha.« Der Inspektor hatte die Antwort kaum gehört. Er stempelte ab und wies den Besucher zur nächsten Schlange. Da wurde sein Gepäck nur durchleuchtet. »Haben Sie etwas zu verzollen?«

»Nein.« Einfach antworten war am besten. Ein Beamter sah auf den Röntgenmonitor und fand nichts von Interesse. Man winkte den Kurier durch. Er hob sein Gepäck an und ging Richtung Taxistand.

Erstaunlich, dachte er, als er sich wieder anstellte und in kaum fünf Minuten ein Taxi erwischte. Seine erste Sorge, am Zoll geschnappt zu werden, war schon gegenstandslos. Und was seine nächste betraf – das Taxi konnte nicht extra für ihn bereitgestellt sein. Er hatte mit dem Gepäck hantiert und eine Frau vorgelassen, um das zu vereiteln. Nun ließ er sich in den Sitz fallen und sah sich betont um, während er in Wirklichkeit nachschaute, ob dem Taxi ein Wagen zur Stadt folgte. Der Verkehr vor der Mittagszeit war so dicht, daß es kaum möglich erschien, noch dazu, weil er in einem von Tausenden der gelben Fahrzeuge saß, die wie Rinder bei einer durchgehenden Herde hin und her schossen. Das einzige Unangenehme war, daß sein Hotel so weit vom Ausstellungsgelände weg war, daß er ein weiteres Taxi bräuchte. Nun, das ließ sich nicht ändern, und er mußte sich sowieso anmelden.

Nach dreißig Minuten war er im Hotel, glitt im Aufzug zum sechsten Stock hoch, ein hilfreicher Page hielt seinen Anzugsack, während der Kurier die Trägertasche nicht aus der Hand gab. Er steckte dem Lakaien zwei Dollar Trinkgeld zu – er war über die richtige Menge unterrichtet worden; besser ein bescheidenes Trinkgeld, als in Erinnerung zu bleiben als jemand, der zuviel gegeben hatte oder gar nichts. Es wurde mit nicht übergroßer Dankbarkeit angenommen. Die Ankunftsformalitäten erledigt, packte der Kurier Anzüge und Hemden aus und nahm auch Kleinigkeiten aus der Reisetasche. Das Rasierset ließ er drin und nahm nach einer erfrischenden Dusche den hoteleigenen Rasierer, um seine Stoppeln zu beseitigen. Trotz der Anspannung wunderte er sich, wie gut er sich fühlte. Aber er hatte viel geschlafen, und Flugreisen machten ihm nicht wie so vielen anderen angst. Er bestellte ein Menü aufs Zimmer, zog sich um und ging mit erneut geschulterter Reisetasche wieder nach unten, um sich ein Taxi zum Javits Center zu nehmen. Die Autoausstellung, dachte er. Er hatte Autos immer gemocht.

Hinter ihm in Zeit und Raum befanden sich die meisten der neunzehn anderen noch in der Luft. Einige landeten gerade – erst Boston, dann noch mehr in New York, und einer in Dulles. Auch sie passierten den Zoll, setzten auf Wissen und Glück im Spiel gegen den Großen Satan oder wie immer Daryaei ihren kollektiven Feind nannte. Scheitan hatte schließlich große Macht und verdiente Respekt. Scheitan konnte einem Mann in die Augen schauen und seine Gedanken sehen, beinahe wie Allah. Aber nein, diese Amerikaner waren Funktionäre, nur gefährlich, wenn sie vorgewarnt waren.

»Sie müssen Bescheid wissen, wie Sie in Menschen lesen können«, sagte ihnen Clark. Es war eine gute Klasse. Anders als Leute in herkömmlichen Schulen waren sie lernbegierig. Er fühlte sich fast zurückversetzt in seine eigenen Tage hier auf der ›Farm‹, als es im Kalten Krieg noch heiß herging, als jeder James Bond sein wollte und ein bißchen dran glaubte, egal, was die Instruktoren sagten. Die meisten seiner Mitschüler waren gerade erst vom College abgegangen, durch Bücher gut gebildet, aber nicht durchs Leben. Die meisten hatten ganz gut gelernt. Manche nicht, und Durchfallen hieß im Feld mehr als ein roter Haken im blauen Buch, wenn's auch vorwiegend weniger dramatisch blieb, als die Filme es vorgaukelten. Für diese Gruppe hatte Clark größere Hoffnungen. Vielleicht kamen sie ohne Diplome von Dartmouth oder Brown, aber sie hatten irgendwo irgend etwas studiert und auf Straßen der Großstädte weitergelernt. Vielleicht wußten sie gar, daß *alles*, was sie lernten, eines Tage wichtig sein könnte.

»Werden die uns belügen – unsere Agenten, meine ich?«

»Sie sind aus Pittsburgh, Mr. Stone, stimmt's?«

»Ja, Sir.«

»Sie haben mit vertraulichen Informanten auf der Straße gearbeitet. Belügen die Sie?«

»Manchmal«, gab Stone zu.

»Da haben Sie Ihre Antwort. Die werden Sie über ihre Bedeutung belügen, die Gefahr, in der sie sich befinden, ach, über fast alles, je nachdem, wie sie sich gerade fühlen. Sie müssen sie mit ihren Stimmungen kennen. Stone, haben Sie gewußt, wann Ihre Informanten Ihnen was vorgeflunkert haben?«

»Die meiste Zeit ja.«

»Wie konnten Sie das wissen?« fragte Clark.

»Immer wenn sie ein bißchen zuviel wissen, wenn's nicht ganz paßte ...«

»Wissen Sie«, bemerkte ihr Instrukteur grinsend, »Sie sind so schlau, daß ich mich manchmal frage, was ich hier noch soll. Es geht um Menschenkenntnis. In Ihrer Laufbahn in der Agency werden Sie immer wieder auf Leute treffen, die glauben, sie können alles aus dem All erkennen – der Satellit weiß und sagt alles. Das stimmt nicht ganz«, fuhr Clark fort. »Satelliten lassen sich austricksen, und das ist einfacher, als viele gern zugeben. Auch Menschen haben Schwächen, an vorderster Stelle ihr Ego, und es gibt nie einen Ersatz für den direkten Blick in die Augen. Aber das gute daran, wenn Sie mit Agenten im Außendienst arbeiten, ist, daß selbst ihre Lügen Ihnen Wahrheit enthüllen können. Dazu der Fall Moskau, Kutusowskij Prospjekt, 1983. Diesen Agenten haben wir herausgeschafft, und er wird nächste Woche hierher zu Ihnen kommen. Er hat mit seinem Chef einiges ...«

Chavez tauchte an der hinteren Tür auf und hielt eine Gesprächsnotiz hoch. Clark brachte den Rest der Stunde rasch hinter sich und übergab die Klasse seinem Assistenten.

»Was ist denn, Ding?« fragte John.

»Mary Pat will uns schleunigst in D.C. sehen, irgendwas mit 'nem SNIE.«

»Die Vereinigte Islamische Republik, wette ich.«

»Lohnt sich kaum, die Mitteilung zu notieren, Mr. C.«, bemerkte Chavez. »Sie wollen uns schon zum Abendessen sehen. Soll ich fahren?«

In Diego Garcia lagen vier Präpositionierungsschiffe. Sie waren relativ neu und bedarfsgerecht als schwimmende Garagen für Militärfahrzeuge konstruiert. Davon waren ein Drittel Panzer, Selbstfahr-Artillerie und gepanzerte Mannschaftswagen, der Rest bestand aus weniger dramatischen ›Zügen‹: Fahrzeugen, die bereits mit allem Nötigen, von Munition über Verpflegung bis zu Wasser, beladen waren. Die Schiffe waren marinegrau, hatten aber farbige Streifen an den Schornsteinen, die sie als Bestandteil der Verteidigungs-Reserveflotte auswiesen. Die Handelsmarine stellte das Personal zur Instandhaltung. Das war nicht allzuschwer. An diesem Abend erhielten sie aber die Anweisung, ihren Bereitschaftsgrad zu erhöhen.

Nacheinander gingen Maschinisten unter Deck und ließen die Maschinen an. Treibstoffmengen wurden mit geloggten Zahlen verglichen und diverse festgelegte Tests ausgeführt, um sicher zu sein, daß die Schiffe auslaufbereit waren. Ein Probelauf von Maschinen kam öfter vor, aber alle auf einmal fiel auf. Die Riesenaggregate sorgten für eine thermische Blüte, die Infrarotdetektoren in der Erdumlaufbahn beeindruckten, besonders nachts.

Innerhalb von dreißig Minuten nach der Entdeckung erhielt Sergej Golowko davon Kenntnis, und wie alle Geheimdienstchefs auf der Welt zog er ein Team von Spezialisten zur Beratung zusammen.

»Wo befindet sich der amerikanische Flugzeugträger-Kampfverband?« fragte er. Amerika gurkte damit liebend gern über alle Ozeane der Welt.

»Sie haben gestern das Atoll in Richtung Osten verlassen.«

»Weg vom Persischen Golf?«

»Richtig. Sie haben mit Australien Übungen angesetzt, genannt SOUTHERN CUP. Wir haben keine anderslautenden Informationen.«

»Warum bringen sie dann ihre Truppenschiffe in Bewegung?«

Der Analytiker hob die Hände. »Es könnte eine Übung sein, aber das Durcheinander im Persischen Golf läßt auf etwas anderes schließen.«

»Nichts aus Washington?« fragte Golowko.

»Unser Freund Ryan navigiert weiterhin durch die politischen Stromschnellen«, berichtete der Leiter der Abteilung für Politik Amerikas.«

»Wird er überleben?«

»Unser Botschafter glaubt das, und der *Rezidjent* stimmt ihm zu, aber beide glauben, daß er das Ruder kaum festhalten kann. Ein klassisches Durcheinander. Amerika war immer auf die glatte Übergabe der Regierungsmacht stolz, aber die Gesetze dort haben solche Ereignisse, wie wir sie gesehen haben, nicht bedacht. Er kann nicht entscheidend gegen seinen politischen Gegner vorgehen ...«

»Was Kealty tut, ist Staatsverrat«, bemerkte Golowko; der war in Rußland schon immer hart bestraft worden. Selbst die Erwähnung genügte, um die Temperatur im Raum merklich zu senken.

»Nicht nach ihren Gesetzen, aber meine Rechtsexperten sagen mir, daß der Streitfall verworren genug ist, daß es keinen klaren Sieger geben wird, und in so einem Fall bleibt Ryan an der Macht aufgrund seiner Position – er ist als erster dagewesen.«

Golowko nickte, aber seine Miene war entschieden unglücklich. *Roter Oktober* und die Gerasimow-Geschichte hätten nie an die Öffentlichkeit gelangen dürfen. Er und seine Regierung hatten letzteres gewußt, aber ersteres nur vermutet. Bei der U-Boot-Affäre hatte die amerikanische *Maskirowka* ausgezeichnet funktioniert – *das* also war die Karte gewesen, die Ryan ausgespielt hatte, damit Kolya überlief. Es mußte so sein. Aus der zeitlichen Distanz ergab alles einen Sinn, und es war ein hervorragendes Spiel gewesen. Bis auf eines: Es war auch in Rußland bekanntgeworden, und nun durfte er mit Ryan nicht mehr direkt in Kontakt treten, bis der diplomatische Schaden abgeschätzt war. Amerika tat etwas. Er wußte noch nicht, was, und anstatt sich mit einem Anruf zu erkundigen und vielleicht eine aufrichtige Antwort zu erhalten, mußte er warten, bis seine Leute es selber ermittelten. Das Problem war der Schaden für die amerikanische Regierung und Ryans Angewohnheit, beim CIA geübt, mit einer kleinen Gruppe zu arbeiten, statt die gesamte Bürokratie wie ein Symphonieorchester zu dirigieren. Sein Instinkt sagte ihm, Ryan würde kooperieren, würde einstigen Feinden im gegenseitigen Interesse vertrauen, aber eines hatte der Verräter Kealty – wer sonst hätte der dortigen Presse die Geschichten erzählt! – erreicht: ein politisches Patt zu erzeugen. Politik!

Politik war einst Mittelpunkt von Golowkos Leben gewesen. Als Parteimitglied seit seinem achtzehnten Lebensjahr hatte er Lenin und Marx mit der Inbrunst eines Theologen studiert, und obwohl sich die Inbrunst mit der Zeit in etwas anderes verwandelt hatte, hatten diese logischen, aber närrischen Theorien doch sein Erwachsenenleben bestimmt, bis sie sich verflüchtigten, ihm aber zumindest einen Beruf gelassen hatten, in dem er brillierte. Ihm war es gelungen, seine frühere Abneigung gegen Amerika mit historischen Begriffen zu rationalisieren: zwei Großmächte, zwei gewichtige Allianzen, zwei unterschiedliche Philosophien, die in perversem Einklang den letzten großen Weltkonflikt ausgefochten hatten. Nationalstolz ließ ihn immer noch wünschen, daß sein Land gewonnen hätte, aber wichtig war, daß der Kalte Krieg aus war und damit die tödliche Konfrontation zwischen Amerika und seinem Land. Nun konnten sie wirklich gemeinsame Interessen erkennen und auch mal kooperieren. Es war ja schon geschehen. Iwan Emmetowitsch hatte ihn beim amerikanischen Konflikt mit Japan um Hilfe ersucht, und gemeinsam hatten die beiden Länder ein lebenswichtiges Ziel erreicht – was immer noch geheim war. Warum, zum Teufel, dachte Golowko, hätte der Verräter Kealty nicht dieses Geheimnis verraten können? Aber nein, jetzt war sein Land in Verlegenheit, und während die seit neuestem freien Medien mit dieser Story wie die Amerikaner – vielleicht sogar mehr – auftrumpften, war er nicht in der Lage, einen einfachen Anruf zu tätigen.

Jene Schiffe ließen ihre Maschinen aus bestimmtem Grund warmlaufen. Ryan unternahm oder beabsichtigte etwas. Und er mußte wieder den Spion spielen, gegen einen anderen Spion agieren, anstatt mit einem Verbündeten zusammenzuarbeiten. Nun, es ging nicht anders.

»Bilden Sie eine Sonderstudiengruppe für den Persischen Golf. Alles was wir haben, stellen Sie so schnell wie möglich zusammen. Amerika muß irgendwie auf die entstehende Lage reagieren. Erstens müssen wir darüber befinden, was im Gange ist. Zweitens, was Amerika womöglich weiß. Drittens, was Amerika unternehmen will. Dieser General G. J. Bondarenko, der soll sich beteiligen. Er ist gerade bei ihrem Militär drüben gewesen.«

»Unverzüglich, Genosse Vorsitzender«, erwiderte sein erster Stellvertreter für die übrigen Versammelten. Zumindest *das* hatte sich nicht geändert.

Die Bedingungen, dachte er, waren ausgezeichnet. Nicht zu heiß, nicht zu kalt. Das Javits Center lag direkt am Fluß, und das sorgte für eine relativ hohe Feuchtigkeit, was auch gut war. Ein Innenraum; da mußte er sich nicht darum sorgen, daß ultraviolette Strahlung den Inhalt seines Behälters schädigen könnte. Im übrigen mußte er sich um den theoretischen Aspekt seiner Aufgabe nicht kümmern. Er war eingewiesen worden und würde genau das tun, was ihm gesagt worden war. Ob es funktionierte oder nicht, nun, das lag in Allahs Hand. Der Kurier stieg aus dem Taxi und ging hinein.

Er war noch nie in einem so riesigen Gebäude gewesen, und so stellte sich eine leichte Desorientierung ein, als er sich Besucherausweis und Programm besorgte, mit Gebäudeplan. Daraus war ersichtlich, wo die verschiedenen Ausgänge lagen. Aber für sein Vorhaben verblieben noch Stunden. Die würde er damit verbringen, sich wie alle anderen die Autos anzusehen.

Davon gab es unzählige, glitzernd wie Juwelen, einige auf Drehscheiben für diejenigen, die zu faul waren, um sie herum zu gehen. Bei vielen waren spärlich bekleidete Frauen in Posen, die eine sexuelle Beziehung mit ihnen nahelegten – mit den Autos, natürlich, obwohl einige der Frauen durchaus in Betracht kämen, überlegte er, als er ihre Gesichter mit kaum verhohlenem Vergnügen betrachtete. Er hatte rein verstandesmäßig schon gewußt, daß Amerika Millionen Autos herstellte. Es kam ihm ungeheuer verschwenderisch vor – was war ein Auto schließlich anderes als Fortbewegungsmittel von Ort zu Ort, das beim Gebrauch beschädigt und beschmutzt wurde, und die Ausstellung hier log insofern, als sie sie vorführte, wie sie aussehen würden, bevor man sie nur einmal gefahren hätte.

Aber trotzdem war es ein angenehmes Erlebnis. Er hätte sich denken können, er wäre beim Einkaufen, aber dies hier war nicht der *Suk*, den er mit diesem Vorgang verband, keine Gasse voller kleiner Läden, von Händlern betrieben, für die Feilschen so wichtig war wie die Luft zum Atmen. Nein, hier prostituierten sie Frauen, um Dinge zu einem vorbestimmten Preis zu verkaufen. Er war persönlich gar nicht gegen einen solchen Einsatz; der Kurier war nicht verheiratet und hatte seine fleischlichen Begierden, aber es so marktschreierisch vorzuführen war ein Angriff gegen die puritanische Sittsamkeit seiner Kultur. Während er also keinen Blick von den Frauen an den Autos abwandte, freute er sich, daß keine von ihnen aus seinem Teil der Welt kam.

All die Marken und Modelle. Cadillac hatte bei General Motors eine riesige Abteilung. Ford hatte für all seine Marken einen eigenen Bereich. Er schlenderte durch die Chrysler-Abteilung und dann weiter zu ausländischen Anbietern. Die japanische Abteilung, sah er, wurde gemieden, eindeutig ein Ergebnis der Auseinandersetzung mit jenem Land – obwohl über vielen Ständen Schilder in drei Meter hohen Buchstaben verkündeten: MADE IN AMERICA BY AMERICANS! Toyota, Nissan und der Rest würden ein schlechtes Jahr haben, selbst der sportliche Cressida, ungeachtet dessen, wo sie zusammengebaut wurden. Das war aus den wenigen Menschen in diesem Bereich zu ersehen, und mit dieser Erkenntnis verlor er das Interesse an asiatischen Autos. Nein, entschied er, nicht hier.

Die europäischen Wagen profitierten von Japans Unglück, sah er. Besonders Mercedes zog ganze Scharen an, vor allem ein neues Modell ihres teuersten Sportwagens in glänzendem Mitternachtsschwarz, das die Lichter darüber wie ein Stück vom klaren Wüstenhimmel spiegelte. Auf seinem Weg nahm der Kurier an jedem Stand von freundlichen Hostessen Prospekte entgegen. Die steckte er in seine Reisetasche, damit er wie jeder andere Besucher aussah. Er fand einen Essensstand und holte sich etwas – es war ein Hot dog; er scherte sich nicht drum, ob vom Schwein oder nicht. Amerika war schließlich kein islamisches Land, und er mußte sich um so was nicht kümmern. Er verbrachte viel Zeit damit, sich die Geländefahrzeuge anzusehen, fragte sich erst, ob sie die primitiven Straßen im Libanon und im Iran aushalten würden, und entschied dann, daß sie es womöglich täten. Eines basierte auf einem Militärmodell, das er schon gesehen hatte, und wenn er die Wahl gehabt hätte, wäre es dieses gewesen, breit und kraftvoll. Er holte sich die ganze PR-Packung dazu und lehnte sich an einen Pfahl, um alles zu lesen. Sportwagen waren für Schwächlinge. Dies war hingegen was Handfestes. Er blickte auf die Uhr. Früher Abend. Noch mehr Besucher drängten sich rein, da die Leute sich nach Feierabend ihren Fantasien hingaben. Vorzüglich.

Unterwegs war ihm schon die Klimaanlage aufgefallen. Es hätte Vorteile gebracht, seine Dose direkt ins System zu plazieren, aber darin hatte man ihn auch unterrichtet. Die Legionärskrankheit, die vor Jahren in Philadelphia ausgebrochen war, hatte Amerika gelehrt, daß man solche System rein halten mußte; sie benutzten oft Chlor, um das Wasser zu behandeln, das die zirkulierende Luft befeuchtete, und Chlor würde das Virus so sicher töten wie eine Kugel den Menschen. Als er vom bunt glänzenden Prospekt aufblickte, bemerkte er die riesigen, runden Öffnungen. Kühle Luft stieg von ihnen herab und verteilte sich unsichtbar am Boden. Nach der Erwärmung durch die Körper im Raum würde die warme Luft zu den Ansaugstutzen hochsteigen und wieder in den Kühlkreislauf gelangen – und zu einem bestimmten Grad desinfiziert werden. Also mußte er sich eine Stelle aussuchen, wo der Luftstrom sein Verbündeter, nicht sein Feind wäre, und das überlegte er, als er wie ein interessierter Autokäufer dastand. Er wanderte noch etwas umher, schritt unter einigen Luftöffnungen hindurch, spürte die sanft kühlende Brise an der Haut, schätzte den einen oder anderen Stand ab, während er nach einem guten Platz für seine Dose Ausschau hielt. Das war wichtig. Die Sprühzeit betrug etwa fünfzehn Sekunden. Es würde ein Zischen geben – im Lärm der bevölkerten Halle wohl unbemerkt – und einen kurzen Nebel. Die Wolke würde sich nach ein paar weiteren Sekunden verflüchtigen; die Partikelgröße war klein, und da sie so dicht wie die umgebende Luft war, würde sie in der Atmosphäre aufgehen und sich mindestens dreißig Minuten lang wahllos verteilen, vielleicht etwas länger, je nach Wirkungsgrad der Klimaanlage im Center. Er wollte mit Hilfe dieser Parameter möglichst viele Menschen infizieren, und mit dem erneuten Gedanken im Kopf schlenderte er noch etwas herum.

Es kam ihm sehr zupaß, daß die Autoausstellung, auch wenn sie riesig war, das Javits Center nicht ausfüllte. Jeder Ausstellungsstand war aus vorgefertigten Teilen erstellt, und hinter vielen befanden sich große Tuchstreifen als senkrechte Banner, die nur dem Zweck dienten, den Ausblick auf leere Gebäudebereiche zu verstellen. Der Kurier sah, daß sie leicht zugänglich waren. Nichts war abgesperrt. Er konnte sich einfach unter die Dekoration ducken. Er sah, daß einige Leute dort kurze Besprechungen abhielten und Wartungspersonal herumlief, aber sonst nichts. Das Wartungspersonal war allerdings ein potentielles Problem. Es würde nicht gehen, wenn seine Behälter vor der Entleerung aufgegriffen wurde. Aber diese Leute hatten doch sicher ihre regelmäßigen Runden. Es ging nur darum, ihre Bewegungsmuster zu erkennen. Die Ausstellung würde noch etliche Stunden geöffnet haben. Er hätte Zeit und Ort gerne perfekt gewählt, war aber unterrichtet worden, sich nicht so große Gedanken darum zu machen. Er nahm sich den Rat zu Herzen. Besser unentdeckt bleiben. Das war sein vorrangiger Auftrag.

*Der Haupteingang ist... dort.* Er diente auch gleichzeitig als Ausgang. Notausgänge waren natürlich überall, alle ordentlich gekennzeichnet, aber mit Alarmanlagen gesichert. Am Eingang war eine ganze Gebläsebatterie der Klimaanlage, und die Ansaugstutzen befanden sich hauptsächlich in der Mitte der Ausstellungshalle. Also sollte die Luft von außen nach innen strömen – und alle mußten an derselben Seite rein und raus ... Wie konnte er das für sich einsetzen? Auf jener Seite waren die sanitären Einrichtungen mit viel Publikumsverkehr – zu gefährlich; jemand könnte die Dose sehen und sie in einen Abfalleimer werfen. Er ging auf die andere Seite, hantierte dabei mit dem Programm. Da war er am Rande des Bereichs von General Motors. Dahinter waren Mercedes und BMW, alle auf dem Weg zu den Ansaugstutzen, und in allen drei Bereichen befanden sich viele Menschen – dazu würde die herabströmende Luft auch noch den Ein- und Ausgang bestreichen. Grüne Stoffbahnen verdeckten die Hallenwand, aber darunter war noch Platz, ein freier Bereich – zum Teil abgeschirmt. Das war's. Er ging weg, blickte auf die Uhr und dann aufs Programm nach den Öffnungszeiten. Das Programm stopfte er in die Tasche, während die andere Hand das Rasierset aufmachte. Noch einmal drehte er eine Runde, suchte nach einem anderen günstigen Platz, fand auch einen, der aber nicht besser als der erste war. Dann vergewisserte er sich ein letztes Mal, daß ihm niemand folgte. Nein, niemand wußte, daß er hier war, und er würde seine Gegenwart oder seine Mission auch nicht mit einem Feuerstoß aus einer AK-47 oder dem Krachen einer Handgranate verkünden. Es gab mehr als eine Art, ein Terrorist zu sein, und er bedauerte, das nicht schon früher herausgefunden zu haben. Wie hätte er es genossen, eine Sprühdose wie diese in ein Theater in Jerusalem zu plazieren ... aber nein, die Zeit dafür kam vielleicht noch, sobald der Hauptfeind seiner Kultur gelähmt war. Er blickte nun in die Gesichter dieser Amerikaner, die ihn und sein Volk so haßten. Schoben ziellos wie eine Rinderherde durch die Gegend. Dann war die Zeit gekommen.

Der Kurier duckte sich hinter einen Stand, zog die Dose heraus und legte sie seitlich auf den Betonboden. Sie hatte ein Gewicht, damit sie immer richtig lag, und liegend war sie schwerer zu entdecken. Darauf drückte er den einfachen mechanischen Zeitschalter und ging wieder zurück in den Ausstellungsbereich, wo er sich nach links zum Ausgang wandte. In fünf Minuten saß er im Taxi auf dem Rückweg ins Hotel. Bevor er dort anlangte, öffnete die Zeitschaltung das Ventil, und fünfzehn Sekunden lang entleerte die Sprühdose ihren Inhalt in die Luft. Das Geräusch ging im Menschenlärm unter. Die Dampfwolke zerstreute sich ungesehen.

In Atlanta war es die Frühjahrs-Bootsausstellung. Etwa die Hälfte der Besucher dachten vielleicht ernsthaft über den Kauf eines Boots nach, dieses Jahr oder später. Der Rest träumte bloß. Laß sie träumen, dachte der Kurier auf dem Weg nach draußen.

In Orlando ging es um Freizeitfahrzeuge. Das war besonders einfach. Ein Kurier schaute unter einen Winnebago, wie um das Chassis zu prüfen, schob die Sprühdose darunter und ging.

In Chicagos McCormick Center wurden Haushaltswaren geboten, eine Riesenhalle voll mit allen möglichen Möbeln und Zubehör und den Frauen, die sich deren Besitz wünschten.

In Houston war es eine der größten amerikanischen Pferdeschauen. Darunter waren viele Araber, wie der Kurier überrascht feststellte, und er flüsterte ein Gebet, daß die Krankheit diesen edlen Geschöpfen, die so hoch in Allahs Gunst standen, nichts anhaben mochte.

In Phoenix ging es um Golfausrüstung, ein Spiel, von dem der Kurier keine Ahnung hatte, obwohl er nun etliche Kilo kostenloser Literatur hatte, die er auf dem Rückflug in die östliche Halbkugel vielleicht lesen würde. Er fand eine leere Golftasche mit festen Plastiksäumen, die den Sprühapparat verbergen würde, schaltete die Zeituhr ein und steckte ihn hinein.

In San Francisco waren es Computer, die bestbesuchte Ausstellung von allen, mit über zwanzigtausend Menschen im Moscone Convention Center, so vielen, daß der Kurier fürchtete, er könnte es nicht mehr hinaus in die Grünanlage schaffen, bevor die Dose ihren Inhalt freigab. Aber es gelang, und er ging nach getaner Arbeit im Gegenwind über vier Querstraßen zu seinem Hotel.

Das Teppichgeschäft schloß gerade, als Aref Raman hineinging. Mr. Alahad sperrte die vordere Tür ab und schaltete die Lichter aus.

»Meine Anweisungen?«

»Sie werden nichts ohne direkten Befehl tun, aber es ist wichtig, zu erfahren, ob Sie fähig sind, Ihre Mission bis zum Ende durchzuführen.«

»Ist das nicht klar?« fragte Raman irritiert. »Wieso, glauben Sie ...«

»Ich habe meine Anweisungen«, sagte Alahad sanft.

»Ich bin fähig, ich bin bereit«, versicherte der Assassine seinem Mittelsmann. Die Entscheidung war schon vor Jahren gefallen, aber es tat gut, es laut einem anderen zu sagen, hier, jetzt.

»Sie werden zur rechten Zeit Bescheid erhalten. Es wird bald sein.«

»Die politische Lage ...«

»Die ist uns bewußt, und wir vertrauen Ihrer Treue zur Sache. Bleiben Sie gelassen, Aref. Große Dinge werden geschehen. Ich weiß nicht genau, was, bloß, daß sie im Gange sind, und Ihre Tat wird der Schlußstein des Dschihad sein. Mahmoud Hadschi schickt Grüße und Gebete.«

»Danke.« Raman neigte den Kopf. Es war schon sehr lange her, daß er die Stimme jenes Mannes anders als aus dem Fernseher gehört hatte, und da war er gezwungen gewesen, sich abzuwenden, damit die anderen nicht sahen, wie er darauf reagierte.

»Es ist schwer für Sie gewesen«, sagte Alahad.

»Ja.« Raman nickte.

»Die Erfüllung ist nahe, mein junger Freund. Kommen Sie mit nach hinten. Haben Sie Zeit?«

»Ja, habe ich.«

»Es ist Zeit zum Gebet.«

## 38 / Aufschub

»Ich bin kein Spezialist für die Gegend«, wandte Clark ein.

Ed Foley ließ das nicht gelten. »Sie waren schon im Iran, und soviel ich weiß, sind Sie doch immer derjenige, der sagt, schmutzige Hände und eine gute Nase lassen sich nicht ersetzen.«

»Gerade heute nachmittag hat er den Grünschnäbeln auf der Farm das alles eingebleut«, petzte Ding mit einem listigen Blick. »Na gut, heute ging's darum, Leute mit einem Blick in die Augen zu durchschauen, aber das ist das gleiche. Gutes Auge, gute Nase, gute Sinne.« Er war noch nicht im Iran gewesen, aber sie würden Mr. C. doch nicht allein schicken, oder?

»Sie sind dran, John«, sagte Mary Pat Foley, und da sie DDO war, hatte es sich damit. »Minister Adler wird wohl bald hinfliegen. Ich möchte, daß Sie und Ding als Personenschutz mitgehen. Sorgen Sie dafür, daß er lebendig zurückkommt, schnüffeln Sie ein bißchen herum, nicht unbedingt verdeckt. Ich möchte nur Ihre Einschätzung, was so auf der Straße abläuft.« Das ließ sich üblicherweise mit dem Anschauen von Korrespondentenberichten des CNN erledigen, aber Mary Pat wollte durch einen erfahrenen Agenten den Leuten dort auf den Puls fühlen lassen, und es war ihr Aufgabenbereich.

Wenn die Tatsache, ein guter Ausbildungsoffizier zu sein, einen Fluch hatte, dann den, daß die von ihm ausgebildeten Leute oft aufstiegen und sich an ihre Lektionen erinnerten – und schlimmer noch: daran, wer sie ihnen erteilt hatte. Clark konnte sich an die beiden Foleys in seinem Unterricht auf der Farm erinnern. Von Anfang an war sie der Cowboy – nun, das Cow*girl* – des Paars gewesen, mit glänzendem Instinkt, fantastischen Russischkenntnissen und der Gabe, Menschen zu durchschauen, die sonst eher bei Psychiatrieprofessoren zu finden war ... allerdings nicht gerade übervorsichtig, vertraute in puncto Sicherheit ein bißchen zu sehr ihrem blauen Augenaufschlag und ihrer Blondinenmasche. Ed hatte nicht ihre Leidenschaftlichkeit, dafür konnte er mit einem Wort ein umfassendes Bild vermitteln, Weitblick entwickeln, der meistens Sinn ergab. Keiner von beiden war vollkommen. Doch gemeinsam waren sie eine harte Nuß, und John war stolz darauf, sie nach seiner Art unterrichtet zu haben. Meistens.

»Okay. Haben wir irgend so was wie Aktivposten da drüben?«

»Nichts Verwertbares. Adler will sich Daryaei aus der Nähe ansehen und ihm sagen, was die Regeln sind. Sie werden in der französischen Botschaft einquartiert. Die Reise ist geheim. VC-20 nach Paris, von dort reisen Sie unter französischer Flagge. Nur mal schnell ein Sprung«, unterrichtete sie Mary Pat. »Aber ich möchte, daß Sie ein oder zwei Stunden herumgehen, ein Gefühl für die Lage entwickeln, wie der Brotpreis ist, was die Leute anhaben, Sie wissen ja, wie's geht.«

»Und wir werden diplomatische Pässe haben, damit uns niemand schikanieren kann«, fügte John nicht gerade begeistert hinzu. »Yeah, alles schon gehört. Das hatten auch alle '79 in der Botschaft, wissen Sie noch?«

»Ich bitte Sie, Adler ist Außenminister«, hielt Ed dagegen.

»Ich glaube, das wissen die.« *Daß er Jude ist, wissen sie auch*, fügte er nicht hinzu.

Die Übung begann immer mit Flug nach Barstow, California. Busse und Lkws rollten zu den Fliegern, und die Soldaten kamen die Treppe runter zur kurzen Fahrt ins NTC. General Diggs und Colonel Hamm sahen von ihren abgestellten Hubschraubern aus zu, wie die Soldaten Aufstellung nahmen. Diese Gruppe kam von der Nationalgarde North Carolinas, eine verstärkte Brigade. Die Garde kam nicht oft nach Fort Irwin, und die hier sollten ganz was Besonderes sein. Denn der Staat war mit altgedienten Senatoren und Kongreßmännern gesegnet – nun, bis vor kurzem – und hatte über die Jahre die Männer mit modernstem Gerät versorgt, so daß dies jetzt eine Reservebrigade für eine der regulären Panzerdivisionen geworden war, und der Stab bereitete sich seit einem Jahr auf diesen Übungseinsatz vor. Nun ließen die Offiziere die Leute in Reih und Glied antreten, bevor sie weitergefahren wurden, und Diggs und Hamm konnten sehen, wie die Offiziere beim Lärm eines einschwebenden Fliegers zu ihren Leuten sprachen.

»Die sehen stolz aus, Boß«, bemerkte Hamm.

Sie hörten ein fernes Gebrüll, als eine Kompanie Panzersoldaten ihrem Captain mitteilte, sie wäre bereit, jedwedem in den Hintern zu treten. Die hatten sogar ein Fernsehteam mit, um das Ereignis für den Lokalsender daheim zu verewigen.

»Soldaten sollten stolz sein, Colonel«, meinte der General.

»Fehlt nur eines, Sir.«

»Was denn, Al?«

»Määääh«, machte Colonel Hamm, ohne die Zigarre aus dem Mund zu nehmen. »Lämmer für die Schlachtbank.« Die beiden Offiziere wechselten einen Blick. Die erste Aufgabe für OpFor bestand darin, diesen Stolz zu brechen. Die Blackhorse Cav hatte außer gegen einen regulären Verband noch nie ein simuliertes Gefecht verloren. Hamm wollte es auch diesen Monat nicht einreißen lassen. Zwei Bataillone mit Abrams-Panzern, eine mit Bradleys, eine weitere mit Artillerie, eine Kavalleriekompanie und ein Kampfunterstützungsbataillon gegen seine drei bataillonsstarke Geschwader der Opposing Force. Es erschien kaum fair. Den Besuchern gegenüber.

Sie waren beinahe fertig. Die ätzendste Arbeit war das Mischen des AmFo, das sich als ganz nette Oberkörpergymnastik für die Mountain Men herausstellte. Die richtige Mischung von Dünger (hauptsächlich ein auf Ammoniak basierendes chemisches Gemisch) und Dieseltreibstoff hatten sie aus einem Buch. Die Männer fanden es witzig, daß Pflanzen todbringenden Sprengstoff mochten. Der Treiber in Artilleriemunition enthielt auch Ammoniak. Dieseltreibstoff wurde deshalb beigemengt, um etwas mehr chemische Energie zu haben, aber vor allem zum Durchfeuchten, damit sich die Druckwelle in der Sprengstoffmasse besser ausbreitete und die Detonation beschleunigte. Zum Mischen benützten sie ein großes Faß und ein Ruder wie für ein Kanu, damit die Masse die richtige Konsistenz bekam (aus einem Buch geholt). Schließlich hatten sie einen Riesenbatzen schlammähnlicher Masse, die beinahe feste Blöcke bildete. Die hoben sie per Hand raus.

Es war dreckig, stinkend und etwas gefährlich im Innern der Mischtrommel des Lkws. Sie wechselten sich beim Einfüllen ab. Die Einlaßöffnung, durch die normalerweise halbflüssiger Beton gepumpt wurde, hatte einen Durchmesser von gerade mal neunzig Zentimeter. Holbrook hatte einen elektrischen Ventilator reingestellt, der Frischluft in die Mischtrommel blies, weil die Dämpfe der frischen AmFo-Mixtur unangenehm und möglicherweise gefährlich waren – sie bekamen Kopfschmerzen davon: Warnung genug. Die Arbeit zog sich eine Woche hin, doch nun war die Trommel wie vorgesehen zu drei Vierteln gefüllt, als der letzte Block eingepaßt wurde. Jede Schicht war ein bißchen uneben gewesen, und die Leerräume waren mit einer Mischung gefüllt, die etwas flüssiger war und mit einem Eimer hineingekippt wurde, damit der runde Körper der Trommel voll war. Wenn jemand durch den Stahl hätte sehen können, hätte es wie ein Kuchendiagramm ausgesehen, der V-förmig ungefüllte Teil nach oben gerichtet.

»Ich glaub', das reicht«, sagte Ernie Brown. »Wir haben noch etwa hundert Pfund, aber ...«

»Kein Platz mehr«, stimmte Holbrook zu und kletterte raus. Er stieg die Leiter herab, und die beiden gingen nach draußen und ließen sich in zwei Liegestühle fallen, um frische Luft zu schnappen. »Pah, bin ich froh, daß wir das hinter uns haben!«

»Kannste Gift drauf nehmen.« Brown rieb sich das Gesicht und holte tief Luft. Sein Kopf tat so weh, daß er sich fragte, ob ihm das Gesicht abfallen würde. Sie würden lange draußen bleiben, bis sie die ganzen gottverdammten Dämpfe wieder aus ihren Lungen heraus hatten.

»Das muß schlecht für uns sein«, sagte Pete.

»Todsicher wird's für irgendwen schlecht sein. Gute Idee mit den Kugeln«, fügte er hinzu. Sie hatten zwei Ölfässer davon drinnen, wahrscheinlich zuviel, aber das ging schon.

»Was ist schon ein Schokoladenkuchen ohne Nüsse?« fragte Holbrook.

»Du Hundsfott!« Brown lachte so, daß er fast aus dem Stuhl fiel. »O Gott, tut mein Kopf weh!«

Die Zusage Frankreichs zur Zusammenarbeit bei der Begegnung kam mit bemerkenswerter Schnelligkeit vom Quai d'Orsay. Frankreich war aufgrund von allen möglichen Handelsgeschäften (von militärischen bis zu pharmazeutischen Produkten) an jedem Land am Golf diplomatisch interessiert. Die Zustimmung wurde um neun Uhr früh dem amerikanischen Botschafter telefonisch übermittelt, in unter fünf Minuten nach Foggy Bottom telegrafiert, wo sie an Minister Adler weitergeleitet wurde, als der noch im Bett lag. Einsatzoffiziere gaben weitere Anordnungen durch, zuallererst an das 89. Military Airlift Wing am Luftwaffenstützpunkt Andrews.

SecState klammheimlich aus der Stadt zu bringen war nie eine der leichtesten Übungen. Den Leuten fielen leere Büros dieser Größenordnung auf, und so wurde ein einfacher Vorwand erfunden. Adler sollte mit den europäischen Verbündeten verschiedene Punkte besprechen. Die Franzosen hatten ihre Medien weitaus besser im Griff, eine Aufgabe, die hauptsächlich auf Timing beruhte.

»Yeah?« sagte Clark, der im Marriott, das Langley am nächsten lag, den Hörer abhob.

»Es geht heute los«, sagte die Stimme.

Ein Blinzeln. Ein Kopfschütteln. »Super. Okay, ich hab' gepackt.« Dann drehte er sich für noch eine Runde Schlaf auf die andere Seite. Zumindest brauchte er hier keine besondere Einweisung mehr. Behalte Adler im Auge, mach einen Spaziergang und kehr wieder zurück. Wegen der Sicherheit gab's keine ernsten Bedenken. Wenn die Iraner – die UIRer war ein unmöglicher Ausdruck – etwas unternehmen wollten, wären zwei Männer mit Pistolen auch nicht in der Lage, dagegen einzuschreiten. Sie könnten nur ihre Waffen unbenutzt aushändigen, und entweder würden Polizei oder die Sicherheitskräfte Irans den feindlichen Pöbel fernhalten. Er sollte dort nur der Form halber hin, weil es so zu geschehen hatte, aus irgendeinem Grund.

»Gehn wir?« fragte Chavez vom anderen Bett.

»Jo.«

*»Bueno.«*

Daryaei blickte auf seine Schreibtischuhr, zog acht, neun, zehn, elf Stunden ab und fragte sich, ob etwas schiefgelaufen war. Hintergedanken waren für Leute in seiner Position Gift. Er mußte Entscheidungen fällen und handeln, und erst dann kamen die ernsten Sorgen, trotz all der Planung und Ideen, die da hineingeflossen waren. Es gab keinen Königsweg zum Erfolg. Risiken mußten eingegangen werden, was diejenigen nie in Erwägung zogen, die sich Staatsoberhauptwürden nur *dachten*.

Nein, es war nichts schiefgelaufen. Er hatte den französischen Botschafter empfangen, ein sehr netter Giaur. Und ein eleganter Mann, stets höflich und ehrerbietig. Er hatte die ihm aufgetragene Bitte wie ein

Mann vorgebracht, der eine Hochzeit zwecks Familienallianz arrangiert, und mit seinem hoffnungsvollen Lächeln auch die Wünsche seiner Regierung übermittelt. Die Amerikaner hätten die Bitte nicht geäußert, wenn sie vor Badrayns Leuten und ihrem Auftrag im voraus gewarnt worden wären. Nein, in einem solchen Fall hätte die Begegnung auf neutralem Boden stattgefunden – die Schweiz war immer dafür gut – zu einem informellen, aber direkten Kontakt. Im vorliegenden Fall würden sie ihren Außenminister in ein ihrer Einschätzung nach feindliches Land schicken – noch dazu einen Juden! *Freundschaftlicher Kontakt, freundschaftlicher Meinungsaustausch, freundschaftliche Angebote freundschaftlicher Beziehungen,* hatte der Franzose gesagt und das Treffen hochgespielt, zweifellos in der Hoffnung, daß Frankreich, wenn alles gutging, als das Land in Erinnerung blieb, das eine neue Freundschaft – nun, vielleicht eine »Arbeitsbeziehung« – gefördert hatte, und wenn das Treffen fehlschlug, bliebe nur in Erinnerung, daß Frankreich versucht hatte, ein ehrlicher Vermittler zu sein.

*Die verfluchten Franzosen,* dachte er. *Hätte ihr Ritterhauptmann Karl Martel 732* in Poitiers nicht Abdel Rahman aufgehalten, dann wäre die ganze Welt... aber selbst Allah konnte die Geschichte nicht ändern. Rahman hatte die Schlacht verloren, weil seine Männer gierig geworden, vom Glauben abgefallen waren. Beim Anblick der Reichtümer des Westens hatten sie das Kämpfen vergessen und geplündert, was Martels Mannen die Gelegenheit bot, sich neu zu formieren und den Gegenangriff zu starten. Ja, das war eine denkwürdige Lektion. Erst mußte die Schlacht gewonnen werden. *Zerstöre erst die gegnerischen Kräfte,* dann *nimm dir, was du haben willst.*

Er ging von seinem Büro ins nächste Zimmer. Dort hing an der Wand eine Karte seines neuen Staates und der Nachbarn, dazu ein bequemer Sessel, um sie zu betrachten. Landkarten anzusehen führte so leicht in die Irre. Entfernungen waren verkürzt. Alles schien so nahe, nach all der verlorenen Zeit in seinem Leben um so mehr. Zum Greifen nahe.

Wegfliegen war leichter als Ankommen. Wie die meisten westlichen Länder war Amerika besorgter darum, was Menschen mitbrachten, als was sie mitnahmen – war ja auch recht so, dachte der erste Kurier, als sein Paß am JFK geprüft wurde. Es war fünf nach sieben am Morgen, und Flug 1 der Air France mit der Überschall-Concorde wartete drauf, ihn ein Teil des Weges heimzubringen. Er hatte eine riesige Sammlung von Autoprospekten und konnte mit einer Geschichte aufwarten, die er sich gründlich zurechtgelegt hatte, sollte ihn jemand fragen, aber seine

Tarnung wurde nicht auf die Probe gestellt oder gar überprüft. Er verließ das Land, und das war gut. Ein Stempel kam in den Paß. Der Zollbeamte fragte nicht mal, weshalb er an einem Tag gekommen war und am nächsten ging. Geschäftsreisende waren Geschäftsreisende. Außerdem war es früher Morgen; vor zehn geschah nichts.

In der First-Class-Lounge gab es Kaffee, aber der Reisende wollte keinen. Er war erledigt. Es war erstaunlich, wie leicht alles gewesen war. Die Missionseinweisung hatte schon besagt, wie leicht es sein würde, aber er hatte es nicht ganz geglaubt, so sehr war er die Konfrontation mit den Israelis und ihren zahllosen Soldaten und Waffen gewohnt. Nach der ganzen überstandenen Spannung ließ nun alles nach. Er hatte vorige Nacht im Hotel schlecht geschlafen, und nun würde er an Bord gehen und den ganzen Flug durchschlafen. Als er am Büfett vorbeikam, sah er eine Flasche Sekt und goß sich ein Glas ein. Zwanzig Minuten später wurde sein Flug aufgerufen, und er brach mit den anderen auf. Seine einzige Sorge galt dem Jetlag. Der Flug würde um genau 8 Uhr abgehen, aber um 17.45 Uhr in Paris eintreffen! Vom Frühstück zum Abendessen ohne Mittagsmahl dazwischen. Nun ja, so waren die Wunder des modernen Reisens.

Sie fuhren getrennt nach Andrews, Adler im Dienstwagen, Clark bei Chavez in dessen Privatwagen. Während der Außenminister durchgewunken wurde, mußten die CIA-Agenten sich ausweisen, worauf der bewaffnete Luftwaffengefreite zumindest vor ihnen salutierte.

»Sie sind nicht gern drüben, stimmt's?« fragte der jüngere Agent.

»Na ja, Domingo, als du noch die Stützreifen vom ersten Fahrrad abmontiert hast, war ich unter einer Tarnung in Teheran, die so dünn war, daß man dadurch noch das Kleingedruckte einer Versicherungspolice hätte lesen können, und habe mit den Knallköppen ›Tod den USA!‹ gebrüllt und zusehen müssen, wie unsere Leute mit einer Augenbinde von einer Horde irrer Kinder mit Knarren herumgeführt wurden. Eine Weile dachte ich schon, man würde sie an die Wand stellten und abknallen. Ich kannte den Außendienstleiter. Zur Hölle, ich hab' ihn sogar erkannt. Sie hatten ihn auch geschnappt und setzten ihm übel zu.« Bloß dazustehen, nur fünfzig Meter entfernt, fiel ihm wieder ein, unfähig, auch nur einen Finger zu rühren...

»Was hast du dort gemacht?«

»Das erstemal war es eine schnelle Erkundungsmission für die Agency. Beim zweitenmal sollte ich bei der Rettungsaktion mitmachen, die in der Wüste ex ging. Damals haben wir's alle für Pech gehalten, aber das Unternehmen hat mir echt Angst eingejagt. War wohl besser, daß es nicht geklappt hat«, schloß John. »Wenigstens haben wir sie zum Schluß alle lebend rausbekommen.«

»Also magst du's Land wegen der schlechten Erinnerungen nicht?«

Clark zuckte die Achseln. »Nicht ganz. Ich hab's mir nie so ganz klar gemacht. Die Saudis versteh' ich – die mag ich sehr. Sobald du mal durch die Schale bist, hast du Freunde fürs Leben. Manche der Regeln kommen uns vielleicht komisch vor, aber das ist okay. Wie alte Kinofilme: Ehre und so, Gastrecht«, fuhr er fort. »Aber nicht auf der anderen Seite des Golfs. Damit hab' ich lieber nichts zu tun.« Ding parkte ein. Beide Männer holten ihre Taschen raus, als ein Sergeant herankam.

»Auf dem Weg nach Paris«, sagte Clark und hielt seinen Ausweis hoch.

»Möchten die Herren bitte mitkommen?« Sie wies sie zum Abfertigungsgebäude für VIPs. Im bungalowartigen Gebäude saß Adler auf einer Couch und sah einige Papiere durch.

»Ähm, Herr Minister?«

Adler blickte auf. »Lassen Sie mich raten: Sie sind Clark, und Sie sind Chavez.«

»Sie könnten noch eine Zukunft bei ›Intelligence‹ haben.« John lächelte. Sie gaben sich die Hand.

»Guten Morgen, Sir«, sagte Chavez.

»Foley sagt, mit Ihnen wäre mein Leben in guten Händen«, äußerte SecState und klappte das Dossier zu.

»Er übertreibt.« Clark ging ein paar Schritte, um sich einen Krapfen zu holen. Lag's an den Nerven? fragte sich John. Ed und Mary Pat hatten recht. Das sollte ein Routineunternehmen sein, nur rein und raus, Hallo, wie geht's, krepiert an eurer Scheiße, bis dann. Und er war schon ärger in der Klemme gewesen als 1979–80 in Teheran – nicht oft, aber manchmal. Er blickte stirnrunzelnd aufs Gebäck. Etwas brachte das alte Gefühl zurück, dieses Kribbeln und Krabbeln auf der Haut, als würde etwas die Haare anblasen, etwas, das ihm sagte, er solle sich umdrehen und alles ganz genau ansehen.

»Er hat mir auch gesagt, Sie gehörten zur Sondereinschätzungsgruppe und ich sollte auf Sie hören«, fuhr Adler fort. Wenigstens sah er entspannt aus, bemerkte Clark.

»Die Foleys kenne ich schon länger«, erklärte John.

»Sind Sie schon dort gewesen?«

»Ja, Herr Minister.« Clark ließ eine zweiminütige Erklärung folgen, die ihm ein nachdenkliches Nicken des Regierungsmitglieds eintrug.

»Ich auch. Ich war bei den Leuten, die die Kanadier rausgepaukt haben. War erst eine Woche vorher gekommen, als sie die Botschaft einnahmen. Den ganzen Spaß verpaßt«, schloß SecState. »Gott sei Dank.«

»Dann kennen Sie das Land ein bißchen.«

Adler schüttelte den Kopf. »Nicht richtig. Ein paar Worte der Sprache. Ich möchte aber mehr von Ihren Erfahrungen hören.«

»Ich werde tun, was ich kann, Sir«, sagte ihm John. Dann kam ein junger Captain und kündigte an, daß sie abflugbereit wären. Ein Sergeant kümmerte sich um Adlers Sachen.

Die CIA-Beamten mußten ihre Taschen selber tragen. Zusätzlich zu ihrer Kleidung zum Wechseln hatten sie ihre Handfeuerwaffen – John hatte die Smith & Wesson am liebsten, Ding die Beretta .40 – und Kompaktkameras dabei. Es ließ sich nie vorhersagen, wann etwas Nützliches auftauchte.

Bob Holtzman hatte viel nachzudenken, während er allein in seinem Büro saß. Es war der klassische Arbeitsplatz eines Pressemenschen mit gläsernen Wänden, was ihm eine bescheidene akustische Privatsphäre gewährte, während er gleichzeitig in die Halle hinausblicken konnte und die Reporter dort zu ihm rein.

Jemand war an Tom Donner und John Plumber herangetreten. Es mußte Kealty sein. Holtzmans Meinung zu Kealty war exakt spiegelverkehrt zu seinen Gefühle gegenüber Ryan. Kealtys politische Ideen, dachte er, waren recht gut, progressiv und vernünftig. Bloß der Mann taugte nichts. In einem anderen Zeitalter wären seine Frauengeschichten übersehen worden, und tatsächlich hatte Kealtys Karriere einen Spagat über diese Zeitalter gemacht. In Washington gab's reichlich Frauen, die wie Bienen vom Honig durch die Macht angezogen wurden, und sie wurden benutzt. Meist gingen sie trauriger und weiser weg; im Zeitalter der Abtreibung auf Abruf gehörten dauerhaftere Konsequenzen der Vergangenheit an. Politiker waren vom Wesen her so reizend, daß die meisten ›Haushälterinnen‹ – ein uralter Euphemismus – sogar lächelnd abzogen und kaum erkannten, wie sie mißbraucht worden waren. Aber einige erlitten Wunden, und Kealty hatte etliche verletzt. Eine Frau hatte sogar Selbstmord begangen. Bobs Frau Libby hatte an dieser Story gesessen, mußte aber erleben, daß sie im Gewusel des kurzen Konflikts mit Japan unterging. In der Zwischenzeit hatten die Medien quasi einhellig beschlossen, daß die Story Geschichte war, und Kealty war in jedermanns Erinnerung rehabilitiert worden. Selbst Frauengruppen hatten sich sein persönliches Verhalten angesehen, es dann mit seinen politischen Ansichten verglichen und entschieden, die Waagschale wäre auf diese und nicht auf die andere Seite gesunken. Holtzman empörte dies alles irgendwie. Menschen sollten doch gewisse Grundsätze haben, oder nicht?

Kealty war an Donner und Plumber herangetreten, und zwar zwischen der Aufnahme des Morgeninterviews und der Live-Sendung am Abend. Und das hieß...

»Oh, Scheiße«, zischte Holtzman, als ihm ein Licht im Kopf aufging. *Das* war 'ne Story! Noch schöner, sie würde auch seinem Ressortchef gefallen. Donner hatte live im Fernsehen gesagt, das Band vom Morgen sei beschädigt worden. *Es mußte eine Lüge sein.* Ein Reporter, der sein Publikum direkt anlog. Im Journalismus gab es nicht allzu viele Regeln, und die meisten waren so formlos, daß sie zurechtgebogen oder umgangen werden konnten. Aber nicht so was. Print- und TV-Medien kamen nicht besonders gut miteinander aus. Sie buhlten um dasselbe Publikum, und das mindere Medium gewann. *Mindere?* fragte sich Holtzman. Natürlich. Fernsehen war grell, das war alles, und vielleicht sagte ein Bild mehr als tausend Worte, aber nicht, wenn der Ausschnitt mehr mit Blick auf die Unterhaltung als auf die Information gewählt wurde. Fernsehen war die hübsche Frau, die du dir ansahst. Die Zeitung war diejenige, die deine Kinder bekam.

Wie aber das beweisen?

Gab es was Herrlicheres? Er konnte diesen Pfau mit seinen perfekten Anzügen und seinem Haarspray vernichten. Er könnte dazu alle Fernsehnachrichten in ein schiefes Licht rücken, und würde *das* nicht die Auflage steigern? Er könnte alles als religiöse Zeremonie auf dem Altar journalistischer Integrität zelebrieren. Das Ruinieren von Karrieren gehörte zu seinem Geschäft. Er hatte bisher noch keinen Reporterkollegen zu Fall gebracht, spürte jetzt aber schon eine Vorfreude darauf, diesen einen aus der Gilde zu trommeln.

Was aber war mit Plumber? Holtzman kannte und respektierte ihn. Plumber war zu einer Zeit zum Fernsehen gekommen, als das Gewerbe Journalisten anheuerte, die ihr Handwerk verstanden. Plumber mußte Bescheid wissen. Und wahrscheinlich billigte er das überhaupt nicht.

Ryan konnte den kolumbianischen Botschafter keinesfalls *nicht* vorlassen. Dieser, sah er, war ein Berufsdiplomat von Adel, der zum Treffen mit dem amerikanischen Staatsoberhaupt makellos gekleidet erschien. Der Händedruck war stark und herzlich. Vorm ›Hof‹-Fotografen wurden die üblichen Belanglosigkeiten ausgetauscht, aber dann ging es zur Sache.

»Mr. President«, begann er förmlich, »meine Regierung hat mich angewiesen, wegen einiger ungewöhnlicher Unterstellungen in Ihren Medien nachzufragen.«

Jack nickte nüchtern. »Was möchten Sie wissen?«

»Es ist berichtet worden, daß die Regierung der Vereinigten Staaten vor einigen Jahren in unser Land eingedrungen sein soll. Wir empfinden diese Behauptung als beunruhigend, gar nicht zu reden von der Verletzung internationalen Rechts und zahlreicher vertraglicher Vereinbarungen zwischen unseren beiden Demokratien.«

»Ich kann Ihre Empfindungen in dieser Angelegenheit verstehen. Mir würde es an Ihrer Stelle genauso ergehen. Ich darf Ihnen versichern, daß meine Regierung eine solche Handlungsweise unter keinen Umständen dulden wird. Darauf, mein Herr, haben Sie mein persönliches Wort, und ich verlasse mich darauf, daß Sie das an Ihre Regierung weiterleiten.« Ryan entschied, dem Mann Kaffee einzuschenken. Er hatte gelernt, daß solche kleinen persönlichen Gesten im diplomatischen Austausch ungeheuer viel Eindruck machten. Diesmal funktionierte es auch und löste die augenblickliche Spannung.

»Danke schön«, sagte der Botschafter und hob seine Tasse.

»Ich glaube, es ist sogar kolumbianischer Kaffee«, äußerte der Präsident.

»Bedauerlicherweise nicht unser bekanntestes Exportprodukt«, gestand Pedro Ochoa ein.

»Herr Botschafter, mir ist vollkommen bewußt, daß Ihr Land einen bitteren Preis für Amerikas schlechte Gewohnheiten gezahlt hat. Während ich beim CIA war, habe ich Einblick gewonnen in alle möglichen Informationen über den Drogenhandel und die Auswirkungen auf Ihren Teil der Welt. Ich habe keine ungehörige Aktion in Ihrem Land angeordnet, aber natürlich habe ich eine Menge Daten zu Gesicht bekommen. Ich weiß, daß man Polizisten – mein Vater war Polizeibeamter, müssen Sie wissen – tötete und Richter und Journalisten. Ich weiß, daß Kolumbien härter und länger als jedes andere Land daran gearbeitet hat, eine wirklich demokratische Regierung einzurichten, und ich möchte noch eines sagen, Sir. Ich schäme mich einiger Dinge, die in dieser Stadt über Ihr Land gesagt worden sind. Das Drogenproblem fängt nicht in Kolumbien, Ekuador oder Peru an. Es hat hier seinen Ursprung, und Sie sind genauso Opfer wie wir – sogar noch mehr. Es ist amerikanisches Geld, das Ihr Land vergiftet. Nicht Sie fügen uns Schaden zu. Wir fügen Ihnen Schaden zu.«

Ochoa hatte sich von dieser Begegnung viel erwartet, aber das nicht.

Er stellte seine Tasse hin und bemerkte dabei aus den Augenwinkeln, daß sie allein im Zimmer waren. Nicht einmal ein Adjutant zum Mitschreiben war da. Das war ungewöhnlich. Und mehr noch, Ryan hatte gerade zugegeben, daß die Geschichten stimmten – jedenfalls zum Teil.

»Mr. President«, sagte er in einem Englisch, das er zu Hause gelernt und in Princeton auf Hochglanz gebracht hatte, »wir haben nicht oft solche Worte von Ihrem Land gehört.«

»Jetzt hören Sie sie, Sir.« Zwei sehr gerade Blicke kreuzten sich über dem Tisch. »Ich werde Ihr Land nicht unverdient kritisieren, und auf Grundlage meines Wissens ist eine solche Kritik unangebracht. Der Drogenhandel läßt sich vor allem durch den Angriff auf die Nachfrageseite eindämmen, und das wird vorrangiges Ziel dieser Regierung sein. Wir entwerfen gerade ein Gesetz, das die bestraft, die Drogen nehmen, nicht bloß die, die sie verkaufen. Zudem möchte ich eine informelle Arbeitsgruppe aus Mitgliedern meiner Regierung und der Ihren einrichten, die erörtert, wie wir Ihnen bei dem Problem helfen können – jedoch stets unter Wahrung Ihrer nationalen Selbständigkeit. Amerika ist nicht immer ein guter Nachbar für Sie gewesen. Ich kann die Vergangenheit nicht ändern, aber ich kann versuchen, die Zukunft anders zu gestalten. Sagen Sie, würde Ihr Präsident eine Einladung annehmen, um die Angelegenheit unter vier Augen zu besprechen?« *Ich möchte diesen Irrsinn irgendwie wiedergutmachen.*

»Ich halte es für wahrscheinlich, daß er eine solche Einladung wohlwollend betrachten wird, unter entsprechender Berücksichtigung seiner zeitlichen und anderen Verpflichtungen, selbstverständlich.« Was hieß, *Darauf können Sie verdammt noch mal Gift nehmen!*

»Ja, Sir, ich lerne auch gerade, was so ein Posten einem alles abverlangt. Vielleicht«, fügte Jack mit einem Lächeln hinzu, »könnte er mir dazu einen Rat geben.«

»Weniger, als Sie meinen.« Botschafter Ochoa fragte sich, wie er dieses Treffen seiner Regierung erklären sollte. Ryan bot etwas an, was in Südamerika nur als ausführliche Entschuldigung für etwas angesehen werden konnte, das nie völlig eingestanden werden würde und dessen komplette Aufdeckung nur allen Beteiligten schaden würde. Und dennoch geschah dies nicht aus politischen Gründen, oder?

»Mit Ihrer vorgeschlagenen Gesetzgebung, Mr. President, was wollen Sie damit erreichen?«

»Wir untersuchen das noch. Wie ich glaube, nehmen Leute Drogen – Realitätsflucht, wie man es auch nennen will – hauptsächlich zum Spaß; es läuft in irgendeiner Weise auf ein privates Vergnügen hinaus.

Unsere Daten besagen, daß zumindest die Hälfte der im Land verkauften Drogen an Freizeitkonsumenten und nicht an echt Süchtige geht. Ich glaube, wir sollten dem Drogenkonsum den Spaß nehmen, wie ich meine, durch irgendeine Form der Bestrafung auf jeder Ebene des Besitzes oder der Einnahme. Wir haben in den Gefängnissen eindeutig nicht den Platz für alle Drogenkonsumenten in Amerika, aber wir haben eine Menge Straßen, die sauberzukehren sind. Für Freizeitkonsumenten – beim erstenmal – dreißig Tage, um in wirtschaftlich benachteiligten Gegenden die Straßen zu fegen und Müll einzusammeln, freilich in kennzeichnender Kleidung, was der Sache den Spaß ganz schön vermiesen wird. Sie sind Katholik, nehme ich an.«

»Ja, das bin ich, so wie Sie.«

Ryan grinste. »Dann wissen Sie, was Scham ist. Das ist im Augenblick ein Anfang, mehr noch nicht. Die administrativen Schritte müssen noch geklärt werden. Die Justiz untersucht auch einige verfassungsmäßige Fragen, aber die scheinen nicht so hinderlich zu sein. Ich möchte, daß dies zum Jahresende Gesetz ist. Ich habe drei Kinder, und das Drogenproblem jagt mir persönlich eine Heidenangst ein. Es ist keine perfekte Antwort auf das Problem. Die wirklich Süchtigen brauchen professionelle Hilfe irgendwelcher Art, und wir begutachten gerade eine Anzahl staatlicher und lokaler Programme, die wirklich funktionieren – aber verdammt, wenn wir den Freizeitkonsum abstellen können, ist das zumindest schon die Hälfte des Geschäfts, und wo ich herkomme, ist die Hälfte schon ein guter Anfang.«

»Wir werden diesen Prozeß mit großem Interesse verfolgen«, versprach Botschafter Ochoa. Eine Kürzung der Einnahmen der Drogenhändler würde deren Möglichkeiten verringern, sich Schutz zu erkaufen, und seiner Regierung dabei helfen, das umzusetzen, was sie schon so ernsthaft versuchte, denn die Finanzmacht der Drogenhändler war ein politischer Krebsherd im Körper seines Landes.

»Ich bedauere die Umstände, die zu diesem Treffen geführt haben, aber ich freue mich, daß wir Gelegenheit hatten, diese Punkte zu besprechen. Ich danke Ihnen, Herr Botschafter. Vor allem sollen Sie und Ihre Regierung wissen, daß ich hohe Achtung vor der Kraft des Rechts habe, und das hört nicht an unseren Grenzen auf. Was auch in der Vergangenheit geschehen sein mag, ich schlage einen neuen Anfang vor und werde meine Worte durch Taten untermauern.«

Beide Männer standen auf, und Ryan nahm wieder die Hand seines Gastes und führte ihn nach draußen. Es folgten noch ein paar Minuten am Rand des Rosengartens vor einigen Fernsehkameras. Der Pressesprecher des Weißen Hauses würde eine Erklärung über eine freundschaftliche Begegnung zwischen den beiden Männer herausgeben. Die Fotos würden in den Nachrichtensendungen gezeigt werden, um zu beweisen, daß es nicht gelogen war.

»Es verspricht, ein schöner Frühling zu werden«, sagte Ochoa angesichts des klaren Himmels und der wärmenden Brise.

»Aber die Sommer hier können sehr unangenehm werden. Sagen Sie, wie ist es in Bogotá?«

»Wir liegen sehr hoch. Es ist nie schrecklich heiß, aber die Sonne kann gnadenlos sein. Das ist ein schöner Garten. Meine Frau liebt Blumen. Sie wird auch noch berühmt«, meinte der Botschafter. »Sie hat ihre eigene Rosensorte gezüchtet. Sie hat irgendwie gelbe und rosafarbene gekreuzt und eine Blüte herausgebracht, die beinahe goldfarben ist.«

»Wie wird sie heißen?« Ryan wußte von Rosen gerade so viel, daß man wegen der Dornen aufpassen mußte. Aber die Kameras liefen.

»Auf englisch würde sie ›Leuchten der Morgendämmerung‹ heißen«, bemerkte Ochoa mit einem freundlichen Lächeln.

»Vielleicht könnten wir welche für den Garten hier bekommen?«

»Maria würde sich sehr geehrt fühlen, Mr. President.«

»Dann haben wir mehr als ein Übereinkommen, Señor.« Ein weiterer Händedruck.

Ochoa spielte auch gut mit. Für die Kameras setzte er sein freundlichstes Diplomatenlächeln auf, aber der Händedruck fühlte sich wirklich herzlich an. »Leuchten der Morgendämmerung – für einen wahrhaft neuen Tag zwischen uns, Mr. President.«

»Mein Wort drauf.« Dann verabschiedeten sie sich. Ryan ging zurück in den Westflügel. Arnie wartete hinter der Tür. Es war weithin bekannt, aber selten erwähnt, daß das Oval Office verdrahtet war wie ein Flipperautomat – oder treffender: wie ein Aufnahmestudio.

»Sie lernen. Sie lernen's wirklich noch«, bemerkte der Stabschef.

»Das war ja auch einfach, Arnie. Wir haben diese Leute schon viel zu lange beschissen. Ich mußte ja bloß die Wahrheit sagen. Ich will diese Initiative auf der Überholspur. Wann wird der Entwurf fertig?«

»In ein paar Wochen. Das wird einigen Aufruhr verursachen.«

»Ist mir egal«, erwiderte der Präsident. »Wie wär's denn, wenn wir wirklich mal was probieren, das funktioniert, statt immer nur Geld rauszuwerfen? Wir haben's mit Abschuß der Flieger probiert. Wir haben's mit Mord probiert. Wir haben's mit Verboten probiert. Wir haben's mit der Verfolgung der Dealer probiert. Wir haben alle anderen Möglichkeiten erschöpft, und sie haben nicht gegriffen, weil für die Typen zuviel Geld drinsteckt, als daß sie die Finger davon ließen. Wie wär's also, wenn wir endlich mal das Übel an der Wurzel packten? Da fängt das Problem an, und da kommt das Geld her.«

»Ich sage Ihnen ja nur, daß es schwierig wird.«

»Welche sinnvolle Sache ist das nicht?« fragte Ryan auf dem Weg ins Office. Statt durch die Flurtür zu gehen, machte er den Umweg durchs Sekretariat. »Ellen?« sagte er mit einer Geste ins Oval Office.

»Verderbe ich Sie?« fragte Mrs. Sumters, die gleich ihre Zigaretten zur Hand hatte, während die anderen Damen im Büro sich kaum ein Lächeln verkneifen konnten.

»Cathy würde es so sehen, aber wir brauchen es ihr ja nicht verraten, nicht wahr?« Im Heiligtum seines Büros zündete sich der Präsident der Vereinigten Staaten von Amerika eine schlanke Frauenzigarette an, feierte mit einer Sucht den Angriff auf eine andere – und, ach ja, daß er ganz nebenbei ein mögliches diplomatisches Erdbeben neutralisiert hatte.

Der letzte Kurier verließ Amerika mit einer KLM-Maschine vom internationalen Flughafen Minneapolis-St. Paul. Badrayn würde noch etliche Stunden weiterschwitzen müssen. Im Interesse der Sicherheit hatte keiner von ihnen eine Telefonnummer, um den erfolgreichen Abschluß durchzugeben, vor einem Fehlschlag zu warnen oder sie demjenigen zu geben, der ihn verhaftet hatte, und somit eine Verbindung zur UIR herzustellen. Statt dessen hatte Badrayn Leute mit Flugplänen an allen ersten Landeflughäfen. Wenn die Kuriere in Europa von Bord gingen und visuell identifiziert waren, dann würden die entsprechenden Meldungen über öffentliche Fernsprecher und mit bar bezahlten Telefonkarten hinausgehen.

Die Rückkehr der Kuriere nach Teheran würde das nächste Unternehmen ins Rollen bringen. Badrayn hatte nichts weiter zu tun, als abzuwarten und sich Sorgen zu machen. Er hatte Zugang zum Internet und in den Nachrichten-Pages gestöbert, ohne etwas zu finden. Nichts wäre sicher, bis die Reisenden alle zurückgekehrt und Bericht erstattet hätten. Nicht einmal dann, eigentlich. In drei oder vier Tagen, vielleicht auch fünf, würden die E-Mail-Drähte zu CDC heißlaufen. Dann würde er es wissen.

## 39 / Zeit der Begegnung

Der Flug über den Teich war angenehm. Die VC-20B war mehr ein Mini-Verkehrsflieger als ein Geschäftsjet, und die Air-Force-Crew, die für Clark so aussah, als wären sie gerade alt genug für die erste Fahrstunde, ließ alles glattlaufen. Das Flugzeug begann seinen Abstieg in die europäische Nacht und landete schließlich auf dem Militärflugplatz westlich von Paris.

Es gab keine formelle Begrüßung, aber Adler war Beamter im Ministerrang und mußte empfangen werden, selbst bei einer Geheimmission. Daher trat ein hochrangiger Staatsbeamter heran, sobald die Motoren von Alt zu Tenor übergingen. Adler erkannte ihn, als die Treppe ausfuhr.

»Claude!«

»Scott. Glückwunsch zur Beförderung, mein alter Freund!« Mit Rücksicht auf den amerikanischen Geschmack wurden keine Küsse ausgetauscht.

Clark und Chavez suchten die Gegend nach Gefahren ab, aber sie sahen bloß französische Soldaten oder vielleicht auch Polizisten – auf die Entfernung war das nicht zu sagen – mit Gewehren im Kreis herumstehen. Europäer hatten es gern, sich den Leuten mit Maschinenpistolen zu zeigen, selbst auf städtischen Straßen. Es kam ihm etwas übertrieben vor. Jedenfalls erwarteten sie keine besonderen Gefahren in Frankreich, und es geschah auch nichts. Adler und sein Freund bestiegen einen offiziellen Wagen, Clark und Chavez den nachfolgenden. Die Flugbesatzung würde sich zur pflichtgemäßen Ruhepause begeben, was in der Sprache der Air Force hieß, sie würden mit ihren französischen Kollegen ein paar heben.

»Wir gehen für ein paar Minuten in die Lounge, bis Ihr Flugzeug startklar ist«, erklärte ein französischer Luftwaffenoffizier. »Möchten Sie sich vielleicht erfrischen?«

»*Merci, mon commandant*«, erwiderte Ding. Yeah, dachte er, die Franzmänner wußten schon, einem ein Gefühl der Sicherheit zu geben.

»Vielen Dank für deine Hilfe bei dieser Sache«, sagte Adler seinem Freund. Sie waren einmal in Moskau und dann noch mal in Pretoria gemeinsam im Außendienst gewesen. Beide hatten sich auf empfindliche Aufträge spezialisiert.

»Ach, das war nichts, Scott.« Stimmte natürlich nicht, aber Diplomaten reden immer wie Diplomaten. Claude hatte ihm einmal auf unnachahmlich französische Weise geholfen, eine Scheidung durchzustehen, und dauernd so gesprochen, als würde er Vertragsverhandlungen führen. Es war schon fast zum Scherz zwischen ihnen geworden. »Unser Botschafter berichtet, daß Daryaei bei entsprechendem Auftreten gesprächsbereit sein wird.«

»Und wie wäre das?« fragte SecState seinen Berufskollegen. Sie stiegen bei dem Gebäude aus, das wie ein Offiziersklub aussah, und standen wenig später im privaten Eßzimmer vor einem Tisch mit einer Karaffe voll erlesenem Beaujolais. »Wie siehst du die Sache, Claude? Was will Daryaei?«

Das Achselzucken war so sehr französisch wie der Wein, den Claude eingoß. Sie prosteten sich zu, und der Wein war selbst nach den Maßstäben des französischen Diplomatischen Dienstes vorzüglich. Dann ging es zur Sache.

»Da sind wir nicht sicher. Wir wundern uns über den Tod des turkmenischen Premiers.«

»Ihr wundert euch nicht über den Tod von...«

»Ich glaube nicht, daß da noch jemand Zweifel hat, Scott, es war doch eine alte Fehde, nicht wahr?«

»Nicht nur.« Noch ein Schluck. »Claude, du bist immer noch der beste Weinexperte, den ich kenne. Was hat er im Sinn?«

»Wahrscheinlich vieles. Seine innenpolitischen Probleme – ihr Amerikaner schätzt sie nicht so gut ein, wie ihr solltet. Sein Volk ist unruhig, jetzt nach der Eroberung des Iraks nicht mehr so, aber die Probleme sind nicht vom Tisch. Wir haben das Gefühl, er muß erst konsolidieren, bevor er etwas andres tut. Wir meinen auch, daß dieser Prozeß erfolglos sein wird. Wir sind erwartungsvoll, Scott. Wir haben die Hoffnung, daß die extremen Aspekte des Regimes sich mit der Zeit abschleifen, vielleicht sogar sehr bald. Es ist nicht mehr das achte Jahrhundert, selbst in jenem Weltteil.«

Adler nickte nachdenklich. »Hoffentlich hast du recht. Der Kerl hat mir immer angst gemacht.«

»Alle Menschen sind sterblich. Er ist zweiundsiebzig und hat einen harten Arbeitstag. Auf jeden Fall müssen wir auf ihn aufpassen, nicht? Seine Züge müssen wir gemeinsam erwidern, wie schon in der Vergangenheit. Wir haben die Sache mit den Saudis besprochen. Sie sind besorgt, aber nicht sehr. Unsere Einschätzung ist dieselbe. Wir raten euch, die Augen aufzuhalten.«

Claude könnte recht haben, dachte Adler. Daryaei war alt, und die Herrschaft über ein neu einverleibtes Land zu festigen war kein Spaziergang. Darüber hinaus war die beste Art, ein feindliches Land in die

Knie zu zwingen, die, mit der gebotenen Geduld nett zu den Scheusalen zu sein. Ein bißchen Handel, ein paar Journalisten, etwas CNN und ein paar harmlose Filme, solche Dinge konnten Wunder wirken. Mit Geduld. Mit genug Zeit. An den Unis Amerikas gab es genug junge Iraner. Das könnte das effektivste Mittel zur Veränderung der UIR sein. Das Problem war, daß auch Daryaei das wußte. Hier war er nun, Scott Adler, SecState, ein Posten, den er nie innezuhaben erwartet hatte, und sollte wissen, was zu tun war. Aber die Geschichte der Diplomatie hatte er zu gut studiert, um es nicht besser zu wissen.

»Ich werde zuhören, was er zu sagen hat, und wir sind nicht darauf aus, uns neue Feinde zu machen, Claude. Ich glaube, du weißt das.«

»*D'accord.*« Er füllte bei Adler nach. »Unglücklicherweise wirst du so was in Teheran nicht finden.«

Für Clark und Chavez gab es Perrier, sicher billiger hier.

»Nun, wie sieht's in Washington aus?« fragte sein französisches Gegenüber, bloß um die Zeit totzuschlagen, wie es den Anschein hatte.

»Ziemlich seltsam. Wissen Sie, es ist erstaunlich, wie ruhig es im Lande ist. Vielleicht ist's gar nicht so schlecht, wenn ein großer Teil der Regierung ausgeschaltet wird«, sagte John ausweichend.

»Und was man so von Ihrem Präsidenten und seinen Abenteuern hört?«

»Klingt für mich stark nach einem Filmstoff«, sagte Ding mit offen aufrichtiger Miene.

»Klaut ein russisches U-Boot? Allein? Verdammt.« Clark grinste. »Wer denkt sich *so was* wohl aus.«

»Aber der russische Chefspion«, warf ihr Gastgeber ein. »Er ist es wirklich, und er ist im Fernsehen gewesen.«

»Ich wette, der hat 'ne Tonne Geld bekommen, damit er rüberkommt.«

»Will wahrscheinlich ein Buch darüber schreiben, um noch mehr Geld zu machen.« Chavez lachte. »Der Mistkerl wird's auch kriegen. He, *mon ami*, wir sind bloß Arbeitsbienen, okay?«

Das flog nicht besser als ein Bleigleiter. Clark blickte seinem Befrager in die Augen, und die klappten einfach zu. Der Mann war vom DGSE und erkannte einen Geheimdienstler auf Anhieb.

»Dann passen Sie beim Nektar auf, den Sie drüben finden, mein junger Freund. Er ist wahrscheinlich zu süß.« Es war wie der Anfang eines Kartenspiels, und er mischte gerade. Wohl nur eine Runde, und vielleicht freundlich, aber die mußte gespielt werden.

»Haben Sie dort im Land gearbeitet?« fragte John.

»Ja, ich bin durchs Land gereist.«

»Und?« Das war Chavez.

»Und ich habe sie nie verstanden.«

»Yeah«, pflichtete Clark bei. »Ich weiß, was Sie meinen.«

»Ein interessanter Mann, Ihr Präsident«, sagte der Franzose wieder, und das war reine Neugier; eigentlich sympathisch, so etwas in den Augen eines Geheimdienstlers zu sehen.

John sah direkt in diese Augen und entschied, dem Mann für die Warnung zu danken, Profi zu Profi. »Yeah, ist er. Er ist einer von uns«, versicherte ihm Clark.

»Und die unterhaltsamen Geschichten?«

»Kann ich nicht sagen.« Lächelnd gesprochen. *Natürlich sind sie wahr. Denken Sie, Reporter haben den Geist, so etwas zu erfinden?*

Beide dachten das gleich, und beide Männer wußten es genau, wenn auch keiner es aussprechen durfte: *Wie schade, daß wir uns nicht einen Abend zum Essen und einigen Geschichten zusammensetzen können.*

»Auf dem Rückweg spendiere ich einen Drink.«

»Auf dem Rückweg werde ich ihn genießen.«

Ding hörte und sah bloß zu. Der alte Schweinehund hatte es noch drauf, und man konnte viel daraus lernen, wie er's anpackte. »Gut, so einen als Freund zu haben«, meinte er auf dem Weg zur französischen Maschine.

»Besser als ein Freund; ein Profi. Solchen hört man genau zu, Ding.«

Niemand behauptete, Regierungsgeschäfte seien einfach, selbst für jene, die zu beinahe allem das Wort Gottes bemühten. Auch für Daryaei, der beinahe zwanzig Jahre lang in der einen oder anderen Funktion der Regierung Irans gewesen war, brachte der ganze kleinliche Verwaltungsmüll, der seinen Schreibtisch und seine Zeit belastete, viel Enttäuschung. Er hätte nie kapiert, daß es fast nur seine Schuld war. In seinen Augen regierte er gerecht, in denen anderer ziemlich hart. Die meisten Gesetzesverstöße verlangten den Tod des Missetäters, schon kleine Irrtümer von Bürokraten in der Verwaltung konnten das Ende einer Laufbahn nach sich ziehen – Gnade hing natürlich von der Größe des Irrtums ab. Ein Bürokrat, der zu allem nein sagte und feststellte, daß in diesem Punkt das Recht eindeutig sei, ob es stimmte oder nicht, geriet kaum in Schwierigkeiten. Einer, der das Ausmaß der Regierungsmacht auf geringfügigste Alltagsaktivitäten erweiterte, vergrößerte nur Daryaeis Machtfülle. Solche Entscheidungen waren einfach und brachten dem fraglichen Entscheidungsträger kaum Schwierigkeiten ein.

Aber das wirkliche Leben war nicht so einfach. Praktische Handelsfragen beispielsweise, wie etwa das Land insgesamt seine Geschäfte betrieb, vom Verkauf von Melonen bis Hupen in der Nähe von Moscheen, erforderten ein gewisses Urteilsvermögen, weil der Heilige Koran nicht jede Sachlage vorhergesehen hatte und auch das Zivilrecht nicht darauf ausgerichtet war. Aber jedwede Liberalisierung war ein größeres Unternehmen, weil jede Liberalisierung einer Vorschrift als theologischer Irrtum angesehen werden könnte – und das in einem Land, wo die Abkehr vom Glauben Kapitalverbrechen war. Daher neigten mindere Bürokraten, wenn sie vor der Notwendigkeit standen, einer Nachfrage zuzustimmen, öfters dazu, die Angelegenheit nach oben weiterzuleiten, was höherstehenden Beamten die Chance gab, nein zu sagen. Das Ergebnis war, daß solche Fälle die Machtpyramide hinaufschäumten. Zwischen Daryaei und der Bürokratie lagen der Rat der Religiösen (Daryaei war zur Zeit Khomeinis Mitglied gewesen) und ein Titularparlament sowie erfahrene Beamte, aber zum Leidwesen des religiösen UIR-Führers galt das Prinzip, und er sah sich mit so wichtigen Fragen konfrontiert wie Marktzeiten, Treibstoffpreisen und Inhalt der Schulbücher für präpubertäre Mädchen. Die säuerliche Miene, die er bei solchen Anlässen aufsetzte, machte die Kollegen um so unterwürfiger in ihrer Präsentation von Für und Wider, was dem Absurden groteske Feierlichkeit beifügte, während sie Gefallen suchten für Strenge (Opposition zur Veränderung, die zur Debatte stand) oder Praxisnähe (sie befürworten). Größtes politisches Spiel in der Stadt war, die Gunst Daryaeis zu gewinnen, und er fand sich unweigerlich von Kleinigkeiten so eingeschlossen wie ein Insekt in Bernstein, obwohl er seine ganze Zeit für Wichtiges brauchte. Verwunderlich war nur, daß er nie verstand, warum die Leute nicht ein *bißchen* Initiative ergreifen konnten, obwohl er Menschen dafür vernichtete, daß sie jemals welche gezeigt hatten.

Und so kam es, daß er an diesem Abend in Bagdad landete, um sich mit religiösen Oberhäuptern zu treffen. Es ging diesmal um die Frage, welche der restaurierungsbedürftigen Moscheen als erste in Angriff genommen werden sollte. Es war bekannt, daß Mahmoud Hadschi eine zum Gebet, eine andere wegen architektonischer Schönheit und eine weitere wegen großer historischer Bedeutung favorisierte, während die Stadtbevölkerung doch eine andere am liebsten hatte – und wäre es politisch nicht besser, mit der Renovierung dieser einen zu beginnen, um politische Stabilität der Region zu stützen? Dann stand das Problem mit dem Recht der Frauen an, Auto zu fahren (das frühere irakische Regime war damit viel zu liberal umgegangen!). Untragbar, aber war es nicht schwierig, ein bestehendes Recht wieder zu entziehen, und was wäre mit Frauen, die keinen Mann zum Fahren hatten und denen auch Geld fehlte, sich ein Fahrzeug zu mieten? Sollte da die Regierung sich der Bedürfnisse annehmen? Einige – Ärztinnen, Lehrerinnen zum Beispiel – waren für die hiesige Gesellschaft wichtig. Andererseits durfte nach der Vereinigung von Iran und Irak nur ein Gesetz gelten, und sollte demnach den iranischen Frauen ein Recht gewährt oder den irakischen eines entzogen werden? Für diese gewichtigen Fragen und noch ein paar andere mußte er abends nach Bagdad fliegen.

Daryaei saß in seinem Privatjet, sah die Tagesordnung für das Treffen durch und hätte am liebsten gekreischt, aber dafür war er zu besonnen – sagte er sich zumindest. Er mußte schließlich etwas Wichtiges vorbereiten. Am Vormittag würde er mit dem jüdischen Außenminister der USA zusammentreffen. Seine Miene, als er die Papiere durchsah, jagte selbst der Flugbesatzung Angst ein, wenngleich Mahmoud Hadschi das nicht auffiel.

*Warum konnten die Leute nicht etwas Initiative zeigen!*

Der Jet war ein Dassault Falcon 900B und glich in Aufbau und Funktion dem USAF VC-20B Twin-Jet. Die beiden Piloten waren französische Luftwaffenoffiziere, beide etwas alt für diesen ›Charterflug‹, und es war noch ein Paar überaus charmanter Flugbegleiterinnen an Bord. Zumindest eine, meinte Clark, war DGSE-Schnüfflerin. Er mochte die Franzosen, insbesondere ihren Geheimdienst. So beschwerlich Frankreich als Verbündeter gelegentlich war: Traten sie in der Schattenwelt in Aktion, waren sie besser als die meisten. Zum Glück für ihn waren Flugzeuge laut und schwer zu verwanzen. Das erklärte womöglich, warum die eine oder die andere Begleiterin alle fünfzehn Minuten nach hinten kam, um zu fragen, ob sie irgendwas bräuchten.

»Müssen wir was Bestimmtes wissen?« fragte John, als er lächelnd die letzte Anfrage verneint hatte.

»Eigentlich nicht«, erwiderte Adler. »Wir wollen dem Kerl nur auf den Zahn fühlen. Mein Freund Claude in Paris meint, die Dinge stehen nicht so schlimm, wie's aussieht, und seine Argumentation kommt mir ziemlich fundiert vor. Ich übermittle hauptsächlich die übliche Botschaft.«

»Benimm dich«, sagte Chavez lächelnd.

Auch der Außenminister lächelte. »Etwas diplomatischer, aber ja. Wo kommen Sie her, Mr. Chavez?«

Das gefiel Clark. »Sie wollen doch nicht wissen, wo wir ihn herhaben?«

»Hab' grade den Magister gemacht«, sagte der junge Spook stolz.

»Wo?«

»George Mason University. Frau Professor Alpher.«

Das weckte Adlers Interesse. »Wirklich? Sie hat für mich gearbeitet. Worum geht es?«

»*Studie Konventioneller Weisheit: Irrige Diplomatische Manöver im Europa der Jahrhundertwende.*«

»Die Deutschen und die Briten?«

Ding nickte. »Hauptsächlich, speziell die Marineaufrüstung.«

»Ihre Schlußfolgerung?«

»Die Leute konnten den Unterschied zwischen taktischen und strategischen Zielen nicht erkennen. Sie dachten nur an das ›hier und jetzt‹. Weil sie Politik mit Staatsführung verwechselten, schlitterten sie in einen Krieg, der die gesamte europäische Ordnung niederriß.« Als Clark dieser kurzen Abhandlung lauschte, fiel ihm auf, wie sich Dings Stimme veränderte, wenn er von Studienarbeit sprach.

»Und Sie sind SPO?« fragte SecState beinahe ungläubig.

Ein sehr latinomäßiges Grinsen machte sich breit. »War ich. Tut mir leid, wenn ich nicht die Handknöchel am Boden schleifen lasse, wie es erwartet wird, Sir.«

»Aber warum hat mir Ed Foley Sie beide aufgebrummt?«

»Meine Schuld«, sagte Clark. »Man will, daß wir uns ein bißchen umschauen und rumschnüffeln.«

»Ihre Schuld?« fragte Scott.

»Ich bin mal ihr Ausbildungsoffizier gewesen«, erklärte John. Da wechselte die Stimmung völlig.

»Sie sind diejenigen, die Koga rausgeholt haben. Sie sind ...«

»Yeah, das waren wir«, bestätigte Chavez. SecState hatte für all das wohl die Freigabe. »Toller Spaß.«

Adler dachte, er müßte pikiert sein, zwei Feld-Spooks zur Begleitung zu haben – und des Jüngeren Bemerkung über Knöchel am Boden war nicht so weit hergeholt, aber ein Magister von Mason ...

»Sie waren es auch, deren Bericht Brett Hanson verschmähte, der über Goto. Das war gute Arbeit. Eigentlich ausgezeichnet.« Er hatte sich gefragt, was die beiden beim SNIE-Team machten. Klar.

»Aber keiner hörte zu«, betonte Chavez. Vielleicht war's entscheidend beim Krieg mit Japan gewesen, bei ihnen jedenfalls eine haarige Zeit in dem Land. Aber es hatte ihm auch Einsichten in Diplomatie und Staatskunst vermittelt. Schlimmer Wind kehrt auch gut.

»Ich höre bestens«, meinte Adler. »Sagen Sie mir, was bei Ihrem Spaziergang herauskommt, ja?«

»Aber sicher. Ich schätze, Sie müssen das erfahren«, bemerkte John mit hochgezogener Augenbraue.

Adler drehte sich um und winkte einer der Flugbegleiterinnen, der hübschen Brünetten, die Clark als sichere Schnüfflerin ausgemacht hatte.

»Ja, Monsieur Minister?«

»Wie lange ist es noch bis zur Landung?«

»Vier Stunden.«

»Okay, könnten wir dann ein Kartenspiel und eine Flasche Wein haben?«

»Sicherlich.« Sie eilte die vier Meter nach vorn, um sie zu holen.

»Sollte im Dienst nicht trinken, Sir«, meinte Chavez.

»Sie haben bis zur Landung dienstfrei«, sagte ihm Adler. »Und ich hab' gern ein Spiel, bevor ich in eine solche Sitzung gehe. Tut den Nerven gut. Was meinen die Herren, Lust zu einem netten Spiel?«

»Nun, Herr Minister, wenn Sie darauf bestehen.« Jetzt würden sie alle etwas über den Auftrag erfahren. »Vielleicht Stud-Poker mit fünf?«

Alle wußten, wo die Linie war. Keine offiziellen Kommuniqués waren ausgetauscht worden, zumindest nicht zwischen Peking und Taipeh, aber sie war trotzdem bekannt und anerkannt, weil Menschen in Uniform gewöhnlich praktisch und achtsam sind. Flugzeuge der PRC näherten sich nie mehr als zehn Seemeilen einer bestimmten Nord-Süd-Linie, und die der ROC hielten in Anerkennung dieser Tatsache den gleichen Abstand zum selben unsichtbaren Längengrad. Auf den jeweiligen Seiten der Linie konnten die Menschen so aggressiv tun, wie sie wollten, alle Waffen auffahren, die sie sich leisten konnten; das galt als verbindlich ohne auch nur eine einzige taktische Funkbotschaft. Es lag alles im Interesse der Stabilität. Das Herumspielen mit geladenen Waffen war immer gefährlich, für Staaten wie für Kinder, wenngleich sich die letzteren leichter disziplinieren ließen.

Amerika hatte nun vier U-Boote in der Formosastraße. Sie waren an – unter – der unsichtbaren Linie verteilt, was der sicherste Aufenthaltsort war. Ein weiterer Verband von drei Schiffen war am Nordende der Straße, ein Kreuzer, USS *Port Royal*, zusammen mit den Zerstörern *The*

*Sullivans* und *Chandler*. Die drei verfügten zusammen über 250 SM2-MR-Raketen. Normalerweise bestand ihre Aufgabe darin, einen Flugzeugträger vor Luftangriffen zu schützen, aber »ihr« Träger war zur Maschinenreparatur in Pearl Harbor. *Port Royal* und *The Sullivans* waren beides Aegis-Schiffe mit mächtigen SPY-Radaren, jetzt bei der Luftaufklärung, während die U-Boote alles andere erledigten. *Chandler* hatte ein spezielles ELINT-Team an Bord, um Funkverkehr aufzuspüren. Wie ein Cop auf Streife waren sie nicht unbedingt dort, um sich in Angelegenheiten der Leute einzumischen, sondern um ihnen zu zeigen, daß der Arm des Gesetzes in der Nähe war; freundlich, und solange es andere auch blieben, würde nichts ausarten. Und wenn jemand an der Anwesenheit amerikanischer Schiffe Anstoß nahm, würde ihr Land aufs freie Wegerecht der Meere verweisen. Daß sie in Wirklichkeit Teil eines anderen Plans waren, war keinem unmittelbar klar. Was als nächstes geschah, verwirrte so ziemlich alle.

Die Morgendämmerung lag in der Luft, als eine Staffel mit vier PRC-Jägern vom Festland in östlicher Richtung wegflog, fünf Minuten später gefolgt von vier weiteren. Sie wurden von den amerikanischen Schiffen auf Radarmonitoren entdeckt. Wie üblich erhielten sie Kennziffern, und die Computersysteme folgten ihrem Flug zur Zufriedenheit der Offiziere und der Männer im CIC der *Port Royal* – bis sie nicht wendeten. Da hob ein Lieutenant einen Hörer und drückte einen Knopf.

»Ja?« antwortete eine verschlafene Stimme.

»Käpt'n, Gefechtsstand, wir haben eine Staffel von vier PRC-Fliegern, wahrscheinlich Jäger, die gerade die Linie überqueren, Peilung zwo-eins-null, Höhe fünfzehntausend, Kurs null-neun-null, Tempo fünefhundert. Eine Staffel von vier weiteren ist ein paar Minuten dahinter.«

»Schon unterwegs.« Der Captain kam zwei Minuten später nur halb angezogen in den Gefechtsstand, gerade noch rechtzeitig, um den Maat berichten zu hören:

»Neue Spur, vier oder mehr weitere Jäger Kurs Westen.«

Aus praktischen Gründen hatte der Computer Anweisung, den Festlandjägern ›feindliche‹ graphische Kennzeichen und den taiwanesischen ›freundliche‹ Symbole zuzuweisen. (Es befanden sich hin und wieder auch einige amerikanische Flugzeuge dort, aber die sammelten weit außer Gefahr elektronische Informationen.) Nun aber steuerten zwei Staffeln von jeweils vier Maschinen in etwa dreißig Meilen Distanz, aber mit einer Annäherungsgeschwindigkeit von mehr als tausend Meilen pro Stunde, aufeinander zu. Der Radar hatte auch sechs Verkehrsflugzeuge erfaßt, alle östlich der Linie, die sich um ihre eigenen Angelegenheiten kümmerten und das ausgewiesene ›Übungs‹-Gebiet umflogen.

»Raid Sechs dreht ab«, berichtete ein Matrose dann. Das war die erste Staffel vom Festland, und während der Captain zusah, drehte der Geschwindigkeitsvektor nach Süden, während die von Taiwan aufgestiegene Staffel auf sie zuhielt.

»Sie beleuchten«, sagte der Chief an der ESM-Konsole. »Die ROCs beleuchten Raid Sechs. Ihre Radare scheinen im Zielerfassungsmodus zu sein.«

»Vielleicht haben die deshalb abgedreht«, meinte der Kapitän.

»Haben die sich vielleicht verflogen?« fragte der CIC-Offizier.

»Immer noch dunkel draußen. Vielleicht flogen sie einfach zu weit.« Sie wußten nicht, welche Navigationsausrüstung die rotchinesischen Jäger hatten. Einen einsitzigen Jäger nachts übers Meer zu fliegen war keine sehr präzise Angelegenheit.

»Hier kommen noch mehr Radarsignale aus der Luft, östliche Richtung, wahrscheinlich Raid Sieben«, sagte der ESM-Chief. Das war die zweite Staffel vom Festland.

»Irgendwelche elektronischen Aktivitäten von Raid Sechs?« fragte der CIC-Offizier.

»Negativ, Sir.« Diese Jäger beendeten ihre Wendeschleife und flogen nun nach Westen, zurück zur Linie, mit den F-16 der ROC im Rücken. An diesem Punkt änderte sich die Lage.

»Raid Sieben dreht ab, Kurs nun null-neun-sieben.«

»Das weist auf die F-16 ... und sie illuminieren ...«, bemerkte der Lieutenant mit einem ersten Anflug von Besorgnis in der Stimme. »Raid Sieben leuchtet die F-16 an, Radar im Zielerfassungsmodus.«

Da änderten auch die F-16 der Republik China ihren Kurs. Die neueren, in Amerika hergestellten Jagdflugzeuge und ihre Elitepiloten machten nur etwa ein Drittel ihrer Luftstreitmacht aus, aber es war ihre Pflicht, die Flugübungen ihrer Cousins vom Festland zu überwachen und darauf zu reagieren. Sie ließen Raid Sechs zurückkehren, denn notwendigerweise galt ihr Augenmerk jetzt mehr der nachfolgenden Staffel, die weiterhin ostwärts flog. Das Annäherungstempo war immer noch über tausend Meilen pro Stunde, und beide Seiten hatten ihr Zielerfassungsradar eingeschaltet und aufeinander gerichtet. Das wurde international als unfreundlicher Akt aufgefaßt, da es in der Luft einem auf den Kopf eines anderen gerichteten Gewehr gleichkam.

»Aua«, meinte der Maat am ESM-Schirm nur. »Sir, Raid Sieben, deren Radare haben gerade auf Ziel*verfolgungs*modus umgeschaltet.« Anstatt nur nach Zielen zu suchen, arbeiteten die elektronischen Systeme nun zur Lenkung von Luftraketen. Was vor ein paar Sekunden noch bloß unfreundlich war, wurde nun ausgesprochen feindselig; die gedachten Gewehre waren entsichert.

Die F-16 teilten sich in Zweiergruppen – Elemente – und manövrierten frei. Das gleiche taten auch die landauswärts fliegenden PRC-Jäger. Die erste Viererstaffel, Raid Sechs, hatte die Linie wieder überquert und flog in anscheinend direkter Linie nach Westen zu ihrem Fliegerhorst.

»Oje, ich glaub, ich weiß, was hier vorgeht; Sir, schauen Sie mal, wie …«

Auf dem Schirm tauchte ein winziges Pünktchen auf, das von einem der F-16 kam …

»O, Scheiße«, sagte ein Matrose. »Wir haben eine Rakete in der Luft …«

»Mach zwei draus«, ergänzte sein Chief.

In der Luft bewegte sich nun ein Paar amerikanischer AIM-120-Raketen in getrennten Bahnen auf unterschiedliche Ziele zu.

»Die haben das für 'nen Angriff gehalten. Herrgott noch mal«, sagte der Captain und ging zu seiner Sprechanlage. »Ich brauche jetzt sofort CinCPac!«

Es ging alles blitzschnell. Einer der Festlandsjäger verwandelte sich auf dem Schirm in eine Wolke. Dadurch gewarnt, kippte der andere scharf weg und wich seiner Rakete in letzter Sekunde aus.

Dann kehrte sich das Ganze um. Die südlichen PRC-Jäger manövrierten ebenfalls; Raid Sechs drehte stark nach Norden ab, nun mit eingeschalteten Illuminationsradaren. Zehn Sekunden später waren sechs weitere Raketen in der Luft und rasten auf ihre Ziele zu.

»Wir haben jetzt eine Schlacht!« sagte der Chief der Wache. Der Captain hob den Hörer.

»Brücke, CIC, Gefechtsposten! Gefechtsposten!!« Dann griff er nach dem TBS-Mikrofon und stellte Verbindung zu den Kapitänen der beiden Begleitschiffe her, zehn Meilen östlich und westlich seines Kreuzers, als das Alarmsignal auf der USS *Port Royal* losging.

»Ich hab's«, hieß es von *The Sullivans*. Der Zerstörer befand sich weiter draußen auf See.

»Ich auch«, schloß sich *Chandler* an. Dieser war dem Inselstaat näher, erhielt aber über Datenaustausch das Radarbild der Aegis-Schiffe.

»Das ist ein Abschuß!« Ein weiterer rotchinesischer Jäger wurde getroffen und stürzte auf die noch dunkle Wasseroberfläche. Fünf Sekunden später erwischte es eine F-16. Mehr Besatzungsmitglieder trafen im Gefechtsstand ein und nahmen ihre Einsatzposten ein.

»Käpt'n, Raid Sechs hat wohl nur zu simulieren versu...«

»Yeah, trotzdem haben wir's hier mit 'nem Fiasko zu tun.«

Und dann riß, leicht vorherzusehen, eine Rakete aus. Sie waren zwar so klein, daß sie für den Aegis-Radar kaum aufzuspüren waren, aber ein Techniker erhöhte die Energiezufuhr, warf sechs Millionen Watt Funkfrequenz in das ›Übungs‹-Gebiet, und das Bild wurde klar.

»Ach du Scheiße!« sagte ein Chief und deutete auf den Hauptschirm. »Käpt'n, schauen Sie!«

Es war sofort offensichtlich. Jemand hatte eine Rakete ausgelöst, die sich wohl nach Infrarotlicht richtete, und das heißeste Ziel weit und breit war ein Airbus 310 von Air China, mit zwei gewaltigen Turbinen vom Typ General Electric CF6, die dem roten Auge wie die Sonne vorkamen.

»Chief Albertson, warnen Sie ihn über Guard!« schrie der Skipper.

»Air China Sechs-Sechs-Sechs, hier ein Kriegsschiff der US-Navy, auf Sie kommt von Nordwest eine Rakete zu, ich wiederhole, augenblicklich manövrieren, es peilt Sie eine Rakete von Nordwest her an!«

»Was, was?« Doch der Flieger rührte sich, drehte links ab und sank tiefer. Es nützte aber nichts.

Vor ihren elektronischen Augen wich der Geschwindigkeitsvektor der Rakete nicht mehr vom Ziel ab. Man konnte hoffen, daß sie ausbrannte und es nicht schaffte, aber sie flog mit Mach 3, und die Air-China-Maschine befand sich schon im gedrosselten Landeanflug auf den Heimatflughafen.

Der Pilot senkte die Nase und machte der Rakete damit alles bloß leichter.

»Es ist ein großer Flieger«, sagte der Captain.

»Bloß zwei Aggregate, Sir«, machte ihn der Waffenoffizier aufmerksam.

»Das ist ein Treffer!« sagte einer am Radargerät.

»Bring sie runter, Kumpel, bring sie runter. Oh, verdammt«, zischte der Captain, der sich abwenden wollte. Auf dem Schirm verdreifachte sich der Leuchtpunkt der A-310 und blinkte im Notrufsignal.

»Er ruft Mayday, Sir«, sagte ein Funker. »Air China Flug Sechs-Sechs-Sechs ruft Mayday... Motor- und Tragflächenschaden... wahrscheinlich Feuer an Bord.«

»Bloß noch fünfzig Meilen etwa«, sagte ein Chief. »Er steuert direkt auf Taipeh zu.«

»Käpt'n, alle Stationen sind bemannt und bereit. Stufe eins gilt auf dem ganzen Schiff«, meldete die Kommunikationswache.

»Gut so.« Sein Blick war auf den mittleren der drei Radarschirme gerichtet. Der Luftkampf, sah er, war so schnell zu Ende gegangen, wie er angefangen hatte. Drei Jäger waren gewassert, ein weiterer womöglich beschädigt, und beide Seiten zogen sich zurück, um die Wunden zu lecken und herauszufinden, was zum Teufel vorgefallen war. Auf taiwanesischer Seite war eine weitere Staffel in der Luft und formierte sich direkt vor der Küste.

»Kapitän!« Das kam von der ESM-Konsole. »Sieht aus, als wären auf allen Schiffen die Radare aufgeleuchtet. Überall Quellen, die wir klassifizieren.«

Aber das war jetzt nicht wichtig, wußte der Captain. Wichtig war, daß der Airbus 310 langsamer wurde und tiefer ging, wie der Schirm zeigte.

»CinCPac-Kommandozentrale, Sir«, meldete der Funker.

»Hier *Port Royal*«, sagte der Captain und hob den telefonähnlichen Hörer der Satellitenfunkverbindung ab. »Wir hatten hier gerade einen Luftkampf – eine Rakete ist ausgerissen und hat offenbar ein Verkehrsflugzeug auf dem Weg von Hongkong nach Taipeh getroffen. Der Flieger ist noch in der Luft, hat aber Schwierigkeiten. Zwei rotchinesische MiGs und eine taiwanesische F-16 sind gewassert, vielleicht eine weitere F-16 beschädigt.«

»Wer hat angefangen?« fragte der Wachoffizier.

»Wir glauben, die ROC-Piloten haben die erste Rakete abgeschossen. Es könnte ein Versehen gewesen sein.« Er erklärte noch ein paar Sekunden weiter. »Ich werde die Radaraufzeichnungen uploaden, so rasch ich kann.«

»In Ordnung. Danke, Captain. Ich werd's dem Boß weiterleiten. Halten Sie uns auf dem laufenden.«

»Wird gemacht.« Der Skipper kappte die Verbindung und wandte sich an die Kommunikationswache. »Band bereitmachen für den Upload nach Pearl.«

»Aye, Sir.«

Air China 666 flog noch immer Richtung Küste, aber das Radar zeigte einen schlängelnden, gierenden Kurs um die Linie nach Taipeh. Das ELINT-Team auf *Chandler* horchte jetzt den Funk ab. Der Flugkapitän der verwundeten Linienmaschine sprach schnell und klar und rief voraus nach Notlandebereitschaft. Nur sie wußten eigentlich um die Größenordnung des Problems. Alle anderen waren Zuschauer, die sie von der Seitenlinie anspornten, es noch fünfzehn Minuten beisammenzuhalten.

Das alles wurde rasch nach oben durchgegeben. Die Kommunikationsverbindung lief über das Büro von Admiral David Seaton auf dem Hügel über Pearl Harbor. Der oberste Kommunikationswachoffizier rief den für das Gebiet zuständigen Oberbefehlshaber an, der ihm sofort befahl, eine Blitzmeldung mit der Einstufung CRITIC nach Washington abzusetzen. Seaton ordnete dann an, eine Alarmmeldung an die sieben amerikanischen Schiffe in der Gegend – hauptsächlich an die U-Boote – zu schicken, damit sie die Ohren aufstellten. Danach ging eine Meldung an die Amerikaner, die die Übung an verschiedenen Kommandostellen der Volksrepublik China ›beobachteten‹ – deren Zustellung würde einige Zeit dauern. Es gab noch keine amerikanische Botschaft in Taipeh und deshalb auch keine Attachés oder CIA-Angehörige, die zum Flughafen eilen und schauen konnten, ob das Verkehrsflugzeug es heil bis zum Boden schaffte oder nicht. Zu diesem Zeitpunkt blieb nichts anderes übrig, als auf die Fragen zu warten, die aus Washington eintreffen würden, auf die er aber eigentlich noch keine Antworten wußte.

»Ja?« sagte Ryan, den Hörer in der Hand.

»Dr. Goodley für Sie, Sir.«

»Okay, schalten Sie ihn durch.« Pause. »Ben, was gibt's?«

»Probleme vor Taiwan, Mr. President; könnte was Schlimmes sein.« Der Nationale Sicherheitsberater gab sein Wissen weiter. Es dauerte nicht lange.

Es war insgesamt eine beeindruckende Kommunikationsübung. Der Airbus war noch in der Luft, und schon hatte der Präsident der USA erfahren, daß es ein Problem gab – sonst nichts weiter.

»Okay, halten Sie mich auf dem laufenden.« Ryan sah auf den Schreibtisch. Nun hatte er fast momentane Kenntnis von etwas, das er nicht beeinflussen konnte. Waren Amerikaner in der Maschine? Was geschah eigentlich?

Es hätte schlimmer sein können. Daryaei bestieg wieder die Maschine nach kaum vier Stunden in Bagdad, die Probleme noch knapper als sonst abgehandelt und mit Befriedigung über die Angst, die er einigen Herzen eingepflanzt hatte, weil man ihn mit so Trivialem belästigt hatte. Sein Sodbrennen trug zum säuerlichen Ausdruck bei, als er einstieg, und er bedeutete dem Begleiter, die Mannschaft losfliegen zu lassen – die Art Geste aus dem Handgelenk, die so viele, nicht zu Unrecht, als *Rübe ab* deuteten. Dreißig Sekunden später waren die Stufen eingezogen und die Motoren liefen hoch.

Der in Europa gefertigte Airbus 310 hatte durch die Rakete sein rechtes Triebwerk verloren, aber das war nicht alles. Der Hitzesucher war von rechts hinten gekommen und an der Seite der großen GE-Turbine explodiert, und umherfliegende Trümmer hatten die Tragflächenverkleidung außenbords aufgerissen. Einige hatten eine Treibstoffzelle – glücklicherweise beinahe leer – aufgeschlitzt, die nun brennendes Kerosin verlor und diejenigen in Panik versetzte, die es von den Fenstern aus sehen konnten. Aber das war nicht so beängstigend. Feuer hinter dem Flugzeug schadete niemandem, und der aufgeschlitzte Treibstofftank explodierte nicht, wie er es bei einem Treffer kaum zehn Minuten früher getan hätte. Viel schlimmer war der Schaden an den Steuereinrichtungen des Fliegers.

Die Erfahrung der beiden Piloten im Bug hielt dem Vergleich mit jeder internationalen Fluggesellschaft stand. Der Airbus konnte zum Glück auch mit einem Triebwerk ganz gut weiterfliegen, und die linke Düse war unbeschädigt und lief auf vollen Touren, während der Kopilot die rechte Seite des Flugzeugs abschaltete und die manuelle Steuerung für die hochentwickelten Feuerbekämpfungssysteme drückte. Binnen Sekunden verstummte der Feueralarm, und der Kopilot atmete auf.

»Seitenleitwerk beschädigt«, meldete der Pilot dann, der die Steuerung bediente und feststellte, daß der Airbus nicht so reagierte, wie er sollte.

Aber das Problem lag auch nicht bei den Piloten. Der Airbus flog eigentlich mittels Computersoftware, eines gewaltigen Kontrollprogramms, das Eingaben direkt aus der umgebenden Luft wie auch von den Lenkbewegungen der Piloten empfing, sie analysierte und dann den Steuereinrichtungen sagte, was sie als nächstes tun sollten. Mit einem Raketeneinschlag hatten die Softwareingenieure bei der Konstruktion des Flugzeugs nicht gerechnet. Das Programm bemerkte den Verlust eines Motors und entschied, er wäre explodiert, so wie es ihm einprogrammiert worden war. Die Bordcomputer schätzten den Schaden am Flugzeug ab, welche Steuereinheiten noch wie gut funktionierten, und richtete sich auf die Situation ein.

»Zwanzig Meilen noch«, meldete der Kopilot, als der Airbus sich auf den Leitstrahl ausrichtete. Der Pilot schob den Gashebel zurück, und die Computer – das Flugzeug hatte tatsächlich sieben – fanden das in Ordnung und verringerten die Schubkraft. Das Flugzeug war jetzt, da der meiste Treibstoff verbrannt war, leicht. Sie hatten die noch benötigte Motorenkraft zur Verfügung. Sie waren schon tief genug, daß Druckabfall kein Problem darstellte. Sie konnten steuern. Und so entschieden sie, sie könnten es gerade noch schaffen. Ein ›hilfsbereites‹ Jagdflugzeug ging längsseits, um sich den Schaden anzuschauen, und versuchte, sie auf der Notfrequenz zu erreichen, bekam aber in erzürntem Mandarin – noch besser zum Fluchen als Spanisch – zu hören, es solle aus dem Weg bleiben.

Der Jagdflieger konnte sehen, daß sich Teile der Verschalung vom Airbus schälten, und versuchte, das zu melden, wurde aber wieder zurechtgewiesen. Seine F-5E ging auf Beobachtungsabstand, und er unterhielt sich weiter mit seinem Stützpunkt.

»Zehn Meilen.« Die Geschwindigkeit hatte zweihundert Knoten unterschritten, und sie versuchten, Landeklappen auszufahren, aber die auf der rechten Seite ließen sich nicht mehr bewegen, und die Computer registrierten das und fuhren sie auch links nicht aus. Sie würden viel zu schnell aufsetzen müssen. Beide Piloten fluchten, ließen sich aber nicht beirren.

»Fahrwerk«, ordnete der Pilot an. Der Kopilot legte die Hebel um, und die Räder fuhren aus – und rasteten ein, was den beiden in der Kanzel einen Seufzer der Erleichterung wert war. Sie konnten nicht wissen, daß beide Reifen auf der rechten Seite beschädigt waren.

Sie hatten die Landebahn nun in Sicht, und beide konnten die aufblitzenden Lichter der Rettungsfahrzeuge sehen, als sie die Umzäunung überflogen und der Airbus einschwebte. Die normale Landegeschwindigkeit betrug etwa 135 Konten. Sie kamen mit 195 herein. Der Pilot wußte, er würde jeden Fuß Länge brauchen, und setzte innerhalb zweihundert Metern auf.

Der Airbus traf hart auf und rollte, aber nicht lange. Die beschädigten Reifen auf der rechten Seite hielten drei Sekunden durch, bevor beiden die Luft ausging, und eine Sekunde später fingen die Metallfelgen, dann der Stützstreben an, eine Furche in den Beton zu ziehen. Männer wie Computer versuchten, das Flugzeug auf geradem Kurs zu halten, aber es half nichts. Der Airbus scherte nach rechts aus. Das linke Fahrwerk zerbrach mit Kanonenschlag, und der Jet rutschte auf dem Bauch weiter. Eine Sekunde lang sah es noch aus, als würde er ins Gras kreiseln, aber dann verfing sich eine Flügelspitze, und er überschlug sich. Der Rumpf brach in drei ungleiche Teile. Ein Feuerball stieg auf, als der linke Flügel zerbrach – gnädigerweise schoß der vordere Rumpfteil davon, wie der hintere, nur der mittlere Abschnitt blieb fast genau inmitten des brennenden Treibstoffs liegen, und daran änderten alle Bemühungen der hinzueilenden Feuerwehrleute nichts mehr. Später wurde festgestellt, daß die 127 getöteten Passagiere rasch erstickt waren. Weitere 104, auch die Piloten, entkamen mit unterschiedlich schweren Verletzungen. Die

Fernsehaufzeichnung wurde noch in der gleichen Stunde übertragen, und schon ging die Nachricht von einem ausgewachsenen internationalen Zwischenfall um die ganze Welt.

Clark fröstelte etwas, als der Flieger aufsetzte. Die französischen Piloten folgten den Anweisungen, rollten aus Gründen der Sicherheit zum Luftwaffenterminal und hielten sich weisungsgemäß hinter einem anderen Geschäftsjet, der eine Minute vor ihnen gelandet war.

»Jetzt sind wir da«, sagte Ding und gähnte. Er hatte zwei Uhren um – eine für Ortszeit, eine für die in Washington. Dann schaute er mit aller Neugier eines Touristen nach draußen und erlitt die übliche Enttäuschung. Was er sah, hätte genausogut Denver sein können.

»Tut mir leid«, sagte die brünette Begleiterin, »aber wir haben Anweisung, so lange noch im Flugzeug zu bleiben, bis ein anderes abgefertigt ist.«

»Was sind schon ein paar Minuten mehr?« meinte Minister Adler, so müde wie die anderen.

Chavez blickte aus dem Fenster. »Da, der muß vor uns reingekommen sein.«

»Könnten Sie bitte die Kabinenlichter löschen?« bat Clark. Dann deutete er auf seinen Partner.

»Warum...« Clark schnitt SecState mit einer Geste das Wort ab. Die Flugbegleiterin erfüllte seine Bitte. Ding reagierte wie auf Stichwort und zog die Kamera aus seiner Tasche.

»Was gibt's?« fragte Adler leiser, als die Lichter aus waren.

»Direkt vor uns ist eine Gulfstream«, erwiderte John, der noch aus dem Fenster starrte. »Von denen gibt's nicht viele, und die steht am abgesicherten Terminal. Okay, schauen wir mal, wer das ist.«

Spooks mußten immer was zu schnüffeln haben, das war Adler klar. Er hatte nichts dagegen. Auch Diplomaten sammelten Informationen, und das Wissen, wer mit so einem teuren offiziellen Transportmittel fliegen durfte, konnte ihnen sagen, wer in der Regierung der UIR wirklich was galt. Nach nur wenigen Sekunden, als ihre eigenen Räder gerade festgekeilt wurden, glitt nur fünfzig Meter vor ihnen eine Wagenkolonne zur Gulfstream auf dem Luftwaffenrollfeld.

»Wer Wichtiges«, sagte Ding.

»Was hast du denn drin?«

»Zwölfhundert ASA, Mr. C.«, erwiderte Chavez. Er wählte Tele. Das Flugzeug füllte das Bild. Näher kam er nicht ran. Er fing zu knipsen an, als die Treppe ausgefahren wurde.

»O«, sagte Adler als erster. »Da wundert mich gar nichts mehr.«

»Daryaei, nicht wahr?« fragte Clark.

»Ja, unser Freund«, bestätigte SecState.

Chavez, der das auch hörte, schoß rasch noch zehn Bilder, als der Mann ausstieg, wo er von einigen Mitgeistlichen begrüßt wurde, die ihn umarmten und zum Auto begleiteten. Die Fahrzeuge zogen ab. Chavez schoß noch eins, dann steckte er die Kamera wieder in die Tasche. Sie mußten weitere fünf Minuten warten, bis sie von Bord gehen durften.

»Soll ich jetzt wissen, wie spät es ist?« fragte Adler auf dem Weg zur Tür.

»Lieber nicht«, entschied Clark. »Ich schätze, wir haben noch ein paar Stunden vor dem Treffen, um uns aufs Ohr zu legen.«

Unten an der Treppe war der französische Botschafter mit einem augenfälligen Sicherheitsbeamten und zehn weiteren Einheimischen. Sie würden in zwei Autos zur französischen Botschaft fahren, mit zwei iranischen Fahrzeugen vorneweg und zwei hinterdrein bei diesem halboffiziellen Konvoi. Adler und der Botschafter bestiegen den ersten Wagen, Clark und Chavez kamen im zweiten unter. Sie hatten einen Fahrer und einen weiteren Mann auf dem Beifahrersitz. Beide mußten Spitzel sein.

»Willkommen in Teheran, meine Freunde«, sagte der Typ, der quasi als Geleitschutz diente.

»*Merci*«, erwiderte Ding mit einem Gähnen.

»Tut uns leid, daß Sie so früh haben aufstehen müssen«, fügte Clark hinzu. Die zwei, mit denen Ding und er in Paris zusammengesessen waren, hatten sicher schon angerufen und mitgeteilt, daß sie wahrscheinlich keine Sicherheitsbeamten des Außenministeriums waren.

Schon bestätigte der Franzose das. »Nicht das erstemal hier, hab' ich erfahren.«

»Wir lange sind Sie schon hier?« wollte John wissen.

»Zwei Jahre. Der Wagen ist sicher«, fügte er hinzu und meinte damit, daß er wahrscheinlich nicht verwanzt war.

»Wir haben eine Botschaft für Sie aus Washington«, sagte im ersten Wagen der Botschafter zu Adler. Dann gab er weiter, was er von dem Airbus-Vorfall in Taipeh erfahren hatte. »Sie werden, fürchte ich, ganz schön zu tun haben, wenn Sie wieder zurück sind.«

»O Gott!« sagte der Minister. »Das hat uns gerade noch gefehlt. Schon eine Reaktion?«

»Mir ist nichts bekannt. Aber das wird sich bald ändern. Sie haben Ihren Termin mit dem Ajatollah um zehn Uhr dreißig, also können Sie noch etwas schlafen. Ihr Rückflug nach Paris geht kurz danach. Wir werden Ihnen alle Unterstützung bieten, die Sie verlangen.«

»Danke schön, Herr Botschafter.« Adler war zu müde, um noch mehr zu sagen.

Daryaei erhielt zu genau der gleichen Zeit dieselbe Nachricht. Er überraschte seinen geistlichen Kollegen damit, daß er keine sichtliche Reaktion zeigte. Mahmoud Hadschi hatte schon lange entschieden, daß Leute, die gar nichts wußten, sich nicht in viel einmischen konnten.

Die französische Gastfreundschaft war selbst noch an einem Ort tadellos, der sich nicht gründlicher von ihrer strahlenden Hauptstadt hätte unterscheiden können. Im Gebäudekomplex nahmen sich drei uniformierte Soldaten des Gepäcks der Amerikaner an, während ein weiterer Mann in Livree sie zu ihren Quartieren führte. Die Betten waren hergerichtet, und auf den Nachttischen stand Eiswasser. Chavez blickte wieder auf seine Uhren, stöhnte und fiel aufs Bett. Clark konnte nicht so leicht Schlaf finden. Als er das letztemal einen Botschaftskomplex in dieser Stadt gesehen hatte... *was ist bloß?* fragte er sich. Was beunruhigte ihn so sehr bei dem hier?

Admiral Jackson setzte sie mit Hilfe eines Videobandes in Kenntnis.

»Das kommt von der *Port Royal*. Ein ähnliches haben wir auch von *The Sullivans*, kein großer Unterschied, also nehmen wir nur das hier«, sagte er denen im Sitzungszimmer. Er hatte einen hölzernen Zeigestab, mit dem er über die große Projektionsleinwand fuhr.

»Das ist eine Staffel mit vier Jägern, wahrscheinlich Jianjiji Hongzhaji-7 – wir nennen sie B-7 aus offensichtlichen Gründen. Zwei Triebwerke und Sitze, Leistung und Fähigkeiten wie die alte F-4-Phantom. Die Staffel kommt vom Festland und gerät ein bißchen zu weit hinaus. Etwa hier befindet sich ein Niemandsland, in das beide Seiten bis heute nicht vorgestoßen sind. Hier ist eine weitere Staffel, wahrscheinlich die gleichen Flieger, und...«

»Sie sind nicht sicher?« fragte Ben Goodley.

»Wir haben die Kennung des Typs von ihren Radaremissionen. Über Radar können wir ein Flugzeug nicht direkt nach dem Typ klassifizieren«, erklärte Robby. »Wir müssen auf den Typ nur durch sein Verhalten oder aus den elektrischen Kennzeichen seiner Ausrüstung schließen. Auf jeden Fall fliegt die Führungsgruppe ostwärts und überquert die unsichtbare Linie hier.« Der Zeigestab bewegte sich. »Hier ist eine

Viererstaffel taiwanesischer F-16. Sie sehen, daß die Führungsgruppe der PRC zu weit fliegt und klinken sich auf sie ein. Dann kehrt die Führungsgruppe wieder nach Süden und Westen um. Bald darauf schaltet die Nachfolgegruppe ihre Radare ein, aber statt ihre eigene Führungsgruppe zu erfassen, erwischt sie die F-16.«

»Was wollen Sie damit sagen, Rob?« fragte der Präsident.

»Wie's ausschaut, simulierte die Führungsgruppe einen Frühangriff aufs Festland, und die Nachfolgegruppe sollte den abwehren. Oberflächlich gesehen, sieht's wie eine recht gewöhnliche Übung aus. Die Nachfolgegruppe aber erfaßte die falschen Leute, und als sie den Radarmodus auf Angriff schalteten, muß einer der taiwanesischen Piloten gedacht haben, er war gemeint, und hat eine Rakete abgefeuert. Sein Nebenmann tat dann das gleiche. Bumms! Genau hier erwischt eine B-7 eine Slammer, aber die hier weicht aus – verdammt Glück gehabt – und schickt selber eine Rakete los. Dann fangen alle zu schießen an. Diese F-16 weicht einer aus, aber rauscht genau in die nächste – schauen Sie, der Pilot katapultiert sich raus, und wir glauben, er hat's überlebt. Aber *dieses* Element schießt vier Raketen ab, und eine davon spürt das Verkehrsflugzeug auf. Muß es gerade noch dorthin geschafft haben. Wir haben die Reichweite überprüft, und das waren tatsächlich zwei Meilen über die von uns geschätzte Maximale. Bis sie ihr Ziel gefunden und getroffen hat, waren alle Jäger umgekehrt, die Leute der PRC wahrscheinlich, weil ihnen der Treibstoff ausging, und die von der ROC, weil sie Winchester waren – ohne Raketen. Alles in allem war es auf beiden Seiten ein ziemlich schludriges Gefecht.«

»Soll das heißen, es war ein Schnitzer?« Das kam von Tony Bretano.

»Das sieht sicherlich danach aus, bis auf eines...«

»Warum hätten sie scharfe Raketen auf eine Übung mitnehmen sollen?« meinte Ryan.

»Beinahe, Mr. President. Die ROC-Piloten, klar, die hatten weiße dabei, weil sie die ganze Übung der PRC als Bedrohung ansehen...«

»Weiße?« Das war wieder Bretano.

»Entschuldigung, Minister. Weiße Raketen sind scharfe. Übungsraketen sind gewöhnlich blau. Allerdings die Rotchinesen, warum haben die Wärmesucher dabei? In solchen Situationen machen wir das nicht, weil die nicht mehr zu stoppen sind – einmal ausgelöst, sind sie selbständig; feuern und vergessen nennen wir das. Und noch was. Alle auf die F-16 gefeuerten Vögel waren radargelenkt. Die hier, die dem Verkehrsflugzeug nachjagte, scheint die einzige abgeschossene zu sein, die sich nach Wärme orientierte. Mir schmeckt das gar nicht.«

»Absicht?« fragte Jack leise.

»Das ist eine Möglichkeit, Mr. President. Die ganze Geschichte sieht wie ein Schlamassel aus, klassischer Fall. Ein paar Jagdpiloten ereifern sich großmächtig, es gibt augenblicklich eine Pelzkugel, einige Leute werden getötet, und wir würden nie was anderes beweisen können, aber wenn Sie sich diese Zweierformation anschauen, da glaube ich, sie hatten von vornherein das Verkehrsflugzeug im Visier – wenn sie es nicht für einen ROC-Jäger gehalten haben, aber das nehme ich ihnen nicht ab...«

»Warum?«

»Es flog in die falsche Richtung«, antwortete Admiral Jackson.

»Jagdfieber«, äußerte Minister Bretano.

»Warum schießen sie sich nicht auf Leute ein, die auf sie losgehen, sondern auf jemand, der abdüst? Herr Minister, ich bin Jagdpilot. Das nehme ich nicht ab. Wenn ich in ein unerwartetes Gefecht gerate, identifiziere ich erst, wer oder was mich bedroht, und schieß' dem zwischen die Kiemen.«

»Wieviel Tote?« wollte Jack nüchtern wissen.

Darum kümmerte sich Ben Goodley. »In den Nachrichten ist von über hundert die Rede. Es gibt Überlebende, aber wir haben noch keine Zahlen. Und wir sollten erwarten, daß auch Amerikaner an Bord waren. Zwischen Hongkong und Taiwan werden viele Geschäfte abgewickelt.«

»Optionen?«

»Bevor wir was unternehmen, Mr. President, müssen wir wissen, ob auch unsere Leute betroffen sind. Wir haben nur einen Flugzeugträger in der Nähe, die *Eisenhower*-Kampfflotte unterwegs nach Australien für SOUTHERN CUP. Aber ich möchte wetten, das würde die Sache zwischen Peking und Taipeh auch nicht direkt bereinigen.«

»Wir brauchen eine Presseverlautbarung«, sagte Arnie dem Präsidenten.

»Erst müssen wir erfahren, ob wir amerikanische Staatsbürger zu betrauern haben«, sagte Ryan. »Wenn ja... na gut, was machen wir dann, eine Erklärung verlangen?«

»Sie werden sagen, es sei ein Versehen gewesen«, erwiderte Jackson. »Sie könnten sogar Taiwan beschuldigen, zuerst geschossen zu haben, und dann alle Verantwortung von sich weisen.«

»Aber das nimmst du ihnen nicht ab, Robby?«

»Nein, Jack – Entschuldigung, nein, Mr. President, ich bin nicht dieser Meinung. Ich will mir mit ein paar Leuten die Bänder noch mal zur genaueren Prüfung vornehmen. Vielleicht liege ich falsch... aber ich glaube nicht. Jagdpiloten sind Jagdpiloten. Der einzige Grund, auf einen, der wegrennt, zu schießen, und nicht auf den, der sich nähert, ist der, daß du ihn schon aufm Kieker hattest.«

»Sollen wir die *Ike*-Flotte nach Norden verlegen?« fragte sich Bretano.

»Dafür brauche ich erst den Abstimmungsplan«, sagte der Präsident.

»Da bleibt der Indische Ozean ungeschützt, Sir«, strich Jackson heraus. »*Carl Vinson* ist nun fast schon in Norfolk. *John Stennis* und *Enterprise* sind in Pearl noch im Dock, und sonst haben wir keinen Flugzeugträger im Pazifik. Wir haben keine Flugzeugträger mehr auf dieser Hälfte der Welt, und wir brauchen im besten Fall einen Monat, um einen von der Atlantikflotte rüberzubekommen.«

Ryan wandte sich an Ed Foley. »Wie stehen die Chancen, daß dies voller Ernst werden könnte?«

»Taiwan wird darüber schön aufgebracht sein. Es hat ein Gefecht mit Toten gegeben. Ein Flugzeug der nationalen Verkehrsgesellschaft hat es zerlegt. Staaten nehmen so was gewöhnlich sehr ernst«, bemerkte Foley.

»Absichten?« fragte ihn Goodley.

»Wenn Admiral Jackson recht hat – ich bin übrigens auch nicht bereit, denen das abzunehmen«, fügte Ed Foley zu Robbys Gunsten hinzu. »Dann ist was im Gange. Was das aber ist, weiß ich nicht. Es wäre besser für alle, wenn's ein Mißgeschick war. Ich kann nicht sagen, daß mir die Vorstellung gefällt, den Flugzeugträger aus dem Indischen Ozean abzuziehen, bei der sich entwickelnden Lage im Persischen Golf.«

»Was ist das Schlimmste, was zwischen Rotchina und Taiwan geschehen kann?« wollte Bretano wissen, verärgert darüber, diese Frage überhaupt stellen zu müssen. Er war noch zu neu auf seinem Posten, um so effektiv zu sein, wie sein Präsident ihn brauchte.

»Herr Minister, die Volksrepublik hat kernwaffenbestückte Raketen, die Formosa zum Aschehaufen machen können, aber wir haben Grund zur Annahme, daß die Republik China sie auch hat und ...«

»Etwa zwanzig«, unterbrach Foley. »Und diese F-16 schaffen es hinwärts den ganzen Weg bis Peking, wenn sie wollen. Sie können die Volksrepublik nicht zerstören, aber zwanzig thermonukleare Waffen werden deren Wirtschaft mindestens um zehn Jahre zurückwerfen, vielleicht zwanzig. So weit will es die PRC nicht kommen lassen. Die sind nicht verrückt, Admiral. Bleiben wir konventionell, okay?«

»Ist klar, Sir. Die PRC hat nicht die Kapazität zur Invasion Taiwans. Ihnen fehlt das amphibische Gerät, um größere Truppenverbände anzulanden. Was passiert, wenn die Situation trotzdem eskaliert? Wahrscheinlichstes Szenario ist 'ne üble Luft- und Seeschlacht, aber eine, die zu keiner endgültigen Lösung führt, da keine Seite die andere erledigen kann. Es bedeutet auch einen heißen Krieg inmitten einer der wichtigsten Welthandelsrouten, mit allen möglichen Konsequenzen für die Beteiligten. Ich sehe den Zweck nicht, dies absichtlich zu veranstalten. Zu destruktiv, um absichtliche Politik zu sein... denke ich.« Achselzucken. Sinnvoll war's nicht, genausowenig die vorsätzliche Attacke auf eine unbewaffnete Verkehrsmaschine.

»Und mit beiden haben wir ausgedehnte Handelsbeziehungen«, bemerkte der Präsident. »Ich fürchte, es sieht so aus, als müßten wir den Träger verlegen, Robby. Stellen wir einige Optionen auf, und versuchen wir rauszubekommen, was zum Teufel die PRC vorhat.«

Clark erwachte als erster und fühlte sich ziemlich erbärmlich. Zehn Minuten später war er rasiert, angezogen und auf dem Weg zur Tür, ließ Chavez noch im Bett. Ding beherrschte ja die Sprache nicht.

»Morgenspaziergang?« Der Typ, der sie vom Flughafen abgeholt hatte.

»Ich könnte Bewegung brauchen«, gab John zu. »Und Sie sind?«

»Marcel Lefevre.«

»Der Außenstellenleiter?« fragte John frei heraus.

»Eigentlich bin ich der Wirtschaftsattaché«, erwiderte der Franzose – womit er *ja* meinte. »Macht es Ihnen was aus, wenn ich mitkomme?«

»Überhaupt nicht«, erwiderte Clark. »Ich wollte nur einen Spaziergang machen. Sind hier irgendwo Märkte?«

»Ja, ich werde sie Ihnen zeigen.«

Zehn Minuten später befanden sie sich in einer Marktstraße, in zwanzig Meter Abstand von zwei Iranern beschattet, die kein Hehl daraus machten, aber nichts weiter taten als observieren.

Beim Klang kehrte alles wieder. Clarks Farsi war nicht gerade beeindruckend, besonders da er es das letztemal vor über fünfzehn Jahren gesprochen hatte, aber wenn auch seine Aussprache nicht ungeheuer gut war, so stellten sich seine Ohren doch bald wieder auf das Geplauder und Gefeilsche ein, als die beiden Westler an den Buden zu beiden Seiten der Straße entlanggingen.

»Wie sind die Lebensmittelpreise?«

»Ganz schön hoch«, antwortete Lefevre. »Besonders, da sie soviel Nahrungsmittel in den Irak geschafft haben. Das löst einiges Murren aus.«

Irgendwas fehlte, sah John nach ein paar Minuten Beobachtung. Sie waren an einem halben Block mit Gemüseständen vorbei und befanden sich nun in einem andren Bereich – Gold, stets ein beliebtes Handelsgut in diesem Teil der Welt. Es wurde gekauft und verkauft. Aber es herrschte kein solcher Enthusiasmus, wie er in Erinnerung hatte. Er sah im Vorbeigehen in die Stände, während er herauszubekommen versuchte, was es genau war.

»Etwas für Ihre Frau?« fragte Lefevre.

Clark bemühte sich um ein Lächeln. »Oh, wer weiß. Sie hat bald Geburtstag.« Er blieb stehen und besah sich eine Halskette.

»Wo kommen Sie her?« fragte der Händler.

»Amerika«, erwiderte John, auch auf Englisch. Der Mann hatte seine Nationalität sofort erraten, wahrscheinlich wegen der Kleidung, und die Chance wahrgenommen, diese Sprache zu sprechen.

»Wir kriegen hier nicht viele Amerikaner zu sehen.«

»Sehr schade. In meinen jüngeren Jahren bin ich oft hier herumgereist.« Es war eigentlich eine ziemlich schöne Halskette, und als er das Preisetikett angesehen und umgerechnet hatte, war es ein verdammt vernünftiger Preis. Und es stand *wirklich* ein Geburtstag ins Haus.

»Das wird sich vielleicht wieder ändern«, sagte der Goldschmied.

»Zwischen meinem Land und Ihrem gibt es viele Unterschiede«, bemerkte John bedauernd. Ja, er konnte sie sich leisten, und wie üblich hatte er reichlich Bargeld dabei. Das Schöne an amerikanischer Währung war, daß sie so gut wie verdammt überall in der Welt angenommen wurde.

»Die Dinge ändern sich«, sagte der Mann daraufhin.

»Sie haben sich schon geändert«, stimmte John zu. Er sah sich eine etwas teurere Halskette an. »Hier wird so wenig gelächelt, und dies ist doch eine Marktstraße.«

»Ihnen folgen zwei Männer.«

»Wirklich? Ich verstoße doch gegen kein Gesetz, oder?« fragte Clark mit recht offener Besorgnis.

»Nein, das tun Sie nicht.« Aber der Mann war nervös.

»Diese hier«, sagte John und reichte sie dem Goldschmied.

»Wie werden Sie zahlen?«

»Amerikanische Dollars, geht das in Ordnung?«

»Ja, und der Preis beträgt neunhundert von Ihren Dollars.«

Es kostete ihn große Mühe, sich zu beherrschen. Selbst in einem New Yorker Großhandelsgeschäft wäre die Halskette dreimal so teuer, aber hier war Feilschen doch der Spaß am ganzen Einkaufen. Er hätte gemeint, den Kerl auf vielleicht fünfzehnhundert runterzuhandeln, immer noch ein Schnäppchen. Hatte er richtig gehört?

»Neunhundert?«

Ein Finger wies energisch auf sein Herz. »Achthundert, kein Dollar weniger – wollen Sie mich ruinieren?« fügte er laut hinzu.

»Sie handeln aber hart.« Clark nahm eine defensive Haltung ein, den Aufpassern zuliebe, die näher kamen.

»Sie sind ein Ungläubiger! Erwarten Sie da Barmherzigkeit? Dies ist eine schöne Halskette, und ich hoffe, Sie schenken sie Ihrer ehrenwerten Gattin und keiner elenden, liederlichen Frau!«

Clark schätzte, er hätte den Mann schon genügend in Gefahr gebracht. Er zog seine Brieftasche heraus, zählte die Scheine ab und gab sie ihm.

»Sie zahlen mir zuviel, ich bin kein Dieb!« Der Goldschmied reichte ihm einen zurück.

*Siebenhundert Dollar für* dies?

»Entschuldigen Sie, ich wollte Sie nicht beleidigen«, sagte John, während er die Kette einsteckte, die ihm der Mann fast hingeschmissen hatte.

»Wir sind nicht alle Barbaren«, sagte der Händler leise, der sich gleich darauf abrupt abwandte. Clark und Lefevre gingen die Straße weiter und nach rechts, rasch, um ihre Beschatter nachzuziehen.

»Was zum Teufel?« bemerkte der CIA-Offizier. Er hätte mit so was überhaupt nicht gerechnet.

»Ja. Die Begeisterung für das Regime hat etwas nachgelassen. Was Sie erlebt haben, ist repräsentativ. Das war elegant, Monsieur Clark. Wie lange sind Sie bei der Agency?«

»Lange genug, daß mir solche Überraschungen nicht gefallen. Ich glaube, Ihr Wort dafür ist *merde*.«

»Also, das ist für Ihre Frau?«

John nickte. »Mhm. Wird er Scherereien bekommen?«

»Unwahrscheinlich«, sagte Lefevre. »Er könnte bei dem Handel Verlust gemacht haben, Clark. Eine interessante Geste, *n'est-ce pas*?«

»Gehen wir wieder. Ich muß einen Minister wecken.« Sie waren in fünfzehn Minuten wieder zurück. John ging gleich auf sein Zimmer.

»Wie ist denn das Wetter draußen, Mr. C.?« Clark langte in seine Tasche und warf etwas durchs Zimmer. Chavez fing es. »Schwer.«

»Was schätzt du, was das kostet, Domingo?«

»Sieht wie 21 Karat aus, fühlt sich auch so an... ein paar Riesen, locker.«

»Was sagst du zu siebenhundert?«

»Bist du mit dem Typen verwandt, John?« fragte Chavez lachend. Dann brach er ab. »Ich hab' gedacht, die mögen uns hier nicht.«

»Die Dinge ändern sich«, sagte John leise, den Goldschmied zitierend.

»Wie schlimm war's denn?« fragte Cathy.

»104 Überlebende, heißt es, einige ganz schön zugerichtet, offiziell 90 Tote, von 30 weiteren ist noch nichts bekannt, sie sind also auch tot, bloß die Leichenteile noch nicht identifiziert«, sagte Jack, der die Depesche las, die Agent Raman gerade an die Schlafzimmertür gebracht hatte. »16 Amerikaner unter den Überlebenden. Fünf tot. Neun unbekannt, also vermutlich tot. Herrgott, da waren 40 PRC-Bürger an Bord.« Er schüttelte den Kopf.

»Wie kommt das – wenn die sich nicht vertragen...«

»Warum sie dann so viel Geschäfte miteinander machen? Tun sie, und das ist Fakt, Schatz. Sie zischen und fauchen sich an wie Hinterhofkatzen, aber sie brauchen einander auch.«

»Was werden wir tun?« fragte seine Frau.

»Ich weiß nicht. Wir warten mit der Presseverlautbarung bis morgen früh, wenn wir mehr Information haben. Wie zum Teufel soll ich in so einer Nacht schlafen?« fragte der Präsident der Vereinigten Staaten. »Wir haben vierzehn tote Amerikaner auf der anderen Hälfte der Welt. Ich sollte sie doch schützen. Ich sollte nicht zulassen, daß andere unsere Mitbürger umbringen.«

»Jeden Tag sterben Menschen, Jack«, betonte die First Lady.

»Aber nicht durch Luftraketen.« Ryan legte die Depesche auf dem Nachttisch ab, machte das Licht aus und fragte sich, wann er Schlaf finden würde und wie das Treffen in Teheran ausgehen würde.

Es begann mit Händeschütteln. Ein Beamter des Außenministeriums begrüßte sie vorm Gebäude. Der französische Botschafter stellte alle vor, und man ging zügig hinein, um sich nicht den TV-Kameras auszusetzen, obwohl auf der Straße keine zu sehen war. Clark und Chavez spielten ihre Rolle, standen nahe, aber nicht zu nahe, bei ihrem Prinzipalen, mit den nervösen Blicken, die man erwarten würde.

Minister Adler folgte dem Beamten, alle anderen hinterdrein. Der französische Botschafter blieb mit den anderen im Vorzimmer, nur Adler und sein Begleiter wurden ins eher bescheidene Amtszimmer des geistlichen Führers der UIR vorgelassen.

»Ich heiße Sie in Frieden willkommen«, sagte Daryaei, der sich zur Begrüßung vom Sitz erhob. Das Gespräch lief über einen Dolmetscher, wie bei solchen Begegnungen üblich. Es sorgte für genauere Verständigung – und falls was arg danebenging, ließ sich immer sagen, der Dolmetscher hätte einen Fehler gemacht, für beide Seiten ein bequemer Ausweg. »Allah segne diese Begegnung.«

»Ich danke Ihnen, daß Sie mich so kurzfristig empfangen«, sagte Adler und nahm Platz.

»Sie sind weit hergekommen. Die Reise war gut?« fragte Daryaei höflich. Das ganze Ritual würde höflich sein, zumindest der Beginn.

»Sie verlief ohne Zwischenfälle«, räumte Adler ein, der sich zwang, kein Gähnen und keine Müdigkeit zu zeigen. Drei Tassen starken europäschen Kaffees hatten geholfen, seinen Magen aber leicht beunruhigt. Diplomaten bei wichtigen Treffen sollten wie Chirurgen im OP vorgehen, und er war darin geübt, keine Gefühle zu zeigen, unruhiger Magen hin oder her.

»Ich bedaure, daß wir Ihnen nicht mehr von unserer Stadt zeigen können. Hier ist so viel Geschichte und Schönheit zu finden.« Beide Männer warteten auf die Übersetzung dieser Worte. Der Dolmetscher war um die dreißig, männlich, angespannt und, Adler fragte sich ... eingeschüchtert von Daryaei? Er war wohl Beamter des Ministeriums. Sein Anzug hätte ein Bügeleisen vertragen. Der Ajatollah hingegen trug seine Roben, die nationale und geistliche Würde betonend. Mahmoud Hadschi war ernst, aber nicht feindselig im Verhalten – und seltsamerweise schien ihm jede Neugier abzugehen.

»Vielleicht bei meinem nächsten Besuch.«

Ein freundliches Nicken. »Ja.« Das war englisch gesprochen, womit Adler daran erinnert wurde, daß der Mann seine Sprache verstand. Von der Form her gar nichts Außergewöhnliches, bemerkte SecState.

»Es ist sehr lange her, daß es direkte Kontakte zwischen Ihrem Land und meinem auf dieser Ebene gegeben hat.«

»Das ist wahr, aber wir begrüßen solche Kontakte. Womit kann ich Ihnen dienen, Minister Adler?«

»Wenn es Ihnen recht ist, würde ich gern über die Stabilität in dieser Region sprechen.«

»Stabilität?« fragte Daryaei unschuldig. »Was meinen Sie?«

»Die Gründung der Vereinigten Islamischen Republik hat den größten Staat in dieser Region geschaffen. Das gibt einigen Anlaß zur Besorgnis.«

»Ich würde sagen, wir haben verbesserte Stabilität. War nicht der Irak die destabilisierende Kraft? Hat nicht der Irak zwei aggressive Kriege begonnen? Wir haben gewiß nichts Derartiges getan.«

»Das ist wahr«, stimmte Adler zu.

»Der Islam ist eine Religion des Friedens und der Brüderlichkeit«, fuhr Daryaei im Ton des Lehrers fort, der er jahrelang gewesen war. *Wohl ein strenger*, dachte Adler, *mit Stahl hinter der sanften Stimme.*

»Das ist auch richtig, aber unter den Menschen auf der Welt werden die religiösen Regeln nicht von allen befolgt, die sich gläubig nennen«, hob der Amerikaner hervor.

»Andere Länder richten sich nicht so wie wir nach Gottes Gesetz. Nur in Anerkennung dieses Gesetzes haben die Menschen Hoffnung auf Frieden und Gerechtigkeit. Das geht über das bloße Verkünden des Wortes hinaus. Die Worte müssen auch mit Leben erfüllt werden.«

*Besten Dank auch für den Unterricht in der Sonntagsschule,* dachte Adler mit einem respektvollen Nicken. *Aber warum zum Teufel unterstützt du dann die Hisbollah?*

»Mein Land wünscht Frieden in dieser Region – wie in der ganzen Welt.«

»Ganz nach Allahs Wunsch, wie es uns der Prophet offenbart hat.«

Er ging strikt nach Drehbuch vor, sah Adler. Einst hatte Präsident Jimmy Carter einen Gesandten zum Oberhaupt dieses Mannes, Khomeini, in dessen Exilland Frankreich geschickt. Damals steckte der Schah tief in politischen Problemen, und die Opposition wurde angesprochen, um Amerikas Interessenlage besser festzulegen. Der Gesandte hatte nach der Rückkehr von dem Treffen dem Präsident berichtet, Khomeini wäre ein ›Heiliger‹. Carter hatte den Bericht für bare Münze genommen, die Absetzung von Mohammed Risa Pehlewi betrieben und dem ›Heiligen‹ erlaubt, ihn zu ersetzen.

Die nächste Regierung hatte sich beim selben Mann bloß einen Skandal eingehandelt und sich vor aller Welt lächerlich gemacht.

Solche Fehler wollte Adler keinesfalls wiederholen.

»Es ist auch ein Grundsatz in meinem Land, daß internationale Grenzen geachtet werden müssen. Die Achtung der territorialen Integrität ist die Conditio sine qua non regionaler und globaler Stabilität.«

»Minister Adler, alle Menschen sind Brüder, das ist Allahs Wille. Brüder mögen ab und zu streiten, aber Krieg ist Gott ein Greuel. Jedoch, ich finde Ihre Worte etwas verstörend. Wollen Sie uns unfreundliche Absichten gegen unsere Nachbarn unterstellen? Warum sagen Sie so etwas?«

»Verzeihung, vermutlich ein Mißverständnis. Ich unterstelle nichts. Ich bin lediglich hierher gekommen, um über gemeinsame Interessen zu reden.«

»Ihr Land und seine Verbündeten und Alliierten sind in ihrem wirtschaftlichen Wohl auf diese Region angewiesen. Daran wollen wir nicht rütteln. Sie brauchen unser Öl. Wir brauchen die Dinge, die wir mit dem Ölgeld kaufen können. Wir sind eine Händlerkultur. Das wissen Sie.

Unsere Kultur ist auch islamisch, und es erfüllt mich mit großem Schmerz, daß der Westen nie den Gehalt unseres Glaubens anzuerkennen scheint. Wir sind keine Barbaren, ungeachtet dessen, was Ihre jüdischen Freunde sagen mögen. Wir haben keine religiösen Auseinandersetzungen mit den Juden. Ihr Patriarch Abraham kam aus dieser Region. Sie waren die ersten, die den wahren Gott verkündeten, und es sollte wahrhaftig Frieden zwischen uns herrschen.«

»Solche Worte höre ich gern. Wie können wir diesen Frieden schaffen?« fragte Adler, während er überlegte, wann jemand das letztemal einen ganzen Ölbaum auf ihn abgeworfen hatte.

»Mit der Zeit und mit Gesprächen. Vielleicht ist es besser, wenn wir direkte Kontakte herstellten. Sie sind ein Volk des Glaubens und dazu auch ein Handelsvolk.«

Adler fragte sich, was Daryaei damit meinte. Direkte Kontakte mit Israel. War das ein Angebot oder ein Köder für die amerikanische Regierung?

»Und Ihre islamischen Nachbarn?«

»Wir haben den gleichen Glauben. Wir haben das Öl gemeinsam. Wir haben eine gemeinsame Kultur. In so vieler Hinsicht sind wir schon eins.«

Draußen saßen Clark, Chavez und der Botschafter stumm da. Das Büropersonal ignorierte sie geflissentlich, nachdem sie die üblichen Erfrischungen gebracht hatten. Das Sicherheitspersonal stand herum, sah die Besucher nicht an, blickte aber auch nicht von ihnen weg. Chavez hatte die Chance, ein neues Volk kennenzulernen. Ihm fiel auf, daß die Einrichtung altmodisch und sonderbar schäbig war, als wäre seit der Abdankung der letzten Regierung nicht viel verändert worden, aber hier war alles nicht unbedingt abgenützt, nur nicht modern. Allerdings herrschte echte Spannung hier. Die spürte er in der Luft. In einem amerikanischen Büro hätten die Leute ihn neugierig beäugt. Die sechs Personen in diesem Raum taten es nicht.

Clark hatte das erwartet. Es überraschte ihn nicht, übersehen zu werden. Er und Ding waren hier als Bewacher, und sie waren bloß Mobiliar, keiner Beachtung wert. Die Leute hier waren sicher vertrauenswürdige Adjutanten und Untergebene, die gar nicht anders konnten, als treu zu ihrem Chef zu stehen. Durch ihn kam ihnen eine gewisse Macht zu. Diese Besucher würden ihre Macht international gesehen ratifizieren oder bedrohen, und wenn das auch ihre Schicksale berührte, ändern konnten sie daran nichts, daher ignorierten sie die Besucher einfach, nur die Sicherheitstypen nicht. Die waren trainiert, jeden als Bedrohung zu betrachten, aber das Protokoll unterband die physische Einschüchterung, die sie wohl lieber ausgeübt hätten.

Für den Botschafter war es eine weitere Übung in Diplomatie, Gespräche in sorgfältig gewählten Worten; wenig preisgeben, aber viel herausbekommen. Er konnte sich denken, was auf beiden Seiten gesagt wurde. Er konnte sogar die wahre Bedeutung der Worte erraten. Ihn interessierte ihre Wahrheit. Was plante Daryaei? Der Botschafter und sein Land hofften auf Frieden in der Region, und so hatten er und seine Kollegen Adler darauf eingestimmt, für die Möglichkeit offen zu sein, wußten aber nicht genau, wie es wirklich ablaufen würde. Daryaei war schon ein interessanter Mensch. Ein Mann Gottes, der sicher den irakischen Präsidenten hatte ermorden lassen. Ein Mann des Friedens und der Gerechtigkeit, der sein Land mit eiserner Faust regierte. Ein Mann der Gnade, der sein eigenes Personal eingeschüchtert hatte. Er brauchte sich nur umzublicken, um das zu sehen. Ein moderner Richelieu des Mittleren Ostens? Interessanter Gedanke. Und bei ihm war ein neuer Minister Amerikas. Adler hatte zwar einen guten Ruf als Karrierediplomat, aber war er gut genug für dies?

»Warum ist dies ein Thema? Warum sollte ich territoriale Gelüste haben?« fragte Daryaei beinahe freundlich, vermittelte aber seine Irritation. »Mein Volk wünscht lediglich Frieden. Es hat hier viel Streit gegeben. Mein ganzes Leben lang habe ich den Glauben studiert und gelehrt, und jetzt endlich, am Abschluß meines Lebens, *ist* der Frieden gekommen.«

»Wir können uns für diese Region nichts Besseres wünschen, außer vielleicht, unsere Freundschaft mit Ihrem Land wiederherzustellen.«

»Darüber sollten wir im Gespräch bleiben. Ich danke Ihrem Land, daß es die Aufhebung der Sanktionen gegen den früheren Irak nicht behindert hat. Das ist vielleicht ein Anfang. Gleichzeitig sähen wir es gerne, würde Amerika sich nicht in interne Angelegenheiten unserer Nachbarn einmischen.«

»Wir sind der Wahrung der Integrität Israels verpflichtet«, betonte Adler.

»Israel ist strenggenommen ein Nachbar«, erwiderte Daryaei. »Doch wenn Israel friedlich bleibt, werden wir es auch sein.«

Der Karl war gut, dachte Adler. Er enthüllte nicht viel, schlug nur alles ab. Er gab keine politischen Erklärungen ab außer der Bekundung friedlicher Absichten. Das machte jeder Staatschef, wenn auch nicht viele so oft den Namen Gottes anriefen. Frieden. Frieden. Frieden.

Nur nahm Adler ihm das in bezug auf Israel keinen Augenblick ab. Wenn er friedliche Absichten hätte, würde er das zuerst Israel gesagt haben, um sie für den Umgang mit Washington eher auf seine Seite zu ziehen. Israel war der ungenannte Mittelsmann für den damals katastrophal verlaufenen Austausch von Waffen gegen Geiseln gewesen.

»Ich hoffe, dies ist ein Fundament, auf dem wir bauen können.«

»Wenn Ihr Land meines mit Achtung behandelt, können wir reden. Dann können wir über eine Verbesserung der Beziehungen reden.«

»Das werde ich meinem Präsidenten sagen.«

»Auch Ihr Land hat in letzter Zeit viel Leid auszustehen gehabt. Ich wünsche ihm die Kraft, daß es sich bald von den erlittenen Wunden erholt.«

»Ich danke Ihnen.« Beide Männer standen auf. Wieder wurde ein Händedruck ausgetauscht, und Daryaei begleitete Adler zur Tür.

Clark fiel auf, wie das Büropersonal aufsprang. Daryaei führte Adler zur Tür und ergriff noch einmal dessen Hand. Zwei Minuten später waren sie in den offiziellen Wagen auf direktem Weg zum Flughafen.

»Ich möchte wissen, wie es ausgegangen ist«, sagte Clark vor sich hin. Alle stellten sich dieselbe Frage, aber es wurde kein weiteres Wort mehr gesprochen. Dreißig Minuten später waren die Wagen mit Hilfe der offiziellen Eskorte wieder am internationalen Flughafen Mehrabad und fuhren dort in den militärischen Bereich, wo ihr französischer Jet wartete.

Es mußte auch eine Verabschiedungszeremonie geben. Der französische Botschafter sprach einige Minuten mit Adler, hielt die ganze Zeit in einem ausgedehnten Abschiedsgruß seine Hand fest. Da genügend Sicherheitspersonal der UIR anwesend war, blieb Clark und Chavez nichts weiter zu tun, als sich umzuschauen, wie sie es sollten. Offen zu sehen waren sechs Kampfflugzeuge, an denen Wartungspersonal arbeitete. Die Mechaniker kamen und gingen aus einem großen Hangar, der zweifellos noch unter dem Schah gebaut worden war. Ding schaute hinein, und niemand störte sich dran. Drinnen stand ein weiteres Flugzeug, anscheinend halb zerlegt. Ein Motor saß auf einem Karren, an dem ein weiteres Team herumhantierte.

»Hühnerkäfige, ist das zu glauben?« fragte Chavez.

»Was soll das?« sagte Clark, der in die andere Richtung blickte.

»Guck doch selbst, Mr. C.«

John sah sich um. An der Hangarwand stapelten sich zwei Reihen mit Drahtkäfigen, etwa die Größe für den Hühnertransport. Hunderte. Komisch auf einem Luftwaffenstützpunkt, dachte er.

Auf der andern Seite des Flughafens sah Movie Star, wie der letzte seines Teams an Bord des Fliegers nach Wien ging. Zufällig schaute er über die weite Fläche zu den Privatjets gegenüber, wo bei einem einige Leute und Wagen standen. Er fragte sich kurz, was da vorging. Wahrscheinlich was Offizielles. Freilich war sein Vorhaben das auch, aber es würde nie zugegeben werden. Die Maschine der Austrian Airlines rollte pünktlich davon und würde direkt nach dem Geschäftsflieger oder was auch immer abheben. Dann wurde sein Flug aufgerufen.

## 40 / Eröffnungen

Die meisten Amerikaner erfuhren beim Aufwachen, was ihr Präsident bereits wußte. Bei einem Flugzeugunglück auf der anderen Seite der Welt waren elf amerikanische Bürger umgekommen, drei weitere wurden vermißt. Ein lokales Fernsehteam hatte es gerade noch bis zum Flughafen geschafft, da eine hilfreiche Seele im Terminal sie vom Notfall unterrichtet hatte. Ihr Video zeigte kaum mehr als einen fernen, in den Himmel steigenden Feuerball, worauf noch einige nähere Aufnahmen folgten, die aber auch so nichtssagend waren, daß sie von überall her gekommen sein konnten. Zehn Löschfahrzeuge standen um das brennende Wrack, überschütteten es mit Schaum und Wasser, was aber niemanden mehr rettete. Rettungswagen sausten durch die Gegend. Einige Menschen, offensichtlich Überlebende, wanderten herum, von Schock und Orientierungslosigkeit benommen. Es gab das übliche Chaos, das nach irgendeinem Eingreifen schrie.

Taipeh gab eine scharfe Erklärung über Luftpiraterie heraus und forderte eine Dringlichkeitssitzung des UN-Sicherheitsrates. Peking veröffentlichte eine eigene Erklärung, die sagte, sein Jagdflugzeug sei auf friedlichem Übungsflug angegriffen worden und hätte in Selbstverteidigung das Feuer erwidert. Peking stritt jede Beteiligung an der Beschädigung des Verkehrsflugzeugs ab und schob die ganze Schuld ihrer rebellischen Provinz zu.

»Also, was haben wir noch herausbekommen?« fragte Ryan Admiral Jackson um halb acht.

»Wir haben uns etwa zwei Stunden lang die beiden Bänder noch einmal angesehen. Ich habe ein paar Jagdflieger zugezogen, mit denen ich zusammengearbeitet habe, und noch zwei Jungs von der Air Force, und wir haben's hin- und hergewendet. Also erstens, die Rotchinesen...«

»So solltest du sie nicht nennen, Robby«, bemerkte der Präsident.

»Alte Gewohnheit, tut mir leid. Die *Herren* der PRC also – die wußten, daß wir Schiffe dort haben. Die Funksignatur eines Aegis-Schiffs ist wie Mount St. Helens mit einem *Anliegen*, okay? Und die Fähigkeiten des Schiffs sind kein Geheimnis. Sie sind beinahe zwanzig Jahre in Dienst. Also wußten sie, daß wir zusehen und alles sehen würden. Halten wir das fest.

Zweitens, wir haben ein Lauscherteam auf der *Chandler*, das den Funkverkehr abhört. Wir haben den Sprechfunkverkehr der chinesischen Jagdflieger übersetzt. Ich zitiere: ›Ich hab' ihn, ich hab' ihn, ich löse aus.‹ Okay, der Zeitpunkt stimmt genau mit dem Abschuß des Wärmesuchers überein.

Drittens haben alle Piloten, mit denen ich gesprochen habe, das gleiche wie ich gemeint – warum ein Verkehrsflugzeug am Rande deiner Schußweite abschießen, wenn du Jäger direkt vor Augen hast? Jack, das hier schmeckt mir überhaupt nicht.

Zu unserem Leidwesen können wir nicht beweisen, daß der Sprechfunk vom Jagdflieger kommt, der den Airbus beschossen hat, aber ich vertrete die Ansicht, und meine Kumpels drüben überm Fluß auch, daß es ein bewußter Akt war. Sie haben absichtlich das Verkehrsflugzeug tunken wollen«, schloß der DO des Pentagons. »Wir haben Glück, daß überhaupt welche davongekommen sind.«

»Admiral«, fragte Arnie van Damm, »könnten Sie damit vor irgendein Gericht?«

»Sir, ich bin kein Anwalt. Ich verdiene nicht mein Geld damit, etwas zu beweisen, aber ich sage Ihnen, es steht eins zu hundert, daß wir uns da irren.«

»Das kann ich aber nicht vor Kameras behaupten«, sagte Ryan, der auf die Uhr blickte. Er würde in ein paar Minuten geschminkt. »Wenn die es mit Absicht getan ...«

»Kein ›wenn‹, Jack, okay?«

»Verdammt noch mal, Robby, ich hab' dich schon verstanden!« brauste Ryan auf.

Er schwieg kurz und holte Luft. »Ich kann einen souveränen Staat nicht ohne absoluten Beweis einer kriegerischen Handlung beschuldigen. Aber dann, okay, gut, sie *haben*'s mit Absicht getan und dabei gewußt, daß wir's mitbekommen. Was soll das *bedeuten*?«

Jacks nationales Sicherheitsteam hatte eine lange Nacht hinter sich. Goodley ergriff die Initiative. »Schwer zu sagen, Mr. President.«

»Wollen sie auf Taiwan los?« fragte der Präsident.

»Das können sie nicht«, sagte Jackson. »Sie sind physisch nicht in der Lage zu einer Invasion. Es gibt keine Anzeichen bei ihren Bodentruppen in diesem Gebiet, bloß das Zeug, das sie im Nordwesten veranstalten und die Russen so aufregt. Also lautet die Antwort aus militärischer Sicht nein.«

»Invasion aus der Luft?« fragte Ed Foley. Robby schüttelte den Kopf.

»Sie haben auch nicht die Luftlandekapazität, und selbst wenn sie es probierten, die ROC hat genug Luftverteidigungskräfte, um daraus ein Wildentenschießen zu machen. Sie könnten eine Luft-See-Schlacht anzetteln, wie ich dir letzte Nacht gesagt habe, aber es wird sie Schiffe und Flieger kosten – *zu welchem Zweck*?« fragte der J-3.

»Also haben sie ein Verkehrsflugzeug getunkt, um uns zu prüfen?« wunderte sich POTUS. »Das ergibt doch auch keinen Sinn.«

»Wenn Sie statt ›uns‹ ›mich‹ sagen, könnte es so sein«, sagte der DCI leise.

»Aber, Direktor«, wandte Goodley ein. »In dem Flieger saßen zweihundert Leute, und sie müssen damit gerechnet haben, alle umzubringen.«

»Wir sollten nicht zu naiv sein, Ben«, bemerkte Foley. »Sie haben dort drüben nicht unsere sentimentale Einstellung zum menschlichen Leben.«

»Nein, aber ...«

Ryan unterbrach. »Okay, halt mal. Wir glauben, es war ein bewußter Akt, aber wir haben keinen sicheren Beweis, und wir haben keine Ahnung, was der Zweck des Ganzen war – und wenn wir die nicht haben, kann ich es nicht einen bewußten Akt nennen, stimmt's?« Rundum wurde genickt. »Na schön, in fünfzehn Minuten muß ich runter in den Presseraum und diese Erklärung abgeben, und dann werden mir die Reporter Fragen stellen, und ich kann ihnen nur Lügen als Antwort bieten.«

»So etwa ließe sich's nennen, Mr. President«, bestätigte van Damm.

»Na, ist ja *großartig*«, knurrte Jack. »Und Peking wird wissen, zumindest vermuten, daß ich lüge.«

»Möglicherweise, aber da wäre ich mir nicht sicher«, bemerkte Ed Foley.

»Ich kann nicht gut lügen«, sagte ihnen Ryan.

»Dann lernen Sie's«, riet der Stabschef, »rasch.«

Auf dem Flug von Teheran nach Paris gab es keine Gespräche. Adler suchte sich hinten einen bequemen Sitzplatz, holte ein Blatt Papier hervor, schrieb während des ganzen Flugs und nahm sein trainiertes Gedächtnis zu Hilfe, um die Unterhaltung zu rekonstruieren. Er fügte noch eine Reihe persönlicher Bemerkungen zu allem hinzu, von Daryaeis äußerlicher Erscheinung bis zum Wirrwarr auf seinem Schreibtisch. Dann überprüfte er die Notizen eine Stunde lang und machte noch analytische Kommentare. Der Aufenthalt in Paris dauerte eine knappe Stunde, Zeit genug für Adler, sich noch mal kurz mit Claude zu treffen, und für seine Begleiter, schnell einen Drink zu nehmen. Dann ging es wieder mit der Air Force VC-20B weiter.

»Wie ist es gelaufen?« fragte John.

Adler mußte sich ins Gedächtnis rufen, daß Clark zur Sondereinschätzungsgruppe gehörte und nicht bloß ein waffenstarrender Leibwächter war.

»Zuerst, was haben Sie auf Ihrem Spaziergang ergattert?«

Der CIA-Beamte langte in seine Tasche und übergab dem Außenminister eine goldene Halskette.

»Heißt das, wir sind verlobt?« fragte Adler mit einem überraschten Auflachen.

Clark wies auf seinen Partner. »Nein, Sir. Er ist verlobt.«

Da sie nun in der Luft waren, schaltete der Kommunikationsoffizier seine Geräte ein. Das Faxgerät zwitscherte sofort.

»... wir haben die Bestätigung für elf tote amerikanische Staatsbürger, wobei noch weitere drei vermißt werden. Vier der amerikanischen Überlebenden sind verletzt und werden in den dortigen Krankenhäusern behandelt. Damit endet mein Erklärung«, sagte ihnen der Präsident.

»Mister President!« riefen dreißig Stimmen gleichzeitig.

»Einer nach dem andern, bitte.« Jack deutete auf eine Frau in der ersten Reihe.

»Peking behauptet, daß Taiwan zuerst geschossen hat. Können Sie das bestätigen?«

»Wir untersuchen noch gewisse Daten, aber es wird dauern, bis wir das geklärt haben, und solange wir keine definitiven Informationen haben, halte ich es nicht für angemessen,. eindeutige Schlußfolgerungen zu ziehen.«

»Aber beide Seiten haben geschossen, nicht wahr?« hakte sie nach.

»Es sieht wohl so aus, ja.«

»Wissen wir dann, wessen Rakete den Airbus getroffen hat?«

»Wie gesagt, wir untersuchen noch die Daten.« Fasse dich kurz, Jack, sagte er sich. Und das war nicht direkt eine Lüge, oder? »Ja?« Er wies auf einen anderen Reporter.

»Mr. President, bei so vielen umgekommenen Amerikanern, was werden Sie für Maßnahmen ergreifen, um sicherzustellen, daß dies nicht noch einmal geschieht?« Darauf konnte er wenigstens eine aufrichtige Antwort geben.

»Wir prüfen derzeit die Möglichkeiten. Darüber hinaus habe ich nichts zu sagen, außer daß wir beide Chinas dazu aufrufen, innezuhalten. Keinem Land ist daran gelegen, daß Unschuldige ihr Leben verlieren. Militärübungen finden dort nun schon seit einiger Zeit statt, und die sich daraus ergebende Spannung dient nicht der regionalen Stabilität.«

»Werden Sie also beide Länder bitten, ihre Übungen zu unterbrechen?«

»Wir werden sie bitten, das in Erwägung zu ziehen, ja.«

»Mr. President«, sagte John Plumber, »das ist Ihre erste außenpolitische Krise, und...«

Ryan blickte zu dem älteren Reporter herab, und ihm lag es auf der Zunge, zu sagen, daß seine erste innenpolitische Krise auf ihn zurückzuführen war, aber er konnte es sich nicht leisten, sich die Presse zum Feind zu machen, und er konnte sie nur wohlgesonnen stimmen, wenn sie einen mochten – eine insgesamt unwahrscheinliche Möglichkeit, hatte er allmählich begriffen.

»Mr. Plumber, bevor wir etwas unternehmen, müssen wir die Fakten eruieren. Wir arbeiten daran mit höchstem Tempo. Ich hatte meine nationale Sicherheitsgruppe hier...«

»Aber ohne Minister Adler«, strich Plumber heraus. Als guter Reporter hatte er die Staatslimousinen auf dem West Executive Drive überprüft. »Warum war er nicht hier?«

»Er wird später kommen«, wich Ryan aus.

»Wo ist er jetzt?« beharrte Plumber.

Ryan schüttelt bloß den Kopf. »Können wir uns auf einen Punkt beschränken, bitte? Es ist ein bißchen früh am Morgen für so viele Fragen, und wie Sie herausgestrichen haben, habe ich eine schwierige Lage zu bewältigen, Mr. Plumber.«

»Aber er ist Ihr wichtigster außenpolitischer Berater, Sir. Wo ist er jetzt?«

»Nächste Frage«, sagte der Präsident knapp. Er bekam, was er in etwa hätte vorhersehen müssen, von Barry von CNN:

»Mr. President, gerade sprachen Sie von den beiden Chinas. Sir, signalisiert dies einen Wechsel in unserer China-Politik, und wenn ja...«

In Peking war es kurz nach acht Uhr abends, und alles lief gut. Das konnte er am Bildschirm sehen. Wie seltsam, einen Politiker zu sehen, dem so auffallend Charme und Geschick fehlten, insbesondere bei einem Amerikaner. Zhang Han San zündete sich eine Zigarette an und gratulierte sich. Er hatte es wieder geschafft. Die »Übung« war etwas gefährlich gewesen, aber dann hatten die Flieger der Republik netterweise mitgespielt und als erste geschossen, ganz wie er gehofft hatte, und nun gab es eine Krise, die er nach Belieben kontrollieren und jederzeit beenden konnte, indem er einfach seine Streitkräfte zurückrief. Er würde Amerika nicht aktiv, sondern eher inaktiv zu einer Reaktion zwingen – und dann würde ein anderer das Provozieren des neuen Präsidenten übernehmen. Er hatte keine Ahnung, was Daryaei im Sinn hatte. Einen Mordanschlag vielleicht? Er brauchte nur zuschauen und die Ernte einfahren, wenn sich die Gelegenheit bot. Amerika konnte nicht ewig Glück haben. Nicht mit diesem jungen Narren im Weißen Haus.

»Barry, ein Land nennt sich die Volksrepublik China und das andere Republik China. Ich muß sie doch irgendwie nennen, nicht wahr?« fragte Ryan gereizt. *Oh, Scheiße, bin ich wieder reingetappt?*

»Ja schon, Mr. President, aber ...«

»Aber wir haben wahrscheinlich vierzehn tote Amerikaner zu beklagen, und das ist nicht die Zeit, sich mit Semantik herumzuschlagen.« *Da, schluck das.*

»Was werden wir tun?« wollte eine Frauenstimme wissen.

»Zuerst werden wir herausfinden, was stattgefunden hat. Dann können wir an Reaktionen denken.«

»Aber warum wissen wir das noch nicht?«

»Ja, so gerne wir wissen würden, was jede Minute weltweit geschieht, es ist einfach nicht möglich.«

»Lassen Sie deshalb den CIA-Apparat so radikal aufblähen?«

»Wie ich schon gesagt habe, reden wir hier niemals über Geheimdienstangelegenheiten.«

»Mr. President, es gibt veröffentlichte Berichte über ...«

»Es gibt auch veröffentlichte Berichte, daß Ufos hier regelmäßig landen«, schoß Ryan zurück. »Glauben Sie *das* auch?«

Es wurde einen Augenblick still im Raum. Sie sahen nicht jeden Tag, daß ein Präsident die Beherrschung verlor. So etwas liebten sie.

»Meine Damen und Herren, ich bedaure, daß ich nicht alle Ihre Fragen zur Ihrer Zufriedenheit beantworten kann. Tatsächlich stelle ich mir die gleichen Fragen selbst, aber schlüssige Antworten brauchen Zeit. Wenn ich auf Informationen warten muß, dann Sie auch«, sagte er, womit er die Pressekonferenz wieder ins Gleis brachte.

»Mr. President, ein Mann, der ganz wie der frühere Vorsitzende des KGB aussieht, ist live im Fernsehen aufgetreten und ...« Der Reporter verstummte, als er sah, wie Ryans Gesicht unter der Schminke rot anlief. Er erwartete einen weiteren Ausbruch, aber der kam nicht. Die Knöchel des Präsidenten am Pult wurden elfenbeinweiß, doch er holte nur tief Luft.

»Bitte fahren Sie mit Ihrer Frage fort, Sam.«

»Und dieser Herr sagte, er sei es wirklich. Sir, jetzt ist die Katze wohl aus dem Sack, und ich glaube, meine Frage ist legitim.«

»Ich habe noch keine Frage gehört, Sam.«

»Ist er wirklich derjenige, der er zu sein behauptet?«

»Dazu brauchen Sie mich nicht, um Ihnen das zu sagen.«

»Mr. President, dies Ereignis, diese ... Operation ist von großer internationaler Tragweite. Ab einem gewissen Punkt haben Geheimdienstoperationen, ernsthafte Auswirkungen auf internationale Beziehungen. Das Volk Amerikas will dann wissen, was sich abspielt.«

»Sam, ich werde dies ein letztes Mal sagen: Ich werde nie, niemals Geheimdienstangelegenheiten besprechen. Ich bin heute morgen hier, um unsere Mitbürger von einem tragischen und bislang ungeklärten Vorfall zu unterrichten, bei dem über hundert Menschen, darunter vierzehn amerikanische Staatsbürger, ihr Leben verloren haben. Diese Regierung wird ihr Äußerstes tun, um festzustellen, was stattgefunden hat, und dann über ein angemessenes Vorgehen entscheiden.«

»Sehr wohl, Mr. President. Haben wir eine Ein-China-Politik oder eine Zwei-China-Politik?«

»Wir haben nichts verändert.«

»Könnte sich aus diesem Zwischenfall eine Änderung ergeben?«

»Ich werde nicht über etwas so Bedeutsames spekulieren. Und nun, wenn Sie gestatten, muß ich wieder an die Arbeit.«

»Danke, Mr. President!« hörte Jack im Hinausgehen. Um die Ecke hing ein gut versteckter Gewehrschrank. POTUS donnerte mit der Hand so heftig dagegen, daß einige Uzis drinnen klapperten.

»Gottverdammt noch mal!« fluchte er auf dem Rückweg ins Office.

»Mr. President?« Ryan drehte sich rasch um. Es war Robby, der seine Aktenmappe hielt. Es schien so abwegig, daß ein Flieger so etwas trug.

»Ich muß mich bei dir entschuldigen«, sagte Jack, bevor Robby weiterreden konnte. »Tut mir leid, daß ich dich angeschnauzt hab'.«

Admiral Jackson klopfte seinem Freund auf den Arm. »Beim nächsten Golfspiel gibt's für jedes Loch einen Dollar, und wenn du dich aufregst, dann mir, nicht denen gegenüber, okay? Mann, ich kenn' doch dein Temperament. Schalt's runter. Ein Kommandant kann nur vor der Truppe zum Schein, nicht im Ernst, rumbrüllen – Menschenführung nennen wir das. Das Personal anschnauzen ist etwas anderes. Ich gehör' zum Personal«, sagte Robby. »Schnauz mich an.«

»Ja ja, ich weiß. Halt mich auf dem laufenden und...«

»Jack?«

»Ja, Rob?«

»Du machst es gut, aber bleib cool.«

»Aber ich dürfte es nicht so weit kommen lassen, daß Amerikaner getötet werden, Robby. Dazu bin ich nicht hier.« Seine Hände ballten sich wieder zu Fäusten.

»Mist passiert immer. Wenn du meinst, du kannst das ganz aufhalten, machst du dir selbst was vor. Aber dir brauch' ich das ja nicht sagen. Du bist nicht Gott, Jack, aber ein recht guter Kerl, der seinen Job recht gut macht. Wir werden dich weiter informieren, sobald wir's beisammen haben.«

»Wenn sich die Lage beruhigt, wie wär's dann mit einer Golfstunde?«

»Ich stehe zu Diensten.« Die beiden Freunde gaben sich die Hand. Jackson ging Richtung Tür, Ryan zum Office. Auf dem Wege rief er: »Mrs. Sumter!« Vielleicht half ja ein Glimmstengel.

»Also, was gibt's, Herr Minister?« fragte Chavez. Das dreiseitige Fax, das über sichere Satellitenverbindung hereingekommen war, sagte ihnen alles, was der Präsident in der Hand hatte. Adler hatte es ihnen auch gezeigt.

»Ich weiß nicht«, gab SecState zu. »Chavez, diese Magisterarbeit, von der Sie mir erzählt haben?«

»Was ist damit, Sir?«

»Sie hätten mit der Abfassung warten sollen. Jetzt wissen Sie, wie es hier oben ist. Wie beim Völkerballspielen in der Schule, nur müssen wir hier keinem Gummiball ausweichen, oder?« Der Außenminister steckt seine Notizen ein und winkte dem Luftwaffensergeant, der sich um sie kümmern sollte. Er war nicht so reizend wie die Französin.

»Ja, Sir?«

»Hat Claude uns was dagelassen?«

»Ein paar Flaschen aus dem Loiretal«, erwiderte der NCO lächelnd.

»Könnten Sie eine entkorken und ein paar Gläser holen? Ich werde mir ein oder zwei Gläser genehmigen und dann ein bißchen schlafen. Sieht so aus, als hätte ich weitere Reisen vor mir«, sagte ihnen SecState. »Peking.« Kein Wunder, dachte John.

»Philadelphia wird's nicht sein«, sagte Scott, als Flasche und Gläser gebracht wurden. Dreißig Minuten später klappten alle drei Männer die Sitze zurück. Der Sergeant zog für sie die Sichtblenden runter.

Diesmal konnte Clark einschlafen, Chavez aber nicht. Adlers Bemerkung hatte einen wahren Kern. In seiner Arbeit hatte er Staatsmänner der Jahrhundertwende heftig wegen ihrer Unfähigkeit angegriffen, über unmittelbare Probleme hinauszublicken. Jetzt wußte Ding es ein wenig besser. Der Unterschied zwischen einem unmittelbaren taktischen Problem und einem echt strategischen war schwer zu erkennen, wenn einem ständig Kugeln um die Ohren flogen, und Geschichtsbücher konnten die Stimmung, das Zeit*gefühl*, worüber sie berichteten, nicht nachbilden. Sie vermittelten auch einen falschen Eindruck von den Menschen. Minister Adler, der nun in seinem zurückgeklappten Ledersitz schnarchte, war ein Vollblutdiplomat, rief sich Chavez ins Gedächtnis, und er hatte sich das Vertrauen und die Achtung des Präsidenten erworben – eines Menschen, den er selbst hoch achtete. Der war nicht dumm. Der war nicht käuflich. Aber er war bloß ein Mensch, und Menschen machten Fehler... bedeutende Menschen machten große Fehler. Eines Tages würde ein Historiker über die jetzige Reise berichten, aber würde er wirklich wissen, wie sie gewesen war – und wenn er es nicht wußte, wie würde er das, was stattgefunden hatte, kommentieren?

Was geht da vor? fragte sich Ding. Iran wird echt aufmüpfig, verpaßt Irak eins und macht einen neuen Staat auf, und gerade, als Amerika damit zurechtzukommen versucht, passiert was anderes. Global gesehen ein geringfügiges Ereignis, vielleicht – aber das ließ sich ja alles erst sagen, wenn alles vorbei war. Wie war das herauszubekommen? Das war immer das Problem. Staatsmänner hatten im Lauf der Jahrhunderte stets Fehler gemacht, denn wer mitten im Lauf der Ereignisse steckte, konnte nicht einen Schritt beiseite treten und sich einen distanzierteren Blick gönnen. Er hatte gerade seine Magisterarbeit abgeschlossen, würde noch dies Jahr sein Diplom bekommen und damit zum Experten für internationale Beziehungen erklärt werden. Aber das war eine Lüge, dachte Ding. Eine flapsige Bemerkung, die er einmal auf einem anderen Flug gemacht hatte, fiel ihm wieder ein. Viel zu oft bestanden internationale Beziehungen schlicht darin, daß ein Land ein anderes vergewaltigte. Domingo Chavez lächelte über diesen Gedanken, aber eigentlich war das überhaupt nicht komisch. Nicht, wenn Leute dabei umkamen.

Und ganz besonders nicht, wenn er und Mr. C. in vorderster Front die Drecksarbeit machen mußten. Etwas war im Mittleren Osten passiert. Etwas anderes lief mit China ab... viertausend Meilen entfernt. Könnte zwischen den beiden ein Zusammenhang bestehen? Und was, wenn es ihn gab? Aber wie könnte er das herausfinden? Historiker gingen davon aus, daß sich das herausfinden *ließe*, wenn die Menschen nur schlau genug wären. Aber Historiker mußten nicht die Arbeit...

»Nicht seine beste Vorstellung«, sagte Plumber nach einem Schluck Eistee.

»Nun, zwölf Stunden, nicht mal das, um etwas, das auf der anderen Hälfte des Globus abläuft, in den Griff zu kriegen, John«, warf Holtzman ein.

Sie waren in einem typischen Washingtoner Restaurant, pseudofranzösisch mit kleinen Troddeln an der Speisekarte, die zu teuer zu mittelmäßige Mahlzeiten anbot – aber beide waren ja auf Spesen.

»Er sollte sich besser im Griff haben«, bemerkte Plumber.

»Beschwerst du dich, daß er nicht wirkungsvoll lügen kann?«

»Das gehört zu den Dingen, die ein Präsident können sollte...«

»Hat je einer gesagt, es sei ein leichter Job, John? Ich frage mich nur manchmal, ob wir ihm den Job wirklich erschweren sollten.« Aber Plumber biß nicht an.

»Wo ist Adler deiner Meinung nach?« fragte der NBC-Korrespondent.

»Das war eine gute Frage heute früh«, gestand der *Post*-Reporter ein und hob sein Glas. »Ich laß das von jemand nachprüfen.«

»Wir auch. Ryan hätte doch bloß sagen brauchen, er bereite sich auf ein Treffen mit dem Botschafter der PRC vor. Es hätte das ganze fein vertuscht.«

»Aber es wäre eine Lüge gewesen.«

»Es wäre die richtige Lüge gewesen. Bob, so läuft das Spiel. Die Regierung versucht, etwas im Geheimen zu tun, und wir wollen es herausfinden. Ryan mag diese Geheimniskrämerei ein bißchen zu sehr.«

»Aber wenn wir ihm eins draufbrennen, welchem Programmplan folgen wir dann?«

»Wie meinst du das?«

»Ach komm, John. Ed Kealty hat dir das alles verklickert. Um das rauszufinden, brauch' ich kein Raketenwissenschaftler zu sein. Das weiß doch jeder.« Bob stocherte in seinem Salat herum.

»Es stimmt alles, nicht wahr?«

»Ja klar«, gab Holtzman zu. »Und da gibt's noch 'ne Menge mehr.«

»Wirklich? Nun, ich weiß, du hattest eine Story in Arbeit.«

»Sogar mehr, als ich hinschreiben kann.«

»Wirklich?« Da wurde John Plumber aufmerksam. Holtzman gehörte für ihn zur jüngeren Generation und zur älteren für die neueste Reporterriege – die Plumber als Grufti ansahen, aber doch seine Journalismusseminare an der Columbia University besuchten.

»Wirklich«, versicherte Bob.

»Wie etwa?«

»Wie eben Sachen, über die ich nicht schreiben kann«, erwiderte Holtzman. »Jedenfalls für eine lange Zeit nicht. John, ich bin einem Teil dieser Story schon jahrelang auf der Spur. Ich kenne den CIA-Beamten, der Gerasimows Frau und Tochter rausgeholt hat. Wir haben eine kleine Abmachung. In ein paar Jahren erzählt er mir, wie das ging. Die U-Boot-Geschichte stimmt und ...«

»Ich weiß. Ich hab' ein Foto mit Ryan auf dem Boot gesehen. Warum er das nicht durchsickern läßt, ist mir ein Rätsel.«

»Er verstößt nicht gegen die Regeln. Niemand hat ihm je erklärt, daß so was in Ordnung ...«

»Er muß sich mehr an Arnie halten ...«

»Im Gegensatz zu Ed.«

»Kealty weiß, wie der Hase läuft.«

»Yeah, das tut er, John, vielleicht ein bißchen zu gut. Weißt du, eins hab' ich nie richtig rausbekommen können«, bemerkte Bob Holtzman.

»Was denn?«

»Das Spiel, in dem wir stecken. Sollen wir da Zuschauer, Schiedsrichter oder Spieler sein?«

»Bob, unser Job ist es, unseren Lesern – für mich sind's die Zuschauer – die Wahrheit zu berichten.«

»Wessen Fakten, John?« fragte Holtzman.

»Ein zorniger und nervöser President Jack Ryan ...« Jack hob die Fernbedienung und stellte den CNN-Reporter stumm, der ihm mit der China-Frage in die Quere gekommen war. »Zornig, ja, nervös ...«

»Ebenfalls ja«, sagte van Damm. »Sie haben das mit den Chinas vermasselt, und wo Adler ist – übrigens, wo ist er denn?«

Der Präsident blickt auf die Uhr. »Er sollte in etwa anderthalb Stunden in Andrews landen. Er kommt direkt her und fliegt wahrscheinlich gleich weiter nach China. Was zum Teufel haben die vor?«

»Sie fragen mich?« mußte der Stabschef passen. »Wozu haben Sie einen nationalen Sicherheitsstab?«

»Ich weiß soviel wie die, und das is 'n *Scheißdreck*«, zischte Jack, der sich in seinem Sessel zurücklehnte. »Wir *müssen* die nachrichtendienstlichen Kapazitäten erhöhen. Der Präsident kann nicht die ganze Zeit hier festsitzen und nicht wissen, was abgeht. Ich kann ohne Informationen keine Entscheidungen treffen, und wir haben nur Vermutungen – außer dem, was Robby uns mitgeteilt hat. Das sind harte Fakten, aber die ergeben keinen Sinn, weil da nichts zusammenpaßt.«

»Sie müssen warten lernen, Mr. President. Selbst wenn's die Presse nicht tut, Sie müssen es, und Sie müssen lernen, darauf zu schauen, was Sie tun können, wenn Sie's tun können. Nun«, fuhr Arnie fort, »haben wir nächste Woche die erste Reihe der Hauswahlen vor uns. Wir haben Sie für einige Ausflüge zu Reden eingeteilt. Wenn Sie die richtige Sorte von Abgeordneten im Kongreß haben wollen, dann müssen Sie dafür unter die Leute gehen. Ich lasse von Callie ein paar Reden für Sie vorbereiten.«

»Mit welchem Schwerpunkt?«

»Steuerpolitik, Verwaltungsverbesserungen, Integrität, alle Ihre Lieblingsthemen. Wir geben Ihnen morgen früh die Entwürfe. Zeit, wieder etwas unter die Leute zu gehen. Lassen Sie sich wieder etwas anhimmeln, und Sie können sie auch wieder ins Herz schließen.« Das trug dem Stabschef einen schiefen Blick ein. »Ich habe es Ihnen schon gesagt, Sie können sich nicht hier einsperren, und der Funk im Flugzeug funktioniert prima.«

»Ein Tapetenwechsel wäre toll«, gab POTUS zu.

»Wissen Sie, was jetzt echt gut wäre?«

»Was denn?«

Arnie grinste. »Eine Naturkatastrophe; gibt Ihnen Gelegenheit, rauszufliegen und präsidial auszusehen, Leute zu treffen, sie zu trösten und Hilfeleistungen des Bundes zu versprechen ...«

»Ja, zum Donnerwetter noch mal!« Das war so laut, daß es selbst die Sekretärinnen durch die fünf Zentimeter dicke Tür hörten.

Arnie seufzte. »Sie müssen noch lernen, eine scherzhafte Bemerkung hinzunehmen, Jack. Stecken Sie Ihr Temperament in ein Kästchen, und sperren Sie das verdammt noch mal zu. Ich hab' Sie nur spaßeshalber provoziert, und denken Sie daran, ich bin auf Ihrer Seite.« Arnie ging in sein Büro, und der Präsident war wieder allein.

Schon wieder eine Lektion im Präsidenteneinmaleins. Jack fragte sich, wann das aufhören würde. Früher oder später würde er wie ein

Präsident *handeln* müssen. Aber er hatte es noch nicht ganz geschafft. Arnie hatte das so nicht gesagt und Robby auch nicht. Er gehörte nicht dazu. Tat sein Bestes, aber das war nicht gut genug – noch. Noch? Vielleicht nie. *Eins nach dem anderen*, dachte er. Was jeder Vater jedem Sohn sagte, aber nie warnte, daß nicht alle sich den Luxus des Nacheinanders leisten konnten. Vierzehn tote Amerikaner auf einer Landebahn auf einer Insel über achttausend Meilen entfernt, wahrscheinlich mit Absicht umgebracht, für einen Zweck, den er nur erraten konnte, und er sollte das beiseite legen und einfach fortfahren? Was brauchte er, um diesen Posten auszufüllen? Tote Mitbürger abschreiben und sich anderem zuwenden? Dazu mußte einer ein Menschenfeind sein, oder? Nun, nicht ganz. Andere mußten es auch – Ärzte, Soldaten, Cops. Er mußte sein Temperament zügeln, seine Frustration besänftigen und für den Rest des Tages was anderes in Angriff nehmen.

Movie Star blickte aufs Meer herab, sechs Kilometer unter ihm, schätzte er. Im Norden konnte er auf der blaugrauen Oberfläche einen Eisberg sehen, der im hellen Sonnenlicht glitzerte. War das nicht bemerkenswert? Sooft er geflogen war, er hatte noch nie einen gesehen. Für jemand aus seinem Teil der Welt war das Meer einigermaßen sonderbar, wie eine Wüste, unbewohnbar, aber auf andere Art. Seltsam, wie es bis auf die Farbe so wie die Wüste aussah, so wie Dünen, aber gar nicht einladend. Außer seinem Aussehen – da war er ziemlich eitel; er liebte das Lächeln, das beispielsweise Stewardessen ihm zuwarfen – war für ihn fast nichts einladend. Die Welt haßte ihn und seinesgleichen, und selbst diejenigen, die sich seiner Dienste versicherten, hielten ihn lieber auf Abstand wie einen bösartigen, aber gelegentlich nützlichen Hund. Er verzog das Gesicht und schaute hinunter. Hunde wurden in seiner Kultur nicht besonders geschätzt. Und nun war er hier, wieder in einem Flugzeug, allein, während seine Leute in Dreiergruppen in anderen Fliegern saßen und auf einen Ort zuflogen, wo sie entschieden unwillkommen wären, von einem Ort geschickt, wo sie es genausowenig waren.

Erfolg würde ihm – was einbringen? Geheimdienstler würden ihn zu identifizieren und aufzuspüren suchen, aber die Israelis hatten das schon jahrelang getan, und er war immer noch am Leben. Wofür machte er das alles? fragte sich Movie Star. Die Frage kam ein bißchen zu spät. Wenn er die Mission abbrach, wäre er nirgendwo mehr willkommen. Er sollte für Allah kämpfen, nicht wahr? Dschihad. Heiliger Krieg. Es war ein religiöser Begriff für einen militärisch-religiösen Akt, der den Glauben bewahren sollte, aber daran glaubte er nicht mehr, und es war etwas beängstigend, kein Land, keine Heimat zu haben und dann... keinen Glauben? Hatte er den noch? fragte er sich und gestand sich ein, daß er keinen mehr hatte, wenn er schon fragen mußte. Er und seinesgleichen, zumindest diejenigen, die überlebten, wurden zu Automaten, geschickten Robotern – Computern in der modernen Zeit. Maschinen erledigten so was auf Geheiß von anderen und wurden weggeworfen, wenn es gerade paßte. Aber er hatte keine Wahl.

Vielleicht würden die Menschen, die ihn auf diese Mission geschickt hatten, gewinnen, und er würde eine Belohnung bekommen. Er redete sich das ständig ein, obwohl nichts in seiner Lebenserfahrung diesen Glauben bestärkte – und wenn er seinen Glauben an Gott verloren hatte, wie konnte er dann einer Beschäftigung treu bleiben, die selbst seine Arbeitgeber mit Abscheu betrachteten?

Kinder. Er hatte nie geheiratet, nie seinem Wissen nach eines gezeugt. Die Frauen, die er gehabt hatte, vielleicht – aber nein, das waren lasterhafte Frauen, und seine religiöse Erziehung hatte ihm eingetrichtert, sie zu verachten, selbst wenn er sich ihrer Körper bediente; und wenn sie Nachkommen hervorbrachten, dann wären auch die Kinder verflucht. Wie kam es, daß ein Mann sein ganzes Leben lang einer Idee nachjagte und dann merkte, daß er auf einmal auf eine der unwirtlichsten Gegenden herabblickte – einen Ort, wo weder er noch irgendein Mensch leben konnte – und sich hier mehr zu Hause fühlte als anderswo? Und so würde er dem Tod von Kindern Vorschub leisten. Ungläubige, politische Erklärungen, Dinge. Aber das waren sie nicht. Sie waren in diesem Alter nicht schuldfähig, ihre Körper noch nicht ausgebildet, ihr Geist noch nicht mit dem Wesen von Gut und Böse erfüllt.

Movie Star sagte sich, daß ihm solche Gedanken auch schon früher gekommen waren, daß Zweifel bei schwierigen Aufgaben normal waren und daß er sie jedes Mal bisher beiseite gewischt und weitergemacht hatte. Wenn die Welt sich geändert hatte, dann vielleicht...

Doch die einzigen Veränderungen, die sich ergeben hatten, waren seiner lebenslangen Aufgabe zuwidergelaufen, und konnte es sein, daß er für nichts getötet hatte und deshalb weiter töten mußte, in der Hoffnung, etwas zu erreichen? Wohin führte dieser Weg? Wenn es einen Gott gab und einen Glauben und ein Gesetz, dann...

An etwas mußte er doch glauben. Er blickte auf die Uhr. Noch vier Stunden. Er hatte eine Auftrag. Daran mußte er glauben.

Sie kamen in Wagen statt im Hubschrauber, weil letztere zu sehr auffielen. Um die Sache noch mehr abzuschirmen, fuhren die Autos zum

Eingang des Ostflügels. Adler, Clark und Chavez wurden vom Geheimdienst ins White House geschleust auf demselben Weg, den Jack an seinem ersten Abend beschritten hatte. Ihre Ankunft entging der Presse. Das Oval Office war gut gefüllt. Goodley und die Foleys waren da und selbstverständlich Arnie.

»Wie sieht's mit dem Jetlag aus, Scott?« fragte Jack zuerst, der ihn an der Tür empfing.

»Wenn heute Dienstag ist, dann muß das Washington sein«, erwiderte SecState.

»Heute ist nicht Dienstag«, bemerkte Goodley, der's nicht kapierte.

»Dann muß der Jetlag ganz schön schlimm sein.« Adler nahm Platz und holte seine Aufzeichnungen heraus. Ein Messesteward der Navy kam mit Kaffee, dem Treibstoff Washingtons.

»Erzählen Sie uns von Daryaei«, befahl Ryan.

»Er sieht gesund aus. Ein bißchen müde«, gab Adler zu. »Sein Schreibtisch ist einigermaßen sauber. Er hat leise gesprochen, aber er war nie einer, der in der Öffentlichkeit die Stimme erhoben hat, soweit ich weiß. Interessanterweise ist er um die Zeit, als wir landeten, auch erst eingetroffen.«

»O?« sagte Ed Foley, der von seinen Notizen aufblickte.

»Yeah, kam mit 'nem Geschäftsjet an, einer Gulfstream«, berichtete Clark. »Ding hat ein paar Bildchen geknipst.«

»So, er kommt also auch etwas rum. Ich schätze, das macht Sinn«, bemerkte POTUS. Seltsamerweise konnte Ryan Daryaeis Probleme verstehen. Sie waren gar nicht so anders wie seine, obwohl das Vorgehen des Iraners kaum unterschiedlicher hätte sein können.

»Sein Stab hat Angst«, fügte Chavez impulsiv hinzu. »Wie aus einem alten Kriegsfilm die Schergen. Im Außenbüro, die waren so gespannt, hätte jemand ›Buh‹ gesagt, wären sie an der Decke gelandet.«

»Dem stimme ich zu«, sagte Adler, den die Unterbrechung nicht störte. »Sein Benehmen mir gegenüber war sehr altmodisch, leise, Platitüden, solche Sachen. Es war so, daß er nichts wirklich Bedeutendes gesagt hat – vielleicht gut, vielleicht schlecht. Er ist bereit, die Kontakte mit uns fortzusetzen. Er sagt, er wünscht Frieden mit allen. Er hat sogar ein gewisses Eingehen auf Israel durchblicken lassen. Bei dem Treffen hat er mich hauptsächlich belehrt, wie friedlich er und seine Religion seien. Er betonte den Wert des Öls und der für alle Beteiligten sich daraus ergebenden wirtschaftlichen Beziehungen. Er leugnete, irgendwelche territorialen Ansprüche zu haben. An allem war nichts Überraschendes.«

»Okay«, sagte der Präsident. »Wie war es mit der Körpersprache?«
»Er wirkt sehr zuversichtlich, sehr sicher. Er mag es, wo er jetzt ist.«
»Kein Wunder«, entfuhr es Ed Foley.
Adler nickte. »Stimmt. Wenn ich ihn mit einem Wort beschreiben sollte, wäre es ›gelassen‹.«
»Als ich ihn vor ein paar Jahren traf«, erinnerte sich Jack, »war er aggressiv, feindselig, suchte nach Feinden, so in etwa.«
»Heute früh war nichts davon zu spüren.« SecState fragte sich, ob es noch derselbe Tag war. Wahrscheinlich. »Wie schon gesagt, gelassen, aber dann auf dem Rückweg hat Mr. Clark hier etwas aufgebracht.«
»Was denn?« fragte Goodley.
»Das hat den Metalldetektor ausgelöst.« John zog wieder die Halskette heraus und gab sie dem Präsidenten.
»Haben Sie einen Einkaufsbummel gemacht?«
»Na ja, alle wollten doch, daß ich spazierengehe«, erinnerte er seine Zuhörer. »Wo besser als auf dem Markt.« Clark schilderte den Vorfall mit dem Goldschmied, während POTUS die Halskette ansah.
»Wenn er solche Sachen für siebenhundert Eier verkauft, dann sollten wir alle vielleicht seine Adresse notieren. Ein Einzelfall, John?«
»Der französische Außenstellenleiter war bei mir. Er hielt den Kerl für ziemlich repräsentativ.«
»Also?« fragte van Damm.
»Also hat Daryaei vielleicht gar nicht so viel, das ihn gelassen stimmt«, mutmaßte Scott Adler.
»Solche Leute wissen nicht immer, wie das einfache Volk denkt«, ließ sich der Stabschef vernehmen.
»Das hat den Schah zu Fall gebracht«, sagte ihm Ed Foley. »Und Daryaei gehört zu den Leuten, die das in die Wege geleitet haben. Ich glaube nicht, daß er diese eine Lektion vergessen hat ... und wir wissen, daß er immer noch Leute absägt, die vom Weg abweichen.« Der DCI wandte sich zu seinem Auslandsagenten um: »Gut gemacht, John.«
»Lefevre – der französische Spook – sagte zweimal, wir hätten nicht das richtige Gefühl für die Stimmung auf der Straße dort. Vielleicht wollte er mich aufziehen«, fuhr John fort. »Ich meine, nicht.«
»Wir wissen, daß es Abweichungen gibt«, sagte Ben Goodley.
»Aber wir wissen nicht, wieviel.« Das war wieder Adler. »Insgesamt, glaube ich, haben wir es mit einem Mann zu tun, der aus einem bestimmten Grund gelassen wirken möchte. Er hat ein paar gute Monate hinter sich. Er hat einen größeren Feind erledigt. Er hat einige internationale Probleme, deren Größenordnung wir abschätzen müssen. Er

flitzt ständig rüber in den Irak – das haben wir gesehen. Er sieht müde aus. Personal angespannt. Ich glaube, er braucht Zeit zur Konsolidierung. Clark hier sagt mir, daß die Lebensmittelpreise hoch sind. Es ist ja ein an sich reiches Land, und Daryaei kann die Lage am besten beruhigen, wenn er seinen politischen Erfolg ausspielt und ihn so rasch wie möglich in wirtschaftlichen Erfolg ummünzt. Essen auf den Tisch zu stellen würde nicht schaden. Im Augenblick muß er nach innen, nicht nach außen blicken. Und deshalb halte ich es für möglich, daß sich uns da ein Fenster öffnet«, schloß SecState.

»Sollen wir also die Hand zur Freundschaft reichen?« fragte Arnie.

»Ich glaube, wir sollten erst mal die Kontakte still und informell halten. Und dann schauen wir mal, was sich ergibt«, meinte SecState.

Der Präsident nickte. »Gut gemacht, Scott. Und jetzt schätze ich, sollten wir Sie schleunigst nach China schicken.«

»Wann fliege ich?« wollte SecState mit gequälter Miene wissen.

»Diesmal werden Sie ein größeres Flugzeug haben«, versprach ihm sein Präsident.

## 41 / Hyänen

Movie Star spürte, wie das Hauptfahrwerk am Dulles International Airport aufsetzte. Es war Zeit, die Zweifel beiseite zu schieben. Er lebte in einer praktischen Welt. Die Einreiseroutine war – wieder Routine.

»Schon wieder zurück?« fragte der Einreisebeamte, der zum letzten Stempel im Paß geblättert hatte.

»*Ja doch.*« Movie Star antwortete seiner deutschen Identität gemäß. »Vielleicht bekomme ich hier bald Wohnung.«

»Die Preise in Washington sind ganz schön verrückt«, berichtete der Mann und setzte wieder seinen Stempel. »Angenehmen Aufenthalt, Sir.«

»Danke schön.«

Er hatte ja nichts zu befürchten. Er hatte nichts Illegales bei sich, außer im Geiste, und er wußte, daß der amerikanische Nachrichtendienst einer Terroristengruppe noch nie ernsthaft etwas anhaben konnte. Diese Reise war allerdings anders, selbst wenn nur er es wußte. Wie zuvor würde ihn niemand empfangen. Sie hatten ein Rendezvous, bei dem er als letzter eintreffen würde. Er war wertvoller als die anderen Gruppenmitglieder. Wieder mietete er sich einen Wagen, und wieder fuhr er auf Washington zu, sah in den Rückspiegel, fuhr bewußt an der falschen Ausfahrt ab und schaute, ob jemand folgte, als er wendete, um wieder auf die richtige Straße zu gelangen. Wie zuvor war die Luft rein. Wenn jemand auf ihn angesetzt war, dann war die Beschattung so raffiniert, daß er null Überlebenschancen hatte. Er wußte, wie das ging: viele Autos, auch ein oder zwei Hubschrauber, doch so viel Zeit und Mittel wurden nur investiert, wenn die Gegenseite so gut wie alles wußte – was Zeit zum Organisieren kostete –, und das konnte nur heißen, daß seine Gruppe vom amerikanischen CIA völlig unterwandert war. Israel konnte so etwas schaffen. Der israelische Mossad hatte angesichts islamischen Blutes nie mit der Wimper gezuckt, und wäre Movie Star von dieser Organisation aufgespürt worden, wäre er schon lange tot. Das redete er sich zumindest ein, während er immer noch in den Rückspiegel blickte, weil das seine Art zu überleben war.

Andererseits amüsierte ihn, daß dieses Unternehmen nicht ohne die Israelis möglich gewesen wäre. In Amerika gab es islamistische Terrorgruppen, aber sie waren alle als Amateure erkennbar. Sie waren sehr religiös. Sie trafen sich an bekannten Örtlichkeiten. Sie sprachen untereinander. Sie waren zu sehen, aufzuspüren und eindeutig als *anders* als die übrigen Fische in ihrem angenommenen Meer zu identifizieren. Und dann wunderten sie sich, daß sie erwischt wurden. *Dummköpfe*, dachte Movie Star. Aber sie erfüllten ihren Zweck. Dadurch, daß sie sichtbar waren, zogen sie die Aufmerksamkeit auf sich, und das amerikanische FBI hatte nur eine begrenzte Kapazität. Auch Nachrichtendienste waren menschliche Institutionen, und Menschen überall schlugen auf die Nägel, die hervorstanden.

Das hatte ihm sozusagen Israel beigebracht. Vor dem Fall des Schahs war sein eigener Nachrichtendienst, der Savak, vom israelischen Mossad ausgebildet worden, und nicht alle Savak-Mitglieder waren bei der Einsetzung der neuen islamischen Regierung hingerichtet worden. Das von denen erlernte Handwerk war auch Leuten wie Movie Star weitergegeben worden. Im Grunde genommen war es einfach zu verstehen. Je bedeutender der Auftrag, desto mehr Vorsicht war geboten. Wollte man nicht aufgespürt werden, dann mußte man in der Umgebung aufgehen. Sei in einem säkularen Staat nicht offenkundig fromm. Sei in einem christlichen oder jüdischen Land kein Muslim. In einem Staat, der Leuten aus dem Mittleren Osten zu mißtrauen gelernt hatte, sei von woanders her – oder noch besser, sei sozusagen auch mal aufrichtig. Ja, ich *komme* daher, bin aber Christ, Baha'i, Kurde oder Armenier, und sie haben meine Familie grausam verfolgt, und deshalb bin ich nach Amerika gekommen, in das Land der unbegrenzten Möglichkeiten, um wahre Freiheit zu erleben. Wer diese schlichten Regeln befolgte, hatte eine reale Chance, denn Amerika machte es einem so leicht. Dieses Land hieß Ausländer mit einer Offenheit willkommen, die Movie Star an die strengen Gesetze der Gastfreundschaft in seinem eigenen erinnerte.

Hier war er im Lager des Feindes, und seine Zweifel zerstreuten sich, als die Freude darüber seinen Herzschlag beschleunigte und ein Lächeln in sein Gesicht zauberte. Er *war* der Beste in seinem Fach. Die Israelis waren ihm nie nahe gekommen, und wenn sie es nicht konnten, dann die Amerikaner noch weniger. Er mußte nur auf der Hut sein.

In jedem Dreierteam befand sich ein ihm gleichwertiger Mann, nicht ganz so erfahren wie er, aber nahe daran. Fähig, ein Auto zu mieten und sicher zu fahren. Einer, der zu allen, denen er begegnete, höflich und freundlich zu sein wußte. Sollte ein Polizist ihn anhalten, würde er sich zerknirscht und bußfertig geben, fragen, was er falsch gemacht hätte, und sich dann nach dem Weg erkundigen, denn Menschen behalten Feindseligkeit deutlicher in Erinnerung als Freundlichkeit. Sich als Arzt, Ingenieur oder etwas ähnlich Respektables ausgeben. Wer auf der Hut war, hatte es leicht.

Movie Star erreichte sein erstes Ziel, ein Mittelklassehotel am Stadtrand von Annapolis, und stieg unter seinem Decknamen Dieter Kolb ab. Die Amerikaner waren so dumm. Selbst die Polizei meinte, alle Muslime seien Araber, und dachten nicht daran, daß der Iran ein arisches Land war – mit derselben ethnischen Identität, die Hitler für sein Volk beansprucht hatte. Er ging auf sein Zimmer und schaute nach der Uhrzeit. Wenn alles nach Plan ging, würden sie sich in zwei Stunden sehen. Zur Sicherheit erkundigt er sich bei den entsprechenden Fluggesellschaften nach den eingetroffenen Flügen. Sie waren alle pünktlich angekommen. Es könnte noch Probleme beim Zoll oder im Verkehr geben, aber das war im Plan vorgesehen.

Sie waren bereits unterwegs zu ihrem nächsten Aufenthalt, Atlantic City, New Jersey, wo es ein großes Messezentrum gab. Die unterschiedlichen Prototypen und Studienmodelle waren zum Schutz in Planen gehüllt. Die meisten standen auf konventionellen Tiefladern, einige aber auch in geschlossenen Sattelzügen. Ein Firmenvertreter sah gerade handgeschriebene Kommentare durch, die seine Fabrik von Leuten erbeten hatte, die ihre Produkte angesehen hatten. Der Mann rieb sich die Augen. Ach, der dröhnende Kopf und die triefende Nase. Er hoffte, er hatte sich nichts geholt. Gliederschmerzen auch noch. Das hatte er davon, wenn er den ganzen Tag unter dem Gebläse der Klimaanlage stand.

Das offizielle Telegramm kam kaum unerwartet. Der amerikanische Außenminister bat um Konsultation mit seiner Regierung, um Angelegenheiten von gegenseitigem Interesse zu besprechen. Zhang wußte, es wäre besser, ihn freundlich zu empfangen, sich unschuldig zu geben – und sich behutsam zu erkundigen, ob der amerikanische Präsident sich auf seiner Pressekonferenz nur versprochen oder die langjährige US-Politik geändert hatte. Dieser Nebenpunkt würde Adler einige Stunden beschäftigen. Der Amerikaner würde wahrscheinlich anbieten, als Vermittler zwischen Peking und Taipeh zu fungieren, zwischen den beiden Städten hin- und herzupendeln, in der Hoffnung, die Lage zu beruhigen. Das wäre sehr nützlich.

Noch wurden die Übungen fortgesetzt, jedoch mit etwas größerem Respekt vor dem neutralen Bereich zwischen den beiden Streitkräften. Der Herd war noch an, aber es wurde nur noch geköchelt. Die Volksrepublik, hatte der Botschafter in Washington bereits erklärt, hatte nichts falsch gemacht, hatte *nicht* den ersten Schuß abgegeben und hatte keinen Wunsch, Feindseligkeiten zu beginnen. Das Problem lag bei der abtrünnigen Provinz, und wenn Amerika nur auf die offensichtliche Lösung des Problems – es gibt nur ein China – eingehen würde, wäre die Angelegenheit rasch bereinigt.

Aber Amerika hatte sich schon lange auf eine Politik festgelegt, die für beide beteiligten Länder keinen Sinn machte, denn es wollte zu Peking und Taipeh freundlich sein, behandelte letzteren als den kleineren Staat, war aber nicht willens, das bis zur letzten Konsequenz zu verfolgen. Statt dessen sagte Amerika, ja, es gäbe nur ein China, aber dieses eine China hätte kein Recht, seine Herrschaft auf dieses ›andere‹ China auszudehnen, das der offiziellen amerikanischen Politik zufolge eigentlich gar nicht existierte. Soviel zur amerikanischen Stimmigkeit. Es würde ihm Vergnügen bereiten, das Minister Adler unter die Nase zu reiben.

»›Die Volksrepublik heißt Minister Adler im Interesse des Friedens und der regionalen Stabilität gerne willkommen‹. Na, ist das nicht nett von ihnen?« sagte Ryan, der um 21 Uhr immer noch im Büro war und sich fragte, welche Sendung seine Kinder ohne ihn ansahen. Er gab Adler die Botschaft zurück.

»Sind Sie wirklich sicher, daß sie es waren?« erkundigte sich SecState bei Admiral Jackson.

»Wenn ich das Band noch mal abspiele, wird's ausleiern.«

»Sie wissen doch, daß Leute manchmal Mist bauen.«

»Sir, nicht in diesem Fall«, sagte Robby, der sich fragte, ob er wirklich das Videoband noch mal einlegen müßte. »Und sie üben mit ihrer Flotte nun schon eine ganze Weile.«

»O?« fragte Ryan.

»So weit, daß ihre Sachen mittlerweile verschleißen müßten. Sie sind in der Wartung nicht so toll. Außerdem verbrauchen sie viel Treibstoff. Wir haben sie noch nie so lange auf See gesehen. Das Luftgefecht wäre doch, mein' ich, eine tolle Ausrede, den Hut draufzuhauen, wieder die Häfen anzulaufen und zu sagen, sie hätten ihren Standpunkt klargemacht.«

»Nationalstolz«, schlug Adler vor. »Wahrung des Gesichts.«

»Hm, seitdem haben sie ihre Operationen etwas beschnitten. Nähern sich nicht mehr der Linie, die ich Ihnen gezeigt habe. Taiwan ist nun echt in voller Bereitschaft. Verdammt, das wird's sein«, meinte der J-3. »Wenn der Feind sauer ist, greift man nicht an. Erst etwas zur Ruhe kommen lassen.«

»Rob, du hast gesagt, ein echter Angriff sei nicht möglich«, sagte Ryan.

»Jack, wenn ich über ihre Absichten nichts weiß, muß ich mich nach ihren Kapazitäten richten. Sie können eine Auseinandersetzung in der Formosastraße anzetteln und werden daraus wahrscheinlich als Sieger hervorgehen. Vielleicht wird das genügend Druck auf Taiwan ausüben, um sie zu einem größeren Zugeständnis zu zwingen. Sie haben Menschen getötet«, erinnerte Jackson die andern beiden. »Sicher, sie messen dem menschlichen Leben nicht soviel Wert bei wie wir, aber wenn jemand Menschen tötet, überschreitet er eine weitere unsichtbare Linie – und die wissen, wie *wir* dazu stehen.«

»Schicken wir den Flugzeugträger hoch«, sagte Adler.

»Warum, Scott?«

»Mr. President, damit kann ich eine hohe Karte auf den Tisch legen. Es zeigt, wir nehmen's ernst. Wie der Admiral gesagt hat, nehmen wir den Verlust von Menschenleben ernst, und sie müssen einfach akzeptieren, daß wir nicht wollen und wohl auch nicht zulassen werden, daß dies eskaliert.«

»Was ist, wenn sie dennoch Druck machen – was ist, wenn es ein weiteres ›Versehen‹ gibt, in das wir verwickelt werden?«

»Wir würden die *Ike* an der Ostküste der Insel parken. Da können sie nicht mehr ›aus Versehen‹ rankommen. Sie müßten durch drei Verteidigungsgürtel, den der ROC auf der Seestraße, den von Taiwan selbst und dann durch die Mauer, die der Verbandskommandeur aufzieht. Ich könnte auch ein Aegis am unteren Ende der Meerenge plazieren, um vollständige Radarüberwachung sicherzustellen. Wenn Sie, wie gesagt, befehlen, die *Ike* ranzubringen. Der Vorteil für Taiwan, nun ja, vier Jägergeschwader und dazu Radarüberwachung aus der Luft. Damit sollten sie sich sicherer fühlen.«

»Was mir ermöglichen würde, beim Hin- und Herpendeln besser dazustehen«, schloß der Minister.

»Aber das läßt den Indischen Ozean noch immer offen. Es ist lange her, daß wir das getan haben.« Robby kam immer wieder darauf zurück, fiel den anderen beiden auf.

»Nichts sonst dort?« fragte Jack. Er merkte, daß er sich vorher hätte schlau machen sollen.

»Ein Kreuzer, *Anzio*, zwei Zerstörer plus zwei Fregatten, die eine Versorgungsgruppe auf Diego Garcia behüten. Wir lassen Diego Garcia nie ohne Kriegsschiffe, nicht mit den MPS-Schiffen dort. Wir haben auch ein U-Boot der 688er Klasse im Gebiet. Das reicht aber nicht, um Macht zu demonstrieren. Mr. Adler, Sie wissen ja, was ein Flugzeugträger bedeutet.«

SecState nickte. »Die Leute nehmen sie ernst. Deshalb meine ich, wir brauchen einen vor China.«

»Klingt einleuchtend, Rob. Wo ist die *Ike* jetzt?«

»Zwischen Australien und Sumatra, sollte sich der Sundastraße nähern. Die Übung SOUTHERN CUP sollte einen indischen Angriff auf deren Nordwestküste simulieren. Wenn wir sie jetzt abziehen, kann sie in vier Tagen und ein paar Stunden bei Formosa sein.«

»Setzt sie dahin in Bewegung, Rob, volle Kraft voraus.«

»Aye aye, Sir«, bestätigte Jackson, aber noch mit Zweifel im Gesicht. Er deutete aufs Telefon, und da er ein Nicken erhielt, rief er NMCC an. »Hier spricht Admiral Jackson mit Befehlen von NCA. Führen Sie GREYHOUND BLUE durch. Bestätigen Sie, Colonel.« Robby hörte zu und nickte. »Sehr gut, danke.« Dann wandte er sich an den Präsidenten. »Okay, *Ike* dreht in etwa zehn Minuten nach Norden und sprintet auf Taiwan zu.«

»So schnell?« Adler war beeindruckt.

»Das Wunder moderner Kommunikation, wir hatten Admiral Dubro schon in Bereitschaft versetzt. Das wird kein verdeckter Zug sein. Der Kampfverband wird etlichen Leuten auffallen«, warnte er.

»Eine Presseerklärung könnte nicht schaden«, sagte Adler. »Das haben wir schon früher gemacht.«

»So, nun haben Sie Ihre Karte für Peking und Taipeh«, sagte Ryan nach dem neuerlichen Exekutivbefehl. Er war aber noch etwas besorgt darüber, daß Robby nicht glücklich damit war. Das Problem war der Treibstoff. Eine Flottenversorgungsgruppe würde sich auf den Weg machen müssen, um die Bunker der nicht-nuklearen Begleitschiffe der *Eisenhower* aufzufüllen.

»Werden Sie ausplaudern, daß wir vom Abschuß wissen?«

Adler schüttelte den Kopf. »Nein, sicher nicht. Es wird sie mehr beunruhigen, wenn sie glauben, wir wissen das nicht.«

»Oh?« Das kam von einem etwas überraschten Präsidenten.

»Dann kann ich entscheiden, *wann* wir es ›rausfinden‹, Boß, und wenn das passiert, habe ich eine weitere Karte zum Ausspielen – damit komme ich auf ein gutes Blatt.« Er wandte sich um. »Admiral, überschätzen Sie nicht die Intelligenz Ihres Feindes. Diplomaten wie ich sind nicht ganz auf dem laufenden über die technischen Aspekte Ihrer Arbeit. Das gilt auch für die Leute im Ausland. Eine Menge unserer Fähigkeiten sind ihnen unbekannt.«

»Sie haben doch Spitzel, um informiert zu bleiben«, wandte Jackson ein.

»Glauben Sie, die hören immer zu? Tun wir's?«

Der J-3 mußte diese Lektion erst mal schlucken, dann legte er sie für künftigen Gebrauch ab.

Es geschah in einem großen Einkaufszentrum, einer amerikanischen Erfindung, die für verdeckte Unternehmen maßgeschneidert schien. Die vielen Eingänge, ein Menschengewirr und beinahe vollkommene Anonymität. Die erste Begegnung war eigentlich keine Zusammenkunft. Es wurde nur Augenkontakt hergestellt, und das auf eine Entfernung nicht unter zehn Metern, während die Gruppen aneinander vorbeischlenderten. Jede der Untergruppen führte lediglich eine Zählung durch, bestätigte visuell die Identität, und dann prüfte jeder, ob die anderen nicht überwacht wurden. Als das erledigt war, kehrten sie alle in ihre Hotels zurück. Das wirkliche Rendezvous würde morgen stattfinden.

Movie Star war zufrieden. Der schiere Wagemut des Ganzen war in der Tat sehr aufregend. Es ging nicht um die einfache Aufgabe, einen bombenbekleideten Narren – *heroischen Märtyrer*, verbesserte er sich – nach Israel einzuschleusen, und das schöne hierbei war, daß der Feind, wenn er eine seiner Gruppen aufgespürt hätte, es einfach nicht riskieren konnte, sie zu ignorieren. Es war möglich, den Gegner zum Aufdecken seines Blatts zu zwingen, und um so besser zu einem Zeitpunkt, da keiner von den Leuten mehr getan hatte, als mit falschen Dokumenten ins Land eingereist zu sein.

Zur Hölle mit Zweifeln, sagte sich der Operationsleiter. Es war einfach schön, zu einer Aktion direkt in der Höhle des Löwen bereit zu sein, und *das* hielt ihn im Terrorismusgeschäft. In der Höhle des Löwen? Er lächelte den Autos zu, als er über den Parkplatz schritt. Die *Jungen* des Löwen.

»Was wirst du tun?« fragte Cathy im Dunkeln.

»Scott fliegt morgen früh nach China«, antwortete Jack, der sich neben seine Frau legte.

Alle sagten, der Präsident der Vereinigten Staaten sei der mächtigste Mann der Welt, aber ein jeder mit der Ausübung dieser Macht verbrachter Tag schien ihn auszulaugen. Selbst die Zeit in Langley, wohin er jeden Tag gependelt war, hatte ihn nicht so geschlaucht wie dieser Posten.

»Um was zu sagen?«

»Er versucht, sie zu beruhigen, die Lage zu entschärfen.«

»Bist du wirklich sicher, daß sie absichtlich ...«

»Ja. Für Robby ist's eindeutig, wie für dich eine Diagnose«, sagte ihr Mann, der an die Decke starrte.

»Und wir werden mit ihnen verhandeln?« fragte SURGEON.

»Schatz, manchmal – zum Teufel, meist, wenn ein Staat Mord begeht, kommt er ungeschoren davon. Ich soll an das ›große Bild‹, die ›übergeordneten Punkte‹ und das ganze Zeug denken.«

»Das ist schrecklich«, sagte Cathy.

»Ja sicher. Dieses Spiel läuft nach seinen eigenen Regeln. Wenn du Mist baust, leiden mehr Menschen. Du kannst mit einem souveränen Staat nicht wie mit einem Verbrecher reden. Dort drüben sind Tausende von Amerikanern, Geschäftsleute und so. Wenn ich mich zu weit vorwage, könnte ihnen etwas geschehen, und dann eskaliert alles und wird noch schlimmer«, erklärte ihr POTUS.

»Was ist schlimmer, als Leute umzubringen?« fragte seine Frau.

Jack hatte keine Antwort. Er hatte es schon hinnehmen müssen, daß er nicht alle Antworten für Pressekonferenzen, für alle Leute im Land oder manchmal selbst für seinen eigenen Stab parat hatte. Nun hatte er nicht einmal eine einzige Antwort für die schlichte und logische Frage seiner Gattin. Der mächtigste Mann der Welt? Klar doch. Mit diesem Gedanken endete ein weiterer Tag in der Pennsylvania Avenue 1600.

Das Nationale Aufklärungsbüro bemühte sich sehr, an zwei Stellen auf dem laufenden zu bleiben. Jeder Flug der Aufklärungssatelliten über dem Mittleren Osten und nun auch der Formosastraße ergab unzählige übermittelte Fotos, buchstäblich Tausende von Aufnahmen, die Auswertungsspezialisten eins nach dem anderen in ihrem neuen Gebäude nahe beim Flughafen Dulles inspizieren mußten. Es war einfach eine Aufgabe, die kein Computer erledigen konnte. Oberste Priorität für die amerikanische Regierung hatte der Bereitschaftsgrad des Militärs der UIR, Bestandteil des SNIE, das auf Befehl des Weißen Hauses erstellt wurde. Das hieß, daß die gesamte Aufmerksamkeit des Teams sich darauf richtete, und für andere Belange mußten mehr Leute Überstunden machen. Diese sahen sich ständig die über China aufgenommenen Bilder an. Wenn die PRC wirklich ihr Militär in Bewegung setzen würde, wäre das auf vielerlei Weise zu sehen. Die Truppen der Volksbefreiungsarmee würden üben und ihre Ausrüstung warten oder Panzer auf Züge laden. Die Parkplätze würden anders aussehen. Flugzeuge würden Waffen unter den Tragflächen hängen haben. So etwas konnte ein Satellitenfoto enthüllen. Mehr Sorgfalt wurde darauf verwandt, Schiffe auf See zu entdecken – das war weitaus schwerer, da sie sich nicht an einem festen Ort befanden. Amerika hatte immer noch drei Fotosatelliten im Umlauf, wovon jeder täglich zweimal die fraglichen Gebiete überflog, und sie waren zeitlich so gestaffelt, daß es kaum ›Löcher‹ gab. Dadurch hatten die Techniker ein ganz gutes Gefühl. Sie wurden kontinuierlich mit Daten gefüttert, die ihre Einschätzungen und somit auch ihre Pflicht gegenüber ihrem Präsidenten und ihrem Land festigten.

Aber sie konnten nicht alles überall beobachten, und ein Ort, den sie übersahen, war Bombay, Sitz des westlichen Hauptquartiers der indischen Marine. Die Umlaufbahnen der amerikanischen KH-11-Satelliten waren genau bestimmt, so wie ihre Zeitpläne. Gerade als der letzte Satellit über die Gegend geflogen war, ging ein vierstündiges Fenster zu, das mit dem Überflug des ältesten und am wenigsten verläßlichsten des Trios wieder aufgehen würde. Erfreulicherweise traf dies mit der Flut zusammen.

Zwei Flugzeugträger samt Eskorten machten nach kürzlich beendeten Reparaturen die Leinen los und stachen in See. Sie würden Übungen im Arabischen Meer abhalten – falls jemand Fragen stellen würde.

Verdammt. Der Cobra-Vertreter wachte auf und fühlte sich leicht fiebrig. Er brauchte Sekunden, um sich zu orientieren. Anderes Motel, andere Stadt, andere Lichtschalter. Er fummelte nach dem richtigen Knopf, setzte die Brille auf, blinzelte ins Licht und erspähte seine Tasche. Yeah, Rasierset. Er ging damit ins Badezimmer, wo er ein Glas halb mit Wasser füllte. Dann kippte er zwei Tabletten aus dem Aspirinfläschchen in die Hand und spülte sie hinunter. Er hätte nicht soviel nach dem Abendessen trinken sollen, sagte sich der Vertriebsmann, aber er hatte einen recht ordentlichen Handel mit einigen Clubprofis abgeschlossen, und Bier war immer ein gutes Gleitmittel im Golfgeschäft. Er war als ehemaliger Turnierprofi, der nicht ganz so gut gewesen war, um groß rauszukommen, nun ein sehr erfolgreicher Vertreter seiner Firma. Ach, was soll's, dachte er auf dem Rückweg ins Bett. Er hatte immer noch ein Minus-Handicap, ließ es langsamer angehen und verdiente ganz gut – dazu hatte er die Möglichkeit, praktisch jede Woche auf einem neuen Kurs zu spielen, um seine Ware besser vorzuführen. Er hoffte, das Aspirin würde wirken. Um halb neun war Abschlag.

STORM TRACK und PALM BOWL waren durch Glasfaserkabel verbunden, um Informationen besser austauschen zu können. Im ehemaligen Irak war wieder eine Truppenübung im Gange, und dies war keine Befehlsstandsübung. Die drei Panzerkorps der integrierten irakisch-iranischen Einheiten waren im Manövergelände. Per Funk wurden sie weit genug entfernt von der saudischen und kuwaitischen Grenze geortet, und so wurde ihren Aktivitäten keine besondere Gefahr zugemessen, aber die ELINT-Soldaten lauschten aufmerksam, um ein Gefühl für das Leistungsniveau der Kommandanten zu bekommen, die Panzer und Spähwagen über die breiten, trockenen Ebenen südöstlich von Bagdad bewegten.

»Hier ist eine gute Meldung«, sagte der amerikanische Lieutenant, der ein Telex überreichte. Endlich hatte die Sondereinschätzungsgruppe zur UIR etwas Positives erbracht.

Zweihundert Meilen nordwestlich von Kuwait, an einem Punkt fünf Meilen südlich der »Berme«, eigentlich einer künstlich geschaffenen Düne, die die Grenze zwischen dem Königreich und der UIR markierte, hielt ein Zweieinhalbtonner an. Die Besatzung stieg aus, montierte die Verlängerung an die Abschußrampe und feuerte ihre Predator-Drohne ab. »Drohne« war ein nicht mehr gebräuchlicher Begriff. Dieses Mini-Flugzeug war ein Unbemannter Flugkörper mit dem englischen Akronym UAV, ein blaugrau gefärbter, propellergetriebener Spion. Es dauerte etwa zwanzig Minuten, um die Flügel zu montieren, die Elektronik zu überprüfen und den Motor anzulassen. Dann wurde er abgeschossen, stieg rasch auf die vorgesehene Flughöhe und flog nordwärts.

Als Produkt von drei Jahrzehnten Forschung war der Predator ziemlich ›stealthy‹, wegen der geringen Größe, des Einbaus radarabsorbierenden Materials und der niedrigen Fluggeschwindigkeit wurde er von modernen computergesteuerten Radaren kaum erfaßt, und wenn doch, als Vogel eingestuft und vom Betrachtungsschirm ausgeblendet. Die den Rumpf bedeckende Farbe war das gleiche infrarotabweisende Produkt, das die Navy neuerdings verwendete. Er war häßlich und bot auch eine klebrige Oberfläche für alles – die Techniker mußten jedesmal Sand von ihrem Baby bürsten –, das ihn berührte, aber zum Ausgleich verschmolz die Farbe überaus gut mit der des Himmels. Nur mit einer Fernsehkamera ausgerüstet, stieg dieses UAV auf zehntausend Fuß und steuerte unter der Kontrolle eines weiteren Teams in STORM TRACK nach Norden, um die Übungen der UIR leichter im Auge behalten zu können. Technisch gesehen, war es eine Verletzung der Souveränität des neuen Staates, aber zwei Pfund Sprengstoff im UAV würden sicherstellen, daß, würde es am falschen Ort am Boden aufschlagen, niemand herausfinden könnte, was es war. Eine Richtantenne übermittelte die Aufnahmen der Kamera an zwei Empfänger im Königreich.

Das Glasfaserkabel zur Datenübertragung gab das gleiche Signal an PALM BOWL weiter, und als eine Frau im Dienste der Air Force den Monitor anschaltete, sahen sie herab auf eine nahezu konturlose Landschaft, über die der Predator von seinen Steuerleuten zum Ziel geleitet wurde.

»Es wird gut sein, zu wissen, was sie tun«, bemerkte der Lieutenant.

Major Sabah nickte nachdenklich. Andere Mitglieder seiner weitverzweigten Familie waren zunehmend besorgt. So weit, dachte der Major, daß die Streitkräfte des Landes langsam auf einen sehr hohen Bereitschaftsgrad hinarbeiteten. Wie die Saudis meinten auch die Kuwaiter, die sich als reiches Land begeistert die beste Ausrüstung besorgt hatten, daß die Wartung ihrer Panzer eine Aufgabe für geringere Arbeitskräfte sei. Im Gegensatz zu ihren saudischen Cousins hatten sie aber Erfahrung damit, im Gefecht auf der Verliererseite zu sein. Viele hatten Familienmitglieder verloren, und ein langes Gedächtnis war für diesen Teil der Welt typisch. Deshalb trainierten sie nun verbissen. Sie hatten, wie Sabah wußte, noch nicht das Niveau ihrer amerikanischen Ausbilder oder der verachteten Israelis erreicht. Seine Landsleute hatten erst einmal das Schießen lernen müssen. Sie hatten in der puren Freude am Üben dieser Fertigkeit pro Panzer mindestens ein Geschützrohr verheizt. Sie hatten auch mit scharfer Munition geschossen, denn die flog gerader und weiter, und so ein vergnügliches Hobby mit nationalen

Überlebensmühen verbunden. Die nächste Lernaufgabe bestand darin, in Bewegung zu manövrieren und zu kämpfen. Wiederum beherrschten sie es noch nicht gut, aber sie lernten. Die sich anbahnende Krise gab ihrem Training Nachdruck, und schon verließen seine Landsleute ihre Büros aus dem Bank-, Öl- und Handelsgewerbe, um in ihre Fahrzeuge zu steigen. Ein amerikanisches Beraterteam würde sie ins Feld führen, ihnen ein Schlachtproblem stellen und ihre Leistung beobachten. Der Major fand es zwar schmerzlich, daß seine Landsleute noch nicht bereit waren, doch daß sie sich darum bemühten, machte ihn stolz. So clever er war, es fiel ihm nie ein, wie eng die Parallele zum Israeli-Modell war: Bürger-Soldaten, die sich in der Kriegskunst übten, nach der schmerzhaften Erfahrung, wie es war, sie nicht zu kennen.

»SWORDSMAN ist wach«, hörte Andrea Price in ihrem Kopfhörer. Sie waren in der Küche, die Detail-Kommandantin mit ihren Gruppenleitern, und standen kaffeetrinkend um die Edelstahlanrichte. »Roy?«

»Wieder ein Routinetag«, sagte Agent Altman. »Sie hat drei Eingriffe am Vormittag, am Nachmittag eine Vorlesung vor spanischen Ärzten – von der Universität Barcelona, zehn, acht Männer, zwei Frauen. Wir haben die Namen bei der spanischen Polizei überprüft. Sind alle sauber. Sieht wie ein normaler Tag im Büro aus.«

»Mike?« fragte sie Spezialagent Brennan, der Little Jack betreute.

»Nun, SHORTSTOP hat heute eine Biologieprüfung in der ersten Stunde und nach der Schule Baseballtraining. Ist schon ganz gut mit dem Handschuh, aber beim Schlagen braucht er Nachhilfe«, fügte der Agent hinzu. »Ansonsten das Übliche.«

»Wendy?« Spezialagentin Gwendolyn Merritt war hauptsächlich für Sally Ryan zuständig.

»Chemieprüfung für SHADOW in der dritten Stunde heute. Sie interessiert sich immer mehr für Kenny. Netter Junge, bräuchte mal 'nen Haarschnitt und einen neuen Schlips. Sie überlegt, sich beim Lacrosseteam der Mädchen zu melden.« Mehrere Gesichter zuckten bei dieser Enthüllung zusammen. Wie jemanden beschützen, der von einer Horde Teenager mit großen Holzstöcken gejagt wurde?

»Wie sieht der familiäre Hintergrund von Kenny aus?« fragte Price. Auch sie konnte nicht alles im Kopf haben.

»Vater und Mutter beides Anwälte, hauptsächlich Steuersachen.«

»SHADOW braucht besseren Geschmack«, bemerkte Brennan zur allgemeinen Erheiterung an der Anrichte. Er war der Witzbold der Mannschaft. »Es liegt eine potentielle Bedrohung darin, Wendy.«

»Hm? Was?«

»Wenn POTUS die neue Steuergesetzgebung durchbringt, stecken die in der Scheiße.«

Andrea Price machte einen weiteren Haken auf ihrer Morgenliste. »Don?«

»Heute gibt's wieder die übliche Routine, Zeichenstifte I. Ich bin immer noch nicht glücklich mit der Anordnung, Andrea. Ich möchte noch einige Leute, einen noch drinnen und zwei mehr zur Überwachung auf der Südseite«, verkündete Don Russel. »Wir sind zu exponiert. Der Verteidigungsraum ist nicht tief genug und nicht gestaffelt, und das behagt mir nicht. Die Familie muß in Sicherheitsfragen auf uns hören.«

»Wie wär's, wenn ich morgen nachmittag vorbeischaue, um mir die Sache anzusehen?« fragte Price. »Wenn ich einverstanden bin, geh' ich zum Boß.«

»Fein.« Spezialagent Russel nickte.

»Weitere Probleme mit Mrs. Walker?«

»Sheila hat versucht, mit anderen Eltern von Giant Steps eine Petition zu starten – raus mit SANDBOX, so in der Art. Es ist aber so, daß Mrs. Daggett immer mehr Zulauf bekommt, und mehr als die Hälfte der Eltern kennt die Ryans und mag sie. Das ist also schnell in die Hose gegangen. Wissen Sie, was das einzig echte Problem ist?«

»Was denn, Don?«

Er lächelte. »Bei dem Alter – manchmal drehe ich mich um, dann rennen die Kleinen durcheinander, und wenn ich mich wieder herdrehe, weiß ich nicht mehr, welche SANDBOX ist. Wissen Sie, die kleinen Mädchen haben nur zwei verschiedene Frisuren, und die Hälfte der Mütter dort denkt, Oshkosh sei die einzige Kleidermarke für Kinder.«

»Don, das ist eine Frauenangelegenheit«, bemerkte Wendy Merritt. »Wenn die First Toddler es trägt, dann muß es modisch sein.«

»Wahrscheinlich ist's mit dem Haar das gleiche«, fügte Andrea zu. »Übrigens, fast hätt' ich's vergessen: Pat O'Day möchte mit Ihnen mal auf den Schießstand«, sagte sie dem dienstältesten Detail-Mitglied.

»Der vom FBI?« Russels Augen leuchteten auf. »Wo? Wann? Sagen Sie ihm, er soll Geld mitbringen, Andrea.« Russel fiel ein, daß er selber wieder mal üben sollte. Er hatte seit sieben Jahren – seiner letzten Grippe – kein Pistolenschießen mehr abgegeben.

»Sind wir alle bereit?« fragte Price ihre Gruppenleiter.

»Wie geht's dem Boß?« fragte Altman.

»Sie halten ihn ganz schön auf Trab. Unterbrechen seinen Schlaf.«

»Soll ich mit SURGEON darüber reden? Sie hat ein wachsames Augen auf ihn«, sagte ihr Roy. »Ich weiß, wie. Ähm, Dr. Ryan, ist mit dem Boß alles in Ordnung? Heute früh hat er ein wenig müde ausgeschaut...«.

Die vier Agenten wechselten Blicke. Der Umgang mit dem Präsidenten war ihre heikelste Pflicht. Der Präsident hörte auf seine Frau fast so, als wäre er ein normaler Ehemann. Also, warum nicht SURGEON zur Verbündeten machen? Alle vier nickten sofort.

»Machen Sie nur«, sagte ihm Price.

»Schweinehund!« sagte Colonel Hamm in seinem Kommandowagen.

»Überrascht worden, was?« erkundigte sich General Diggs zartfühlend.

»Haben die uns jemanden in den Pelz gesetzt?« wollte der Kommandant der Blackhorse Cav wissen.

»Nein, aber mich haben sie drangekriegt. Sie haben niemandem bekanntgegeben, daß sie IVIS-Training haben. Nun, ich gebe zu, ich hab's gestern abend erfahren.«

»Danke, Freund.«

»Überraschung ist eine Zweibahnstraße, Colonel«, erinnerte ihn Diggs.

»Wie zum *Teufel* sind die bloß ans Geld dafür gekommen?«

»Gute Senators-Fee, schätze ich.«

Anreisende Einheiten brachten nicht ihre eigene Ausrüstung mit nach Fort Irwin, da es zu teuer war, sie hin- und zurückzutransportieren. Statt dessen wurde ihnen der feste Fuhrpark des Stützpunkts zur Verfügung gestellt, und der entsprach dem neuesten Stand. Das schloß auch IVIS mit ein, das Inter-Vehicle Information System, ein Datenübertragungssystem für die Schlacht, das die Daten auf einen Computerbildschirm in den Panzern und Bradleys übertrug. Es war erst vor sechs Monaten der 11. Cav nur für die eigenen Fahrzeuge zur Verfügung gestellt worden (ihre echten, nicht die für die simulierten Feinde). Das anscheinend einfache System zur Datenübertragung – es forderte sogar Ersatzteile automatisch an, wenn etwas kaputtging – stellte den Einsatzkräften eine gedrängte Schlachtfeldübersicht zur Verfügung und verwandelte hart errungene Aufklärungsinformationen in Sekundenschnelle in allgemein zugängliches Wissen. Damit waren die Daten nicht mehr auf einen überforderten und abgelenkten Einheitenkommandanten beschränkt. Nun wußten die Sergeants alles, was ihr Colonel wußte, und Information war immer noch die wertvollste Annehmlichkeit. Die eingetroffenen Panzerbesatzungen der Carolina Guard waren im Gebrauch davon bestens beschlagen. Das waren auch die Soldaten der Blackhorse, bloß hatten ihre pseudosowjetischen Einsatzfahrzeuge es nicht eingebaut.

»Colonel, jetzt wissen wir wirklich, wie gut das System ist. Es hat Sie geschlagen.«

Das simulierte Gefecht war höllisch gewesen. Hamm und sein Einsatzoffizier hatten einen teuflischen Hinterhalt ersonnen, den die Wochenendkrieger allerdings entdeckt, umgangen und mit einem Schwenk eine Schlacht angezettelt hatten, die OpFor auf dem falschen Fuß erwischte. Ein beherzter Gegenschlag durch einen der Geschwaderkommandanten hatte den Tag fast gerettet und die Hälfte der Blauen getötet, aber das hatte nicht gereicht. Das erste Nachtgefecht war an die Guten gegangen, und die Guardsmen feierten das wie einen Basketballsieg in der Oberliga.

»Das nächstemal weiß ich's besser«, versprach Hamm.

»Demut ist gut für die Seele«, sagte Marion Diggs, der den Sonnenaufgang genoß.

»Tod ist schlecht für den Körper, Sir«, erinnerte ihn der Colonel.

»Määääh«, sagte Diggs auf dem Weg zu seinem Hummer. Selbst Al Hamm brauchte gelegentlich mal eine Lektion.

Sie ließen sich Zeit. Movie Star erledigte das Mieten der Autos. Er hatte doppelte Ausweise, was zum Mieten von vier Fahrzeugen reichte, drei viertürigen Privatwagen und einem Transporter. Erstere waren passend zu Fahrzeugen ausgewählt worden, die Eltern von Kindern an der Tagesstätte gehörten. Letzterer war für ihre Flucht – eine Eventualität, die er nun für wahrscheinlich hielt. Seine Männer waren schlauer, als er geschätzt hatte. Als sie in ihren Mietwagen am Gebäude vorbeifuhren, drehten sie nicht die Köpfe, sondern nahmen die Szenerie aus den Augenwinkeln auf. Sie wußten bereits genau Bescheid aus dem Modell, das sie gebaut hatten und das sich auf die Daten der Fotos ihres Anführers stützte. Das Abfahren des Geländes vermittelte ihnen eine bessere, lebensechte, dreidimensionale Sicht und gab ihrem geistigen Bild sowie auch ihrer Zuversicht mehr Gehalt. Als dies erledigt war, fuhren sie nach Westen, bogen von der Route 50 ab und steuerten ein einsames Farmhaus im Süden des County Anne Arundel an.

Das Haus gehörte einem Mann, den seine Nachbarn für einen in Syrien geborene Juden hielten, der schon seit elf Jahren in der Gegend wohnte; er war aber ein schlummernder Agent. Während der letzten paar Jahre hatte er diskret Waffen und Munition besorgt, alles auf legalem Wege und auch, bevor für einige der Waffen einschränkende Gesetze verabschiedet worden waren. In seiner Manteltasche waren Flugtikkets unter falschem Namen und Reisepaß. Das war der letzte Treffpunkt. Hier würden sie das Kind hinbringen. Dann würden sechs von ihnen augenblicklich das Land verlassen, alle auf getrennten Flügen, und die verbleibenden drei würden in den Privatwagen des Hausbesitzers steigen und zu einem weiteren, schon ausgewählten Ort fahren, um die weitere Entwicklung abzuwarten. Amerika war ein weites Land mit vielen Straßen. Handies waren schwer aufzuspüren. Sie würden ihren Verfolgern eine höllische Zeit bereiten, dachte Movie Star. Er wußte, wie er das machen würde, wenn es so weit kam. Die Gruppe mit dem Kind würde ein Telefon haben. Er würde zwei haben, eins für kurze Anrufe an die amerikanische Regierung und ein anderes für seine Freunde. Sie würden für das Leben des Kindes viel verlangen, genug, um das Land ins Chaos zu stürzen. Vielleicht würde das Kind sogar lebend freigelassen werden. Darüber war er sich nicht sicher, hielt es aber für möglich.

## 42 / Raubtier und Beute

Der CIA hatte selbstverständlich ein eigenes Fotolabor. Der vom Flugzeug aus verknipste Film von Domingo Chavez wurde standardmäßig entwickelt. Dann aber hörte die Routinebehandlung auf. Der körnige 1200-ASA-Film ergab eine schlechte Bildqualität, und so konnte er nicht in den siebten Stock hochgeschickt werden. Die Angestellten im Fotolabor wußten von den Stellenstreichungen, und der beste Weg in diesem oder irgendeinem anderen Beruf, der Wegrationalisierung zu entgehen, war, sich unentbehrlich zu machen. Und so kam die entwikkelte Filmrolle in einen computergesteuerten Vergrößerer. Es dauerte pro Aufnahme nur drei Minuten, um die Bilder in etwas zu verwandeln, das ein Profi unter Studiobedingungen mit einer Hasselblad hätte aufgenommen haben können. Kaum eine Stunde nach Eingang des Films hatte der Laborant einen Satz glänzender Bilder im Format 13x18, die den Flugpassagier eindeutig als Ajatollah Mahmoud Hadschi Daryaei identifizierten und eine Aufnahme des Fliegers lieferte, so klar und dramatisch, daß der Hersteller es in einem Werbeprospekt hätte verwenden können. Der Film wurde in einen Umschlag gesteckt und sicher gelagert. Die Fotos hingegen wurden digital auf Band gespeichert und ihre genaue Identität – Datum, Tageszeit, Ort, Fotograf und Thema – noch dazu in ein Computerregister eingegeben und mit ausführlichen Querverweisen versehen. Das war das Standardvorgehen. Der Techniker hatte schon lange aufgehört, sich dafür zu interessieren, was er entwickelte. Aber dieser Daryaei hatte einen verdammt guten Geschmack bei Flugzeugen – sah nach einer G-IV aus. Merkwürdig, war das nicht eine Schweizer Registriernummer…?

Als die Fotos nach oben kamen, wurde ein Satz auch zu einer anderen Analyse bereitgestellt. Ein Arzt würde sie sich genauer ansehen. Manche Krankheiten hinterließen sichtbare Spuren, und die Agency behielt die Gesundheit ausländischer Staatsmänner stets im Auge.

»…Minister Adler wird heute vormittag nach Peking aufbrechen«, erzählte Ryan ihnen. Arnie hatte ihm eingeschärft, daß es bei allen Unannehmlichkeiten eines solchen Presseauftritts für ihn politisch gut sei, wenn er im Fernsehen dabei gesehen wurde, wie er präsidentenmäßig auftrat – und das, fuhr Arnie stets fort, würde auf eine größere Effektivität in seinem Posten schließen lassen. Der Präsident hatte auch noch die Ermahnungen seiner Mutter im Ohr, wie wichtig es sei, zweimal im Jahr zum Zahnarzt zu gehen, und so wie der antiseptische Geruch der Praxis ein Kind sicherlich abschreckte, so hatte er eine Abscheu gegen diesen muffigen Raum entwickelt. Die Wände waren feucht, einige Fensterscheiben hatten Sprünge, und so war dieser Teil des Westflügels vom White House etwa so ordentlich und gepflegt wie der Umkleideraum einer High-School – was für die Bürger an ihren Bildschirmen aber nicht erkennbar war. Auch wenn dieser Bereich nur ein paar Meter von seinem Büro entfernt lag, kümmerte sich niemand besonders darum, hier aufzuräumen. Reporter waren solche Schmutzfinken, behauptete das Personal, daß es sowieso nicht viel ausgerichtet hätte. Was soll's auch, die Reporter schienen sich nicht daran zu stören.

»Mr. President, haben wir etwas mehr über den Flugzeug-Zwischenfall erfahren?«

»Es ist die endgültige Zahl der Toten bekanntgegeben worden. Die Flugschreiber sind geborgen worden und…«

»Werden wir Zugang zu den Informationen aus der Black Box haben?«

Warum wurde sie *Black Box* genannt, wo sie doch *orange* war? hatte sich Jack immer gefragt, aber gewußt, daß er nie eine vernünftige Antwort kriegen würde. »Wir haben darum gebeten, und die Regierung der Republik China hat volle Kooperation zugesagt. Sie müßten es nicht unbedingt tun. Das Flugzeug ist in ihrem Land registriert und wurde in Europa hergestellt. Aber sie sind kooperativ. Wir nehmen das dankend zur Kenntnis. Ich sollte hinzufügen, daß keiner der überlebenden Amerikaner mehr in Gefahr schwebt – einige Verletzungen sind schwer, aber nicht lebensbedrohlich.«

»Wer hat es abgeschossen?« fragte ein anderer Reporter.

»Wir untersuchen noch die Daten, und ...«

»Mr. President, die Navy hat zwei Aegis-Schiffe in der unmittelbaren Umgebung. Sie müssen einen guten Einblick in die Geschehnisse haben.« Dieser Kerl hatte seine Hausaufgaben gemacht.

»Ich kann wirklich nichts weiter dazu sagen. Minister Adler wird den Vorfall mit den betroffenen Parteien besprechen. Wir möchten erst sicherstellen, daß es keine weiteren Verluste an Menschenleben mehr gibt.«

»Mr. President, nachgehakt: Sie müssen mehr wissen, als Sie jetzt sagen. Vierzehn Amerikaner sind beim Vorfall ums Leben gekommen. Das amerikanische Volk hat ein Recht drauf, zu wissen, warum.«

Der Mann hatte ja verteufelt recht. Aber Ryan mußte ebenso verteufelt ausweichen. »Wir wissen wirklich noch nicht exakt, was sich ereignete. Und vorher kann ich keine definitive Erklärung abgeben.« Was jedenfalls philosophisch richtig war. Er wußte, wer die Rakete abbekommen hatte. Er wußte aber nicht, warum. Adler hatte gestern recht daran getan, dieses Wissen unter Verschluß zu behalten.

»Mr. Adler ist gestern von irgendwo zurückgekommen. Warum ist das ein Geheimnis?« Das war Plumber, der seine Frage vom Vortag verfolgte.

*Ich werde Arnie noch umbringen, wenn er mich die ganze Zeit so exponiert.* »John, der Minister hatte wichtige Konsultationen. Das ist alles, was ich zu diesem Punkt sagen werde.«

»Er war doch im Mittleren Osten, nicht wahr?«

»Nächste Frage?«

»Sir, das Pentagon hat angekündigt, daß der Flugzeugträger *Eisenhower* in Richtung Südchinesisches Meer fährt. Haben Sie das angeordnet?«

»Ja, habe ich. Wir sind der Meinung, daß die Lage unsere genaue Aufmerksamkeit erfordert. Wir haben in dieser Region vitale Interessen. Ich weise darauf hin, daß wir in diesem Disput nicht Partei ergreifen, aber wir werden unsere eigenen Interessen verfolgen.«

»Wird die Verlegung des Flugzeugträgers die Lage abkühlen oder aufheizen?«

»Es ist doch klar, daß wir die Dinge nicht zu verschlimmern, sondern zu verbessern versuchen. Es liegt im Interesse beider Parteien, innezuhalten und nachzudenken. Es sind Menschen dabei umgekommen«, erinnerte sie der Präsident. »Manche waren Amerikaner. Das erklärt unser direktes Interesse in dieser Frage. Es geht um die Wahrung amerikanischer Interessen und den Schutz der Leben unserer Bürger. Die Seestreitkräfte auf dem Weg in die Region werden beobachten und Routineoperationen durchführen. Mehr nicht.«

Zhang Han San blickte auf die Uhr und sagte sich, daß dies eine feine Art war, seinen Arbeitstag zu beenden – der Anblick des amerikanischen Präsidenten, der genau das tat, was er von ihm wollte. Nun hatte China seine Verpflichtungen gegenüber diesem Barbaren Daryaei erfüllt. Der Indische Ozean war zum erstenmal seit zwanzig Jahren frei von größeren amerikanischen Flottenverbänden. Der amerikanische Außenminister würde in etwa zwei Stunden Washington verlassen. Weitere achtzehn Stunden, und dann konnten Platitüden ausgetauscht werden. Er würde sehen, welche Zugeständnisse er Amerika und diesem taiwanesischen Marionettenstaat abringen konnte. Bei den Problemen, die anderswo auf Amerika zukamen...

Adler war in seinem Büro. Sein Gepäck befand sich schon im Dienstwagen, der ihn zum White House bringen würde, wo er nach einem Händedruck vom Präsidenten und einer kurzen Abschiedserklärung, die so mild wie Hafermehl ausfallen dürfte, den Hubschrauber nach Andrews besteigen würde. Der etwas dramatischere Abflug würde sich im Fernsehen gut machen, seine Mission wichtig erscheinen lassen und ein paar mehr Falten in seine Kleidung bringen – aber die Air-Force-Leute hatten ein Bügeleisen an Bord.

»Was ist uns bekannt?« fragte sein Stellvertreter Rutledge.

»Die Rakete ist von der PRC abgeschossen worden. Das geht aus den Radarbändern der Navy eindeutig hervor. Keine Ahnung, warum, aber Admiral Jackson hat überzeugend begründet, es sei kein Versehen gewesen.«

»Wie war's in Teheran?« wollte ein anderer Staatssekretär wissen.

»Zweifelhaft. Ich werde das auf dem Flug aufschreiben und es hierher faxen.« Adler war auch in Zeitdruck und hatte über das Treffen mit Daryaei noch nicht genügend nachdenken können.

»Wir brauchen das, wenn unsere Sondereinschätzungsgruppe etwas auf die Beine stellen soll«, betonte Rutledge. Er wollte gerade dieses Dokument. Damit konnte Ed Kealty beweisen, daß Ryan wieder seine alten Tricks vollführte, den Geheimagenten markierte und sogar Scott

Adler dazu einspannte. Irgendwo da lag der Schlüssel für die Zerstörung von Ryans politischer Legitimität. Er hatte gute Deckung und konterte ganz schön, sicher aufgrund von Arnie van Damms Training, aber sein Ausrutscher über die Chinapolitik gestern hatte das ganze Gebäude erschüttert. Wie viele Leute im Außenministerium wünschte er, Taiwan möge einfach verschwinden und es Amerika ermöglichen, zur Tagesordnung überzugehen und normale Beziehungen mit der neuesten Großmacht der Welt zu pflegen.

»Eins nach dem anderen, Cliff.«

Die Sitzung befaßte sich wieder mit China. Es wurde einhellig beschlossen, daß das Problem mit der UIR in den nächsten paar Tagen auf Sparflamme gestellt werden sollte.

»Irgendein Wechsel in unserer Chinapolitik?« fragte Rutledge.

Adler schüttelte den Kopf. »Nein, der Präsident hat nur versucht, sich aus der Sache herauszureden – und, yeah, ich weiß, er hätte die Republik China nicht China nennen sollen, aber vielleicht hat das Peking ein bißchen hellhörig werden lassen, und das mißfällt mir nicht im geringsten. Sie müssen lernen, daß sie Amerikaner nicht einfach umbringen können. Hier ist eine Grenze überschritten, Leute. Eines der Dinge, die ich denen sagen muß, ist, daß wir diese Grenze ernst nehmen.«

»Mißgeschicke kommen vor«, bemerkte jemand.

»Die Navy sagt, es wäre keins gewesen.«

»Kommen Sie, Minister«, stöhnte Rutledge. «Warum sollten die so was absichtlich tun?«

»Unser Job ist, das rauszufinden. Admiral Jackson hat's einleuchtend dargestellt. Wenn Sie ein Cop auf der Straße sind mit einem bewaffneten Räuber vor Ihnen, weshalb die kleine alte Dame in der Querstraße umnieten?«

»Offensichtlich ein Unfall«, beharrte Rutledge.

»Cliff, es gibt Unfälle und Unfälle. Dieser tötete amerikanische Bürger, und falls es irgendeiner in diesem Raum vergessen hat, das sollten wir ernst nehmen.«

Solche Rüffel waren sie nicht gewohnt. Was *war* bloß mit Adler. Der Job von State war, den Frieden zu bewahren, größere Konflikte zu vermeiden. Unfälle waren Unfälle. Sie passierten wie Krebs und Herzinfarkte. State sollte sich doch um das Gesamtbild kümmern.

»Danke schön, Mr. President.« Ryan verließ das Podium. Wieder einmal hatte er die Schlingen und Fallstricke der Medien überlebt. Er blickte auf die Uhr. Verdammt. Wieder hatte er vor der Schule nicht mehr seine

Kinder gesehen und auch Cathy keinen Abschiedskuß gegeben. Wo stand in der Verfassung geschrieben, daß der Präsident kein menschliches Wesen war?

In seinem Büro überflog er das Blatt mit seinem Tagesplan. Adler war in einer Stunde mit der Verabschiedung nach China dran. Winston um zehn Uhr, um Einzelheiten seiner Verwaltungsänderungen drüben im Finanzministerium durchzusprechen. Arnie und Callie um elf wegen der Reden für nächste Woche. Mittagessen mit Tony Bretano. Nach dem Mittagessen ein Empfang – von wem? Den Anaheim Mighty Ducks? Ryan schüttelte den Kopf. Oh, die haben den Stanley Cup gewonnen, und das wäre für sie und für ihn ein guter Fototermin. Er mußte mit Arnie über den politischen Scheiß reden. Hmm. Ed Foley sollte dabeisein, überlegte Jack lächelnd, denn der war ein Eishockeyfan...

»Sie sind heut ein bißchen spät dran«, sagte Don Russel, als Pat O'Day Megan ablieferte.

Der FBI-Inspektor ging an ihm vorbei, verstaute Megans Mantel und Decke und kam wieder zurück. »Gestern ist der Strom ausgefallen und hat meinen Radiowecker genullt«, erklärte er.

»Voller Tag vor Ihnen?«

Pat schüttelte den Kopf. »Schreibtag. Muß einiges abschließen – Sie wissen ja, wie's ist.« Es war beiden klar. Hauptsächlich Berichte durchlesen und mit Anmerkungen versehen, eine Sekretärinnenarbeit, die bei sensiblen Fällen oft eingeschworene, bewaffnete Agenten erledigen mußten.

»Ich hab' gehört, Sie wollen einen kleinen Wettkampf«, sagte Russel. »Es heißt, Sie sind recht gut.«

»Oh, ziemlich, schätze ich«, gab der Secret-Service-Agent zu.

»Yeah, ich versuche auch, die Schüsse innerhalb der Kreise zu halten.«

»Mögen Sie die SigSauer?«

Der FBI-Agent schüttelte den Kopf. »Die Smith 1076 stainless.«

»Die Zehn-Millimeter.«

»Macht ein größeres Loch«, betonte O'Day.

»Mir haben immer neun gereicht«, grinste Russel. Dann lachten beide.

»Zocken Sie auch beim Pool ab?« fragte der FBI-Agent.

»Seit der High School nicht mehr, Pat. Wollen wir den Einsatz festlegen?«

»Das muß schon ernsthaft sein«, gab O'Day zu bedenken.

»Eine Kiste Bier – Samuel Adams?« schlug Russel vor.

»Eine ehrenwerte Wette, Sir«, willigte der Inspektor ein.

»Wie wär's in Beltsville?« Das war das Gelände der Secret Service Academy. »Die Freiluftanlage. In geschlossenen Räumen kommt's mir immer so künstlich vor.«

»Standard Combat?«

»Habe seit Jahren nicht mehr auf Scheiben geschossen; kann mir einfach nicht vorstellen, daß einer meiner Prinzipalen von 'nem schwarzen Punkt angegriffen wird.«

»Morgen?« Das wäre ein schöner Zeitvertreib für den Samstag.

»Das dürfte ein bißchen früh sein. Ich schau mal. Ich werd's heute nachmittag wissen.«

»Don, ist abgemacht. Und möge der Beste gewinnen.« Sie schüttelten sich die Hände.

»Das wird er, Pat. Tut er ja immer.« Beide Männer wußten, wer das sein würde, obwohl einer von ihnen sich irren mußte. Aber beide wußten auch, daß es gut wäre, den anderen im Rücken zu haben, und daß das Bier auf jeden Fall prima schmecken würde, wenn die Sache entschieden war.

Die Waffen waren nicht vollkommen automatisch. Movie Star und seinen Leuten machte das nicht viel aus. Sie waren geübte Scharfschützen und wußten, daß eine Automatik nur für drei Patronen gut war. Denn danach zog es das Gewehr hoch, und der Schütze bohrte nur Löcher in den Himmel statt ins bewegliche Ziel, das unter Umständen zurückschoß. Es war weder Zeit noch Platz für ein Übungsschießen, aber sie waren mit dem Waffentyp vertraut. Es handelte sich um eine chinesische Version der sowjetischen AK-47, der selbst wieder eine von den Deutschen entwickelte Waffe aus den vierziger Jahren zugrunde lag. Die Magazine enthielten jeweils dreißig Schuß der 7.62-mm-Patronen... Die Mitglieder der Gruppe nahmen Isolierband, um die doppelte Menge zu haben, schoben die Magazine ein und warfen sie aus, um sicher zu sein, daß alles richtig paßte. Als sie das erledigt hatten, studierten sie noch mal den Schauplatz. Jeder von ihnen wußte, wo er zu sein und was er zu tun hatte. Jeder war sich auch über die bevorstehenden Gefahren im klaren, aber damit hielten sie sich nicht auf. Genausowenig beschäftigten sie sich mit dem Wesen ihres Auftrags, merkte Movie Star. Sie waren so entmenschlicht durch die jahrelange Aktivität in der Terroristenszene, daß sie, obwohl dies für die meisten der erste heiße Auftrag war, im Grunde alle nur daran dachten, sich zu beweisen.

»Die werden einiges auf den Tisch bringen«, sagte Adler.

»Glauben Sie?« fragte Jack.

»Darauf können Sie wetten. Bevorzugte Staaten, den Copyright-Streit, was Sie wollen, das wird alles kommen.«

Der Präsident verzog das Gesicht. Ihm kam es obszön vor, den Schutz des Copyrights für Barbra-Streisand-CDs neben dem absichtlichen Töten so vieler Menschen zu behandeln, aber...

»Yeah, Jack. Ihre Denkweise ist nicht die unsere.«

»Haben Sie meine Gedanken gelesen?«

»Denken Sie dran, ich bin Diplomat. Glauben Sie, ich höre bloß darauf, was Leute laut sagen? Zum Teufel, so würden wir nie zu Vereinbarungen kommen. Das wäre ja wie ein langes Kartenspiel mit niedrigen Wetten, gleichzeitig langweilig und angespannt.«

»Ich habe an die Opfer gedacht...«

»Ich auch«, erwiderte SecState mit einem Nicken. »Ich kann mich nicht darauf versteifen – es wäre ein Zeichen von Schwäche in ihren Augen –, und ich werde es auch nicht vergessen.« Das veranlaßte seinen Oberkommandierenden, etwas lauter zu werden.

»Scott, warum müssen wir immer *deren* kulturellen Kontext respektieren? Warum scheinen sie nie unseren zu respektieren?«

»So ist es im Außenministerium immer gewesen.«

»Das beantwortet nicht meine Frage«, beharrte Jack.

»Wenn wir darauf zu sehr beharren, Mr. President, würden wir quasi zu Geiseln. Dann weiß die andere Seite immer, daß sie uns mit ein paar Menschenleben drankriegen und unter Druck setzen kann. Es verschafft ihnen einen Vorteil.«

»Nur, wenn wir's zulassen. Die Chinesen brauchen uns so sehr wie wir sie – bei dem Handelsüberschuß sogar mehr. Leben nehmen ist rohes Spiel, das können wir aber auch. Ich hab' mich immer gefragt, warum wir's nicht machen.«

SecState rückt seine Brille zurecht. »Sir, das muß sehr sorgsam durchdacht werden, und dafür haben wir jetzt nicht die Zeit. Sie reden von einem Wechsel in der amerikanischen außenpolitischen Doktrin. Auf einen solchen Giganten schießt keiner aus der Hüfte.«

»Wenn Sie zurück sind, sollten wir uns an einem Wochenende mit ein paar anderen zusammensetzen und nach Lösungsmöglichkeiten suchen. Mir gefällt aus moralischer Sicht nicht, wie wir uns hierzu verhalten, und mir gefällt es deswegen nicht, weil es uns ein bißchen zu durchschaubar macht.«

»Wie das?«

»Das Spielen nach vorgegebenen Regeln ist gut und schön, solange alle nach denselben Regeln spielen. Aber sich an die Regeln zu halten, wenn der andere es nicht macht, läßt uns blöd dastehen«, spekulierte Ryan. »Wenn andererseits jemand gegen die Regeln verstößt und wir es dann auch tun, vielleicht auf andere Art, aber dennoch, dann hat er was zum Nachdenken. Wir sollten für unsere Freunde immer durchschaubar sein, ja, aber unser Feind darf sich nur darüber klar sein, daß er etwas abbekommt, wenn er sich mit uns anlegt. Was genau er abbekommt, das sollte er nicht durchschauen.«

»Nicht ohne Vorzüge, Mr. President. Klingt wie ein nettes Thema für ein Wochenende oben in Camp David.« Beide Männer hörten zu reden auf, als der Hubschrauber auf seinem Platz landete. »Da kommt mein Fahrer. Haben Sie Ihre Erklärung?«

»Yeah, etwa so dramatisch wie ein Wetterbericht am sonnigen Tag.«

»So läuft das Spiel, Jack«, betonte Adler. Er dachte, daß Ryan dieses Lied ziemlich oft zu hören bekam. Kein Wunder, daß er sich dagegen auflehnte.

»Mir ist noch kein Spiel bekannt, wo Regeln nie geändert werden. Beim Baseball haben sie den vorbestimmten Schlagmann eingeführt, ums Spiel zu beleben«, bemerkte POTUS beiläufig.

*Vorbestimmter Schlagmann*, dachte SecState beim Weg nach draußen. *Großartige Wortwahl ...*

Fünfzehn Minuten später sah Ryan zu, wie der Hubschrauber abhob. Er hatte für die Kameras Adlers Hand geschüttelt, seine kurze Erklärung abgegeben und dabei ernst, aber optimistisch ausgesehen. Vielleicht würde's C-SPAN live bringen, aber sonst niemand. Wenn's ein unergiebiger Nachrichtentag war – Freitag war in Washington oft so –, könnten eineinhalb Minuten oder zwei in einer der Abendnachrichten kommen. Eher nicht. Freitag war ihr Tag für die Zusammenfassung von Ereignissen der Woche, für die Anerkennung der einen oder anderen Person für dies und das, und dazu noch eine schlappe Story.

»Mr. President!« Jack sah, als er sich umdrehte, TRADER, seinen Finanzminister, ein paar Minuten zu früh herkommen.

»Hi, George.«

»Der Tunnel zwischen unseren Bauten?«

»Was ist damit?«

»Hab' ihn heut mal angesehen. Echt runtergekommen. Irgendwelche Klagen über die Reinigung?«

»George, das gehört zum Secret Service, und die gehören Ihnen, wissen Sie noch?«

»Yeah, weiß ich, aber er führt zu Ihrem Haus, da dachte ich, ich frage besser. Okay, wird erledigt. Könnte gut sein, wenn's regnet.«

»Wie kommt der Steuerplan voran?« fragte Ryan auf dem Weg zur Tür.

»Wir werden nächste Woche die Computermodelle fertig haben. Ich will das wirklich gut in den Griff kriegen, einkommensneutral, leichter für Kleine, gerecht für Große, und meine Leute reißen sich ein Bein aus, um bei der Verwaltung einzusparen. Herrgott, Jack, hab' ich mich da getäuscht!«

»Was meinen Sie?« Sie bogen um die Ecke zum Oval Office.

»Ich hab' gedacht, ich wär' der einzige, der Geld für Steuererklärungen verschleudert. Das machen alle. Es ist eine Riesenindustrie. Da werden eine Menge Leute ihre Arbeit verlieren.«

»Soll ich darüber glücklich sein?«

»Sie werden alle wieder ehrliche Arbeit finden, außer vielleicht die Anwälte. Und wir sparen den Steuerzahlern ein paar Milliarden Dollar, wenn wir ihnen ein Steuerformular geben, das sie mit Grundschulrechnen ausfüllen können. Mr. President, die Regierung besteht doch nicht mehr darauf, daß die Leute sich Peitschen für Einspänner kaufen, oder?«

Ryan ließ Arnie hereinrufen. Er würde ein bißchen politische Anleitung bei der komplizierten Materie in George' Vorhaben brauchen.

»Ja, Admiral?«

»Sie haben um einen Bericht über die *Eisenhower*-Gruppe gebeten«, sagte Jackson, der zur großen Wandkarte ging und schnell noch auf einen Zettel blickte. »Sie ist genau hier, kommt schnell voran.« Dann meldete sich sein Piepser in der Hosentasche. Er holte ihn heraus und prüfte die Nummer. Seine Augenbrauen gingen hoch. »Sir, gestatten Sie ...«

»Na klar«, sagte Minister Bretano. Jackson nahm das Telefon in der anderen Ecke des Zimmers und wählte fünf Ziffern. »Jackson hier ... oh? Wo sind sie? Dann sollten wir das mal rausfinden, Kommandant. Richtig.« Er legte wieder auf. »Das war die Leitstelle. Das Aufklärungsbüro meldet, daß die indische Marine vermißt wird – das heißt, ihre zwei Flugzeugträger.«

»Was heißt das, Admiral?«

Robby schritt wieder zur Karte und fuhr mit der Hand über die blaue Stelle westlich des indischen Subkontinents. »Vor sechsunddreißig Stunden haben wir das letztemal nachgesehen. Nehmen wir mal drei Sunden, um auszulaufen und sich zu formieren ... zwanzig Knoten mal dreiunddreißig ergibt sechshundertsechzig Seemeilen ... etwa auf halbem Weg zwischen ihrem Heimathafen und dem Horn von Afrika.« Er drehte sich um. »Herr Minister, an den Piers fehlen zwei Flugzeugträger, neun Begleitschiffe und eine Nachschubgruppe. Wenn sie Tanker dabeihaben, bedeutet das, daß sie eine Weile draußen bleiben wollen. Der Nachrichtendienst hatte nichts, womit er uns hätte vorwarnen können.« *Wie üblich*, fügte er nicht hinzu.

»Wo sind sie genau?«

»Das ist ja der Punkt. Wir wissen's nicht. Wir haben auf Diego Garcia einige P-3-Orion-Flieger stationiert. Ein paar werden zur Suche starten. Wir können auch einige Satelliten hernehmen. Wir müssen dem Außenministerium Bescheid geben. Vielleicht kann die Botschaft was rausfinden.«

»Das geht klar. Ich werde es dem Präsidenten in ein paar Minuten sagen. Sollen wir uns um etwas Sorgen machen?«

»Könnte sein, daß sie nach Abschluß ihrer Reparaturen einfach ausfahren – wie Sie wissen, haben wir ihnen vor einiger Zeit ziemlich zugesetzt.«

»Doch nun gehören die einzigen beiden Flugzeugträger im Indischen Ozean einem anderen?«

»Ja, Sir.« *Und unser nächster steuert in die falsche Richtung.* Zumindest fing SecDef an, zu kapieren.

Adler war im früheren Air Force One, der alten, doch soliden Version der ehrbaren Boeing 707-320B. In der offiziellen Gruppe waren acht Leute, fünf Air-Force-Stewards sorgten für sie. Er sah auf die Uhr, berechnete die Flugdauer und entschied, er würde etwas Schlaf während des letzten Abschnitts schaffen. Schade, dachte er, daß die Regierung keine Vielflieger-Meilen vergab. Er hätte für den Rest des Lebens Freiflüge. Jetzt zog er die Teheran-Notizen hervor und ging sie wieder durch. Mit geschlossenen Augen ließ er alle Episoden von der Ankunft in Mehrabad bis zum Abflug zur Erfassung weiterer Details Revue passieren. Alle paar Minuten öffnete er die Augen und machte sich Randnotizen. Mit Glück könnte er sie tippen und auf sicherer Leitung nach Washington dem SNIE-Team zufaxen lassen.

»Ding, vielleicht hast du eine weitere Karriere vor dir«, bemerkte Mary Pat, als sie die Fotos durch ein Vergrößerungsglas betrachtete. Ihre Stimme verriet nun eine gewisse Enttäuschung. »Er sieht gesund aus.«

»Meinen Sie, ein Schweinehund zu sein bürgt für Langlebigkeit?« fragte Clark.

»Bei dir hat's funktioniert, Mr. C.«, witzelte Chavez.

»Und ich muß mich wohl die nächsten dreißig Jahre mit so was herumschlagen.«

»Aber du wirst so hübsche Enkel haben, *jefe*. Noch dazu zweisprachige.«

»Bleiben wir bei der Arbeit, ja?« schlug Mrs. Foley vor, Freitag nachmittag hin oder her.

Es ist nie ein Vergnügen, im Flugzeug krank zu werden. Er fragte sich, was er gegessen hatte, oder vielleicht hatte er auf der Computerausstellung in San Francisco was eingefangen. Der Geschäftsführer war erfahrener Reisender, und sein privates Erste-Hilfe-Set war immer dabei. Unter Rasierzeug und desgleichen fand er Tabletten. Er spülte zwei mit einem Glas Wein hinunter und entschied, es erst mal mit Schlaf zu probieren. Wenn er Glück hatte, fühlte er sich besser, bis das Flugzeug in Newark landete. Er legte die Rücklehne ganz flach, knipste das Licht aus und schloß die Augen.

Es war Zeit. Die Mietwagen entfernten sich vom Farmgebäude. Jeder Fahrer kannte die Route zum und vom Ziel. In den Fahrzeugen befanden sich keine Karten oder schriftlichen Aufzeichnungen, sondern lediglich Fotos ihres Opfers. Wenn einer Bedenken hatte, ein kleines Kind zu entführen, so zeigte er sie nicht. Ihre Waffen waren geladen und gesichert und lagen bei allen auf dem Boden, von einer Decke oder einem Tuch bedeckt. Alle trugen Anzüge und Krawatten. Wenn also ein Polizeiauto längsseits käme, würde ein Blick nur drei gepflegte Männer zeigen, wahrscheinlich Geschäftsleute in Privatwagen. Die Gruppe fand dies amüsant. Movie Star war sehr auf gutes Aussehen bedacht, wahrscheinlich, dachten sie alle, wegen seiner Eitelkeit.

Price beobachtete das Eintreffen der Mighty Ducks mit nicht geringem Vergnügen. Sie kannte das alles schon. Die mächtigsten Menschen betraten dieses Gebäude und wurden drinnen zu Kindern. Was für sie und ihre Mitarbeiter nur Bestandteil der Einrichtung war, die Gemälde und so weiter, stellte für andere die Insignien höchster Macht dar. Sie mußte sich eingestehen, daß die eigentlich recht hatten und sie nicht. Nach genügend Wiederholung wird alles zur Routine, aber ein neuer Besucher, der alles zum erstenmal sah, mußte es schärfer sehen. Diesen Eindruck verstärkte auch die Prozedur, unter den wachsamen Augen uniformierter Geheimdienstler durch die Metalldetektoren zu müssen. Sie würden kurz herumgeführt werden, bis der Präsident seine Besprechung mit dem Finanzminister beendete, die sich etwas hingezogen hatte. Die Eishockeyspieler, die Geschenke für den Präsidenten – die üblichen Stöcke, Pucks und eine Strickjacke mit seinem Namen (jedes Familienmitglied erhielt eine) – mitbrachten, drängten sich im Durchgang vom Osteingang, ließen die Augen nach rechts und links über Verzierungen an den weißgetünchten Wänden schweifen. Was für Andrea ihr Arbeitsplatz war, stellte für die was Machtvolles und Besonderes dar. Interessanter Dualismus, dachte sie, als sie zu Raman ging.

»Ich fahr rüber, um die Vorkehrungen für SANDBOX zu prüfen.«

»Hab' gehört, Don ist etwas wepsig geworden. Muß ich irgendwas wissen?«

Sie schüttelte den Kopf. »POTUS hat nichts Besonderes vor. Callie Weston wird später kommen. Ihr Termin wurde geändert. Sonst ist alles in Butter.«

»Na schön«, sagte Raman dankbar.

»Hier Price«, sagte sie in ihr Mikro. »Bin auf der Fahrt zu SANDBOX.«

»Verstanden«, erwiderte die Wachzentrale.

Die Chefin des Detail ging zu ihrem Wagen. Es war ein Ford Crown Victoria. Das Fahrzeug sah ganz normal aus, war es aber nicht. Unter der Haube war der größte Serienmotor, den Ford herstellte. Es gab zwei Handys und zwei Funkgeräte. In den Reifen waren Stahlscheiben, so daß der Wagen weiterfahren konnte, falls einem die Luft ausging. Wie alle Mitglieder des Detail hatte sie in Beltsville den Geheimdienst-Spezialfahrkurs für Ausweichmanöver absolviert – den mochten alle gern. Und in ihrer Handtasche war ihre SigSauer 9-mm-Automatik, zusammen mit zwei Reservemagazinen, ihrem Lippenstift und ihren Kreditkarten.

Price war eine ziemlich normal aussehende Frau. Nicht so hübsch wie Helen D'Agustino... ihr entfuhr ein Erinnerungsseufzer. Andrea und Daga hatten sich sehr nahe gestanden. Gute Freundin, gute Agentin, mit all den anderen in Jener Nacht auf dem Capitol Hill umgekommen. Daga – im Dienst hatte niemand sie Helen genannt – war eine mediterrane Erscheinung gewesen, fast sinnlich, und das war eine tolle Tarnung gewesen. Sie sah überhaupt nicht wie ein Cop aus. Wie die Adjutantin, Sekretärin oder vielleicht auch Geliebte des Präsidenten... Aber Andrea war alltäglicher, und deshalb setzte sie die Sonnenbrille auf, die unter den Agenten des Detail üblich war. Sie war sehr trocken, vielleicht gar etwas bissig? Das hatte sie einmal zu hören bekommen, damals, als es noch neu war, daß Frauen zum Dienst mit der Waffe aufgenommen wurden. Das System hatte das nun überwunden. Nun war sie einer der Jungs, so weit, daß sie über die Witze lachte und selber welche machte. Als sie in Jener Nacht mit SWORDSMAN augenblicklich das Kommando zugeteilt bekommen und seine Familie in Sicherheit gebracht hatte – da schuldete sie Ryan was, wie Andrea klar war. Er hatte sie berufen, weil er ihre Art mochte, die Dinge zu regeln. Sie hätte nie so schnell Chefin des Detail werden können, wenn er nicht diese Blitzentscheidung getroffen hätte. Ja, sie hatte den Grips. Ja, sie kannte das Personal sehr gut. Ja, sie mochte ihre Arbeit wirklich. Aber für diese Verantwortung war sie etwas jung – und eine Frau. POTUS aber hatte sie nicht ausgewählt, weil sie eine Frau war und es deswegen bei dem Wahlvolk gut ankommen würde. Er hatte es getan, weil sie in einer harten Zeit ihre Arbeit erledigt hatte. Das machte es richtig, und das zeigte SWORDSMANS Qualitäten. Er holte manchmal sogar ihre Meinung ein. Das war einmalig.

Sie hatte keinen Ehemann. Sie hatte keine Kinder, würde wahrscheinlich nie welche bekommen. Andrea Price gehörte nicht zu denen, die ihrer Weiblichkeit durch Karrieremachen zu entkommen suchten. Sie wollte alles, aber sie hatte es noch nicht geschafft. Ihre Karriere war wichtig – sie konnte sich nichts für ihr Land Wichtigeres vorstellen als ihre Tätigkeit – und hatte den Vorteil, daß sie einen so vereinnahmte, daß sie kaum die Zeit hatte, sich mit dem zu beschäftigen, was fehlte... einen guten Mann, der zu ihr ins Bett kam, und einem feinen Stimmchen, das sie Mami nannte. Aber wenn sie allein fuhr, mußte sie daran denken, so wie jetzt auf der New York Avenue.

»Sind wir doch nicht so emanzipiert, hmm?« fragte sie die Windschutzscheibe. Aber der Service bezahlte sie nicht dafür, emanzipiert zu sein, sondern für die Betreuung der First Family. Ihr persönliches Leben blieb persönlicher Zeit vorbehalten, und von dieser teilte ihr der Service auch keine zu.

Inspektor O'Day befand sich bereits auf der Route 50. Gott sei Dank war Freitag. Er hatte seine Pflicht für diese Woche erfüllt. Sein Schlips und sein Anzug lagen auf dem Nebensitz, und er hatte wieder seine lederne Bomberjacke an und seine glückbringende John-Deere-Schirmmütze auf, ohne die er nie daran dachte, Golf zu spielen oder auf die Jagd zu gehen. An diesem Wochenende hatte er in und am Haus ungeheuer viel zu richten. Megan würde ihm bei vielem helfen. Irgendwie schien sie Bescheid zu wissen. Pat begriff das nicht ganz. Vielleicht war es Instinkt. Vielleicht ging sie auf die Hingabe ihres Vaters ein. Wie dem auch sei, die beiden waren unzertrennlich. Daheim wich sie erst von seiner Seite, wenn es ans Schlafen ging, und auch dann nur nach einer dicken Umarmung, bei der sie die Ärmchen fest um seinen Nacken schlang. O'Day lachte in sich hinein.

»Harter Bursche.«

Russel nahm an, es war der Großvater in ihm. All die kleinen Bälger. Sie spielten gerade draußen, alle in ihren Parkas, und etwa die Hälfte hatte die Kapuze auf. Es wurde ernsthaft gespielt. SANDBOX war in der ›Sandbox‹ zusammen mit der O'Day-Tochter, die ihr so ähnlich sah, und einem kleinen Jungen – Walker, ziemlich netter Sohn dieser Nervtöter mit dem Volvo-Kombi. Agentin Hilton beaufsichtigte draußen. Sonderbarerweise konnten sie hier draußen besser entspannen. Der Spielplatz war auf der Nordseite des Giant-Steps-Gebäudes, direkt im Blickfeld des Hilfskommandos über der Straße. Das dritte Teammitglied war drinnen am Telefon. Sie hatte gewöhnlich das Hinterzimmer unter sich, wo die Fernsehmonitore waren. Die Kinder kannten sie als Miss Anne.

Zu knapp, sagte sich Russel, als er den Kleinkindern zuschaute, die den reinsten Spaß hatten. Im Extremfall konnte jemand am Ritchie Highway vorbeifahren und das Gebäude unter Beschuß nehmen. Es war vergebliche Mühe, die Ryans überreden zu wollen, Katie von hier wegzugeben, und sicher, sie wollten, daß ihre Jüngste ein normales Kind wurde. Aber...

Aber es war doch alles hirnverbrannt, oder nicht? Russels ganzes Berufsleben hatte sich um das Wissen gedreht, daß es Leute gab, die den Präsidenten und alle um ihn haßten. Einige waren echt verrückt. Einige waren was anderes. Er hatte die Psychologie dazu studiert. Das hatte er müssen, da die Kenntnis davon ihm dabei half, vorherzusagen, wonach er schauen mußte, aber das war nicht das gleiche, wie es verstehen. Das waren Kinder hier. Selbst die verfluchte Mafia, das wußte er, gab sich nicht mit Kindern ab. Er beneidete manchmal das FBI um seine gesetzliche Befugnis, Kidnapper zu verfolgen. In solchen Fällen das Kind zu retten und Täter zu schnappen mußte ein schöner Moment sein. Ein Teil von ihm fragte, wie schwer es sei, so einen lebend reinzuholen, gegenüber dem einfachen ›Wegschicken‹, um ihm von Gott selbst die Rechte verlesen zu lassen. Der Gedanke ließ ihn lächeln; vielleicht war es aber doch besser, wie's wirklich ablief. Kidnappern erging es im Gefängnis *sehr* übel. Selbst hartgesottene Räuber konnten Kindesentführer nicht ausstehen, und so lernte diese Art Ganoven in den staatlichen Vollzugsanstalten eine ganz neue Freizeitbeschäftigung: Überleben.

»Russel, Wachposten«, tönte es aus seinem Kopfhörer.

»Russel.«

»Price unterwegs zu euch, wie verabredet«, sagte Spezialagent Norm Jeffers vom Haus auf der anderen Straßenseite. »Vierzig Minuten, sagt sie.«

»Gut, danke.«

»Ich sehe, der Walker-Bursche führt seine Ingenieurstudien fort«, redete die Stimme weiter.

»Yeah, vielleicht fängt er demnächst mit Brücken an«, stimmte Don ein. Der Kleine hatte schon das zweite Geschoß an seiner Sandburg fertig, die Katie Ryan und Megan O'Day verzückt bewunderten.

»Mr. President«, sagte der Mannschaftskapitän, »hoffentlich gefällt's Ihnen.«

Ryan lachte herzhaft auf und streifte sich für die Kameras die Jacke über. Das Team gruppierte sich für die Aufnahme um ihn.

»Mein CIA-Direktor ist ein großer Eishockeyfan«, sagte Jack.

»Wirklich?« fragte Bob Albertson. Er war ein sehr bulliger Verteidiger, der Schrecken seiner Ligaoberen wegen seines harten Bodychecks, aber hier so fügsam wie ein Kätzchen.

»Yeah, er hat ein Kind, das sehr gut ist, hat in der Jugendliga in Rußland gespielt.«

»Dann wird er wohl einiges gelernt haben. Wo geht er zur Schule?«

»Ich bin nicht sicher, an welche Colleges sie denken. Ich glaube, sie haben gesagt, Eddie will Ingenieurwesen studieren.« Es machte verdammt Spaß, dachte Jack, wieder einmal wie eine normale Person mit anderen normalen Personen über normale Dinge zu reden.

»Sagen Sie ihm, er soll das Kind aufs Rensselaer schicken. Ist 'n gutes Technikum droben bei Albany.«

»Warum dorthin?«

»Die verdammten Säcke gewinnen fast jedes Jahr die Collegemeisterschaft. Ich bin in Minnesota gewesen, und sie haben uns zweimal hintereinander vom Eis gefegt. Schicken Sie mir seinen Namen, und ich werde ihm auch ein paar Sachen besorgen. Seinem Vater auch, wenn das okay ist, Mr. President.«

»Das werde ich«, versprach der Präsident. Vier Meter weiter hörte Agent Raman die Unterhaltung und nickte.

O'Day traf gerade ein, als die Kinder durch den Seiteneingang wieder in die Waschräume stiefelten. Das war, wie er wußte, ein größeres Unterfangen. Er stellte seinen Dieseltransporter kurz nach vier Uhr ab. Er sah zu, wie die Geheimdienstagenten ihre Positionen wechselten. Russel tauchte an der vorderen Tür auf, seinem Stammplatz, wenn die Kinder drin waren.

»Haben wir für morgen Zeit für ein Spielchen?«

Russel schüttelte den Kopf. »Zu schnell. Morgen in zwei Wochen nachmittags um zwei. Gibt Ihnen Zeit zum Üben.«

»Und Ihnen nicht?« fragte O'Day im Hineingehen. Er sah, daß Megan auf die Mädchentoilette ging, ohne ihren Papi gesehen zu haben. Er hockte sich vor die Tür hin, um sie zu überraschen, wenn sie herauskam.

Movie Star war ebenfalls auf seinem Wachtposten am Schulparkplatz im Nordwesten. Die Bäume grünten bereits, merkte er. Er konnte zwar sehen, aber nur etwas eingeschränkt. Alles sah normal aus, und von jetzt an lag alles in Allahs Händen, überrascht, daß er diesen Begriff für einen so gottlosen Akt hernahm. Während er sich umsah, bog Wagen 1 nördlich der Tagesstätte gerade rechts ab. Er würde die Straße entlangfahren und dann umkehren.

Wagen 2 war ein weißer Lincoln Town Car, das Ebenbild des Autos eines Arztehepaars mit einem Kind hier. Unmittelbar dahinter war ein roter Chrysler, dessen Ebenbild der schwangeren Gattin eines Prokuristen gehörte. Während Movie Star zusah, parkten beide einander gegenüber so nah beim Highway ein, wie es die freien Parkbuchten zuließen.

Price würde bald hiersein. Russel bemerkte die Ankunft der Wagen, als er seine Argumente für die Chefin des Detail durchdachte. Die Nachmittagssonne spiegelte sich in der Windschutzscheibe, und so konnte er nur die Umrisse der Fahrer sehen. Beide Wagen waren früh dran, aber am Freitag...

... die Nummernschilder ...?

... er kniff leicht die Augen zusammen, schüttelte den Kopf und fragte sich, warum er sie nicht ...

Ein anderer hatte aber. Jeffers hob sein Fernglas, beobachtete im Rahmen seiner Überwachungspflicht die eintreffenden Wagen. Er wußte nicht einmal, daß er ein fotografisches Gedächtnis hatte. Sich an etwas zu erinnern war für ihn so normal wie das Atmen. Er dachte, das könne jeder.

»Warte, warte, da ist was falsch hier. Das sind nicht... « Er griff zum Funkmikro. »Russel, das sind nicht unsere Autos! « Es war fast rechtzeitig.

In einem Schwung öffneten zwei Fahrer ihre Türen, streckten die Füße heraus und hoben die Waffen vom Nebensitz. Aus den Fonds beider Autos schälten sich je zwei ebenfalls bewaffnete Männer heraus.

Russels rechte Hand fuhr an die Hüfte zu seiner Automatik, während er mit der linken das am Kragen befestigte Funkmikro anhob: »Gewehr!«

Im Innern des Gebäudes hörte Inspektor O'Day etwas, das er nicht ganz mitbekam, dazu stand er auch falsch und konnte so nicht sehen, wie Marcella Hilton die Hand in ihre Pistolentasche schob.

Es war das Codewort. Einen Sekundenbruchteil später hörte Russel das gleiche Wort in seinem Kopfhörer, als Norm Jeffers es von seinem Wachtposten aus schrie. Die Hand des schwarzen Postens drückte einen weiteren Knopf und aktivierte damit eine Funkverbindung nach Washington. »*Sandstorm – Sandstorm – Sandstorm*!«

Wie die meisten Vollblutcops hatte auch Spezialagent Don Russel seine Handfeuerwaffe nie im Zorn abgefeuert, aber jahrelanges Training hatte jede Bewegung so automatisch wie die Schwerkraft gemacht. Als erstes hatte er das auf ihn angelegte Korn eines AK-47-Schnellfeuergewehrs gesehen. Dadurch verwandelte er sich, so als wäre ein Hebel umgelegt worden, von einem wachsamen Cop in ein Waffenlenksystem. Seine SigSauer war jetzt gezogen. Die linke Hand fuhr blitzschnell auf die rechte zu, um die Waffe zu stützen, während der Körper auf ein Knie herabsank, um weniger Angriffsfläche und bessere Kontrolle zu gewährleisten. Der Mann mit dem Gewehr würde den ersten Schuß abfeuern können, aber der würde über ihn hinweggehen, meldete Russels Gehirn. Es kamen drei Kugeln, die über seinem Kopf im Türrahmen einschlugen, als auf dem ganzen Gelände Stakkatolärm explodierte. Gleichzeitig deckte sich sein tritiumbeschichtetes Korn mit dem Gesicht hinter der Waffe. Russel drückte den Abzug durch und feuerte aus fünfzehn Metern eine Kugel direkt ins linke Auge des Schützen.

Drinnen meldete sich gerade O'Days Instinkt, als Megan aus dem Badezimmer kam, während sie noch mit den Schnallen an ihrem Oshkosh-Overall kämpfte. Gerade da stürzte die den Kindern als Miss Anne bekannte Agentin mit der erhobenen Pistole in beiden Händen aus dem hinteren Zimmer.

»Herrgott!« konnte der FBI-Inspektor gerade noch sagen, als ihn Miss Anne wie ein Stürmer überrannte und ihn zu Füßen seiner Tochter auf den Boden schmetterte, wobei er sich den Kopf an der Wand anschlug.

Auf der anderen Straßenseite rannten zwei Agenten aus der Tür des Wohnhauses, beide hielten Uzi-MPs, während Jeffers drinnen die Sprechverbindung aufrechterhielt. Er hatte dem Hauptquartier bereits den Notruf durchgegeben. Dann aktivierte er die Direktverbindung zur Kaserne J der Maryland State Police am Rowe Boulevard in Annapolis. Jeffers' Funktion bestand darin, die Meldungen durchzugeben und dann den anderen beiden Teammitgliedern Unterstützung zu leisten, die bereits den Rasen vor dem Haus überquerten...

...aber keine Chance hatten. Aus knapp fünfzig Metern legten die Schützen aus Wagen 1 sie mit gezieltem Feuer flach. Jeffers sah sie fallen, während er der State Police Meldung erstattete. Für den Schock blieb ihm keine Zeit. Sobald seine Meldung bestätigt wurde, hob er sein M-16-Gewehr, entsicherte es und eilte zur Tür.

Russel änderte die Schußrichtung. Ein weiterer Schütze machte den Fehler, aufzustehen, um besser schießen zu können. Zwei rasch aufeinanderfolgende Kugeln ließen seinen Kopf wie eine Melone zerplatzen, sah der Agent, der nichts empfand, lediglich Ziele so rasch anvisierte, wie er konnte. Die feindlichen Kugeln zischten immer noch über seinen Kopf. Dann hörte er einen Aufschrei. Sein Gehirn meldete ihm, es war Marcella Hilton, und er fühlte etwas Schweres auf seine Schulter stürzen, das ihn zu Boden riß. Lieber Gott, es mußte Marcella sein. Ihr Körper lag über seinen Beinen, und als er herumrollte, um vom Hindernis wegzukommen, traten vier Männer ins Blickfeld, die sich mit freiem Blick auf ihn näherten. Er feuerte eine Kugel ab; sie drang einem von ihnen direkt ins Herz. Der Mann riß beim heftigen Einschlag die Augen auf, bis eine zweite Kugeln ihn ins Gesicht traf. Es war so, wie es Russel sich immer erträumt hatte. Die Waffe leistete ganze Arbeit. Aus den Augenwinkeln bekam er eine Bewegung links von ihm mit – die Unterstützungsgruppe –, halt, nein, es war ein Auto, das über den Spielplatz direkt auf sie zufuhr – nicht der Suburban, ein anderes. Er konnte es kaum herausfinden, denn seine Pistole hatte einen weiteren Schützen im Visier, doch dieser Mann ging zu Boden, dreimal getroffen von Anne Pemberton, die hinter ihm im Gang stand. Die verbleibenden zwei – nur zwei, er hatte also eine Chance. Aber da erwischte es Annie in der Brust, sie fiel nach vorne, und nun wußte Russel, daß er allein war, ganz allein, nur noch er zwischen SANDBOX und diesen Arschlöchern.

Don Russel rollte nach rechts, um dem Feuer auf Bodenhöhe links von ihm auszuweichen, schoß noch in der Drehung zwei Kugeln ab, die danebengingen. Dann traf der Abzug aufs leere Magazin. Er hatte ein weiteres bereit, warf's leere augenblicklich aus und schob das volle hinein, aber das brauchte eine gewisse Zeit, und da spürte er, wie eine Kugel ihn unten in den Rücken traf, der Einschlag wie ein Tritt, der seinen Körper erschütterte, während der rechte Daumen den Schlittenhebel umlegte und eine weitere Kugel ihn in die linke Schulter traf, die ihm durch den ganzen Rumpf fuhr und erst am rechten Bein wieder austrat. Noch eine Kugel, aber er konnte die Waffe nicht hoch genug bekommen, etwas wollte nicht mehr richtig, und so schoß er noch jemandem direkt durch die Kniescheibe, ehe eine Salve ihn mit dem Gesicht zu Boden schmetterte.

O'Day versuchte gerade, wieder hochzukommen, als zwei mit AKs bewaffnete Männer zur Tür hereinkamen. Er blickte sich im Zimmer um, das nun voller entgeisterter und sprachloser Kinder war. Das Schweigen schien einen Augenblick im Raum hängen zu bleiben, aber dann brach das schrille Kreischen von Kleinkindern los. Einer der Männer hatte ein blutüberströmtes Bein und knirschte vor Schmerz und Wut mit den Zähnen.

Draußen überblickten die drei Männer von Wagen 1 das Gemetzel. Vier Leute waren tot, sahen sie, als sie aus dem Auto sprangen, aber sie hatten die Deckung bilden sollen, und...

...der erste an der rechten hinteren Tür knallte aufs Gesicht. Die anderen beiden drehten sich um und sahen einen schwarzen Mann in einem weißen Hemd mit einer grauen Flinte.

»Krepiert an eurer Scheiße.« Sein Gedächtnis würde bei dieser einen Gelegenheit versagen. Norman Jeffers würde sich nie daran erinnern, das gesagt zu haben, als er das nächste Ziel anvisierte und ihm eine Drei-Kugel-Garbe in den Kopf jagte. Der dritte Mann der Gruppe, die Norms zwei Freunde umgenietet hatte, ließ sich vor seinen Wagen fallen, der aber stand mitten auf dem Spielplatz und hatte rechts und links nur freie Fläche. »Komm schon, Rübe hoch und sag schön guten Tag, Charlie«, zischte der Agent.

...und das tat dieser sogar, brachte seine Waffe in Anschlag, um auf den noch verbleibenden Bodyguard zu schießen, war aber nicht schnell genug. Mit starr geöffneten Augen wie eine Eule sah Jeffers zu, wie die Blutwolke herausschoß, während der Getroffene umsank.

»Norm!« Das war Paula Michaels, die im 7-Eleven gegenüber die Nachmittagswache hatte und ihn mit der Pistole in beiden Händen erreichte.

Jeffers ließ sich hinter dem Wagen, dessen Insassen er gerade getötet hatte, auf ein Knie fallen. Sie schloß sich ihm an, und vom urplötzlichen Ausbleiben weiterer Geschehnisse fingen beide Agenten schwer zu atmen an. Ihre Herzen rasten, ihre Köpfe hämmerten.

»Was zählen können?« fragte sie.

»Mindestens einer hat's nach drinnen geschafft...«

»Zwei, ich meine, zwei, einer mit 'nem Beinschuß. Oh, verdammt, Don, Anne, Marcella...«

»Spar dir das. Da drin sind Kinder, Paula. Verflucht!«

Also würde es doch nicht gutgehen, dachte Movie Star. Verdammt. Er hatte ihnen doch gesagt, daß drei Leute im nördlich gelegenen Haus wären. Warum hatten sie nicht gewartet, um den dritten zu töten? Sie hätten jetzt schon mit dem Kind auf und davon sein können! Nun ja. Er versuchte, einen klaren Kopf zu kriegen. Er hatte nie ganz erwartet, daß die Mission gelingen würde. Badrayn hatte er davor gewarnt. Nun mußte er nur noch zusehen, bis er sicher war, daß sie – was? Das Kind töteten? Darüber hatten sie geredet. Aber sie könnten unter Umständen gar nicht mehr dazu kommen.

Price war noch fünf Meilen entfernt gewesen, als der Notruf über Funk eintraf. In weniger als zwei Sekunden drückte sie das Gaspedal durch, und der Wagen mit aufgestecktem Blaulicht und jaulender Sirene beschleunigte im Verkehrsgewühl. Als sie nach Norden in den Ritchie Highway einbog, sah sie, daß Autos den Verkehr blockierten. Augenblicklich schwenkte sie auf den Mittelstreifen, wobei der Wagen ins Schleudern kam, als er sich über die nach innen geneigte Fläche krallte. Sie kam ein paar Sekunden vor dem ersten Funkwagen der Maryland State Police an.

»Price, sind Sie das?«

»Sagt wer?« antwortete sie.

»Norm Jeffers. Ich glaube, wir haben zwei Täter drinnen. Fünf Agenten erwischt. Michaels ist jetzt bei mir. Ich schick' sie zur Rückseite.«

»Bin sofort da.«

»Passen Sie bloß auf sich auf, Andrea«, warnte Jeffers.

O'Day schüttelte den Kopf. Ihm dröhnten noch die Ohren, und der Schädel brummte vom Schlag gegen die Wand. Seine Tochter war bei ihm, durch seinen Körper geschützt vor den beiden Terroristen, die nun im Zimmer ihre Waffen von rechts nach links schwenkten, während die Kinder kreischten. Mrs. Daggett bewegte sich langsam, stellte sich zwischen sie und »ihre« Kinder, instinktiv mit erhobenen Händen. Um sie herum hatten sich alle Kinder geduckt. Es wurde nach Mami geschrien – sonderbarerweise nicht nach Papi, bemerkte O'Day. Und eine Menge nasser Hosen.

»Mr. President?« sagte Raman, den Kopfhörer fest ans Ohr gedrückt. Was zum Teufel war das denn?

Am St. Mary's traf der Funkruf »SANDSTORM« die Details für SHADOW/SHORTSTOP wie ein Blitz. Die Agenten vor den Klassenzimmern der Ryan-Kinder polterten mit gezogenen Waffen herein, um ihre Schützlinge in den Flur zu ziehen. Es wurden Fragen gestellt, keine beantwortet, und das Detail hielt sich ganz an den für so ein Ereignis feststehenden Plan. Beide Kinder kamen in denselben Chevy Suburban, der nicht auf die Straße hinaus fuhr, sondern zu einem Schuppen am Sportplatz. Wenn sie dort herausgefahren würden, wo sie hereingekommen waren, könnten sie direkt einer im Hinterhalt lauernden Gruppe in die Arme fallen, die sich weiß Gott wie getarnt hatte. In Washington lief ein Hubschrauber warm, um zur Schule zu fliegen und die Ryan-Kinder rauszuholen. Der zweite Suburban bezog auf dem Platz Posten, einhundertfünfzig Meter von beiden Kindern entfernt. Die Klasse, die dort gerade Sportunterricht hatte, wurde davongejagt, und Agenten standen hinter ihrem Kevlar-gepanzerten Fahrzeug, hatten die schweren Waffen draußen und blickten sich nach Zielen um.

»Doc!«

Cathy Ryan blickte von ihrem Schreibtisch auf. Roy hatte sie noch nie so gerufen. Genausowenig hatte er in ihrer Gegenwart seine Pistole offen getragen, da er wußte, daß sie Schießeisen nicht mochte. Ihre Reaktion war womöglich instinktiv. Cathys Gesicht wurde so weiß wie ihr Laborkittel.

»Ist es Jack oder ...«

»Es ist Katie. Das ist alles, was ich weiß. Bitte, kommen Sie sofort mit mir.«

»Nein, nicht noch mal, nicht noch mal!« Altman legte den Arm um

SURGEON, um sie in den Flur zu geleiten. Dort waren vier weitere Agenten mit gezückten Waffen und grimmigen Gesichtern. Das Sicherheitspersonal des Krankenhauses wich aus, während die Baltimore City Police einen Schutzkordon aufbaute, wobei alle Polizisten versuchten, auf mögliche Gefahren von außen zu schauen und nicht auf eine Mutter, deren Kind in Gefahr war.

Ryan streckte den Arm aus, stützte die Handfläche an die Wand seines Büros und blickte nach unten, während er sich eine Sekunde auf die Lippe biß, bevor er sprach. »Sagen Sie mir, was Sie wissen, Jeff.«

»Zwei Täter sind im Gebäude. Don Russel ist tot, vier weitere Agenten ebenfalls, Sir, aber wir haben die Sache im Griff, okay? Machen wir uns an die Arbeit«, sagte Agent Raman und berührte den ausgestreckten Arm, um dem Präsident Halt zu geben.

»Warum meine Kinder, Jeff? Ich bin doch derjenige – hier. Wenn die Leute einen Haß aufbauen, dann sollten sie den an mir auslassen. Warum suchen sich solche Leute Kinder heraus, können Sie mir das ...«

»Es ist verabscheuungswürdig, Mr. President, vor Gott und den Menschen«, sagte Raman, als drei weitere Agenten ins Oval Office kamen. Was tat er da? fragte sich der Assassine. Was zum Teufel machte er? Warum hatte er *das* gesagt?

Sie sprachen in einer ihm unverständlichen Sprache. O'Day blieb am Boden bei seinem Mädchen, das er mit beiden Armen auf dem Schoß hielt, während er versuchte, so harmlos wie seine Tochter auszusehen. Lieber Gott, all die Jahre hatte er für genau so etwas geübt – aber nie als *in* das Verbrechen Verwickelter. Draußen hätte er gewußt, was er zu tun hatte. Er war sich vollkommen klar, was geschah. Wenn von den Beschützern noch welche übrig waren – wahrscheinlich schon, ja, unbedingt. Jemand hatte drei oder vier Stöße aus seiner M-16 abgegeben – O'Day kannte das eindeutige Rattern dieser Waffe. Keine weiteren Bösen waren reingekommen. Im Geiste summierte er diese Fakten. Okay, draußen waren Gute. Erst würden sie einen Ring ziehen, damit garantiert niemand rein- oder rauskam. Dann würden sie – wen herrufen? Der Service hatte wahrscheinlich sein eigenes SWAT-Team, aber das Geiselrettungsteam des FBI mit seinen eigenen Helis wäre ebenfalls in der Nähe. Wie auf Stichwort hörte er über sich einen Hubschrauber.

»Hier ist Trooper Drei, wir kreisen über dem Gebiet«, sagte eine Stimme über Funk. »Wer hat da unten das Kommando?«

»Hier Spezialagentin Price, USSS. Wie lange können Sie bleiben, Trooper?«

»Wir haben noch Stoff für neunzig Minuten, dann wird uns ein anderer Heli ablösen. Agentin Price, ich schau' grade nach unten«, berichtete der Pilot. »Ich habe eine Person im Westen, sieht weiblich aus, hinter einem abgestorbenen Baum, die zum Schauplatz blickt. Ist sie von euch?«

»Michaels, hier Price«, sagte Andrea über ihr eigenes Funksystem. »Wink dem Heli.«

»Hat uns grade zugewinkt«, meldete Trooper Drei fast sofort.

»Okay, die gehört zu uns, sichert die Rückseite.«

»In Ordnung. Wir sehen keine Bewegung rund ums Gebäude und innerhalb von hundert Metern keine anderen Menschen. Wir werden bis auf weiteres kreisen und observieren.«

»Danke. Ende.«

Der VH-60 der Marines landete auf dem Sportplatz. Sally und Little Jack wurden förmlich an Bord geschmissen, und Colonel Goodman hob fast augenblicklich ab, steuerte nach Osten aufs Wasser hinaus, das nach soeben eingegangenen Meldungen der Küstenwache frei von unbekannten Wasserfahrzeugen war. Er schoß mit seinem Black Hawk auf Höhe und flog nordwärts übers Wasser. Links konnte er einen Polizeihubschrauber französischer Bauart ein paar Meilen nördlich von Annapolis kreisen sehen. Hinter seinen ruhigen Augen wünschte er sich ein paar Abteilungen mit Marines an den Schauplatz. Er hatte schon gehört, daß Verbrecher, die Kindern etwas angetan hatten, im Gefängnis sehr hart angefaßt wurden, aber das reichte nicht halb an das ran, was Marines machen würden, wenn sie die Gelegenheit dazu bekämen. Hier endete auch wieder seine Träumerei. Er blickte sich nicht mal um nach den beiden Kindern. Er mußte seinen Heli fliegen. Das war seine Pflicht. Er mußte auf andere vertrauen, daß sie auch ihre erfüllten.

Sie blickten jetzt aus den Fenstern, sehr vorsichtig. Der Verwundete lehnte sich an die Wand – war wohl die Kniescheibe, sah O'Day; gut! –, und der andere riskierte einen Blick um die Ecke. Es war nicht schwer zu erraten, was er sah. Sirenen kündigten die Ankunft von Polizeiautos an. Okay, wahrscheinlich bildeten sie gerade ihren Schutzkordon. Mrs. Daggett und ihre drei Helferinnen hatten die Kleinen jetzt alle zusammen in eine Ecke getrieben, während die beiden Täter sich besprachen. Gut, dachte O'Day. Sie kamen nicht so toll zurecht. Einer von ihnen hielt die ganze Zeit mit den Augen und der Mündung das Zimmer in Schach, aber sie hatten noch nicht ...

Gerade da langte einer in seine Hemdtasche und zog ein Foto heraus. Er sagte noch etwas in seiner unverständlichen Sprache. Dann klappte er die Fensterläden zu. Verdammt. Dadurch würden Gewehre mit Zielfernrohren keinen Einblick mehr erhalten. Sie waren also clever genug, um zu wissen, daß einfach geschossen werden konnte. Nur wenige Kinder waren so groß, daß sie herausschauen und ...

Der mit dem Foto hielt dieses wieder hoch und ging auf die Kinder zu. Er deutete auf ein Mädchen.

»Diese.«

Seltsamerweise schienen sie erst jetzt O'Day im Zimmer zu bemerken. Der mit dem Knieschuß blinzelte und zielte mit seiner AK auf ihn. Der Inspektor nahm die Hände von der Brust seiner Tochter und hielt sie hoch.

»Sind schon genug Leute verletzt worden, Kumpel«, sagte er. Er mußte sich nicht weiter drum bemühen, daß seine Stimme unsicher klang. Er hatte auch einen Fehler gemacht, indem er Megan so hielt. Dieser Arsch könnte durch sie hindurchschießen, um an ihn zu kommen, erkannte er, während bei dem Gedanken eine plötzliche Welle der Übelkeit durch seinen Bauch schoß. Langsam, behutsam hob er sie hoch und setzte sie von seinem Schoß nach links auf den Boden.

»Nein!« Das war Marlene Daggetts Stimme.

»Bring sie her!« beharrte der Mann.

Tu, was er sagt, dachte O'Day. Heb dir deinen Widerstand für dann auf, wenn er was bringt. Aber seine Gedanken konnte sie nicht hören.

»Bring sie her!« wiederholte der Schütze.

»Nein!«

Der Mann schoß Daggett aus einem Meter Entfernung in die Brust.

»Was war das?« knurrte Price. Über den Ritchie Highway kamen jetzt Krankenwagen her, ihre jaulenden Sirenen klangen anders als die monoton heulenden der Polizeiautos. Links von ihr versuchten Nationalgardisten, die Straßen freizubekommen, leiteten den Verkehr aus der Gegend ab, während sie mit den Händen an ihren Halftern herumfummelten und sich wünschten, sie könnten hier Hilfe leisten. Ihre zornigen Gesten vermittelten den verdutzten Fahrern ihren Gemütszustand.

Diejenigen, die näher bei Giant Steps waren, also direkt davor, hörten ein erneutes entsetztes Aufkreischen der Kleinen und konnten nur raten, weswegen.

Die Lederjacke schob es hoch, wenn er so dasaß. Wenn jemand hinter ihm gewesen wäre, hätte er das Halfter an der Hüfte sehen können, das wußte der Inspektor. Er hatte noch nie einen Mord gesehen. Er hatte einen Gutteil davon untersucht, aber einen direkt zu sehen ... eine Frau, die mit Kindern arbeitete. Der Schock in seinem Gesicht war so real wie bei jedem anderen Menschen, der ein Leben verlöschen sah ... ein unschuldiges Leben, fügte sein Verstand hinzu. Also hatte er wirklich keine Wahl.

Als er noch mal auf Marlene Daggett blickte, wünschte er, er könnte ihr noch sagen, daß ihr Mörder dieses Gebäude nicht lebend verlassen würde.

Es war ein Wunder, daß bis jetzt noch keines der Kinder verletzt worden war. Alle Schüsse waren relativ hoch gewesen, und er erkannte, daß er jetzt tot neben seiner Tochter liegen würde, wenn Miss Anne ihn nicht umgerissen hätte. In der Wand waren Löcher, und die Kugeln, von denen sie stammten, hatten die Stelle durchflogen, wo er noch eine oder zwei Sekunden vorher gestanden war. Er blickte ganz kurz nach unten und sah, daß seine Hände zitterten. Seine Hände wußten, was sie zu tun hatten. Sie kannten ihre Aufgabe und verstanden nicht, warum sie sie nicht erledigten, warum der Verstand, der ihnen befahl, ihnen noch nicht die Freigabe erteilt hatte. Aber seine Hände mußten sich in Geduld fassen. Das hier betraf den Verstand.

Der Täter riß Katie Ryan an den Armen hoch, und sie schrie auf. O'Day fiel sein erster Gruppenleiter ein, beim ersten Kidnappingfall, Dom DiNapoli, der große, zähe Genuese, der weinte, als er das Kind der Familie zurückgebracht hatte: »Vergiß nie, sie sind alle unsere Kinder.«

Sie hätten genauso leicht Megan herauspicken können, sie waren ja so nah – und dieser Gedanke überwältigte ihn fast, als derjenige, der SANDBOX hatte, wieder auf das Foto und dann zu Pat O'Day herüber blickte.

»Wer sind Sie?« wollte die Stimme wissen, während sein Partner vor zunehmenden Schmerzen stöhnte.

»Was meinste?« fragte der Inspektor nervös. *Stell dich blöd und verängstigt.*

»Wessen Kind ist das?« Er wies auf Megan.

»Meins, okay? Ich weiß nicht, wem die da gehört«, log der FBI-Agent.

»Ist sie diejenige, die wir wollen, das Kind des Präsidenten, ja?«

»Wie zum Teufel soll ich das wissen? Meine Frau holt Megan sonst ab, nicht ich. Macht, was ihr vorhabt, und verschwindet dann verdammt noch mal von hier, okay?«

»Sie da drinnen«, drang eine weibliche Stimme von draußen herein. »Hier ist der Secret Service der Vereinigten Staaten. Kommen Sie heraus. Ihnen wird nichts geschehen, wenn Sie das tun. Sie können sonst nirgendwohin. Kommen Sie dort heraus, und Ihnen wird nichts geschehen.«

»Das is 'n guter Rat, Mann«, sagte ihm Pat. »Hier kommt niemand raus, wissen Sie?«

»Wissen Sie, wer dieses Mädchen ist? Sie ist Tochter Ihres Präsidenten Ryan! Sie werden sich nicht trauen, auf mich zu schießen!« verkündete der Täter. Sein Englisch war recht gut, fiel O'Day auf, der dazu nur nickte.

»Was ist mit all den anderen Kindern, Mann? Das hier ist das einzige, das Sie wollen, das ist das einzige, das zählt – he, warum, wissen Sie, ähm, lassen Sie nicht 'n paar raus, hm?«

Der Mann hatte zum Teil recht. Die Leute vom Geheimdienst würden nicht auf ein Ziel schießen, aus Angst, daß noch jemand hier drinnen wäre, wie es ja auch tatsächlich der Fall war. Dieser jemand hatte sein Gewehr auf Pats Brust gerichtet. Und sie waren schlau genug, daß sie nie weniger als einen Meter Abstand zwischen sich ließen. Um sie zu erschießen, bedurfte es zweier getrennter Bewegungen.

Was O'Day echt erschreckte, war die beiläufige, reflexartige Weise, mit der er Marlene Daggett umgebracht hatte. Ihnen war alles ganz einfach scheißegal. Diese Sorte von Kriminellen war nicht einzuschätzen. Möglicherweise ließ sich mit denen reden, ließen sie sich beruhigen, ablenken, aber darüber hinaus gab es nur einen Weg, mit ihnen umzugehen.

»Wir geben ihnen Kinder, sie geben uns Auto, ja?«

»He, das geht für mich klar, okay? Ich glaube, das ist ganz recht so. Ich möchte meine Tochter heute abend bloß heimbringen, wissen Sie?«

»Ja, passen Sie gut auf Ihre Kleine auf. Bleiben Sie sitzen.«

»Kein Problem.« Er entspannte die Hände, brachte sie näher an seine Brust, direkt ans Ende des Reißverschlusses seiner Jacke. Wenn er den aufzog, würde sich das Leder besser legen und seine Waffe verbergen.

»Achtung«, rief die Stimme wieder. »Wir möchten reden.«

Cathy Ryan kam zu ihren Kindern in den Hubschrauber. Die Gesichter der Agenten waren grimmig genug. Sally und Jack überwanden gerade den ersten Schock, schluchzten nun und blickten trostsuchend zu ihrer Mutter auf, als der Black Hawk wieder in den Himmel aufstieg und südwestlich auf Washington zuhielt. Ein weiterer Heli folgte. Der Pilot, sah sie, nahm nicht die übliche Route, sondern flog direkt nach Westen, weg von dort, wo Katie war. Da brach auch SURGEON in den Armen ihrer Kinder zusammen.

»O'Day ist da drin«, sagte ihr Jeffers.

»Sicher, Norm?«

»Das ist sein Transporter. Ich hab' ihn reingehen sehen, direkt bevor das losging.«

»Scheiße«, fluchte Price. »Das ist wahrscheinlich der Schuß, den wir gehört haben.«

»Jo.« Jeffers nickte grimmig.

Der Präsident war im Lagezentrum, dem besten Platz, um über die Dinge auf dem laufenden zu bleiben. Er hätte vielleicht woanders sein können, aber er war nicht Präsident genug, um so zu tun...

»Jack?« Das war Robby Jackson. Ihre Freundschaft reichte schon viel länger zurück, und so umarmten sie sich. »Mann, hier war'n wir schon mal, und da hat's auch geklappt, weißt du noch?«

»Wir haben die Nummernschilder der Autos auf dem Parkplatz. Drei sind gemietet. Wir verfolgen das gerade«, sagte Raman, einen Telefonhörer am Ohr. »Sollten womöglich irgendeine Identität rauskriegen.«

Wie dumm waren sie wohl? fragte sich O'Day. Sie mußten ganz verflucht blöd sein, wenn sie dachten, daß sie noch irgendeine Entkommenschance hätten... Und wenn sie diese Hoffnung nicht hatten, dann hatten sie nichts zu verlieren... nicht das geringste... Und ihnen schien das Töten nichts auszumachen. Das war in Israel schon einmal passiert, erinnerte sich Pat. Ihm fiel weder Name noch Datum ein, aber ein paar Terroristen hatten eine Schar Kinder in ihre Gewalt gebracht und sie niedergemäht, bevor die Kommandos...

Er hatte die Taktik für jede mögliche Situation gelehrt, hatte er zumindest gemeint und hätte das auch bis noch vor zwanzig Minuten behauptet – aber wenn er sein einziges Kind neben sich hatte...

Sie sind alle unsere Kinder, sagte ihm Doms Stimme wieder.

Der unverletzte Killer hielt Katie Ryan am Oberarm. Sie wimmerte nur noch, von ihrem früheren Kreischen erschöpft, und hing fast an seiner Hand. Der Täter stand links vom Verwundeten. Seine rechte Hand hielt die AK. Hätte er eine Pistole gehabt, hätte er sie an ihren Kopf halten können, aber die AK war dafür zu lang. Ganz langsam bewegte Inspektor O'Day die Hand nach unten und öffnete dabei den Reißverschluß der Jacke.

Sie unterhielten sich wieder. Der Verwundete hatte ziemliche Beschwerden. Zuerst hatte der Adrenalinstoß einiges ausgeblendet, aber mit der Spannungslösung verschwanden auch die Mechanismen der Schmerzblockade, die den Körper in Zeiten großer Belastung beschützten. Er sagte etwas, aber Pat verstand es nicht. Der andere knurrte eine Erwiderung, gestikulierte zur Tür und sprach leidenschaftlich und enttäuscht. Der erschreckende Teil würde kommen, wenn sie zu einem Entschluß gelangt waren. Sie könnten die Kinder einfach abknallen. Die draußen würden, wenn sie mehr als einen oder zwei Schüsse hörten, womöglich das Gebäude stürmen. Sie könnten schnell genug sein, um einige Kinder zu retten, aber ...

Er nannte sie in Gedanken Weh und Steh. Sie waren aufgedreht, aber verwirrt, erregt, aber unentschlossen, wollten leben, erkannten aber allmählich, daß dies nicht mehr möglich war ...

»He, ähm, Leute«, sagte Pat mit erhobenen und fuchtelnden Händen, um sie vom offenen Reißverschluß abzulenken. »Darf ich was sagen?«

»Was«, wollte Weh wissen, während Steh zuschaute.

»All die Kinder, die Sie hier haben, die lassen sich nicht alle kontrollieren, nicht wahr?« fragte er mit nachdrücklichem Nicken. »Wie wär's, wenn ich mein kleines Mädchen und ein paar von den andern mit rausnähme, okay? Macht euch vielleicht die Sache leichter.«

Das brachte weiteres Kauderwelsch. Die Idee schien Steh eigentlich zuzusagen, so kam es O'Day wenigstens vor.

»Achtung, hier ist der Geheimdienst!« rief die Stimme. Klang nach Price, dachte der FBI-Agent. Steh blickte zur Tür, und seine Haltung strebte dorthin, aber um dahin zu kommen, mußte er an Weh vorbei.

»He, kommt schon, laßt ein paar von uns gehen, ja?« flehte O'Day. »Vielleicht kann ich denen sagen, sie sollen euch 'nen Wagen oder so was geben.«

Steh schwenkte das Gewehr in Richtung des Inspektors. »Aufstehen!« befahl er.

»Okay, okay, cool bleiben, ja?« O'Day stand langsam auf, hielt die Hände gut vom Körper weg. Würden sie sein Halfter sehen, wenn er sich umdrehte? Die vom Dienst hatten es gleich entdeckt, als er das erstemal hereinspaziert war, und wenn er das vermasselte, dann würde Megan ... Es gab kein Zurück. Jetzt nicht mehr.

»Sagen Sie ihnen, sagen Sie Ihnen, sie sollen uns einen Wagen geben, oder ich werde die da und alle anderen umbringen!«

»Darf ich meine Tochter mitnehmen, okay?«

»Nein!« sagte Weh.

Steh sagte etwas in seiner Muttersprache zu Weh. Die Waffe war noch immer auf den Boden gerichtet, während die von Weh weiterhin auf O'Days Brust zielte.

»He, was habt ihr denn zu verlieren?«

Es war fast so, als sagte Steh seinem verwundeten Freund das gleiche, und dazu riß er an Katie Ryans Arm. Sie schrie wieder laut auf, als er durchs Zimmer schritt, während er sie vor sich herschob und dabei Wehs Blickfeld blockierte. Das alles hier hatte bisher zwanzig Minuten gedauert. Nun hatte er eine Sekunde, um festzustellen, ob's klappte.

Der Ablauf war für O'Day der gleiche wie vorhin für Don Russel. Er steckte blitzschnell seine rechte Hand unter die Jacke und zog die Pistole heraus, während er sich auf ein Knie fallen ließ. Im selben Augenblick, als Stehs Körper das Ziel freigab, lösten sich aus der Smith 1076 zwei perfekt gezielte Kugeln. Beide Edelstahlhülsen flogen noch durch die Luft, als Weh zu War wurde. Steh riß erstaunt die Augen auf, als die Kinder wieder zu kreischen begannen.

»*FALLEN LASSEN!*« brüllte ihn O'Day an.

Stehs erste Reaktion bestand darin, Katie Ryan am Arm zu reißen, und gleichzeitig kam die Kalaschnikow etwas hoch, als wäre sie eine Pistole, aber für einen derartigen Gebrauch war sie viel zu schwer. O'Day hätte ihn gern lebend gehabt, aber das Risiko konnte er nicht eingehen. Sein rechter Zeigefinger drückte den Abzug und dann wieder. Der Körper fiel der Länge nach hin, hinter ihm ein roter Schatten an der weißen Wand von Giant Steps.

Inspektor Patrick O'Day sprang durchs Zimmer und stieß erst das eine, dann das andere Gewehr aus den Händen der toten Besitzer. Er besah jede Leiche sorgfältig, und trotz Jahren der Übung und der Anweisungen, die er erteilt und empfangen hatte, überraschte es ihn, daß alles geklappt hatte. Erst da setzte sein Herzschlag wieder ein, so kam es ihm jedenfalls vor. Sein Körper sackte für einen Augenblick zusammen. Dann straffte er sich und kniete neben Katie Ryan, SANDBOX für den Geheimdienst und eine Sache für die Leute, die er gerade getötet hatte.

»Geht's dir gut, Schätzchen?« fragte er. Sie antwortete nicht. Sie hielt sich den Arm und schluchzte. »Komm schon«, sagte er sanft, während er die Arme um eine Tochter schlang, die nun für immer zum Teil auch seine sein würde. Dann hob er seine Megan auf und schritt zur Tür.

»Im Gebäude wird geschossen!« sagte eine Stimme im Lautsprecher auf dem Schreibtisch. Ryan erstarrte bloß. Die restlichen Menschen im Sitzungszimmer zuckten zusammen.

»Klang wie 'ne Pistole. Haben die Pistolen?« fragte eine andere Stimme auf derselben Funkfrequenz.

»Ja, leck mich am Arsch, schaut mal!«

»Wer ist das?«

»Ich komme jetzt raus!« rief eine Stimme. »Komme raus!«

»NICHT SCHIESSEN!« rief Price über Megaphon. Waffen wurden nicht gesenkt, aber Hände wurden einen Bruchteil entspannter.

»Herrgott!« sagte Jeffers, der aufstand und auf den Eingang zurannte.

»Beide Täter tot, Mrs. Daggett auch«, sagte O'Day. »Alles klar, Norm.«

»Laß mich ...«

»Nein!« kreischte Katie Ryan auf.

Er mußte schnell weg von hier. Pat sah die blutgetränkte Kleidung von drei Agenten des Dienstrivalen. Neben Don Russels Leiche lagen mindestens zehn Hülsen und ein leeres Magazin. Draußen vier tote Verbrecher. Zwei, sah er auf dem Weg zur Absperrung, hatten Kopfschüsse. Er blieb an seinem Transporter stehen. Jetzt hatte er weiche Knie. Er stellte die Kinder hin und setzte sich auf den Stoßdämpfer. Eine Agentin kam ran. Pat reichte ihr die Smith aus seinem Gürtel, ohne hinzusehen.

»Verletzt?« fragte Andrea Price.

Er schüttelte den Kopf; er brauchte 'ne Weile, bis er sprechen konnte. »Könnte sein, daß ich gleich das große Zittern kriege.« Die Agentin blickte auf die beiden kleinen Mädchen. Ein Nationalgardist nahm Katie Ryan auf den Arm, aber Megan wollte nicht von Pats Seite weichen. Und da drückte er seine Tochter fest an die Brust, und die Tränen liefen bei beiden.

»SANDBOX ist in Sicherheit!« hörte er Price sagen. »SANDBOX ist in Sicherheit und unverletzt!«

Price blickte sich um. Verstärkung war noch nicht da, und die meisten Gesetzeshüter auf dem Schauplatz waren Einsatzkräfte der Maryland State Police in ihren gestärkten Khakihemden. Zehn von ihnen standen im Ring um SANDBOX, bewachten sie wie ein Rudel Löwen seine Jungen.

Jeffers schloß sich ihnen wieder an. O'Day hatte noch nicht erfahren, wie sich in solchen Augenblicken die Zeit dehnte. Als er aufblickte, wurden die Kinder durch die Seitentür herausgelassen. Der Platz wimmelte auf einmal von Sanitätern, die sich erst um die Kinder kümmerten. »Hier«, sagte der schwarze Agent und reichte ihm ein Taschentuch.

»Danke, Norm.« O'Day wischte sich die Augen, schneuzte sich und stand auf. »Tut mir leid, Leute.«

»Ist schon in Ordnung, Pat, du hast dich ...«

»Besser, wenn ich den letzten lebend bekommen hätte, konnte aber ... konnte es aber einfach nicht riskieren.« Er stand wieder sicherer auf den Beinen und hielt Megan an der Hand. »Oh, verdammt«, fügte er hinzu.

»Ich glaube, wir sollten Sie von hier wegbringen«, bemerkte Andrea. »Wir können die Befragung an einem angenehmeren Ort durchführen.«

»Hab' Durst«, sagte O'Day als nächstes. Er schüttelte wieder den Kopf. »Hab' mir das nie so vorgestellt, Andrea. Mit den Kindern überall. So sollte es nicht sein.« Warum plapperte er dauernd? fragte sich der Inspektor.

»Kommen Sie, Pat. Sie haben's gut gemacht.«

»Augenblick noch.« Der FBI-Inspektor fuhr sich mit den großen Händen kräftig übers Gesicht, holte tief Luft und sah sich auf dem Schauplatz um. Gott, was für 'ne Schweinerei. Drei Tote schon auf dieser Seite vom Spielplatz. Kam wohl von Jeffers mit seiner M-16, dachte er. Nicht schlecht. Aber einem mußte er noch nachgehen. An jedem der Mietwagen war eine Leiche, jede hatte nur einen Einschuß. Eine weitere hatte eine Kugel in die Brust, und wie's aussah, noch eine in den Kopf bekommen. Beim vierten war er nicht sicher, wer den erwischt hatte. Vielleicht eine der Frauen. Ballistische Tests würden's zeigen, das wußte er. O'Day ging wieder an die Vordertür zum Leichnam von Spezialagent Donald Russel. Dort wandte er sich um und sah zurück auf den Parkplatz. Er hatte schon eine Menge Tatorte gesehen. Kannte die Spuren, wußte, wie er was aufschlüsseln mußte. Keine Warnung, kein verdammtes Stück, eine Sekunde, wenn's hoch kam, mehr nicht, aber doch hatte sich Don sechs bewaffneten Tätern gestellt und drei davon erwischt. Inspektor Patrick O'Day kniete sich neben den Körper. Er zog die Sig-Pistole aus Russels Hand, übergab sie Price und nahm dann die Hand in seine, hielt sie eine halbe Ewigkeit lang.

»Wir kommen schon wieder zusammen, Meister«, flüsterte O'Day und ließ dann erst die Hand los. Es war Zeit, aufzubrechen.

# 43 / Rückzug

Der nächste Landeplatz für einen Marinehubschrauber war die Naval Academy, aber die Schwierigkeit bestand darin, zur Verfügung stehendes Secret-Service-Personal als Begleitschutz für SANDBOX zu finden. Andrea Price, die Leiterin des Detail, mußte bei Giant Steps bleiben, und so wurden die nach Annapolis rasenden USSS-Leute umdirigiert, trafen sich mit den Nationalgardisten an der Academy und nahmen Katie in Empfang. Darum waren die ersten am Tatort eintreffenden Bundesbeamten FBI-Agenten aus dem kleinen Büro in Annapolis, einer Unterabteilung der Sektion Baltimore. Die notwendigen Befehle erhielten sie von Price, aber im Augenblick waren ihre Pflichten ganz einfach, und Verstärkung war auch schon unterwegs.

O'Day ging über die Straße ins Haus, das Norm Jeffers' Wachtposten gewesen war. Die Besitzerin überwand ihren Schock und kochte Kaffee. Ein Tonbandgerät wurde aufgestellt, und der FBI-Inspektor erging sich in einem ununterbrochenen Bericht, eigentlich nur eine ausschweifende, stockende Erzählung, was im Grunde die beste Art war, Informationen aus erster Hand zu bekommen. Später würden sie dies Schritt für Schritt mit ihm durchgehen und nach zusätzlichen Fakten forschen. Von seinem Platz aus konnte O'Day aus dem Fenster sehen. Sanitäter warteten darauf, die Leichen abzutransportieren, aber zuerst mußten Aufnahmen gemacht werden.

Sie konnten nicht wissen, daß Movie Star noch zusah, zusammen mit einer mittlerweile mehrere hundert Köpfe zählenden Menge, Schülern und Lehrern der Volkshochschule und anderen Schaulustigen. Movie Star hatte aber genug gesehen und ging zum Wagen, mit dem er den Parkplatz verließ und auf dem Ritchie Highway nach Norden fuhr.

»He, ich hab' ihm 'ne Chance gegeben. Hab' ihm gesagt, er soll die Waffe fallen lassen«, berichtete O'Day. »Ich hab' so laut geschrien, daß es mich überrascht, daß Sie's draußen nicht gehört haben, Price. Aber die Mündung bewegte sich in meine Richtung, und ich war nicht in der Verfassung, ein Risiko einzugehen, wissen Sie?« Seine Hände hatten sich beruhigt. Die unmittelbare Schockperiode war vorbei. Davon würden später noch weitere kommen.

»Irgendeine Ahnung, wer sie waren?« fragte Price, nachdem Pat alles einmal durchgegangen war.

»Sie haben 'ne Sprache gesprochen, die ich nicht kenn'. Es war kein Deutsch oder Russisch – darüber hinaus kann ich nichts sagen. Ich hab' keine Wörter oder Sätze erkennen können. Ihr Englisch war ganz gut, mit Akzent, aber auch der war nicht einzuordnen. Vom Aussehen her mediterran. Vielleicht aus dem Mittleren Osten. Absolut gnadenlos. Er hat Mrs. Daggett umgelegt, ohne mit der Wimper zu zucken, keinerlei Gefühl – nein, das stimmt nicht. Er war sauer, äußerst aufgebracht. Kein Zögern. Bumm, schon lag sie da. Ich hätte nichts tun können«, fuhr der Inspektor fort. »Der andere zielte auf mich, und es ging so schnell, ich hab's gar nicht verfolgen können.«

»Pat.« Andrea nahm seine Hand. »Sie waren großartig.«

Der Hubschrauber landete an seinem Platz am White House südlich des ebenerdigen Eingangs. Wieder standen bewaffnete Agenten herum, als Ryan auf den Heli zurannte. Ein Marinesoldat im grünen Fliegeroverall zog die Tür auf und stieg aus, damit die Agenten im Hubschrauber SANDBOX ihrem Vater übergeben konnten.

Jack wiegte sie wie ein Baby in den Armen und ging den Hang zum Haus hinauf, wo die restliche Familie gut bewacht wartete. Nachrichtenkameras zeichneten den Vorgang auf, wenn auch kein Reporter sich POTUS mehr als fünfzig Meter näherte. Die Mitglieder des Detail waren todernst; das Pressekorps des White House konnte sich nicht erinnern, daß sie jemals so ausgesprochen gefährlich ausgesehen hatten.

»Mami!« Katie wand sich in den Armen ihres Vaters und streckte sich nach ihrer Mutter, die sie sofort von Jack entgegennahm. Sally und Little Jack drängten sich um das Paar und ließen ihren Vater allein stehen. Das blieb aber nicht lang so.

»Wie geht's Ihnen?« fragte Arnie van Damm leise.

»Schon wieder besser, schätz' ich.« Sein Gesicht war noch aschfahl, und er war schwach auf den Beinen. »Wissen wir schon was Genaueres?«

»Erst mal, wie wär's, wenn wir sie alle von hier wegbringen? Nach Camp David. Dort können Sie zur Ruhe kommen. Die Sicherheit dort ist wasserdicht. Ein guter Ort zum Entspannen.«

Ryan überlegte es sich. Die Familie war noch nicht dort gewesen, er selbst auch erst zweimal, das letztemal an einem schrecklichen Januartag vor einigen Jahren. »Arnie, wir haben keine Kleidung oder ...«

»Darum können wir uns kümmern«, versicherte ihm der Stabschef.

Der Präsident nickte. »Arrangieren Sie das. Rasch«, fügte er hinzu. Während Cathy die Kinder nach oben brachte, ging Jack zum Westflügel hinüber. Zwei Minuten später war er im Lageraum. Dort war die Stimmung besser. Schock und Angst waren stiller Entschiedenheit gewichen.

»Okay«, sagte Ryan leise. »Was wissen wir?«

»Sind Sie das, Mr. President?« fragte Dan Murray aus dem Telefonlautsprecher am Tisch.

»Rede mit mir, Dan«, befahl SWORDSMAN.

»Einer von uns ist drin gewesen. Sie kennen ihn. Pat O'Day, einer meiner Springer-Inspektoren. Seine Tochter – Megan, glaub' ich – ist auch dort. Er ist den Tätern zuvorgekommen und hat beide umgelegt. Die Geheimdienstler haben die übrigen getötet – insgesamt sind es neun, zwei durch Pat und der Rest durch Andreas Leute. Fünf Geheimdienstagenten sind tot und außerdem Mrs. Daggett. Keine Kinder verwundet, Gott sei Dank. Price befragt gerade Pat. Ich hab' etwa zehn Agenten am Tatort, um bei den Ermittlungen zu helfen, und es ist auch eine Menge Secret Service unterwegs.«

»Wer leitet die Ermittlungen?« fragte POTUS.

»Dazu gibt es zwei Bestimmungen. Ein Anschlag auf Sie oder irgendein Mitglied Ihrer Familie fällt unter die Befugnis des Geheimdienstes. Terrorismus ist unser Spezialgebiet. Ich werde dem Dienst hier die Führung überlassen, und wir werden jede mögliche Unterstützung gewähren«, versprach Murray. »Hier soll es keine ärgerliche Konkurrenz geben, darauf gebe ich mein Wort. Ich habe bereits im Justizministerium angerufen. Martin wird uns einen ranghohen Anwalt zuteilen, der die Ermittlungen koordinieren wird. Jack?« fügte der FBI-Direktor hinzu.

»Was, Dan?«

»Kümmer dich um deine Familie. Wir regeln alles. Ich weiß, du bist der Präsident, aber sei für die nächsten paar Tage mal bloß einen guter Kerl. Okay?«

»Guter Rat, Jack«, bemerkte Admiral Jackson.

»Jeff?« Ryan wandte sich an den Agenten Raman. Alle seine Freunde sagten das gleiche. Sie hatten womöglich recht.

»Ja, Sir?«

»Bringen Sie uns schleunigst aus der Stadt.«

»Ja, Mr. President.« Raman verließ den Raum.

»Robby, wie wär's, wenn Sissy und du mitkommen? Ich werd' euch hier einen Heli bereitstellen.«

»Ganz wie du meinst, Kumpel.«

»Okay, Dan«, sagte Ryan zum Tischtelefon. »Wir gehen nach Camp David. Halt mich auf dem laufenden.«

»Werd' ich«, versprach der FBI-Direktor.

Sie hörten es im Radio. Brown und Holbrook fuhren auf der Route 287 nördlich zur Interstate 90-East. Der Betonmischer war saumäßig zu fahren, selbst mit dem Mehrstufengetriebe, weil er überladen war, langsam beschleunigte und beinahe genauso träge bremste. Vielleicht ging die Fahrt auf der Interstate besser, hofften sie. Wenigstens gab es ein anständiges Radio.

»Verdammt«, sagte Brown, der den Sender einstellte.

»Kinder.« Holbrook schüttelte den Kopf. »Wir müssen sicher sein, daß keine Kinder in der Gegend sind, Ernie.«

»Ich glaube, das kriegen wir hin, Pete, wenn wir diese bockige Karre je bis dorthin schaffen.«

»Was schätzt du?«

Ein Knurren. »Fünf Tage.«

Daryaei nahm es gut auf, sah Badrayn, besonders angesichts der Nachricht, daß alle tot waren.

»Verzeihen Sie meine Worte, aber ich habe Sie gewarnt...«

»Ich weiß. Ich erinnere mich«, räumte Mahmoud Hadschi ein. »Der Erfolg dieses Unternehmens war nie wirklich notwendig, solange die Geheimhaltungsmaßnahmen entsprechend eingehalten wurden.« Darauf sah der Geistliche seinen Gast genau an.

»Alle hatten falsche Papiere. Keiner hatte irgendwo in der Welt ein Strafregister, soweit ich weiß. Keiner hatte irgendwas, das ihn mit dem Land in Verbindung brächte. Hätte man einen lebend erwischt, wäre es riskant geworden, aber wie es aussieht, ist das nicht passiert.«

Der Ajatollah nickte und sprach ihr Epitaph: »Ja, sie waren ergeben.«

Wem ergeben? fragte sich Badrayn. Religiöse politische Führer waren in diesem Teil der Welt nicht gerade ungewöhnlich, aber es war kaum mehr zum Anhören. Alle neun seien nun vermutlich im Paradies. Er fragte sich, ob Daryaei wirklich daran glaubte. Wahrscheinlich tat er das; wahrscheinlich war er so sicher, daß er glaubte, er könne mit Gottes eigener Stimme sprechen, oder hatte es sich so oft eingeredet, daß er es glaubte. Ali hielt das für möglich, denn wenn jemand eine Vorstellung lange genug wiederholte, ungeachtet dessen, warum sie ihm zuerst in den Sinn gekommen war – zum politischen Vorteil, zur persönlichen Rache oder irgendeinem anderen niederen Beweggrund –, wurde es ein Glaubensartikel von so lauterer Absicht wie die Worte des Propheten selbst. Daryaei war zweiundsiebzig; ein langes Leben der Entsagung, das einen Weg verfolgte, der in seiner Jugend mit einem hehren Zweck auf ein heiliges Ziel hin begonnen hatte. Er hatte von diesem Aufbruch an eine lange Strecke zurückgelegt und war nun dem Ende sehr nahe. Nun war das Ziel so deutlich zu sehen, daß der Zweck selbst vergessen werden konnte, oder nicht? In diese Falle tappten alle solche Menschen. Zumindest wußte er, Badrayn, es besser. Für ihn war es reines Geschäft, bar jeder Illusion oder Scheinheiligkeit.

»Und die anderen?« fragte Daryaei nach einem Gebet für die Toten.

»Das werden wir wahrscheinlich bis Montag wissen, sicher aber bis Mittwoch«, erwiderte Ali.

»Und die Geheimhaltung dabei?«

»Vollständig.« Badrayn war davon überzeugt. Alle Kuriere waren sicher zurückgekehrt und hatten die ordnungsgemäße Durchführung ihres Auftrags gemeldet. Das hinterlassene ›Beweismaterial‹ – bloß Sprühdosen – war mittlerweile als Abfall eingesammelt und weggebracht worden. Die Seuche würde ausbrechen, und es gäbe keinen Anhaltspunkt, wie sie dorthin gekommen war. Dieser Ryan, so erleichtert er über die Rettung seines Kindes sein mochte, war nun ein geschwächter Mann, so wie Amerika ein geschwächtes Land war, und Daryaei hatte einen Plan. Einen guten, dachte Badrayn, und für seine Hilfe dabei würde sich sein Leben nun ändern. Seine Tage als internationaler Terrorist waren Vergangenheit. Er könnte einen Posten in der Regierung der UIR bekommen – Staatsschutz oder Nachrichtendienst am ehesten, mit bequemem Büro und stattlichem Gehalt, womit er endlich Frieden und Sicherheit erwarb. Daryaei hatte seinen Traum und würde ihn sich wahrscheinlich erfüllen. Für Badrayn lag der Traum schon näher, und er brauchte nun keinen Handschlag mehr tun, um ihn wahr werden zu lassen. Neun Männer waren dafür gestorben. Das war ihr Pech. Waren sie wirklich für ihre Aufopferung ins Paradies gelangt? Vielleicht war Allah wahrhaftig so barmherzig, daß er jede in seinem Namen verübte Tat verzieh, ob sie nun irrigerweise oder nicht geschehen war. Vielleicht.

Es machte eigentlich nichts aus, oder?

Sie versuchten, den Abflug ganz normal aussehen zu lassen. Die Kinder hatten sich umgezogen. Koffer wurden gepackt und würden mit einem späteren Flug nachgeschickt werden. Die Sicherheitsvorkehrungen sahen strenger als gewöhnlich aus, aber nicht übermäßig. Das war ein Irrtum. Oben auf dem Finanzministerium und dem Old Executive Office Building zeigten die Geheimdienstleute, die normalerweise dort kauerten, nun stehend ihr volles Profil, während sie die Gegend mit Ferngläsern absuchten. Neben jedem Mann stand einer mit einem Gewehr. Acht Agenten befanden sich an der südlichen Umzäunung, musterten die Menschen, die vorbeigingen oder sich hier aus welchem Grund auch immer eingefunden hatten, nachdem sie die entsetzliche

Nachricht gehört hatten. Die meisten waren wahrscheinlich gekommen, weil sie einen gewissen Anteil nahmen, vielleicht sogar, um für die Sicherheit der Ryans zu beten. Nach denjenigen, die etwas anderes im Sinn hatten, suchten die Agenten, sahen aber nichts Ungewöhnliches.

Jack schnallte sich wie die anderen Familienmitglieder an. Die Motoren über ihren Köpfen fingen zu jaulen an, der Rotor drehte sich. Bei ihnen waren noch Agent Raman und ein anderer Bewacher sowie der Besatzungschef von der Marine. Der VH-3-Hubschrauber vibrierte und hob dann ab, kletterte in den Westwind, erst Richtung OEOB, dann nach Süden, dann nach Nordwesten, in schlängelnder Linie, die SAMs überlisten sollte. Die Lichtverhältnisse waren noch so, daß ein Schütze wohl ausgemacht würde – ein Paar Sekunden dauert ein SAM-Abschuß schon –, und außerdem hatte der Heli die neueste Variante von Black Hole, dem IR-Unterdrückungssystem, die Marine One zum schwierigen Ziel machte. Der Pilot – es war wieder Colonel Hank Goodman – ergriff alle gebotenen Schutzmaßnahmen.

Hinten war's still. Ryan hing seinen Gedanken nach, seine Frau ihren. Die Kinder schauten aus dem Fenster, denn ein Hubschrauberflug gehört zu den aufregendsten Fortbewegungsmöglichkeiten, über die der Mensch verfügt. Selbst die kleine Katie wand sich in ihrem Sicherheitsgurt, um runterzuschauen. Der Schreckensnachmittag war durch die augenblickliche Verwunderung in den Hintergrund gedrängt. Jack drehte sich um und entschied, als er das sah, daß die kurze Aufmerksamkeitsspanne von Kindern sowohl ein Segen wie ein Fluch war. Seine Hände zitterten jetzt etwas. Ob aus Angst oder Wut, konnte er nicht sagen. Cathy sah einfach bekümmert aus, ihr Gesicht im goldenen Sonnenuntergangslicht ermattet. Ihre Abendgespräche würden nicht gerade erfreulich sein.

Inzwischen hatte ein Wagen des Geheimdiensts Cecilia Jackson von ihrem Haus in Fort Myers abgeholt. Admiral Jackson und seine Frau bestiegen einen VH-60, in den auch ihre Reisetaschen und etwas umfangreicheres Gepäck der Ryan-Familie kamen. Das wurde von keinen Kameras aufgezeichnet. Der Präsident und seine Familie waren weg und damit auch die Kameras, während die Experten ihre Gedanken für die Abendnachrichten sammelten und den Tagesereignissen eine tiefere Bedeutung zuzumessen versuchten und zu ihren Schlußfolgerungen weit vor den Untersuchungsbeamten kamen, die erst jetzt den Rettungsteams gestatteten, die dreizehn Leichen vom Tatort wegzuschaffen. Die blitzenden Blaulichter sahen dramatisch aus, als die Fernseh-Crews eine Live-Schaltung einrichteten. Eine Crew war genau an dem Fleck, wo Movie Star das fehlgeschlagene Unternehmen beobachtet hatte.

Er hatte sich selbstverständlich auf diese Möglichkeit vorbereitet. Er fuhr auf dem Ritchie Highway nach Norden – der Verkehr war gar nicht schlimm, weil ja die Polizei bei Giant Steps noch immer die Straße sperrte – und hatte auf dem Flughafen Baltimore-Washington sogar noch Zeit, seinen Leihwagen zurückzubringen und die British Airways 767 nach Heathrow zu erwischen. Diesmal nicht in der ersten Klasse, merkte er. Im Flugzeug gab es nur die Busineß-Klasse. Er lächelte nicht. Er hatte wirklich gehofft, daß die Entführung erfolgreich sein würde, obwohl er auch das Scheitern eingeplant hatte. Für Movie Star selbst war die Mission kein Fehlschlag. Er war noch am Leben und entkam wieder einmal. Bald war er in einem anderen Land, noch während die amerikanische Polizei zu ergründen suchte, ob es ein weiteres Mitglied dieser kriminellen Verschwörung gegeben hatte. Er entschied, sich ein paar Gläser Wein zu genehmigen, um nach dem stressigen Tag besser schlafen zu können. Der Gedanke, daß dies gegen seine Religion war, ließ ihn lächeln. Welcher Aspekt seines Lebens war das nicht?

Die Sonne ging rasch unter. Bis sie über Camp David kreisten, war der Boden unten ein unebener Schatten. Der Hubschrauber ging langsam tiefer, stellte zwanzig Meter über dem Boden die Scheinwerfer an und ging dann kuschelweich senkrecht nieder. Im Umkreis des rechteckigen Landeplatzes waren wenig Lichter. Als der Besatzungschef die Tür öffnete, stiegen Raman und der andere Agent als erste aus. Der Präsident löste den Sicherheitsgurt und ging nach vorn. Er hielt direkt hinter der Flugbesatzung an und tippte dem Piloten auf die Schulter.

»Danke, Colonel.«

»Sie haben viele Freunde, Mr. President. Wir sind da, wenn Sie uns brauchen«, sagte Goodman seinem Oberbefehlshaber.

Jack nickte und schritt die Stufen hinunter. Außerhalb der Lichter sah er die gespenstischen Umrisse von Marineschützen in Tarnanzügen.

»Willkommen in Camp David, Sir.« Das war ein Captain der Marine.

Jack half seiner Frau beim Aussteigen. Sally hob Katie heraus. Klein Jack kam als letzter. Es fiel Ryan mit einem Schlag auf, daß sein Sohn nun schon beinahe so groß wie seine Mutter war. Er müßte ihn wohl anders nennen.

Cathy blickte sich nervös um. Das sah der Captain.

»Madam, da draußen sind sechzig Marines«, versicherte er ihr. Er mußte nicht hinzufügen, weswegen sie da waren. Er brauchte dem Präsidenten auch nicht sagen, wie bereit sie waren.

»Wo?« fragte Little Jack, der sich umblickte und nichts sah.

»Probier's damit.« Der Captain reichte ihm sein PVS-7-Nachtsichtglas. SHORTSTOP hielt es an die Augen.

»Cool!« Er deutete auf diejenigen, die er sehen konnte. Dann ließ er das Fernglas sinken, und die Marines wurden wieder unsichtbar.

»Damit läßt sich toll Rotwild aufspüren, und es gibt auch einen Bären, der immer mal wieder hier aufs Gelände kommt. Wir nennen ihn Yogi.« Captain Larry Overton, USMC, gratulierte sich, daß er sie beruhigen konnte, und führte sie zu den Hummers, die sie zu ihrem Quartier bringen würden. Yogi, würde er später erklären, hatte einen Funksender um, damit er niemanden überraschen konnte, am wenigsten einen Marine mit einem geladenen Gewehr.

Das Quartier in Camp David war rustikal und nicht annähernd so feudal wie im White House, ließ sich aber als die Art Zuflucht beschreiben, die sich ein Millionär außerhalb von Aspen einrichten würde. Unterhalten vom Navals Surface Detachment in Thurmont, Maryland, und unter dem Schutz einer handverlesenen, knappen Kompanie Marines, war die Anlage so abgelegen und sicher, wie es im Umkreis von hundert Meilen um Washington nur denkbar war. Vor dem Präsidentenhäuschen standen Marines, und drinnen führten Matrosen alle zu ihren jeweiligen Schlafzimmern. In der Nähe standen noch zwölf weitere Landhäuschen, und natürlich galt einer, je näher er an Aspen untergebracht war, um so mehr.

»Was gibt's zum Abendessen?« fragte Jack jr.

»So ziemlich alles, was man will«, erwiderte ein Navy Chief Steward.

Jack sah Cathy an. Sie nickte. Heut abend war Wunsch frei. Der Präsident legte Schlips und Jackett ab. Ein Steward schoß ran, um sie einzusammeln. »Das Essen hier ist toll, Mr. President«, versprach er.

»Weißwein?« fragte Cathy, bei der der Streß endlich ausklang.

»Wir haben ein recht gute Auswahl, Madam. Wie wär's mit einem heimischen Chateau Ste. Michelle Chardonnay, Auslese? Ein 91er und etwa so gut, wie ein Chardonnay überhaupt werden kann.«

»Sie sind Navy Chief?« fragte POTUS.

»Ja, Sir. Früher habe ich mich um Admiräle gekümmert, aber nun bin ich befördert worden, und wenn ich es mir erlauben darf, Sir, ich verstehe was von Weinen.«

Ryan hielt zwei Finger hoch. Der Chief nickte und ging aus dem Raum.

»Das ist irrsinnig«, sagte Cathy, nachdem er gegangen war.

»Nicht schlechtmachen.« Während sie auf die Getränke warteten, entschieden sich die beiden großen Kinder für eine Pizza. Katie wollte

Hamburger mit Fritten. Sie hörten einen Hubschrauber brummend einschweben. Cathy hatte recht, dachte ihr Mann. Das ist irrsinnig.

Die Tür ging auf, und der Chief kam mit zwei Flaschen und einem silbernen Kübel herein. Ein weiterer Steward folgte mit den Gläsern.

»Chief, ich habe nur zwei Gläser gemeint.«

»Ja, Mr. President, aber es kommen noch zwei Gäste, Admiral Jackson und Gemahlin. Mrs. Jackson liebt auch einen guten Tropfen, Sir.« Er zog den Korken heraus und goß SURGEON einen Probeschluck ein. Sie nickte.

»Ist's nicht ein wunderschönes Bouquet?« Er füllte ihr Glas und ein weiteres, das er dem Präsidenten reichte. Dann zog er sich zurück.

»Man hat mir immer gesagt, die Navy hätte solche, aber ich hab's nie geglaubt.«

»Ach, Jack.« Cathy wandte sich um. Die Kinder sahen fern, alle drei auf dem Boden, sogar Sally, die eine elegante Dame zu werden versuchte. Sie zogen sich ins Bekannte zurück, ihre Eltern ebenfalls in das Gewohnte, um sich mit einer neuen Wirklichkeit abzufinden und um ihre Kinder vor der zu raschen Konfrontation damit zu schützen.

Jack sah, wie die Lichter eines HMMWV nach links vorbeiglitten. Robby und Sissy würden ein eigenes Häuschen haben, schätzte er. Sie würden sich umziehen, bevor sie herüberkamen. Er wandte sich um und legte seiner Frau von hinten die Arme um. »Ist schon gut, Herzchen.«

Cathy schüttelte den Kopf. »Es wird nie gut sein, Jack. Es wird nie wieder gut sein. Roy hat mir gesagt, wir würden Bodyguards um uns haben, solange wir leben. Wo wir auch hingehen, werden wir Schutz brauchen. Ewig«, sagte sie nach einem Schluck Wein nicht unbedingt wütend, eher resigniert, in Erkenntnis von etwas, das sie sich nie hätte träumen lassen. Manchmal war der Glanz der Macht verlockend. Mit dem Hubschrauber zur Arbeit. Andere kümmerten sich um deine Wäsche, deine Kinder. Jedes beliebige Essen jederzeit, Eskorten überall, alles auf schnellstem Wege erreichbar.

Aber der Preis dafür? Nicht der Rede wert. Bloß hin und wieder würde jemand versuchen, eines deiner Kinder zu ermorden. Davor gab es kein Entkommen. Es war so, als wäre ihr die Diagnose Krebs gestellt worden. So schrecklich das war, sie mußten einfach weitermachen. Weinen half nichts, obwohl sie das oft tun würde, dessen war sich SURGEON sicher. Es würde auch nichts nützen, wenn sie Jack anschrie – sie war sowieso nicht hysterisch veranlagt, und es war ja auch nicht Jacks Schuld, oder? Sie mußte sich einfach den Umständen fügen wie die Patienten am Hopkins, wenn sie gesagt bekamen, sie sollten in die Onkologische Abteilung – *ach, machen Sie sich bitte keine Sorgen. Das sind die Besten, die Allerbesten, und die Zeiten haben sich geändert, und die verstehen ihr Handwerk jetzt wirklich.* Ihre Kollegen von der Onkologischen waren die Besten. Und sie hatten jetzt ein hübsches Gebäude. Aber wer wollte dort schon hingehen?

Also hatten Jack und sie jetzt ein hübsches Haus mit wundervollem Personal, darunter auch Weinkenner, dachte sie, während sie einen weiteren Schluck nahm. *Aber wer will wirklich dort hingehen?*

Am Fall arbeiteten so viele Agenten, daß sie noch gar nicht wußten, was sie tun sollten. Sie verfügten noch nicht über genügend Informationen, um eine Spur zu haben, aber das änderte sich rapide. Die meisten toten Terroristen waren fotografiert worden – die durch Norm Jeffers' M-16 von hinten erschossenen hatten keine Gesichter mehr zum Fotografieren. Fingerabdrücke wurden allen Leichen abgenommen. Genauso würden Blutproben entnommen werden, um ein DNS-ID zu erhalten, falls es später von Bedeutung werden sollte – eine Möglichkeit, da die Identität durch eine genetische Entsprechung bei einem nahen Verwandten bestätigt werden konnte. Einstweilen hielten sie sich an die Fotos. Diese wurden zuallererst dem Mossad übermittelt. Die Terroristen waren wahrscheinlich vom Islam gewesen, glaubten alle, und die Israelis hatten da die besten Daten. Der CIA kümmerte sich um die erste Benachrichtigung, worauf das FBI nachhakte. Es wurde sofort volle Kooperation zugesagt, sogar durch Avi ben Jakob persönlich.

Alle Leichen wurden nach Annapolis zur Obduktion gebracht. Die körperliche Verfassung vor dem Tod würde erfaßt werden, und dazu würde das Blut toxikologisch untersucht werden, um festzustellen, ob einer Drogen genommen hatte.

Die Kleidung eines jeden wurde zur vollständigen Untersuchung ans FBI-Labor in Washington geschickt. Zuerst wurden die Marken festgestellt, um das Ursprungsland zu bestimmen. Dies und der Allgemeinzustand würden die Zeit des Erwerbs bestimmen, was wichtig sein konnte. Darüber hinaus würden die Techniker, die nun am Freitag abend Überstunden machten, mit gewöhnlichem Klebeband lockere Fasern und vor allem Pollenpartikel aufsammeln, woraus sich viel schließen ließ, denn bestimmte Pflanzen kamen nur an sehr eng umrissenen Gebieten auf der Welt vor. Solche Befunde konnten Wochen dauern, aber bei einem Fall wie diesem waren die Ressourcen unbegrenzt. Das FBI hatte eine ellenlange Liste mit wissenschaftlichen Experten, auf die es zurückgreifen konnte.

Die Kennzeichen der Autos waren schon übermittelt worden, bevor O'Day seine Schüsse abgab, und Agenten waren bereits bei den Verleihfirmen und überprüften die Computerregistrierungen.

Am Giant Steps wurden die erwachsenen Aufsichtspersonen befragt. Sie bestätigten überwiegend O'Days Aussage. Einige Einzelheiten paßten nicht zusammen, aber das war nicht unerwartet. Keine der jungen Frauen hatte die von den Terroristen gesprochene Sprache erkannt. Die Kinder wurden einer weitaus sanfteren Befragung unterzogen, jeweils auf dem Schoß eines Elternteils sitzend. Zwei Eltern waren aus dem Mittleren Osten, und man hoffte, daß die Kinder etwas von der fremden Sprache erkannt hätten, aber das stellte sich als falsche Hoffnung heraus.

Die Waffen waren alle eingesammelt und ihre Seriennummern anhand einer Computerdatenbank überprüft worden. Das Herstellungsdatum war leicht herauszufinden. Daraufhin wurden die Akten des Herstellers durchgesehen, um zu schauen, welcher Großhändler sie erworben hatte, und von da weiter, welcher Laden sie verkauft hatte. Die Spur war aber kalt. Die Waffen waren alt, im Widerspruch zu ihrem neuwertigen Zustand, der aus der Inspektion der Trommel- und Abzugsmechanik ersichtlich war. Sie waren so gut wie nicht abgenützt. Dieses Informationsschnipsel wurde weitergeleitet, noch bevor sie den Namen eines Käufers hatten.

»Verdammt, ich wünschte, Bill wäre hier«, polterte Murray, denn zum erstenmal in seiner Laufbahn fühlte er sich einer Aufgabe nicht gewachsen. Seine Abteilungsleiter waren um den Konferenztisch geschart. Von Anfang an war sicher, daß diese Ermittlungen gemeinsam von den Abteilungen Verbrechensbekämpfung und Spionageabwehr betrieben werden würden, wie immer mit Unterstützung des Labors. Alles lief so schnell ab, daß noch nicht einmal ein Beamter des Geheimdienstes eingetroffen war. »Überlegungen?«

»Dan, wer immer diese Waffen gekauft hat, ist schon lange im Land«, sagte der Vertreter der Spionageabwehr.

»Ein Schlummerer.« Murray nickte zustimmend.

»Pat hat ihre Sprache nicht erkannt. Eine europäische Sprache hätte er womöglich erkannt. Muß also der Mittlere Osten sein«, sagte der Mann aus der Verbrechensbekämpfung. Das war nicht unbedingt nobelpreiswürdig. »Also eine westeuropäische jedenfalls. Vermutlich müssen wir den Balkan auch in Erwägung ziehen.« Dem wurde am Tisch zögernd zugestimmt.

»Wie alt sind diese Gewehre?« fragte der Direktor.

»Elf Jahre. Lange vor den gesetzlichen Einschränkungen«, lautete die Antwort. »Sie könnten bis heute überhaupt noch nicht benutzt worden sein, Jungfrauen, Dan.«

»Jemand hat ein Netzwerk aufgebaut, von dem wir nichts wissen. Jemand mit viel Geduld. Wer immer sich als Käufer herausstellt, wird, so glaube ich, einen wunderbar gefälschten Paß haben und bereits über alle Berge sein. Es ist ein klassischer Schnüfflerjob, Dan«, fuhr der Mann von der Spionageabwehr fort, womit er allen aus der Seele sprach. »Hier geht's um Profis.«

»Das ist etwas spekulativ«, wandte der Direktor ein.

»Wann hab' ich das letztemal unrecht gehabt, Danny?« fragte der stellvertretende Direktor.

»Nicht in letzter Zeit. Mach weiter.«

»Vielleicht können die Laborfritzen was gerichtsmedizinisch Verwertbares ermitteln, aber auch dann wird das, was wir ermitteln, keinen Richter überzeugen, es sei denn, wir haben Mordsglück und schnappen den Käufer oder andere Beteiligte dieser Operation.«

»Fluglisten und Reisepässe«, schaltete sich die Verbrechensbekämpfung ein. »Erst mal bis zwei Wochen zurück. Nach Wiederholungen suchen. Jemand hat den Ort ausgekundschaftet. Das muß er schon getan haben, seit Ryan Präsident ist. Das ist ein Anfang.« Na sicher, nur etwa zehn Millionen Listen durchzusehen. Aber so sahen polizeiliche Ermittlungen aus.

»Herrgott, hoffentlich hast du dich bei dem schlummernden Agenten geirrt«, sagte Murray nach einer kurzen Denkpause.

»Ich hoff's auch, Dan«, erwiderte die Spionageabwehr. »Aber das wird nicht anders sein. Wir werden Zeit brauchen, um das Haus zu identifizieren, den Treffpunkt, was noch alles, seine Nachbarn befragen, die Grundbucheintragungen überprüfen, um wahrscheinlich auf einen Decknamen zu stoßen, und von da weiterforschen. Er ist wahrscheinlich schon wieder weg, aber das ist nicht so erschreckend. Mindestens elf Jahre ist er schon hier. Er hatte viel Geld zur Verfügung. Er war ausgebildet. Er hat sich bis heute den Glauben bewahrt, um bei diesem Unternehmen mitzuhelfen. Die ganze Zeit, und dabei hat er noch so stark geglaubt, daß er mitgeholfen hat, Kinder zu töten.«

»Er wird nicht der einzige sein«, schloß Murray tonlos.

»Das glaub' ich nicht.«

»Möchten Sie mir bitte folgen?«

»Ich habe Sie schon gesehen, aber...«

»Jeff Raman, Sir.«

Der Admiral ergriff seine Hand. »Robby Jackson.«

Der Agent lächelte. »Das weiß ich, Sir.«

Die Gebirgsluft war kühl und klar, über ihnen funkelten die Sterne.

»Wie geht es ihm jetzt?« fragte Robby den Agenten.

»Harter Tag. Ein Haufen guter Leute tot.«

»Aber auch einige Bösewichter.« Jackson würde immer ein Kampfpilot sein, für den das Töten schon in der Stellenbeschreibung enthalten war. Sie betraten das Quartier der Präsidentenfamilie.

Robby wie Sissy machte die Szene betroffen. Da sie selbst keine Eltern waren, verstanden sie nicht ganz, wie's mit Kindern war. Die entsetzlichsten Ereignisse traten gewöhnlich in den Hintergrund, wenn darauf die Umarmung eines Elternteils und andere Zeichen der Sicherheit folgten. Die Welt war besonders für Katie schon wieder in Ordnung. Aber sie würde Alpträume haben, die sie noch Wochen, wenn nicht länger, verfolgen würden, bis die Erinnerung verblaßte. Sie umarmten sich zur Begrüßung, dann gesellte sich wie üblich Mann zu Mann und Frau zu Frau. Robby holte sich ein Glas Wein und folgte Jack nach draußen.

»Wie steht's mit dir, Jack?« Nach einer unausgesprochenen Übereinkunft war Ryan hier und jetzt nicht der Präsident.

»Der Schock kommt und geht«, gestand er ein. »Es ist alles von früher wieder da. Diese Saukerle kommen einfach nicht an mich direkt ran – o nein, sie müssen sich weichere Ziele aussuchen. Diese feigen Scheißkerle!«

Jackson nahm einen Schluck. Es gab im Augenblick nicht so unheimlich viel zu sagen, aber das würde sich ändern.

»Ich bin das erstemal hier«, sagte Robby, nur um etwas von sich zu geben.

»Mein erstes Mal – würdest du glauben, daß wir hier einen Kerl begraben haben?« fragte Jack. »Es war ein russischer Oberst, ein Agent, den wir in deren Verteidigungsministerium hatten. Ein verteufelt guter Soldat, Held der Sowjetunion, drei- oder viermal, glaube ich, wir haben ihn in seiner Uniform mit allen Auszeichnungen begraben. Ich habe sein Ehrenregister persönlich vorgelesen. Das war, als ich Gerasimow herausgeholt habe.«

»Der KGB-Chef. Das stimmt also, hmm?«

»Jo.« Ryan nickte. »Und das von Kolumbien und von dem U-Boot. Wie zum Teufel haben die Nachrichtenfuzzis das bloß spitzgekriegt?«

Robby lachte beinahe laut los, begnügte sich aber mit einem Kichern.

»Heiliger Strohsack, und ich dachte, meine Laufbahn wäre ereignisreich gewesen.«

»Du hast dich freiwillig dafür gemeldet«, bemerkte Jack unwirsch.

»Du aber auch, mein Freund.«

»Meinst du?« Ryan ging nach drinnen, um sich nachzuschenken. Er kam mit den Nachtsichtgläsern zurück, die er anschaltete und darauf die Umgebung absuchte. »Ich hab' mich nicht freiwillig dafür gemeldet, daß meine Familie von einer Kompanie von Marines bewacht wird. Drei von ihnen sind dort drunten, Flakjacken, Helme, Gewehre – und warum? Weil es Leute auf der Welt gibt, die uns ermorden wollen. Warum? Weil...«

»Ich werd' dir sagen, warum. Weil du besser bist als sie, Jack. Du stehst für etwas. Weil du Mumm in den Knochen hast, weil du nicht vor jedem Scheiß wegläufst. Ich will das nicht hören, Jack«, sagte Robby seinem Freund. »Komm mir nicht mit ›Oh, mein Gott‹, Okay? Ich weiß, wer du bist. Ich bin Kampfpilot, weil ich einer werden wollte. Du bist da, wo du bist, weil du es dir ausgesucht hast. Niemand hat je gesagt, es würde einfach sein, okay?«

»Aber...«

»Aber einen Scheiß, Mr. President. Es gibt also Leute, die dich nicht mögen? Okay, gut. Krieg du raus, wie du sie aufspüren kannst, und dann kannst du diese Marines da draußen bitten, sich weiter um die Sache zu kümmern. Du weißt, was sie sagen werden. Mag sein, daß dich einige hassen, aber sehr viel mehr respektieren und schätzen dich, und ich sag' dir noch was: Es gibt keinen Menschen in der Uniform unseres Landes, der nicht bereit ist, jeden zu Staub zu zermalmen, der sich mit dir und deiner Familie anlegt. Es geht nicht darum, was du bist, sondern, wer du bist, verstanden?«

Wer bin ich? fragte sich SWORDSMAN. In diesem Augenblick meldete sich eine seiner Schwächen.

»Komm mit.« Ryan ging nach Westen. Er hatte soeben ein Streichholz aufblitzen sehen, und dreißig Sekunden später traf er an der Ecke eines weiteren Häuschens einen Navy-Koch, der eine Zigarette rauchte. Präsident hin oder her, heute abend würde er sich nicht hochmütig zeigen. »Hallo.«

»Heiland!« sprudelte der Matrose hervor, der Hab-acht-Stellung annahm und seine Kippe ins Gras warf. »Ich meine, hallo, Mr. President.«

»Das erste war falsch, das zweite richtig. Haben Sie 'ne Kippe?« fragte POTUS völlig ohne Scham, wie Robby Jackson auffiel.

»Aber klar doch, Sir.« Der Koch fischte eine heraus und zündete sie ihm an.

»Matrose, wenn die First Lady Sie dabei erwischt, läßt sie Sie von den Marines füsilieren«, warnte Jackson.

»Admiral Jackson!« Diese Worte ließen den Jungen wieder stramm stehen. »Ich denke doch, die Marines arbeiten für *mich*. Wie sieht's mit dem Abendessen aus?«

»Sir, die Pizza wird gerade geschnitten. Hab' sie selbst gebacken, Sir. Sie sollte ihnen schmecken«, versprach er.

»Rühren. Danke für die Zigarette.«

»Stets willkommen, Sir.« Ryan gab ihm die Hand und schlenderte mit seinem Freund davon.

»Die hab' ich nötig gehabt«, gab Jack etwas kleinlaut zu und nahm einen tiefen Zug.

»Wenn ich auch so ein Plätzchen hätte, würde ich viel Gebrauch davon machen. Fast wie auf See«, fuhr Jackson fort. »Es ist toll, manchmal nach draußen zu gehen, sich auf eine der Vorbauten weg vom Flugdeck zu stellen und einfach nur die See und die Sterne zu genießen. Die einfachen Freuden.«

»Es läßt sich nicht leicht abstellen, nicht wahr? Selbst wenn du deine Gedanken mit der See und den Sternen austauscht, hast du's nicht ganz abgestellt, nicht wirklich.«

»Nein«, gab der Admiral zu. »Es macht das Denken ein bißchen einfacher, läßt die Atmosphäre nicht so gespannt erscheinen, aber du hast recht. Es geht nicht ganz weg.« Und jetzt ebenfalls nicht.

»Tony hat gesagt, uns sei die indische Marine entwischt.«

»Beide Flugzeugträger auf See, mit Eskorten und Tankern. Wir suchen nach ihnen.«

»Was, wenn's da eine Verbindung gibt?« fragte Ryan.

»Mit was?«

»Die Chinesen machen Schwierigkeiten an einem Ort, die indische Marine sticht wieder in See, und mir passiert das – bin ich schon paranoid?«

»Wahrscheinlich. Kann sein, daß die Inder nach Abschluß ihrer Reparaturarbeiten wieder los sind, und vielleicht, um uns zu zeigen, daß wir ihnen keine große Lektion erteilt haben. Die China-Sache, nun ja, das ist schon vorgekommen und wird zu nichts führen, besonders, wenn Mike Dubro dort hinkommt. Der Anschlag auf Katie? Zu früh, um da was zu sagen, und es ist nicht mein Gebiet. Dafür hast du Murray und die anderen. Auf jeden Fall ist es ihnen mißglückt, oder nicht? Deine Familie ist hier und schaut fern, und es wird lange dauern, bis jemand wieder was probiert.«

Auf der ganzen Welt wurde die Nacht zum Tage gemacht. In Tel Aviv, wo es nun vier Uhr früh war, hatte Avi ben Jakob seine besten Terrorspezialisten zusammengerufen. Gemeinsam besahen sie sich die aus Washington übermittelten Fotos und verglichen sie mit ihren eigenen Überwachungsfotos, die im Lauf der Jahre im Libanon und anderswo gemacht worden waren. Die Schwierigkeit war nur die, daß viele Bilder junge Männer mit Bärten zeigten und die Fotos nicht von bester Qualität waren.

»Irgendwas Nützliches?« fragte der Direktor des Mossad.

Die Blicke richteten sich auf eine Expertin des Mossad, eine etwa vierzigjährige Frau namens Sarah Peled. Hinter ihrem Rücken wurde sie die Hexe genannt. Sie hatte eine spezielle Gabe, Leute von Fotografien her zu erkennen, und behielt in mehr als der Hälfte der Fälle recht, in denen andere geübte Geheimdienstoffiziere frustriert die Arme hochwarfen.

»Der da.« Sie schubste zwei Fotos über den Tisch. »Die gehören definitiv zusammen.«

Ben Jakob sah sich die beiden nebeneinander an – und sah nichts, was ihre Meinung bekräftigte. Er hatte sie oftmals gefragt, was sie so darauf ansprechen ließ. Sarah sagte immer, es seien die Augen, und so sah Avi nochmals hin, verglich die Augen des einen mit denen auf dem anderen Foto. Er sah nur noch Augen. Er drehte das israelische Foto um. Die Daten auf der Rückseite sagten aus, er sei ein vermeintliches Hisbollah-Mitglied, Name unbekannt, Alter um die zwanzig auf ihrem Foto, das sechs Jahre alt war.

»Noch weitere, Sarah?« fragte er.

»Nein, gar keine.«

»Wie sicher bist du dir bei dem hier?« fragte einer von der Spionageabwehr, der wie Avi nun die Fotos anschaute und nichts erkannte.

»Hundert Prozent, Benny. Ich habe ›definitiv‹ gesagt, oder nicht?« Sarah war oft gereizt, insbesondere bei ungläubigen Männern um vier Uhr früh.

»Wie weit gehen wir dabei?« fragte ein weiteres Stabsmitglied.

»Ryan ist ein Freund unseres Landes und Präsident der Vereinigten Staaten. Wir gehen, soweit wir können. Ich möchte Nachforschungen anstellen lassen. Alle Kontakte, Libanon, Syrien, Irak und Iran, überall.«

»Schweine.« Bondarenko fuhr sich mit der Hand durchs Haar. Seine Krawatte hatte er schon lange abgelegt. Seine Uhr sagte ihm, es sei Samstag, aber er wußte nicht mehr, was dieser Tag bedeutete.

»Ja«, pflichtete Golowko bei.

»Ein schwarzes Unternehmen – ein ›nasses‹, so hast du das doch immer genannt?« fragte der General.

»Naß und unfähig«, sagte der RVS-Vorsitzende unwirsch. »Aber Iwan Emmetowitsch hat Glück gehabt, Genosse General. Diesmal.«

»Vielleicht«, räumte Gennadi Josefowitsch ein.

»Bist du anderer Meinung?«

»Die Terroristen haben ihre Gegner unterschätzt. Du wirst dich erinnern, daß ich kürzlich bei der amerikanischen Armee gewesen bin. Die Ausbildung ist auf der ganzen Welt sonst nicht zu finden, und die Ausbildung der Präsidentenwache muß genauso hervorragend sein. Warum unterschätzen die Leute die Amerikaner so oft?« fragte er sich.

Das war eine gute Frage, erkannte Sergej Nikolajewitsch, der dem Einsatzleiter zunickte, er solle fortfahren.

»Amerika fehlt leider oft politische Richtung. Das ist nicht mit Inkompetenz gleichzusetzen. Weißt du, was Amerika ist? Ein bösartiger Hund an kurzer Leine – und weil er nicht von der Leine kann, reden sich Leute ein, sie müßten ihn nicht fürchten, doch in Reichweite der Leine ist er unbezwingbar, und eine Leine, Genosse Vorsitzender, ist was Zeitweiliges. Sie kennen diesen Ryan doch.«

»Ich kenne ihn gut«, gab Golowko zu.

»Und? Die Presseberichte, stimmen die?«

»Alle.«

»Ich sage dir, was ich denke, Sergej Nikolajewitsch. Wenn du ihn als einschüchternden Gegner betrachtest und er diesen bösartigen Hund an der Leine hat, würde ich mich nicht so angestrengt bemühen, ihn zu kränken. Ein Angriff auf ein Kind? *Sein* Kind?« Der General schüttelte den Kopf.

Das war es, erkannte Golowko. Sie waren beide müde, aber hier war ein Augenblick der Klarheit. Er hatte zuviel Zeit damit verbracht, die politischen Berichte aus Washington zu lesen, aus seiner eigenen Botschaft und direkt aus den amerikanischen Medien. Sie alle besagten, daß Iwan Emmetowitsch ... war das der Schlüssel? Von Anfang an hatte er Ryan so genannt, wollte den Mann mit der russischen Version seines Namens ehren. Und in Golowkos Sicht war das eine Ehre ...

»Denkst du, was ich denke, *da*?« fragte der General, sah das Gesicht des Mannes und winkte, er solle sprechen.

»Jemand hat etwas kalkuliert ...«

»Aber sich dabei verkalkuliert. Ich glaube, wir müssen herausfinden, wer. Ich denke, ein systematischer Angriff auf amerikanische Interessen, ein Versuch, Amerika zu schwächen, ist wirklich ein Angriff auf unsere Interessen. Warum tut China, was es gerade tut? Warum haben sie Amerika gezwungen, ihre Marine umzudisponieren? Und nun das? Die Streitkräfte Amerikas werden unter Druck gesetzt und zur gleichen Zeit ein Schlag direkt auf das Herz der amerikanischen Führung. Das ist kein Zufall. Nun können wir uns hinstellen und nichts weiter tun als zuschauen, oder ...«

»Wir können gar nichts unternehmen, und mit den Enthüllungen in der amerikanischen Presse ...«

»Genosse Vorsitzender«, unterbrach Bondarenko. »Seit siebzig Jahren hat unser Land politische Theorie mit objektiven Fakten durcheinandergebracht, und das war beinahe unser Untergang. Hier haben wir objektive Bedingungen«, fuhr er fort, womit er einen Begriff benützte, den das sowjetische Militär geliebt hatte. »Ich sehe das Muster eines ausgeklügelten Unternehmens vor mir, einer koordinierten Unternehmung, aber einer, die einen fatalen Makel hat, und der besteht in einer Fehlinterpretation des amerikanischen Präsidenten. Bist du anderer Meinung?«

»Nein. Ich hab' selbst den Fehler gemacht. Ryan scheint nicht der zu sein, der er wirklich ist. Die Anzeichen sind alle da, aber die Leute sehen sie nicht.«

»Als ich in Amerika war, hat mir General Diggs davon erzählt, wie die Terroristen Ryans Haus attackiert haben. Er hat sie mit der Waffe in der Hand besiegt, mutig und entschieden. Aus dem, was du sagst, erfährt man, daß er auch als Geheimdienstoffizier sehr effektiv ist. Sein einziger Fehler, wenn es sich so nennen läßt, ist, daß er kein politisch Eingeweihter ist, und Politiker halten das oft für Schwäche. Das ist sie vielleicht«, räumte Bondarenko ein. »Aber wenn das ein koordinierter Anschlag auf Amerika ist, hat seine politische Schwäche weit weniger Bedeutung als seine anderen Gaben.«

»Und?«

»Helfen wir dem Mann«, drängte der General. »Besser, wenn wir auf der Gewinnerseite sind, und wenn wir nicht helfen, könnten wir auf der anderen Seite landen. Niemand wird Amerika direkt angreifen. Wir haben dieses Glück nicht, Genosse Vorsitzender.« Er hatte beinahe recht.

# 44 / Inkubation

Ryan erwachte im Morgengrauen und fragte sich, weshalb. Die Stille. Fast wie zu Hause an der Bucht. Er horchte angestrengt nach Verkehrs- oder anderem Lärm, aber da war nichts. Das Bett zu verlassen war schwierig. Cathy hatte vorgezogen, Katie mit zu ihnen zu nehmen, und da war sie, engelsgleich in ihrem rosa Strampler; noch ein Baby in diesem Alter, egal was andere sagten. Er mußte lächeln, machte sich dann auf zum Bad. Im Vorzimmer war Freizeitkleidung bereitgelegt, die er mit Sneakers und Pulli ergänzte, bevor er nach draußen ging.

Die Luft war frisch, mit Rauhreif auf den Hecken, der Himmel klar. Nicht schlecht. Robby hatte recht, der Ort war einen Besuch wert. Er bewirkte einen Abstand zu den Dingen, und das brauchte er gerade jetzt.

»Morgen, Sir.« Es war Captain Overton.

»Dieser Dienst läßt sich aushalten, oder?«

Der junge Offizier nickte. »Wir besorgen die Sicherheit. Die Navy ist für die Petunien. Eine gerechte Arbeitsteilung, Mr. President. Hier können sogar die Secret-Service-Leute schlafen.«

Ryan sah sich um und verstand. Zwei bewaffnete Marines an der Hütte, drei weitere innerhalb von fünfzig Metern. Und das waren nur die, die er sehen konnte.

»Kann ich Ihnen etwas holen, Mr. President?«

»Für den Anfang tut's Kaffee.«

»Folgen Sie mir, Sir.«

»An Deck Ach*tung*!« brüllte ein Seemann, als Ryan die Koch-Hütte wenige Sekunden später betrat – oder wie auch immer das Ding hier hieß.

»Weitermachen«, sagte der Präsident. »Ich dachte, dies sei die Präsidentenklause, nicht ein Ausbildungslager.« Er nahm am Mannschaftstisch Platz. Kaffee wurde hervorgezaubert, dann gab es noch mehr Zauberei.

»Guten Morgen, Mr. President.«

»Tag, Andrea. Wann sind Sie angekommen?«

»Zirka zwei Uhr, Helikopter«, erklärte sie.

»Schlafen können?«

»Runde vier Stunden.«

Ryan nippte an der Tasse. Ja, die Navy konnte noch immer Kaffee brauen. »Und?«

»Die Untersuchung läuft. Die Mannschaft steht. Jeder sitzt dran.« Sie reichte ihm einen Ordner, den Ryan noch vor der Morgenzeitung lesen würde. Polizei von Anne Arundel County und dem Staat Maryland, Secret Service, FBI, ATF und alle Geheimdienste waren am Fall. Identitätsprüfungen liefen, aber die zwei bisher Geprüften waren falsch. Falsche Papiere, wahrscheinlich aus europäischer Quelle. Große Überraschung. Jeder halbwegs kompetente Rechtsbrecher in Europa, allemal eine terroristische Vereinigung, konnte sich gefälschte Pässe besorgen. Er sah von den Papieren auf.

»Was ist mit den Agenten, die wir verloren haben?«

Ein Seufzen, ein Schulterzucken. »Alle hatten Familie.«

»Richten wir's ein, daß ich mich mit allen treffen kann ... gleichzeitig oder einzeln?«

»Ihre Entscheidung, Sir«, sagte ihm Price.

»Nein, es muß das Beste sein für sie. Es sind Ihre Leute, Andrea. Arbeiten Sie das für mich aus. Ich verdanke denen das Leben meiner Tochter und will das tun, was für sie richtig ist«, meinte POTUS ernst. »Und ich gehe davon aus, daß sie gut versorgt sind. Da brauche ich Details: Versicherung, Pension und das Zeugs. Ich will's durchsehen.«

»Ja, Sir.«

»Wissen wir schon etwas Wichtiges?«

»Nein, nicht wirklich. Die bisherigen Autopsien zeigen Zahnarbeiten, die sicher nicht aus Amerika stammen, das wär's im Moment.«

Ryan blätterte die Papiere durch. Eine vorläufige Schlußfolgerung sprang ihn von der offenen Seite an: »Elf Jahre?«

»Ja, Sir.«

»Also ist dies eine große Operation für jemand – ein Land.«

»Die Möglichkeit ist da.«

»Wer hätte sonst die Ressourcen?« fragte er, und Price erinnerte sich, daß er lange Zeit hindurch beim Geheimdienst gewesen war.

Agent Raman kam herein und setzte sich. Er hatte mitgehört, und Price tauschte mit ihm einen Blick und ein Nicken.

Das Telefon an der Wand läutete. Overton ging ran, horchte eine Weile und wandte sich um. »Mr. President, hier ist Mrs. Foley beim CIA.«

Der Präsident ging rüber und nahm den Hörer. »Yeah, Mary Pat?«

»Sir, vor einigen Minuten rief uns Moskau an. Unser Freund Golowko fragt, ob er helfen kann. Ich empfehle ein ›Ja‹ dazu.«

»Einverstanden. Sonst etwas?«

»Avi ben Jakob will Sie später heute sprechen«, sagte die DDO.

»Etwa eine Stunde, lassen Sie mich erst wach werden.«

»Ja, Sir ... Jack?«

»Yeah, MP?«

»Gott sei Dank für Katie«, sagte sie, Mutter zu Vater, und fuhr nur als Mutter fort: »Wenn es hier einen Anhaltspunkt gibt, finden wir ihn.«

»Ich weiß, Sie sind die Besten«, hörte sie. »Wir sehen zu, daß wir's schaffen.«

»Gut. Ed und ich bleiben heute im Laden.« Mrs. Foley legte auf.

»Wie klingt er denn?« fragte Clark.

»Er wird's schaffen, John.«

Chavez rieb mit der Hand seine Stoppeln. Sie hatten zu dritt mit einer Menge anderen alles durchgenommen, das der CIA über Terroristengruppen hatte. »Wir müssen hier irgendwas unternehmen, Leute. Es ist ja eine kriegerische Handlung.«

»Wir wissen nicht viel«, sagte die DDO. »Verdammt – wir wissen noch nichts!«

»Schade, daß er keinen lebend erwischt hat.« Diese Bemerkung kam, zur Überraschung der anderen, von Clark.

»Ihm blieb nicht viel Zeit, jemandem die Handschellen anzulegen«, meinte Ding.

»Korrekt.« Clark nahm den Satz Tatortfotos, den sie per Kurier kurz nach Mitternacht vom FBI erhalten hatten. Nach seiner Arbeit im Nahen Osten hatte man gehofft, daß er ein Gesicht erkennen würde, aber nein. Hauptsächlich hatte er mitbekommen, daß der FBI-Fritze drinnen so gut schießen konnte wie jemals er. Glückspilz, dort zu sein, die Chance zu haben und sie wahrgenommen zu haben.

»Jemand wagt sich sehr weit heraus«, sagte John.

»Tatsache«, stimmte Mary Pat automatisch zu, dann aber dachten sie alle darüber nach.

Neun Terroristen als Wegwerfartikel, Todeskandidaten wie die Hisbollah-Fanatiker, die Israels Straßen runtermarschiert waren mit Jacken von DuPont – so hieß der CIA-Witz, obwohl der Plastiksprengstoff eher von Skoda in der Ex-Tschechoslowakei stammte. ›Nicht-so-intelligente Bomben‹ war ein anderer Spruch im Haus. Hatten sie wirklich geglaubt, es durchziehen zu können? Eines der Probleme bei diesen Fanatikern war, daß sie Dinge nicht immer gut abschätzen konnten ... hatten sie vielleicht auch gar nicht versucht.

Das war auch das Problem für die, die sie aussandten. Schließlich war diese Mission was Besonderes gewesen. Normale Terroristen prahlten mit noch so verwerflichen Taten vor Publikum. Beim CIA und anderswo hatte man fünfzehn Stunden auf eine Mitteilung gewartet. Aber es kam nichts. Wenn kein Bekennerschreiben kam, wollte man nicht, daß irgend jemand etwas erfuhr. Das aber war eine Illusion. Terroristen begriffen nicht, daß die Behörden die Sache manchmal auch ohne Herumprahlerei austüfteln konnten.

Nationalstaaten wußten es besser oder sollten es zumindest. Gut, okay, die Täter hatten keine Hinweise auf ihre Herkunft zurückgelassen – oder meinten es zumindest. Mary Pat setzte diesbezüglich auf das Bureau. Das FBI war mehr als gut, so gut, daß der Secret Service alles Forensische von ihm abwickeln ließ. Daher könnte, wer auch immer die Sache angeleiert hatte, tatsächlich erwarten, daß die Geschichte am Ende herauskam. Trotz des Wissens – wahrscheinlich – hatte man damit losgelegt. Wenn diese Schlußfolgerung stimmte, dann ...

»Teil von etwas anderem?« fragte Clark. »Nicht alleinstehend. Etwas darüber hinaus.«

»Vielleicht«, meinte Mary Pat.

»In dem Fall ist's was Dickes«, fuhr Chavez für sie fort. »Vielleicht haben uns deshalb die Russen angerufen.«

»So dick ... so dick, daß es nichts ausmacht, was wir tun, auch wenn's uns klar wird.«

»Das wäre sehr dick, Mary Pat«, sagte Clark ruhig. »Was könnte das sein?«

»Etwas Permanentes, etwas, daß wir danach nicht verändern könnten«, bot Domingo an. Seine Zeit an der George Mason University war nicht verschwendet gewesen.

Frau Foley wünschte, ihr Mann wäre hier dabei, aber Ed traf sich gerade mit Murray.

Ein Samstag im Frühling ist oft ein Tag voll hoffnungsvoller, aber tumber Routine. In mehr als zweihundert Haushalten aber wurde nur wenig erledigt. Gärten wurden nicht bepflanzt. Wagen nicht gewaschen. Flohmärkte nicht eröffnet. Farbeimer blieben geschlossen. Meistens waren die Grippe-Opfer Männer. Dreißig waren in Hotelzimmern. Viele versuchten sogar, zu arbeiten, beim Besuch von Handelsmessen in neuen Städten. Gesichter abtupfend, Nasen putzend, im Wunsch, daß das Aspirin oder PCM endlich wirkt. Aus der letzten Gruppe war der Großteil ins Hotel zurückgekehrt, um sich auszuspannen – kein Sinn darin, die Kunden anzustecken. Nicht einer suchte ärztliche Hilfe auf. Der übliche Winter/Frühjahrs-Virus war ja im Umlauf, dem jeder früher oder später zum Opfer fiel. So krank waren sie nun auch wieder nicht, oder?

Die Berichterstattung zum Vorfall im Giant Steps war vorhersehbar, mit Einstellungen aus fünfzig Meter Entfernung, Worten, die von allen Korrespondenten wiederholt wurden, wie auch Worten, die von allen ›Experten‹ auf dem Gebiet des Terrorismus und anderen Gebieten identisch blieben. Die Beiträge wiesen auf den Nahen Osten hin, obwohl die Untersucher den Vorfall nicht kommentierten, außer Lob hervorzukehren für den heldenhaften Einsatz des FBI-Agenten und für die lebhafte Schlacht, die die Secret-Service-Leibwache der kleinen Katie Ryan geliefert hatten. Die Worte »heroisch«, »Hingabe«, und »entschlossen« waren ausgeleiert, der Abschluß war stets das »dramatische Finale«.

Etwas sehr Einfaches war schiefgegangen. Badrayn wußte es, wußte aber vor der Rückkehr seines Kollegen aus London nach Teheran via Brüssel und Wien mit diversen Reisedokumenten nichts Genaueres.

»Der Präsident und seine Familie«, schloß der Reporter ab, »sind zur Erholung von dieser furchtbaren Geschichte in die Zuflucht des Präsidenten in Camp David gerade nördlich vom friedlichen Annapolis, Maryland, untergebracht. Hier spricht ...«

»Zuflucht?« fragte Daryaei.

»Das Wort bedeutet auf englisch einiges, vor allem aber wegzulaufen«, antwortete Badrayn, hauptsächlich weil er meinte, daß sein Arbeitgeber dies hören wollte.

»Wenn er glaubt, daß er mir weglaufen kann, hat er sich geirrt.« Der Geistliche sprach mit düsterem Humor, da die momentane Stimmung seine sonstige Zurückhaltung überwand.

Badrayn reagierte nicht auf die Enthüllung. Im Moment seiner Erkenntnis war es leicht, da er gerade den Fernseher, nicht seinen Gastgeber ansah, damit aber wurde vieles klarer. So viel Risiko gab es dabei gar nicht, oder? Mahmoud Hadschi hatte einen Weg, diesen Mann zu töten, vielleicht sogar, wann immer er wollte, und das war Teil der Gesamtpartitur. Konnte der das wirklich hinbekommen? Aber natürlich, das hatte er schon getan.

IVIS machte OpFor das Leben schwer. Nicht allzu schwer. Mit Colonel Hamm hatte die Blackhorse Cav diesen Einsatz gewonnen, aber was vor nur einem Jahr eine Vernichtung kosmischen Ausmaßes gewesen wäre – Fort Irwin lag nun mal in California, und manche sprachlichen Eigenheiten waren unausweichlich –, war diesmal nur ein enger Sieg geworden. Krieg hing eben an der Information. Das war stets eine Lektion des National Training Center gewesen: Finde den Feind, laß dich nicht vom Feind finden, Aufklärung, Aufklärung, Aufklärung. Das IVIS-System, von halbwegs kompetenten Leuten gehandhabt, knallte die Information derart schnell an die Leute raus, daß Soldaten sich in die günstigste Richtung lehnten, noch bevor die Befehle verfaßt wurden. Damit wäre ein Manöver Hamms fast schiefgegangen, auf das Erwin Rommel in seinen besten Tagen stolz gewesen wäre, und als Hamm auf der großen Leinwand im Star Wars Room die Handlung im schnellen Vorlauf verfolgte, wurde ihm klar, wie knapp es für OpFor gewesen war. Wenn die eine Panzerkompanie der Streitmacht Blau auch nur fünf Minuten früher verlegt worden wäre, hätte er diesen Einsatz verloren. Wenn die Guten mit Regelmäßigkeit gewannen, würde das NTC mit Sicherheit seine Wirksamkeit einbüßen.

»War ein wunderschöner Zug, Hamm«, gab der Oberst der Carolina Guard zu, als er aus seiner Tasche eine Zigarre fischte und rüberreichte, »aber morgen wird euch der Arsch aufgerissen.«

Sonst hätte er mit einem Lächeln gemeint: Ja, sicher. Aber der Südstaaten-Hundesohn könnte es vielleicht doch schaffen, und das würde wohl Hamms Tagesverlauf verderben. Der Oberst des 11. Berittenen Panzerregiments müßte nun Wege finden, IVIS auszutricksen, was schon manche Diskussion am Biertisch mit seinem Operationsoffizier gebracht hatte, aber bisher hatten sie sich nur darauf einigen können, daß dies nicht einfach wäre, wahrscheinlich nur mit Fahrzeugattrappen... wie schon Rommel verwendet hatte. Die müßte er erst mal finanziert bekommen. Er ging nach draußen, um die ehrlich gewonnene Zigarre zu rauchen, und fand dort wieder den Nationalgarde-Obersten vor.

»Für Nationalgardisten sind Sie verdammt noch mal nicht schlecht«, mußte Hamm zugeben. Einer Guard-Einheit hatte er so was noch nie gesagt. Eigentlich kam kaum jemand in den Genuß solcher Äußerungen. Bis auf einen Fehler in der Kräfteverteilung war der Plan der Streitmacht Blau ein Juwel gewesen.

»Danke für die Blumen, Colonel. IVIS war wohl eine Überraschung, was?«

»Könnte man sagen.«

»Meine Leute lieben es. Viele kommen in der Freizeit rein, um damit an den Simulatoren zu üben. Verflucht, ich bin überrascht, daß Sie uns diesmal hopsgenommen haben.«

»Ihre Reserve war zu nah dran«, sagte Hamm. »Sie dachten, Sie wüßten es auszunützen, statt dessen erwischte ich Sie mit meinem Konter auf dem falschen Fuß.« Das war keine Preisgabe; der vorgesetzte OC hatte es dem geschlagenen Panzerkommandeur gründlich ins Übungsheft geschrieben.

»Versuch' ich, mir zu merken. Nachrichten gehört?«

»Yeah, Scheiße«, dachte Hamm laut.

»Kleine Kinder. Ich frage mich, ob Secret-Service-Leute Medaillen bekommen?«

»Möchte ich vermuten. Ich kann mir kaum Schlimmeres vorstellen, für das es sich zu sterben lohnt.« Und darum ging's ja. Die fünf Agenten waren in Ausübung der Pflicht gestorben, waren ohne Zögern ins Geballer gerannt. Vielleicht hatten sie Fehler gemacht, aber es gab Zeiten, da hatte man keine Wahl. Alle Soldaten wußten das.

»Gott gebe ihren tapferen Seelen Frieden.« Der Mann klang wie Robert Edward Lee. Das schob in Hamm einen Gedanken an.

»Was ist das für eine Geschichte mit euch Typen? Sie, Colonel Eddington, Sie sollten nicht – was zum Teufel machen Sie beruflich?« Der Kerl war über fünfzig, mehr als grenzwertig für einen Brigadekommandeur, sogar in der Nationalgarde.

»Ich bin Geschichtsprofessor an der Universität North Carolina. Der Hintergrund? Diese Brigade war 1991 Lückenbüßer für die 24. Mechanisierte, und wir kamen hierher und bekamen unseren Arsch auf dem Tablett serviert. Wurden nicht eingesetzt. Damals war ich XO des Bataillons, Hamm. Wir *wollten* gehen. Unsere Regimentsmaßstäbe lassen sich bis zur Unabhängigkeitserklärung zurückverfolgen. Es verletzte unseren Stolz. Seit fast zehn Jahren warten wir darauf, hierher zurückzukommen, und diese IVIS-Kiste gibt uns eine faire Chance.« Er war ein langer, dünner Mann und blickte auf den regulären Offizier herab. »Wir werden diese Chance nutzen, Junge. Ich kenne die Theorie. Mehr als dreißig Jahre hab' ich sie gelesen und studiert, un' meine Männa weahn sich nich' für Sie hinleng und steabm, verstanhn?« Mit der Erregung fiel Nicholas Eddington in seinen Dialekt zurück.

»Bsonners nich' für Yankees?«

»Verdammt richtig!« Dann war's Zeit für einen guten Lacher. Nick Eddington war ein Lehrer mit einem Flair für improvisierte Dramatik. Er senkte seine Stimme. »Ich weiß, wenn wir IVIS nicht hätten, wären Sie mit uns Schlitten ge...«

»Ist Technologie nicht wunderbar?«

»Es macht uns Ihnen fast ebenbürtig, und jeder weiß, daß Sie die Besten sind«, räumte Eddington ein. Eine würdige Friedensgeste.

»Bei unserem Stundenplan ist's manchmal schwer, im Club noch ein Bier zu bekommen. Kann ich Sie für eines bei mir zu Hause interessieren?«

»Sie haben die Führung, Colonel Hamm.«

»Was ist denn Ihr Fachgebiet?« fragte Hamm auf dem Weg zum Wagen.

»Die taktische Kunst von Nathan Bedford Forrest.«

»Ach? Ich habe eigentlich Buford immer vorgezogen.«

»Der hatte nur wenige gute Tage, die aber alle günstig waren. Der Gewinn für Lincoln bei Gettysburg könnte ihm zugeschrieben werden.«

»Seine Truppe hatte den technischen Vorteil der Spencer-Karabiner«, dozierte Hamm. »Der Faktor wird meist vergessen.«

»Die Auswahl der richtigen Lage schadete nicht, und die Spencer halfen, aber am besten tat er eines: sich an seine Mission halten.«

»Im Gegensatz zu Stuart. Jeb hatte definitiv einen schlechten Tag. War schätzungsweise mal fällig.« Hamm öffnete für seinen Kollegen die Wagentür. Bis zur Vorbereitung der nächsten Übung hatten sie noch ein paar Stunden, und Hamm war ein ernsthafter Student der Geschichte, besonders zu Fragen der Kavallerie. Es würde ein sehr interessantes Frühstück werden: Bier, Eier und der Bürgerkrieg.

Sie stolperten auf dem Parkplatz des 7-Eleven übereinander. Der Laden machte im Moment ein Bombengeschäft mit Kaffee und Krapfen.

»Hi, John«, sagte Holtzman und schaute zum Ort des Geschehens über die Straße.

»Bob«, Plumber nickte ihm zu. Die Gegend wimmelte vor Dia- und Videokameras, welche die Szene für die Nachwelt festhielten.

»Bist für einen Samstag früh auf – und das als TV-Typ«, bemerkte der *Post*-Reporter mit einem Lächeln. »Was hältst du davon?«

»Wirklich eine furchtbare Geschichte.« Plumber war selbst mehrfacher Großvater. »War's Ma'alot oder so was in Israel, damals in – wann war's, 1975?« Allmählich schienen sie ineinander überzulaufen, all diese Terroranschläge.

Holtzman war sich da auch nicht sicher. »Glaub' schon. Ich lass' es von einem nachprüfen, bei uns in der Zentrale.«

Der Tatort war nun fast steril. Die Leichen waren fort. Die Obduktionen, vermuteten sie beide, müßten abgeschlossen sein. Aber alles andere war noch intakt oder fast. Da waren die Wagen, und als die Reporter zusahen, spannten Ballistikexperten Schnüre auf, um Schüsse zu simulieren auf Schaufensterpuppen aus einem nahe gelegenen Kaufhaus, bemüht, jedes Detail zu rekonstruieren. Der Schwarze in der Secret-Service-Windjacke war Norman Jeffers, einer der Helden des Tages; er führte vor, wie er vom Haus auf der anderen Seite der Straße runtergekommen war. Inspektor Patrick O'Day war im Kindergarten. Einige Agenten simulierten die Bewegungen der Terroristen. Ein Mann lag vor dem Eingang auf der Erde und zielte mit einer Spielzeugwaffe aus rotem Plastik in der Gegend herum. Bei kriminologischen Untersuchungen kam die Generalprobe immer nach der Premiere.

»Sein Name war Don Russel?« fragte Plumber.

»Einer der ältesten Leute im Service«, bestätigte Holtzman.

»Verdammich.« Plumber schüttelte den Kopf. »Horatius an der Brücke, wie aus einem Film. ›Heroisch‹ ist ein Wort, das wir kaum noch benützen, oder?«

»Nein, das ist ein Begriff, an den wir wohl nicht mehr glauben sollen. Wir wissen's besser. Jeder hat seinen Preis, richtig?« Holtzman trank seinen Kaffee aus und warf die Tasse in den Müll. »Stell' dir vor, dein Leben zum Schutz anderer Leute Kinder herzugeben.«

Die Sprache mancher Berichte war wie aus einem Western. Mit »Gunfight at Kiddy Corral« hatte ein lokaler TV-Reporter gestern Nacht den Oscar für schlechten Geschmack abgeräumt. Die Hunderte geharnischter Protestanrufe hatten dem Manager bestätigt, daß sein Sender einen soliden Stock nächtlicher Zuschauer hatte. Keiner war zorniger aufgetreten als Plumber, erinnerte sich Bob Holtzman. Der meinte wohl doch noch, es sei von Bedeutung, dieses Nachrichtengeschäft, das sie miteinander verband.

»Gibt's irgendwas über Ryan?« fragte Bob.

»Nur die Pressemitteilung, die Callie Weston schrieb und Arnie vortrug. Kann ihm nicht verübeln, daß er seine Familie weggebracht hat. Er verdient's nicht, daß alle auf ihm rumhacken, John.«

»Bob, wenn ich mich recht entsinne...«

»Ich weiß. Ich wurde reingelegt. Elizabeth Elliot hat mir eine Geschichte untergejubelt, als Ryan noch Deputy beim CIA war.« Er sah seinen älteren Kollegen an. »Es war alles gelogen. Hab' mich persönlich bei ihm entschuldigt. Weißt du, worum es ging?«

»Nein«, gab Plumber zu.

»Die Mission in Kolumbien. Er war echt dort. Auf dem Wege sind einige gefallen. Einer war ein Air Force Sergeant. Ryan kümmert sich um die Familie. Er allein schickt sie alle durchs College.«

»Das hast du nie geschrieben«, protestierte der Fernsehreporter.

»Nein, hab' ich nicht. Die Familie – nun, sie sind keine Figuren der Öffentlichkeit, gell? Bis ich's erfuhr, war die Nachricht veraltet. Ich hielt's nicht für nachrichtenwürdig.« *Der* Schlüsselbegriff ihres Gewerbes. Nachrichtenleute entschieden, was dem öffentlichen Auge vorgesetzt wurde und was nicht, und mit der Wahl, was rauskam oder nicht, kontrollierten sie die Nachrichten und entschieden, was die Öffentlichkeit zu erfahren hatte. Und durch die Auswahl ließ sich jeder erheben oder zerbrechen, denn nicht jede Geschichte war anfangs groß genug, aufzufallen. Vor allem in der Politik.

»Vielleicht hast du dich damit geirrt.«

Schulterzucken. »Mag sein, aber ich hab' genausowenig wie Ryan erwartet, daß er Präsident wird. Er hat ehrbar gehandelt – verdammt, viel mehr als das. John, es gibt manches über die Kolumbiengeschichte, das nie ans Tageslicht geraten darf. Ich glaub', ich hab's jetzt alles, kann es aber nicht schreiben. Es würde dem Land schaden und niemandem den geringsten Dienst erweisen.«

»Was hat Ryan getan, Bob?«

»Er unterband einen internationalen Vorfall. Sorgte dafür, daß die Schuldigen auf die eine oder andere Weise bestraft wurden...«

»Jim Cutter?« hakte Plumber nach.

»Nein, das war wirklich Selbstmord. Inspektor O'Day, der FBI-Typ, der gerade dort gegenüber war?«

»Was ist mit ihm?«

»Er hat Cutter damals verfolgt, sah ihn vor den Bus springen.«

»Du bist dir bei dem hier ganz sicher?«

»Absolut. Ryan weiß gar nicht, daß ich eingeweiht bin. Ich hab' einige verdammt gute Quellen. Entweder ist's die Wahrheit oder die raffinierteste Lüge aller Zeiten. Weißt du, was wir im White House haben, John?«

»Was denn?«

»Einen ehrlichen Mann. Nicht ›relativ ehrlich‹, nicht ›noch nie erwischt worden‹. Ehrlich. Ich glaube nicht, daß er im ganzen Leben auch nur ein krummes Ding gedreht hat.«

»Er ist aber trotzdem ein blutiger Anfänger«, antwortete Plumber. Fast mit Empörung, wenn nicht Unglauben, denn langsam begann sich, sein Gewissen zu melden.

»Das mag sein. Aber wer hat behauptet, daß wir Wölfe sein müssen. Nein, falsch – wir sollen die Bösewichte jagen, haben es aber schon so lange und gründlich getan, daß wir vergessen, daß mancher im Dienst der Regierung keiner ist.« Wieder sah er zu seinem Kollegen hinüber. »Und so spielen wir einen gegen den anderen aus, bekommen so unsere Geschichten und werden dabei auch selbst korrumpiert. Was tun wir dagegen, John?«

»Ich weiß genau, was du willst. Die Antwort ist nein.«

»Im Zeitalter relativer Werte ist ein absoluter ganz nett, Mr. Plumber. Auch wenn's der falsche ist«, schob Holtzman nach, der diese Reaktion erhofft hatte.

»Bob, du bist gut. Sogar sehr gut, aber mich kannst du nicht übertölpeln, okay?« Der Kommentator schaffte gerade noch ein Lächeln. Ein gekonnter Versuch war's, das mußte er bewundern. Holtzman war ein Exemplar aus Zeiten, an die Plumber gerne zurückdachte.

»Was ist, wenn ich's beweisen kann?«

»Warum hast du die Geschichte dann nicht geschrieben?« verlangte Plumber. Kein echter Reporter hätte diese hier ausgeschlagen.

»Ich hab's nicht gedruckt. Das heißt nicht, ich hätt's nicht geschrieben«, wies Bob seinen Freund zurecht.

»Dafür hätte dich dein Redakteur doch ...«

»Sag, hast du nie von etwas abgelassen, obwohl du alles hattest, was du brauchtest?«

Plumber lenkte ab: »Du hast von Beweisen gesprochen.«

»Dreißig Minuten von hier. Aber diese Geschichte darf nie rauskommen.«

»Wie kann ich dir darin vertrauen?«

»Wie kann ich *dir* vertrauen, John? Was kommt bei uns an erster Stelle? Die Story muß raus, nicht? Was ist mit dem Land, mit den Leuten? Wo geht professionelle Verantwortung in öffentliche Verantwortung über? Ich hielt diese zurück, weil eine Familie den Vater verlor. Die Regierung konnte nichts zugeben, deshalb ist Jack Ryan in die Bresche gesprungen. Er tat's mit seinem eigenen Geld, erwartete nie, daß es jemand herausfindet. Was sollte ich also tun? Die Familie an die Öffentlichkeit zerren? Wofür, John? Um eine Geschichte zu bringen, die dem Land schadet – nein, die eine Familie verletzt, die weiß Gott keine Verletzung mehr braucht. Die Ausbildung der Kinder wäre in Gefahr. Es gibt genug Nachrichten, die wir ohne so was bringen könnten. Aber ich sage dir eins, John: Du hast einem Unschuldigen geschadet, und dein Freund mit dem breiten Lächeln hat zu diesem Zweck die Öffentlichkeit *angelogen*. Das soll uns angeblich etwas bedeuten.«

»Warum schreibste dann nicht *darüber*?«

Holtzman ließ ihn auf die Antwort einige Sekunden warten. »Weil ich dir die Chance einräume, die Sache richtigzustellen. Deshalb. Du bist ja beteiligt. Aber du mußt mir dein Wort geben. Deinem Wort kann ich vertrauen.«

Da steckte mehr dahinter. Mußte sein. Für Plumber war es gleich eine doppelte Beleidigung der beruflichen Ehre. Erstens hatte er sich von seinem jüngeren Mitarbeiter bei NBC überrollen lassen, einem aus der neuen Generation, die Journalismus für das hielten, wie man vor der Kamera aussah. Zweitens hatte ihn Ed Kealty übertölpelt – benützt ... um einem Unschuldigen zu schaden? Er mußte es rausfinden. Er mußte, sonst würde er künftig sehr viel unangenehme Zeit vor dem Spiegel verbringen.

Der Fernsehkommentator nahm Holtzman sein Handdiktiergerät aus den Fingern und drückte die Aufnahmetaste.

»Hier spricht John Plumber, es ist 7.50 am Samstag morgen, und wir stehen gegenüber der Kindertagesstätte Giant Steps. Robert Holtzman und ich verlassen gleich den Ort, um woanders hinzugehen. Ich habe mein Wort gegeben, daß alles, was wir gleich erfahren, zwischen uns absolut vertraulich behandelt wird. Diese Bandaufnahme dient dazu, mein Versprechen dauerhaft festzuhalten. John Plumber«, schloß er ab, »NBC News.« Er klickte aus, dann wieder an. »Sollte sich Bob Holtzman aber mir gegenüber falsch dargestellt haben, sind alle Wetten ungültig.«

»Das ist fair«, nickte Holtzman und steckte die Kassette in die Tasche. Das Versprechen war rechtlich ohne jede Bedeutung. Auch als Vertragsvereinbarung würde der erste Verfassungszusatz wohl eine Sperrfunktion haben, aber es war ein Wort, und beide Reporter wußten, daß auch im modernen Zeitalter irgendwas von Bedeutung bleiben mußte. Auf dem Wege zu Bobs Wagen schnappte sich Plumber seinen Außendienstproduzenten.

»In etwa einer Stunde sind wir zurück.«

Der Predator kreiste bei knapp 10 000 Fuß. Bequemlichkeitshalber waren die Armeekorps der UIR von den Intelligence-Offizieren in STORM TRACK und PALM BOWL mit römisch I, II und III belegt worden. Das UAV kreiste zur Zeit über Korps I, einer wiederhergestellten Panzerdivision der Republikanischen Garde Irak, mit einer gleichartigen Division aus der vormaligen Armee Irans. Sie nannten sich »Die Unsterblichen« in Anspielung auf die Leibgarde von Xerxes. Die Truppenverteilung war konventionell. Die Formationen waren klassisch: die Zwei-vorne/einehinten-Disposition, eine Art Dreieck, die dritte als Divisionsreserve, zwei Divisionen an der Front nebeneinander. Die gedachte Front war überraschend eng, mit Abdeckung von nur dreißig Kilometer Luftlinie durch jede Division, und einer Lücke von nur fünf Kilometern zwischen den beiden.

Sie trainierten hart. Ziele, Sperrholzsilhouetten von Panzern alle paar Kilometer. Wenn sie in Sichtweite gerieten, wurden sie beschossen.

Die meisten Ziele bis zur Passage des ersten Rings aus Kampffahrzeugen waren umgefallen. Die Fahrzeuge waren vorwiegend sowjetrussischer Herkunft. Schwere Kampfpanzer T-72 und T-80 aus der Produktion im riesigen Werk Tscheljabinsk. Die Fahrzeuge für Begleit-Infanterie waren BMP, die Taktik entsprach sowjetischem Brauch. Das ging aus dem Bewegungsablauf hervor. Mit den Untereinheiten am engen Zügel bewegten sich die riesigen Formationen geometrisch präzise, wie Erntemaschinen im Kornfeld, und fegten in gleichmäßigen Linien durchs Terrain.

»Jessas, den Film hab' ich gesehen«, meinte der Chief Master Sergeant der ELINT-Station im Kuwait.

»Ja?« fragte Major Sabah.

»Die Russen – na ja, die Sowjets haben von dem hier früher Filme gemacht, Sir.«

»Wie würden Sie die beiden vergleichen?« Und *das*, dachte der Aufklärungsunteroffizier, war eine *sehr* gute Frage.

»Kein großer Unterschied, Herr Major.« Er zeigte auf die untere Bildschirmhälfte. »Sehen Sie hier? Der Kompaniekommandeur hat alles aufgereiht: korrekte Entfernung und Intervall. Vorher war der Predator über dem Aufklärungsschutzschild der Division, und auch das war nach dem Lehrbuch. Haben Sie sich über Sowjettaktik informiert, Major Sabah?«

»Nur insoweit sie von den Irakern implementiert wurden«, gab der kuwaitische Offizier zu.

»Nun, es nimmt sich nicht viel. Fest und schnell zuschlagen, durchmarschieren, keine Chance zum Konterschlag. Die eigenen Leute unter Kontrolle halten. Für sie ist alles Berechnung.«

»Und ihr Trainingsniveau?«

»Nicht schlecht, Sir.«

»Elliot hatte Ryan überwachen lassen, genau hier«, zeigte Holtzman, als er auf den Parkplatz des 7-Eleven fuhr.

»Sie ließ ihn überwachen?«

»Liz hat ihn gehaßt. Persönlich. Sie war ihm wegen etwas aus der Zeit vor der Wahl Bob Fowlers spinnefeind. Genug, um eine Story, die seine Familie zerstören sollte, rauszulassen. Nett, nicht?«

Das imponierte Plumber nicht. »So ist's halt in Washington.«

»Richtig, aber die Verwendung offizieller Regierungsressourcen für eine Vendetta? Es mag wohl Washington sein, aber gegen das Gesetz ist es auch.« Er schaltete den Motor ab und half Plumber aus dem Wagen.

Drinnen fanden sie eine zwergenhafte Besitzerin und einen Haufen amerasischer Kinder, die an diesem Samstag morgen die Regale auffüllten.

»Hello«, sagte Carol Zimmer. Von früheren Besuchen zum Kauf von Brot und Milch – und um den Laden in Augenschein zu nehmen – kannte sie Holtzman schon. Sie hatte keine Ahnung, daß er Reporter war. John Plumber aber erkannte sie, zeigte auf ihn: »Sie auf TV!«

»Da haben Sie recht«, gab der Kommentator mit einem Lächeln zu.

Der Älteste – sein Namensschild sagte Laurence – kam mit einem weniger freundlichen Ausdruck näher. »Kann ich Ihnen helfen, Sir?« Seine Stimme war akzentfrei, die Augen wach und mißtrauisch.

»Ich würde gerne mit Ihnen sprechen«, bat Plumber höflich.

»Worüber, Sir?«

»Sie kennen doch den Präsidenten?«

»Drüben ist die Kaffeemaschine, die Krapfen sehen Sie ohnehin.« Der junge Mann kehrte ihm den Rücken zu. Seine Größe hatte er vom Vater, sah Plumber, und Bildung hatte er auch.

»Warten Sie eine Sekunde!« sagte Plumber.

»Larry, sei nett zum Mann.«

»Mom, ich hab' dir doch gesagt, was der getan hat, weißt du noch?« Als Laurence die Reporter wieder ansah, erzählten die Augen alles. Plumber fühlte sich beschämt wie lange nicht mehr.

»Bitte«, sagte der Kommentator, »ich möchte Sie nur sprechen. Ich habe keine Kameras dabei.«

»Studieren Sie schon Medizin, Laurence?« fragte Holtzman.

»Woher wissen Sie das? Wer zum Teufel sind Sie?«

»Laurence!« protestierte seine Mutter.

»Bitte, warten Sie einen Moment.« Plumber hielt die Hände hoch. »Ich möchte bloß ein Gespräch. Keine Kameras, keine Bandgeräte, keine Aufzeichnung.«

»Ja, sicher. Und dafür haben wir Ihr Wort?«

»Laurence!«

»Mom, laß mich bloß machen!« bellte der Student und entschuldigte sich sofort bei ihr: »Tut mir leid, Mom, aber du weißt nicht, worum es hier geht.«

»Ich versuche bloß, herauszubekommen...«

»Ich hab' gesehen, was Sie getan haben, Mr. Plumber. Wenn Sie auf den Präsidenten spucken, spucken Sie auch auf meinen Vater. Kaufen Sie sich, was Sie brauchen, und trollen Sie sich.« Dann wieder der Rükken.

»Ich wußte es nicht«, protestierte John. »Können Sie meinen Fehler nicht korrigieren? Ich versprech's: Ich tue nichts, das Sie oder Ihre Familie verletzt. Aber wenn ich was falsch gemacht habe, sagen Sie's mir bitte.«

»Warum Sie Mr. Ryan verletzen?« fragte Carol Zimmer. »Er guter Mann. Er sorgt für uns. Er ...«

»Mom, bitte! Diese Leute kümmert das nicht!« Laurence mußte zurückkommen und dies in die Hand nehmen. Seine Mom war einfach zu naiv.

»Laurence, ich heiße Bob Holtzman. Ich bin bei der *Washington Post*. Über Ihre Familie weiß ich schon mehrere Jahre Bescheid, habe aber nichts gedruckt, weil ich Ihre Privatsphäre nicht verletzen wollte. Ich weiß, was Präsident Ryan für Sie tut. John soll es von Ihnen hören. Es wird nicht publik gemacht. Hätt' ich das gewollt, hätte ich's selbst gemacht.«

»Warum sollte ich Ihnen trauen?« verlangte Laurence Zimmer. »Sie sind Reporter.« Das durchbrach Plumbers Schutzschale hart genug, um ihn physisch zu schmerzen. War sein Berufsstand etwa so tief gesunken?

»Sie studieren Medizin?« fragte Plumber, wieder bei der Ausgangsstellung beginnend.

»Zweites Jahr in Georgetown. Ein Bruder ist im letzten Jahr am MIT, eine Schwester hat gerade an der UVA in Charlottesville begonnen.«

»Das ist teuer. Zuviel für das, was dieser Laden abwirft. Ich weiß es. Habe meine Kinder auch ausbilden lassen.«

»Wir arbeiten alle hier. Ich arbeite jedes Wochenende.«

»Sie studieren, um Arzt zu werden. Das ist ein ehrbarer Beruf«, sagte Plumber. »Und wenn Sie Fehler machen, versuchen Sie daraus zu lernen. Ich auch, Laurence.«

»Schöne Reden können Sie schwingen, Mr. Plumber. Das ist nicht neu.«

»Der Präsident hilft Ihnen, nicht wahr?«

»Wenn Ihnen etwas ›off the record‹ erzählt wird, darf es nie berichtet werden?«

»Nein, ›off the record‹ hat nicht genau die Bedeutung. Aber wenn ich Ihnen hier und jetzt sage, daß ich's nie verwenden werde – und das vor anderen Anwesenden –, und wenn ich dann mein Wort breche, können Sie meine Karriere zerschmettern. Leute in meinem Beruf dürfen sich manche Freiheit herausnehmen, vielleicht zu viele«, gab Plumber zu, »aber lügen dürfen wir nicht.« Und das war eigentlich der Punkt, oder?

Laurence sah zu seiner Mutter hinüber. Ihr schwaches Englisch bedeutete nicht einen schwachen Geist. Sie nickte ihm zu.

»Er war bei meinem Vater, als er fiel«, teilte der Junge mit. »Ihm hat er versprochen, sich um uns zu kümmern. Das tut er, jawohl, bezahlt die Studiengebühren und manches andere, er und seine Freunde beim CIA.«

»Es gab hier Schwierigkeiten mit einigen Rowdies«, fügte Holtzman hinzu. »Einer, den ich in Langley kenne, kam hier rüber und...«

»Hätte er nicht tun müssen«, wehrte Laurence ab. »Mr. Clar – nun, das hätte er nicht.«

»Warum sind Sie nicht am Johns Hopkins?« fragte Holtzman.

»Da wurde ich angenommen«, sagte ihnen Laurence. »So aber kann ich besser pendeln und im Laden helfen. Dr. Ryan – Frau Ryan, mein' ich – wußte erst nicht Bescheid, aber als sie's herausfand, nun, eine andere Schwester beginnt im Herbst an der Universität. Vormedizin, wie ich auch.«

»Aber weshalb...?« Plumbers Stimme wurde matt.

»Weil er vielleicht diese Art Kerl ist, und Sie haben ihn mit Scheiße beschmissen.«

»Laurence!«

Plumber sagte fünfzehn Sekunden oder so kein Wort. Er wandte sich der Dame an der Kasse zu. »Frau Zimmer, vielen Dank für Ihre Zeit. Nichts hiervon wird wiederholt. Ich verspreche es.« Er drehte sich um. »Viel Glück im Studium, Laurence. Vielen Dank für die Auskunft. Ich werde Sie nicht mehr behelligen.«

Die zwei Reporter gingen hinaus, direkt zum Lexus von Holtzman.

*Warum sollte ich Ihnen trauen? Sie sind Reporter.* Die ungekünstelten Worte eines Studenten, mag sein, aber dennoch verletzend. Weil er diese Worte verdient hatte, sagte sich Plumber.

»Was noch?« fragte er.

»Soviel ich weiß, wissen sie nicht mal die Umstände von Buck Zimmers Tod, nur daß er gefallen ist. Carol war wohl schwanger mit der Jüngsten, als er starb. Liz Elliot hat versucht, eine Geschichte in die Welt zu setzen, daß Ryan herummachte und das Kind seines sei. Ich wurde eingewickelt.«

Ein langer Seufzer. »Yeah, ich auch.«

»Also, was fangen Sie jetzt damit an, John?«

Er sah wieder hoch. »Ich möchte noch einiges überprüfen.«

»Der am MIT heißt Peter. Informatik. Die Studentin in Charlottesville heißt, glaub' ich, Alisha. Den Namen der Maturantin kenn' ich nicht, da kann ich aber nachsehen. Daten zum Kauf dieses Geschäfts hab' ich. Es ist eine Unterabsatz-S-Gesellschaft. Paßt alles zur Mission in Kolumbien. Ryan beschenkt sie jedes Jahr zu Weihnachten. Cathy auch. Wie sie's jetzt anstellen wollen, weiß ich nicht. Recht geschickt wahrscheinlich.« Holtzman lachte leise. »Er ist ganz gut im Bewahren von Geheimnissen.«

»Und der CIA-Typ, der...«

»Den kenn' ich. Keine Namen. Er fand raus, daß Carol mit einer Jugendbande Ärger hatte und hat ein paar Takte mit denen geredet. Die Polizeiberichte hab' ich gesehen«, fuhr Bob fort. »Ein interessanter Typ. Der hat Gerasimows Frau und Tochter rausgeholt. Carol hält ihn für einen riesigen Teddybär. Er hat auch Koga gerettet. In jedem Spiel ernstzunehmen.«

»Gib mir 'nen Tag. Einen Tag«, sagte Plumber.

»Klingt fair.« Auf der Rückfahrt zum Ritchie Highway fiel kein weiteres Wort.

»Dr. Ryan?« Beide Köpfe wandten sich Captain Overton zu, der zur Tür reinschaute.

»Was gibt es?« fragte Cathy, eine Ärztezeitschrift im Schoß.

»Ma'am, es gibt etwas, das die Kinder vielleicht gerne sehen möchten, mit Ihrem Einverständnis. Sie alle, wenn Sie wollen.«

Zwei Minuten später fuhren sie alle hinten in einem Hummer in den Wald hinein, nahe dem Begrenzungszaun. Das Fahrzeug hielt davor im Abstand von zweihundert Metern. Der Captain und ein Corporal führten sie den Rest des Weges bis auf fünfzehn Meter heran.

»Schh«, sagte der Corporal zu SANDBOX und hielt ihr ein Fernglas an die Augen.

»Geil!« meinte Jack junior.

»Wird sie Angst vor uns haben?« fragte Sally.

»Nein, hier jagt sie keiner, und sie kennen die Fahrzeuge«, sagte ihnen Overton. »Das ist Elvira, die zweitälteste Ricke hier.«

Sie hatte vor wenigen Minuten geboren. Elvira stand gerade wieder auf und säuberte das neugeborene Kitz, dessen Augen verwirrt in diese unerwartete, neue Welt blickten.

»Bambi!« bemerkte Katie Ryan als Expertin für diesen Disney-Film. Einige Minuten, und das Rehkitz rappelte sich auf die wackligen Füße.

»Okay. Katie?«

»Ja?« fragte sie, ohne wegzuschauen.

»Du bist es, die ihr den Namen geben darf«, sagte Captain Overton der Kleinen. Es war hier eine Tradition.

»Miss Marlene«, sagte SANDBOX, ohne zu zögern.

## 45 / Konfirmation

Wie man so sagte: Meilen und Meilen von Meilen und Meilen. Die Straße war in etwa so langweilig, wie es je ein Straßenbauer machen könnte, aber daran hatte niemand schuld. Das Land war es ja auch. Brown und Holbrook wußten jetzt, warum die Mountain Men zu Mountain Men geworden waren. Dort gab es ja wenigstens eine Aussicht. Sie hätten schneller fahren können, mußten sich aber erst an die Fahreigenschaften dieses Biests gewöhnen und kamen selten auf mehr als achtzig Stundenkilometer. Das trug ihnen giftige Blicke von sämtlichen anderen Fahrern auf der I-90 ein, vor allem von den Eignern der K-Whopper mit ihren Cowboyhüten; die fanden es ganz toll, daß es in Montanas Osten keine Geschwindigkeitsbeschränkung gab.

Sie fanden es auch harte Arbeit. Die ganzen Vorbereitungen hatten beide Männer ermüdet. Die mühevollen Wochen, den Laster vorzubereiten, Sprengstoff zu mischen, Kugeln zu gießen und einzubetten, hatten für wenig Schlaf gesorgt, und nichts könnte einen besser einschläfern als eine Fahrt auf einer Interstate im Westen. Die erste Nachtpause nahmen sie in einem Motel in Sheridan, gleich nach der Grenze zu Wyoming. Allein dorthin zu kommen, ihre erste Tagesfahrt mit dem verdammten Ding, führte sie fast ins Verderben, besonders auf dem Dreieck I-90/I-94 in Billings. Sicher hatten sie geahnt, daß der Zementlaster in etwa die Kurvenlage einer Sau auf der Eisbahn hatte, aber die Erfahrung selbst überstieg dann ihre schlimmsten Ängste. Sie schliefen schließlich bis nach acht Uhr am nächsten Morgen.

Das Motel war eigentlich eine Art Truck-Stop mit einer Kundschaft aus Privatleuten und Langstrecken-Spediteuren. Das kräftige Frühstück im Speiseraum wurde verschlungen von dem Rudel rauhbeiniger, unabhängiger Männer und auch einigen ähnlich eingestellten Frauen. In den Frühstücksgesprächen ging es, vorhersagbar, um die Nachrichten.

»Die Hundesöhne müssen Vollidioten sein«, gab ein bierbäuchiger Trucker mit Tätowierungen auf seinen massigen Unterarmen zum besten.

»Meinste?« fragte Ernie Brown in der Hoffnung, ein Gefühl dafür zu bekommen, wie diese verwandten Seelen das alles aufnahmen.

»Wer sonst macht sich an die Kleinen ran? Hundesöhne.« Der Fahrer wandte sich wieder seinen Blaubeerpfannkuchen zu.

»Wenn's Fernsehen stimmt, haben's die zwei Cops echt gekonnt«, gab ein Milch-Fahrer bekannt. »Fünf Kopfschüsse. Huuiiii!«

»Und der eine Typ, den's erwischte, gegen sechs Gewehrschützen mit 'ner Pistole! Hat drei davon umgelegt, 'n echter amerikanischer Mann des Gesetzes.« Er sah wieder von den Pfannkuchen auf. Seine Ladung waren Rinder. »Der hat seinen Platz in Valhalla verdient, *verflucht* sicher.«

»Hey, das waren Feds, Mann«, sagte Holbrook um sein Toast herum. »Das sind keine Helden. Was ist mit…«

»In deinen, lieber Freund«, warnte ihn der Milchmann. »Will ich nich' hören. Da war'n zwanzig, dreißig Kinder drinnen.«

Ein weiterer Fahrer schaltete sich ein. »Und der schwarze Typ, der mit seiner M-16 reinrollte. Verdammt, wie in der Cav auf meiner zweiten Tour im Tal der Glücklichen. Dem Jungen kauf' ich gern ein Bier, sag' ich.«

»Du warst AirCav?« fragte der Rinder-Schlepper.

»Cäsar, Erste des Siebten.« Er drehte sich mit dem übergroßen, roten Aufnäher der First Air Cavalry Division auf der Lederjacke nach vorn.

»Gary Owen, Bruder! Delta, Zweite des Siebten.« Er ging rüber, um dem Mann die Hand zu schütteln. »Wo kommste her?«

»Seattle. Das ist meiner da draußen mit Maschinenteilen, ab nach Saint Louie. Gary Owen. Mensch, tut's gut, das wieder zu hören.«

»Jedesmal, wenn ich hier durchfahre…«

»Voll drauf. Da bei Little Big Horn ha'm wir Brüder im Grab. Hab' immer Zeit für ein kurzes Gebet auf der Durchfahrt.«

»Schiet, Mann!« Die beiden gaben sich wieder die Hand. »Mike Fallon.«

»Tim Yaeger.«

Die zwei Mountain Men waren nicht nur zum Frühstück hergekommen. Dies waren doch ihre Art Leute. Sollten's jedenfalls sein. Rauhe Individualisten. Bundespolizisten als Helden? Was zum Teufel war hier los?

»Junge, wenn wir wissen, wer die Knete für diese Geschichte raustat, hoff' ich, daß dieser Ryan damit was anzufangen weiß«, sagte Maschinenteile.

»Exmarine«, antwortete Rinder. »Keiner von denen, sondern einer von uns. Endlich.«

»Hast vielleicht recht. Jemand muß dafür blechen, und ich hoffe, die Richtigen wer'n zu Vollstreckern gemacht.«

»Verdammt recht«, stimmte der Milchmann von seinem Platz an der Theke zu.

»Nun.« Ernie Brown stand auf. »Zeit für uns, wieder loszuziehen.«

Die übrigen blickten nur flüchtig auf und wandten sich wieder ihrer informellen Meinungsumfrage unter Truckern zu.

»Wenn du dich morgen noch nicht besser fühlst, geht's ab zum Arzt, mein letztes Wort!« sagte sie.

»Ach, mir wird's schon gutgehen.« Aber der Protest kam als Stöhnen raus. Er fragte sich, ob's die Hongkong-Grippe oder was anderes war. Auch wenn ihm der Unterschied unbekannt war. Wer wußte das schon außer den Ärzten? Was würden die ihm sagen? Ruhe, Trinken, Aspirin, und das machte er schon. Als ob man ihn in den Sack gesteckt und durchgeknüppelt hätte, so ging's ihm, und die Reiserei half kein bißchen. Das Reisen mochte keiner. Jedem gefiel's, woanders zu *sein*, aber hinzukommen war immer das Letzte. Alles im A..., grummelte er. Er ließ sich in den Schlaf zurücksinken, hoffte, daß sich seine Frau nicht zu sehr sorgte. Morgen ginge es ihm besser, war doch immer so. Das bequeme Bett und die Fernsteuerung zur Hand, solange er sich nicht bewegte, tat's auch nicht weh... nicht sehr. Schlimmer konnt's nicht werden. Dann würde es besser, wie immer.

Wenn der Mensch einmal eine bestimmte Höhe erklommen hat, hört die Arbeit eigentlich nie mehr auf. Man konnte weggehen, dann kam einem die Arbeit nach, fand einen, wo auch immer. Das war ein Problem, sowohl für Jack Ryan als auch für Robby Jackson.

Für Jack waren es die Reden, die ihm Callie Weston vorbereitet hatte – morgen ging's mit dem Flieger nach Tennessee, Kansas, Colorado, dann California, und schließlich bis drei in der Früh zurück nach Washington, dem größten Sonderwahltag in der Geschichte Amerikas entgegen. Knapp ein Drittel der vom Sato-Typen freigemachten Kongreßsitze standen zur Wahl, der Rest würde im Laufe der folgenden zwei Wochen besetzt. Dann würde ein vollbesetzter Kongreß existieren, mit dem er vielleicht, nur vielleicht, richtige Arbeit erledigen könnte. Pure Politik überschattete seine unmittelbare Zukunft. In der kommenden Woche würde er detaillierte Pläne zur Strukturreform der beiden mächtigsten Bürokratien der Regierung: Verteidigung und Finanzen, überarbeiten. Der Rest wurde auch vorbereitet.

Seit er hier beim Präsidenten war, wurde für Admiral Jackson alles aus dem J-2-Büro, dem Nachrichtendienst des Pentagons, vorbereitet, damit er den Tagesbericht zur Weltlage vortragen konnte. Nur ums Material durchzugehen, brauchte er eine Stunde.

»Was gibt neues, Rob?« fragte Jack.

»Wo soll ich beginnen?«

»Such's aus«, bot der Präsident an.

»Okay. Mike Dubro und die *Ike*-Gruppe fahren noch immer nach

Norden Richtung China, recht flott. Gutes Wetter und ruhige See; sie machen im Schnitt 25 Knoten. Ihre ETA rückt dadurch einige Stunden vor. Die Übung in der Formosastraße wird fortgeführt, beide Seiten halten sich aber jetzt an die eigene Küste. Sieht so aus, als ob die Abschüsse alle etwas beruhigt hätten. Minister Adler soll im Moment dort sein, bespricht's mit denen.

Naher Osten. Wir überwachen auch die UIR-Übung. Sechs schwere Divisionen mitsamt Versorgung und taktischen Fliegern. Wir haben Predators dort und passen auf...«

»Wer hat das genehmigt?« fragte der Präsident.

»Ich«, antwortete Jackson.

»Eindringen in fremden Luftraum?«

»J-2 und ich haben hier die Führung. Sie wollen doch über ihr Tun und Können Bescheid wissen, oder?«

»Ja, das brauch' ich.«

»Gut, Sie sagen mir, was zu tun ist, und überlassen mir, wie's geschieht, okay? Es ist eine Tarnkappenplattform, zerstört sich selbst bei Kontrollverlust oder wenn's den Leuten am Steuerpult irgendwie nicht gefällt. Echtzeit-Daten dieser Güte gibt's weder von Satelliten noch von J-STARS, die wir drüben im Moment nicht haben. Sonst Fragen, Mr. President?«

»Touché, Admiral. Was kommt unterm Strich raus?«

»Die sehen besser aus, als unsere Anfangsbeurteilung erwarten ließ. Noch keine Panik, aber die Geschichte erregt langsam unsere Aufmerksamkeit.«

»Was ist mit Turkmenistan?«

»Anscheinend versuchen sie dort, Wahlen anzuleiern, aber die Info ist alt, und mehr wissen wir auf der politischen Seite nicht. Insgesamt ist die Lage drüben ruhig. Satelliten zeigen vermehrten Grenzverkehr – in der Hauptsache Handel, denken die Nachrichtendienstler, aber nicht mehr als das.«

»Sieht jemand nach iranischer – verflucht, der UIR-Truppenverteilung an der Grenze?«

»Weiß ich nicht. Läßt sich prüfen.« Jackson notierte es. »Dann haben wir die indische Marine gefunden.«

»Wie das?«

»Die machen kein Geheimnis daraus. Ich ließ ein paar Orions von Diego Garcia aufsteigen, die fanden unsere Freunde im Abstand von 300 Meilen durch Radaremission. Sie sind zirka 400 Meilen vom Heimathafen weg. Nebenbei liegen sie damit genau zwischen Diego Garcia und dem Eingang zum Persischen Golf. Morgen fragt unser Defense-Attaché in Neu-Delhi sie nach ihren Absichten. Viel werden sie ihm nicht sagen.«

»Wenn nicht, mein' ich, daß Botschafter Williams selbst ein Besuch machen wird.«

»Gute Idee. Und damit ist die heutige Nachrichtensendung abgeschlossen, falls Sie kein Trivia spielen wollen.« Robby schloß die Dokumente weg. »Wie sehen die Reden aus?«

»Das Thema ist gesunder Menschenverstand.«

»In *Washington?«*

Adler war nicht übermäßig zufrieden. In Peking angekommen, erfuhr er, daß die Zeitplanung zu wünschen ließ. Seine Maschine war – wieder mal die internationale Datumsgrenze – an einem Samstag abend gelandet, und die wichtigsten Minister waren ausgeflogen, gewissenhaft die Bedeutung des Gemetzels über der Seestraße herabspielend, und im ›Bestreben‹, ihm die Chance zu geben, vom Jetlag erholt, ernste Treffen wahrzunehmen.

»Welch Vergnügen, Sie hier zu haben«, sagte der Außenminister, nahm seine Hand und führte ihn in sein Büro. Dort wartete bereits jemand. »Kennen Sie Zhang Han San?«

»Nein, wie geht es Ihnen, Minister?« fragte Adler und nahm auch dessen Hand. *So sieht er also aus.*

Man setzte sich. Außer den beiden chinesischen Ministern gab es als Dolmetscherin eine Frau in den frühen Dreißigern.

»Ihr Flug war angenehm?« erkundigte sich der Außenminister.

»Ihr Land zu besuchen ist stets angenehm, doch wünschte ich mir, der Flug wäre kürzer«, gab Adler zu.

»Reiseauswirkungen auf den Körper sind oft problematisch, und der Körper beeinflußt doch den Geist. Ich gehe davon aus, daß Sie sich erholen konnten. Es ist wichtig«, fuhr der Außenminister fort, »daß Gespräche auf hoher Ebene, vor allem in Zeiten unangenehmer Vorkommnisse, nicht durch überflüssige Komplikationen beeinträchtigt werden.«

»Ich bin gut ausgeruht«, versicherte ihnen Adler. Er hatte reichlich geschlafen. Er war sich nur nicht sicher, wie spät es war, wo auch immer sein Körper sich wähnte. »Und die Interessen des Friedens und der Stabilität zwingen uns das gelegentliche Opfer auf.«

»Wie wahr.«

»Minister, die traurigen Vorkommnisse der letzten Woche haben mein Land beunruhigt«, sagte SecState seinen Gastgebern.

»Warum versuchen diese Banditen, uns zu provozieren?« fragte der Außenminister. »Unsere Streitkräfte führen Übungen durch, das ist alles. Und die haben zwei unserer Flugzeuge abgeschossen. Die Besatzungen sind tot. Sie haben Familien. Das ist sehr traurig, aber ich hoffe, Sie haben bemerkt, daß die Volksrepublik nicht zurückgeschlagen hat.«

»Wir haben dies mit Dankbarkeit bemerkt.«

»Die Banditen haben zuerst geschossen. Sie wissen das.«

»Zu dem Aspekt sind wir im unklaren. Einer der Gründe meines Besuchs ist es, die Tatsachen festzustellen«, antwortete Adler.

»Ah.«

Hatte er sie überrascht? Der SecState grübelte. Es war wie beim Kartenspiel, mit dem Unterschied, daß man den Wert der eigenen Karten nie wirklich kannte. »Sie haben öffentlich gesagt, der erste Schuß wurde von den anderen abgefeuert. Sind Sie sich dessen sicher?«

»Völlig«, versicherte ihm der Außenminister Chinas.

»Entschuldigen Sie, aber was wäre, wenn einer Ihrer verlorenen Piloten zuerst geschossen hat? Wie würde man das jemals erfahren?«

»Unsere Piloten hatten strikten Befehl, nur zur Selbstverteidigung zu feuern.«

»Das ist für Ihr Personal eine vernünftige und kluge Richtlinie. Aber in der Hitze des Gefechts – oder aber unter Streß – kommen Fehler doch mal vor. Wir kennen das Problem aus eigener Erfahrung. Ich finde Flieger impulsiv, besonders die, die jung und stolz sind.«

»Trifft das nicht auch auf die andere Seite zu?« fragte der Außenminister.

»Gewiß«, gab Adler zu. »Darin liegt das Problem, nicht wahr? Deshalb«, fuhr er fort, »ist es unsereiner Angelegenheit, die Vermeidung solcher Situationen sicherzustellen.«

»Doch sie provozieren uns immer wieder. Die buhlen um Ihre Gunst, und uns beunruhigt es, daß es ihnen gelungen sein könnte.«

»Entschuldigen Sie?«

»Ihr Präsident Ryan sprach von *zwei* Chinas. Es gibt nur ein China, Secretary Adler. Ich dachte, der Streitpunkt war schon längst beigelegt.«

»Es war ein semantischer Fehler auf seiten des Präsidenten, eine Nuance der Linguistik«, winkte Adler ab. »Der Präsident hat viele Qualitäten, hatte aber noch keine Zeit, die Feinheiten diplomatischen Austauschs zu lernen, und ein unvernünftiger Reporter griff das Thema auf. Nicht mehr als das. Es hat in unserer Politik dieser Region gegenüber keine Änderungen gegeben.« Doch Adler verwendete *bewußt* ›Änderungen‹ und ›hat gegeben‹ statt ›gibt.‹ Manchmal glaubte er, mit der

Formulierung von Versicherungsverträgen ein Vermögen verdienen zu können.

»Solche Fehler in der Linguistik können auch als etwas anderes als Fehler angesehen werden«, erwiderte der Außenminister.

»Habe ich unsere Position in dieser Sache nicht klargemacht? Sie werden sich doch erinnern, daß er zu einem höchst unangenehmen Vorfall, in dem amerikanische Leben verloren wurden, befragt wurde. Auf der Suche nach passenden Worten wählte er solche aus, die in unserer Sprache das eine, in Ihrer das andere bedeuten.« Das ging ja viel besser als vermutet.

»Auch chinesische Leben gingen da verloren.«

Zhang hörte intensiv zu, äußerte aber nichts. Nach westlicher Auffassung wäre der ein Helfer, technischer Assistent, der seinem Minister bei Fragen des Rechts oder der Interpretation beizustehen hätte. Hier war eher das Gegenteil der Fall. Wenn Zhang das war, was der Amerikaner dachte, und schlau genug, zu vermuten, daß der Amerikaner dies argwöhnte – warum war er dann hier zugegen? »Ja, und viele andere in großer Trauer. Ich hoffe, Sie werden verstehen, daß unser Präsident solches sehr ernst nimmt.«

»So ist es, und ich habe leider noch nicht gesagt, daß wir den Anschlag auf seine Tochter mit Abscheu betrachten. Sicher werden Sie Präsident Ryan unser tiefes Mitgefühl für diesen unmenschlichen Akt und unsere Freude über ihre Unversehrtheit übermitteln.«

»Ich danke Ihnen an seiner Stelle und werde Ihre guten Wünsche weitergeben.« Zum zweitenmal war ihm der Außenminister schon ausgewichen. Hier war eine Lücke. Er dachte daran, daß seine Gesprächspartner sich für scharfsinniger als alle anderen hielten. »Der Präsident ist ein Mann der Gefühle«, gab Adler zu. »Es ist ein amerikanischer Wesenszug. Außerdem bewegt ihn seine Pflicht sehr stark, die Leben all unserer Bürger zu schützen.«

»Dann sollten Sie mit den Rebellen auf Taiwan sprechen. Wir glauben, die haben die Linienmaschine zerstört.«

»Aber warum so etwas tun?« fragte Adler, den wirklich überraschenden Teil ignorierend. War das ein Ausrutscher? Mit Taiwan reden. Die PRC bat ihn darum?

»Um diesen Vorfall zu verschlimmern. Um mit den persönlichen Gefühlen Ihres Präsidenten zu spielen. Um die wahren Angelegenheiten zwischen der Volksrepublik und unserer eigensinnigen Provinz zu verschleiern.«

»Meinen Sie das wirklich?«

»Ja, gewiß«, versicherte ihm der Außenminister. »Wir wünschen keine Feindseligkeiten. Solche Dinge gehen so verschwenderisch mit Menschen und Mitteln um, und wir haben wichtigere Angelegenheiten in unserem Land. Die Taiwan-Frage wird im Lauf der Dinge entschieden. Solange Amerika sich nicht einmischt«, fügte er hinzu.

»Wie bereits gesagt, Herr Minister, haben wir in unserer Politik keine Änderungen durchgeführt. Wir wünschen lediglich die Wiederherstellung von Frieden und Stabilität«, sagte Adler.

»Dann sind wir uns einig.«

»Sie werden nicht gegen unsere Marinemanöver protestieren?«

Der Außenminister seufzte. »Auf See ist die unschuldige Passage für alle frei. Uns steht es nicht zu, den Vereinigten Staaten von Amerika zu befehlen, wie es auch Ihnen nicht zusteht, der Volksrepublik Befehle zu erteilen. Die Bewegung Ihrer Streitkräfte bewirkt den Eindruck, Sie wollten lokale Ereignisse beeinflussen, und wir werden dazu pro forma Stellung beziehen. Doch im Interesse des Friedens«, fuhr er fort, geduldig und müde zugleich im Ton, »werden wir nicht zu stark protestieren, besonders wenn damit die Rebellen ermutigt werden, ihre törichten Provokationen zu unterlassen.«

»Es wäre nützlich zu erfahren, ob Sie Ihre Seemanöver bald sistieren. Das wäre eine sehr günstige Geste.«

»Die Frühjahrsmanöver werden fortgeführt. Sie bedrohen keinen, wie Ihre gesteigerte Marinepräsenz deutlich machen wird. Wir bitten Sie nicht, unser Wort zu akzeptieren. Lassen Sie unsere Taten sprechen. Es wäre gut, wenn auch unsere rebellischen Vettern ihre Aktivitäten einschränkten. Vielleicht könnten Sie diesbezüglich mit ihnen reden?«

Zweimal schon? Dann war das vorhin kein Versprecher.

»Wenn Sie es wünschen, ja, dann setze ich gerne meine Stimme und die meines Landes für die Suche nach Frieden ein.«

»Wir schätzen die Gefälligkeit der USA sehr und trauen Ihnen als ehrlichem Vermittler in dieser Sache, zumal bedauerlicherweise amerikanische Leben bei diesem tragischen Vorfall verloren wurden.«

Secretary Adler gähnte. »Oh, Verzeihung.«

»Reisen ist ein Fluch, nicht wahr?« Zhang sprach zum erstenmal.

»Das kann es wirklich sein«, stimmte Adler zu. »Gestatten Sie mir bitte, mit meiner Regierung Rücksprache zu halten. Ich meine, Ihr Wunsch wird wohlwollend beantwortet.«

»Vorzüglich«, bemerkte der Außenminister. »Wir streben hier keinen Präzedenzfall an. Ich hoffe, Sie werden verstehen, aber in Anbetracht der besonderen Umstände heißen wir Ihre Hilfe willkommen.«

»Sie erhalten die Antwort am Morgen«, versprach Adler und stand auf. »Vergeben Sie mir die Verlängerung Ihres Tages.«

»So ist die Pflicht für uns alle.«

Scott Adler verabschiedete sich, innerlich damit beschäftigt, was genau für eine Bombe auf ihm gelandet war. Wer das Kartenspiel gewonnen hatte, war ihm unklar, und er wußte, er war sich nicht mal sicher, was gespielt wurde. Seinen Erwartungen hatte es jedenfalls nicht entsprochen. Scheinbar hatte er gewonnen, und zwar leicht. Die Gegner hatten sich entgegenkommender herausgestellt, als er an ihrer Stelle gewesen wäre.

Mancher nannte es Scheckbuch-Journalismus; er war aber weder neu noch in der Ausführung teuer. Jeder erfahrene Reporter hatte Ansprechpartner, die gegen geringes Entgelt Dinge nachprüften. Es war kaum illegal, von einem Freund einen Gefallen zu erbitten. Die Information unterlag selten irgendwelchen Zugangsbeschränkungen – und war in diesem Fall öffentlich. Nur waren die Büros nicht immer am Sonntag geöffnet.

Ein mittlerer Angestellter im Innenministerium Marylands fuhr zu seinem Büro in Baltimore und suchte das staubige Aktenlager auf. Er fand den richtigen Schrank und zog eine Akte heraus. Binnen einer Minute waren alle Dokumente kopiert und alles wieder am Platz. Er ging zum Wagen zurück und fuhr nach Hause. Weil er so etwas öfter machte, hatte er ein persönliches Faxgerät daheim, und nach nur zehn Minuten waren die Kopien abgeschickt, in die Küche gebracht und im Müll verschwunden. Dafür würde er 500 Dollar kassieren. Wochenendarbeit wurde extra entlohnt.

John Plumber las in den Dokumenten, noch ehe die Übertragung zu Ende war. Tatsächlich: ein Ryan, John P., hatte eine Unterabsatz-S-Gesellschaft zu der von Holtzman genannten Zeit gegründet. Führung der Gesellschaft war vier Tage später (ein Wochenende im Weg) übertragen worden auf Zimmer, Carol (unbek.), und diese Gesellschaft besaß ein 7-Eleven im Süden Marylands. Zu den stimmberechtigten Gesellschaftern gehörten auch Zimmer, Laurence, Zimmer, Alisha, und ein weiteres Kind, und die Anteilseigner hatten alle den gleichen Nachnamen. Er erkannte auf den Übertragungsdokumenten Ryans Unterschrift. Die rechtlichen Feinheiten hatte eine Firma in Washington erledigt – eine bedeutende, deren Namen er gut kannte. Mit gewitzten, aber legalen Manövern war sichergestellt worden, daß die Übertragung für die Zimmer-Familie steuerfrei blieb. Darüber hinaus gab es keine weitere Aktenarbeit. War ja auch nicht nötig.

Er hatte auch andere Dokumente. Plumber kannte die Chefin für Immatrikulation am MIT und hatte am Vorabend, ebenfalls per Fax, erfahren, daß Studiengebühren und Unterkunft für Peter Zimmer von einer Privatstiftung bezahlt wurden, die Schecks von der gleichen Anwaltskanzlei unterschrieben, die für die Sub-S-Gesellschaft gezeichnet hatte. Er hatte sogar die Zensuraufstellung für den Abgänger. Es stimmte: Er war Informatiker und würde für seine Dissertationszeit am MIT Medienlabor in Cambridge/Boston verbleiben. Abgesehen von mittelmäßigen Noten in Grundlagen der Philologie – auch MIT wollte belesene Absolventen, aber Peter Zimmer hatte wohl nichts für Gedichte übrig – hatte der Junge nur Einser.

»Also ist's wahr.« Plumber lehnte sich im Drehstuhl zurück und befragte sein Gewissen. »Warum sollte ich Ihnen trauen? Sie sind Reporter«, wiederholte er leise für sich.

Das Problem mit seinem Berufsstand war eines, über das seine Mitglieder fast nie sprachen, wie auch ein Reicher selten Steuernachlässe bejammert. In den Sechzigern hatte ein Mann namens Sullivan die *New York Times* wegen Verleumdung verklagt und nachgewiesen, daß die Zeitung nicht einwandfrei kommentiert hatte. Doch die Zeitung hatte argumentiert, und das Gericht zugestimmt, daß ohne bösen Willen die Fehler nicht schuldhaft wären und daß das öffentliche Interesse den Schutz der Interessen einzelner überstieg. Leute strengten gelegentlich trotzdem Verfahren gegen die Medien an. Manchmal gewannen sie auch. Etwa so oft, wie die Mannschaft von irgendeinem Kaff die von Penn State unterbuttern konnte.

Der Rechtsspruch war notwendig, dachte Plumber. Der erste Verfassungszusatz garantierte die Freiheit der Presse, weil die Presse Amerikas erster, in mancher Hinsicht einziger Garant für die Freiheit war. Menschen logen immer. Besonders die in der Regierung, und es war Aufgabe der Medien, die Tatsachen herauszufinden – und sie der Bevölkerung zugänglich zu machen, damit sie jeweils die eigene Wahl treffen konnte.

Aber der Jagdschein, den der Supreme Court ausgestellt hatte, hatte einen Haken. Die Medien konnten Menschen zerstören. Reporter genossen einen Freibrief wie einstmals Könige: Praktisch gesehen stand sein Berufszweig über dem Gesetz. Praktisch gesehen brachte sein Berufsstand auch viel Mühe auf, so zu bleiben. Fehler einzugestehen war nicht nur ein juristischer Fauxpas, der viel kosten konnte. Er würde auch das Vertrauen erschüttern, den das Publikum ihrem Beruf entgegenbrachte. Und so gaben sie nie ohne Zwang Fehler zu, und wenn doch, dann fast nie mit der Bedeutung, die den ursprünglichen, fehlerhaften Behauptungen eingeräumt worden war. Es gab Ausnahmen, aber jeder konnte sie an den eigenen Fingern abzählen.

Plumbers Berufsstand hatte sich geändert. Es gab zuviel Arroganz, zuwenig Erkenntnis darüber, daß ihnen die Bevölkerung nicht mehr traute – und das verletzte Plumber. Er hielt sich für vertrauenswürdig. Er hielt sich für einen beruflichen Nachkommen von Ed Morrow, dessen Stimme *jeder* Amerikaner zu vertrauen gelernt hatte. So sollte es ja auch sein. War es aber nicht, weil der Berufsstand nicht von außen kontrolliert werden konnte, und vor einer wirksamen Kontrolle von innen her nicht wieder vertrauenswürdig werden konnte. Reporter riefen den Zorn Gottes über jeden anderen Berufsstand hernieder – Ärzte, Anwälte, Politiker – wegen Verfehlung bei professioneller Verantwortung. Selbst aber ließen sie sich nicht von außen belangen, und nur zu selten von ihresgleichen.

Plumber bedachte seine Lage. Er konnte sich jederzeit zur Ruhe setzen. Columbia University hatte ihn oft genug gebeten, Dozent für Journalismus zu werden ... und für Ethik, wegen seiner vertrauenswürdigen, seiner vernünftigen, seiner ehrlichen Stimme. Eine alte Stimme, sagte er sich – vielleicht die letzte Stimme?

Im Endeffekt aber ging es um eines Mannes Gewissen. Er mußte irgendeiner Sache treu sein. Wenn er seinem Beruf treu sein wollte, mußte er dessen Fundament treu sein. Die Wahrheit sagen, und laß die Chips fallen, wo sie möchten. Er griff zum Telefon.

»Holtzman«, antwortete der Reporter, da es seine Geschäftsleitung zu Hause war.

»Plumber. Ich hab's gecheckt. Scheint, daß du recht hast.«

»Gut. Was jetzt, John?«

»Ich muß es selbst machen. Du bekommst Exklusivrechte am Druck.«

»Das ist großzügig, John. Danke«, stimmte Bob zu.

»Mögen tu ich Ryan als Präsidenten trotzdem nicht«, fügte Plumber hinzu; defensiv; sinnvoll. Ging ja nicht, dies aus Gefälligkeit zu tun.

»Du weißt, daß es darum gar nicht geht. Deshalb hab' ich mit dir darüber gesprochen. Wann?« fragte Bob Holtzman.

»Morgen nacht. Live.«

»Wie wär's, wir setzen uns mal hin und arbeiten's aus. Dies wird was Großes für die *Post*. Möchtest du im Titel den Nebenautor?«

»Könnte ja sein, daß ich morgen 'ne andere Stelle suchen muß«, bemerkte Plumber mit reuigem Lacher. »Okay, machen wir's so.«

»Also, was bedeutet das?« fragte Jack.

»Es ärgert sie nichts, was wir tun. Fast, als ob sie den Träger dort haben wollen. Sie haben gebeten, daß ich nach Taipeh fahre.«

»Direkt?« Der Präsident war sehr überrascht. Direkte Flüge würden der ROC-Regierung eine Rechtmäßigkeit einräumen wie nie zuvor. Ein amerikanischer Außenminister würde zwischen den Staaten hin- und herpendeln, was auf Ministerialebene nur zwischen Hauptstädten souveräner Länder geschah.

»Yeah, hat mich auch etwas überrascht«, sagte Adler auf dem verschlüsselten Kanal. »Als nächstes, der Hund, der nicht bellte: nur ein halbherziger Protest zu Ihrem ›zwei Chinas‹-Fehltritt bei der Pressekonferenz, und der üble Drachenkopf-Handel ist nie aufgekommen. Sie verhalten sich recht zahm für Menschen, die mehr als hundert Passagiere getötet haben.«

»Ihre Marineübung?«

»Wird fortgeführt; sie haben uns praktisch eingeladen, zuzusehen, wie normal sie ist.«

Admiral Jackson horchte am Lautsprecher mit. »Mr. Secretary? Hier spricht Robby Jackson.«

»Ja, Admiral?«

»Die veranstalten eine Krise, wir bewegen einen Träger, und jetzt sagen sie, sie finden uns sympathische Gäste, hab' ich's richtig?«

»Ja. Sie wissen nicht, daß wir im Bilde sind, glaube ich zumindest nicht – aber wissen Sie, ich bin mir nicht sicher, ob das zur Zeit wichtig ist.«

»Da ist was faul«, sagte der J-3 sofort. »Absolut oberfaul.«

»Admiral, damit haben Sie, glaube ich, möglicherweise ebenfalls recht.«

»Nächster Zug?« fragte Ryan.

»Schätze, morgen fliege ich nach Taiwan. Kann ich nicht vermeiden, oder?«

»Stimme zu. Halt mich im Bilde, Scott.«

»Ja, Mr. President.« Die Leitung war tot.

»Jack – nee, Mr. President, hier leuchtet gerade die große rote Glühbirne.«

Ryan verzog das Gesicht. »Und ich muß morgen auch noch auf politisch machen. Abflug um...«, er prüfte seinen Tagesplan, »verlasse das Haus um 6.50. Wir brauchen zu dem hier schnellstmöglich eine Beurteilung. Verflucht, Adler ist drüben, ich auf Tour, Ben Goodley nicht ausreichend erfahren. Ich brauche dich bei der Sache, Bob. Wenn's dabei operationelle Feinheiten gibt, ist das dein Fachgebiet. Die Foleys. Arnie auf der politischen Seite. Wir brauchen eine gute China-Kraft vom Außenministerium …«

Adler nestelte sich ins Bett in der VIP-Unterkunft der Botschaft. Er arbeitete seine Notizen auf der Suche nach einem Angelpunkt durch. Leute machen auf jeder Ebene Fehler. Auch führende Beamte. Sie machten Fehler. Sie glitten aus. Sie verliebten sich in die eigene Cleverneß.

»Reisen ist ein Fluch«, hatte Zhang gesagt. Seine einzigen Worte. Warum gerade diese? Es war so offensichtlich, daß es Adler jetzt nicht verstand.

»Bedford Forrest, hm?« sagte Diggs und kleisterte Relish auf seinen Frankfurter.

»Bester Kavalleriekommandant, den wir je hatten«, sagte Eddington.

»Sie verzeihen, Professor, wenn ich wenig Enthusiasmus für den Herrn aufbringe«, sagte der schwarze General. »Der Hundesohn hat schließlich den Ku-Klux-Klan gegründet.«

»Ich habe nie behauptet, der Mann sei politisch scharfsinnig, Sir, und verteidige nicht seine Persönlichkeit, aber wenn wir je einen besseren Befehlshaber in den Kavallerie hatten, ist mir der Name nie untergekommen«, antwortete Eddington.

»Der hat's gebracht«, mußte Hamm zugeben.

»Stuart war überschätzt, manchmal launisch, und hatte sehr viel Glück. Nathan hatte das Fingerspitzengefühl, konnte im vollen Lauf Entscheidungen treffen und hat verflucht wenig falsche gefällt. Seine sonstigen Verfehlungen muß man halt, fürchte ich, übergehen.«

Unter Stabsoffizieren der Armee konnten Geschichtsdebatten stundenlang anhalten und waren so gelehrt wie in beliebigen Universitätsseminaren. Diggs war zum Plausch mit Colonel Hamm herübergekommen und fand sich inmitten der millionsten Wiederholung des Bürgerkriegs wieder. Millionsten? dachte Diggs. Nein, bei weitem mehr.

»Was ist mit Grierson?« fragte Diggs.

»Sein Angriff in die Tiefe war von großer Schönheit, aber bedenken Sie, daß er ihn nicht eigentlich selbst erfand. Im Grunde meine ich, seine beste Arbeit leistete er als Befehlshaber des 10ten.«

»Das ist endlich ein Wort, Dr. Eddington.«

»Sie haben dem Chef gerade die Augen zum Leuchten gebracht. Wissen Sie …«

»Ja richtig! Das war ja bis vor kurzem Ihr Regiment. Bereit und Vorwärts!«

»Sie kennen sogar unser Regimentsmotto?« Vielleicht war dieser Kerl doch ein ernsthafter Historiker, dachte Diggs, auch wenn er jenen rassistischen Mörder bewunderte.

»Grierson baute das Regiment vom Grunde auf, mit lauter leseunkundigen Troupiers. Er mußte seine eigenen NCOs ziehen, und ihnen wurde jeder Scheißjob im Südwesten zugeteilt. Aber sie waren es, die die Apachen in die Knie zwangen – und nur einen verdammten Film gibt's darüber. Ich dachte an ein Buch zum Thema, wenn ich mal pensioniert bin. Er war unser erster echter Wüstenkämpfer, und seine Auffassungsgabe war phänomenal. Er kannte den tiefen Angriff, wußte seine Schlachten zu bestimmen, und wenn er mal zugebissen hatte, ließ er nicht los. Es hat mich gefreut, die alte Standarte wieder hier zu sehen.«

»Colonel Eddington, ich nehme zurück, was ich dachte.« Diggs hob sein Bier zum Salut. »Das ist, worum's geht bei der Cav.«

## 46 / Ausbruch

Es wäre natürlich schöner gewesen, erst Montag morgens zurückzukehren, aber das hätte bedeutet, die Kinder zu früh zu wecken. Jack jr. und Sally mußten sich sowieso auf Schularbeiten vorbereiten, und für Katie mußte ein neues Arrangement getroffen werden. Camp David war so anders gewesen, daß die Rückkehr fast eine Art Schock war. Sobald der Regierungssitz vom Helikopter aus zu sehen war, wechselten Ausdruck und Stimmung abrupt. Die Sicherheitsvorkehrungen waren massiv gesteigert worden, und das erinnerte auch daran, wie wenig attraktiv dieser Ort und das Leben darin für sie waren. Ryan stieg als erster aus, salutierte vorm Marine am Ende der Treppe und sah zur Südfassade des White House hoch. Es war wie ein Schlag ins Gesicht. Willkommen zurück in der Realität. Präsident Ryan geleitete seine Familie hinein und begab sich nach zum Oval Office.

»Okay, was passiert?« fragte er van Damm.

»Die Untersuchung hat noch nicht viel zutage gebracht. Murray rät zur Geduld, es läuft alles. Bester Rat, Jack: einfach weitermachen«, sagte ihm der Stabschef. »Morgen ist ein anstrengender Tag. Die Stimmung im Lande ist für Sie. In solchen Zeiten gibt es immer eine Welle von Sympathie für ...«

»Arnie, ich bin nicht auf Stimmenfang aus, klar? Es geht mir nicht darum, daß die Leute mir besser gesinnt sind, nachdem Terroristen meine Tochter angegriffen haben«, stellte Jack fest, mit wieder erwachender Wut nach zwei Tagen Erleichterung. »Falls ich je daran dachte, in diesem Job zu bleiben, hat mich die letzte Woche davon geheilt.«

»Nun ja, aber...«

»Zur Hölle mit ›aber‹! Von hier will ich nur eines mit zurücknehmen: mein Leben und meine Familie, sonst nichts. Falls jemandem Prunk und Umstände dieses beschissenen Gefängnisses gefallen, bitte. Ich weiß es jetzt besser. Gut«, sagte POTUS bitter, seine Office-Stimmung wieder voll in Fahrt. »Ich tue den Job, halte die Reden und versuche, etwas sinnvolle Arbeit zu leisten. Aber verdammt sicher ist, daß es nicht wert ist, sich von neun Terroristen die Tochter fast killen zu lassen. Auf diesem Planeten gibt es nur eins, was man hinterläßt: seine Kinder. Darum geht's, Arnie.«

»Es sind ein paar harte Tage gewesen, und...«

»Was ist mit den Agenten, die starben? Und ihren Familien? Ich bin hier schon so eingesessen, daß ich kaum an sie gedacht habe. Es ist ja wichtig, daß ich mich mit so was nicht aufhalte, richtig? Auf was soll ich mich konzentrieren? ›Pflicht, Ehre, Vaterland‹? Wer dazu fähig ist und seine Menschlichkeit abschalten kann, gehört nicht hierher, und der Job beginnt, mich in einen solchen Menschen zu verwandeln.«

»Sind Sie fertig, oder soll ich Ihnen einen Karton Taschentücher besorgen?« Einen Augenblick lang sah es aus, als wolle der Präsident van Damm eine kleben. Arnie trotzte sich durch. »Jene Agenten starben, weil sie Jobs wählten, die ihnen wichtig erschienen. Soldaten tun's genauso. Wie zur Hölle glauben Sie, daß ein Land entsteht? Durch nette Gedanken? So blöde sind Sie früher *nicht* gewesen. Sie waren mal ein Marine. Haben Ihren Teil für CIA getan. Da hatten Sie noch *Klöten*. Sie haben einen Job, zu dem Sie sich freiwillig gemeldet haben, auch wenn Sie's nicht zugeben wollen. Und jetzt sind Sie hier. Sie wollen davonlaufen, gut – laufen Sie. Sagen Sie nicht, es sei einerlei. Wenn Menschen zum Schutz Ihrer Familie *gestorben* sind, verfluchte Scheiße, wagen Sie *zum Teufel noch mal nicht, zu behaupten*, es wäre *wurscht*.« Van Damm stürmte aus dem Office heraus, ohne sich um die Tür hinter sich zu kümmern.

Ryan wußte dann eigentlich nicht, was tun. Er setzte sich an den Schreibtisch. Da waren die üblichen Papierstapel, geordnet vom nimmermüden Stab. Hier China, da der Nahe Osten, dort Indien. Hier gab es Vorinformation zu den Wirtschaftsindikatoren, da politische Vorhersagen zu den 161 Kongreßsitzen, die in zwei Tagen besetzt würden. Hier war ein Bericht zum Terroristenüberfall. Hier war eine Liste der gefallenen Agenten, mit Listen der EhegattInnen, Eltern und Kinder und, im Fall von Don Russel, Enkelkinder. Die Gesichter kannte er alle, aber Jack mußte zugeben, daß er sich die Namen nicht alle gemerkt hatte. Sie waren gestorben, um sein Kind zu schützen, und er wußte nicht mal alle Namen. Schlimmer noch, er hatte zugelassen, das man ihn wegkarrte, ihn in weiterem Komfort schwelgen – und vergessen ließ. Aber hier war alles auf dem Schreibtisch, wartete auf ihn und würde nicht verschwinden. Und er konnte auch nicht weglaufen. Er stand auf und ging raus, bog nach links ab zu Arnies Büro, an Secret-Service-Agenten vorbei, die den Austausch sicher gehört und sich eigene Gedanken gemacht hatten.

»Arnie?«

»Ja, Mr. President?«

»Es tut mir leid.«

»Okay, Süße«, stöhnte er. Er würde morgen zum Arzt gehen. Nichts war besser geworden, vielmehr schlimmer. Wenn er's nur verschlafen könnte, aber das ging nicht. Nur die Erschöpfung gönnte ihm hier und da eine Stunde. Das bloße Aufstehen, um zum Klo zu gehen, erforderte ein paar Minuten konzentrierter Mühe. Seine Frau wollte dabei helfen, aber nein, dafür braucht ein Mann keine Begleitung. Andererseits hatte sie recht: Er mußte zum Arzt. Wäre er doch schon gestern gegangen, dachte er. Dann hätte er sich heute besser gefühlt.

Das Vorgehen war leicht gewesen. Der Tresorraum mit dem Bandarchiv hatte Ausmaße wie eine respektable Bibliothek, und alles war leicht auffindbar. Dort auf dem fünften Regal waren drei Beta-Kassetten in ihren Schutzhüllen. Plumber nahm sie und ersetzte die Bänder in den Hüllen durch leere. Die drei Bänder nahm er in seiner Aktentasche mit heim, wo aus praktischen Gründen ein Betamax kommerzieller Art stand. Er spielte die Bänder des ersten Interviews ab, um sicherzugehen, daß sie nicht beschädigt waren. Sie waren intakt. Die mußten in sichere Verwahrung.

Dann entwarf John Plumber seinen Drei-Minuten-Kommentar für die Abendnachrichten des nächsten Tages. Es wurde eine milde Kritik der Präsidentschaft Ryans. Dafür brauchte er eine Stunde, da er im Gegensatz zum derzeit typischen TV-Reporter Wert legte auf eine gewisse sprachliche Eleganz. Er druckte die Rede aus und las sie durch, denn Fehlerkorrektur und das Redigieren fielen ihm auf Papier leichter als am

Monitor. Zufrieden kopierte er das Stück auf Diskette, von der im Studio später eine Fassung für den Teleprompter gemacht würde. Dann komponierte er ein weiteres Kommentarstück gleicher Länge, das er ebenfalls druckte. Mit diesem befaßte sich Plumber deutlich länger. Wenn es sein beruflicher Schwanengesang werden sollte, mußte es anständig sein, und dieser Reporter, der schon eine Menge Nachrufe für andere erstellt hatte, wollte seinen eigenen perfekt haben. Mit der abschließenden Fassung zufrieden, machte er davon einen Ausdruck und stopfte die Seiten in seine Aktentasche neben die Kassetten. Die Seiten würde er nicht auf Diskette kopieren.

»Ich schätze, daß die fertig sind«, sagte der Chief Master Sergeant.

Die Aufnahme vom Predator zeigte die Panzerkolonnen auf dem Rückweg ins Lager, Turmluken offen, Besatzungen sichtbar, meist rauchend. Die Manöver waren für die frischgebackene UIR-Armee gut verlaufen, und auch jetzt führten sie ihre Straßenbewegung gut geordnet durch.

Major Sabah hatte erwartet – gehofft –, daß der neue Nachbar seines Landes zur Integration seiner Streitmächte viel länger gebraucht hätte, aber die Gemeinsamkeiten der Ausstattung und der Kampfdoktrin hatte sie begünstigt. Radiomeldungen, die hier und bei Storm Track kopiert worden waren, wiesen darauf hin, daß die Übung vorbei war. Durch die TV-Aufnahmen des UAV wurde dies bestätigt, und Bestätigung war wichtig.

»Merkwürdig...«, bemerkte der Sergeant, selbst überrascht.

»Wie bitte?« fragt Sabah.

»Entschuldigung, Sir.« Der NCO stand auf, ging zum Eckschrank und entnahm eine Karte, die er bei der Workstation ausbreitete. »Dort gibt es keine Straße. Schauen Sie, Sir.« Er verglich die Kartenkoordinaten mit denen auf dem Monitor – der Predator trug sein eigenes GPS-System und meldete seine Position automatisch an die Operateure – und tippte auf den richtigen Kartenabschnitt. »Sehen Sie?«

Der kuwaitische Offizier blickte zwischen Karte und Bildschirm hin und her. Auf letzterem gab es jetzt eine Straße, aber das war leicht erklärt. Eine 100-Panzer-Kolonne könnte fast jede Oberfläche zu einer Art hartgepreßter Straße umwandeln, und das war hier geschehen.

Vorher aber hatte es dort keine gegeben. Das hatten die Panzer erst in den letzten paar Stunden besorgt.

»Das ist eine Veränderung, Major. Früher war Iraks Armee immer straßengebunden.«

Sabah nickte. Es war so offensichtlich, daß es ihm nicht aufgefallen war. Die Armee Iraks hatte 1991 an der eigenen Zerstörung durchs Festhalten an den Straßen mitgewirkt. Es ließ ihre Bewegungen vorhersagen und hatte den vorrückenden Alliierten die Freiheit gelassen, aus unerwarteten Richtungen anzugreifen.

Das hatte sich geändert.

»Meinen Sie, die haben auch GPS?« fragte der Chief Master Sergeant.

»Haben Sie erwartet, daß sie auf ewig dumm bleiben?«

Präsident Ryan küßte seine Frau auf dem Weg zum Aufzug. Die Kinder waren noch nicht auf. Ben Goodley erwartete ihn im Hubschrauber.

»Hier sind Adlers Notizen von der Teheran-Reise.« Der National Security Advisor reichte sie ihm. »Außerdem die Zusammenfassung zu Peking. Die Arbeitsgruppe trifft sich zur Lagebesprechung um zehn.«

»Danke.« Jack schnallte sich an und begann zu lesen. Arnie und Callie kamen an Bord und nahmen Sitze vor ihm ein.

»Irgendwelche Ideen, Mr. President?« fragte Goodley.

»Ben, die sollten von Ihnen kommen, oder?«

»Wie wär's mit: Für mich ergibt's keinen Sinn?«

»Den Teil kenn' ich schon. Sie bewachen heute die Telefone und Faxe. Scott sollte jetzt in Taipeh sein. Was auch immer von ihm kommt, geht schnellstens weiter an mich.«

»Ja, Sir.«

Der Helikopter ruckte nach oben. Ryan bemerkte es kaum. Seine Gedanken kreisten um den Job, so beknackt der auch war. Price und Raman waren bei ihm. Auf der 747 gab's dann noch mehr, und weitere Agenten warteten bereits in Nashville. Die Präsidentschaft von John Patrick Ryan ging weiter, ob's ihm gefiel oder nicht.

Das Land mochte klein sein, vielleicht unwichtig, sogar ein Paria der internationalen Gemeinschaft – wegen des größeren und weniger wohlhabenden Nachbarn im Westen –, aber es hatte eine gewählte Regierung, und das sollte in der Gemeinschaft der Nationen eigentlich zählen. Die Volksrepublik war mit Waffengewalt entstanden – wie die meisten, erinnerte sich SecState – und hatte prompt Millionen seiner eigenen Bürger abgeschlachtet; hatte ein revolutionäres Entwicklungsprogramm gestartet (›der Große Sprung nach vorne‹), das in noch größerem Unglück mündete, als für marxistische Nationen die Norm war; hatte dann eine weitere interne ›Reform‹ (›die Kulturrevolution‹) begonnen, deren Vorläufer in etwa ›Hundert-Blumen-Kampagne‹ hieß, mit dem tatsächlichen Zweck, potentielle Dissidenten hervorzulocken, damit ihnen revolutionäre Studenten später den Garaus machten. Der revolutionäre Eifer der letzteren gegen die Kultur Chinas war tatsächlich revolutionär – man hatten sie zugunsten des *Kleinen Roten Buches* fast ausgemerzt. Dann gab es noch mehr Reform, den angeblichen Wechsel vom Marxismus zu etwas anderem, eine weitere Studentenrevolution – diesmal gegen das bestehende politische System –, die man arrogant vor den Fernsehern der Welt mit Panzern und Maschinengewehren geplättet hatte. Desungeachtet schien die restliche Welt bereit zu sein, der Volksrepublik zu gestatten, ihre Cousins auf Taiwan zu zerschmettern.

Das nannte man *Realpolitik*, dachte Scott Adler. Ähnliches hatte im Holocaust geendet, dem sein Vater entkommen war, mit einer am Unterarm tätowierten Nummer als Beweis. Auch sein Land verfolgte offiziell eine Ein-China-Politik, mit der unausgesprochenen Nebenregel, daß die PRC die ROC nicht angreifen durfte, sonst könnte Amerika vielleicht doch reagieren – oder auch nicht.

Adler war ein Karrierediplomat, von Cornell und der Fletcher School of Law and Diplomacy an der Tufts University graduiert. Er liebte sein Land. Er war oft ein Instrument seiner Politik, und er fand sich nun als ihre wahrhaftige Stimme in internationalen Angelegenheiten. Doch oft war, was er zu sagen hatte, nicht gerade gerecht, und in solchen Augenblicken fragte er sich, ob er nicht auch so handelte wie sechzig Jahre zuvor andere Fletcher-Absolventen, wohlgebildet und wohlmeinend, die sich am Ende fragten, wie verflucht blind sie gewesen sein mußten, den Ausgang der Sache nicht vorherzusehen.

»Wir haben Fragmente – eigentlich einige größere Raketenteile, die in der Tragfläche hängenblieben. Sie ist definitiv aus der PRC«, sagte der ROC-Verteidigungsminister. »Wir gestatten Ihren Technikern die Überprüfung und Durchführung bestätigender Tests.«

»Danke. Ich werde es mit meiner Regierung besprechen.«

»So.« Dies war der Außenminister. »Die erlauben Direktflug von Peking nach Taipeh. Sie protestieren nicht gegen die Entsendung eines Flugzeugträgers. Sie leugnen jede Beteiligung am Airbus-Zwischenfall. Ich gebe zu, ich sehe in diesem Verhalten keinen Sinn.«

»Ich freue mich, daß man nur Interesse an der Wiederherstellung regionaler Stabilität bekundet.«

»Wie nett von ihnen«, sagte der Verteidigungsminister. »Nach eigener, vorsätzlicher Störung.«

»Dies hat uns wirtschaftlich stark geschadet. Wieder werden ausländische Investoren nervös, und mit der Kapitalflucht kommen wir in leichte Verlegenheit. Meinen Sie, das ist deren Absicht?«

»Herr Minister, wäre das der Fall, hätte man mich direkt herfliegen lassen?«

»Offensichtlich irgendeine List«, antwortete der Außenminister, bevor der Verteidigungsminister etwas sagen konnte.

»Aber wenn, wozu?« wollte Adler wissen. Verdammt, sie waren Chinesen. Vielleicht konnten sie es austüfteln.

»Wir sind hier sicher. Wir wissen es, auch wenn es ausländischen Investoren nicht einleuchtet. Dennoch ist die Lage etwas unglücklich. Wie das Leben in einer Wasserburg. Draußen ist ein Löwe, der uns töten und fressen will. Er kann den Graben nicht überspringen und weiß es, versucht es aber trotzdem immer wieder. Ich hoffe, Sie verstehen unsere Sorgen.«

»Das tu' ich, Sir«, versicherte ihm SecState. »Sollte die PRC den Aktivitätsspiegel senken, würden Sie das auch tun?« Auch wenn sie die Absicht der PRC nicht entziffern konnten, ließe sich die Lage vielleicht doch entspannen.

»Im Prinzip ja. Die genauen Details besprechen Sie bitte mit meinem Kollegen hier. Sie werden uns nicht unvernünftig finden.«

Und der ganze Flug für diese einfache Aussage. Nun mußte Adler nach Peking zurück, um sie abzuliefern. ›Ehestifter, Ehestifter‹ ...

Hopkins hatte eine eigene Kindertagesstätte, permanent besetzt und immer mit einigen Universitätsstudenten im Praktikum für ihr Hauptfach Kinderfürsorge. Katie ging rein, sah sich um und war von der vielfarbigen Umgebung begeistert. Hinter ihr waren vier Agenten, alle männlich, denn es gab gerade keine Frauen ohne Auftrag. In der Nähe waren drei Zivilbeamte der Baltimore City Police, und nach gegenseitigem Ausweischeck begann wieder ein Tag für SURGEON und SANDBOX. Katie hatte den Hubschrauberflug genossen. Heute würde sie neue Freunde gewinnen, aber abends, das wußte ihre Mutter, würde sie fragen, wo Miss Marlene wäre. Wie erklärte man einer knapp Dreijährigen den Tod?

Die Menge applaudierte mit mehr als der üblichen Wärme. Ryan spürte es. Hier war er, nicht mal drei Tage nach einem Attentat auf seine jüngste Tochter, machte für alle seinen Job, zeigte Stärke und Mut und all den anderen Scheiß, dachte POTUS. Begonnen hatte er mit einem Gebet für die gefallenen Agenten, und Nashville lag im Bibel-Gürtel, wo man so was ernst nahm. Der Rest der Rede war eigentlich ganz gut geraten, fand der Präsident, und behandelte Dinge, an die er wirklich glaubte. Gesunden Menschenverstand, Ehre, Pflicht. Es war nur so, das ihm seine Stimme mit den Worten, die jemand anderes geschrieben hatte, hohl klang, und es fiel ihm schwer, so früh am Morgen seine Gedanken daran zu hindern, abzuschweifen.

»Danke, und Gott schütze Amerika«, schloß er ab. Die Menge jubelte. Die Band legte wieder los. Ryan schüttelte den lokalen Größen die Hände und verließ winkend die Bühne. Arnie wartete hinter dem Vorhang.

»Für einen Gauner gar nicht schlecht.« Ryan gelang noch keine Erwiderung, da kam Andrea heran.

»FLASH-Nachricht wartet im Vogel auf Sie, Sir. Von Herrn Adler.«

»Okay, ab dafür. Bleiben Sie in der Nähe«, sagte er der Chefagentin auf dem Weg zum hinteren Ausgang.

»Immer«, versicherte ihm Price.

»Mr. President«, rief ein Reporter. Da war eine ganze Schar. Heute morgen war er der lauteste. Es war einer vom NBC-Team. Ryan drehte sich um. »Werden Sie den Kongreß zu einer neuen Gesetzgebung für die Kontrolle von Feuerwaffen drängen?«

»Weshalb?«

»Der Angriff auf Ihre Tochter war...«

Ryan hob die Hand. »Okay, soweit ich's verstehe, ist der verwendete Waffentyp bereits verboten. Ich kann leider nicht erkennen, was da ein neues Gesetz bewirken sollte.«

»Aber Befürworter sagen...«

»Ist mir bekannt, was die sagen. Und jetzt benützt man einen Angriff auf meine Kleinste und den Tod von fünf großartigen Amerikanern, um eigene politische Ziele zu verfolgen. Was halten Sie davon?« fragte der Präsident und ließ ihn stehen.

»Wo liegt das Problem?«

Er beschrieb seine Symptome. Der Hausarzt war ein alter Freund; sie spielten sogar Golf miteinander. Das war nicht schwer. Am Ende jedes Jahres hatte der Cobra-Vertreter einen Haufen fast neuwertiger Vorführschläger. Viele wurden Jugendprojekten gespendet oder an Clubs als Mietstöcke verkauft. Aber einige konnte er Freunden weitergeben, ganz abgesehen von einigen Greg-Norman-Autogrammen.

»Nun, du hast Fieber, 39,4 Grad, das ist ein bißchen hoch. Der Blutdruck ist 100 zu 60, und das ist für dich etwas wenig. Du siehst saumäßig aus...«

»Ich weiß, ich fühle mich auch so.«

»Du bist krank, aber kein Grund, dich zu sorgen. Wahrscheinlich ein Grippevirus. All die Luftreisen sind auch keine Hilfe. Passiert ist folgendes: Du hast was eingefangen, und andere Faktoren haben's verschlimmert. Fing am Freitag an, nicht?«

»Donnerstag nacht, vielleicht Freitag morgen.«

»Trotzdem eine Runde gespielt?«

»Und mit einem Schneemann beendet«, gab er zu, das hieß 80 Schläge.

»Damit wäre ich gesund und stocknüchtern zufrieden.« Der Doktor fuhr ein Handicap von 20. »Du bist über fünfzig; du kannst dich nicht nachts mit den Schweinen suhlen und erwarten, morgens mit den Adlern zu fliegen. Völlige Ruhe, viel Flüssigkeit – ohne Alkohol. Das PCM nimmst du weiter.«

»Kein Rezept?«

Der Doc schüttelte den Kopf. »Antibiotika wirken nicht bei Viren. Damit muß dein Immunsystem fertig werden. Aber wo du schon hier bist, nehme ich Blut ab. Eine Überprüfung deines Cholesterols ist längst fällig. Ich schick' die Schwester. Ist jemand da, der dich heimfährt?«

»Yeah, ich wollte nicht selber fahren.«

»Gut. Gib der Sache ein paar Tage. Cobra kommt solange ohne dich klar, und die Golfplätze sind noch da, wenn's dir wieder gutgeht.«

»Danke.« Er fühlte sich schon besser. Das tat man immer, wenn der Arzt einem sagte, man müsse nicht sterben.

»Bitte sehr.« Goodley reichte ihm das Blatt. Wenige Bürohäuser, einschließlich der sicheren der Regierung, hatten die Kommunikationseinrichtungen, die ins Oberdeck der VC–25 mit der Rufbezeichnung Air Force One gepfercht waren. »Die Nachricht ist gar nicht so schlecht.«

Swordsman überflog es kurz und setzte sich, um es langsamer zu lesen. »Okay, er meint, er kann die Lage entschärfen«, bemerkte Ryan. »Aber er weiß noch immer nicht, was für eine verdammte Lage es eigentlich ist.«

»Besser als gar nichts.«

»Hat die Arbeitsgruppe dies hier schon?«

»Ja, Mr. President.«

»Vielleicht finden die irgendeinen Sinn darin. Andrea?«

»Ja, Mr. President.«

»Sag dem Fahrer, es kann losgehen.« Er sah sich um. »Wo ist Arnie?«

»Ich rufe Sie über Handy an«, sagte Plumber.

»Toll«, antwortete van Damm. »Meins ist zufällig auch eins.« Die Einrichtungen im Flugzeug waren außerdem gesichert, mit STU-4-Eigenschaften. Das sagte er nicht. Er hatte nur einen treffenden Spruch gebraucht. John Plumber war definitiv nicht mehr auf seiner Liste für Weihnachtsgrußkarten. Leider war seine Direktwahl noch in Plumbers Rolodex. Schade, daß er die Nummer nicht ändern konnte. Er müßte seiner Sekretärin noch einschärfen, den Typen nicht mehr durchzustellen, zumindest nicht auf Reisen.

»Ich weiß, was Sie denken.«

»Gut, John. Dann muß ich's nicht sagen.«

»Schauen Sie sich die Sendung heut' abend an. Ich komm' zum Schluß dran.«

»Weshalb?«

»Werden Sie schon sehen, Arnie. Bis dann.«

Der Stabschef drückte die Kill-Taste und überlegte, was Plumber meinen könnte.

Dem Mann hatte er mal vertraut. Verdammt, er hatte auch seinem Kollegen vertraut. Er hätte dem Präsidenten vom Anruf berichten können, entschied sich aber dagegen. Es wäre unklug, ihm jetzt noch etwas aufzuladen. Beim Flug nach California würde die Sendung aufgenommen, und wenn es das wert war, würde er POTUS das Band vorführen.

»Ich wußte gar nicht, daß eine Grippe im Umlauf ist«, sagte er, als er sein Hemd wieder anzog. Dafür brauchte er eine Weile. Der Automanager hatte überall Schmerzen.

»Immer. Nur kommt es nicht immer in die Nachrichten«, antwortete der Arzt, als er die Befunde musterte, die seine Krankenschwester gerade notiert hatte. »Und Sie hat's erwischt.«

»Also?«

»Also machen Sie langsam. Nicht ins Büro gehen. Bringt nichts, Ihre ganze Firma anzustecken. Sie werden's durchstehen. Bis Ende der Woche sollte's Ihnen wieder gutgehen.«

Das SNIE-Team traf sich in Langley. Eine Tonne frischer Nachrichten war aus der Region Persischer Golf eingetroffen und wurde in einem Konferenzraum auf dem sechsten Stock durchsortiert. Chavez' Foto von Mahmoud Hadschi Daryaei war im Haus vergrößert worden und hing jetzt an der Wand. Vielleicht wird's zur Dartzielscheibe, dachte Ding.

»Kettendruck-Straßen«, grunzte der ehemalige Infanterist beim Predator-Video.

»›Bißchen groß, ums mit'm Gewehr anzugehen, Sundance‹«, meinte Clark. »Die Biester haben mir immer 'ne Scheißangst eingejagt.«

»Die LAWS-Rakete schafft's locker, Mr. C.«

»Was ist die Reichweite einer LAWS, Domingo?«

»Vier-, fünfhundert Meter.«

»Die Rohre schießen zwei bis drei Kilometer«, bemerkte Clark. »Denk drüber nach.«

»Ich bin mit der Hardware nicht auf Zack«, sagte Bert Vasco. Er wies zur Leinwand. »Was heißt das hier?«

Die Antwort kam von einem der CIA-Militär-Analytiker. »Es bedeutet, das UIR-Militär ist wesentlich besser beisammen, als wir vermutet hatten.«

Der vom Defense Intelligence Agency rübergeholte Army Major widersprach nicht. »Ich bin halbwegs beeindruckt. Die Übung war ziemlich Vanille, nicht zu kompliziert in den Truppenbewegungen, aber von vorn bis hinten durchorganisiert. Keiner ging verloren...«

»Glauben Sie, die verwenden jetzt GPS?« fragte der CIA-Analytiker.

»Jeder, der die Zeitschrift *Yachting* abonniert, kann die Dinger kaufen. Der Preis lag unter vierhundert Dollar, als ich zuletzt schaute«, erzählte der Offizier seinem Gegenstück in Zivil. »Es bedeutet viel bessere Ortsbestimmung für ihre Motorisierten. Mehr noch, es heißt, die Effektivität ihrer Artillerie wird massiv gesteigert. Weiß man, wo die Rohre liegen und wo der Beobachterposten ist und wo von ihm aus das Ziel liegt, geht schon die erste Salve ziemlich genau ins Ziel.«

»Vierfache Steigerung der Leistung?«

»Locker«, antwortete der Major. »Der ältere Herr dort an der Wand hat einen dicken Knüppel, mit dem er den Nachbarn zuwinken kann. Wird er ihnen auch zeigen, vermutlich.«

»Bert?« fragte Clark.

Vasco ruckte auf seinem Stuhl. »Es macht mir langsam Sorgen. Dies entwickelt sich unerwartet schnell. Hätte Daryaei nicht andere Probleme, wäre ich noch stärker beunruhigt.«

»Zum Beispiel?« fragte Chavez.

»Wie ein Land, das er konsolidieren muß; und er weiß sicher: Fängt er mit den Säbeln zu rasseln an, reagieren wir.« Der FSO hielt inne. »Sicher will er die Nachbarn wissen lassen, wer neuerdings der Größte im Viertel ist. Wie knapp ist er dran, etwas anfangen zu können?«

»Wenn wir nicht im Bilde wären, jetzt. Aber wir sind im Bilde.«

»Ich bitte Sie jetzt, sich mir in einer Schweigeminute anzuschließen«, sagte Ryan in Topeka. Hier war es elf – zu Hause Mittag. Nächste Haltestelle Colorado Springs, dann Sacramento, dann, gütiger Himmel, heimwärts.

»Man muß sich fragen, welche Art Mann wir hier haben«, sagte Kealty vor seinen eigenen Kameras. »Fünf Männer und Frauen tot, und er sieht einfach nicht den Bedarf für ein Gesetz, das diese Feuerwaffen kontrolliert. Es übersteigt mein Begriffsvermögen, wie einer so kalt und herzlos sein kann. Nun, wenn ihm diese mutigen Agenten nichts bedeuten, mir schon. Wie viele Amerikaner werden noch sterben müssen, bevor er diesen Bedarf einsieht? Muß er erst wirklich ein Familienmitglied verlieren? Sorry, das kann ich einfach nicht glauben«, fuhr der Politiker für die Minicam fort.

»Wir wissen's doch alle noch. Leute kandidierten für die Wiederwahl zum Kongreß, und eine der Sachen, die sie uns sagten, war: ›Stimmen Sie für mich, denn für jeden Steuerdollar, der aus diesem Bezirk kommt, kommt dann ein Dollar zwanzig zurück.‹ Haben Sie diese Behauptungen noch im Gedächtnis?« fragte der Präsident.

»Was sie nicht sagten, war – nun, eigentlich eine ganze Menge. Erstens, wer hat je behauptet, man könne sich bei der Regierung auf Geld verlassen? Der Weihnachtsmann wird doch auch nicht gewählt. Es ist andersrum. Die *Regierung* kann's ohne *Ihr* Geld nicht geben.

Zweitens, wollen die Ihnen sagen, ›Stimmt für mich, weil ich's den gemeinen Leuten in North Dakota wirklich zeigen werde‹? Sind die nicht auch Amerikaner?

Drittens ist der Grund hierfür in Wahrheit, daß defizitäre Regierungsausgaben bedeuten, *jeder* Bezirk bekommt *zahlenmäßig* mehr zurück, als durch Bundessteuern abfließen – Verzeihung, ich meine *direkte* Bundessteuern. Die, die man sieht.

Also prahlten die vor Ihnen, daß sie mehr Geld ausgaben, als sie hatten. Wenn Ihr Nachbar Ihnen sagen würde, er betreibe Scheckprellerei mit Ihrer eigenen Bank, meinen Sie nicht, daß Sie zur Polizei gehen würden?

Wir wissen alle, daß die Regierung *tatsächlich* mehr nimmt, als sie zurückgibt. Sie hat's bloß besser verstecken gelernt. Das Defizit im Bundeshaushalt bedeutet, daß, wann immer Sie Geld borgen, es mehr kostet als nötig – warum? Weil die Regierung sich so viel borgt, daß die Zinsraten hochgetrieben werden.

Und so, meine Damen und Herren, enthält jede Rate für Ihre Hypothek, für Ihren Wagen, für die Kreditkartenrechnung, alles eine Art *Steuer*. Vielleicht sind Ihre Zinskosten steuerbegünstigt. Wie *nett*«, sagte POTUS. »Die Regierung läßt Ihnen Steuern für Zahlungen nach, die Ihnen ohne sie eigentlich gar nicht entstehen würden, und dann behaupten die, Sie bekämen mehr zurück, als Sie eingezahlt hätten.« Ryan hielt inne.

»Meine Damen und Herren. Ich bin kein Politiker und kein Fürsprecher bestimmter Bezirkskandidaten dieser Region für leere Sitze im Haus des Volkes. Ich bin hier mit der Bitte, daß Sie nachdenken. Auch Sie haben eine Verpflichtung. Die Regierung gehört *Ihnen*, nicht umgekehrt. Wenn Sie morgen wählen gehen, nehmen Sie sich die Zeit, darüber nachzudenken, was die Kandidaten sagen und wofür sie stehen. Fragen Sie: ›Klingt dies vernünftig?‹ und treffen dann nach bestem Vermögen Ihre Wahl. Das schulden Sie Ihrem Land.«

Der Lieferwagen vom Reparaturdienst für Heizung und Klimaanlagen fuhr in die Auffahrt, und zwei Männer stiegen aus und kamen auf die Veranda. Einer klopfte.

»Ja?« fragte die Dame des Hauses verwirrt.

»FBI, Frau Sminton.« Er zeigte seinen Ausweis. »Dürften wir bitte hereinkommen?«

»Weshalb?« fragte die zweiundsechzigjährige Witwe.

»Sie könnten uns mit etwas helfen, wenn Sie wünschen.« Es hatte länger gedauert als erwartet. Der Weg der Waffen im SANDBOX-Fall war zum Hersteller, von dort zum Großhändler, zum Händler, zu einem Namen und schließlich zu einer Adresse verfolgt worden. Mit der Adresse waren Bureau und Secret Service zum Richter am US-Bezirksgericht gegangen, um einen Durchsuchungs- und Festnahmebefehl zu bekommen.

»Bitte, kommen Sie rein.«

»Danke. Frau Sminton, kennen Sie den Herrn nebenan?«

»Sie meinen Mr. Azir?«

»Richtig.«

»Nicht sehr gut. Manchmal winke ich.«

»Wissen Sie, ob er zur Zeit daheim ist?«

»Sein Wagen ist weg«, sagte sie. Die Agenten wußten das bereits. Ein Oldsmobile mit Maryland-Schildern. Jeder Cop im Umkreis von zweihundert Meilen war danach auf der Suche.

»Wissen Sie, wann Sie ihn zuletzt gesehen haben?«

»Freitag, schätz' ich. Da waren auch andere Wagen da und ein Laster.«

»Okay.« Der Agent zog ein Funkgerät aus der Overalltasche. »Vorrücken, vorrücken. Vogel ist wahrscheinlich – wiederhole *wahrscheinlich* – schon ausgeflogen.«

Vor den staunenden Augen der Witwe erschien ein Hubschrauber direkt überm Haus, dreihundert Meter entfernt. Seile zischten zu beiden Seiten herab, und bewaffnete Agenten glitten daran herunter. Von beiden Richtungen der Landstraße rauschten vier Wagen heran, über den breiten Rasen gerade aufs Wohnhaus zu. Für *diesen* Fall war die Losung: nicht rumfackeln. Vorder und Hintertür wurden eingetreten – dreißig Sekunden später ging eine Sirene los. Anscheinend hatte Mr. Azir eine Alarmanlage. Dann knisterte das Funkgerät.

»Klar, Gebäude ist klar. Hier spricht Betz. Suche komplett, Gebäude ist klar. Labortruppe vor.« Damit erschienen zwei Lieferwagen, fuhren die Einfahrt hoch, und eine der ersten Handlungen der Insassen war die Entnahme von Kies- und Grasproben dort zum Vergleich mit Abschabungen von den Mietwagen bei Giant Steps.

»Mrs. Sminton, dürften wir bitte Platz nehmen? Es gibt da ein paar Fragen, die wir Ihnen gern über Mr. Azir stellen würden.«

»Also?« fragte Murray, als er in der FBI-Kommandozentrale eintraf.

»Kein Glück«, sagte der Agent an der Konsole.

»Verdammt.« Hatte er auch nicht erwartet. Er erwartete jedoch einige wichtige Neuigkeiten. Das Labor hatte jede Menge physischer Beweismittel sichergestellt. Kiesproben könnten zur Einfahrt passen. Gras und Dreck vom Inneren der Kotflügel und Stoßstangen könnten die Fahrzeuge mit Azirs Haus verbinden. Teppichfasern – dunkle, kastanienbraune Wolle – an den Schuhen der toten Terroristen könnten den Aufenthalt dort beweisen. Im Moment war ein Zehnerteam dabei festzustellen, wer genau dieser ›Mordecai Azir‹ war. Die Wetten gingen dahin, daß er in etwa so jüdisch war wie Adolf Eichmann. Keiner wollte dagegenhalten.

»Kommandozentrale, hier Betz.« Billy Betz war Assistant-SAC vom Baltimore Field Division und ein ehemaliger HRT-Schütze, daher der dramatische Abstieg vom Helikopter als Anführer seiner Männer ... und einer Frau.

»Billy, hier ist Dan Murray. Was haben Sie für mich?«

»Können Sie's glauben? Eine halbleere Kiste .762er Kugelmunition mit passender Chargennummer. Wohnzimmer hat einen tief rotbraunen Teppich. Hier sind wir richtig. Bei den Kleidern im Schrank des

Hauptschlafzimmers sind Lücken. Schätzungsweise seit einigen Tagen keiner hiergewesen, würde ich sagen. Der Standort ist sicher. Keine Selbstschußfallen. Die Labortruppe leiert ihre Routine an.« Und das achtzig Minuten, nachdem SAC Baltimore das Bundesgericht in Garmatz betreten hatte. Nicht schnell genug, aber flott.

Die Beweismittel-Experten waren eine Mischung aus FBI, USSS und BATF. Sie würden das Haus noch stundenlang auf den Kopf stellen. Jeder trug Handschuhe. Jede Oberfläche würde auf Fingerabdrücke untersucht, zum Vergleich mit denen der Terroristen.

»... Meine Damen und Herren, deshalb ist Ihre Aufgabe so wichtig, morgen die Richtigen für den Dienst an Ihnen zu wählen. Viele von Ihnen haben eigene Geschäfte und stellen Leute ein, die für Sie arbeiten. Die meisten haben Häuser und stellen gelegentlich Klempner, Elektriker, Tischler für benötigte Arbeiten ein. Sie versuchen, für solche Arbeiten die richtigen Leute auszuwählen, weil Sie für die Arbeit zahlen und sie sauber erledigt haben wollen. Wenn Ihr Kind krank ist, suchen Sie möglichst die besten Ärzte aus – Sie achten darauf, was ärztlich getan wird und mit welchem Können. Warum? Weil nichts für Sie wichtiger wäre als das Leben Ihres Kindes.

Auch Amerika ist Ihr Kind. Amerika ist stets jung. Amerika benötigt die richtigen Leute, die nach dem Rechten schauen. Es ist Ihre Aufgabe, die Richtigen auszuwählen, unabhängig von Partei oder Rasse oder Geschlecht oder irgend etwas anderem als Talent und Aufrichtigkeit. Ich kann und ich will Ihnen nicht sagen, welcher Kandidat Ihrer Stimme würdig ist. Gott gab Ihnen den freien Willen. Die Verfassung dient Ihrem Recht, diesen Willen auszuüben. Wenn Sie es versäumen, Ihren Willen mit Bedacht auszuüben, haben Sie sich selbst verraten, und dann kann weder ich noch sonst irgend jemand das wieder für Sie richten.

Vielen Dank, daß Sie mir bei meinem ersten Besuch in Colorado Springs zuhören kamen. Morgen ist Ihr Tag. Nutzen Sie ihn bitte, die richtigen Leute anzustellen.«

»In einer Serie von Reden, die eindeutig darauf abzielen, konservative Stimmen zu gewinnen, klapperte President Ryan das Land am Vorabend der House-Wahlen ab, doch während Bundesbeamte den Terroristenüberfall auf seine Tochter untersuchen, hat der Präsident glatt den Gedanken an verbesserte Gesetze zur Kontrolle von Feuerwaffen abgeschmettert. Dieser Bericht kommt vom NBC-Korrespondenten

Hank Roberts, der heute mit der Reisegruppe des Präsidenten unterwegs ist.« Tom Donner sah weiter in die Kamera, bis das rote Licht erlosch.

»Meiner Meinung nach hat er heute einige gute Sachen gesagt«, bemerkte Plumber, während das Band durchlief.

»Komisch, früher hat Callie Weston mal tolle Reden geschrieben«, äußerte sich Donner beim Durchblättern seiner Vorlage.

»Hast Du die Rede *gelesen*?«

»John, hör auf. Das muß ich nicht lesen. Wir wissen, was er sagen wird.«

»Zehn Sekunden«, rief der Direktor in ihre Ohrhörer.

»Übrigens, nette Vorlage für später, John.« Das Gesicht fabrizierte bei ›drei‹ ein Lächeln.

»Eine riesige Arbeitsgruppe aus Bundesbeamten untersucht jetzt die Attacke vom Freitag auf die Tochter des Präsidenten. Diesen Bericht haben wir von Karin Stabler aus Washington.«

»Dachte, er würde dir gefallen, Tom«, antwortete Plumber, als die Lampe wieder dunkel wurde. Um so besser, dachte er. Sein Gewissen war jetzt rein.

Die VC-25 hob rechtzeitig ab und wich wegen ungünstigen Wetters im Norden New Mexicos nach Norden aus. Arnie van Damm war oben im Kommunikationsbereich. Hier gab es genug wichtigtuerische Kästen, so schien es, die halbe Welt zu regieren, und unter der Haut des Flugzeugs versteckt war eine Satellitenschüssel groß genug, fast alles zu empfangen. Auf die Bitte des Stabschefs hin empfing sie gerade die NBC-Ausstrahlung von einem Hughes-Vogel.

»Es folgt ein abschließender Kommentar unseres Spezialkorrespondenten John Plumber.« Donner drehte sich gnädig ihm zu. »John.«

»Danke, Bob. Dem Beruf des Journalisten habe ich mich vor vielen Jahren verschrieben, weil ich in meiner Jugend dazu inspiriert wurde«, erklärte er. »Ich weiß noch, wie ich Ed Morrow während des Blitzkriegs in London zuhörte, Eric Sevareid aus den Dschungeln Burmas und all den Gründervätern meines Berufes. Ich bin aufgewachsen mit Bildern, die im Geiste entstanden aus Wörtern von Männern, denen ganz Amerika vertraute, die nach bestem Wissen und Gewissen die Wahrheit sagten. Ich entschied, die Berufung, Wahrheit zu finden und sie dem Volk nahezubringen, wäre so nobel wie jede andere, die ein Mann – oder eine Frau – anstreben konnte.

Wir sind nicht immer vollkommen, wir aus diesem Geschäft«, fuhr Plumber fort.

Zu seiner Rechten betrachtete Donner verblüfft den Teleprompter. Dies war *nicht*, was vor der Kameralinse vorbeiscrollte, und er erkannte, daß Plumber zwar gedruckte Seiten vor sich hatte, aber die Rede aus dem *Gedächtnis* vortrug. Man stelle sich's vor. Wie in alten Zeiten anscheinend.

»Ich würde gern sagen, ich wäre stolz darauf, in diesem Beruf zu sein. Ich war's mal. Ich war am Mikrofon, als Neil Armstrong seinen Fuß auf den Mond setzte, und bei traurigen Anlässen, wie Jack Kennedys Begräbnis. Aber professionell zu sein heißt nicht, nur dabeizusein. Es bedeutet, sich zu etwas bekennen, an etwas glauben, für etwas einstehen zu müssen.

Vor wenigen Wochen haben wir an einem Tag Präsident Ryan zweimal interviewt. Das erste Gespräch kam morgens aufs Band, das zweite machten wir live. Mit etwas anderen Fragen. Dafür gibt's einen Grund. Zwischen dem ersten und zweiten Interview wurden wir zu jemandem bestellt. Den Namen sage ich jetzt noch nicht, sondern später. Die Person gab uns Information: empfindliche Information, die dem Präsidenten schaden sollte. Zu der Zeit sah's wie eine gute Story aus. War's nicht, doch das wußten wir nicht. Zu der Zeit sah's aus, als hätten wir die falschen Fragen gestellt. Wir wollten bessere stellen.

Also logen wir. Wir belogen Arnie van Damm, Stabschef des Präsidenten; sagten ihm, die Bänder seien irgendwie beschädigt worden. Damit belogen wir den Präsidenten ebenfalls. Am schlimmsten aber: Wir haben auch Sie belogen. Die Bänder habe ich in Verwahrung genommen. Sie sind in keiner Weise beschädigt.

Es war kein Gesetzesbruch. Der erste Verfassungszusatz erlaubt uns fast alles, und das ist in Ordnung, weil Sie da draußen oberste Richter dessen sind, was unsereiner tut und wer er ist. Aber eines dürfen wir nicht tun: Das von Ihnen in uns gesetzte Vertrauen brechen.

Ich bin kein Anhänger von Präsident Ryan. Mit seiner Politik stimme ich persönlich in vielem nicht überein. Wenn er zur Wiederwahl anstünde, würde ich jemand anderen wählen. Aber ich war an der Lüge beteiligt und kann damit nicht leben. Bei allen Fehlern ist John Patrick Ryan ein ehrbarer Mensch, und ich darf meine Arbeit nicht vom persönlichem Gefühl für oder wider einen Menschen oder eine Sache beeinflussen lassen.

Diesmal tat ich es. Das war falsch. Es ist an mir, mich zu entschuldigen, beim Präsidenten – und bei Ihnen. Es mag das Ende meiner

Karriere als Fernsehjournalist sein. Aber wenn, so will ich sie verlassen, wie sie begonnen hat: die Wahrheit sagen, so gut ich's kann.

»Gute Nacht, von NBC News.« Plumber atmete tief ein, als er die Kamera anstarrte.

»Was zum Teufel sollte denn *das* alles?«

Plumber stand auf. »Wenn du das fragen mußt, Tom...«

Das Telefon an seinem Platz läutete – in Wirklichkeit blinkte ein Lämpchen. Plumber entschied sich, nicht ranzugehen und ging zur Garderobe. Tom Donner würde selbst zusehen müssen, wie er damit klarkam.

Zweitausend Meilen entfernt, über dem Rocky Mountain National Park, stoppte Arnie van Damm den Videorecorder, ließ das Band auswerfen und trug es die Wendeltreppe hinab zur Kabine des Präsidenten. Ryan ging gerade den Text seiner nächsten und letzten Rede dieses Tages durch.

»Jack, ich glaube, das wollen Sie sehen«, sagte er und grinste breit.

Für alles muß es einen ersten Fall geben. Diesmal war es in Chicago. Sie war Samstag nachmittag zu ihrem Arzt gegangen und hatte denselben Rat erhalten wie alle anderen. Grippe. Aspirin. Flüssigkeit. Bettruhe. Aber beim Blick in den Spiegel sah sie Verfärbungen ihres hellen Teints, und das ängstigte sie mehr als alle übrigen Symptome zuvor. Diese Flekken konnten nicht warten, also stieg sie in ihren Wagen und fuhr zum University of Chicago Medical Center, einer der besten Kliniken Amerikas. In der Notaufnahme wartete sie rund vierzig Minuten, bis man sie aufrief. Den Weg zum Pult schaffte sie aber nicht und fiel vor den Augen der Verwaltungsleute auf die Bodenkacheln. Das hieß ›Action‹, und gleich darauf rollten zwei vom Krankentransport sie auf der Trage nach hinten zur Behandlung, eine der Verwaltungsleute mit Formularen im Schlepptau.

Zuerst schaute ein junger Assistent, nicht ganz im zweiten Jahr internistischer Weiterbildung, nach der Patientin.

»Was gibt's?« fragte er, als die Schwestern loslegten: Puls, Blutdruck, Atmung.

»Hier.« Die Frau von der Aufnahme gab ihm die Formulare. Der Arzt sah sie durch.

»Grippesymptome, wie's aussieht, aber was ist das?«

»Puls ist 120, Blutdruck ist – Moment mal!« Die Schwester pumpte erneut. »Blutdruck nur 90 zu 50?« Dafür sah sie doch viel zu normal aus.

Der Arzt knüpfte gerade die Bluse der Patientin auf. Und da war es. Die Klarheit des Augenblicks rief ihm wie ein Blitz Textbuchpassagen vors geistige Auge. Er hob die Hände.

»Leute. Sofort aufhören! Alle! Wir haben hier vielleicht ein großes Problem. Ich will *jeden* in frischen Handschuhen, Masken für alle, *sofort.*«

»Fieber, 40,2.« Das kam von einer anderen Schwester, die gerade von der Patientin zurücktrat.

»Das hier ist keine Grippe. Wir haben wesentlichen Blutverlust, und das sind Petechien.« Der Assistenzarzt holte im Sprechen frische Handschuhe und Maske. »Dr. Quinn zu mir.«

Eine Schwester trabte los, während der Arzt rekapitulierte. Blutig erbrochen, schwarzer Stuhl. Blutdruck niedrig, Blutungen in die Haut. Aber wir sind doch in Chicago! Eine Nadel.

»Alle weg, okay, keiner kommt in die Nähe meiner Hände und Arme«, sagte er. Er staute, traf die Vene und entnahm vier Röhrchen zu fünf Kubik.

»Was gibt's?« fragte Dr. Joe Quinn. Der Assistent erzählte und fragte dann selbst, als er die Blutproben auf ein Tablett legte.

»Was meinst du, Joe?«

»Wenn wir woanders wären ...«

»Yeah. Womöglich hämorrhagisches Fieber.«

»Hat sie jemand gefragt, wo sie gewesen ist?« fragte Quinn.

»Nein, Doktor«, gab die Aufnahmeschreibkraft zu.

»Kühlpackungen«, sagte die Oberschwester, die Arme voll damit. Diese gingen in die Achseln, unter die Kniekehlen, den Hals und sonstwo, um das potentiell tödliche Fieber zu senken.

»Epanutin?« dachte Quinn laut nach.

»Sie krampft noch nicht. Verflucht noch mal.« Der Oberarzt nahm eine Schere und schnitt den Büstenhalter weg. Frische Petechien bildeten sich am Torso. »Wir haben hier eine sehr kranke Dame. Schwester, rufen Sie Dr. Klein von Infektion. Der ist wohl jetzt zu Hause. Sagen Sie ihm, wir brauchen ihn sofort. Wir müssen das Fieber senken, sie aufwecken und rausbekommen, wo zum Teufel sie gewesen ist.«

# 47 / Index-Fall

Für Mark Klein, Ordinarius für Infektionskrankheiten an der Medizinischen Fakultät, war ein Anruf abends um neun ungewöhnlich, aber als Arzt kam er, wenn er gerufen wurde. Die Fahrt zu seinem reservierten Parkplatz dauerte diesen Montag abend zwanzig Minuten. Er passierte mit einem Nicken die Sicherheitskontrolle, zog sich um, betrat die Notaufnahme von hinten und fragte die leitende Schwester, wo Quinn sei.

»Isolation zwei, Doktor.«

Dort war er in zwanzig Sekunden und stoppte an der Tür, als er die Warnhinweise sah. *Okay*, dachte er und zog Maske und Handschuhe an.

»Tag, Joe.«

»Ich möchte mich hier nicht ohne Sie festlegen, Herr Professor«, sagte Quinn ruhig und gab ihm die Kurve.

Klein überflog sie, sein Denken gefror, und er begann wieder von vorn, mit Blicken zur Patientin als Vergleich zu den Daten. Weiblich, weiß, ja, Alter 41, wohl richtig, geschieden, ging nur sie an, Apartment ca. zwei Meilen von hier, gut, Temperatur bei der Aufnahme 40,2, verflixt hoch, Blutdruck, der war ja arg niedrig. Petechien?

»Laßt mich mal sehen«, sagte Klein. Die Patientin wachte langsam auf, bewegte etwas den Kopf. »Wie ist ihre Temperatur jetzt?«

»39, kommt gut wieder runter«, antwortete der Assistent, als Klein das grüne Laken zurückzog. Die Patientin war jetzt nackt, und die Flekken hoben sich vorzüglich gegen ihre sonst sehr helle Haut ab. Klein sah die anderen Ärzte an.

»Wo ist sie gewesen?«

»Wissen wir nicht«, gab Quinn zu. »Wir haben die Handtasche durchgesehen. Sie ist wohl im Management bei Sears, Büro drüben im Tower.«

»Haben Sie sie untersucht?«

»Ja, Doktor«, antworteten Quinn und der jüngere Assistent gleichzeitig.

»Tierbisse?« fragte Klein.

»Keine. Keine Nadelspuren, nichts ungewöhnliches. Sie ist clean.«

»Ich sage jetzt mögliches hämorrhagisches Fieber, Übertragungsweg bisher unbekannt. Ich will sie oben, volle Isolation und Vorbeugemaßnahmen. Dieser Raum wird geschrubbt – alles, was mit ihr in Berührung kam.«

»Ich dachte, Übertragung dieser Viren geschieht nur ...«

»Das weiß keiner, Doktor, und was ich nicht erklären kann, macht mir angst. Ich war in Afrika, habe Lassa- und Q-Fieber, nicht aber Ebola gesehen. Doch was sie hat, sieht verflucht nach so etwas aus«, sagte Klein und sprach damit den entsetzlichen Namen aus.

»Aber wie ...«

»Wenn man etwas nicht weiß, weiß man's halt nicht«, sagte Professor Klein dem Assistenten. »Bei Infektionskrankheiten, wenn der Übertragungsweg nicht bekannt ist, nimmt man das Schlimmste an. Am schlimmsten ist der Luftweg, Aerosol, und so wird diese Frau behandelt. Wir bringen sie rauf zu meiner Station. Wer immer Kontakt mit ihr hatte, schrubbt sich von oben bis unten. Wie bei AIDS oder Hepatitis. Volle Vorbeugemaßnahmen«, betonte er nochmals. »Wo ist's Blut, das Sie entnommen haben?«

»Gleich hier.« Der Assistent wies auf einen roten Plastikbehälter.

»Was jetzt?« fragte Quinn.

»Eine Probe geht gleich nach Atlanta, aber ich glaube, ich seh's mir auch selber an.« In seinem prächtigen Labor arbeitete Klein jeden Tag, vor allem an AIDS, seiner Leidenschaft. Diesmal nahm er Quinn mit.

»Ich wußte, Holtzman bringt es für mich«, sagte Arnie. Er feierte gerade mit einem Drink, als die 747 zum Anflug auf Sacramento ansetzte.

»Was?« fragte der Präsident.

»Bob iss 'n zäher Hundesohn, aber 'n ehrlicher Hundesohn. Das heißt auch, er bringt Sie ehrlich an den Marterpfahl, wenn er glaubt, Sie verdienen es. Denken Sie immer daran«, riet ihm der Stabschef.

»Donner und Plumber haben gelogen«, dachte Jack laut. »Verflucht.«

»Jeder lügt, Jack. Auch Sie. Manche Lügen sollen die Wahrheit schützen. Manche sollen sie verbergen. Manche sollen sie leugnen. Und zu manchen Lügen kommt es, weil's allen verdammt egal ist.«

»Und was ist hier geschehen?«

»Eine Kombination, Mr. President. Ed Kealty hat sie übers Ohr gehauen, damit sie Ihnen einen Hinterhalt legen. Aber den verräterischen Bastard hab' ich für Sie erlegt. Ich wette, morgen gibt es einen Bericht auf der Titelseite der *Post*, der Kealty als den entlarvt, der zwei ranghohe Reporter böswillig irregeführt hat, und die Presse-Wölfe werden über ihn herfallen.« Bei den Reportern hinten im Flieger summte es schon wie im Bienenstock. Arnie hatte ihnen das Band mit den NBC News abspielen lassen.

»Weil er sie hat schlecht aussehen lassen...«

»Jetzt haben Sie's, Boß«, bestätigte van Damm und verputzte den Rest des Drinks. Nicht hinzufügen durfte er, daß dies vielleicht ohne den Überfall auf Katie Ryan so nicht gelaufen wäre. Auch Reporter hatten gelegentlich Mitgefühl, und das könnte ausschlaggebend für Plumbers Kehrtwende in der Sache gewesen sein. Er aber hatte die wohldosierten Indiskretionen Holtzman gegenüber begangen. Arnie entschied, sich nach der Landung eine gute Zigarre von einem Secret-Service-Agenten suchen zu lassen. Ihm war jetzt schon danach.

Adlers Biorhythmus war jetzt völlig durcheinander. Gelegentliche Nikkerchen fand er hilfreich, und es half auch, daß die Nachricht, die er zu überbringen hatte, einfach und günstig war. Der Wagen hielt. Ein unbedeutender Beamter öffnete ihm die Tür und verbeugte sich knapp. Adler unterdruckte ein Gähnen, als er das Ministerium betrat.

»Schön, Sie wiederzusehen«, wurde der PRC-Außenminister gedolmetscht. Zhang Han San war auch wieder dabei und begrüßte ihn ebenfalls.

»Ihre großzügige Zustimmung zu direkten Flügen erleichtert mir gewiß den Vorgang. Dafür meinen Dank«, antwortete SecState, als er Platz nahm.

»Solange Sie verstehen, daß dies außergewöhnliche Umstände sind«, bemerkte der Außenminister.

»Selbstverständlich.«

»Welche Nachrichten bringen Sie von unseren eigensinnigen Cousins?«

»Man stimmt völlig zu, Ihrer Einschränkung von Aktivitäten gleichzuziehen, mit der Absicht, die Spannungen zu vermindern.«

»Und ihre beleidigenden Anschuldigungen?«

»Herr Minister, das Thema kam gar nicht zur Sprache. Ich glaube, dort ist man ebensosehr daran interessiert, zu friedlichen Bedingungen zurückzukehren, wie Sie hier.«

»Wie entgegenkommend«, stellte Zhang fest. »Die beginnen Kampfhandlungen, schießen zwei unserer Flugzeuge ab, beschädigen eines ihrer eigenen Verkehrsflugzeuge, töten, ob mit Absicht oder durch Inkompetenz, mehr als hundert Menschen, und sagen dann, sie würden uns in der Reduktion provokativer Handlungen beipflichten. Ich hoffe, Ihre Regierung ist sich der Zurückhaltung bewußt, die wir hier zeigen.«

»Herr Minister, Friede dient dem besten Interesse aller, oder nicht?

Das Verhalten beider Parteien in diesen informellen Verhandlungen weiß Amerika zu würdigen. Die Volksrepublik hat sich in mancher Hinsicht großzügig verhalten, und die Regierung in Taiwan ist gewillt, es Ihnen gleichzutun. Was wäre darüber hinaus noch erforderlich?«

»Sehr wenig«, antwortete der Außenminister. »Lediglich Wiedergutmachung für den Tod unserer vier Flieger. Jeder von ihnen hinterläßt eine Familie.«

»Die Kampfflugzeuge der anderen haben zuerst geschossen«, hob Zhang hervor.

»Das mag zutreffen, aber die Frage der Verkehrsmaschine ist noch offen.«

»Mit Sicherheit hatten wir damit nichts zu tun.« Dies kam vom Außenminister.

Kaum etwas war langweiliger als internationale Verhandlungen, aber dafür gab es einen Grund. Plötzliche oder überraschende Züge könnten ein Land zu Entscheidungen aus dem Stegreif verleiten. Unerwarteter Druck erzeugte Zorn, und Zorn war bei hochrangigen Diskussionen und Entscheidungen fehl am Platz. Deshalb entwickelten sich wichtige Gespräche schrittweise, was jeder Seite Zeit gab, ihre Position und die der anderen Seite sorgfältig zu überdenken, damit ein Abschlußkommuniqué entstand, mit dem beide Seiten halbwegs zufrieden sein konnten. Somit war die Forderung nach Wiedergutmachung eine Verletzung der Regeln. Richtiger wäre gewesen, man hätte sie beim ersten Gespräch erhoben und Adler hätte sie mit nach Taipeh gebracht, um sie wahrscheinlich, nach der Zustimmung von seiten der ROC-Regierung zu gegenseitigem Spannungsabbau, als eigenen Vorschlag einzubringen. Aber das war schon Vergangenheit, und jetzt verlangte die PRC, daß er die Forderung nach Wiedergutmachung, anstelle einer Formel für lokale Entspannung, dorthin zurückbrachte. Das war beleidigend für die Regierung Taiwans und für die amerikanische Regierung, die als Treidelpferd mißbraucht wurde, ebenfalls ein Affront.

Um so mehr traf dies zu, weil Adler und die ROC wußten, wer das Verkehrsflugzeug runtergeholt und damit die Verachtung für Menschenleben gezeigt hatte – und jetzt verlangte die PRC dafür Wiedergutmachung! Adler fragte sich erneut, wieviel von seinem Wissen über den Vorfall der PRC bekannt war. Wenn sie viel wußten, war dies definitiv ein Spiel, dessen Regeln noch entziffert werden mußten.

»Ich hielte es für nützlicher, wenn beide Seiten ihre Verluste und Bedürfnisse selbst abdecken würden«, schlug Adler vor.

»Ich bedaure, das ist unannehmbar. Eine Frage des Prinzips, wissen Sie? Wer unschicklich handelt, muß Schadenersatz leisten.«

»Aber wenn – ich habe hier keine diesbezüglichen Beweise – festgestellt würde, die PRC habe versehentlich das Verkehrsflugzeug beschädigt? Dann könnte Ihr Ersuchen um Wiedergutmachung ungerecht erscheinen.«

»Das ist nicht möglich. Wir haben unsere überlebenden Piloten befragt, und deren Berichte lassen keinen Zweifel zu.« Wieder war es Zhang.

»Was genau verlangen Sie?«

»Zweihunderttausend Dollar für jeden gefallenen Flieger. Das Geld geht natürlich an deren Familien«, versprach Zhang.

»Ich kann dieses Ersuchen an ...«

»Entschuldigen Sie. Es ist kein Ersuchen. Es ist eine Bedingung«, wies der Außenminister Adler zurecht.

»Verstehe. Ich kann Ihre Position vortragen, rate aber dringend davon ab, dies zu einer Bedingung für den von Ihnen versprochenen Spannungsabbau zu machen.«

»Das ist unsere Position.« Der Blick des Außenministers war friedlich und heiter.

»... und Gott Schütze Amerika«, schloß Ryan. Die Menge stand auf und applaudierte. Die Kapelle – wo immer er hinkam, mußte es wohl eine Kapelle geben, nahm Jack an – schlug die ersten Takte an, und er bahnte sich hinter einer Mauer nervöser Secret-Service-Agenten den Weg von der Empore herab. Er unterdrückte noch ein Gähnen. Schon über zwölf Stunden war er unterwegs. Vier Reden schienen nicht arg viel physische Arbeit zu sein, aber Ryan wurde langsam bewußt, wie erschöpfend es sein konnte, Ansprachen zu halten. Vorher immer das Lampenfieber, und wenn das auch rasch verging, der angesammelte Streß machte sich doch bemerkbar.

»Okay«, sagte ihm Arnie, als sich die präsidiale Reisegruppe beim Hinterausgang versammelte. »Für einen, der's gestern noch hinschmeißen wollte, war das sehr gut.«

»Mr. President!« rief ein Reporter.

»Sprich mit ihm«, flüstere Arnie.

»Ja?« sagte Jack und ging hin, sehr zum Mißfallen seiner Sicherheitsleute.

»Ist Ihnen bekannt, was John Plumber heute Abend auf NBC sagte?« Der Reporter war von ABC und würde kaum die Chance verpassen, der Konkurrenz eins auszuwischen.

»Ja, ich habe davon gehört«, antwortete der Präsident ernst.

»Haben Sie dazu einen Kommentar?«

»Es wird Ihnen einleuchten, daß mir nicht gefällt, dies alles zu erfahren. Aber was Mr. Plumber betrifft, war das der großzügigste Akt moralischer Courage, dem ich seit langem begegnet bin. Meiner Ansicht nach ist er in Ordnung.«

»Wissen Sie, wer es war, der ...«

»Bitte, lassen Sie Herrn Plumber das handhaben. Es ist seine Story, und er weiß, wie sie zu erzählen ist. Wenn Sie mich bitte entschuldigen, ich muß den Abflug erwischen.«

»Danke, Mr. President«, sagte der ABC-Reporter zu Ryans Rücken.

»Genau richtig«, sagte Arnie lächelnd. »Der Tag war lang, aber gut.«

Ryan ließ die angehaltene Luft raus. »Wenn Sie's sagen.«

»O mein Gott«, flüsterte Professor Klein. Da war er, auf dem Bildschirm. Der Hirtenstab, wie aus dem medizinischen Lehrbuch. Wie zum Teufel war er nach Chicago gelangt?

»Das ist Ebola«, sagte Dr. Quinn und fügte hinzu: »Das ist nicht möglich.«

»Wie gründlich war Ihre körperliche Untersuchung?« hakte der Ältere nach.

»Hätte besser sein können, aber – keine Bißwunden, keine Nadelspuren. Mark, dies ist Chicago. Ich hatte vor Tagen Frost auf der Windschutzscheibe.«

»Schlüssel in ihrer Handtasche?«

»Ja, Sir.«

»Erstens, da sind Cops bei der Notaufnahme. Holen Sie einen, als Polizeieskorte zu ihrer Wohnung, damit wir uns dort umschauen können. Sagen Sie ihm, die Frau ist in Lebensgefahr. Vielleicht gibt's ein Haustier, eine tropische Pflanze oder was. Wir haben den Namen vom Hausarzt. Der muß aufstehen, muß hierher, uns sagen, was er von ihr weiß.«

»Behandlung?«

»Wir kühlen sie ab, ersetzen Flüssigkeit, verabreichen Schmerzmittel, aber's gibt eigentlich nichts, das hier wirklich hilft. Rousseau in Paris hat Interferon und einiges andere versucht, aber kein Glück gehabt.« Er blickte den Bildschirm wieder finster an. »Wie hat sie's bekommen. Wie zur Hölle hat sie sich diesen kleinen Bastard zugezogen?«

»CDC?«

»Sie holen uns einen Cop rauf. Ich faxe Gus Lorenz an.« Klein sah auf seine Uhr. Verdammt.

Die Predators waren wieder in Saudi-Arabien, weiterhin unentdeckt. Man hielt's allerdings für ein wenig zu gefährlich, sie über feste Stellungen wie Divisionslager kreisen zu lassen, also erfolgte die Aufklärung von oben jetzt mittels Satelliten, von denen aus die Fotos zum National Reconnaissance Office herabgefunkt wurden.

»Zieh dir das mal rein«, sagte einer von der Nachtwache dem Typ an der nächsten Workstation. »Was sind das für Dinger?«

Die Panzer der UIR-Division ›Die Unsterblichen‹ waren gruppiert wie auf einem großen Parkplatz, in gleichmäßigen Abständen und langen Reihen zur Zählung bereit. Jetzt waren alle Fahrzeuge zurück, und Männer waren um die Panzer und anderen Kampffahrzeuge ausgeschwärmt, um die Wartungsaufgaben, die jedem Manöver folgten, wahrzunehmen. Vor jedem Panzer in der ersten Reihe sah man zwei dunkle Linien, jede rund einen Meter breit und zehn Meter lang. Der Mann an diesem Platz kam von der Air Force und war somit eher mit Flugzeugen als mit Landfahrzeugen vertraut.

Sein Nachbar brauchte nur einen Blick. »Ketten.«

»Was?«

»Wie beim Reifenwechsel. Ketten leiern aus, und man zieht neue auf. Die alten kommen in die Werkstatt zur ›Runderneuerung‹, Laufwulste ersetzen und so. Keine großartige Geschichte.«

Ein näherer Blick zeigte, wie das lief. Die neuen Ketten legte man vor den alten aus. Die alten wurden gelöst und die neuen daran befestigt, und der Panzer fuhr einfach vorwärts, bis die Sprossenräder die neuen Ketten über die Rollräder an ihren Platz gezogen hatten. Es war schweißtreibende Arbeit für mehrere Männer, erforderte aber für eine geübte Mannschaft im Idealfall nur rund eine Stunde, was hier, so erklärte der Exsoldat, der Fall war. Im Grunde zog sich der Panzer die neuen Ketten im Fahren an.

»Wußt' ich nie, wie die das machen.«

»Besser das, als so 'ne Riesensau aufbocken zu müssen.«

»Wie lang hält so 'n Satz Ketten?«

»Auf so einem, querfeldein in der Wüste? Nenn's so tausend Meilen, vielleicht ebbes weniger.«

Tatsächlich, die zwei Sofas in der vorderen Kabine von Air Force One ließen sich zu Betten ausfalten. Ryan entließ den Stab, hängte die Kleider auf und legte sich hin. Saubere Laken und alles, und er war müde genug, daß es ihm nichts ausmachte, im Flugzeug zu sein. Bis Washington waren es viereinhalb Stunden, und dann könnte er in seinem eigenen Bett weiterschlafen.

In der großen Kabine taten die Reporter es ihm nach, da sie entschieden hatten, die erstaunliche Plumber-Enthüllung dem nächsten Tag zu überlassen. Viel zu sagen hatten sie eh nicht: Eine so dicke Story wurde mindestens auf der Ebene eines Assistant Managing Editor abgewickelt. Die Journaille träumte von erscheinenden Editorials, die Fernsehleute unterdrückten ihr Schaudern darüber, was dies ihrer Glaubwürdigkeit antun würde.

Mittendrin war der Stab. Alle beim Lächeln, oder fast.

»Nu, jetzt hat er mir sein Temperament gezeigt«, sagte Arnie zu Callie Weston. »Wow.«

»Möchte wetten, er kennt jetzt auch Ihres.«

»Und meins hat gewonnen.« Arnie nippte an seinem Drink. »Wissen Sie, ich glaub', wir haben hier einen recht ordentlichen Präsidenten.«

»Er haßt es.«

Arnie van Damm war das gleich: »Fabelhafte Reden, Callie.«

»Es ist so einnehmend, wie er sie vorträgt«, meinte sie. »Jedesmal beginnt er verkrampft, mit Verlegenheit, dann übernimmt der Lehrer in ihm, und er legt richtig los. Er weiß es nicht mal.«

»Ehrlichkeit. Kommt echt rüber, gell?« Arnie hielt inne. »Es wird einen Gedenkgottesdienst für die gefallenen Agenten geben.«

»Bin schon am Überlegen«, versicherte ihm Weston. »Was werden Sie mit Kealty machen?«

»*Den* Bastard werden wir ein für allemal versenken.«

Badrayn war wieder an seinem Rechner, prüfte die entsprechenden Internet-Sites. Noch immer nichts. Ein Tag noch, und er würde vielleicht anfangen, sich zu sorgen, aber sein Problem war das eigentlich nicht, wenn nichts geschah, oder? Was er tat, hatte ja perfekt geklappt.

Alle merkten auf, als Patientin null die Augen öffnete. Ihr Fieber war jetzt auf 38,7 gesunken, nur wegen der Kältepackungen, die ihren Körper umhüllten wie einen Fisch auf dem Markt. Ihr Gesicht war eine Studie aus Schmerz und Erschöpfung. Insofern sah sie aus wie Patienten mit fortgeschrittenem AIDS, einer Krankheit, die ihr Arzt allzugut kannte.

»Hallo. Ich bin Dr. Klein«, sagte ihr der Professor von hinter der Maske. »Sie haben uns da für einen Moment Sorgen gemacht, aber jetzt ist alles unter Kontrolle.«

»Tut weh«, sagte sie.

»Weiß ich, und wir werden Ihnen damit helfen, aber vorher muß ich Ihnen ein paar Fragen stellen. Können Sie mir antworten?« fragte Klein.

»Okay.«

»Sind Sie in letzter Zeit gereist?«

»Wie meinen Sie das?« Jedes Wort kostete Energiereserven.

»Haben Sie das Land verlassen?«

»Nein. Flog nach Kansas City ... vor zehn Tagen, sonst nichts. Tagesfahrt.«

»Okay.« Das war's nicht. »Hatten Sie Kontakt mit jemandem, der außer Landes war?«

»Nein.« Sie versuchte ein Kopfschütteln. Er bewegte sich vielleicht fünf Millimeter.

»Vergeben Sie mir, dies muß ich aber fragen. Haben Sie ein sexuelles Verhältnis im Moment?«

Die Frage erschütterte sie. »AIDS?« japste sie. Dachte, das wär's Schlimmste, das sie haben könnte.

Klein schüttelte entschieden den Kopf. »Nein, definitiv nicht. Machen Sie sich darüber bitte keine Sorgen.«

»Geschieden«, sagte die Patientin. »Nur ein paar Monate. Noch keine ... neuen Männer in meinem Leben.«

»Na, so hübsch, wie Sie sind, hält das nicht lange an«, meinte Klein, der sie zum Lächeln ermuntern wollte. »Was machen Sie bei Sears?«

»Weiße Ware, Einkäuferin. Gerade ... große Show ... McCormick Center ... Menge Papierkram ... Bestellungen un' Zeugs.«

Dies führte nirgendwohin. Klein versuchte ein paar weitere Fragen. Sie führten auch nirgendwohin. Er drehte sich um und zeigte zur Schwester.

»Okay, wir tun jetzt was gegen den Schmerz«, sagte der Professor. Die Schwester startete die Morphiumzufuhr am IV-Ständer. »Dies wird in ein paar Sekunden wirken, okay? Bin bald wieder da.«

Quinn wartete draußen im Gang mit einem uniformierten Polizeioffizier.

»Doc, worum geht's denn?« fragte der Cop.

»Diese Patientin hat etwas sehr Ernstes, möglicherweise sehr Anstekkendes. Ich muß ihr Apartment ansehen.«

»Das ist nicht legal, wissen Sie. Normal müssen Sie vom Richter ...«

»Officer, dafür ist keine Zeit. Wir haben ihre Schlüssel, könnten glatt einbrechen, aber ich möchte Sie dabeihaben, damit wir nichts machen, was falsch wäre.« Außerdem, wenn sie eine Einbruchssicherung hatte, wär's schlecht, sich einbuchten zu lassen. »Zeit ist knapp. Diese Frau ist sehr krank.«

»Okay, mein Wagen ist draußen.« Sie gingen zusammen raus.

»Fax nach Atlanta schon weg?« fragte Quinn. Klein schüttelte den Kopf.

»Sehen wir uns erst ihre Bude an.« Er verzichtete auf den Mantel. Draußen war's kalt, und die Temperatur würde dem Virus unwirtlich erscheinen, wenn sich der im unwahrscheinlichen Fall im Kittel eingenistet hätte. Vernunft sagte ihm zwar, es gäbe keine wirkliche Gefahr. Ebola war er klinisch nie begegnet, wußte aber mehr darüber als viele Experten. Leider war es normal, daß Leute mit unerklärlichen Virenerkrankungen auftauchten. Oft würde eine sorgfältige Untersuchung die Infektionsquelle aufdecken, aber nicht immer. Auch bei AIDS gab es die Handvoll unerklärlicher Fälle. Aber man begann nicht mit einer von denen als Index-Fall. Professor Klein zitterte draußen. Die Temperatur war knapp über dem Gefrierpunkt, das war aber nicht der Grund für seinen Schüttelfrost.

Price öffnete die Tür zur Kabine. Die Lampen waren bis auf einige indirekte Leselämpchen aus. Der Präsident lag auf dem Rücken und schnarchte laut genug, um trotz Motordröhnen gehört zu werden. Sie mußte den Impuls unterdrücken, sich reinzuschleichen und ihn zuzudecken. Statt dessen lächelte sie und schloß die Tür von draußen.

»Vielleicht gibt es so was wie Gerechtigkeit, Jeff«, bemerkte sie zu Raman.

»Sie meinen die Newsie-Geschichte?«

»Yeah.«

»Wetten Sie lieber nicht drauf«, sagte der andere Agent.

Sie sahen sich um. Endlich schliefen alle, sogar der Stabschef. Oben machte die Flugbesatzung ihren Job, wie auch anderes USAF-Personal. Die zwei Agenten gingen zu den Sitzen zurück. Drei Mitglieder ihres Kommandos spielten Karten, leise. Andere lasen oder dösten.

Ein Air Force Sergeant kam mit einem Ordner die Treppe herab.

»FLASH-Nachricht für den Boß«, gab sie bekannt.

»Ist es so wichtig? In rund neunzig Minuten sind wir in Andrews.«

»Ich nahm sie ja nur von der Faxmaschine«, entgegnete sie.

»Okay.« Price nahm die Nachricht und ging zu Goodley. Es war sein Job, dem Präsidenten zu sagen, was er über die wichtigen Dinge in der Welt wissen mußte – oder in diesem Fall die Wichtigkeit einer Nachricht festzulegen. Price schüttelte ihn an der Schulter. Der National Intelligence Officer machte ein Auge auf.

»Hnghn?«

»Wecken wir den Boß für das hier auf?«

Der Geheimdienstspezialist überflog die Nachricht und schüttelte den Kopf. »Kann warten. Adler weiß, was er tut, und bei State gibt's eine Arbeitsgruppe dafür.« Er drehte sich ohne ein weiteres Wort in seinen Sitz zurück.

»Nichts anfassen«, sagte Klein dem Polizisten. »Am besten bleiben Sie direkt bei der Tür, aber wenn Sie hinter uns herumgehen, fassen Sie nichts an. Warten Sie.« Der Arzt langte in die Mülltüte, die er mitgebracht hatte, und zog eine steril verpackte Maske heraus. »Setzen Sie die auf, okay?«

»Zu Befehl, Doc.«

Klein reichte den Hausschlüssel rüber. Der Polizeioffizier öffnete die Tür. Es gab tatsächlich einen Alarm. Die Regeltafel war gleich hinter der Tür, aber nicht eingeschaltet. Die beiden Ärzte legten ihre Masken und Gummihandschuhe an. Zuerst schalteten sie alle Lichter ein.

»Was suchen wir?« fragte Quinn.

Klein suchte schon. Keine Katze oder Hund hatte ihr Eintreffen bemerkt. Kein Vogelkäfig. Teils hatte er auf einen Affen als Haustier gehofft, aber gewußt, daß dies nicht drin war. Dann Pflanzen, dachte er. Wär's nicht eigenartig, wenn Ebolas Wirt nicht tierisch wäre? Das wäre ja eine Premiere in gewisser Art.

Es gab Pflanzen, aber nichts Exotisches. Sie standen im Zentrum des Wohnzimmers, berührten nichts mit den Handschuhen, auch nicht mit den grüngekleideten Hosenbeinen, als sie sich langsam suchend umwandten.

»Ich sehe nichts«, berichtete Quinn.

»Auch ich nicht. Küche.«

Dort gab es weitere Pflanzen, zwei in kleinen Töpfen, die wie Kräuter aussahen. Klein entschied sich, sie einzusacken.

»Warten Sie, hier«, sagte Quinn, öffnete eine Schublade und fand Gefrierbeutel. Da kamen die Pflanzen rein, die der jüngere Arzt sorgfältig versiegelte. Klein öffnete den Kühlschrank. Nichts ungewöhnliches. Gleiches bei der Gefriertruhe. Er hätte gedacht, daß irgendein exotisches Nahrungsmittel – aber nein. Alles, was die Patientin aß, war typisch amerikanisch.

Das Schlafzimmer war ein Schlafzimmer, nichts weiter. Keine Pflanzen.

»Kleidungsartikel? Leder?« fragte Quinn. »Milzbrand kann…«

»Ebola nicht. Zu empfindlich. Wir kennen den Organismus, mit dem wir's zu tun haben. Er kann in dieser Umgebung nicht überleben. *Geht* nicht.« Der Professor bestand darauf. Viel wußten sie nicht über den kleinen Bastard, aber eine der Dinge, die man in CDC erforschte, war, die Umweltbedingungen festzustellen: wie lange der Virus bei verschiedenen Parametern überleben konnte. Chicago war zu dieser Jahreszeit so unwirtlich zu diesem Virus wie ein Hochofen. Orlando, irgendwo im Süden vielleicht. Aber Chicago? »Nichts haben wir«, schloß er frustriert ab.

»Vielleicht die Pflanzen?«

»Wissen Sie, wie schwer es ist, eine Pflanze durch den Zoll zu bekommen?«

»Hab's nie versucht.«

»Ich aber, mit ein paar wilden Orchideen aus Venezuela einmal… « Er sah sich noch um. »Hier gibt es nichts, Joe.«

»Ist Ihre Prognose so schlecht wie…«

»Yeah.« Behandschuhte Hände rieben gegen die grünen Hosen. Im Latex schwitzten jetzt seine Hände. »Wenn wir nicht feststellen können, wo es herkam…« Er sah seinen jüngeren, größeren Kollegen an. »Ich muß zurück. Ich will diese Struktur noch mal anschauen.«

»Hello«, sagte Gus Lorenz. Er sah auf die Uhr. Was zum Teufel?

»Gus?« fragte die Stimme.

»Ja, wer ist dran?«

»Mark Klein in Chicago.«

»Was ist?« fragte Lorenz, halb da. Die Antwort machte seine Augen ganz auf.

»Ich glaube – nein, Gus, ich *weiß*, ich habe hier oben einen Ebola-Fall.«

»Wie kannst du dir sicher sein?«

»Ich habe den Hirtenstab. Selbst mikrografiert. Es ist der Hirtenstab, ohne Scheiß, Gus. Ich wünschte, es wäre nicht so.«

»Wo ist er gewesen?«

»Er ist 'ne Sie, und sie ist nirgends besonders gewesen.« Klein faßte in unter einer Minute zusammen, was er wußte. »Hier gibt es keine unmittelbar erkennbare Erklärung.«

Lorenz hätte einwenden können, daß dies nicht möglich wäre, aber er kannte Mark Klein als Ordinarius an einer der weltbesten medizinischen Fakultäten. »Nur ein Fall?«

»Die fangen alle so an, Gus«, erinnerte Klein seinen Freund. Tausend Meilen entfernt schwang Lorenz seine Beine aus dem Bett auf den Boden.

»Okay. Ich brauch' eine Probe.«

»Der Bote ist schon auf dem Weg nach O'Hare. Er nimmt den erstbesten Flug. Die Mikrogramme kann ich dir gleich per E-Mail schikken.«

»Brauche vierzig Minuten, reinzukommen.«

»Gus?«

»Ja?«

»Gibt es irgendwas Neues auf der Behandlungsseite? Wir haben hier eine sehr kranke Patientin«, sagte Klein in der Hoffnung, daß er einmal, vielleicht, in seinem ureigenen Fach nicht ganz auf dem laufenden war.

»Leider nicht, Mark. Nichts, von dem ich wüßte.«

»Verdammt. Okay, wir tun hier, was wir können. Ruf mich an, wenn du da bist. Ich bin im Büro.«

Lorenz ging in sein Badezimmer und ließ das Wasser an, um sein Gesicht kalt abzuwaschen; um sich zu beweisen, daß dies kein Traum wär. Nein, dachte er – kein Alptraum.

Dieser Präsidialvorteil war einer, den sogar die Presse respektierte. Ryan stieg die Treppe als erster herab, salutierte dem USAF-Sergeanten am Ende und ging die fünfzig Meter zum Helikopter. Drinnen schnallte er sich an und schlief prompt wieder ein. Eine Viertelstunde später weckte man ihn wieder, er salutierte diesmal einem Marine und schleppte sich ins White House. Zehn Minuten später schlief er in einem Bett, das sich nicht bewegte.

»Gute Reise?« fragte Cathy, ein Auge halb offen.

»Lange«, berichtete ihr Mann und schlief wieder ein.

Die erste Maschine von Chicago nach Atlanta, hob um 6.15 Uhr ab. Lorenz war schon früher an seinem Arbeitsplatz und wählte bereits am Telefon, während er seinen Rechner anlaufen ließ.

»Der Download läuft; die Abbildung kommt schon rein.«

Während der Ältere zusah, wuchs das Mikrogramm Zeile für Zeile, schneller, als ein Fax aus der Maschine kommen würde, und mit weit größerer Detailauflösung.

»Sag mir, daß ich mich irre, Gus«, bat Klein.

»Ich glaube, das weißt du schon besser, Mark.« Er hielt inne, als die Abbildung vollständig war. »Das ist unser Freund.«

»Wo ist er denn in letzter Zeit gesehen worden?«

»Nun, wir hatten ein paar Fälle in Zaire, zwei weitere wurden aus dem Sudan gemeldet. Das war's, soviel ich weiß. Deine Patientin, hat sie...«

»Nein. Ich habe bisher keine Risikofaktoren identifizieren können. Bei der Inkubationszeit hat sie es sich mit fast absoluter Sicherheit hier in Chicago zugezogen. Und das gibt es doch gar nicht, oder?«

»Sex?« fragte Lorenz. Er konnte das Kopfschütteln fast hören.

»Hab' ich sie gefragt. Fehlanzeige. Berichte von woanders?«

»Nein, nichts, nirgendwo. Mark, bist du dir dessen sicher, was du gesagt hast?« So beleidigend die Frage war, sie mußte gestellt werden.

»Ich wünschte, ich wär's nicht. Das Mikrogramm ist schon das dritte. Ich wollte gute Isolation. Ihr Blut ist voll damit, Gus. Warte mal.« – Stimmen im Hintergrund. – »Sie war gerade wieder wach. Sagt, sie hat sich vor 'ner Woche oder so einen Zahn ziehen lassen. Wir haben den Namen des Zahnarztes, gehen dem nach. Mehr haben wir nicht hier.«

»Gut. Laß mich die Vorbereitungen für deine Probe treffen. Es ist nur ein einzelner Fall. Regen wir uns erst mal nicht künstlich auf.«

Raman kam kurz vor der Morgendämmerung zu Hause an. Es war gut, daß um diese Tageszeit die Straßen fast leer waren. Mit seiner Fahrtüchtigkeit stand es gerade nicht zum Besten. Zu Hause hielt er die übliche Routine ein. Auf seinem Anrufbeantworter hatte sich wieder mal jemand verwählt: die Stimme von Herrn Alahad.

Der Schmerz war so schlimm, daß er aus dem Erschöpfungsschlaf erwachte. Bloß die zwanzig Schritte ums Bett herum ins Bad hinein erschienen ihm wie ein Marathon. Die Krämpfe waren furchtbar, was ihn erstaunte, denn er hatte in den letzten Tagen kaum was gegessen. Mit aller Eile, die er noch zustande brachte, ließ er die Shorts fallen und setzte sich. Gleichzeitig schien sein oberes Gedärm ebenfalls zu explodieren, und der ehemalige Golf-Spieler erbrach sich auf die Kacheln. Der Augenblick von Scham über etwas so wenig Männliches hielt nur an, bis er das sah, was ihm da zu Füßen lag.

»Süße?« rief er schwach. »Hilfe...«

# 48 / Hämorrhagie

Sechs Stunden Schlaf, vielleicht etwas mehr, waren besser als nichts. Am Morgen stand Cathy als erste auf, und der Vater der First Family kam unrasiert in den Frühstücksraum, vom Kaffeegeruch angezogen

»Wer sich so bescheiden fühlt, sollte wenigstens einen Kater als Ausrede haben«, verkündete der Präsident. Die Morgenzeitungen lagen bereit. An der Titelseite der *Washington Post* hing ein Klebezettel, direkt über einem Bericht von Bob Holtzman und John Plumber. Nun, dachte Jack zu sich, auf *die* Weise kam sein Tag mal richtig aus den Startlöchern.

»So was Verdorbenes«, sagte Sally Ryan. Sie hatte schon im Fernsehen vom Streit gehört. »Galgenvögel.« Sie hätte ›Schwänze‹ gesagt, da der Ausdruck bei den jungen Damen von St. Mary's die Runde machte, aber Dad war noch nicht bereit zuzugeben, daß seine Sally wie eine Erwachsen redete.

»Mh-hm«, antwortete ihr Vater. Die Story war detaillierter, als ein paar Minuten Sendezeit sein konnten. Und Ed Kealty wurde benannt, der anscheinend – nicht überraschend, aber dennoch illegal – aus einer CIA-Quelle schöpfte mit Informationen, die, so der Bericht, nicht zur Gänze wahr und, schlimmer noch, ein gezielter politischer Angriff auf den Präsidenten waren, unter Mißbrauch der Medien als Kampfhunde. Jack prustete. Als ob das was Neues wär. Die *Post* betonte die grobe Verletzung der journalistischen Integrität. Plumbers Abbitte sei sehr aufrichtig, hieß es. Der Bericht sagte, führende Angestellte von NBCs News-Abteilung hätten sich vor Abschluß der eigenen Ermittlung jeden Kommentars enthalten. Es hieß auch, die *Post* habe die Bänder, die völlig unbeschädigt wären, in sicherer Verwahrung.

Die *Washington Times*, sah er, war ähnlich zornig, aber nicht ganz auf gleiche Weise. Es werde hierzu einen kolossalen Bruderzwist im Presse-Corps Washingtons geben, meinte der *Times*-Leitartikel, und die Politiker würden die Schlacht sicher belustigt verfolgen.

*Nun, das sollte sie mir für ein Weilchen vom Halse halten.*

Dann öffnete er den Pappordner mit den ›Geheim‹-Borten. Das Dokument, sah er, war schon etwas älter.

»Bastarde«, flüsterte POTUS.

»Die haben sich diesmal selbst einen reingewürgt«, sagte Cathy, auch mit einer Zeitung in der Hand.

»Nein«, antwortete Swordsman. »China.«

Es war noch keine Epidemie, weil keiner darüber Bescheid wußte. Ärzte reagierten schon mit Überraschung auf Anrufe. Zwanzig waren bereits durch erregte Anrufe bei ihren Antwortdiensten geweckt worden. Blutiges Erbrechen und blutiger Durchfall wurden in jedem Fall berichtet, aber Fälle gab's nur einen pro Kunden, und so was läßt sich medizinisch mit verschiedenen Ursachen in Zusammenhang bringen. Blutende Magengeschwüre, zum Beispiel, und viele der Anrufe kamen von Geschäftsleuten, die den Streß mit Schlips und Kragen anzulegen pflegten. Den meisten wurde gesagt, daß sie sich zur nächsten Notaufnahme fahren lassen sollten, und fast alle Ärzte zogen sich an, um seinen oder ihren Patienten dort zu treffen, oder überließen dies einem Kollegen. Manche Kranke erhielten die Anweisung, sich gleich zu Praxisbeginn bei ihnen zu melden, um den bestehenden Terminen zuvorzukommen.

Gus Lorenz war nicht danach, allein im Büro zu sitzen, und er hatte einige vom leitenden Stab reingerufen, um mit ihm am Rechner zu sitzen. Denen fiel auf, daß seine Pfeife qualmte, als sie reinkamen. Das gab fast Protest – es war schließlich gegen die Bundesverordnung –, die Ärztin hielt aber inne, als sie die Abbildung auf dem Bildschirm sah.

»Wo's der denn her?« fragte die Epidemiologin.

»Chicago.«

»*Unser* Chicago?«

Pierre Alexandre erreichte sein Büro kurz vor acht Uhr. Seine Morgenroutine begann mit einem Blick auf das Faxgerät. Bei AIDS-Fällen, die er konsiliarisch mitbetreute, schickten ihm die Kollegen häufig Patienteninformationen. Heute früh gab es nur ein Fax: scheint's nichts Unerfreuliches. Dann läutete sein Telefon.

»Dr. Alexandre.«

»Hier die Notaufnahme, Sir. Könnten Sie runterkommen? Hier ist ein Patient, weiß, männlich, 37. Hohes Fieber, innere Blutungen. Ich weiß nicht, was es ist – ich meine«, sagte die Assistenzärztin, »ich meine, ich weiß, wie es aussieht, aber ...«

»Bin in fünf Minuten da.«

Der Molekularbiologe zog seinen gestärkten Kittel über und machte sich auf den Weg zur Notaufnahme, die in einem anderen Gebäude auf dem weitläufigen Hopkins Campus lag. Da war die Assistenzärztin, ein süßer Knopf ... und legte eine OP-Maske an, sah er. Was konnte so früh an einem Frühlingsmorgen so arg schlimm sein?

»Guten Morgen, Doktor«, sagte er in seinem charmantesten Kreolenakzent. »Was gibt es denn für ein Problem?« Sie reichte ihm die Kurve und fing zu sprechen an, als er las.

»Seine Frau brachte ihn rein. Hohes Fieber, leicht desorientiert, Blutdruck niedrig, wahrscheinlich innere Blutung, Blut im Erbrochenen und im Stuhl. Und er hat diese Flecken im Gesicht«, berichtete sie. »Und ich weiß nicht...«

»Okay, sehen wir mal nach.« Sie klang wie eine vielversprechende junge Ärztin, dachte Alexandre erfreut. Wußte, was sie nicht wußte, hatte um Rat gebeten... aber weshalb nicht einen der Typen von der Inneren? Er legte Maske und Handschuhe an und ging durch den Isoliervorhang.

»Guten Morgen, ich bin Dr. Alexandre«, sagte er zum Patienten. Dessen Augen blickten teilnahmslos, aber es waren die Flecken im Gesicht, die Alexandre die Luft wegnahmen. George Westphals Gesicht, aus Alex' Vergangenheit nach mehr als zehn Jahren zurückgekehrt.

»Wie ist er hergekommen?«

»Sein Hausarzt bat die Frau, ihn herzufahren. Der ist hier Belegarzt.«

»Was macht er beruflich? Fotoreporter? Irgendwas im Reisegeschäft?«

Die Assistentin schüttelte den Kopf. »Er verkauft Camper, RVs, so was. Händlergeschäft drüben am Pulaski Highway.«

Alexandre sah sich um. Außer der behandelnden Assistentin waren ein Student und zwei Schwestern da, alle mit Handschuhen und Masken. Gut. Sie war auf Zack, und jetzt wußte Alex, weshalb sie Angst hatte.

»Blut?«

»Schon abgenommen, Doktor. Kreuzprobe läuft schon, Proben auch an Ihr Labor.«

Der Professor nickte. »Gut. Sofort aufnehmen. Meine Station. Brauche einen Röhrchenbehälter. Vorsicht mit allen Spritzen, auch im Labor.« Eine Schwester ging alles holen.

»Professor, dies sieht aus, wie – ich mein', es kann nicht sein, aber...«

»Es kann nicht sein«, stimmte er zu. »Aber es sieht so aus. Das sind Petechien direkt aus dem Lehrbuch. Also behandeln wir's so im Moment, okay?« Die Schwester kam mit den benötigten Behältern. Alexandre nahm die zusätzlichen Proben ab. »Sobald er auf dem Weg nach oben ist, entkleiden und schrubben sich alle. Es ist nicht soviel Gefahr dabei, wenn man sich richtig vorsieht. Ist seine Frau in der Nähe?«

»Ja, Doktor, draußen im Warteraum.«

»Laßt sie von jemandem zu meinem Büro bringen. Ich muß sie einiges fragen. Noch was offen?« Nichts. »Dann wollen wir mal.«

Dr. Alexandre musterte den Plastikbehälter mit Blutproben, und nachdem feststand, daß er korrekt versiegelt war, steckte er ihn in die Manteltasche. Im Anfang sagte er sich, nein, es ist nicht möglich. Muß was anderes sein. Aber was? Leukämie hatte manche derselben Symptome, und so furchterregend die auch sein mag, gegen das von ihm Befürchtete war sie vorzuziehen. Die Türen gingen auf, und er marschierte zu seinem Labor.

»Morgen, Janet«, sagte er, als er ins ›heiße‹ Labor kam.

»Alex«, antwortete Dr. phil. Janet Clemenger, Molekularbiologin.

Er zeigte ihr den Plastikbehälter. »Ich brauch' dies hier rasch, sofort.«

»Was ist es?« Man sagte ihr nicht sehr oft, alles andere fallenzulassen, besonders zu Beginn eines Arbeitstages.

»Sieht aus wie hämorrhagisches Fieber. Stufen Sie es ein bei ... vier.«

Ihre Augen weiteten sich. »Hier?« In ganz Amerika fragten sich Leute dasselbe, aber das wußte noch keiner von ihnen.

»Der Patient ist jetzt auf dem Weg nach oben. Ich rede mit seiner Frau.«

Sie nahm den Behälter und legte ihn vorsichtig auf die Arbeitsfläche. »Die üblichen Antikörpertests?«

»Ja, und bitte seien Sie vorsichtig damit, Janet.«

»Immer«, versicherte sie ihm. Wie Alexandre auch, machte sie viele AIDS-Versuche.

Alexandre ging dann in sein Büro, um Dave James anzurufen.

»Wie sicher sind Sie?« fragte zwei Minuten später der Dekan.

»Dave, im Moment ist's nur ein Weckruf, aber – ich habe es schon früher gesehen. Genau wie bei George Westphal. Ich habe gerade Jan Clemenger drangesetzt. Bis auf weiteres müssen wir es, glaub' ich, ernst nehmen. Wenn die Laborergebnisse das zeigen, was ich befürchte, dann rufe ich Gus an, und wir geben wirklich Alarm.«

»Nun, Ralph kehrt übermorgen von London zurück. Es ist im Moment Ihre Abteilung, Alex. Halten Sie mich auf dem laufenden.«

»Roger«, sagte der ehemalige Soldat. Dann war's Zeit, mit der Ehefrau des Patienten zu sprechen.

Der Kurier traf bei CDC ein, seine ›Hutschachtel‹ an der Hand, und reichte sie einem von Lorenz' Labortechnikern. Von da an lief alles auf der Überholspur. Auf den Arbeitsplatten waren die Antikörpertests schon vorbereitet, und mit den sorgfältigsten Vorsorgemaßnahmen und präzisen Handgriffen wurde ein Blutstropfen ins Glasröhrchen getaucht. Die Flüssigkeit darin wechselte fast augenblicklich die Farbe.

»Ebola ist's, Doktor«, berichtete der Techniker. Im anderen Raum wurde eine Probe für das Elektronenmikroskop vorbereitet. Lorenz ging hinüber; das Instrument war bereits aufgewärmt. Es mußte nur noch alles richtig gezielt werden, bevor die Abbildungen auf dem Bildschirm erschienen.

»Suchen Sie's sich aus, Gus.« Dies war ein leitender Arzt, kein Techniker. Als die Vergrößerung nachgestellt wurde, war das Bild augenblicklich klar. Im Blut wimmelte es von den winzigen Strängen. Und bald von nichts anderem. »Wo ist das her?«

»Chicago«, antwortete Lorenz.

»Willkommen in der neuen Welt«, sagte er zum Bildschirm und justierte die Feineinstellung, um einen Strang für volle Vergrößerung auszuwählen. »Du kleiner Hundesohn.«

Jetzt brauchten sie noch Untersuchungen, um die Untergruppe herauszubekommen. Das würde eine Weile dauern.

»Also ist er nicht außer Landes gereist?« Alex ging die Liste der üblichen Fragen durch.

»Nein. Nein, ist er nicht«, versicherte sie ihm. »Nur zur großen RV-Show. Die besucht er jedes Jahr.«

»Ma'am, ich muß eine Anzahl Fragen stellen, von denen einige anstößig erscheinen mögen. Verstehen Sie bitte, daß ich das tun muß, um Ihrem Mann zu helfen.« Sie nickte. »Haben Sie irgendeinen Grund zu vermuten, daß Ihr Mann sich mit anderen Frauen eingelassen hat?«

»Nein.«

»Sorry, das mußte ich fragen. Haben Sie irgendwelche exotischen Haustiere?«

»Nur zwei Chesapeake Bay Apportierer«, antwortete sie überrascht.

»Affen? Irgendwas aus dem Ausland?«

»Nein, nichts Derartiges.«

So kommen wir nicht von Fleck. Alex fiel keine relevante Frage mehr ein. Die zum Reisen sollten sie doch bejahen. »Kennen Sie jemanden: Familie, Freunde, was auch immer, der viel herumreist?«

»Nein – darf ich ihn sehen?«

»Ja, das dürfen Sie, aber erst müssen wir's ihm im Zimmer gemütlich machen und mit einigen Behandlungsmaßnahmen beginnen.«

»Wird er – ich meine, er ist noch nie krank gewesen, er läuft, und er raucht nicht und trinkt wenig, und wir haben immer aufgepaßt.« Und da begann sie, die Kontrolle zu verlieren.

»Ich werde Sie nicht anlügen. Ihr Mann scheint sehr krank zu sein, aber Ihr Hausarzt hat Sie zur besten Klinik im Lande geschickt. Ich bin hier neu, habe mehr als zwanzig Jahre in der Armee verbracht, alles auf dem Gebiet der Infektionskrankheiten. Sie sind also am richtigen Ort und haben den richtigen Arzt.« So was mußte man sagen, auch wenn einem die Worte hohl erschienen. Das einzige, was man nie und nimmer durfte, war, ihnen die Hoffnung zu rauben. Das Telefon läutete.

»Dr. Alexandre.«

»Alex, hier ist Janet. Antikörpertest ist positiv für Ebola. Ich hab's wiederholt«, sagte sie ihm. »Das Zusatzröhrchen habe ich für CDC eingepackt, und die Mikroskopie kann in einer Viertelstunde losgehen.«

»Sehr gut, ich werde dasein.« Er legte auf. »Hier«, sagte er der Ehefrau. »Ich werde Sie zum Warteraum begleiten und unseren Schwestern vorstellen. Wir haben einige sehr gute hier auf meiner Station.«

Dieser Teil war verdammt schwer. Er hatte ihr Hoffnung gemacht, wahrscheinlich zuviel. Jetzt würde sie auf ihn hören, als wäre er die Stimme Gottes, aber Gott hatte keine Antworten, und nun mußte er ihr noch erklären, daß die Schwestern auch von ihr etwas Blut zur Untersuchung abnehmen würden.

»Was gibt's, Scott?« fragte Ryan über dreizehn Zeitzonen hinweg.

»Nun, die haben eine Rohrzange ins Getriebe geschmissen. Jack?«

»Ja?«

»Dieser Kerl Zhang, den hab' ich jetzt zweimal getroffen. Er redet nicht viel, ist aber ein größerer Fisch, als wir dachten. Mir scheint's eher, er ist's, der ein Auge auf den Außenminister hält, nicht umgekehrt. Der ist im Spiel dabei, Mr. President. Sagen Sie den Foleys, sie sollen eine Akte über den Typen anlegen und mit einem dicken Reiter versehen.«

»Wird Taipeh Wiedergutmachung lockermachen?«

»Würden Sie's?«

»Mein Instinkt ließe mich denen sagen, wo sie's hinpflanzen können, aber ich soll ja nicht die Beherrschung verlieren, so war's doch?«

»Sie werden die Forderung anhören und werden mich fragen, wo die USA stehen. Was sage ich ihnen?«

»Für den Moment stehen wir für erneuerten Frieden und Stabilität ein.«

»So kann ich eine Stunde schinden, vielleicht zwei. Was dann?« beharrte SecState.

»Sie kennen die Region besser als ich. Was wird hier gespielt, Scott?«

»Ich weiß es nicht. Ich dachte, ich tu's, aber nein. Erst hoffte ich, es wär 'n Versehen. Dann dachte ich, die rütteln am Käfig – Taiwans, versteht sich. Das ist es nicht. Die machen dafür zuviel Druck und in die falsche Richtung. Dritte Option: Dies soll ein Test für Sie sein, Sir. Wenn, dann spielen die grob – zu grob. Die kennen Sie noch nicht gut genug, Jack. Es ist ein zu dicker Pott fürs erste Spiel des Abends. Unterm Strich: Ich weiß nicht, was die denken. Ohne das kann ich nicht sagen, wie wir ausspielen sollten.«

»Wir wissen, die waren bei Japan dabei – Zhang persönlich deckte diesem Yamata-Bastard den Rücken, und...«

»Ja, ich weiß. Und die müssen wissen, wir wissen's, und das ist ein weiterer Grund, uns nicht anzumachen. Da sind so viele Chips auf dem Tisch, Jack«, betonte Adler wieder. »Und ich kann hier den Grund nicht sehen.«

»Taiwan sagen, daß wir hinter ihnen stehen?«

»Okay, Sie tun das, und es wird publik, und die PRC erhöht den Einsatz, dann haben wir tausend – verdammt, nahezu hunderttausend Bürger da drüben als Geiseln. Ich möchte nicht mal auf die Handelsaspekte eingehen, aber das ist ein großer Jeton nach polit-ökonomischen Begriffen.«

»Stärken wir Taiwan aber nicht den Rücken, denken die, wir lassen sie im Regen stehen und daß sie eingekreist sind...«

»Ja, Sir, und das gleiche passiert umgekehrt. Mein Vorschlag ist, es laufen zu lassen. Ich überbringe die Forderung, Taipeh sagt nein, ich schlage vor, die schlagen vor, die Angelegenheit bleibe in der Schwebe, bis der Vorfall mit der Verkehrsmaschine geklärt ist. Dafür rufen wir die UNO an. Wir, die USA, holen die Frage vor den Sicherheitsrat. Das zieht's in die Länge. Früher oder später muß doch der PRC-Navy der Sprit ausgehen. Wir haben eine Trägerflotte in der Nähe, und so *kann* eigentlich nichts passieren.«

Ryan runzelte die Stirn. »Ich will nicht sagen, daß mir's gefällt, aber's läuft. Es bringt jedenfalls ein, zwei Tage. Mein Instinkt sagt, Taiwan stützen, und die PRC kann mich...«

»Die Welt ist so einfach nicht, und Sie wissen's«, sagte Adler.

»Wie wahr. Laufen Sie mit dem Ball wie besprochen, Scott. Halten Sie mich im Bilde.«

»Ja, Sir.«

Alex sah auf die Uhr. Neben dem Elektronenmikroskop war Dr. Clemengers Notebook. Um 10.16 Uhr nahm sie's, setzte eine Zeitmarke und diktierte, wie sie und ihr Mitdozent das Vorhandensein von Ebola-Viren nachgewiesen hatten. Auf der anderen Laborseite führte ein Techniker den Test am Blut der Ehefrau durch. Ebola-Positiv. Sie hatte es auch, wußte es aber noch nicht.

»Haben die Kinder?« fragte Janet, als die Nachricht kam.

»Zwei, beide Studenten, auswärts.«

»Alex, wenn's nichts Neues gibt, das ich nicht weiß... Ich hoffe, die haben ihre Prämien bezahlt.« Clemenger hatte hier nicht ganz den Status eines Dr. med., aber in Momenten wie diesen war's ihr nur recht. Ärzten wuchsen die Patienten mehr ans Herz als den Dr. phils.

»Was können Sie mir noch sagen?«

»Ich müßte eine Genkarte anlegen, aber schauen Sie.« Sie tippte auf den Bildschirm. »Hier, wie die Eiweißschlaufen gruppiert sind, und die Struktur hier unten?« Janet war führende Laborexpertin für Virenaufbau.

»Mayinga?« *O Gott, der hatte auch George erwischt*... und keiner wußte, wie George dazu gekommen war, und dieser Patient...

»Zu früh, um sicher zu sein. Sie wissen, was ich dafür anstellen müßte.«

»Es paßt. Keine bekannten Risikofaktoren für ihn, vielleicht auch sie. Jesus, Janet, wenn dieser auf dem Luftweg übertragbar ist...«

»Ich weiß, Alex. Rufen Sie Atlanta an oder ich?«

»Ich mach's.«

»Und ich fange an, den kleinen Bastard auseinanderzupflücken«, versprach sie.

Es schien ein langer Weg vom Labor zurück zu seinem Büro.

»Dr. Lorenz ist zur Zeit in einer Konferenz«, sagte eine Sekretärin. Das reichte meistens zur Abschreckung. Diesmal aber nicht.

»Unterbrechen Sie ihn doch bitte. Sagen Sie ihm, es ist Pierre Alexandre am Johns Hopkins, und es ist wichtig.«

»Ja, Doktor. Bitte warten Sie.« Sie drückte einen Knopf, dann einen weiteren. »Dr. Lorenz, bitte, es ist dringend.«

»Ja, Marjorie?«

»Ich habe Dr. Alexandre auf Leitung drei. Er sagt, es ist wichtig, Sir.«

»Danke.« Gus schaltete um. »Bitte kurz, Alex, hier entwickelt sich eine Situation«, sagte er in einem ungewöhnlich geschäftlichen Ton.

»Weiß ich. Ebola hat's auf diese Halbkugel geschafft«, verkündete Alexandre.

»Haben Sie ebenfalls mit Mark gesprochen?«

»Mark? Mark wer?« fragte der Dozent.

»Warte, warte, einen Schritt zurück, Alex. Weshalb rufen Sie hier an?«

»Wir haben zwei Patienten auf meiner Station, und beide haben ihn.«

»In Baltimore?«

»Ja, und jetzt – wo sonst noch, Gus?«

»Mark Klein hat in Chicago eine weibliche, 41. Ich habe die Blutproben schon mikroskopiert.« In zwei weit voneinander entfernten Städten taten zwei Weltklasse-Experten das gleiche. Ein Augenpaar fixierte eine Wand in einem kleinen Büro. Das andere sah an einem Konferenztisch herab zu zehn anderen Ärzten und Wissenschaftlern. Der Ausdruck war in beiden Fällen identisch. »Ist einer von beiden in Chicago oder Kansas City gewesen?«

»Negativ«, sagte Alexandre. »Wann ist Marks Fall aufgetaucht?«

»Gestern nacht, um zehn rum. Ihre?«

»Heute morgen kurz vor acht. Ehemann mit allen Symptomen. Frau nicht, aber ihr Blut ist positiv ... Oh, Scheiße, Gus ...«

»Ich muß gleich Detrick anrufen.«

»Tun Sie das. Halten Sie das Faxgerät im Auge, Gus«, riet Alexandre.

»Bleiben Sie erreichbar. Kann sein, daß ich Ihren Input brauche.«

»Darauf können Sie wetten!« Alex dachte darüber nach, als er auflegte. Er mußte noch einen anrufen.

»Dave, Alex.«

»Nun?« fragte der Dekan.

»Mann und Frau beide positiv. Frau noch nicht symptomatisch. Mann zeigt alle klassischen Anzeichen.«

»Also, was ist los, Alex?« fragte der Dekan, auf der Hut.

»Dave, los ist, daß ich Gus bei einer Stabskonferenz erwischt habe. Sie diskutierten einen Ebola-Fall in Chicago. Mark Klein hatte wohl um Mitternacht angerufen. Nichts Gemeinsames zwischen dem und unseren Index-Fall hier. Ich, mh, glaube, wir haben hier eine potentielle Epidemie im Entstehen. Wir müssen unsere Notaufnahme alarmieren. Es könnte hier sehr gefährliches Zeugs hereinrollen.«

»Epidemie? Aber ...«

»Das muß ich entscheiden, Dave. CDC redet mit der Army. Ich weiß genau, was die oben in Detrick sagen werden. Vor sechs Monaten hätte *ich* dort die Telefonate geführt.« Die andere Leitung Alexandres begann zu läuten. Seine Sekretärin nahm im Vorzimmer ab. Einen Moment später steckte sie den Kopf zur Tür herein.

»Doktor, es ist die Notaufnahme, sie sagen, man braucht Sie dort.« Alex gab auch diese Nachricht an den Dekan weiter.

»Wir treffen uns dort, Alex«, sagte Dave James.

»Beim nächsten Anruf auf Ihrem Beantworter werden Sie für Ihre Mission freigegeben«, sagte Herr Alahad. »Die Zeitplanung obliegt Ihnen.« Er mußte nicht hinzufügen, daß Raman besser alle Nachrichten löschen sollte. Das hätte erniedrigend einem gegenüber gewirkt, der bereit war, sich für die Sache hinzugeben. »Wir werden uns in diesem Leben nicht wiedersehen.«

»Ich muß zu meiner Arbeitsstelle.« Raman zögerte. So war der Befehl doch gekommen. Die beiden Männer umarmten sich, und der jüngere ging.

»Cathy?« Sie sah auf, als Dr. Katz seinen Kopf zu ihrer Tür reinsteckte.

»Yeah, Bernie?«

»Dave hat für zwei Uhr ein Treffen der Abteilungsleiter in seinem Büro einberufen. Ich bin weg nach New York für die Konferenz bei Columbia, und Hal operiert heute nachmittag. Nehmen Sie meinen Platz ein?«

»Sicher, ich bin frei.«

»Danke, Cath.« Sein Kopf verschwand wieder. SURGEON kehrte zu den Akten zurück.

David James war in der Notaufnahme. Hinter der Maske sah er aus wie jeder andere Arzt.

Dieser Patient hatte mit den anderen beiden nichts zu tun. Er erbrach sich in die Schale. Es war Hinweis genug für innere Blutung.

Die gleiche junge Assistenzärztin betreute auch diesen Fall. »Keine nennenswerten Reisen. Sagt, er wäre in New York gewesen. Theater, Auto-Show, normale Touristensachen. Was ist mit dem ersten?«

»Positiv für Ebola-Virus«, sagte ihr Alex. Ihr Kopf schnellte herum.

»Hier?«

»Hier. Seien Sie nicht so überrascht, Doktor. Sie haben mich gerufen, oder?« Er wandte sich Dekan James zu und hob eine Braue.

»Alle Abteilungschefs um zwei in meinem Büro. Ich kann nicht schneller, Alex. Ein Drittel operiert jetzt oder ist noch auf Visite.«

Alexandre nahm den Dekan am Arm und führte ihn vor die Tür. Dort, in seinem Grünzeug, zündete er eine Zigarre an, zur Überraschung der Sicherheitsleute, die auch hier ein Rauchverbot durchzusetzen hatten.

»Was in drei Teufels Namen ist hier los?«

»Wissen Sie, diese Dinger haben auch ihre Vorteile.« Alex paffte ein paarmal. »Ich kann Ihnen sagen, was die oben in Detrick sagen werden. Zwei voneinander getrennte Index-Fälle, Dave, tausend Meilen entfernt und acht Stunden zeitlich. Keine Verbindung irgendwelcher Art. Keine Gemeinsamkeiten. Rechnen Sie's doch mal durch«, sagte Pierre Alexandre mit einem weiteren, sorgenvollen Zug.

»Nicht genug Daten, um das zu stützen«, wandt James ein.

»Ich hoffe, ich irre mich. In Atlanta wird's ein Gerangel ohnegleichen. Gute Leute da unten. Die Besten. Sie sehen so was aber nicht so, wie ich es betrachte. Ich habe die Uniform lange getragen. Nun«, noch ein Zug, »wir werden sehen, was das Beste an stützender Therapie vermag. Wir sind besser als alles in Afrika. Chicago ist's auch. Wie alle anderen Orte, die sich noch melden werden, vermute ich.«

»Anderen?« James hatte immer noch nicht begriffen.

»Den ersten Versuch biologischer Kriegsführung unternahm Alexander der Große. Er schoß die Leichen von Pestopfern mit Katapulten in eine belagerte Stadt. Ich weiß nicht, ob es funktionierte. Er nahm die Stadt auch so ein, schlachtete alle ab und marschierte weiter.«

Jetzt hatte er's, konnte Alex sehen. Der Dekan war so blaß wie der neue Patient.

»Jeff?« Raman ging gerade in der örtlichen Kommandozentrale POTUS' Zeitplan durch. Er hatte jetzt eine Mission zu erfüllen, und es war Zeit, mit der Planung zu beginnen. Andrea kam zu ihm rüber. »Wir haben eine Reise nach Pittsburgh am Freitag. Würden Sie mit der Vorausmannschaft mal schnell dorthin? Es gibt ein paar Probleme mit dem Hotel.«

»Okay, wann muß ich los?«

»Flug startet in neunzig Minuten.« Sie reichte ihm eine Flugkarte. »Morgen nacht sind Sie wieder zurück.«

Um so viel besser, dachte Raman, wenn er sogar überleben könnte. Wenn er den Aufbau der Sicherheitsmaßnahmen bei so einer Veranstaltung selbst gestalten dürfte, wäre das vielleicht möglich. Vor dem Gedanken daran, Märtyrer zu werden, schreckte er nicht zurück, aber wenn sein Überleben im Bereich des Möglichen wäre, wäre ihm die Option lieber.

»Ist mir recht«, antwortete der Assassine. Packen war für ihn kein Problem. Agenten der Sondereinheit hatten stets eine Tasche im Wagen.

Drei Satelliten-Überflüge vergingen, bis das NRO zu einer Einschätzung der Lage bereit war. Alle sechs der UIR-Panzerdivisionen, die an den Kriegsspielen teilgenommen hatten, waren jetzt unter Aufrechterhaltung voller Einsatzbereitschaft weggetreten. Sechs Divisionen – drei schwere Corps – auf einmal, das war ein bißchen zu stark. Die Daten wurden umgehend der saudischen und kuwaitischen Regierung übermittelt. In der Zwischenzeit rief das Pentagon das White House an.

»Ja, Mr. Secretary«, sagte Ryan.

»Das SNIE zur UIR ist noch nicht fertig, aber wir haben einige beunruhigende Informationen. Ich lasse sie von Admiral Jackson vortragen.«

Der Präsident hörte zu und kam ohne viel Analyse aus, obwohl er wünschte, die Special National Intelligence Estimates würden ihm als Anhalt für die politischen Absichten der UIR bereits vorliegen. »Empfehlungen?« fragte er, als Robby abgeschlossen hatte.

»Ich halte es für einen guten Zeitpunkt, die Boote aus Diego in Marsch zu setzen. Es schadet nie, sie üben zu lassen. Wir können sie bis auf zwei Tagesfahrten unbemerkt an den Golf heranrücken lassen. Dann empfehle ich Warn-Order ans XVIII. Luftlandecorps. Das sind die 82. die 101. und die 24. Motorisierte.«

»Läßt das aufhorchen?« fragte Jack.

»Nein, Sir. Das wird wie ein Übungsalarm behandelt. Machen wir ständig. Regt bloß die Stabsoffiziere zum Denken an.«

»Tun Sie's. Leise.«

»Der Zeitpunkt wäre gut, ein gemeinsames Übungsmanöver mit befreundeten Staaten in der Region durchzuführen«, schlug J-3 vor.

»Ich kümmer' mich drum. Sonst noch was?«

»Nein, Mr. President«, antwortete Bretano. »Wir halten Sie auf dem laufenden.«

Bis Mittag wurden über dreißig Faxe bei CDC Atlanta gezählt, aus zehn verschiedenen Staaten. Sie wurden an Fort Detrick, Maryland, Sitz des United States Army Medical Research Institute for Infectious Diseases – USAMRIID – weitergeleitet, dem militärischen Gegenstück zu Centers for Disease Control and Prevention in Atlanta. Ein Treffen des leitenden Stabs wurde im Anschluß ans Mittagessen angesetzt, während Offiziere und Zivile versuchten, ihre Daten zu ordnen. Weitere Stabsoffiziere aus Walter Reed stiegen in ihre Dienstwagen für die Fahrt über die I-70 in Richtung Frederick, Maryland.

»Dr. Ryan?«

»Ja?« Cathy sah auf.

»Das Treffen in Dr. James' Büro ist vorgezogen worden«, sagte ihre Sekretärin. »Die wollen Sie jetzt drüben haben.«

»Dann, schätze ich, sollte ich gleich los.« Sie stand auf und ging zur Tür. Roy Altman stand dort.

»Irgendwas, das ich wissen sollte?« fragte SURGEONS leitender Agent.

»Etwas ist im Busch. Was, weiß ich noch nicht.«

»Wo ist das Dekanat?« Er war nie dort gewesen. Alle Konferenzen, an denen sie in letzter Zeit teilgenommen hatte, hatten im Maumenee-Gebäude stattgefunden.

»Dort entlang«, zeigte sie. »Auf der anderen Seite von Monument Street im Verwaltungsgebäude.«

»SURGEON unterwegs, nach Norden zu Monument.« Die Agenten erschienen aus dem Nichts, so wirkte es. Ohne den kürzlichen Vorfall hätte es sie belustigt. »Wenn's Ihnen nichts ausmacht, werde ich im Raum stehen. Ich bleib' aus dem Weg«, sicherte ihr Altman zu.

Cathy nickte. Da mußte man sich fügen. Wegen der vielen, hohen Fenster würde er das Dekanat hassen, da war sie sich sicher. Es war ein Zehn-Minuten-Spaziergang dorthin, fast ganz per Tunnel. Beim Reingehen sah sie viele Freunde, Abteilungschefs oder Stellvertretende wie sie. Pierre Alexandre stürmte mit grimmigem Ausdruck herein, Akten unterm Arm, rempelte sie fast an. Ein Agent verhinderte das.

»Bin froh, daß Sie hier sind, Cathy«, sagte er im Vorbeigehen. »Treten Sie ein.«

Ein Blick in den Konferenzraum brachte Altman dazu, die Rollos selbst herabzuziehen. Die Fenster gingen auf eine Reihe anonymer Backsteinhäuser hinaus. Die Ärzte sagten nichts, denn sie wußten, wer er war.

Es gab keine Einleitung: » Wir haben in Ross fünf Ebola-Fälle. Sie kamen heute herein.«

Köpfe wurden ruckartig gedreht. Cathy mußte blinzeln.

»Studenten irgendwoher?« fragte der Direktor der Chirurgie. »Zaire?«

»Ein Autohändler mit seiner Frau, ein Bootsverkäufer aus Annapolis, drei weitere. In Beantwortung Ihrer Frage, nein. Überhaupt keine internationale Reisen. Vier der Fälle sind voll symptomatisch. Die Frau des Autohändlers hat Antikörper, aber noch keine Symptome. Das wären die guten Nachrichten. Unser Fall war nicht der erste. CDC hat Fälle aus Chicago, Philadelphia, New York, Boston und Dallas, Stand von vor einer Stunde. Zahl der Fälle insgesamt ist zwanzig, eine Verdoppelung zwischen zehn und elf Uhr.«

»Jesus Christus«, flüsterte der Direktor für Innere Medizin.

»Sie alle wissen, was ich vorher gemacht habe. Im Moment halten die sicher eine Konferenz in Fort Detrick ab. Das Fazit wird sein, daß dies nicht ein zufälliger Ausbruch ist. Jemand hat eine Kampagne biologischer Kriegsführung gegen unser Land eingeleitet.«

Keiner widersprach Alexandres Analyse, sah Cathy. Sie wußte, weshalb. Alle waren in ihrem Fach Weltexperten, vier davon die Allerbesten, die's gab. Und alle verbrachten Zeit mit Kollegen anderer Fächer, um Informationen auszutauschen, weil sie alle echte Lernfanatiker waren. Sie wollten alle alles wissen, auch wenn ihnen klar war, daß das nicht möglich war, nicht mal in nur einem Fachgebiet, aber das hielt sie nicht vom Bemühen ab. Diesmal spielte sich hinter den plötzlich eingefrorenen Gesichtsausdrücken der gleiche analytische Vorgang ab.

Ebola war eine Infektionskrankheit, und solche Krankheiten mußten an einem Ort ihren Beginn nehmen. Es gab immer ein erstes Opfer, genannt Patient null oder Index-Fall, und von dort kam es zur Ausbreitung. Keine Krankheit explodierte so einfach. CDC und USAMRIID, an offizielle Richtlinien gebunden, mußten sammeln, organisieren, vortragen, in einer fast legalistischen Struktur, um ihre Schlüsse zu untermauern. Für ihre Medizinische Fakultät war das einfacher, um so eher, weil Alex eine der Abteilungen am Fort Detrick befehligt hatte. Darüber hinaus, weil es einen Plan für alles gab, war Johns Hopkins eine der Einrichtungen, die als Aufnahmestellen vorgesehen waren, wenn etwas Derartiges eintraf.

»Alex«, sagte der Direktor für Urologie, »die Literatur gibt an, Ebola werde nur durch große Tropfen übertragen. Wie konnte es so rasch explodieren, auch nur lokal?«

»Es gibt einen Subtyp, genannt Mayinga. Der Infektionsweg wurde nie festgestellt. Einer meiner Kollegen, George Westphal, starb 1990 daran. Manche meinen, dieser Subtyp wird als Aerosol übertragen. Es ist nie dafür oder dagegen Beweis erhoben worden«, erklärte Alex. »Außerdem gibt es, wie Sie wissen, Wege, ein Virus zu verstärken. Einige Krebsgene in die Struktur einfügen, zum Beispiel.«

»Und es gibt keine Behandlung, nicht mal experimentell?«

»Rousseau macht bei Pasteur einiges Interessantes, hat aber bisher keine positiven Resultate erbringen können.«

Die Ärzte sahen sich an. Sie waren unter den besten der Welt und wußten es. Jetzt wußten sie auch, daß es gegen diesen Feind nichts brachte.

»Was ist mit einem Impfstoff?« fragte Innere.

»USAMRIID spielt damit seit rund zehn Jahren herum. Es gibt ein Problem mit der Spezifizität. Was bei einem Subtypen wirkt, kann bei anderen versagen. Auch die Qualitätskontrolle ist tödlich. Die mir bekannten Studien gehen von zwei Prozent Infektionsrate von Impfstoff selbst aus. Merck glaubt, es geht besser, aber die Studien benötigen noch sehr viel Zeit.«

»Autsch.« Chirurgie verzog das Gesicht. Mittels Impfstoff einen von fünfzig mit einer Krankheit zu infizieren, die eine Mortalität von achtzig Prozent aufwies – zwanzigtausend Infizierte je eine Million Impfportionen, von denen rund sechzehntausend sterben könnten. Auf die Bevölkerung der USA übertragen, hieße das drei *Millionen* Tote bei einem Versuch, die Einwohner zu schützen. »Hobsons Fangfrage.«

»Aber es ist zu früh, den Umfang der putativen Epidemie festzustellen, und wir haben keine harten Daten zur Fähigkeit der Krankheit, sich unter den hiesigen Umweltbedingungen zu verbreiten«, überlegte Urologie. »Also wissen wir noch nicht, welche Maßnahmen ergriffen werden müssen.«

»Korrekt.« Diese Leute hier begriffen sehr schnell.

»Meine Leute bekommen es als erste zu Gesicht«, sagte Notfallmedizin. »Ich muß die Warnung rausgeben. Wir können nicht riskieren, unsere Leute unnötig zu verlieren.«

»Wer sagt es Jack?« überlegte Cathy laut. »Er muß es wissen, und das schnell.«

»Nun, das ist Aufgabe von USAMRIID und vom Surgeon General.«

»Die sind noch nicht bereit, hier eine Entscheidung zu treffen. Das haben Sie gerade gesagt«, antwortete Cathy. »Sie selbst sind sich sicher?«

»Ja.«

SURGEON drehte sich zu Roy Altman: »Holen Sie meinen Hubschrauber.«

## 49 / Reaktionszeit

Colonel Goodman wurde vom Anruf überrascht. Er aß gerade spät zu Mittag nach einem Checkflug für einen Reserve-VH-60. Die Maschine für SURGEON war auf der Startrampe. Die Mannschaft ging hinaus und brachte die Turbinen auf Touren, ohne zu wissen, weshalb vom Tagesplan abgewichen wurde. Zehn Minuten nach dem Anruf flogen sie Richtung Nordosten. Zwanzig Minuten später umkreiste er die Landeplattform. Nun, da waren SURGEON, SANDBOX neben ihr, das Secret-Service-Team... und ein Unbekannter mit weißem Mantel. Der Oberst prüfte den Wind und leitete den Abstieg ein.

Das Fakultätstreffen war noch bis vor fünf Minuten gelaufen. Entscheidungen waren zu treffen. Zwei komplette internistische Stockwerke würden freigemacht und für eventuelle Ebola-Zugänge aufgerüstet werden. Der Direktor für Notfallmedizin versammelte gerade seinen Stab für einen Vortrag. Zwei von Alexandres Leuten telefonierten mit Atlanta für aktuelle Zahlen zu den bekannten Fällen und um mitzuteilen, daß Hopkins den Notstand für diese Eventualität ausgerufen hatte. Es bedeutete, daß es Alex nicht mehr zum Kleiderwechsel in sein Büro geschafft hatte. Auch Cathy trug einen Labormantel, aber in ihrem Fall über Straßenkleidung. Er dagegen trug noch immer grün – sein dritter Satz heute. Sie mußten auf Rotorstillstand warten, bevor der Secret Service ihnen den Einstieg in die Maschine erlaubte. Alex bemerkte die Anwesenheit eines Reservehubschraubers, der im Abstand von einer Meile kreiste, und eines dritten etwas näher: Dieser sah aus wie ein Polizei-Mixer, wahrscheinlich zu Sicherheitszwecken, dachte er.

Alle wurden an Bord gedrängt. Katie – sie hatte er noch nie kennengelernt – bekam den Sitz hinter den Piloten, angeblich der sicherste Platz in der Maschine. Alexandre hatte seit Jahren nicht mehr im Black Hawk gesessen. Der Vierpunktgurt war aber noch wie gehabt. Cathy schnallte sich gleich selbst an. Der kleinen Katie mußte geholfen werden, aber ihren rosa Helm mit aufgemaltem Häschen – sicher der Einfall irgendeines Marines – fand sie toll. Sekunden später begann sich der Rotor zu drehen.

»Dies geht alles ein bißchen schnell«, sagte Alex über Bordfunk.

»Meinen Sie vielleicht, wir sollten warten?« antwortete Cathy über ihr Mikrofon.

»Nein.« Und es ginge nicht an, zu sagen, er wäre zum Besuch beim Präsidenten nicht korrekt gekleidet. Die Maschine hob ab und drehte bei rund dreihundert Fuß nach Süden ab.

»Colonel?« fragte Cathy den Piloten im rechten Sitz.

»Ja, Ma'am.«

»Geben Sie Dampf«, befahl sie.

Goodman hatte SURGEON noch nie wie einen Chirurg sprechen hören. Der Kommandoton war einer, den jeder Marine erkennen könnte. Er senkte den Bug und brachte den Black Hawk auf 160 Knoten.

»Ha'm Sie's eilig, Colonel?« kam vom Reservehubschrauber.

»Die Lady, ja. Route Berta, direkter Anflug.«

»Mr. President?«

»Ja, Andrea?« Ryan sah hoch.

»Ihre Frau ist auf dem Herweg von Baltimore. Sie muß Sie sprechen, den Grund kenn' ich nicht. Zirka fünfzehn Minuten«, sagte ihm Price.

»Nichts Schlimmes?« fragte Jack.

»O nein, alle in Ordnung, Sir. SANDBOX ist bei ihr«, versicherte Andrea.

»Okay.« Ryan wandte sich wieder dem neuesten Bericht zu.

»Tja, es ist offiziell ein Schußwechsel in sauberer Notwehr, Pat.« Murray wollte es seinem Inspektor selbst mitteilen. Das hatte sowieso nie in Zweifel gestanden.

»Wünschte, ich hätte den letzten lebend erwischt«, sagte O'Day säuerlich.

»Das können Sie vergessen. Da war keine Chance, nicht mit den Kindern dort. Ich meine, da wird noch eine kleine Dekorationsfeier für Sie arrangiert.«

»Haben wir schon etwas Neues zum Azir-Typen?«

»Das Foto von seinem Führerschein und eine Menge Dokumente, aber davon abgesehen, wär's schwierig zu beweisen, daß er je existiert hat.« Es waren klassische Umstände. Irgendwann Freitag nachmittag hatte ›Mordecai Azir‹ seinen Wagen zum Flughafen Baltimore-Washington-International gefahren und einen Flug nach NY-Kennedy genommen. Das wußten sie vom USAir-Schalterbeamten, der ihm die Karte verkauft hatte. Dann war er wie eine Rauchwolke am windigen Tag verschwunden, zweifellos mit einem jungfräulichen Satz Papiere. Vielleicht hatte er sie für einen internationalen Flug von New York aus verwendet. War er wirklich schlau vorgegangen, war's erst ein Taxi nach Newark oder LaGuardia, für einen internationalen Flug von jenem oder nach Kanada von diesem aus. Auch jetzt noch befragten Agenten aus dem Büro New York Leute an den Schaltern aller Linien. Aber fast jede Fluglinie der Welt war in Kennedy vertreten, und die Schalterbeamten dort sahen täglich Tausende Gäste. Vielleicht würden sie feststellen können, welchen Flug er genommen hatte, aber wenn, hätte er's bis dahin fast bis zum Mond schaffen können.

»Ausgebildeter Spion«, bemerkte Pat O'Day. »Eigentlich nicht so schwer, oder?«

Da kamen Murray wieder die Worte seines FCI-Chefs in den Sinn: Wenn's einmal klappte, klappte es auch mehrmals. Hier gab's Grund zur Annahme, ein kompletter Spionagering – schlimmer noch, Terroristenring – harre in seinem Land auf Befehle ... zu welchem Zweck? Und alles, was dessen Mitglieder tun mußten, um nicht entdeckt zu werden, war *nichts*. Samuel Johnson hatte einst bemerkt, das müsse eigentlich jedem gelingen.

Der Hubschrauber landete, zur Überraschung der Reporter, die Stallwache hielten. Alles Unerwartete war in Washington berichtenswert. Sie erkannten Cathy Ryan. Ihr weißer Kittel war aber ungewöhnlich, und das Erscheinen einer weiteren Person in Weiß, diesmal über Grün, veranlaßte sofortige Spekulation über einen medizinischen Notfall im Zusammenhang mit dem Präsidenten. Dies traf zwar auf bestimmte Weise tatsächlich zu, aber ein Sprecher kam herüber und sagte: Nein, dem Präsidenten ginge es gut an seinem Schreibtisch bei der Arbeit, und nein, man wisse nicht, weshalb Dr. Ryan vorzeitig heimgekehrt wäre.

Ich bin hier in falscher Montur, dachte Alex. Die Blicke der Agenten bestätigten dies, und jetzt fragten sich auch diese, ob SWORDSMAN vielleicht krank wäre, was mehrere Funk-Rückfragen veranlaßte, die abgeschmettert wurden. Cathy führte ihn durch den Korridor und direkt ins Oval Office. Die Agenten hatten SURGEON noch nie so zielstrebig gesehen.

»Jack, hier ist Pierre Alexandre«, sagte sie ohne Gruß.

Ryan stand auf. In den nächsten zwei Stunden hatte er keine wichtigen Termine, und er hatte sein Jackett abgelegt. »Hallo, Doktor«, sagte er, reichte ihm die Hand und sah seinen Besucher ob der Kleidung scharf an. Dann fiel ihm auf, daß auch Cathy den Arbeitskittel trug. »Was ist los, Cathy?« fragte er seine Frau.

»Alex?« Keiner hatte sich auch nur gesetzt. Zwei Secret-Service-Agenten waren den beiden Ärzten gefolgt, und die Spannung im Raum wirkte auf sie wie eine Alarmglocke, auch wenn sie ebenfalls nicht wußten, was anlag. Roy Altman unterhielt sich nebenan mit Price.

»Mr. President, wissen Sie, was das Ebola-Virus ist?«

»Afrika«, sagte Jack. »Eine Dschungelkrankheit, oder? Höllisch tödlich. Ein Film ...«

»Nahe dran«, bestätigte Alexandre. »Es ist ein Negativstrang-RNA-Virus. Wir wissen nicht, wo er wohnt – das heißt, wir kennen den Ort, aber nicht den Wirt. Das wäre das Tier, in dem er lebt«, erklärte er. »Und er ist ein Killer, Sir. Die Rohsterblichkeit liegt bei achtzig Prozent.«

»Okay«, sagte POTUS, noch immer im Stehen. »Fahren Sie fort.«

»Er ist jetzt hier.«

»Wo?«

»Nach letzter Zählung hatten wir in Hopkins fünf Fälle. Mehr als zwanzig landesweit – die Zahl ist jetzt rund drei Stunden alt. Darf ich telefonieren?«

Gus Lorenz war in seinem Büro allein, als es läutete. »Hier ist Alex.«

»Ja, Alex?«

»Gus, wie steht jetzt die Zählung?«

»Siebenundsechzig«, antwortete der Lautsprecher, über den sich Alex beugte.

»Wo?«

»Vor allem Großstädte. Die Berichte kommen meistens von großen medizinischen Zentren rein. Boston, New Haven, New York, Philadelphia, Baltimore, einer in Richmond, sieben gleich hier in Atlanta, drei in Orlando...« Sie hörten eine Tür klappen und Papier rascheln. »Neunundachtzig, Alex. Sie kommen noch immer rein.«

»Hat USAMRIID schon Alarm geschlagen?«

»Das erwarte ich noch diese Stunde. Die halten eine Konferenz, um...«

»Gus, ich bin gegenwärtig im White House, beim Präsidenten. Ich möchte, daß Sie ihm sagen, was Sie denken«, befahl Alexandre, jetzt mit dem Ton eines Obersten der Army.

»Was – wie haben Sie – Alex, noch ist's nicht sicher.«

»Entweder sagen Sie's, oder ich werde es tun. Besser Sie.«

»Mr. President?« Es war Ellen Sumter an der Seitentür. »Ich habe einen General Pickett für Sie am Telefon. Er sagt, es sei äußerst dringend.«

»Bitten Sie ihn, sich bereitzuhalten.«

»Gus, reden Sie mit uns!«

»Sir, Mr. President, dies scheint etwas anderes, als ein Naturereignis zu sein. Es sieht stark nach einem willkürlichen Akt aus.«

»Biologische Kriegsführung?« fragte Ryan.

»Ja, Mr. President. Unsere Daten reichen noch nicht für ein endgültiges Ergebnis aus, aber natürliche Epidemien beginnen so nicht, nicht überall gleichzeitig.«

»Mrs. Sumter, könnten Sie den General zuschalten?«

»Mr. President?« fragte eine neue Stimme.

»General, ich habe einen Dr. Lorenz in der Leitung, neben mir steht Dr. Alexandre vom Hopkins.«

»Dann wissen Sie's.«

»Inwieweit sind Sie sich dieser Einschätzung sicher?« fragte SWORDSMAN.

»Wir haben zumindest zehn Fokalzentren. Eine Krankheit breitet sich nicht von selbst so aus. Die Daten kommen noch rein, Sir. Erscheinung all dieser Fälle binnen 24 Stunden, das ist kein Zufall und kein natürliches Ereignis. Sie haben dort Alex, um es näher auszuführen. Er hat für mich gearbeitet. Er ist recht gut«, sagte Pickett seinem Oberbefehlshaber.

»Dr. Lorenz, stimmen Sie hier zu?«

»Ja, Mr. President.«

»Jesus.« Jack sah kurz zu seiner Frau rüber. »Wie geht's weiter?«

»Sir, wir haben da einige Optionen. Ich muß zu Ihnen runter.«

Ryan drehte sich um. »Andrea! Schicken Sie einen Hubschrauber nach Fort Detrick, jetzt gleich!«

»Ja, Mr. President.«

»Ich erwarte Sie, General. Dr. Lorenz, danke. Was muß ich noch wissen?«

»Das kann Dr. Alexandre erledigen.«

»Sehr gut, ich gebe an Mrs. Sumter zurück. Sie wird ihnen die Direktleitung zu diesem Raum geben.« Jack ging zur Tür. »Schalten Sie sich ein und geben Sie ihnen, was sie brauchen. Dann holen Sie Arnie und Ben zu mir.«

»Ja, Mr. President.«

Jack ging zurück und lehnte sich an die Schreibtischkante.

»Was muß ich noch wissen?«

»Den Großteil der wichtigen Sachen können wir ihnen noch nicht sagen. Technische Angelegenheiten«, erklärte Alex. »Wie leicht es sich ausbreitet: Bis jetzt ist alles, was wir haben, fallbezogen und unzuverlässig. Das ist der Angelpunkt. Wenn es per Aerosol geht...«

»Was ist das?«

»Sprühnebel, kleine Tröpfchen, wie beim Husten oder Niesen. Wenn es sich so verbreitet, sitzen wir in der Tinte.«

»Das soll es doch nicht«, opponierte Cathy. »Jack, dieser Käfer ist sehr empfindlich. Im Freien hält er es nicht mehr aus als – wieviel, Alex, ein paar Sekunden?«

»So lautet die Theorie, aber manche Unterart ist robuster. Auch wenn es im Freien nur ein paar Minuten überlebt, ist das verflucht schlecht. Falls dies ein Typ ist, den wir Mayinga nennen, wissen wir's einfach nicht. Es geht aber darüber hinaus. Ein Befallener bringt ihn heim. Das Haus ist für Pathogene ein recht angenehmer Ort, dafür sorgen Heizung und Air-conditioning, und Familienmitglieder sind im nahen Kontakt. Umarmungen, Küsse, Sex. Und wenn's jemand mal im System hat, pumpt er die Dinger ständig heraus.«

»Dinger?«

»Viruspartikel, Mr. President. Da mißt man die Größe in Mikronen, viel kleiner als Staubpartikel. Kleiner als alles, was Sie sehen könnten.«

»Sie arbeiteten früher in Detrick?«

»Ja, Sir, Leitung für Pathogene. Mit der Pension ging ich zu Hopkins.«

»Also haben Sie Kenntnis von General Picketts Plänen, den Optionen, mein' ich?«

»Ja, Sir. Ich saß im Komittee, das die Pläne entwarf.«

»Setzen Sie sich, Doktor. Das will ich hören.«

Die Maritime Pre-Positioning Ships waren von der Übung gerade zurückgekehrt, und auch die Wartung war schon erledigt. Auf den Befehl von CINCLANTFLT hin begannen sie mit der Maschinenbereitstellung, im Grunde nur Aufwärmen von Treibstoff und Öl. Im Norden erhielten der Kreuzer *Anzio* sowie die Zerstörer *Kidd* und *O'Bannon* eigene Order und wandten sich nach Westen zum projizierten Rendezvous-Punkt. Der dienstälteste Offizier war der Skipper vom Aegis-Kreuzer, der sich fragte, wie zum Teufel er diese fetten Handelsschiffer ohne Luftabwehr in den Persischen Golf schaffen sollte. Die US-Navy bewegte sich nirgends ohne Schutzschirm, und der nächste Träger war *Ike*, und der war 3 000 Meilen entfernt. Andererseits war es nicht schlecht, als einfacher Captain eine Flotte zu kommandieren, ohne daß einem ein Admiral über die Schulter guckte.

Das erste MPS-Schiff, das aus dem großen Hafen steuerte, war die USNS *Bob Hope*, ein neugebauter RoRo-Transporter vom Militärtyp, mit einer Verdrängung von rund 80 000 BRT, 952 Fahrzeuge an Bord. Insgesamt liefen vier Schwesterschiffe aus. An Bord war die volle Fahrzeugbestückung für eine verstärkte Panzerbrigade. Sie liefen am riffbewehrten Hafeneingang vorbei und kurbelten die Maschinentelegraphen auf, bis in den Maschinenräumen die dicken Colt-Pielstick-Diesel ihre 26 Knoten hergaben.

Sie warteten auf die Ankunft von Goodley und van Damm, dann brauchten sie zehn Minuten, um sie auf den aktuellen Stand zu bringen. Bis dahin drang die Ungeheuerlichkeit des Ganzen langsam in Jacks Hirn ein, und er mußte allmählich neben seinem Intellekt auch seine Gefühle bewältigen. Er bemerkte, daß Cathy, bei gleichem Entsetzen, zumindest äußerlich alles in Ruhe anging. Nun ja, es war ja schließlich ihr Beruf, oder?

»Ich dachte, Ebola könne nur im Dschungel überleben«, sagte Goodley.

»Ist auch so, auf lange Sicht, sonst hätten wir's in der ganzen Welt.«

»Wie finden wir raus, wer's getan hat?« Dies kam von Arnie.

»Wir befragen alle Opfer, finden raus, wo sie waren, und versuchen, die Brennpunkte einzukreisen. Das ist soweit investigativ. Darin sind Epidemiologen gut... aber das hier ist ein wenig zu groß«, fügte Alexandre hinzu.

»Könnte das FBI helfen, Doktor?« fragte van Damm.

»Kann nicht schaden.«

»Ich hole Murray rüber«, sagte van Damm zum Präsidenten.

»Sie können's nicht behandeln?« fragte POTUS.

»Nein. Was passiert, ist, daß sich die Epidemie über mehrere Generationszyklen ausbrennt. Jedes Opfer wird zum unvollständigen Wirt. Die Krankheit reproduziert sich und tötet den Wirt, das Opfer gibt's weiter an den nächsten. Aber Ebola vermehrt sich nicht effizient. Im Laufe der Generationszyklen wird es weniger virulent. Die meisten Überlebenden tauchen spät im Ausbruchsverlauf auf, weil das Virus sich progressiv in eine weniger gefährliche Form umwandelt.«

»Wie viele Zyklen, bis das geschieht, Alex?« fragte Cathy.

Er zuckte die Schultern. »Ist empirisch. Wir kennen den Vorgang, können ihn aber nicht quantifizieren.«

»Eine Menge Unbekannte.« Sie verzog das Gesicht.

»Mr. President?«

»Ja, Doktor?«

»Der Film, den Sie sahen – das Budget für den Film hat den Gesamtetat für Forschung zur Virologie weit überstiegen. Ich vermute, letzteres ist nicht sexy genug.« Arnie holte Luft. Alex bremste ihn mit erhobener Hand. »Ich bin schon lange nicht mehr auf Regierungsgehalt angewiesen, Sir. Meine Forschung wird privat gestützt. Ich sage nur, wie's ist. Zum Teufel, ich schätze, wir können nicht für alles gleichzeitig das Geld aufbringen.«

»Wenn wir's nicht behandeln können, wie sollen wir's aufhalten?« fragte Ryan, um die Sache wieder in die Spur zu bringen. Er wandte seinen Kopf. Ein Schatten fiel auf den Südrasen, und das Röhren eines Hubschraubers durchdrang die kugelsicheren Fenster.

»Ahh«, bemerkte Badrayn mit einem Lächeln. Das Internet war darauf ausgelegt, Informationen auszuteilen, nicht, sie zu verbergen. Von dem Freund eines Freundes, der am Emory in Atlanta Medizinstudent war, hatte er das Paßwort, um in die E-Mail der Medizinischen Fakultät einzubrechen. Und da war es: 14.00 Uhr an der Ostküste Amerikas, und

Emory berichtete an CDC, daß man jetzt schon sechs vermutete Fälle hämorrhagischen Fiebers hätte. Noch besser, CDC hatte bereits geantwortet, und das sagte ihm noch mehr. Badrayn druckte beide Briefe aus und tätigte einen Anruf. Jetzt hatte er wirklich gute Nachrichten zu überbringen.

Raman fühlte, wie die DC–9 in Pittsburgh auf die Landebahn rumste, nach kurzem Flug, der ihm erlaubt hatte, verschiedene Optionen zu durchdenken. Sein Kollege in Bagdad war etwas zu stark auf Selbstaufopferung ausgerichtet gewesen. Zu dramatisch, und die Sondereinheit rund um den Führer Iraks war eigentlich größer als die, mit der er selbst zu tun hatte. Wie es tun? Der Witz war, soviel Verwirrung wie möglich zu stiften. Vielleicht, wenn Ryan zum Bad in die Menge schritt. Den Schuß setzen, ein oder zwei Agenten töten, dann in der Menge verschwinden. Wenn er es durch die ersten ein, zwei Reihen Zuschauer schaffte, mußte er bloß seine Secret-Service-Plakette hochhalten: besser als eine Schußwaffe, um freie Bahn zu schaffen. Jeder würde meinen, er jage den Täter. Der Schlüssel dazu, von einem Attentat zu entkommen – das hatte ihn der USSS gelehrt –, lag in den ersten dreißig Sekunden. Danach würden die Chancen zu überleben besser als eins zu eins. Und er würde der sein, der Freitag die Sicherheitsmaßnahmen für die Reise festsetzte. Dann könnte er den Präsidenten an einen Fleck manövrieren, an dem er die Option hätte. Nimm POTUS, nimm Price, einen anderen. Dann verschmelze in der Menge. Besser, aus der Hüfte zu feuern. Gut, wenn die Bürger die Waffe in seiner Hand vor den Schüssen nicht sahen. Ja, das könnte funktionieren, dachte er, als er den Sitzgurt abnahm und aufstand. Hier würde auf ihn ein örtlicher Treasury Agent warten, der ihn gleich zum Hotel führen würde, wo Ryan seine Rede hielt. Raman hätte dann den ganzen Tag und einen Teil des folgenden, es zu durchdenken, direkt unter den Augen von Bruder-Agenten. Welche Herausforderung.

Generalmajor John Pickett, so stellte sich heraus, war Absolvent der Yale Medical School, mit zwei weiteren Doktoraten – in Molekularbiologie von Harvard, im öffentlichen Gesundheitswesen von UCLA. Er war blaß, ein hagerer Mann – mangels Zeit zum Kleiderwechsel trug er noch tarnfarbene BDU, also Schlachtanzug –, bei dem die Fallschirmspringer-Flügel stark aus dem Rahmen fielen. Ihn begleiteten zwei Colonels, gefolgt von Direktor Murray vom FBI, der vom Hoover-Gebäude herübergerannt war. Jetzt war das Oval Office zu klein, und der Präsident geleitete sie über den Gang ins Roosevelt-Zimmer. Unterwegs reichte ein Secret-Service-Agent dem General ein Fax, das noch vom Gerät im Sekretariat warm war.

»Fallzahl ist jetzt einhundertsiebenunddreißig, laut Atlanta«, sagte Pickett. »Fünfzehn Städte, fünfzehn Bundesstaaten, von Küste zu Küste.«

»Hi, John«, sagte Alexandre und gab ihm die Hand. »Drei habe ich selbst gesehen.«

»Alex, gut, sich wiederzusehen, Kumpel.« Er sah hoch. »Vermutlich hat Alex alle in den Grundlagen unterrichtet?«

»Korrekt«, sagte Ryan.

»Haben Sie irgendwelche unmittelbaren Fragen, Mr. President?«

»Sie sind sich sicher, daß dies eine vorsätzliche Tat ist?«

»Bomben gehen nicht zufällig hoch.« Pickett entfaltete eine Karte. Eine Anzahl Städte war mit roten Punkten markiert. Einer der begleitenden Colonels markierte drei weitere: San Francisco, Los Angeles und Las Vegas.

»Messestädte. Genau, wie ich vorgegangen wäre«, seufzte Alex. »Sieht aus wie die Übung Bio-War 95, John.«

»Nahe dran. Das war ein Wargame mit der Defense Nuclear Agency. Da ging es um Milzbrand. Alex hier war einer unserer Besten für die Planung biologischer Angriffe«, sagte Pickett seinen Zuhörern. »Damals war er Kommandant der roten Mannschaft.«

»Ist das nicht gesetzwidrig?« fragte Cathy, über die Enthüllung entsetzt.

»Angriff und Abwehr sind zwei Seiten einer Münze, Dr. Ryan«, antwortete Pickett und nahm damit seinen einstigen Untergebenen in Schutz. »Wir müssen wie die Bösen denken, wenn wir sie aufhalten wollen.«

»Operationskonzept?« fragte der Präsident. Er konnte dieses besser verstehen als seine Frau.

»Auf strategischer Ebene bedeutet biologische Kriegsführung die Auslösung einer Kettenreaktion in der Zielbevölkerung. Man versucht, so viele zu infizieren wie möglich – und das sind nicht sehr viele; hier ist nicht die Rede von Kernwaffen. Das Ziel ist, die Menschen, also Opfer, die Krankheit verbreiten zu lassen. Darin liegt die Eleganz biologischer Kriegsführung. Die Opfer übernehmen das Töten selbst. Jede Epidemie beginnt langsam und beschleunigt, erst langsam, wie eine Tangente, um dann wie eine Rakete geometrisch steil anzusteigen. Wenn man also Bio offensiv verwendet, erzielt man möglichst einen

Schnellstart durch Infektion vieler Menschen, vorzugsweise solcher, die reisen. Las Vegas ist der Schlüsselhinweis. Es ist eine Messestadt, und da fand auch gerade eine große Veranstaltung statt. Die Besucher werden infiziert, besteigen ihre Maschinen für den Heimflug und übernehmen die Verteilung.«

»Bestehen Chancen, herauszufinden, wie sie's angestellt haben?« fragte Murray und zeigte seinen Dienstausweis, damit der General wußte, wer sprach.

»Wahrscheinlich Zeitverschwendung. Der andere Vorteil biologischer Waffen ist – nun, in diesem Fall ist die Inkubationszeit mindestens drei Tage. Was immer man zur Freisetzung verwendet hat, es wurde inzwischen aufgelesen, eingesackt und mit Lastern zu Deponien gekarrt. Keine physischen Beweismittel, kein Nachweis dafür, wer uns das hier angetan hat.«

»Stellen wir das noch zurück, General. Was machen wir jetzt? Ich sehe eine Menge Bundesstaaten ohne Infektion ...«

»Das ist nur eine Momentaufnahme, Mr. President. Für Ebola gibt's eine drei- bis zehntägige Vorlaufzeit. Wie weit verbreitet es wirklich ist, wissen wir nicht. Das erfahren wir nur durchs Abwarten.«

»Aber wir müssen CURTAIN CALL einleiten, John«, sagte Alexandre. »Und zwar schnell.«

Mahmoud Hadschi las gerade. Er hatte ein Arbeitszimmer neben dem Schlafzimmer, das er wegen der vertrauten Umgebung dem Büro vorzog. Es gefiel ihm aber nicht, dort gestört zu werden, deshalb war die Leibwache über seine Reaktion auf diesen Anruf einigermaßen erstaunt. Zwanzig Minuten später ließen sie den Besucher ein – allein.

»Hat es begonnen?«

»Es hat begonnen.« Badrayn reichte ihm den Ausdruck von CDC. »Wir werden morgen mehr wissen.«

»Sie haben gut gedient«, sagte ihm Daryaei und ließ ihn gehen. Als die Tür wieder zu war, griff er zum Telefon.

Alahad wußte nur, daß der Anruf von Übersee kam. Er vermutete London, würde nie nachfragen. Die Anfrage war, von der Tageszeit abgesehen, absolut üblich. In England war es Abend, die Geschäftszeit vorbei. Die Art des Teppichs und der Preis waren die Schlüssel und sagten ihm, was er wissen mußte, in einer vor langem auswendig gelernten und nie aufgeschriebenen Chiffre. In seinem Unwissen konnte er wenig verraten. Dieser Teil des Handwerkszeugs leuchtete ihm völlig ein. Er hängte das ›Gleich wieder da‹-Schild in sein Fenster, verließ das Geschäft, schloß ab und ging zwei Blocks weiter zu einer Telefonzelle. Dort rief er an, um einen letzten Befehl an Aref Raman weiterzugeben.

Die Besprechungen waren mittlerweile in den Cabinet-Raum gelangt, wo die Minister fast gleichzeitig ankamen, und ihre Ankunft konnte nicht geheim bleiben. Zu viele Dienstwagen, zu viele Leibwachen, zu viele Gesichter, die den Reportern bekannt waren.

Pat Martin kam für Justiz. Bretano war SecDef, mit Admiral Jackson hinter ihm. (Jeder brachte irgendeine Art Stellvertreter, vor allem zum Mitschreiben.) Winston war SecTreas und zu Fuß von gegenüber hergekommen. Handel und Inneres waren Überbleibsel von der Durling-Präsidentschaft, eigentlich noch von Bob Fowler eingesetzt. Von den übrigen waren die meisten im Stellvertreter-Rang. Aber keiner von ihnen kannte sich jetzt noch aus. Ed Foley kam, vom Präsidenten trotz des Wegfalls vom CIA als Kabinettsrang hergerufen. Anwesend waren auch Arnie van Damm, Ben Goodley, Direktor Murray, die First Lady, drei Army-Offiziere und Dr. Alexandre.

»Meine Damen und Herren, vielen Dank fürs Herkommen«, sagte der Präsident. Die Zeit für eine Präambel fehlt uns. Wir haben einen nationalen Notfall. Die Entscheidungen, die hier heute getroffen werden, haben erhebliche Auswirkungen auf unser Land. Bei uns ist Major General John Pickett. Er ist Arzt und Wissenschaftler, und ich erteile ihm jetzt das Wort. General, berichten Sie.«

»Danke, Mr. President. Meine Damen und Herren, ich kommandiere Fort Detrick. Früher am heutigen Tag begannen wir, sehr beunruhigende Berichte zu erhalten ...«

Ryan blendete diesen Teil aus. Er hatte es schon zweimal gehört. Statt dessen las er die Akte, die ihm Pickett gereicht hatte. Mit der üblichen rot-weiß gestreiften Borte, und der Kleber auf der Vorderseite hieß STRENG GEHEIM – HEIMSUCHUNG, ein passender Name für diese Sonderzugangssache, fand Swordsman. Er öffnete den Ordner, begann, OPPLAN CURTAIN CALL zu lesen. Jack sah, es gab vier Varianten, und blätterte zu Option vier. Sie hieß SOLITARY, und auch der Name paßte. Die Lektüre der Zusammenfassung für die Exekutive ließ ihn frösteln, und Jack drehte sich zu George, dort an der Wand, mit dem Wunsch zu fragen: *Was zum Teufel mache ich jetzt?* Aber George hätte nicht verstanden. Was hätte der schon von Linienmaschinen, Viren und Kernwaffen gewußt?

»Wie schlimm ist es jetzt?« fragte der Gesundheitsminister.

»Über zweihundert Fälle wurden bis vor fünfzehn Minuten den CDC berichtet. Ich betone, diese sind alle innerhalb der letzten vierundzwanzig Stunden aufgetreten«, sagte General Pickett dem Minister.

»Wer war es?« fragte Landwirtschaft.

»Die Frage wird später behandelt«, sagte der Präsident, »was wir jetzt entscheiden müssen, ist, wie diese Epidemie am besten einzugrenzen ist.«

»Ich kann einfach nicht glauben, daß eine Behandlung nicht...«

»Glauben Sie's«, sagte Cathy Ryan. »Wissen Sie, wie viele virale Krankheiten wir behandeln können?«

»Nun, nein«, gab der Minister für Städtebau zu.

»Keine.« Es verwunderte sie ständig, wie unwissend manche Leute in medizinischen Belangen sein konnten.

»Daher ist Eindämmung unsere einzige Option«, erklärte Pickett.

»Wie grenzt man ein ganzes Land ein?« Es war Cliff Rutledge, der Scott Adler vertrat.

»Vor dem Problem stehen wir«, sagte Präsident Ryan. »Danke, General. Ich übernehme. Der einzige Weg, die Epidemie einzudämmen, liegt darin, alle Versammlungsorte zu schließen – Theater, Einkaufzentren, Stadien, Firmenzentralen, alles – und den Verkehr zwischen Bundesstaaten zu unterbinden. Nach unserem Informationsstand sind mindestens dreißig Staaten bisher von der Krankheit unberührt. Wir täten gut daran, dies sicherzustellen. Das erreichen wir durch eine komplette Sperre für Verkehr über die Grenzen zwischen Bundesstaaten, bis wir die Gefährlichkeit des Krankheitserregers besser einschätzen und gegebenenfalls auf weniger strenge Maßnahmen zurückfallen können.«

»Mr. President, das ist verfassungswidrig«, sagte Pat Martin sofort.

»Erklären«, befahl ihm Ryan.

»Reisen ist verfassungsmäßig geschütztes Recht. Jede Einschränkung der Reisefreiheit, auch innerhalb der Staaten, ist verfassungswidrig«, berichtete der Leiter der Strafrechtsabteilung.

»Nach meinem Verständnis stehe ich – Verzeihung, fast jeder hier im Raum – unter Eid, die Verfassung aufrechtzuerhalten. Aber wenn daran festzuhalten bedeutet, einige Millionen Bürger umzubringen, was haben wir dann erreicht?« fragte POTUS.

»Wir dürfen das nicht tun«, insistierte Städtebau.

»General, was geschieht, wenn wir's nicht tun?« fragte, zu Ryans Erstaunen, Martin.

»Da gibt es keine präzise Antwort. Kann es gar nicht geben, da wir die Übertragbarkeit des Virus noch nicht kennen. Geht es als Aerosol –

und es gibt einigen Grund, dies anzunehmen –, dann haben wir hundert Computermodelle, die anwendbar wären. Schwierig ist nur zu sagen, welches. Schlimmster Fall? Zwanzig Millionen Tote. Da kommt der Punkt, an dem die Gesellschaft zusammenbricht. Ärzte und Schwestern flüchten, Leute schließen sich zu Hause ein, und die Epidemie verflakkert, wie im vierzehnten Jahrhundert der Schwarze Tod. Die Interaktion zwischen Menschen hört auf und damit auch die Verbreitung der Krankheit.«

»Zwanzig Millionen? Wie schlimm war der Schwarze Tod?« fragte Martin, im Gesicht fast aschgrau.

»Dürftige Aufzeichnungen. Richtige Volkszählung gab's damals nicht. Die besten Daten sind über England«, antwortete Pickett. »Dort starb das Volk zur Hälfte. Die Pest hielt vier Jahre an. Europa brauchte 150 Jahre, bis der Bevölkerungsstand von 1347 wieder vorlag.«

»*Scheiße*«, hauchte Inneres.

»Ist es wirklich so gefährlich, General?« beharrte Martin.

»Potentiell ja. Das Problem, Sir, ist, wenn man nichts unternimmt, und es stellt sich heraus, daß es wirklich so virulent ist, dann ist es einfach zu spät, um etwas zu tun.«

»Klar.« Martin drehte sich zum Präsidenten. »Sir, mir scheint, wir haben hier kaum eine Wahl.«

»Sie haben doch verdammt noch mal gerade gesagt, das es illegal wäre!« rief Städtebau.

»Mr. Secretary, die Verfassung ist kein Selbstmord-Pakt, und obwohl ich mir denken kann, wie der Oberste Gerichtshof hier entscheiden würde, hat es einen solchen Fall bisher nicht gegeben. Und er ließe sich vortragen, und der Rechtsweg müßte sich damit befassen.«

»Was hat Ihre Meinung geändert, Pat?« fragte Ryan.

»Zwanzig Millionen Gründe, Mr. President.«

»Wenn wir die eigenen Gesetze verspotten, was sind wir dann?« fragte Cliff Rutledge.

»Am Leben«, antwortete Martin ruhig. »Vielleicht.«

»Ich bin gewillt, fünfzehn Minuten lang Argumente zu hören«, sagte Ryan. »Dann müssen wir zu einer Entscheidung kommen.«

Es war eine lebhafte Diskussion.

»Wenn wir gegen die eigene Verfassung verstoßen«, sagte Rutledge, »kann uns keiner in der Welt mehr trauen!« Städtebau und Gesundheit stimmten zu.

»Und die praktischen Erwägungen?« wandt Landwirtschaft ein. »Leute müssen essen.«

»Welche Art Land«, fragte Städtebau, »hinterlassen wir unseren Kindern, wenn wir…«

»Und was soll's Vererben, wenn sie tot sind?« schnauzte George Winston zurück.

»Solche Dinge passieren heutzutage nicht mehr!«

»Mr. Secretary, wollen Sie es sich mal in meiner Klinik anschauen kommen?« fragte ihn Alexandre von seinem Stuhl in der Ecke aus.

»Danke«, sagte Ryan mit einem Blick auf die Uhr. »Die Frage steht zur Abstimmung.«

Verteidigung, Finanz, Justiz und Handel stimmten dafür. Die übrigen dagegen. Ryan schaute sie mehrere lange Sekunden hindurch an.

»Der Antrag ist angenommen«, sagte er kalt. »Vielen Dank für Ihre Unterstützung. Director Murray, das FBI wird CDC und USAMRIID alle erforderlichen Mittel zur Feststellung der Fokalzentren gewähren. Die Priorität dafür überschreitet absolut und bedingungslos alles andere.«

»Ja, Mr. President.«

»Mr. Foley, alle nachrichtendienstlichen Mittel sind dafür aufzuwenden. Auch Sie werden in Liaison mit den medizinischen Experten arbeiten. Die Täter haben einen Kriegsakt unter Verwendung von Massenvernichtungsmitteln gegen unser Land begangen. Wir müssen erfahren, wer es war, Ed. Alle Nachrichtendienste berichten direkt an Sie. Sie werden gesetzlich befugt, die Tätigkeit sämtlicher Nachrichtendienste zu koordinieren. Richten Sie den anderen meine dahingehende Order aus.«

»Wir werden unser Bestes geben, Sir.«

»Secretary Bretano, ich rufe hiermit den Nationalen Notstand aus. Alle Einheiten der Reserve und der Nationalgarde werden mit sofortiger Wirkung aktiviert und unter Bundesbefehl gestellt. Dieser Eventualplan liegt im Pentagon vor.« Ryan hob den Ordner mit CURTAIN CALL hoch. »Sie werden Option vier, SOLITARY, zum frühestmöglichen Zeitpunkt ausführen.«

»Jawohl, Sir.«

Ryan sah den Transportminister an. »Mr. Secretary, Ihnen obliegen sämtliche Flugverkehrs-Leitsysteme. Sie werden alle Flugzeuge in der Luft anweisen, ihren Zielflughafen anzusteuern und dort zu verweilen. Alle Maschinen bleiben dort am Boden, Stichzeit 18.00 Uhr.«

»Nein.« Der SecTrans stand auf. »Mr. President, das werde ich nicht. Ich halte das für einen illegalen Akt und weigere mich, gegen das Gesetz zu verstoßen.«

»Gut, Sir. Ich nehme Ihren Rücktritt mit sofortiger Wirkung an. Sie sind sein Deputy?« fragte er die Dame, die hinter dem Angesprochenen saß.

»Ja, Mr. President, das bin ich.«

»Werden Sie meinen Befehl ausführen?«

Sie sah sich im Raum um, unschlüssig, was sie tun sollte. Sie hatte alles verfolgt, war aber eine Karrierebedienstete, nicht darin geübt, harte Entscheidungen ohne politische Rückendeckung zu treffen.

»Mir gefällt es auch nicht«, sagte Ryan. Der Lärm von Düsenmotoren drang in den Raum – eine Maschine startete von Washington National. »Was ist, wenn jenes Flugzeug den Tod irgendwohin trägt? Lassen wir's einfach geschehen?« Die Frage war kaum zu hören.

»Ich werde Ihren Befehl ausführen, Sir.«

»Wissen Sie, Murray«, sagte der ehemalige – er war sich da nicht sicher – SecTrans, »Sie könnten den Mann sofort verhaften: Er verstößt gegen das Gesetz.«

»Heute nicht, Sir«, antwortete Murray, der zum Präsidenten starrte. »Da wird erst jemand entscheiden müssen, wie das Gesetz lautet.«

»Falls irgend jemand anderes im Raum aus diesem Anlaß das Bedürfnis verspürt, den Bundesdienst zu quittieren, akzeptiere ich den Rücktritt ohne Nachteil – aber bedenken Sie *bitte* die Folgen. Wenn ich hier falschliege, trage ich gerne die Konsequenzen und zahle den Preis dafür. Aber wenn die Ärzte recht haben, und wir tun nichts, haben wir mehr Blut an den Händen als jemals Hitler. Ich brauche Ihre Hilfe und Unterstützung.« Ryan stand auf und verließ den Raum, als sich die anderen erhoben. Er hatte es eilig – gezwungenermaßen. Er erreichte das Oval Office und schaffte es gerade noch bis zum Klo. Sekunden später fand ihn dort Cathy beim Runterspülen seines Erbrochenen. »Ist das, was ich tu', richtig?« fragte er, noch auf den Knien.

»Meine Stimme hast du, Jack«, sagte SURGEON.

»Sie sehen echt gut aus«, bemerkte van Damm, der POTUS in einer ziemlich würdelosen Haltung erwischte.

»Warum haben Sie nichts gesagt, Arnie?«

»Es war nicht nötig, Mr. President«, antwortete der Stabschef.

Generalmajor Pickett und die anderen Ärzte warteten noch, als er das Office betrat. »Sir, wir haben gerade ein Fax erhalten von CDC. In Fort Stewart gibt es zwei Fälle. Das ist die Heimatbasis der 24. Motorisierten.«

## 50 / Spezialbericht

Es begann bei den Zeughäusern der National Guard. Fast jede Stadt oder Ortschaft in Amerika hatte eine, und in jeder war ein Diensthabender, ein Sergeant oder Offizier, am Telefon. Als das Telefon läutete, sprach eine Stimme vom Pentagon ein Kodewort, das einem Aktivierungsbefehl entsprach. Der Diensthabende im Zeughaus alarmierte jeweils das Einheitskommando, und weitere Anrufe folgten, verzweigt wie die Äste eines Baums, wo jeder Empfänger weitere anzurufen hatte. Normalerweise verging eine Stunde, bis alle den Befehl erhalten hatten – oder fast alle, denn einige waren unvermeidlich verreist. Hochgestellte Guard-Kommandeure wirkten meistens direkt unter den Gouverneuren der verschiedenen Staaten, da die Nationalgarde eine hybride Institution darstellt, zum Teil Staatsmiliz, zum Teil US-Army. Diese Befehlshaber gaben, von den Mobilisierungsbefehlen überrascht, den Sachverhalt an ihre Gouverneure durch; hofften auf Führung in Lagen, die ihre Staatsexekutive bisher genauso wenig wie sie begriffen, da sie ebenfalls nicht verstehen konnten, was vorging. Aber auf der Ebene von Kompanie und Bataillon eilten Männer (und Frauen) von ihren Zivilberufen herein, Bürgersoldaten, die sie waren. Sie zogen mit BDUs in Waldtarnung ihre Dienstkleidung an, polierten ihre Stiefel und fuhren zum lokalen Zeughaus, damit sie mit ihren Gruppen und Zügen vereint den Dienst antreten konnten. Dort überraschte sie, daß sie Waffen beziehen mußten, und ärger noch, ihr MOPP-Gerät *an*ziehen. Alle hatten in dieser Schutzkleidung mal trainiert, und alle haßten sie herzlich. Es gab die üblichen Witze und Geschäker, Geschichten von der Arbeit, von Weib und Kind, während Offiziere und leitende Unteroffiziere sich in Konferenzräumen trafen, um herauszufinden, was zum Teufel eigentlich los war. Vor den Zeughäusern husteten sich Fahrzeuge ins Leben. Drinnen wurden Fernseher angeworfen.

In Atlanta fuhr der SAC vom Atlanta Field Division mit brüllenden Sirenen zu CDC, gefolgt von zehn weiteren Agenten. Zum Hoover-Gebäude in Washington fuhren eine Anzahl CIA- und anderer Offiziere gemächlicher, um dort eine gemeinsame Task-Force aufzustellen. In beiden Fällen ging es darum, herauszufinden, wie die Epidemie begonnen hatte und was demnach ihr Ursprungsort war. Die Defense Intelligence Agency und die National Security Agency waren im Grunde Uniformierte, deren übelgelaunte Offiziere jeden gerne wissen ließen, daß in der amerikanischen Geschichte etwas Neues stattgefunden hatte. Wenn dies eine absichtliche Attacke gegen die USA war, hatte völkerrechtlich ein Staat, vorsichtig ausgedrückt, eine ›Massenvernichtungswaffe‹ angewandt. Dann erklärten sie ihren zivilen Gegenparts, wie seit zwei Generationen bei solchen Vorkommnissen die Politik der USA lautete.

Es passierte natürlich alles viel zu schnell, da Notfälle von Natur aus nicht besonders gut zu planen sind. Dies betraf auch den Präsidenten, der in Begleitung von USAMRIIDs General Pickett den Presseraum des White House betrat. Vor nur dreißig Minuten hatte das White House den großen Sendern mitgeteilt, daß der Präsident etwas anzukündigen hatte und daß die Regierung ihre Option ausüben wolle, Sendezeit zu fordern. Sendungen wurden verschoben und einleitende Kommentare gegeben, daß keiner wußte, worum es eigentlich ging, daß aber vor wenigen Minuten eine notfallmäßige Kabinettssitzung stattgefunden habe.

»My fellow Americans«, begann Präsident Ryan, und sein Gesicht war in den meisten Häusern zu sehen, seine Stimme in allen Wagen auf den Straßen zu hören. Die den neuen Präsidenten schon kannten, bemerkten das blasse Gesicht (Mrs. Abbot hatte nicht die Zeit gehabt, sein Make-up anzubringen) und die grimmige Stimme. Die Nachricht war noch grimmiger.

Der Zementlaster hatte natürlich ein Radio. Er hatte auch einen Band- und CD-Spieler, da er schließlich als Arbeitsgefährt für die Verwendung durch amerikanische Bürger hergestellt war. Sie waren jetzt in Indiana, nach Überquerung sowohl des Mississippi und des Staates Illinois auf dem Wege zur Hauptstadt der Nation. Holbrook, der den Worten von keinem Präsidenten besondere Bedeutung zumaß, drückte den Scan-Knopf, bekam aber die gleiche Stimme auf allen Sendern. Das war hinreichend ungewöhnlich, daß er bei einem blieb. Brown sah, daß immer mehr Fahrzeuge rechts ranfuhren, deren Fahrer wie er dem Radio zuhörten.

»Dementsprechend nimmt Ihre Regierung, gemäß Exekutivbefehl des Präsidenten, folgende Handlungen vor:

Erstens, bis auf weiteres alle Schulen und Colleges des Landes zu schließen.

Zweitens, alle Geschäfte außer denen, die lebensnotwendige Dienste leisten, die da sind Medien, Gesundheit, Nahrung, Ausübung der Gesetze und Brandschutz, ebenfalls bis auf weiteres zu schließen.

Drittens, alle Orte öffentlicher Versammlung, Theater, Restaurants, Bars usw., zu schließen.

Viertens, jedweden Verkehr zwischen den Bundesstaaten bis auf weiteres zu sperren. Dies bedeutet, jeden kommerziellen Flugverkehr, Bahnen und Busse sowie private Pkws. Lastwagen mit Nahrungsmitteln werden unter Militäreskorte passieren dürfen wie auch lebenswichtige Versorgungsgüter, Medikamente und dergleichen.

Fünftens habe ich die Nationalgarde in allen fünfzig Staaten aktiviert und sie zur Aufrechterhaltung der öffentlichen Ordnung unter Bundesbefehl gestellt. Im ganzen Lande gilt jetzt das Kriegsrecht.

Meine Damen und Herren, zur Bewältigung dieser Krise brauchen wir nur etwas gesunden Menschenverstand. Noch wissen wir nicht, wie gefährlich diese Krankheit ist. Die Maßnahmen, die ich heute befohlen habe, sollen vor allem vorbeugen. Sie sind extrem im Ausmaß. Der Grund dafür ist, wie gesagt, daß dieses Virus potentiell den gefährlichsten Krankheitserreger des Planeten darstellt, aber wir wissen noch nicht, wie gefährlich er tatsächlich ist. *Was* wir wissen, ist, daß wenige, einfache Maßnahmen seine Ausbreitung trotz der Gefahr verhindern können, und im Interesse des Gemeinwohls habe ich diese Maßnahmen befohlen. Wir handeln entsprechend dem besten verfügbaren Rat unserer Wissenschaftler. Zu Ihrem eigenen Schutz denken Sie daran, wie diese Krankheit verbreitet wird. Ich habe bei mir General John Pickett, einen hochgestellten Stabsarzt und Experten im Fach der Infektionskrankheiten, der uns allen mit seinem medizinischen Rat zur Seite steht. General?« Ryan gab das Mikrofon ab.

»Verdammte Scheiße!« brüllte Holbrook. »Das kann er nicht machen!«

»Glaubst du?« Brown folgte einem Fünfachser aufs Bankett. Zur Grenze Indiana/Ohio waren es noch hundert Meilen – zirka zwei Stunden Fahrzeit mit diesem Schwein, dachte er. Keine Chance, sie zu erreichen, bevor die Nationalgarde die Straße sperrte.

»Ich glaube, wir finden besser ein Motel, Pete.«

»Was muß ich also tun?« fragte in Chicago die FBI-Agentin.

»Entkleiden. Ihre Sachen an der Tür aufhängen.« Es gab weder Zeit noch Platz für die Feinheiten; außerdem war er ja Arzt. Sein Gast wurde nicht rot. Dr. Klein entschied sich für volle OP-Kleidung: langärmeliges Grün. Von den Raumanzügen aus Plastik gab es nicht genügend, und die blieben dem Personal vorbehalten. Unbedingt. Es mußte sein. Die mußten Flüssigkeiten handhaben. Die Patienten berühren. Seine Medizinische Abteilung hatte schon neun symptomatische Fälle mit positivem Test. Davon waren sechs verheiratet, vier der Ehepartner waren ebenfalls positiv. Der Test ergab gelegentlich zwar falsch-positive Befunde; dennoch war es äußerst unangenehm, jemandem Bescheid zu sagen – nun, das kannte er ja von AIDS-Patienten. Jetzt testeten sie auch Kinder. Das tat wirklich weh.

Die Schutzausstattung, die er der Agentin gab, war aus gewöhnlicher Baumwolle, aber das Krankenhaus hatte mehrere Garnituren mit Desinfektionsmittel besprüht, vor allem auch die Masken. Die Agentin erhielt auch eine Schutzbrille der breiten Art aus Plastik.

»Okay«, sagte Klein der Agentin. »Nicht in die Nähe kommen. Mindestens zwei Meter Abstand, und Sie bleiben sicher. Falls sie erbricht oder hustet, falls sie krampft, wegbleiben. Damit fertig zu werden ist unser Job, nicht Ihrer. Auch wenn sie direkt vor Ihnen stirbt, nichts anfassen.«

»Ich verstehe. Schließen Sie das Büro ab?« Sie zeigte auf die Pistole bei ihren Kleidern.

»Ja, das werde ich. Und wenn Sie fertig sind, geben Sie mir Ihre Notizen. Ich jage sie durch den Kopierer.«

»Weshalb?«

»Da kommt sehr grelles Licht zur Verwendung. UV-Strahlen töten fast sicher jegliche Viruspartikel ab, die vielleicht aufs Papier gelangen«, erklärte Professor Klein. Gerade jetzt liefen in Atlanta Versuchsreihen, um möglichst schnell festzustellen, genau wie widerstandsfähig die Ebola-Partikel waren. Das würde zunächst helfen, die Vorbeuge-Richtlinien für Krankenhäuser zu definieren, und damit auch wertvolle Hinweise für die Allgemeinbevölkerung liefern.

»Eh, Doc? Warum lassen Sie nicht einfach mich das Kopieren erledigen?«

»O.« Kopfschütteln. »Ja, das müßte auch gehen, nicht wahr?«

»Mr. President.« Dies war Barry von CNN. »Die Schritte, die Sie einleiten, Sir, sind die legal?«

»Barry, dazu habe ich die Antwort nicht«, sagte Ryan, sein Gesicht abgespannt und müde. »Legal oder nicht, ich bin davon überzeugt, daß sie erforderlich sind.« Als er sprach, verteilte jemand vom White-House-Stab Chirurgenmasken an die versammelten Reporter. Das war Arnies Idee. Die hatte man beim George Washington University Hospital in der Nähe besorgt.

»Mr. President, Sie dürfen doch nicht das Gesetz brechen. Und wenn Sie sich irren?«

»Barry, es gibt einen grundlegenden Unterschied zwischen meinem Job und Ihrem. Wenn Sie sich irren, ist eine Richtigstellung möglich. Das sahen wir ja gestern bei einem Ihrer Kollegen, nicht? Aber, Barry, wenn ich mich in einer Lage wie dieser täusche, dann sterben Tausende und Abertausende. Falls sich herausstellt, daß ich im Unrecht bin, dürfen Sie gerne gegen mich vom Leder ziehen. Auch das gehört zu meinem Job, und ich gewöhne mich langsam daran. Vielleicht bin ich feige. Vielleicht fürchte ich nur, Menschen ohne Grund sterben zu lassen, wenn es in meiner Macht steht, das zu verhindern.«

»Sie wissen es aber nicht sicher, oder?«

»Nein«, gab Jack zu, »das weiß keiner von uns wirklich. Ich wünschte, ich könnte mit größerer Zuversicht reden. Ich kann es aber nicht und werde darüber nicht lügen.«

»Wer war es, Mr. President?« fragte ein anderer Reporter.

»Wir wissen es nicht, und gegenwärtig möchte ich nicht über den Ursprung dieser Epidemie spekulieren.« Das war eine Lüge, wußte Ryan, wo er doch gerade gesagt hatte, er würde nicht lügen. Denn das erforderte die Situation ebenfalls. Was für eine beschissen verrückte Welt es war.

Es war das schlimmste Interview ihres Lebens. Die Frau, die man Index-Fall nannte, das konnte sie sehen, war attraktiv oder war es bis vor ein, zwei Tagen gewesen. Jetzt war die Haut, der man zuvor einen Pfirsich-und-Milch-Teint attestiert hätte, fahl und rotpurpurn gefleckt. Schlimmer noch, sie wußte es. Sie mußte es wissen, dachte die hinter ihrer Maske versteckte Agentin, in den Gummihandschuhen ein Filzschreiber (nichts Spitzes hier, das dem dünnen Latex schaden könnte), mit dem sie das wenige, das sie erfuhr, notierte. Sie mußte wissen, daß solche medizinischen Maßnahmen aus dem Rahmen fielen, daß das Personal fürchtete, sie zu berühren, und jetzt wollte eine Spezialagentin des Federal Bureau of Investigation nicht einmal näher an ihr Krankenbett treten.

»Nichts, wirklich«, antwortete die Stimme wie vom Boden eines Grabes. »Arbeitete an meinem Platz, die Herbstbestellungen vorbereiten. Ging zwei Tage zur Messe für Haushaltswaren im McCormick-Center.«

Es gab noch weitere Fragen, die auch keine unmittelbar nützliche Information aufdeckten. Die Frau in der Agentin wollte hinüberreichen, die Hand berühren, ihr ein bißchen Trost und Sympathie spenden – aber nein. Die Agentin hatte vorige Woche erfahren, daß sie ihr erstes Kind erwartete. Sie hatte jetzt zwei Leben in ihrer Obhut, nicht nur ihr eigenes, und sie hatte große Mühe, ein Zittern ihrer Hand zu unterdrücken.

»Ich danke Ihnen«, sagte die Agentin, stand vom Stuhl auf und ging zur Tür. Beim Öffnen zog sie die Schultern ein, um den Rahmen nicht zu berühren, und ging den Gang herab zum nächsten Zimmer für das folgende Interview. Klein stand im Korridor, besprach sich mit jemandem vom Stab – Doc oder Schwester, das konnte die Agentin nicht erkennen.

»Wie ist es gelaufen?« fragte der Professor.

»Wie stehen ihre Chancen?« fragte die Agentin.

»Im wesentlichen null«, antwortete Klein. Für Krankheiten dieser Art traf der Ausdruck ›Patient null‹ genau zu.

»Wiedergutmachung? Die wollen von *uns* Wiedergutmachung!« wütete der Verteidigungsminister, noch bevor der Außenminister sprechen konnte.

»Minister, ich übermittle lediglich die Worte anderer«, betonte Adler.

»Wir haben zwei Offiziere Ihrer Air Force die Raketenfragmente untersuchen lassen. Die stimmen unserer Beurteilung zu. Es ist ein Pen-Lung-13, der neue Hitzesucher großer Reichweite, den die PRC aus einer russischen Waffe weiterentwickelt hat. Das ist jetzt definitiv, ganz abgesehen von Radarbeweisen Ihrer Marine«, fügte Verteidigung hinzu. »Der Abschuß der Linienmaschine war eine vorsätzliche Handlung. Sie wissen es. Wir auch. Also sagen Sie mir, Mr. Adler, wo steht Amerika bei diesem Disput?«

»Wir wünschen nichts mehr als die Wiederherstellung von Frieden«, sagte SecState in Erfüllung seiner Vorhersagen. »Ich darf auch darauf hinweisen, daß die PRC, mit der Erlaubnis direkter Flüge zwischen deren Hauptstadt und Ihrer, einiges an Entgegenkommen aufzeigt.«

»Genau«, erwiderte der Außenminister, »beziehungsweise, so scheint es für einen unbedarften Beobachter zu sein. Aber sagen Sie mir, Mr. Adler, was wollen die wirklich?«

Soviel zur Beruhigung der Lage, sagte sich Scott Adler. Die beiden waren so schlau wie er und erheblich zorniger. Das änderte sich abrupt.

Ein Sekretär klopfte und kam rein, sehr zum Mißmut seines Chefs, bis sie einige Worte auf Mandarin wechselten. Ein Telex wurde überreicht und gelesen. Ein anderes wurde dem Amerikaner direkt übergeben.

»Es scheint, es gibt in Ihrem Land ein schwerwiegendes Problem, Mr. Secretary.«

Die Pressekonferenz wurde kurzerhand beendet. Ryan verließ den Raum, kehrte ins Oval Office zurück und setzte sich auf die Couch zu seiner Frau.

»Wie ist es gelaufen?«

»Hast du nicht zugeschaut?« fragte Jack.

»Wir haben gerade einiges besprochen«, erklärte Cathy. Dann kam Arnie.

»Nicht schlecht, Boß«, meinte der Stabschef. »Sie müssen sich heut abend mit den Leuten vom Senat treffen. Das habe ich gerade mit den Fraktionsführern beider Parteien ausgeknobelt. Es macht die heutigen Wahlen einigermaßen interessant, und...«

»Arnie, bis auf weiteres wird in diesem Gebäude nichts Politisches besprochen. Politik handelt von Ideologie und Theorie. Jetzt geht es um eiskalte Tatsachen«, sagte SWORDSMAN.

»Sie können dem nicht entfliehen, Jack. Politik *ist* real, und wenn dies der vom General geschilderte vorsätzliche Angriff ist, dann ist Krieg, und Krieg *ist* ein politischer Akt. Sie führen die Regierung an. Sie haben den Kongreß politisch anzuführen. Sie sind kein Philosophenkönig. Sie sind Präsident eines demokratischen Landes«, erinnerte ihn van Damm.

»Ist gut«, seufzte Ryan ergeben. »Was sonst?«

»Bretano rief an. Der Plan wird gegenwärtig implementiert. Gleich befehlen die Luftverkehrs-Controller allen Maschinen, zu landen. An den Flughäfen gibt wohl es gerade das reinste Chaos.«

»Möcht' ich wetten.« Jack rieb sich seine Augen.

»Sir, Sie haben kaum eine Wahl«, sagte General Pickett dem Präsidenten.

»Wie komme ich nach Hopkins zurück?« fragte Alexandre. »Ich habe eine Abteilung zu führen und Patienten zu behandeln.«

»Ich habe Bretano gesagt, daß die Bürger Washington verlassen dürfen«, führte van Damm für die anderen im Raum aus. »Das trifft für alle grenznahen Großstädte zu. New York, Philadelphia usw. Wir müssen die Leute nach Hause lassen, nicht wahr?«

Pickett nickte. »Ja, dort sind sie sicherer. Es wäre unrealistisch anzunehmen, der Plan werde etwa vor Mitternacht korrekt implementiert.«

Dann sprach Cathy: »Alex, Sie kommen wohl mit mir.«

»Was?« Ryans Augen gingen auf.

»Jack, ich bin eine Ärztin, weißt du noch?«

»Du bist ein *Augen*doktor, Cathy.«

»Bei der Stabskonferenz heute stimmten wir darin überein, daß jeder beitragen muß. Es geht nicht an, daß nur die Schwestern und Assistenzärzte diese Patienten behandeln. Ich bin Kliniker. Wir sind hier alle mal dran, Schatz«, sagte SURGEON ihrem Mann.

»Nein! Nein, Cathy, es ist zu gefährlich.« Jack sah sie an. »Ich erlaub' es dir nicht.«

»Jack, sooft du weg warst; die Dinge, die du mir nie sagtest, die gefährlichen Sachen. Du machtest deinen Job«, sagte sie vernünftig. »Ich bin Ärztin, auch ich habe meinen Job.«

»So gefährlich ist es nicht, Mr. President«, warf Alexandre ein. »Man muß nur die Richtlinien einhalten. Ich arbeite täglich mit AIDS-Fällen, und...«

»Nein, Gottverflucht noch mal!«

»Weil ich eine Frau bin?« fragte Caroline Ryan zärtlich. »Auch ich bin besorgt, Jack, bin aber Professorin an einer Medizinischen Fakultät. Die Studenten lernen von mir, Ärzte zu werden und wo ihre berufliche Verantwortung liegt. Eine der Verantwortungen ist es, für die Patienten dazusein. Ich kann meiner Verantwortung genausowenig entfliehen wie du, Jack.«

»Ich würde gerne die von Ihnen aufgestellten Richtlinien sehen, Alex«, sagte Pickett.

»Sie sind mein Gast, John.«

Jack sah seiner Frau weiter ins Gesicht. Er wußte, sie war stark und daß sie auch Patienten mit ansteckenden Krankheiten behandelte – manche Augenkomplikationen brachte AIDS mit sich. Bisher hatte er sich nur wenig Gedanken darüber gemacht. Das mußte er jetzt. »Was ist denn, wenn...«

»Wird es nicht. Ich muß vorsichtig sein. Ich glaube, du hast bei mir wieder getroffen.« Sie küßte ihn vor all den anderen. »Es ist einfach bemerkenswert, wie mein Mann immer den richtigen Zeitpunkt erwischt«, sagte sie dem Publikum.

Das war Ryan zuviel. Seine Hände begannen zu zittern, und seine Augen füllten sich. Er blinzelte die Tränen weg. »Bitte, Cathy...«

»Hättest du mir auf dem Weg zu diesem U-Boot zugehört, Jack?« Sie küßte ihn nochmals und stand auf.

Es gab Widerstand, aber nicht viel. Vier Gouverneure befahlen ihren Generaladjutanten – üblicher Titel für den obersten Offizier der National Guard eines Bundesstaates –, ihren Gehorsam dem Präsidentenbefehl zu verweigern. Drei davon wankten, bis der SecDef sie anrief und den Befehl klar und persönlich machte, unter Androhung von sofortiger Ablösung, Arrest und Kriegsgericht. Manche sprachen vom Aufbau eines Protests, das aber brauchte Zeit, und die grünen Fahrzeuge bewegten sich schon mit bereits modifizierter Order. Lokale Radio- und TV-Sender gaben Bescheid, daß Pendler bis 21.00 Uhr ohne Behinderung nach Hause durften, bis Mitternacht bei entsprechender Prüfung der Personalien. Wenn es ging, würden die Leute heimgelassen. Das gelang meistens, aber Motels in ganz Amerika füllten sich schnell.

In Pittsburgh verspätete sich merkwürdigerweise die Benachrichtigung der Agenten, die den bevorstehenden Besuch des Präsidenten dort vorbereiteten. Während das Vorauskommando mehrheitlich in die Bar hetzte, um die Ansprache des Präsidenten zu sehen, rief Raman bei sich zu Hause an. Als der Anrufbeantworter sich einschaltete, gab er den Kode zum Abhören seiner Nachrichten ein. Wieder hatte sich einer verwählt, gab die Ankunft eines nicht bestellten Teppichs durch und einen Preis, den er nicht bezahlen würde. Raman fröstelte. Jetzt war er für seine Mission freigegeben. Das hieß bald, da erwartet wurde, daß er beim Versuch das Leben verlor. Dazu war er auch bereit, doch meinte er nun, eine Überlebenschance zu haben. Er ging zur Bar. Die anderen drei standen vor dem Fernseher.

»Heilige Scheiße!« Der dienstälteste vom Pittsburgh-Büro sprach für die übrigen. »Was machen wir jetzt?«

Mit internationalen Flügen war es eine kitzlige Sache. Die Sache drang bei den Botschaften in Washington nur langsam durch. Ihren Regierungen berichteten sie von der Art Notstand, der vorlag, aber in Europa waren Offizielle daheim, als die Anrufe kamen. Sie mußten in ihre Büros, eigene Konferenzen halten; meist ließ die Dauer transozeanischer Flüge aber dafür genug Zeit. Bald war entschieden, daß alle Passagiere von Flügen aus Amerika in Quarantäne kamen – wie lange, stand noch nicht fest. Dringende Anrufe zur amerikanischen Federal Aviation Administration erreichten, daß Flüge nach Amerika noch landen durften, um frisch aufgetankt zu ihren Ursprungsorten zurückzufliegen. Diese Flieger wurden als unkontaminiert klassifiziert, ihre Passagiere durften nach Hause.

Daß die Finanzmärkte schließen mußten, wurde durch die Ebola-Erkrankung eines Warentermin-Händlers des Chicago Board of Trade klar, und die Nachricht machte schnell die Runde. Die Geschäfts- und Finanzgemeinden überlegten besorgt, welche Auswirkungen dies auf ihre Tätigkeiten haben würde. Meistens aber sahen die Leute fern. Die Sendernetze trieben ihre medizinischen Experten auf und gaben ihm oder ihr jeweils freie Hand zur Verdeutlichung des Problems, meistens *zu* detailliert. Kabelprogramme brachten Wissenschaftsfeatures zu Ebola-Ausbrüchen in Zaire, die zeigten, wie weit Grippesymptome führen konnten. Es kam zu einer ruhigen, privaten Art landesweiter Panik: Leute blieben zu Hause, prüften die Bestände in ihren Speisekammern, hockten ängstlich vor dem TV, gleichzeitig bemüht, zu verdrängen. Wenn sich Nachbarn unterhielten, hielten sie Abstand.

Die Fallzahl erreichte die Fünfhundert kurz vor 20.00 Uhr in Atlanta. Für Gus Lorenz war der Tag lang gewesen, mit Pendeln zwischen Labor und Büro. Es gab für ihn und den Stab Gefahr. Ermüdung schafft Fehler und Unfälle. Sonst war dies eine gesetzte Einrichtung, eine der weltbesten Forschungslabors, und die Menschen hier waren ruhige, geordnete Arbeitsabläufe gewohnt. Jetzt drehte alles durch. Die von Kurieren gebrachten Blutproben mußten etikettiert und getestet, die Ergebnisse an die Ursprungskliniken gefaxt werden. Lorenz kämpfte den ganzen Tag lang, um einen 24-Stunden-Dienstplan aufzustellen, aber keine Übermüdung einzelner zuzulassen. Das galt natürlich auch für ihn selbst, und als er sich für ein Nickerchen in sein Büro zurückziehen wollte, wartete dort bereits jemand auf ihn.

»FBI«, sagte der Mann und zeigte seine Marke. Eigentlich war es der örtliche SAC, ein hochrangiger Agent, der sein Büro über Mobiltelefon regierte. Er war groß, ein ruhiger Mann, den nichts so leicht aufregen konnte. In Krisenlagen, das schärfte er seinen Agenten ein, galt es erst, nachzudenken. Um Dinge zu verbocken reicht die Zeit immer, da muß es auch Zeit dafür geben, sie richtig zu machen.

»Was kann ich für Sie tun?« fragte Lorenz, als er sich setzte.

»Sir, schildern Sie mir bitte kurz die Lage. Das Bureau arbeitet mit anderen Dienststellen daran, die Ursache für all dies herauszufinden. Wir befragen alle Opfer, um festzustellen, wo sie es sich holten. Wir meinen, Sie sind der Experte für die allgemeine Situation. Wo hat das Ganze begonnen?«

Das Militär wußte nicht, wo es begonnen hatte, aber es wurde schnell ersichtlich, wie weit es gelangt war. Fort Stewart in Georgia war bloß der Anfang. Fast jeder große Army-Standort lag in der Nähe irgendeiner Großstadt. Das Personal bewohnte hauptsächlich Baracken, mit Gemeinschaftsduschen und -toiletten, und an den Standorten waren die leitenden Sanitätsoffiziere außer sich vor Angst. Am beengtesten lebte das Marinepersonal. Ein Schiff war eine abgeschlossene Umgebung.

Den Schiffen auf See befahl man, dort zu verharren, während die Lage an Land geklärt wurde. Bald stand fest, daß fast jeder größere Standort gefährdet war, und wenn auch einige Einheiten – hauptsächlich Infanterie und Militärpolizei – sich zur Unterstützung der Nationalgarde verteilten, hielten die Sanitäter jeden Soldaten oder Seemann im Auge. Bald fanden sie Männer und Frauen mit Grippesymptomen. Diese wurden augenblicklich isoliert, in MOPP-Zeug gesteckt und mit Hubschraubern zur nächsten Klinik geflogen, das Ebola-Fälle aufnahm. Bis Mitternacht war klar, daß das US-Militär bis auf weiteres ein kontaminiertes Instrument war. Blitzgespräche nach NMCC berichteten, bei welchen Einheiten Fälle auftauchten, und auf dieser Grundlage wurden ganze Bataillone streng abgesondert. Deren Mannschaften aßen Marschverpflegung, da ihre Messen geschlossen waren, und dachten an den Feind, den sie nicht sehen konnten.

»Jesus, John«, sagte Chavez in dessen Büro.

Clark nickte still. Seine Frau Sandy war Lehrschwester an einem akademischen Krankenhaus, und ihr Leben, wußte er, könnte gefährdet sein. Sie führte eine internistische Station. Kamen Opfer, dann zu ihrer Station, und Sandy würde an vorderster Front ihren Studenten zeigen, wie solche Patienten sicher zu behandeln waren.

Sicher? fragte er sich. Denkste! Der Gedanke weckte dunkle Erinnerungen und die Art Angst, die er seit Jahren nicht mehr kannte. Dieser Angriff auf sein Land – gesagt hatte man ihm nichts, aber Clark hatte nie gelernt, an Zufälligkeiten zu glauben – brachte nicht ihn, sondern seine Frau in Gefahr.

»Wer, meinste, hat's getan?« Es war eine dumme Frage, und sie brachte eine noch dümmere Antwort.

»Jemand, der uns nicht besonders mag«, antwortete John böse.

»'tschuldigung.« Chavez sah zum Fenster raus und dachte einige Sekunden nach. »Es ist ein verteufeltes Glücksspiel, John.«

»Wenn wir's rausfinden … und Geheimhaltung ist bei solchen Operationen verflucht schwierig …«

»Roger, Mr. C. Die Typen, denen wir schon auf die Finger schauen?«

»Das wäre eine Möglichkeit. Andere auch, schätz' ich.« Er sah auf seine Uhr. Direktor Foley müßte schon von Washington zurück sein, und sie sollten zu seinem Büro rauf. Das dauerte nur ein paar Minuten.

»Hi, John«, sagte der DCI von seinem Schreibtisch. Mary Pat war auch da.

»Kein Versehen, dies hier, oder?« fragte Clark.

»Nein, ist es nicht. Wir stellen eine vereinigte Task-Force zusammen. FBI redet mit den Leuten im Inland. Gibt's Hinweise, verfolgen wir die außerhalb der Landesgrenzen. Sie beide stehen dafür auf Abruf. Ich bastle irgendwas, um Leute nach Übersee zu bekommen.«

»Das SNIE?« fragte Ding.

»Alles andere kommt auf dem Herd ganz nach hinten. Jack gab mir sogar Vollmacht, NSA und DIA herumzuschubsen.« Obwohl der DCI das von Rechts wegen schon durfte, hielten sich die anderen Geheimdienste bislang für unabhängige Imperien. Das war einmal.

»Wie geht's den Kindern, Leute?« fragte Clark.

»Zu Hause«, antwortete Mary Pat. Spook-Königin hin oder her, sie war immer noch eine sorgende Mutter. »Sie sagen, es geht ihnen gut.«

»Massenvernichtungswaffen«, sagte Chavez. Mehr war nicht nötig.

»Yeah.« Der DCI nickte. Jemand übersah oder ignorierte einfach die Tatsache, daß die US-Politik diesbezüglich seit Jahren mehr als deutlich war. Nuklear entsprach bakteriell entsprach chemisch, und die Antwort auf bakteriell oder chemisch war nuklear, da die USA diese, nicht aber jene Waffen hatten. Das Telefon auf dem Tisch läutete. »Ja? Gut, können Sie uns dafür ein Team rüberschicken? Besten Dank.«

»Was war das?«

»USAMRIID in Fort Detrick. Okay, die sind in einer Stunde hier. Wir können Leute nach Übersee schicken, vorher muß aber ein Bluttest sein. Die europäischen Länder sind – na, das können Sie sich vorstellen. Scheiße, nicht mal einen verfluchten *Hund* bekommen Sie nach England rein, ohne daß er einen Monat zum Tollwut-Ausschluß im Zwinger verbringt. Auf der anderen Seite des Teiches wird man Sie wohl nochmals pieksen. Die Flugbesatzung auch«, fügte der DCI hinzu.

»Wir haben nicht gepackt«, sagte John.

»Kaufen Sie drüben, was Sie brauchen, John, okay?« Mary Pat zögerte. »Sorry.«

»Gibt's irgendwelche Hinweise, denen wir nachschnüffeln könnten?«

»Jetzt noch nicht, das wird aber noch. So was schafft keiner, ohne *irgendwelche* Fußspuren zu hinterlassen.«

»Da ist was merkwürdig«, warf Chavez. »John, erinnerst du dich, was ich vor ein paar Tagen sagte? Sachen, gegen die man nicht zurückschlagen, die man nicht umkehren kann. Hey, wenn dies eine Terroristen-OP war ...«

»Zu groß«, erwiderte Mary Pat. »Zu komplex.«

»Gut, Ma'am, und wenn schon, verdammt, wir könnten das Bekaatal in einen Parkplatz verwandeln und die Marines nach dem Abkühlen reinschicken, um die Abgrenzungslinien zu malen. Das ist kein Geheimnis. Gilt auch für einen Nationalstaat, oder? Wir haben zwar die Interkontinentalraketen verschrottet, aber Bomben gibt's noch. Jedes Land könnten wir bis zum Grundfels niederbraten, und Präsident Ryan wär' dazu fähig – zumindest würde ich nicht dagegenhalten. Ich hab' ihn in Aktion gesehen, und der braucht *richtige* Hosen.«

»Also?« fragte der DCI. Er sagte nicht, daß es so einfach wäre. Bevor Ryan oder ein anderer Kernwaffen-Freigaben erteilte, müßten wohl die Beweise den Obersten Gerichtshof überzeugen können, und auch dann: Er hielt Ryan *nicht* für einen, der unter den meisten Umständen zu so etwas bereit wäre.

»Also denkt, wer auch immer diese OP leitete, eins von zwei Sachen. Entweder macht es nichts aus, wenn wir's erfahren, oder wir können so nicht darauf antworten, oder ...« Da gab's noch eine dritte Möglichkeit, nicht? Fast war es da, aber nicht ganz.

»Oder sie tilgen den Präsidenten – warum aber dann erst sein kleines Mädchen angehen?« fragte Mary Pat. »Das erhöht nur die Sicherheitsmaßnahmen, erschwert die Mission. Hier passiert überall alles mögliche. Die China-Sache. Die UIR. Die Marine Indiens in See gestochen. Die ganze politische Kacke hier und jetzt Ebola. Das ergibt kein Bild. All das läßt sich nicht miteinander verbinden.«

»Außer, daß sie alle *uns* das Leben schwermachen, oder?« Der Raum wurde still für einige Sekunden.

»Hat was für sich, was der Junge sagt«, meinte Clark zu den Foleys.

»Es beginnt immer in Afrika«, sagte Lorenz, der seine Pfeife stopfte. »Dort wohnt er. In Zaire gab es vor einigen Monaten einen Ausbruch.«

»Kam nicht in den Nachrichten«, sagte der FBI-Agent.

»Nur zwei Opfer, ein Junge und eine Krankenschwester – Ordensschwester, glaube ich, aber sie wurde bei einem Flugzeugabsturz verloren. Dann gab es einen Mini-Ausbruch im Sudan, wieder zwei Opfer, ein Erwachsener und ein kleines Mädchen. Der Mann starb, das Mädchen überlebte. Das war auch vor Wochen. Wir haben Blutproben vom Index-Fall, spielen damit schon eine Weile herum.«

»Wie machen Sie das?«

»Das Virus kommt in Gewebekultur. Affennieren, eigentlich – ach, ja«, erinnerte er sich.

»Was denn?«

»Ich bestellte einige African Greens. Ist ein Affe, den wir verwenden.

Die werden geopfert und die Nieren entnommen. Da ist uns jemand zuvorgekommen, und ich mußte auf die nächste Bestellung warten.«

»Wissen Sie, wer?«

Lorenz schüttelte den Kopf. »Nein, nie rausgefunden. Warf uns eine Woche, zehn Tage zurück, mehr nicht.«

»Wer könnte sonst die Affen brauchen?« fragte der SAC.

»Pharmaziefirmen, medizinische Labors, solche Leute.«

»Wen würde ich darüber fragen?«

»Im Ernst?«

»Ja, Sir.«

Lorenz zuckte die Schultern und zog eine Karte vom Rolodex. »Hier.«

Das Frühstückstreffen war schwer zu vereinbaren gewesen. Botschafter David L. Williams verließ seinen Wagen und wurde in die Residenz der Premierministerin begleitet. Für die Tageszeit war er dankbar. Indien konnte ein Glutofen sein, und in seinem Alter drückte die Hitze besonders, zumal er sich als Botschafter kleiden mußte, nicht als Gouverneur von Pennsylvania, wo es okay war, in Arbeitskluft zu erscheinen. In diesem Land verstand man unter Arbeitskluft noch weniger, was die Großkopferten noch hochnäsiger mit ihren geliebten Statussymbolen umgehen ließ. Der Welt größte Demokratie, nannten sie dies gerne, dachte der Politiker im Ruhestand. Jo, sicher.

Die Premierministerin saß bereits am Tisch. Sie stand auf, als er hereinkam, nahm seine Hand und geleitete ihn zu seinem Stuhl. Das Porzellan hatte Goldränder, ein livrierter Bediensteter kam herein, um Kaffee einzuschenken. Der erste Gang war Melone.

»Vielen Dank dafür, daß Sie mich empfangen«, sagte Williams.

»Sie sind in meinem Haus stets willkommen«, antwortete die Premierministerin gnädig. So etwa wie eine Schlange, wußte der Botschafter. Die Tach-wie-geht's-Plauderei dauerte rund zehn Minuten. Dann schließlich: »Nun, was wollten Sie offiziell mit mir besprechen?«

»Mir ist zugetragen worden, daß Ihre Marine in See gestochen ist.«

»Ja, das ist sie. Nach den Unannehmlichkeiten, die Ihre Streitkräfte uns zugefügt haben, waren Reparaturen nötig. Vermutlich stellt sie fest, ob noch alle Maschinen arbeiten«, antwortete die Premierministerin.

»Bloß Übungen?« fragte Williams. »Meine Regierung fragt nur, Madam.«

»Mr. Ambassador, ich erinnere Sie daran, wir sind eine eigenständige Nation. Unsere Streitkräfte operieren unter unserem Gesetz, und Sie erinnern uns ständig daran, daß das Meer für die unschuldigen Wege aller frei sind. Sagen Sie jetzt, Ihr Land will uns dieses Recht streitig machen?«

»Nicht im geringsten, Frau Premierministerin. Wir finden es nur merkwürdig, daß Sie anscheinend ein so großes Manöver angesetzt haben.« *Bei Ihren eingeschränkten Mitteln*, aber das fügte er nicht mehr hinzu.

»Mr. Ambassador, keiner läßt sich gern gängeln. Vor wenigen Monaten beschuldigten Sie uns zu Unrecht, einem Nachbarn gegenüber aggressive Absichten zu verfolgen. Sie drohten unserem Land. Sie deuteten einen Angriff auf unsere Marine an und beschädigten unsere Schiffe. Womit haben wir diese Unfreundlichkeiten verdient?« Sie lehnte sich zurück.

*Unfreundlichkeiten* wurde in diesen Kreisen nicht leichtfertig gebraucht, dachte der Botschafter, und wurde insbesondere hier nicht zufällig ausgesprochen.

»Madam, so eine Handlung hat es nicht gegeben. Ich würde vorschlagen, daß, wenn es Mißverständnisse gab, diese vielleicht auf beiden Seiten lagen; und um weitere Fehler der Art zu vermeiden, ich bin hergekommen, um eine einfache Frage zu stellen. Amerika erhebt keine Drohungen. Wir erkundigen uns lediglich nach den Absichten Ihrer Marinestreitkräfte.«

»Und ich habe geantwortet. Wir führen Manöver durch.« Einen Moment zuvor hatte sie es nur *angenommen*. »Nichts weiter.«

»Dann ist meine Frage beantwortet«, kommentierte Williams mit einem gütigen Lächeln. Jesus, hielt die sich aber für schlau. Solche wie sie hatte er schon kennengelernt, bloß nicht so scheinheilige. Lügen war wohl manchen politischen Gestalten so gewohnt, daß sie meinten, immer damit durchzukommen. »Danke, Frau Premierministerin.«

Das Gefecht war ein Reinfall, der erste in diesem Trainingsdurchlauf. Schlechtes Timing, dachte Hamm, als er dem Fahrzeug zusah, das den ungepflasterten Weg zurückfuhr. Sie hatten kurz nach der Durchsage des Präsidenten begonnen. Sie waren Männer der Garde und um ihre Familien besorgt. Das hatte sie stark abgelenkt, denn es war keine Zeit vergangen, um alles abkühlen zu lassen, zu Hause anzurufen und sich davon zu überzeugen, daß alles okay war mit Mom und Dad, mit dem Schatz und den Kindern. Und sie hatten dafür bezahlt, aber Berufssoldat, der er war, wußte Hamm, daß man dies der Carolina-Brigade fairerweise nicht ankreiden durfte. So was konnte im Feld nicht passieren. So realistisch das NTC auch war, es blieb ein Spiel. Hier starb keiner, außer durch Unfall, während zu Hause vielleicht die echte Gefahr lauerte. So sollte es doch bei Soldaten nicht sein, oder?

Clark und Chavez wurde von einem Army-Sanitäter Blut abgenommen; derselbe führte auch den Suchtest durch. Mit morbider Faszination schauten sie zu, vor allem, weil der Sani in Maske und Handschuhen auftrat.

»Sie sind beide clean«, sagte der und atmete auch selbst auf.

»Danke, Sarge«, sagte Chavez. Es wurde jetzt langsam real. Seine dunklen Latino-Augen zeigten was anderes als Erleichterung. Domingo, wie John, setzte langsam sein Missiongesicht auf.

Dann bestiegen sie für die Fahrt nach Andrews einen Dienstwagen. Die Straßen im Verkehrsbereich Washington waren ungewöhnlich leer. Am Checkpoint stand ein Hummer der National Guard, und als Clark anhielt, zeigte er seinen CIA-Ausweis.

»Agency«, sagte er dem MP.

»Freigegeben«, antwortete der Spec-4.

»Also, wo geht es hin, Mr. C.?«

»Afrika, über die Azoren.«

## 51 / Untersuchungen

Das Treffen mit der Senatsführung lief wie erwartet. OP-Masken auszuteilen – wieder van Damms Idee – hatte den Ton des Abends geprägt. General Pickett war im Hopkins gewesen, um die dortigen Maßnahmen zu prüfen, und war für den Hauptteil der Besprechung zurückgekehrt. Die fünfzehn im East Room versammelten Senatoren nickten ernst, nur ihre Augen waren über den Masken zu sehen.

»Ich kann mich mit Ihren Handlungen nicht anfreunden, Mr. President«, sagte einer. Jack konnte nicht feststellen, welcher.

»Glauben Sie, *ich*?« gab er zurück. »Falls irgend jemand eine bessere Idee hat, raus damit. Ich muß mich nach dem besten medizinischen Rat richten. Wenn dieses Ding so gefährlich ist, wie der General sagt, kann jeder Fehler Tausende Menschen – sogar Millionen – töten. Verstehen Sie?«

»Aber was ist mit den Bürgerfreiheiten?« wollte ein anderer wissen.

»Kommt eine davon vor dem Leben?« fragte Jack. »Leute, wenn mir irgendwer eine bessere Option anbietet, werde ich zuhören. *Aber* ich werde *nicht* auf Widerspruch hören, der nicht wissenschaftlich fundiert ist. Die Verfassung und das Gesetz können nicht jede Unabwägbarkeit voraussehen. In solchen Fällen sollen wir unseren Kopf benützen. Wenn es einen Mittelweg gibt zwischen dem, was ich getan habe, und etwas anderem, das unser Land am Leben – und in Sicherheit – hält, bitte. Ich *wünsche* mir Alternativen! *Geben Sie mir etwas Brauchbares!*« Es folgte ein langes Schweigen.

»Warum mußten Sie so rasch vorgehen?«

»Menschen sterben vielleicht, Sie Esel!« knurrte ein anderer Senator seinen Kollegen an. Mußte einer der neuen Ernte sein, dachte Jack. Einer, der die Mantras noch nicht kannte.

»Aber wenn Sie sich täuschen?« fragte eine Stimme.

»Dann können Sie Ihr Amtsenthebungsverfahren einleiten, nachdem mich der Kongreß angeklagt hat«, antwortete Jack. »Dann wird ein anderer diese Entscheidungen treffen, Gott helfe ihm. Senatoren, meine Frau ist gerade jetzt in Hopkins, fährt ihre Schichten bei der Behandlung dieser Opfer. Das gefällt mir *auch* nicht. Ich möchte Unterstützung von Ihnen. Es ist hier oben für mich ein einsamer Stand, aber ob Sie nun Ihren Präsidenten unterstützen oder nicht, ich muß mein Bestes geben. Ich sage es nur noch einmal: Wer eine bessere Idee hat, läßt sie hören.«

Aber keiner hatte eine. Sowenig Zeit er auch gehabt hatte, mit dieser Lage zurechtzukommen, sie hatten noch weniger.

Die Air Force hatte für sie Tropen-Uniformen aus dem Andrews Post Exchange – ein mittleres Kaufhaus – organisiert, da ihre Washington-Kleidung für tropische Gefilde ein wenig zu schwer war. Das war auch eine gute Tarnung. Clark trug die silbernen Adler eines Colonel, und Chavez war ein Major, komplett mit silbernen Pilotenflügeln und Kampagne-Spangen, die von der Crew ihrer VC-20B gespendet wurden. Tatsächlich gab es zwei Sätze Piloten. Die Crew in Reserve schlief in den beiden vordersten Passagiersitzen.

Die Militärversion des Gulfstream Busineß-Jets hatte eine Tonne Kommunikationsgerät an Bord, mitsamt Sergeant zur Bedienung. Die Dokumente, die über die Anlage reinkamen, drohten die Papiervorräte zu erschöpfen, als sie über Kap Verde in Richtung Kinshasa flogen.

»Zweiter Stopp Kenia, Sir.« Der Funk-Sergeant war eine echte Intelligence-Spezialistin: Sie konnte alles lesen, was reinkam. »Sie müssen mit einem Mann über einige Affen reden.«

Clark nahm das Blatt – schließlich war *er* der Colonel. Dann reichte er es an seinen Partner weiter.

»Check das mal«, sagte Clark.

»Ist ein Hinweis, Mr. C.«, sagte Ding sofort. Sie sahen sich an. Dies war ja purer Nachrichtendienst, eine der wenigen solchen Missionen, auf die man sie geschickt hatte. Sie sollten für ihr Land lebenswichtige Informationen sammeln, nichts weiter. Bis jetzt. Sie verloren darüber kein Wort, aber beide hätten nichts dagegen gehabt, mehr zu tun. Sie waren zwar Feldoffiziere im CIA-Direktorium für Operationen, beide waren aber auch ehemalige Frontsoldaten (in Clarks Fall ehemaliger SEAL), die oft genug in die paramilitärische Seite des DO reingerutscht waren, wo sie Sachen erledigten, die den reinen Gespenstern zu aufregend waren. Aber oft befriedigend, sagte sich Chavez. Sehr befriedigend. Langsam lernte er, sein Temperament zu zügeln, das hielt ihn aber nicht davon ab, darüber nachzudenken, den zu finden, der sein Land attackiert hatte, und wie ein Soldat mit ihm zu verfahren.

»Sie kennen ihn besser als ich, John. Was wird er tun?«

»Jack?« Clark zuckte mit den Schultern. »Hängt davon ab, was wir für ihn finden, Domingo. Das ist unser Job, weißt du's noch?«

»Ja, Sir«, sagte der Jüngere ernst.

Der Präsident schlief in der Nacht nicht gut, obwohl er sich sagte, daß Schlaf eine Vorbedingung fürs Fällen guter Enscheidungen war – und das, betonten alle, war ja seine einzige echte Aufgabe. Am Vortag hatte er nur rund sechs Stunden gehabt, nach dem ermüdenden Zeitplan für Reisen und Reden, und jetzt fiel's Einschlafen schwer. Sein Stab und die Stäbe manch anderer Bundesbehörden schliefen weniger, denn die Exekutivbefehle mußten in der praktischen Welt umgesetzt werden. Das hieß Auslegung der Befehle im Kontext einer lebendigen Nation. Schließlich kam noch die Komplikation hinzu, daß es mit den beiden Chinas ein Problem gab, dreizehn Stunden gegenüber Washington voraus; ein weiteres potentielles Problem mit Indien, zehn Stunden voraus; und im Persischen Golf, acht Stunden voraus; zusätzlich zur schweren Krise in den USA, die sich alleine schon über sieben Zeitzonen erstreckten – mehr, wenn man verbleibende Pazifik-Besitzungen mitzählte. Auf seinem Bett im Wohntrakt des White House, als Ryans Gedanken rund um die Welt tanzten, fragte er sich schließlich, um welchen Erdteil man sich keine Sorgen machen mußte. Um drei herum gab er es auf und stand auf, um in Freizeitkleidung im West Wing die Funkzentrale aufzusuchen, Mitglieder des Detail im Schlepptau.

»Was passiert?« fragte er den Befehlshabenden. Es war Major Charles Canon vom USMC, der ihn seinerzeit übers Attentat im Irak informiert hatte... womit, im Rückblick, anscheinend alles begonnen hatte. Leute wollten aus ihren Sesseln aufspringen, er winkte sie aber zurück. »Weitermachen.«

»Geschäftige Nacht, Sir«, sagte der Major. »Wir sind jetzt mit den Nachrichtenleitungen von CDC und USAMRIID gekoppelt und bekommen deren Daten alle mit. Dort auf der Karte sind alle Fälle markiert.« Canon zeigte hin. Jemand hatte eine große, neue Karte der USA auf Korkplatte aufgezogen. Rote Nadeln bedeuteten offenbar Ebola-Fälle. Es gab auch einen Nadelvorrat in Schwarz, dessen Zweck allzu offensichtlich war, obwohl davon noch keine gesteckt waren. Die Nadeln waren einzeln und in Paaren um achtzehn auf der ganzen Karte verteilte Städte gruppiert. Noch waren einige Staaten unberührt. Idaho, Alabama, beide Dakotas, sogar seltsamerweise Minnesota, mit seiner Mayo Clinic, gehörten zu den Staaten, die Ryans Exekutivbefehl bisher schützte – oder der Zufall, und wie konnte man das unterscheiden? Es gab mehrere Stapel bedrucktes Endlospapier – die Drucker waren jetzt alle im Einsatz. Ryan hob einen auf. Die Opfer waren nach Namen, Staaten, Städten und Beruf aufgelistet. Rund fünfzehn Prozent kamen aus der Sparte Raumpflege/Wartung, die größte Kategorie neben Verkauf/Marketing. Diese Daten kamen von FBI und CDC, wo gemeinsam Infektionsmustern nachgegangen wurde. Ein weiterer Ausdruck zeigte vermutete Infektionsorte und bestätigte die Aussage General Picketts, daß man Handelsmessen als Ziel ausgewählt hatte.

In seiner ganzen Zeit beim CIA hatte Ryan alle möglichen theoretischen Angriffe gegen sein Land studiert. Irgendwie war diese Art nie auf seinen Schreibtisch gelangt. Biologische Kriegsführung war einfach nicht statthaft. Er hatte Tausende Stunden über Angriffe mit Kernwaffen nachgedacht: Was haben wir, was haben sie, welche Ziele, wie viele Opfer, Ziel-Optionen zu Hunderten, ausgesucht nach Aspekten von Politik, Militär oder Wirtschaft, und für jede Option das Spektrum möglicher Resultate, abhängig von Wetter, Jahreszeit, Tageszeit und anderen Variablen, bis sich nur Computer mit den Ergebnissen befassen konnten und diese schließlich nur Ausdrücke der Wahrscheinlichkeitsrechnung darstellten. Jeden Moment davon hatte er gehaßt und gejubelt beim Ende des Kalten Krieges und der dauernden Androhung vom Megatod. Er hatte sogar eine Krise durchlebt, die dazu hätte führen können. Die Alpträume danach; er erinnerte sich...

Der Präsident erinnerte noch gut die Worte Thomas Jeffersons, dritter Präsident dieses Landes: »... Leben, Freiheit und das Streben nach Glück. Daß zur Sicherung dieser Rechte unter Menschen Regierungen errichtet werden, die ihre gerechten Befugnisse von der Zustimmung der Regierten ableiten.« Das war hier die Missionsaufgabe. Und er sollte nicht hier Listen von Namen und Orten und Berufen von Menschen durchgehen, von denen mindestens achtzig Prozent sterben würden. Die hatten ein Recht auf ihr Leben, auf ihre Freiheit, auf ihr Streben nach Glück. Nun, irgend jemand nahm ihre Leben. Ryan hatte die Aufhebung ihrer Freiheiten angeordnet. Verdammt sicher, daß wenige in diesem Moment glücklich waren ...

»Hier gibt's tatsächlich ein bißchen gute Nachrichten, Mr. President.« Canon reichte ihm die Wahlergebnisse des Vortages. Es schreckte Ryan auf. Das hatte er ganz vergessen. Jemand hatte die Sieger nach Beruf sortiert, und weniger als die Hälfte waren Anwälte. 27 Ärzte, 23 Ingenieure, 19 Farmer, 18 Lehrer, 14 Geschäftsleute irgendeiner Art. Ja, das war wenigstens was, oder? Nun hatte er zirka ein Drittel eines Repräsentantenhauses. Wie sie nach Washington holen, fragte er sich. Verfügte die Verfassung nicht, daß Mitglieder des Kongresses nicht an der Reise zur Sitzung gehindert werden durften, außer wegen Verrats ...? Oder so ähnlich. Jack erinnerte sich nicht genau, wußte aber, daß die Immunität der Abgeordneten eine große Sache war.

Dann klapperte eine Telexmaschine los. Ein Spec-5 der Army ging hin.

»Flash-Verkehr vom Außenamt. Botschafter Williams aus Indien«, teilte er mit.

»Mal sehen.« Ryan ging ebenfalls hin. Die Nachricht war nicht gut. Genausowenig die nächste aus Taipeh.

Die Ärzte arbeiteten in Vier-Stunden-Schichten. Auf jeden jungen Assistenzarzt kam ein älterer Abteilungsarzt. Ihre Arbeit war vorwiegend pflegerisch, und obwohl sie die zumeist gut bewältigten, war ihnen gleichzeitig bewußt, daß es nicht viel helfen würde.

Für Cathy war es das erstemal in einem Raumanzug. Sie hatte schon rund dreißig AIDS-Patienten wegen Augenkomplikationen operiert, und das war nicht allzu schwierig gewesen. Man nahm normale Handschuhe, und die Hauptsorge war die Anzahl der Hände im OP-Feld. Nicht jetzt. Jetzt war sie in einem großen, dicken Plastiksack, mit einem Helm, dessen Sichtscheibe sich oft von ihrem Atem beschlug, und wandte sich Patienten zu, die sterben würden, professoraler Behandlung zum Trotz.

Aber sie mußten es dennoch versuchen. Sie sah hinab auf den lokalen Index-Fall, den Campingwagen-Händler, dessen Frau im nächsten

Raum lag. Zwei Infusionen liefen, eine mit Elektrolyten und Morphium, die andere Vollblut, beide gut fixiert, um den Treffpunkt von Stahl und Vene nicht zu verletzen. Nur stützende Therapie war möglich. Man hatte mal gedacht, daß Interferon helfen könnte, aber das brachte nichts. Antibiotika konnten Virenkrankheiten nichts anhaben. Sonst gab es auch nichts, obwohl Hunderte Leute in ihren Labors Möglichkeiten untersuchten. Bisher hatte sich keiner mit Ebola länger befaßt. CDC, die Army und einige andere Labors in der Welt hatten ein bißchen was getan, aber es waren nicht die Art Bemühungen, die anderen Krankheiten, welche ›zivilisierte‹ Länder heimsuchten, gewidmet wurden. In Amerika und Europa lag die Forschungspriorität bei Krankheiten, die viele töteten oder viel politische Aufmerksamkeit erregten, denn die Zuteilung von Geldern aus Bundesforschungsetats war eine politische Handlung, und im Privatbereich lief sie in Bahnen, welche den reichen oder prominenten Personen, die Pech gehabt hatten, entsprachen. Myasthenie hatte Aristoteles Onassis getötet, und durch den Schub an Geldern hatte man signifikante Fortschritte erzielt. Ähnliches galt für Onkologie, wo Gelder zur Bekämpfung von Brustkrebs die für Prostatakarzinom weit überstiegen, obwohl dessen Wahrscheinlichkeit fünfmal so hoch war. Und riesige Summen flossen gegen Krebs im Kindesalter, obwohl der statistisch recht selten war – aber was gab es Wertvolleres als ein Kind? Da widersprach keiner; sicher nicht sie. Im Ergebnis waren die Mittel für Ebola und andere Tropenkrankheiten verschwindend gering, da ihnen in den Geldgeber-Ländern nicht soviel Bedeutung zugemessen wurde. Dies würde jetzt anders werden, aber für die Patienten, die das Krankenhaus jetzt füllten, nicht früh genug.

Der Patient würgte und drehte sich nach rechts. Cathy schnappte sich den Plastikmülleimer – Nierenschalen waren zu klein und konnten überlaufen – und hielt ihn vor. Galle und Blut, sah sie. Schwarzes Blut. Totes Blut. Blut voller kleiner Kristallblöcke aus Ebola-Viren. Als er fertig war, half sie ihm mit einer Schnabeltasse, der Art, bei der Quetschen eine kleine Portion Wasser abgab. Gerade genug, um ihm den Mund zu befeuchten.

»Danke«, stöhnte der Patient. Seine Haut war blaß, wo sie nicht von Unterhautblutung verfärbt war. Petechien. Wohl Lateinisch, dachte Cathy. Worte einer toten Sprache, um die Anzeichen kommenden Todes zu beschreiben. Er sah sie an, und er wußte es. Er mußte es wissen. Der Schmerz drückte gegen die Schranken der gegenwärtigen Morphiumdosierung, erreichte in Wellen sein Bewußtsein, wie die Flut gegen einen Seewall anbrandet.

»Wie mach' ich mich?« fragte er.

»Nun, Sie sind recht krank«, führte Cathy aus. »Aber Sie setzen sich sehr gut zur Wehr. Wenn Sie sich lang genug halten, kann Ihr Immunsystem mit dieser Geschichte fertig werden, aber dazu müssen Sie für uns mächtig antreten.« Und das war nicht ganz eine Lüge.

»Sie kenn' ich nicht. 'ne Schwester?«

»Nein, eigentlich bin ich Professor.« Durch die Sichtscheibe lächelte sie ihn an.

»Seien Sie vorsichtig«, sagte er. »Dies würde Ihnen nicht gefallen, glauben Sie mir.« Er schaffte sogar, so zurückzulächeln, wie es Schwerkranke manchmal tun. Das riß Cathy fast das Herz aus der Brust.

»Wir sind vorsichtig. Tut mir leid wegen des Anzugs.« Sie brauchte es so, ihn zu berühren, zu zeigen, daß sie für ihn einstand, und durch Gummi und Plastik ging's einfach nicht, verdammt!

»Tut echt weh, Doc.«

»Legen Sie sich zurück, schlafen Sie, soviel Sie können. Ich stelle Ihnen das Morphium nach.« Sie ging auf die andere Seite, um die Tropfzahl zu erhöhen und wartete kurz, bis sich seine Augen schlossen. Dann ging sie zum Eimer zurück und sprühte ihn mit starkem Desinfektionsmittel aus. Der Behälter war schon getränkt damit, das Plastik damit imprägniert, und was lebend hineinfiel, würde rasch ausgelöscht. Das Besprühen der dreißig Kubik, die er hochgebracht hatte, war wohl überflüssig, aber jetzt war Übervorsichtigkeit ein Fremdwort. Eine Schwester kam rein und gab ihr die neueste Serologie. Seine Leberwerte waren fast außerhalb des Meßbereichs. Ebola hatte für dieses Organ eine üble Affinität. Andere chemische Indikatoren zeigten systemische Nekrose. Die inneren Organe hatten angefangen, abzusterben, die Gewebe zu verrotten, von den winzigen Virensträngen aufgefressen. Theoretisch war es noch möglich, daß sein Immunsystem die Energie zu einem Gegenschlag aufbrachte, aber nur theoretisch – eins zu mehreren hundert. *Manche* Patienten *konnten* dies besiegen. Es war in der Literatur, die sie mit ihren Kollegen in den letzten zwölf Stunden studierte, und dann, spekulierten sie bereits, wenn sie die Antikörper isolieren konnten, hätten sie möglicherweise therapeutisch was Brauchbares.

*Falls – vielleicht – hätte – könnte – eventuell.*

Dies war nicht Medizin, wie sie sie kannte. Wieder dachte sie an ihre Entscheidung, in die Ophthalmologie zu gehen. Einer ihrer Professoren hatte ihr sehr nahe gelegt, in die Onkologie zu gehen: mit ihrem Hirn, ihrer Neugier, ihrer Gabe, Dinge zu verbinden, hatte er gesagt. Aber im

Hinabschauen auf diesen schlafenden sterbenden Patienten wußte sie, daß nein, sie hätte nicht das Herz, jeden Tag so was zu tun. Nicht so viele zu verlieren. Machte das sie zum Versager? fragte sich Cathy. Bei diesem Patienten, mußte sie zugeben, war das so.

»Vedammt«, sagte Chavez. »Es ist wie Kolumbien.«

»Oder Vietman«, stimmte Clark zu, bei der Begrüßung durch tropische Hitze. Da war ein Botschaftsangehöriger und ein Repräsentant der Regierung Zaires. Letzterer trug eine Uniform und salutierte den ankommenden ›Offizieren‹; diese Höflichkeit erwiderte Clark.

»Hier entlang bitte, Colonel.« Der Helikopter erwies sich als französisch, und die Bedienung war ausgezeichnet. Amerika hatte über dieses Land gewaltige Geldmengen ausgeschüttet. Jetzt war es Zeit zum Abstottern.

Clark sah hinab. Drei-Ebenen-Dschungel. Den kannte er von mehr als einem Land. In seiner Jugend war er da unten gewesen, auf der Suche nach Feinden und mit Feinden auf der Suche nach ihm – kleine Männer in schwarzen Pyjamas oder Khaki-Uniformen, die AK-47 trugen, Leute, die ihm das Leben nehmen wollten. Jetzt mußte er sich vergegenwärtigen, daß es da unten etwas noch Kleineres gab, das keine Waffe trug und das nicht nur auf ihn, sondern aufs Herz seines Landes gezielt war. Es schien so verflucht irreal. John Clark war ein Geschöpf seines Landes. Auf Kampfoperationen war er verwundet und rasch wiederhergestellt worden. Da gab es das eine Mal, als er einen A-6-Piloten aus irgendeinem Fluß in Vietnam rausgeholt hatte. Er bekam eine Schnittwunde, und der verseuchte Fluß hatte ihn infiziert, aber Zeit und Medikamente hatten es wieder hingebogen. All diese Erlebnisse hatten in ihm den festen Glauben genährt, daß in seinem Land Ärzte fast alles reparieren konnten – nicht Alter und noch nicht Krebs, aber daran wurde gearbeitet, und im Laufe der Dinge würden sie ihre Schlachten gewinnen wie meistens er seinerzeit. Das war eine Illusion. Das mußte er jetzt zugeben. Ein kleines Dschungelvirus hatte das bewirkt. Aber es war nicht der Dschungel, der Amerika angriff. Menschen hatten das getan.

Die vier RoRo-Schiffe formierten sich 600 Meilen Nordnordwest von Diego Garcia. Es war eine Kastenformation: ein Kilometer seitlicher, ein Kilometer Längsabstand. Der Zerstörer *O'Bannon* nahm fünf Kilometer voraus Stellung ein, die *Kidd* war zehn Kilometer Nordost vom ASW-Schiff. *Anzio* fuhr den anderen Schiffen zwanzig Meilen voraus.

Die Tankerflotte lag mit ihren zwei Fregatten westwärts und würde gegen Abend aufschließen.

Die Gelegenheit war für eine Übung gut. Sechs P-3C-Orion-Maschinen waren auf Diego Garcia stationiert, und eine davon patrouillierte vorm Mini-Konvoi, warf Sonarbojen ab, was für eine schnellfahrende Formation recht kompliziert war, und horchte nach möglichen U-Boot-Kontakten. Eine weitere Orion flog weit voraus, spürte Indiens Zwei-Träger-Schlachtflotte an ihren Radaremissionen nach und blieb, soweit möglich, außer Reichweite. Die führende Orion hatte nur Waffen zur U-Boot-Abwehr an Bord zur Zeit, und ihre Mission war lediglich Routineüberwachung.

»Ja, Mr. President«, sagte der J-3. *Warum schläfst du denn nicht, Jack?* durfte er nicht sagen.

»Robby, hast du diese Sache von Botschafter Williams gesehen?«

»Hat mich aufhorchen lassen«, bestätigte Admiral Jackson.

David Williams hatte sich beim Aufsetzen des Communiqués Zeit gelassen. Das hatte Leute im Außenamt geärgert, und sie hatten zwei Nachfragen geschickt, die er ignorierte. Der ehemalige Gouverneur zog alle politischen Register, um die Worte der Premierministerin zu werten: ihren Ton, ihre Körpersprache – vor allem den Ausdruck in ihren Augen. Dafür gab es keinen Ersatz, eine Lektion, die Dave Williams mehrmals gelernt hatte. Was er nicht gelernt hatte, war diplomatische Wortwahl. Sein Bericht kam direkt aus der Schulter, die Schlußfolgerung: Indien hatte was vor. Er vermerkte außerdem, daß die Ebola-Krise in Amerika nicht erwähnt wurde. Kein Wort der Sympathie. Das war, schrieb er, in einer Hinsicht ein Fehler, in der anderen pure Absicht. Indien hätte besorgt sein oder Besorgnis ausdrücken müssen. Statt dessen wurde es ignoriert, und sie hatte darauf herumgeritten, von Amerika genötigt worden zu sein, ihn an die ›Attacke‹ auf ihre Navy nicht ein-, sondern zweimal erinnert, es dann auf die Benennung als ›unfreundlichen Akt‹ ausgedehnt. Diesen Ausdruck diplomatisch zu gebrauchen kam gleich vor der Handbewegung zum Halfter. Er schloß daraus, daß Indiens Marineübung garantiert kein Versehen war. Die Nachricht, die er erhalten hatte, lautete: *Ins Gesicht!*

»Also, was denkst du, Rob?«

»Ich glaube, Botschafter Williams ist ein verdammt gerissener Hund, Sir. Das einzige, was er nicht sagte, konnte er nicht wissen: Wir haben dort keinen Träger. Nun haben uns die Inder auf keine Weise aufspüren können, aber's ist öffentlich, daß sich *Ike* gen China bewegt. Und wenn ihre Nachrichten-Offiziere halbwegs auf Zack sind, wissen sie's sicher. Darauf sticht ihre Navy in See. Und jetzt erhalten wir dies von unserem Botschafter. Sir…«

»Laß gut sein, Robby«, sagte ihm Ryan. »Für einen Tag hast du oft genug Sir gesagt.«

»Gut. Jack, wir haben jeden Grund zu Annahme, daß China und Indien schon vorher zusammengearbeitet haben. Was also passiert jetzt? China inszeniert einen Vorfall. Er wird ärger. Wir bewegen einen Träger. Die Inder stechen in See. Ihre Flotte ist direkt im Weg für die Passage von Diego Garcia zum Persischen Golf. Der Persische Golf heizt sich auf.«

»Und wir haben eine Seuche«, fügte Ryan hinzu. Er lehnte sich am billigen Schreibtisch im Funkraum nach vorn. »Zufälle?«

»Vielleicht. Vielleicht hat die indische Premierministerin einen Haß auf uns, weil wir an ihrem Käfig gerüttelt haben. Vielleicht will sie uns nur zeigen, daß wir sie nicht rumschubsen dürfen. Vielleicht ist es kleinliche Scheiße, Mr. President. Aber vielleicht auch nicht.«

»Optionen?«

»Wir haben im östlichen Mittelmeer einen Oberflächenverband, zwei Aegis-Kreuzer, einen Burke-Zerstörer und drei Fregatten. Im Mittelmeer ist's still. Ich schlage vor, daß wir die Gruppe durch den Suez bewegen, um die Gruppe *Anzio* zu unterstützen. Außerdem empfehle ich die Bewegung eines Trägers vom WestLant zum Mittelmeer. Das sind 6000 Meilen; auch bei 25 Knoten sind das fast neun Tage. Wir haben fast ein Drittel der Welt, in dem wir keinen zur Hand haben, und der ungeschirmte Teil fängt an, mir Sorgen zu machen. Falls wir etwas anstellen müssen, Jack, weiß ich nicht, ob wir's können.«

»Guten Tag, Schwester«, sagte Clark, der ihre Hand zärtlich nahm. Seit einigen Jahren hatte er keine Nonne gesehen.

»Willkommen, Colonel Clark. Major.« Sie nickte Chavez auch zu.

»Schönen Tag, Ma'am.«

»Was bringt Sie zu unseren Spital?« Schwester Mary Charles' Englisch war ausgezeichnet, fast als ob sie's unterrichtete, mit einem belgischen Akzent, der den beiden Amerikanern eindeutig französisch klang.

»Schwester, wir sind hier, um Sie über den Tod einer Kollegin zu befragen: Schwester Jean Baptiste«, sagte ihr Clark.

»Ach so.« Sie wies auf die Stühle. »Setzen Sie sich bitte.«

»Danke, Schwester«, sagte Clark höflich.

»Ich habe von der Krankheit gehört, die in Ihrem Land ausgebrochen ist. Das ist sehr traurig. Und so sind Sie hier, um sich über den armen Benedikt Mkusa, Schwester Jean und Schwester Maria Magdalena zu erkundigen. Doch ich fürchte, wir können Ihnen nicht sehr gut helfen.«

»Warum das, Schwester?«

»Benedikt starb, und seine Leiche wurde verbrannt nach Regierungsbefehl«, erklärte Schwester Mary Charles. »Jean wurde krank, ja, und flog ab nach Paris zur medizinischen Evakuierung, wissen Sie, zum Pasteur-Institut. Das Flugzeug stürzte jedoch ab, und alle waren verloren.«

»Alle?« fragte Clark.

»Schwester Maria Magdalena flog mit und Doktor Moudi, natürlich.«

»Wer war das?« fragte Clark als nächstes.

»Er war bei der Mission von World Health Organization zu dieser Region. Seine Kollegen sind im nächsten Gebäude.« Sie zeigte hin.

»Moudi, sagten Sie, Ma'am?« fragte Chavez beim Notieren.

»Ja.« Sie buchstabierte für ihn. »Mohammed Moudi. Ein guter Doktor«, fügte sie hinzu. »Es war sehr traurig, sie alle verlieren.«

»Mohammed Moudi, sagten Sie. Wissen Sie, von woher?« Wieder fragte Chavez.

»Iran – nein, das ist jetzt anders, nicht? Er war in Europa gebildet, ein guter junger Arzt, und sehr viel Achtung für uns.«

»Ja, so.« Clark räusperte sich. »Können wir mit seinen Kollegen reden?«

»Ich glaube, der Präsident ist viel zu weit gegangen«, sagte der Arzt im Fernseher. Er mußte in der lokalen Sendeanstalt interviewt werden, da er heute nicht von Connecticut nach New York fahren konnte.

»Warum das, Bob?« fragte der Gastgeber. Er war von New Jersey zum Studio neben Central Park West in New York gekommen, kurz bevor die Brücken und Tunnel geschlossen wurden, und schlief jetzt in seinem Büro. Verständlicherweise war er darüber nicht besonders glücklich.

»Ebola ist ein ganz übler. Da gibt's keinen Zweifel«, sagte der Medizin-Korrespondent der Senderkette. Er war Arzt ohne Praxis, kannte aber die Sprache recht gut. »Aber es ist nie hiergewesen, weil dieses Virus hier nicht überleben kann. Dennoch haben diese Menschen sich ihn zugezogen – im Moment möchte ich dazu Spekulationen außen vor lassen –, und er *kann* sich nicht weit verbreiten. Ich fürchte, die Aktionen des Präsidenten sind voreilig.«

»Und verfassungswidrig«, ergänzte der Rechtsexperte. »Da gibt es keinen Zweifel. Der Präsident ist in Panik geraten und tut damit dem Land weder in medizinischer noch in rechtlicher Hinsicht Gutes.«

»Verbindlichsten Dank, Jungs«, sagte Ryan und schaltete das Gerät ab.

»Daran müssen wir arbeiten«, meinte Arnie.

»Wie?«

»Schlechte Information bekämpft man mit guter Information.«

»Super, Arnie, bloß hieße der Beweis, daß ich recht habe, daß Leute sterben müßten.«

»Wir haben eine Panik zu verhindern, Mr. President.«

Das war soweit ausgeblieben, was erstaunlich war. Der Zeitablauf hatte geholfen. Die meisten hatten die Neuigkeit abends erfahren. Die meisten waren heimgekehrt, hatten genug in der Speisekammer, um einige Tage durchzuhalten, und die Nachricht war schockierend genug, daß es zu keinem landesweiten Sturm auf die Supermärkte kam. Das würde sich aber ändern. Die ersten Proteste konnte man in wenigen Stunden erwarten. Darüber würden die Medien berichten, und irgendeine Art öffentlicher Meinung würde sich bilden. Arnie hatte recht. Er mußte etwas tun dagegen. Aber was?

»Wie, Arnie?«

»Jack, ich dachte schon, Sie würden mich nie fragen.«

Nächste Haltestelle Flughafen. Dort bestätigte man, daß ein in der Schweiz registrierter G-IV-Busineß-Jet in Privatbesitz tatsächlich mit einem Flugplan nach Paris abgehoben war, mit Zwischenstopp in Libyen zum Auftanken. Der Fluglotsenchef hatte Kopien aus dem Flughafenarchiv und der Ladeliste für die amerikanischen Besucher vorbereitet. Dies war ein recht umfassendes Dokument; sogar die Namen der Crew waren darin vermerkt.

»Nun?« fragte Chavez.

Clark sah die Beamten an. »Vielen Dank für Ihre wertvolle Hilfe.« Dann ging er mit Ding zum Wagen, der sie zu ihrer Maschine zurückbrachte.

»Nun?« wiederholte Ding.

»Abwarten, Partner.« Die Fünf-Minuten-Fahrt verging im Schweigen. Clark sah zum Fenster raus. Gewitterwolken ballten sich zusammen. Er haßte das Fliegen in den Dingern.

»Keine Chance. Wir warten eine Weile.« Der Backup-Pilot war Oberstleutnant. »Wir haben Vorschriften.«

Clark tippte die Adler auf seinen Schulterstücken an und beugte sich ihm ins Gesicht. »Ich Colonel. Ich sagen los, Pfadfinder der Lüfte. Jetzt sofort!«

»Schauen Sie, Mr. Clark, ich weiß, wer Sie sind und...«

»Sir«, warf Chavez dazwischen, »ich bin nur künstlicher Major, aber diese Mission ist wichtiger als Ihre Vorschriften. Würden Sie bittschön ums Schlimmste herumfahren? Wir haben Kotztüten, wenn wir sie brauchen.« Der Pilot starrte sie an, ging aber dann zur Maschine zurück. Chavez wandte sich um. »Beherrschung, John.«

Clark reichte ihm die Kopie. »Sieh dir die Namen der Crew an. Sind keine Schweizer, aber der Flieger ist dort registriert.«

Chavez suchte den Eintrag. HX-NJA war das Kennzeichen. Und die Namen der Besatzung waren weder germanisch, gallisch, noch italienisch.

»Sergeant?« rief Clark, als die Turbinen anliefen.

»Ja, Sir!« Die Unteroffizierin hatte gerade zugesehen, wie dieser Mann dem Fahrer den Arsch aufgerissen hatte.

»Faxen Sie dies bitte nach Langley. So schnell es geht, Ma'am«, sagte er, denn sie war eine Lady, nicht bloß ein Sergeant. Die NCO konnte es nicht fassen, war aber auch nicht ungehalten darüber.

»Ziehen Sie die Gurte richtig stramm«, rief der Pilot über die Bordsprechanlage, als die VC-20B zu rollen begann.

Drei Versuche brauchten sie wegen Funkstörung durch den Sturm, aber die Fax-Übertragung ging schließlich über Satellit nach Mercury, dem Kommunikationsknoten der Agency. Der wachhabende Offizier gab sie seinem Stellvertreter als Laufboten zum siebten Stock. Dann hatte er schon Clark an der Strippe.

»Haben etwas Störung hier«, sagte der Wachhabende. Digitales Satellitentelefon hin oder her, ein Gewitter blieb ein Gewitter.

»Dafür haben wir einige Schlaglöcher. Lassen Sie das Kennzeichen und die Namen auf der Ladeliste prüfen. Alles, was Sie darüber zusammenkratzen können.«

»Wird gemacht. Das hat jemand sicher bei den Akten. Sonst noch was?«

»Melden uns wieder. Ende«, hörte er.

»Also?« fragte Ding und zog den Gurt noch fester, als die G-IV drei Meter abfiel.

»Die Namen sind Farsi, Ding – ach, Scheiße!« Wieder ein kräftiger

Stoß. Er sah zum Fenster raus. Es war wie eine riesige Arena, ein zylindrisches Wolkengebilde mit Blitzen allüberall. »Der Bastard macht das mit Absicht.«

Das tat er aber nicht. Der Lieutenant Colonel am Steuer hatte Angst. Air-Force-Vorschriften, nicht zu reden vom gesunden Menschenverstand, verboten, was er tat. Das Wetterradar zeigte zwanzig Grad rechts und links der Richtung nach Nairobi nur Rot. Links sah besser aus. Er bog dreißig Grad ab, legte die Maschine in die Kurve wie ein Jagdflugzeug, suchte ruhigere Luft für den Anstieg. Was er fand, war nicht glatt, aber besser. Zehn Minuten später brach die VC-20B ins Sonnenlicht durch.

Bei den Reservepiloten in den vordersten Sitzen drehte sich jemand um. »Zufrieden, Colonel?« fragte sie.

Clark ignorierte das Warnlicht, schnallte sich los und ging zum Bord-WC, um sich Wasser ins Gesicht zu spritzen. Als er zurück war, kniete er sich neben sie und zeigte das Blatt, das gerade angekommen war. »Können Sie mir dazu was sagen?« Ein Blick reichte ihr.

»Oh, yeah.« Captain war sie. »Wir haben dazu eine Bekanntmachung bekommen.«

»Was!«

»Dies ist im Grunde die gleiche Maschine. Geht eine kaputt, gibt der Hersteller allen Bescheid – ich meine, wir würden nachfragen, aber das geht fast automatisch. Die flogen von hier nach Norden, um in Libyen zu tanken, nicht? Praktisch gleich weiter – Krankenflug, glaub' ich, war's nicht so?«

»Korrekt. Weiter.«

»Der brachte einen Notruf raus, sagte Kraftverlust in einer Düse, dann der anderen, und ging runter. Drei Radar haben's verfolgt. Libyen, Malta und ein Navy-Zerstörer, mein' ich.«

»Irgendwas komisch daran, Captain?«

Sie zuckte die Schultern. »Dies Flugzeug ist gut. Ich glaube, das Militär hat noch keine kaputtgekriegt. Sie haben's ja selber gesehen. Ein paar der Stöße hatten zwo-ein-halb, vielleicht drei G. Und die Turbinen – Jerry, haben wir bei 'ner VC-20 je eine im Flug verloren?«

»Zwei, glaub' ich. Einmal Kraftstoffpumpen-Fehler – Werkfehler. Die andere, November war's, vor 'n paar Jahren. Haben 'ne Gans gefressen.«

»Das schafft's immer«, sagte sie Clark. »Eine Gans wiegt vielleicht fünfzehn, zwanzig Pfund. Wir versuchen, uns von denen fernzuhalten.«

»Dieser Typ hat aber beide Motoren verloren?«

»Warum, weiß man noch nicht. Vielleicht schlechter Treibstoff. Das gibt's, aber die Motoren sind isoliert, Sir. Alles getrennt: Pumpen, Elektronik, was Sie wollen …«

»Außer Treibstoff«, sagte Jerry. »Da kommt alles aus einem Tankwagen.«

»Was sonst noch? Was passiert, wenn man nur einen Motor verliert?«

»Ist man nicht vorsichtig, kann man die Kontrolle verlieren. Stoppt er ganz, giert die Maschine zur toten Seite. Das verändert den Luftstrom über die Steuerflächen. Uns ging mal eine Lear, eine VC-21, so verloren. Falls es Sie bei 'nem Übergangsmanöver erwischt, kann's ein bißchen aufregend werden. Aber wir trainieren dafür, und die Crew auf der da, das war im Bericht. Sie waren beide routinierte Fahrer, die wohl regelmäßig in den Flugsimulator gingen. Muß man, sonst verliert man seine Versicherung. Jedenfalls zeigte das Radar keine Manöver. Also, nein, das hätte sie nicht erwischen dürfen. Beste Vemutung war schlechter Treibstoff, aber die Libyer sagten, der Treibstoff war okay.«

»Außer wenn die Crew völlig durchgedreht ist«, warf Jerry ein. »Aber auch das wäre schwer. Ich meine, die Dinger baut man so, daß man sich richtig anstrengen muß, sie kaputtzukriegen, wissense? Ich hab' zweitausend Stunden.«

»Zweieinhalb sind's bei mir.« Sie schaute zu Clark. »Sicherer als Autofahren in D.C., Sir. Wir alle lieben diese Kisten.«

Clark nickte und ging nach vorne.

»Gefällt Ihnen die Fahrt?« Der Pilot am Steuer sprach über die Schulter. Besonders freundlich war seine Stimme nicht gerade.

»Ich bin kein Leuteschinder, Colonel. Dieser Scheiß ist sehr wichtig. Mehr kann ich nicht sagen.«

»Meine Frau ist Schwester im Stützpunkt-Spital.« Mehr brauchte er nicht zu sagen. Er sorgte sich um sie.

»Meine auch, in Williamsburg.« Auf den Satz hin drehte sich der Pilot um und nickte seinem Passagier zu.

»Nichts für ungut. Drei Stunden bis Nairobi, Colonel.«

»Und wie komme *ich* zurück?« fragte Raman übers Telefon.

»Erst mal gar nicht«, teilte ihm Andrea mit. »Halten Sie die Stellung. Vielleicht können Sie den FBI bei der jetzigen Untersuchung unterstützen.«

»Na, das ist ja fein!«

»Werden Sie damit fertig, Jeff. Ich habe für so was keine Zeit«, sagte sie verärgert zu ihrem Untergebenen.

»Sicher.« Er legte auf.

Merkwürdig, dachte Andrea. Jeff war doch sonst ein ganz gelassener Typ. Aber wer überhaupt war denn zur Zeit noch gelassen.

## 52 / Etwas Wertvolles

»Schon mal in Kenia gewesen, John?« fragte Chavez, als ihr Flugzeug seinem Schatten auf der Landebahn entgegensank.

»Eine Zwischenlandung. Sah nicht viel mehr als das Flughafengebäude.« Clark löste den Gurt und streckte sich. Es war auch hier Sonnenuntergang und damit *nicht* das Ende eines sehr langen Tags für die beiden Geheimdienstler. »Was ich weiß, kommt hauptsächlich aus Büchern eines Kerls namens Ruark: Jagd und so Zeugs.«

Die Maschine rollte bei der Militärabfertigung aus. Wieder kam ein Botschaftsbeamter zur Begrüßung, diesmal der Militärattaché, ein schwarzer Offizier der Army im Rang eines Colonel, mit dem Kampfabzeichen der Infanterie (CIB), das ihn als Veteranen des Golfkriegs auswies.

»Colonel Clark, Major Chavez ...« Dann unterbrach er sich. »Chavez, kenne ich Sie?«

»Ninja!« Ding grinste. »Sie waren damals im Brigadestab, Erste der Siebten.«

»Kalter Stahl! Sie sind einer von denen, die verlorengegangen sind. Sieht so aus, als hätte man Sie wiedergefunden. Ruhig Blut, meine Herren. Ich weiß, wo Sie herkommen, unsere Gastgeber aber nicht«, warnte er sie.

»Wo kommt das CIB her, Colonel?« wollte der einstige Stabsfeldwebel auf dem Weg zum Wagen wissen.

»Ich führte ein Bataillon der Großen Roten Eins im Irak. Einige getilgt, einige gefangen.« Dann wechselte seine Stimmung. »Und wie steht's jetzt zu Hause?«

»Furchterregend«, antwortete Ding.

»Lohnt sich, daran zu denken, daß Biokrieg vor allem eine psychologische Waffe ist, wie damals in 91 die Androhung eines Gasangriffs gegen uns.«

»Mag sein«, gab Clark zurück. »Meine Aufmerksamkeit hat's aber höllisch gefesselt, Colonel.«

»Meine auch«, gab der Militärattaché zu. »Hab' in Atlanta Familie. CNN sagt, daß es es dort Fälle gibt.«

»Lesen Sie schnell.« John gab ihm die letzten Daten, die sie im Flugzeug empfangen hatten. »Dies sollte besser sein, als was man übers Fernsehen bekommt.« Als ob *besser* das richtige Wort wäre.

Dem Colonel stand wohl ein Fahrer zu. Er setzte sich vorne in den Botschaftswagen und blätterte die Seiten durch.

»Diesmal keine offizielle Begrüßung?« fragte Chavez.

»Nicht hier. Wo wir hingehen, begleitet uns ein Cop. Meine Freunde im Ministerium hab' ich gebeten, dies runterzuspielen. Ich habe einige gute Verbindungen hierzulande.«

»Guter Ansatz«, sagte Clark. Die Fahrt dauerte nur zehn Minuten.

Der Tierhändler führte sein Geschäft am Rande der Stadt, in günstiger Nähe zum Flughafen und zur Fernstraße nach Westen in den Busch, aber in der Nähe von nichts anderem. Die CIA-Beamte entdeckten gleich, warum.

»Jessas«, bemerkte Chavez beim Aussteigen.

»Ja, die können lärmen, nicht? Ich war heute schon einmal hier. Er macht eine Ladung Greens für Atlanta fertig.« Er öffnete seinen Aktenkoffer und reichte etwas herüber. »Hier, das werden Sie brauchen.«

»Klar.« Clark heftete den Umschlag an sein Clipboard.

»Hello!« sagte der Händler und kam aus seinem Büro heraus. Es war ein großer Mann, der sich, nach seinem Leibesumfang zu urteilen, gut in einer Bierkiste auskannte. Er hatte einen Polizeioffizier dabei, offensichtlich einen hohen. Diesen begrüßte der Attaché und nahm ihn beiseite. Dieser Infanterie-Colonel, dachte Clark, wußte wohl, wie das Spiel ging.

»Hallo«, sagte Clark und nahm seine Hand. »Ich bin Colonel Clark. Das ist Major Chavez.«

»Sie sind von der American Air Force?«

»Das ist richtig, Sir«, erwiderte Chavez.

»Ich liebe Flugzeuge. Was fliegen Sie?«

»Alles mögliche«, antwortete Clark. »Wir hätten einige Fragen, wenn's Ihnen recht ist.«

»Über Affen? Weshalb interessieren Sie Affen? Der Oberwachtmeister hat es nicht erklärt.«

»Ist das so wichtig?« fragte Clark, als er ihm den Umschlag gab. Der Händler steckte ihn in die Tasche, ohne nachzuzählen. Er hatte gefühlt, wie satt er gefüllt war.

»Gewiß, ist es nicht, doch ich liebe es, Flugzeugen zuzusehen. Also, was kann ich Ihnen erzählen? « fragte er dann, seine Stimme jetzt freundlich und offen.

»Sie verkaufen Affen«, sagte John.

»Ja, damit handle ich. Für Zoos, für Privatsammler und für medizinische Labors. Kommen Sie, ich zeig' es Ihnen.« Er führte sie, so sah's aus, zu einem dreiseitigen Gebäude aus Wellblech. Dort waren zwei Laster, und fünf Arbeiter luden Käfige auf, die Hände mit dicken Lederhandschuhen bewehrt.

»Wir bekamen gerade eine Bestellung von Ihren CDC in Atlanta«, erklärte der Händler, » für einhundert Greens. Hübsch sind die Tiere, aber sehr unangenehm. Die Farmer hier hassen sie.«

»Wieso?« fragte Chavez und blickte die Käfige an. Sie waren aus Stahldraht, oben mit Griffen. Von weitem könnte man sie für das halten, womit man Hühner zum Markt brachte... von nahem waren sie dafür ein bißchen zu groß, aber...

»Sie zerstören die Ernte. Sie sind eine Plage, wie Ratten, aber schlauer. Es gibt Millionen. Wir fallen irgendwo ein, nehmen dreißig, und einen Monat später können wir wiederkommen und noch mal dreißig mitnehmen. Die Farmer betteln uns darum an, sie einzufangen.«

»Sie hatten eine Ladung für Atlanta fertig, früher im Jahr, verkauften sie aber an jemand anderen, oder?« fragte Clark. Er sah zu seinem Partner, der dem Gebäude nicht näher kam. Statt dessen entfernte er sich davon. Er schien die leeren Käfige anzustarren. Vielleicht setzte ihm der Geruch zu.

»Die haben nicht rechtzeitig bezahlt, und ein anderer Kunde kam daher und hatte das Geld schon bereit. Dies ist ein Geschäft, Colonel Clark.«

John grinste. »He, ich komme nicht von der Stiftung Warentest. Ich wollte nur wissen, wer sie gekauft hat.«

»Ein Käufer«, sagte der Händler. »Sonst geht mich doch nichts an, oder?«

»Wo kam er her?« hakte Clark nach.

»Ich weiß es nicht. Er bezahlte in Dollar, war aber kein Amerikaner. War ein ruhiger Typ«, erinnerte sich der Händler, »nicht sehr freundlich. Ich weiß ja, daß ich bei der Sendung für Atlanta im Verzug war, die aber auch mit meiner Bezahlung«, erinnerte er seinen Gast. »Sie sind es zum Glück nicht.«

»Die Ladung ging per Luftfracht raus?«

»Ja, es war eine alte 707. Sie war voll. Es waren nicht nur meine Affen.

Die hatten sie auch anderswo geholt. Wissen Sie, der Green ist so verbreitet, er lebt überall in Afrika.«

»Haben Sie Unterlagen? Den Namen des Käufers, Ladeverzeichnis, Flugzeugzulassung?«

»Sie meinen Zollpapiere?« Er verneinte. »Leider nicht. Es kann sein, daß sie verlorengingen.«

»Sie haben mit den Flughafenbeamten ein Abkommen«, sagte John mit einem Lächeln, das nicht von Herzen kam.

»Ich habe viele Freunde in der Regierung, ja.« Auch ein Lächeln, jetzt eher verschlagen, was seine Absprachen bestätigte. Nun ja, in Amerika war Beamtenbestechung auch nicht ausgeschlossen, oder? dachte Clark.

»Dann wissen Sie nicht, wo sie hinflogen?«

»Nein, da kann ich Ihnen nicht helfen. Wenn ich könnte, würde ich gerne«, antwortete der Händler und klopfte auf seine Tasche. Die mit dem Umschlag. »Ich bedaure, sagen zu müssen, daß für manche meiner Geschäfte die Unterlagen unvollständig sind.«

Clark fragte sich, ob er dem Mann in dieser Sache stärker zusetzen konnte. Er dachte nicht. Kenia hatte er nie beackert, nur Angola, kurz in den Siebzigern, und Afrika war ein sehr informeller Kontinent, wo Bares der Schmierstoff war. Er sah hinüber, dort, wo der Militärattaché mit dem Oberwachtmeister sprach. Jener ließ sich wohl gerade bestätigen, nein, der Händler wäre nicht kriminell, nur erfinderisch in seiner Beziehung zu örtlichen Offiziellen, die gegen angemessenes Entgelt auf Anfrage beiseite sahen. Und Affen waren sicherlich keine lebenswichtige Ware des Staates. Die Farmer waren wahrscheinlich froh, die Biester loszuwerden, nur um den Lärm zu stoppen. Es klang wie ein Aufruhr in der größten Bar der Stadt am Freitagabend. Und bösartige kleine Hundesöhne waren sie, griffen und bissen nach den Händen, welche die Käfige verladen wollten. Zum Teufel, es war für die Viecher kein Festtag, und es würde bei CDC Atlanta nicht besser, oder? Man schickte nicht solche Mengen nur an Haustierhandlungen. Doch im Moment reichte sein Mitgefühl nicht auch noch für Affen aus.

»Vielen Dank für Ihre Hilfe. Es kann sein, daß Sie jemand nochmals darauf anspricht.«

»Ich bedaure, daß ich Ihnen nicht mehr sagen konnte.« Darin war er wohl aufrichtig genug. Bei 5000 Dollar in bar fühlte er sich zu mehr motiviert. Allerdings nicht so sehr, daß er etwas zurückgeben wollte, natürlich.

Dann war's für die Amerikaner Zeit zu gehen. Der Cop und der Attaché gaben sich die Hand. Als der Wagen losfuhr, blickte John zurück und sah, wie der Händler den Umschlag hervorholte, ein paar Scheine herausnahm und sie dem freundlichen Oberwachtmeister hinreichte. Auch das schien logisch.

»Was haben Sie erfahren?« fragte der echte Colonel.

»Keine Aufzeichnungen«, antwortete John.

»So laufen die Geschäfte hier. Für die Dinger gibt's eine Ausfuhrgebühr, aber die Cops und die Leute vom Zoll haben meistens eine...«

»Absprache«, unterbrach ihn John mit einem Stirnrunzeln.

»Genau das Wort dafür. He, mein Vater ist aus Mississippi. Dort unten sagte man sich, eine Amtsperiode als Sheriff, und man hat fürs Leben ausgesorgt, wissense?«

»Käfige«, sagte Ding plötzlich.

»Häh?« fragte Clark.

»John! Die Käfige! Hatten wir schon früher gesehen – in Teheran, im Luftwaffen-Hangar.« Er war auf Abstand gegangen, um das, was er in Mehrabad gesehen hatte, nachzuvollziehen. »Hühnerställe oder -käfige oder so was, in einem Hangar mit Jagdflugzeugen, weißt du noch?«

»Scheiße!«

»Ein Anzeichen mehr, Mr. C. Diese Zufälle häufen sich, Mensch. Wo geht's jetzt hin?«

»Khartum.«

»Den Film hab' ich gesehen.«

Die Berichterstattung in den Medien ging weiter, aber wenig anderes. Die Regionalsender wurden zunehmend wichtiger, da die Korrespondenten von Rang und Namen in den Network-Zentralen von New York, Washington, Chicago und Los Angeles festsaßen, und die Nachrichten widmeten den Aufnahmen von Soldaten der National Guard, die mit HMMWVs und mittelgroßen Lastern die großen Fernstraßen blockierten, sehr viel Sendezeit. Laster mit Nahrungsmitteln und medizinischen Vorräten durften nach Überprüfung passieren, und nach einigen Tagen wären die Fahrer auf Ebola-Antikörper getestet und erhielten dann Lichtbildausweise, um die Verzögerungen zu mindern. Die Trucker spielten mit.

Für andere Fahrzeuge und andere Straßen gab es einen Unterschied. Wenn auch der Großteil allen Verkehrs zwischen den Staaten über Fernstraßen lief, so gab es nicht einen Bundesstaat in der Union, der nicht über ein ausgedehntes Netz aus Nebenstraßen mit seinen Nachbarn verbunden war, und dieses mußte ebenfalls blockiert werden. Das erforderte Zeit, und es gab Interviews von Leuten, die durchgeschlüpft waren und es für einen ziemlichen Witz hielten, gefolgt von weisem Kommentar mit dem Inhalt, daß dies beweise, der Befehl des Präsidenten sei unmöglich voll durchsetzbar; außerdem sei er falsch, dumm und verfassungswidrig.

»Es ist einfach nicht möglich«, sagte ein Verkehrsexperte in den Morgennachrichten.

Man hatte aber nicht bedacht, daß die Leute der National Guard ebenfalls in den Gebieten wohnten, die sie bewachten, und eine Landkarte lesen konnten. Die Unterstellung, sie seien Dummköpfe, brachte sie auch auf Touren. Bis Mittwoch mittag gab es auf jeder ländlichen Straße ein Fahrzeug mit Schützen, welche die Schutzmonturen trugen, die sie wie Männer vom Mars aussehen ließen.

Auf den Nebenstraßen, auch auf den Fernstraßen, gab es Zusammenstöße. Manche nur mit Worten – meine Familie ist gleich dort drüben, lassen Sie doch fünf gerade sein, okay? Die Regel wurde mal mit etwas Menschenverstand ausgelegt, mit Prüfung der Personalien und einem Funkruf. In anderen Fällen war die Auslegung streng, und hier und da erhitzten sich die Gemüter. Zweimal kam es zum Schußwechsel, bei einem wurde ein Mann getötet. Das machte schnell die Runde und war nach zwei Stunden in den bundesweiten Nachrichten, und wieder ließen sich Kommentatoren über die Weisheit des Präsidentenbefehls aus. Einer legte die Verantwortung für den Todesfall auf die Vordertreppe des White House.

Im großen und ganzen kamen auch die entschlossensten Grenzgänger beim Anblick der Uniformen und Gewehre zum Schluß, daß es das Risiko nicht wert war.

Das galt auch für die internationalen Grenzen. Das Militär und die Polizei Kanadas schlossen alle Grenzübergänge. US-Bürger in Kanada wurden gebeten, sich zum Test im nächsten Krankenhaus zu melden, und wurden dort festgesetzt, auf zivilisierte Art. Ähnliches spielte sich in Europa ab. Zum erstenmal war es die mexikanische Armee, die Amerikas südliche Grenze unter Mitwirkung von US-Behörden sperrte, diesmal aber gegen Verkehr mit Hauptrichtung Süden.

Es gab einigen Ortsverkehr. Supermärkte und Convenience Stores ließen die Kunden ein, meist in kleiner Anzahl, um das Wichtigste zu kaufen. Apotheken gingen die chirurgischen Masken aus. Viele suchten Baumärkte und Farbengeschäfte auf, um sich Schutzmasken für andere Zwecke zu holen, angeregt von Fernsehnachrichten, nach denen solche Masken, mit einfachen Desinfektionsmitteln aus dem Haushalt besprüht, besser gegen ein Virus schützten als die Schutzmontur der Army. Es war aber unausweichlich, daß einige beim Sprühen übertrieben, und das ergab allergische Reaktionen, Atembeschwerden und einige Tote.

Ärzte im ganzen Land waren wahnsinnig beschäftigt. Schnell wurde bekannt, daß zu Beginn die Erscheinungen von Ebola denen der Grippe ähnelten, und jeder Doktor konnte ein Lied davon singen, daß man sich diese durch bloße *Einbildung* zuziehen konnte. Die Unterscheidung zwischen Hyperchondern und den tatsächlich Kranken wurde rasch zur anspruchsvollsten medizinischen Kunst.

Von all dem abgesehen aber, hatten die Menschen zugesehen, daß sie damit fertig wurden, sahen fern, sahen einander an und fragten sich, wieviel an der Schreckensnachricht dran war.

Das war die Aufgabe für CDC und USAMRIID, unterstützt vom FBI. Jeder der bestätigten Fälle ließ sich direkt oder indirekt mit einer von achtzehn Handelsmessen in Verbindung bringen. Das gab ihnen zeitliche Bezugsrahmen. Es ließ auch vier weitere Handelsmessen feststellen, von denen es bisher keine Erkrankungen gab. Alle zweiundzwanzig Messestätten waren von Agenten aufgesucht worden, und immer erfuhren sie, daß der Müll von den Messen längst abgeholt worden war. Die wichtigste Entdeckung war der Zeitrahmen. Diese Information wurde sofort veröffentlicht. Amerikaner, die das Land vor den Eröffnungstagen der als Fokalpunkte bekannten Handelsmessen verlassen hatten, waren nicht gefährdet bzw. gefährlich. Die Tatsache wurde weltweit allen nationalen Gesundheitsbehörden bekanntgemacht, die ihrerseits zwei Tage bis eine volle Woche dranhängten. Diese Information wurde wiederum innerhalb weniger Stunden global publik. Das war nicht aufzuhalten, und es gab keinen Grund, es geheimzuhalten, auch wenn dies möglich gewesen wäre.

»Nun, das bedeutet, daß wir alle sicher sind«, sagte General Diggs seinem Stab bei der Morgenkonferenz. Fort Irwin war eine der abgeschiedensten Einrichtungen in Amerika. Es gab nur eine Straße rein oder raus, und die war jetzt durch einen Bradley blockiert.

Für andere Militärstützpunkte traf das nicht zu; das Problem war global. Aus dem Pentagon war ein hochstehender Offizier der Army zu einer Konferenz im Hauptquartier des V. Korps nach Deutschland geflogen und kollabierte zwei Tage später, wobei er einen Arzt und zwei Schwestern infizierte. Die Nachricht erschütterte die NATO-Alliierten, die augenblicklich amerikanische Einrichtungen unter Quarantäne stellten. Die Nachricht kam ebenfalls augenblicklich ins globale Fernsehen. Was im Pentagon noch schlimmer aufgenommen wurde, war, daß fast jeder Stützpunkt einen Fall, echt oder vermutet, meldete. Die Auswirkung auf die Moral in den Einheiten war entsetzlich, und auch diese Nachricht ließ sich nicht unterdrücken. Die transatlantischen Telefonleitungen glühten vor Sorge in beiden Richtungen.

Auch in Washington drehte alles hoch. Die gemeinsame Task-Force schloß Angehörige aller Geheimdienste ein, plus FBI und die übrigen Gesetzeshüter des Bundes. Der Präsident hatte sie mit erheblichen Machtbefugnissen ausgestattet, und die wollten sie auch einsetzen. Das Ladungsverzeichnis vom verlorenen Gulfstream-Busineß-Jet hatte die Sache in eine neue Richtung gelenkt, aber das hatten Untersuchungen so an sich.

In Savannah, Georgia, klopfte ein FBI-Agent an die Tür des Gulfstream-Präsidenten und überreichte ihm eine Maske. Die Fabrik war geschlossen wie die meisten Geschäfte in Amerika, aber jener Exekutivbefehl würde heute verbogen werden. Der Präsident rief seinen Leiter für Flugzeug-Sicherheit an und bat ihn, reinzukommen und gleich den leitenden Testpiloten der Firma mitzubringen. Die sechs FBI-Agenten setzten sich mit ihnen zu einem längeren Konferenzgespräch zusammen. Das wichtigste Ergebnis war die Entdeckung, daß der Flugschreiber der verlorenen Maschine nie aufgefunden wurde. *Das* führte zu einem Anruf beim CO der USS *Radford*, der bestätigte, daß sein Schiff das verlorene Flugzeug auf Radar verfolgt und dann die Sonarimpulse der Black Box gesucht hatte, aber ohne Erfolg. Der Marineoffizier konnte das nicht erklären. Gulfstreams oberster Testpilot erklärte, daß, wenn das Flugzeug hart genug aufprallte, das Instrument trotz seiner Robustheit zerstört werden könnte. Aber *so* arg schnell war der nicht geflogen, erinnerte sich *Radfords* Skipper, und Wrackteile waren auch nicht zu finden gewesen. Und das führte dazu, daß FAA und NTSB dazugerufen und beauftragt wurden, augenblicklich Unterlagen beizubringen.

In Washington – die Arbeitsgruppe tagte im FBI-Gebäude – wurden Blicke über die Masken, die jeder trug, gewechselt. Der FAA-Teil des Teams hatte die Personalien der damaligen Crew und deren Qualifikationen ausfindig gemacht. Es zeigte sich, daß sie beide ehemalige Piloten der iranischen Luftwaffe waren, in Amerika während der späten siebziger Jahre ausgebildet. Das erbrachte Fotos und Fingerabdrücke. Ein weiteres Pilotenpaar für denselben Maschinentyp, bei derselben Schweizer Firma beschäftigt, war ähnlich ausgebildet, und der Rechtsattaché des FBI in Bern rief sofort seine Schweizer Kollegen an, um mit ihrer Hilfe die beiden befragen zu können.

»Okay«, faßte Dan Murray zusammen. »Wir haben eine kranke belgische Nonne mit Freundin und einen iranischen Doktor. Sie fliegen in einem Flugzeug mit Schweizer Zulassung, und das verschwindet spurlos. Die Maschine gehört einer kleinen Handelsgesellschaft – in Bern verfolgt das unser Mann für uns, aber wir wissen schon, daß die Piloten Iraner waren.«

»Das scheint sich wirklich in eine bestimmte Richtung zu entwickeln, Dan«, sagte Ed Foley. Da kam gerade ein Agent mit einem Fax für den CIA-Direktor herein. »Schauen Sie mal.« Er schob es über den Tisch. Die Nachricht war nicht lang.

»Manche Leute halten sich für so verflucht schlau«, teilte Murray den am Tisch Versammelten mit. Er ließ den frischen Bericht herumgehen.

»Unterschätzen Sie die nicht«, warnte Ed Foley. »Bisher liegt uns noch nichts Konkretes vor. Der Präsident kann auch gar keine Aktion irgendwelcher Art veranlassen, bevor wir da was haben.« Vielleicht auch dann nicht, fuhr er in Gedanken fort, so wie unser Militär jetzt daliegt. Dann war da auch noch, was der junge Chavez vor dem Abflug gesagt hatte. Verdammt, der Kleine hatte es aber langsam faustdick hinter den Ohren. Foley überlegte sich, ob er's erwähnen sollte, entschied sich aber dagegen. Jetzt gab es Wichtigeres – das könnte er noch privat mit Murray besprechen.

Chavez dämmerte in seinem Ledersitz. Nach Khartum war es wieder ein Drei-Stunden-Hüpfer, und er träumte dahin – sprunghaft. Als CIA-Offizier hatte er seinen Anteil an Flügen abbekommen, aber auch in so einem protzigen Geschäftsflieger mit allem Drum und Dran hatte man es bald über. Der herabgesetzte Luftdruck hieß weniger Sauerstoff, und das ermüdete. Die Luft war trocken, und das trocknete einen aus.

Wer auch immer das tat, was zur Zeit geschah, war nicht furchtbar schlau. Okay, ein Flugzeug war mit fünf Leuten an Bord verschwunden, aber das war nicht unbedingt eine Sackgasse, oder? Er erinnerte sich an die Zollerklärung – HX-NJA. Hmph. Wahrscheinlich hatten sie den Papierkram erledigt, weil sie Menschen, nicht Affen rausflogen. HX für die Schweiz. Wieso HX? dachte er nach. ›H‹ vielleicht für Helvetia? War das nicht der alte Name für die Schweiz? In einigen Sprachen hieß es noch so, meinte er sich zu erinnern. Deutsch, vielleicht. NJA zur Kennzeichnung des individuellen Flugzeugs. Auch darin lag ein Kode, mit ›N‹ als Anfangsbuchstaben für Maschinen amerikanischer Herkunft. NJA, dachte er mit geschlossenen Augen. NJA. Ninja. Das erzeugte ein Lächeln. Kampfruf seiner alten Einheit, 1. Bataillon, 17. Infanterieregiment. ›Uns gehört die Nacht!‹ Ja, das waren noch Zeiten... Ninja. Das schien wichtig. Wieso?

Seine Augen gingen auf. Chavez stand auf, streckte sich, ging nach vorn. Dort weckte er den Piloten, der sich ein bißchen mit Clark angelegt hatte. »Colonel?«

»Was gibt's?« Nur ein Auge ging auf.

»Was kostet so 'n Ding hier?«

»Mehr als sich einer von uns leisten kann.« Das Auge ging wieder zu.

»Im Ernst.«

»Über zwanzig Millionen Dollar, abhängig von der Version und dem Flugleitsystem. Wenn jemand einen besseren Busineß-Jet baut, ist es mir nicht bekannt.«

»Danke.« Chavez ging wieder zu seinem Sitz. Sinnlos, wieder wegzudämmern. Er spürte, wie sich die Nase senkte, und hörte, wie der lästige Turbinenlärm abnahm. Sie begannen den Abstieg nach Khartum. Der örtliche CIA-Stationschef würde sie empfangen – oh, pardon, dachte er. Wirtschaftsattaché. Oder war es der Politische Offizier? Was auch immer. Er wußte, diese Stadt würde nicht so freundlich sein wie die letzten beiden.

Der Helikopter landete am Fort McHenry, um Jack zu dem beschissenen Fototermin zu bringen, den Arnie sich ausgedacht hatte. Er müßte seine Betroffenheit demonstrieren. Ja, dachten die Menschen etwa, wenn so was passierte, daß der Präsident eine Party gab? Hatte nicht Poe darüber geschrieben? »Die Maske des Roten Todes« oder so was? Aber die Pest war bei der Party eingedrungen, nicht wahr? Der Präsident rieb sich das Gesicht. *Schlaf. Muß schlafen. Denke verrückten Scheiß.* Es war wie mit Blitzlichtern. Das Gehirn ermüdete, und willkürliche Gedanken platzten einem ohne ersichtlichen Grund in den Sinn, dann mußte man sie wieder niederringen, um sein Denken wieder aufs Wichtige zu richten.

Die üblichen Chevy Suburbans standen dort, aber nicht die Präsidentenlimousine. Ryan würde im offensichtlich gepanzerten Wagen fahren.

Cops gab es auch, mit grimmigen Blicken. Tja, alle anderen sahen auch grimmig drein, warum nicht auch sie?

Auch er trug eine Maske, und drei Fernsehkameras zeichneten es auf. Sie fuhren gleich los, Fort Avenue hinauf, dann nach Norden auf den Key Highway. Es waren fast zehn Minuten über leergefegte Stadtstraßen in Richtung Johns Hopkins, wo der Präsident und seine First Lady anderen Kameras zeigen würden, wie betroffen sie waren. Eine Funktion der Führungsrolle, hatte ihm Arnie gesagt, und wählte damit einen Ausdruck, den er respektieren mußte, ob es ihm gefiel oder nicht. Und zum Teufel noch mal, Arnie hatte recht. Er war der Präsident, und er konnte sich nicht von den Menschen absondern – ob er nun etwas Wesentliches zur Abhilfe beitragen konnte oder nicht, man mußte sehen, daß er sich darum kümmerte. Es ergab einerseits einen Sinn und andererseits auch keinen.

Die Autokolonne bog in die Wolfe-Street-Einfahrt ein. Dort waren Guard-Soldaten des 175. Infanterieregiments, der Maryland Line. Der regionale Kommandeur hatte entschieden, daß alle Krankenhäuser zu bewachen wären, und Ryan hielt es für etwas, das sinnvoll war. Das Detail war angesichts der Männer mit Gewehren nervös, aber die waren Soldaten, und damit hatte es sich – sie zu entwaffnen hätte ja in die Nachrichten kommen können, nicht wahr? Sie alle salutierten, so maskiert sie auch in der MOPP-Montur waren, Gewehre geschultert. Bisher hatte keiner das Krankenhaus bedroht. Vielleicht waren sie der Grund, oder die Leute waren zu verängstigt.

Sehr viel Menschen gab es zu dieser Stunde nicht zu sehen, aber alle waren maskiert, und sogar im Eingangsbereich war die Luft schwer vom Geruch, der sich jetzt zum nationalen Parfüm gemausert hatte. Wieviel davon war physikalisch wirklich nötig, wieviel psychologisch? fragte sich Jack. Aber eigentlich war sein Ausflug es auch.

»Tag, Dave«, sagte der Präsident zum Dekan. Der trug Grün statt des Anzugs, maskiert wie die anderen, und mit Handschuhen dazu. Sie gaben sich nicht die Hand.

»Mr. President, danke fürs Kommen.« Es gab Kameras im Eingangsbereich – sie waren ihm von draußen gefolgt. Ehe einer der Reporter schreiend eine Mitteilung erbitten konnte, deutete Jack nach vorn, und der Dekan führte die Gesellschaft davon. Ryan vermutete, das würde sachlich aussehen. Secret-Service-Agenten hetzten nach vorn, als sie von den Aufzügen zum Stockwerk der Inneren marschierten. Die Türen glitten auf und enthüllten einen geschäftigen Korridor mit hin- und hereilenden Leuten.

»Wie steht es, Dave?«

»Wir haben hier 34 Patienten aufgenommen. Regional gibt es 140 – nun, gab's, als ich zuletzt nachgefragt habe. Wir haben für den Moment soviel Platz wie nötig und so viele Mitarbeiter ebenfalls. Etwa die Hälfte unserer Patienten sind weg; die, die wir gefahrlos entlassen konnten. Alle Wahleingriffe sind zur Zeit gestrichen, aber es gibt noch die übliche Tätigkeit. Ich meine, Kinder kommen zur Welt, Leute erkranken an normalen Sachen, manche ambulante Behandlungen müssen fortgeführt werden, Epidemie hin oder her.«

»Wo ist Cathy?« fragte Ryan, als der nächste Aufzug mit einer Kamera eintraf, die für alle Networks ein gemeinschaftlich genütztes Band liefern würde. Das Krankenhaus wollte und brauchte keine Überflutung mit überflüssigen Leuten, und wenn auch Medien-Manager etwas gemeckert hatten, waren ihre Außendienstler auch nicht allzusehr darauf erpicht.

»Hier entlang. Wir verpassen Ihnen die Montur.« Das Stockwerk hatte einen Aufenthaltsraum für Ärzte und einen für Schwestern. Beide waren im Gebrauch. Der weiter weg war ›heiß‹, zum Entkleiden und zur Dekontamination. Der Nähere sollte sicher sein und wurde zum Einkleiden benützt. Für die Feinheiten gab es weder Zeit noch Raum. Die Agenten des Secret Service gingen vor und fanden eine Frau in Büstenhalter und Slip, die gerade einen passenden Schutzanzug aussuchte. Sie errötete nicht. Nach vier Schichten war sie darüber hinaus.

»Hängen Sie Ihre Sachen dort auf.« Sie zeigte hin. »O!« fügte sie hinzu, als sie den Präsidenten erkannte.

»Danke«, sagte Ryan, zog die Schuhe aus und nahm von Andrea einen Kleiderbügel entgegen. Price musterte die Frau kurz. Offensichtlich, daß sie keine Waffe trug. »Wie ist es?« fragte Jack.

Sie hatte jetzt die Schichtleitung für die Station. »Ziemlich schlimm.« Sie hielt kurz inne. »Wir wissen es zu schätzen, daß Ihre Frau mit uns hier oben ist.«

»Ich habe versucht, es ihr auszureden«, gab er zu. Er hatte deshalb auch nicht die Bohne an Schuldgefühlen und fragte sich, ob er das sollte oder nicht.

»Mein Mann auch.« Sie kam herüber. »Hier, der Helm wird so aufgesetzt.« Ryan erlebte eine kurze Panik. Es war höchst unnatürlich, sich einen Plastiksack überzustülpen. Die Schwester deutete seinen Ausdruck richtig. »Mir auch. Man gewöhnt sich dran.«

Gegenüber war Dekan James schon fertig. Er kam rüber, um die Schutzmontur des Präsidenten zu prüfen.

»Können Sie mich hören?«

»Yeah.« Jack schwitzte jetzt trotz der tragbaren Klimaanlage, die an seinem Gürtel hing.

Der Dekan wandte sich den Secret-Service-Leuten zu. »Von hier aus bin ich der Boß«, sagte er ihnen. »Ich lasse ihn in keine Gefahr, aber wir haben hier nicht genug Anzüge für Sie alle. Wenn Sie in den Korridoren bleiben, sind Sie sicher. Nichts anfassen. Nicht die Wand, nicht den Boden, gar nichts. Kommt jemand mit einem Wagen, machen Sie Platz. Wenn das nicht geht, gehen Sie zum Ende des Korridors. Sehen Sie einen Plastikbehälter irgendeiner Art, bleiben Sie davon weg. Haben Sie verstanden?«

»Ja, Sir.« Zum erstenmal war Andrea eingeschüchtert, bemerkte POTUS. Wie er auch. Die psychologische Einwirkung des Ganzen war einfach entsetzlich. Dr. James klopfte dem Präsidenten auf die Schulter.

»Folgen Sie mir. Ich weiß, es kann einem bange machen, aber Sie sind in diesem Ding sicher. Wir haben uns alle daran gewöhnen müssen. Nicht, Tisha?«

Die Schwester wandte sich um, nun auch fertig eingekleidet. »Ja, Doktor.«

Man konnte sein Atmen hören. Es gab das Summen des Klimagerätes, alles andere aber war gedämpft. Ryan fühlte sich auf beängstigende Weise eingesperrt, als er dem Dekan nachging.

»Cathy ist hier drin.« Er öffnete die Tür. Ryan trat ein.

Es war ein Junge; acht Jahre oder so, sah Jack. Zwei blaugekleidete Figuren beugten sich über ihn. Von hinten hätte er nicht sagen können, welche seine Frau war. Dr James hielt die Hand hoch, verbat ihm jeden weiteren Schritt. Eine der beiden bemühte sich, eine IV neu zu legen, und Ablenkung war jetzt nicht angesagt. Das Kind stöhnte, krümmte sich im Bett. Viel konnte Ryan davon nicht sehen, was er sah, verursachte ihm aber Übelkeit.

»Halt jetzt still. Damit wird es dir bessergehen.« Es war Cathys Stimme; anscheinend legte sie die Braunüle. Die anderen beiden Hände hielten den Arm still. »... So. Pflaster«, fügte sie hinzu und nahm die Hände hoch.

»Schön getroffen, Doktor.«

»Danke.« Cathy ging zum elektronischen Kasten, der die Morphiuminfusion regelte und drückte einige Ziffern. Sie prüfte nach, ob der Infusomat richtig anlief und drehte sich um. »Oh.«

»Tag, Liebes.«

»Jack, du gehörst hier nicht her«, sagte ihm SURGEON bestimmt.

»Wer tut das schon?«

»Okay, ich habe mit diesem Dr. MacGregor was angeleiert«, sagte ihnen der Stationschef, als er in seinem roten Chevy losfuhr. Er hieß Frank Clayton und war ein Grambling-Absolvent, den Clark vor einigen Jahren durch die Farm geleitet hatte.

»Dann wollen wir mal hin, Frank.« Clark prüfte seine Uhr, rechnete nach und entschied, daß Mitternacht schon zwei Stunden her war. Er grunzte. Ja, das dürfte in etwa stimmen. Erst ging es zur Botschaft zum Kleiderwechsel. Amerikanische Militäruniformen waren hier nicht allzu beliebt. Tatsächlich, warnte sie der Stationschef, traf das für fast alles Amerikanische zu. Chavez sah, daß ihnen vom Flughafen aus ein Wagen nachfuhr.

»Nicht aufregen. Den verlieren wir bei der Botschaft.«

Clayton parkte den Wagen im Hinterhof der Botschaft und brachte sie rein. Eine Minute später ging einer seiner Leute raus, startete den Chevy und fuhr direkt wieder raus. Der Beschatter fuhr ihm hinterher.

»Hemden«, sagte der CIA-Statthalter und reichte sie ihnen. »Vermutlich können Sie die Hosen anbehalten.«

»Haben Sie mit MacGregor geredet?« fragte Clark.

»Vor ein paar Stunden am Telefon. Wir fahren rüber zu seiner Wohnung, und er wird einsteigen. Ich habe einen schön ruhigen Parkplatz für unseren Plausch ausgesucht.«

»Irgendwelche Gefahr für ihn?«

»Das bezweifle ich. Die Hiesigen sind ziemlich schlampig. Falls uns jemand verfolgt, weiß ich, wie wir damit fertig werden.«

»Dann wollen wir mal, Kumpel«, sagte John. »Wir verschwenden hier Mondlicht.«

MacGregors Unterkunft war so schlecht nicht, in einem von Europäern bevorzugten Gebiet gelegen und, so meinte der Stationschef, relativ sicher. Er nahm sein Handy und wählte des Doktors Pieper an – es gab eine regionale Rufzentrale. Kaum eine Minute später öffnete sich die Tür, und eine Gestalt kam zum Wagen, stieg hinten ein und schloß die Tür eine Sekunde, bevor er losfuhr.

»Dies ist für mich recht ungewöhnlich.« Er war jünger als Chavez, bemerkte John überrascht, und auf eine etwas schüchterne Art eifrig. »Welche Art Burschen sind Sie eigentlich genau?«

»CIA«, teilte ihm John mit.

»In der Tat?«

»In der Tat, Doktor«, sagte Clayton vom Vordersitz aus. Seine Augen prüften die Spiegel. Sie waren gut weggekommen. Nur um sicherzugehen, fuhr er an der nächsten Ecke links, dann rechts, dann wieder links. Gut.

»Dürfen Sie das überhaupt preisgeben?« fragte MacGregor, als der Wagen wieder einbog auf das, was hier als Hauptverkehrsader galt. »Müssen Sie mich jetzt nicht beseitigen?«

»Doc, heben Sie sich das für Spielfilme auf, okay?« schlug Chavez vor. »Das Leben ist nicht wirklich so, und wenn wir Ihnen sagen würden, wir kämen vom State Department, würden Sie uns nicht glauben, oder?«

»Wie Diplomaten sehen Sie nicht aus.«

Clark drehte sich im Beifahrersitz um. »Sir, vielen Dank dafür, daß Sie sich bereit erklärt haben, uns zu treffen.«

»Dazu entschied ich mich aus nur einem Grund – nun, die hiesige Regierung zwang mich dazu, von der korrekten Vorgangsweise bei meinen beiden Fällen abzuweichen. Für diese Richtlinien gibt es gute Gründe, wissen Sie?«

»Okay, als erstes, würden Sie uns bitte darüber alles erzählen, was Sie können?« bat ihn John und schaltete den Tonbandapparat ein.

»Du siehst müde aus, Cathy.« Auch wenn das durch die Plastikmaske nur schwer zu erkennen war. Sogar ihre Körpersprache war durch den Anzug getarnt.

SURGEON sah zur Uhr in der Stationszentrale rüber. Technisch gesehen, war sie jetzt außer Dienst. Sie würde nie erfahren, daß Arnie van Damm die Klinik angerufen hatte, um den zeitlichen Ablauf für dies bestens abzustimmen. Das hätte sie in Rage gebracht, und sie war jetzt schon wütend genug auf die ganze Welt.

»Die Kids begannen heut nachmittag einzutreffen. Fälle der zweiten Generation. Der da drin muß es von seinem Vater bekommen haben. Sein Name ist Timothy. Er ist Drittkläßler. Sein Vater liegt ein Stockwerk höher.«

»Rest der Familie?«

»Seine Mutter testete positiv. Sie wird jetzt aufgenommen. Er hat eine große Schwester, die bis jetzt clean ist. Wir haben sie drüben im Ambulanzgebäude hingesetzt. Die haben einen Aufenthaltsbereich für Leute eingerichtet, die exponiert wurden, aber nach Test sauber sind. Komm, ich führ' dich über die Station.« Eine Minute später waren sie in Zimmer 1, vorübergehendes Heim für den Index-Fall.

Ryan dachte, den Geruch bilde er sich ein. Da war ein dunkler Fleck auf dem Bettzeug, das zwei Leute – ob Schwestern, ob Ärzte, konnte er nicht unterscheiden – sich abmühten, zu wechseln. Der Mann war halb bei Bewußtsein, gegen die Fesseln kämpfend, die seine Arme an den Gittern fixierten. Die zwei Betreuer waren deshalb besorgt, mußten aber zuerst die Laken wechseln. Diese kamen in einen Plastiksack.

»Das wird verbrannt«, sagte Cathy, indem sie ihren Helm gegen den ihres Mannes drückte. »Wir haben die Sicherheitsvorkehrung richtig hochgeschraubt.«

»Wie schlimm?«

Sie deutete zur Tür und folgte Jack in den Korridor. Dort, als die Tür hinter ihnen zufiel, borhte sie ihm einen wütenden Finger in die Brust. »Jack, man bespricht nie *jemals* vor einem Patienten seine Prognose, außer man weiß, daß sie gut ist. *Niemals!*« Sie hielt inne und fuhr dann ohne Entschuldigung für den Ausbruch fort. »Er ist jetzt drei Tage schon voll symptomatisch.«

»Noch Chancen?«

Ihr Kopf ging im Helm von Seite zu Seite. Sie gingen den Korridor weiter hinauf, hielten in Zimmern, wo die Geschichte ebenso trostlos war.

»Cathy?« Es war die Stimme des Dekans. »Sie sind außer Dienst. Bewegung«, befahl er.

»Wo ist Alexandre?« fragte Jack auf dem Weg zum ehemaligen Aufenthaltsraum für Ärzte.

»Er hat die Etage über uns. Dave hat sich diesen genommen. Wir hatten gehofft, daß Ralph Forster zum Helfen zurückkäme, aber's gibt keine Flüge.« Dann sah sie die Kameras. »Was zum Teufel machen *die* hier?«

»Komm schon.« Ryan führte seine Frau in den Umkleideraum. Die Kleidung, die er ins Krankenhaus getragen hatte, war irgendwo eingesackt worden. Er zog jetzt ein OP-Gewand an vor drei Frauen und einem Mann, der sich für die weiblichen Gestalten nicht zu interessieren schien. Er verließ den Raum und ging Richtung Aufzug.

»Halt!« rief eine weibliche Stimme. »Ein Fall kommt vom ER herauf! Nehmt die Treppe.«

Und gehorsam tat das Secret-Service-Detail genau das. Ryan führte seine Frau zum Hauptgeschoß hinab und von dort nach vorne raus, immer noch in Masken.

»Hältst du's noch aus?«

Bevor sie antworten konnte, schrie eine Stimme, »*Mr. President!*« Zwei vom Guard verstellten dem Reporter und dem Kameramann den

Weg, aber Jack winkte sie weg. Das Paar trat unter bewaffneter Aufsicht von Uniformierten und Zivilbeamten näher.

»Ja, was gibt es?« fragte Ryan und zog die Maske runter. Der Reporter hielt's Mikrofon auf volle Armeslänge. Unter anderen Umständen wäre es komisch gewesen. Jedermann war aufgeschreckt.

»Was tun Sie hier, Sir?«

»Nun, ich schätze, es gehört zu meinem Job, zu schauen, was los ist, und außerdem wollte ich sehen, wie es Cathy geht.«

»Wir wissen, die First Lady arbeitet da oben. Ist es schlimm?«

Ryan sprach, bevor sie in die Luft gehen konnte. »Gut, ich weiß, Sie müssen diese Frage stellen, aber Sie kennen die Antwort. Diese Menschen sind extrem krank, und die Docs und alle anderen hier geben ihr Bestes. Für Cathy und ihre Kollegen ist es schwer. Besonders schwer ist es für die Patienten und ihre Familien.«

»Dr. Ryan, ist Ebola wirklich so tödlich, wie alle es schildern?«

Sie nickte. »Es ist ziemlich furchtbar, ja. Aber wir tun für diese Menschen unser Möglichstes.«

»Manche haben vorgeschlagen, weil es für die Patienten so hoffnungslos steht und sie derart extreme Schmerzen leiden...«

»Worauf wollen Sie hinaus? Sie töten!?«

»Nun, wenn sie wirklich so leiden, wie alle berichten...«

»Die Art Ärztin bin ich nicht«, gab sie mit gerötetem Gesicht zurück. »Wir werden einige dieser Menschen retten. Von denen, die wir retten, können wir vielleicht erfahren, wie noch mehr zu retten sind, und man lernt *nichts* durchs Aufgeben. Deshalb töten richtige Ärzte keine Patienten! Was ist denn mit Ihnen los? Das sind *Menschen* da drin, und mein Job ist es, für ihre Leben zu kämpfen – und wagen Sie nicht, mir vorzuschreiben, wie!« Sie hielt inne, als ihr Mann ihre Schulter drückte. »Tut mir leid, es ist ein bißchen brutal da drinnen.«

»Würden Sie uns für ein Weilchen entschuldigen?« fragte Ryan. »Wir haben seit gestern nicht mehr miteinander gesprochen. Wissen Sie, wir sind Eheleute, wie ganz normale Menschen auch.«

»Ja, Sir.« Sie zogen sich zurück, aber die Kamera blieb drauf.

»Komm her, Kleines.« Jack umarmte sie zum erstenmal seit mehr als einem Tag.

»Wir werden sie verlieren Jack. Jeden einzelnen, ab morgen oder dem Tag danach«, flüsterte sie. Dann fing sie an, zu weinen.

»Yeah.« Er legte seinen Kopf auf ihren. »Weißt du, auch du darfst menschlich sein, Doktor.«

»Was glauben die, wie wir was lernen? Ach, wir können's nicht richten, also lassen wir sie in Würde sterben. Aufgeben. Das ist nicht, was man mich hier gelehrt hat.«

»Ich weiß.«

Sie zog einmal hoch und trocknete die Augen an seinem Hemd. »Okay, es geht schon wieder. Ich habe jetzt acht Stunden frei.«

»Wo schläfst du denn?«

Ein tiefer, zittriger Seufzer. »Maumenee. Die haben einige Liegen aufgestellt. Bernie ist oben in New York, hilft in Columbia aus. Die haben ein paar hundert Fälle.«

»Sie sind ziemlich zäh, Doktor.« Er lächelte auf seine Frau herab.

»Jack, wenn sie rauskriegen, wer uns das angetan hat...«

»Wir arbeiten dran«, sagte POTUS.

»Kennen Sie von diesen Leuten jemand?« Der Stationschef überreichte einige Fotos, die er selbst gemacht hatte, und eine Taschenlampe dazu.

»Das ist Saleh! Wer war er denn genau? Er sagte es nicht, und ich bekam es nie heraus.«

»Die sind alle Iraker. Als die Regierung fiel, flogen sie her. Ich habe einen Haufen Fotos. Sie sind sich sicher bei diesem?«

»Gänzlich sicher. Ich hatte ihn mehr als eine Woche in Behandlung. Der arme Bursche starb.« MacGregor ging noch einige durch. »Und das sieht aus wie Sohaila. Sie überlebte, Gott sei Dank. Entzückendes Kind – und das ist ihr Vater.«

»Wie zur Hölle?« fragte Chavez. »Davon hat uns keiner was gesagt.«

»Damals waren wir doch auf der Farm, nicht?«

»Zurück zum Dasein als Ausbildungsoffizier, John?« schmunzelte Frank Clayton. »Tja, man gab mir die Order, und ich ging raus zum Knipsen. Sie kamen erster Klasse rein, bei Gott, in einer ächt geilen G. Hier, sehense?«

Clark sah es an und grunzte – sie war fast ein Zwilling der Maschine, die sie für ihre Weltumrundung benutzten. »Schöne Einstellung«.

»Danke, Sir.«

»Laß mich mal sehen.« Chavez nahm das Foto. Er hielt mit der Lampe direkt drauf. »*Ninja*«, flüsterte er. »Scheißverfluchte *Ninja*...«

»Was?«

»John, lies die Buchstaben am Schwanz mal ab«, sagte Ding ruhig.

»HX-NJA... mein Gott.«

»Clayton«, sagte Chavez, »kann man Ihr Handy verschlüsseln?«

Der Stationschef schaltete es ein und drückte drei Ziffern. »Jetzt ja. Wen wollen Sie anrufen?«

»Langley.«

»Mr President, können wir jetzt mit Ihnen sprechen?«

Jack nickte. »Yeah, sicher. Kommen Sie.« Er wollte ein paar Schritte gehen und wies sie mit einer Geste an, ihm zu folgen. »Ich sollte mich vielleicht für Cathy entschuldigen. So ist sie sonst nicht. Sie ist 'n guter Doc«, sagte SWORDSMAN müde. »Sie sind alle da oben ziemlich ausgepowert. Das erste, was man allen hier beibringt, heißt, glaub' ich, *primum non nocere,* ›Zuallererst, füge keinen Schaden zu‹. Es ist ein recht guter Grundsatz. Wie dem auch sei, meine Frau hat da drinnen ein paar harte Tage hinter sich.«

»Ist es möglich, daß dies eine vorsätzliche Tat war, Sir?«

»Wir sind uns nicht sicher, und ich kann darüber nicht reden, ehe ich in der einen oder anderen Richtung gute Information habe.«

»Diese Zeit hat Sie schwer beschäftigt, Mr. President.« Der Reporter war von hier, nicht aus der Washington-Szene. Er wußte nicht, wie man einen Präsidenten anspricht, zumindest würden einige das meinen. Trotzdem, dies hier ging live über NBC raus, wenn auch nicht mal der Reporter es wußte.

»Ja, das scheint mir auch so.«

»Sir, können Sie uns irgendwie Hoffnung machen?«

Daraufhin wandte sich Ryan um. »Für die Menschen, die krank sind, nun, da kommt die Hoffnung von den Docs und den Schwestern. Die leisten gute Arbeit. Das sehen Sie hier. Sie sind Kämpfer, Krieger. Ich bin sehr stolz auf meine Frau und was sie tut. Ich hab' sie gebeten, dies nicht zu tun. Da war ich wohl selbstsüchtig, hab's aber trotzdem getan. Man hat schon einmal versucht, sie umzubringen, wissen Sie. Mit Gefahr für mich werde ich fertig, aber meine Frau und Kinder, nein, die sollten mit so was nichts zu tun bekommen. Niemand von diesen Menschen sollte das. Aber es ist passiert, und jetzt müssen wir unser Bestes tun, die Kranken zu behandeln und zu verhindern, daß andere unnötigerweise erkranken. Ich weiß, mein Exekutivbefehl hat eine Menge Leute aufgeregt, aber ich könnt's nicht aushalten, etwas zu unterlassen, das Leben retten könnte. Ich wünschte, es gäb' einen leichteren Weg, aber wenn, hat ihn mir noch keiner gezeigt. Wissen Sie, es reicht nicht, zu sagen, ›Nein, das gefällt mir nicht‹. Das könnte jeder. Jetzt brauchen wir mehr als das. Schauen Sie, ich bin recht müde«, sagte er. »Laßt uns sagen, Schluß für heute, okay?«

»Ja, Sir. Vielen Dank, Mr. President.«

»Gern geschehen.« Ryan wandte sich ab. Da trat Andrea Price zu ihm.

»Mr. President, hier ist der DCI für Sie.«

Er nahm das Telefon. »Ed, hier ist Jack.«

»Mr. President, wir brauchen Sie wieder hier. Wir haben was, daß Sie sehen sollten«, sagte Ed Foley. Er überlegte sich, ob er sagen sollte, daß der Beweis an der Wand eines Konferenzraums im CIA-Hauptquartier hing.

»Geben Sie mir eine Stunde, Ed.«

»Ja, Sir. Wir organisieren es gerade.«

Jack traf die Aus-Taste am Telefon und reichte es zurück. »Los geht's.«

## 53 / SNIE

Vor dem Rückflug galt es, jeden zu dekontaminieren. Hopkins hatte dafür einen großen Raum, diesmal mit Geschlechtertrennung. Das Wasser war heiß und stank nach Chemikalien, aber der Geruch gab Ryan ein Gefühl von Sicherheit. Dann zog er einen frischen Satz Grün an. So was hatte er früher schon getragen, als er zu den Geburten seiner Kinder dabeigewesen war. Glücklichere Assoziationen, dachte er, als er auf den Suburban zuging für die Rückfahrt nach Fort McHenry und den kurzen Hubschrauberflug zurück zum White House. Zumindest hatte ihn die Dusche wieder belebt. Das hielt vielleicht sogar ein paar Stunden an, dachte POTUS, als der VH-3 abhob und nach Südwesten abdrehte. Wenn er Glück hatte.

Es war in der Geschichte des National Training Center die schwächste Leistung aller Zeiten. Die Troupiers von 11th Cav und die Panzerfahrer der Carolina Guard waren fünf Stunden lang herumgestolpert. Die Wiedergabe im Star Wars Raum zeigte Fälle auf, in denen Panzer weniger als tausend Meter voneinander in Sichtweite waren, aber nicht aufeinander geschossen hatten. Auf keiner Seite funktionierte etwas, und die Simulation war nicht so sehr zu Ende gekommen wie in gegenseitiger apathischer Übereinstimmung auseinandergelaufen. Kurz vor Mitternacht formierten sich die Einheiten für die Rückfahrt zu den jeweiligen Lagern, und die leitenden Kommandeure kamen zu Diggs' Heim auf dem Berg.

»Tag, Nick«, sagte Colonel Hamm.

»Tag, Al«, antwortete Colonel Eddington in etwa dem gleichen Tonfall.

»Und was zur *Hölle* sollte das denn sein«, donnerte Diggs los.

»Die Männer fallen ein wenig auseinander, Sir«, antwortete der Guard-Mann als erster. »Wir sorgen uns alle um die Leute daheim. Hier sind wir sicher. Dort sind sie in Gefahr. Ich kann ihnen nicht vorwerfen, daß sie abgelenkt sind, General. Das ist menschlich.«

»Daß unsere unmittelbaren Familien hier sicher zu sein scheinen, ist die beste Nachricht, General«, pflichtete Hamm seinem älteren Kollegen bei. »Aber wir haben alle Familie in der Welt da draußen.«

»Okay, meine Herren, wir haben jetzt alle in unser Bier weinen dürfen. Mir gefällt dieser Scheiß auch nicht, wissense? Aber *Ihr* Job ist es, Ihre Leute zu führen, und das heißt *führen,* Gottverdammich! Falls Sie beiden Kriegsfürsten es noch nicht bemerkt haben sollten, ist die ganze beschissene US-Army von dieser Epidemie betroffen – *außer uns.* Wollen die beiden Colonels sich das mal zu Gemüte führen? Keiner hat mir je gesagt, daß Soldatentum ein einfacher Job ist und erst verdammt *recht* nicht das Kommandieren, aber es ist der Job, den wir haben, und wenn die Herren ihn nicht bewältigen können, gibt es vielleicht andere, die's können.«

»Sir, das zieht nicht. Gibt keinen, mit dem Sie uns ablösen könnten«, zeigte Hamm trocken auf.

»Colonel...«

»Der Mann hat recht, Diggs«, sagte Eddington. »Manchmal ist es zuviel. Da draußen gibt es einen Feind, den wir nicht bekämpfen können. Unsere Leute kommen zu sich, sobald sie Zeit hatten, sich dran zu gewöhnen, vielleicht auch mal gute Nachrichten bekommen. Kommen Sie, General, Sie wissen's besser. Sie kennen die Geschichte. Die Leute da draußen – ja, Soldaten, aber zuerst Menschen. Die sind erschüttert. Ich auch, Diggs.«

»Ich weiß auch, daß es keine schlechten Regimente, nur schwache Colonels gibt«, erwiderte Diggs mit einer von Napoleons besten Aphorismen, merkte aber, daß keiner der beiden den Köder schluckte. Jesus Christus, das hier war wirklich schlimm.

»Wie war es?« fragte van Damm.

»Furchtbar«, antwortete Ryan. »Ich sah sechs oder sieben Menschen, die sterben werden. Einer ist ein Kind. Cathy sagt, es werden bald mehr werden.«

»Wie geht es ihr?«

»Ziemlich gestreßt, aber okay. Einem Reporter hat sie's wirklich gegeben.«

»Ich weiß, es war im Fernsehen«, informierte ihn der Stabschef.

»Jetzt schon?«

»Sie waren live auf Sendung.« Arnie schaffte ein Lächeln. »Sie sahen gut aus. Besorgt. Verflucht ehrlich. Sie sagten gute Dinge über Ihre Frau. Sie haben sich sogar für das, was sie sagte, entschuldigt – echt gut, Boß, besonders, weil sie wunderbar aussah. Engagiert. Ernsthaft. Genau, wie man sich eine Ärztin vorstellt.«

»Arnie, dies ist keine Bühne.« Ryan war zu müde, böse zu werden. Die belebende Wirkung der Dusche war zu seiner Enttäuschung abgeklungen.

»Nein, es ist die Führungsrolle. Eines Tages werden Sie's lernen – Scheiße, vielleicht auch nicht. Machen Sie einfach so weiter«, riet Arnie. »Sie tun es, ohne es zu ahnen, Jack. Denken Sie gar nicht darüber nach.«

NBC stellte das Band der ganzen Welt zur Verfügung, und die kurze Unterhaltung mit dem Präsidenten erschien eine Stunde später auf Fernsehern der ganzen Welt.

Sie hatte vom ersten Moment an recht gehabt, sagte sich die Premierministerin. Er war überfordert. Er konnte nicht einmal gerade stehen. Seine Worte wanderten. Er ließ seine Frau für ihn sprechen – und die war verstört, emotional, schwach. Amerikas Zeit als Großmacht ging zu Ende, weil dem Land eine strenge Regierung fehlte. Sie *wußte* nicht, wer diese Pest ausgelöst hatte, aber es war leicht zu erraten. Es mußte die UIR sein. Weshalb sonst hatte er sie im Westen Chinas zusammengerufen? Mit ihrer Flotte auf See als Schildwache zum Persischen Golf war ihr Anteil der Übereinkunft erfüllt. Sie war sicher, den Lohn dafür bekäme sie noch im weiteren Verlauf.

»Ihr Präsident ist abgelenkt«, sagte Zhang. »Verständlicherweise.«

»So ein großes Unglück. Sie haben unsere tiefste Anteilnahme«, fügte der Außenminister hinzu. Man hatte gerade das Band gesehen.

Adler war bei der Nachricht über die Epidemie ins Hintertreffen geraten, war aber jetzt auf Zack. All das mußte er aber jetzt beiseite schieben. »Wollen wir fortfahren?«

»Ist unsere entfernte Provinz zur Wiedergutmachung bereit?« fragte der Außenminister.

»Unglücklicherweise nicht. Man nimmt die Haltung ein, daß der ganze Zwischenfall auf Ihre ausgedehnten Manöver zurückzuführen ist. Aus abstrakter Sicht ist diese Haltung nicht von vornherein auszuschlagen«, sagte SecState in der Diplomatensprache.

»Die Situation ist aber nicht abstrakt. Wir führen friedliche Übungen durch. Einem ihrer Piloten hat es gefallen, unsere Flugzeuge anzugreifen, und im weiteren Verlauf hat einer ihrer dummen Flieger eine Passagiermaschine abgeschossen. Wer soll sagen, ob es ein Unfall war oder nicht?«

»Kein Unfall?« fragte Adler. »Welchem Zweck könnte so eine Tat überhaupt dienen?«

»Wer kann es sagen, bei diesen Banditen?« gab der Außenminister die Frage zurück und rührte die Suppe noch ein bißchen um.

Ed und Mary Pat Foley kamen zusammen herein. Ed trug ein großes, zusammengerolltes Poster oder so was, sah Jack, als er im Kabinettsraum saß, noch im Grün mit Hopkins auf der Brust. Der nächste war Murray, mit Inspektor O'Day im Schlepptau. Ryan stand auf, um zu ihm zu gehen.

»Ich bin Ihnen verpflichtet. Wollte Sie früher schon aufsuchen.« Er gab ihm die Hand.

»Das war im Vergleich zu diesem relativ leicht«, sagte Pat. »Und mein kleines Mädchen war auch da. Aber, yeah, bin froh, daß ich da war. *Der* Schußwechsel wird mir keine Alpträume bescheren.« Er wandte sich um. »Oh, hi, Andrea.«

Price lächelte zum erstenmal an diesem Tag. »Wie geht's Ihrer Tochter?«

»Zu Hause mit dem Sitter. Sind beide in Ordnung«, versicherte er.

»Mr. President?« Es war Goodley. »Dies hier ist ziemlich heiß.«

»Okay, dann wollen wir an die Arbeit. Wer beginnt?«

»Ich«, sagte der DCI. Er schob ein Blatt Papier über den Tisch. »Hier.«

Ryan nahm es und sah es durch. Es war irgend so ein Formular, ganz auf französisch. »Was ist's?«

»Es ist das Einwanderungs- und Zollformular für ein Flugzeug. Sehen Sie sich das ID-Kästchen an, obere linke Ecke.«

»HX-NJA. Okay, also?« fragte SWORDSMAN. Sein Stabschef neben ihm spürte die Spannung, die den Raum mit den Exekutivbeamten betreten hatte.

Die Vergrößerung von Chavez' Foto vom Mehrabad-Flughafen war eigentlich größer als ein Poster. Mary Pat rollte sie aus und legte sie flach auf den Tisch. Zwei Aktenkoffer verhinderten, daß sie sich wieder aufrollte. »Sehen Sie den Schwanz an«, riet die DDO.

»HX-NJA. Ich habe keine Zeit für Agatha Christie, Leute«, warnte sie der Präsident.

»Mr. President.« Dies war Dan Murray. »Lassen Sie sich hier von mir durchgeleiten, aber ich sage Ihnen im voraus, mit diesem Foto könnte ich vor Gericht eine Verurteilung erringen.

Das Zollformular identifiziert einen Busineß-Jet, eine Gulfstream G-IV, die einer Schweizer Firma gehört.« Ein Blatt Papier kam auf den Konferenztisch. »Von dieser Crew geflogen.« Zwei Fotos und Karten mit Fingerabdrücken. »Es hat Zaire mit drei Passagieren verlassen. Zwei waren Nonnen, Schwester Jean Baptiste und Schwester Maria Magdalena. Sie waren beide Krankenschwestern in einer katholischen Klinik da unten. Schwester Jean behandelte Benedikt Mkusa, einen kleinen Jungen, der an Ebola erkrankte und starb. Irgendwie hat es Schwester Jean auch erwischt, und der dritte Passagier, Dr. Mohammed Moudi – von ihm haben wir noch kein Foto; wir arbeiten dran – entschied sich, die Kranke zur Behandlung nach Paris zu fliegen. Schwester Maria flog mit. Dr. Moudi ist ein iranischer Staatsangehöriger, der für WHO arbeitet. Der Chef-Nonne sagte er, daß sie dort vielleicht eine Chance habe und daß er für den Flug einen Privat-Jet organisieren könnte. Haben Sie's soweit?«

»Und dies ist die Maschine.«

»Korrekt, Mr. President. Dies ist der Jet. Aber: Dieser Jet startete nach einem Tank-Stopp in Libyen und soll dann angeblich ins Meer gestürzt sein. Darüber haben wir eine Tonne Papierkram. Nur gibt's einen Haken.« Er klopfte auf die Vergrößerung. »Das Foto hat Domingo Chavez aufgenommen...«

»Sie kennen ihn«, warf Mary Pat ein.

»Weiter. Wann hat Ding die Aufnahme geschossen?«

»Clark und Chavez begleiteten Secretary Adler nach Teheran, erst letzte Woche.«

»Das Flugzeug wurde lang vorher verloren gemeldet. Als es Notfall plärrte, hat sogar einer unserer Zerstörer es auf Radar verfolgt. Doch man fand nie eine Spur«, fuhr Murray fort. »Ed?«

»Als der Irak auseinanderfiel, erlaubte der Iran der oberen militärischen Führung die Flucht. Unser Freund Daryaei gestattete ihnen, abzuspringen. Er stellte sogar den Transport zur Verfügung, ja? Es begann am Tag nach dem Verschwinden der Maschine«, sagte ihnen Foley. »Sie wurden nach Khartum geflogen, im Sudan. Unser Stationschef dort ist

Frank Clayton, er fuhr zum Flugplatz und schoß diese Aufnahmen, um unsere anderen Ermittlungen zu bestätigen.« Der DCI schob sie rüber.

»Sieht aus wie dasselbe Flugzeug, aber was, wenn jemand nur mit den Zahlen, Buchstaben, was auch immer, rumgespielt hat?« fragte ihn Ryan.

»Nächster Anhalt«, sagte Murray. »Es gab zwei Ebola-Fälle in Khartum.«

»Clark und Chavez sprachen vor ein paar Stunden mit dem behandelnden Arzt«, fügte Mary Pat hinzu.

»Beide Patienten kamen in diesem Flugzeug. Wir haben Fotos davon, wie sie ausstiegen. Also«, sagte der FBI-Direktor, »haben wir nun ein Flugzeug mit einer kranken Person an Bord. Die Maschine verschwindet – *aber* sie taucht weniger als vierundzwanzig Stunden später woanders auf, und zwei der Passagiere erleiden dieselbe Krankheit, welche die Nonne hatte. Die Passagiere kamen aus dem Irak, via Iran, zum Sudan.«

»Wem gehört das Flugzeug?« fragte Arnie.

»Es ist eine Schweizer Firma. In wenigen Stunden sollten wir von denen Näheres erfahren. Aber die Crew waren Iraner. Über sie haben wir Informationen, weil sie das Fliegen hier gelernt haben«, erklärte Murray. »Und zum Schluß haben wir unseren Freund Daryaei auf derselben Maschine. Vielleicht benützt Daryaei das Flugzeug, um in seinem neuen Land herumzuhüpfen. So, Mr. President. Wir haben die Krankheit, das Flugzeug, den Besitzer, alles verbunden. Morgen setzen wir uns mit Gulfstream zusammen, um festzustellen, ob die Maschine auch andere Unterscheidungsmerkmale hat, die wir neben dem Kennzeichen überprüfen können. Info über die Besitzverhältnisse und Flugbücher der übrigen Maschinen lassen wir durch die Schweizer besorgen.

Wir wissen jetzt, wer's getan hat, Sir«, schloß Murray ab. »Diese Beweiskette läßt sich kaum übertreffen.«

»Es sind noch Details auszuarbeiten«, sagte Mary Pat. »Hintergrund über diesen Dr. Moudi. Aufspüren einiger Affenlieferungen – man verwendet Affen, um diese Krankheit zu studieren. Wie man diesen Absturz fingiert hat. Die Bastarde haben's sogar bei der Versicherung eingereicht!«

»Wir unterbrechen diese Konferenz für einen Moment. Andrea?«

»Ja, Mr. President?«

»Holen Sie SecDef Bretano und Admiral Jackson hierher.«

»Ja, Sir.« Sie verließ den Raum.

Ed Foley wartete, bis sich hinter ihr die Tür geschlossen hatte. »Ehm, Mr. President?«

»Yeah, Ed?«

»Es gibt noch eine Sache. Auch für dich, Dan. Wir wissen jetzt, daß die UIR – besser gesagt, unser Freund Daryaei – dahintersteckt. Chavez wies auf etwas hin, ehe wir ihn und John auf den Weg schickten. Die andere Seite müßte wohl annehmen, daß das hier auf sie zurückgeführt würde. Operative Geheimhaltung ist in solchen Sachen fast nicht zu erreichen.«

»Und?«

»Also, zwei Dinge. Erstens, was auch immer sie planen, könnten sie meinen, es wäre irreversibel; daß es also nichts ausmacht, ob wir's rausfinden oder nicht. Zweitens: Halten wir uns wieder vor Augen, wie sie den Irak erledigt haben. Sie haben jemand ganz nach innen gebracht.«

Das waren zwei sehr große Gedanken.

»Jesus, Ed«, sagte der FBI-Direktor einen Moment später.

»Überlegen Sie, Dan«, sagte der DCI. »Wir haben einen Präsidenten. Einen Senat. Ein Drittel vom Kongreß. Noch haben wir keinen Vizepräsidenten. Die Präsidialabfolge ist noch im Fluß, und die obere Regierungsebene kämpft noch immer mit einem Bauchschuß. Nimm diese Epidemie hinzu. Für fast jeden außerhalb sehen wir schwach und verletzlich aus.«

Ryan sah auf, als Andrea wieder hereinkam. »Wartet einen Moment. Sie sind auf Katie losgegangen. Warum das, wenn sie mich aus dem Weg haben wollen?«

»Die andere Seite hat eine furchterregende Fähigkeit demonstriert. Erstens«, sagte Foley, »haben sie sich tief in das Sicherheitskommando des Präsidenten des Irak reingeschummelt und ihn weggeblasen. Zweitens, die Operation vorige Woche wurde von einem Schläfer geleitet, der seit über einem Jahrzehnt hiergewesen ist, und als er geweckt wurde, motiviert genug war, zum Attentat auf ein Kind beizutragen.«

Dem mußte Murray zustimmen. »Das ist uns auch aufgefallen.«

»Wartet mal«, protestierte Andrea. »Ich kenne jeden einzelnen im Detail. Um Gottes willen, wir haben fünf davon bei der Verteidigung von SANDBOX verloren!«

»Agent Price«, sagte Mary Pat Foley. »Sie wissen, wie oft sich der CIA an Leuten, über die wir alles wußten, die Finger verbrannt hat. Verflucht, ich habe drei Agenten an einen dieser beschissenen Maulwürfe verloren. Ich *kannte* sie, und ich *kannte* den Kerl, der sie hochgehen ließ, seit Jahren. Erzählen Sie mir nichts über Paranoia. Wir haben es hier mit einem sehr fähigen Feind zu tun. Und es ist nur einer nötig.«

Murray pfiff, als die Debatte volle Gestalt annahm. Sein Denken war mehrere Stunden in eine Richtung gerast. Jetzt mußte sein Geist in die andere hetzen.

»Mrs. Foley, ich ...«

»Andrea«, sagte Inspektor O'Day, »dies ist nicht persönlich. Nehmen Sie einen Schritt Abstand und denken Sie darüber nach. Wenn Sie die Ressourcen eines Nationalstaates hätten, wenn Sie geduldig wären und wenn Sie Leute hätten, die wirklich motiviert wären, wie würden Sie es anstellen?«

»Wie haben sie Irak bewerkstelligt?« nahm Ed Foley das Gespräch auf. »Hatten Sie das für möglich gehalten?«

Der Präsident sah sich im Raum um. *Fabelhaft, nun sagen sie mir, daß ich dem Secret Service nicht mehr vertrauen darf.*

»Es ergibt alles Sinn, wenn Sie wie der Gegner denken«, sagte ihnen Mary Pat Foley. »Es ist Teil ihrer Tradition, wissen Sie noch?«

»Okay, aber was tun wir dagegen?« fragte Andrea, ihr Ausdruck noch immer von diesem Ausblick eingefroren.

»Pat, Sie haben eine neue Aufgabe«, sagte Murray seinem Untergebenen. »So der Präsident zustimmt, natürlich.«

»Erteilt«, hauchte POTUS.

»Regeln?« fragte Pat.

»Keine, nicht im geringsten«, sagte ihm Andrea.

In der Vereinten Islamischen Republik ging es auf Mittag zu. Die Wartung der sechs schweren Divisonen, die im mittleren Süden des Landes stationiert waren, machte gute Fortschritte. Die Laufketten von fast allen motorisierten Kampfwagen waren schon ersetzt. Ein gesunder Wettbewerbsgeist hatte sich entwickelt zwischen den Divisionen aus dem ehemaligen Irak und denen, die vom Iran herunterversetzt worden waren. Mit ihren Fahrzeugen wieder in volle Kampfbereitschaft versetzt, bezogen die Troupiers Munition, um all die T-80-Panzer und BMP-Mannschaftstransporter auf volle Waffen-Grundzuladung zu bringen.

Die Bataillonskommandeure betrachteten zufrieden die Ergebnisse ihrer Übungsmanöver. Ihre kürzlich beschafften GPS-Ortungseinheiten waren wie Zauberei, und nun verstanden die Iraker einen der Gründe, weshalb die Amerikaner 1991 mit ihnen so grob umgegangen waren. Mit einem GPS war eine Straße gar nicht nötig. Jetzt konnten sie in der Wüste wie Seeleute auf dem Meer navigieren, von Punkt zu Punkt mit einer nie zuvor gekannten Gefühl der Sicherheit.

Die Offiziere von Korps- und Divisionsstab wußten, weshalb dies so wichtig war. Es waren ihnen gerade neue Landkarten, und damit eine neue Mission, zugeteilt worden. Sie hatten auch erfahren, daß die drei Korps ihrer motorisierten Streitmacht einen Namen erhalten hatten: die Armee Gottes. Bis morgen würden die Befehlshaber untergeordneter Einheiten darüber instruiert werden, und...

Es verging eine Stunde, ehe sie eintrafen. Admiral Jackson hatte in seinem Büro geschlafen, aber Minister Bretano war nach einer Marathonsitzung zur Überprüfung der Truppenverteilung im ganzen Land heimgefahren. Die Kleiderordnung im White House, sahen sie, war gelockert worden. Der Präsident, ebenfalls mit geröteten Augen, trug einen OP-Kittel.

Dan Murray und Ed Foley wiederholten ihren Bericht.

Jackson hat es gut aufgenommen: »Entzückend! Jetzt ist klar, womit wir's zu tun haben.«

Bretano nicht: »Das ist eine offenkundige Kriegshandlung.«

»Aber nicht wir sind das Ziel«, sagte ihm der DCI. »Es ist Saudi-Arabien mit all den anderen Golfstaaten. Nur das ergibt einen Sinn. Er rechnet sich aus, wenn er sich diese Staaten einverleibt, daß wir *keine* Kernwaffen einsetzen können – das würde der ganzen Welt den Ölhahn zudrehen.« Der DCI hatte es fast zur Gänze erfaßt, aber nicht ganz.

»Und er hat Indien und China in der Tasche«, fuhr Robby fort. »Sie laufen nur als Störfaktor mit, aber die Störung ist effektiv. *Ike* ist am falschen Ort. Die Inder blockieren mit ihren Trägern die Straße von Hormuz. Wir bekommen die MPS-Schiffe nicht ohne Luftdeckung rein. Zack, und er hat die drei Korps runterverlegt. Die Saudis kämpfen, werden aber überwältigt. In einer Woche, oder weniger, ist's vorüber. Kein schlechtes Operationskonzept«, schloß der J-3.

»Der Bio-Angriff ist auch ziemlich schlau. Vermutlich haben sie damit besser abgeschnitten als erwartet. Zur Zeit sind fast alle Stützpunkte und Einheiten, die wir haben, lahmgelegt«, sagte der SecDef, der zum operativen Aspekt rasch aufholte.

»Mr. President, als ich in Mississippi noch ein Junge war, weiß ich noch, wie die vom Klan sagten, wenn du 'n tollwütigen Hund siehst, bring's arme Vieh nicht um – schmeiß es jemandem in den Hintergarten. Wissense, einer der Kapuzenträger hat das tatsächlich einmal mit uns gemacht, weil mein Pa ganz groß dabei war, wenn's um die Eintragung von Wählern ging.«

»Was habt Ihr gemacht, Rob?«

»Pa hat's mit seiner Fox-Doppelflinte weggepustet«, antwortete Admiral Jackson, »und fuhr in der Sache fort. Wir müssen flott sein, wenn wir uns bewegen wollen. Problem ist, womit?«

»Wie lange brauchen die MPS-Schiffe, bis sie die Saudis erreichen?«

»Knapp drei Tage, aber's ist jemand im Weg. CINCLANT hat Befehle für die Verlegung des Oberflächenverbandes gebastelt, der den Suez runterflutschen soll, und die könnten die Straße rechtzeitig erreichen, aber die Pötte mit den Panzern müssen erst am Inder vorbei. Die vier Boote haben 'nen Kreuzer, zwei Dosen und zwei Fregatten zum Geleit, und wenn wir sie verlieren, ist der nächste Geräteersatz in Savannah, Sir.«

»Was haben wir bei den Saudis gebunkert?«

»Genug für eine schwere Brigade, Sir. Im Kuwait das gleiche. Der dritte Brigade-Satz ist auf See und steht bereit.«

»Kuwait liegt am nächsten«, sagte der Präsident. »Was können wir dort hinkriegen?«

»Bevor sie uns in die Eier treten, könnten wir das 10. ACR von Israel rausfliegen und mit dem Gerät von der POMCUS-Station südlich von Kuwait City vereinen. Das dauert 24 Stunden. Die Kuwaiter erledigen den Transport. Sie haben ein stilles Abkommen dafür mit Israel. Haben wir mit vermittelt«, sagte Robby. »Der Plan heißt BUFFALO FORWARD.«

»Hält das jemand für eine schlechte Idee?« fragte Jack.

»Ein berittenes Panzerregiment – ich glaube kaum, daß es reicht, um sie abzuschrecken, Sir«, sagte Goodley.

»Der Mann hat recht«, stimmte der J-3 zu.

Ryan sah um den Tisch herum. Wissen war eine Sache. Handeln können was anderes. Er *könnte* einen Angriff mit strategischen Kernwaffen auf den Iran befehlen. Er hatte auf Whiteman Air Force Base B-2A-Stealth-Bomber liegen, und mit der Information, die er in den letzten zwei Stunden erhalten hatte, würde CinC-Strike problemlos den Befehl unter der Zwei-Mann-Klausel bestätigen. Die ›Spirits‹, wie man die B-2 nannte, könnten innerhalb von achtzehn Stunden dort sein und das Land in eine rauchende, vergiftete Ruine verwandeln.

Aber das konnte er nicht. Die Präsidenten Amerikas sahen sich zwar schon lange der Not ausgesetzt, der Welt zu sagen: Ja, wir *werden* unsere Raketen und Bomber starten, wenn wir müssen, aber das war eine Pflicht, die Ryan nie zu erfüllen erwartet hatte. Auch dieser Angriff auf sein Land, die Verwendung von Massenvernichtungsmitteln – für Amerika das Äquivalent zu Kernwaffen –, war die Entscheidung eines einzelnen gewesen, ausgeführt von einer verhältnismäßig kleinen Handvoll Leute. Könnte er im Gegenzug ganze Städte plattbügeln, wie Daryaei die Unschuldigen töten, nur weil der andere angefangen hatte? Es mußte was Besseres geben, irgendeine andere Option. Daryaei umzubringen war eine.

»Ed?«

»Ja, Mr. President?«

»Wo sind Clark und Chavez im Moment?«

»Noch in Khartum, warten auf Instruktionen.«

»Meinen Sie, die schaffen's noch mal nach Teheran rein?«

»Wird nicht leicht sein, Sir.« Er sah zu seiner Frau.

»Die Russen haben uns früher schon geholfen. Ich kann fragen. Was wäre ihre Mission?«

»Das kommt später. Finden Sie erst raus, ob sie reinkönnen. Robby?«

»Ja, Mr. President?«

»Das 10. Regiment rückt sofort nach Kuwait aus.«

Jackson holte tief und skeptisch Luft. »Aye aye, Sir.«

Da war die Zwischenstufe, das Einverständnis der kuwaitischen Regierung einzuholen. Das erledigte der amerikanische Botschafter. Es erwies sich als leicht. Major Sabah hatte seine Regierung über die Entwicklungen bei ihrem neuen Nachbarn im Norden auf dem laufenden gehalten, und die Satellitenaufnahmen vom Kettenwechsel bei den UIR-Panzern überzeugten sie restlos. Die Regierung Kuwaits mobilisierte die eigenen Streitkräfte voll und brachte per Telex die förmliche Bitte ein, daß Amerika ein ausgedehntes Übungsmanöver im Westen ihres Landes begänne. Der einzige Vorbehalt war, daß die Verlegung heimlich erfolgte, und Amerika hatte nichts dagegen. Innerhalb von vier Stunden hoben die luxuriösen, nagelneuen Verkehrsmaschinen der nationalen Fluggesellschaft ab, überquerten Saudi-Arabien nach Südwesten, um später wieder nach Norden abzubiegen, den Golf von Akaba hinauf.

Der Befehl kam vom Training and Doctrine Command, administrativer ›Besitzer‹ vom 10. ACR, denn technisch gesehen ging es um eine Übungseinrichtung. Die meisten anderen US-Einheiten gehörten Forces Command, also ForceCom. Der Befehl zum notfallmäßigen Ausrükken ging mit CRITIC-Priorität an Colonel Sean Magruder. Der hatte rund 5000 Mann zu verlegen, was zwanzig Jumbo-Flüge erforderte. Die indirekte Route brachte die Entfernung auf 1300 Meilen und drei Stunden in beiden Richtungen, mit einer Stunde Umkehrzeit an beiden Enden. Die Abnahme des internationalen Flugverkehrs stellte sogar mehr Maschinen frei, als der Plan für BUFFALO FORWARD vorgesehen hatte. Sogar die Israelis kooperierten. Die Piloten der kuwaitischen Jumbos machten die einzigartige Erfahrung, F-15-Jagdflugzeuge mit dem Davidsstern als Geleitschutz zu sehen, als sie den großen israelischen Luftwaffenstützpunkt in der Negevwüste anflogen.

Die erste abfliegende Gruppe umfaßte Führungsoffiziere und einen Sicherheitstrupp zur Unterstützung der kuwaitischen Wachmannschaft bei der POMCUS-Station. Diese war eine Ansammlung von Lagerhallen mit dem vollen Gerätesatz einer gepanzerten Brigade, und genau das war das berittene Panzerregiment. Die liebevolle Instandhaltung besorgten Vertragsunternehmen, fürstlich bezahlt von ihren kuwaitischen Gastgebern.

In der zweiten Maschine flog die A-Truppe, der 1. der 10 Busse brachte sie zu ihren Fahrzeugen, die voll betankt und munitioniert waren. Eine Truppe der ersten Schwadron rollte unter den wachsamen Augen des Schwadronschefs, Lieutenant Colonel Duke Masterman, hinaus. Er hatte Familie in der Gegend Philadelphias, und er konnte zwei und zwei zusammenzählen. Etwas sehr Schlimmes geschah in seinem Land, und aus heiteren Himmel hatte man Buffalo Forward aktiviert. Das war ihm recht, entschied er, und seinen Troupiers ebenfalls.

Magruder und sein Stab sahen ebenfalls zu. Der hatte sogar darauf bestanden, daß die Befehlsgruppe die Regimentsstandarte mitbrachte. Das hier war die Cav.

»Folejewa, ist es wirklich so schlimm?« fragte Golowko und meinte die Epidemie. Sie sprachen Russisch. Auch wenn sein Englisch fast perfekt war, die CIA-Beamtin brachte es bei seiner Muttersprache zu einer poetischen Eleganz, die sie bei ihrem Großvater gelernt hatte.

»Wir wissen es nicht, Sergej Nikolaj'tsch, und ich habe andere Dinge angesehen.«

»Ivan Emmetowitsch bewältigt es noch?«

»Was meinen Sie? Ach, ich weiß, Sie sahen das Interview von vor ein paar Stunden.«

»Ein interessanter Mann, Ihr Präsident. So leicht zu unterschätzen. Das habe auch ich einmal getan.«

»Und Daryaei?«

»Furchtgebietend, aber ein unkultivierter Barbar.« Mary Pat hörte fast, wie er ausspuckte.

»Durchaus.«

»Sagen Sie Iwan Emmetowitsch, er soll das Szenario durchdenken, Folejewa«, schlug Golowko vor. »Ja, wir werden kooperieren«, fügte er hinzu, in Beantwortung der noch nicht gestellten Frage. »Zur Gänze.«

»*Spassiba.* Ich melde mich wieder.« Mary Pat schaute hinüber zu ihrem Mann. »Man muß den Kerl einfach lieben.«

»Ich wünschte, er wäre auf unserer Seite«, bemerkte der DCI.

»Das ist er, Ed.«

Der Hund hatte aufgehört zu bellen, bemerkten sie in STORM TRACK. Die drei Korps, welche sie überwachen wollten, hatten gegen Mittag aufgehört, ihre Funkgeräte zu benützten. Null. So hochentwickelt ihre computergestützten ELINT-Geräte waren, nichts blieb halt nichts. Es war ein offensichtliches Signal und wurde dennoch oft übersehen. Die Direktleitungen nach Washington liefen ständig heiß. Mehr Saudi-Offiziere kamen jetzt rein, demonstrierten erhöhte Bereitschaft des eigenen Militärs, das leise im Gebiet um King Khalid Military City ins Feld ausschwärmte. Das war tröstlich für die Intelligence-Leute im Horchposten, aber nicht sehr. Sie waren viel näher am Rachen des Löwen. Als Spook dachten sie wie Spooks und waren übereinstimmend zum Schluß gekommen, daß die Geschehnisse in Amerika irgendwie von hier ausgegangen waren. Anderswo erzeugten diese Gedanken ein Gefühl der Hilflosigkeit; hier war die Wirkung anders. Die Wut war real, und sie hatten eine Mission zu erfüllen, exponierte Lage hin oder her.

»Okay«, sagte Jackson auf der Konferenzschaltung, »wen *können* wir ausrücken lassen?«

Die Antwort war ein kurzes Schweigen. Die Army war im letzten Jahrzehnt um mehr als die Hälfte geschrumpft. In Europa gab es zwei schwere Divisionen, V. Korps, jetzt aber von seiten der Deutschen in Quarantäne. Das traf auch auf die zwei Panzerdivisionen in Fort Hood, Texas, und die 1. Motorisierte Infanteriedivision in Fort Riley, Kansas, zu. Teile der 82. aus Fort Bragg und der 101. aus Fort Campbell *waren* schon im Unterstützungseinsatz mit der National Guard, aber die Einheiten, die noch in den Stützpunkten waren, hatten Soldaten, die Ebola-positiv waren. Auch die zwei Marineinfanterie-Divisionen waren betroffen.

»Schauen Sie«, sagte ForceCom. »Wir haben das 11. ACR und eine Brigade der Guard auf Übung im NTC. Der Stützpunkt ist völlig sauber, und wir können sie so schnell verlegen, wie Sie die Flugzeuge herpfeifen können. Der Rest? Bevor die ausrücken können, müssen wir alle aussortieren. Ich wage es nicht, sie zu verlegen, bevor wir jeden Soldaten für diesen verfluchten Käfer getestet haben, und die Kits sind noch nicht überall raus.«

»Er hat recht«, sagte eine andere Stimme. Alle in der Konferenzschaltung nickten. Die Pharmazieunternehmen hetzten sich bei der Produktion ab. Millionen der Test-Kits wurden benötigt, und verfügbar waren bloß einige zehntausend, die man für Zielpersonen verwendete, die Symptome zeigten, Verwandte und nahe Mitarbeiter von Erkrankten, Fahrer für Nahrungsmittel und medizinische Vorräte und vor allem das Krankenhauspersonal selbst, das dem Virus am stärksten ausgesetzt war. Schlimmer noch – ein negativer Test allein reichte nicht aus. Manche würde man drei Tage hintereinander testen müssen, denn obwohl der Test zuverlässig war, die Immunsysteme der Exponierten waren es nicht. Die Antikörper konnten nur eine Stunde nach einem negativen Test-Ergebnis auftreten. Ärzte und Krankenhäuser im ganzen Land schrien nach den Kits, und da blieb der Army einstweilen nur die allerhinterste Zitze.

*Es wird einen Krieg geben,* dachte J-3, *und keiner wird hinkommen.* Robby fragte sich, ob das nicht irgendeinen Hippie aus den Sechzigern belustigen würde.

»Ich habe das 366. Flugregiment auf Mountain Home. Die sind alle clean«, berichtete Air Combat Command. »Wir haben das F-16-Regiment in Israel. Meine europäischen Einheiten sind aber alle Geiseln.«

»Flugzeuge sind nett, Paul«, sagte ForceCom. »Schiffe auch, aber wir brauchen da drüben Soldaten, und zwar innerhalb der kürzesten Zeit.«

»Fertigen Sie die Befehle für Fort Irwin aus«, sagte Jackson. »Ich lasse SecDef die Freigabe noch in dieser Stunde autorisieren.«

»Gemacht.«

»Moskau?« fragte Chavez. »*Jesucristo*, wir kommen aber herum.«

»›Nicht an uns ist's, die Gründe zu erfragen ...‹«

»Yeah, ich kenne den zweiten Teil, Mr. C. Wenn wir zum richtigen Fleck kommen, ist mir das das Risiko recht.«

»Ihre Kutsche wartet, Milords«, sagte Clayton. »Die Blaujacken fahren die Motoren der Maschine schon für Sie hoch.«

»Yeah, da fällt's mir wieder ein.« Clark holte das Uniformhemd aus dem Schrank und war in einer Minute wieder ein Colonel. Fünf Minuten später fuhren sie Richtung Flughafen, um den Sudan zu verlassen.

Es gab darin ein gut Teil Schadenfreude. O'Day versammelte eine Mannschaft FBI-Agenten, um die Personalakten jedes Secret-Service-Agenten zu prüfen, der in die Nähe des Präsidenten kam, sowohl aus der zivilen als auch aus der uniformierten Abteilung. Es gab da einige.

Normalerweise hätte man viele als offensichtliche Fahrkarten verworfen, aber dafür war der Fall zu wichtig, und jede Akte mußte vor dem Ablegen ganz durchgemustert werden. Ein anderes Team untersuchte etwas, das nicht allgemein bekannt war. Es gab einen Computervermerk zu jedem Telefongespräch im Washington, D.C., Stadtgebiet. Im engeren Sinne legal, hätte das Programm bei weiterer Ausdehnung einen Aufschrei über Big-Brother-Verhältnisse von auch den hartnäckigsten Verfechtern der Law-and-order-Szene hervorgekitzelt. Aber der Präsident wohnte in Washington, und Amerika hatte dort Präsidenten verloren. Man sollte sich nur nicht zuviel davon erhoffen. Definitionsgemäß wäre ein Verschwörer im Secret Service ein Experte für Sicherheitsmaßnahmen. Ihr Ziel, wenn es eins gab, würde einer der Jungs sein. Er würde reinpassen, einen guten Ruf im Service genießen, Witze erzählen, Wetten auf Spiele abschließen, in der Stammkneipe ein Bierchen mitheben. Er würde genau wie alle anderen sein, die mit Freuden des Präsidenten Leben so mutig schützen würden, wie Don Russel es getan hatte. O'Day wußte das, und ein Teil von ihm haßte den Rest dafür, sie wie Verdächtige in einer Kriminaluntersuchung zu behandeln.

Diggs rief beide Colonels für die Nachricht in sein Büro: »Uns wird der Befehl avisiert, nach Übersee auszurücken.«

»Wer?« fragte Eddington.

»Ihre beiden Einheiten«, antwortete der General.

»Wohin, Sir?« fragte dann Hamm.

»Saudi-Arabien. Wir sind beide schon dort gewesen und haben's geschafft, Al, und Colonel Eddington, das hier ist Ihre Chance.«

»Weshalb?« fragte der Guard-Mann.

»Haben sie noch nicht gesagt. Hintergrundinformation kommt im Moment bei meiner Fax-Maschine rein. Am Telefon sagte man mir nur, die UIR mucke auf. Das 10. nimmt gerade ihr POMCUS-Gerät auf.«

»Buffalo Forward?« fragte Hamm. »Ohne Vorwarnung?«

»Richtig, Al.«

»Hängt das mit der Epidemie zusammen?« wollte Eddington wissen.

»Darüber hat mir keiner was gesagt.«

Es mußte vor der Bundesbezirkskammer in Baltimore geschehen. Edward J. Kealty reichte Klage ein und benannte John Patrick Ryan als Beklagten. Anlaß der Klage war, daß ersterer eine Staatsgrenze überqueren wollte und letzterer es ihm nicht erlaubte. Die Klageschrift bat um summarisches Urteil zur sofortigen Aufhebung des Exekutivbefehls des Präsidenten (eigenartig, daß die Klage Ryan als Präsident der Vereinigten Staaten bezeichnete). Kealty rechnete sich aus, daß er dies hier gewinnen würde. Die Verfassung war auf seiner Seite, und er hatte den Richter sorgfältig ausgewählt.

Das SNIE zur UIR war jetzt fertig – und irrelevant. Die Absichten der United Islamic Republic waren nun völlig klar. Die Kunst lag jetzt darin, etwas dagegen zu unternehmen, aber das war genaugenommen kein Job des Geheimdienstes.

## 54 / Freunde und Nachbarn

Sie hatten es nicht kommen sehen, und es erregte ihre Aufmerksamkeit. Bis zur nächsten Morgendämmerung waren alle drei Bodenschwadrone der 10. Cav ausgerückt, während die Vierte, bestehend aus Angriffshubschraubern, noch einen Tag benötigte, bis sie's bringen konnte. Reguläre Offiziere Kuwaits – dessen stehende Streitmacht noch immer relativ klein war, die Ränge ausgepolstert durch enthusiastische Reservisten – begrüßten ihre amerikanischen Gegenstücke mit schwingenden Schwertern und Umarmungen vor den Kameras und mit ernsthaften, ruhigen Gesprächen in den Kommandozelten. Colonel Magruder veranlaßte seinerseits, daß eine seiner Schwadrone mit wehenden Fahnen zur Parade aufmarschierte. Es tat dem Kampfgeist von allen gut, und die 52 massierten Panzer sahen zusammen aus wie die Faust eines wütenden Gottes. Der UIR-Geheimdienst hatte erwartet, daß etwas geschieht, aber dies nicht und nicht so schnell.

»Was ist dies?« verlangte Daryaei zu wissen und ließ seine tödliche Wut erkennen. Sonst reichte es aus, daß die Leute wußten, daß sie da war.

»Es ist nur gestellt.« Nach dem anfänglichen Schock hatte sein Geheimdienstchef sich die Zeit genommen, sich in die neue Lage einzufühlen. »Das ist ein *Regiment*. Jede der sechs Divisionen der Armee Gottes hat drei – in zwei Fällen vier – Brigaden. Und so sind wir zwanzig zu eins im Vorteil. Dachten Sie, die Amerikaner würden gar nicht reagieren? Doch schauen Sie sich ihre Erwiderung an. Mit einem Regiment, von Israel hereinverlegt, und das an die falsche Stelle. Damit wollen sie uns Furcht einjagen.«

»Sprechen Sie weiter.« Das Leuchten der dunklen Augen ließ nach.

»Amerika kann keine Divisionen aus Europa verlegen. Die sind kontaminiert. Das trifft ebenfalls auf ihre schweren Divisionen in Amerika zu. So werden wir erst den Saudis begegnen. Es wird eine große Schlacht, die wir gewinnen werden. Die Rumpfstaaten werden sich uns ergeben oder zerquetscht werden. Und dann steht Kuwait dort alleine, an der Spitze des Golfs, mit den eigenen Streitkräften und diesem amerikanischen Regiment, und dann wollen wir mal sehen. Sie erwarten wahrscheinlich, daß wir Kuwait zuerst angreifen. Den Fehler wiederholen wir nicht, nicht wahr?«

»Und wenn sie die Saudis verstärken?«

»Noch einmal. Sie haben bloß das Gerät für nur eine Brigade im Königreich. Die zweite ist auf See. Sie haben doch diesbezüglich mit Indien gesprochen?« Es war derartig normal, daß er es hätte vorhersagen können, dachte der Ober-Spook der UIR hinter äußerlich eingeschüchterten Augen. Die wurden immer nervös, kurz bevor die Sache losging, als ob sie erwarteten, daß jemand sich ans Drehbuch hielt, das sie geschrieben hatten. Der Feind war der Feind. Er kooperierte nicht immer. »Und ich bezweifle, daß sie Truppen haben, die sie verlegen könnten. Flugzeuge vielleicht, aber innerhalb von 10000 Kilometern gibt es keinen Träger, und Flugzeuge, wenn sie auch ein Ärgernis darstellen, können Bodengewinn weder machen noch halten.«

»Danke für die Klarstellung.« Die Stimmung des alten Herrn milderte sich.

»Endlich lernen wir uns kennen, Genosse Colonel«, sagte Golowko zum CIA-Offizier.

Clark hatte sich immer gefragt, ob er je das KGB-Hauptquartier von innen sehen würde. Nie hätte er erwartet, vom Vorsitzenden in dessen Büro auf einen Drink eingeladen zu werden. Früher Morgen hin oder her, er nahm sich einen Schuß Starka-Vodka. »Ihre Gastfreundschaft entspricht nicht dem, was zu erwarten ich ausgebildet wurde, Genosse Vorsitzender.«

»Das müssen wir nicht mehr hier erledigen. Das Lefortowo-Gefängnis ist dafür viel günstiger.« Er hielt inne, setzte sein Glas ab und wechselte zum Tee. Ein Drink mit dem Mann war Pflicht, doch der Tag war erst jung. »Ich muß fragen. Waren Sie es, der Madame Gerasimow und das Mädchen rausbrachte?«

Clark nickte. »Ja, das war ich.«

»Sie können sie gerne haben – alle drei, Iwan ... Ihr Patronymikum?«

»Timothy. Ich bin Iwan Timofejewitsch, Sergej Nikolaj'tsch.«

»Ah.« Golowko lachte herzlich. »So hart der Kalte Krieg war, mein Freund, wo er nun zu Ende ist, ist es jetzt gut, alte Feinde zu sehen. In fünfzig Jahren, wenn wir alle tot sind, werden Historiker die Akten des CIA mit den unseren vergleichen und entscheiden, wer den Krieg der Geheimdienste wirklich gewann. Können Sie sich vorstellen, was sie entscheiden werden?«

»Sie vergessen, ich war einfacher Soldat, kein Befehlshaber, für den Großteil davon.«

»Unser Major Scherenko ist von Ihnen und Ihrem jungen Gefährten hier sehr beeindruckt. Ihre Rettung von Koga war eine Glanzleistung. Und jetzt werden wir wieder zusammenarbeiten. Hat man Sie eingewiesen?«

Für Chavez, der mit Rambo-Filmen aufgewachsen war und dessen frühes Army-Training zur Erwartung führte, jederzeit mit den Sowjets die Hörner kreuzen zu müssen, war dies eine Erfahrung, die er am liebsten dem Jetlag zuschreiben wollte. Doch beide CIA-Offiziere hatten die leeren Gänge auf ihrem Wege hierher bemerkt. Wäre kaum angebracht, ihnen Gesichter zu zeigen, die sie zu anderer Zeit oder andernorts wiedererkennen könnten.

»Nein, hauptsächlich sammelten wir Informationen.«

Golowko drückte am Schreibtisch einen Knopf. »Ist Bondarenko hier?« Sekunden später ging die Tür auf, und ein hoher russischer General trat ein.

Beide Amerikaner standen auf. Clark las die Medaillen ab und sah sich den Mann genau an. Bondarenko ebenfalls. Das Händeschütteln war vorsichtig, neugierig und eigenartigerweise herzhaft.

»Gennadi Josefowitsch ist Operationschef. Iwan Timofejewitsch ist ein CIA-Spion«, erklärte der Vorsitzende. »Wie auch sein jüngerer Gefährte. Sagen Sie mir, Klerk: Die Pest, sie kommt vom Iran?«

»Ja, das ist sicher.«

»Dann ist er ein Barbar, aber ein schlauer. General?«

»In der letzten Nacht verlegten Sie Ihr Kavallerieregiment von Israel nach Kuwait«, sagte Bondarenko. »Es sind gute Truppen, aber die Gegenüberstellung der Streitmächte ist extrem nachteilig für Sie. Ihr Land kann größere Truppenbewegungen nicht vor Ablauf von zwei Wochen vornehmen. Wir schätzen, die schweren Divisionen südöstlich Bagdads sind binnen drei Tagen, höchstens vier, bereit zum Vorrücken. Ein Tag für den Marsch zur Grenze, und dann? Dann werden wir sehen, wie deren Plan aussieht.«

»Irgendwelche Ideen?«

»Wir haben dazu nicht mehr Information als Sie«, sagte Golowko. »Bedauerlicherweise hat man die meisten unserer Aktivposten in der Gegend erschossen, und die befreundeten Generäle im ehemaligen Irak haben das Land schon verlassen.«

»Das Oberkommando der Armee ist iranisch. Viele wurden in Großbritannien oder Amerika ausgebildet, unter dem Schah als Jungoffiziere, und haben die Säuberung überlebt«, fuhr Bondarenko fort. »Über viele davon haben wir Dossiers, die wir gerade zum Pentagon senden.«

»Das ist sehr zuvorkommend von Ihnen.«

»Und ob!« bemerkte Ding. »Wenn sie uns weggeputzt haben, kommen sie nach Norden.«

»Bündnisse, junger Mann, entstehen nicht aus Liebe, sondern zum gemeinsamen Nutzen,« pflichtete Golowko ihm bei.

»Wenn Sie mit diesem Verrückten nicht heute fertig werden, müssen wir es in drei Jahren«, sagte Bondarenko ernst. »Besser heute, glaube ich, für uns alle.«

»Wir haben Folejewa unsere Unterstützung angeboten. Sie hat angenommen. Wenn Sie Ihre Mission erfahren haben, geben Sie uns Bescheid, und wir sehen, was wir tun können.«

Der erste Tod wurde in Texas festgehalten: ein Vertreter für Golfzubehör, der drei Tage nach Einlieferung starb, einen Tag nach Aufnahme seiner Frau mit denselben Symptomen. Die Ärzte, die sie befragten, kamen zum Schluß, daß sie sich die Krankheit wahrscheinlich beim Säubern des Badezimmers zugezogen hatte, nachdem sich ihr Mann dort erbrochen hatte. Nicht durch intimen Kontakt, denn ihr Mann hatte sich bei der Rückkehr aus Phoenix zu krank gefühlt, sie auch nur zu küssen. Bloß ein unwichtiger Schluß aus offensichtlichen Daten, wurde dies nach Atlanta gefaxt, denn die CDC hatten jede mögliche Information erbeten, wie unwichtig auch immer. Dem Medizinerteam in Dallas schien sie jedenfalls trivial. Der erste Tod war für sie sowohl Erleichterung als auch Horror. Erleichterung, weil der Zustand des Mannes gegen Ende sowohl hoffnungslos als auch quälend erschien; Horror, weil es genauso abscheuliche geben würde, nur mit Verzögerung.

Sechs Stunden später geschah in Baltimore ähnliches. Der Campingwagen-Händler hatte eine gastrointestinale Krankheit, Magengeschwüre, die bislang mit frei verfügbaren Antazida im Zaum gehalten worden waren, jetzt aber Ebola ein leichtes Ziel boten. Seine Magenschleimhaut fiel auseinander, und der Patient blutete schlagartig aus, als er bewußtlos von Schmerzmitteln in seinem Bett lag. Auch dies überraschte den betreuenden Arzt und die Schwester. Bald danach kamen im ganzen Land andere Tote hinzu. Die Medien griffen sie auf, und das Entsetzen im Lande vertiefte sich. In der ersten Fall-Serie starben die Männer, bald von den Ehefrauen gefolgt. In vielen ähnlichen Fällen würden die Kinder folgen.

Es war jetzt für alle realer. Für die meisten war die Krise als fernes Ereignis erschienen. Geschäfte und Schulen waren geschlossen, und Reisen war eingeschränkt, aber der Rest war ein Fernsehereignis, wie die Dinge so sind in westlichen Ländern. Es waren bewegte Bilder, durch Klang untermalt, sowohl echte als auch Täuschung. Nun aber kam das Wort Tod zunehmend zur Sprache. Fotos der Opfer erschienen auf dem Bildschirm, gefolgt von jetzt düsteren Worten von Reportern, die langsam selbst so vertraut wurden wie Familienmitglieder – das alles stürmte das öffentliche Bewußtsein mit einer Unmittelbarkeit, die so neu und anders war wie furchterregend. Es war nicht mehr die Art von Alptraum, aus dem man erwachte. Es war einer, der weiter- und weiterging, zu wachsen schien wie der Kindestraum, in dem eine schwarze Wolke erschien und wuchs und wuchs, jedem Fluchtversuch trotzte, und man wußte, berührte sie einen, war man verloren.

Das Murren über die vom Präsidenten verfügten Reiseeinschränkungen starb am selben Tag wie der Golfer in Texas und der RV-Händler in Maryland. Zwischenmenschliche Kontakte beschränkten sich jetzt auf die nächsten Familienangehörigen. Menschen lebten am Telefon. Fernleitungen erstickten an Anrufen an Verwandte und Freunde, bis AT&T, MCI und der Rest Werbespots laufen ließen, die baten, solche Anrufe kurz zu halten, und reservierte Leitungen für die Verwendung durch Regierung und Mediziner eingerichtet wurden. Es war jetzt wirklich eine landesweite Panik, doch von ruhiger, persönlicher Gestalt. Es gab keine öffentlichen Protestmärsche. In den Großstädten war der Verkehr praktisch Null. Leute hörten sogar auf, die Supermärkte aufzusuchen, sie blieben statt dessen daheim und lebten solange aus Dosen und Gefriertruhen.

Reporter, die noch immer mit ihren mobilen Kameras umherstromerten, berichteten das alles und bewirkten damit sowohl ein Ansteigen der Spannung als auch einen Beitrag zur Lösung.

»Es funktioniert«, sagte General Pickett am Telefon zu seinem ehemaligen Untergebenen in Baltimore.

»Wo sind Sie, John?« fragte Alexandre.

»Dallas. Es funktioniert, Colonel. Ich brauche Sie für etwas.«

»Was denn?«

»Hören Sie auf, Hausarzt zu spielen. Dafür haben Sie Assistenzärzte. In Walter Reed habe ich eine Arbeitsgruppe. Machen Sie sich dorthin auf den Weg. Sie sind auf der theoretischen Seite ein zu wichtiger Aktivposten, um bloß im Racal-Anzug Venen zu stechen, Alex.«

»John, dies ist jetzt meine Abteilung, und ich muß meine Truppe führen.« Das war eine unauslöschliche Lektion aus seiner Zeit bei den Grünhemden.

»Toll. Ihre Leute wissen, Sie kümmern sich, Colonel. Jetzt legen Sie die verdammte Flinte hin und fangen an, wie ein gottverfluchter Kommandeur zu denken. Diese Schlacht gewinnen wir nicht in den Krankenhäusern, oder?« fragte Pickett vernünftiger. »Transport wartet auf Sie. Unten sollte ein Hummer stehen, der Sie nach Reed bringt. Wollen Sie, daß ich Sie reaktiviere und einen Befehl daraus mache?«

Das könnte er, wußte Alex. »Geben Sie mir eine halbe Stunde.« Der Dozent legte auf und sah in den Korridor. Wieder wurde ein Leichensack weggetragen. Es lag Stolz darin, hierzusein. Auch wenn er Patienten verlor und mehr verlieren würde, er war hier, war Arzt, tat sein Bestes, zeigte seinem Stab, daß er wirklich einer von ihnen war, seinen Beistand den Kranken gab, dieselben Risiken trug. Wenn dies vorüber war, könnte das ganze Team mit einem Solidaritätsgefühl auf die Zeit zurückblicken. So schlimm sie gewesen war, sie hatten die Aufgabe übernommen ...

»Verdammt«, fluchte er. John Pickett hatte recht. Die Schlacht wurde hier geschlagen, aber gewonnen würde sie woanders. Er sagte seinem ersten Assistenten, daß er eine Etage tiefer zu Dekan James ginge.

Da war ein interessanter Fall. Weiblich, 39 Jahre, zwei Tage zuvor aufgenommen. Ihr Lebensgefährte lag im Sterben, und ihr Blut hatte Ebola-Antikörper, und sie war mit den klassischen Grippesymptomen gekommen, aber die Krankheit war nicht weiter fortgeschritten. In Wahrheit schien sie zum Stillstand gekommen zu sein.

»Was ist es bei dieser hier?« sagte Cathy Ryan zu Dekan James.

»Bemängeln Sie's nicht, Cathy«, antwortete er müde.

»Tu' ich nicht, Dave, aber ich will wissen, warum. Ich hab' die Anamnese selbst gemacht. Sie hatte zwei Tage mit ihm im gleichen Bett geschlafen ...«

»Hatten sie Sex?« mischte sich Alex ins Gespräch ein.

»Nein, Alex, hatten sie nicht. Er fühlte sich zu krank. Ich hab' das Gefühl, diese kommt durch.« Und das war für Baltimore eine Premiere.

»Ich *weiß* das, Dave«, beharrte SURGEON. »Irgendwas ist hier anders. Was ist es? Wir müssen es wissen!«

»Kurve?« Cathy reichte sie Alex hinüber.

Er sah sie durch. Fieber war runter auf 37,9, Blutwerte abnormal, aber ... »Was sagt sie denn, Cathy?« fragte Alexandre, als er einige Seiten zurückblätterte.

»Wie sie meint, daß sie sich fühlt? Panik, in Todesangst. Schwere Kopfschmerzen, Bauchkrämpfe – viel davon halte ich für reine Streßreaktion. Kann man ihr nicht verübeln, oder?«

»Diese Werte verbessern sich alle. Leberfunktionswerte sind an die Decke gegangen, aber der Klimax war gestern nacht, und sie sinken wieder ...«

»Das ist's, was mir auffiel. Sie ringt es nieder, Alex«, sagte Dr. Ryan. »Ich glaube, bei ihr werden wir gewinnen. Aber *warum*? Was ist anders? Was können wir daraus lernen? Für die anderen Patienten anwenden?«

Das löste bei Dr. Alexandre die Entscheidung aus. John Pickett hatte recht. Er mußte nach Reed.

»Dave, sie wollen mich jetzt gleich in Washington haben.«

»Los mit Ihnen«, antwortete der Dekan sofort. »Wir sind hier abgedeckt. Wenn Sie helfen können, hier den Sinn rauszufiltern, machen Sie sich auf den Weg da runter.«

»Cathy, die wahrscheinlichste Antwort auf Ihre Frage ist die einfache. Die Abwehrkraft gegen dieses Biest ist umgekehrt proportional zur Anzahl der durch den Organismus aufgenommenen Partikel. Die meisten denken, schon ein Strang bringt sie um. Das stimmt nicht. Nichts ist *so* gefährlich. Ebola tötet dadurch, das es das Immunsystem überwältigt, *dann* erst geht es auf die anderen Organe los. Wenn sie nur eine kleine Anzahl der kleinen Hundesöhne abbekam, hat ihr Immunsystem sich gewehrt und den Kampf gewonnen. Reden Sie weiter mit ihr, Cathy. Jedes Detail ist wichtig. Ich rufe in ein paar Stunden an. Wie kommen Sie alle zurecht, Leute?«

»Alex, wenn das hier in sich etwas Hoffnung birgt«, antwortete Dr. James, »werden wir's, glaube ich, schaffen.«

Zur Dekontamination ging Alexandre wieder nach oben. In Grünzeug und Maske fuhr er nach unten und ging durch die Vorhalle raus.

»Sie sind Colonel Alexandre?« fragte ein Sergeant.

»Ja.«

Der NCO sulutierte. »Folgen Sie mir, Sir. Ham 'n Hummer mit Fahrer für Sie. Möchten Sie 'nen Mantel? Biß'n kühl drauß'n.«

»Danke.« Er zog den gummierten Kampfmittel-Schutzparka über.

Der hielt ihn bestimmt die ganze Strecke lang warm. Am Steuer war eine weibliche Spec-4. Alexandre bestieg den unbequemen Sitz, schnallte sich an und sagte: »Go!« Erst dann ließ er das, was er Ryan und James oben gesagt hatte, noch mal Revue passieren. Er schüttelte den Kopf, als müßte er ein Insekt verscheuchen. Pickett *hatte* recht – vielleicht.

»Mr. President, bitte, lassen Sie uns die Daten noch mal überprüfen. Ich habe sogar Dr. Alexandre von Hopkins zur Mitarbeit in der Gruppe runtergerufen, die ich in Reed eingerichtet habe. Für Schlußfolgerungen ist es noch viel zu früh. Bitte, lassen Sie uns unsere Arbeit tun.«

»Okay, General«, sagte Ryan verärgert. »Ich werde hier sein. Verdammt«, fluchte er nach dem Auflegen.

Im Westen war es noch dunkel, als es in der Pazifik-Zeitzone begann. Die Beschaffung der Flugzeuge war wenigstens leicht. Jumbos der meisten großen Fluggesellschaften machten sich auf den Weg nach Barstow, California, ihre Crews für Ebola-Antikörper getestet und durch Ärzte der Army freigegeben – die Test-Kit-Versorgung kam langsam in Schuß. Auch die Luftumwälzung in den Maschinen war modifiziert worden. Beim National Training Center bestiegen Soldaten die Busse. Für die Blaue Mannschaft war das normal, aber nicht für OpFor, wo Familien den uniformierten Soldaten beim Ausrücken von ihren Heimen aus nachblickten. Das Ziel war zur Zeit noch geheim; den Soldaten würde es erst nach dem Abheben zum sechzehnstündigen Flug mitgeteilt werden. Mehr als 10000 Männer und Frauen hieß vierzig Flüge, wobei nur vier in der Stunde von der rudimentären Einrichtung in der kalifornischen Hochlandwüste abfliegen konnten. Falls jemand fragte, würden die örtlichen Pressesprecher sagen, daß die Einheiten von Fort Irwin zur Unterstützung bei der nationalen Quarantäne ausrückten. In Washington erfuhren einige Reporter etwas anderes.

»Thomas Donner?« fragte die Frau in der Maske.

»Richtig«, erwiderte der Reporter, verstimmt, in Jeans und Flanellhemd vom Frühstückstisch weggeholt zu werden.

»FBI. Würden Sie mich bitte begleiten, Sir?«

»Bin ich verhaftet?« verlangte die Fernsehpersönlichkeit zu wissen.

»Nur, wenn Sie's wünschen, Mr. Donner«, sagte ihm die Agentin. »Aber Sie müssen jetzt gleich mit mir kommen. Brauchen werden Sie nichts Besonderes außer Portemonnaie mit Ausweis und so«, fügte sie hinzu, als sie ihm einen Plastikbehälter mit einer Maske drin übergab.

»Gut. Geben Sie mir eine Minute.« Die Tür ging wieder zu, damit Donner seine Frau küssen, eine Jacke holen und andere Schuhe anziehen konnte. Er kam raus, legte die Maske an und folgte der Agentin zum Wagen. »Also, worum geht es denn überhaupt?«

»Ich bin nur der Kurierdienst«, beendete sie das Gespräch. Wenn er zu doof war, sich zu erinnern, daß er als Mitglied des Presse-Pools für Pentagon-Operationen eingetragen war, dann war das nicht ihre Angelegenheit.

»Der größte Fehler der Iraker war 1991 die Logistik«, erklärte Admiral Jackson mit dem Zeiger auf der Landkarte. »Jedermann denkt, es gehe um Geschütze und Bomben. Stimmt nicht. Es geht um Treibstoff und Information. Wenn Sie genug Treibstoff für Beweglichkeit haben und wissen, was der Gegner so macht, stehen Ihre Chancen, zu gewinnen, ganz gut.« Das Dia wechselte auf der Leinwand neben der Karte. Dorthin wanderte nun der Zeiger. »Hier.«

Die Satellitenfotos waren sehr klar. Jedes Panzer- und BMP-Lager hatte Begleitung: eine große Ansammlung Versorgungstankwagen. Feldgeschütze waren an ihre Laster gekoppelt. Vergrößerungen zeigten auf den Heckplatten der T-80-Panzer Treibstoffässer. Jedes enthielt über hundert Liter Dieselöl. Das erhöhte zwar die Gefahr bei Beschuß, sie konnten aber auf Knopfdruck von innen abgeworfen werden.

»Kein Zweifel möglich. Die bereiten sich aufs Ausrücken vor, wahrscheinlich diese Woche. Wir haben die 10. Cavalry bereit in Kuwait. Die 11. Cav und die Erste Brigade der North Carolina Guard sind unterwegs. Mehr können wir im Moment nicht tun. Frühestens am Freitag werden wir andere Einheiten aus der Quarantäne loseisen können.«

»Und das ist öffentlich bekannte Information«, fügte Ed Foley hinzu.

»Im Grunde setzen wir eine Division ein, zwar sehr schwer, dennoch nur eine«, schloß Jackson. »Das Miltär Kuwaits ist zur Gänze ausgerückt. Die Saudis sind auch schon im Anlauf.«

»Und die dritte Brigade hängt davon ab, daß wir die MPS-Schiffe an der Indischen Marine vorbeibekommen.« Darauf wies Minister Bretano hin.

»Das können wir nicht«, informierte sie Admiral DeMarco. »Wir haben nicht die Kampfkraft, uns dort durchzuboxen.«

Dazu äußerte sich Jackson nicht. Der amtierende Stabschef für Marine-Operationen war sein Vorgesetzter, egal was er von ihm hielt.

»Schau'n Sie, Brucie«, sagte Mickey Moore zu DeMarco, »meine Jungs *brauchen* die Fahrzeuge, oder die Carolina Guard begegnet dem vorrückenden Feind bloß mit Handfeuerwaffen. Seit Jahren erzählt ihr Blauröcke uns, wie geil diese Aegis-Kreuzer sind. Bekennen Sie nun Farbe, oder halten Sie's Maul. Morgen um diese Zeit sind 15 000 meiner Soldaten in Gefahr.«

»Admiral Jackson«, sagte der Präsident. »Operationen sind Ihre Sache.«

»Mr. President, ohne Luftdeckung...«

»Können wir's schaffen oder nicht?« forderte Ryan.

»Nein«, erwiderte DeMarco. »Ich lass' keine Schiffe vergeuden. Nicht ohne Luftschirm.«

»Robby, ich brauch' Ihr bestes Urteil hierüber«, sagte Minister Bretano.

»Okay.« Jackson holte Luft. »Die haben insgesamt rund 40 Harrier. Nette Flugzeuge, aber nicht furchtbar leistungsfähig. Deren Eskorte hat vielleicht 30 Anti-Schiff-Raketen insgesamt. Vor einer Schießerei müssen wir uns nicht fürchten. *Anzio* trägt gegenwärtig 75 SAM, 15 Tomahawk und 8 Harpoon. *Kidd* hat 70 SAM und 8 Harpoon. *O'Bannon* ist kein SAM-Schiff, nur Nahkampf-Waffen, trägt aber auch ›Harpunen‹. Die zwei Fregatten, die gerade aufgeschlossen haben, tragen jeweils rund 20 SAM. Theoretisch gesehen, können sie sich durchboxen.«

»Das ist zu gefährlich, Jackson! Man schickt keinen Oberflächenverband allein gegen einen Trägerverband, *niemals*.«

»Und wenn wir zuerst schießen?« fragte Ryan. *Das* ließ Köpfe herumschnellen.

»Mr. President.« Wieder war es DeMarco. »Wir tun so was nicht. Wir wissen nicht mal, ob sie feindlich sind.«

»Der Botschafter meint, daß sie's sind«, teilte ihnen Bretano mit.

»Admiral DeMarco, das Gerät muß überführt werden«, sagte der Präsident, auch langsam rot im Gesicht.

»Die Air Force rückt gerade in Saudi-Arabien ein. Zwei weitere Tage, und wir kommen damit zurecht, aber bis dahin...«

»Admiral, rufen Sie Ihre Ablösung.« Bretano blickte vor sich auf den Konferenzordner herab. »Ihre Dienste werden nicht mehr benötigt. Wir haben für zwei Tage Gezänk keine Zeit.«

Dies war ein Verstoß gegen das Protokoll. Die Vereinigten Stabschefs wurden vom Präsidenten ernannt, und wenn sie auch Titularberater des Verteidigungsministers *und* des Präsidenten waren, durfte nur letzterer sie um Rücktritt bitten. Admiral DeMarco blickte zu Ryan hinüber.

»Mr. President, ich muß Sie hier nach bestem Gewissen beraten.«

»Admiral, 15 000 unserer Männer ziehen der Gefahr entgegen. Sie können mir nicht sagen, daß die Navy sie nicht unterstützen wird. Sie sind mit sofortiger Wirkung von Ihren Pflichten befreit«, sagte der Präsident. »Guten Tag.« Die anderen Stabschefs in Uniform sahen einander an. Das hatte es noch nie gegeben. »Wie lange bis zum Kontakt mit den Indern?« führte Ryan die Diskussion weiter.

»Rund vierundzwanzig Stunden, Sir.«

»Können wir irgendwie weitere Unterstützung bereitstellen?«

»Dort ist auch ein Unterseeboot mit Torpedos und Raketen. Es liegt zirka 80 Kilometer vor der *Anzio*«, sagte Jackson, als ein betäubter Admiral und sein Adjutant den Raum verließen. »Wir könnten es triezen. Das riskiert zwar Entdeckung, aber so geschickt sind die Inder nicht beim ASW. Das wäre eine Offensivwaffe, Sir. U-Boote verteidigen nicht. Sie versenken Schiffe.«

»Ich schätze, die Premierministerin und ich müßten mal ein wenig plaudern«, bemerkte Ryan. »Und wenn wir da durch sind, was dann?«

»Nun, dann müssen wir die Seestraße passieren und bis zu den Löschhäfen gelangen.«

»Dabei kann ich Ihnen helfen«, versprach der Stabschef der Air Force. »Die F-16 werden wir für den Teil der Fahrt im Land und in Reichweite haben. Das 366. Flugregiment wird noch nicht bereit sein, aber die Jungs aus Israel schon.«

»Den Luftschirm werden wir brauchen, General«, bekräftigte Jackson.

»Ja, Gottverdammich, bittet doch tatsächlich die Navy uns fliegende Pfadfinder um Beistand«, scherzte Air Force und fuhr ernsthafter fort. »Wir bringen jeden lakenköpfigen Hundesohn um, der den Luftraum betritt, Robby. Die 48 F-16-Cäsar sind geladen und gespannt. Sobald Sie innerhalb von 150 Kilometern der Seestraße sind, haben Sie Freunde über dem Kopf.«

»Reicht das?« fragte der Präsident.

»Strenggenommen nicht. Die andere Seite hat 400 topmoderne Flugzeuge. Wenn das 366. voll einsatzbereit ist – drei Tage noch, Minimum –, werden wir 80 Jäger für den Luftkampf haben, aber die Saudis sind auch nicht schlecht. Wir haben AWACS auf Station. Ihre Panzer werden schlimmstenfalls unter einem neutralen Himmel kämpfen, Mickey.« Der General sah auf seine Uhr. »Die sollten eigentlich um diese Zeit herum abheben.«

Die erste Rotte von vier F-15C-Abfangjägern hob gemeinsam die Nase und stieg auf. Zwanzig Minuten später formierten sie sich mit ihren KC-135R-Lufttankern. Vom eigenen Regiment gab es noch fünf weitere Rotten, dazu kamen noch andere von der Luft-Nationalgarde Montanas und Nord- sowie Süddakotas, deren Heimat-Standorte bisher von der Epidemie verschont waren. Auf dem Flug zur Arabischen Halbinsel würden sie 15 Kilometer Abstand zu den führenden kommerziellen Fliegern aus California einhalten. Die Route führte sie über den Nordpol, dann nach Süden über Rußland und den Balkan hinweg, ehe sie sich westlich von Zypern mit israelischem Geleitschutz vereinten. Ab Jordanien würden dann saudische F-15 die amerikanischen Jäger verstärken. Die ersten Landungen würden vielleicht noch geheim bleiben, wenn aber der Gegner erwachte, würde es eine Luftschlacht geben. Das käme den Piloten der ersten Eagle-Rotte sicher nicht ungelegen. Es gab kein überflüssiges Geplapper, als sie zur Rechten die Morgendämmerung sahen. Dies würde ein Flug mit zwei Sonnenaufgängen: Der nächste würde zur Linken sein.

»Okay, meine Damen und Herren«, sagte der Offizier für Öffentlichkeitsarbeit den fünfzehn versammelten Journalisten. »Dies ist der Knüller. Wir haben Sie zur Begleitung eines Kampfeinsatzes einberufen. Sergeant Astor teilt gerade die Einwilligungen aus. Bitte unterschreiben Sie und geben Sie sie zurück.«

»Was ist das?« fragte einer.

»Vielleicht möchten Sie mal versuchen, es durchzulesen?« schlug der Colonel der Marines von hinter seiner Maske vor.

»Bluttest«, murmelte eine. »Einverstanden. Aber was ist mit dem Rest?«

»Ma'am, wer von Ihnen unterschreibt, erfährt mehr. Die übrigen werden heimgefahren.« In jedem Fall siegte die Neugier. Sie unterschrieben alle.

»Danke.« Der Colonel sah die Formulare durch. »Wenn Sie jetzt bitte links durch die Tür gehen, da warten einige Marinesanitäter auf Sie.«

Er hielt gerade sein eigenes Plädoyer. Obwohl er seit dreißig Jahren als Anwalt zugelassen war, hatte Ed Kealty bisher ein Gericht nur als Zuschauer betreten, allerdings hatte er bei vielen Anlässen auf den Stufen von Gerichtsgebäuden gestanden, um Reden oder Bekanntgaben zum besten zu geben. Das war immer dramatisch, wie dies auch.

»Möge es dem Hohen Gericht gefallen«, begann der ehemalige Vizepräsident, »ich stehe hier, um ein dringliches Urteil zu beantragen. Gegen mein Recht, die Grenze zwischen Bundesstaaten zu überqueren, wird durch den Exekutivbefehl des Präsidenten verstoßen. Das widerspricht ausdrücklich zugesichertem Verfassungsrecht, wie auch der Oberste Gerichtshof in einem Präzedenzfall einstimmig feststellte ...«

Pat Martin saß neben dem Solicitor General, der für die Regierung sprechen würde. Eine Kamera von Court-TV lief mit, um den Fall über Satellit in die Haushalte des Landes zu verteilen. Es war eine gespenstische Szene. Richter, Gerichtsschreiber, Gerichtsdiener, Anwälte, zehn Reporter und vier Zuschauer trugen alle chirurgische Masken und Gummihandschuhe. Alle hatten gerade gesehen, wie Ed Kealty die größte politische Fehlkalkulation seiner Karriere beging, doch keiner hatte es bisher begriffen. Martin war in Erwartung gerade dieser Tatsache erschienen.

»Die Reisefreiheit ist für alle der von der Verfassung festgelegten und geschützten Freiheiten von zentraler Bedeutung. Weder von der Verfassung noch vom Grundgesetz her ist der Präsident befugt, den Bürgern diese Freiheit zu beschneiden, insbesondere nicht durch Anwendung bewaffneter Gewalt, die hier bereits zum Tod eines Bürgers und zur Verwundung weiterer geführt hat. Das ist eine einfache Frage des Rechts«, sagte Kealty eine halbe Stunde später, »und ich bitte das Gericht für mich selbst und für meine Mitbürger, diesen illegalen Befehl außer Kraft zu setzen.« Damit nahm Edward J. Kealty wieder seinen Platz ein.

»Euer Ehren«, sagte der Solicitor General und ging zum Podium mit dem Mikrofon fürs Fernsehen, »wie uns der Kläger darlegt, ist dies ein höchst wichtiger Fall, doch nicht einer, der im Grunde erhebliche rechtliche Vielschichtigkeit verbirgt.

Die Regierung zitiert Richter Holmes im berühmten Fall zur Redefreiheit, als er uns sagte, daß die Aufhebung von Freiheiten zulässig *ist*, wenn das Land insgesamt in tatsächlich vorhandener Gefahr schwebt. Die Verfassung, Euer Ehren, ist kein Selbstmord-Pakt. Die Krise, der das Land heute gegenübersteht, ist tödlich und dergestalt, daß die Väter der Verfassung sie nicht voraussehen konnten. Im späten achtzehnten Jahrhundert, so darf ich den gebildeten Gegenanwalt erinnern, war das Wesen von Infektionskrankheiten noch nicht bekannt. Dennoch war die Quarantäne von Schiffen zu jener Zeit verbreitete und hingenommene Praxis. Wir haben auch Jeffersons Embargo des Außenhandels als Präzedenzfall, doch mehr als das alles haben wir, Euer Ehren, den gesunden Menschenverstand. Wir können nicht unsere Bürger auf dem Altar der Rechtstheorie opfern ...«

Es hätte komisch wirken können, war es aber nicht, als die fünfzehn Reporter den Bluttest alle gleich aufnahmen. Ein Blinzeln. Ein Erleichterungsseufzer. Nacheinander standen alle auf und gingen zur anderen Seite des Raums, nahmen ihre Masken bei der Gelegenheit wieder ab. Dann wurden sie in einen anderen Besprechungsraum geführt.

»Okay, ein Bus wird Sie nach Andrews bringen. Weitere Informationen erhalten Sie nach dem Abflug«, teilte ihnen der Colonel mit.

»Moment mal!« protestierte Tom Donner.

»Sir, das stand auf Ihrem Einwilligungsformular, erinnern Sie sich?«

»Sie hatten recht, John«, sagte Alexandre. Epidemiologie, das Studium der Krankheiten und ihrer Verbreitung, war eigentlich die Mutter der modernen Medizin, seit um 1830 ein französischer Arzt feststellte, daß erkrankte Menschen genauso schnell starben oder genasen, ob sie nun behandelt wurden oder nicht. Diese unbequeme Entdeckung hatte die Ärzteschaft gezwungen, nach Dingen zu suchen, die wirkten, und dabei die Medizin vom Handwerk zur wissenschaftlichen Kunst gemacht.

Der Teufel lag, wie immer, im Detail. In diesem Fall, begriff Alex, mochte es nicht einmal der Teufel sein.

Es gab nun 3451 Ebola-Fälle im Lande, inklusive derer, die im Sterben lagen, der offen symptomatischen und der Antikörper-Positiven. Die Zahl war an sich nicht so groß. Niedriger als die Zahl der AIDS-Toten, zwei Größenordnungen geringer als die für Krebs- und Herzerkrankungen. Die statistische Studie hatte 223 Primärfälle aufgezeigt, alle bei Handelsmessen infiziert, von denen die Sekundär-, Tertiär- usw. -fälle ausgegangen waren. Auch wenn die Anzahl der neuentdeckten Fälle weiter anstieg, war die Rate niedriger als die von bestehenden Rechnermodellen vorhergesagte ... und in Hopkins hatten sie den ersten Fall einer Patientin, die Antikörper aufwies, aber nicht symptomatisch war ...

»Es hätte mehr Primärfälle geben müssen, Alex«, sagte Pickett. »Das begann uns gestern abend aufzufallen. Und der erste Verstorbene flog von Phoenix nach Dallas. Die Universität Texas testete alle Passagiere: Nur einer weist Antikörper auf – und der ist eigentlich asymptomatisch.«

»Risikofaktoren?«

»Gingivitis – er hatte Zahnfleischbluten«, berichtete General Pikkett.

»Es versucht, ein Aerosol zu sein ... aber ...«

»Das denke ich auch, Alex. Bei den Sekundärfällen handelt es sich meist um intimen Kontakt. Umarmungen, Küsse, persönliche Pflege des Lebensgefährten. Wenn wir recht haben, erreicht's in drei Tagen den Höhepunkt und sistiert. Auf dem Wege wird's auch Überlebende geben.«

»Davon haben wir eine in Hopkins. Sie hat die Antikörper, aber's ist nicht über die Anfangserscheinungen hinausgekommen.«

»Wir brauchen Gus' Arbeit zu Umwelteinflüssen. Da müßte er schon was haben.«

»Einverstanden. Rufen Sie ihn an.«

Der Richter war ein alter Freund Kealtys. Martin war sich nicht sicher, wie dieser die Zuteilung am Bezirksgericht gedeichselt hatte, aber das war jetzt unerheblich. Es war, wie Kealty gesagt und der Solicitor General zugestimmt hatte, eine grundlegend einfache Rechtsfrage, wenn auch die praktische Auslegung in alle möglichen Komplikationen führte. Es war auch eine Sache hoher Dringlichkeit, weshalb der Richter bereits nach einer Bedenkstunde wiederkehrte. Er würde seine Entscheidung von den Notizvermerken ablesen, und das Urteil später am Tage schriftlich fixieren lassen.

»Das Gericht«, sagte er, »ist sich der schweren Gefahr bewußt, mit der sich das Land konfrontiert sieht, und kann die ernsthaft empfundene Pflicht von Präsident Ryan nachvollziehen, die Leben von Amerikanern neben ihren Rechten zu schützten.

Jedoch muß das Gericht anerkennen, daß die Verfassung das oberste Recht im Lande ist und bleibt. Dieses rechtliche Bollwerk zu stürmen wäre ein Schritt, der potentiell einen Präzedenzfall aufstellt, mit so schweren Konsequenzen, daß sie über die gegenwärtige Krise hinausreichen, und wenn auch der Präsident sicherlich aus den besten Absichten heraus handelt, muß dieses Gericht den Exekutivbefehl aufheben im Vertrauen darauf, daß unsere Bürger intelligent und klug vorgehen in ihrem Streben nach Sicherheit. So geurteilt ...«

»Hohes Gericht.« Der Solicitor General stand auf. »Die Regierung will und muß, gegen Ihr Urteil beim vierten Bezirksgericht Einspruch einlegen. Wir beantragen Aussetzung bis zur Bewältigung der Schreibarbeiten später am heutigen Tag.«

»Antrag abgelehnt. Gericht vertagt sich.« Der Richter erhob sich und verließ die Bank ohne weiteres Wort. Im Raum brach natürlich Tumult aus.

»Was bedeutet das?« sagte der Korrespondent von Court TV – selbst ein Anwalt, der es sehr wohl wußte – zu Ed Kealty und streckte sein Mikrofon aus, wie es Reporter in solchen Momenten tun.

»Es heißt, daß der sogenannte Präsident Ryan das Gesetz nicht brechen darf. Ich meine, hier aufgezeigt zu haben, daß die Herrschaft des Gesetzes in diesem Lande noch besteht«, erwiderte der Politiker. Er wollte nicht übermäßig selbstgefällig erscheinen.

»Was sagt die Regierung dazu?« wurde der Solicitor General gefragt.

»Nicht viel. Wir werden Berufungsantrag beim vierten US-Bezirksgericht eingereicht haben, noch bevor Richter Venable seine Begründung niedergeschrieben hat. Das Gerichtsurteil ist vor der Niederschrift, Unterschrift und korrekten Ablage noch nicht bindend. Vorher wird unser Berufungsantrag bereits fertig sein. Das vierte Bezirksgericht wird das Urteil aussetzen ...«

»Und wenn nicht?«

Martin übernahm. »In dem Fall, Sir, wird der Exekutivbefehl im Interesse öffentlicher Sicherheit aufrechterhalten bleiben, bis der Fall in besser strukturiertem Umfeld argumentiert werden kann. Doch gibt es Grund genug, anzunehmen, daß das vierte Bezirksgericht dieses Urteil aussetzen wird. Richter sind Menschen der Wirklichkeit, nicht nur des geschriebenen Wortes. Eins gibt es allerdings noch.«

»Ja?« hakte der Reporter nach. Kealty sah aus der Entfernung von drei Metern zu.

»Das Gericht hat eine andere, wichtige verfassungsrechtliche Grundfrage hier geklärt. Durch die Benennung von Präsident Ryan in Namen und Titel seines Amtes hat das Gericht die Nachfolgefrage beantwortet, die der ehemalige Vizepräsident Kealty gestellt hatte. Zudem hat das Gericht entschieden, daß der Exekutivbefehl aufgehoben würde. Wenn Mr. Ryan nicht der Präsident wäre, könnte der Befehl nie gültig oder rechtlich bindend gewesen sein, und das Gericht hätte das feststellen müssen. Statt dessen hat das Gericht zur Sache unrichtig, zum Verfahren aber richtig geurteilt. Wenn Sie mich entschuldigen wollen – der Solicitor General und ich haben jetzt einige Schreibarbeit zu erledigen.«

Es kam nicht oft vor, daß es Reportern die Sprache verschlug. Bei Politikern fiel das noch schwerer.

»Nun warten Sie mal!« rief Kealty.

»Sie waren nie ein besonders guter Anwalt, Ed«, sagte Martin, als er vorbeiging.

»Ich glaub', er hat recht«, sagte Lorenz. »Gott, ich hoff', daß er recht hat.«

Die CDC-Labors waren von Anbeginn an verzweifelt bemüht, festzustellen, wie haltbar der Virus an der Luft war. Umgebungskammern mit verschiedenen Temperaturen und Luftfeuchtigkeitsgraden und Lichtstärken waren aufgestellt worden, und die Daten sagten ihnen unverständlicherweise ständig dasselbe. Die Krankheit, die sich auf dem Luftweg ausbreiten sollte, tat das nicht oder zumindest nur marginal. Die Virulenz hielt sich auch unter günstigen Bedingungen nur wenige Minuten lang.

»Ich wünschte, ich verstünde hier die militärische Seite etwas besser«, fuhr Lorenz nach kurzer Zeit fort.

»Zwo-zwo-drei Primärfälle. Das ist alles. Gäb's mehr, wüßten wir's bis jetzt. Achtzehn bestätigte Ausgangsorte, vier weitere Handelsmessen, die keine Treffer aufzeigen. Warum achtzehn und nicht die anderen vier?« wunderte sich Alex. »Was, wenn die alle zweiundzwanzig angegriffen haben, aber vier nicht geklappt haben?«

»Auf der Basis unserer experimentellen Daten ist das eine echte Möglichkeit, Alex.« Lorenz saugte an seiner Pfeife. »Unsere Modelle sagen jetzt insgesamt 8000 Fälle voraus. Wir werden Überlebende sehen, und die werden das Modell wiederum leicht verändern. Die Geschichte mit der Quarantäne hat den Leuten eine Scheißangst eingejagt. Wissen Sie, ich vermute, daß das Reiseverbot gar nicht so viel ausmacht, aber es hat die Menschen so sehr geängstigt, daß sie nicht genug interagieren, um ...«

»Doktor, das ist heute schon die dritte gute Nachricht«, hauchte Alexandre. Die erste war die Frau in Hopkins gewesen. Die zweite waren Picketts analytische Daten. Die dritte war nun Gus' Laborarbeit und deren logische Schlußfolgerung. »John sagte schon immer, daß Biokrieg mehr psychologisch als real sei.«

»John ist ein cleverer Arzt, Alex. Das sind Sie auch, mein Freund.«

»Drei Tage, und wir werden es wissen.«

»Bis dann.« Alex legte per Knopfdruck auf. Bei ihm standen sechs Ärzte der Army, drei von Walter Reed, drei von USAMRIID. »Kommentare?« fragte er sie.

»Verrückte Lage«, sagte ein Major mit erschöpftem Lächeln. »'s ist tatsächlich 'ne psychologische Waffe. Macht den Leuten 'ne höllische Angst. Aber das arbeitet auch für uns. Und jemand hat auf der anderen Seite gepatzt. Ich frage mich, wie ...«

Alex dachte darüber ein Moment lang nach. Dann nahm er den Hörer und wählte Johns Hopkins. »Hier ist Dr. Alexandre«, sagte er der Stationsschwester auf der Inneren. »Ich muß mit Dr. Ryan sprechen, ist sehr wichtig... Okay, ich bleib' dran.« Es dauerte ein paar Minuten. »Cathy, hier Alex. Ich muß mit Ihrem Mann sprechen, und es wär' besser, wenn Sie dabei wären... es ist verdammt wichtig«, sagte er ihr einen Moment später.

## 55 / Maturafeier

Zweihundert Akten bedeutete, zweihundert Geburtsbescheinigungen, zweihundert Führerscheine, Häuser oder Wohnungen, Kreditkartensätze und alle möglichen Varianten davon zu prüfen. Es war unausweichlich, daß nach einer solchen Untersuchung Spezialagent Raman besondere Aufmerksamkeit seitens der 300 FBI-Agenten genießen würde, die dem Fall zugewiesen waren. Tatsächlich aber war jeder Angestellte des Secret Service, der regelmäßigen Zugang zum White House hatte, auf der Checkliste für detaillierte Prüfung. Im ganzen Lande begannen Agenten mit Geburtsscheinen und fuhren u.a. fort mit Prüfung der Schuljahrbuch-Fotos zwecks Vergleich mit den ID-Bildern aller Agenten. Drei Agenten des Detail erwiesen sich als Immigranten, deren persönliche Einzelheiten nicht leicht geprüft werden konnten. Einer war in Frankreich geboren, nach Amerika in den Armen seiner Mutter gekommen. Eine weitere stammte aus Mexiko, tatsächlich illegal mit ihren Eltern gekommen; sie hatte später ihren Status legalisiert und sich als Genie in der Abteilung Technical Security hervorgetan – und als wild entschlossene Patriotin im Team. Da blieb ›Jeff‹ Raman als Agent mit fehlender Dokumentation, leicht erklärbar durch den Flüchtlingsstatus, den seine Eltern angaben.

In mancherlei Hinsicht war es zu leicht. In den Aufzeichnungen war festgehalten, daß er im Iran geboren und nach Amerika eingewandert war, als seine Eltern beim Sturz des Schahs flüchteten. Seitdem wies jeder Indikator darauf hin, daß er seinem neuen Heimatland voll angepaßt war, besonders der Erwerb einer fanatischen Begeisterung für Basketball, die im Service zur halben Legende wurde. Er verlor fast nie eine Wette zu einem Spiel, und der Witz kursierte, daß ihn vor wichtigen Spielen berufsmäßige Glücksspieler nach den Chancen fragten. Er war auch stets dabei, nach Dienstschluß ein Bier mit den Kollegen zu genießen. Er hatte einen hervorragenden Ruf als Agent im Felde, war unverheiratet, aber das war beim Secret Service nicht ungewöhnlich. Man hatte ihn in Frauenbegleitung gesehen, aber darüber verlor er wenig Worte. Wenn er ein Privatleben hatte, war es ruhig. Sicher war, daß er nicht den geringsten Kontakt zu anderen Einwanderern oder Ausländern aus dem Iran hatte, daß er nicht religiös war, daß er nicht einmal den Iran bei Unterhaltungen erwähnte, außer daß er dem Präsidenten mal gesagt hatte, die Religion habe seiner Familie so viel Leid zugefügt, daß er das Thema gerne beiseite ließe.

Inspektor O'Day, von Direktor Murray mit den empfindlichen Fällen betraut, war von dieser oder anderen Geschichten nicht beeindruckt. Er beaufsichtigte die Untersuchung. Er nahm an, sein Gegner, falls der existierte, würde Experte sein, daher war für ihn die plausibelste und schlüssigste Identität nur eine potentiell zu prüfende Tarnung. Besser als das, hier waren die Regeln aufgehoben. Das hatte Agent Price selbst festgelegt. Das örtliche Untersuchungsteam suchte er selber in der Zentralabteilung und dem Washington Field Office aus. Den Besten teilte er Aref Raman zu, der jetzt günstigerweise in Pittsburgh war.

Dessen Mietwohnung im Nordwesten D.C.s war bescheiden, aber bequem. Der Einbruchalarm war kein Problem. Unter den gewählten Agenten war ein technischer Zauberer, der nach zwei Minuten die Schlösser öffnete, das Bedienungsfeld erkannte und den Herstellerkode eingab – die hatte er alle auswendig gelernt –, um das System stillzulegen. Diese Vorgangsweise hieß früher ›Job mit den schwarzen Taschen‹, ein überholter Ausdruck, wenn auch die Tätigkeit selbst es nicht war. Jetzt nannte man sie ›Spezialoperationen‹, und das konnte alles heißen.

Zuallererst wurde die Wohnung auf der Suche nach Fallen fotografiert: anscheinend unschuldige oder willkürliche Objekte, deren geringste Verlagerung dem Bewohner verraten hätte, daß jemand eingedrungen wäre. Das konnten Dinge sein, deren Entdeckung und Vereitelung teuflisch schwierig sein könnte, aber alle fünf Agenten waren Mitglieder des FCI, Abteilung für Spionageabwehr im FBI, sowohl augebildet als auch trainiert durch berufsmäßige Spooks. Die Durchsuchung der Wohnung würde Stunden feinfühligster Arbeit erfordern. Sie wußten, mindestens fünf weitere Teams machten bei anderen potentiell Verdächtigen das gleiche.

Der PC-3C schwebte am Rande der Radardeckung des indischen Schiffsverbands, hielt sich niedrig und rumpelte durch die aufgewühlte Luft über der warmen Oberfläche des Indischen Ozeans. Sie verfolgten dreißig Radarquellen von neunzehn Objekten. Die mächtigen, niederfrequenten Suchradare bereiteten ihnen die meisten Sorgen, wenn auch die Bedrohungssensoren hier und da einen Hauch von SAM-Lenkradar aufnahmen. Angeblich führten die Inder eine Übung durch, ihre Flotte war nach langer Wartungspause wieder auf See. Problematisch war, daß sich Manöver zur Prüfung der Bereitschaft überhaupt nicht von Kampfvorbereitungen unterscheiden ließen. Die vom ELINT-Team an Bord aufbereiteten Daten wurden direkt zu *Anzio* und den anderen Geleitschiffen des Sonderverbands Comedy, wie die Seeleute die vier Bob Hopes mit Eskorte zu nennen begannen, durchgegeben.

Der Verbandskommandeur saß im Combat Information Center seines Kreuzers. Die drei großen Schautafeln (eigentlich Rückprojektions-Fernseher, verbunden mit dem Aegis-Radar-Computersystem) zeigten recht genau die Lage des indischen Kampfverbandes. Er wußte sogar, welche Spuren wahrscheinlich die Träger waren. Seine Aufgabe war kompliziert. Comedy war jetzt voll formiert. Die UnReps – Bevorratungsschiffe – *Platte* und *Supply* hatten aufgeschlossen mit ihren Eskorten *Hawes* und *Carr*, und während der kommenden Stunden würden die Geleitschiffe abwechselnd längsseits gehen, um ihre Treibstoffbunker zu füllen – für die Marinekommandeure war ›zuviel Treibstoff‹ wie ›zuviel Geld‹ haben: unmöglich. Danach sollten die UnRep-Schiffe Außenpositionen in Höhe der beiden mit Panzergerät beladenen, vorausfahrenden Frachtfähren einnehmen und die Fregatten in Höhe des nachfolgenden Paares. *O'Bannon* würde zur Fortführung ihrer ASW-Suche vorauseilen – die Inder hatten zwei Reaktor-U-Boote, deren Lage momentan keinem bekannt zu sein schien. *Kidd* und *Anzio*, beide SAM-Schiffe, würden sich zur Fliegerabwehr im Nahbereich in die Formation hinein zurückfallen lassen. Normalerweise würde der Aegis-Kreuzer weiter außenbordwärts laufen, jetzt aber nicht.

Der Grund hierfür war nicht seine Missionsorder, sondern das Fernsehen. Jedes Marinefahrzeug des Verbands hatte Satellitenempfänger an Bord; während die Crew in der Freizeit vor allem die Spielfilmkanäle bevorzugte, war der Verbandskommandeur dabei, sich eine CNN-Überdosis zu holen, denn wo seine Missionsorder oftmals mit Hintergrundinformation zu seinen Aufgaben geizte, war dies beim kommerziellen Fernsehen anders. Die Mannschaften waren angespannt. Nachrichten zu den Geschehnissen daheim konnte man in keinem Fall unterdrücken, und die Bilder von kranken und sterbenden Menschen, gesperrten Fernstraßen und verkehrsleeren Städten hatten sie anfangs schwer erschüttert, so daß sich Offiziere und Bootsmänner mit den Männern zur Lagebesprechung auf die Messedecks begaben. Dann kamen diese Befehle.

Im Persischen Golf geschah etwas. Zu Hause passierte etwas, und plötzlich liefen die MPS-Schiffe, mit ihrem Brigadesatz von Kampffahrzeugen, den saudischen Hafen Dhahran an ... und die Indische Marine stand ihnen im Weg. Die Crew war jetzt ruhiger, sah Captain Kemper der USS *Anzio*. Seine Chiefs berichteten, daß die Truppe nicht mehr in der Messe lachte oder herumalberte, und die anhaltenden Simulationsübungen am Aegis-Kampfsystem hatten in den letzten paar Tagen eine eigene Botschaft übermittelt. Comedy lief der Gefahr entgegen.

Jedes Geleitschiff hatte einen Hubschrauber an Bord. Diese wurden vom erstklassigen ASW-Team auf *O'Bannon* koordiniert, Tauferbin des ›goldenen Schiffes‹ der Navy im zweiten Weltkrieg, ein Zerstörer der Fletcher-Klasse, der alle nennenswerten Gefechte auf dem Schauplatz Pazifik ohne Opfer oder Kratzer mitgemacht hatte. Das neue Schiff hatte sich ein goldenes ›A‹ an den Aufbauten verpaßt, das Abzeichen eines U-Boot-Killers von hohem Ansehen – zumindest in der Simulation. Die Ahnentafel der *Kidd* war weniger glücklich. Benannt nach Admiral Kidd, der an Bord der USS *Arizona* am Morgen des 7. Dezember 1941 gefallen war, kam sie aus der ›Toter Admiral‹-Klasse. *Anzio* verdankte ihren Namen, eine der seltsameren Traditionen der Navy, einer Landschlacht im Italien-Feldzug 1943, bei der sich eine gewagte Invasion zu einem verzweifelten Ringen entwickelt hatte. Kriegsschiffe wurden ja schließlich für jenes Geschäft gebaut, aber es war Sache ihrer Kommandeure, zu bewirken, daß deren verzweifelte Seite die anderen Typen betraf.

Bei einem echten Krieg wäre das leicht gewesen. Anzio hatte 15 Cruise-Missiles vom Typ Tomahawk an Bord, jede mit Ein-Tonnen-Sprengkopf, fast in Reichweite zum indischen Kampfverband. Unter idealeren Bedingungen würde er sie bei etwas mehr als 300 Kilometern loslassen, gefüttert mit Zielinformation von den Orions – die könnte auch von seinen Hubschraubern kommen, aber die P-3C hatten eine deutlich höhere Lebenserwartung im Kampf.

»Captain!« Es war der Oberbootsmann an der ESM-Tafel. »Wir bekommen Fliegerradar herein. Orion bekommt Gesellschaft, sieht aus wie zwei Harrier, Entfernung unbekannt, Peilung konstant, Signalstärke nimmt zu.«

»Danke. Der Himmel ist frei, bis jemand was anderes sagt«, erinnerte Kemper jedermann.

Vielleicht war es eine Übung, aber der indische Kampfverband hatte seit dem Vortag keine 65 Kilometer zurückgelegt, sondern kreuzte hin und zurück, Ost und West, seinen eigenen Kurs wieder und wieder durchkreuzend. Eine Übung wäre eigentlich lockerer. Das sagte dem Captain der *Anzio*, daß man jenes Stück Ozean als Besitz absteckte. Und die Inder befanden sich zufälligerweise zwischen Comedy und dem Ort, wo sie eigentlich hinwollten.

Das spielte sich auch nicht im Geheimen ab. Jedermann tat so, als ob normale Friedensbedingungen vorlagen. *Anzio* hatte ihr SPY-1-Radar in Betrieb, pumpte Millionen Watt in den Äther. Die Inder benutzten auch ihres. Es war fast wie beim Spiel ›Wer gibt zuerst nach?‹.

»Captain, wir haben Fremdechos, wir haben multiple, unbekannte Luftkontakte, Peilung null-sieben-null, Entfernung drei-vier-null kahemm. Keine Selbstkennung, sie sind nicht kommerziell. Bezeichnet Razzia-Eins.« Die Symbole erschienen auf der Zentraltafel.

»Keine Radarquellen auf dieser Peilung«, berichtete ESM.

»In Ordnung.« Der Captain legte in seinem Befehlshochsitz die Beine übereinander. In den Filmen war dies der Moment, wo sich Gary Cooper eine Zigarette anzündete.

»Razzia-Eins zeigt sich jetzt als vier Flugzeuge im Formationsflug, Geschwindigkeit vier-fünf-null Knoten, Kurs zwo-null-fünf.« Also im Anflug, nicht aber direkt auf Comedy zu.

»Voraussichtlicher CPA?« fragte der Captain.

»Sie werden unseren gegenwärtigen Kurs im Abstand von 30 Kilometern passieren, Sir«, erwiderte ein Seemann präzise.

»Sehr wohl. Okay, Leute, alles herhören. Ich mag es hier kühl und geschäftlich. Sie kennen alle den Drill. Wenn es Grund zur Aufregung gibt, bin ich's, der's Ihnen sagt«, teilte er der CIC-Crew mit. »Waffen gesperrt.« Was bedeutete, daß noch Friedensvorschriften galten und nichts abschußbereit war – ein Zustand, der sich durchs Drehen einiger weniger Schlüssel ändern ließ.

»*Anzio*, hier Gonzo-Vier, over«, rief eine Stimme auf Luft-Boden-Frequenz.

»Gonzo-Vier, *Anzio*, over.«

»*Anzio*, wir haben hier zwo Harrier, die mit uns Fangen spielen. Einer ist gerade bei 50 Metern vorbeigezischt. Hat Weiße auf den Schienen.« Echte Raketen unter den Flügeln, keine Spielmunition.

»Tun die was?« fragte der Fluglotse.

»Negativ, spielt nur so rum.«

»Geben Sie durch, Mission fortführen«, sagte der Captain, »sich nichts anmerken lassen.«

»Aye aye, Sir.« Die Nachricht wurde weitergegeben.

Sachen dieser Art waren nicht selten. Jagdflieger blieben Jagdflieger, wußte der Captain. Die blieben in dem Stadium hängen, mit ihren Fahrrädern an den Mädels knapp vorbeiflitzen zu müssen. Er richtete seine Aufmerksamkeit auf Razzia-Eins. Kurs und Geschwindigkeit unverändert. Das war nicht feindselig. Die Inder ließen ihn wissen, sie wüßten, wer in der Nachbarschaft war. Das ging aus dem Auftauchen von zwei Kampfflieger-Rotten an zwei Orten gleichzeitig hervor. Jetzt war es definitiv das Spiel ›Wer gibt zuerst nach?‹.

*Was nun?* überlegte er. *Den Starken? Den Dummen? Den Unbeteiligten spielen?* Leute übersahen so oft den psycholgischen Aspekt von Militäroperationen. Razzia-Eins war jetzt knapp 250 Kilometer entfernt, bald in Reichweite seiner SM-2-MR-SAMs.

»Was halten Sie davon, Weps?« fragte er seinen Waffenoffizier.

»Ich meine, die wollen uns nur anschiffen.«

»Gleichfalls.« Der Captain warf eine geistige Münze. »Gut, sie bedrängen den Orion. Laßt sie wissen, daß wir sie sehen«, befahl er.

Zwei Sekunden später hievte das SPY-Radar seine Leistung auf vier Millionen Watt, schickte diese auf ein Grad Peilung herab zu den anfliegenden Jägern, mit erhöhter ›Verweildauer‹, d. h., sie wurden fast ständig getroffen. Es reichte aus, die Bedrohungssensoren, die sie an Bord haben mußten, an den oberen Anschlag zu schnalzen. Innerhalb von 30 Kilometern konnte es so eine Ausrüstung sogar beschädigen. Dies nannte man einen ›Zorch‹, und der Captain hatte immer noch weitere zwei Millionen Watt im Ärmel. Der Witz war, wenn man einen Aegis *wirklich* verärgerte, daß die Kinder mit zwei Köpfen zur Welt kommen könnten.

»*Kidd* hat gerade Gefechtsstation verfügt, Sir«, sagte ihm der Deck-Offizier.

»Gute Zeit zur Übung, nicht?« Die Entfernung zu Razzia-Eins war jetzt gut 150 Kilometer. »Weps, beleuchtense die!«

Auf das Kommando hin drehten sich die vier SPG-51-Zielbeleuchtungs-Radare zu den anfliegenden Jägern hin und sandten bleistiftdicke Strahlen X-Band-Energie auf sie zu. Diese Radargeräte sagten den Raketen, wie sie ihre Ziele finden sollten, und auch das würde den indischen Bedrohungssensoren auffallen. Die Jäger änderten weder Kurs noch Geschwindigkeit.

»Okay, das heißt, wir spielen heute nicht grob. Wenn sie wirklich was vorhätten, würden sie jetzt manövrieren«, sagte der Captain seiner Crew. »Wissen Sie, um die Ecke verschwinden, wenn man einen Cop sieht.« Oder sie hatten statt Blut Eiswasser in den Venen, was er nicht glaubte.

»Wollen wir die Formation ins Auge fassen?« fragte Weps.

»Würde ich tun. Einige Bilder schießen; schauen, was da ist.«

»Einiges passiert plötzlich gleichzeitig, Sir.«

»Jo«, stimmte der Captain zu, die Augen auf der Tafel. Er nahm den Bordfunk-Hörer auf.

»Brücke«, sagte der Deck-Officer.

»Sagen Sie Ausguck, ich will wissen, was die sind. Fotos, wenn möglich. Wie ist die Sicht da oben?«

»Diesige Oberfläche, oben nicht schlecht, Sir. Hab' schon Leute an den Dicken Augen.«

»Sehr gut.«

»Die passieren unsere Nordseite, wenden links und kommen auf Backbord herab«, sagte der Captain voraus.

»Sir, Gonzo-Vier berichtet einen sehr knappen Vorbeiflug vor ein paar Sekunden«, sagte ihm der Fluglotse.

»Weitergeben: Cool bleiben.«

»Aye, Cap'n.« Danach entwickelte sich die Situation schnell. Die Jäger umkreisten Comedy zweimal, nie näher als 10 Kilometer. Die indischen Harrier verbrachten noch eine Viertelstunde beim patrouillierenden Orion und drehten dann ab, um zu tanken. Ein weiterer Tag auf See ging vorbei, ohne Schüsse, ohne offensichtliche Feindseligkeiten, wenn man das Jäger-Geplänkel beiseite ließ, und so was war eigentlich Routine. Als sich alles beruhigt hatte, rief der Captain seinen Funkoffizier.

»Ich muß mit CinCLant sprechen. Oh, Weps?«

»Ja, Sir?«

»Jedes Kampfsystem auf diesem Schiff wird voll durchgecheckt.«

»Sir, wir haben gerade vor zwölf Stunden ein ...«

»Jetzt sofort, Weps«, betonte er ruhig.

»Und das ist die gute Nachricht?« fragte Cathy.

»Doktor, es ist recht einfach«, antwortete Alexandre. »Sie haben heute früh zugesehen, wie einige Leute gestorben sind. Morgen werden Sie mehr sehen, und das ist schwer. Aber Tausende ist besser als Millionen, oder? Ich meine, diese Epidemie wird sich ausbrennen.« Er fügte nicht hinzu, daß es für ihn leichter war. Cathy war eine Augenärztin und nicht so mit dem Tod vertraut. Er war in Infektionskrankheiten tätig und daran gewöhnt. Gewöhnt? War das das Wort? »In ein paar Tagen wissen wir aus der statistischen Fallanalyse mehr.«

Der Präsident nickte stumm, van Damm sprach für ihn: »Was wird die Gesamtzahl sein?«

»Unter zehntausend, nach den Computermodellen bei Reed und Detrick. Sir, ich nehme das nicht auf die leichte Schulter. Ich sage nur, daß zehntausend günstiger ist als zehn Millionen.«

Einen Moment lang war es sehr still im Oval Office. Das waren immer noch erschreckende Zahlen.

»Was bedeutet das für die Reisesperre?« fragte Ryan dann.

»Es heißt, wir halten sie mindestens noch eine Woche aufrecht. Unsere Vorhersage ist nicht in Stein gemeißelt. Die Inkubationszeit für diese Krankheit ist leicht variabel. Man schickt die Feuerwehrwagen auch nicht gleich heim, wenn die letzten Flammen ausgehen, sondern wartet weitere Ausbrüche ab. So ist es auch hier. Was bisher für uns gearbeitet hat, ist, daß die Leute zu Tode erschrocken sind. Deshalb ist die persönliche Interaktion minimiert, und das ist ein Weg, wie man die Ausbreitung kappt. Die neuen Fälle werden eng umschrieben sein. Wir werden sie angehen wie seinerzeit die Pocken. Die Fälle identifizieren, alle testen, die mit ihnen Kontakt hatten, jene mit Antikörpern isolieren und zuschauen, wie's denen geht. Wer auch immer es getan hat, hat sich verrechnet. Die Krankheit ist nicht annähernd so ansteckend, wie die angenommen haben. Verdammt, deshalb hatten wir keine Fälle beim medizinischen Personal. Wir hatten schon reichlich Übung durch AIDS und Hepatitis. Die gleichen Vorsichtsmaßnahmen wirken auch bei dieser Sache.«

»Wie verhindern wir, daß so was noch mal geschieht?« fragte van Damm.

»Sagte ich schon. Finanzierung, Grundlagenforschung auf der genetischen Seite und besser fokussierte Arbeit bei den Krankheiten, die wir schon kennen. Es gibt keine besonderen Gründe, weshalb bei Ebola und anderen Krankheiten keine sichere Impfung zustande kommt.«

»AIDS?« fragte Ryan.

»Schwierig. Der Virus ist ein geschickter kleiner Bastard. Kein Impfversuch ist bisher auch nur knapp drangekommen. Nein, auf der Seite ist genetische Grundlagenforschung erforderlich, um festzustellen, wie der biologische Mechanismus abläuft, und von dort aus das Immunsystem dazu zu bringen, ihn zu erkennen und zu töten – irgendein Impfstoff, darum handelt es sich im Endeffekt. Noch haben wir das aber nicht ausbaldowert.

Das wäre ein Weg, eine Wiederholung zu unterbinden. Sie, Mr. President, arbeiten am anderen. Wer hat's getan?«

Er mußte nicht sagen, wie geheim dies war: »Iran. Der Ajatollah Mahmoud Hadschi Daryaei und seine lustigen Kumpane.«

Alexandre wurde wieder zum Army-Offizier: »Sir, Sie dürfen so viele von denen umbringen, wie Sie wollen, nach meinem Dafürhalten.«

Es war interessant, den internationalen Flughafen Mehrabad bei Tageslicht zu sehen. Clark hatte Iran nie als freundliches Land gesehen. Angeblich waren die Leute vor dem Sturz des Schahs halbwegs freundlich gewesen, aber er war nicht rechtzeitig dorthin gereist. 1979 und dann noch mal 1980 war er verdeckt im Land gewesen, erst um Information zu sammeln, und dann, um am Geiselrettungsversuch teilzunehmen. Es gab die Worte nicht, um ein Land unter revolutionären Verhältnissen zu beschreiben. Seine Zeit im Umfeld Sowjetunion war wesentlich angenehmer gewesen. Feind oder nicht, Rußland war immer ein zivilisiertes Land gewesen, mit einer Menge Regeln und Bürgern, die sie brachen. Aber der Iran war hochgegangen wie ein trockener Wald nach Blitzeinschlag. ›Tod den Amerikanern‹ war auf den Lippen aller gewesen, und *das*, erinnerte er sich, war in etwa so beängstigend, wie inmitten des Mobs das Lied zu hören. Hierzulande erschossen sie Kriminelle, aber Spione hängten sie meistens. Das schien eine unbotmäßig herzlose Art, einem Mann das Leben zu nehmen.

Manches hatte sich in den Jahren inzwischen geändert. Manches nicht. Noch immer gab es das Mißtrauen Ausländern gegenüber. Der Beamte am Zollschalter wurde durch bewaffnete Wachen unterstützt, und ihr Job war es, Leuten wie ihm die Einreise zu verwehren. Für die neue UIR, wie für das frühere Land, war jedes neue Gesicht ein potentieller Spion.

»Klerk«, sagte er und überreichte seinen Paß, »Iwan Sergejewitsch.« Zum Teufel, die russische Tarnidentität hatte schon mal funktioniert, und er hatte sie schließlich parat. Besser noch, sein Russisch war perfekt. Als Sowjetbürger war er bei uniformierten Beamten schon des öfteren durchgekommen.

»Tschekow, Jewgenij Pawlowitsch«, sagte Chavez dem Beamten am nächsten Schalter.

Sie waren wieder einmal Nachrichtenkorrespondenten. Vorschriften untersagten, daß CIA-Beamte als *amerikanische* Reporter auftraten, aber das traf nicht auf ausländische Medien zu.

»Der Zweck Ihres Besuches?« fragte der erste Beamte.

»Mehr über Ihr neues Land zu erfahren«, erwiderte Iwan Sergejewitsch. »Es muß wohl für jeden sehr aufregend sein.« Für ihre Arbeit in Japan hatten sie eine Fotoausrüstung gehabt und einen nützlichen kleinen Apparat, der so aussah wie ein helles Licht und es eigentlich auch war. Jetzt aber nicht.

»Er und ich sind zusammen«, erzählte Jewgenij Pawlowitsch seinem Beamten.

Die Pässe waren brandneu, auch wenn es keiner bei einfacher Musterung erkannt hätte. RVS-Tradecraft war bis aufs I-Tüpfelchen genauso gut wie früher beim KGB. Sie stellten einige der weltbesten Dokumentenfälschungen her. Die Seiten waren von Stempeln bedeckt, viele davon überlappten sich, und hatten die Falten und Eselsohren von Jahren des scheinbaren Gebrauchs. Ein Inspektor schnappte sich ihre Taschen und öffnete sie. Er fand Kleidung, sichtlich gebraucht, zwei Bücher, die er nach pornografischem Inhalt durchblätterte, zwei Kameras mittlerer Qualität, ihre schwarze Emaille abgenützt, die Objektive aber neu. Jeder hatte eine Tragtasche mit Notizbuch und Mini-Tonbandgeräten. Die Inspektoren nahmen sich Zeit, auch nachdem die Schalterbeamten fertig waren, und ließen die Besucher ihres Landes schließlich, sichtlich widerstrebend, passieren.

»*Spassiba*«, sagte John freundlich, nahm seine Taschen und ging los. In den Jahren hatte er gelernt, seine Erleichterung nicht ganz zu verstecken. Normale Reisende waren eingeschüchtert. Er mußte es auch sein, wenn er sich nicht von ihnen abheben wollte. Die beiden CIA-Beamten gingen raus zum Taxistand und reihten sich schweigend in die Warteschlange. Chavez ließ seine Tasche fallen, der Inhalt fiel heraus, und Clark und er ließen zwei andere vor, während er ihn wieder einsammelte. Das garantierte fast ein willkürliches Taxi, es sei denn, sie wurden alle von Spooks gefahren.

Der Trick war, in jeder Hinsicht normal auszusehen. Nicht zu blöd. Niemals zu schlau. Die Orientierung verlieren und nach dem Weg fragen, aber nicht zu oft. Billige Hotels bewohnen. Und in ihrem besonderen Fall, zu hoffen, daß niemand, der sie bei ihrem kurzen Vorbesuch in dieser Stadt gesehen hatte, jetzt ihren Weg kreuzte. Diese Mission sollte eine einfache sein. Das war ja meistens der Fall. Man schickte Intelligence-Offiziere selten auf komplizierte Missionen – sie würden den Grips haben, abzulehnen. Die einfachen waren ja haarig genug, wenn man einmal da draußen war.

»Er heißt Sonderverband COMEDY«, sagte ihm Robby. »Heut früh hat man an ihrer Tür geläutet.« Der J-3 erklärte es ein paar Minuten lang.

»Grobe Spielweise?« fragte der Präsident.

»Nach der Schilderung haben sie der P-3 eine echte Schau geboten. Hab' ich selbst schon öfters getan, in jungen, törichten Tagen. Die wollen, daß wir merken, daß sie da draußen und nicht eingeschüchtert sind. Der Verbandskommandeur ist Greg Kemper. Kenn' ich nicht, aber sein Ruf ist in Ordnung. CinCLant mag ihn. Er bittet um Änderung der ROE.«

»Noch nicht. Später am heutigen Tag.«

»Okay. Ich würde zwar keinen Nachtangriff erwarten, aber denken Sie dran, daß Sonnenaufgang dort Mitternacht hier ist, Sir.«

»Arnie, was ist mit der Premierministerin?«

»Sie und Botschafter Williams tauschen keine Weihnachtsgeschenke aus«, antwortete der Stabschef. »Sie sind ihr hier im East Room begegnet.«

»Sie zu verwarnen riskiert, daß sie Daryaei Bescheid gibt«, erinnerte Ben Goodley alle. »Wenn Sie die hart angehen, packt sie aus.«

»Und? Was hieße das, Robby?«

»Wenn wir an den Indern vorbeikommen, und sie warnt Daryaei? Die können versuchen, die Seestraße zu blockieren. Der Verband vom Mittelmeer kommt in ein paar Stunden um die Ecke und schließt 25 Seemeilen vorm Eingang auf. Wir werden den Luftschirm haben. Es könnte aufregend werden, sie sollten aber durchkommen. Seeminen könnten einem angst machen, aber die Seestraße ist ein bißchen tief dafür. Näher bei Dhahran ist's 'ne andere Geschichte. Je länger die UIR im dunkeln tappt, desto besser, die wissen aber vielleicht schon, woraus COMEDY besteht.«

»Oder auch nicht«, überlegte van Damm. »Wenn sie glaubt, daß sie's alleine schafft, versucht sie vielleicht, Daryaei zu zeigen, was sie für Eier hat.«

Die Verlegung wurde Operation Custer genannt. Alle 40 Maschinen, jede mit rund 250 Soldaten, waren jetzt in einer Schlange von 10000 Kilometer Länge in der Luft. Die führenden Flugzeuge waren noch sechs Stunden vor Dhahran, verließen den russischen Luftraum und überflogen die Ukraine.

Die F-15-Piloten waren jetzt müde. Ihre Hintern waren wie schmerzhaftes Blei von der ganzen Zeit im Sitz. Die Verkehrsflieger konnten mal aufstehen und rumgehen; hatten sogar WCs, was den Jägerpiloten mit ihrem Apparat, der Erleichterungsrohr hieß, luxuriös erschien. Arme verkrampften sich. Muskel schmerzten vor Bewegungslosigkeit. Langsam wurde die Luftbetankung schwierig, und sie kamen allmählich zur Auffassung, daß Luftkampf eine Stunde vorm Ziel vielleicht doch keinen Spaß machen würde. Die meisten tranken Kaffee, versuchten mal einen Handwechsel am Steuerknüppel und reckten sich, so gut es ging.

Die meisten Soldaten schliefen, noch immer in Unkenntnis ihrer Mission. Die Fluggesellschaften hatten die Maschinen wie üblich bevorratet, und die Truppe erging sich an dieser wohl letzten Gelegenheit zu einem Drink für längere Zeit. Wer schon 1990/91 in Saudi-Arabien gewesen war, erzählte Kriegsgeschichten, aus denen hauptsächlich hervorging, daß das Königreich nicht das war, das man wegen des Nachtlebens besuchen wollte.

Indiana auch nicht, fanden Brown und Holbrook heraus, zumindest nicht jetzt. Wenigstens waren sie schlau genug gewesen, vor der allgemeinen Panik ein Motel aufzusuchen, und jetzt waren sie dort gefangen. Das Motel war für Trucker ausgelegt, hatte ein großes Restaurant, die alte Art mit Theke und Abteilen und jetzt mit maskierter Bedienung und Kunden, die sich einander nicht mehr gesellig nähern wollten. Statt dessen nahmen sie ihre Mahzeiten und suchten wieder ihre Zimmer, oder auch ihre Trucks, zum Schlafen auf. Es gab so was wie eine tägliche Tanzveranstaltung. Die Laster mußten bewegt werden, damit das Verweilen auf einem Fleck nicht die Reifen beschädigte. Jeder hörte Radio bei den stündlichen Nachrichten. Die Zimmer, das Restaurant und sogar einige der Trucks hatten Fernseher zur weiteren Information und Zerstreuung. Es gab Langeweile von der gespannten Art, die Soldaten kannten, aber die Mountain Men nicht.

»Gottverdammte Regierung«, sagte ein Möbelschlepper; seine Familie war noch zwei Staaten von hier weg.

»Ich mein', die haben uns gezeigt, wo's langgeht, oder?« gab Ernie Brown für die Allgemeinheit zum besten.

Die Daten würden später zeigen, daß nicht ein Fernfahrer das Virus eingefangen hatte. Ihre Lebensweise war dafür zu einzelgängerisch. Aber ihr Arbeitsleben hing von Beweglichkeit ab, zum einen, weil sie so ihren Unterhalt bestritten, aber auch, weil sie sich's so ausgesucht hatten. Stillzusitzen entsprach nicht ihrem Wesen. Dazu verdonnert werden noch weniger.

»Zur Hölle damit«, fügte ein weiterer Fahrer hinzu. Ihm fiel nichts anderes ein. »Verdammt froh, daß ich's noch aus Chicago rausgeschafft hab'. Was ma' hört, da wird dir ja bange.«

»Glaubense, das hat' all's 'n Sinn?« fragte jemand.

»Seit wann isses denn sinnvoll, was die Regierung so macht?« mekkerte Holbrook.

»Das is' bei mir angekommen«, stimmte einer zu, und endlich fühlten sich die Mountain Men irgendwo zu Hause. Dann war es, nach unausgesprochener Übereinstimmung, Zeit zu gehen.

»Wie lange noch hängen wir verdammt noch mal hier fest, Pete«, wollte Ernie wissen.

»Das fragste mich?«

»Eine dicke Menge Nichts«, faßte der führende Agent zusammen. Für einen Alleinstehenden war Aref Raman ein bißchen sehr ordentlich, aber nicht arg. Einer der FBI-Agenten hatte überrascht bemerkt, daß der Mann sogar sein Socken sauber faltete, wie alles andere in den Schubladen seiner Kommode. Das brachte einen anderen auf eine Studie über Footballspieler der NFL. Ein Psychologe hatte nach vielen Monaten festgestellt, daß Spieler der Angriffslinie, die den Job hatten, den Quarterback zu schützen, in ihren Spinden Ordnung hielten, während die der Verteidigungslinie, die gegnerische Quarterbacks in den Rasen zu stampfen hatten, in jeder Hinsicht Schweine waren. Es reichte für einen Lacher und als Erklärung. Sonst war nichts zu finden. Es gab ein Foto seiner Eltern, beide verstorben. Er abonnierte zwei Nachrichtenzeitschriften, hatte sämtliche Kabeloptionen für seine beiden Fernseher, kein Gesöff im Haus und aß gesund. Er hatte eine besondere Vorliebe für koschere Würstchen, nach der Gefriertruhe zu urteilen. Es gab keine versteckten Schubladen oder Fächer – die hätten sie gefunden – und nichts, das im geringsten verdächtig erschien. Das waren sowohl gute als auch schlechte Nachrichten.

Das Telefon klingelte. Keiner ging ran, weil sie nicht da waren und weil sie für den eigenen Verbindungsbedarf ihre Pieper und Handys dabeihatten.

»Hello, dies ist 536-3040«, sagte die Aufnahme von Ramans Stimme nach dem zweiten Ton. »Es ist gerade keiner hier, der das Telefon abnimmt, aber wenn Sie eine Nachricht hinterlassen, wird Sie jemand zurückrufen.« Gefolgt von einem Piepton und in diesem Fall einem Klicken.

»Zupf die Nachrichten«, befahl der Leiter dem technischen Genie des Teams.

Raman besaß ein digitales Aufnahmesystem, und wieder war es ein Ziffernkode, den der Hersteller einprogrammiert hatte. Der Agent drückte die sechs Tasten und begann zu notieren. Es gab vier Klicks und eine falsche Nummer. Jemand rief für Mr. Sloan an, wer auch immer das war.

»Teppich? Mr. Alahad?«

»Klingt nach einem Teppichhändler«, sagte ein anderer. Aber als sie sich umsahen, gab es keinen solchen Teppich in der Wohnung, bloß den üblichen, billigen Teppichbelag, den man in Wohnungen dieser Art fand.

»Verwählt.«

»Prüf trotzdem die Namen.« Es war mehr Gewohnheit als irgendwas anderes. Man checkte einfach alles. Es war wie bei der FCI-Arbeit. Man wußte ja nic.

Gerade dann läutete das Telefon wieder, und alle fünf Agenten drehten sich um und starrten zum Anrufbeantworter, als wäre der ein echter Zeuge mit richtiger Stimme.

Scheiße, dachte Raman, er hatte vergessen, die früheren Nachrichten zu löschen. Es war nichts Neues drauf. Sein Führungsoffizier hatte nicht wieder angerufen – das hätte ihn auch überrascht. Nach dieser Feststellung tastete Raman den ›Lösche alles‹-Befehl von seinem Hotelzimmer in Pittsburgh aus ein. Bei den neuen Digitalen war's nett, daß, wenn's gelöscht wurde, es für immer weg war. Das traf bei denen, die Minikassetten verwendeten, nicht unbedingt zu.

Die FBI-Agenten registrierten das untereinander mit Blicken.

»He, das machen wir doch alle.« Allgemeine Zustimmung. Und jeder bekam Anrufe von Leuten, die sich verwählt hatten. Aber sie würden die Nummern trotzdem prüfen.

SURGEON war, zur Erleichterung ihres Detail, oben im Wohnbereich schlafen gegangen. Roy Altman und der Rest derer, die sie zu schützen hatten, waren mit ihr auf der Seuchestation – wie sie's nannten – in Johns Hopkins fast ausgerastet, nicht nur wegen der physischen Gefahr, sondern auch, weil sie bis zur völligen Erschöpfung arbeitete. Die Kids, wie Kids halt sind, hatten die Zeit wie die meisten amerikanischen Kinder verbracht, beim Fernsehen und Spielen, unter den Augen ihrer Wachen, die sich jetzt übers Auftreten von Grippesymptomen sorgten – bis jetzt zum Glück auf dem ganzen Areal nicht vorhanden. SWORDSMAN war im Lagebesprechungsraum.

»Wie spät ist es dort?«

»Zehn Stunden voraus, Sir.«

»Macht den Anruf«, befahl POTUS.

Die erste 747, in den Farben von United, erreichte den saudischen Luftraum aufgrund günstiger Polarwinde ein paar Minuten früher als erwartet. Eine umständlichere Route hätte jetzt auch nicht viel gebracht. Sudan hatte auch Flugplätze und Radar, wie Ägypten und Jordanien, und es war anzunehmen, daß die UIR irgendwo in den Ländern Informanten hatte. Die saudische Luftwaffe, verstärkt durch die F-16C, die für Buffalo Forward am Vortag aus Israel reingeschlichen waren, flog kampfbereit Luftstreife an der Saudi-UIR-Grenze entlang. Zwei E-3B AWACS waren oben und ließen über den Rümpfen ihre Radarscheiben kreisen. Die Sonne ging gerade auf – zumindest konnte man in ihrer Flughöhe schon erstes Licht sehen, obwohl die Oberfläche zehntausend Meter weiter unten noch dunkel war.

»Guten Morgen, Premierministerin. Hier spricht Jack Ryan«, sagte der Präsident.

»Welche Freude, Ihre Stimme zu hören. In Washington ist es spät, nicht wahr?« fragte sie.

»Wir haben beide unregelmäßige Arbeitszeiten. Ich vermute, Ihr Tag beginnt gerade.«

»So ist es«, antwortete die Stimme. Ryan hatte einen konventionellen Hörer am Ohr. Das Gespräch ging auch über Lautsprecher und in ein digitales Aufnahmegerät. Der CIA hatte sogar ein Gerät zur Streßanalyse bereitgestellt. »Mr. President, die Schwierigkeiten in Ihrem Land, haben die nachgelassen?«

»Wir haben etwas Hoffnung, aber nein, bisher nicht.«

»Gibt es irgend etwas, womit wir helfen können?« Keine der Stimmen zeigte die geringste Gefühlsregung, bis auf die falsche Freundlichkeit von Menschen, die einander mißtrauen und das zu verbergen versuchen.

»Nun, ja, das gibt es wirklich.«

»Bitte, wie können wir dann von Nutzen sein?«

»Premierministerin, wir haben momentan einige Schiffe auf dem Weg ins Arabische Meer«, sagte Ryan.

»Tatsächlich?« Die Stimme blieb völlig neutral.

»Ja, Ma'am, so ist es, und Sie wissen es, und ich will Ihre persönliche Zusicherung, daß Ihre Marine deren Passage nicht stören wird.«

»Aber warum erbitten Sie das? Weshalb sollten wir stören – und was das angeht, was bezwecken Sie mit der Bewegung der Schiffe?«

»Ihr Wort in der Sache wird genügen, Premierministerin«, sagte ihr Ryan. In der rechten Hand hielt er einen Bleistift Härte 2.

»Aber Mr. President, mir entzieht sich der Zweck dieses Anrufs.«

»Der Zweck diese Anrufs ist es, Sie um Ihre persönliche Zusicherung zu ersuchen, daß die Indische Marine die friedliche Passage von Schiffen der United States Navy durch das Arabische Meer nicht stören wird.«

Er war so schwach, dachte sie, sich so zu wiederholen.

»Mr. President, ich finde Ihren Anruf beunruhigend. Amerika hat nie zuvor mit uns über so eine Angelegenheit gesprochen. Sie sagen mir, Sie verlegen Kriegsschiffe in die Nähe meines Landes, aber nicht den Grund für die Verlegung. Die Verlegung solcher Fahrzeuge ohne Erklärung ist nicht die Handlung eines Freundes.« Ob sie ihn zum Nachgeben zwingen konnte?

Was habe ich Ihnen gesagt? stand auf der Notiz von Ben Goodley.

»Gut, Premierministerin, jetzt zum drittenmal, geben Sie mir Ihre Zusicherung, daß es keine Störung dieser Aktivität geben wird?«

»Aber warum dringen Sie in unsere Gewässer ein?« fragte sie erneut.

»Sehr gut.« Ryan hielt inne, und dann änderte sich sein Tonfall. »Premierministerin. Der Zweck der Verlegung ist für Ihr Land ohne direkten Belang, doch ich versichere Ihnen, diese Schiffe werden zu ihrem Ziel gelangen. Da deren Mission für uns von Wichtigkeit ist, werden wir keine, ich wiederhole *keine* Störung irgendwelcher Art zulassen, und ich muß Sie warnen, daß wenn sich irgendein nicht identifiziertes Schiff oder Flugzeug unserem Verband nähern sollte, die Folgen nachteilig sein könnten. Nein, entschuldigen Sie, es *wird* dann zu solchen Folgen kommen. Um das zu vermeiden, mache ich Ihnen Mitteilung von der Durchfahrt, und ich ersuche um Ihre persönliche Zusicherung an die Vereinigten Staaten von Amerika, daß es keinen Angriff auf unsere Schiffe geben wird.«

»Und jetzt drohen Sie mir? Mr. President, ich begreife den Streß, unter dem Sie stehen, aber, bitte, Sie dürfen souveräne Staaten nicht so behandeln.«

»Premierministerin, dann werde ich sehr deutlich sprechen. Es hat einen offenen Kriegsakt gegen die Vereinigten Staaten von Amerika gegeben. Jegliche Störung von oder Angriff auf irgendeinen Teil unserer Streitkräfte wird als Kriegshandlung gewertet, und welches Land auch immer einen solchen Akt begeht, muß mit den ernsthaftesten aller möglichen Konsequenzen rechnen.«

»Aber wer hat Ihnen dies angetan?«

»Premierministerin, das ist für Sie ohne Belang, es sei denn, Sie wünschen es so. Ich denke, im Interesse Ihres Landes und des meinen, daß es gut wäre, wenn Ihre Marine umgehend ihre Heimathäfen wieder anläuft.«

»Und Sie beschuldigen uns, Sie befehlen uns?«

»Ich begann mit einem Ersuchen, Premierministerin. Sie haben es für nötig gehalten, meinem Ersuchen dreimal auszuweichen. Ich empfinde das als unfreundlichen Akt. Und somit habe ich eine neue Frage. Wünschen Sie Krieg mit Amerika?«

»Mr. President...«

»Denn wenn jene Schiffe den Weg nicht räumen, Premierministerin, wird das die Folge haben.« Der Bleistift zerbrach in Ryans Hand. »Ich denke, Sie haben sich vielleicht zu den falschen Freunden gesellt, Premierministerin. Ich hoffe, ich irre mich, aber wenn mich mein Eindruck nicht trügt, könnte Ihr Land für diese Fehleinschätzung teuer bezahlen müssen. Wir haben einen direkten Angriff auf unsere Bürger erlitten. Es war ein besonders grausamer und barbarischer Angriff unter Verwendung von Massenvernichtungsmitteln.« Diese Worte sprach er überdeutlich aus. Sobald dies unseren Bürgern bekannt ist, Premierministerin, werden jene, die den Angriff verschuldet haben, unserer Gerechtigkeit gegenüberstehen. Es wird keine Protestnoten geben. Wir werden keine Sondersitzung des UN-Sicherheitsrates in New York beantragen. Wir werden Krieg führen, Premierministerin. Wir werden Krieg führen, mit aller Gewalt und Wut, die unser Land und unsere Bürger aufbringen können. Begreifen Sie jetzt, was ich sage? Normale Männer, Frauen und jetzt auch Kinder sind innerhalb unserer Grenzen durch eine fremde Macht ermordet worden. Es hat sogar einen Angriff auf mein eigenes Kind gegeben, Premierministerin. Will Ihr Land mit diesen Handlungen in Verbindung gebracht werden? Wenn ja, Premierministerin, wenn Sie wünschen, daran beteiligt zu sein, dann beginnt der Krieg jetzt.«

## 56 / Verteilung

»Jesus, Jack! Du hättest sogar *mich* überzeugt«, meinte Jackson.

»Bei unserem Freund aus der Geistlichkeit wird das nicht so leicht sein.« Er rieb seine schweißnassen Hände aneinander. »Außerdem wissen wir noch nicht, ob sie Wort halten wird. Okay, Meldung an den Verband COMEDY: DEFCON EINS. Was ihnen feindselig erscheint, wird abgeschossen. Aber um Himmels und Christi willen, stellt sicher, daß der Kommandeur sich am Zügel zu halten weiß.«

Der Lageraum war jetzt ruhig, und Präsident Ryan fühlte sich sehr allein, trotz der hier versammelten Leute. Minister Bretano und die Vereinigten Stabchefs waren zugegen, Rutledge fürs Außenamt. Minister Winston, da Ryan dessen Urteil schätzte, Goodley, der über alle geheimdienstlichen Informationen auf dem laufenden war. Sein eigener Stabschef und die übliche Leibwache. Sie alle zeigten ihre Zustimmung, das half aber nicht viel. Mit Indien hatte er selbst sprechen müssen, denn Jack Ryan war jetzt die United States of America, und das Land zog jetzt in den Krieg.

Den Medienvertretern wurde dies über dem atlantischen Ozean beigebracht. Amerika erwarte jederzeit einen Angriff der Vereinigten Islamischen Republik auf die anderen Golfstaaten. Sie würden zur Berichterstattung dort sein. Man teilte ihnen auch mit, welche Einheiten eingesetzt würden.

»Das ist alles?« fragte einer der besser Informierten unter ihnen.

»Damit hat sich's im Moment«, bestätigte der Public Affairs Officer. »Wir hoffen, die vorgezeigte Kampfkraft wird sie von einem Angriff abhalten, aber wenn nicht, wird's aufregend.«

»Aufregend – das Wort reicht bei weitem nicht.«

Dann erzählte ihnen der PAO, warum das geschah, und im fensterlosen KC-135 auf dem Flug nach Saudi-Arabien wurde es ausnehmend still.

Die Kuwaiter hatten im Grunde zwei schwere Brigaden, unterstützt von einer motorisierten, für Panzerabwehr gerüsteten Aufklärungsbrigade. Die zwei Brigaden, nach amerikanischem Vorbild ausgerüstet und ausgebildet, lagen wie üblich mit gewissem Abstand zur Grenze, um ein Eindringen zu kontern, nicht um den ersten Vorstoß zu treffen – womöglich am falschen Fleck. Die 10. US-Kavallerie stand zwischen und etwas hinter ihnen. Colonel Magruder war unter ihnen der dienstälteste und als Taktiker der erfahrenste Offizier, aber es gab Kuwaiter mit höherem Rang – die Kommandeure aller drei Brigaden waren Brigadiers –, und es war ja *ihr* Land. Andererseits war das Land klein genug, um nur einen zentralen Kommandostand zu benötigen, und dort war Magruder, um sowohl sein Regiment zu befehligen, als auch die Befehlshaber Kuwaits zu beraten. Letztere waren stolz, aber auch nervös. Stolz waren sie auf die Fortschritte, die ihr kleines Land seit 1990 gemacht hatte. Auf den ersten Blick sahen ihre Streitkräfte jetzt aus wie eine sehr fähige motorisierte Armee. Nervös machte sie die deutliche zahlenmäßige Unterlegenheit und der Ausbildungsstand ihrer Reservisten, die das Gros ihrer Truppe ausmachten. Aber in einem Aspekt waren sie gut: dem Schießen. Die Lücken in ihren Reihen ergaben sich aus der Tatsache, daß zwanzig Panzer zum Ersatz der Geschützrohre in den Werkstätten waren. Dies erledigten zivile Vertragsunternehmer, während die Panzerbesatzungen in wachsender Ungeduld auf und ab gingen.

Die Hubschrauber der 10. Cav streiften an den Landesgrenzen entlang. Mit ihrem Longbow-Radar schnüffelten sie tief in die UIR hinein nach Bewegung und fanden bislang nichts Besonderes. Die kuwaitische Luftwaffe hielt eine Flugwache von vier Abstandsjägern in der Luft, den Rest der Maschinen auf hoher Alarmstufe bereit. Auch wenn sie zahlenmäßig unterlegen waren, würde dies keine Wiederholung von 1990 werden. Am meisten beschäftigt waren die Baupioniere, die Schanzen für all die Panzer aushoben, damit sie bis auf den Geschützturm aus der Deckung heraus kämpfen konnten. Tarnnetze machten sie von der Luft aus unsichtbar.

»Also, Colonel?« fragte der Oberbefehlshaber der Kuwaiter.

»Kein Einwand zu Ihren Stellungen, General«, erwiderte Magruder und überblickte nochmals die Karte. Er ließ nicht alle Gefühle erkennen. Zwei, drei Wochen Intensivtraining hätte er begrüßt. Eine sehr leichte Übung hatte er laufen lassen, eine seiner Geschwader gegen ihre 1. Brigade. Die hatte er sehr schonend behandelt – jetzt war nicht die Zeit, ihr Selbstbewußtsein anzukratzen. Enthusiastisch waren sie und ihre Schießkünste bei rund siebzig Prozent auf der amerikanischen Skala, aber Manöverkrieg müßten sie noch kräftig büffeln. Nun, eine Armee aufzuziehen brauchte Zeit, die Ausbildung von Offizieren erst recht, und sie gaben ihr Bestes.

»Hoheit, ich muß Ihnen für Ihre bisherige Kooperation danken«, sagte Ryan am Telefon. Auf der Wanduhr im Lagebesprechungsraum war es 2.10.

»Jack, mit Glück werden die das hier sehen und stehenbleiben«, erwiderte Prinz Ali bin Sheik.

»Ich wünschte, ich könnte dem zustimmen. Es ist Zeit, Ihnen etwas zu sagen, das Sie noch nicht wissen, Ali. Unser Botschafter wird Sie später am Tage voll informieren. Sie sollten erfahren, was Ihre Nachbarn so treiben. Es geht nicht nur um Öl.« Er fuhr etwa fünf Minuten lang fort.

»Sie sind sich dessen sicher?«

»Die hier gesammelten Beweise werden Sie binnen vier Stunden in Händen halten«, versprach Ryan. »Wir haben es bisher nicht einmal unseren Soldaten gesagt.«

»Würden die solche Waffen auch gegen uns einsetzen?« Die natürliche Frage. Biologische Kriegsführung gab jedem Gänsehaut.

»Das glauben wir nicht, Ali. Umweltbedingungen sprechen dagegen.« Auch das hatte man geprüft. Die Wettervorhersage für die kommende Woche war heiß, trocken und klar.

»Wer solche Waffen einsetzt, Mr. President... Es ist ein Akt der schlimmsten Barbarei.«

»Deshalb erwarten wir nicht, daß sie klein beigeben. Die können nicht...«

»Nicht ›die‹, Mr. President. Ein Mann. Ein gottloser Mann. Wann sprechen Sie mit Ihrem Volk?«

»Bald«, antwortete Ryan.

»Bitte, Jack, dies ist nicht unsere Religion, nicht unser Glaube. Bitte sagen Sie das Ihrem Volk.«

»Das weiß ich, Hoheit. Es geht nicht um Gott. Es geht um Macht. Wie immer. Ich habe leider noch anderes zu tun.«

»Ich ebenfalls. Ich muß den König aufsuchen.«

»Bitte richten Sie ihm meine Grüße aus. Wir stehen weiterhin zueinander, Ali.« Damit starb die Verbindung.

»Weiter. Wo genau ist Adler im Moment?«

»Er pendelt wieder nach Taiwan«, antwortete Rutledge. Jene Verhandlungen gingen weiter, obwohl der Zweck der Aktivitäten, die diese erst notwendig gemacht hatten, inzwischen recht klar war.

»Okay, er hat auf der Maschine sicheres Kommunikationsgerät. Sie unterrichten ihn«, sagte er Rutledge. »Habe ich sonst noch was zu erledigen?«

»Schlafen«, sagte ihm Admiral Jackson. »Überlaß *uns* die Nachtschicht, Jack.«

»Dem Plan stimme ich zu.« Ryan stand auf – etwas wackelig vom Streß und vom Schlafmangel. »Weckt mich auf, wenn ich gebraucht werde.«

*Werden wir nicht*, sagte keiner.

»Gut«, sagte Captain Kemper, als er die CRITIC-Nachricht von CINCLANT las. »Das erleichtert die Sache erheblich.« Entfernung zum indischen Verband war jetzt 320 Kilometer: Dampfzeit rund acht Stunden. Der archaische Ausdruck wurde noch immer verwendet, obwohl sämtliche Kampfschiffe von Düsenturbinen angetrieben wurden. Er nahm den Hörer und kippte den Schalter, um über die 1-MC-Lautsprechanlage zu reden. »Alle herhören. Hier spricht der Kapitän.

Schiffsverband COMEDY ist jetzt unter DEFCON Eins. Das bedeutet, wenn jemand zu nahe kommt, schießen wir. Die Mission ist Auslieferung des Panzergeräts in Saudi-Arabien. Unser Land fliegt die Soldaten ein, die sie fahren werden, in Erwartung eines Angriffs auf unsere Alliierten in der Region durch die neue Vereinigte Islamische Republik.

In sechzehn Stunden schließen wir mit einem Oberflächen-Kampfverband auf, der vom Mittelmeer aus eine Expreßfahrt hierher macht. Dann fahren wir in den Persischen Golf ein und führen unsere Lieferung aus. Der Verband erhält einen Schirm freundlicher Flieger, und zwar Air-Force-F-16C-Jäger, aber es ist zu erwarten, daß der UIR – unserem alten Freund Iran – unsere Ankunft nicht gefallen wird.

*Anzio* läuft in den Krieg, Leute. Das wär's im Moment.« Er kippte den Schalter zurück. »Okay, fangen wir mit den Simulationen an. Ich will alles sehen, das die Hundesöhne gegen uns versuchen könnten. Binnen zwei Stunden erhalten wir ein nachrichtendienstliches Update. Bis dahin wissen wir, was wir gegen Flieger- und Raketenangriffe unternehmen können.«

»Was ist mit den Indern?« fragte Weps.

»Die behalten wir auch im Auge.« Auf der taktischen Hauptanzeige sah man eine P-3C Orion, die COMEDY zur Ablösung der Vorwache passierte. Der indische Kampfverband überquerte ostwärts wieder einmal das eigene Kielwasser.

Ein KH-11-Satellit glitt gerade, Nordwest nach Südost, über den Persischen Golf hinweg. Seine Kameras, die schon die drei Panzerkorps der Armee Gottes beäugt hatten, fotografierten nun die gesamte iranische Küste auf der Suche nach Abschußrampen für Silkworm-Raketen chinesischer Fertigung. Die Daten liefen zum Kommunikationsvogel über dem Indischen Ozean, dann Richtung Washington, wo Techniker, immer noch in chemisch imprägnierten Masken, die Fotos auf flugzeugförmige Silhouetten der Boden-Boden-Raketen absuchten. Die festen Abschußbasen waren wohlbekannt, aber die Waffen ließen sich auch von größeren Lastern abfeuern, und es gab viele Küstenstraßen zu prüfen.

Die erste Vierergruppe Linienmaschinen landeten ohne Zwischenfall bei Dhahran. Eine Willkommenszeremonie gab es nicht. Es war heiß: Der Frühling hatte die Region nach dem überraschend kalten und nassen Winter früh erreicht, das hieß Mittagstemperaturen nahe 38 Grad, wobei nachts das Quecksilber auf rund fünf Grad fiel. So nah an der Küste war es auch schwül.

Brigadegeneral Marion Diggs stieg aus einem der Verkehrsflieger als erster heraus. Er würde die Bodenoperationen dieses Feldzuges kommandieren. Die Virusepidemie hatte auch MacDill AFB in Florida lahmgelegt, die Heimat von CENTCOM. Die Einweisungsdokumente, die er bisher kannte, gaben als Kommandeur des 366. Air Combat Wing einen weiteren Einsterner an, noch kürzer im Dienst als er. Es war viel Zeit vergangen, dachte Diggs, seitdem eine so wichtige Operation einem Offizier seines Grades anvertraut worden war.

Er wurde von einem Drei-Sterne-General der Saudis begrüßt. Beide bestiegen den Wagen für die Fahrt zur Kommandozentrale, wo sie ein nachrichtendienstliches Update erwartete. Hinter Diggs folgte die Stabsgruppe des 11. ACR, in den anderen drei Maschinen eine Sicherheitsgruppe und der Großteil der zweiten Schwadron von Blackhorse. Wartende Busse brachten sie zur POMCUS-Basis. Zwei Stunden später rollte die Zweite der Blackhorse ins Freie.

»Wie meinen Sie das?« fragte Daryaei.

»Anscheinend ist eine größere Truppenbewegung im Gange«, sagte ihm sein Geheimdienstchef. »Radarstellungen im Westen des Irak haben Linienmaschinen entdeckt, die aus dem Luftraum Israels in den der Saudis wechseln. Wir sehen auch eskortierende und patrouillierende Jäger.«

»Was noch?«

»Gegenwärtig nichts, doch scheint es gut möglich, daß die Amerikaner eine weitere Einheit ins Königreich verlegen. Ich bin mir nicht sicher, welche – sicherlich aber keine sehr große. Ihre in Deutschland stationierten Divisionen sind in Quarantäne und alle heimatbasierten ebenfalls. Tatsächlich ist der Großteil ihrer verfügbaren Armee für interne Sicherheit im Einsatz.«

»Wir sollten sie trotzdem angreifen«, drängte sein Luftwaffenberater.

»Das hielte ich für einen Fehler«, sagte sein Nachrichtenoffizier. »Es wäre eine Verletzung des saudischen Luftraums, was diese Ziegenhirten vorzeitig warnen würde. Die Amerikaner können bestenfalls eine Einheit von Brigadestärke verlegen. Eine zweite liegt auf Diego Garcia beziehungsweise deren Gerät, wir haben aber keine Nachricht, daß sich diese bewegt hat, und wenn, erwarten wir, daß unsere indischen Freunde sie aufhalten können.«

»Wir vertrauen den Heiden?« fragte der Luftwaffenberater verächtlich.

»Ihrer Abneigung gegen Amerika können wir vertrauen. Und wir können sie fragen, ob ihre Flotte etwas gesichtet hat. Jedenfalls könnte Amerika nur eine weitere Brigadestärke aufstellen, mehr nicht.«

»Vernichten wir sie trotzdem!«

»Das wirft operationelle Geheimhaltung über Bord!« Darauf wies der Nachrichtenoffizier hin.

»Wenn die noch immer nicht wissen, daß wir kommen, sind sie Narren«, wandte der Luftwaffenberater ein.

»Die Amerikaner haben kein Grund zum Verdacht, daß wir gegen sie Feindseligkeiten vornehmen. Ihre Flieger anzugreifen, falls sie das sind, würde unnötigerweise *sie*, nicht nur die Saudis alarmieren. Die sind wohl besorgt wegen unserer Truppenbewegungen im Irak. Sollen sie doch eine kleine Verstärkung einfliegen. Mit der verfahren wir, wenn die Zeit gekommen ist«, sagte der Nachrichtendienstler.

»Ich werde Indien anrufen«, sagte Daryaei ausweichend.

»Nur Navigationsradar ... korrigiere: zweimal Luftüberwachung, wahrscheinlich von den Trägern«, sagte der Unteroffizier. »Kursverfolgung ergibt null-neune-null, Geschwindigkeit rund sechzehn.«

Der Taktik-Offizier auf der Orion, Tacco genannt, sah auf seine Karte. Der indische Kampfverband war am östlichsten Rand des ovalen Fahrtmusters angelangt, das seit mehreren Tagen beibehalten wurde. Binnen zwanzig Minuten würde eine Kehrtwende nach Westen erfolgen, und dann würde es langsam aufregend. COMEDY war jetzt 120 Meilen von dieser Formation entfernt, und seine Maschine fütterte *Anzio* und *Kidd* ständig mit Daten. Unter den Flügeln der von vier Propellerturbinen angetriebenen Lockheed hingen vier Harpoon-Raketen. Weiße: scharfe Waffen. Das Flugzeug war nun unter dem taktischen Kommando von Captain Kemper auf der *Anzio*, und auf seinen Befehl hin könnten sie diese Raketen starten, zwei für jeden der indischen Flugzeugträger, denn sie waren die Fernwaffe der gegnerischen Marine. Wenige Minuten dahinter würde dann ein Schwarm Tomahawks und weiterer Harpoons mit gleichem Ziel folgen.

»Fahren die EMCON?« fragte sich der Offizier laut.

»Mit eingeschalteten Nav-Geräten?« erwiderte der Unteroffizier. »Comedy hat sie doch sicher schon mit ESM erfaßt. Wetten, daß unsere Kerle den ganzen Himmel aufheizen, Sir.« Im Grunde hatte Comedy zwei Möglichkeiten. Auf EmCon – Emissionskontrolle – gehen, also ihre Radare abschalten, damit die andere Seite Zeit und Treibstoff bei der Suche verprassen müßte, oder einfach alles einschalten und damit eine riesige elektromagnetische Blase erzeugen, die leicht zu erkennen war, aber gefährlich für den, der in sie eindringen wollte. *Anzio* hatte die zweite Option vorgezogen.

»Irgendwelches Fliegergequatsche?« fragte Tacco ein weiteres Besatzungsmitglied.

»Negativ, Sir, nicht im geringsten.«

»Hmpf.« Was machten die bloß? Er konnte nicht wissen, was die sagten oder dachten. Er hatte bloß die aus Radardaten von Rechnern erzeugten Kursverläufe. Der Rechner wußte vom GPS-System stets, wo sich sein Flieger befand. Daraus ergab sukzessive Peilung auf Radarechos die Ortung und ...

»Kursveränderung?«

»Negativ. System hat sie immer noch auf Kurs null-neune-null mit sechzehn Knoten. Die verlassen gerade den Kasten, Sir. Sie liegen jetzt 30 Meilen östlich von Comedys Kurs für die Seestraße.«

»Ich frage mich, ob die ihre Meinung geändert haben.«

»Ja, unsere Flotte ist auf See«, sagte ihm die Premierministerin.

»Haben Sie die amerikanischen Schiffe gesehen?«

Die Regierungschefin Indiens war in ihrem Büro allein. Ihr Außenminister war momentan abwesend, aber bereits auf dem Rückweg. Diesen Anruf hatte man vorausgesehen, aber nicht erhofft.

Die Lage hatte sich geändert. Präsident Ryan, so schwach sie ihn auch jetzt noch einschätzte – wer, außer einem Schwächling, hätte einem souveränen Land so gedroht? –, hatte ihr dennoch Angst eingejagt. Wie, wenn Daryaei die Seuche in Amerika in die Wege geleitet hätte? Sie hatte keine diesbezüglichen Beweise und würde solche Informationen auch nie suchen. Ihr Land konnte sich nie mit einer solchen Tat in Verbindung bringen lassen. Ryan hatte sie – wie oft, viermal? fünfmal? – um ihr Wort gebeten, daß die Marine Indiens die amerikanische Flottenbewegung nicht behindern würde. Aber nur einmal hatte er den Ausdruck *Massenvernichtungswaffen* gebraucht. Es war die tödlichste Redewendung im internationalen Dialog. Um so mehr, hatte ihr Außenminister gesagt, da Amerika nur *eine* Art solcher Waffen besaß und daher biologische und chemische Waffen betrachtete, *als wären sie* Kernwaffen. Das brachte sie auf eine weitere Gleichung. Flieger gegen Flieger, Schiff gegen Schiff, Panzer gegen Panzer – man beantwortete einen Angriff mit der gleichen Waffe, die der Gegner verwendete. *Mit aller Gewalt und Wut,* daran erinnerte sie sich auch. Ryan hatte offen erkennen lassen, daß er seine Handlungsweise der Art des angeblichen Angriffs durch die UIR angleichen würde. Zum Schluß mußte sie den irren Anschlag auf seine kleine Tochter bedenken. Schwacher Mann, der er sein mußte, war er doch ein wütender Schwächling, gerüstet mit Waffen, die alles an Gefährlichkeit in den Schatten stellten.

Daryaei war ein Narr, Amerika auf diese Weise zu provozieren. Hätte er bloß seinen Angriff auf Saudi-Arabien gestartet, um mit konventionellen Waffen auf dem Feld zu obsiegen – es wäre erledigt. Aber nein, er mußte versuchen, Amerika zu Hause zu lähmen, auf eine Weise zu provozieren, die reinster Wahnsinn war – und jetzt konnten sie und ihre Regierung *und ihr Land* involviert werden, erkannte sie.

Mit so etwas hatte sie nicht gerechnet. Ihre Flotte einzusetzen war Risiko genug – und die Chinesen, was hatten die schon getan? Eine Übung gestartet, vielleicht jene Maschine beschädigt – 5000 Kilometer entfernt! Was für ein Risiko trugen denn die? Gar keins! Daryaei erwartete viel von ihrem Land, und mit seinem Angriff direkt auf die Bürger Amerikas war es zuviel.

»Nein.« Sie wählte ihre Worte sorgfältig. »Unsere Flotteneinheiten haben amerikanische Flugpatrouillien gesichtet, aber nicht ein Schiff. Wir hörten, wie Sie vielleicht auch, daß ein amerikanischer Schiffsverband den Suez passiert, aber nur Kriegsschiffe, nichts anderes.«

»Sie sind sich dessen sicher?« fragte Daryaei.

»Mein Freund, weder unsere Schiffe noch unsere Marineflieger haben im Arabischen Meer irgendwelche amerikanischen Schiffe gesehen.« Der eine Überflug war schließlich mit von Land gestarteten MiG-23s der indischen Luftwaffe erfolgt. Sie hatte ihren vorgeblichen Alliierten nicht angelogen. Nicht ganz. »Das Meer ist weit«, fügte sie hinzu. »Aber so durchtrieben sind die Amerikaner nicht, oder?«

»Ihre Freundschaft wird nicht vergessen«, versprach ihr Daryaei.

»Aufgepaßt! Habe vier Flieger, die von Gasr Amu abheben«, sagte ein Captain an Bord des AWACS. Die neuentstandene UIR-Luftwaffe hatte auch trainiert, aber hauptsächlich über dem (neuen) Landesinneren, und das war sogar von dieser gehobenen Plattform aus schwer zu verfolgen.

Wer dies auch geplant hatte, machte seine Sache nicht schlecht. Das vierte Quartett aus Linienmaschinen war gerade in den saudischen Luftraum eingetreten, weniger als 200 Meilen von den aufsteigenden UIR-Jägern entfernt. An der Luftfront war es bisher ruhig geblieben. Zwei Jägern hatte man in den letzten paar Stunden nachgespürt; die waren vom Flugprofil her aber wahrscheinlich Checkflüge. Aber jetzt hob eine Vierer-Rotte in zwei engen Paaren ab. Das machte sie zu Jagdflugzeugen – mit einer Mission.

Gegenwärtiger Geleitschutz für Operation CUSTER war in diesem Sektor eine Rotte von vier amerikanischen F-16, die zwanzig Meilen vor der Grenze patroullierten.

»Kingston Führung, hier Himmelsauge sechs, over.«

»Himmel, Führung.«

»Haben vier Bandits, null-drei-fünf ihre Position, Engel zehn steigend, Kurs zwo-neun-null.« Die vier amerikanischen Jäger flogen nach Westen, um sich zwischen die UIR-Jäger und die Linienmaschinen zu setzen.

Die UIR-Jagdflugzeuge, inzwischen als F-1 aus Frankreich identifiziert, preschten weiter Richtung Grenze, bogen zehn Meilen vorher ab und zeichneten sie schließlich mit nur einer Meile Abstand nach. Die F-16 taten es ihnen gleich, die Piloten sahen einander und musterten jeweils durch ihre Schutzvisiere ihre Gegenüber aus 4000 Meter Entfernung. Luft-Luft-Raketen waren unter den Flügeln sämtlicher Jäger klar erkennbar.

»Kommse doch rüber, wennse Lust auf 'n Plausch haben«, schlug der Major in der führenden F-16 auf Guard-Frequenz vor. Es kam keine Antwort. Die nächste Rate von Operation CUSTER setzte ungehindert ihren Weg nach Dhahran fort.

O'Day war früh drin. Sein Babysitter, der ja nicht zur Schule mußte, kam gern, denn ihm gefiel der Gedanke ans viele Geld, und die wichtigste Nachricht für alle Beteiligten war, daß in zehn Meilen Umkreis nicht ein Fall dieser neuen Krankheit aufgetreten war. Trotz der Unannehmlichkeiten hatte O'Day jede Nacht zu Hause geschlafen – auch wenn es einmal nur vier Stunden waren. Er wäre kein Daddy, wenn er nicht mindestens einmal am Tag sein Töchterchen küßte, und sei es im Schlaf. Wenigstens war die Fahrt zur Arbeit jetzt leichter; er hatte vom Bureau einen Wagen, schneller als seinen und mit Warnleuchte, die half, ihn durch all die Sperren zu schleusen.

Auf dem Schreibtisch lagen die Fallresümees von den Hintergrundchecks bei den ganzen Secret-Service-Leuten. Die Arbeit war bei fast jedem Fall von abstumpfender Duplizität gewesen. Eine Hintergrund-Überprüfung war bei jedem USSS-Angestellten Pflicht, sonst hätten sie die Sicherheitsfreigaben, die Teil des Jobs waren, nie erhalten. Geburtsurkunden, Schulfotos und alles übrige ließen sich perfekt bestätigen. Aber in zehn Fällen gab es lose Enden, denen man im Laufe des Tages nachgehen würde. O'Day kam immer wieder auf einen zurück.

Raman war Iraner von Geburt. Aber Amerika war eine Nation von Immigranten. Der FBI selbst war mit Irischamerikanern gegründet worden, vorzugsweise von Jesuiten ausgebildet, weil J. Edgar Hoover geglaubt haben sollte, daß kein Irischamerikaner mit jesuitischer Ausbildung sein Land auch nur im entferntesten verraten könnte. Gewiß hatte es damals Aufsehen erregt, und noch heute war Antikatholizismus das letzte ehrbare Vorurteil. Aber genauso bekannt war, daß Immigranten oft die loyalsten Bürger abgaben. Davon profitierten das Militär und die anderen Sicherheitsbehörden. Nun, dachte Pat, das wäre nicht schwer. Bloß die Teppichgeschichte prüfen und gut. Er fragte sich, wer dieser Mr. Sloan war. Ein Typ, der einen Teppich wollte, wahrscheinlich.

Es lag eine Stille über den Straßen Teherans. In Clarks Erinnerung waren sie 1979/80 nicht so gewesen. Auch bei seinem kürzlichen Besuch war es anders gewesen, mehr wie die übrige Gegend: geschäftig, aber nicht gefährlich. Als Journalisten betrugen sie sich wie Journalisten. Clark kehrte wieder in Marktviertel ein, sprach höflich mit Leuten über das Geschäftsumfeld, das Lebensmittelangebot, was man von der Vereinigung mit dem Irak hielt etc., und was er bekam, war Marke Vanille. Platitüden. Politische Aussagen waren ohne jede Würze, auffallend arm an der Leidenschaftlichkeit, die ihm vom Geiseldrama her im Gedächtnis war, als jedes Herz, jede Seele sich gegen die übrige Welt wandte – besonders Amerika. Den Antrieb von damals spürte er bei den Leuten nicht mehr und dachte an den merkwürdig freundlichen Juwelier zurück. Die wollten wohl bloß leben wie jeder andere auch. Die Apathie erinnerte an die Sowjetbürger der Achtziger. Die wollten nur weiterkommen, ein bißchen besser leben und daß ihre Gesellschaft auf ihre Bedürfnisse einging. Hier war die revolutionäre Wut ausgebrannt. Warum hatte dann Daryaei so gehandelt? Wie würde das Volk es aufnehmen? Am wahrscheinlichsten war, daß er die Volksnähe verloren hatte. Er hatte seinen Anhang aus wahren Gläubigen und eine große Anzahl solcher, die im Bus mitfahren und die bequemen Sitze genießen wollten, während alle anderen zu Fuß und beiseite gingen, aber das war's. Ein fruchtbarer Boden zur Anwerbung von Agenten, um jene auszumachen, die genug hatten und gesprächsbereit waren. Schade, daß es keine Zeit gab, hier ein richtiges Netz aufzuziehen. Er sah auf die Uhr. Zeit, sich wieder zum Hotel zu begeben. Ihr erster Tag war ein Reinfall und Teil ihrer Deckung zugleich. Ihre russischen Kollegen würden morgen eintreffen.

Der erste Schritt war ein Check der Namen Sloan und Alahad. Das begann mit dem Telefonbuch. Und richtig, da gab es einen Mohammed Alahad. Inserat in den Gelben Seiten, persische und orientalische Teppiche. Der Laden war an der Wisconsin Avenue, rund eine Meile von Ramans Wohnung; keine Besonderheit. Im Crisscross gab es auch einen Mr. Joseph Sloan, mit der Nummer 536-4040, fast wie Ramans 536-3040. Eine Ziffer falsch, was den Irrläufer auf dem Anrufbeantworter des Secret-Service-Agenten leicht erklären ließ.

Der nächste Schritt war reine Formsache. Ein Befehl ließ die Computeraufzeichnungen hergestellter Verbindungen an den wahrscheinlichen Tagen durchlaufen... und da war es auf seinem Bildschirm: ein Anruf an 536-4040 von 202-459-6777. Aber das war doch nicht Alahads Ladenanschluß!? Noch ein Check wies 6777 aus als eine Zelle zwei Straßen vom Laden entfernt. Komisch.

Warum nicht noch einen Check? Der Agent war das technische Genie in der Mannschaft. In der Spionageabwehr gefiel's ihm ganz gut. Man zerpflückte die Dinge einfach immer weiter. Er fand auch, daß die Spione, die er jagte, so ähnlich dachten wie er. Dazu seine technische Expertise... hmph, im vergangen Monat *keine* Verbindung zwischen Teppichladen und 536-4040. Er ging einen weiteren Monat zurück. Nein. Und die andere Richtung? Nein, 536-4040 hatte nie 457-1100 angerufen. Also, wenn der einen Teppich bestellt hatte und der Händler den Typ anrief, um ihn wissen zu lassen, er wär' endlich angekommen... warum gab's da keine Anrufe?

Der Agent lehnte sich zum nächsten Schreibtisch rüber. »Sylvia, kommste mal was anschauen?«

»Was gibt's denn, Donny?«

Ganz Blackhorse war inzwischen gelandet. Die meisten waren in ihren Fahrzeugen oder an ihren Fliegern. Das 11. Berittene Panzerregiment umfaßte 123 M1A2-Abrams-Kampfpanzer, 127 M3A4-Bradley-Spähfahrzeuge, 12 M109A6-Paladin-155-mm-Selbstfahrlafetten und 8 M270-MLRS-Kettenfahrzeuge, zuzüglich 83 Helikopter insgesamt, 26 davon AH-54D-Apache-Kampfhubschrauber. Das waren die Waffenträger. Unterstützt wurden sie von Hunderten ›weicher‹ Fahrzeuge – meist Laster für Sprit, Essen und Munition – und zwanzig Extras, die man hier Wasserbüffel nannte: von vitaler Bedeutung in diesem Erdteil.

Der erste Schritt war es, den ganzen Haufen von der POMCUS-Basis wegzubekommen. Die Kettenfahrzeuge wurden auf Tieflader bugsiert für die Fahrt nördlich nach Abu Hadrijah, eine kleine Stadt mit einem Flugplatz und designierter Sammelpunkt für die 11. Cav. Als jedes Fahrzeug aus seinem Lagerhaus fuhr, stoppte es auf einer mit rotem Farbfleck gekennzeichneten Stelle. Dort wurden die GPS-Navigationssysteme gegen bekannte Vermessungspunkte kalibriert. Zwei der IVIS-Geräte waren defekt.

Die Sattelschlepperfahrer waren Pakistani, ein paar hundert von Tausenden, die das Königreich für niedrige Arbeiten importiert hatte. Für die Abrams- und Bradley-Besatzungen wurde das aufregend, denn die hiesigen Lastwagenfahrer, so schien es, wurden nach Meilen, nicht Stunden entlohnt. Sie fuhren wie die Berserker.

Auch die Männer der Guard kamen jetzt langsam an. Für die gab es im Moment nichts zu tun außer dem Aufbau bereitgestellter Zelte, reichlich Wassertrinken und Leibesübungen.

SSA Hazel Loomis hatte den Befehl über diesen Trupp von zehn Agenten. Sissy Loomis war seit Beginn ihrer Laufbahn im FCI. Jetzt ging sie auf die Vierzig zu, hatte aber noch immer die Jubeltrupp-Ausstrahlung, die in ihrer Zeit als Agentin auf der Straße so nützlich gewesen war. Auch konnte sie auf eine Vielzahl erfolgreicher Fälle zurückblikken.

»Das hier sieht etwas komisch aus«, sagte Donny Selig und legte ihr seine Notizen auf den Schreibtisch.

Viel mußte nicht erklärt werden. Fernsprechkontakte zwischen Nachrichtendienstlern enthielten nie die Worte ›Ich habe den Mikrofilm‹. Die harmlosesten Äußerungen, im voraus abgesprochen, konnten die richtigen Informationen übermitteln. Deswegen hieß es ja ›Kodewörter‹. Loomis schaute die Daten durch, dann zu ihm auf.

»Adressen?«

»Klar hab' ich die, Sis«, versicherte Selig.

»Dann wollen wir mal Mr. Sloan besuchen.« Der Negativaspekt von Beförderung war, daß ihr normalerweise die Gehsteigarbeit versagt war. Diesmal aber nicht, sagte sich Loomis.

Der F-15E Strike Eagle hatte wenigsten eine Zweier-Crew; Pilot und WSO konnten sich so während des endlosen Flugs unterhalten. Den Vorteil hatten auch die sechs B-1B-Crews; der Lancer bot sogar Platz genug, daß man sich hinlegen und schlafen konnte, ganz abgesehen von der echten Toilette. So mußten diese, im Gegensatz zu den Jabo-Besatzungen, nicht sofort nach der herbeigesehnten Landung in Al Khardzh südlich Riads unter die Dusche. Der 366. Air Combat Wing, eine Flugdivision also, hatte um die Welt verteilt vier ›Startlöcher‹: Standorte in der Nähe voraussichtlicher Konfliktherde, mit Versorgungsgerät, Sprit und Munitionierungseinrichtungen unter kleinen Haushälter-Mannschaften, die im Ernstfall durch 366stes eigenes Personal, teils mit Charterflügen, verstärkt wurden. Dazu gehörten zusätzliche Mannschaften, damit theoretisch die Crews nach dem Flug von Mountain Home AFB in Idaho ihre Ruhezeit pflegen konnten, während Reserve-Crews die Maschinen in die Schlacht führten. Gründlich erschöpfte Flieger (und Fliegerinnen) brachten ihre Vögel zur Landung herein, rollten zu den Schutzhangars, stiegen aus und übergaben ihre Schützlinge dem Wartungspersonal. Zuallererst wurden Zusatztanks abmontiert und bei den Bombern durch Schachthalterungen für Waffen ersetzt, während die Crews sich zu langen Duschen und Einweisungen durch die Nachrichtendienstler begaben. Innerhalb eines Zeitraums von fünf Stunden wurde die gesamte Kampfstärke des 366. in Saudi-Arabien versammelt, abgesehen von einer F-16C, die wegen Avionik-Problemen nach Bentwater Royal Air Force Base in England ausgewichen war.

»Bitte?« Die ältere Dame trug keine OP-Maske. Sissy Loomis reichte ihr eine – die neue Begrüßungsform in Amerika.

»Guten Morgen, Mrs. Sloan. FBI«, sagte die Agentin und hielt die Dienstmarke hoch.

»Ja?« Eingeschüchtert war sie nicht, aber überrascht.

»Mrs. Sloan, wir führen eine Ermittlung durch und würden Ihnen gerne ein paar Fragen stellen. Es ist nur zur Aufklärung. Würden Sie uns helfen?«

»Denke schon.« Mrs. Sloan war über sechzig, adrett gekleidet und sah freundlich genug aus, aber etwas erstaunt vom Ganzen.

»Dürften wir reinkommen? Dies ist Agent Don Selig«, stellte sie ihren Begleiter vor. Auch diesmal war ihr freundliches Lächeln erfolgreich; Mrs Sloan setzte nicht mal die Maske auf.

»Sicher.« Die Hausherrin gab die Tür frei.

Ein Blick reichte, um Sissy Loomis klarzumachen, daß etwas nicht ganz stimmte. Erstens lag kein persischer Teppich im Wohnzimmer – nach ihrer Erfahrung kauften die Leute nicht nur einen der Dinger. Dann war die Wohnung einfach zu ordentlich.

»Entschuldigung, ist Ihr Gatte zu Hause?« Die Wirkung war unmittelbar und schmerzlich.

»Mein Gatte ist vorigen September verschieden«, sagte Mrs. Sloan.

»Oh, das tut mir aber leid, Mrs. Sloan. Das wußten wir nicht.« Und damit wurde aus einer Routineüberprüfung etwas völlig anderes.

»Er war älter als ich. Joe war achtundsiebzig«, sagte sie.

»Sagt Ihnen der Name Alahad irgendwas, Mrs. Sloan?« fragte Loomis, als sie sich setzten.

»Nein. Sollte es?«

»Er handelt mit persischen und orientalischen Teppichen.«

»Oh nein; so was haben wir nicht. Ich bin doch gegen Wolle allergisch.«

## 57 / Nachtfahrt

»Jack?« Ryan riß die Augen auf. Die Uhr zeigte auf kurz nach acht am Morgen.

»Was zum Henker? Warum hat niemand...«

»Du hast sogar den Wecker verschlafen«, sagte Cathy. »Andrea sagte, Arnie sagte, ich soll dich bis etwa jetzt schlafen lassen. Schätze, ich brauchte das auch«, fügte SURGEON hinzu; zehn Stunden hatte sie durchgeschlafen. »Dave hat mir einen freien Tag verordnet«, sagte sie noch.

Jack rappelte sich auf und ging ins Bad. Als er zurückkam, reichte ihm Cathy die Einweisungsunterlagen. Der Verstand sagte ihm, daß man ihn geweckt hätte, wenn irgendwas Ernstes geschehen wäre – ein Telefon schaffte das immer. Die Papiere zeigten, daß alles relativ stabil war. Zehn Minuten danach war er angezogen. Er nahm sich Zeit, den Kindern hallo zu sagen, und küßte seine Frau. Dann machte er sich auf den Weg.

»SWORDSMAN in Bewegung«, sagte Andrea in ihr Mikrofon. »Lageraum?« fragte sie POTUS.

»Yeah. Wer hat das ent...«

»Mr. President, es war der Stabschef, aber der hatte recht, Sir.«

Ryan sah sie an. »Dann bin ich wohl überstimmt.«

Die Nationale Sicherheitsmannschaft hatte die ganze Nacht an seiner Statt durchgemacht. An seinem Sitz stand Kaffee bereit. Die hatten davon gelebt.

»Okay, was geschieht da drüben.«

»COMEDY ist jetzt 130 Meilen an den Indern vorbei – nicht zu glauben: Die haben die Patrouille *hinter* uns wieder aufgenommen«, sagte Admiral Jackson seinem Oberbefehlshaber.

»Spielen auf beiden Seiten der Straße«, folgerte Ben Goodley.

»Beste Art, sich überfahren zu lassen«, warf Arnie ein.

»Weiter.«

»Operation CUSTER ist so gut wie abgeschlossen. Das 366. ist in Saudi-Arabien, minus ein defekter Jäger. Die 11. Cav rollt aus ihrer Lagerbasis zum Sammelpunkt. So weit, so gut«, sagte der J-3. »Die andere Seite ließ einige Jäger an der Grenze aufsteigen, aber wir und die Saudis hatten dort eine Sperre, und außer einigen bösen Blicken ist nichts passiert.«

»Glaubt jemand, die werden zurückstecken?« fragte Ryan.

»Nein.« Das kam von Ed Foley. »Das können sie nicht. Nicht jetzt.«

Das Rendezvous fand fünfzig Meilen vor Ra's al Hadd statt, dem östlichsten Winkel der Arabischen Halbinsel. Die Kreuzer *Normandy* und *Yorktown*, der Zerstörer *John Paul Jones* und die Fregatten *Underwood*, *Doyle* und *Nicholas* nahmen achtern Station auf, damit *Platte* und *Supply* sie zum Aufbunkern nach dem Expreßlauf von Alexandrien drannehmen konnten. Die Kapitäne wurden per Hubschrauber zur *Anzio* gebracht, und es folgte eine Stunde Missionsbesprechung beim dienstältesten Captain. Ihr Ziel war Dhahran. Dafür mußten sie nach Nordwesten in die Straße von Hormuz – sechs Stunden Dampfen: 22.00 Uhr Ortszeit. Die Straße war zwanzig Meilen breit und mit Inseln besprenkelt, außerdem eine der am stärksten befahrenen Wasserwege der Welt, sogar jetzt bei der aufziehenden Krise. Supertanker, von denen ein einziger mehr Wasser verdrängte als sämtliche Kriegsschiffe im jetzt als TF-61.1 bezeichneten Verband *zusammen*, waren nur die bekanntesten Schiffe in dieser Gegend. Es gab massige Containerschiffe unter unterschiedlichsten Flaggen, sogar einen mehrstöckigen Schaftransporter, einem Großstadt-Parkhaus ähnlich, mit lebendem Hammelfleisch aus Australien. Dessen Geruch war auf allen sieben Weltmeeren berühmt. Radar in der Straße war zu Verkehrsleitzwecken flächendeckend, und das hieß, TF-61.1 würde sich kaum unbemerkt reinschleichen können. Einiges aber konnten sie tun. Am engsten Punkt würden die Marineschiffe nach Süden halten, sich zwischen den Inseln Omans hindurchlavieren und hoffentlich im Radarmüll übersehen werden. Dann würden sie Abu Musa südlich umfahren, durch die Meute von Ölplattformen, die sie zur Radar-Deckung mißbrauchen wollten. Von dort wäre der Kurs nach Dhahran gerade voraus, an den Kleinstaaten Katar und Bahrain vorbei. Die Gegenseite verfügte über Schiffe amerikanischen, britischen, chinesischen, russischen und französischen Ursprungs, alle mit der einen oder anderen Art Rakete bewaffnet. Die wichtigsten Schiffe des Verbands waren natürlich unbewaffnet. Sie würden die Kastenformation beibehalten, *Anzio* 2000 Meter in Führung, *Normandy* und *Yorktown* 2000 Meter steuerbords, mit *Jones* als Nachhut. Die zwei UnRep-Schiffe würden mit der *O'Bannon* und den Fregatten auf enger Eskorte einen zweiten, also Köderverband bilden. Hubschrauber würden oben sein, als Patrouille und, durch die hochgeschalteten Transponder, zur Simulation viel größerer Ziele. Die diversen Kapitäne warteten auf die Helikopter, die sie zu ihren Kommandos zurückbringen sollten. Es war das erstemal seit Ewigkeiten, daß eine amerikanische Marineformation ohne einen Flugzeugträger als Deckung der Gefahr entgegenfuhr. Die Bunker waren voll, die Verbände formierten sich wie geplant, drehten nach Nordwesten, und die Schiffe nahmen bei 26 Knoten den Knochen zwischen die Zähne. Um 18.00 Ortszeit bretterte eine Rotte F-16 vorüber, um den Aegis-Schiffen Gelegenheit zur Systemprobe gegen reale Ziele zu geben, aber auch zur Verifikation des IFF-Kodes für die Mission dieser Nacht.

Mohammed Alahad, so sahen sie, war verdammt alltäglich. Fünfzehn Jahre zuvor war er nach Amerika gekommen. Es hieß, er sei Witwer und ohne Kinder, führe ein ordentliches, einträgliches Geschäft in einer der besseren Einkaufszeilen Washingtons. Tatsächlich war er gerade jetzt drinnen. Zwar hing das GESCHLOSSEN-Schild an der Tür, aber er hatte wohl nichts Besseres zu tun, als im Laden zu sitzen und seine Rechnungen durchzugehen.

Einer von Loomis' Trupp ging zum Geschäft und klopfte an die Tür. Alahad kam und öffnete mit den erwarteten Gesten, und man konnte sich ausrechnen, was gesagt wurde. *Bedaure, aber alle Geschäfte sind zu, Präsidentenbefehl – Yeah, sicher, aber ich habe nichts vor und Sie doch auch nicht, oder? – Ja, aber jener* Befehl… – *He, wer wird's denn je erfahren? Kommen Sie, geben Sie sich einen Ruck.* Schließlich ging der Agent hinein, Maske vorm Gesicht. Nach zehn Minuten kam er wieder heraus, ging um die Ecke und rief von seinem Wagen aus an.

»Es ist ein Teppichgeschäft«, sagte der Agent Loomis über sicheren Funk. »Wenn wir den Laden aufmischen wollen, müssen wir warten.« Das Telefon war bereits angezapft, aber es hatte noch keine Anrufe gegeben.

Die andere Hälfte des Teams war in Alahads Wohnung. Sie fanden ein Foto von einer Frau und einem Kind, wohl sein Sohn, in etwas wie einer Uniform – rund vierzehn Jahre alt, dachte der Agent, als er sie mit einer Polaroid aufnahm. Aber wieder war sonst alles Marke Vanille. Es war genau so, wie ein Geschäftsmann in Washington leben würde oder ein Geheimdienstagent. Läßt sich einfach nie unterscheiden. Sie hatten den Ansatz eines Falls, aber nicht genug Beweise, um einen Richter damit zu belästigen, geschweige denn für einen Durchsuchungsbefehl. Der Anteil an berechtigtem Verdacht war ein wenig mager. Aber es *war* eine Ermittlung zur nationalen Sicherheit, und die Zentrale *hatte* ihnen gesagt, daß hier die Regeln außer Kraft waren. Technisch gesehen hatten sie schon mehrmals das Gesetz übertreten mit unberechtigtem Eindringen in Wohnungen und Anzapfen von Leitungen. Loomis und Selig gingen ins Apartmenthaus gegenüber. Vom Manager erfuhren sie, daß eine freie Wohnung auf Alahads Laden heraussah, erhielten ohne Probleme die Schlüssel und organisierten die Überwachung der Vorderseite, während zwei weitere Agenten die Rückseite übernahmen. Sissy Loomis nahm ihr Handy, um die Zentrale anzurufen.

Ein weiterer Potentieller war nicht komplett verdachtsfrei, meinte O'Day. Es gab Raman und einen schwarzen Agenten, dessen Frau Muslimin war und ihn anscheinend konvertieren wollte – aber der hatte es mit seinen Kameraden besprochen, und es stand in seiner Akte, daß seine Ehe, wie andere beim Service, ziemlich wackelig war.

Das Telefon läutete.

»Inspektor O'Day.«

»Pat? Hier Sissy.«

»Wie sieht's aus bei Raman?« Er hatte mit ihr drei Fälle bearbeitet, alle zu russischen Spionen. Diese Cheerleaderin hatte die Kiefer eines Kampfhundes, wenn sie sich in etwas verbiß.

»Die Nachricht an sein Telefon, verwählt, weißt du noch?«

»Yeah?«

»Unser Teppichhändler rief einen Toten an, dessen Witwe 'ne Wollallergie hat«, sagte Loomis.

*Klick.*

»Weiter, Sis.« Sie las ihre Notizen vor und gab weiter, was die Agenten in der Wohnung des Händlers gefunden hatten.

»Dieser sieht real aus, Pat. Das Tradecraft ist einfach zu gut. Es sieht so normal aus, daß keinem was auffällt. Aber weshalb die Telefonzelle, außer er sorgt sich, ob seins angezapft ist? Wieso einen Toten versehentlich anrufen? Und warum ging der verwählte Anruf an einen vom Detail?«

»Tja, Raman ist verreist.«

»Sollte er bleiben«, riet Loomis. Sie hatten keinen Fall, nur einen Verdacht. Wenn sie Alahad verhafteten, würde der sicher einen Anwalt verlangen – und was dann? Er hatte einen Anruf getätigt. Den müßte er nicht verteidigen, konnte einfach dazu schweigen. Sein Anwalt könnte sagen, es wäre einfach irgendein Fehler – Alahad hätte vielleicht sogar eine plausible Erklärung parat –, und nach Beweismittel fragen, und dann stünd's FBI mit leeren Händen da.

»Das würde uns genauso aufdecken, oder?«

»Besser auf der sicheren Seite, Pat.«

»Ich muß das zu Dan bringen. Wann wollt ihr den Laden aufmischen?«

»Heute nacht.«

Die Troupiers von Blackhorse waren komplett erschöpft. Obwohl körperlich fit und wüstentrainiert: Die Soldaten hatten sechzehn Stunden in Flugzeugen bei trockener Luft und engen Sitzen verbracht, ihre persönlichen Waffen in den Fächern über ihnen – da guckten die Stewardessen immer so komisch –, und kamen bei kochender Hitze elf Zeitzonen entfernt an ihr Ziel. Aber sie taten, was getan werden mußte.

Schießen war zuerst an der Reihe. Die Saudis hatten einen großen Schießstand eingerichtet, mit stählernen Springzielen in 300 bis 5000 Meter Entfernung. Kanoniere richteten ihre Waffen per Lauf und probierten sie aus, mit echter statt Übungsmunition. Die Projektile flogen ›direkt durch den Punkt‹. Nach Verlassen der Tieflader bewegten die Fahrer ihre ›Reittiere‹, um sicherzugehen, daß alles korrekt funktionierte, doch die Panzer und Bradleys waren wirklich im fast fabrikneuen Zustand, der ihnen beim Herflug versprochen wurde. Funküberprüfungen zeigten auf, daß sich jeder mit jedem unterhalten konnte. Dann verifizierten sie die überaus wichtigen IVIS-Datenverbindungen. Die mondäneren Aufgaben kamen zuletzt. Die M1A2s in Saudi-Arabien hatten noch nicht die neueste Modifikation dieser Fahrzeugreihe: außenliegende Munitionspaletten. Statt dessen gab es eine Art große Gürteltasche aus Maschenstahl für Persönliches, vor allem für Wasser. Nacheinander führten die Crews ihre Fahrzeuge durch den Kurs. Dann fuhren sie ins Ladeareal, um die auf dem Stand verbrauchte Munition zu ersetzen.

Es war alles ruhig und geschäftig. Die Saudis ehrten die Gastfreundschaftsgesetze mit Bereitstellung von Essen und alkoholfreien Getränken en masse an die Truppe, während sich die hohen Offiziere beim bitteren Kaffee dieser Gegend besprachen.

Marion Diggs war kein großer Mann. Sein Leben lang war er ein Kavallerist und hatte immer die Fähigkeit genossen, 60 Tonnen Stahl mit den Fingerspitzen zu führen oder sich auszustrecken und ein anderes Fahrzeug in drei Meilen Entfernung zu berühren. Jetzt war er Oberbefehlshaber von einer Division, aber mit einem Drittel davon 200 Meilen im Norden, einem weiteren Drittel auf einigen Schiffen, die später heute nacht einen Spießrutenlauf zu bestehen hatten.

»Also, was steht auf der anderen Seite bereit?« fragte der General.

Satellitenfotos kamen auf den Tisch, und der oberste amerikanische Nachrichtenoffizier aus KKMC trug vor.

»STORM TRACK berichtet minimalen Funkverkehr«, meldete der Einweisungsoffizier, ein Colonel. »Wir sollten daran denken, daß die da draußen ziemlich exponiert sind.«

»Eine meiner Kompanien ist unterwegs, sie zu decken«, erwiderte ein Saudi-Offizier. »Sollten bis zum Morgen in Position sein.«

»Was macht Buffalo?« fragte Diggs. Eine weitere Karte kam auf den Tisch. Die Kuwaiter-Verteilung sah in seinen Augen gut aus. Wenigstens nicht auf vorderste Front ausgerichtet. Bloß ein Schutzschild auf der künstlichen Anhöhe, sah er, und drei schwere Brigaden zum Konter gegen einen Durchbruch positioniert. Er kannte Magruder. Er kannte sogar alle Schwadronkommandeure. Wenn die UIR dort zuerst angriff, zahlenmäßig stärker oder nicht, würden sie sich bei Streitmacht Blau eine verflucht blutige Nase abholen.

»Feindabsichten?« fragte er als nächstes.

»Unbekannt, Sir. Es gibt hier Aspekte, die wir nicht verstehen. Washington hat uns gewarnt, einen Angriff zu erwarten, aber noch nicht, warum.«

»Was zum Teufel?«

»Näheres könnte ich nicht sagen, Sir«, erwiderte der Intel-Spezialist. »Ach ja, wir haben hier Presseleute, vor ein paar Stunden gelandet. Die sind in einem Hotel in Riad.«

»Fabelhaft.«

»Ohne Wissen über deren Pläne...«

»Deren Ziel ist doch offensichtlich«, bemerkte der Saudi-Oberbefehlshaber. »Unsere schiitischen Nachbarn haben bereits soviel Wüste, wie sie brauchen.« Er klopfte auf die Karte. »Dort ist unser wirtschaftlicher Schwerpunkt.«

»General?« fragte eine andere Stimme. Diggs wandte sich nach links.

»Colonel Eddington?«

»Schwerpunkt ist politisch, nicht militärisch. Das sollten wir vielleicht im Auge behalten, meine Herren«, sagte der Colonel aus Carolina. »Wenn die auf küstennahe Ölfelder hinauswollten, bekämen wir reichlich strategische Warnung.«

»Die sind uns zahlenmäßig stark überlegen, Nick. Es gibt ihnen einen gewissen Grad strategischer Flexibilität. Sir, auf diesen Fotos sehe ich eine Menge Treibstofflaster.«

»Beim letztenmal hielten die an der Grenze zu Kuwait, weil der ihnen ausgegangen war«, erinnerte sie der Saudi-Kommandeur.

Die Saudi-Armee – eigentlich Nationalgarde genannt – umfaßte fünf schwere Brigaden, fast alles amerikanisches Gerät. Drei waren südlich Kuwaits aufgestellt, eine davon bei Ras al Kafdschi, Ort der einzigen bisherigen Invasion des Königreichs, aber direkt am Wasser, und keiner erwartete einen Angriff vom Meer aus. War nicht ungewöhnlich, erinnerte sich der Amerikaner, sich darauf vorzubereiten, den letzten Krieg auszufechten.

Eddington seinerseits erinnerte sich an ein Zitat Napoleons. Als der einen Verteidigungsplan betrachtete, der Truppen gleichmäßig entlang einer Grenze postierte, hatte er den Offizier gefragt, ob das Ziel die Unterbindung von Schmuggel wäre. Jenes Defensivkonzept hatte eine Patina der Legitimität erhalten durch die NATO-Doktrin der Vorwärtsverteidigung an der innerdeutschen Grenze, war aber niemals auf die Probe gestellt worden, und wenn es jemals einen Ort gab, Raum gegen Zeit einzutauschen, dann waren es die saudi-arabischen Wüsten An Nefúd und Ad Dahná. Eddington hielt dazu den Mund. Er war Diggs untergeben, und die Saudis schienen stark auf ihr Territorium fixiert – wie die meisten Leute. Diggs und er sahen sich an. Wie die 10. Cav die Gruppenreserve für die Kuwaiter darstellte, sollte es die 11. für die Saudis tun. Das könnte sich ändern, wenn seine Leute der Guard ihre Ketten in Dhahran in Bewegung setzten, aber bis dahin mußte diese Aufstellung genügen.

Ein großes Problem dieser Lage war das örtliche Kommandoverhältnis. Diggs hatte einen Stern – einen verflucht guten, wußte Eddington –, aber er war bloß Brigadier. Wenn CentCom hätte herfliegen können, wäre einer mit dem Rangstatus hiergewesen, stärker bindende Empfehlungen für die Saudis aussprechen zu können. Colonel Magruder von der Buffalo Cav hatte wohl so etwas getan, aber Diggs' Position war etwas kitzlig.

»Nun, wir werden jedenfalls ein paar Tage haben.« Der amerikanische General drehte sich um. »Setzen Sie zusätzliche Aufklärungsressourcen ein. Wenn jene sechs Divisionen furzen, will ich wissen, was die zu Abend gegessen haben.«

»Unsere Predator steigen bei Sonnenuntergang auf«, versprach der Intel-Colonel.

Eddington ging raus für eine Zigarre. Hätte er nicht müssen, fiel ihm nach ein paar Zügen ein. Die Saudis rauchten ja alle.

»Nun, Nick?« fragte Diggs, der sich zu ihm gesellte.

»Bier wäre nett.«

»Bloß leere Kalorien«, bemerkte der General.

»Vier-zu-eins-Verhältnis, und die haben die Initiative. *Falls* meine Leute rechtzeitig ihr Gerät bekommen. Das hier könnte recht interessant werden, Diggs.« Noch ein Zug. »Die Aufstellung ist bescheuert.« Eine Redewendung von seinen Studenten, dachte sein Vorgesetzter. »Übrigens, wie nennen wir das hier?«

»Operation Buford. Namen für Ihre Brigade, Nick?«

»Wie wär's mit Wolfsrudel? Falsche Schule, weiß ich, aber Teerferse klingt mir nicht richtig. Dies hier geht mir zu verflucht schnell, General.«

»Eine Lektion, die die Gegenseite vom letztenmal gelernt haben *muß*: uns keine Zeit zu geben, unsere Streitkräfte aufzubauen.«

»Wahrhaftig. Nun, ich muß nach meinen Leuten sehen.«

»Nehmen Sie meinen Mixer«, sagte ihm Diggs. »Ich werde ein Weilchen hiersein.«

»Ja, Sir, Danke.« Eddington salutierte und ging los. Dann drehte er sich um. »Diggs?«

»Ja?«

»Wir sind vielleicht nicht so gut trainiert, wie Hamm und seine Jungs, aber wir werden es bringen, verlassense sich drauf.« Er salutierte wieder, ließ den Stumpen fliegen und marschierte zum Black Hawk davon.

Nichts bewegt sich so leise wie ein Schiff. Bei dieser Geschwindigkeit, knapp 55 Stundenkilometer, würde ein Automobil Lärm machen, den man in einer stillen Nacht Hunderte Meter weit hören könnte, aber beim Schiff war's das Hochfrequenz-Zischen von Stahl, der durch momentan ruhige See schnitt, und das trug überhaupt nicht weit. An Bord konnte man die Vibration der Motoren spüren oder den Baß vom saugenden Atem der Turbinen hören, das war aber alles. Nur Zischen, und hinter jedem Schiff schäumte das Kielwasser in gespenstischem Grün von winzigen Organismen, aufgeschreckt durch die Druckwelle ihrer Passage. Den Besatzungen erschien das verdammt hell. Auf jeder Brücke war die Beleuchtung runtergedreht, um die Nachtsicht zu erhalten. Navigationslichter waren nicht gesetzt, ein Fahrtrechtsverstoß in diesen engen Gewässern. Auf Ausguck nach vorne setzte man Fernglas und Lichtverstärker ein. Der Verband lief gerade in den engsten Teil der Passage.

In jedem CIC flüsterten Leute über Schirmen und Kartentischen aus Besorgnis, man könnte sie doch hören. Die Raucher sehnten sich nach ihrem Laster, und mehr als einer fragte sich jetzt, warum: irgendeine Gefahr für die Gesundheit, so war's doch. Und sie bedachten die Boden-Boden-Raketen in rund fünfzehn Kilometer entfernten Stellungen, jede mit einer Tonne Sprengstoff gleich hinter dem Suchkopf.

»Kommen nach Backbord, neuer Kurs zwo-acht-fünef«, meldete der Deckoffizier auf *Anzio*.

Die Haupttafel zeigte mehr als 40 ›Ziele‹ an, wie man Radarechos nannte, jedes mit Vektorpfeil für Kurs und Geschwindigkeit. Einlaufend hielt sich mit auslaufend in etwa die Waage. Manche davon waren riesig; das Echo eines Supertankers unterschied sich nicht von dem einer mittelgroßen Insel.

»Tja, bis hierher hätten wir's geschafft«, meinte Weps zu Captain Kemper. »Vielleicht schlafen sie.«

»Und vielleicht gibt's den Großen Kürbis wirklich, Charlie Brown.«

Jetzt drehten sich nur die Navigationsradare. Die Iraner bzw. UIRler hatten sicher ESM-Gerät da drüben, aber wenn die eine Patrouille in der Straße von Hormuz postiert hatten, war sie bisher nicht auszumachen. Manche Ziele ließen sich nicht zuordnen. Fischer? Schmuggler? Freizeitskipper? Konnte man nicht sagen.Der Gegner hielt sich wohl etwas zurück mit dem Überqueren der Seestraße. Die Araber backbords waren wohl genauso territorial eingestellt wie jeder andere, vermutete Kemper.

Alle Schiffe waren auf Gefechtsstation, Kampfsysteme sämtlich hochgefahren, aber noch auf Bereitschaft geschaltet. Wenn sich ihnen jemand zuwandte, würden sie erst Sichtkontakt versuchen. Wenn sie jemand mit Waffenlenk-Radar beleuchtete, würde das nächstgelegene Schiff die Alarmstufe leicht steigern und sein SPY-Radar nach sich nähernden Echos suchen lassen. Das aber wäre schwierig. Die Raketen hatten unabhängige Suchsysteme, die Seestraße war überfüllt, und eine Rakete könnte versehentlich das falsche Ziel anpeilen. So schießwütig würden die Gegner nicht sein; es könnte ja mit einigen tausend gegrillten Schafen enden, dachte Kemper mit einem Lächeln. So spannend diese Phase auch war, für die Gegner war es auch nicht *so* einfach.

»Kursveränderung bei Spur vier-vier, wendet nach Backbord«, meldete ein Mannschaftsgrad.

Das war ein Oberflächenziel gerade innerhalb UIR-Gewässer, sieben Meilen entfernt und fast schon passiert. Kemper lehnte sich vor. Ein Rechnerbefehl hob die Spur für die letzten zwanzig Minuten hervor. Gerade mal Steuerungsfahrt, rund fünf Knoten. Jetzt machte es zehn, und hatte gedreht... auf den Köderverband hinter ihnen zu. Die Daten wurden *O'Bannon* weitergegeben, deren Captain den Verband kommandierte. Abstand der beiden Echos war sechzehn Kilometer und nahm ab.

Es wurde interessanter. *Normandy*s Hubschrauber schloß von achtern zur Spur auf, in niedriger Höhe. Die Piloten sahen grünweißes Aufleuchten, als das unbekannte Schiff mehr Kraft gab, das Wasser aufrührte und mit ihm die Organismen. Plötzliches Hochfahren hieß...

»Ist ein Schnellboot«, gab der Pilot über Datenverbindung durch. »Hat gerade das Gaspedal durchgedrückt. Ziel beschleunigt!«

Kemper verzog das Gesicht. Er hatte die Wahl: nichts tun, und vielleicht geschah nichts. Nichts tun, und vielleicht schaffte das Kanonen/Raketenboot den ersten Schuß gegen *O'Bannon* und den Verband. Etwas tun mit dem Risiko, die Gegenseite aufzuscheuchen. Aber wenn das feindliche Schiff zuerst schoß, wußte der Gegner eh Bescheid, nicht? Vielleicht. Vielleicht nicht. Fünf Sekunden lang blieb es ein Datengewirr; er wartete fünf weitere ab.

»Ziel ist ein Raketenboot, sehe zwei Rampen. Kurs des Ziels wird stabil.«

»Der hat freie Bahn zur *O'Bannon*, Sir«, meldete Weps.

»Funkgespräche, ich habe UHF-Funkverkehr, Peilung null-eins-fünef.«

»Abschießen«, sagte Kemper augenblicklich.

»Schießen!« sagte Weps über den Sprechkanal zum Hubi.

»Roger, greife an!«

»Combat, Ausguck. Sir, habe einen Blitz wie Raketenstart backbord achtern – jetzt zwei, Sir.«

»Geben Sie ein, zwei Takte ...«

»Zwei weitere Starts, Sir.«

*Scheiße*, dachte Kemper. Der Hubi hatte nur zwei Penguin-ASMs. Der Feind hatte die ersten zwei gefeuert. Und er konnte jetzt nichts tun. Der Köderverband erfüllte seine Funktion. Er wurde beschossen.

»Zwei Vampire, nähern sich – Ziel zerstört«, meldete der Pilot die Vernichtung des Raketenboots – das wurde einen Moment später vom oberen Ausguck bestätigt. »Wiederhole: Zwei Vampire nähern sich *O'Bannon*.«

»Silkworms sind große Ziele«, sagte Weps.

Sie konnten die Mini-Schlacht nur unvollständig verfolgen. Navigationsradar zeigte *O'Bannons* Wende nach Backbord. Das würde ihre Punktverteidungs-Raketenrampen achtern freigeben. Es würde auch den angreifenden Raketen ein riesiges Radarziel bieten. Der Zerstörer feuerte keine Ablenkungsköder, denn die Angreifer zu verwirren hieße, die UnRep-Schiffe, die er bewachte, zu gefährden. Automatische Entscheidung? überlegte Kemper. Bedachte? Zeigte Klöten, so oder so. Das Zielbeleuchtungsradar des Zerstörers ging an – er feuerte also seine Raketen, aber das Navigationsradar sagte nicht viel. Dann gesellte sich mindestens eine der Fregatten dazu.

»Lauter Blitze achtern«, berichtete der Ausguck weiter. »*Wow*, das war 'n Hammer! Wieder einer!« Dann fünf Sekunden Stille.

»*O'Bannon* für Verband – sind okay.«

Im Moment, dachte Kemper.

Die Predator waren oben, drei davon, einer für jedes der drei südwestlich Bagdads postierten Korps. Keiner davon kam so weit wie geplant. Gut 50 Kilometer vorher erfaßten ihre Thermalkameras die glühenden Formen gepanzerter Fahrzeuge. Die Armee Gottes war in Bewegung. Die Übertragung zu STORM TRACK wurde augenblicklich zu KKMC und von dort in die ganze Welt weitergeleitet.

»Ein paar Tage mehr wäre schön gewesen.« Ben Goodley kleidete seine Gedanken in Worte.

»Wie bereit sind unsere Leute?« Ryan drehte sich zum J-3.

»Das 10. ist bereit für Rock 'n' Roll. Die 11. braucht noch mindestens einen Tag. Die andere Brigade hat noch nicht einmal ihr Gerät.«

»Wie lange bis zur Feindberührung?«

»Mindestens zwölf Stunden, vielleicht achtzehn. Hängt davon ab, wo die genau hinwollen.«

Jack nickte. »Arnie, hat man Callie über all dies hier schon eingewiesen?«

»Nein, überhaupt nicht.«

»Dann erledigen wir das mal. Ich muß eine Rede halten.«

Alahad mußte sich wohl gelangweilt haben, im Geschäft so ohne Kundschaft, dachte Loomis. Er ging vorzeitig, stieg in seinen Wagen und fuhr davon. Ihn bei so leeren Straßen zu verfolgen dürfte recht leicht sein. Wenige Minuten später beobachtete man das Objekt, wie es seinen Wagen parkte und in sein Wohngebäude ging. Sie und Selig überquerten die Straße und gingen zur Rückseite herum. Es gab zwei Schlösser an der Tür, deren Überwindung den jüngeren Agenten zu seinem Unmut zehn Minuten kosteten. Dann das Alarmsystem, das aber einfacher war. Drinnen fanden sie weitere Fotos, eins wohl vom Sohn. Sie prüften als erstes den Rolodex, und es gab eine Karte für einen J. Sloan mit der Nummer 536-4040, aber ohne Adresse.

»Was halten Sie davon?« sagte Loomis.

»Ich meine, es ist eine neue Karte, ohne Eselsohren oder so was, und ich meine, da ist ein Punkt über der ersten Vier. Sagte ihm, welche Ziffer zu ändern ist, Sis.«

»Der Typ ist kein Zuschauer, Donny.«

»Sie haben recht, und das heißt, das gleiche gilt für Raman.«

Aber wie es beweisen?

Ihre Deckung mochte aufgeflogen sein oder nicht. Wußte man nicht. Kemper prüfte die Lage, so gut es ging. Vielleicht hatte das Raketenboot eine Meldung abgesetzt und Feuererlaubnis bekommen... Vielleicht hatte ein junger Kommandeur auf eigene Verantwortung gefeuert... eher aber nicht. Diktaturen gestatteten ihren Militärs nicht viel Autonomie. Wenn man als Diktator *damit* anfing, fand man sich früher oder später todsicher mit dem Rücken an einer Wand wieder. Der Spielstand jetzt war USA 1, UIR 0. Beide Verbände fuhren weiter, jetzt nach Südwesten in den breiter werdenden Golf, immer noch mit 26 Knoten, immer noch inmitten kommerziellen Verkehrs, und der Äther funkelte vor Schiffsfunk-Gesprächen, die sich wunderten, was zum Teufel nördlich von Abu Musa gerade vorgefallen war.

Omani-Schnellboote waren jetzt auch draußen und im Gespräch mit jemandem, vielleicht UIR: Sie fragten, was los war.

Von der Verwirrung, entschied Kemper, konnte man auch profitieren. Es war dunkel, und da waren Schiffe schwierig zu identifizieren.

»Wann kommt nautisches Zwielicht?«

»Fünf Stunden, Sir«, sagte der Wachhabende.

»Das sind hundertfünfzig Meilen zu unserem Vorteil. Weiter wie bisher. Sollen die's aussortieren, wenn sie können.« Bahrain unentdeckt zu erreichen wäre Wunder genug.

Sie legten alles auf Inspektor O'Days Schreibtisch. ›Alles‹ waren drei Seiten Notizen und ein paar Polaroidaufnahmen. Wichtigster Krümel war der Ausdruck der Verbindungsaufzeichnungen, die Reinschrift von Seligs Gekritzel. Es war das einzige legale Beweisstück, das sie hatten.

»Nicht gerade der dickste Packen Beweismittel, den ich je gesehen hab'«, meinte Pat.

»He, Pat, Sie haben gesagt, es muß schnell gehen«, erinnerte ihn Loomis. »Die sind beide nicht sauber. Ein Geschworenengericht könnte ich damit nicht überzeugen, aber es reicht, eine größere Ermittlung loszutreten, wenn man annimmt, wir hätten Zeit. Aber ich meine, die haben wir nicht.«

»Korrekt. Mitkommen«, sagte er im Aufstehen. »Zum Direktor.«

Es war ja nicht so, als hätte Murray zuwenig zu tun. FBI hatte zwar nicht die Leitung bei der Untersuchung der Ebola-Fälle, aber seine Agenten rannten sich die Füße wund. Dann war da der laufende, praktisch neue Fall zum Überfall auf Giant Steps, also Kriminalabteilung *und* FCI, darüber hinaus auch behördenübergreifend. Und jetzt dies, die dritte ›Leg alles andere beiseite‹-Sache in weniger als zehn Tagen. Der Inspektor winkte sich an den Sekretärinnen vorbei und spazierte, ohne zu klopfen, ins Büro des Direktors.

»Nur gut, das ich nicht gerade beim Pinkeln war«, murrte Murray.

»Dachte nicht, daß du Zeit dafür hast. Ich jedenfalls nicht«, erwiderte Pat. »Es gibt wohl tatsächlich einen Maulwurf im Service, Dan.«

»O?«

»Oh, yeah, und oh, Scheiße. Ich lass' dich von Loomis und Selig hier aufklären.«

»Kann ich es zu Andrea Price bringen, ohne erschossen zu werden?« fragte der Direktor.

»Ich glaub' schon.«

# 58 / Tageslicht

Es war noch kein Grund, zu feiern, aber zwei Tage in Folge war die Zahl neuer Ebola-Fälle zurückgegangen. Auch waren die Neuen zu einem Drittel Leute, die bei positivem Test asymptomatisch waren. CDC und USAMRIID prüften die Daten zweimal, bevor sie sie ans White House weitergaben mit dem Hinweis, daß sie vorläufig waren. Das Reiseverbot und seine Nebenwirkung auf zwischenmenschliche Kontakte schien zu funktionieren, aber der Präsident konnte nicht sagen, daß es funktionierte.

Der Giant-Steps-Fall kam auch voran, hauptsächlich eine Sache der FBI-Laborabteilung. Dort wurden Elektronenmikroskope für etwas anderes eingesetzt als die Identifikation von Ebola-Partikeln. Das Hauptaugenmerk richtete sich auf Pollen und andere winzige Partikel. Es wurde dadurch kompliziert, daß der Überfall im Frühjahr stattfand, wo die Luft voller verschiedener Blütenstaub-Arten ist.

Mordecai Azir, das stand nun fest, war Inbegriff einer Nicht-Person, die, wie's schien, für nur einen Zweck aufgetaucht und nach dessen Erfüllung wieder verschwunden war. Er hatte aber Fotos hinterlassen, und damit konnte man etwas anfangen, wie Ryan erfuhr. Er fragte sich, ob der Tag vielleicht mit guten Nachrichten enden könnte. Würde er nicht.

»Hi, Dan.« Er war wieder im Office. Der Lageraum war nur eine weitere Erinnerung daran, daß sein nächster wesentlicher Befehl Leute in den Kampf schicken würde.

»Mr. President«, sagte der FBI-Direktor, als er mit Inspektor O'Day und Andrea Price eintrat.

»Warum schauen Sie so glücklich drein?«

Und sie sagten es ihm.

Wer Daryaei vor dem Morgengrauen weckte, mußte ein tapferer Mann sein, und seine Leute brauchten zwei Stunden, um den erforderlichen Mut zusammenzukratzen. Nicht, daß ihnen das helfen würde. Um vier Uhr morgens in Teheran läutete das Telefon neben seinem Bett. Zehn Minuten später war er im privaten Empfangsraum seiner Wohnung, bereit, die Verantwortlichen zu bestrafen.

»Wir haben einen Bericht, daß amerikanische Schiffe in den Golf eingedrungen sind«, sagte ihm der Geheimdienstchef.

»Wann und wo?« fragte der Ajatollah leise.

»Es war nach Mitternacht in der Enge. Eins unserer Raketenboot-

Patrouillen erspähte einen amerikanischen Zerstörer. Der Kommandeur befahl einen Angriff, aber wir haben vom Schiff nichts mehr gehört.«

»Das ist alles?« *Sie haben mich* dafür *geweckt?*

»Es gab einigen Funkverkehr in der Gegend, Schiffsgespräche. Man sprach von mehreren Explosionen. Wir haben Grund zur Annahme, daß unser Raketenboot von jemandem angegriffen und zerstört wurde, wahrscheinlich einem Flugzeug – aber ein Flugzeug von wo?«

»Wir bitten um Ihre Erlaubnis, Flugoperationen einzuleiten, um den Golf nach dem Morgengrauen abzusuchen. Dies haben wir bislang nie ohne Ihre Zustimmung getan.« Das war der Luftwaffenchef.

»Erlaubnis erteilt«, sagte ihnen Daryaei. »Was noch?«

»Die Armee Gottes marschiert im Grenzgebiet auf, die Operation läuft nach Zeitplan.« Gewiß würde ihn diese Nachricht erfreuen, sagte sich der Geheimdienstchef.

Mahmoud Hadschi nickte. Er hatte eine Nacht mit viel Schlaf erhofft, zumal die nächsten Tage lang werden würden, aber es lag in seinem Wesen, daß er, einmal wach, keinen Schlaf mehr fand. Er sah auf die Schreibtischuhr und entschied, der Tag müsse wohl oder übel beginnen.

»Werden wir sie überraschen?«

»Etwas sicherlich«, erwiderte der Nachrichtendienstoffizier. »Die Armee hat strikten Befehl, Funkstille zu bewahren. Die amerikanischen Horchposten sind sehr empfindlich, aber nichts können auch sie nicht hören. Wenn wir Al Busajjah erreichen, müssen wir mit Enttarnung rechnen, aber dann sind wir absprungbereit, und es wird Nacht sein.«

Daryaei schüttelte den Kopf. »Was hat unser Patrouillenboot gemeldet?«

»Es berichtete von einem amerikanischen Zerstörer oder einer Fregatte, möglicherweise einem Konvoi, aber das war alles. In zwei Stunden werden wir Flugzeuge oben haben, die nachsehen.«

»Ihre Transportschiffe?«

»Wir wissen es nicht«, gab der Geheimdienstchef zu.

»*Dann finden Sie es heraus!*«

Damit gingen die beiden Männer. Daryaei läutete seinem Diener, er brauchte einen Tee. Es kam ihm ein weiterer Gedanke. Alles wäre gelöst, wenn der Raman-Junge seine Mission vollendet hätte. Im Bericht hieß es, er sei am Einsatzort und hätte den Befehl erhalten. Warum dann hatte er ihn nicht vollstreckt? fragte sich der Ajatollah mit wachsender Wut. Er sah wieder auf die Uhr. Für einen Anruf war es zu früh.

Kemper hatte seiner Besatzung eine Ruhepause gegönnt. Der Automatisierungsgrad der Aegis-Schiffe erlaubte das, und so durfte, zwei Stunden nach dem Zwischenfall mit dem Raketenboot, die Mannschaft sich an ihren Posten ablösen. Das hatte eine Stunde gedauert, jeder bekam dabei eine Viertelstunde für sich. Jetzt war wieder alles auf Posten, zwei Stunden vor dem nautischen Zwielicht. Sie waren knapp hundert Meilen vor Katar, jetzt mit Kurs Nordnordwest, nachdem sie sich hinter jede Insel und Ölplattform manövriert hatten, die einen gegnerischen Radarposten verwirren könnte. Den schweren Teil hatte COMEDY geschafft. Der Golf war hier viel breiter. Es gab Gelegenheit zum Einsatz seiner starken Sensoren. Der Radarschirm auf *Anzio* zeigte eine F-16-Rotte zwanzig Meilen im Norden, ihre IFF-Kodes klar dargestellt – da mußten seine Leute aufpassen. Besser noch wäre ein AWACS über ihnen, aber, wie er gerade erfahren hatte, die waren alle über dem Festland im Einsatz. Heute käme es zum Kampf. Es wäre nicht das, wofür man Aegis geplant hatte oder wofür er trainiert hatte, aber so war das halt bei der Navy.

Den Köderverband befahl er nach Süden. Ihr Job war einstweilen erledigt. Nach Sonnenaufgang wäre COMEDY nicht mehr zu tarnen oder sein Ziel zu verheimlichen, dachte er.

»Wie sicher sind Sie bei dem hier?« fragte POTUS. »Gott, ich bin mit dem Kerl hundertmal alleine gewesen.«

»Wissen wir«, versicherte ihm Price. »Wissen wir. Sir, es ist schwer zu glauben. Ich kenne Jeff in- und ausw...«

»Das ist der Basketball-King. Hat mir gesagt, wer's NCAA-Endspiel gewinnt. Er hatte recht. Er orakelte sogar die *Punkteverteilung*.«

»Ja, Sir.« Andrea mußte auch dem zustimmen. «Unglücklicherweise sind diese Dinge schwer zu erklären.»

»Wollen Sie ihn festnehmen?«

»Können wir nicht.« Den Ball nahm Murray entgegen. »Ist eine der Situationen, wo man weiß oder glaubt zu wissen, aber nichts beweisen kann. Pat hier hat aber eine Idee.«

»Dann mal raus damit«, befahl Ryan. Seine Kopfschmerzen waren wieder da. Schlimm genug, daß man ihm die vage Möglichkeit, daß der Secret Service kompromittiert sei, berichtet hatte; jetzt dachten sie, sie hätten Beweise – nein, noch schlimmer, nur beschissene Verdachtsmomente! –, daß einer der Leute, denen in seiner Gegenwart und der seiner Familie getraut wurde, ein möglicher Attentäter wäre. Hörte das nie auf? Aber er hörte dennoch zu.

»Eigentlich ist es ziemlich einfach«, schloß O'Day ab.

»Nein!« sagte Price sofort. »Was, wenn ...«

»Wir können es unter Kontrolle halten. Wirkliche Gefahr gibt es nicht«, versicherte der Inspektor allen.

»Halt«, sagte SWORDSMAN. »Wir können den Kerl ausräuchern?«

»Ja, Sir.«

»Und ich darf tatsächlich was tun, statt hier rumzusitzen wie ein verdammter König?«

»Ja, Sir«, wiederholte Pat.

»Wo muß ich unterschreiben?« fragte der Präsident rhetorisch.

»Mr. Presiden ...«

»Andrea, Sie werden doch hier sein, oder?«

»Nun, ja, aber ...«

»Dann ist's genehmigt«, sagte POTUS. »Er kommt nicht in die *Nähe* meiner Familie. Ich meine, wenn er den Aufzug nur *ansieht*, legen Sie ihn selbst um, Andrea. Ist das klar?«

»Verstanden, Mr. President. Nur Westflügel.«

Damit gingen sie zum Lageraum hinunter, wo Arnie und das NSA-Team eine Kartenanzeige auf dem Breitwandbildschirm betrachteten.

»Okay, hellen wir den Himmel etwas auf«, sagte Kemper. Auf Kommando schalteten *Anzio* und die anderen vier Aegis-Schiffe ihr SPY-Radar von Bereitschaft auf volle Kraft. Sich verstecken brachte nichts mehr. Sie liefen direkt unter der kommerziellen Flugroute W-15, und jeder Linienpilot konnte herabschauen und die Schiffsansammlung sehen. Wer es tat, würde darüber reden. Das Überraschungsmoment hatte praktische Grenzen.

Binnen einer Sekunde zeigten die großen Bildschirme zahlreiche Spuren in der Luft. Es mußte wohl der geschäftigste Luftraum diesseits von O'Hare sein, dachte Kemper. Der IFF-Scan zeigte eine Rotte F-16 nordwestlich seiner Postion. Es waren sechs Linienmaschinen oben, und der Tag hatte erst begonnen. Die Raketenspezialisten ließen Übungsverfolgungen laufen, um die Systeme aufzuwärmen, aber eigentlich sollten die Aegis-Systeme die Dinger sein, die in einem Moment stillsitzen, im nächsten die Hölle ausbrechen lassen konnten. Dazu waren sie an den richtigen Ort gekommen.

Die ersten iranischen Jäger, die an diesem Tag in den Himmel stiegen, waren zwei betagte F-14 Tomcat aus Schiraz. Der Schah hatte in den Siebzigern rund achtzig dieser Jäger von Grumman gekauft. Zehn flogen noch, mit Teilen, die aus all den anderen kannibalisiert oder auf dem lebhaften Welt-Schwarzmarkt für Kampfflieger-Komponenten erstanden waren. Sie flogen südostwärts über Land bis Bandar-e Abbas, beschleunigten dann nach Süden und passierten Abu Musa nördlich der Insel, die Kopiloten an Feldstechern mit Blick auf den Golf. Die Sonne war bei 8000 Metern gut sichtbar, doch auf Meereshöhe herrschte noch das Halbdunkel nautischen Zwielichts.

Von da oben sieht man die Schiffe nicht. Meist ist das Meer zu gewaltig, die Schiffe zu klein. Was man sieht, ob vom Satelliten oder mit menschlichem Auge, ist das Kielwasser, die Wasserstörung – Bug- und Heckwelle bilden einen Keil. Das Auge wird von dieser Figur angezogen, und an der Spitze der V-Form ist das Schiff dann zu finden. Sie sahen zuerst den Köderverband aus 40 Meilen Entfernung. Den Hauptverband COMEDY entdeckten sie eine Minute später.

Bei den Schiffen war das Problem positive Identifikation. Kemper durfte nicht riskieren, eine Linienmaschine zu treffen, wie einst die USS *Vincennes*. Sie fingen Sprechfunk auf, da waren die vier F-16 schon auf dem Weg. Aber niemand an Bord konnte die Funksprüche übersetzen.

»Auf zur Jagd«, rief der F-16-Rottenführer. »Sieht aus wie F-14er.« Und er *wußte*, die Navy hatte keinen von denen in der Gegend.

»*Anzio* an STARFIGHTER, Waffen frei, haut drauf.«

»Roger!«

»FLUG, LEITER, auf Slammer.« Die waren zu beschäftigt mit Runtergukken, um sich umzusehen. Wohl 'n Aufklärungsflug, dachte STARFIGHTER LEITUNG. Pech. Er schaltete auf AIM-120 und feuerte, Sekundenbruchteile vor den anderen seiner Rotte. »Fuchs-Eins, Fuchs-Eins!« Und die Schlacht von Katar hatte begonnen.

Die UIR-Tomcat waren ein wenig zu beschäftigt. Ihre Radarwarnsysteme berichteten von allen möglichen Sendern. Der Führer des Paars versuchte, gleichzeitig die Kriegsschiffe zu zählen und per Funk zu berichten, als zwei AMRAAM-Raketen zwanzig Meter vor seinem betagten Jäger explodierten. Der zweite Pilot sah noch auf und den Tod kommen.

»*Anzio*, STARFIGHTER: zwei runter, kein Schirm, wiederhole, zwei runter.«

»Roger dazu.«

»Welch *nette* Art, den Tag zu beginnen«, meinte ein USAF-Major, die gerade sechzehn Monate lang über der Negev mit den Israeli-Fliegern hatte spielen müssen. »Rückkehr zur Basis. Ende.«

»Bin mir nicht sicher, ob das eine gute Idee war«, sagte van Damm. Die Radardarstellung wurde vom neuen Schiff *John Paul Jones* über Satellit nach Washington weitergeleitet. Sie verfolgten das Geschehen mit weniger als einer halben Sekunde Verzögerung.

»Diese Schiffe dürfen nicht aufgehalten werden, Sir«, teilte Robby Jackson dem Stabschef mit. »Wir können kein Risiko eingehen.«

»Aber die können sagen, wir hätten zuerst gefeuert, und ...«

»Falsch, Sir. Das Raketenboot feuerte zuerst, vor fünf Stunden«, erinnerte ihn der J-3.

»Das werden die aber nicht sagen.«

»Halten Sie die Luft an, Arnie«, sagte Ryan. »War mein Befehl, nicht? Die Einsatzrichtlinien stehen fest. Und jetzt, Robby?«

»Hängt davon ab, ob die Iraner berichten konnten. Der erste Abschuß war leicht. Das ist er meistens«, sagte Jackson und erinnerte sich an seine Kampfeinsätze; nichts kam so, wie man's bei Top Gun geübt hatte, aber Fairneß zählte nicht, richtig?

Die engste Passage war gerade mal 150 Kilometer zwischen Katar und der iranischen Stadt Basatin. Dort gab es einen Luftwaffenstützpunkt, und die Satelliten zeigten Jäger auf der Startbahn.

»Hi, Jeff.«

»Was liegt an, Andrea?« fragte Raman und fügte hinzu: »Freut mich, daß Sie sich noch an mich erinnern.«

»War ziemlich hektisch mit all dem Fieberzeugs. Wir brauchen Sie hier. Ham Sie 'nen Wagen?«

»Schätze, ich kann einen vom hiesigen Büro stehlen.« Tatsächlich hatte er schon einen Dienstwagen.

»Okay«, teilte sie ihm mit, »kommen Sie runter. Vermutlich brauchen wir die Vorausarbeit da oben gar nicht. Ihre ID bringt Sie durch die Straßensperren auf der I-70. So schnell es geht. Hier ist einiges los.«

»Geben Sie mir vier Stunden.«

»Sie haben einen Kleiderwechsel mit?«

»Yeah, warum?«

»Brauchen Sie. Wir haben hier Dekontaminationsmaßnahmen aufgestellt. Jeder muß sich schrubben, bevor's in den Westflügel geht. Werden Sie sehen, wenn Sie da sind«, sagte ihm die Detail-Chefin.

»Ist mir recht.«

Alahad machte gar nichts. Wanzen in seiner Wohnung ließen feststellen, er sah fern und zappte durch die Kanäle nach einem Film, den er noch nicht kannte, und hörte vorm Schlafengehen noch die *CNN Headline News*. Sonst nichts. Die Lichter waren alle aus, und auch die Infrarot-Kameras konnten nicht durch seine Schlafzimmervorhänge sehen. Die Überwachungsagenten tranken aus Plastikbechern ihren Kaffee und hörten zu, während sie ihre Sorgen über die Epidemie besprachen, wie viele andere in Amerika auch. Die Medien widmeten der Story fast die gesamte Sendezeit. Es drehte sich aber auch alles um die Ebola-Krise. Wissenschaftsberichte erklärten das Virus und wie es sich verbreitete – eigentlich *vielleicht* verbreitete; da gab es diverse Meinungen – und die Agenten verfolgten in ihren Köpfhörern den neuesten Beitrag über Alahads Fernseher.

Es gab juristische Analysen der Entscheidung für Edward Kealty, aber absolut keine Begeisterung dafür, das Reiseverbot aufzuheben. Berichte zeigten Maschinen in Flughäfen, Busse in Terminals, Züge in Bahnhöfen und viele leere Straßen. Sie zeigten Leute in Hotels und wie sie zurechtkamen, wie man OP-Masken wiederverwenden konnte, und bestätigten, daß diese Vorsichtsmaßnahme fast uneingeschränkt wirke; die meisten schienen es zu glauben. Als Gegengewicht kamen viele Berichte über Kliniken und jetzt auch Leichensäcke. Berichte über die Verbrennung der Leichen wurden nach Absprache gesendet, ohne Flammen zu zeigen. Die Rohdaten waren entsetzlich genug, auch ohne Abbildung der Realität. Reporter und medizinische Berater fingen an, über den Mangel an Daten zur Fallzahl laut nachzudenken – das war für viele alarmierend –, aber sahen Hinweise darauf, daß Klinikressourcen zur Behandlung der Ebola-Fälle nicht erweitert wurden – das beruhigte einige. Extreme Propheten des Weltuntergangs verbreiteten weiter ihr Kredo, aber andere sagten, daß die Daten dagegensprachen und daß sich die Lage zu stabilisieren schien; sie fügten aber stets hinzu, daß es viel zu früh für konkrete Aussagen wäre.

Allmählich war die Rede davon, daß manche Staaten ganz von Ebola frei wären und ebenfalls viele Gebiete in den betroffenen Staaten. Und schließlich traten einige auf, die behaupteten, die Epidemie sei gewiß kein Naturereignis. Darüber gab es aber keine öffentliche Meinung. Die Leute kamen zuwenig ins Gespräch, um sich fundierte Meinungen anzueignen, aber mit dem wachsenden Vertrauen darauf, daß die Welt nicht zu Ende ging, kam die große Frage: Wie hatte all das begonnen?

Secretary of State Scott Adler war wieder in seiner Maschine, Kurs westlich zur Volksrepublik. Auch hier hatte er Zugang zu allen Neuigkeiten. Diese erzeugten Wut, aber auch eine perverse Art Zufriedenheit. Es war Zhang, der seine Regierung in diese Richtung trieb. Das war jetzt recht sicher, nachdem sie erfahren hatten, daß Indien beteiligt war – schon wieder –, diesmal geködert vom Iran und von China. Die Frage war jetzt, ob die Premierministerin ihren Partnern mitteilen würde, daß sie ausgestiegen sei. Wohl nicht, dachte Adler. Die hatte sich wieder selbst ausmanövriert. Es gelang ihr anscheinend im Stillstand.

Aber die Wut kehrte immer wieder. Sein Land war angegriffen worden, von einem, den man ihm erst vor Tagen vorgestellt hatte. Diplomatie hatte versagt. Er hatte es nicht geschafft, einen Konflikt zu verhindern – und war das nicht sein Job? Schlimmer noch: Er und sein Land waren getäuscht worden. China hatte *ihn* und eine lebenswichtige Marinestreitkraft an den falschen Fleck gelockt. Die PRC spielte jetzt eine selbst zubereitete Krise aus mit dem Zweck, amerikanischen Interessen zu schaden, und wahrscheinlich zur Umgestaltung der Welt nach eigenem Entwurf. Die gingen es geschickt an. China hatte nicht direkt irgend jemandem irgend etwas angetan, abgesehen von einigen Flugpassagieren, sondern hatte anderen die Führung – und die dazugehörigen Risiken – überlassen. Wie auch immer dies ausging, China hätte noch den Respekt, der einer Supermacht zustand, und den Einfluß auf Amerikas Außenpolitik behalten bis zu dem Moment, wo es die gewünschten Veränderungen bewirkt hätte. Es hatte mit dem Angriff auf den Airbus Amerikaner getötet. Durch seine Machenschaften half es dabei, daß weitere getötet wurden, es half, seinem Land dauerhaften Schaden zuzufügen, und tat das ohne Risiko, überlegte Adler still mit Blick aus dem Fenster, als seine Maschine über Land geriet.

Aber die wußten nicht, daß er diese Dinge wußte, nicht wahr?

Der nächste Angriff würde etwas ernsthafter sein. Die UIR hatte einen großen Vorrat an C–802-Raketen, meinte der Geheimdienst. Hergestellt bei China Precision Machine Import and Export Corporation, waren diese nach Typ und Leistung der französichen Exocet ähnlich, mit Reichweiten von rund 110 Kilometern. Wieder aber lag das Problem bei der Zielerfassung. Es gab einfach zu viele Schiffe im Golf. Um ihren Raketen die richtigen Adressen aufzukleben, mußten die Iraner ihre Jäger so nahe heran führen, daß deren Waffenlenkradar die Abwehrsphäre von COMEDY streifte.

Nun, dachte Kemper, das wollen wir doch erst mal sehen. *John Paul Jones* beschleunigte auf 32 Knoten und setzte sich nach Norden ab. Der neue Zerstörer war ge-stealtht – das Radarecho entsprach einem mittelgroßen Fischerboot – und bestärkte das durch Stillschalten sämtlicher Radare. COMEDY hatte denen einen Blick gewährt. Der nächste würde anders sein. Er rief in Riad an und brüllte ein wenig wegen AWACS-Unterstützung. Die drei Kreuzer *Anzio, Normandy* und *Yorktown* hielten Position bei den Frachtschiffen, und es wurde den zivilen Mannschaften der *Bob Hope*s langsam klar, daß die Kriegsschiffe nicht nur zur Raketenabwehr da waren. Ankommende Vampire müßten *durch* einen Kreuzer fliegen, um sie zu erreichen. Aber daran ließ sich nichts ändern. Die zivilen Seeleute waren alle auf Station und die Feuerbekämpfungsgerätschaften in den Frachtdecks verteilt. Ihre Diesel gaben alle Dauerleistung her, die die Handbücher gestatteten.

Oben wurde die Frühpatrouille F-16 abgelöst. Waffen waren freigegeben, und bei der zivilen Luftfahrt sickerte langsam durch, daß das Klima über dem Persischen Golf momentan nicht gesund sei. Das machte allen die Aufgabe leichter. Daß sie hier waren, war kein Geheimnis. Iranisches Radar mußte sie erfaßt haben, aber da war auch nichts zu machen.

»Es scheint, im Persischen Golf gibt es zwei amerikanische Marineverbände«, sagte ihm sein Nachrichtenoffizier. »Es ist möglich, daß Militärtransporte dabei sind.«

»Und?«

»Und zwei unserer Jäger wurden bei Annäherung abgeschossen.«

»Die amerikanischen Schiffe – manche sind Kriegsschiffe neuester Bauart. Die Meldungen erwähnten auch welche, die wie Handelsschiffe aussahen. Wahrscheinlich die Transportschiffe für Panzer aus Diego Garcia...«

»Die Indien aufhalten sollte!«

»Das ist wahrscheinlich korrekt.«

*Ich war ein Narr, dieser Frau zu vertrauen!* »Versenkt sie!« befahl er im Glauben, sein Wunsch würde wahr.

Raman fuhr gern schnell. Die fast freie Interstate, die dunkle Nacht und der starke Dienstwagen ließen ihn dieser Leidenschaft frönen, als er die I-70 Richtung Maryland herabfetzte. Die vielen Laster auf der Straße überraschten ihn. Er hatte nicht gewußt, daß ein so großer Anteil dem Transport von Nahrung und Medikamenten gewidmet war. Sein rotes, drehendes Warnlicht hieß sie aus seinem Weg bleiben und erlaubte seine Durchfahrt ohne Störung durch die Pennsylvania Staatspolizei.

Er hatte auch Zeit, nachzudenken. Es wäre insgesamt besser gewesen, er hätte vorher gewußt, was alles geschieht. Sicher aber besser für ihn. Der Überfall auf SANDBOX hatte ihm nicht gefallen. Sie war ein Kind, zu jung, zu unschuldig, ein Feind zu sein – er kannte ihr Gesicht, ihren Namen, ihre Stimme –, und der Schreck darüber hatte ihn kurz irritiert. Er verstand nicht genau, weshalb man es befohlen hatte ... es sei denn, um den Schutzschild noch enger um POTUS zu knüpfen, seine Mission dadurch zu erleichtern. Aber das hätte nicht sein müssen, nicht wirklich. Amerika war nicht der Irak, und Mahmoud Hadschi verstand das wohl nicht ganz.

Der Angriff mit einer Krankheit war eine andere Sache. Deren Ausbreitung oblag Gottes Wille. Es war unangenehm, aber so war das Leben. Nur der Glaube an etwas, das größer war als man selbst, ließ die Last leichter ertragen. Raman hatte diesen Glauben. Große Ereignisse waren meist zwangsläufig schmerzhafte. Der Glaube verbreitete sich mit dem Schwert, trotz der Ermahnung des Propheten, daß das Schwert keinen Gläubigen schuf ... ein Zwiespalt, den er nicht ganz verstand, aber auch das war der Lauf der Welt. Einer allein konnte es nie begreifen. In so vielem war man auf die Führung von denen angewiesen, die weiser waren als man selbst, einem sagten, was zu tun war, was Allah gefiel, was Seinem Zweck diente.

Daß man ihm Nützliches vorenthalten hatte – nun, das mußte er zugeben, es war eine vernünftige Sicherheitsmaßnahme ... wenn man annahm, daß man nicht überleben sollte. Der Gedanke barg keinen Schrecken für ihn. Die Möglichkeit hatte er vor langem akzeptiert, und wenn sein ferner Bruder die Mission in Bagdad erfüllt hatte, konnte er das in Washington auch. Aber er würde zu überleben versuchen. Daran war doch nichts Falsches, oder?

Klar, daß man an dieser Operation noch herumtüftelte, sagte sich Kemper. Es war keine Zeit geblieben, Dinge zu entscheiden, Ressourcen zuzuweisen, Nachrichtenverbindungen aufzubauen und so weiter. Als er wegen dem AWACS anrief, hatte irgendein Air-Force-Typ gefragt: »Was, Sie haben keinen? Warum haben Sie nicht gefragt?« Der Kommandierende der *Anzio* und von Task-Force 61.1 hatte seinen Zorn nicht an dem Mann ausgelassen. War wohl nicht mal dessen Schuld gewesen, und die gute Nachricht war, daß sie jetzt einen hatten. Das Timing war auch günstig. Vier Jäger unbekannten Typs hoben gerade in Basatin ab, 145 Kilometer entfernt.

»COMEDY, hier Himmel-Zwo. Auf unserem Schirm nähern sich vier.« Die Datenverbindung brachte das Bild auf einen der Aegis-Bildschirme. Sein eigenes Radar sah nicht so weit. AWACS zeigte vier Punkte in zwei Paaren.

»Sky, COMEDY, gehören Ihnen. Draufhauen.«

»Roger – dranbleiben, vier mehr unterwegs.«

»Jetzt wird's interessant«, sagte ihnen Jackson im Lageraum. »Kemper hat außenbords der Formation eine Raketenfalle gestellt. Wenn's jemand an den F-16ern vorbeischafft, sehen wir, ob sie funktioniert.«

Eine dritte Viererrotte hob eine Minute später ab. Die zwölf Jagdflieger stiegen auf 10000 Fuß und machten sich mit hoher Geschwindigkeit nach Süden auf den Weg.

Die Rotte F-16 bewegte sich unter AWACS-Leitung zur Golfmitte, um dort der Bedrohung zu begegnen. Beide Seiten fuhren Waffenlenkradar hoch, die UIR von Bodenstationen, die USAF-Teams von der E-3B im Kreisflug 150 Kilometer hinter ihnen geleitet. Elegant war es nicht. Die F-16, mit weiter reichenden Raketen, schossen zuerst und drehten ab, als die südwärts strebenden Abfangjäger Irans die eigenen auslösten und auszuweichen versuchten. Störsender wurden eingeschaltet, auch mächtige Störer von Bodenstationen, was die Amerikaner überraschte. Drei UIR-Jäger fielen der Raketenbarrage zum Opfer, während die Amerikaner das Gegenfeuer abhängten und sich im erneuten Angriff dem Feind zuwandten. Die amerikanische Rotte bildete Paare, raste ostwärts und machte kehrt, um einen Amboß-Angriff zu fliegen. Aber die Geschwindigkeiten waren hoch, und eine iranische Rotte war nun bis auf 80 Kilometer an COMEDY herangekommen. Zu dem Zeitpunkt erschienen sie auf *Anzio*s Radarschirm.

»Cap'n.« Der Bootsmann am ESM-Tisch sprach in sein Mikrofon. »Ich empfange Erfassungsradarsignale, Peilung drei-fünef-fünef. Entdeckungsstärke, Sir. Die könnten uns haben.«

»Sehr gut.« Kemper griff vor, um seinen Schlüssel zu drehen. Auf

*Yorktown* und *Normandy* geschah das gleiche. Erstere war eine ältere Version des Kreuzers. Bei ihr kamen vier weiße SM2-MR aus den Magazinen und achtern auf die Startschienen. Bei *Anzio* und *Normandy* änderte sich nach außen hin nichts; ihre Raketen waren in senkrechten Startzellen. Die SPY-Radare pumpten jetzt sechs Millionen Watt in den Äther und fixierten die kommenden Jabos kontinuierlich, bis sie in Reichweite kamen.

Für die *John Paul Jones*, 15 Kilometer nördlich des Hauptverbands, waren sie es schon. Binnen drei Sekunden war das Radar aktiviert und die ersten von acht Raketen brachen aus den Startzellen hervor, preschten himmelwärts, legten sich in die Waagerechte und heizten nach Norden.

Die Jäger hatten die *Jones* nicht gesehen. Ihr Stealth-Profil zeigte sich auf ihren Bildschirmen nicht als reales Ziel. Auch hatten sie nicht bemerkt, daß sie jetzt ein viertes SPY-Radar anpeilte. Die Serie weißer Rauchspuren kam als unangenehme Überraschung, als die Piloten von den Schirmen aufsahen. Aber zwei lösten ihre C-802 noch gerade rechtzeitig aus.

Vier Sekunden vom Ziel entfernt, erhielten die SM-2-Raketen abschließende Lenkdaten von den SPG-62-Zielbeleuchtungs-Radargeräten. Es war zu plötzlich, zu unerwartet für Ausweichmanöver. Alle vier Jäger wurden in großen Wolken aus Gelb und Schwarz ausgelöscht, hatten aber noch sechs Anti-Schiff-Raketen auf den Weg schicken können.

»Vampir, Vampir! Habe ankommend Raketensucher, Peilung drei-fünf-null.«

»Okay, es geht los.« Kemper drehte den Schlüssel einen Klick weiter zu ›Special-Auto‹. Aegis lief jetzt vollautomatisch. An Deck drehten sich die CIWS-Gatlingkanonen nach Steuerbord. Überall auf den vier Kriegsschiffen hörten es die Seeleute und versuchten nicht zu zucken. Die bewachte Handelsmarine wußte einfach nicht genug, um selbst Angst zu haben.

Oben näherten sich die F-16 der letzten Viererrotte. Sie hatten auch Träger für Anti-Schiff-Waffen, hatten aber am falschen Ort gesucht, wohl nach dem Köderverband, und folgten nun den Aegis-Signalen im Westen, als sich plötzlich der Himmel über ihnen mit Rauchspuren füllte. Sie sprengten auseinander, zwei explodierten. Ein weiterer wurde beschädigt, versuchte nordwestwärts davonzuhinken und bohrte sich mit Motorenausfall in die See. Der vierte zog links kehrt und warf die Außenlast ab. Vier Air Force F-16 hatten in nur vier Minuten sechs feindliche Flieger vernichtet.

*Jones* erwischte einen der Wellenstreifer, aber die mit Hochgeschwindigkeit kreuzenden Ziele waren kaum anzupeilen. Drei der vier computergestarteten Versuche schlugen fehl. Es blieben noch fünf. Die Kampfsysteme gingen in Reset und sahen sich nach weiteren Zielen um.

Sie hatten den Rauch von der *Jones* gesehen, aber die erste Warnung, daß etwas schiefgelaufen war, kam, als die drei Kreuzer loslegten.

Im CIC der *Anzio* entschied sich Kemper, wie der Skipper von *O'Bannon* zuvor, keine Köderraketen zu starten. Drei Vampire liefen wohl achtern, nur zwei in ihre Richtung. Sein Kreuzer und die *Normandy* konzentrierten sich auf diese. Die Starts der Abwehrraketen konnte man spüren. Der Rumpf erzitterte, als das erste Paar losging. Die Radaranzeige wurde jetzt sekündlich aufgefrischt. Die ›Vampire‹ waren nur 12 Kilometer entfernt – bei 15 Kilometer *pro Minute* waren das weniger als fünfzig Sekunden für Erfassung und Zerstörung. Es würde ihnen wie eine Woche vorkommen.

Das Systemprogramm sah die Einnahme einer Feuerleittaktik vor, die den Umständen entsprach. Im Moment war das Schuß-Schuß-Guck. Feuere eine Rakete, eine weitere und sieh nach, ob das Ziel das erste Paar überlebt hatte, bevor ein weiterer Versuch gestartet wurde. Sein Ziel wurde von der ersten SM-2 gesprengt, die zweite SAM zerstörte sich selbst. Die erste Rakete der *Normandy* ging daneben, aber die zweite streifte die C-802, die ins Wasser mit einer Explosion purzelte.

*Yorktown* hatte einen Vor- und einen Nachteil. Ihr älteres System erlaubte Starts in direkter Zielrichtung, ohne den Raketen eine frühe Wende zum Ziel aufzuzwingen. Aber sie konnte nicht so rasch wiederholen. Sie hatte drei Ziele und fünfzig Sekunden für deren Zerstörung. Die erste C-802 fiel in acht Kilometer Entfernung nach doppeltem Treffer. Das zweite Ziel war jetzt in Abschußhöhe, drei Meter über dem ruhigen Wasser. Eine SM-2 verfehlte es hoch und explodierte harmlos dahinter. Die folgende ging auch daneben. Der nächste Start aus der Bugrampe löschte sie aus, fünf Kilometer vor dem Schiff, füllte aber die Luft mit Fragmenten, die das nächste Paar verwirrten. Beide explodierten in den Fetzen eines zerstörten Ziels. Die letzte C-802 passierte die Wolke aus Gischt und Splittern, direkt auf den Kreuzer zu. Die *Yorktown* schaffte noch zwei Starts, aber eine defekte Rakete lenkte sich gar nicht, und die andere verfehlte das Ziel. Dann drehten sich die CIWS auf den vorderen und achteren Aufbauten, weil der Vampir in ihre Zielsphäre eintrat. Sie eröffneten das Feuer bei 800

Metern, verfehlten, verfehlten nochmals und sprengten die Rakete knapp 200 Meter nach Steuerbord. Der 250 Kilo Sprengkopf deckte den Kreuzer mit Splittern ein, die die SPY-Tafel steuerbords trafen und in die Aufbauten fetzten. Sechs Seemänner starben, zwanzig weitere wurden verwundet.

»Wow«, sagte SecDef Bretano. Das ganze theoretische Zeugs der vergangenen Woche wurde plötzlich real.

»Nicht schlecht. Sie haben 14 Flieger auf uns gehetzt und bekommen nur zwei oder drei zurück«, sagte Robby. »Das wird ihnen zu denken geben.«

»Was ist mit *Yorktown*?« fragte der Präsident.

»Müssen wir abwarten.«

Ihr Hotel war nur einen Kilometer von der russischen Botschaft entfernt, und wie gute, geizige Journalisten gingen sie zu Fuß, wenige Minuten vor acht. Clark und Chavez hatten kaum hundert Meter geschafft, als sie sahen, daß etwas faul war. Leute bewegten sich träge für so früh am Arbeitstag. War ihnen der Krieg mit den Saudis eröffnet worden? John bog ab in eine andere Marktstraße und fand Leute, die in tragbare Radios horchten, statt ihre Ware auf die Regale zu bugsieren.

»Entschuldigung«, fragte John in russisch gefärbtem Farsi. »Ist etwas nicht in Ordnung?«

»Wir sind im Krieg mit Amerika«, sagte ein Obstverkäufer.

»Oh? Was ist passiert?«

»Im Radio heißt es, man habe unsere Flugzeuge angegriffen«, sagte der Obstverkäufer als nächstes. »Wer sind Sie?«

John zückte seinen Paß. »Russische Journalisten. Darf ich Sie fragen, was Sie davon halten?«

»Haben wir noch nicht genug gekämpft?« fragte der Mann.

»Wie ich's sagte. Die beschuldigen uns«, sagte Arnie bei der Lektüre der abgefangenen Sendung von Radio Teheran. »Was wird das wohl mit der Politik in der Region anstellen?«

»Die Positionen sind so ziemlich bezogen«, meinte Ed Foley. »Man ist entweder auf der einen oder der anderen Seite. Die UIR sind die anderen. Einfacher als letztes Mal.«

Der Präsident sah auf seine Uhr. »Wann gehe ich auf Sendung?«

»Mittags.«

Raman mußte an der Grenze Maryland-Pennsylvania halten. Gute zwanzig Laster warteten auf Abfertigung durch die Maryland-Polizei, und sie reihten sich paarweise auf, was die Straße hier völlig blockierte. Zehn Minuten später zeigte er sein ID. Der Cop winkte ihn wortlos durch. Raman schaltete das Licht wieder ein und das Radio dazu, holte einen AM-Nachrichtensender herein und hörte, wie der Network-Nachrichtendienst um halb eins eine Luftschlacht im Persischen Golf bekanntgab. Weder Pentagon noch White House kommentierten das Geschehen. Iran behauptete, zwei amerikanische Schiffe versenkt und vier Jäger abgeschossen zu haben.

Raman konnte das kaum glauben. Das Problem mit Amerika und der Grund für seine selbstaufopfernde Mission waren, daß dieses desorganisierte, götzenhörige, irregeleitete Land in der Anwendung von Gewalt tödlich war. Sogar Präsident Ryan strahlte eine ruhige Kraft aus. Er wurde nicht laut, täuschte nichts vor, handelte nicht wie die meisten ›Großen‹. Er fragte sich, wie viele wohl begriffen, wie gefährlich SWORDSMAN wirklich war. Nun, daher mußte er ihn töten, und wenn es sein eigenes Leben kostete, sei's drum.

TF 61.1 drehte ohne weiteren Zwischenfall ab nach Süden hinter der Halbinsel Katar. Die Aufbauten der *Yorktown* waren schwer beschädigt, aber mit ihrem Heck zum Feind war das ohne Bedeutung. Kemper mischte die Eskorte erneut, setzte alle vier hinter die Panzerträger, aber ein weiterer Angriff blieb aus. Der erste hatte den Feind zu sehr getroffen. Acht F-15, vier von den Saudis, der Rest vom 366sten, kreisten über ihnen. Eine Mischung aus saudischen und anderen Eskortschiffen tauchte auf. Sie suchten das Meer vor COMEDY ab, aber die Gefahr war vorbei. Sechs riesige Containerschiffe legten vom Kai in Dhahran ab, um für *Bob Hope* und ihre Schwestern Platz zu schaffen, und nun erschienen je drei Schlepper, um sie heranzubewegen. Die vier Aegis-Schiffe hielten auch in Ruhe Station und ankerten 500 Meter querab zur Luft-Deckung bis zur Entladung. Der Köderverband, der keinen Kratzer erlitten hatte, legte in Bahrain an und wartete ab.

Vom Deckhaus der *Anzio* sah Captain Kemper zu, als die ersten olivbraunen Busse neben den Trägern anhielten. Durch seinen Feldstecher konnte er Männer in ›Chocolat Chip‹-Tarnung heraustrotten sehen und die Rampen, die ihnen achtern entgegensanken.

Price hatte sämtliche Agenten des Detail im Westflügel versammelt und den Spielplan geschildert. Es würde für die Leute im White House selbst nochmals wiederholt werden, und die Reaktion, meinte sie, würde wohl gleich ausfallen: Schock, Unglauben und Ärger an der Grenze zur Wut.

»Das vergessen wir erst mal, okay? Wir wissen, was wir dagegen anstellen wollen. Dies ist ein Kriminalfall, und so wird er behandelt. Keiner verliert die Kontrolle. Keiner gibt etwas preis. Fragen?« Es gab keine.

Daryaei sah nochmals auf die Uhr. Ja, endlich war es Zeit. Er tätigte einen Anruf über sichere Leitung zur UIR-Botschaft in Paris. Dort rief der Botschafter einen anderen an. Jener rief London an. In allen Fällen waren die Worte unschuldig. Der Inhalt war es nicht.

Nach Cumberland, Hagerstown, Frederick, bog Raman nach Süden auf die I-270 für die letzte Stunde nach Washington ab. Er war müde, aber seine Hände kribbelten. Heute morgen würde er einen Sonnenaufgang sehen. Vielleicht den letzten. Er hoffte, der würde schön.

Das Geräusch schreckte beide Agenten auf. Sie sahen auf die Uhr. Die Zahl erschien auf einem Display. Übersee, Vorwahl 44, also England.

»Ja?« Die Stimme war von Objekt, Mohammed Alahad.

»Entschuldigen Sie die frühe Störung. Ich frage wegen des Drei-Meter-Isfahan, des roten. Ist er schon angekommen? Mein Kunde drängt sehr.« Die Stimme hatte einen Akzent, aber nicht ganz den richtigen.

»Noch nicht«, erwiderte die halbwache Stimme. »Ich habe deswegen bei meinem Lieferanten nachgefragt.«

»Gut, aber wie ich gesagt habe, mein Kunde drängt sehr.«

»Ich werde sehen, was sich machen läßt.« Und die Leitung war tot.

Don Selig nahm sein Handy, rief die Zentrale an und ließ sie die UK-Zahl rasch überprüfen.

»Lichter sind angegangen«, sagte Agent Scott. »Sieht aus, als hätt's unseren Jungen aufgeweckt. Aufgepaßt«, sagte sie ins Funkgerät. »Objekt auf und in Bewegung.«

»Hab's Licht mitbekommen«, versicherte ihr der Angesprochene.

Fünf Minuten später kam Alahad aus dem Haus. Ihm nachzuspüren war alles andere als leicht, aber die Agenten hatten sich die Mühe gemacht, die nächstgelegenen vier Münzapparate ausfindig zu machen und hatten entsprechend Leute postiert. Er wählte schließlich den nahe der Tankstelle. Im Sucher der Telekamera sah man ihn einen Quarter einwerfen. Der Agent an der Kamera verfolgte die rasche Wahl von 3-6-3. Einen Moment später war alles klar, als ein anderes angezapftes Telefon läutete und der elektronische Anrufbeantworter ansprang.

»Mr. Sloan, hier ist Mr. Alahad. Ihr Teppich ist eingetroffen. Ich verstehe nicht, warum Sie sich nicht melden, Sir.«

»Bingo!« rief ein anderer Agent über Funk. »Das ist es. Er hat Ramans Nummer angerufen. ›Mr. Sloan, wir haben Ihren Teppich.‹«

Eine andere Stimme meldete sich. »Hier O'Day. Festnehmen, sofort!«

So schwer war es nicht. Alahad kaufte einen Liter Milch und ging direkt heim. Er nahm den Schlüssel, um sich einzulassen, und war überrascht, einen Mann und eine Frau drinnen vorzufinden.

»FBI«, sagte der Mann.

»Sie sind festgenommen, Mr. Alahad«, sagte die Frau und zog die Handschellen hervor. Er leistete keinen Widerstand.

»Aber weshalb?« fragte er.

»Konspiration zur Ermordung des Präsidenten der Vereinigten Staaten«, sagte Sylvia Scott und schob ihn an die Wand. »Das ist nicht wahr!«

»Mr. Alahad, Sie machten einen Fehler. Joseph Sloan starb letztes Jahr. Wie verkaufen Sie an Tote Teppiche?« Der Mann zuckte wie vor einem Schlag zurück. Die Cleveren waren stets so, wenn sie erkannten, daß sie gar nicht so clever gewesen waren. Sie erwarteten nie, erwischt zu werden. Als nächstes wurde dieser Moment ausgenutzt, indem sie ihm die Strafe für den Verstoß gegen 18 USC § 1751 bekanntgaben.

Das Innere der USNS *Bob Hope* sah aus wie eine Parkgarage der Hölle, mit Fahrzeugen so nahe beisammen, daß eine Ratte sich schwergetan hätte, dazwischen durchzukommen. Um ihren Panzer zu erreichen, mußten die Crews über die Decks anderer Fahrzeuge klettern und dabei die Köpfe einziehen, damit sie sie sich nicht an den Decken einschlugen.

Die Zuweisung von Mannschaften zu Ketten- und Radfahrzeugen war eine administrativ interessante Aufgabe gewesen, aber das Schiff war so beladen, daß Wichtiges zuerst herauskam. Die Männer der Guard kamen als Einheiten, mit Computerausdrucken, die ihnen Ziffer und Positition ihrer Fahrzeuge zeigten, und die Schiffsleute wiesen ihnen den günstigsten Weg. Kaum eine Stunde nach dem Anlegen fuhr der erste M1A2-Abrams-Kampfpanzer die Rampe zum Kai herab und auf den gleichen Tieflader, der kurz zuvor einem Panzer der 11ten gedient hatte – und mit dem gleichen Fahrer. Das Abladen würde gut einen Tag dauern und das Sammeln und Einweisen den Großteil eines weiteren, bis WOLFSRUDEL stand.

Der Sonnenaufgang war wirklich schön, sah Raman, als er in den West Executive Drive einbog. Für seine Mission ein klarer Tag. Der Uniformierte am Tor winkte ihn grüßend durch. Ein weiterer Wagen kam nach ihm und ging auch unbehindert durch. Der parkte zwei Plätze neben seinem und Raman erkannte den FBI-Typen O'Day, der das Glück gehabt hatte bei der Kindertagesstätte. Kein Grund, den Mann zu hassen. Der hatte ja auch sein eigenes Kind verteidigt.

»Na, wie geht's?« fragte der FBI-Inspektor freundlich.

»Gerade rein aus Pittsburgh«, antwortete Raman und wuchtete sein Gepäck aus dem Kofferraum.

»Was haben Sie bloß *da* gemacht?«

»Vorausarbeit – aber die Rede wird wohl nicht gehalten, schätz' ich. Und Sie?« Raman war für die Ablenkung dankbar. Sie erlaubte ihm, sein Denken auf die Mission auszurichten, sozusagen.

»Der Direktor und ich müssen den Boß informieren. Muß aber erst duschen.«

»Duschen?«

»Desinfe... Ach so, Sie waren weg. Einer vom White-House-Stab hat das Virus-Zeugs. Jetzt muß sich *jeder* beim Reingehen duschen und desinfizierern. Kommen Sie«, sagte O'Day und nahm seinen Aktenkoffer. Beide gingen zum Westeingang rein. Beide lösten die Metalldetektoren aus, aber da beide Bundesoffiziere waren, gab es keinen Ärger wegen der Waffen. Der Inspektor zeigte nach links.

»Es ist ein Bonus, *Ihnen* was zum Haus erzählen zu können«, zog er Raman auf.

»Oft hiergewesen?« Der Secret-Service-Agent sah, daß zwei Büros konvertiert worden waren; eines war mit MÄNNER, eines mit FRAUEN beschildert. Andrea Price kam gerade aus einem heraus, das Haar naß und, wie er bemerkte, nach Chemikalien riechend.

»He, Jeff, gute Fahrt gehabt? Pat, wie geht's dem Held?« fragte sie.

»He, keine große Geschichte, Price – bloß zwei Fetzenköppe«, sagte O'Day grinsend. Er öffnete die Tür zu MÄNNER, ging voraus und stellte drinnen seine Aktentasche ab.

Offensichtlich eilig zusammengeschustert, sah Raman. Aus dem Büro hatte man die Möbel entfernt und den Boden mit Plastik ausgekleidet. Es gab ein Hängegestell für die Kleidung. O'Day legte seine ab und begab sich in die Segeltuch-Duschkabine.

»Die verdammte Chemie weckt einen wenigstens auf«, berichtete der FBI-Inspektor über das Wasserrauschen hinweg. Zwei Minuten später kam er raus, nahm ein Handtuch und begann sich kräftig abzurubbeln. »Sie sind dran, Raman.«

»Toll«, grummelte der Service-Agent und entkleidete sich mit Resten körperlicher Sittsamkeit seiner früheren Herkunft. O'Day sah ihn nicht an und nicht weg. Tat nichts, außer sich abzutrocknen, bis Raman hinter dem Segeltuch war.

Die Dienstwaffe des Agenten, eine SigSauer, war auf der Ablage über den Kleidern. O'Day öffnete erst die Aktentasche. Dann zog er Ramans Automatik, ließ das Magazin rausgleiten und betätigte leise den Schlitten, um die Patrone aus der Kammer zu holen.

»Wie sind die Straßen?« rief O'Day.

»Frei, echt flott gegangen – verflucht, das Wasser stinkt aber.«

»Echt wahr!« Raman hatte zwei Reservemagazine für die Pistole, sah O'Day. Alle drei legte er ins Deckelfach, bevor er die drei vorbereiteten auspackte. Eine kam in den Griff, die zwei anderen verstaute er im Gürtelfach des Agenten. Er wog die Pistole in der Hand – Gewicht und Balance wie zuvor. Alles kam wieder an seinen alten Platz, und O'Day kleidete sich weiter an. Wär' gar nicht so eilig gewesen: Raman hatte die Dusche wohl nötig. Vielleicht ein Reinigungsritual, dachte der Inspektor kalt.

»Hier.« O'Day warf ein Handtuch hinüber und zog sein Hemd an.

»Gut, daß ich einen Satz Wäsche dabei habe.« Raman zog frische Unterwäsche und Socken aus seiner Anzugtasche.

»Ist wohl 'ne Regel, für die Arbeit beim Präsidenten immer tipptopp zu sein, was?« Der FBI Agent bückte sich für seine Schnürsenkel und sah auf. »Mojn, Direktor.«

»Weiß nicht, warum ich mich zu Hause damit aufhielt«, grummelte Murray. »Hast 'n Papierkram, Pat?«

»Ja, Sir. Das hier lohnt sich, ihm zu zeigen.«

»Verdammt richtig.« Murray legte Sakko und Schlips ab. »White-House-Umkleide, Gastmannschaft«, kommentierte er trocken. »Morgen, Raman.«

Die beiden Agenten zogen sich fertig an, prüften den Sitz ihrer persönlichen Waffen und gingen vor die Tür.

»Murray und ich gehen gleich rein«, sagte Pat dem anderen auf dem Gang. Auf Murray mußten sie nicht lange warten, und Price tauchte wieder auf, gerade als der Direktor herauskam. O'Day rieb sich die Nase, um anzuzeigen, daß es erledigt war. Sie nickte zurück.

»Jeff, würden Sie die beiden Herrschaften zum Office begleiten? Ich muß zur Leitstelle rüber. Der Boß wartet.«

»Klar, Andrea. Hier entlang«, sagte Raman und ging O'Day voraus. Hinter ihnen wartete Price, ohne sich zur Leitstelle zu begeben.

Auf der nächsten Ebene sah Raman das TV-Gerät, das fürs Oval Office vorbereitet wurde. Arnie van Damm tauchte aus der Seitentür auf, Callie Weston im Schlepptau. Präsident Ryan saß in den üblichen Hemdsärmeln am Schreibtisch, las in einem Ordner. CIA-Direktor Ed Foley war auch da.

»Schöne Dusche gehabt, Dan?« erkundigte sich DCI.

»Oh, yeah. Mir geht der Rest Haare aus, Ed.«

»Hi, Jeff«, meinte der Präsident, als er aufblickte.

»Guten Morgen, Mr. President«, sagte Raman und nahm seinen üblichen Posten an der Wand ein.

»Okay, Dan. Was habt Ihr Typen diesmal für mich?«

»Wir haben einen iranischen Spionagering geknackt – womöglich verbunden mit dem Attentat auf Ihre Tochter.« Während Murray sprach, öffnete O'Day die Aktentasche und entnahm ein Dossier.

»Die Brits haben die Verbindung aufgedeckt«, leitete Foley ein.» Und der Kontaktmann hier ist ein Typ namens Alahad. Sie werden's nicht glauben – der Bastard hat sein Geschäft nur eine Meile von hier.«

»Er wird von uns überwacht«, fügte Murray hinzu. »Wir gehen gerade die Telefonaufzeichnungen durch.«

Sie blickten alle die Papiere auf dem Schreibtisch an und nicht Raman, dessen Gesicht erstarrte. Sein Geist raste. Wenn die gerade jetzt ... es gäbe vielleicht noch eine Chance, mager, aber wenn nicht, hier war der Präsident, die Direktoren von CIA und FBI, und er könnte sie alle Allah übergeben ... Raman knöpfte mit links die Jacke auf. Er löste sich von der Wand, an der er gelehnt hatte, und schloß die Augen in kurzem Gebet. Dann fuhr seine Rechte in glatter, rascher Bewegung zur Automatik.

Es überraschte Raman, daß die Augen des Präsidenten aufsahen und ihn fixierten. Nun, das war ja nicht schlecht. Ryan sollte wissen, daß sein Tod kam, und es war nur schade, daß er nie den Grund ganz verstehen würde.

Ryan zuckte, als die Waffe hervorkam. Die Reaktion war automatisch, trotz der sachgerechten Vorbereitung und des Zeichens von O'Day, daß alles okay war. Er duckte sich trotzdem, dachte, ob er überhaupt jemandem vertrauen durfte, sah, wie ihm Jeff Ramans Automatik nachspürte und wie er den Abzug durchdrückte wie ein Roboter, die Augen ohne jedes Gefühl...

Der Laut ließ alle zusammenzucken, aber aus verschiedenen Gründen.

*Pop.*

Das war alles. Ramans Kiefer sackte in ungläubigem Erstaunen herab. Die Waffe war geladen. Er konnte es am zusätzlichen Gewicht der scharfen Munition spüren, und...

»Weglegen«, sagte O'Day ruhig, seine Smith jetzt draußen und angelegt. Einen Augenblick später hatte auch Murray seine Waffe gezogen.

»Wir haben Alahad bereits verhaftet«, erklärte der Direktor.

Raman hatte noch eine Waffe, einen Teleskop-Schlagstock, den man Asp nannte, aber der Präsident war fünf Meter entfernt und...

»Ich kann Ihnen eine durch die Kniescheibe pusten, wenn Sie wollen«, sagte O'Day kühl.

»Beschissener Verräter!« sagte Andrea, die mit ebenfalls gezogener Waffe den Raum betrat. »Scheiß-Attentäter! *Auf den Boden, jetzt!*«

»Nur die Ruhe, Price. Der geht nirgendwohin«, sagte ihr Pat.

Aber es war Ryan, der fast die Kontrolle verlor: »Mein kleines Mädchen, *mein Baby*, Sie haben mitgeplant, *sie* zu töten?« Er versuchte, um den Tisch herumzukommen, aber Foley hielt ihn fest. »Nein, Ed, diesmal nicht!«

»Stopp!« sagte ihm der DCI. »Wir haben ihn, Jack. Wir haben ihn festgenagelt.«

»So oder so, Sie kommen auf den Boden«, sagte Pat, ignorierte die anderen und zielte auf Ramans Knie. »Waffe fallen lassen und runter.«

Er zitterte jetzt, Angst, Rage, alle möglichen Gefühle bestürmten ihn, nur das nicht, das er erwartet hatte. Er lud durch und drückte nochmals ab. Es war nicht mal gezielt, nur ein Akt der Bestätigung.

»Konnte keine Übungsmunition verwenden. Wiegen nicht genug«, erklärte O'Day. »Es sind echte Patronen. Hab' nur die Kugeln gezupft und das Pulver verworfen. Das Zündhütchen macht ein nettes kleines *Pop*, nicht?«

Es war, als hätte er zu lange zu atmen vergessen. Ramans Körper brach in sich zusammen. Er ließ die Pistole auf den Teppich mit dem Amtssiegel des Präsidenten fallen und stürzte auf die Knie. Price kam herüber und schubste ihn den restlichen Weg. Murray legte ihm die Handschellen an.

»Wollen Sie von Ihren Rechten hören?« fragte der FBI-Direktor.

## 59 / Einsatzrichtlinien

Diggs hatte noch keinen rechten Einsatzbefehl erhalten, und seine Operation BUFORD war auch noch ziemlich ohne Plan. Die Army bildete ihre Kommandeure aus, schnell und entschieden zu handeln, aber wie bei Ärzten im Krankenhaus waren Not-OPs weniger willkommen als Wahleingriffe. Der General war im ständigen Kontakt mit seinen beiden Regimentskommandeuren der Kavallerie, dem Air-Force-Befehlshaber – dem Ein-Sterner, der das 366ste hergebracht hatte –, den Saudis, den Kuwaitern und diversen nachrichtendienstlichen Leuten. Er versuchte sich ein Bild davon zu machen, was der Feind wirklich tat und was er vielleicht plante – von da aus würde er versuchen, irgendeinen eigenen Plan zu gestalten, der über Ad-hoc-Reaktionen hinausging.

Die Befehle und Einsatzrichtlinien trafen um 11.00 Uhr Washington-Zeit, 16.00 Zulu, 19.00 Lima oder Ortszeit, auf seinem Faxgerät ein. Hier war die Erklärung, die er vermißt hatte. Er gab sie umgehend an seine Untergebenen weiter und rief seinen Stab zusammen. Die Truppe, sagte er den versammelten Offizieren, würden es von ihrem Obersten Befehlshaber erfahren. Die Offiziere sollten dann bei ihren Truppen sein.

Es war genug los. Satelliten zeigten, daß die Armee Gottes nur noch 150 Kilometer von der kuwaitischen Grenze entfernt war; sie näherte sich in Kolonnen von Westen her und hielt sich wie erwartet an die Straßen. Das ließ die Saudi-Aufstellung recht gut aussehen, denn drei ihrer Brigaden deckten den Zugang zu den Ölfeldern ab.

Noch immer waren sie nicht bereit. Das 366. Flugregiment war im Königreich, aber es reichte nicht, die Flieger auf den richtigen Horsten zu haben. Die F-16 aus Israel waren schon gut drauf, hatten alle 48 der einmotorigen Jäger im Betrieb und sogar einige Abschüsse in den ersten Scharmützeln verbucht, aber der Rest brauchte noch einen Tag. Ähnlich stand es mit den Bodentruppen. Die 10. Cav war voll bereit, die 11. aber nicht, richtete sich noch aus und bewegte sich zum ersten Aufstellungspunkt. Seine dritte Brigade hatte gerade begonnen, Gerät zu fassen. Eine Armee war keine Ansammlung von Waffen. Sie war ein Team aus Leuten, die wußten, was sie zu tun hatten. Aber die Wahl von Zeit und Ort eines Kriegs war meistens Sache des Aggressors, und das war eine Rolle, in der sein Land nicht sehr geübt war.

Er besah sich wieder das Drei-Seiten-Fax. Es schien in seinen Händen hochbrisant zu sein. Sein Planungsstab las die Kopien und war gespenstisch still, bis der S-3 vom 11ten, Operationsoffizier des Regiments, es für alle zusammenfaßte: »We're gonna get some.«

Drei Russen waren vor kurzem eingetroffen. Clark und Chavez mußten sich ständig vergegenwärtigen, daß dies nicht eine Art Alkohol-induzierter Traum war. Die zwei CIA-Offiziere wurden von Russen unterstützt, mit Missionsbefehl aus Langley via Moskau. Eigentlich waren es zwei Missionen. Die Russen hatten die schwere und hatten im diplomatischen Gepäck die Gerätschaften mitgebracht, mit denen sich die Amerikaner an der leichten versuchen wollten. Eine Mitteilung war aus Washington via Moskau mitgekommen, die sie gemeinsam lasen.

»Zu schnell, John«, hauchte Ding. Dann erschien sein Missionsgesicht. »Aber was soll's, zum Teufel noch mal.«

Der Presseraum war unterbevölkert. So viele der Dauergäste fehlten, manche waren auswärts, durch das Reiseverbot hängengeblieben, andere einfach verschwunden, und keiner wußte eigentlich, wieso.

»Der Präsident hält in einer Stunde eine Rede«, teilte ihnen van Damm mit. »Leider fehlt die Zeit, Ihnen Vorauskopien der Rede zu geben. Teilen Sie bitte Ihren Networks mit, daß dies eine Sache größter Wichtigkeit ist.«

»Arnie!« schrie ein Reporter, aber der Stabschef hatte sich bereits abgewandt.

Die Reporter in Saudi-Arabien wußten mehr als ihre Freunde in Washington und zogen aus, um zu ihren Einheiten zu stoßen. Für Tom Donner war dies die B-Truppe, 1. des 11. Er war voll ausgerüstet in Wüsten-BDU und traf den Einheitskommandeur neben seinem Panzer an.

»Hallo«, sagte der Captain und sah halb von seiner Landkarte auf.

»Wo wollen Sie mich haben?« fragte Donner.

Der Captain lachte. »Fragen Sie nie einen Soldaten, wo er einen Reporter haben will, Sir.«

»Dann bei Ihnen?«

»Ich fahre in dem hier«, erwiderte der Offizier und nickte zum Panzer. »Sie setze ich in einen Bradley.«

»Ich brauche ein Kamerateam.«

»Sind schon da«, sagte ihm der Captain und zeigte hin. »Dort rüber. Sonst noch was?«

»Yeah. Möchten Sie wissen, worum es hier überhaupt geht?« fragte Donner. Die Journalisten waren im Hotel in Riad so gut wie Gefangene gewesen, durften nicht mal zu Hause ihren Familien Bescheid sagen, wo sie waren – bekannt war nur, daß die Reporter weggerufen worden waren, und ihre Muttergesellschaften hatten Vereinbarungen unterzeichnet, daß sie den Zweck ihrer Abwesenheit bei solchen Einsätzen nicht aufdecken durften. In Donners Fall hieß es lapidar, er sei ›auf Recherche‹. Aber man hatte ihnen die Gesamtlage mitgeteilt, und damit hatten sie einer Menge Soldaten etwas voraus.

»Bekommen wir in einer Stunde oder so mit, hat uns der Colonel gesagt.« Aber der junge Offizier war jetzt interessiert.

»Dies ist etwas, das Sie wissen sollten, ehrlich.«

»Mr. Donner, ich weiß, was Sie mit dem Präsidenten angestellt haben, und ...«

»Wenn Sie mich erschießen wollen, bitte später. Hören Sie mir zu, Captain. Es ist wichtig.«

»Sie haben das Wort, Sir.«

Es lag etwas Perverses darin, in einem solchen Moment in der Maske zu sitzen. Wie immer war es Mary Abbot, in Maske und diesmal auch Handschuhen, während beide Teleprompter einen Probelauf machten. Ryan hatte weder Zeit noch Lust gehabt, das hier zu proben. So wichtig die Rede war, er wollte sie nur einmal halten.

»Die können es nicht über Land bringen«, insistierte der saudische General. »Sie haben dafür nicht geübt, und sind daher straßengebunden.«

»Es gibt gegenteilige Informationen, Sir«, sagte Diggs.

»Wir sind bereit für sie.«

»Man ist dafür nie bereit genug, General. Keiner ist es.«

Es war gespannt, aber sonst normal bei Palm Bowl. Runtergeladene

Satellitenbilder zeigten ihnen, daß die UIR-Streitmacht noch immer in Bewegung war, und wenn sie weiterzogen, würden sie auf zwei kuwaitische Brigaden in eigenem Terrain treffen, unterstützt von einem amerikanischen Regiment in Reserve und den Saudis, bereit zur raschen Verstärkung. Sie wußten nicht, wie die Schlacht ausgehen würde – die Zahlen waren nicht so berauschend –, aber es wäre diesmal nicht so wie beim letztenmal, sagte sich Major Sabah. Es erschien ihm eine Narretei, daß die alliierten Streitmächte nicht zuerst losschlagen durften. Sie *wußten* doch, was kam.

»Einiges an Sprechfunkverkehr«, meldete ein Techniker. Draußen begann gerade der Sonnenuntergang. Die Satellitenbilder, die den Nachrichtendienst-Offizieren vorlagen, waren über vier Stunden alt. Die nächsten wären erst in zwei Stunden verfügbar.

Storm Track lag nahe der Saudi-Arabien/UIR-Grenze, zu weit für Mörserfeuer, aber nicht sicher vor echter Rohrartillerie.

Eine Kompanie aus vierzehn saudischen Panzern war zwischen Horchposten und der Berme postiert. Hier begann man ebenso, zum ersten Mal seit Tagen, Funkverkehr abzufangen. Die Signale waren chiffriert. Da sie nicht unmittelbar lesbar waren – das war Aufgabe der Rechner in KKMC –, begannen sie, die Quellen zu orten. Nach zwanzig Minuten hatten sie dreißig Punktquellen. Zwanzig stellten Brigadehauptquartiere dar. Sechs Kommandoposten für Divisionen. Drei für die Korpskommandeure und einer fürs Armee-Oberkommando. Die schienen ihr Komm-Netz zu testen, entschieden die ELINT-Leute. Sie müßten abwarten, bis die Computer die Funksprüche aus Rührei zurückverwandelten, um zu erfahren, was gesagt wurde. Die Peilungsanlagen orteten den Gegner noch auf der Straße nach Al Busajjah, immer noch im Anmarsch auf Kuwait.

Mit dem Sonnenuntergang wurden die Predator wieder gestartet und brummelten nordwärts. Erst steuerten sie die Radioquellen an. Ihre Kameras wurden zehn Meilen innerhalb der UIR eingeschaltet, und als erstes sah einer davon eine Batterie 203-mm-Feldartillerie, von den Schleppern gelöst, Stützschenkel gespreiz und die Rohre nach Süden gerichtet.

»Colonel!« rief ein Sergeant, Dringlichkeit in der Stimme.

Draußen hatten die Saudi-Panzerfahrer Hügel als Verstecke gewählt und schickten Besatzungen vor als Beobachter. Die ersten paar hatten gerade ihre Beobachtungsposten bezogen, als der nördliche Horizont orange aufblitzte.

Diggs war noch dabei, Aufstellungsmuster zu besprechen, als die erste Meldung eintraf.

»Sir, STORM TRACK berichtet Artilleriefeuer auf ihre Stellung.«

»Liebe Mitbürger und Mitbürgerinnen«, sagte Ryan in die Kameras. Es wurde weltweit übertragen. Seine Stimme würden auch die ohne Fernseher hören. In Saudi-Arabien gingen seine Worte über AM-, FM- und Kurzwellen raus, damit jeder Soldat, Seemann und Flieger das hören würde, was er zu sagen hatte. »Wir haben in den letzten zwei Wochen viel durchgemacht.

Als erstes steht an, Ihnen von den erreichten Fortschritten zu berichten gegen die Epidemie, die man in unserem Land ausgelöst hat.

Es fiel mir nicht leicht, ein Reiseverbot zwischen Bundesstaaten zu befehlen, aber auf Grund der besten ärztlichen Beratung hielt ich es für nötig. Nun kann ich Ihnen sagen, daß es die gewünschte Wirkung erzielte. Neuerkrankungen haben seit vier Tagen nachgelassen. Zum Teil liegt es an dem, was Ihre Regierung getan hat, mehr aber daran, daß Sie die nötigen Selbstschutzmaßnahmen ergriffen haben.Wir geben Ihnen im Laufe des Tages dazu mehr Information, aber jetzt kann ich Ihnen versichern, daß die Ebola-Epidemie abebben wird. Viele der neuen Fälle sind Menschen, die es mit Sicherheit überleben werden. Die medizinischen Berufsstände Amerikas haben übermenschliche Anstrengungen erbracht, um den Leidenden zu helfen und um uns verstehen zu helfen, was geschehen ist und wie es bekämpft wird. Diese Aufgabe ist noch nicht vollbracht, aber unser Land wird diesen Sturm überstehen, wie wir viele andere überstanden haben.

Vorhin sagte ich, daß diese Epidemie ausgelöst worden ist.

Das Auftreten dieser Krankheit in unserem Land war kein Unfall. Wir wurden Ziel einer neuen, barbarischen Art des Angriffs. Sie wird biologische Kriegsführung genannt. Sie verstößt gegen internationales Recht. Biologische Kriegsführung hat den Zweck, in einem Land Schrecken und Lähmung zu verbreiten, nicht es zu zerstören. Wir alle haben den Horror und die Abscheu gespürt über das, was in unserem Land geschehen ist, wie diese Krankheit Menschen durch Zufall befällt. Meine Frau Cathy hat rund um die Uhr mit Ebola-Opfern in ihrem Krankenhaus in Baltimore gearbeitet. Wie sie wissen, war ich vor wenigen Tagen selbst dort. Ich sah die Opfer und sprach mit den Ärzten und Schwestern.

Ihnen kann ich es jetzt sagen, daß wir von Anfang an den Verdacht hatten, diese Epidemie stamme von Menschenhand. Im Laufe der letzten Tage haben unsere Gesetzesvertreter und Nachrichtendienste die nötigen Beweise zusammengetragen, damit ich Ihnen sagen kann, was Sie jetzt hören werden.« Auf Bildschirmen in der ganzen Welt erschienen die Gesichter eines afrikanischen Knaben und einer belgischen Nonne in Weiß.

»Diese Krankheit begann vor einigen Monaten im Land Zaire«, fuhr der Präsident fort. Er mußte alle hier hindurchführen, langsam und sorgfältig, und fand es schwer, seiner Stimme die Festigkeit zu bewahren.

Der saudische Panzertrupp bestieg sofort wieder seine Fahrzeuge, zündete die Turbinen und verlegte die Stellung für den Fall, daß man sie bemerkt hatte. Das Feuer, sahen sie aber, war auf STORM TRACK gerichtet. Logisch, dachte ihr Kommandeur. Der Horchposten war der primäre Punkt für die Sammlung nachrichtendienstlicher Erkenntnisse. Aufgabe seiner Leute war dessen Schutz, was sie gegen Panzer und Truppen, nicht aber gegen Artilleriefeuer vermochten. Der Saudi-Hauptmann war 25 Jahre jung, gutaussehend, fast schneidig. Er war auch sehr religiös und daher darauf bedacht, die Amerikaner als Gäste seines Landes zu sehen, seinem Schutz anvertraut. Er funkte das Bataillons-Hauptquartier an, damit gepanzerte Mannschaftswagen – Hubschrauber wären selbstmörderisch gewesen – kamen, um die Nachrichtendienstler zu evakuieren.

»Somit haben wir die Krankheit von Afrika zum Iran verfolgt. Woher wissen wir das alles?« fragte der Präsident. »Wir wissen es, weil die Krankheit in diesem Flugzeug nach Afrika zurückkehrte. Sehen Sie sich bitte die Registrierung an: HX-NJA. Es ist dieselbe Maschine, die angeblich mit Schwester Jean Baptiste abgestürzt ist ...«

*Wir brauchen noch einen Tag, verflucht!* dachte Diggs. Und die feindliche Streitmacht war bereits über 300 Kilometer westlich von dem Ort, an dem sie sie alle erwartet hatten.

»Wer ist am nächsten dran?« fragte er.

»Territorium der vierten Brigade«, erwiderte der Saudi-Oberbefehlshaber. Aber die Brigade war über eine Front von 150 Kilometern verteilt. Es gab einige Hubschrauber-Aufklärungs-Ressourcen dort, aber die Kampfhubschrauber waren auch am falschen Ort, 80 Kilometer südlich Wadi al Batins. Der Feind kooperierte nicht sonderlich gut.

Es schockierte Daryaei, sein Gesicht im Fernsehen zu sehen. Schlimmer noch, mindestens zehn Prozent der Leute in seinem Land sahen hier zu. Amerikanisches CNN war in der UIR nicht verfügbar, aber British Sky News Service war es, und keiner hatte daran gedacht, dies zu...

»Dieser Mann steckt hinter dem biologischen Angriff auf unser Land«, sagte Ryan mit der Art Ruhe, die fast roboterhaft schien. »Er ist der Grund, daß mehrere tausend unserer Bürger gestorben sind. Ich werde Ihnen nun erzählen, warum er das tat, weshalb es einen Überfall aufs Leben meiner Tochter Katie gab und warum es einen Anschlag auf mein eigenes Leben gab, hier im Oval Office vor wenigen Stunden. Ich kann mir vorstellen, daß Herr Daryaei dieser Sendung ebenfalls zusieht, gerade jetzt. Mahmoud Hadschi«, sagte er direkt ins Auge der Kamera, »Ihr Mann Aref Raman ist jetzt in Bundesgewahrsam. Glauben Sie wirklich, Amerika wäre so dumm?«

Wie alle anderen bei Blackhorse hörte Tom Donner zu – in seinem Fall mit einem Paar Kopfhörer vom Radio des Bradley. Es gab nicht genügend für alle, und die Crew mußte teilen. Er sah ihre Gesichter. Sie waren ebenso kalt und bar jeden Gefühls wie Ryans letzter verächtlicher Satz.

»Verfickt!« sagte ein Spec-4.

»Mein Gott«, preßte Donner noch raus.

Ryan fuhr fort. »UIR-Streitkräfte sind jetzt aufgestellt, um unseren Alliierten, das Königreich Saudi-Arabien, zu überfallen. In den letzten zwei Tagen haben wir Streitkräfte dorthin verlegt, um unseren Freunden beizustehen.

Was ich jetzt sagen muß, ist sehr wichtig. Der Überfall auf meine Tochter, das Attentat auf mich und der barbarische Angriff auf unser Land wurden von Leuten unternommen, die sich Muslime nennen. Wir müssen verstehen, daß Religion mit all diesen unmenschlichen Taten nichts zu tun hat. Der Islam ist eine *Religion*. Amerika ist ein Land, in dem die Glaubensfreiheit die *erste* in der Verfassung verbriefte Freiheit ist. Der Islam ist kein Feind unseres Landes oder anderer. Wie meine Familie einst von Leuten angegriffen wurde, die sich Katholiken nannten, so haben diese Menschen ihren eigenen Glauben verzerrt und beschmutzt für irdische Macht und sich dann dahinter versteckt wie die Feiglinge, die sie sind. Was Gott davon hält, kann ich nicht sagen. Ich weiß aber, daß der Islam, wie das Christentum und Judentum, von einem Gott der Liebe, der Barmherzigkeit – und der Gerechtigkeit spricht.

Nun, Gerechtigkeit wird es geben. Wenn die UIR-Streitkräfte an der Grenze zu Saudi-Arabien vorrücken, werden wir ihnen begegnen. Unsere Streitkräfte sind jetzt im Felde, wo ich zu ihnen spreche, und ich wende mich direkt an sie:

Jetzt wissen Sie, warum Sie von Heim und Herd wegmußten. Jetzt wissen Sie, warum Sie die Waffen aufnehmen müssen zur Verteidigung unseres Landes. Jetzt wissen Sie ums Wesen unseres Feindes und seiner Taten.

Aber Amerika hat nicht die Tradition vorsätzlicher Angriffe auf Unschuldige. Sie werden stets im Einklang mit unseren Gesetzen handeln. Ich muß Sie nun in die Schlacht schicken. Ich wünschte, es wäre nicht nötig. Ich war selbst Soldat und weiß, wie es ist, in der Fremde zu sein. Aber ihr steht dort für euer Land, und hier zu Hause steht euer Land für euch. Ihr werdet in unseren Gebeten sein.

Unseren Alliierten in Kuwait, dem Königreich Saudi-Arabien, Katar, Oman und allen Golfstaaten. Amerika steht Ihnen gegen Aggression und für die Wiederherstellung von Frieden bei. Viel Glück.« Ryans Stimme ließ erstmals Gefühle erkennen.

Die Crew im Kommandofahrzeug der B-Truppe sah einander mehrere Sekunden an, bevor einer was sagte. Sie vergaßen sogar den Reporter. Der jüngste, ein PFC, sah runter auf seine zitternden Hände und sprach.

»Ficker werden bezahlen. Mammaficker werden dafür bezahlen, Jungs.«

Vier gepanzerte Mannschaftswagen rasten durch die Wüste. Sie vermieden die Straße zu STORM TRACK in der richtigen Vermutung, sie wäre von Artilleriefeuer erfaßt. Die erste Ansicht ihres Ziels war eine Wolke aus Rauch und Staub, die von der Antennenfarm wegdriftete. Eines der drei Gebäude stand wohl noch, brannte aber, und der Saudi-Lieutenant, der die Aufklärungspatrouille führte, fragte sich, ob jemand dort noch leben konnte. Im Norden sah er eine andere Art Blitz, die horizontale Flammenzunge einer Panzerkanone. Eine Minute später verschob sich das Feuer zu dem Ort, wo anscheinend die Panzer dem Feind begegneten, der sein Land mit motorisierten Einheiten angriff. Er dankte Allah, daß sein Job gerade leichter geworden war. Sein Funker meldete mit dem taktischen Gerät ihre Ankunft voraus.

Die vier APC stöberten vorsichtig zwischen umgestürzten Antennen umher, bis sie die zerstörten Baracken erreichten. Dreißig Männer und Frauen hatten hier gewirkt. Sie fanden neun Unverletzte und fünf Verwundete. Sie nahmen sich rund fünf Minuten, die Ruinen zu durchsuchen, fanden aber keine Lebenden mehr. Die Kettenwagen machten kehrt und rasten Richtung Bataillons-CP, wo Hubschrauber warteten, um die Amerikaner wegzufliegen.

Es erstaunte den Saudi-Panzerkommandeur, daß man sie überrascht hatte. Er wußte, daß die Streitkräfte seines Landes großenteils 300 Kilometer weiter östlich lagen. Aber der Feind war *hier* und drängte südwärts. Die fuhren gar nicht nach Kuwait oder zu den Ölfeldern. Das wurde ihm klar, als die ersten UIR-Panzer auf seinem IR-Bildschirm erschienen, außer Reichweite, weil er Befehl hatte, nicht zu nahe ranzufahren. Der junge Offizier wußte nicht recht, was er tun sollte, und so funkte er nach hinten um Instruktionen. Aber der Bataillonskommandeur war beschäftigt, sein Kommando bestand aus 54 Panzern und weiteren Fahrzeugen, die über 30 Kilometer Front verteilt waren und alle unter indirektem Artilleriefeuer lagen. Es wurde mehrfach von feindlichen Panzern berichtet, die in Begleitung von Mannschaftswagen die Grenze überquerten.

Der Offizier entschied, seine Panzer angreifen zu lassen. Bei 3000 Metern eröffneten sie das Feuer; die ersten 14 Schüsse brachten 8 Treffer, unter den Umständen für Freizeitsoldaten nicht schlecht. Seine 14 Panzer standen in einer Linie von drei Kilometern Länge; eine haltbare Stellung, aber stationär. Die zweite Garbe brachte wieder 6 Treffer, doch dann erhielt einer der Panzer einen direkten Artillerietreffer, und die Crew purzelte hervor, wurden aber von weiterem Feuer zerfetzt, bevor sie fünf Meter gelaufen waren. Er schaute gerade dorthin und sah sie in 400 Meter Entfernung sterben, und er wußte, es war jetzt ein Loch in seiner Linie und daß er dagegen was tun sollte.

Sein Kanonier versuchte feindliche Panzer anzupeilen, T-80 mit ihren breiten, kuppelförmigen Türmen, als der erste Schwarm Panzerabwehrraketen heranflog. Es gab Treffer, und obgleich sie die Frontalpanzerung nicht überwinden konnten, wurden Kettten abgeschlagen, Motorräume entzündet, Feuerleitsysteme beschädigt. Er entschied sich zum Rückzug, da brannte schon die Hälfte seiner Truppe. Vier leiteten die Bewegung ein, huschten zwei Kilometer nach Süden. Der Captain blieb mit den übrigen dreien und schoß noch einen Panzer ab. Die Luft war jetzt voller Raketen, eine traf den Turm hinten und entzündete den Munitionskasten. Die Stichflamme saugte die Luft aus der offenen Luke und erstickte die Mannschaft, während sie ihn bei lebendigem Leibe verbrannte. Führungslos fiel die Kompanie zurück, und schließlich rasten die drei überlebenden Panzer südwärts zum Bataillonskommandoposten.

Den gab es nicht mehr. In der ungeschützten Stellung geortet durch den Funkverkehr, war er von der UIR-Artillerie in den Boden gestampft worden, just als die Überlebenden von Storm Track mit dem Kundschaftstrupp eintrafen. In der ersten halben Stunde des zweiten Golfkriegs war ein 50 Kilometer breiter Riß in den saudischen Linien entstanden, der den Weg nach Riad freigab. Dafür hatte die Armee Gottes eine halbe Brigade geopfert; ein hoher Preis, den sie aber zu zahlen bereit war.

Der erste Eindruck war unklar. Das war der Vorteil, den fast jeder Angreifer hatte, wußte Diggs, und die Aufgabe eines Kommandeurs lag darin, Ordnung aus Chaos zu erzeugen. Mit der Zerstörung von Storm Track waren momentan keine Predator verfügbar. Das 366. war ohne J-STARS-Fähigkeit verlegt worden, sie hatten also kein fliegendes Radar, um Truppenbewegungen am Boden aufzuspüren. Oben waren zwei E-3B-AWACS-Maschinen, jede eng von vier Jägern eskortiert. Zwanzig UIR-Jäger stiegen auf und griffen sie an. Das würde aufregend für die Air Force.

Aber Diggs hatte eigene Probleme. Ohne Predator war er weitgehend blind, und um das zu beheben, befahl er als erstes, daß das Luftgeschwader der 10. Cav westwärts kundschaften sollte. Eddingtons Worte klangen ihm in den Ohren: Das Angriffsziel war vielleicht doch nicht der ökonomische Schwerpunkt Saudi-Arabiens.

»Unsere Streitkräfte sind ins Königreich vorgedrungen«, sagte der Nachrichtenchef. »Sie treffen auf Widerstand, brechen aber durch. Der amerikanische Spionageposten ist zerstört.«

Die Nachricht machte Daryaei nicht glücklicher. »Wie konnten sie wissen – wie konnten sie es wissen?«

Der Chef des Nachrichtendienstes wagte nicht zu fragen, wer *was* wissen konnte. Also wich er der Frage aus: »Es ist unerheblich. Wir werden in zwei Tagen in Riad sein, dann ist nichts anderes mehr von Bedeutung.«

»Was wissen wir von der Krankheit in Amerika? Warum sind nicht mehr Leute krank? Wie können sie Truppen verlegt haben?«

»Das weiß ich nicht«, gab der Geheimdienstler zu.

»Was wissen Sie denn *überhaupt*?«

»Es scheint, die Amerikaner haben ein Regiment in Kuwait, ein weiteres im Königreich und ein drittes, das in Dhahran Gerät von den Schiffen holt.«

»Also greifen Sie sie an!« Mahmoud Hadschi brüllte fast. Die Arroganz dieses Amerikaners, ihn beim Namen zu nennen auf eine Weise, die sein eigenes Volk vielleicht gesehen und gehört hatte ...

»Unsere Luftwaffe greift im Norden an. Das ist der Ort der Entscheidung. Eine Ablenkung davon wäre Zeitverschwendung«, erwiderte der Offizier in vernünftigem Ton.

»Dann Raketen!«

»Ich werde sehen.«

Dem General der 4. saudischen Brigade hatte man gesagt, er solle allenfalls einen Ablenkungsangriff auf sein Gebiet erwarten und sich bereithalten, einen Gegenangriff in die UIR zu lancieren, sobald die ihren massiven Angriff gegen Kuwait begannen. Er hatte den Fehler gemacht, seinem Nachrichtendienst zuviel Glauben zu schenken. Seine drei motorisierten Bataillone deckten einen Sektor von 50 Kilometern ab, mit einer 8 bis 12 Kilometer großen Lücke dazwischen. In der Offensivrolle wär's eine flexible Aufstellung gewesen, geeignet, den Feind an der Flanke zu quälen. Doch so hatte der Verlust seines mittleren Bataillons sein Kommando entzweigespalten. Verschlimmbessert hatte noch, daß er vorrückte, statt zurückzuweichen. Bei der mutigen Entscheidung vergaß er die 150 Kilometer Tiefe hinter ihm Richtung KKMC: Spielraum zur Aufstellung eines gewichtigen Gegenschlags statt eines fragmentiert-improvisierten.

Der UIR-Angriff lief nach dem Konzept, das die Sowjetarmee in den Siebzigern perfektioniert hatte. Angelpunkt des initialen Einbruchs war eine verstärkte Brigade, die hinter massiertem Artilleriefeuer vorpreschte. Storm Track zu eliminieren war von Anfang an Teil des Plans. Mit Palm Bowl zusammen bildete es die Augen der alliierten Befehlsstruktur. Gegen Satelliten ließ sich nichts unternehmen, aber Horchposten am Boden waren Freiwild. Die Amerikaner hatten, wie erwartet, einige Flieger postiert, aber nicht viele, und zur Hälfte würden sie taggebundene Jäger sein. Nach sowjetischem – wer hatte das Buch der Kampagne bis zur Biskaya geschrieben? – Vorbild würde die UIR den Preis akzeptieren; die Leben aufwiegen mit Zeit, um ihr strategisches Ziel zu erreichen, bevor sie die volle Wucht ihrer potentiellen Feinde treffen könnte. Wenn die Saudis glaubten, Daryaei liege mehr an ihrem Öl, um so besser, denn in Riad waren die Königliche Familie und die Regierung. Dabei riskierte die UIR ihre linke Flanke, aber die Kräfte in Kuwait müßten durchs Terrain von Wadi al Batin, dann noch 300 Kilometer Wüste durchqueren, um hinzugelangen, wo die Armee Gottes bereits gewesen war.

Geschwindigkeit war der Schlüssel und der Schlüssel zur Geschwindigkeit die rasche Vernichtung der saudischen 4. Die Artillerie, noch hinter der Berme postiert, ließ sich einweisen zu den hektisch sendenden Funkquellen und begann ihr unbarmherziges Flächenfeuer zur Unterbrechung von Kommunikation und Zusammenhalt der Einheiten, von denen sie einen Gegenschlag zu erwarten hätten. Die Taktik würde fast sicher gelingen, solange sie den Preis zu zahlen bereit waren. Je eine Brigade hatte man den drei Grenzbataillonen zugedacht.

Der Brigadier der 4. hatte eigene Artillerie, entschied aber, sie gegen den mittleren Durchbruch einzusetzen, der sonst freie Bahn zum Herz seines Landes bot. Sein Artilleriefeuer ging hauptsächlich dorthin, belästigte Leute auf der Durchfahrt statt die Brigaden, die jetzt seine verbleibenden Panzerkräfte aufs Korn nahmen. Mit deren Zerstörung würde die Lücke in der Saudi-Linie aufs Dreifache wachsen.

Diggs war im Posten des Oberkommandos, wo alle Meldungen eingingen, und erkannte, was mit ihnen passierte. Er hatte es 91 den Irakern gegeben, einige Jahre lang auch den Israelis, als CO der Buffalo Cav, und befehligte das NTC schon seit langem. Jetzt sah er die andere Seite der Medaille. Für die Saudis ging alles zu schnell. Sie reagierten, statt nachzudenken, halb gelähmt durch die Geschwindigkeit der Ereignisse, die sie aus umgekehrter Sicht bloß als aufregend empfunden hätten.

»Lassen sie die 4. rund 40 Kilometer zurückweichen«, sagte er ruhig. »Sie haben dort reichlich Spielraum für Manöver.«

»Wir halten sie gleich dort auf!« erwiderte der Saudi-Oberkommandierende zu automatisch.

»General, das ist ein Fehler. Sie riskieren unnötig diese Brigade. Verlorenen Boden kann man wiedergewinnen, verlorene Zeit und verlorene Männer nicht.«

Aber der hörte nicht zu, und Diggs hatte zuwenig Sterne am Kragen, um mit mehr Nachdruck zu sprechen. *Ein Tag*, dachte er, *noch einen gottverdammten Tag.*

Die Hubschrauber nahmen sich Zeit. M-Truppe, 4. des 10., umfaßte 6 OH-58-Kiowa-Kundschafterhubi und 4 AH-64-Apache-Kampfvögel, alle mit mehr Zusatztanks als Waffen beladen. Sie waren avisiert, daß feindliche Jäger oben waren; da verbot es sich, höher zu fliegen. Ihre Sensoren schnüffelten nach SAM-Radaremissionen, während die Piloten sich von Hügel zu Hügel hangelten und mit Lichtverstärkern und Longbow-Radar vorausspähten. Auf UIR-Gebiet sahen sie hier und da

Spähfahrzeuge, vielleicht eine Kompanie in Sichtweite zur Grenze über 20 Kilometer verteilt, mehr aber nicht. Die nächsten 80 Kilometer zeigten weitgehend dasselbe, nur schwerere Fahrzeuge. Sie gelangten zu den Außenbezirken Al Busajjahs, wohin die Armee Gottes nach Satelliteninformationen gelangt war, sahen dort aber nur Spuren im Sand und wenige Gruppen Begleitfahrzeuge, vor allem Tanklaster. Die zu zerstören war nicht ihre Mission. Sie sollten den Hauptverband des Feindes und dessen Bewegungsrichtung herausfinden.

Dazu brauchten sie eine weitere Stunde, sich duckend, seitwärts gleitend, sich überspringend. Hier gab es SAM-Fahrzeuge russischer und französicher Herkunft mit kurzer Reichweite, denen sie auszuweichen wußten. Ein Kiowa-Apache-Team kam nah genug ran, um eine Kolonne Panzer in Brigadestärke eine Einkerbung der Berme passieren zu sehen, und das war knapp 250 Kilometer von ihrem Ausgangsort entfernt. Mit der Information zogen sich die Hubschrauber ebenso vorsichtig ohne einen Schuß zurück.

Das östliche Bataillon der 4. Brigade hielt seine Stellung und starb dort weitgehend. Jetzt waren auch UIR-Angriffshubschrauber mit von der Partie, und obwohl die Saudis gut zielten, gab sie das Manövrierverbot der Vernichtung preis. Das kostete zwar die Armee Gottes eine weitere Brigade, aber am Ende war die Lücke in der Saudi-Linie 110 Kilometer breit.

Im Westen war es anders. Dieses Bataillon, jetzt nach dem Tod seines Oberst von einem Major befehligt, brach vom Konflikt weg, rückte in halber Stärke nach Südwesten ab und versuchte dann nach Osten zu wenden, um sich vor den vorrückenden Angreifer zu setzen. Um eine Stellung zu halten, waren sie nicht stark genug, also stach er zu und lief davon, was den Feind noch 20 Panzer und weitere Fahrzeuge kostete, bevor sie 30 Kilometer nördlich von KKMC mangels Treibstoff liegenblieben. Die Begleitfahrzeuge der 4. waren irgendwo verlorengegangen. Der Major funkte nach Hilfe und fragte sich, ob welche zu erhoffen war.

Die Überraschung war größer, als sie hätte sein dürfen. Ein DSSP-Satellit über dem Indischen Ozean bemerkte die Fackel des Starts. Die Nachricht ging an Sunnyvale, California, und dann nach Dhahran weiter. Es war schon mal so gewesen, aber nicht mit Raketen aus dem Iran. Die Schiffe waren erst halb entladen. Der Krieg war erst vier Stunden alt, als die erste Scud-Rakete die Rampe auf ihrem Laster verließ und aus den Zagros-Bergen nach Süden hervorschoß.

»Und jetzt?« fragte Ryan.

»Jetzt sehen wir, weshalb die Kreuzer noch dort sind«, antwortete Jackson.

Luftschutzwarnung war kaum erforderlich. Die drei Kreuzer und die *Jones* hatten die Radaraugen offen und erfaßten die ankommende ballistische Spur mehr als hundert Meilen entfernt. Männer der National Guard in der Warteschlange, die um Kettenfahrzeuge anstehen mußte, schauten Feuerkugeln nach, die von den Schiffen hochschossen. Die erste Barrage von dreien explodierte im Dunkeln, damit hatte es sich. Aber die Soldaten waren noch motivierter, ihre Panzer abzuladen, als das dreifache Donnern von 30 Kilometer Höhe herabkam.

Auf der *Anzio* sah Captain Kemper zu, wie die Spur vom Radarschirm verschwand. Es war wieder eine Sache, bei der Aegis gut sein sollte, aber unter Beschuß stillzusitzen hielt er nicht für besonders spaßig.

Das andere Ereignis der Nacht war eine lebhafte Luftschlacht über der Grenze. Die AWACS-Maschinen erfaßten schließlich 24 Jäger, die direkt auf sie zuflogen im Versuch, den Alliierten die Luftdeckung streitig zu machen. Es erwies sich als teures Unterfangen. Kein Angriff auf ein E–3B-Flugzeug wurde wirklich geflogen. Statt dessen bewies die UIR-Luftwaffe weiterhin ihre Fähigkeit, Maschinen ohne Sinn und Zweck zu verlieren. Aber war das von Bedeutung? Der befehlshabende Controller auf dem einen AWACS erinnerte sich an einen alten NATO-Witz: Zwei sowjetische Panzergeneräle begegnen sich in Paris, und der eine fragt, »Wer hat eigentlich die Luftschlacht gewonnen?« Die Pointe war, daß ein Krieg am Ende stets am Boden gewonnen oder verloren wurde. So würde es auch hier sein.

## 60 / Buford

Erst sechs Stunden nach dem ersten Artilleriesperrfeuer standen die Feindabsichten fest. Der Bericht der Hubschrauberaufklärung zeigte ein erstes Bild, aber Satelliten-Bildmaterial machte es erst unmißverständlich klar. Es war also weit nach Mitternacht, bevor die Saudis erkannten, daß ihre Streitkräfte vorwiegend am falschen Fleck standen und daß ihr westlicher Deckungsverband geplättet worden war von einem Feind, der zu schlau oder zu blöd war, sich an die Erwartungen zu halten. Um dem zu begegnen, müßten sie eine Manöverschlacht kämpfen, für die sie nicht vorbereitet waren. Die UIR zog zuerst nach KKMC, sicher wie der Teufel. Darum würde es eine Schlacht geben, dann hätte der Feind die Option: sich ostwärts wenden zum Golf – und dem Öl – oder südwärts weiterziehen nach Riad, den politischen Knockout landen und den Krieg gewinnen. Kein schlechter Plan, dachte Diggs. Wenn er ausgeführt würde. Deren Problem glich aber dem der Saudis. Die hatten einen Plan, hielten ihn für ganz gut und dachten ebenfalls, der Gegner würde zur eigenen Zerstörung beitragen. Das geschah jedem früher oder später, und der Schlüssel zum Gewinn lag im Wissen um das, was man konnte und was nicht.

Im Lageraum sprach Ryan am Telefon mit seinem Freund in Riad.

»Ich bin im Bilde, Ali«, versicherte ihm der Präsident.

»Das hier ist ernst.«

»Bald geht die Sonne auf, und Sie haben Spielraum, den Sie für Zeit eintauschen können. Es hat früher auch funktioniert, Hoheit.«

»Und was werden Ihre Streitkräfte tun?«

»Können ja kaum von dort nach Hause fahren, oder?«

»Sie sind sich so sicher?«

»Eure Hoheit wissen, was die uns angetan haben.«

»Nun ja, aber ...«

»Unsere Truppen ebenfalls, mein Freund.« Und dann hatte Ryan eine Bitte.

»Dieser Krieg hat für die alliierten Streitkräfte böse begonnen«, sagte Tom Donner gerade live auf *NBC Nightly News.* »Die vereinten Armeen des Irak und des Iran haben die Saudi-Linie westlich Kuwaits durchschlagen und dringen nach Süden vor. Ich bin hier mit Troupiers des 11. Berittenen Panzerregiments, Blackhorse Cav. Hier ist Sergeant Bryan Hutchinson aus Syracuse, N.Y. Sergeant, was halten Sie davon?«

»Schätze, wir werden abwarten müssen, Sir. Was ich Ihnen sagen kann, die B-Truppe ist bereit für alles. Ich frag' mich, ob die für uns bereit sind, Sir. Kommen Sie mit und sehen Sie zu.« Mehr hatte er dazu nicht zu sagen.

»Wie Sie sehen, trotz der schlimmen Nachrichten vom Schlachtfeld sind diese Soldaten bereit – sogar begierig – für den Kampf.«

Der Saudi-Oberbefehlshaber legte nach dem Gespräch mit seinem Herrscher auf. Dann wandte er sich zu Diggs. »Was empfehlen Sie?«

»Für den Anfang meine ich, wir verlegen die 5. und 2. Brigade südwestwärts.«

»Das ließe Riad ungedeckt.«

»Nein, Sir, das tut es eigentlich nicht.«

»Wir sollten umgehend zum Gegenangriff übergehen!«

»General, das muß nicht gleich sein«, teilte Diggs ihm mit und blickte auf die Karte herab. Die 10. Cav war in einer echt interessanten Lage... Er sah auf. »Sir, haben Sie je die Geschichte vom alten und vom jungen Stier gehört?« Und Diggs hob an zu einem seiner Lieblingswitze, der nach wenigen Sekunden die hohen Saudi-Befehlshaber langsam nicken ließ.

»Sehen Sie, sogar das amerikanische Fernsehen sagt, daß es uns gelingt«, sagte der Chef des Nachrichtendienstes zu seinem Boß.

Der kommandierende General der UIR-Luftwaffe war da weniger zuversichtlich. In 24 Stunden hatte er 30 Jäger verloren gegenüber vielleicht zwei Verlusten auf der saudischen Seite. Sein Plan, reinzubohren und die AWACS-Flieger zu vernichten, war fehlgeschlagen, und hatte ihn einige seiner besten Piloten gekostet. Die gute Nachricht für ihn war, daß der Feind nicht die Flugzeuge hatte, um innerhalb der Landesgrenzen wirklichen Schaden anzurichten. Jetzt kamen weitere Bodenverbände aus dem Iran herab, um auf Kuwait vorzurücken, und mit Glück hätte er nur die Frontverbände zu decken, eine Aufgabe, mit der sich seine Leute auskannten, besonders bei Tageslicht. Die Aufgabe würden sie in wenigen Stunden erfahren.

Insgesamt 15 Scud-Raketen wurden Richtung Dhahran gestartet. Die Schiffe von Comedy zu erwischen wäre bestenfalls ein Glückstreffer gewesen, und alle ankommenden Raketen wurden abgefangen oder stürzten harmlos ins Meer in einer Nacht aus Krach und Feuerwerk. Das letzte der Ladung – jetzt vor allem Laster – kam nun die Rampen herab, und Greg Kemper legte die Feldstecher ab, als er die lange, braungestrichene Kolonne im Morgennebel entschwinden sah. Wo sie hinfuhren, wußte er nicht. Was er wußte, war daß rund fünftausend scheißwütende Leute der North Carolina National Guard bereit waren, etwas zu tun.

Eddington war bereits mit seinem Brigadestab südlich von KKMC. Sein Wolfpack-Verband würde wohl nicht rechtzeitig eintreffen, um dort die Schlacht aufzunehmen. Statt dessen leitete er ihn nach Al Artawiyah um, einem der Flecken, die manchmal historische Bedeutung erlangen, weil dort Straßen hinführen. Er war sich nicht sicher, ob das hier geschehen würde, erinnerte sich aber, daß Gettysburg ein Ort gewesen war, wo Bobby Lee für seine Männer einige Schuhe bekommen wollte. Während sein Stab die Arbeit aufnahm, zündete sich Eddington eine Zigarre an und ging nach draußen, um zwei Kompanien seiner Männer bei der Ankunft mit ihren Fahrzeugen anzutreffen. Die MPs verteilten sie auf hastig ausgehobene Verteidigungsstellungen. Jäger kreischten über sie hinweg. Sahen aus wie amerikanische F-15E. Okay, dachte er, der Feind hatte ganz nette zwölf Stunden gehabt. Sollen sie daran festhalten.

»Colonel!« Ein Staff Sergeant, Kommandeur eines Bradley, salutierte aus seiner Luke heraus. Eddington kletterte rauf, sobald der Kampfwagen stand. »Guten Morgen, Sir.«

»Wie geht es allen?«

»Verdammt bereit, Sir. Wo sind die?« fragte der Sergeant und nahm seine staubbedeckte Schutzbrille ab.

Eddington streckte den Arm aus. »Rund 100 Meilen da lang, kommen hier lang. Sagen Sie mir, wie sich die Truppe fühlt, Sergeant.«

»Wie viele dürfen wir umbringen, bevor sie uns stoppen, Sir?«

»Ist es ein Panzer, ein BMP oder ein Laster, töten. Ist es südlich der Berme und hält eine Waffe, töten. *Aber* nicht Leute töten, die keinen Widerstand leisten. Gegen die Regeln verstoßen wir nicht. Das ist wichtig.«

»Uns ist's recht, Colonel.«

»Und gehen Sie mit Gefangenen kein unnötiges Risiko ein, klar?«

»Nein, Sir«, versprach der Bradley-Kommandeur. »Werd' ich nich'.«

Blackhorse rückte westwärts vor nach KKMC. Colonel Hamm schob sein Kommando vor, 1., 2. und 3. Schwadron von Süden nach Norden aufgereiht, jede mit 30 Kilometer Front. Die 4. (Flug-)Schwadron behielt er im Sack, mit nur einigen Heli-Kundschaftern auf Suche voraus, während die Bodenmannschaften ihrer Truppe vorauseilten, um eine vorgeschobene Basis an einem Fleck einzurichten, den seine Front noch gar nicht erreicht hatte. Hamm war in seinem M-4-Kommandowagen – natürlich als ›Star Wars (manche nannten es ›God‹) Track‹ bezeichnet. Die Info seiner Vorauseinheiten kam langsam rein.

Das IVIS-System kam jetzt online in echter taktischer Umgebung. Inter-Vehicle Information System war ein Datennetz, mit dem die Army seit rund fünf Jahren rumspielte. Es war nie unter Kampfbedingungen zum Einsatz gekommen, und Hamm war stolz, daß er dessen

Wert als erster beweisen durfte. Seine Kommandoschirme im M-4 bekamen alles. Jedes Einzelfahrzeug war gleichzeitig Quelle und Empfänger von Information. Es begann damit, allen zu sagen, wo alle Freundeinheiten waren, dank GPS mit metergenauer Präzision. Auf Tastendruck erhielt Hamm die Ortung jedes seiner Kampfwagen auf einer Karte mit allen relevanten Details des Terrains. Mit der Zeit bekäme er ein ähnlich genaues Bild der Feindpositionen, und damit kam die Option, seine Schläge präzise zu setzen. Die 2. und 5. der Saudis waren im Nordwesten und rückten aus dem kuwaitischen Grenzbereich vor. Er hatte noch rund 150 Kilometer querfeldein vor sich, bevor er sich um Feindkontakt sorgen mußte, und die vier Stunden seines Aufmarschs ließen die Kontrolle seiner Einheiten und die Gerätefunktionen ausgiebig prüfen. Da hatte er keine Zweifel, aber der Drill mußte sein, denn Fehler auf dem Schlachtfeld, auch kleine, kamen teuer zu stehen.

Reste der 4. saudischen Brigade versuchten sich nördlich von KKMC zu sammeln. Es verblieben vielleicht zwei Kompanien aus Panzern und Begleitfahrzeugen, die meist die ganze lange Wüstennacht mit pausenlosem Schlagabtausch zugebracht hatten. Manche hatten aus reinem Glück überlebt, andere durch die brutal darwinistische Auslese, die mobile Kampfhandlungen darstellten. Der überlebende Kommandeur war ein nachrichtendienstlicher Major, der einem wütenden NCO den Panzer abgenommen hatte. Seine Männer hatten wenig Übung mit ihrem IVIS-Gerät, da sie strukturierten Übungen das Rumballern und Rumrasen vorgezogen hatten. Nun, wußte der Major, dafür hatten sie bezahlt. Als erstes mußte er die versprengten Tanklaster finden, die seine Brigade in der Reserve gehalten hatte, damit die überlebenden 29 Panzer und 15 weitere Kettenfahrzeuge die Tanks füllen konnten. Einige Munitionslaster tauchten auch auf, und die Hälfte seiner Fahrzeuge konnte die Munitionsgestelle wieder auffüllen. Danach schickte er die Begleitfahrzeuge nach hinten und wählte ein Wadi – ein ausgetrocknetes Flußbett – nordwestlich von KKMC als nächste Verteidigungsstellung. Wenig später hatte er eine standfeste Verbindung zum Oberkommando und konnte um Hilfe bitten.

Sein Verband war nicht zusammenhängend. Die Panzer und Kettenfahrzeuge entstammten fünf verschiedenen Bataillonen. Viele Mannschaften kannten sich nur flüchtig oder gar nicht, und ihm mangelte es an Offizieren, um das bißchen Kommando zu befehligen. Mit dem Gedanken wurde ihm klar, daß seine Aufgabe der Befehl, nicht der Kampf war, und widerstrebend übergab er den Panzer wieder dem Sergeant, dem er ›gehörte‹, um statt dessen einen Mannschaftswagen mit mehr Funkgeräten zu besteigen.

Die Überlebenden der saudischen 4. erhielten Gelegenheit zur Reorganisation und Proviantierung, weil die Armee Gottes das auch nötig hatte. Nachfolgende Untereinheiten tankten an den Versorgungswagen, die den Kampfverbänden gefolgt waren, und sprangen dann vor, damit die Tanklaster sich der einstigen Vorhut widmen konnten. Die Brigade- und Divisionskommandeure waren bislang zufrieden. Das Auftanken war auch fast in der Zeit. Den initialen Widerstand hatten sie gebrochen, zwar mit mehr Verlusten als erwartet, aber den Feind jedenfalls zerschmetternd. Männer waren müde, aber Soldaten sollten müde sein, dachten alle, und die Tankpausen erlaubten die Nickerchen, die sie brauchten. Mit dem anbrechenden Tag warf die Armee Gottes die Motoren an und nahmen ihren Vortrieb wieder auf.

Die ersten Schlachten des Tages würden in der Luft stattfinden. Die alliierten Luftstreitkräfte begannen kurz nach vier von Basen im Süden des Königreiches zu starten. Die ersten Maschinen waren F-15 Eagle, die sich zu den drei kreisenden E-3B AWACS über und um Riad gesellten. Die UIR-Jäger stiegen auch auf, immer noch unter Kontrolle ihrer Bodenstationen im ehemaligen Irak. Es begann wie eine Art Ballett zwischen zwei Tanzgruppen. Beide wollten wissen, wo die Gegenseite die SAMs hatte. Beide würden Gürtel haben, hinter denen sie sich verstecken konnten, aber die Anfangsgefechte würden im gegenseitigen elektronischen Niemandsland stattfinden. Den ersten Zug tätigte eine Viererrotte der 390. Flugschwadron, die Wildeber. Von ihrem AWACS gewarnt, daß ein UIR-Verband sich nach Osten wandte, flogen sie westwärts, mit Nachbrenner über den Leerraum hinweg, und bogen dabei wieder Richtung Golf ab. Die UIR-Jäger, tatsächlich iranische F-4 aus der Zeit des Schah, erwischte es kalt. Sie sahen in die verkehrte Richtung, wurden von ihrem Controller gewarnt und machten kehrt. Erwartet hatten sie ein Kampfmuster, in dem eine Seite die Raketen feuern, die andere ausweichen, dann selbst feuern würde, in einer Konfrontationsart, die so alt war wie der mittelalterliche Zweikampf. Keiner hatte ihnen gesagt, daß die amerikanischen Feinde so nicht geübt hatten.

Die Eagle feuerten zuerst, je eine AMRAAM. Dies war eine ›Fire and forget‹-Rakete, die ihnen nach dem Schuß Reißaus gestattet hätte.

Das tat die erste Rotte Eagle nicht, sondern bohrte hinter den Raketen weiter, gemäß Taktik und getrieben von dem, was ihr Präsident über Radio gesagt hatte. Drei der vier Ziele wurden von den Raketen, die amerikanische Piloten den Slammer nannten, zerstört. Der vierte Flieger wich aus, segnete sein Glück und drehte zurück, um seine eigene Waffe abzufeuern. Sein Radar zeigte ihm aber einen Jäger in 15 Kilometer Entfernung mit fast 2000 Knoten Näherungsgeschwindigkeit. Er drehte nach Süden ab – ein Fehler. Ein Eagle-Pilot nahm Schub weg und setzte sich hinter den Feind. Der andere war heute morgen etwas langsam. Nach fünfzehn Sekunden füllte der Phantom das Visier aus ...

»Fox-Three, Fox-Three, ein Abschuß!«

Eine zweite Rotte Eagle war jetzt im Kampfgebiet, jagte eigene Ziele. Die UIR-Bodenkontrolle war von der Ereignisabfolge überrascht und befahl ihren Rotten, die Amerikaner anzupeilen und die eigenen radargesteuerten Raketen großer Reichweite abzufeuern – doch auch dann wichen die Amerikaner nicht aus wie erwartet. Statt dessen rollten sie senkrecht zum Boden, wobei sie gleiche Entfernung zu den feuernden Fliegern einhielten. Damit verwehrten sie dem Gegner den Doppler, also Entfernungsänderung zum Ziel, brachen die Radarpeilung und sandten die Raketen in ungelenkte Ferne. Die Eagle machten kehrt und lösten eigene Raketen in 15 Kilometer Entfernung aus, während die UIR-Jäger erneute Anpeilung versuchten. Wieder bohrten sie hinterher. Mit der Warnung, daß weitere Raketen in der Luft waren, drehten die feindlichen Jäger ab und preschten davon, waren jedoch in Reichweite der Slammer und wurden ebenfalls alle vier ausgelöscht.

»He, Kerl, hier Bronco«, höhnte eine Stimme auf dem UIR-Guard-Kanal. »Schicken Sie uns noch welche. Wir sind hungrig. Wir wollnse *alle* abschießen und ihre Alten drannehmen.« Er schaltete zu Sky-Eins zurück. »Razorback Lead, liegt noch was an, over?«

»Nicht in Ihrem Sektor, bereithalten.«

»Roger dazu.« Der Oberstleutnant, der 390 befehligte, rollte wieder um 90 Grad und blickte auf die Panzer herab, die von ihren Sammelpunkten ausschwärmten. Zum erstenmal in seinem Leben wünschte er, Luft-Dreck statt Luft-Luft zu sein. Colonel Winters kam aus New York. Da starben Leute, und hier war er im Krieg mit denen, die es getan hatten, hatte aber nur zwei Flieger, nur drei Leute gekillt. »Razorback, Führung, aufschließen.« Dann prüfte er seinen Treibstoffstatus. Mußte bald tanken.

Hinter ihm rückten die Strike Eagle von 391 auf, eskortiert von HARM-tragenden F-16. Die kleineren, einmotorigen Jäger kreuzten mit ihren Emissionssensoren herein, auf der Suche nach SAM-Plattformen. Sie fanden einen ganzen Haufen Fahrzeuge mit kurzer Reichweite, französische Crotale und alte russische SA-6 Gainful, kurz hinter den Führungsreihen der Panzer. Die Viper-Fahrer tauchten ab, um deren Aufmerksamkeit zu erregen, und feuerten ihnen Anti-Radar-Raketen entgegen, um die ankommenden F-15 zu decken. Diese suchten zuallererst feindliche Artillerie.

Die Predator arbeiteten daran. Drei waren abgestürzt, als Storm Track ausgeschaltet wurde, ein Nachrichtenverlust, dessen Behebung Stunden brauchte. Es gab nur noch zehn, vier davon oben und im Flug bei 8000 Fuß. Sie schwebten fast unsichtbar über den vorrückenden Divisionen. Die UIR-Streitmacht verließ sich fast ausschließlich auf geschleppte Artillerie. Die bereitete die nächste Attacke vor, hinter zwei motorisierten Brigaden, die den nächsten Schritt in Richtung KKMC machen wollten. Ein Predator fand die Gruppe aus sechs Batterien. Die Daten gingen zum Erfassungsteam und von dort zum AWACS, das den sechzehn Strike Eagles der 391. den Angriffsvektor durchgab.

Die Saudi-Formation wartete gespannt. Ihre 48 Kampffahrzeuge waren über acht Kilometer ausgebreitet. Ein ankommendes Kreischen im Himmel ließ ihre Männer Luken dichtholen, als 8-Zoll-Granaten vor der Stellung niedergingen. Das anfängliche Bombardement hielt drei Minuten an, die Einschläge näherten sich unaufhaltsam seinen Fahrzeugen …

»Tiger rein, heiß!« rief der Strike Kommandeur. Der Feind hatte wohl erwartet, der Angriff gelte seinen Panzern. Dort waren die SAMs, mit denen die Viper sich abgaben. Drei Rotten verteilten sich, bildeten Paare und rauchten herab, um bei 1200 Metern mit 500 Knoten ranzupreschen. Die Batterien lagen hübsch ordentlich in gleichmäßigen Reihen, Kanonen zirka 100 Meter auseinander, daneben die Laster, just wie im Handbuch geschrieben, dachte sich LTC Steve Berman. Sein WSO wählte Streubombe und begann sie, mit Bomblets zu begießen.

»Sieht gut aus.« Zwei Kanister BLU-97 CEM waren sie los, mehr als 400 orangengroße Mini-Bomben. Die erste Batterie wurde ausgelöscht. Sekundärexplosionen verdeckten das Gemetzel. »Weiter.« Der Pilot holte seinen Jäger in eine enge Rechtskehre. Sein Wizzo wies ihn auf die nächste Batterie ein, da sah er …

»Flak bei zehn.« Das erwies sich als ZSU-23-Luftabwehr-Fahrzeug, deren vier Kanonen begannen, Leuchtspurmunition abzufeuern. »Wähle Mav.«

Der Todestanz dauerte nur Sekunden. Der Eagle wich aus und löste die Maverick AGM aus, die herunterstrich, um das Luftabwehrgeschütz auszulöschen. Dann machte sich der Pilot zur nächsten Haubitzenbatterie auf.

Es war wie damals bei Red Flag, dachte der Pilot. Er hatte 1991 großenteils seine Zeit mit Scud-Jagden verplempert. Die Erfahrung echten Kampfflugs hatte dem Kampftraining auf dem Nellis-AFB-Übungsgebiet nie gleichkommen können. Aber jetzt. Jetzt suchte er Ziele in Echtzeit mit Radar und Augapfel Typ I, und entgegen der Spielzeit auf Nellis schossen die Kerle mit echten Kugeln zurück. Nun, er hatte auch echte Bomben am Auslöser. Das Bodenfeuer wurde konzentrierter, als er seine Maschine für den nächsten Durchgang auf die Ziele ausrichtete.

Es war eigenartig, wie Husten mitten in einem Gespräch. Das letzte Donnern von 20 bis 30 Granaten lag 100 Meter vor ihrer Stellung. Am Horizont, weit hinter den jetzt auftauchenden Panzern, stiegen Staubwolken auf. Einige Sekunden später spürten sie Zittern in ihren Stiefeln, hörten dann fernes Rumpeln. Kurz darauf war alles klar. Grüngestrichene Jäger erschienen, Flugrichtung Süden, freundliche Silhouette. Ein Nachzügler mit Rauchschleppe torkelte durch den Himmel, kippte ab, und zwei Gestalten ruckten hervor, wurden zu Fallschirmen, als der Jäger hinter der Stellung mit einem immensen Feuerball in den Boden rumste. Die Fallschirme schwebten in 1000 Meter Entfernung nieder; der Major schickte ein Fahrzeug los und wandte die Aufmerksamkeit wieder den Panzern zu. Noch außer Reichweite – Artillerie zum Anfordern gab es immer noch nicht.

Schöne Scheiße, dachte der Colonel. Doch wie Red Flag, aber diesmal würde er am Abend nicht im Offiziersklub Lügen erzählen oder einen Abstecher nach Vegas machen für Show und Casinobesuch. Sein dritter Anflug führte ihn in eine Garbe, und der Eagle war zu krank, um den Rückflug zu schaffen. Er hatte nicht mal den Boden erreicht, da sah er ein Fahrzeug heranhüpfen. Er fragte sich, von wem es wohl kam, als er auf festgepackten Sand aufkam und abrollte. Er klickte sich vom Schirm frei und zog die Pistole, aber dann waren's doch die Richtigen in einem Hummer, mit zwei saudischen Soldaten darin. Einer ging auf ihn zu, der andere fuhr weiter zum Wizzo, der 800 Meter entfernt stand.

»Kommen, kommen!« sagte der Soldat. Nach einer Minute war der Hummer zurück mit dem Wizzo, der mit verzerrtem Gesicht sein Knie hielt.

»Schlimm verdreht, Boß. Landete auf einem beschissenen Stein«, erklärte er und hebelte sich in den Rücksitz.

Alles, was man ihnen über saudische Fahrer erzählt hatte, war wahr, wußte der Colonel binnen Sekunden. Wie in einem Burt-Reynolds-Film sprang und hüpfte der Hummer den Weg zum sicheren Wadi zurück, aber es war schön, dort die Formen der eigenen Fahrzeuge zu erkennen. Der Hummer hielt: mußte wohl der Kommandostand sein. Noch fielen Granaten vor der Stellung, aber schlecht gezielt, gut 500 Meter voraus.

»Wer sind Sie?« erkundigte sich Lieutenant Colonel Steve Berman.

»Major Abdullah.« Der Mann grüßte sogar. Berman sah sich um.

»Schätze, Sie sind die, wo wir aushelfen sollten. Haben deren Artillerie gründlich aufgemischt, aber irgendein Schwein hatte Glück mit seiner Schilka. Könnten Sie uns einen Hubi besorgen?«

»Ich werde versuchen. Sind Sie verletzt?«

»Der Wizzo – hatte ein schwaches Knie. Aber hätten Sie was zu trinken?«

Major Abdullah reichte seine Feldflasche rüber. »Es kommt ein Angriff auf uns zu.«

»Was dagegen, wenn ich zusehe?« fragte Berman.

Gut 150 Kilometer weiter südlich formierte sich noch Eddingtons Brigade. Ein Bataillon war schon recht vollständig, dies verlegte er 30 Kilometer nördlich, rechts und links der Straße nach KKMC, um den Rest seiner Truppen zu schützen. Leider war seine Artillerie als letztes gelöscht worden und würden noch mindestens vier Stunden brauchen. Das ließ sich halt nicht ändern. Als Einheiten ankamen, dirigierte er sie erst an Sammelpunkte, wo ihre Treibstofftanks gefüllt wurden. Mit Runterholen von der Straße, Umleiten zu Sammelpunkten und Tanken war's rund eine Stunde je Kompanie. Sein zweites Bataillon war fast einsatzbereit. Dieses würde er westlich der Straße hinaufschicken, was dem ersten erlauben würde, sich nach Osten zu verlagern, und damit die Truppenstärke zur Voraussicherung zu verdoppeln. Seine Nachrichtengruppe war noch bei der Aufstellung und begann erst, aus Riad definitive Fakten zu erhalten. Vorn hatte sein Vorausbataillon ein Aufklärungsschild aus HMMWVs und Bradleys 15 Kilometer vorgeschoben, die Wagen versteckt, so gut es ging, Truppen liegend, mit Feldstechern, aber bisher nichts außer gelegentliche Staubwölkchen weit hinter dem Horizont und dumpfes Grollen, das erstaunlich weit trug. Nun, dachte Eddington, um so besser. Er hatte Zeit, sich vorzubereiten, und das war's wertvollste Gut, das ein Soldat sich erhoffen konnte.

»Lobo-Six, hier Wolfpack-Six, over.«

»Lobo-Six hört.«

»Hier Wolfpack-Six-Actual. Whitefang jetzt in Bewegung. Sollte in einer Stunde zu Ihrer Linken sein. Beginnen Sie die Lateralbewegung, sobald die aufrücken. Over.«

»Lobo-Six-Actual, verstanden, Colonel. Noch immer nichts zu sehen hier oben. Sind ganz gut in Form, Sir.«

»Sehr wohl. Informieren Sie mich weiter. Ende.« Eddington reichte das Funktelefon zurück.

»Colonel!« Das war der Major seiner Nachrichtenabteilung. »Wir haben Information für Sie.«

»Endlich!«

Der Artilleriebeschuß ging weiter, einige Granaten landeten mitten im Wadi. Die Erfahrung machte Colonel Berman zum erstenmal und fand sie nicht nach seinem Geschmack. Es erklärte auch, warum Panzer und Laster so verstreut waren, was ihn zunächst verwundert hatte. Eine Granate schlug 100 Meter links von dem Panzer ein, bei dem sie Schutz suchten, zum Glück auf der anderen Seite. Beide hörten deutlich die *Pings* der Fragmente, die von braungestrichener Panzerung abprallten.

»Das hier macht keinen Spaß«, meinte Berman und schüttelte den Kopf, um das Nachklingen der Explosion loszuwerden.

»Vielen Dank für die Beseitigung ihrer restlichen Haubitzen. Es war recht beängstigend«, sagte Abdullah, der durch seinen Feldstecher schaute. Die vorrückenden UIR T-80 waren gerade noch über 3000 Meter entfernt. Die tiefstehenden M1A2 seiner Kompanien sahen die noch nicht.

»Wie lang haben Sie jetzt Feindberührung?«

»Es begann gestern nach Sonnenuntergang. Wir sind der Rest von der 4. Brigade.« Und das stärkte Bermans Vertrauen überhaupt nicht. Über ihren Köpfen rückte der Geschützturm etwas nach links. Aus dem Funkgerät des Majors kam ein kurzer Satz, seine Antwort war ein Wort

– aber gebrüllt. Eine Sekunde danach sprang der Panzer links von ihnen rückwarts, und ein Feuerstrahl verließ das Hauptgeschütz. Es stellte die Granate völlig in den Schatten. Gegen jede Logik hob Berman den Kopf. In der Ferne sah er eine Rauchsäule, auf der ein Geschützturm tanzte.

»Gott! ... Kann ich an eines Ihrer Funkgeräte?«

»Sky-One, hier Tiger-Führung«, hörte ein AWACS-Offizier über einen Nebenkanal. »Befinde mich am Boden bei einer saudischen Panzergruppe nördlich von KKMC.« Er gab die Position durch. »Können Sie uns Hilfe schicken?»

»Tiger, Authentifizierung, bitte?«

»Nein, verdammt! Meine beschissenen Kodes sind mit der F-15 runtergegangen. Hier Colonel Steve Berman aus Mountain Home, jetzt ein pißwütender Flieger, Sky. Vor vierzig Minuten haben wir einer irakischen Artillerie den Rotz rausgedroschen, und jetzt stehen wir bis zum Arsch in deren Panzern. Glau'm Sie mir oder nicht, over.«

»Klingt mir amerikanisch«, dachte ein leitender Controller laut.

»Und wenn Sie genau hingucken, sind ihre Panzer oben rund und zeig'n südwärts und unsere oben flach und zeig'n nordwärts, over.« Der Mitteilung folgte das Scheppern einer Explosion. »Der Dreckklopfer-Scheiß hier macht *über*haupt kein' Spaß«, teilte er ihnen mit.

»Mir auch«, entschied der Befehlshabende. »Tiger, bereithalten. Devil-Führung, hier Sky-One, wir haben ein Geschäft für Sie.«

So war es gar nicht geplant, aber so lief es halt. Es sollte frag- – für fragmentierte – Befehle geben, die ›Packeten‹ von Fliegern bestimmte Jagdgebieten zuwiesen, dafür gab es aber nicht genügend Maschinen und auch keine Zeit, die Gebiete zuzuteilen. Sky-One hatte eine Rotte F-16 übrig, die auf Luft-Dreck-Arbeit warteten, und die Zeit war so günstig wie jede andere.

Die vorrückenden Panzer stellten sich erst dem Feueraustausch: kein gutes Spiel gegen die Feuerleitsysteme der US-gefertigten Abrams-Panzer, und diese saudischen Mannschaften hatten gerade ein Doktoratsseminar im Schießen absolviert. Der Feind zog sich zurück und wich beidseits aus, wobei er versuchte, mit Rauchtarnung das Schlachtfeld zu verschleiern. Es blieben weitere Fahrzeuge zurück, die eigene schwarze Rauchsäulen in den Morgenhimmel abgaben, als ihre Munitionsgestelle abkühlten. Dieser Anfang einer Begegnung hatte fünf Minuten gedauert und die UIR, soweit Berman erkennen konnte, um 20 Fahrzeuge ärmer gemacht.

Die Viper kamen von Westen rein, in sechs Kilometer Entfernung kaum erkennbar, als sie ihre Mark–82 mitten in die Feindformation warfen.

»Brillant!« sagte der in England ausgebildete Major Abdullah. Die resultierende Anzahl der Feindverluste konnte man von hier nicht erkennen, aber seine Männer wußten jetzt, daß sie in diesem Kampf nicht allein standen.

Falls überhaupt möglich, waren die Straßen Teherans noch ominöser geworden. Clark und Chavez (gegenwärtig Klerk und Tschekow) fiel der Mangel an Gesprächen auf. Leute gingen ihrer Wege, ohne miteinander zu reden. Es gab auch akuten Mangel an Männern, da Reserven einberufen wurden, Gerät bei ihren Zeughäusern faßten und sich bereit machten, in den Krieg zu ziehen, den ihr Land nach Präsident Ryans Vorgriff halbherzig erklärt hatte.

Die Russen hatten ihnen die Lage von Daryaeis gegenwärtigem Domizil gegeben, und ihre Aufgabe war eigentlich nur, einen Blick drauf zu werfen – leicht gesagt, aber in den Straßen der Hauptstadt eines Landes, mit dem man sich im Krieg befand, eine andere Geschichte. Besonders wenn man kürzlich hiergewesen und dem Blick der Sicherheitskräfte schon preisgegeben war. Die Komplikationen häuften sich.

Der Mann lebte bescheiden, sahen sie von zweieinhalb Querstraßen weiter. Es war ein dreistöckiger Bau in einer Mittelklassestraße, ohne Anzeichen der Macht, bis auf offensichtliche Wächter an den Vorderstufen und weniger offensichtliche Wagen an den Kreuzungen. Ein näherer Blick aus 200 Meter Entfernung zeigte, daß die Leute die Straßenseite mieden. Populärer Mann, der Ajatollah.

»Also, wer lebt da noch?« fragte Klerk den russischen *Rezidjent*. Dessen Deckmantel war zweiter Botschaftssekretär, und zur Stärkung seiner Legende erfüllte er mannigfaltige diplomatische Funktionen.

»Vor allem seine Leibwache, glauben wir.« Sie saßen in einem Café, tranken Kaffee und vermieden geflissentlich Blicke auf das Gebäude. »Beiderseits scheinen die Gebäude geleert worden zu sein. Er hat Sicherheitserwägungen, dieser Mann Gottes. Die Leute werden zunehmend unruhig unter seiner Herrschaft – sogar die Begeisterung über die Eroberung Iraks läßt jetzt nach. Sie sehen die Stimmung so gut wie ich, Klerk. Die Menschen hier sind seit fast einer Generation unter scharfer Kontrolle, sie haben es über. Und es war schlau von Ihrem Präsidenten, Feindseligkeiten vor unserem Freund zu offenbaren. Der Schockwert war hoch, denke ich. Ich mag Ihren Präsidenten«, fügte er hinzu, »wie auch Sergej Nikolaj'tsch.«

»Dieses Gebäude ist nahe genug, Iwan Sergejewitsch«, sagte Chavez leise und rief damit den Kaffeeklatsch zur Ordnung. »Zweihundert Meter ungehinderte Sicht.«

»Was ist mit Schaden am Rande?« überlegte Clark. Das auf russisch auszudrücken erforderte einige Umschreibung.

»Diese Amerikaner; immer so sentimental in solchen Dingen«, bemerkte der *Rezidjent*. Es amüsierte ihn.

»*Towarischtsch* Klerk hatte schon immer ein weiches Herz«, bestätigte Tschekow.

Auf Holloman AFB in New Mexico kamen insgesamt acht Piloten ins Basis-Spital für den Bluttest. Die Ebola-Testkits wurden endlich in Serie produziert. Die ersten Militärlieferungen gingen an die Air Force, die schneller mehr Schlagkraft zum Einsatz bringen konnte als die anderen Streitkräfte. Im nahem Albuquerque hatte es einige Fälle gegeben, die im University of New Mexico Medical Center behandelt wurden, und zwei auf der Basis: ein Sergeant und seine Frau, er tot und sie im Sterben – es hatte sich rumgesprochen und steigerte die Wut von Kriegern, die schon aufgebracht genug waren. Die Flieger waren alle clean und spürten eine Erleichterung, die über das Normalmaß hinausging. Jetzt wußten sie, sie durften raus und was tun. Dann waren die Bodenmannschaften dran: ebenfalls frei. Alle marschierten zu den Stellplätzen. Die Hälfte der Piloten schnallten sich F-117 Nighthawk an. Der Rest, mit den Bodenmannschaften, bestieg KC-10-Transporter für den langen Flug nach Saudi-Arabien.

Die Nachrichten verbreiteten sich über das eigene Kommunikationsnetz der Air Force. Das 366. und die F-16 von der Basis in Israel machten sich recht gut, aber jeder wollte ein Stück von diesem Kuchen, und die Männer und Frauen von Holloman würden die zweite Welle ins Schlachtgebiet anführen.

»Ist er denn gänzlich verrückt geworden?« fragte der Diplomat seinen iranischen Kollegen. Es war der RVS-Offizier, der die gefährlichste – zumindest empfindlichste – Aufgabe der Geheimdienstoperation bewältigen mußte.

»Sie können nicht so von unserem Führer sprechen«, erwiderte der iranische Ministerialbeamte, als sie die Straße hinabgingen.

»Also gut, versteht Ihr gelehrter heilige Mann zur Gänze, was geschieht, wenn man Massenvernichtungswaffen anwendet?« erkundigte sich der Geheimdienstoffizier vorsichtig.

»Er könnte sich verrechnet haben«, gab der Iraner zu.

»Tatsächlich.« Der Russe ließ das im Moment stehen. Diesen Diplomaten der mittleren Hierarchie bearbeitete er nunmehr seit über einem Jahr. »Die Welt weiß jetzt, daß Sie diese Fähigkeit besitzen. Wie schlau von ihm, genau in der Maschine zu fliegen, die es ermöglichte. Er ist völlig wahnsinnig. Sie wissen das. Ihr Land wird zum Paria ...«

»Nicht, wenn wir gewin ...«

»Nein, nicht wenn Sie können. Aber was, wenn Sie nicht können?« fragte der Russe. »Dann wendet sich die ganze Welt gegen Sie.«

»Das ist wahr?« fragte der Geistliche.

»Es ist wirklich wahr«, versicherte ihm der Mann aus Moskau. »Präsident Ryan ist ein Mann der Ehre. Er war fast sein Leben lang ein Feind meines Landes und ein gefährlicher Feind, aber jetzt, mit Frieden zwischen uns, wird er zum Freund. Er wird von den Israelis, wie von den Saudis respektiert. Der Prinz Ali bin Sheik und er stehen sich sehr nahe. Das ist bekannt.« Das Treffen fand in Aschchabad statt, der Hauptstadt Turkmenistans, unangenehm nahe der Grenze zum Iran, vor allem nach dem Tod des ehemaligen Premiers durch Unfall – wahrscheinlich einen kreativen, wußte Moskau – und mit Wahlen vor der Tür. »Fragen Sie sich dieses: Weshalb sagte Präsident Ryan diese Dinge über den Islam? Ein Angriff gegen sein Land, ein Überfall auf seine Tochter, ein Attentat auf ihn – aber greift er Ihre Religion an, mein Freund? Nein, das tut er nicht. Wer, außer einem ehrbaren Mann, würde solche Dinge sagen?«

Der Mann gegenüber am Tisch nickte. »Es ist möglich. Was wünschen Sie von mir?«

»Eine einfache Frage. Sie sind ein Mann Gottes. Können Sie diese Handlungen der UIR gutheißen?«

Entrüstung. »Unschuldigen das Leben zu nehmen ist Allah ein Greuel. Das weiß jeder.«

Der Russe nickte. »Dann sollen Sie selbst für sich entscheiden, was für Sie wichtiger ist: politische Macht oder Ihr Glaube.«

Doch so einfach war das nicht. »Was bieten Sie uns? Ich habe ein Volk, das alsbald für sein Wohl auf mich blicken wird. Man wende nicht den Glauben als Waffe gegen die Gläubigen.«

»Verstärkte Autonomie, freien Handel für Ihre Waren mit dem Rest der Welt, Direktflug zu anderen Ländern. Mit den Amerikanern werden wir Kreditrahmen mit den islamischen Ländern des Golfs arrangieren. Dort vergißt man nicht Taten der Freundschaft.«

»Wie kann ein Mann, der Gott treu ist, so etwas tun?«

»Mein Freund« – das war er nicht wirklich, aber so drückte man sich aus –, »wie viele beginnen etwas Nobles und werden doch korrumpiert? Und wofür stehen sie dann? Macht ist eine tödliche Sache, am meisten für die, die sie in ihren irdischen Händen halten. Für Ihren Teil müssen Sie entscheiden. Welche Art Führer wollen Sie werden, und mit welchen anderen Führern möchten Sie Ihr Land verbinden?« Golowko lehnte sich zurück und nahm ein Schlückchen Tee. Wie sehr hatte sich sein Land geirrt, die Religion nicht zu verstehen – und doch, wie richtig das Ergebnis war. Dieser Mann hatte an seinem Glauben festgehalten als Anker gegen das frühere Regime, hatte darin eine Kontinuität der Gewißheit und der Werte gefunden, die der politischen Realität seiner Jugend gefehlt hatte. Jetzt, wo sein landesweit bekannter Charakter ihn an die politische Macht trug, würde er bleiben, was er war, oder etwas anderes werden? Die Gefahr mußte ihm nun bewußt sein. Er hatte es noch nicht ganz durchdacht, sah Golowko.

»Unsere Religion, unser Glaube sind ein Ding Gottes, nicht des Mordes. Der Prophet lehrt den Heiligen Krieg, ja, doch nicht, daß wir zu unseren Feinden werden. Wenn Mahmoud Hadschi diese Dinge nicht entkräften kann, werde ich nicht zu ihm stehen, all seinen Versprechungen von Geld zum Trotz. Ich würde gerne diesen Ryan treffen, wenn die Zeit reif ist.«

Bis 13.00 Lima hatte sich das Bild sehr schön gefestigt. Die Zahlen waren noch unerfreulich, dachte Diggs, mit fünf kompakten Divisionen, die vier Verbänden von Brigadestärke, noch dazu verstreut, entgegenrückten. Doch es gab manches, das man dagegen tun konnte.

Der kleine Sperrverband der Saudis nördlich von KKMC hatte sich drei spektakuläre Stunden lang gehalten, wurde aber nun umzingelt und mußte weg, trotz der Wünsche des saudischen Hauptquartiers. Diggs kannte nicht mal den Namen des jungen Majors, hoffte aber, ihn mal zu treffen. Mit ein paar Jahren Ausbildung könnte was Ordentliches aus ihm werden.

Auf seinen ›Rat‹ hin wurde KKMC evakuiert. Schmerzhaft daran war nur das Abschalten der dortigen Nachrichtenressourcen. Das betraf besonders die Predator-Teams, die nun ihre Vögel einholen und zur WOLFPACK-Linie nördlich Al Artawiyahs zurückziehen mußten. Nachdem man jetzt Zeit gehabt hatte, sich alles zu überlegen, war's doch wie eine riesige Übung beim NTC – drei Korps statt Bataillone als Gegner, doch das Prinzip blieb dasselbe, nicht wahr?

Es blieb noch die Sorge wegen der schweren Division, die man beim Überqueren der Sümpfe westlich Basras geortet hatte. Das feindliche Operationskonzept hatte einen blinden Fleck. Durch die Umgehung Kuwaits hatten sie nach dorthin keine Deckung, vielleicht weil sie es für überflüssig hielten, eher aber weil sie sich nicht verraten wollten und das Loch zu stopfen beabsichtigten, wie es jetzt geschah. Nun, jeder Plan hat einen Makel.

Wohl auch der, den er für Operation BUFORD aufgestellt hatte. Aber er fand ihn noch nicht.

»Sind wir uns einig, Gentlemen?« mußte er fragen. Jeder saudische Offizier im Raum war höherrangig als er, aber sie sahen die Logik seines Vorschlags jetzt ein. Den Feinden würde man allen den Arsch aufreißen, nicht nur einigen. Die versammelten Generäle nickten. Sie meckerten nicht mal über den Verlust von KKMC. Das konnte man ja wieder aufbauen. »Dann beginnt Operation BUFORD bei Sonnenuntergang.«

Sie zogen sich zurück. Einige mobile Einheiten der Saudis waren erschienen und feuerten jetzt Rauchgranaten, um den Rückzug zu dekken. Die Hälfte der Fahrzeuge Major Abdullahs machte kehrt und eilte nach Süden. Die Flankeneinheiten waren bereits in Bewegung und wehrten sich gegen die Einkreisungsmanöver, die der Feind eingeleitet hatte.

Bermans Helikopter war nie erschienen, und der Nachmittag lärmender und verwirrender Kampfhandlungen – die Sicht hier unten war beschissen – war lehrreich gewesen. Vier weitere Luftangriffe reinzurufen und die Wirkung am Boden zu sehen, das war etwas, das er sich merken würde, wenn die Saudis es schafften und sich aus der Falle hervorkratzen konnten, die der Gegner um sie herum ausbreitete.

»Kommen Sie mit mir, Colonel«, sagte Abdullah und lief zu seinem Kommandofahrzeug. Damit endete die erste Schlacht um KKMC.

## 61 / Griersons Ritt

Der Anblick der Karte war einfach furchtbar. Für jeden war's ersichtlich; lange rote Pfeile und kurze blaue. Die in den Morgennachrichten unterschieden sich kaum von der im Lageraum, und Kommentare – besonders von ›Experten‹ – erzählten von zahlenmäßig unterlegenen, ungünstig verteilten amerikanischen und saudischen Verbänden mit den Rücken zum Meer. Es gab auch direkte Satellitenübertragung.

»Wir hören von harten Luftschlachten im Nordwesten«, erzählte Donner der Kamera von ›irgendwo in Saudi-Arabien‹. »Doch die Troupiers vom Blackhorse-Regiment hatten noch keinen Feindkontakt. Wo ich gerade bin, kann ich nicht sagen – tatsächlich weiß ich's nicht recht. Die B-Truppe hat zum Nachtanken gehalten, gießt Hunderte von Litern in die großen M1-Abrams-Panzer. Schlucken wie verrückt, sagt man mir. Aber die Stimmung ist unverändert. Es sind wütende Männer – und Frauen – da hinten im Stabstrupp«, fügte er zu. »Ich weiß nicht, was wir am westlichen Horizont finden werden. Ich kann sagen, daß diese Soldaten an der Leine zerren, allen schlimmen Nachrichten zum Trotz, die vom Saudi-Hauptquartier durchgesickert sind. Der Feind ist irgendwo da draußen, prescht mit Macht nach Süden, und kurz nach Sonnenuntergang erwarten wir ersten Kontakt. Hier ist Tom Donner, im Feld mit der B-Truppe, Erste von Blackhorse«, schloß der Bericht.

»Der hält sich gut«, bemerkte Ryan. »Wann wird das gesendet?«

Zum Glück für alle Beteiligten liefen die TV-Berichte alle über kontrollierte, chiffrierte Militärkanäle. Es war nicht an der Zeit, die UIR erfahren zu lassen, wer wo genau war. Ein Negativkommentar zur ›Niederlage‹ der Saudi-Armee *ging* aber raus. Die Nachricht, in Washington durchgesickert und gewissenhaft *nicht* kommentiert vom Pentagon, wurde nicht bezweifelt. Trotzdem sorgte sich Jack, so amüsant es auch war, im Abstrakten, daß die Medien desinformierten, ohne darum gebeten zu werden.

»Heut abend, vielleicht eher«, antwortete General Mickey Moore. »Sonnenuntergang dort in drei Stunden.«

»Schaffen wir's?« fragte POTUS.

»Ja, Sir.«

WOLFPACK, 1. Brigade, North Carolina Guard, hatte sich jetzt voll formiert. Eddington überflog im UH-60 Blackhawk seine Vorausverbände. LOBO, sein erstes Bataillon, stand rechts der Straße von Al Artawiyah nach KKMC. WHITEFANG, das zweite, war westlich der Straße verteilt. COYOTE, sein drittes, stand in Reserve, leicht westwärts. Sein Artilleriebataillon war zweigeteilt, mit Abdeckung der rechten bzw. linken Außenränder, und beide Teile konnten die Mitte des Vorfelds bestreichen. Luftressourcen hatte er nicht; er hatte bloß drei Black Hawks für Sanitätstransport auftreiben können. Sonst hatte er den Nachrichtentrupp, ein Kampf-Versorgungs-Bataillon, Sanitäter, MPs und was halt sonst noch alles zu einer Einheit von Brigadegröße gehörte. Vor seinen beiden Frontbataillonen lauerte ein Aufklärungsverband. Er hatte erwogen, das 11. ACR um einige Helikopter zu bitten, doch er wußte, was Hamm mit denen vorhatte, also war's müßig, zu fragen. Die Daten aus ihren Erkundungsflügen *würde* er aber bekommen, und das müßte reichen.

Der Blick nach unten zeigte ihm, daß alle M1A2s und Bradleys bequeme Posten gefunden hatten, nach Möglichkeit direkt hinter Erhöhungen, damit allenfalls die Decke des Geschützturms sichtbar blieb, oft nicht einmal das. Bloß der Kopf des TCs und ein Feldstecher würde zumeist reichen müssen. Die Panzer waren mindestens 300 Meter voneinander entfernt. Dadurch wurden sie zum ungünstig verdünnten Ziel für Angriffe von Artillerie oder Fliegern. Man hatte ihm gesagt, er solle sich nicht über letztere sorgen, aber er tat es trotzdem. Die ihm untergebenen Kommandeure kannten ihre Jobs, so gut es Reservisten möglich war, und sah man's ehrlich, war die Mission direkt aus den Texten, die Guderian schrieb und die Rommel und alle Berittenen-Kommandeure seither praktizierten.

Der Rückzug begann mit einem Zehn-Meilen-Sprint bei 60 Stundenkilometern, genug, um dem fortschreitenden Sperrfeuer des Gegners zu entkommen und um der Flucht zu ähneln, für die es Berman zunächst hielt – bis er bedachte, daß *er* gewohnt war, Feindfeuer mit der 15fachen Geschwindigkeit dieser Fahrzeuge hinter sich zu lassen. Sie fuhren mit offenen Oberluken, und Berman stand auf, um an den braunschwarzen Fontänen explodierender Granaten vorbei nach hinten zu sehen. Er hatte nicht gewußt, wie ein Kampf in Verteidigungsstellung aussah. Ziemlich einsam, dachte er jetzt. Er hätte Trauben aus Fahrzeugen und Truppen erwartet, wobei er vergaß, was er mit solchen Dingen anstellte, wenn er sie aus der Luft entdeckte. Mindestens 50 Rauchsäulen zählte er, alles Fahrzeuge, welche die Saudi-Nationalgarde weggepustet hatte. Die nahmen's vielleicht mit dem Üben nicht so wichtig, aber dieses Team hatte gegen fünffache Übermacht die Stellung behauptet und drei Stunden durchgehalten.

Nicht ohne Opfer. Er sah nach vorn und zählte nur 15 Panzer und 8 Spähwagen. Vielleicht verdeckten weitere die Staubwolken, hoffte er. Er sah nach oben, in den hoffentlich freundlichen Himmel.

Das war er. Das Spielergebnis seit dem Morgen stand bei 40 UIR-Jägern unten, alle durch Luft-Luft, gegenüber 6 der Amerikaner und Saudis, alle durch Boden-Luft. Die feindlichen Luftverbände hatten den Vorteil alliierter AWACS-Deckung nicht überwinden können, und ihren Mühen hätte man allenfalls damit schmeicheln können, daß man ihnen die Ablenkung von Angriffen gegen ihre Bodenverbände zuschrieb, die sonst völlig ungehindert verlaufen wären. Die scheckige Mischung aus Jägern amerikanischer, französischer und russischer Herstellung mochte auf dem Papier und auf Startrampen beeindrukken, in der Luft aber weniger. Doch nachts waren die alliierten Luftkräfte nicht so sehr im Vorteil. Nur die kleine Ansammlung F-15E Strike Eagles war wirklich allwettertauglich (Nacht gilt als Wetterbedingung). Davon gab es 20 Stück, schätzte der UIR-Nachrichtendienst, und die konnten so viel nicht anstellen. Die vorrückenden Divisionen hielten unmittelbar vor KKMC, wieder zum Nachtanken und -laden. Noch ein solcher Sprung, dachten die Kommandeure, und sie würden in Riad stehen, bevor die Amis das Feld betreten könnten. Sie hatten immer noch die Initiative, und die Hälfte der Strecke war bereits bewältigt.

Palm Bowl behielt all das im Auge und gab weiter, was es aus Südwesten an Funkverkehr auffing, stand aber vor neuer Bedrohung von Norden durch eine Panzerdivision aus dem Iran. Die UIR erwartete wohl, daß das Königreich Saudi-Arabien zumindest schwer beschäftigt und Kuwait zur Untätigkeit eingeschüchtert wäre. Das war Wunschdenken. Grenzen lassen sich in zwei Richtungen überqueren, und Kuwaits Regierung irrte sich nicht in der Annahme, daß nichts zu tun ihnen schlecht bekommen würde.

Die Air Cavalry Squadron, 4. des 10., hob 20 Minuten nach Sonnenuntergang ab. Einige leichte, motorisierte Einheiten auf Grenzposten meinten wohl, sie würden bald von der Einheit entsetzt, die gerade das Delta von Tigris und Euphrat überquerte. Sie bestanden aus zwei Bataillonen berittener Truppen in Lkws und leichtgepanzerten Fahrzeugen, hatten viel über Funk miteinander getratscht und waren von den Befehlshabern einheitsweise hin- und herverlegt worden. Sie waren aber erstaunlich unvorbereitet auf eine Invasion durch ein Land, das kaum ein Zehntel so groß war wie das ihre. In der nächsten Stunde jagten die Apaches von der Buffalo Cav die iranische Einheit mit Kanonen- und Raketenfeuer und brannten damit einen Weg frei für Kuwaits eigene leichte Panzerbrigade, deren Aufklärungsfahrzeuge ausschwärmten und die Panzerspitze der Iraner suchten und fanden. Fünf Kilometer dahinter wurde ein Bataillon Kampfpanzer mit Aufklärungsdaten eingewiesen, und die erste große Überraschung für die UIR war das Feuer aus zwanzig Panzerkanonen, gefolgt von 15 Volltreffern. Nach erfolgtem ersten Kontakt setzten die Führungseinheiten Kuwaits den Angriff beherzt fort. Für sie kam alles schön zusammen. Die Nachtsichtsysteme funktionierten, die Kanonen auch. Sie hatten den Feind mit dem Rücken zu üblem Terrain und ohne Ausweg.

In PALM BOWL verfolgte Major Sabah die Funkrufe. Es stellte sich raus, daß nur eine Brigade der 4. Panzerdivision Irans, hauptsächlich Reservisten, die Überquerung schaffte und unvorbereitet einem vorrückenden Panzerverband begegnete. Es war, dachte Sabah, etwa so fair, wie das, was seinem Land am Morgen des 1. August 1990 widerfahren war. Bis drei Stunden nach Sonnenuntergang war die einzige brauchbare Route in den Süden Iraks völlig blockiert und damit die Möglichkeit zur Verstärkung der Armee Gottes. Die Nacht hindurch würden Präzisionsbomben Brücken zerschlagen, um das sicherzustellen. Eine kleine Schlacht für sein kleines Land, aber ein wichtiger Gewinn, um den Schauplatz für dessen Alliierte vorzubereiten.

Buffalo Cav bewegte bereits ihre Bodenverbände nach Westen, während die Air Squadron zurückkehrte, um Treibstoff und Waffen zu holen. Sie hinterließen eine ekstatische Kuwait-Armee.

Das I. Korps der UIR war bis dahin in Reserve. Eine Division war die ehemals 1. Gepanzerte Irans, ›Die Unsterblichen‹, eine andere, bestand vor allem aus Überlebenden der Republikanergarde, zusammen mit neuen Dienstverpflichteten, die den 91er Krieg nicht miterlebt hatten. Das II. Korps hatte den Grenzdurchbruch erzwungen und die Führung bis KKMC beibehalten, im Zuge der Kämpfe aber gut ein Drittel seiner Stärke eingebüßt. Nach Bewältigung seiner Aufgabe rückte es nach links, also Osten, und machte den Weg fürs I. Korps und III. Korps frei, die bisher außer wenigen Luftangriffen unberührt waren. Das II. Korps würde jetzt den Flankenschutz der vorrückenden Streitmacht gegen erwartete Gegenangriffe aus dem Osten übernehmen. Alle Einheiten sandten mit Einbruch der Dunkelheit Aufklärungseinheiten aus.

Die Vorausspitzen rückten in wechselweisen Sprüngen an KKMC vorbei vor, überrascht, auf keinen Widerstand zu treffen. Der Kommandeur des Aufklärungsbataillons erkühnte sich, Einheiten direkt in die Stadt zu schicken, die man fast völlig leer vorfand. Beim Nachdenken schien ihm das logisch. Die Armee Gottes war auf dem Vormarsch, und nichts, das die Saudis hatten, konnte sie aufhalten. Zufrieden rückte er weiter nach Süden vor, jetzt etwas vorsichtiger. Es mußte doch da vorne etwas Widerstand warten.

Eddingtons MP-Einheit hatte ihren Job getan. Er hatte einige niedergeschlagene Gesichter gesehen, bis sie dessen ansichtig wurden, was zwischen KKMC und Al Artawiyah wartete. WOLFPACK konnte nicht alles verbergen. Die Nachhut stellten saudische MP-Einheiten, welche um 21.00 Uhr den Aufklärungsschild passierten. Sie sagten, hinter ihnen käme nichts mehr. Sie irrten sich.

Major Abdullah hatte an noch einen Defensivstand gedacht, aber er hatte keine Schlagkraft, um irgendeine Stellung gegen das zu behaupten, was er hinter sich im Vormarsch wußte. Seine Männer waren nach 24 Stunden ununterbrochener Kampfhandlungen erschöpft, am ärgsten die Fahrer. Er hatte gehofft, schon auf freundliche Einheiten zu treffen.

Sie erschienen erst als weiße Kleckse auf den IR-Monitoren, Fahrzeuge, die in Unordnung die Straße herabrückten. Eddington in seinem Kommandostand wußte, es könnten noch einige saudische Nachzügler kommen, und hatte die Aufklärer vorgewarnt, aber erst, als die Abendschicht Predators aufstieg, war er sicher. Deren IR-Kameras zeigten deutlich die charakteristischen, flachen Türme der M1A2s. Diese Info gab er an den Aufklärungsverband HOOTOWL weiter, dessen Spannung nachließ, als sich die formlosen Flecken in ihren bodengebundenen Sichtgeräten langsam in freundlichere Formen verwandelten. Aber auch dann mußte man an gekaperte Fahrzeuge denken, die der Gegner mißbrauchen mochte.

Troupiers zündeten chemische Leuchtstangen und warfen sie auf die Straße. Die vorrückenden Laster stoppten fast erst darüber, so langsam sie auch ohne Lichter fuhren. Eine Handvoll Saudi-Offiziere, an WOLFPACK für Liaison abkommandiert, verifizierten die IDs und winkten sie weiter. Major Abdullah, der die Stellung zehn Minuten später erreichte, sprang mit Colonel Berman aus seinem Befehlsfahrzeug raus. Die Guardsmen aus Amerika reichten erst Essen und Wasser, dann den dreifach starken GI-Kaffee aus ihren MRE-Päckchen.

»Die sind ein Stückchen zurück, kommen aber«, sagte Berman. »Mein Freund hier – na, der hat 'n schweren Tag gehabt.«

Der Saudi-Major war knapp vorm Zusammenbruch, nach nie gekannter physischer und geistiger Anstrengung. Er stolperte rüber zum HOOTOWL-Kommandoposten und gab über einer Karte, so klar er noch konnte, sein Wissen weiter.

»Wir müssen sie aufhalten«, schloß er.

»Major, rutschen Sie mal noch runde zehn Meilen die Straße runter, da sehen Sie die *größte* Straßensperre, die's je gegeben hat. Gut gemacht, Junge«, sagte der Oberstleutnant, ein Anwalt aus Charlotte, dem jungen Mann. Der Major ging zu seinem Fahrzeug davon. Als er außer Hörweite war, fragte er Berman: »War's so schlimm?«

»Ich weiß, sie haben mindestens 50 Panzer vernichtet, das waren nur die, die ich sehen konnte«, sagte Berman mit einem Schluck aus seiner Tasse. »Kommen aber noch genug.«

»Wirklich?« meinte der Oberstleutnant. »Optimal. Keine freundlichen Nachzügler mehr?«

Berman schüttelte den Kopf. »keine Chance.«

»Dann zieh'n Sie auch mal die Straße 'runner, Berman. Zehn Meilen, dann nehmense Platz für die Vorstellung, hör'nse?«

Sie sahen wie Amerikaner aus, sah Berman, mit ihren Wüsten-BDUs und bemalten Gesichtern unter Wehrmachts-förmigen ›Fritz‹-Helmen. Die Karten wurden mit rotgefilterten Lampen beleuchtet. Es war so dunkel, wie der klare Nachthimmel nur werden konnte. Später käme etwas Mondlicht dazu, machte aber sicher nicht viel aus. Der Schildkommandant hatte einen Befehls-HMMWV. Dahinter sah er noch einen Bradley, ein paar Truppen, sonst nichts. Aber sie standen da, und sie klangen wie Amerikaner.

»HOOT-SIX, hier Zwo-Neune.«

»Zwo-Neune, SIX, los«, sagte der Kommandant in den Funk.

»Wir haben etwas Bewegung, fünef Meilen im Norden von unserem Posten. Zwei Fahrzeuge stöbern gerade am Horizont rum.«

»Roger, Zwo-Neune. Berichten Sie weiter. Aus.« Er wandte sich Berman zu. »Dann man los, Colonel. Wir haben hier zu tun.«

Es gab den flankierenden Schild. Das müßte das II. Korps des Feindes sein, dachte Hamm. Seine Vorauslinie Kiowa-Aufklärer beobachtete den. Die Kiowa-Hubschrauber waren aufs Verstecken spezialisiert, am besten hinter Hügeln und Kämmen, die Mastvisiere als elektronische Periskope gerade so weit hervorgestreckt, ums Gelände zu überblicken, während die Piloten sie ungesehen, aber selbst mit freiem Blick in der Schwebe hielten und die TV-Systeme alles aufnahmen und die Daten zurückreichten. Hamm hatte sechs davon oben, Kundschafter für seine 4. Schwadron, den Bodenverbänden 10 Meilen voraus, die jetzt 30 Meilen südöstlich von KKMC standen.

Während er seinen Bildschirm im Star Wars Track ansah, konvertierten die Techniker die Daten der Kiowas für die Verteilung an die Kampffahrzeuge unter seinem Kommando, grafisch darstellbar auf deren Monitoren. Dazu kamen Daten von den Predators, die über Straßen und Wüste südlich der eingenommenen Stadt, und einer direkt darüber, kreisten. Die Straßen, sah er, waren voller Tank- und Vorrats-Lkws – bot sich ja an als Versteck.

Wichtiger noch, jetzt waren auch elektronische Schnüffler am Werk. Die UIR-Einheiten rückten zu schnell vor für Funkstille. Befehlshaber mußten sich abstimmen. Die Quellen bewegten sich, jetzt aber vorhersagbar, fast die ganze Zeit auf Sendung, während Kommandeure Unterkommandeuren sagten, was zu tun und wohin zu fahren war, Information entgegennahmen und die Befehlskette hinaufreichten. Zwei Brigadekommandos waren positiv identifiziert, wahrscheinlich ein Divisionskommando dazu.

Hamm schaltete das Display um auf Übersicht. Zwei Divisionen rückten jetzt von KKMC nach Süden vor. Das wäre das I. Korps des Feindes, über 10 Meilen Front verteilt, zwei Divisionen gleichauf in Brigadekolonnen, einmal Panzerbrigade vorn, bewegliche Artillerie direkt dahinter. Das II. Korps schwenkte nach Osten, breit verteilt als Flankenschild. Das III. Korps schien in Reserve zu bleiben. Die Verteilung war konventionell. Erster Kontakt mit Wolfpack wäre in rund einer Stunde, so lange würde er sich zügeln, erlaubte dem I. Korps von Norden nach Süden rechts nach links entlang seiner Front zu ziehen.

Zur rechten Vorbereitung des Schlachtfelds hatte die Zeit nicht gereicht. Dem Guard-Verband fehlten Sappeure, die das Gelände vorm Feind mit panzerbrechenden Minen hätten verseuchen können. Keine Zeit zur Vorbereitung von Sperren und Fallen. Sie waren erst knapp 10 Stunden in Stellung und die Brigade noch kürzer erst vollständig. Eigentlich hatten sie nur einen Feuerplan. Wolfpack konnte beliebig kurz schießen, aber weitreichendes Feuer mußte alles westlich der Straße in die Tiefe greifen.

»Ganz gutes Bild hier«, meinte sein S-2-Nachrichtenoffizier.

»Abschicken.« Und damit erhielt jedes Fahrzeug von Blackhorse das gleiche digitale Bild vom Feind, das ihm vorlag. Dann nahm Hamm den Funkhörer auf.

»WOLFPACK-SIX, hier BLACKHORSE-SIX.«

»Hier WOLFPACK-SIX-ACTUAL. Danke für den Datenschub, Colonel«, antwortete Eddington über Digitalfunk. Beide Einheiten wußten auch, wo alles Freundgerät war. »Ich rechne mit Feindkontakt in rund einer Stunde.«

»Bereit für Rock 'n' Roll, Nick?« fragte Hamm.

»Al, ich schaff's gerade noch, meine Jungens zurückzuhalten. Wir sind geladen und gespannt«, versicherte ihm der Guard-Kommandeur. »Wir haben schon Sichtkontakt zu deren Vorausschild.«

»Sie kennen den Drill, Nick. Viel Glück.«

»Blackhorse«, sagte Eddington zum Abschied.

Hamm wechselte die Radio-Einstellung, um BUFORD-SIX zu rufen.

»Habe das Bild, Al«, versicherte ihm Marion Diggs, hundert Meilen zurück und *darüber* nicht im mindesten glücklich. Er sandte per Fernsteuerung Männer ins Feld, und das fiel dem General sehr, sehr schwer.

»Okay, Sir, wir sind komplett in Stellung. Die müssen bloß noch zur Tür reinkommen.«

»Roger, BLACKHORSE, bleiben hier empfangsbereit. Ende.«

Die wichtigste Arbeit erledigten jetzt die Predator. Die UAV-Fernlenkleute bei Hamms Nachrichtensektion ließen ihre Maschinen höher kreisen, um eine Entdeckung zu vermeiden. Kameras schauten nach unten, zählten und prüften Positionen. Die ›Unsterblichen‹ waren auf der feindlichen Linken, die ehemalige Garde Iraks auf der Rechten, westlich der Straße. Sie rückten gleichmäßig vor, Bataillone in dichter Reihe für maximale Schlag- und Schockkraft, falls sie auf Widerstand stießen, 10 Meilen hinter dem Aufklärungsschild. Hinter der Vorhut-Brigade lag die Divisionsartillerie. Diese war zweigeteilt, und ein Teil hielt an, verteilte sich und nahm Aufstellung für Deckungsfeuer. Wieder kam das direkt aus dem Buch. Die würden für zirka neunzig Minuten dort stehen. Die Predator überflogen die aufgereihten Kanonen und markierten die Lage mittels GPS-Signalen. Die Daten wurden an die MLRS-Batterien weitergereicht. Zwei weitere Predator wurden herangeflogen zur Ortung der feindlichen Kommandofahrzeuge.

»Nun, ich weiß nicht, wann dies gesendet wird«, sagte Donner der Kamera. »Ich bin hier in Bravo-Drei-Zwo, zweites Kundschafterfahrzeug im 3. Zug der B-Truppe. Wir erhielten gerade Meldung zur Lage des Feindes. Der ist jetzt rund 20 Meilen westlich. Mindestens zwei Divisionen rücken südwärts vor, die Straße von King Khalid Military City entlang. Ich weiß jetzt, daß eine Brigade der North Carolina National Guard einen Sperriegel bildet. Sie sind mit dem 11. Kavallerieregiment zusammen ausgerückt, weil sie für Routineübungen gerade im National Training Center waren.

Die Stimmung hier, nun, wie soll ich's ausdrücken? Die Troupiers von Blackhorse wirken fast wie Ärzte, auch wenn's merkwürdig klingt. Diese Männer sind wütend über das, was ihrem Land geschehen ist, aber gerade jetzt sind sie wie Ärzte, die warten, daß der Rettungswagen zur Notaufnahme kommt. Im Fahrzeug ist's ruhig. Gerade hör' ich, daß wir in ein paar Minuten nach Westen zum Absprungspunkt fahren.

Ich möchte was Persönliches hinzufügen. Vor kurzem, das wissen Sie alle, verstieß ich gegen eine Regel meines Berufes. Was ich getan habe, war falsch, auch wenn ich selbst betrogen worden bin. Ich erfuhr heut, daß der Präsident selber meinen Einsatz hier wünschte – vielleicht, um mich beseitigen zu lassen? Nein, das nicht. Witz beiseite. Dies hier ist die Art Situation, für die Leute im Nachrichtengeschäft ihr Leben geben würden. Ich bin hier, wo Geschichte wohl bald gemacht wird, umgeben von anderen Amerikanern, die eine wichtige Aufgabe zu erledigen haben, und wie auch immer es ausgeht, hier gehört ein Reporter her. President Ryan, ich danke Ihnen für die Chance.

Hier ist Tom Donner, südöstlich von KKMC, bei der B-Truppe, 1. Schwadron von Blackhorse.« Er senkte das Mikrofon. »Haben Sie's?«

»Ja, Sir«, teilte ihm der Army Spec–5 mit. Der Soldat sprach kurz in sein eigenes Mikrofon. »Okay, das ist zum Satelliten hochgegangen, Sir.«

»Guter Beitrag, Tom«, sagte der Fahrzeugkommandant und zündete sich eine Zigarette an. »Kommen Sie, ich zeig Ihnen mal, wie das IVIS-Zeugs läuft und ...« Er hielt inne, Hand am Helm, um die Funkdurchsage zu hören. »Motor starten, Stanley«, sagte er zum Fahrer. »Es ist Showtime!«

Er ließ sie rankommen. Der Kommandant von WOLFPACKS Aufklärungsschild war Strafverteidiger, der von West Point graduierte, aber später den Zivilberuf wählte. Er war dennoch nie recht davon losgekommen, wußte aber nicht genau, wieso. Jetzt, mit 45 Jahren, hatte er seit knapp 30 Jahren Drills und erschöpfende Übungen und nervtötende Routine im Militärdienst verbracht, die ihm und seiner Familie seine Zeit raubte. Nun, an der vordersten Front seines Aufklärungstrupps, wußte er, weshalb.

Die führenden Kundschafterfahrzeuge waren zwei Meilen voraus. Er schätzte sie auf eine halbe Kompanie, insgesamt zehn Wagen auf drei Meilen Front, zu dritt und zu viert in der Dunkelheit vorrückend. Auf seinem IR-Schirm konnte er sie als BRDM-2-Spähpanzer ausmachen, vierrädrig, mit MG oder panzerbrechenden Raketen bestückt. Er suchte speziell eins mit vier Funkantennen. Das wäre der Trupp- oder Kompaniekommandant...

»Antennenfahrzeug gerade voraus«, rief ein Bradley-Kommandant 400 Meter zur Rechten. »Entfernung 2 K, kommt ran.«

Der Anwalt-Offizier nahm den Lichtverstärker zu Hilfe.

»HOOTOWL, hier SIX, Party in zehn, wiederhole, Party in zehn Minuten. Vier-Drei, bereit halten.«

»Vier-Drei bereit, SIX.« Der Bradley würde den ersten Schuß abgeben. Der Kanonier wählte HEIT. Er zentrierte das Ziel im Visier, und der Computer checkte die Entfernung.

»Friß Scheiße und *stirb*«, zischte der Kanonier in sein Mikrofon.

»HOOTOWL, SIX, Feuer frei, Feuer frei.«

»Feuer!« sagte der Kommandant dem Kanonier. Der Spec-4 am 25-mm-Geschütz drückte für eine Drei-Schuß-Garbe den Doppelabzug. Alle drei Leuchtspuren zogen eine Linie über die Wüste, und alle drei trafen. Der Kommando-BRDM wurde zum Feuerball, als der Benzintank explodierte – eigenartigerweise waren die sowjetisch gefertigten Fahrzeuge nicht dieselgetrieben. »Ziel!« sagte der Kommandant, bestätigte damit den Treffer. »Schwenk links, Ziel *Burdum*.«

»Erfaßt!« sagte der Kanonier, als es anlag.

»Feuer!« Eine Sekunde danach: »Ziel! Schwenk rechts! Ziel *Burdum*, zwei Uhr, 1500!« Der Bradley-Turm drehte andersrum, als die Feinde reagierten.

»Erfaßt!«

»Feuer!« Auch der dritte war tot, zehn Sekunden nach dem ersten.

Nach einer Minute brannten alle BRDMs, die der Schild-Kommandeur gesehen hatte. Das weiße Leuchten ließ ihn zusammenzucken. Dann erschienen weitere Blitze rechts und links seiner Position. »Los mit euch, auf sie!«

Auf zehn Meilen Wüstenfront tauchten Bradleys hinter der Deckung auf, Türme schwenkend, Kanoniere auf Zielsuche. Ein kurzer Feuerkampf in Bewegung lief über zehn Minuten und drei Kilometern ab, mit den BRDMs auf dem Rückzug, die kein effektives Gegenfeuer zustande brachten. Zwei Sagger PARs wurden abgefeuert, fielen aber beide aus und explodierten im Sand, als ihre Fahrzeuge von Bushmaster-Feuer vernichtet wurden. Ihre MGs konnten der Stirnpanzerung der Bradleys nichts anhaben. Der feindliche Schild, insgesamt 30 Fahrzeuge, wurde ausgelöscht, und dieser Teil des Schlachtfelds gehörte HOOTOWL.

»WOLFPACK, hier HOOTOWL-SIX-ACTUAL. Alle erwischt, glaub' ich. Deren Vorausschild ist Toast. Keine Verluste«, fügte er hinzu. Verdammt, können die Bradleys schießen.

»Funkmeldungen gingen noch raus«, sagte der ELINT-Troupier bei Eddington. »Es kommt noch was.«

»Der ruft Artillerie rein«, sagte rasch eine Saudi-Nachrichtenoffizier.

»HOOT, erwarten Sie in Kürze Artillerie-Gegenfeuer«, warnte Eddington.

»Roger, verstanden. HOOT rückt vor.«

Das war sicherer als Verbleiben oder Rückzug. Auf Befehl eilten die Bradleys und Hummer zwei Kilometer nördlich und hielten Ausschau nach dem feindlichen Sekundärschild – mußte's geben. Das würde vorsichtig heranschnüffeln. Was ablief, wußte der Guard-Lieutenant-Colonel, war das Aufklärungsgefecht; die Leichtgewichte prügelten sich, bevor die Schwergewichte zum Hauptkampf antraten. Er würde für WOLFPACK weiterhin das Schlachtfeld vorprägen. Zu erwarten waren eine weitere Kompanie Aufklärungsfahrzeuge, danach die schwere Vorhut mit Panzern und BMPs. Der Bradley hatte für jene TOW-Raketen, und die Bushmaster waren ja gerade für diese Schützenwagen entworfen, die man *Bimp* nannte. Zudem, da der Feind jetzt Blaus Aufklärungsschild-Lage – gewesene Lage – wußte, würde er den Rückzug erwarten, nicht das Vorrücken.

Das war zwei Minuten später klar, als das Sperrfeuer einen Kilometer hinter den Bradleys niederging. Die Gegner spielten nach Drehbuch, dem alten sowjetischen. Kein schlechtes Buch, aber die Amerikaner hatten es auch gelesen. HOOTOWL fuhr noch einen Kilometer vorwärts und hielt hinter einer günstigen Hügelreihe, wieder mit Klecksen auf dem Horizont. Der Anwalt/Colonel hob den Hörer, um auch das zu melden.

»BUFORD, hier WOLFPACK, haben Kontakt, Sir«, sagte Eddington Diggs vom CP aus. »Haben grade deren Aufklärungseinheit getilgt. Unser Schild in Sichtweite von deren schwerer Vorhut. Hab' vor, die kurz zu beschäftigen, dann nach rechts zurückzuweichen, Südost. Haben feindliches Artilleriefeuer zwischen dem Schild und unserer Vorhut. Over.«

»Roger, Wolfpack.« Auf seinem Kommando-Monitor sah Diggs die vorpreschenden Bradleys, recht gleichmäßig in Reihe, aber gut verteilt. Es war immens frustrierend für den kommandierenden General. Er wußte mehr über die entstehende Schlacht als jemals einer in der Geschichte der Kriegskunst. Aber er hatte die Pläne Eddingtons, Hamms und Magruders abgesegnet, Zeit und Ort abgestimmt, und nun als Oberbefehlshaber mußte er ihnen ihren Kopf lassen, durfte nur eingreifen, wenn was schieflief oder unerwartete Lagen eintraten. Als Kommandeur der amerikanischen Streitkräfte im Königreich Saud war er jetzt Zuschauer. Der schwarze General schüttelte erstaunt den Kopf. Er hatte nicht gewußt, das es ihn so schwer treffen würde.

Fast Zeit. Hamm hatte seine Schwadrone im Vormarsch, je zehn Kilometer breit, aber nochmals zehn Kilometer auseinander. Alle Schwadron-Kommandeure hatte entschieden, Scouts voraus- und Panzerkompanien in Reserve zu führen. Jeder Trupp hatte 9 M1s und 13 Bradleys, dazu 2 Mörserbestückte M-113-Wagen. Sieben Kilometer vor ihnen waren jetzt die Brigaden vom II. Korps der UIR, geschrumpft, aber gestählt vom Durchbruch im Norden von KKMC, jetzt sicher wachsam. Von Daten der Helis und Predator war deren Verteilung gut bekannt. Er wußte, wo sie waren. Sie wußten nichts von ihm – wahrscheinlich, gab er zu. Sein abschließender Befehl schickte die Helis nochmals über das freie Gebiet, um feindliche Vorposten aufzubringen. Alles stand weitgehend fest, und hinten hoben seine Apaches mit ihren Kiowa-Kundschaftern ab, um ihren Part im Schauspiel aufzunehmen.

Die F-15E Strike Eagle waren alle im Norden. Zwei waren früher am Tag abgestürzt, auch der vom Geschwaderkommandeur. Jetzt in Begleitung von HARM-bestückten F-16, bepflasterten sie die Brücken und Furten des Zwei-Strom-Deltas mit intelligenten Waffen. Sie sahen brennende Panzer am Boden westlich der Sümpfe, intakte waren östlich zusammengepfercht. Nach einer aufregenden Stunde war jeder Überfahrtsweg Schutt.

Die F-15C flogen über KKMC, wie immer unter AWACS-Führung. Eine Viererrotte blieb hoch, außer Reichweite der Selbstfahr-SAM-Fahrzeuge bei der UIR-Streitmacht. Sie schützten vor UIR-Jägern, die dazwischenfunken könnten. Der Rest jagte Hubschrauber der Panzerdivisionen. Das brachte zwar nicht soviel Ehre wie Jägerabschüsse, aber Abschuß war Abschuß, und das fast ohne Gegenwehr. Und Generäle flogen in Helis, die Teil der Aufklärung des UIR-Stabs waren, und das, sagte der Plan, durfte nicht sein.

Das Jagen war einfach. Da der Feind in der Offensive war, mußte er sich vorwagen, konnte nicht in Bunkern hocken oder sich zerstreuen. Das war den Eagle-Fahrern recht. Einer südlich von KKMC, vom AWACS eingewiesen, fand einen Heli auf seinem Radar, wählte AIM-120 und löste binnen Sekunden aus. Er sah der Rakete den ganzen Weg nach und dem Feuerball, der links wegzuckte und am Boden zerbarst. Ein Teil von ihm hielt es für Verschwendung einer schönen Slammer, aber Abschuß war Abschuß. Es war der letzte Heli dieses Abends. Die Piloten erfuhren von ihren E-3B-Sentry-Dirigenten, daß freundliche Helis in die Gegend kamen, und die Waffen der Eagle wurden gesichert.

Weniger als die Hälfte seiner Bradley-Kanoniere hatte im Ernstfall schon TOW abgefeuert, aber Hunderte Male in der Simulation. HOOTOWL wartete gerade so lange, bis die Vorhut in Reichweite kam. Es war verzwickt. Der sekundäre Aufklärungsschirm war schon näher. Die nahmen die Bradleys zuerst aus dem Spiel. Am Ende waren sogar zwei BRDM *hinter* der amerikanischen Linie. Beide machten kehrt, einer überfuhr fast ein HMMWV, bis ein Bradley ihn zerblies. Der Panzerwagen hetzte hin und fand einen verwundeten Überlebenden der Dreier-Crew. Die Schützen versorgten ihn, während der Fahrer auf die Berme fuhr und der Kanonier die TOW ausrichtete.

Die führenden Panzer schossen jetzt, suchten Blitze der Bradley-Geschütze, schalteten die eigenen Lichtverstärker ein, und wieder gab es einen kurzen, bösen Kampf auf dunklem, kahlen Boden. Ein Bradley explodierte nach Treffer, mit Verlust aller an Bord. Der Rest löste je ein bis zwei Raketen aus und vernichtete zwanzig Panzer, bevor der Kommandeur sie zurückpfiff, gerade rechtzeitig, denn Artilleriefeuer deckte die gerade verlassenen Positionen ein. HOOTOWL hinterließ einen Bradley und zwei Hummer und die ersten amerikanischen Opfer des 2. Golfkriegs. Die Meldung erreichte Amerika über Satellit.

Es war kurz nach Mittag in Washington. Die Mahlzeit war leicht, und der Präsident grad fertig, als er die Meldung im Lageraum erhielt, noch mit Blick auf den Teller mit Goldrand, Brotkruste und Chips. Die Nachricht traf ihn härter als die über die Opfer an Bord der *Yorktown* oder die von den sechs vermißten Fliegern – *vermißt* hieß irgendwie nicht *tot*, oder? ging ihm durch den Kopf. Diese Männer waren es aber mit Sicherheit.

»Das ist der Job, Jack«, sagte Robby leise. »Dafür werden wir bezahlt.«

»Yeah.« Und er mußte zugeben, daß er auch dafür bezahlt wurde.

Die vier F-117 Nighthawk landeten auf Al Kharj, rollten aus und in die Schutzhangars. Die Transporter mit Reservemannschaften und Boden-Crews flogen kurz danach ein. Nachrichtenoffiziere von Riad begrüßten sie und nahmen die Kopiloten zur ersten Missionseinweisung beiseite.

Der befehlshabende Generalmajor der ›Unsterblichen‹-Division war in seinem Kommandowagen auf der Suche nach einer Erklärung. Bislang war der Krieg zufriedenstellend verlaufen. Das II. Korps hatte die Aufgabe erfüllt, der restlichen Streitmacht den Weg freigesprengt. Bis vor einer Stunde war das Bild klar und erfreulich gewesen. Ja, Saudi-Verbände waren südostwärts auf dem Wege zu ihnen, aber noch fast einen Tag entfernt.Für die war schon vorgesorgt, und er wäre ohnehin vorher in Riad angelangt. Bei Sonnenaufgang sollte das II. Korps ostwärts springen, einen Angriff auf die Ölfelder vortäuschen. Das würde die Saudis bremsen, ihm gewiß noch einen Tag verschaffen, in dem er mit Glück einen Teil, vielleicht die ganze Regierung einkassieren würde. Vielleicht gar die Königliche Familie – oder wenn sie flohen, wäre das Königreich führungslos, und sein Land hätte den Krieg gewonnen.

Bislang war es teuer gekommen. Das II. Korps hatte die Hälfte seiner Kampfkraft geopfert, um die Armee Gottes so weit zu bringen, aber Siege gab es nie billig, auch jetzt nicht. Sein Vorausschild war gerade vom Funk verschwunden. Eine Meldung von Feindkontakt, ein Ruf nach Artillerie-Unterstützung, dann nichts. Er wußte, vor ihm gab es einen Saudi-Verband, einen Rest der 4. Brigade, die das II. Korps fast, aber nicht ganz ausgelöscht hatte. Er wußte, die hatten nördlich von KKMC hart gekämpft und sich dann zurückgezogen ... wohl zur Evakuierung der Stadt. Wahrscheinlich waren sie noch stark genug, seine Aufklärungseinheit zu demolieren. Er wußte nicht, wo das amerikanische Kavallerieregiment war – wohl im Osten. Und es gab irgendwo eine weitere amerikanische Brigade, ebenfalls im Osten. Er wünschte sich Hubschrauber, hatte aber gerade einen mit seinem Nachrichtenchef verloren. Soviel zur versprochenen Luft-Unterstützung. Der einzige eigene Jäger, den er heute gesehen hatte, war ein rauchendes Loch im Boden östlich von KKMC gewesen. Aber wenn ihn die Amerikaner auch piesackten, aufhalten konnten sei ihn nicht, und wenn er Riad pünktlich erreichte, würde er Truppen zu den meisten Flugplätzen schicken. Also war der Schlüssel zu dieser Operation, wie Korps- und Armeekommando gesagt hatten, das schnellstmögliche Vorrücken. Folgerichtig befahl er seiner führenden Brigade plangemäßes Vorrücken, mit der Vorhut als Aufklärungsschirm. Die hatten gerade Feindkontakt und Kampf gegen noch nicht spezifizierbare Feinde gemeldet, die sich nach kurzem Gemetzel zurückzogen. Wohl der Saudi-Verband, entschied er, den er vor Morgen einholen würde. Er gab die Befehle, informierte den Stab und verließ den Kommandostand zur Beurteilung der Lage an der Front, wie ein guter General, während der Stab die Befehle weitergab.

Einige Kundschafter-Schirme gab es noch, meldeten die Kiowa, nicht viele. Die hatten wohl beim Vormarsch schlimm gelitten, dachte Colonel Hamm. Er leitete eine der Lufteinheiten zum Ausweichen nach links und befahl die Beseitigung dieser Kundschafter durch einen Apache. Ein weiterer ließ sich leicht passieren. Der dritte lag leider genau im Weg von der 3. Schwadron. Die Lage der BRDM der UIR wie vom Großteil des angeschlagenen II. Korps landete bei IVIS.

Auch die ›Unsterblichen‹ waren erfaßt. Eddington sah, daß die Vorhut, mit Vorausspitzen des Hauptverbands knapp dahinter, gerade in Reichweite seiner Panzer geriet, Geschwindigkeit rund 20 Stundenkilometer. Er rief Hamm an.

»Fünf Minuten von *jetzt*. Viel Glück, Al.«

»Ihnen auch, Nick«, hörte Eddington.

Es hieß Synchronizität. Dreißig Meilen auseinander, hoben mehrere Gruppen Palladin-Haubitzen die Rohre und richteten sich auf Punkte aus, die Predator- und ELINT-Daten festgelegt hatten. Die Kanoniere neuerer Zeit tippten Koordinaten in ihre Computer, damit breit verteilte Waffen gleiche Punkte anpeilen konnten. Augen sahen jetzt Uhren an, verfolgten Digitalziffern bis 22.30.00 Lima, 19.30.00 Zulu, 14.30.00 Washington-Zeit.

Bei den MLRS-Fahrzeugen war's ähnlich. Dort stellten Truppen sicher, daß ihre Zellen geschlossen waren, sie verriegelten die Aufhängung zur Stabilität und schlossen die Fensterplatten. Die Abgase ihrer Raketen konnten tödlich sein.

Südlich von KKMC beobachteten die Carolina-Panzerleute die vorrückenden weißen Kleckse. Kanoniere tippten auf Laser-Entfernungsmesser. Die führenden Einheiten waren jetzt 2500 Meter entfernt, und die nachfolgenden einen Kilometer dahinter, Panzer und BMP gemischt.

Südöstlich von KKMC avancierte jetzt Blackhorse mit 15 Stundenkilometern auf eine Reihe Ziele zu, die einen Kamm in drei Kilometer Entfernung westlich besetzten.

Perfekt lief es nicht. Die B-Truppe, 1. des 11., stolperte über eine unerwartete BRDM-Position und eröffnete selbständig das Feuer, mit aufsteigenden Feuerbällen und vorzeitiger Alarmierung der Gegner. Aber am Ende war das unwesentlich, denn man schritt im gleichen Tempo fort, schnell oder langsam, je nach Auffassung der Betrachter.

Eddington hielt sich genau an die Sekunde. Den ganzen Abend war er ohne Stumpen gewesen aus Sorge, mit der Glut einem Sichtgerät aufzufallen. Jetzt öffnete er seinen Zippo, als die Anzeige von 59 auf 00 wechselte, und zündete seine Zigarre an. Ein bißchen Licht wäre jetzt Wurscht.

Die Artillerie hatte die Führung, befehlsgemäß auf die Sekunde genau. Am spektakulärsten waren die MLRS-Raketen, zwölf aus jedem Werfer, die binnen zwei Sekunden hervorschossen und in den nicht mehr dunklen Himmel davonkreischten. Bis 22.30.30 waren fast 200 der M-77-Freiflugraketen unterwegs. Die Werfer und Haubitzen wurden schon nachgeladen, Abzugsleinen wurden gezogen, die Kanonen gereinigt und die Verschlüsse für die nächste Ladung geöffnet.

Die Nacht war klar; keiner innerhalb 100 Meilen konnte die Lichtschau verpassen. Jägerpiloten im Norden sahen die Raketen fliegen und achteten auf ihren Kurs. Sie mochten nicht im gleichen Himmel mit den Dingern sein.

Irakische Offiziere der vorrückenden Garde-Panzerdivision sahen sie zuerst von Süden herankommen und erkannten dann, daß sie alle den Westen der Nord-Süd-Route zwischen KKMC und Al Artawiyah anpeilten. Viele kannten den Anblick aus Zeiten als Lieutenant oder Hauptmann und wußten, was er bedeutete. Stahlregen kam. Manche lähmte der Anblick, andere schrien Befehle, Deckung zu suchen, Luken zu schließen.

Für die Männer der Divisionsartillerie war das nicht möglich. Die meisten waren geschleppte Rohre, die meisten Crews im Freien, Munitionswagen standen bereit für die erwartete Feuermission. Sie sahen Raketenmotoren ausgehen, deren Flugrichtung, und es gab wenig zu tun außer warten. Männer sprengten auseinander, preßten sich an den

Boden, hielten ihre Helme fest und beteten, daß die verdammten Dinger woandershin flogen.

Die Raketen kippten wieder Richtung Erde herab, ein Zeitschalter sprengte die Nase weg, und jedes Projektil entließ 644 Submunitionen, jede ein halbes Pfund schwer, also 7728 von jedem Werfer im Einsatz. Alle zielten auf die Artillerie der Gardedivision. Es war deren weitreichendste Waffe, und Eddington wollte sie sofort außer Gefecht haben. Gemäß der Praxis der US-Army waren die MLRS die persönliche Flinte des Einheitskommandeurs, die er gewinnbringend einzusetzen wußte.

Aus der Entfernung sah's aus wie Wunderkerzen am Boden oder Knallfrösche beim chinesischen Neujahr, die tanzten und feierlich explodierten. Für die am Boden war es ein lärmendes Sterben, als insgesamt mehr als siebzig*tausend* Sprengkörper auf rund 400 Hektar Fläche hochgingen. Lkws fingen Feuer und explodierten. Treibladungen gingen aus Sympathie mit hoch, aber die meisten Artilleristen waren schon abgeschlachtet, über achtzig Prozent im ersten Volée. Es kamen noch zwei. Hinter WOLFPACKS Zentrum huschten die Werfer zu Vorratswagen zurück. Die ›Sechser-Pack‹-Zellen wurden abgeworfen und neue herangewinscht. Je Neuladung dauerte das weniger als fünf Minuten.

Bei den 155-mm-Haubitzen ging's schneller. Auch sie jagten ihre Gegenparts, mit Granaten genauso präzise wie die Raketen. Dies war die mechanischste aller Militärtätigkeiten. Das Ergebnis konnten die Kanoniere nicht sehen, und hier hatten sie nicht mal Vorposten, die ihnen die Einschüsse meldeten, hatten aber gelernt, daß es mit GPS zur Zielbestimmung völlig egal war. Wenn's nach Plan lief, würden sie den Erfolg ihrer tödlichen Arbeit später sehen.

Bei aller Gefährlichkeit ist das Feuerleitsystem des Abrams eine der einfachsten Mechanismen, die je in Soldatenhand gegeben wurden, leichter in der Anwendung als die Millionen-Dollar-Simulatoren. Den Kanoniers waren Sektoren zugewiesen, und die Initialschüsse der Kompaniekommandanten waren alle HEAT-Geschosse, mit unverwechselbarer Signatur. Panzer hatten Schußfelder rechts oder links der ersten Treffer. Die IR-Sichtsysteme zeigten die Ziele wie Glühbirnen. Jeder Kanonier suchte sich einen zugewiesenen, vorrückenden T-80 aus. Mit diesem in Visiermitte brachte das Antippen der Entfernungsmessung einen Laserstrahl zum Ziel, dessen Reflex vom Computer zu Entfernung, Kurs und Geschwindigkeit ausgewertet wurde. Der Rechner erfuhr von anderen Sensoren Außentemperatur, Munitionstemperatur, Luftdichte und -feuchtigkeit, Windrichtung und -geschwindigkeit, Rohrzustand (heiße hängen durch) und wie viele Schüsse das Rohr zu diesem Zeitpunkt seiner Karriere abgegeben hatte. Diese und andere Faktoren verdaute der Rechner und blinkte dann mit weißem Rechteck im Visier, um dem Kanonier mitzuteilen, das System wäre ausgerichtet. Es blieb dann nur der Druck auf die Zwillings-Auslöser. Der Panzer ruckte, der Mündungsblitz blendete kurz, da pfiff die ›Sabot‹-Munition schon mit doppelter Schallgeschwindigkeit die Strecke hinab. Die Projektile selbst waren wie fette Pfeile, kaum armlang, fünf Zentimeter im Durchmesser, mit Stummelflossen, die im kurzen Flug abbrannten und dem Kommandeur durch Leuchtspuren erlaubten, die ›Silberkugeln‹ den ganzen Weg zu verfolgen.

Die Ziele waren alte T-80 aus sowjetischer Fertigung. Viel kleiner als ihre amerikanischen Widersacher aus Gründen unzureichender Motorkraft, waren mehrere Kompromisse eingegangen worden. Ein Tank war vorne, mit Leitung entlang des Turmrings. Munition wurde auf Kerben im Deckel des hinteren Tanks gelagert; somit war Sprengstoff von Treibstoff umgeben. Schließlich war zur Platzeinsparung im Turm der Lader durch ein automatisches System ersetzt, das stets ein Geschoß frei im Turm bedeutete. Das ergab spektakuläre Treffer.

Der zweite T-80, der getroffen wurde, bekam eine Silberkugel am Turmgürtel ab. Das Projektil vernichtete als erstes die Treibstoffleitung und erzeugte beim Durchschlagen der Panzerung einen letalen Schauer an heißem Metall mit über einem Kilometer pro Sekunde im engen Inneren, der von Innenflächen abprallte und die Crew in Stücke riß; gleichzeitig zündeten das bereitgestellte Geschoß auf seiner Schiene und andere in ihren Regalen. Bei der Explosion war die Mannschaft schon tot. Sie blies aber den schweren Turm 15 Meter in die Luft, mit dem, was die Army einen ›katastrophalen Treffer‹ nannte. Fünfzehn weitere starben auf gleiche Weise. Die Vorhut der ›Unsterblichen‹ verdunstete, und der einzige Widerstand war, daß die Rauchsäulen die Sicht aufs Schlachtfeld behinderten.

Die Zielrichtung wechselte sofort zum Hauptverband, drei Bataillone in Reihe, jetzt nur drei Kilometer entfernt, zusammen 150 Panzer im Vormarsch auf ein Bataillon von 54.

Die Kommandeure der irakischen Panzer lugten meist zwecks besserer Sicht noch aus ihren Luken hervor, obwohl sie die Raketen gesichtet hatten. Ihnen fiel eine Reihe orange-weißer Explosionen in der Ferne auf, gefolgt von welchen vor ihnen. Die schnelleren TCs befahlen Konterbatterie, aber nur zehn Panzer schafften einen Schuß, und die fielen kurz, denn sie hatten nicht auf Entfernung gestellt. Die iranischen Mannschaften waren gedrillt, und meist hatte Angst noch nicht Schock ersetzt. Manche begannen Ladezyklen, andere stellten Entfernungsmesser nach für korrekt gezielte Schüsse, doch der Horizont wurde wieder orange, und so blieb ihnen kaum noch Zeit dafür.

Das nächste Volée aus 54 Hauptgeschützen fand 44 Ziele, da zehn der T-80 doppelt anvisiert waren. Der Kampf war kaum 20 Sekunden alt.

»Finde einen noch in Bewegung«, sagte ein E-6 TC seinem Kanonier. Das Schlachtfeld leuchtete jetzt, und die Feuerkugeln störten das IR-Suchsystem. Da. Der Kanonier fand die Entfernung – 3650 Meter – und löste nach Kästchen aus. Das Visier wurde weiß, kam wieder, und er sah der Leuchtspur vom Schuß den ganzen Weg nach, bis ...

»Ziel!« sagte der Kommandeur. »Zielwechsel.«

»Identifiziert ... hab' eins!«

»Feuer!« befahl der Kommandeuer.

»Auf'm Weg.« Der Kanonier brachte das dritte Projektil binnen 30 Sekunden auf den Weg, und drei Sekunden später wurde wieder ein T-80-Turm zum ballistischen Objekt.

So schnell war auch die Panzerphase des Gefechts vorüber.

Die Bradleys nahmen die vorrückenden BMPs mit Bushmaster-Kanonen aufs Korn. Bei ihnen dauerte es etwas länger, aber das Ergebnis war genauso endgültig.

Der ›Unsterblichen‹-Kommandeur erreichte gerade den Schluß seiner führenden Brigade, als *er* die Raketen fliegen sah. Er befahl dem Fahrer, anzuhalten, sah von seinem Kommandofahrzeug zurück auf die Sekundärexplosionen und rechtzeitig nach vorn, um das zweite Volée von Eddingtons Panzern mitzubekommen. Binnen einer Minute war mehr als 40 Prozent seiner Kampfkraft geschwunden. Noch bevor ihn der Schock packte, wußte er, daß er einem Hinterhalt erlegen war – aber von wem?

Die MLRS-Raketen, die den ›Unsterblichen‹ die Artillerie geraubt hatten, kamen von Osten, nicht Süden. Es war Hamms Geschenk an die Guardsmen, die beim bestehenden Feuerplan die Kanonen Irans nicht selbst angehen konnten. Das hatten Blackhorse' MLRS besorgt, dann das Feuer verlegt, um den Weg für die Apache-Kampfhubschrauber des Regiments freizugeben. Diese schlugen tief zu, eigentlich hinter den Formationen des II. Korps, die gerade von den drei Boden-Schwadronen aufs Korn genommen wurden.

Die Arbeitsteilung auf diesem Schlachtfeld war prinzipell am Vortag festgelegt worden, und die Entwicklungen hatten keine Änderungen ergeben. Zunächst würde Artillerie Artillerie bekämpfen, Panzer auch Panzer. Die Helikopter waren da, um Befehlshaber zu töten. Der CP der ›Unsterblichen‹ war vor 20 Minuten stehengeblieben. Zehn Minuten vorm ersten Raketenstart zogen Apache-Kiowa-Teams von hinten herum auf dem Wege zu Orten, wo die Funksignale hergekommen waren. Erst kamen die Ziele von Divisionsniveau, dann die Brigaden.

Der Stab der ›Unsterblichen‹ verarbeitete gerade die eingehenden Signale. Offiziere baten um Bestätigung oder Klarstellung, Information, die sie brauchten, um auf die Lage zu reagieren. Dies war das Problem von Kommandoposten. Sie waren das Gehirn ihrer Einheiten, und die Leute im Entscheidungsprozeß mußten zusammensein, um zu fungieren.

Aus sechs Kilometer Entfernung war die Ansammlung der Fahrzeuge unverwechselbar. Vier SAM-Rampen nach Süden gerichtet, ein Ring FLAK dazu. Die kamen zuerst. Die Apache der P-(Angriffs-)Truppe hielten an, ohne offensichtliche Bedrohung bei rund 30 Meter Höhe. Die Schützen im Vordersitz, alles junge Unteroffiziere, nützten optisches Gerät zur Zielerfassung, wählten den ersten Satz Ziele und Hellfire-Raketen. Die ersten Abschüsse kamen überraschend, aber ein iranischer Soldat sah den Blitz und rief es einer Geschützmannschaft zu, die zu schießen begann, bevor die Raketen eingetroffen waren. Es folgte ein Irrenhaus. Der angepeilte Apache zog nach links mit 50 Knoten weg, um die Peilung zu stören, störte aber den Schützen, der neu anlegen mußte, als die erste Rakete danebenging. Die anderen AH-64 blieben unbehelligt, und von sechs Raketen trafen fünf. Nach einer Minute war's Luftabwehrproblem gelöst, und die Helis rückten vor. Sie sahen jetzt Leute laufen, raus und weg von den Kommandofahrzeugen. Einige Soldaten der Sicherheitsgruppe begannen, die Gewehre in den Himmel zu feuern, und von den MG-Schützen kam mehr Zielgerichtetes, aber sie waren überrumpelt. Die Schützen deckten die Gegend mit 70-mm-Raketen ein, Hellfires zur Auslöschung verbleibender Panzerfahrzeuge, und wechselten zur 30-mm-Kanone. Sie rückten auf wie gigantische Insekten, brummten und glitten von Seite zu Seite, während die Schützen Leute suchten, die den schweren Waffen entwischt waren. Im flachen Gelände gab's keine Zuflucht, und warme Menschen glühen vor kühlerem Hintergrund, und die Schützen jagten sie gruppen-, dann paarweise, schließlich einzeln, als die Maschinen wie Erntegeräte über der Stellung schwenkten. Bei den Vorflug-Besprechungen hatte man entschieden, daß im Gegensatz zu 1991 die Helis keine

Gefangenen machen würden, und die 30-mm-Geschosse hatten Sprengspitzen. P-Truppe – sie nannten sich Predator – hielt sich zehn Minuten auf, bis sie sicher war, daß jedes Fahrzeug und jeder Körper tot war, bevor die Helis die Nasen senkten und zu ihren Munitionierungspunkten zurückkehrten.

Der voreilige Angriff auf die Aufklärungseinheit des II. Korps hatte einen Teil dieser Schlacht zu früh begonnen, eine relativ intakte Panzerkompanie verfrüht alarmiert, aber die feindlichen Panzer waren noch weiße Flecken auf schwarzem Hintergrund und unter 4000 Metern entfernt.

»Battlestars greift an«, befahl der B-Truppen-Kommandeur und löste den ersten Schuß aus, dem noch acht folgten. Sechs trafen, auch auf die extreme Reichweite, und der Angriff Blackhorse aufs II. Korps begann, noch bevor die MLRS das erstemal feuerten. Das nächste Volée erfolgte in Fahrt, und fünf weitere Panzer explodierten; das Gegenfeuer fiel kurz. So zu treffen war schwer. Die Kanone war stabilisiert, aber Schaukeln konnte doch stören, und Fehlschüsse waren zu erwarten, aber nicht willkommen.

Die Panzer der B-Truppe waren ganze 500 Meter auseinander, mit gleich weiten Jagdzonen, und je weiter sie vorrückten, desto mehr Ziele erschienen. Die zwei Divisionen vom II. Korps waren über 20 Meilen Länge und 8 Meilen Tiefe verteilt, sagte IVIS. Binnen zehn Minuten mahlte sich die B-Truppe durch ein Bataillon, das von den Saudis ausgedünnt und von den Amerikanern ausradiert wurde. Der Bonus kam zehn Minuten später, da sahen sie eine Batterie Artillerie bei der Aufstellung. Die bekamen die Bradleys und fegten das Gebiet mit ihren 25-mm-Kanonen.

»Verdammt.« Eddington sprach bloß das Wort, ohne Betonung. Seine Bataillonskommandeure hatte ihn angerufen, und er stand nun im HMMWV.

»Unter fünf Minuten?« fragte Lobo-Six. Er hatte selbst das Erstaunen im Bataillonsnetz gehört: ›War das alles?‹ hatte mehr als ein Sergeant laut gefragt. Saumäßige Funkdisziplin, aber jeder dachte dasselbe.

Doch es gab mehr, als Arbeit zu bewundern. Eddington hob den Hörer und rief seinen Brigade-S-2.

»Was sagt uns der Predator?«

»Es kommen noch zwei Brigaden nach Süden, aber langsamer, Sir.

Rund 9 Kilometer nördlich Ihrer Linie beim Nahen, 12 Kilometer beim Fernen.«

»Stellen Sie mich direkt zu BUFORD durch«, befahl WOLFPACK-SIX.

Der General war noch immer am selben Fleck, den Tod hinter und vor sich. Kaum zehn Minuten waren vergangen. Drei Panzer und 12 BMP hatten sich zurückgezogen, in einer Vertiefung gehalten und erwarteten Instruktionen. Auch Männer kamen zurück, manche waren verwundet. Er konnte sie nicht anschreien. Wenn überhaupt, war der Schock des Moments für ihn schwerer als für sie.

Er hatte versucht, sein Divisionskommando zu erreichen, aber nur Statik bekommen, und nach all der Zeit in Uniform, in Befehlsstellung, in den Schulen, die er besucht hatte, in den Übungen, die er gewonnen und verloren hatte – nichts hätte ihn *da*für vorbereitet.

Doch er hatte noch mehr als eine Division zu befehlen. Zwei seiner Brigaden waren noch völlig intakt, und er war nicht hergekommen, um zu verlieren. Er befahl seinem Fahrer, umzukehren und zurückzufahren. Den überlebenden Elementen der Vorausbrigade befahl er, bis auf weiteres die Stellung zu halten. Er mußte manövrieren. Er war in einen Alptraum gerannt, aber der konnte nicht überall sein.

»Was schlagen Sie vor, Eddington?«

»General Diggs, ich möchte meine Leute nach Norden verlegen. Wir haben grad zwei Panzerbrigaden gefressen, ohne uns zu verschlucken. Die Feindartillerie ist großenteils vernichtet, Sir, und ich habe freie Bahn voraus.«

»Okay, nehmen Sie sich Zeit, und achten Sie auf Ihre Flanken. Ich gebe Blackhorse Bescheid.«

»Roger, Sir. Wir rücken in zwanzig auf.«

Die Möglichkeit hatten sie natürlich bedacht. Es gab sogar eine Skizze auf der Karte. LOBO würde rechts vorrücken und sich auseinanderfächern. WHITEFANG würde nach Norden gehen, beidseits der Straße, und das bisher unbehelligte Bataillon COYOTE würde die Linke nehmen, gestaffelt zum Schwenk vom rauhen Gelände im Westen herein. Aus neuen Stellungen würde die Brigade sich nach Norden mahlen, zu Phasengrenzen von 10 Kilometer Abstand. Wegen Dunkelheit und des unbekannten Geländes müßten sie langsam vorrücken, und tatsächlich war es nur ein halber Plan, aber zur Aktivierung reichte das Kodewort NATHAN, und die erste Phasengrenze hieß MANASSAS. Eddington hoffte, Diggs machte es nichts aus.

»Hier Wolfpack-Six an jeden Six. Kodewort Nathan. Wiederhole, wir aktivieren Plan Nathan in zwo-null Minuten. Bestätigung«, befahl er.

Alle drei Bataillonskommandeure schafften das binnen Sekunden.

Diggs hatte ihn in der Schleife gehalten, und das Bild, so gut es war, hatte er vom Bildschirm des ›God‹-Kommandowagens. Colonel Magruder war so überrascht nicht vom Anfangsergebnis, allenfalls, daß die Guardsmen so gut abgeschnitten hatten. Erheblich erstaunlicher war der Fortschritt der 10. Mit gleichmäßigen 30 Stundenkilometern vorrückend, war er weit in den ehemaligen Irak hineingekommen, bereit, nach Süden zu schwenken. Er tat das um 02.00 Uhr Lima. Weil die Heli-Kompanie zur Deckung der Kuwaiter zurückgelassen war, fühlte er sich im Moment leicht bekleidet, aber es war dunkel, und das noch für vier Stunden. Buffalo-Six schätzte, er hätte die beste aller Kavallerie-Missionen ergattert. Hier war er tief im Feindesgebiet, weit hinter dessen Verbänden. Genau wie Colonel John Grierson mit ›Johnny Reb‹ verfahren war und wie er mit den Buffalo Soldiers den Apachen zugesetzt hatte. Er befahl den Einheiten, sich gut zu verteilen. Aufklärung sagte, hier gab's nicht viel im Weg, und die Hauptstreitmacht des Feindes war tief im Königreich drin. Nun, viel weiter rein käme der nicht, und er mußte bloß dahinter die Tür zuschlagen.

Donner stand aufrecht in der Oberluke des Spähwagens, sein Army-Kameramann neben ihm. Es war mit nichts vergleichbar, das er je gesehen hatte. Er hatte den Angriff auf die Rohrbatterie auf Band, hielt sie aber vom ganzen Hüpfen und Stoßen her für unbrauchbar. Um ihn herum war Zerstörung. Hinten im Südwesten waren mindestens hundert ausgebrannte Panzer, Laster und für ihn nicht identifizierbares Zeugs, und es war alles binnen einer Stunde passiert. Er kippte vor und stieß sich's Gesicht am Lukenrand, als der Bradley abrupt hielt.

»Sicherheit raus!« rief der Einheitkommandant. »Werden ein Weilchen hiersein.«

Die Bradleys standen im Kreis, rund eine Meile nördlich der zerstörten UIR-Batterie. Um sie herum bewegte sich nichts, und der Schütze prüfte das mit voller Traverse. Die Hinterluke ging auf, zwei Männer sprangen hervor und rannten mit vorgehaltenen Gewehren herum.

»Kommense rauf«, rief der Sergeant und hielt die Hand raus. Donner ergriff sie und kletterte aufs Dach. »Eine Fluppe?«

Donner schüttelte den Kopf. »Hab's aufgegeben.«

»Yeah? Na, die drüben werden in ein paar Tagen damit aufhören«, sagte er und zeigte auf den Schlamassel eine Meile hinter ihnen. Der Sergeant hob's Fernglas an die Augen und sah sich um.

»Was halten Sie von dem hier?« fragte Donner und tippte seinem Kameramann an den Arm.

»Schätze, dafür bezahl'n sie mich, und's funktioniert alles.«

»Weshalb haben wir gehalten?«

»In rund einer Stunde bekommen wir Treibstoff, und wir brauchen frische Munition.« Er setzte das Fernglas ab.

»Brauchen Treibstoff? Wir haben uns doch gar nicht soviel bewegt?«

»Na, der Colonel denkt, morgen könnt's auch einigermaßen geschäftig werden.« Er wandte sich um. »Was meinen Sie, Tom?«

## 62 / Bereit und vorwärts

Für die amerikanischen Kräfte im Kampfeinsatz kam eine kurze, unwillkommene, aber notwendige Pause. Nick Eddington und seinem WOLFPACK hätte sie am leichtesten fallen müssen, tat es aber nicht. Sein Verband der Nationalgarde hatte wenig mehr getan, als für ihre erste Schlacht die Stellung zu halten, was den Feind in ihre Tötungszone brachte, einen 20 Kilometer breiten und 20 Kilometer tiefen Hinterhalt. Abgesehen vom Aufklärungsschirm der Brigade, hatten sich die Männer aus Carolina kaum bewegt. Doch nun mußte sich das ändern, und Eddington erinnerte sich daran, daß er als Ballettmeister mit schwerfälligen, unbeholfenen Panzern hantierte, die im Dunkeln über unbekanntes Gelände vorrückten.

Technologie half. Er hatte Radios, um seinen Leuten zu sagen, wann es wo hinging, und das IVIS-System, das ihm sagte, wie. LOBO begann damit, rückte von den Hügelrücken herab, schwenkte nach Süden und zog über vorbestimmte Wegpunkte zu Zielen, kaum zehn Kilometer südlich der Ausgangsstellung. Dabei dünnte sich das verstärkte Bataillon aus und wurde breiter, was nur dadurch möglich war, daß der Bataillonsstab die Verlegung elektronisch eingab und den Subkommandeuren weitergab. Diese konnten ihrerseits die Verantwortungsbereiche weiter unterteilen, bis fast jedes einzelne Fahrzeug sein Ziel auf den Meter genau kannte. Die Lateralverschiebung dauerte eine Stunde mit Fahrzeugen in Bewegung über leeres Gelände bei Staugeschwindigkeit, klappte aber pünktlich. WOLFPACK, jetzt auf einer Front von 20 Meilen

Breite verteilt, wandte sich nördwärts und zog mit zehn Stundenkilometern los, Aufklärungsgruppen jeweils fünf Kilometer voraus. Das war weniger, als das Lehrbuch vorsah. Eddington war klar, daß er eine große Einheit Freizeitsoldaten hatte, die zu sehr auf Elektronik angewiesen waren; er würde seine drei Kampfbataillone am kurzen Zügel führen, bis mit der Feindberührung das Bild klarer war.

Es überraschte Tom Donner, daß die Versorgungsfahrzeuge, fast alles robuste Lkws, dem Kampfverband so rasch folgen konnten. Irgendwie war ihm bisher die Wichtigkeit dessen entgangen, gewohnt, wie er war, stets die gleiche Tankstelle ein- oder zweimal die Woche anzusteuern. Hier mußte das Dienstpersonal so mobil sein wie seine Kunden, eine schwere Aufgabe, erkannte er. Die Tanklaster hielten, und Bradleys wie Kampfpanzer fuhren in Paaren heran, dann wieder weg, um bei anderen Lastern die Munition zu fassen. Jeder Bradley, fiel ihm auf, hatte ein handelsübliches Schraubwerkzeug, meist vom Gehalt des Kanoniers besorgt, mit dem die Bestückung der Bushmaster-Kanonen besser klappte als mit dem Standardgerät. War wohl einen Kurzbericht wert, dachte er lächelnd.

Der Truppenkommandeur, jetzt in seinem Hummer statt im M1A2, raste von einem Kampfwagen zum anderen und prüfte den Zustand jeder Mannschaft mit Fahrzeug. Drei-Zwo nahm er sich zuletzt vor.

»Mr. Donner, Ihnen geht's gut?«

Der Reporter nippte am Kaffee, den der Fahrer gebraut hatte, und nickte. »Ist's immer so?« fragte er.

»Für mich's erstemal, Sir. Aber ziemlich genau wie auf Übung.«

»Was *halten* Sie von alldem?« fragte der Journalist. »Ich meine, dahinten, Sie und Ihre Leute, Sie haben eine *Menge* Feinde getötet.«

Der Captain dachte kurz nach. »Sir, jemals über Tornados und Orkane und so berichtet?«

»Ja.«

»Und den Leuten wird's Leben zerwürfelt, Sie befragen die, nicht?«

»Ist mein Job.«

»Das hier ist unsrer. Die wollten Krieg führen. Den Wunsch erfüllen wir ihnen. Wenn's denen nicht gefällt, vielleicht denken die's nächstemal besser nach. Sir, mein Onkel in Texas – Onkel und Tante, eigentlich. War mal Profi-Golfer, hat mir's Spiel beigebracht, war jetzt bei Cobra im Vertrieb, die Schlägerfirma, gell? Kurz bevor wir in Fort Irwin abrückten, rief meine Mom an und sagte, beide sind an der Ebola-Scheiße gestorben, Sir. Wollnse *wirklich* wissen, was wir von alledem halten? –

Aufsteigen, Mr. Donner. Blackhorse rück in 10 Minuten aus.« Einem Blitz am Horizont folgte nach kurzer Zeit ein fernes Grollen. »Schätze, die Apache fangen schon an.«

Fünfzehn Meilen nordwestlich war der Kommandoposten des II. Korps zerstört worden.

Der Plan entwickelte sich. Die 1. Schwadron würde nach Norden durch Reste vom II. Korps vorrücken. Die 3. Schwadron käme durch kleinere Widerstandsnester nach Süden, ums Regiment für den Vorstoß in die Flanke des III. Korps des Gegners zu konzentrieren. Zehn Meilen entfernt verschob Hamm die Artillerie, um die Zerschlagung von Resten des II. Korps zu erleichtern, dessen Kommandeure seine Helis gerade eliminiert hatten.

Eddington hielt sich vor Augen, daß er's einfach halten mußte. Trotz all der Jahre des Studiums und des Namens, den er diesem Gegenschlag gegeben hatte, *war* er nicht Nathan Bedford Forrest und dieses Schlachtfeld *nicht* klein genug, um seine Züge zu improvisieren, wie es das rassistische Genie so oft im ›Krieg der Aggression des Nordens‹ getan hatte.

Hootowl war jetzt besonders weit verteilt, da die Frontlänge seiner Brigade sich in 90 Minuten fast verdoppelt hatte, und das bremste sie etwas. Wahrscheinlich nicht schlecht, dachte der Colonel. Er mußte Geduld haben. Die Feindverbände konnten nicht zu weit östlich aus Angst, in die Linke von Blackhorse zu rennen – falls sie davon wußten. Er meinte, der Boden im Westen war zu uneben für leichtes Manövrieren. Die Mitte hatten sie versucht und eins auf die Rübe bekommen. Logisch gedacht, blieb nur ein begrenztes Enveloppement, wohl östlich betont. Daten, die wieder von den Predator reinkamen, bestätigten dies.

Der Kommandant der ›Unsterblichen‹ hatte keinen brauchbaren Kommandoposten mehr, also absorbierte er Reste der vernichteten 1. Brigade und nahm sich vor, stets in Bewegung zu bleiben. Zuallererst mußte er mit dem Kommando vom I. Korps Verbindung aufnehmen, was schwierig war, da auch jenes in Bewegung gewesen war, als er in den Hinterhalt spazierte. Jetzt nahm das I. Korps wieder Aufstellung, unterhielt sich auch gewiß mit dem Armeekommando. Er unterbrach die Verbindung, bekam den Drei-Sterner, einen Mit-Irani, und berichtete schnellstmöglich, soviel er wußte.

»Es kann nicht mehr als eine Brigade sein«, versicherte ihm sein Vorgesetzter. »Was werden Sie tun?«

»Meine verbleibenden Verbände massieren und vor Sonnenaufgang von beiden Flanken zuschlagen«, erwiderte der Divisionskommandeur. Er hatte ja nicht viel Spielraum, das wußten beide. Das I. Korps durfte nicht zurückweichen, das würde ihre Regierung nicht akzeptieren. Stehenbleiben hieß, sich den Saudi-Verbänden auszusetzen, die von Nordwesten her vorrückten. Die Aufgabe war also, die Initiative wiederzugewinnen durch Überwältigung der amerikanischen Sperre mit Schock und Bewegung. Dafür waren Panzer gedacht, und er hatte noch gut vierhundert unter seinem Befehl.

»Genehmigt. Ich schicke Ihnen meine Korpsartillerie. Erzwingen Sie den Durchbruch«, sagte ihm der andere Iraner. »Dann rücken wir bis zum Abend nach Riad vor.«

Sehr wohl, dachte der ›Unsterblichen‹-Kommandant. Er befahl seiner 2. Brigade, den Vortrieb zu verlangsamen, damit die 3. aufholen, sich ballen und nach Osten verlagern konnte. Im Westen würden die Iraker spiegelbildlich vorgehen. Die 2. würde vorrücken, die feindliche Flanke fixieren, und die 3. würde herumschwenken, um sie von hinten aufzurollen. Die Mitte würde er freilassen.

»Die haben gehalten. Die Vorausbrigade hält an. Liegen 8 K im Norden«, meldete der Brigade-S-2. »Hoot sollte sie in wenigen Minuten in Sichtweite haben.« Das erklärte, was einer der Feindverbände vor ihm tat. Der westliche war weiter weg, langsam vorrückend, wartete offensichtlich auf Order oder Umstellung. Sein Gegner nahm sich Zeit, nachzudenken.

Das durfte Eddington ihm nicht erlauben.

Das einzige Problem beim MLRS war, daß die Mindestreichweite ungünstig war. Für die zweite Feuermission dieser Nacht fixierten die Rakwerfer, die sich gar nicht bewegt hatten, die Aufhängung und hoben die Rampen, wieder nur unter elektronischer Führung. Nochmals störten Raketenspuren die Nacht, diesmal auf viel niedrigeren Bahnen. Rohrartillerie zog mit, und beide gönnten ihre Aufmerksamkeit den Vorausbrigaden, sowohl zur Rechten als auch zur Linken der Straße.

Der Zweck war mehr psychologisch als real. Die Mini-Bomben der MLRS konnten keine Panzer ver*nicht*en. Der echte Zweck war, den Feind durch Sichteinschränkung und fallenden Stahlregen beim Denken zu stören. Offiziere, die zur Besprechung von Fahrzeugen gesprungen waren, mußten zurück, manche wurden dabei verwundet oder getötet. Wieder sicher hinter stehender Panzerung, hörten sie dem Plinken der Schrapnell zu und blickten durch Sichtgeräte, um zu sehen, ob dem Sperrfeuer ein Angriff folgte. Die selteneren 155-mm-Granaten der

Amerikaner waren schlimmer, zumal sie nicht in der Luft barsten, sondern ›einfache‹ Geschosse waren, die erst aufprallten. Die Wahrscheinlichkeit diktierte, daß manche Fahrzeuge getroffen würden – und so wurden manche zu Feuerbällen, als der Rest der 2. Brigade auf Befehl zum Stillstand kam, während die 3. links von ihnen aufschloß. Zur Bewegungslosigkeit verdammt und nach dem Verlust ihrer eigenen Divisionsartillerie ohne Möglichkeit der Erwiderung, konnten sie nichts tun als zusammenzucken und aufmerksam bleiben, aus den Fahrzeugen rauslugen und den fallenden Granaten und Mini-Bomben zusehen.

Die B-Truppe, 1. des 11., rückte pünktlich aus, verteilte sich und fuhr nach Norden, Bradleys in Führung und Panzer von ›Battlestar‹ 500 Meter dahinter, bereit, auf Feindberührung zu antworten. Für Donner war's eine eigenartige Offenbarung. Intelligent und naturbegeistert, wie er war, verbrachte er die Fahrt großenteils mit Blick aus dem Bradley und hatte keinen Schimmer davon, was geschah. Er überwand schließlich seine Verlegenheit und fragte beim TC nach, woher *der's* wußte, wurde vorgeholt und quetschte sich als dritter in einen Platz, der für zwei gedacht war – eher anderthalb, dachte sich der Reporter.

»Wir sind hier«, sagte ihm der Stabsfeldwebel und zeigte auf den IVIS-Schirm, »und fahren dorthin. Das System sagt, da ist keiner, der uns ärgert, aber wir halten die Augen offen. Der Feind« – er änderte die Anzeige – »ist hier, und wir sind entlang dieser Linie.«

»Wie weit?«

»Etwa 3 K, und wir fangen an, sie zu sehen.«

»Wie genau ist diese Information?« fragte Donner.

»Hat uns bis hierhergebracht, Tom«, machte der TC klar.

Das Bewegungsmuster irritierte; es erinnerte den Reporter an stokkenden Verkehr Freitag nachmittags. Die Panzerfahrzeuge schossen vor – nie schneller als 30 Stundenkilometer – von einem Geländepunkt zum nächsten, hielten Ausschau und rückten wieder vor. Der Sergeant erklärte, daß sie auf ebenerem Gelände gleichmäßiger fuhren, aber dieser Teil der saudischen Wüste wies Hügel und Kämme und Vertiefungen auf, die Gegner verbergen könnten. Jeder M-3 hatte einen ›Flügelmann‹, ein Ausdruck, den man der Air Force geklaut hatte.

»Und wenn da draußen jemand ist?«

»Versucht er wohl, uns abzuschießen«, erklärte der Staff Sergeant. Die ganze Zeit traversierte der Kanonier den Turm links und rechts auf der Suche nach dem Glühen warmer Körper in der kühlen Nacht. Sie sahen sogar nachts besser, erfuhr Donner, deshalb bevorzugten die

Amerikaner die Dunkelheit als Jagdzeit. »Stanley, nach links und hinter dem Huckel halten. Wenn ich Dreckfresser wär', würde mir der Fleck rechts da gefallen. Wir decken Chuck, während er den umfährt.« Der Turm traversierte und wies auf einen größeren Huckel, während der ›Flügelmann‹ mit seinem M-3 vorbeifuhr. »Okay, Stanley, los geht's.«

Die Stabseinheit der Armee Gottes war teuflisch schwer festzunageln, aber jetzt hatte Hamm zwei Heli-Kundschafter-Rotten drauf angesetzt, und seine ELINT-Abteilung war wieder in Betrieb, beim Stab der 2. Schwadron. Sie nannten das Ding die Enchilada – einmal gefunden, konnte man die ganze Feindmacht durcheinanderbringen. Saudi-Nachrichten-Offiziere bei den ELINT-Fahrzeugen hörten den Funksignalen zu. Die UIR-Kräfte hatte chiffrierte Funkgeräte ab der Stabsebene, aber die konnten sich nur miteinander unterhalten, und mit fortschreitender Desorganisation der gegnerischen Funknetze würde die Enchilada irgendwann auch im Klartext funken müssen. Das I. Korps und zwei Divisionskommandos waren eliminiert, und sie wußten in etwa, wo der CP des III. Korps stand. Letzteren würde das Armeekommando irgendwann ansprechen müssen. Die Meldungsinhalte brauchten sie gar nicht, auch wenn's ganz nett wäre. Die Frequenzbereiche fürs Stabsnetz kannten sie, und ein paar Funkminuten würden reichen, um den Posten anzupeilen und die Ortung an M- und N-Heli-Rotte durchzugeben, damit die hinsausen und deren ganzen Morgen ruinieren könnten.

Es klang wie Statik, aber das tat chiffrierter Funk immer. Der ELINT-Offizier, ein Lieutenant, liebte das Mithorchen, aber vermißte sein Störgerät, das man bei den POMCUS-Sätzen wohl vergessen hatte, dachte er. Es lag eine Kunst darin. Seine Troupiers, alle aus dem militärischen Nachrichtenbereich, mußten den Unterschied zwischen atmosphärischer Statik und der von Menschenhand erkennen, als sie die Frequenzen abgrasten.

»Bingo!« rief einer, »Peilung drei-null-fünef. Zischt wie 'ne Schlange.« Es war zu laut für Atmosphären-Statik, so zufällig es auch klingen mochte.

»Wie gut?« fragte der Offizier.

»90 %, EllTih.« Ein zweites, elektronisch gekoppeltes Fahrzeug in 1 K Entfernung besorgte die Gegenpeilung: »Dort.« Die Ortung erschien auf dem Monitor. Der Lieutenant rief den CP der 4. Schwadron an.

»Angel-Six, hier Späher,wir könnten die Enchilada geortet haben …«

Die vier Apache und sechs Kiowa der M-Truppe waren von dort nur 20 K weg, auf Sichtsuche. Einen Moment später drehten sie nach Süden.

»Was geschieht!?« verlangte Mahmoud Hadschi zu wissen. Er haßte dieses zusammengeschusterte Telefon-Funk-Machwerk; schon seinen Armeekommandanten zu erreichen hatte sich als schwer genug erwiesen.

»Wir sind südlich von König-Khalid-Militär-Stadt auf Widerstand gestoßen. Wir beseitigen ihn.«

»Fragen Sie ihn, wer die Gegner sind«, riet der Geheimdienstchef seinem Führer.

»Vielleicht kann Ihr Gast *mir* das sagen«, schlug der General am anderen Ende vor. »Wir versuchen noch, das festzustellen.«

»Die Amerikaner können nicht mehr als zwei Brigaden am Schauplatz haben!« beharrte der Mann. »Ein weiteres Brigade-Äquivalent in Kuwait, mehr aber nicht.«

»Wirklich? Nun, ich habe in den letzten drei Stunden mehr als eine Division eingebüßt und weiß noch nicht, was mir gegenübersteht. Das II. Korps wurde schwer ramponiert, das I. Korps ist auf irgendwas gestoßen und führt den Angriff fort. Das III. Korps ist bisher intakt. Ich kann den Vorstoß auf Riad fortführen, muß aber mehr Information über den Feind haben.« Der Kommandierende, über 60, war kein Dummkopf und glaubte noch an den Sieg. Er hatte noch rund vier Divisionen Kampfkraft. Es war bloß eine Sache der richtigen Lenkung. Er fühlte sich eigentlich im Glück, daß die amerikanischen und saudischen Luftangriffe so leicht geblieben waren. Ein paar weitere Lektionen hatte er rasch gelernt. Das Verschwinden von drei Stabsposten hatte ihn vorsichtig gemacht, zumindest was ihn selbst betraf, und er stand jetzt drei Kilometer von den Funkgeräten seines Kommandofahrzeugs – ein BMP-1KSh – entfernt. Seine Schutztruppe umgab ihn und versuchte, die Aufregung in der Stimme ihres Befehlshabers nicht zu hören.

»Gottverdammt, schau mal all die SAM-Fahrzeuge an«, funkte ein Kiowa OH 8 K im Norden. Sein Pilot gab's durch, während der Beobachter zählte.

»MARAUDER-FÜHRUNG, hier MASKOTTCHEN-DREI. Ich glaub', wir haben die Enchilada.«

»DREI, FÜHRUNG, los!«

»Sechs *Bimp*, zehn Lkws, fünef SAM, zwei Radarfahrzeuge und drei ZSU-23 in einem Wadi. Rate zur Näherung von Westen, wiederhole,

Zugang von Westen.« Es war viel zuviel Abwehrkraft, um was anderes als der mobile Kommandoposten der Armee Gottes zu sein. Die SAM-Fahrzeuge waren alle französische Crotale, und *die* kleinen Scheißkerle konnten einem angst machen, wußte Maskottchen-Drei. Aber die hätten einen besseren Ort aussuchen sollen. Das hier war eine Situation, in der man besser im Freien war, mit besserer Sicht für das SAM-Radar.

»Drei, Führung, können Sie beleuchten?«

»Positiv. Geben Sie durch, wann. Radarfahrzeuge zuerst.«

Der Apache-Kommandeur, ein Captain, hielt sich in Bodennähe im Westen, kroch mit 30 Knoten voran zu einem Hügelkamm, hinter dem wohl das Wadi lag. Langsam, langsam ließ er sein Mastvisier hervorlugen. Der Pilot flog wie ein Fahrschüler beim Einparken, während sein Kanonier die Systeme bediente.

»Halt, genau hier, Sir«, riet der Kanonier vom Vordersitz.

Der Kiowa schaltete den Laserbeleuchter ein und zielte mit dem unsichtbaren Infrarotstrahl erst auf den ferneren Radarwagen. Nach der Mitteilung, daß das Ziel illuminiert war, kippte der Apache-Pilot die Nase hoch und löste erst eine Hellfire aus, fünf Sekunden später die zweite.

Der General hörte die gebrüllte Warnung aus ein Kilometer Entfernung. Nur eines der Radarfahrzeuge sendete tatsächlich, und das unregelmäßig, aus Sicherheitsgründen. Im Moment strahlte es Mikrowellen aus und fing die Rakete ein. Eine der SAM-Vierfachrampen kippte tatsächlich und löste aus, aber als die Hellfire ›harmlos‹ ballistisch nach unten kippte, verlor die Crotale den Anschluß. Das Radarfahrzeug explodierte eine Sekunde später und sechs Sekunden später das zweite. Der Oberkommandierende der Armee Gottes verstummte und ignorierte die Sätze aus Teheran. Es gab wirklich nichts zu tun, außer sich hinzuhocken, und seine Leibwache zwang ihn dazu.

Alle vier Apache der Truppe schwebten jetzt im Halbkreis und warteten, als ihr Kommandeur seine Hellfire los wurde. Das tat er in Fünf-Sekunden-Abständen. Die SAM-Fahrzeuge kamen dran, dann die russischen Flak-Panzer. Dann gab es nichts mehr, das die BMP schützte.

Es war völlig herzlos, sah der General. Männer versuchten, zurückzuschießen, aber es gab keine Ziele. Nur wenige rannten, die meisten blieben und versuchten zu kämpfen. Die Raketen schienen aus dem Westen zu kommen. Er konnte das gelb-weiße Glühen der Raketenmotoren sehen, aber nichts, das sie losschickte, und nacheinander trafen sie die Luftabwehr-Fahrzeuge, dann die BMP, dann die Lkws. Es dauerte weniger als zwei Minuten. Erst dann traten die Helikopter in Erscheinung. Die Sicherheitseinheit schlug mit MG-Feuer und Schulterrohr-Raketen zurück, aber die geisterhaften Helikoptersilhouetten waren zu weit entfernt, die Raketen schienen sie nicht finden zu können. Seine Männer bemühten sich, aber dann kamen die Leuchtspuren, die wie Lichtbalken nach ihnen griffen, in eine Fläche, die jetzt von Feuern erhellt war. Ein Zug hier, eine Truppe da, ein Paar drüben. Die Männer versuchten zu flüchten, aber die Hubschrauber rückten nach, feuerten aus nur wenigen hundert Metern, lenkten die Herde in einem grausamen, gnadenlosen Spiel. Der Hörer in seiner Hand war jetzt tot; aber er stand da und sah zu.

»FÜHRUNG, ZWO, habe im Osten ein Grüppchen«, sagte ein Apache-Pilot dem Kommandeur.

»Holt sie euch«, befahl der Rottenführer, und einer der Huschrauber schwenkte nach Süden um die Ruine des Kommandopostens herum.

Nichts zu machen. Drei seiner Männer schulterten ihre Waffen und feuerten. Andere rannten, aber es gab kein Versteck. Wer auch immer die Maschinen flog, sie töteten alles in Sichtweite. Amerikaner. Das mußten sie sein. Wütend über das, was man ihnen gesagt hatte. Könnte sogar stimmen, dachte der General, und wenn...

»Wie sagt man auf fetzenköppisch ›Scheiß-Pech, Leute‹?« fragte der Kanonier, der sich Zeit nahm, auch jeden zu erwischen.

»Schätze, die haben's schon kapiert«, meinte der Pilot und wendete auf der Suche nach weiteren Zielen die Maschine.

»ANGEL-SIX, ANGEL-SIX, hier MARAUDER-SIX-ACTUAL. Dies sah echt wie ein CP aus, aber jetzt ist's Toast«, funkte der Kommandeur. »Wir sind RTB für Treibstoff und Muni. Ende.«

»Ja, dann stellen Sie wieder zu ihm durch!« schrie Daryaei den Kommunikationsoffizier in der Leitung an. Der Nachrichtendienstoffizier im Raum sagte nichts, vermutete aber, daß man mit dem Armeekommandanten in diesem Leben nicht mehr sprechen könnte. Das schlimmste war, nicht zu wissen, warum. Seine Informationen zu den amerikanischen Einheiten waren doch korrekt gewesen. Wie konnten so wenige so viel Schaden anrichten...

»Die hatten dort zwei Brigaden – Regimenter, was auch immer – stehen, oder?« fragte Ryan, der die neuesten Daten vom Schlachtfeld auf seinem Monitor im Lageraum ansah.

»Ja.« General Moore nickte. Er bemerkte befriedigt, daß sogar Admiral Jackson recht still war. »Nicht mehr, Mr. President. Gott, die Guardsmen halten sich echt gut.«

»Sir«, fragte Ed Foley, »wie weit wollen Sie gehen?«

»Haben wir irgendeinen Zweifel, daß es Daryaei persönlich war, der all die Entscheidungen traf?« Es war, dachte Ryan, eine dumme Frage. Weshalb sonst hatte er es den Bürgern gesagt. Er mußte sie aber stellen, und die anderen im Lageraum wußten, warum.

»Keinen«, erwiderte der DCI.

»Dann gehen wir den ganzen Weg, Ed. Spielen die Russen mit?«

»Ja, Sir, ich glaube schon.«

Jack dachte an die Seuche, die in Amerika endlich abebbte. Tausende Unschuldiger waren tot, mehr würden folgen. Er dachte an die Soldaten, Seemänner, Flieger in Gefahr, unter seinem Kommando. Er dachte sogar an die UIR-Truppen, die dem falschen Banner und falschen Ideen folgten, weil sie keine Chance bekamen, ihr Land und dessen Führer zu wählen, und die jetzt den Preis für ihren Geburtsort zahlten. Wenn nicht ganz unschuldig, dann waren sie auch nicht ganz schuldig, denn meist taten Soldaten einfach, was man ihnen sagte. Er erinnerte sich auch an den Blick seiner Frau, als Katie mit dem Hubschrauber auf dem Südrasen ankam. Es gab Zeiten, da durfte man wie ein Mann denken, wie jeder andere, bis auf die Macht, die er jetzt in Händen hielt.

»Finden Sie's raus«, sagte der Präsident kalt.

Es war ein sonniger Morgen in Peking, und Adler wußte mehr als andere Diskussionsteilnehmer. Eine detaillierte Depesche war's nicht, nur die Hauptpunkte, die er dem Militärattaché zeigte, und der Army Colonel hatte ihm gesagt, er solle jedes Wort glauben. Doch die Information war nicht weiter bekannt. Die Fernsehreportagen liefen über Militärkanäle, und wegen der Tageszeit in Amerika war bisher nur der Beginn von Kampfhandlungen berichtet worden. Wenn die PRC mit der UIR unter einer Decke steckte, könnten sie noch glauben, ihre fernen Freunde hätten noch die Oberhand. Es war einen Versuch wert, dachte SecState, und POTUS würde ihn gewiß unterstützen.

»Mr. Secretary, nochmals willkommen«, sagte der Außenminister höflich. Und wieder war Zhang anwesend, wirkte still und enigmatisch wie immer.

»Danke.« Adler nahm den gewohnten Platz ein. Nicht so bequem wie der in Taipeh.

»Diese neuen Entwicklungen – kann das stimmen?« fragte sein offizieller Gastgeber.

»Das ist die öffentliche Haltung meines Präsidenten und meines Landes«, antwortete SecState. Somit *mußte* es wahr sein.

»Haben Sie genügend Streitkräfte in der Region, um Ihre Interessen zu schützen?«

»Herr Minister, ich bin kein Militärexperte und kann das nicht kommentieren«, antwortete Adler. Das stimmte, aber ein Mann in starker Position hätte wohl was anderes gesagt.

»Es wäre ein großes Unglück, wenn Sie es nicht könnten«, bemerkte Zhang.

Es könnte Spaß machen, sich nach der Haltung der PRC in der Sache zu erkundigen, aber die Antwort wäre neutral und bedeutungslos. Sie hätten auch nichts gesagt zur Anwesenheit des Eisenhower-Kampfverbands, der jetzt über ›internationalen‹ Gewässern der Formosastraße Patrouillen flog. Der Trick lag darin, sie überhaupt zu einer Äußerung zu bewegen.

»Die Weltlage erfordert gelegentlich die erneute Überprüfung der Positionen zu vielen Fragen, und man muß auch sorgfältig über seine Freundschaften nachdenken«, versuchte es Adler.

»Wir sind Freunde, seit Ihr mutiger Präsident Nixon hergekommen ist«, meinte der Außenminister nachdenklich. »Und wir bleiben es, trotz gelegentlicher Mißverständnisse.«

»Das hört man gerne, Herr Minister. Bei uns spricht der Volksmund von einem Freund in der Not.« Okay, denken Sie mal darüber nach. Vielleicht waren die Nachrichten korrekt. Vielleicht hat ihr Freund Daryaei Erfolg.

»Wirklich, unser einziger Zwist liegt auf dem Gebiet der Haltung Amerikas zu dem, was Ihr Präsident versehentlich ›zwei Chinas‹ nannte. Wenn hier nur Übereinstimmung erzielt werden könnte«, überlegte der Minister.

»Nun, wie ich schon sagte, unser Präsident versuchte, sich in einer verwirrenden Lage vor Reportern auszudrücken.«

»Sollen wir das ignorieren?«

»Amerika meint weiterhin, daß eine friedliche Lösung dieses provinziellen Streits den Interessen aller Parteien am besten dient.« Das war *status quo ante*, eine Haltung, die ein starkes Amerika, das China nicht offen herausfordern würde, eingenommen hatte.

»Der Friede ist immer dem Konflikt vorzuziehen«, sagte Zhang. »Aber wie lange müssen wir solche Zurückhaltung beweisen? Die kürzlichen Vorkommnisse bestätigen doch nur das zentrale Problem.«

Ein kleiner Schubs, bemerkte Adler: »Ich verstehe Ihre Frustration, doch wir wissen alle, daß Geduld die wertvollste Tugend ist.«

»Zu irgendeinem Zeitpunkt wird Geduld jedoch zur Nachsichtigkeit.« Der Außenminister griff nach seinem Tee. »Ein hilfreiches Wort Amerikas würde man dankbar begrüßen.«

»Sie bitten, daß wir unsere Haltung etwas ändern?« SecState fragte sich, ob Zhang wieder sprechen würde, nachdem das Gespräch eine andere Richtung genommen hatte.

»Nur, daß Sie die Logik der Situation sehen. Es würde die Freundschaft zwischen unseren Ländern sehr festigen und ist schließlich eine weniger bedeutende Angelegenheit für Länder wie unsere.«

»Ich verstehe«, erwiderte Adler. Und das tat er. Er war sicher. Er gratulierte sich dafür, sie zum Aufdecken ihrer Karten bewegt zu haben. Sein nächster Anruf würde Washington gelten, wenn man dort Zeit für was anderes als einen heißen Krieg hatte.

Das 10. ACR kehrte um 03.30 Lima nach Saudi-Arabien zurück. Die Buffalo Cav stand jetzt entlang einer Front von über 50 Kilometer Länge. In einer Stunde würden sie die Versorgungslinie der UIR-Armee blockieren. Der Verband rückte nun schneller vor, mit fast 50 Stundenkilometern. Seine Spitzen hatten auf UIR-Gebiet einige Patrouillen und Sicherheitskräfte gefunden, meist einzelne Fahrzeuge, die sofort beseitigt wurden. Es würden bald mehr werden, sobald sie die nächste Straße erreichten. Eine Menge Treibstoff mußte Richtung KKMC unterwegs sein, und das war die erste Aufgabe für die Soldaten von Buffalo.

Die 2. Brigade der ›Unsterblichen‹ war bereits fast eine Stunde unter Feindfeuer, als der Befehl kam, vorzurücken, und die Panzerfahrzeuge der Division aus dem ehemaligen Iran setzten sich beherzt in Bewegung. Der kommandierende Zwei-Sterne-General war jetzt hinter der flankierenden 3. Brigade, horchte lieber, als daß er sprach, nachdenklich und dankbar zugleich wegen des Ausbleibens amerikanischer Luftangriffe. Die Korpsartillerie war eingetroffen und stellte sich auf, ohne zu schießen, um ihre Lage zu verbergen. Der feindliche Verband konnte kaum mehr als eine Brigade auf dieser Seite der Straße sein, und er hatte das Doppelte. Auch wenn es eine ganze Brigade war, könnten seine Freunde aus dem Irak von der anderen Seite zur Unterstützung herüberschwenken, wie er für sie, wenn seine Front frei war. Über Funk, in Bewegung, um Angriffen von Hubschraubern oder Artillerie vorzubeugen, ermahnte er seine Kommandeure, den Angriff zu forcieren, als er im offenen Kommandofahrzeug folgte. Nun, wenn sein Feind nur so nett war, in den Stellungen zu bleiben, die sie beim ersten Kampf so erfolgreich behauptet hatten, würde er die Dinge zurechtrücken ...

LOBO überquerte die Linie MANASSAS mit 20 Minuten Verspätung, sehr zum Ärger von Colonel Eddington, der meinte, er hätte fürs Manöver reichlich Zeit eingeräumt. Aber der verdammte Strafverteidiger – eine Tautologie, gab er witzelnd immer wieder zu – im Kommando über HOOTOWL war wieder weit voraus und deckte die Rechte, während sein Bataillons-XO die Linke nahm, der Artillerie Ziele meldete, aber selbst keinen Schuß feuerte.

»WOLFPACK-SIX, hier HOOTOWL, over.«

»SIX-ACTUAL, HOOT«, antwortete Eddington.

»Die rücken vor, Sir, zwei Brigaden in Reihe, ziemlich kompakt, überqueren gerade die Linie HIGHPOINT.«

»Wie nahe sind Sie, Colonel?«

»3000. Ich ziehe gerade meine Leute zurück.« Sie hatten sichere Fahrstrecken dafür vereinbart. Die Verlegung würde sie nach Osten bringen, um die rechte Seite des flankierenden Bataillons zu decken.

»Okay, räumen Sie das Feld, Herr Anwalt.«

»Roger, Professor Eddington. HOOTOWL fliegt«, antwortete der jetzt anders beschäftigte Anwalt. »Ende.« Im nächsten Moment bat er seinen Fahrer, mal festzustellen, wie schnell er im Dunkeln vorwärts kam. Das mußte er dem NASCAR-Anhänger nicht zweimal sagen.

Der gleiche Bericht kam vier Minuten später von links. Seine Brigade stand vieren gegenüber. Es war Zeit, die Wettquote etwas zu ändern. Sein Artilleriebataillon verlagerte das Feuer. Seine Panzer- und Bradley-Kommandeure suchten den Horizont nach Bewegung ab, und die drei motorisierten Bataillone rollten vorwärts, um den Feind in Bewegung zu treffen. Offiziere von Troops und Squadrons überprüften die Ausrichtung und die Intervalle. Der Bataillonskommandeur war links in seinem eigenen Panzer. Der S-3-Operationsoffizier hatte die Rechte. Wie sonst auch waren die Bradleys etwas hinter den Abrams-Panzern, die Aufmerksamkeit auf Infanterie und Begleitfahrzeuge gerichtet.

Das Artilleriefeuer bestand jetzt aus Normalgranaten mit VT-Näherungszündern, die für offene Panzerluken und Dummköpfe, die im Freien standen, sehr ungesund waren. Keiner dachte an Ritter in leuchtender Rüstung. Das Schlachtfeld war dafür zu verteilt. Es war eher wie eine Marineschlacht auf einem Meer aus Sand und Steinen, das für menschliches Leben so feindlich war wie das echte. Eddington blieb bei WHITEFANG, eigentlich die Reserve, als klar wurde, daß der Feind auf beide Flanken zurückte und die Mitte einem dünnen Schirm überließ.

»Kontakt«, meldete ein Truppen-Kommandeur auf der Kompaniefrequenz. »Habe feindliche Panzer in 5000 Meter Entfernung.« Er prüfte wieder die IVIS-Anzeige, bestätigte erneut, daß dort keine Freundeinheit war. Gut, HOOTOWL war weggekommen. Jetzt gab's nur Rote Streitmacht voraus.

Es war abnehmender Mond, nur noch eine schmale Sichel, aber er gab genug Licht, um den führenden ›Unsterblichen‹ Bewegung am Horizont zu zeigen. Die Männer der 2. Brigade, wütend über die Dresche, die sie bezogen hatten, waren geladen. Manche hatten Laser-Entfernungsmesser, die ihnen Ziele in fast doppelter Reichweite zeigten. Die Meldung ging die Leiter hoch und kam zurück als Befehl, zu beschleunigen, schnellstens den Abstand zu verringern und vom indirekten Feuer wegzukommen, das bald aufhören mußte. Kanoniere peilten Ziele an, die noch zu weit entfernt waren, in Erwartung, daß sich das binnen zwei Minuten ändern würde. Sie fühlten die Beschleunigung ihrer Fahrzeuge, hörten die Worte ihrer Kommandeure, sich bereit zu halten. Jetzt gab es genug Ziele zu zählen, und die Zahlen schienen nicht beeindruckend. Sie waren im Vorteil. Das mußten sie sein, dachten all die ›Unsterblichen‹.

»Feuer bei 4000 Metern beginnen«, sagte der Kompaniekommandeur seinen Leuten. Die Abrams-Panzer standen in fast 500-Meter-Intervallen, was für ein Bataillon reichlich Front abdeckte. Die TC hielten meist die Köpfe vor während der Annäherung, dann beugten sie sich hinab, um die Feuerleitsysteme zu aktivieren.

»Hab' einen«, sagte ein Kanonier seinem TC. »T-80, ID klar, Entfernung 4250.«

»Einstellung?« fragte der Panzerkommandeur, nur um sicherzugehen.

»Sabot eingestellt. Lader, bis ich's anders will, alles Silberkugeln.«

»Hören Sie, Kanonier, verfehlen Sie keine.«

»4100«, hauchte der Kanonier. Er wartete weitere fünfzehn Sekunden und wurde zum ersten der Kompanie, der feuerte und tötete. Der 62-Tonnen-Panzer ruckte beim Schuß und fuhr dann weiter.

»Ziel, Feuer einstellen, Zielpanzer bei 11 Uhr«, kam vom TC über Interkom.

Der Lader stampfte aufs Pedal, öffnete die Munitionstür, zupfte eine weitere ›Silberkugel‹ hervor, drehte sich elegant, um das Plastik-ummantelte Projektil erst zu führen, dann in die Kammer zu knallen.

»Drin!« rief er.

»Ziel steht«, meldete der Kanonier dem TC.

»Feuer!«

»Auf'm Weg!« Eine Pause. Die Leuchtspur zeigte den sauberen Flug. »Durch 'n Punkt!«

Kommandeur: »Ziel! Feuer einstellen! Traverse rechts, Zielpanzer bei eins.«

Lader: »Drin!«

Kanonier: »Ziel steht!«

Kommandeur: »Feuer!«

»Auf'm Weeeeg!« sagte der Kanonier, als er den dritten Schuß in elf Sekunden abdrückte.

Es war nicht real, dachte der Bataillonskommandeur, der eigentlich mit dem Zusehen zu beschäftigt war, um selbst zu schießen. Es war wie eine fortschreitende Welle. Erst explodierte die führende Reihe T-80, eine Handvoll Fehlschüsse wurden fünf Sekunden später korrigiert, als die zweite Reihe schon drankam. Die begannen, das Feuer zu erwidern. Die Blitze sahen aus wie die Hoffman-Simulations-Muni, die er von NTC her kannte. Das Konterfeuer zog eigene Leuchtspuren, und die ganze erste Volée fiel zu kurz. Manche der T-80 schafften einen zweiten Schuß. Keiner einen dritten.

»Gott, Sir, gib mir 'n Ziel«, rief der Kanonier.

»Such dir eins aus!«

»*Bimp*«, sagte der Kanonier. Er feuerte eine HEAT und erreichte einen Treffer in gut vier Kilometer Entfernung, doch wie zuvor war die Schlacht in weniger als einer Minute vorüber. Manche der BMPs schossen Raketen ab, doch sie wurden bereits von Bradleys und Panzern aufs Korn genommen. Fahrzeuge explodierten, füllten den Himmel mit Feuer und Rauch. Jetzt konnte man einzelne Männer erkennen, manche rennend, andere beim Versuch, zurückzufeuern oder sich zu verteilen. Die Panzerkanoniere schalteten mangels größerer Ziele auf die Koaxial-MGs um. Die Bradleys zogen gleich auf und besorgten die ernsthafte Jagd.

Die führende Reihe der Abrams passierte die rauchenden Reste der ›Unsterblichen‹-Division kaum vier Minuten nach dem ersten Schuß. Geschütztürme schwenkten hin und her auf der Suche nach weiteren Zielen. TCs hatte die Köpfe wieder draußen, Hände an den schweren oberen MGs. Wenn auf sie geschossen wurde, erwiderten sie das Feuer, und es gab ein Rennen, zu sehen, wer die meisten schaffte, denn es gibt eine Erregung, ein *High* im Schlachtengetümmel, das keiner kennt, der's nicht erlebt hat; das Gefühl gottgleicher Macht, das Vermögen, über Tod oder Leben zu entscheiden und die Entscheidung mit einem Fingerkrümmen durchzusetzen. Mehr als das, die Guardsmen wußten, warum sie hier waren, wußten, was sie zu rächen hatten. Die Fahrzeuge rollten vorwärts mit gerade 15 Stundenkilometern, sie sahen aus wie Mähdrescher, die Leben einsammelten und es in Tod verwandelten, absolut unmenschlich, absolut herzlos.

Doch dann veränderte es sich. Es hörte auf, Pflichterfüllung zu sein oder Rache oder der Spaß, den sie erwartet hatten. Es wurde zum Morden, und nacheinander erinnerten sich die Männer an den Waffen, was sie selbst sein sollten, und erkannten, was aus ihnen würde, wenn sie sich von diesem nicht abwandten. Es war nicht wie bei den Fliegern, Kilometer entfernt, die auf Ziele schossen, die sich im Visiersystem komisch bewegten und eigentlich gar keine Menschen waren. Diese Männer waren näher. Sie konnten die Gesichter, die Wunden sehen. Sogar die Narren, die zurückschossen, riefen bei den Kanonieren, die sie abschossen, Mitleid hervor, aber bald war die Vergeblichkeit des Ganzen allen klar, und Soldaten, die mit Wut in die Wüste gekommen waren, wurden krank davon, was aus der Wut geworden war. Die Geschütze begannen zu schweigen, mehr durch Übereinstimmung als Befehl, als Widerstand aufhörte und damit die Notwendigkeit zu töten. Bataillon LOBO rollte durch die rauchenden Ruinen von zwei schweren Brigaden, suchte nach Zielen, die professionelle Aufmerksamkeit verdienten, nicht persönliche, denn von letzterer mußten sie sich abkehren.

Es gab nichts mehr zu tun. Der General stand auf und ging vom Kommandofahrzeug weg, winkte seiner Crew, es ihm gleichzutun. Auf seinen Befehl hin legten sie die Waffen weg und warteten auf einer Anhöhe ab. Lange mußten sie nicht warten. Die Sonne ging auf. Im Osten verkündete ein orangefarbenes Glühen einen neuen Tag, der sich vom alten sehr unterschied.

Der erste Konvoi rollte ihnen vor die Nase, 30 Tanklaster, flott unterwegs, und die Fahrer dürften die südwärts fahrenden Kampfwagen für eigene gehalten haben. Die Bradley-Kanoniere der I-Truppe, 3. des 10., erledigten das mit einigen Schüssen, welche die ersten fünf Laster in Brand setzten. Der Rest hielt an, zwei davon kippten um und explodierten von selbst, als die Fahrer sie in ihrer Eile, zu fliehen, in den Graben rollten. Die Bradleys ließen die meisten davonlaufen und zerstörten die Laster mit Explosivgeschossen, und dann fuhren sie weiter nach Süden an den verwirrten Fahrern vorbei, die bloß dastanden und ihnen nachschauten.

Es war ein Bradley, der sie fand. Das Fahrzeug hielt 50 Meter vor ihnen. Der General, der zwölf Stunden zuvor noch eine fast intakte Panzerdivision befehligt hatte, leistete keinen Widerstand. Er stand ganz ruhig, als vier Infanteristen mit ihren Gewehren aus dem Heck des Bradley hervorkamen.

»Auf den Boden!« rief der Corporal.

»Ich sage es meinen Männern. Ich spreche Englisch. Die nicht«, sagte der General und hielt Wort. Seine Soldaten legten sich mit Gesicht nach unten auf den Boden.

»Die Hände hoch!« Der Corporal war im Zivilleben Polizist. Der Offizier – welche Art, wußte er noch nicht, aber die Uniform war zu edel für 'nen Dreckfresser – fügte sich. Der Corporal gab dann sein Gewehr einem Kumpel, zog seine Pistole, ging hin und hielt sie dem UIRler an den Kopf, während er ihn gekonnt durchsuchte. »Okay, Sie können auch runter. Bleiben Sie schlau, wird niemand verletzt. Geben Sie's Ihren Männern weiter. Wir können sie töten, wenn wir müssen, aber wir sind nicht zum Abknallen hier, okay?«

Bei Tagesanbruch bestieg Eddington wieder den Hubschrauber, den er sich geborgt hatte, und überflog das Schlachtfeld. Bald war klar, daß seine Brigade zwei volle Divisionen zermalmt hatte. Er befahl den Aufklärungsschild nach vorn, um die Phase des Nachjagens vorzubereiten, dann rief er Diggs um Instruktionen an, was er mit den Gefangenen machen sollte. Ehe das jemand beantworten konnte, kam aus Riad ein Hubschrauber mit einem Fernsehteam an.

Noch bevor die Bilder publik wurden, verbreiteten sich die Gerüchte, wie immer in Ländern ohne freie Presse. Ein Telefonanruf erreichte einen russischen Botschaftsangehörigen kurz vor sieben zu Hause. Er war binnen Minuten im Wagen und auf dem Weg durch ruhige Straßen zum Rendezvous mit einem Mann, der endlich, dachte er, die Linie übertrat und ein Agent des RVS werden wollte.

Der Russe opferte zehn Extra-Minuten, um seinen Rücken frei zu wissen, aber wer ihn heute verfolgen wollte, müßte unsichtbar sein, und er schätzte, daß der Ajatollah eine Menge Sicherheitsleute hatte reinrufen lassen.

»Ja?« sagte er, als er den Mann traf. Es blieb keine Zeit für Höflichkeiten.

»Sie haben recht. Unsere Armee wurde ... besiegt, gestern nacht. Sie riefen mich um drei für eine Analyse amerikanischer Absichten rein, und ich hörte alles. Wir können nicht mal mit unseren Einheiten sprechen. Das Außenministerium ist in Panik.«

»Recht so«, dachte der Diplomat. Laut sagte er: »Ich sollte vielleicht erwähnen, daß der turkmenische Premier ...«

»Wissen wir. Er rief in der Nacht Daryaei an, um zu fragen, ob die Seuchengeschichte wahr sei.«

»Und was sagte Ihr Führer?«

»Er nannte es ein Giaur-Lüge – was glauben Sie?« Der Beamte hielt inne. »Er war nicht ganz überzeugend. Was auch immer Sie dem Mann gesagt haben, er ist neutralisiert. Indien hat uns verraten – das hörte ich auch. China weiß es noch nicht.«

»Wenn Sie erwarten, *die* würden Ihnen beistehen, haben Sie Ihre Glaubensgesetze zum Alkohol verletzt. Natürlich steht meine Regierung ebenfalls auf seiten Amerikas. Sie stehen alleine da«, sagte ihm der Russe. »Ich brauche etwas Information.«

»Welche Information?«

»Die Lage der Bakterienfabrik. Ich brauche sie heute.«

»Die Versuchsfarm nördlich des Flughafens.«

*So leicht?* fragte sich der Russe. »Wie können Sie sicher sein?«

»Gerätschaften, die von den Deutschen und Franzosen gekauft wurden. Wenn Sie Bestätigung brauchen, dürfte das einfach sein. Wie viele Farms haben uniformierte Wachen?« fragte der Beamte hilflos.

Der Russe nickte. »Ich werde dafür sorgen. Es gibt andere Probleme. Ihr Land wird bald voll – damit meine ich *ganz* – im Krieg mit Amerika sein. Mein Land kann behilflich sein, wenn es darum geht, eine Vereinbarung irgendeiner Art zu treffen. Wenn Sie das richtige Wort ins richtige Ohr flüstern, steht unser Botschafter zu Ihrer Verfügung, und dann werden Sie der Welt einen Dienst geleistet haben.«

»Das ist nicht schwer. Bis Mittag werden wir dabeisein, nach einem Ausweg zu suchen.«

»Es *gibt* keinen Ausweg für Ihre Regierung. Keinen«, betonte der RVS-Offizier.

## 63 / Die Ryan-Doktrin

Der Tag fand das 11. ACR wieder als Sieger auf einem Schlachtfeld, nach abschließender Zerstörung einer weiteren Division des II. Korps der UIR. Die andere Division stand nun vor der 2. Saudi-Brigade, die bei Sonnenaufgang angriff, während die amerikanische Einheit wieder tankte und Munition faßte in Vorbereitung des Angriffs auf das III. Korps, das noch immer keine richtige Feindberührung gehabt hatte.

Aber das änderte sich. Die zwei Divisionen hatten jetzt die ungeteilte Aufmerksamkeit der taktischen Flieger über dem Schauplatz. Erst kam die Luftabwehr dran. Jedes eingeschaltete Radar wurde zum Ziel einer HARM-Raketen-bestückten F-16, und nach zwei Stunden war der Himmel amerikanischen und saudischen Piloten freundlich gesonnen. UIR-Jäger versuchten, von ihren Flugfeldern herabzustechen, um dem belagerten Bodenverband zu Hilfe zu kommen, aber durch den Jäger-Radar-Vorhang weit im Norden der Einheit, die sie unterstützen sollten, kam keiner. Man verlor dabei fast 60 Jäger vergeblich. Also versuchte man, die Kuwait-Brigaden zu strafen, die am Vortag so frech den viel größeren und unermeßlich mächtigeren Nachbarn angegriffen hatten. Die kleine Luftwaffe war den Großteil des Tages auf sich gestellt; die Schlacht war nicht von strategischer Relevanz. Die Routen über die Sümpfe waren durchtrennt und würden es noch tagelang bleiben. Die Luftschlacht war mehr eine Schau beidseitiger Wut als irgendwas anderes, und hier gewannen ebenfalls die Kuwaiter, nicht spektakulär, aber mit drei Abschüssen für jeden eigenen Verlust. Für ein kleines Land, das gerade erst die Kriegskünste lernte, war das eine Schlacht, von der Männer jahrelang erzählen würden, und ihre Taten würden bei jeder Wiederholung wachsen. Doch all die Toten dieses Tages würden nutzlos sein; verschwendete Leben zur Bestätigung einer bereits feststehenden Entscheidung.

Über dem III. Korps wandte man sich mehr zielgerichtetem Morden zu, nachdem die SAMs vernichtet waren. Es waren über 600 Panzer am Boden, dazu 800 Schützenpanzer, mehr als 200 Feldstücke auf

Selbstfahr- und Schlepplafetten, mehrere Tausend Lkws und 30 000 Männer, alle weit innerhalb eines fremden Landes und bemüht, zu flüchten. Die F-15E Strike Eagle kreisten bei 15 000 Fuß, fast im Leerlauf, während die Waffenoffiziere nacheinander Ziele für die lasergeführten Bomben wählten. Die Luft war klar, die Sonne hell und das Feld eben; es war viel leichter als irgendein Training auf Nellis' Übungsgelände. Weiter unten in anderen Jagdrevieren gesellten sich F-16 mit Maverick-Raketen und konventionellen Bomben dazu. Vor Mittag befahl der III.-Korps-Kommandeur, der sich richtigerweise für den obersten Offizier am Schauplatz hielt, den generellen Rückzug, sammelte die Begleitfahrzeuge, die man bei KKMC gelassen hatte, ein, und versuchte seine Einheiten in irgendwas wie Ordnung zu bekommen. Von oben fielen Bomben, von Osten kam die saudische 5. Brigade, von hinten näherte sich ein amerikanischer Verband, da wandte er sich nach Nordwesten, um am früheren Eindringpunkt wieder in freundliches Gebiet zurückzukehren. Auf dem Boden verwendeten seine Fahrzeuge Tarnungsrauch, was die alliierten Flieger leicht irritierte. Die aber kamen nicht tiefer, um ihren Angriffen Nachdruck zu verleihen, da die UIR-Truppen mit einigem Erfolg zurückschießen könnten. Beim Kommandeur wuchs die Hoffnung, daß sie mit noch rund zwei Drittel der Stärke heimgelangen könnten. Treibstoff war nicht das Problem. Die gesamten Tanklaster der Armee Gottes befanden sich jetzt bei seinem Korps.

Diggs machte bei Eddingtons Brigade Station. So etwas hatte er schon früher gesehen und auch den Gestank schon gerochen. Panzer brannten manchmal erstaunlich lange, und der Geruch von Diesel und Treibsätzen überdeckte etwas den übelkeitserregenden Gestank von brennenden Menschen. Bewaffnete Feinde waren etwas zum Töten, aber tote wurden schnell zu Objekten von Mitleid, besonders, wenn sie so abgeschlachtet waren wie hier. Aber nur wenige, relativ gesehen, waren vor den Geschützen der Männer aus Carolina gefallen. Viel mehr hatten sich ergeben. Diese mußten eingesammelt, entwaffnet, gezählt und an die Arbeit geschickt werden, was zumeist die Beseitigung der Leichen ihrer gefallenen Kameraden bedeutete. Eine Tatsache, so alt wie der Krieg selbst, und die Lektion für die Besiegten war immer die gleiche: *Deshalb sollt ihr euch nie mehr mit uns anlegen.*

»Und jetzt?« fragte Eddington, Zigarre zwischen den Zähnen. Die Sieger durchlebten im Feld verschiedene Stimmungen. Ankunft mit Hetze und Verwirrung, dem Unbekannten mit versteckter Angst begegnen, in die Schlacht ziehen mit Entschlossenheit – in ihrem Fall auch mit unbändiger Wut – und das Hochgefühl des Sieges. Am Ende stand aber das Entsetzen über die Schlachterei und das Mitleid mit den Besiegten. Der Zyklus begann erneut. Die meisten motorisierten Einheiten hatten sich in den letzten Stunden neu organisiert und waren marschbereit, während ihre MPs und eintreffende Saudi-Einheiten sich um die Gefangenen kümmerten.

»Warten Sie nur ein Weilchen ab«, erwiderte Diggs zu Eddingtons Enttäuschung – und Erleichterung. »Die Reste rennen sehr schnell, die fangen Sie nie, und wir haben keinen Befehl zur Invasion.«

»Die kamen uns einfach auf die alte Art entgegen«, sagte der Guard Colonel und erinnerte sich an Wellington. »Und wir hielten sie auf die gleiche alte Art auf. Was für ein grauenvolles Geschäft.«

»Bobby Lee, erinnern Sie sich, Chancellorsville?«

»Oh yeah, und er hatte recht. Die paar Stunden, Diggs, alles vorbereiten, manövrieren, Information sammeln, daraus Entscheidungen treffen.« Er schüttelte den Kopf. »Dachte nie, ich könnte mich so fühlen … aber jetzt …«

»›Gut, daß der Krieg so entsetzlich ist, sonst könnten wir daran Gefallen finden.‹ Komisch, manchmal vergißt man's. Die armen Schweinehunde«, sagte der General mit Blick auf 50 Männer, die gerade für den Transport zu Lastern getrieben wurden. »Klar Schiff, Colonel. Richten Sie Ihre Einheiten wieder aus. Es könnten Marschbefehle kommen, aber ich schätze nicht.«

»III. Korps?«

»Kommt nicht weit, Nick. Wir ›halten die Skeer‹ und jagen sie dem 10. genau in die Arme.«

»Also kennen Sie Bedford Forrest doch.« Es war einer der Lieblingssprüche des konföderierten Offiziers gewesen. Niemals den Feind zur Ruhe kommen lassen, jagen, hetzen, zu Fehlern zwingen, die Füße wundrennen lassen. Auch wenn es nicht mehr von Bedeutung war.

»Meine Dissertation behandelte Hitler als politischen Manipulator. Den mochte ich auch nicht besonders.« Diggs lächelte und salutierte. »Sie und Ihre Leute haben's gut gemacht, Nick. Froh, daß Sie dabei waren.«

Das Fahrzeug hatte ein Diplomaten-Nummernschild. Aber Fahrer und Fahrgast wußten beide, daß das in Teheran nicht immer respektiert wurde. Dinge änderten sich, wenn ein Land Krieg führte, und man konnte Geheimeinrichtungen oft daran erkennen, daß sie in schwierigen Zeiten mehr Wachen bekamen als vorher. Der Wagen hielt an. Der Fahrer nahm ein Fernglas, der Fahrgast eine Kamera. Tatsächlich, die Versuchsfarm hatte bewaffnete Wachen ums Forschungsgebäude, und das war ja nicht gerade normal. Es war so leicht. Der Wagen wendete und fuhr zurück zur Botschaft.

Sie fanden nur die Bummler. Blackhorse war jetzt in voller Jagd, und die erwies sich als lang. Amerikanische Fahrzeuge waren besser und meist schneller, aber es war leichter, zu fliehen, als zu folgen. Verfolger mußten ein bißchen vorsichtig sein, wegen Hinterhalten und so, und der Wunsch, mehr Feinde zu töten, wurde deutlich gemindert durch die Sorge, in einem bereits gewonnen Krieg zu fallen. Unordnung beim Feind hatte dem 11. gestattet, sich gut zusammenzuziehen, und die rechte Flanke hatte schon Funkkontakt zu Saudi-Einheiten, die Reste des II. Korps beseitigten und daran dachten, das III. Korps in einer Entscheidungsschlacht zu stellen.

»Zielpanzer«, sagte ein TC. »Bei zehn Uhr, 4100.«

»Ziel steht«, sagte der Kanonier.

»Feuer einstellen«, sagte der Kommandeur plötzlich »Die türmen. Laß ihnen ein paar Sekunden.«

»In Ordnung.« Der Kanonier sah's auch. Der Turm des T-80 zeigte sowieso von ihnen weg. Sie ließen der Crew 100 Meter.

»Okay, nimm ihn.«

»Auf'm Weg.« Der Panzer ruckte, die Kugel flog. Drei Sekunden später stieg wieder ein Panzerturm nach oben. »Kastenmanderl!«

»Ziel, Feuer einstellen. Fahrer, los geht's«, befahl der TC. Das war ihr 12. Treffer. Die Crew fragte sich, wie hoch der Einheitsrekord sein würde, während der TC über IVIS die Position der Dreier-Crew durchgab, was der Regimentssicherheit automatisch sagte, wo sie aufzulesen waren. Die vorrückenden Kavalleristen hielten Abstand. So unwahrscheinlich es sein mochte, einer könnte auf dumme Gedanken kommen, und sie hatten weder Zeit noch Neigung, Munition zu verschwenden. Noch eine Schlacht stand ihnen bevor, es sei denn, die Gegenseite wurde schlau und gab auf.

»Kommentar?« fragte POTUS.

»Sir, das wird ein Präzedenzfall ...«, antwortete Cliff Rutledge.

»Das soll's auch«, sagte Ryan. Sie bekamen das nackte Schlachtfeldvideo. Es zeigte das typische Grauen, Körperteile zerfetzter Leichen, ganze Leichen, eine Hand, die aus einem Schützenpanzer hervorzeigte, dessen Inneres immer noch rauchte, armer Schweinehund, der's fast rausgeschafft hätte, aber nicht ganz. Mußte mit dem Tragen einer Minicam zusammenhängen, daß man zu so was hingezogen wurde. Die Toten waren tot und alle irgendwie Opfer – auf vielerlei Weise, dachte Ryan. Die Soldaten aus zwei vormals getrennten Ländern und einer ähnlichen Kultur waren von der Hand bewaffneter Amerikaner gestorben, aber von einem Mann in die Schlacht geschickt worden, dessen Befehle für sie zwingend waren und der sich verrechnet hatte; der bereit war, ihre Leben als Spielmarken einzusetzen, Münzen im Großen Spielautomaten, dessen Knöpfe er gedrückt hatte, um zu sehen, was geschah. So sollte es nicht sein. Macht hieß auch Verantwortung, und Jack wußte, er würde den Brief an jede Famile jedes toten Amerikaners schreiben, wie George Bush 1991. Die Briefe hätten einen zweifachen Zweck, einmal als eine Art Trost für die Trauernden, dann als Erinnerung, daß die Toten mal gelebt hatten für den Mann, der sie ins Feld befohlen hatte. Er fragte sich, wie ihre Gesichter ausgesehen hatten. Wohl nicht anders als die der Guardsmen, die in Indianapolis für ihn Spalier gestanden hatten vor seiner ersten öffentlichen Rede. Vielleicht das gleiche Aussehen, aber jeder Mensch ist ein Individuum und das Leben sein kostbarster Schatz, und Ryan hatte seinen Teil dazu beigetragen, daß es ihnen entrissen wurde. Und obwohl er wußte, daß es notwendig gewesen war, war es auch nötig für ihn, zu erinnern, jetzt und solange er in diesem Gebäude saß, daß sie mehr als nur Gesichter waren. Und das, sagte er sich, ist der Unterschied. Ich kenne meine Verantwortung. *Der* kennt *seine* nicht. *Der* lebte noch in der Vorstellung, Menschen seien *ihm* verantwortlich, nicht umgekehrt.

»Es ist politisches Dynamit, Mr. President«, sagte van Damm.

»Und?«

»Es gibt das rechtliche Problem«, sagte ihm Pat Martin. »Es verstößt gegen den Exekutivbefehl Präsident Fords.«

»Den kenn' ich«, antwortete Ryan. »Aber wer entscheidet über Exekutivbefehle?«

»Der Leiter der Exekutive, Sir«, antwortete Martin.

»Dannn setzen Sie mir einen neuen auf.«

»Was ist das für ein Geruch?« Beim Indiana Motel waren die Lastwagenfahrer draußen für den morgendlichen Bewegungstanz, damit die Reifen heil blieben. Sie hatten den Ort satt und wünschten herzlich, das Reiseverbot würde bald aufgehoben. Einer hatte gerade seinen ›Mack‹ ausgeführt und stellte ihn neben dem Zementmixer ab. Der

Frühling wurde warm, und die Laster wurden zu Öfen. Beim Zementlaster hatte das eine Auswirkung, an die ihre Besitzer nicht gedacht hatten.

»Hab'n Sie 'n Leck im Tank?« fragte er Holbrook und beugte sich herab. »Nee, der is' in Ordnung.«

»Vielleicht is' was bei den Tankstellen-Pumpen ausgelaufen«, schlug der Mountain Man vor.

»Glaub' nicht. Hamse grad abgespritzt vorhin. Das sollt'n wir besser finden. Hab' mal 'n K-Whopper brennen sehen, weil 'n Mechaniker Mist baute. Brachte 'n Fahrer um, war auf der I-40 damals, '85. Echte Sauerei.« Er ging weiter herum. »Sie ha'm da 'n Leck, Freund. Gucken wir mal nach der Treibstoffpumpe«, sagte er und öffnete die Haubenverschlüsse.

»He, eh, warten'se ... ich mein ...«

»Keine Sorge, Mann. Ich weiß, wie man die Dinger repariert. Spar locker fünf Riesen im Jahr durch eigne Arbeit.« Die Haube ging auf, der Trucker beugte sich rein, rüttelte an einigen Schläuchen und prüfte die Manschetten. »Okay, sieht gut aus.« Dann sah er nach der Einspritzleitung. Eine Schraube war'n bißchen locker, aber nix Wichtiges; war nur die Sperre, und die zog er fest. Nix Besonderes. Er beugte sich wieder für einen Blick unter die Kiste. »Tropft nix. Verdammt«, schloß er beim Aufrichten. Dann checkte er den Wind. Vielleicht kam der Geruch vom ... nein, er konnte Frühstück im Restaurant riechen, seiner nächsten Station. Der Geruch kam von genau hier ... und was anderes auch, nicht nur Diesel, wenn er's bedachte.

»Wo's Problem, Coots?« fragte noch ein Fahrer, der rüberkam.

»Riechste das?« Und beide standen da, schnüffelten.

»Jemand 'n kaputten Tank?«

»Kann kein'n finden.« Der erste sah zu Holbrook. »Schau, will nicht ungut sein, aber als Fahrer werd' ich leicht nervös, wissense? Macht's was aus, Ihr'n da rüber zu fahren? Und jemand sollt' sich den Motor anschaun, okay?«

»He, sicher, kein Problem, macht nix.« Holbrook stieg wieder ein, startete und fuhr langsam weg zu einem ziemlich freien Platz auf der Abstellfläche. Die anderen beiden sahen ihm nach.

»Verdammte Geruch is' weg, nich', Coots?«

»Das iss 'n kranker Truck.«

»Scheiß drauf. Zeit für die Nachricht'n, komm schon.« Der andere wandte sich ab.

»Oha«, hörten sie beim Reingehen. Der Fernseher war auf CNN gestellt. Die Szene sah nach etwas aus der Trickkiste vom Filmstudio aus. So was gab's doch nicht in echt. Diesmal aber schon.

»Colonel, was geschah gestern?«

»Nun, Barry, der Feind kam zweimal zu uns. Das erstemal«, dozierte Eddington, Zigarre in der Hand, »waren wir da hinten am Kamm. Das zweitemal rückten wir vor und sie auch, und wir trafen uns etwa hier...« Die Kamera schwenkte, um zwei Panzer zu filmen, die auf der Straße die Stelle passierten, an der der Colonel seinen Vortrag hielt.

»Wette, 's macht Spaß, die Säue zu fahren«, sagte Coots.

»Wette, 's macht noch mehr Spaß, sie zu schießen.« Die Szene wechselte wieder zum bekannten, ansehnlichen, staubigen Gesicht des Reporters, der Säcke unter den Augen hatte.

»Hier ist Tom Donner beim Presseteam, das dem 11. Berittenen Panzerregiment zugewiesen ist. Wie soll ich die Nacht, die wir gerade hatten, beschreiben? Ich fahre mit dieser Bradley-Crew, und unser Fahrzeug und der Rest von der B-Truppe sind durch, ich weiß nicht, wie viele Feinde in den letzten zwölf Stunden durchmarschiert. Es war gestern nacht in Saudi-Arabien *Krieg der Welten*, und wir waren die Seite vom Mars.

Die UIR-Verbände – eine Mischung aus Iranern und Irakern – die wir trafen, schlugen zurück, aber nichts, was sie taten...«

»Scheiße, wünschte, die hätten meine Einheit geschickt«, sagte einer vom Highway Patrol, der seinen Stammplatz für Wachbeginn-Kaffee einnahm. Er hatte einige der Fahrer kennengelernt.

»Smoky, ha'mse so was bei der Ohio Guard?« fragte Coots.

»Yeah, meine Einheit is' Armored Cavalry. Die Jungs von Carolina hatten eine tolle Nacht. Gott, nee!« Der Cop schüttelte den Kopf, und im Spiegel sah er einen vom Parkplatz reinkommen.

»Feindverbände sind jetzt in voller Flucht. Sie hörten gerade den Bericht über die Einheit der National Guard, die zwei komplette feindliche Panzerdivisionen vernichtet hat...«

»So viele! Wow«, bemerkte der Cop und nahm einen Schluck.

»...daß Blackhorse eine weitere auslöschte. Es war wie im Film. Es war wie ein Spiel ansehen zwischen NFL und einem Grufti-Verein.«

»Willkommen in der Oberliga, ihr Schweinepriester«, sagte Coots dem Fernsehschirm.

»He, ist das Ihr Zementlaster?« fragte der Cop zur Seite.

»Ja, Sir«, antwortete Holbrook und hielt an auf dem Weg zu seinem Freund fürs Frühstück.

»Passn'se auf, daß er euch nicht um die Ohren fliegt«, sagte Coots, ohne den Kopf zu wenden.

»Was zum Teufel macht ein Zementlaster aus Montana hier?« fragte der Cop leichthin. »Häh?« fügte er für Coots hinzu.

»Hat irgend 'n Treibstoffproblem. Hab' ihn gebeten, die Kiste zu verlegen. Danke, Kumpel«, fügte er hinzu. »Wollte nich' ungastlich sein, Freund.«

»Is' Okay. Lass' es sicher checken.«

»Weshalb die ganze Strecke von Montana?« fragte der Cop erneut.

»Na, äh, wir kauften ihn dort; wir bringen ihn nach Osten für unser Geschäft, wissense?«

»Hmm.« Die Aufmerksamkeit richtete sich wieder auf den Fernseher.

»Ja, die kamen nach Süden, und wir sind in sie gefahren!« Ein kuwaitischer Offizier berichtete gerade einem anderen Reporter. Er klopfte freundlich auf das Kanonenrohr seines Panzers, wie bei einem edlen Roß; ein kleiner Mann, der in einem Tag oder so einen halben Meter gewachsen war, mitsamt seinem Land.

»Gibt's was Neues, wann wir z'rück an die Arbeit können, Smoky?« fragte Coots den Cop.

Der Mann von der Highway Patrol schüttelte den Kopf. »Sie wissen soviel wie ich. Wenn ich hier rausgeh', geht's wieder zur Grenze, noch mal Straßensperre spielen.«

»Yeah, all das schöne Strafgeld, das Sie verpassen, Smoky Bear!« warf ein Trucker lächelnd ein.

»Hatte die Nummer gar nich' gesehen. Warum zum Teufel einen Z'menter von Montana reinfahrn?« wunderte sich Coots. Die Kerle paßten *gar* nicht rein.

»V'leicht war er billig?« dachte der Cop und putzte den Kaffee weg. »Hab' nix gesehen, daß einer gestohlen wär'. Verdammt, ob so was mal passiert ist?«

»Nich', daß ich's wüßte ... Zap!« sagte Coots. Die Einstellung zeigte gerade eine ›Smart Bomb‹. »Wenigstens tut's nich' lang weh.«

»Schön' Tach noch«, sagte der Cop, als er ging. Er bestieg seinen Patrol-Wagen und wollte zum Highway, entschied dann aber, den Zementlaster noch anzusehen. Sollte auch die Nummer durchgeben – vielleicht *war* er heiß. Dann roch er es auch, und er hielt's nicht für Diesel ... Ammoniak? Es war ein Geruch, den er mit Speiseeis verband ... und auch mit dem Geruch der Treibsätze auf Manöver der Guard. Seine Neugier war geweckt, und er fuhr zum Café zurück. »Entschuldigen Sie, ist das Ihr Laster, am Rand da geparkt?«

»Yeah, wieso?« fragte Brown. »Hab'n wir was falsch gemacht?«

Seine Hände verrieten ihn. Der Cop sah sie zucken. Etwas war definitiv faul. »Würden die Herren bitte mit mir kommen?«

»Wart'n Moment, was gib's für 'n Ärger?«

»Nix Ärger. Ich möchte nur wissen, was das für 'n Geruch ist, in Ordnung?«

Der Cop folgte ihnen hinaus, stieg wieder in seinen Wagen und fuhr hinter ihnen her, als sie zum Truck gingen. Die quatschten hin und her. Etwas war faul. Seine Kollegen waren im Moment nicht furchtbar beschäftigt, also rief er eine Verstärkung ran und sagte der Zentrale, sie solle die Nummer prüfen. Dann stieg er aus und sah wieder am Laster hoch.

»Starten Sie mal?«

»Okay, sicher.« Brown stieg ein und kurbelte den Motor an. Klang ja laut genug.

»Darf ich mal Ihren Ausweis sehen?« fragte der Cop Holbrook.

»He, ich versteh' nicht, was hier der Ärger ist.«

»Kein Ärger, Sir, aber zeigen Sie mir doch Ihren Ausweis.«

Pete Holbrook zog seine Brieftasche raus, als ein weiterer Polizeiwagen ankam. Brown sah ihn auch, sah runter, und Holbrooks Brieftasche in seiner Hand und des Cops Hand am Griff der Pistole. So standen Cops halt, aber Brown dachte nicht dran. Keiner der Mountain Men hatte eine Waffe zur Hand. Die waren – im Zimmer. Aber sie zum Frühstück mitnehmen, daran hatten sie nicht gedacht. Der Polizist hatte Petes Führerschein, ging zurück zu seinem Wagen und nahm's Mikrofon...

»Nummer ist sauber, kein ›Heiß‹-Eintrag im Computer«, teilte ihm die Frau in der Zentrale mit.

»Danke.« Er hing das Mikro wieder ein und schritt zurück zu Pete Holbrook, zwirbelte den Lappen in seiner Hand...

Brown sah einen Cop bei seinem Freund, einen weiteren Cop, die hatten gerade gefunkt...

Der Mann von der Highway Patrol sah überrascht auf, als der Laster nach vorn ruckte. Er brüllte und zeigte dem Mann an, er sollte halten. Der zweite Wagen schwenkte vor als Blockade, und der Zementlaster hielt wirklich. Das war's. Irgendwas war wirklich faul hier.

»Raus!« brüllte er, die Pistole jetzt in den Händen. Der zweite Offizier nahm Holbrook in Gewahrsam, keinen Schimmer, was hier los war. Brown stieg runter, fühlte sich am Kragen gepackt und an die Karosserie gedrückt. »Was ist hier *los* mit Ihnen?« verlangte der Cop. Das Rausfinden würde Stunden dauern, dann folgte eine *sehr* interessante Zeit beim Trucker-Motel.

Es blieb ihm nichts zu tun, außer zu kreischen, und das tat er uncharakteristischerweise. Das Video war nicht zu leugnen. Es lag eine unmittelbare Respektabilität im internationalen Fernsehen, und er konnte nicht verhindern, daß es rauskam. Die Betuchten im seinem Lande hatten ihre Satellitenschüsseln und viele andere auch, sogar kleine Nachbarschaftsgruppen. Was sollte er tun? Sie ausschalten lassen?

»Weshalb greifen die nicht an?« verlangte Daryaei zu wissen.

»Der Armeekommandeur und sämtliche Korpskommandanten sind per Funk nicht mehr erreichbar. Eine Brigade berichtete, sie würde nach Norden flüchten, von vielen Feinden verfolgt. Unsere Streitmacht ist besiegt worden«, sagte der Geheimdienstchef.

»*Doch wie?*«

»Ist das wesentlich?«

Sie kamen nach Norden, Buffalo kam weiter nach Süden. Das III. UIR-Korps wußte nicht, was vor ihnen lag. Das entdeckten sie erst am Nachmittag. Mastermans 1. Schwadron hatte bislang mehr als hundert Lkws getilgt, mehr als die anderen beiden Bataillone. Die einzige Frage war jetzt, wieviel Widerstand der Feind aufbringen würde. Durch Luftaufklärung war klar, wo die vorrückende Streitmacht lag, welche Stärke und Dichte sie hatte und aus welcher Richtung sie kam. Es war so viel leichter als das letztemal, als er kämpfen mußte.

Die A-Truppe deckte den Vortrieb, mit B und C drei Kilometer dahinter und der Panzerkompanie in Reserve. So schlimm die UIR-Verbände auch verdroschen worden waren, wollte er seine eigene Artillerie noch nicht einsetzen. Nicht sinnvoll, denen jetzt schon zu zeigen, daß Panzer in der Nähe waren. Anders als bei der ersten – und einzigen bisherigen – Schlacht in seiner Karriere würde Duke Masterman diese nicht wirklich sehen. Statt dessen hörte er über Funk zu.

Die A-Truppe nahm den Feind bei Maximalreichweite mit Kanonen und TOW-Raketen aufs Korn und zerknüllte die erste unebene Reihe Fahrzeuge. Der Zug-Kommandant schätzte sie auf mindestens Bataillonsstärke, als er sie von ihrem linksvorderen Quadranten beschoß, mit dem vereinbarten schrägen Vorrücken. Die UIR-Division kam aus dem Irak und wich in der anderen Richtung aus, ohne zu wissen, daß sie genau zu zwei weiteren Kavallerietrupps geführt wurde.

»Hier GUIDON-SIX. Linker Haken, wiederhole, linker Haken«, befahl Masterman aus dem Kommandofahrzeug. B und C schwenkten ostwärts, sprinteten rund drei Kilometer und richteten sich wieder aus. Etwa gleichzeitig ließ Masterman seine Artillerie in den feindlichen Hauptverband feuern. Jetzt würde das die Überraschung nicht mehr verderben, und es war an der Zeit, den Feind auf jede mögliche Weise zu verletzen. In wenigen Minuten war klar, daß er mit der 1. von Buffalo mindestens eine Brigade auf die Hörner nahm, aber Zahlen bedeuteten jetzt nicht mehr als in der vergangenen Nacht.

Ein letztes Mal gab es den mechanistischen Horror. Die Geschützflammen waren weniger gleißend bei Tageslicht, und Panzer fuhren durch den Staub ihrer Schüsse, als sie vorrückten. Wie geplant, zog sich der Feind vor den Prügeln der B- und C-Truppe zurück, in der Hoffnung, zwischen den ersten und zweiten angreifenden Einheiten eine Lücke zu finden. Was sie fanden, waren die vierzehn M1A2s der Panzerkompanie des Schwadrons, wie Wellenbrecher im 200-Meter-Intervall postiert. Wie zuvor wurden erst die Panzer zerstört, dann die Schützenwagen, als GUIDON in die Feindformation hinein vorrollte. Dann hörte es auf. Fahrzeuge, die noch nicht unter Beschuß waren, blieben stehen. Mannschaften sprangen hervor und rannten weg. Es war überall das gleiche, hörte Masterman über Funk, entlang der ganzen Linie nach Westen. Überrascht, auf der Flucht, der Ausgang blockiert, entschieden Soldaten, die das Glück hatten, das zu sehen, was auf sie zurollte, daß Widerstand gewiß tödlich wäre, und die dritte – und letzte – Schlacht von KKMC endete 30 Minuten nach ihrem Beginn.

Ganz so leicht war es nicht für die Invasoren. Vorrückende Saudi-Verbände, endlich mit schwerer Feindberührung, kämpften verbissen, mahlten sich durch eine weitere Brigade, aber bis Sonnenuntergang hatten alle sechs UIR-Divisionen, die in ihr Land eingedrungen waren, aufgehört zu existieren. Untereinheiten mit mehr Kampfeswillen erhielten von ihren Kommandierenden Befehl, die Waffen zu strecken, bevor Feinde von drei Seiten her eine endgültigere Entscheidung herbeiführen würden.

Die schwerste organisatorische Aufgabe stellten wieder die Gefangenen dar. Das Problem würde mindestens einen Tag anhalten, meldeten die Kommandeure.

Clark und Chavez verließen die russische Botschaft eine Stunde später. Hinten im Wagen enthielt ein großer Koffer Dinge, die keinem übermäßig gefährlich erscheinen würden und tatsächlich großenteils im

Einklang mit ihrem ›Journalistendasein‹ standen. Die Mission, entschieden sie, war ziemlich verrückt, aber während das dem Senior des Teams Sorgen bereitete, war Ding deshalb richtig aufgekratzt. Die Prämisse schien unglaublich, die Bestätigung stand aber noch aus. Die Fahrt zum Hinterhof beim Café war ungestört. Der Sicherheitskordon um Daryaeis Heim reichte nicht bis zu ihrem Ziel. Das Café war geschlossen, wegen der Verdunkelung einer Stadt halb im Krieg, halb im Frieden – die Straßenbeleuchtung war aus und Fenster verhängt, aber Autos durften mit Licht herumfahren, und häuslicher Strom war offensichtlich im Betrieb. Das war zu ihrem Vorteil. Das Türschloß im dunklen Durchgang bot kein Problem. Chavez öffnete die Tür und sah hinein. Clark folgte mit dem Koffer, beide gingen rein und schlossen hinter sich die Tür. Sie waren bereits im ersten Stock, als sie Geräusche hörten. Dort wohnten Leute. Sie stellten sich als ein Ehepaar in den Fünfzigern heraus, Betreiber des Cafés und beim Fernsehen. Wäre die Mission korrekt geplant worden, wußte er, hätte man das vorher gewußt. Na, ja.

»Hallo«, sagte Clark. »Bitte machen Sie keinen Lärm.«

»Was ...«

»Wir werden Ihnen nicht weh tun«, sagte John, als Ding sich umsah nach – ah, Stromkabel wären genau richtig. »Bitte legen Sie sich auf den Boden.«

»Wer ...«

»Wir werden Sie befreien, wenn wir wieder gehen«, fuhr Clark in geschultem Farsi fort. »Doch wenn Sie sich wehren, werden Sie verletzt.«

Sie waren zu verängstigt, um sich gegen die beiden Männer zu wehren, die wie Diebe in ihrem Heim erschienen waren. Clark nahm Stromkabel, um ihre Arme zu binden, dann die Fersen. Chavez legte sie auf die Seite, nachdem er der Frau einen Schluck Wasser geholt hatte, bevor er sie beide knebelte.

»Paß auf, daß sie atmen können«, sagte Clark, diesmal auf englisch. Er checkte die Knoten, befriedigt darüber, daß er nach dreißig Jahren noch immer die Grundkenntnisse eines Seemanns nicht vergessen hatte. Zufrieden gingen sie nach oben.

Wirklich verrückt war das Kommunikationsmachwerk. Clark öffnete den Koffer und begann, Dinge rauszunehmen. Das Dach des Gebäudes war flach und bot freie Sichtlinie zu einem anderen drei Straßen weiter. Daher mußten sie sich ducken. Erst stellte Ding die Mini-Schüssel auf. Der Dreifuß dafür war schwer, mit Spitzen an den Füßen, um ihn zu fixieren. Dann mußte er ihn einschalten, bis das brummende Zwitschern der Trägerwelle vom richtigen Satelliten im Hörer erklang. Danach drehte er die Sperre für die Schüssel fest, damit sie nicht verrutschte. Dann kam die Kamera. Auch sie hatte einen Dreifuß. Den stellte Chavez auf, schraubte die Kamera fest, schaltete sie ein und richtete sie auf das mittlere der drei Gebäude, für die sie sich interessierten. Das Kabel der Kamera ging zum Sender-Kasten, den sie im Koffer ließen.

»Läuft, John.«

Eigenartig war, daß sie Verbindung nach oben, nicht nach unten hatten. Signale vom Satelliten konnten sie bekommen, aber ein separater Audiokanal bestand nicht. Dafür bräuchte man zusätzliches Gerät, das sie nicht hatten.

»Das isses«, meldete Robby Jackson aus dem National Military Command Center.

»Das richtige«, bestätigte Mary Pat Foley, die dasselbe Bild sah. Sie wählte eine Nummer der amerikanischen Botschaft in Moskau, die sie weiterverband zum russischen Außenministerium, dann zu deren Botschaft in Teheran, bis zum digitalen Handy in Johns Hand. »Hören Sie mich, Iwan?« fragte sie auf russisch. »Hier ist Folejewa.« Eine sehr lange Sekunde verging, bis die Antwort zurückkam.

»Ah, Maria, wie schön, Ihre Stimme zu hören.« *Gott sei Dank fürs Telefon*, dachte John. *Sogar in diesem Land.*

»Ich habe Ihr Bild hier auf meinem Schreibtisch«, sagte sie als nächstes.

»Damals war ich doch soviel jünger.«

»Er ist am Platz, und alles ist cool«, sagte die DDO.

»Okay.« Jackson hob einen weiteren Hörer auf. »Es geht los, wiederhole, es geht los. Bestätigung.«

»Operation BOOTH geht los«, bestätigte Diggs aus Riad.

Die iranische Luftabwehr war etwa so nervös, wie's geht. Obwohl nicht ein Angriff auf ihr Territorium erfolgt war, hielten die Radartechniker alles sehr im Auge. Sie beobachteten mehrere Echos von Fliegern, die an der Grenze von Saudi-Arabien und Katar entlangfuhren, meist parallel, aber nicht andeutungsweise Richtung Golfmitte.

BANDIT-ZWO-FÜNEF-EINS und BANDIT-ZWO-FÜNEF-ZWO schlossen das Auftanken innerhalb von Sekunden gleichzeitig ab. Es kam nicht oft vor, daß Stealth-Jäger gemeinsam operierten. Sie waren ja dazu entworfen, völlig allein vorzugehen. Aber nicht diesmal. Beide trennten sich von den KC-10 und drehten nach Norden ab für den Flug von rund einer Stunde, in der Senkrechten etwa 1000 Fuß auseinander. Die Tanker-Crews blieben auf Station und nützten die Gelegenheit, die stehende Jägerwache an der Saudi-Küste aufzutanken. Fünfzig Meilen entfernt beobachtete ein AWACS das alles oder fast alles. Der E-3B konnte einen F-117 auch nicht orten.

»Ständig treffen wir uns so«, lächelte der Präsident die Make-up-Frau etwas gezwungen an.

»Sie sehen sehr müde aus«, sagte Mary Abbot.

»Ich bin etwas müde«, gab Ryan zu.

»Ihre Hände zittern.«

»Schlafmangel.« Das war eine Lüge.

Callie Weston tippte die Korrektur der Rede direkt in den Speicher des Teleprompters ein. Sogar TV-Techniker durften den Inhalt von dieser nicht sehen, und es überraschte sie, daß *sie* es durfte. Als sie fertig war, sah sie's noch einmal nach Tippfehlern durch, die, wie sie wußte, Präsidenten live im Fernsehen stark aus der Fassung bringen konnten.

Einige rauchten, sah Clark, sogar die Außenwache. Schlechte Disziplin, doch es half denen vielleicht, wach zu bleiben.

»John, denkst du manchmal, dieser Job wird vielleicht ein bißchen zu aufregend?«

»Mußt du mal?« Die übliche Reaktion, sogar für sie.

»Yeah.«

»Ich auch.« Das war was, das nie in die Bond-Filme kam. »Hmph. Das wußte ich nicht.« Clark horchte in den Ohrhörer, denn es war eine normale Stimme, kein Kommentator, die ansagte, daß in zwei Minuten der Präsident dran war. Vielleicht irgendein Network-Sendeleiter, dachte er. Dann kamen die letzten beiden Gegenstände aus dem Koffer hervor.

»Meine amerikanischen Mitbürger, ich bin hier, um Ihnen das Neueste über die Lage im Mittleren Osten zu berichten«, sagte der Präsident.

»Etwa vor vier Stunden sistierte der organisierte Widerstand von Kräften der Vereinigten Islamischen Republik, die das Königreich Saudi-Arabien überfallen hatten. Saudische, kuwaitische und amerikanische Verbände haben zusammen sechs Divisionen zerstört in einer Schlacht, die eine Nacht und einen Tag dauerte.

Ich kann Ihnen jetzt sagen, daß unser Land das 10. und 11. Kavallerieregiment, zusammen mit der ersten Brigade der Nationalgarde North Carolinas, und das 366. Flugregiment von Mountain Home Air Force Base in Idaho entsandt hat. Eine massive Schlacht wurde südlich von King Khalid Military City ausgefochten. Sie haben womöglich schon Details im Fernsehen mitbekommen. Die verbleibenden UIR-Einheiten versuchten, der Schlacht nach Norden zu entkommen, ihnen wurde aber der Weg abgeschnitten, und sie haben nach kurzem Kampf aufgegeben. Bodenkämpfe in der Region haben *im Moment* aufgehört.

Ich sage im Moment, denn dieser Krieg ist anders als alles, was die meisten von uns in den letzten fünfzig Jahren kennengelernt haben. Ein Angriff wurde direkt gegen unsere Bürger, auf unserem Boden geführt. Der Angriff richtete sich vorsätzlich gegen die Zivilbevölkerung. Es war ein Angriff mit einem Massenvernichtungsmittel. Die Verstöße gegen internationales Recht sind zu zahlreich, um sie aufzuzählen«, fuhr der Präsident fort, »doch es wäre falsch, zu sagen, das Volk der Vereinigten Islamischen Republik hätte uns angegriffen.

*Völker* machen keine Kriege. Die Entscheidung, einen Krieg zu beginnen, wird meistens von einem einzelnen Menschen getroffen. Es ist immer ein einzelner Mensch, der entscheidet, und nie ist die Entscheidung, einen Krieg zu beginnen, das Ergebnis demokratischer Vorgänge.

Wir Amerikaner haben mit dem Volk vom ehemaligen Iran und Irak keinen Streit. Ihr Glaube mag nicht der unsere sein, doch wir sind ein Land, das die Glaubensfreiheit schützt. Ihre Sprachen mögen uns fremd sein, doch Amerika hat Menschen vieler Sprachen willkommen geheißen. Wenn Amerika der Welt irgend etwas bewiesen hat, dann ist es das, daß alle Menschen gleich sind und daß sie bei gleicher Freiheit und gleicher Gelegenheit gedeihen bis zu den Grenzen ihrer eigenen Fähigkeiten.

In den vergangenen vierundzwanzig Stunden haben wir mindestens zehntausend Soldaten der UIR getötet. Wahrscheinlich viele mehr. Wir wissen die Zahl der gefallenen *Feinde* nicht und werden sie wohl nie genau wissen, und wir sollten uns daran erinnern, daß sie sich ihr

Schicksal nicht aussuchen durften. Das haben andere für sie gewählt und am Ende nur ein einzelner Mensch.« Ryan faltete theatralisch die Hände. Es schien allen, die zusahen, eine gekünstelte Geste.

»Das ist's«, sagte Chavez mit dem Auge am Viewer-Schirmchen der Kamera, jetzt mit dem Download der Sendung vom Satelliten. »Wirf die Musik an.«

Clark checkte, daß die Laserquelle auf Infrarot gestellt war, und schaltete sie ein. Ein Blick durch sein Okular setzte den Punkt aufs Gesims des Gebäudes – oder wie auch immer das hieß. Dort gab es einen Wächter, Fuß auf dem Was-es-auch-immer-war.

Diggs in Riad: »Abschlußcheck.«

»Bandit-Zwo-Fünef-Eins«, bekam er zur Antwort.

»Zwo-Fünef-Zwo.«

»Bis in dieses Jahrhundert hinein nahm man an, daß ein Staatsoberhaupt das *Recht* hätte, Krieg zu führen. In Nürnberg, nach dem Zweiten Weltkreig, änderten wir diese Regel, in dem wir einige der Verantwortlichen vor Gericht stellten und verurteilten. Doch bis dahin, um den Punkt zu erreichen sozusagen, kostete es die Leben von zwanzig Millionen Russen, sechs Millionen Juden, so viele Leben, daß die Historiker es nicht einmal wissen...« Ryan sah auf, um Andreas Handzeichen zu erfassen. Sie gab das Signal.

Die Laserbeleuchtung am Boden war eigentlich nur eine Versicherung. Sie hätten's auch ohne angehen können, auch wenn die Auswahl des richtigen Hauses in der Stadt problematisch gewesen wäre, aber sie wollten Begleitschäden möglichst gering halten. Auf diese Art konnten die Flieger auch ihre Bomben aus größerer Höhe abwerfen. Einfache Ballistik würde eine Präzision von hundert Metern erlauben, und die verbesserten optischen Systeme der Lenk-Huckepäckchen reduzierten das auf einen. Genau pünktlich öffneten beide Bandit-Maschinen ihre Bombenschacht-Türen. Jede hatte eine einzelne 250-Kilo-Bombe darin, die kleinste, die noch mit einem Paveway-Lenkpaket bestückt werden konnten. Die hingen vom Trapez, während die Sensoren nach dem modulierten Lasersignal Ausschau hielten. Bei beiden Paketen gelang es, und sie teilten dies den Piloten mit, die den Abwurf vornahmen. Dann taten beide etwas, das sie bislang nie bei einer Stealth-Mission gemacht hatten.

»BANDIT-ZWO-FÜNEF-EINS, Bombe ausgelöst!«
»ZWO-FÜNEF-ZWO, Bombe ausgelöst!«

»Jede Idee in der Geschichte der Menschheit, gut oder schlecht, begann in einem einzelnen menschlichen Geist, und Kriege beginnen, weil ein Geist glaubt, es wäre profitabel zu töten und zu stehlen. Diesmal passierte es uns auf besonders grausame Art. Diesmal können wir sicher sein, wer es getan hat – und mehr.«

Weltweit, in jedem Land mit Satellitenschüsseln und Kabel-TV, in mehr als einer Milliarde Haushalten, wechselte das Bild vom Oval Office zu einem dreistöckigen Bau in einer städtischen Straße. Die meisten Zuschauer hielten es für einen wilden Fehler, irgendwas von einem Film, einen Wackelkontakt...

Eine Handvoll wußte es anders, noch bevor der Präsident fortfuhr. Daryaei sah sich auch die Rede des Präsidenten an, sowohl aus purer Neugier als auch zum politischen Vorteil. Was für ein Mensch ist dieser Ryan wirklich? hatte er sich so lange gefragt. Zu spät, aber jetzt erfuhr er es.

»Hier wohnt dieser Mann, Mahmoud Hadschi Daryaei, der Mann, der unser Land mit einer Krankheit überfiel, der Mann, der mein Kind angegriffen hat und mich anzugreifen versuchte, der Mann, der seine Armee auf eine Mission der Eroberung aussandte, die zu einer Mission des Todes wurde. Er ist ein Mensch, der seine Religion und die Gesetze von Menschen und Staaten beschmutzt hat, und hier, Herr Daryaei, ist die Antwort der Vereinigten Staaten von Amerika.«

Die Stimme des Präsidenten verhallte und etwa eine Sekunde später auch die Übersetzungen in aller Welt. An ihre Stelle trat Stille, als Augen ein simples Schwarzweißbild eines einfachen Gebäudes betrachteten – und doch wußte jeder, es würde gleich etwas Außerordentliches geschehen. Wer genau hinschaute, sah in einem Fenster ein Licht angehen und die Vordertür aufschwingen, aber keiner würde je wissen, wer zu flüchten versuchte, denn beide Waffen trafen genau, durchschlugen das Dach des Gebäudes und explodierten eine Hundertstelsekunde später.

Der Lärm war furchtbar. Die folgende Druckwelle noch schlimmer. Beide Männer sahen zu, ignorierten die Gefahr. Die Echos wurden vom

Prasseln der Glasscherben im Umkreis von gut einem Kilometer untermalt.

»Bist du okay?« fragte Ding.

»Yeah. Zeit zum Abhauen, Partner.«

»Verdammt recht, Mr. C.«

Sie eilten runter zur Schlafzimmerebene. Chavez durchtrennte die meisten Kabel mit einem Messer. Er schätzte, die bräuchten vielleicht fünf Minuten, um sich zu befreien. Auf Nebenstraßen verließen sie die Gegend, blieben so den Notfahrzeugen aus dem Weg, die heulend zu den Resten der drei Gebäuden hetzten. Eine halbe Stunde später waren sie in der Sicherheit der russischen Botschaft. Wodka wurde angeboten. Wodka wurde getrunken. Chavez hatte das große Zittern noch nie so schlimm gehabt. Clark hatte. Der Wodka half.

»Den Menschen der Vereinigten Islamischen Republik sagen die Vereinigten Staaten von Amerika dieses:

Erstens, wir kennen die genaue Lage der Fabrik für biologische Waffen. Wir haben um die Hilfe der Russischen Föderation gebeten und sie erhalten. Sie sind in diesem Disput neutral, kennen aber die Natur solcher Waffen. Ein Expertenteam ist jetzt auf dem Weg nach Teheran. Sie werden landen, und Sie werden sie direkt zu der Einrichtung bringen, wo sie die Stillegung der Einrichtung beaufsichtigen werden. Journalisten werden sie zur unabhängigen Verifikation der Tatsachen begleiten. Geschieht das nicht, werden wir in genau zwölf Stunden die Einrichtung mit einer kleinen Nuklearwaffe zerstören, die mittels Stealth-Flugzeug dort abgeworfen wird. Machen Sie nicht den Fehler, zu glauben, ich würde den Befehl nicht erteilen wollen. Die Vereinigten Staaten von Amerika werden die Existenz dieser Einrichtung und ihrer unmenschlichen Waffen nicht tolerieren. Die Zwölf-Stunden-Periode beginnt jetzt.

Zweitens, unsere Gefangenen aus Ihrem Land werden in voller Übereinstimmung mit der Internationalen Konvention behandelt. Die Gefangenen werden zurückgebracht, sobald Sie den Vereinigten Staaten von Amerika die lebenden Körper ausliefern von jeder einzelnen Person, die an der Vorbereitung und Durchführung des biologischen Angriffs beteiligt war und die hinter dem Anschlag auf meine Tochter steckte. Darüber wird es keinen Kompromiß geben.

Drittens, wir geben Ihrem Land eine Woche, um diese Bedingung zu erfüllen. Tun Sie das nicht, wird Amerika den rückhaltlosen Krieg erklären und führen. Sie haben gesehen, was wir tun können, was wir getan haben. Ich versichere Ihnen, wenn wir müssen, können wir noch mehr. Die Entscheidung liegt bei Ihnen. Treffen Sie sie weise.

Abschließend, und ich sage dies auch allen anderen Ländern, die uns vielleicht übelwollen, die Vereinigten Staaten von Amerika werden keine Angriffe auf unser Land, unsere Besitzungen oder unsere Bürger tolerieren. Von heute an, wer einen solchen Angriff durchführt oder befiehlt, wer auch immer Sie sind, wo auch Sie sich verstecken, oder wie lange es auch dauern mag, wir werden Sie uns holen. Ich habe meinen Eid vor Gott gegeben, meine Pflichten als Präsident zu erfüllen. Das werde ich tun. An die, die unsere Freunde sein wollen: Sie werden keinen treueren Freund finden als uns. An die, die unsere Feinde sein wollen: Merken Sie sich, daß wir auch darin treu sein können.

Meine amerikanischen Mitbürger, es ist eine schwere Zeit gewesen für uns und für manche unserer Alliierten, wie auch für unsere Feinde. Wir haben eine Aggression besiegt. Wir haben die Person bestraft, welche die größte Schuld trug am grausamen Sterben in unserem Land, und wir werden auch mit denen abrechnen, die ihre Befehle ausführten, aber vorher lassen Sie uns an die Worte von Präsident Abraham Lincoln denken:

›Mit Groll gegen keinen, mit Güte gegen alle, mit Festigkeit im Recht, wie es Gott gefällt, uns das Recht zu zeigen, wollen wir streben, die Aufgaben, in denen wir uns befinden, zu Ende zu bringen, die Wunden der Nation zu verbinden ... alles zu tun, das einen gerechten und dauerhaften Frieden erreichen und hegen läßt, unter uns und mit allen Ländern.‹

Danke, und gute Nacht.«

## Epilog: Presseraum

»... und abschließend schlage ich dem Senat Dr. Pierre Alexandre für den Posten des Surgeon General vor. Dr. Alexandre kam nach einer ausgezeichneten Karriere im U.S. Army Medical Corps an die Johns Hopkins University School of Medicine als außerordentlicher Professor für Infektionskrankheiten. Er hat mir während des Ebola-Ausbruchs sehr geholfen. Dr. Alexandre ist ein brillanter Kliniker und Forscher, der mehrere neue Programme einleiten und beaufsichtigen wird, insbesondere Grundlagenforschung zu seltenen Infektionskrankheiten, und er wird eine neue Bundesaufsichtskommission zur Koordination der AIDS-Forschung führen. Diese wird nicht bürokratisch sein«, sagte der Präsident, »davon gibt es genug. Die Idee dahinter ist, ein neues System aufzubauen, mit dem Ärzte und andere Forscher leichter Forschungsdaten austauschen können. Ich hoffe sehr, daß der Senat rasch seine Berufung bestätigt.

Damit endet meine Eröffnungsmitteilung.« Jack zeigte auf eine Journalistin: »Ja, Helen?«

»Mr. President, Ihre Anfangsbemerkungen zu China ...«

»Ich dachte, das hätte ich klargemacht. Wir haben private Besprechungen mit der Republik China geführt und sind zum Schluß gekommen, daß die Wiederherstellung voller diplomatischer Beziehungen im besten Interesse unserer beiden Länder liegt. Es ist nicht die Politik der Vereinigten Staaten, Länder mit in freier Wahl bestimmten Regierungen zu entmutigen. Die Republik China ist so ein Land und verdient unseren vollen Respekt und unsere Anerkennung.«

»Aber was wird die Volksrepublik China dazu sagen?«

»Das ist ihre Sache. Wir sind beide souveräne Staaten. Das ist Taiwan auch, und es wird Zeit, daß wir aufhören, etwas anderes vorzugeben.«

»Hat dies etwas mit dem Abschuß der Passagiermaschine zu tun?«

»Die Angelegenheit wird noch untersucht. Nächste Frage?«

»Mr. President, die neue provisorische Regierung Irans ersucht angeblich um die Aufnahme voller diplomatischer Beziehungen mit unserem Land. Werden wir uns mit dem Ersuchen befassen?«

»Ja, das werden wir sicherlich«, antwortete Jack. »Wenn es einen besseren Weg gibt, einen Feind in einen Freund zu verwandeln, als offene Diskussion und Handel, kenne ich ihn nicht. Sie sind sehr kooperativ gewesen, und wir haben dort noch ein Botschaftsgebäude, nur glaube ich, daß wir dort das Schloß auswechseln müssen.« Es gab Gelächter. »Ja, Tom, nebenbei, schön braun geworden. Willkommen daheim.«

»Danke, Mr. President. Zur Zerstörung des Labors für biologische Kriegsführung außerhalb Teherans. Die einzigen Journalisten, die reindurften, waren die beiden Russen, die deren Botschaft für den Zweck eingezogen hat. Wie können wir sicher ...«

»Tom, die russischen Experten, die bei der Neutralisierung der Einrichtung die Aufsicht führten, waren wirklich Experten. Wir haben Videos ihres Vorgehens von den Reportern, und sowohl ich als auch meine diesbezüglichen Berater sind damit völlig zufriedengestellt. Ed.«

»Mr. President, der Gefangenenaustausch ist jetzt vollzogen. Wie antworten wir auf die Kreditanfragen von Iran und Irak?«

»Die Minister Adler und Winston fliegen nächste Woche nach London, um dies mit Vertretern beider Regierungen zu besprechen.«

»Sir, Nachfrage: Heißt das Vorzugspreise für Ölimporte, und wenn, für wie lange?«

»Ed, das sind Verhandlungsthemen, aber ich schätze, die werden uns im Gegenzug etwas bieten für Kredite und Bürgschaften. Die genauen Details müssen noch ausgearbeitet werden, und wir haben zwei sehr gute Männer, die das für uns besorgen.«

»Was ist mit guten Frauen?« fragte eine Reporterin.

»Davon haben wir viele hier, Denise, Sie inklusive. Falls Sie's noch nicht wußten, Special Agent Andrea Price« – POTUS zeigte zur Tür – »hat einen Heiratsantrag angenommen. Es wird jedoch eine Mischehe, denn ihr Verlobter, Inspektor Patrick O'Day, ist Special Agent beim FBI. Ich wünsche beiden das Allerbeste, auch wenn's bedeutet, daß ich vielleicht eine neue Leibwache brauchen werde. Ja, Barry«, sagte er und zeigte zum älteren der CNN-Reporter.

»Also die dicke Frage, die heute noch keiner gestellt hat, Mr. Presiden...«

Ryan hielt die Hand hoch. »Es gibt so vieles ... so viele Dinge, die noch zu tun sind, nur um die Regierung wieder voll funktionsfähig zu machen nach allem, was wir durchgestanden haben ...«

»Sir, wir lassen Sie nicht vom Haken.«

Ein Lächeln. Ein Seufzer. Ein Nicken. Eine Kapitulation. »Die Antwort auf Ihre Frage, Barry, ist: Ja, ich werde.«

»Danke, Mr. President.«

Dies ist der Moment, in dem mit allgemeiner Zustimmung
wir innehalten, um unseres nationalen Lebens bewußt zu
werden und uns daran zu erfreuen, um zu erinnern, was unser
Land für einen jeden von uns getan hat, und um
uns selbst zu fragen, was wir für unser Land tun können,
zum Dank dafür.

*Oliver Wendell Holmes, Jr.*